U0937509
FONGHONG

长篇小说

暮云深②山河雪

上册

戎葵 著

江苏凤凰文艺出版社
JIANGSU PHOENIX LITERATURE AND ART PUBLISHING

图书在版编目（CIP）数据

暮云深. 2，山河雪：全2册 / 戎葵著. — 南京：
江苏凤凰文艺出版社，2021.2
ISBN 978-7-5594-4507-0

Ⅰ. ①暮… Ⅱ. ①戎… Ⅲ. ①长篇小说－中国－当代
Ⅳ. ①I247.5

中国版本图书馆CIP数据核字（2020）第012790号

暮云深2：山河雪
戎 葵 著

责任编辑 孙金荣
特约编辑 申 丹
出版统筹 孙小野
出版发行 江苏凤凰文艺出版社
南京市中央路165号，邮编：210009
网 址 http://www.jswenyi.com
印 刷 河北鹏润印刷有限公司
开 本 700毫米×1000毫米 1/16
印 张 50
字 数 769千字
版 次 2021年2月第1版
印 次 2021年2月第1次印刷
书 号 ISBN 978-7-5594-4507-0
定 价 108.00元（全2册）

目录

第一章

/

孤城役

快下雪吧，早一个时辰也好。

从高逾三丈的城墙望去，天际渐渐亮了，然而积蓄着雪意的浓云不曾散开，四野昏暗浑茫。敌军烧造早饭的柴堆是一个个鲜红的火点，像香烧到尽头时那样，青烟升向云层后仿佛存在的严酷的神明。

昨晚吃过一个混着麦麸的杂面团子，陌承光不应当觉得饿。他抿唇遥看着敌人的炊烟，等待着又一个血战之日开始。

第九十九天。

但敌军的阵形不知为何今日起了变化，攻城云梯之前，五辆冲车出阵整齐排列。晨光中敌兵在冲车上竖起木架，陌承光的视线里，架上挂起只靠双腕悬垂的五个人。

本是鼻子处剜成一个血洞，双肩淋淋鲜血滴落，是割掉耳朵的伤势。

北风吹透的天幕下，剧烈的痛苦伴随着挫败让陌承光麻木了一瞬。悬瓠城上的守军都一样，一切活动都静止了，士兵和民夫们呆望着那些木架，没有更多的表情。架上的人仿佛是悬空的，寒风吹鼓他们破旧的衣裤，远望似丧旗。

一辆冲车动了，从敌军阵前突出，来至靠近城墙的位置。木架上悬吊的那个人低垂着头，脸已分辨不清了，但陌承光听到身边副将卢凭的衣甲发出了瑟瑟摩擦声。他知道了这个俘虏，就是卢凭的弟弟卢当，是前两夜中先后爬墙出城，企图向后方求援的五个死士之一。

五个。

冲车的护板之后，一个汉话流利的北虏军官露头高声：“开城投降，我大国主元湟陛下允诺，保悬瓠全城不死。若再顽抗，今日千刀万剐，拿这五名细作一一祭旗！”

城上无数目光转向左司马陌承光，包括他身边的卢凭。陌承光看进卢凭的眼，这位年长他七岁的北境宿将双目通红，眼皮在颤抖着，但眼中比恨更强烈的，是忍痛的坚毅。

“末将的弟弟在城下……但末将的老母、老妻，一家婶嫂姊妹，都在城里。”

陌承光点了下头，咽过紧得快要失去知觉的喉咙，没有再看其他人，让自己的声音当风传远：“虏人无信，骗开城门复又杀戮之事，不胜枚举。何况，悬瓠虽小，是封疆国土，人数虽寡，却血脉相亲。悬瓠全城，断无拱手奉敌以国土、寄血脉于仇敌屠刀之下的可能！”

更多的衣甲声在风中散布开，城上的每一个守备点渐渐恢复了活动。在这濒临弹尽粮绝的边境小城，在全城的衣箱和床板都劈来引火御敌的时刻，信念，是最后可以燃烧的东西。

冷风灌进嘴里，痛和饥饿都被填满了，让陌承光可以更清楚地发出声音。他对着城下的冲车，不是那个喊话的虏将，而是木架上高高吊起双臂、乱发垂头的同袍，竭力说：“勇士临危高义，救悬瓠军民于绝地，今日虏人尽出俘虏，可见，余下与你们同负使命的几个已经突围而去，援兵不日必至！”

听见了，卢当听见了，他从木架上挣扎着抬起头来，扭动的双肩张满超脱过绝望的希望。

援兵，这两个字，同样让城上气氛一振。卢凭茫然看向陌承光，陌承光没有转回头，只望着那木架字字大声说：“胜利之日，陌某会携全城父老，为你们戴孝归葬。悬瓠城之生，必不负尔等之死！”

那头颅又垂下，沉沉的平静。

护板后的虏将爽声笑起，“走脱了几个？又如何。援兵？”他拔出佩刀，玩弄般戳着木架上卢当的身体，“周围的大城小城，逃的逃破的破，不见后方一兵一卒。此处，就是你们皇帝不要的废土，还替他死守？”

刀尖刺破肌肤，血从衣袍上一个个翻着棉絮的洞口渗出，然而木架上的人不再有大的动作，即使新一刀刺入，仅是一抖。

那虏将似乎乏了兴致，甩掉刀尖上的血水：“出城冒险的死士都这么面黄肌瘦，你们城里，怕不是早就断粮了吧？妇孺老弱今日吃什么，饿死人的尸首吗？”

话音随风刺进陌承光的耳中，被他摒在头脑之外。不能想，别想。

“粮草限量供给，正为长久作战计。我朝战前坚壁清野，粮食尽在城中，不知仲冬旷野上，你贼虏靠刮地皮搜来的那点散碎，又能撑得了几时？”

陌承光分毫不让，甚至语气中听不出一丝犹疑，那虏将只笑不再回话，派一个令兵向中军请示。等待令兵返回的期间，他收刀扬脸说：“孤城，总有一破。既然你们主帅要逞强，让你们抢先看看他这个错误决定的最后所有人的下场！”

令兵带回一面木牌令箭，那虏将挥了下手，一个高大的刽子手上前，扯开木架上卢当的上袍。袖子还挂在悬吊的手臂上，干瘦的胸膛暴露在凛冽的风里。

然后是薄薄的一刀，从心口片下。

摧折人心的惨叫中，一片片新鲜温热的皮肉剥离身体，被掷下冲车，掉落在冻土上。盘旋待食的黑鸦冲挤飞下，争抢撕扯着，倏忽只余残血。城上卢凭的怒吼盖过了弟弟的嘶声，他冲向最近的床弩，弩手不用吩咐跟他一同踏张瞄准，弩箭劲射而出，却在射程的末尾乏力，坠落在那冲车的车头之下。

卢凭扑身跪倒在床弩边，砸拳见血重重捶地，却压抑着喉咙，不再出声。他浑身还在颤抖，低弓着背，不看周遭的一切。城头上起了哭声，人们低垂着眼，而陌承光一动不动地盯着那辆冲车上的千刀万剐，他不允许自己错开眼。那是他的罪，也是他从今天开始的惩罚。

卢当的嘶叫声弱下去，他仍活着，这安静因而满浸了决绝。刀光血光中，虏将再度开口：“我主元湟慈爱下民，既然南夷皇帝弃了你们，你们何不开城，迎纳圣主？我主必然优遇抚恤，不仅可以免你们今日的饥苦，”他拿刀指向木架，“亦可免你们日后的惨罚啊。”

“虏军攻城，尽以军中汉民等异族为前锋，虏人持刀为督军，纵然前方深渊水火，不进者死。”陌承光的声音笃定，起伏几不可闻，“异族降虏，即使得以苟活，不过为人奴役，被驱如羊犬！”他不等那虏将回话，扭身走向后方待命的投石机，“自救者得救，自强者弥强，悬瓠城若是废土，虏军为何不惜积尸满野，强攻九十余日？”

他已经不在乎城下能否听到自己的话，只是努力在嗡嗡的耳鸣中分辨着这些话语在城上军民中的回应：“敌人一日合围不辍，朝廷便一日看到悬瓠城的价值。城池不失，援兵必至！”

对死亡的恐惧如果向后一步，会变成束手待毙的无望，而如果向前一步，就是拼死搏命的意志。没有回应声，但陌承光清楚地看见，与他并肩抗敌的人们眼中因敌军的残酷引发的痛恨。痛或许会骇人后退，但恨，推着所有人向前。

他在投石机旁回身站定，视野中有刺目的颜色，冲车木架上的人肋处已见白骨。陌承光向阴沉的天上闭了下眼，开口令道：“瞄准那辆冲车。今日战局，以攻为守，务在杀伤！”

从城中房屋围墙上拆下的石块装填入投石机，而城下同时发觉了这动向。包括为首在内，五辆悬吊俘虏的冲车一同发动，极速向着城门袭来。勇士们垂下的身体随着木架摇荡，如同饲向恶兽的饵食。在这血肉构成的恐吓之后，是肩扛云梯全面进攻的虏兵。

“攻击。”

城上石块接连掷出。大锅中翻滚着代替火油的沸腾井水。护城河外利箭点落，准而狠。

江夏王许久没说话了，穆骏不知道五叔是在沉吟，还是走了神。

防区帅府的火炭烧得暖，穆骏软甲加身而来，是要表明自己不打算再商量，指望五叔一个点头，立即出兵去救悬瓠。没想到把燃眉的军情说了又说，一身急汗长流，江夏王仍是少言寡语，对他的甲胄也不多看一眼。

穆骏解盔头，抹汗，汗在掌中攥成拳：“一百天了皇叔！整整一百天了，悬瓠城不可能再撑住了！”

“贤侄，”江夏王穆玄汝听见他这话，抬眼，“你是得了确信？那城里向你求援？”

穆骏怕五叔忌讳自己越级得报，赶紧实话说：“没有。可是，悬瓠小城，粮草兵马，想想都知道，不可能撑了。”他扶住几案坐直，“皇叔啊，边境上也有十座城池，皇叔想想，元湟为什么死攻悬瓠那巴掌大的地方？”

穆玄汝不语，抚上唇边微须。

江夏王将近五十年纪，是穆骏的父皇存世最小的皇弟，年轻时仪容俊美。这次北虏入寇，他以荆州刺史加辅国将军的身份，奉皇命北上彭城，节制着徐、豫、青、兖四州军政，没有他的签章，穆骏在自己的亲兵之外调不动一兵一卒。

“是因为只有悬瓠城在殊死抵抗，在撑着我朝的士气！”

江夏王白皙的窄长脸上皱纹不多，薄薄露出些赞同。

穆骏看着有突破的希望，急又说：“那城里的将士，以一敌十死守，也是知道如果能守住，后面的任何一座城，就没有守不住的理由。可如果，悬瓠死守一百日，还是破了，就没有哪座城池再肯坚守了，北虏如入无人之境啊！”

“‘无人之境’，言过了。”穆玄汝垂首吃茶，“枚伦在盱眙，夏侯景晖调回，镇守石头城，这几个百战宿将都在防卫京师。北虏又不习水战，即便到了江北，能奈长江天堑何？”

他抬手止住穆骏插话：“这次北镇，孤与贤侄第一要务，在于防备北虏东进，那便必须确保彭城。东边青、兖不失，江北之本就在，一时的兴扰成不了气候。等到开春土融，北虏的战马行不了南方泥地，自然退去了。”

穆骏急血上涌，耳中嗡嗡的不知是气是热。“可北虏过境，是不留活口的，悬瓠城的军民，还有从悬瓠到江北这一路的百姓，就是朝廷的弃子吗？！”

“此时出兵，一旦救不下悬瓠城，反而折损了兵力，万一北虏乘虚而入，彭城告急时，你我二人又谁来担待？”

穆骏万不敢说担待彭城的责任，也没有十分把握能从铁桶合围中救下悬瓠，驳不过五叔的话，他更解不开心中的火，按刀起身往穆玄汝案前走。穆玄汝不觉身子向后贴，两人俯仰相看，穆骏觉察到五叔的不安，单膝落地，跟他平视。

“皇叔，小侄求你。”穆骏身材不算极高，骨骼劲瘦，举手投足有剑锷般的逼人感，但躬身近处看人时，眼神柔亮，让人总愿意多听几句。他尽量好声说：“兵马不必给我多，我有亲兵三千，皇叔再给个四五千就行，约莫凑个近万的数？只求皇叔一个点头，我好师出有名啊。”

穆玄汝啜茶不语，穆骏急得双手按在五叔案边：“要不是悬瓠城挡下了北虏的速进，拼死扛了这一百天，元湟的马蹄早在江边了！什么枚伦，什么夏侯景晖，全指望不上，悬瓠救了朝廷，朝廷不能不救悬瓠啊！”

穆玄汝淡淡挑眼看他："是'朝廷不能不救悬瓠'，还是你不能不救同窗啊？"

穆骏神情一滞。

"陌承光与贤侄你在太学中的交谊，陛下久知。你封王开府的时候，要引那陌家子做幕僚，陛下不置可否，转天却钦点他为太子舍人，这不过三年前的事，你竟忘了？"

以穆骏的性子，凡事尽量往好处想，从父皇那儿求告不得他早就习以为常了，当时觉得去做太子舍人，也是承光更好的前程。但在那任上陌承光做得不长，半年不到，就受他二哥陷入上司谋反案的牵累，贬至悬瓠城做个小小城门司马。

自此，两人从他东宫入职起就避嫌冷下的交接，越发只剩下辗转传来的消息，此时觉得分隔已久，原来竟只是三年前。

穆骏落进追忆。穆玄汝慢条斯理又说："陛下极不喜欢亲王各树私党，少年知己容易推心置腹，聚在一起，本就遭忌讳，何况这个人你自己开口要过，陛下又明示过你不行呢？"

穆骏抬眼看他，江夏王放落茶碗："悬瓠城，守了一百天，四方都不动，又没有旨意，你冒头去救？即使立了功，难免被看成是出于一己的义气，要是再有好事者参你一个贪功，或者市卖私恩、交结边将，陛下驾前，你作何解释？"

开国以来，宗室相杀不绝，独独江夏王能将实权和皇恩分握两手，安然富贵，穆骏清楚知道，五叔周旋的手腕绝不像他平和的外表这般简单。他禁不住猜测，今天把话说得前所未有地深透，究竟是五叔务必阻止自己出兵的借口，还是真的在替自己考虑处境？

"皇叔敲打得对，小侄竟疏忽了。"穆骏想想开口，"那，要是皇叔觉得我去救悬瓠城不合适，这边镇守彭城又不能走开，何不发一道兵符给七弟？听说他亳州那边兵强马壮，钱粮充足啊。"

"哎呀，糊涂。"穆玄汝指节一叩桌面，震在穆骏手心，"亳州的兵马钱粮，那是谯城王不常离京，陛下疼他，保他安驻的。你不想想他的封地，谯城，前朝龙兴处，再看看他这个驻所，一座州府，独立的兵马，只是名义上受孤王节制呀。他听不听我兵符调令是一回事，孤王又哪有胆量，让陛下的宝贝儿子去迎北虏的兵锋啊？"

果然。那自己岂不也是父皇的儿子，上赶着想去迎兵锋，怕的却是猜疑结党……

穆玄汝看见他神色转凉，很快又说:“陛下要哪个去救悬瓠城，诏书自会下来，前方听令就是。你七弟身在亳州，他离悬瓠只有从彭城过去一半的路途，他尚且按兵不动，你何苦跳在他的前头？他兵强马壮，即使一败，陛下也只会补偿他，可你要是拼光了这点家底，你还有翻身之日么？”

对，都对。尤其这回，自己在封地湘州讨蛮时，得下了兵部“贪功冒进”的考语，即将受罚之际，五叔亲自对父皇说愿意代为严加管束，这才能收入他的麾下一同北上，否则连区区三千亲兵也留不住。

自己也是个皇子，可是在父皇、在贵戚长辈，包括朝廷那些重臣里，愿意另眼看自己一点的，也只有眼前的五叔。

他不觉点了点头。

看见穆骏信服的神情，江夏王愈发放缓了语气，略略扬头盯着他说：“赶上战乱，京里什么局面，你不会不清楚吧。方今之计，孤王为贤侄考虑，一动不如一静，有功，不如无过。悬瓠城再急，只要没有求援的使者来到，就论不到孤王与你的头上。他亳州更近，责任更大，悬瓠城一旦陷落，兵部背后总要有人出面追究。”江夏王的话意越说越幽深，“对你，未必是坏事啊。”

在理。

在所有人眼里，悬瓠小城一非天险，二非要地，能够扛住北虏大军三个多月，已经足够了，已经远远超出了它应有的价值。

被甩在嫡长子的大哥、最得势的二哥和备受宠爱的七弟之外，自己这宫婢生的老三，安生保全还要如履薄冰，谈何去救他人。

穆骏的大哥是当今太子，始兴帝唯一的嫡子，自小体弱，一年总有多半年在病里。可能因为这病，太子所御妃嫔至今无一子成人，东宫夭折的孩子已有三四个。朝中对储君的议论近年甚嚣尘上，又逢北虏南侵，局面难以收拾，更引动朝野对江山后继新一轮的不安。

这些情况，穆骏当然知道的，他也知道太子如果去位，二哥和七弟各凭本事，必有一争，可从没觉得自己能与这些有什么关系。大敌当前，他还不顾上谋身，此时却忽然觉得五叔的话听来这样在理。

等到悬瓠城陷落，问责者有之，反击者有之，二哥把控兵部，七弟身在前线，一番升降进退之后，对自己这在旋涡之外伏低的，或许反而有利？

压下乱糟糟的心思，穆骏犹豫说："悬瓠城没有使者来，可能，正说明情势到了……已经到了连使者都派不出来的地步。小侄我忧虑的是，皇叔和我守备四州，要是足不出户，让北虏一路南下直抵江北，来日在父皇眼中，咱们难辞纵敌之罪啊。"

穆玄汝不为所动，慢道："等春天，北虏退时，你从彭城配合江北方面，在退路上截杀他个落花流水就是。立功早晚，总以毙敌为先，何必急于一时？"

尾追退敌，捡漏夸功，朝中将领大多长于此道。朝廷为了挽回颜面，也往往顺水推舟地表彰。五叔早替他们二人预设了不败之计。

"小侄明白了。"穆骏起身一抱拳，"今天就先告退，小侄回去细想想皇叔为我这一番苦心。"

他态度转变得干脆，穆玄汝略感意外，却也欣慰笑说："正是，你素来颖悟，沉下气些，静观其变吧。"接受了穆骏的恭敬辞礼，江夏王目送他走出正堂。

亲兵旅帅梁芒替穆骏牵着马，在府衙门口等了好久，见主君终于出来了，赶紧上来问："殿下，怎样？可准了没有？"

穆骏看看他，问："咱营里还有多少粮草？"

"柳参军早上刚点过，三日一结，昨天发来的数目清楚，就是三天的量呀。"

"全带上，装备只要轻行军的那些，入夜一个时辰后，你拿我的城防令牌，带全部骑兵速出彭城西门。"

梁芒听得直愣，犹犹豫豫问："那就是，准了？"

穆骏脸上蹭出一个笑："当然准了，让我带好亲兵，轻装速去。"他说着走去乘马，梁芒想着那得赶紧回营准备，快跟了几步，又站下，"不对啊殿下，你的亲兵，不用江夏王殿下批准，你也能带得走啊。"

穆骏回头瞥他。

"殿下，"梁芒越过穆骏旁边，抢先抓住他坐骑的缰绳，"你可得给属下一句准话，江夏王是防区总指挥，他不点头，这算越权抗命啊。"

"你不是说了，我的亲兵我能带走。"

梁芒圆娃娃脸上眼睛眉毛愁得挤成一团："可殿下自己也说了，咱这些年被人支使着东跑西颠，专拣那深山老林的地方钻，知道的是打仗，不知道的还以为是流放呢。好不容易江夏王殿下张开胳膊揽咱们一把，总算有个固定的驻地了，也别惹他老人家不高兴啊。”

穆骏闷着气，心头说其中利害，又哪是惹五叔不高兴这么简单。他刚才这些话说出口，隐隐也有想听梁芒是不是反对的心思，这会儿脚上发沉，站着没上马。不去有一百个道理，去的道理……“你们的主帅，反正是我。”半天穆骏挪步，过去抚着自己坐骑的马颈，“我说五叔准了，就是准了，别的你们什么都不知道……不就成了，有我兜着呢。”

“殿下兜得住吗？”

穆骏回头，见府衙大门内踱出一人，正是方才提到的柳参军。

梁芒嚷一声：“参军，你怎么听人壁角啊。”

来者柳遥之，穆骏帐下谘议参军。年上他刚被江夏王招做十三女儿的乘龙快婿，与夫人一同住在穆玄汝的帅府里。穆骏听他笑回：“是殿下你俩说话太不避人，要不是我把门房的这几个支走，你们哪儿可都去不了了。”

穆骏听他没有阻拦的意思，讪讪笑说：“行了，也没想往多远处去。那，我们就去了，你自回吧。”

柳遥之步下台阶，仍笑说：“属下回哪里？”

“回府啊。”穆骏装没明白他的意思，“你今天不用回营，我们是……出城，操练，你在府里，什么都不知道，啊。”

“我是殿下幕府的参军，殿下出战我不跟随，等于临阵脱逃，杀头的罪啊。”柳遥之似笑非笑道，“殿下是想为来日杀我存个理由么？”

柳遥之高瘦挺拔，眼睛长而眼尾稍稍下挂，站在近处看人总是微眯眼的俯视。穆骏知他玩笑，但此时没有打趣的心思，半恼道：“我就直说了啊，你是人家的女婿，到时泰山大人发火，夫人跟你闹时我可真兜不住啊。”

“殿下过虑了，属下回得来时，夫人欢喜还来不及，怎会闹我。”

“就是啊殿下，”这样大事有柳参军去当然更放心，梁芒跟着帮腔，“其实弟兄们心里早憋足着劲儿了，让谁不去都不能答应。也不用殿下替我们兜着，我给他们嘱咐仔细，出城之前注意保密就是了。”他看柳遥之一眼，“再者，柳参军隔三岔五老跟我们显摆，柳夫人温柔贤淑，回来有夫人帮着劝劝江夏王殿下，说不定反而没事呢。”

柳遥之也是点头。

穆骏左右看两位属下，心里最后一丝犹豫也平复了。所谓人心向背，就这么奇怪，说多少精辟的道理出来，哪怕连自己都说服了，可是心它自己知道方向，认准了，想都不用想。

那座小城，和里头苦苦求活的人们，陌承光，还有她，就是方向。

“走！”

柳遥之自去取马，穆骏与梁芒踏镫上马向营地驰回。马蹄踩着心跳，连日的憋闷为之一快。必须去，早该去了，悬瓠城必须救。

那是国土，是陌承光死守了一百日的城！

一道刀伤自右肩斜向左肋，还好冲上城头的敌兵刀已砍钝，皮甲挡了一下，创口不算太深。

军医清洗创面后，浇了些土酒上去，陌承光咬着自己的衣带一声闷哼。烈痛过后，整个后背木木地僵着，他低头看见绕到胸前的绷带经过数次煮透晾干重复使用，已经不见本色。

这是他开战以来最重的一道伤，明日提刀可能会受影响。

副将卢凭帮陌承光拉上衣服：“右司马，太守府又来催，我回了咱们稍做休整就过去。”

陌承光点点头，卢凭已经重新投入职责，仿佛昨日城下的惨痛从未发生过，但陌承光还不知道怎么去看他的眼睛。

守城，已足足一百天……传闻北虏有军法，如果攻城百日不下，就会斩将退走，陌承光明白到了战事的后程，全城军民是靠对这个百日期限的一线希冀撑到今天的。

可要是传闻不实？要是北虏知道悬瓠城内已至绝境，再攻三五日？这一百天来全部的拼伤搏死，那些无法出城安葬的军民尸体一把火烧作的灰，还有意义吗？

悬瓠城，是被天下弃掉了吗？

“……右司马？”

陌承光猛醒。不能想，太守困坐府内，自己这城防官胸中支撑战意的一口气不能堕。

撑下去啊。

“先去看看伤者。”陌承光没有等卢凭搀扶，起身行出几步后，背上的痛感稍稍适应了些，他从卢凭手中取回佩刀，挂回自己腰间。

今天的伤员正在依伤势轻重由军医看顾，有些人伤及腰部、腿部，但伤员太多无处躺卧，只能枕靠在战友身上聚在一起。陌承光向他们走过去，蹲下身查看每个人的伤势，夜已全黑，军医营房中点起两堆火照明取暖，光线昏暗，柴烟熏眼，有个受伤的中年一把攥住陌承光的手，问："陌大人，北虏退了吗？"

他身材枯瘦，右侧大腿翻肉见骨，陌承光认出他是前几日补上城墙的民夫，作战十分英勇。

陌承光回手握住他，摇了摇头。

人群一静。

"退也不会连夜退啊。"旁边有个伤兵抢着说，"明日一早，明日一早就退去了！"

他的话音发着抖，又饱含着迫切的希望，不只是他，所有人都像要把这句希望死死抱住那样，绷紧全身，他们映着火光闪烁的一双双眼仿佛癔病病人那样执着。

陌承光仍握着那民夫的手，另一只手攥住那伤兵完好的右手，他向营房中众人问道："如果明日，北虏不退，列位可愿随陌某再战？"

无声的一瞬后，一个尖脆的声音率先响起："愿意！"接着，应和声来自营房的每个角落，远处有人喊："只要陌大人不退，我们不降！"还有人大声道："战死最后一个男人也不能降！""就是，死一个省一个口粮，赚了！"

陌承光的眼眶发热，他很想对他们许诺说，朝廷会派兵来救悬瓠城的，一定会，再过几日，兵马和粮草都会到的。但他已经不敢。靠着困兽的意志或许还能再撑，可一旦有了切实的期限，万一到时希望破灭，只会全盘崩溃。

陌承光感觉了下自己的喉咙，声音不会太颤，他站起身，语调高扬："得列位同心抗虏，陌某起誓，此身与悬瓠城共存亡。"

迎着面前这些在火光中闪动的眼睛，他的话语清晰："一百日，是个整数，是我们应该为之骄傲的数字！但翻过了这个数字，战事还是战事。苦战之下，双方拼的是体力，更是心力，我们身在家园，为亲人而战，与这些铁蹄践踏我们土地的敌人，拼的是每一个下一日！"

“对！”

“拼下一日！”

“就拼下一日！！”

众声相应，陌承光的声音再次扬起：“烦请列位向城中传话，北虏若想攻进这座城池，一定要从我陌承光的尸身上踏过。无论再战多少日，陌某只可战死，绝不投降。”

人群聚集到他周围，越来越紧，许多人双泪滚落。陌承光与他们对视，一一向他们致意。忽然他注意到方才第一个回应他“愿意”的少年神情异样平静，他最熟悉的那种平静。陌承光的眼睛一瞬睁大，背后的刀伤仿佛发作，痛得他一个激灵。

向营房中的医者和伤员们深施一礼辞过，陌承光扯起那人出了房门。他步子相当快，左司马卢凭一时没有跟上，只见他带那人绕过半堵营墙，在月光照不到的暗处站定，像有话说。卢凭想了想，没往近处跟。

“做什么！”陌承光低吼一句，他平时极少动怒，那人却脸色不改，只靠在营墙上抬头看他。

“你做什么？”陌承光在那眼神下和缓了声音，“你冒了谁的名字进来的？”

“殷家弟弟，病了。”声音还有些哑，但不再刻意压低，是年轻的女声。

这是陌承光的双胞胎姐姐，陌闻音。

看着她缠着绷带的左臂垂在棉袍之外，灰褐的粗布衣袖上似乎块块陈血，陌承光一阵头晕目眩，伸手撑住她身后的墙面。

“我昨天就在，你太忙了，没看见。”陌闻音平淡说，“我都给殷家弟弟挣了两个勋了。”

陌承光抬头：“你受伤了？”

“小擦伤，我本来就在军医房帮忙，眼下人手不是不够吗！”

姐姐的眼睛很大，即使在这样的夜里也像有光。她在女子里是高的个头，冬衣厚，她头发全裹在发巾里，满面柴灰，看起来和那些背负着全家存亡上阵的悬瓠少年没有不同。

在营房中讲话时没有到来的颤抖回到陌承光的嘴唇。他想，拼到今日，我为的是什么？“你知道的，我挨不了饿。”姐姐像在说着没什么大不了的事，“我也不能躲在屋子里白吃饭。营里有饭吃。”

陌承光的头又低下去，压在姐姐肩旁他撑在墙面的胳膊上。陌闻音感到有一点温热滴在她的手上，只有一点。

“我们……”她的弟弟轻说，“不会输的。”

过了一刻，远处传来卢凭的呼唤声：“右司马？太守府又来催了。”

陌承光深深呼出一口气，直起身，一面牵住姐姐的胳膊向卢凭那边走去，一面低声说：“上阵无父子兄弟，城墙上我顾不了你。从今天起，我跟他们说给你在军册上隶名……你顾好自己。”

在军册上隶名，战勋、伤损日后有记录可查，更重要的是，一旦战死，有战士的礼遇。

陌承光说着这些，并没有转回头。

陌闻音在弟弟看不见的身后点头。

悬瓠太守府只有两进院子，门外漆黑，后院却点满了灯，四五个姬妾来去奔走，一派张皇。

形势到此，太守唐墨也不避嫌了，让人将陌承光一行直接引进后院。陌承光还没见礼，唐墨几步从堂上出来，一把扯住他袖子火急火燎说：“陌司马，北虏可没退啊！”

陌承光由他扯着：“就在这几日了。”

“司马！是你信誓旦旦许诺吧，说守满百日，北虏必退，不然本官可以早做打算啊！如今武库、粮库都空净了，本官府上今天只吃了一顿饭，再几日，北虏不退，是有天兵来吗？你，你说的是梦话啊！”

“信使已至彭城，援兵不日必至。”

“谁信，啊？你就勉强派了五个信使，都做了你自己的活靶子啊！”唐墨松开他，手上神经质地抻着衣襟，高声向院中问，“谁还信，啊？一百天了！援兵从彭城爬也该爬到了！”

唐墨的姬妾家人们在廊下观望，卢凭和陌闻音都不语，唐墨见无人反应，跺着脚说：“贬来的时候，我一早就知道，这是整死人的地方！你，不也一样贬来的吗？这破地方还死守什么？赶快啊，脱身吧！”

陌承光静了一瞬，问他：“大人想如何脱身？”

“这几天北虏不是夜里不攻了吗？”唐墨向陌承光近了一步，压下声音说，“兵都在你手上，后半夜，你派一支精骑，三五十人就够，咱们一起，开了东角门，快马逃到亳州去。”

“亳州。悬瓠城呢？”

“一百天了，够了！”唐墨见跺脚也无用，急得原地转圈，“虏主元湟就在外面，他是什么样人你不知道吗？他不是人啊！昨天好容易给来个台阶，你开城投降也就好了，你听到他传令了？等破了悬瓠城，我们会被食肉寝皮的啊！”唐墨发着抖又抓住陌承光，身上的绸袄闪动不止，“你怕圣上降罪是不是？平安逃回了建康，我保你，我叙你的战功，我在建康的身家全拿出来给你赎刑啊！”

满院灯火刺眼，唐墨的指甲也刺在陌承光手背上，陌承光心中在想，太守府里居然还点得了油灯。

“属下的将士，需要守城。一兵一卒，也分不出来。”

“你！”唐墨觉得这姓陌的已经疯了，但目下实在受制，忍着慌张和恼怒商量，“那，挑十匹……二十匹最快的战马给我，我们自己走。你守城用不着马吧？你只要，让他们开了城门。”

“战马是军需，到断粮时要杀来吃肉。悬瓠城门，大人自己就是太守。”

“你不会……”

陌承光打断他：“但属下的职责在于城防，太守开城，若为弃城，莫怪属下不敬。”

映着灯火，他嘴角微微含起，在对方眼里这是个冰冷的恐吓。廊下唐墨的家人好几个嘤声哭开，唐墨看了看他们，抖着手将官印从腰间取下，抵在陌承光眼前：“疯了，你！我这是官命，你要犯上作乱吗？！你……你姐姐也在城里吧，我可以带她走啊！”

“我不——”

陌承光转头，陌闻音止住声音。

陌承光便没有再去理会唐墨，转身往院外走。唐墨扑上去想揪住他，被卢凭一把搡开。卢凭跟上后，陌承光轻声说：“直到战事结束，不许唐墨再出太守府一步。要是分不出人手看着他，只管绑到营房牢里去。”

卢凭闻令，犹豫说：“也得想想打胜之后。他恐怕上面有人，听说他在交州贪了百十万钱都不用死的。”

陌承光抬头看了眼月亮的位置，夜已过半。

“等打胜了，这是小事。”

若打败了，这更是小事了。

他不去听院中唐墨持续的叫骂，回身看见姐姐点头。

夙夜疾驰，中间只小歇了一次饮马，破晓之前翻过一片高地，前方的霜原上隐隐浮现悬瓠城的轮廓。

此夜浓云密积，云层低压在旷野上空，天与地的界限只靠目光尽处的一线薄亮区分。起床令之后、整队之前，总是营地指挥机能最迟缓的时段，要击其正炊，要快！

穆骏鞭马冲下高地，为了避开斥候，带队向西北方向快速迂回。这一路他收束了一些北边败回的残兵，骑队已至两千余人，但与北虏围城的大军相比仍是杯水车薪。当此唯有死战，他打定主意，最好能造势突入北虏中军大营，擒贼擒王。

骑队转向，悬瓠城的墙影在平地上也能望见了。正要绕过左前方一处矮丘时，穆骏身后的骑队中，忽地突出几骑向他追赶，他察觉后稍微缓下骑速，待来人与自己并马，只见是旅帅梁芒带来两个面生的士兵，似是新收入队中的。

“怎么了？”

“殿下，此二人说，他们在边关驻防堡垒的时候，知道北虏攻城，通常都找一个附近的高岗存粮，那边那个，看着像。”

穆骏勒了一下马，随梁芒所指向西南方望去。云层之下，矗立着一座看着二十来丈高的土岗，似乎是前代旧城的遗迹。衬着浓云遮挡、欲亮未亮的天空，岗上能看见有东西的影子，的确像是围栏、粮垛的样子。

穆骏转头往四周查看。是，这是离悬瓠城最近的高岗。

受他的影响，全队减速，慢慢地在离那高岗大约四里处停下。穆骏挥手令骑队收缩，用前方的矮丘略做遮挡。

整个队伍静下来，黎明前的原野上，只能听见马群长途奔跑之后粗重的喘声。

穆骏看向梁芒带来的士兵，那两人也有些忐忑地看着他。

会是埋伏吗？

该不至于。这回出兵一路速进，连自己人都没知会，敌方不可能预先设伏。何况北虏作战重勇武轻计谋，大约不会只因为有可能遇到奇兵，就派细作漫无目的地游荡。

那，北虏在边境上的习惯，会在入侵时延续吗？

高岗存粮，为的是防火防水，在北虏眼里，南地想来更加低湿。

要赌一把吗？

两千四百人，杀入北虏的中军大营，难如登天，但攻其不备烧掉这座高岗……梁芒和那两个士兵都焦急地看着穆骏，越来越接近天亮了，云层翻涌的轨迹越来越清晰，每过一分，队伍被敌军发觉的危险就越增一分。

他们的主帅昂起头，望了望眼前的矮丘遮住的悬瓠城方向。

“传攀手来。”他向自己马后的传令兵吩咐，“还有参军和各队正，都叫来。”

细碎的马蹄声响起，很快诸人聚齐。穆骏向四名攀手道：“远处那个岗子，这么看来，北侧平缓些，估计可以走马，南侧和东侧都很陡，西侧现在看不见。你们迅速向前，至少找出两条可以攀上去的路线，大军随后，两刻后与你们在岗下汇合。”

攀手得令而去，穆骏转向梁芒几人：“三队带领新收的散兵留后，随柳参军保好辎重和退路。”他回马对自己身后白马上的柳遥之说：“要是回去的路上缺粮，拿你是问。”

柳遥之抱拳一笑。

“一队、二队，各拣精锐五十人，带足引火器物随我。余下仍由各自队正带领，随梁芒从高岗北侧抢攻。”

无人应声。片刻，梁芒在几位队正的目光催促下小心问出：“属下带主力攻正面，殿下带精锐，从背后偷袭？”

穆骏点头：“我的帅旗借你，演得像些。”

“殿下……”梁芒虽然平时敢跟穆骏嘻嘻哈哈，但在军前必须顾及主帅的权威，不能正面驳他。可是敌人居高临下，从大路攻上土岗绝非易事，穆骏的战略显然是以正面佯攻分散敌人的注意，通过背面的偷袭得手。但偷袭小队孤军深入，即使烧得粮草，从敌营中退出也必定九死一生，眼前这位是皇子、亲王，没人想让他这样冒险。

一旁的柳遥之接口：“殿下，上回定了‘贪功冒进’，这回出兵已经是贪功，你再去亲身偷袭，更叫冒进了。”他看兵士都远，轻说，“本来就有人惦记着殿下这点兵权，哪怕殿下只稍有个闪失，我们，可一个也剩不下了。”

“你是怕离了我这贪功冒进的主帅，还是怕离了你的娇妻啊？”穆骏扯了下马头，斜柳遥之一眼，“我一条没要紧的命，有个闪失，你们正好另谋高就，要是不巧折在那上面，”他冲那土岗方向一偏头，“你就尽孝，抢我的尸首回来往京里请功，说不定比打赢得的封赏还好。”

穆骏自是玩笑语气，却只有柳遥之随着一笑。梁芒与队正们各自触动心怀，不再反对。

穆骏看主意能定了，回头望向自己的队伍。

“以你们的本事，”他眼望着那些等候在黎明前黑暗中的骑士，问身边诸位，“只带这千把人的队伍，你们甘心？”

梁芒第一个答：“不甘心。”

穆骏点点头，拨正马身，往为他背着帅旗的骑手那里看了一眼。

“身先士卒，是将帅的本分。今日我带队攀上这土岗，烧了他粮草，明日肯跟在我身后的，就不止这两千四百人。”

一瞬的安静后，梁芒的声音响起：“全队将马勒口、裹蹄，按方才殿下的指令重新编队，即刻出发！”

蹄声四去，穆骏也翻身下鞍，整顿战马。那马儿似乎感受到主人的心境，四蹄一跳。

天际发青了。

背上的刀伤比想象中严重，夜间睡得太浅，全身紧绷，黎明起身时陌承光的左臂几乎没有知觉，右手的握力也大大减损。他无奈下从腿上的旧伤拆下一段绷带，提起刀后让陌闻音帮他将手与刀柄紧缠在一起。

北虏的营门已开，今晨城墙上的风格外凄冷。陌承光由姐姐在手上系着结，向城下望去，想着天气再冷下去不是坏事，北虏连日来把战死者的尸首填进护城河里，如果这些尸首一起腐败，疾疫难免。

最早的一批乌鸦飞来，间或几只鹰鹫。日日战前是它们饱餐的时刻，黑翅云集，昨天积在最上方的尸首新露白骨。

陌闻音蹲在他身前收回手，抬起眼对面看着他。陌承光以刀撑地站起身，左右挥了挥，觉得刀绑得趁手。陌闻音也站起来，仍然抬眼看着弟弟，眼神里有忧郁，也有骄傲。陌承光下意识地移动了一下位置，想为她挡住城外的景象。

然而下一刻，他看见姐姐活动了一下不太合身的皮甲下的肩膀，检查了她自己的佩刀。

她不是城墙上唯一的女子。虽然无人明言，但女人们接下了死伤的父兄与夫婿的装备，在这第一百零一天的城墙上，面向城下抖擞精神。

攻城号响，北虏的云梯和冲车再次压过尸身填覆的护城河。

长号破云而来，顷刻间，悬瓠城的方向杀声隐隐。这一分神，穆骏左手攀住的土崖崩碎，他整个人失去支点向下滑退了两个身位。比起两条前臂蹭破的锐痛，他更担心顶上的敌人察觉，好在无须命令，领头的攀手在内，小队全体在这动静之后贴伏在崖壁上静了一时。

军鼓声！梁芒率领的骑队对北侧发起正面冲锋了。

岗上明显骚动开，北虏的呼喝纷乱传出。穆骏咬咬牙，淌着血的右臂将身体吊稳，膝盖蹭紧崖壁，把自己往上顶起。见主帅动作，小队重新开始攀爬，这一百人分为西侧、南侧两条路线，穆骏所在的西侧更险，却短，南侧更易爬，每侧的前二十个先锋都应该抵达了崖顶附近。

事先已经讲定，先登顶的先起事，后续支援，但岗上迟迟无烟火升起。穆骏心中计算着，战斗声听来，梁芒带队的冲击倒是取得了进展，头马已至北侧半山。这座土岗，与悬瓠城下的北虏大营只有四里多路，想必守军已经将遭袭的情况回报，如果这真是存粮岗，北虏必然全速发兵来救，万一梁芒的骑队被上下夹在半山，凶多吉少啊。

穆骏心急如焚，恨自己平日没有练过攀爬，此时有力使不到点上。太阳越来越高了，西侧这一支越来越难被土崖的阴影掩蔽。趁着一个容易些的支点，穆骏腾出一只手来快速挥动，命令攀手引着几个善爬的先向上行。眼见视野之内攀手的位置迅速升高，穆骏调整了呼吸，正待继续上爬，忽听土岗的南侧传来一声惨叫。

那声音直坠下去，接着崖底传来重物砸地的声音。

穆骏还没回过神来，惨叫声接二连三。那些声音将他镇在崖壁上一动不敢动，冷汗满额而下。穆骏信赖他的战士，他知道如果是失足跌落，他们会咬紧牙关不发出一丝声音连累战友，南侧那支小队……是在崖壁上遇袭了，以惨烈的方式？

风携皮肉的焦味而来，那风里有火焰的热度。

火油……北虏在往下倾倒点燃的火油！

翻滚跌落的人体在崖壁上砸起一片一片土雾，黄色的烟尘随风卷来，迷住了穆骏的眼睛。那不由自主的眼泪压过了心口的痛，他伏低身子抬起一只脚，在自己的身边踢腾出更多黄尘。

惊变之下，木然不动的西侧小队很快领会了主帅的意图，战士们一面学着穆骏扬起黄尘掩蔽自身，一面加速向上爬。战友们用血与火为他们换回了时间，穆骏的手终于攀住了崖顶，他奋力一撑，用侧滚的姿势从尘土中翻起。比他先登顶的攀手和战士已经拔刀突前，这一侧防备的北虏有限，大多带着惊讶的神色还没呼叫便被一刀毙命。

几个虏兵往土岗的正面逃去，穆骏下令不去理会，带着纷纷翻上土崖的战士迅速插入崖上的营地。短兵相接一阵砍杀，穆骏突近一辆圆形库房旁停放的大车，挥刀砍开车上装载的麻袋，刀口之下流出的真是杂面！

"烧！放火，烧！！"

携带油囊的战士四下散开，将火油满场泼洒，打火镰的声音叮当响起。起烟了，烟越来越大。

原本在正面和梁芒骑队作战的北虏见仓库火起，立时杀回营中。穆骏的战士四下奔突，成片凿破土岗上存水的大缸，北虏嚎叫着上来抢水，然而风助火情越烧越旺，已成接天之势。

"殿下，殿下！"趁敌人回防，梁芒带骑队沿正路登顶，突至虏营门前。营内熊熊大火，战马畏火，惊跳着不肯再进，梁芒下马持刀遏在营口，一边砍杀逃出来的北虏，一边向营内大喊："殿下！正路已清开，快撤出来！"

他知道火光裹挟浓烟，里面必定难以视物，便让手下持续高喊，自己下马徒步杀进营中。烟火呛人，敌人已经无心抵抗，只顾避火逃窜，梁芒一路搜索着，接应着己方战士出营，却迟迟不见主帅的身影。

着急加炙烤，喉咙喊不出声音了，怕极了穆骏真有个好歹，躲着火势，梁芒从燃烧的库房间隙不断向营内深处寻找，手和脸被灼得生疼。终于，一间半塌的营房中滚出个袍摆着着火苗的人，可不正是自己的主帅！梁芒顾不上招呼了，冲上去帮忙踩灭了火，架起穆骏循着喊声跑出营地，一声巨响，火势凶猛的营门木柱正好倒在他们身边。

穆骏拽过梁芒猛地一滚，连摔带爬地退回北侧山坡上。山顶的大火燃烧不息，热浪翻涌，已经不用担心背后来袭，然而往岗下眺望，北虏增援的骑队激尘已在半途。

穆骏缓过劲儿来，从怀中掏出一叠字纸看了看，宝贝一样又塞了回去，梁芒刚要问是什么，穆骏抬脚踹得他一个趔趄，大骂：“你小子对我积怨不少啊，刚才是灭火呢还是泄愤呢？踩死本帅了！”

梁芒抹了把脸上火燎的灰，乐了。

“都出来了？”穆骏问。

笑容从梁芒脸上消失，他看了眼一队的队正。

队正答：“跟着殿下的，出来了四十六个，南坡那支……”他摇头。

穆骏转身望向岗下，神情冰冷，“如今换作我们居高临下，怎么也要让他们三倍还来。”

北虏的骑队止在山脚，昂首整队。

“给我一匹马。”穆骏说，“旗手，去将本帅最大的那面旗，高高插起来！”

……

进攻……松懈了？

按北虏军法，前队退却时，后队斩杀前队，一百天来，这是陌承光第一次发觉敌人攻城的节奏在放缓。他背上的伤极痛，分不出精神来多想，一刻之后才意识到城下的虏兵和城上的军民都在转头望向东南方。

陌承光随之望去，悬瓠人称为旧塞的土岗上，火光冲天，浓黑的烟柱被风吹斜，滚滚涌入云层。

那岗上有旗，赤底青字，在烟尘中翻卷。距离太远，陌承光看不清旗上的字样，但他认得那面旗帜。

“穆骏……”

陌闻音听声转回头，连月之内第一次在弟弟的脸上看见笑容。

“武陵王！”陌承光用最大的声音喊出来，他要让悬瓠城的每一个人都听见，“武陵王来救悬瓠了！”

消息闪电一样沿城墙传开，欢腾也如潮水般传遍，有人哭出来，但更多是兴奋的笑声，军民们以盾为鼓以刀为槌，敲出排山倒海的声响。北虏的进攻完全停止了，那存粮的高岗上升起的烈烈浓烟，本身就是一面摧垮敌人的战旗。

真的来了，来的真是他。

陌承光僵硬的手指重新觉出了刀柄的触感，也闻到了风中的烟火气。天宇是亮的，希望，照在了这座绝境孤城。

疲倦和兴奋混合着心跳化成剧烈的耳鸣，而那其中涌起新的忧虑，遥遥看去，一千来人的骑队排布在旧塞北侧通车的坡道上，陌承光想，北虏停止攻城，显然要全力对应朝廷的援兵，武陵王，一共带来了多少人？

“——北虏大营那边又增兵来了。”梁芒将眺望哨的消息报告给穆骏。

自己的战马留在了岗下西侧，穆骏骑在并不熟悉的马上，被身边众人初胜的振奋和为战友复仇的怒火围绕。目标已经达成，穆骏没有苦战的打算，朗声下令：“一队随我，借山势俯冲，撞散虏骑阵。二队，第二波冲锋，从后掩杀。解决掉眼前这支，全体尽快向留后驻扎处集结！”

冲锋鼓响，战马奋蹄激扬黄尘，自坡顶席卷而下。兵戈相错之时彼此看不清面孔，马身的护甲相撞发出巨大的砰砰声，穆骏的战士们借冲力大劈大砍，从北虏合围的阵线中杀出一条血路，第二道攻势随之而来，将口子撕得更大。

穆骏手劈了四五个敌人，无心恋战，指示与自己并骑的旗手突出敌阵后转向。后方骑队在梁芒的有效指挥下收紧队形，然而旗手引导的方向出乎他们的意料，那不是后撤，是迎向虏营补来的大片军阵而去。

狭路相逢勇者胜！

临时起意，穆骏倚仗马匹跑热的速度，向还在行进中的大部虏军侧翼切去。由于土岗短暂的遮挡，迂回而出的骑队突然出现在虏军的东北侧，指挥官没有料到看似撤退的骑兵会加速杀回，一时迟于调整阵形，左翼被切掉一个斜角。

虏阵在这个位置上摆放的是重骑兵，穆骏的轻骑突入敌阵后无法形成大规模的杀伤，但他们的优势在于迅猛。战士灵活地左冲右突，趁着北虏队形的混乱杀进杀出，对敌阵产生更大的搅动。

虏阵的中军部分急急转向救援左翼，帅旗周边顿时出现空当，穆骏跃马直前，大喝：“长弓手来！”

一名弓手策马贴近，穆骏亲自挥刀为他开路，急命：“射他帅旗！”

三箭连发，一箭射中旗杆，一箭逆风擦过旗面，把旗帜划开两半。北虏阵中一片惊呼，穆骏来不及心喜，深知悬瓠城下大营中的敌人如果倾巢而出，自己这一千余骑不够对方垫肚皮。刚才的突袭只为再压一轮敌人的气焰，既已得手，穆骏立即做出全面撤退的指令。

他听见各队正短促、准确地下达收缩队形突破的口令，自己也带领随护的几骑从阵线的薄弱处突出，频频鞭马，疾速退向三队携辎重驻扎的位置。

战马已经昼夜奔驰，此时接近体力的极限，穆骏的骑队难以甩脱追兵。前方原野上忽然出现人马，穆骏心头一紧，刹那犹豫是否勒马，却看清是柳遥之带领队伍迎出，三排重弩手半月形列开。

穆骏再催战马，骑队冲刺向三队抵近，进入安全距离后，重弩弦响，如鸟群腾空，弩手轮番齐射，箭出如雷。

二尺余的长箭贯穿北虏追兵前锋的铠甲，甚至将战马掀翻，北虏的追击顷刻被遏制。箭雨不息，敌人在远处成片倒下，等全队驰至重弩阵后，柳遥之让弩手再放十发，接着同样全体上马背转。

“跑！”柳遥之压阵，命令中居然还带着戏谑，“北虏的弩机射不了半里，自己掂量着，不用跑太快！”

一马当先的穆骏直往东北方驰去，引兵撤向亳州。

“……三殿下的兵马，走了？”陌闻音立在悬瓠城头，怔怔看着黄尘卷去。

“他没带来多少人，有可能是违命出兵。”对上姐姐愕然的眼睛，陌承光低声解释，“他从彭城长途奔袭，不可能带太多粮草，此时进城，反而会成为我们的负累。”

陌闻音释然，转头看向仍在冒烟的土岗，眼中笑意重现。陌承光走向传令兵，声音昂扬：“传下去，武陵王全烧了北虏的粮草，北虏大旗已毁，不日必退！”

话音刚落，他感到一丝冰凉落在手背上。

陌承光慢慢抬起头，再次被城上军民的欢呼声淹没。

天助悬瓠，下雪了。

漫天大雪遮盖之下，此夜难静。

哨兵来报，东城墙似有人趁雪攀缘而上，陌承光披挂起身，来到城上持火把下照。风卷雪片漫天乱舞，火焰几乎被雪浇灭，只能隐约照出一个人影。他想单人攀城，必为传信，便让人投绳索下去接应，牵引来人翻上城头。

徒手攀爬耗去极大的力气，来人倚在城垛上喘了好一刻，抹开脸上的雪水说：“小的是武陵王队中的攀手，信物在此。哪位是陌司马？”

陌承光上前查看过他的信牌，问：“武陵王有话？”

那攀手指着自己攀上来的方向，“我们队里剩余的粮食，都背来就在下面，还有彭城带来的药。武陵王说，还给陌司马送了个人来，保这次悬瓠城有救，你们快下绳子去吊吧。”

城上的人七手八脚放下绳子去，不一时吊上来八大袋粟米、两包药草。随后又三个人攀绳上来，皆是紧衣短打，身背长刀。

方才听攀手所说，陌承光片刻之间以为穆骏会脱队进城，然而翻过城垛的三人从雪幕中向前，其中并没有他。

陌承光心里升起些微失望，但同时也松了口气。他将火把交给属下，迎向几人抱拳道：“谢英雄来助悬瓠。”

为首的来人笑说：“我们是替武陵王来背背扛扛的，出来得急，没多带东西，陌司马别嫌弃。”

陌承光摇头，话还没说完，忽又有哨兵来报南城门有人射书上城。陌承光命属下先安顿穆骏派来的几位，自己取回火把要去南城门查看，为首那位跟上他说：“在下柳遥之，我随司马过去。”

这名字极熟，陌承光立刻明白了穆骏所谓“送了个人来”，说的原来是他。

这位柳大人家世不显，是凭一身才名出仕，在理民任上履历丰厚，又在讨蛮作战中多建奇策，可说文武双全。最要紧的，听闻他不久之前被江夏王府招为高婿。

江夏王是悬瓠城在内四州兵事的最高指挥，穆骏的意思，有此人在城中，不愁不再有援兵发来。

陌承光想着这些，沿城墙快步前行，雪夜墙头湿滑，他一路注意着脚下，听柳遥之在身后说：“殿下有言，这些粮食是牙缝里省出来的，知道不够，但陌小姐也在城里，不能让她饿着。”

陌承光回头看他一眼，不太想接这句，还是说：“家姐已隶在军册，粮食是军中统一调配。”

柳遥之闻言惊讶，片刻叹道：“有这等决心，难怪司马守得住孤城。”

陌承光似乎笑了笑。

说话间已走至南城门，射上城的信被雪打得半湿，有些地方字迹模糊。陌承光在城楼的挑檐下就着火光读罢，对身边几人说："敌将郭乐成，打算投诚，说将带回一百二十余人，还说，虏主下令雪后继续攻城，他有退兵之计，要面授于我，要我们丑时之后为他开南城门。"

左司马卢凭已经赶到，闻言立刻疾声："必定有诈！"

陌承光知道他在南北边界守备多年，战阵上吃过郭乐成的亏，又与北虏结下血海深仇，可能先入为主心怀抵触。他将火把在檐下的铁架上插起，请卢凭靠近些先掸掸雪，自己为他拂净肩头。

这安定的态度让卢凭的情绪平复些，他谦逊后退一步，理下思路说："右司马与这位大人是否知道，郭乐成的父亲，是我朝逃去北虏的叛将？"

柳遥之没有动，陌承光点了点头。

"叛将之子，要来投诚，他早不来，白天武陵王烧了他们粮草，他夜里过来投诚？说雪后继续攻城，北虏都不是人，不用吃喝也能打仗？这分明是他眼看北虏要败，替虏主来哄我们开城门。"

陌承光点头，却说："北虏的营盘禁制森严，今夜大雪，加上他们新败，郭将军可能终于找到脱离的时机，也未可知。"

"那他何必来投悬瓠城？他不知道城中正和北虏不共戴天，哪容得下他这一百二十人？他不怕惹怒了虏主，真要再强攻几日，悬瓠跟他都保不住？他不如趁夜远逃去，逃到境内腹地，再怎么投诚，都不会有人疑他了。"

"前年秋天武陵王在襄州时，郭乐成曾经差人给武陵王送信，说过想带部曲投回我朝的意思。"柳遥之插言。

"武陵王不纳？"陌承光意外，问他。

"武陵王回书，诚挚欢迎，信还是我写的。"

"那为何……"

"但郭乐成的父亲当年叛去北地后，在战场上杀过我朝几名将领，其中有殿中监……如今是侍中了，侍中文炎吉的父亲。郭乐成怕投诚回来，遭文氏报复。"柳遥之看了看卢凭，斟酌说，"他要武陵王向朝廷上书，保他回朝后全员无恙……"

柳遥之的话断在这里，但他后面的意思陌承光听明白了。郭乐成行事欠妥，要投诚，不直接向朝廷上书，不对兵部，却找到当时掌兵在外的武陵王。武陵王回书迎他已属出格，他竟要武陵王承诺以藩王之身保他叛将不死。如果武陵王依他所言，必定被视为封疆自傲、架空朝廷了。

即使并未答应他，或许武陵王讨蛮立功反而要被削兵权，还是与此事有关。

“把南城楼上下的灯、火都灭掉吧。”

看见卢凭疑惑的神色，陌承光解释：“郭将军信上说，若我们同意开城门，就在南城楼上等距点起三堆火。我们灯火全熄，就是答复他了。”

即使郭乐成真心投诚，投来悬瓠的目的也可能是冲着自己与武陵王的私交。陌承光不清楚为何郭乐成笃定穆骏能保住他，但穆骏来救悬瓠和他来投诚，时间确实相接太紧，不能让穆骏再面临一次被朝廷猜忌的风险。

卢凭松下一口气，柳遥之未置可否，随着笑了笑。

从熄掉灯火的城楼檐下向外望去，雪片隐入夜色，天地浑茫。陌承光终于感到有些冷了。他请卢凭和柳遥之各去休息，自己缓步巡城一周，与披着毡布值夜的哨兵们无声招呼。每个人在寒冷中伫立的姿态，都流露出被大雪庇护的难得的安详。

终结的时刻到来之前，这安详像棉絮，使人放松，也裹得人难动弹。

到后半夜，陌承光回到紧靠城墙的营房。姐姐陌闻音和衣睡在炕角，他轻手轻脚地躺下，向那边望了望。营门处的火光从窗缝漏进一些来，姐姐裹着皮氅睡得安稳，肩头微微起伏。

陌承光也勉强闭上眼，脑中全是，“雪晴之后北虏真会再攻？”“郭乐成所说的退敌之策是什么？”“真有想不到的巧计？”他一时好像梦见了什么计策，一时又全记不得了，迷迷糊糊只觉得没过多久，又被急急的叩门声惊醒。

陌闻音也醒了，撑起身子向门口望去。

陌承光让她不用动，自己捉刀过去开门。合上门出去，寒气将脸吹得木了一下，陌承光见门外是南城门今夜的岗哨，急问：“真有人来？”

哨兵点头，匆匆说：“又有箭书射上来，还有人拍城门。我们放了绳子吊上来一个人，说就是郭乐成，已经把他绑了，现在城楼上。”

“只他一个？”

哨兵点头。

睡在旁边营房的柳遥之几人听见动静，此时也披衣出来，与陌承光一起又上南城楼。卢凭已在城楼室内等着，几支残蜡照亮的空间里，一个北虏兵丁打扮的壮硕中年被五花大绑置在地上，剃秃的额顶歪着一顶白毡帽。

见陌承光带人进门，那人大吼："要你们主帅来！给俺叫你们主帅来啊！"

陌承光上前一步："在下悬瓠城右司马。"

那中年一愣，上下打量他："你是司马？"

陌承光知道自己的精神看起来太糟，一副孱弱样子，只点了点头，吩咐："给郭将军解绑。"

卢凭拧眉站在一边，他与郭乐成阵上见过，看卢凭无异议，陌承光知道此人是郭乐成无疑。

兵丁解开绳索，郭乐成揉着手腕，仍有些疑惑，站起身抻了抻紧箍在大肚子上的兵服，将毡帽一把掀掉："俺好心过来投诚，你为啥不理！"

他的汉话有些北地口音，但听得明白。陌承光说："北虏大军临城，在下不敢擅开城门。将军如果提早说明是只身前来，在下必于城上敬候。"

"哎呀俺得带俺的兄弟！俺一个人跑了，他们就得当粮食给吃了！"郭乐成把毡帽在手中抓了又抓，急得说，"你识字吧？俺那个信上让他们写了，是真的！大王……不是，元湟说了，没了粮食，先吃异族兵，再吃伤兵啊，哪个敢退先吃哪个，不管下多大雪，一定要把悬瓠城给攻下来！"

陌承光扫视室中，诸将皆变色。

"郭将军信上所言，退敌之策，是什么？"

"对对，就是……"郭乐成也挨个看向室中人，欲言又止。

陌承光道："此地无外人，皆是甘心为悬瓠城赴死之辈。"

"就是，"郭乐成向陌承光走近，卢凭立刻按刀上前，陌承光抬手止住他，自己向前一步，听郭乐成对面道："偷营。"

"……刺杀元湟？"

陌承光刚问出口，卢凭急对郭乐成说："虏营近四万人，算上死伤的，总共也有二万多，五花营盘，大帐围在正中，都说虏主身边日夜置十个刽子手，徒手就能杀人，你叫我们偷营？是想我们送死！"

"哎呀不是，不是去杀元湟！跟你们说不是俺来，这事你们真不懂啊，俺说偷营，是去杀营里的萨满！"

"萨满？"陌承光贬至悬瓠城不到两年，对这个词有些陌生。卢凭解释，是北虏所信神教的巫师。

“跟你们说啊，大王，特别迷信，凡事必须让萨满国师占卜了，打还是不打，连他晚上睡在哪个营帐这些，都得要国师卜过了才算。是国师说了，天意所示，拿下悬瓠城就拿住了南地的气数，元湟才死活要拿这座城的。”

对着众人将信将疑的神色，郭乐成大张着眼睛，锃亮的额上汗珠闪动：“今天败了一场，元湟喝得大醉，正在他大帐里鞭人解恨，营里能躲的全躲没影了。又下着雪，庙坛那一定没得防备，你们去杀了萨满，元湟一定当成天大的不吉利，没了国师，他吃饭睡觉都没法子，想都不用想就退兵了！”

柳遥之站在烛光之外，陌承光与他对视一眼，听卢凭在身边嗤一声说：“真好主意，你本来就在虏营里，怎么不带着那一百二十个先杀了萨满再来投诚？不是两方便？”

“哎呀……”郭乐成面露难色，低头搓着毡帽说，“俺们长在北地，哪个不信神教？杀萨满，俺……俺也不敢啊。”

室中静下来，悬瓠城诸人各自思索，郭乐成见他们不应，急得又说：“俺的人会接应你们进出营地，只要你们回城的时候带上他们。俺不来，怕你们不信，俺这都来了……”

“容这边商议一下，郭将军暂候。”

陌承光示意卢凭，又看了一眼柳遥之，三人走出室内。雪仍在下，风小了，黑色的天空微妙地透明起来，最深的夜即将过去。

“此人神情慌乱，言辞夸大，右司马，他的话不能听。”

陌承光觉得太疲惫了，也担心自己无法准确判断局面，看着雪夜不语。

“右司马！”

“但，若他所说是实，我们得冒这个险。”陌承光转头看卢凭，“雪晴之后化泥，可以再阻住北虏三两日，但到那时城中气已疲散。断粮加上大雪，没有人会认为北虏还能不退，要是等到土干，北虏真再攻来，城中会溃乱的。”

卢凭拧眉垂首，无话可反对。

“郭将军所言，或许夸大，但他冒险只身前来，要救他弟兄的心意看来不假。”陌承光想想又说，“我们把他扣在城里，按他所言行事，要能得手，皆大欢喜。若有差池，再杀他不晚。”

柳遥之此时一声低叹。“本想着不用拿出来冒险了。”他从怀中掏出一叠字纸，“郭乐成所言是否属实，这个可以验证。”

周遭晦暗，陌承光看不清那纸上的内容，问他：“这是？”

“武陵王殿下从北虏的粮库里冒火抢出来的，布粮图。”

“布粮图？”卢凭惊问，“就是，营里分发粮食时，前后转接的那种线路图？”

柳遥之点头，敲着手中的图纸说，“北虏几万人的大营，粮食存在营外，每天分发有定例。他们的文字粗简，士兵又多不识字，这图样就相当于我军的……”

“粮草条例，”陌承光低道，“记在军营全图上。”

“殿下说了，如果让陌司马看这粮草的分派，该能猜出北虏营中的人手布局。”柳遥之向他说，“到万不得已时，或许有用。”

眼睛渐渐适应了室外的昏暗，陌承光隐约看出图样上标有一些北虏文字，但不是他认得的词，似乎是缩略简写。陌承光又看了眼天空，心中挣扎一瞬，叫来一名传令兵吩咐：“去请我那位同住来。”

陌闻音一进城楼屋内，柳遥之的目光便扫向她，微惊之后略略打量。今日歇战，姐姐洗净了脸，陌承光知道没什么可瞒，引见说：“这是家姐，她到此地，对北虏的文字比我学得深，请她过来帮忙。”他转向陌闻音说，“这是武陵王府的谘议参军柳大人。”

柳遥之向陌闻音行礼，陌闻音抱拳回了个军礼，想了想，又补上个女子的屈膝礼。

柳遥之笑叹：“果然！果然！”

陌闻音并不寒暄，看弟弟把柳遥之带来的图样在屋角的案上展开，秉起烛台听他说明了情况。柳遥之立在一旁看他姐弟埋头细究，见陌闻音整体看了一遍，轻说：“看着的确是缩略语，用字音拼的，只能对着图猜。”

陌承光给姐姐拿来纸笔，等着她伏在案上口中念着音，手上写写涂涂地拼字，自己默默将那图样的线形、标记印进脑海。

另一边地上，郭乐成对着矮桌上的纸笔拧眉搓脸：“俺真不会画啊，俺字都不会写，哪会画图啊，俺说了带你们去呀。”

卢凭推开他，将矮桌拖到自己面前：“你说，我画。”

“雪要停了，哎呀天都要亮了！”

“少废话！快说，”卢凭按照从城上看到的虏营形状先大概画出几个圈，“从哪个方向进？”

“‘卡巴’，这个音是‘关’，关门的关。”陌闻音抬头对弟弟说。

“所以这些地方……”陌承光点着图上标有这个记号的位置，“可能是哨卡？”

“‘努西和’，是‘旺’的意思，有时候也指草或马长得快。”

“所以，你觉得这几处可能是需要卸草料的地方？”

陌闻音点头。

“那马棚该在附近，骑兵也就住在这些区域。”陌承光静思一瞬，“有没有像是‘祭坛’或者‘庙’的地方？”

陌闻音摇头，又翻那几张图样，忽然眼睛一闪。

“这里。”她指着营地偏北一个较为空旷的位置，“‘阿朗’，可以指‘光’，这个标记出现了好几次，应该是照明用的东西。这个位置和……这个位置，”她向前翻了一张，“标记的数量最多。”

后者靠近营区中心，两边夹有马棚，可能是中军大帐。前面这个在营地偏北的，的确像是需要点长明灯的祭坛。

陌承光的手按上图纸，静静思索，陌闻音抬头问：“承光，要做什么？”

弟弟没答话。

那边卢凭把按照郭乐成的口述画好的草图拿来，陌承光接过细看，与脑中记住的图样两相核对。这张图要粗糙得多，但郭乐成所提供的，的确是一条岗哨较少、两侧营房多住着步兵杂役的路线，更不容易惊到马匹，祭坛的位置也是一致的。

他没说谎。

“姓郭的说，从东北小门进虏营，那边是他的人值夜，暗号是‘追太急，瘸了马’。”

陌承光跟卢凭偏了下头，两人走至室外。

“我带三十人去，挑身手好、伤轻的，要自愿，寅时之前必须出发。”

“你去？”

“我姐姐那里……出发前先别让她知道。”

“不行！”卢凭厉声反对，“你不能出城，万一明早城上看不到你……”

陌承光看了眼身后的门，让他轻声：“杀了那萨满，明早城上会看到北虏退兵，我在与不在……”

“不行！悬瓠城是指着你撑到现在的，打胜之后还得善后，一样要你主持。偷营我去，右司马你不能去！”

“这话的意思，去偷营的人就回不来了？”陌承光拿松快的口吻说，“郭将军那一百二十人，不是还要跟着回城么。”

“他说得容易，我……我信不过！”

“那更该我去。”陌承光加重了语气，“此事是我决断，理应由我负责，你本不同意，不可替我犯险。”

背后的门“呀”一声开了，陌承光闻声往前让出一步，正待去看是谁，有一只手悄无声息地伸过，在他背上的伤口重按一下。

陌承光抽了下冷气，扭身抽刀，刀拔出一半，见是柳遥之站在门口。只见他的手还未收回，面上带着一丝笑。

“陌司马的背伤成这样，空手走动都能看出来，精神也疲累到防备不了如此近的偷袭了。陌司马，你去不了。”

陌承光将刀按回刀鞘：“仓促之间，虏营中的路线布局，除我之外谁能记下？”

柳遥之指指自己的鼻子：“我。”

陌承光摇头：“武陵王送大人进城，为的是只要柳大人在城里，悬瓠城就不会被上面弃掉，在下不会让柳大人出城的。”

“孤城临敌阵，我在城里或在敌营，上面怎会知道？”柳遥之又笑，“我真有去无回，不往上面报就是，也不耽误援兵过来。我要是负了伤回来，报上去，说不定援兵还来得快些。”

“柳大人来保悬瓠城，我等已经感激不尽。悬瓠之役，在今夜一举，在下苦守至今，只想求个结果，柳大人不会要抢在下的功劳吧？”

明知是激将，但功勋在战士眼中重于生命，柳遥之也懂得。悬瓠得保，首功确实该在陌承光身上，他抬出这个理由，让柳遥之一时无法回驳。

“只请柳大人……”

陌承光的话截住了，他终于注意到柳遥之身后的门内，有自己姐姐的身影。

背着烛光，陌闻音的神情看不清楚。姐姐已经多年没流泪了，此时眼里也是干的，但双生连心，只一眼，她心底的痛楚就反刺进陌承光的心里。

陌承光看出姐姐已经知道这一刻可能是死别，但她只是默默站着，没有出声阻止。

她坚持着，选择做以他为骄傲的战友，做另一个战士。

“……姐姐，”陌承光绕过柳遥之走近她，“倘若……到时候请柳大人带你回京城去，你回家去，爹有他的苦衷，别再怨他了，替我给爹尽孝吧。”

陌闻音没有回应或点头。

“柳大人，”陌承光回过头，“不可拖延了，只请柳大人协助卢凭为悬瓠城善后，回京时，护送家姐一程。卢凭，”他沉下脸色，“速去组队！”

“武陵王送在下过来，不只是为了保悬瓠。”柳遥之踏前一步，挡住陌承光的视线，“也是为了保陌司马你的。”

颈后忽然一麻，陌承光晃身倒去。失去知觉前，他看见卢凭带着歉疚的神色，听见柳遥之的声音说：“看，你的精神防备不了如此近的偷袭了。”

醒来时分，姐姐蹲在身边，陌承光发觉自己仍在城楼的室内。姐姐身后破了纸的窗格中露出天的一角，外面的雪似乎又大了。

什么时间了？这念头滑进脑海，陌承光瞬间从躺卧的毡席上翻起来，后背撕开一样疼。陌闻音撑住他胳膊，把他身上盖的皮氅披到他肩上，说：“让你睡了半个时辰，不然真是去送死了。”

“他们人呢？”

“柳大人带了宋阳阳、鲍九、史均才……”陌闻音一一报出名字，“从南门潜出往虏营去了。怕他初来，对北虏不够熟悉，卢司马同去了。”

这一个个名字经过陌承光的脑海，他尽快想着还有哪些人能合适调用，又听姐姐说：“剩下要去没能去的，我让他们等你。”

陌承光抬眼，姐姐的眼睛正看着他，她说：“我知道你不去，死、活都不会安心。这皮氅留给我，你要是，回不来，我像小时候那样装作你的样子，替你看着城防，能撑一天就撑一天。你安心去吧。”

来不及说得更多，连心里的情绪都来不及再起伏，陌承光把肩上的皮氅脱下裹住姐姐，紧抱她一下，起身出门。

马匹和器械已经备好，又二十人的小队迅速成形。悬瓠城南门角的驮马门被推开一半，一匹匹战马扑入城外的大雪。天宇已蒙蒙发亮，像要随着雪片坠落那般沉重，柳遥之的先头一队蹄坑被新雪覆盖，雪原上只留浅凹的痕迹。接应或者补援，都必须与他们会合，陌承光单手控缰随那蹄痕而去，顺利到达虏营的东北小门。

他单人一骑慢慢向前，雪中的辕门没有完全掩死，保持着随时可以被冲开的状态。有毡衣覆面的士兵在那门旁守备，眼神相对时，其中一人向他抬手略行一个汉式的军礼。

陌承光认得那眼睛，这里已经暗换好了自己的人，看来柳遥之他们进门顺利。但营中现下一派安静，天要亮了，虏营的起床号已近，不剩多少时间了。

挡雪的毡衣，让陌承光他们的外表看上去与虏营的卫兵相似，由于暂时判断不出营内的形势，他指令属下向辕门两边散开，混入郭乐成的部曲站岗的编队。雪停只用了一霎，阳光正努力想要透过天际的云层，使那里微微透亮。虏营仍然是安静的，陌承光在脑海中沿着眼前的座座帐房描绘出夜间记下的路线，成片的白顶望如天空之下的另一道云层。

忽然，中军营的东北角似乎骚动起来，隔得太远，从这里看不清情形，但营帐上接连亮起的火光昭示了那里的一场战斗。苍穹渐渐明亮，与燃烧的营房上下辉映，如同一场徐徐揭幕的残暴庆典。

众多虏兵冲出了他们的帐房，在火警的铜锣声中奔往东北处支援，陌承光立即起速，将他的二十骑揉进这人流中同向而去，郭乐成的部曲也跟上配合。火光乱流中，木栅围绕的巨大燔祭台边，柳遥之的长身白马十分显眼，他已经被十几个虏兵分层围住，轮番攻击下，那匹白马由他精湛操控着腾挪，可是手中长刀力已见绌。陌承光的战士从后面赶上，敌军卫兵始料不及，顷刻死伤。

陌承光跃马到柳遥之身侧："萨满怎样？！"

柳遥之微微喘气："在帐子里面截着了，没想到虏兵来得太快，眼下被人护着跑不见影了。"

"哪个帐子？"

柳遥之刀尖一指，回刀劈向补上来的虏兵。有什么直感催着陌承光往那顶熏得发黑的帐子提马而入，其中已经空荡无人，只见点着幽幽灯火的深处摆着些小木偶样的东西。他身后嘈杂，是属下在阻击追他进帐的虏兵，陌承光收刀驻马凝视那些人偶，又一磕马腹上前，大把将木偶扫进自己毡衣的袍摆。

回马冲出帐口，他甩下毡衣，用来裹着那些木偶抱在胸前，经过一个着火点时，陌承光抽起一根燃着的木头也塞进毡衣里，然后把那带火的包袱全力掷上无人防守的光秃秃的祭台。

毡衣散开，堆叠的人偶歪倒在燃烧的火焰之中，火苗向其上蔓延。

这一番动作让陌承光重新要顾背上的刀伤，疼是压不住的。而混乱中的虏兵也有了迟滞，在一些惊叫声里，他们大多看向那些火中人偶，短暂地发愣。有一个身影在动，黑袍的，陌承光看见那人似乎口中念念有词着往祭台走近了些，他拔出刀来对那处直指，高喝："那儿！"

柳遥之先一步催马，白马电光般驰去。悬瓠城的勇士们从四方汇向那黑袍的所在，即使倒在半途，也用马身砸翻虏兵为战友开路。满背的疼让陌承光忘乎所以，他不知道自己是怎么堵到那黑袍面前的，那是个极其苍老的妇人，扬头向马上惊恐地看他。在陌承光迟疑的一瞬之中，柳遥之从她背后策马弯腰，一刀断开她的头颈。血涌如红泉。

"来了！"

悬瓠城头的紧张凝聚到极点，人们遥遥望见一支骑队踏雪向东迂回，看人数，那正是他们的勇士带来了郭乐成的部曲！

城下传来巨大的木枢旋转的声音，那是东城门的吊桥放落，正在架过护城河。悬瓠城张开了怀抱，迎接这些英勇的子弟。

近了，目测只剩三里多了，然而遥望中陌闻音发现，几队迅速移动的黑点也开始出现在视野边缘，看上去是追击的北虏精骑，全员高头黑马。悬瓠城的南方马匹在雪上难以全速，又和郭乐成部的坐骑杂错，疾驰的骑队渐渐拉成雪野中的一条细线，队尾与追兵眼见即将重叠。

"快！快进城！快着啊！"一样在焦急眺望的郭乐成双手攀上城垛，探身大喊。陌闻音知道在这个距离城外根本听不见，她命令自己镇静、镇静，回头提醒暂领城防的校官："列好人手，准备闭门。"

在悬瓠城东门后的枢机处，两列士兵紧紧挽住缆绳。骑队的领头白马从门洞中都可以望见了，门内全体大声呼喊，所有声音都是："快！"

可突然，一支侧翼的追兵提速，纯黑的北方骏马四蹄如飞，斜插进悬瓠骑队的路线，生生将队伍截开。悬瓠骑队霎时裂为两段，雪白的头马仍在带领大部奔驰，中间的几骑却猛然勒转，回马迎向北虏追兵而去。

那率先提马回转的骑姿陌闻音认得，那就是她的弟弟，他要去救援被拦截的战友，要为突围的战友断后。

某种感觉又一次吞噬了她，像看到的、听到的都是梦境，不能醒。她的内心在痛悔对弟弟夸口，没有了他，自己一刻都撑不住。但她的身体像梦游一样，做出的举动是按刀奔下城头，去东门迎接即将抵达的归人们。

紧随在陌承光马后的一匹花马这时奋蹄激雪，利用陌承光已经控缰不便的劣势超过他一个马肩，那骑手拧过辔头抵近，陌承光为了避免两马相撞而勒马减速，看见挡他的是卢凭时，两匹马的前蹄磕绊到，同时在雪地停下。

“别争了，敌人到了。”陌承光看卢凭又要抖缰绳，知道他想代替自己回防，“一同去！”

“你回城，我去！”

这两句话间，随陌承光回转的其他骑手已经超过他二人，刀刃相击声就在不远处。陌承光只顾着想让马再跑起来赶上，卢凭探手按住他已经痛得发僵的肩膀：“这样去你去了也没用，我是忍不到胜利，等不及要给我弟报仇了。”他的手沿陌承光的右臂搓下帮他缓解僵直，手劲坚硬，“你别食言，生不可负死，你回去，替我们胜！”

陌承光的余光中，有纯黑色的马影在向他们逼来，卢凭必定也能感觉到，但仍紧紧看着他，收回手不动。陌承光掉转马身，向着悬瓠城的方向磕马，没有再回头。

越过东门护城河桥的时候，他看见戎服披挂的姐姐，还有仍在白马上的柳遥之。在他之后陆续有脱困的战士冲回城里，但越来越稀疏。队尾与北虏追兵的缠斗处，雪晶扬上半空，与血沫混合，在黎明的天色下炫光微红，那红雾里陌承光的同袍在齐声高喊，声音隐隐传来：

“……关城门……关城门！”

陌承光的嘴唇动了动。

柳遥之猛催马至他面前，钢刀举起：“此刀刚杀了北虏萨满，没有白流的血。”说着扭身断喝，“关城门！”

返城的骑队全员静默，陌承光望着城外那红雾起处，声音几不可闻：“关城门。”

枢机的扭动声从来没有如此刺耳。郭乐成跑过陌承光马下，向着已经升起一半的吊桥之外嘶喊：“老木——癞秃子——孙格……俺给你们烧纸，俺年年给你们烧纸！俺回了南地，给你们上祖坟！！”

他的声音被闭在城门中。

北虏的大营，终于拔起。

悬瓠城几乎每个人都涌上了城墙，在陌承光的身边，人群两面排开。在能去想象这一刻的那些时间里，陌承光以为会有满城的笑声，或是哭声，但当它真的来临的时候，所有人都比预想中平静。

积雪已近消融的原野上，有序作业的敌兵往来踩踏，使原本的营地化为大片黄泥，像那清透天宇下的数块疮疤。马群在被列队、清点，装满散件的褡裢重重搭上它们的脊背。残损的兵器被聚拢，付之一炬。

那些火点的围绕中，中军大帐最终塌下，木桩拔起，白色的帐幕一块块卷叠。

城上终于有人哭出声，从郭乐成带回的部曲起，传散开，零星地响在悬瓠城墙各处，不辨悲喜。

柳遥之拍了拍陌承光的胳膊。那边陌闻音看着弟弟，轻咬住嘴唇。

远远地，从整队准备起行的虏阵骑兵中驰出两骑黑马，一前一后在悬瓠人的遥望中驰近，直到已经能够看见面孔的距离，勒住。

“在下平南兵马使贺浑，请悬瓠城太守一见！”前马的骑手在城下高声。

这个声音，是那天曾在城下喊话的虏将，冲车上，木架边。

将士都看向陌承光。

身边有人慢慢开始将弩上弦，弩箭的射程出现在陌承光的头脑中。如果偷袭，这是可以一击毙命的距离。他摇了摇头。

“现在是敌人败退之时，他二人匹马前来，我们攻击，反而是示敌以弱，或许会引发北虏回兵。”他向传令兵吩咐，“便将唐太守带上城来，回复下面暂等。”

北虏的黑马驰时似雷电，立止时却极静定，姿态优美。那两人两马在城下候了半刻，悬瓠太守唐墨被从宅中提出，带上城送到城垛前。

从要弃城的那夜起，唐墨一直被禁在宅中，此时不明状况，觉得是要拿他交换什么条件，吓得双腿撑不住地不停发抖。城下的人看了他两眼，后马上的年轻人向那贺浑咕哝了两句什么，贺浑又扬声：“不是这个，请见悬瓠城上主兵之人！”

人们的视线又转向陌承光。陌承光向前，立在城垛边。

“请问名讳。”贺浑喊。

“悬瓠城右司马，陌承光。请问那边名讳。”

后马驰前一步，贺浑答：“这是我王骁骑统帅，丹王子殿下。”

元丹。

郭乐成在一旁对陌承光低说：“他也是主兵的。”

这百余日来，双方真正的主将在城墙上下对视。

“请司马脱盔，露清容貌。”随着贺浑的喊声，那位骁骑统帅元丹先抬手掀去了自己的头盔。

悬瓠城头很静。陌承光解开盔带，双手摘下头盔。

元丹盯视着他，不久点了点头。贺浑为他将话转译过来：“丹王子说，你有鹰隼那样不服的眼睛，南地狭隘，容不下你的。若是投来我朝，天高地广，王子随时欢迎你。”

“我大江两岸物产丰饶，士伍奋勇，百姓勤业，不如王子投来我朝？若是率土来归，更加欢迎。”

元丹笑了，指了指他，仿佛在说：“你记着。”他向贺浑靠近些，拍了下贺浑的马颈。贺浑翻译：“王子说，这匹宝马留与陌司马做个纪念。你们南地没有这样的马，物产虽好，但凭我朝的钢刀和骏马，终有一日尽归我朝。”

“王子有意，在下收存。得王子之意，悬瓠城中无以为报，便以此物回敬，令王子知，我朝亦有钢刀。”

陌承光解下自己几近卷刃的佩刀，掷下悬瓠城头。

元丹大笑，马踏护城河中僵冷的积尸，近前俯身下探，勾起那把刀，以刀拍马回缰驰去了。贺浑下马解鞍，抱着他的马具徒步跟随而去。

那匹精黑的草原马静静站在大战之后荒败的冬野。

山河雪

第二章

/

云龙辞

彭城，城墙周长六十里，是青、兖、徐、豫四州的总镇守所，一座大过悬瓠城五六倍的重镇。

入城之时，陌承光抬头望那极高的城垣，听见姐姐骑在一侧的马上说："怪不得北虏绕城走了，要是悬瓠城建有这样的城墙，咱们说不定也不用打了。"

陌承光淡淡笑了笑，没有点头。

从悬瓠城下拔营，北虏却没有如预料般向北回退，而是移师南进。至彭城时，虏主元湟致书约见武陵王穆骏，被拒绝后对峙三天，绕城而去。南至盱眙，虏敌听说城中有粮，强攻二十余日，盱眙守将枚伦率领太守以下军民力抗，完保全城。

直到推至长江北岸，北虏再未下一城，望天堑兴叹，最终退走，引兵撤出境外。

听宣慰使带来的议论，大战绵延数月，诸城得保，朝中普遍认为当论悬瓠首功。因此始兴帝明旨嘉奖，吏部召悬瓠太守唐墨与右司马陌承光回京接受迁转封赏。

然而战后，悬瓠城的首要是恢复粮食供应，紧接着是防疫，唐墨接到命令后立即随宣慰使动身，陌承光其时却在附近几座城中辗转借粮。既然出发已经迟延，他索性直到处理完城外最后一批积尸才启程，临行时，留在城中暂代防务的柳遥之提醒，即使绕远也要途径彭城，千万记得去拜会防区的最高指挥、他的泰山大人江夏王。

防区帅府灰墙青瓦，外观十分朴素，但走进二门，便见雕梁画栋，漆饰堂皇。陌承光的拜帖有柳遥之的引见，江夏王回复时一并替柳夫人邀请了陌闻音，此时主人还未升座，陌闻音立在弟弟身后向内打量正堂的建筑和陈设，一错眼时，廊下走来一人，她当是生人，便把头低了下去。

那人走到她弟弟身边说：“到了。”

是三殿下。陌闻音心中一动，但仿佛有什么默契一般，她没有转头去看，那人也没来与她搭话。

只听穆骏那边低声对陌承光说：“闻见这个气味了吗？”

陌承光嗅了嗅，点头。他觉察出穆骏不动声色地让过了见礼的步骤，可能是不想听自己向他道谢。他们之间从前的确也不需要这些客套，陌承光自然而然接话：“新涂的椒漆？”

“嗯，为了除晦气的。”

“什么晦气？”

穆骏挑眉笑：“你们胜了有赏，我们可是有罚的。五叔免了两个头衔，我爵减一等。”

陌承光讶异看他：“你不是……”

“我往悬瓠城去没军命的，兵部没给算在账上。只说北虏围彭城时不出城迎敌，北虏回退时还追击不力。”穆骏看起来并没有太多懊恼的意思，冲陌承光眨眨眼，“要是没个打得好的来对比，可能还不会罚这么重，反正……”他声音低下些，“你别触上五叔的霉头就是了。”

陌承光明白了他的意思，点了点头。穆骏又笑。

不一时侍者传声，江夏王升座。

穆骏引陌承光姐弟入堂见礼，最初的分叙礼节过后，穆玄汝打量着陌承光，微须的窄脸颊上浮起些笑意，“你与你父亲，真有八九分相似。”

父亲昔年是天下有名的美男子，江夏王的这句是夸赞，陌承光拜谢谦辞。

“性情不知像了几分？你父亲啊，是有些太狷介了。”

陌承光神色微动，不语下拜。

穆骏心里别扭了一下，立刻去看陌闻音的反应，却见她站在弟弟身后远些，素面无妆的脸上神情平淡。

“处朝处世，为官为人，从流随化才是大雅。”江夏王不再看他们几人，眼望堂外说，“高标离群，致空名而远同道，绝非好事。无论自诩才能如何，总要有用武之地，或早或晚，总要借他人之手。”他瞟陌承光一眼，“譬如你新去一个位置，看起来是你自己挣得的，实际上总要有他人被挪开。迁转之际，这话望你深思，孤王是不想见你蹈你父亲的覆辙啊。”

果然是个下马威吧。穆骏想着，听陌承光回说：“承光受教。悬瓠城之胜，仰赖殿下容武陵王百里奔袭来救，若非烧尽敌人的粮草，后续撑持之间，必定还要得到殿下增援，而今又受殿下教诲，卑职感激不尽。”

这个“容”字用得挺妙，穆骏嘴角动了动。他往陌闻音那看，见她低垂的眉眼间也有个心照不宣的笑。他心想这小子这几年还真长进了，忽的陌闻音抬眼，正与他对上了视线，那眼里残余的笑意让穆骏脸上蓦地一热，迅速转开头。

听陌承光言辞谦敬，江夏王的脸色好转些，说：“知道感恩上司不错，同僚之间也要尊重。听说你嫌悬瓠太守优柔寡断，竟在府里绑了他夺权，可有此事？”

悬瓠太守唐墨要开城逃跑、陌承光将他绑进大牢这些事，真真假假也传来彭城一些。穆骏想今天五叔当面问难，那太守怕不是回京路上恶人先告状了？他正要帮陌承光解释，那边陌闻音开口说：“唐太守哪里优柔寡断，他要弃城出逃那晚，民女所见，他可是果决得很呢。”

穆玄汝闻声，视线转去，看清陌闻音后，似乎大大吃了一惊，目光便像被黏住了。

陌闻音今日戎装，又低眉跟在陌承光身后，穆骏估计五叔一直当她是个随从，起先没留意看。他当然知道以闻音的容貌，尤其是眼睛，男人第一次看见的时候大多是这个反应，但无法抑制住些许不快隐隐升起，像微沸的水面下小小的气泡，一个一个悄悄冒出，再轻轻破掉。

“这位就是，陌小姐？”穆玄汝亲热笑起问。

穆骏马上接口：“陌小姐先来拜见皇叔，后头十三姐姐还在等着，小侄这就带她往后面去吧？”

穆玄汝看他一眼，神情不悦，转又笑说：“陌小姐今日戎装而来，不是为了那种闺房闲话。这边散了你带她去，先坐，先坐。”

穆骏只好再坐定，脸上也不能露出什么来。他想看陌承光是什么表情，却见这个当弟弟的正襟危坐，不知是迟钝于这些，还是见怪不怪根本不打算反应。

也对，穆骏倒有点想通了，闻音家里总共三个哥哥一个弟弟，她从小也没特别被当成女孩养育，家里对她出来交接似乎都是平常处之的态度。

再者穆氏虽是皇族，陌家却也是名门，五叔哪怕妄想怎样，只要陌家不理，也就浮云一样。

那边穆玄汝脸上的笑满溢出来，抛下了在座的两个，直问陌闻音："悬瓠城的战事，陌小姐也有建策？"

"不敢，烧火拣箭而已。"

她的表情很少，态度上没有羞怯，却也不是刻意的落落大方，在穆玄汝看来是极新鲜的样子。陌承光把话接了回去："那时卑职实际也没有绑缚唐太守，只是限制他府上出入，为了不扰乱军心而已。"

"……妥，妥当。"穆玄汝回神，点头赞许，"不过，那个唐墨先于你回朝，又放出许多口风，不免为你招惹物议啊。"他又看了陌闻音一眼，"这样吧，此次迁转，你有什么心仪的位置？孤王作为你现今的上司，附一封亲笔信，保举你一二如何？"

这固然是笼络陌承光、想引动闻音好感的意思，但有了五叔的举荐，对陌承光如愿迁转确实大有帮助。穆骏高兴起来，刚要说话，听那边陌承光说："多谢殿下眷顾，但转职，卑职回京之后打算请辞。守卫悬瓠城是我分内，有赖军民同心，保得城池不破，卑职不敢居功。只求为朝廷继续营缮悬瓠城，修养百姓，以图后事。"

他的语气绝不是为了博取美名的套话，席间一瞬静了，连陌闻音都意外地看他。

江夏王问她说："怎样，陌小姐，你弟弟是这样的主意，你看如何？他不迁转，你还随他一处吗？"

陌闻音没有看江夏王，对着陌承光答："圣贤书上所载，子贡赎鲁人于诸侯，却不按法令去鲁国的官府领取赏金。孔子以为子贡的做法不好，取赏金其实无损于操行，反而子贡不取赏金，从此鲁人就不愿意再去赎人了。"

陌承光垂眼。

"你的道理也是一样，你保悬瓠城有功，理应升迁，你却不升迁，以后更无人肯去立功了。"她转回向着穆玄汝，"因而承光的念头，民女并不赞同。"

"好，好！"江夏王笑得畅快，"陌小姐知书达理，陌太常果然教女有方，得家风之清通啊。"

开头批评人家父亲"狷介"，此时又盛赞"清通"，穆骏坐在中间，不禁替两边都有些尴尬，看五叔这刻意殷勤，又想起他在江夏封地已有数百姬妾了，不舒服的感觉再度翻上心头。但陌承光的去向，是他眼下最关心的事，也只有硬着头皮赔笑插话：“陌小姐说的正是，承光实在应该因功高升。但，真要迁转回京城去，小侄也有担心啊。”

他动了动身子，留神说：“像皇叔方才指教的，大战之后，满朝文武多数受罚，受赏的只有他悬瓠城，还有盱眙枚伦方面。枚舅舅是太后的外戚，谁能拿他怎样，高标离群的看着就数承光了。京中水深，他又实在不是擅长与人交道的个性，万一拿捏不住，给自己……和身边都要生事的。”

“这话的确，”穆玄汝倒没把自己摆在受罚的人里，点头说，“凡有怨气的也只会冲他。那你看如何？”

穆骏赶紧接上：“从前想让他来小侄的幕府中做抚军主簿，不是没能成事吗？这回既然有皇叔的举荐，吏部必定没有二话，父皇那里，也请皇叔美言几句啊。”

穆玄汝讶然一笑：“还提此事？”他想陌承光姐弟都在，避开同学挚友容易被目为私党这些话，只道：“藩王的幕府，非同小可，要人是最难的。就连我那新女婿，你自己提拔起来的柳遥之，起初也没能放在你的帐下吧？”

听见柳遥之的名字，陌承光留意，看向穆骏。

穆骏跟他解释：“柳遥之他，从前是襄州边地的太守，我那会儿去讨伐五溪蛮，见他极能干，本来想把他留在身边用的。结果按程序举荐到吏部，书判批下来，他却给迁转到七弟那儿做后军参军了。在那边两年多吧。”

原来如此，看来柳遥之也刚转回穆骏身边不久，难怪行事风格上他有些脱开穆骏、自己能做主的感觉。

“换他回来，贤侄已经花下半个封国的大价钱了。此番悬瓠百日之后，陌司马的才名未必弱于柳遥之。”穆玄汝似谑笑问，“要是上面不肯给你，你再拿什么去换哪？”

陌闻音一双眼睛专注看着穆骏，穆骏见她像是好奇，很愿意跟她讲讲：“就是，父皇给我们几个兄弟加封郡王的时候，那一晚在清凉殿喝酒。柳遥之这事，我不是一直放不下嘛，终于逮到这个机会，那会儿父皇喝得高兴，七弟也有点醉了，我就一直敬他酒，敬到后面七弟不肯再喝了，我就说，你要是不卖三哥的面子，就得答应三哥一件事。”

陌闻音点头，陌承光也在凝神听。

“三哥这次无论封到哪里，我郡国里的食禄都给你一半，只换你帐下一人。”

陌闻音露出微笑，这是见面以来穆骏第一次看见她有明显的表情，心里一下子有点兴奋了，故意说得更夸张精彩：“七弟跟我一直还不错，爽快就说了个好。父皇听见了，开了金口，说也不用一人一半的麻烦，就给七弟封个大点的国，给我个小点的，问我乐不乐意。我赶着说乐意啊，一口定下来，父皇乘兴，当时就叫拿地图来挑选。”穆骏笑说，“不过，程序也走了多半年，柳遥之才终于回来的。”

“所以殿下，就成了武陵王。”陌闻音这话不是问句。

穷山恶水，边远湘州，武陵作为封地，不能更差了。

她语气里有不平，穆骏听着窝心，马上回话说：“风景好啊，桃花源的所在，你什么时候……”

他注意到江夏王和陌承光都在盯着他俩一来一回，赧然停了口。江夏王微微冷下脸，说：“孤王劝贤侄，主簿之事莫再多想。柳遥之当时能回来，陛下看的，想也是谯城王先答应了你，而不是赏识你的豪气。这才没过多久，再要一个风云正劲的人物，实在不是你的位置上合适的。”他轻摇头，“你要便要，孤王不去多事，举荐信不会这样写的。”

眼看爱做好人的五叔都要把话说绝了，穆骏着急看陌承光。本来他心里觉得，封国食邑、兵马钱粮这些自己都没要过，这回救悬瓠城又有功劳，陌承光的官职也还不高，开口试试应该不难，没想到连开口本身，都被江夏王给否定了。他闷着一股气，拿眼神示意，想让陌承光自己说愿意来，凭五叔刚才的许诺，加上有闻音这一层，说不定还有转圜的余地。

不料陌承光看他一瞬，避席向江夏王下拜：“卑职谢殿下厚意，”他抬起头说，“若回京城，依心中志向，卑职愿入兵部中枢，不知能否得殿下成全？”

这是明确拒绝了穆骏，表示要按江夏王的主张行事。穆玄汝满意笑开：“好说好说，陌司马于孤王辖下力抗贼虏，建不世功勋，孤不可坐分荣耀却不为你的前程考虑。你的迁转，孤王自会尽心。”

陌承光伏低再拜，穆骏看向曾经亲密无间的太学同窗，微微蹙起眉。

“图拿来了。”

陌承光和陌闻音同时从城垛边回头。

他姐弟两个今日都穿薄青色的男装，看起来更像了。但陌承光的眼形略圆，脸颊线条虽然利落，整体上是温文感。陌闻音相貌却偏冷，长而大的双眼上挑，眼角精致锋锐，鼻子也比大多数女子高挺，连带得下颌收尖得流畅，有种傲然韵致，因此容色显得更美。

穆骏不由看着她呆怔了下，直到陌承光走过来要看彭城的城防图，才想起招呼城防官陪着他，自己走去闻音身边。陌闻音已经转回了身去，手扶在城垛上正往北方眺望。

“好高。”

“能看好远呢。”穆骏接话。

陌闻音转过来问：“彭城这里，离洛阳还有多远？”

“洛阳？”那是北虏的东都，前朝的旧京。

“……一千多里了吧。”被闻音这么直看着，穆骏有点跑神。

陌闻音眉心蹙起：“比悬瓠城更北，怎么反而离洛阳更远了？”

“因为……北虏，说是北虏，其实是在我们的西北边，彭城是在东边。”

陌闻音谢他指教，往城墙的西侧走去，一边走着，一边还在远望。

穆骏在后面缓步跟着她，看她的步幅带动紧束的腰身，身体像株健康的杨柳。闻音该有……二十四岁了，即使罩在男装之下，颀长的体格也有曲线隐隐浮现，她腰间的皮质腰带上悬着一把短刀，随着走动轻轻拍打在胯上。

穆骏本来不是盯着那刀看，但不敢那么轻薄，瞅了两眼，目光就落回刀上，突然心中一喜。

“那是……我那把吗？”他轻声问。

陌闻音回头看他，又低头看了下腰间，脸上似乎薄薄一红，点点头转了回去。

“你一直带着呀？”穆骏紧跟了两步，心里乐开花了。

陌闻音没再回头：“好用。”

穆骏凑近她笑着问：“什么时候用？杀北虏的时候用了吗？”

“杀北虏的时候，怎么用这种短刀。”陌闻音并没躲开，偏过头向上看他，说，“我是想着，万一城真破了，我自己就用得着了。”

穆骏的脚下慢了。

“殿下，”陌闻音像没察觉他的情绪，心思还在城外的远方，“你说，咱们疆域里有什么地方，站在上面可以望见洛阳吗？”

穆骏又愣住。

陌闻音听他不答，回身看他，穆骏跟上，问：“这都要回建康了，你干吗还惦记着北虏的地方？”

疑惑浮上陌闻音的脸，她想了一下，回说：“因为洛阳……本来就是我们的啊。”

一句入耳，有血从穆骏的心里汩汩至头顶，那血却是凉的。

见着闻音之后高兴得要忘掉的事，接二连三又想起来，他真想把脑子摁回去歇着。但没法不想起北虏大军一路碾到江北，整个朝廷瑟瑟惊恐，毫无还手之力，没法不想起父皇动议北伐反报，却遭到上下反对，没法不想起看见檄文时候，甚至自己都觉得，现今的力量支持出兵都难，向北虏报复更是痴人说梦。

然而父皇传檄时，那文辞中“围狩故土，恢复旧京”的深痛志愿，其实他能懂。可连自己在内，但凡一丝权势在手的，首先都得盘算，怎么安度这一轮新的进退风险。

从头到尾，只有见到眼前的女子，才觉得血气逼人，身边的世界真在挣扎新生，有人真在活着。刚刚经历过生死大战，返回锦绣都城的途中，她心里惦记的，还是“我们的洛阳”。

与此相对，真能愧死。

看见他神色，陌闻音静了片刻，说：“我是私心问问，殿下不必归责到自身呀。”

她话很淡，像是有意疏远了，穆骏神情更转黯，陌闻音的语气轻缓下来：“承光跟你说过吧，我们陌家，原本出身就在洛阳。”

“好像……是说过。”穆骏慢慢答。他后背出冷汗，羞惭感针扎一样。

陌闻音温柔看着他，不久偏开头西望城垛外的原野：“小时候，我们家的太奶奶、奶奶，总跟我们讲，当年在洛阳城，我们家有过一座花园，奇花异草，说都说不过来，一年四季无论何时踏进去，都有花在开着。”

她的声音很低，仿佛自言自语，憧憬着现实外的胜境，也像暂时的逃离：“洛阳的街道，说是宽阔无比，横平竖直的，像棋盘那样，不是建康这样，过桥绕水的曲折。那里面，才士云集，商旅汇聚，最北边白山出产的皮货，最西边运来的骆驼，都成批成队地摆在东西两市里。凡是普天之下有的，洛阳都有，因为那时的天下，就是一个天下。”

随着她幻梦一般的描述，穆骏的血慢慢回暖。

“我到现在，都不知道骆驼什么样。”陌闻音回头看他，笑了下。

虏主元湟兵临彭城时，致书约见，那时送了几头骆驼来。但穆骏此刻不想说这些，这是深深的耻辱。

“你见过死人吧，三殿下？”见穆骏脸色沉重半天没有反应，陌闻音又问。

她从前总有这些没头没脑的问题，穆骏总是不知道怎么答。

“你肯定见过，但你肯定没见过，积在一起的，那么……那么多。”陌闻音向上的眼神空茫，像有什么惊怖的画面在其中闪过，但她的声音沉静，“人死了，都成物件一样，脸会抽起来。”她摸上自己的脸，脸颊被她揪成一点不好笑的模样，“但你还是能看出来，一个人和一个人不一样，这个人，可能生在胡地吧，那个人和我们一样，是汉人。”

她的背倚在城垛口，手扶上城墙砖石，找个支撑般：“北虏占了咱们的国土，还占了柔然，还有漠北部，我……杀过北虏，可到头一想，我杀的，真是北虏吗？说不定是同族，说不定是……本来没仇怨的柔然人、漠北人，就算真是北虏……不进者死，他们就想死吗？”

穆骏看着她抠在城墙上的手，那手指因为用力，是没有血色的白，虎口上有茧，手背上有伤。

他很想上去握一下，又觉得那只手太干净，不敢弄脏了。

“不杀他们，你不就得用上那把刀了吗？这有你什么错？”

陌闻音摇头：“烧埋他们的时候，烟好大的，我就只有想，两军交战，别怪我们吧，你们入土为安，魂魄归乡吧。可又一想……他们的家乡，你说在哪呢？他们回去的地方，算不算是家乡？”陌闻音的声音断了一瞬，“我呢？我的家乡又在哪？我的家乡，不也是北虏的地方吗？”

“不是，不是的。”穆骏冲口而出，“你只管等着，咱们一起，我带你回去！洛阳的花，我一定带你去看啊。”

陌闻音看他，目光找回了焦点，继而眼睛张大，个中神采辉莹。然而她最终只转回身又望向城外，穆骏也发觉自己失言了，以他的身份，这就是在谈论家国天下，是不被允许的。

“我会一直记着这话，”长久的沉默后，陌闻音说，“可这心愿太重了，殿下，我不能要。”

听见弟弟的脚步声，她转身迎去，牵住陌承光对穆骏回头：“彭城哪里有花？带我们在彭城看吧。”

彭城有湖名云龙。

北虏退去是冬末春初，经过几个月修整，如今渐已至夏。云龙湖的水面不甚开阔，但周围有云龙山景，在北方内陆大城中已属难得。湖以杨柳著称，绕湖皆是高大古树，翠枝如瀑垂落水面，湖中的荷花露出尖角，但花苞还是青色，只在最末端透出一星一点柔嫩的粉红。

一日事杂，他们乘船出水时已经暮色四合。为了穆骏出游，今日禁了水面，但园林还开放，消夏的彭城居民三三两两行在岸上杨柳枝后，让陌承光隔水望去，有些怪异的安宁感。

“能喝酒吗？”穆骏问他。

陌承光摇头，指了下背上。

“还疼吗？”

“殿下给的伤药好用，比之前好多了。”

穆骏笑：“我这儿啥都少，就是刀伤药多，你启程之前，记得多多带上。”

陌承光看着他，眼中似有愁色，穆骏觉出这话不太对，赶紧换开：“那你多吃点嘛，都没怎么动筷子啊。”

船舱小案上摆放的席面都是自己从前爱吃的，陌承光知道穆骏有心记得。他拾起筷子，夹一块豆腐入口，忍着眉头不皱。

“吃肉啊，”穆骏筷子点着旁边熟烂的羊蹄，“凉了膻气。你啊，太学的时候就让人叫‘病鹤’，我看现在，都快瘦成鹤站的水里那芦秆儿了。”

陌承光勾了下嘴角，不是笑：“在悬瓠城，饿怕了。”

“就是那会儿饿过头了，现在才要补啊。”

陌承光的筷子却抬不起来，只在自己菜碟按着，夕阳的光投在水面上，灿金一样，反照在他眉宇。穆骏沉下目光静看着他。

“在悬瓠城……”陌承光转开眼，看着船外水面上的光点，“看见过有人家用草席包……着饿死的婴孩出来……孩子的两条大腿上，肉被剜掉了。”

最后半句他说得很快。他跟谁都没说过。

“所以总觉得，多吃一点，好像是罪过。”

“别想了，”穆骏断然说，“没有你顶着，悬瓠全城都死光了，你做得够了。别想了。”

“还有城外面，”陌承光转回头来，仍在说，“我和姐姐一路过来，看见各座城池，城墙外头不剩一座有顶的房子。朝廷收埋尸骨的坟，就是一个大坑，每过三十里，就能看见那一堆新土……你听说了吗，燕子今年回来淮南，无处落脚，巢于林木。”

“你和闻音真的像，都是这么想事……不是你们的过错呀。”

陌承光没有答话。

他们看着彼此，心中都在想，那么是谁的过错？

“今天出来，是为了你们高兴，这些，先不谈了。”穆骏打破僵滞的沉默，把摆着酒席的小案整个推开，抓过旁边的棋枰放稳，“不吃就下棋。来，我让你，你执黑。”

历来自己执黑，穆骏从没赢过，陌承光感觉他的体恤，也觉得气氛涩，勉强淡笑了下，拾起一子落在天心。

两人找不到闲话，各自静算棋路，船头隐约传来陌闻音和船娘学摇橹、唱船歌的声音，船家一句她一句，和着水声澄净：“青蒲衔紫茸，长叶复从风……与君同舟去，拔蒲五湖中……”

“彭城真平和。”棋至中盘，陌承光听着那歌声说。

穆骏点头：“城池坚固，城墙之内，多年无事了。”

“殿下想过没有，”陌承光落子不停，问他，“为何我朝守坚城尚可，一到城外野战，十有八九溃不成军？”

说是不谈这些，回答却一下冲到嘴边：“将领无能畏战，没个城墙挡着，面对北虏心里先怕了。”穆骏盯着棋盘，声音中怒气上涌，“两军刚一接触，一个小挫，队伍扔在原野上，主将自己逃得没影了，这都多少回了？个个又都是朝里有根基的，战败不死，贬下去一二年，起来的还是这些人。真能打仗的，夏侯老将军、枚伦，新秀里面算个柳遥之，还有，”他抬眼，“如今添一个你，一只手都数得过来！”

陌承光摇了下头。

不理他自谦，穆骏又说：“还有，马。你看，你从北虏得的那匹马，比咱们的马能高出半个头啊，筋壮腿长，跑起来的速度根本没得比，野战靠马，咱们可怎么赢？”

陌承光的眉头始终淡淡拧着，眼前浮过在卢凭身后飞速掠近的纯黑马影。

“还有兵，”穆骏停了落子，手中白子敲着棋盘，“父父子子代代相袭，早把当兵当成了过日子，除了各藩王自己练的亲兵有点用处，余下的兵户，跟农人有什么区别？”

“兵、马、将，殿下说的都是。”陌承光将手里的黑子放回棋盒，“但我看来，关键能挽回败局的一点，是‘器’。”

“……器？”穆骏没大明白，凝神看他。

“我朝至今，没能创出一种克制北虏骑兵的战法，所以旷野之上，两军对垒只有靠人的血肉搏杀。”陌承光像是思虑过太久，句句倾泻而出，“而守城更靠器械，器械，才是我们唯一确定可以胜过北虏的东西。”

“就像，当时在悬瓠城下，我能安然脱身，是靠咱们的弩射程更远？”

“对。守城时候，敌人有投石机，我们也有，且比他们的更准更强，还能调出不同的射程，远近配合，形成宽阔的落石带，让敌人组织不起有效的阵型。”

陌承光的语速不知不觉间越来越快：“敌人有冷锻甲，我们用短枪盾能锤透。敌人有钩车，我们用悬索，把钩车勒止、吊翻，对云梯也一样，悬索钩住梯脚，就能从城上将梯子拔起。悬瓠城弹尽粮绝之前，就是靠着这些器械，挡住了北虏无数次进攻，只要训练得当，女子也可以上城作战，士兵的体质差异，就不再是紧要的问题。”

听着同窗好友像揭开了什么盖子一样突然滔滔不绝，穆骏一边惊讶，一边庆幸提起这些。他还是热忱的，能从战后的伤痛中拔出一些。

“所以野战必定也一样，人、马我们是不如他们，靠无畏的意志可以为战，但只有这些不够！要胜过北虏，必须要靠战术，要靠支持战术的器械。”

“什么样的器械？”

“我还没想清楚。”陌承光的声音轻下去，“特殊的长兵器？射速更快的弩机？我对骑兵作战还——”

“所以就想让你到我武陵来啊。”穆骏不死心，应和着他说，“我那地方虽然穷点，好歹是个郡国，还产铁矿。人、东西在那儿都是我说了算，马也能给你找来，你想怎么钻研不都可以吗？”

“藩王在封国之内大兴武备，被有心之人传出去，是给殿下招祸事。”

陌承光说。

穆骏不说话了。

两人对看，陌承光又说:“所以我才想回京城。进了兵部中枢，职权相涉，我能接触精工和图籍，研习最新的装备，为战事做长远打算。”

这是个更明确的拒绝，但也是诚挚的解释，穆骏心底那点怨和闷散开了。他们还是交心的，彼此考虑，也彼此懂得。

“你这个主意好。”穆骏真心说，“这些事是更要紧，别人不做，我愿你可以。弄出什么好用的了，记得，先让我试用啊。”

陌承光重重点头。

他俩对视着，转瞬又都垂下眼去，穆骏想起该自己落子了，白子点上棋枰。

“此后殿下，就在彭城？”他听陌承光问，语带惜别。

穆骏摇头，声音没藏住丧气:“讨蛮。”

“还要？”陌承光诧异，手上黑子悬在半空。

“这回是巴州的，什么红山部，又反了。”穆骏叹气把白子一掷，抬手搓着脸，“五溪蛮、越北蛮、济州蛮……不是我不肯为朝廷出力，可这些年四境的犄角旮旯，我算是蹚了个遍啊，我看天长日久啊，我这副尊容，人家都得当我是蛮族了！”

其实穆骏是华贵的南地长相，眼睛像他的皇室兄弟们一般，黑白分明的晶亮，笑起来一边脸颊却有个浅窝，听说是得自母亲。可是他鼻翼窄而鼻尖锐利，更因为常年征战，肤色晒得很深，又操劳精瘦。看他这么严肃地在意相貌，说像蛮族，陌承光打量一眼，倒惹出一笑。

“你笑什么！等你碰上了喜欢的，你就知道……”

穆骏不说了。船头那边学唱的歌谣早到了第二折，陌闻音清爽的声音浅浅传来:“朝发桂兰渚，昼息桑榆下……与君同拔蒲，竟日不成把……”

陌承光没续他这个话头，说:“巴州的，红山部？渝水流域是，夏侯景晖将军的防区。”

穆骏一拍棋枰:“对嘛！我就说是你能想到，不像跟我那班下面还得多废话。和夏侯老将军联手，那不是求不来的机会吗？所以这回让去，就痛快去了吧，反正，英雄能认的功业，不得靠血汗一拼吗。”

陌承光又没接话。

船头的歌声中，舱里静了很久，穆骏垂下头说:“是，我知道，你从来是不想让我去……去拼那个的。”

陌承光重又拈起黑子，慢慢落。

“但是，昨天五叔的堂上也说了，你也听了。我毕竟，也是天家子，又时时处处受人挤对，万一有一天，真到了不得不拼的时候，你…….”穆骏抬起眼，“是不是选我？”

这半壁江山，是高祖马上得之。今上始兴帝非嫡非长，龙座下也垫着两位兄长的尸骨。乱世天下，礼崩乐坏，有力者居之，朝中文臣武将各有打算，上位者的一次颠覆，就是各族各姓利益的一次重整。数代以来，眨眼间的兴盛与灭亡见得太多，人人都是赌徒。

但陌承光一直在想，那些无力者，又该如何？

“异族虎视，强敌环伺，北虏直指江北，我朝兵马难出淮河。为这残山剩水，自己先打破脑袋，每每说人口凋敝兵力不足，却引我朝子民同室操戈，岂不可悲可笑。”

穆骏的心有点凉。但他想，这个人始终是如此，还能对自己直言不讳，也挺好。

“那闻音呢？”他不甘心问，“我想让你过来……也有为她。你别不知道，她面上看着没有什么，实际心里……”穆骏声音轻了，身子越过棋枰凑近陌承光，“悬瓠城打得太惨，给她心里伤害也不轻的，昨天在城上，她跟我……跟我也说了些。我看她实在应该养养，还让她跟着你回京提心吊胆吗？你不想让她到个无忧无虑的地方？”

陌承光的眼底第一次出现了犹豫。

穆骏想趁热打铁，却听他说：“真有无忧无虑的地方么，这世上？”

“怎么没有呢，我正经当个闲王还不行吗？本来我想你到我这儿，别做参军，就做主簿，也是这个用意，你虽然刀拿得挺好，我还是想让你拿笔。闻音就更是了，她一个世家小姐，吃得了这样苦是她的品格，可是就合该吗？不敢说天天让她锦衣玉食，但凡我武陵封国能有的，什么都能给她，这个我敢说。”

“如果姐姐想要……”陌承光垂了下眼，“锦衣玉食地养着，她早就可以了。”

穆骏没话了，半天憋出一句：“你就实话告诉我，闻音是不是有过别人提亲？”

这话里似有吃味的语气，陌承光看着他不作声。

心里酸酸的，却渐渐混上些高兴，穆骏回过意思来，闻音是……在等我吗？

他顿觉得心头卸了块大石，高兴得直甩手："我就说嘛！"棋盘哗一下被他袖子带得纷乱，他都顾不上看，"她这样的美人，怎可能没人提亲！原来是……我这边吧，你都知道的，这二年罚了又罚，都没当口对父皇张嘴，父皇也……都没顾得上我的事来。这回讨蛮，我一定立功，立个大的，到时候风风光光地张嘴，风风光光地……你在你父亲那儿帮我拖一拖，让闻音再等等我啊，要不了太久了，真的，咱们也是门当户对，没有什么不行的，你说呢？"

这是陌承光很少见到的穆骏，热切伴着焦虑，说话都快语无伦次了。他的话音落下，陌承光在将乱掉的棋子一个个拾起复盘，直到棋面如初。

同窗至交，他对穆骏当然毫无挑剔，姐姐对穆骏之心他也知道，只是心之深浅，就是饮水自知，姐姐不表露，他也无从揣测。但他总是会想，姐姐的心里，该压上这么个随时能被一张圣旨戳破的希望吗？

"姐姐的事，都是她自己做主的，不用问家父和我。"

听见陌承光的语气，又想及陌闻音昨日态度，穆骏的心里缩了一下，忙问："你们母亲的事，她是不是还放不下啊？"

陌承光从穆骏的棋盒中取过一枚白子，替他落下，不语续上棋局。

说出来太伤人心，穆骏明白，也只好再看棋面，黑白交落之间，有些心神不定。

陌承光的父亲一生三娶，三位夫人都早逝。他姐弟两个一胎双胞，是第三位夫人邓氏所生。十三岁那年，他们舅父的上司叛逃至北虏，舅父定了知情不报之罪，外祖全家被杀，邓夫人因是出嫁女而幸免，可从此精神上受了过大的刺激，癔病时坏时好。迁延了五六年，一日邓夫人突然投井而死，穆骏听到的传闻是，他们的父亲陌淳在夫人病中背着家里养了一房外室，这位外室生子，成了压垮邓夫人的最后一根稻草。

陌闻音奉母至孝，似乎从那天起，就再没流过一次眼泪，也再没和父亲说过一句话了。

"我不想让她失望。"他听见陌承光低低说。

"你觉得我会让她失望？"

“就像……殿下所说的，拿刀与拿笔，是世情所致，我怕不由你我。”

舱中只剩下落子声，又静了一刻，陌承光说，“不知你们昨日在城上有没有说好，但姐姐的事，都是她自己做主的。”他把自己的黑子放回棋盒，抬眼，“殿下，你赢了。”

清憩园中夜已过半，高楼上吹起的箫管因风而来，乐声清寒如月色，将一片凉意投下中庭。

唐墨在榻上正坐，有些局促不安地看着自己的表兄、年头刚升为侍中的文炎吉。文侍中如今脱开了殿中监这个宫官名号，与中书令、尚书令并为三公，尊荣至顶，却仍是出入宫禁的近臣，在皇帝身边的影响力连百官之首的中书令都无法比拟，实权朝中无二。唐家祖上至今，只有这一门亲戚如此显贵，唐墨不免觉得表哥是个真神在世，满心想往上贴，又有些畏惧。

文侍中态度却有些懒怠，散坐在堂前，膝上置把胡琵琶，随着楼上的乐声调弦，半天没有开口的意思。

“表兄这园子，真是人间仙境，胜过王谢宅邸十倍。”唐墨总要找话来说，“果然是大隐于朝啊。”

“王家的园子，你见过？”文炎吉看他笑笑。

文侍中外表并无特出，有些清癯相，但风度之中自带矜持威势。唐墨哑了哑口。

“没见过就对了。”文炎吉收起琵琶，随手置在榻前案上，“你我这样出身，混迹高门之内，赔十倍小心，转天一样成人笑柄。你既然回了京城，也审慎些，自己知道尊重。”

唐墨讷讷领教，听他又说：“这园子也不是我的，京中一名胜，官员不时过来消遣。我的私宅，你往后也不要去。你我不同姓，家谱也远，我二人的关系外头不清楚，对你才方便。”

唐墨明白自己这份“穷亲戚”侍中也不指望得回报，愿意抬手帮衬时只不想牵扯出麻烦。他当然恨不得满朝都知道侍中大人是自己的表哥才好，眼下却只有赔笑回说：“弟弟谨记。侍中大人将弟弟调回京城，还安排在城门尹这样的肥缺上，弟弟已经感激不尽了，哪敢再有非分之想。”

听唐墨将“表哥”的称呼换为“侍中大人”，文炎吉心觉他识趣，点头道：“城门尹的官职说来不高，但手握京城关防，极为紧要。为你谋到这个位置，我也用了几分心思，你就量力从事，少做非分之想是对的。”

唐墨立时领会，这些话是嘱咐自己捞得节制些，马上说：“弟弟走到今天，还能从那要人命的边关调回来，哪步不是侍中大人对弟弟的恩典。侍中放心，弟弟要是给你惹事，自己先咒死自己了。”

他当下一番赌咒发誓，文炎吉抚着臂枕听着，微微皱起眉。此番说是以军功升迁，却眼见这个表弟来去悬瓠城一番，几年间全无长进，言行失态处俗不可耐，文炎吉也不是没担心过他会不识进退。可是自己家中一介寒门，无奈这已经是最扶得起的一个了。朝局动荡，改换天日之后的事谁也无从尽在掌握，在城防上添一个死心塌地的自己人，总是要紧的。

唐墨见表哥望着园中月影，对自己的一通毒誓无所表示，犹豫了一瞬，问出今天求见的真正目的。

“良辰佳景，弟弟本来不该搅扰侍中清静，但有件事心里实在放不下。”

文炎吉仍看着园子，略一思索：“陌承光的事？”

“对对，侍中真是料事如神。”唐墨往文炎吉那边凑了凑，“听说陌承光迁转回京，江夏王写了亲笔信要举荐他到兵部，侍中在宫里听到确切的安排了吗？”

文炎吉无话。唐墨反应过来问得出格了，换话说：“侍中在朝中奏无不可，凡事总要问过侍中的意见才可决断，不知侍中看来，让陌承光入兵部中枢，是否合适啊？”

文炎吉轻轻一笑：“从此你在丹阳尹辖下，他在兵部，他的迁转升降也不会挡在你的路上。”

这话听着，兵部之事是确实了，唐墨面露难色：“侍中有所不知，陌承光一向专行独断，从来不将我这个悬瓠太守放在眼里。弟弟是想，他带着武勋转回京城，更不会知道收敛，兵部佟尚书宽和，要是容他在兵部得势，必然将一部上下搅得乌烟瘴气，如今大敌当前，对国事不利啊。”

文炎吉低头拨弄起胡琵琶的琴弦，脸上似笑非笑：“悬瓠城的事，他要较真整治你，战事刚完是最好的时机。他那时没有动作，如今何必。”

见文侍中直说出来自己那点心思，唐墨尴尬，正想辩解两句，听他又说：“倒是他从悬瓠城带回的那匹马，你知道做何处置了？”

“听说不是……进献给陛下了？”

文炎吉点点头：“北虏的王子亲到城下，他不去攻击，对方还送上宝马，这在北虏或许就是个离间之计，即使他不收下，也难免有人传他是心虚回避。他便索性收下，转头在嘉奖他战功的仪式上提出进献给陛下，一番坦坦荡荡，好看又堵人的嘴。”文炎吉扫过唐墨一眼，“所以陌承光不傻啊，对他，劝你省省心。”

唐墨憋得脸上发涨，低头拧住嘴。胡琵琶声没停，琴弦似乎潮涩，琮琮恰似纷乱马蹄，文炎吉的声音杂在其中，淡淡说：“不过，那匹马后来被陛下做何用处了，你可知道？”

唐墨抬头，摇了摇。

文炎吉勾手一指按住琴弦，座间一静：“你如今位置，这才是要留心的大事。太子生辰不远，陛下赐了一张礼单过去，其上第一项就是这匹马。”

皇帝庆贺儿子的生日，送东西天经地义，且一年要送几回，送些什么唐墨这样的小官哪去留心。他愣愣看文炎吉，不知道侍中的意思。文炎吉又是一笑：“北虏虽无太子之制，送给陌承光这匹马的那个元丹，却是虏主呼声最高的继承人哪。太子体弱，陛下的赐物向来是名贵药材、细软用度为多，从没赐过马匹，何况是一匹得自北虏的战马？”

唐墨细细想了一遍文侍中这番话，问：“侍中的意思，陛下这用意，是要表明太子的位置至少和那元丹相对……相当？”

“自然有这样用意，也安群臣的舆论。只是，正在争论北伐行与不行的当口，将这匹靠战功赢得的骏马赐给储君，陛下难道没有更深一层的意思？”

见唐墨再答不出什么，文炎吉望着园中铺下的月影说：“难道不是，表明北伐之决心无可更改，即便志不能遂，也要太子承继正统，承继……的意思？”

唐墨恍然大悟，这马眼见成了皇帝北进遗志的象征了。他对眼前的表哥涌起真心实意的钦服，心说做官要做京官果然是对的，否则这些道行，外面哪里学得来。

“陛下的身体究竟如何？”唐墨怯怯问，“眼见这北伐，是必定打了？”

文炎吉不答，只说：“一匹马的来去里面，含着太子为正统、北伐务须行这两层意思，其中卷进多少人，哪个不比你着急？陌承光的起身官，就是太子舍人，他此番得的马陛下又赐给了太子，眼见陛下是亲自把他属在太子名下。他如今更是力抗北虏的第一杆大旗，这风口浪尖上，不归太子的、不想北伐的，哪个不会死盯着他。”他向唐墨安抚般笑笑，“放心，用不着你。”

不知为何，这清凉夜风中，唐墨微微冒出汗来。他迎着文侍中的笑，也赔笑点头。

“此夜难得，”文侍中似也醉心于清风拂面，看了一眼唐墨案上还满满的酒杯，“饮酒吧。”

云龙湖上一别，陌闻音姐弟相携返京。他们已经多年不住本家，先在官舍落脚后，陌承光跑遍京城角落，挑到一间客栈的偏院租下，条件不拘，只为僻静而多花木，姐姐实在需要养养，他认同穆骏的话。

此后便等待吏部的新任命下达。其间陌承光拜谒过太子，也向京中诸王上拜礼，来客栈慕名登门访他的一日也有好些，他在自己能力之内也都一一回访，只是忙乱。

无可名状的烦闷心境中，吏部的书判终于批下，新官位被定在兵部主事级别，具体职管有待兵部安置。离志愿总算近了一步，陌承光按礼数，向五兵尚书佟红庭递交履历名帖，很快收到文书代答，说部中各要员约在休日于清憩名园小聚，到时由佟尚书将陌承光引见给同僚。

当天一早，陌承光公服前往，陆续见大小官员到场，寒暄叙礼毕，依次序落座。除了陌承光自己，园中的侍应们对兵部官员看来都熟悉，不需吩咐，便有各色饮品按人传来，不时添进，而陌承光只要了白水。

摆设酒宴的这间方亭中设有流觞的曲水，在座席之间弯弯流淌，流出亭外之后汇入一条盘龙似的小溪，蜿蜒在草木深茂的叠峰脚下，虽是城中园林，却幽含野趣。有隐隐乐声自那叠峰而来，时而是琴，时而是一箫一笛，仿佛仙窟洞府传下凡尘的遗音。然而佟尚书迟迟不到，陌承光没有心思去细听。

众人一直等到中午，见一个小吏来到亭中，对在座官职最高的兵部总稽察杨维纯低语了几句。

杨稽察微皱起眉，却似并不意外，转对陌承光说：“陌大人，佟尚书临时有事，不能来了，他请园主人代为招待，咱们开席吧。”

等到此时，陌承光心中已经有预感，佟尚书是今后自己的顶头上官，这样有心轻慢的态度，只是自己在京中遭逢的第一步。

但眼下同僚四座，他只有愈发谦恭，起身回说：“下官初来，不知常例，请凭杨大人安排。”

杨维纯笑笑点头，园后便出来一位衣装华丽的高胖中年，眼圆而微凸，精蓄着胡须。他向杨维纯见礼后，又过来与陌承光招呼，介绍自己是这清憩园的主人，官商胡珀。

陌承光听过他豪富之名，依礼对答，胡姓商人就在下首处落座。随着他入席，园中四面走出众多妙龄侍女，至每人坐榻旁皆陪两位，余下川流传菜，乐声扬起。

来到陌承光席前的两个侍女先对他叩首，绿衣的一个说：“婢子凉露，听大人差使。”另一个说叫紫雀，礼毕执起小案上放的金丝竹扇，跪坐到陌承光侧后，为他徐徐打风。

陌承光并不习惯这样的场面，心内窘迫起来，可他也知道，这种时候若无其事才是恰当仪态，便静着脸色。几道前菜陆续传来，可不管凉露如何宛转为他向碟中布菜，陌承光只能吃下些菌菇、菹菜，并且不动酒杯。为他摆盘夹菜时，凉露素白的手总有意无意间从陌承光臂上挨过，陌承光当没察觉，几回过后，凉露也就罢了。

炙烤类的大菜开始上席，这时园子的稍远处，十数舞姬携带盘鼓而出，将那些鼓面向上，错落架设在水流间。乐声一转，丝竹齐鸣，四面楼台山岩皆似传音，混响若天成。舞姬们踏鼓而上，凌波作七盘舞。

陌承光的视线被那边吸引过去，疑惑那些鼓是怎样简便而牢固地架设在水上的。凉露见他半天望着舞乐的方向，轻唤他说：“陌大人先吃吧，这道炙鹌鹑，尤其肝是绝品，婢子已经择好了，大人尝尝，凉了就转味了。”

陌承光垂眼，凉露用筷子挑着一点膏腴样的东西递到他嘴边。

陌承光向后缩了下，偏头在美人的眼中看到尴尬和一些惊慌。

“谢谢姑娘，在下伤过胃，吃不得腻。”陌承光和缓说。

“那，这是蜜酿莲藕。”凉露换了双筷子，“和外面那些俗甜的不同，很清香的。”她又夹起一块递来，“大人请尝。”

这是执意要喂自己吃的意思。陌承光疑惑扫视园中，见四座之内侍女都是紧贴客人坐着，有些已在怀抱，侍女下箸客人张口，是常态。

他这一动，包括杨维纯在内，所有人都留意向这边。战场上练出的直感让陌承光警惕骤起，他尤其看见园主人胡珀的嘴角带着一丝古怪的笑。

是什么鸿门宴吗？

陌承光的第一反应是想起身离席，但宴会刚刚开始，此时无故辞去，极为失礼。这犹豫的一瞬，胡珀已经带笑行来，一位侍女碎步急前为他安顿坐榻，胡珀稳稳在陌承光案前坐下。

“小人这里饭菜粗疏，让大人下不了箸吗？”

陌承光向他一欠身：“谢郎君款待，但在下胃弱，这些珍稀饮食不曾吃过，不敢轻易尝试。”

“胃弱就得多养啊。”胡珀讨好笑说，“这道蜜酿莲藕是极合适的，大人还是尝尝。”他转对着凉露，像忽然换了张面孔，“你这贱婢，怎么不上心伺候？饿着了咱们的大英雄，回头看你什么下场！”

凉露的筷子再次递来，陌承光还想推辞，却发觉那筷子尖在颤。

他讶异转头，看见凉露微垂着眼，浑身在发抖。

陌承光又看胡珀，见胡珀对着自己仍是笑脸，可他口中的“下场”看来不是随便的威胁，如果自己不听从，凉露知道她身上会发生什么。

比思考更早地，陌承光低头含住筷子，将那莲藕入口。

胡珀哈哈笑起，回身对席间说：“谁说的陌大人不近人情，这不是怜香惜玉得很嘛。”

席中的客人都随着笑，气氛一时松快，连总稽查杨维纯也无奈似的笑了笑。

“陌大人再饮些酒。”胡珀转回说，“苦荞，蒲桃，白烧，大人要哪种？”

“蒲桃软口些，”凉露的声音还带惊悸，尽量轻柔地说，“大人饮些蒲桃酒吧。”

她取过一个琉璃盏，将深红的酒液斟入，双手捧到陌承光眼前。

陌承光接过，敬向胡珀：“此一盏敬郎君厚意，多的在下实难经受，不能再喝了。”

他不等胡珀取酒，满饮了这一盏。

酒液顺喉咙流下，陌承光马上感到灼烧样的刺痛，胃里一霎抽搐欲呕。他很久没喝过酒了，即使前段封赏的国宴上也是淡醴代替，此时的反应比他想象中还严重，只能强往下按着，冷汗爬上额头。胡珀看他的样子，笑说：“大人可别客气，回来京里交际应酬，酒量得练啊，外头可没有小人这里的好酒。”他再对凉露冷脸，“快给陌大人续上。”

凉露执壶，陌承光按住自己的酒盏：“阵上带伤回来，在下实不能再喝，郎君体谅。”

胡珀回头笑看席间一眼：“陌大人这是说辞了。在座的兵部大人们哪位没上过阵？武将豪情，越上阵越要喝酒的嘛。”他的身后传来些笑声，胡珀又说："大人是不屑与我这商人交道吧？但小人在京城中也有几分薄面的，这园里的规矩，头一次来的客人，一定要喝得尽兴。要是不买小人的面子，就是嫌小人伺候得不周到，这劝酒的贱婢，小人要杀了谢罪的。"

陌承光怔了。

坐榻开始微颤，那是凉露快要跪不住身子，弯腿倚在那儿，抖得越来越厉害。

陌承光听过前朝富室有这样劝酒的办法，但从来没想过而今游宴之中仍会如此丧心病狂，他往上座的杨维纯处看，厉声说："杨大人，公宴园林，岂能轻人性命！"

杨维纯一脸为难："这是休日，私聚，何况这婢子是胡家家奴，胡郎要怎样，谁也拦不得。实话与你说，本官也被这样灌过。"

陌承光偏头，凉露在绿绢衣里缩着双肩，不敢看任何人，只是抖。

陌承光抓起盛蒲桃酒的酒壶，仰头灌下，用那酒液的速度压住胃里不断反上的异物感。一壶饮尽，他咬牙忍着胃里烧痛，将空壶放在胡珀面前。

胡珀大声拍掌："这才是悬瓠城上的英雄气魄，再来。"他让人又取过一壶烧白，自己打开壶盖，递给陌承光。

陌承光接过，仰头又尽，然而一壶又至。

陌承光打定主意用气势压下对方，或者迅速喝到烂醉了此局面，二话不说又尽一壶，但真到极限了，胃里刀割一样。他不敢试不能喝之后凉露会怎样，抓着又上来的一壶烧白，勉力咽着喉头说："她……身价多少？我赎下她。"

席中传来起哄的声音。

胡珀大笑："大人有心了，此女可是小人心爱，第一等绝色的，然而并非无价，小人也绝不敢小瞧陌大人的身家。不过小人园中，她这样的货色要多少都有，大人买了她，小人再叫一个来，替小人伺候。"

他往陌承光身后那个叫紫雀的婢女看去，紫雀没敢停下打扇，但已经低泣了好久，陌承光一直能听见她的哭声，此时更听她哽咽着说："大人，求你了……"

陌承光将手中的酒壶送到嘴边，沉下脸色，又一壶至底。

胃极痛，但那痛感压住了恶心，陌承光嘴唇发白，神情却镇定了。如果一直这样痛下去，反而能再喝，他将空酒壶在胡珀眼前摆成一排，盯着对方，"久闻清憩园大名，原来园中是这样的待客之道。再来。"

他只是脸色差，无一点醉相，酒量似不见底。胡珀看了看那些空壶，抬眼看他笑说："小人疏忽了，令尊是鲸饮海量啊，看来大人得了家传，那小人就不用再试大人的深浅了，从此就知道如何招待。"他从陌承光面前起身，殷勤样貌说，"酒喝好，菜也得吃到，来，续席，传大菜来。"

他行开去迎菜，陌承光勉强垂头去看凉露，对上她饱含感激的泪眼。

陌承光不知道能做什么表情，抿着嘴抬起头。席间气氛刚冷了些下去，却因为"大菜"又起热闹。陌承光明白这场为难不会凭空而来，无论佟尚书本人是否知情，兵部上下必定有所参与。现在必须尽快辞席，然而他身上在烧，一时动作不了，忍着胃里的翻搅站不起身。

凉露给他递来水，陌承光就着她的手喝了两口，多少感觉好些。手撑住案边，他慢慢支起一条腿，此时一个巨大的铜盘盛着菜肴放到他手前。

陌承光看了一眼，喉头翻呕，手无意识地挡住嘴。

"这道乳猪，是本园第一名菜，小人烧掉手上的所有菜谱也要留下它的，大人赶快尝尝。"胡珀又坐下，摊手向陌承光介绍。

"在下，吃不了腻，郎君可以再上酒。"陌承光冷眼看他。

"怎敢再灌大人，大人要饮随意。这道菜哪里腻啊，落生十天的猪仔，除了人奶，没吃过别的东西，干净幼嫩极了。皮下这层薄油啊，像乳酪一样，淡甜味的。"胡珀取过案上的割刀，从那乳猪背中一划，崩开的薄皮下白蜜似的膏脂流溢，浓香升腾。"空口吃已是人间奇味，配黄酒最佳。大人哪怕吃一块，今日就不白来我园中，小人的面子也就足了。"

"在下素食已久，请免这荤腥。"

他不能说，对自己都不能承认，不是荤腥的缘故。是那餐盘中小小的身体摆放的样子，那仿佛安详地闭着的眼睛，让他不停想起在悬瓠城中见过的死婴。穆骏对他说过别想了，可是他忘不掉的。

见陌承光果然像坊间传闻那样不肯食荤，胡珀笑得更开："陌大人是为战场上的杀孽吃斋？小人可没听说过武将有这种忌讳啊，大人杀的不都是北虏敌兵吗？"

"久饿所致，并非吃斋。郎君这里的饭菜确实不合口味，在下告辞。"

陌承光撑案欲起，胡珀拦他："陌大人身上瘦弱，脸色疲态，断了肉食怎么可以？大人的身子牵涉国事啊。"他把手上的割刀递给凉露，"快，给陌大人布菜，让大人好好滋补。劝不进酒，肉也劝不进一口，留你这贱婢何用！"

凉露接刀没有拿稳，割刀啪一声掉在案上。应着那声音，陌承光身后的紫雀吓崩溃了，哭声高起。她被两个小厮拽了下去，另一个侍女被搡着跪过来，哆嗦着拾起紫雀丢下的扇子，弓着背继续给陌承光打风。

陌承光回身看她，又看凉露，凉露的情绪却异样的平静了，她伸手抓起那割刀，低声说："早晚是如此，不累英雄了。"便向自己喉头猛插。

好在切近，陌承光一把夺下刀，不知划到凉露手上哪里，血线顺着她玉白的手腕流下，滴滴答答地落在盘中乳猪的耳后。

他看那血，感觉到周遭的目光，又往席间看。多少人都是冷眼，有些眼角甚至带笑。其中一个说："这婢子好气节，陌大人成全她就是。"还有人说："大人不吃就罢了，他杀他自家奴婢，关大人何事，莫被这商人拿捏了。"

陌承光垂头，从那乳猪背上切下一块，以刀挑至胡珀眼前："这一口我吃下，足你面子，了不了事？"

胡珀笑说："酒肉俱足，了事了事，大人请。"

陌承光就刀尖将那一块肉入口，不能多嚼，奋力咽下，然后将那割刀钉入盘边案上，手持刀柄眼望胡珀。

胡珀欠了个身，笑着起来，去其余席前招呼了。

这边静着，只有身后的风还在扇，节奏已经慢慢平稳了些，将陌承光的冷汗一阵阵吹凉。凉露攥着手腕，血好像已经止了，但陌承光没办法问她。他喉咙里的东西要冲出来，炙烤过的皮肉味和血腥混在一起，他没办法再忍住剧烈的恶心。

陌承光捂住嘴起身往亭外跑，可酒上头腿软，没跑出多远就伏在溪水边呕起来，连连咳出不由自主的眼泪。身下的溪水变得刺鼻浑浊，他只能等它流开，掬起水，却有更多酸液翻吐出来。几乎跪不住，他趴下去将脸直接扎进水里，头痛欲裂，冷水也不能缓解，并且呛住，胸口至喉咙愈发火辣辣地烧起来。

身后不知道多少人在看，他知道自己才是今天这场宴会最大的热闹。陌承光从水中拔出头来，告诉自己别想，却摆脱不了感觉，感觉为何此刻反而没有人笑，为何陡然变得如此安静，他们还在等着看什么？

陌承光用溪边的青石撑起身回望，方才坐着的位置上，凉露不在了。

跌撞到胡珀面前，水从陌承光脸颊滴下，胡珀坐着扬头，没有等他问，笑说："大人这又全吐出来，那贱婢最后也没让大人吃进什么呀。"

“人在哪？”

“她都肯为大人死了，无用又不忠心，小人留她干吗呢。”

“人在哪？！”

“陌大人！”杨维纯在主座疾声，“家主处置奴婢，没有外人的事，你不要太放纵了。”

“人在哪？”

杨维纯皱眉，指了下园子的角落。

那段路不长，跨出最后一步前，陌承光知道自己会看到什么，他对死亡的气味已经太熟悉了。已经没有血从凉露颈侧的切口流出来，她是惨白的，躺在她的血泊中，不像活过的人，像一段藕，中空的藕。

那些血还没有凝，薄红的泡沫破去后，溅成一个一个小圈。

陌承光解下自己的外衣，想盖住她，但经眼看见衣上呕吐的痕迹，停下了手。

他在那血泊中跪低，重重顿首。

“所以那个马玛度，就这么缩在云坪城寨里不出来了？”穆骏抹了把头上的汗，眯眼遥看对面的山头。

虽然还在五月，巴州腹地已经十分潮热，即便无雨，空气也像浸饱了水而比别处沉重，一呼一吸都费力。习惯气候消耗了穆骏全队十几天时间，营中第一轮水土不服刚刚平息下去，穆骏忍着自己身上低热的难受，才终于能勘察地形，研讨战法。

“回禀殿下，正是。”本地守将齐同秀指向江流对岸，“云坪县，就以这云坪山得名，山上这座城寨是红山部先民所建，不断添造加固，至今已有二百余年。红山部叛乱之后固守云坪寨，这不是第一回了。”

对岸一座孤峰突起，与周围的山岭之间都有谷地相隔，距离最近的一座也要三里有余。这座石峰的确地势雄奇，看了十几天，再细看时还是使人心生惊畏之感。

山脚下两江相夹，三面环水，半山以下树木浓密，可那树丛之上却是光秃秃的岩壁。石色赭中带红，仿佛天神用巨斧劈就的一座石质茶台，峰顶平展如削去一般。一带山墙在半山处树丛之间蜿蜒，另一带山墙竟修在那高高石峰平顶的边缘。

“包括末将在内，朝廷的将领几回把叛军大部击溃，但是招安叛民后，红山部的首领马玛度都会带着精锐退守此寨，少则数月，多则一二年。其间派遣他的手下伺机下山，到处挑动民情，一旦乱民再起，他再出山，又是一番动荡。”

“这话奇怪吧，”穆骏的亲兵旅帅梁芒问齐同秀，“明知道贼首在此，还能让他几次三番据城固守，这座云坪寨这么难以攻取吗？”

“大帅你看，”齐同秀转了一下马，神色为难地向梁芒解释，“此山夹在两江汇流之间，有三面山下靠近水流，难以排阵。只有西边可以用步骑往上攻打，可是西面半山以下，虽然不算陡峭，却尽是碎石，此地又多雨，人马上去一步一滑，无法猛冲，很难抵挡上方下来的箭矢和投石。即使攻到了半山，往上便是绝壁，云梯的高度够不到绝壁顶上，欲攻无门啊。”

“按你这话说，城寨里的人是飞上去的吗？”梁芒又问。

“栈道吧。”一直没出声的谘议参军柳遥之接上一句，“自己人上去之后把栈道拆掉，再上去的就得插翅膀了。”

齐同秀连连点头。

穆骏策马沿着江岸缓缓前行，江滩之上也是碎石密布没有任何遮蔽，他知道，从那绝壁上的城寨居高临下，观察这边的动向是非常容易的。

“城中有水源吗？”

“回禀殿下，集雨成池，听说有三四个水池。”

“粮食呢？”

“城寨的外城，半山上有地，可以栽种一些。加上贼首视此为大本营，长年积累。”

“所以围城拖死他也不行了？”

“殿下，末将万死，但绝不是推脱。”齐同秀在马上躬身，权做一个叩首礼，“殿下请看，江流这三面，除非置水军，否则无法围定，要围城只能是水陆配合，用四面大军围堵。可是本地春夏连雨，秋冬又潮寒，长期围而不克，对上对下都很难交代。”

对上长期占压军队，且将水军陆军一起按在这边境小地，得不偿失。对下无仗可打，却要士兵忍受难挨的天气，军心难以维持。穆骏听齐同秀的叙述条理清晰，对局面也有整体的把握，知道他并非庸才，自己观察下来，结论与他近似。

这座云坪寨成为朝廷长期拔不去的钉子，其实不只由于地形特殊，也因为它本身对朝廷不是极为紧迫的威胁，不值得拼上巨大的财力和兵力与之僵持。

可是自己带兵千里而来，如果不能彻底解决事态，很可能需要滞在巴州与红山部长期耗下去，那便合了促成这道讨蛮命令之人的意了。

“所以，此地就是巴州蛮族屡平屡叛的症结所在。”穆骏思索着问，“那，夏侯景晖老将军，可曾出兵攻过这里？”

齐同秀犹豫了一下，斟酌说：“夏侯将军的防务分为南北，在南主要是益州水军，驻在长江上的大港，在北是汉中地带的步骑，驻在与北虏接境的一带。巴州深处这边，夏侯将军很少过来。”

借由兵部而来的挤对还在其次，这才是眼下最令穆骏头疼的情况，他往柳遥之看了一眼。

柳遥之没回话，只看向那边山岩。

行来这一路，夏侯景晖只在他们的队伍进入巴州境时派使者前来进礼，余下始终按兵不动，完全没有过来合兵攻打的表示。昨晚巡营之后穆骏和他两个讨论过，觉得老将军一生谨慎，估计是不愿意打这赢了无功、输了有过的镶边仗。何况夏侯将军因为强烈反对朝廷北伐，这次差不多是被赶回西边来的，可能也有负气的成分。

然而穆骏自己早定了决心，与红山部这一仗，必须打好。往大里说以儆效尤，平定西陲，往小里说……就是图功，图心里念着的事。其实救悬瓠城一役功绩虽被朝中吞没，但天下人有心有口，队伍这一路行来，武陵王的名号响亮，所见所遇已经和从前不同了。穆骏相信自己的本事总会被看到，所以好的开始，要有好的继续。

“前几天说的城上地形图，弄好了吗？”

“按此前作战的经验，加上周围流民的叙述，已成大略。”

“走，回去看看。”

三千亲兵与本地守军混合，五千人的营盘扎在云坪寨西侧一处矮山上。向东望去，薄雾终日笼罩，两山之间的谷地烟气迷蒙。云坪寨的山峰被水雾由赭红染为了灰紫色，绝壁之上的城寨只从内城垣后露出几点深色的石檐。

“两重城墙。”帐中白日也光线昏暗，穆骏就着点起的油灯，细看了一遍地图，抬头眺望掀开的帐幕外遥遥可见的云坪山。

齐同秀一手对着地图，一手指向那山上说明：“外城墙，就是半山可见的这一道，扼住了这段碎石缓坡。绕到江水那边，墙垛低些，但还是整整一圈，没有缺口。末将的手下曾经从碎石坡攻破过外城墙一次，可是一进外城，这里，”他点着地图，“有一段很陡的凹陷，内城墙立于绝壁，内城的守军向下攻击，我官军在那凹陷处几乎全军覆没。”

“两道城墙，加上这段凹陷，在唯一可以陆路攻打的一侧，形成了瓮城的效果。”柳遥之立在一旁说，“从正面强突，死伤可想而知。”

“你当太守平定五溪蛮的时候也攻过城寨，有什么别的法子吗？”穆骏转头问他。

柳遥之的手在江流与云坪山相夹的滩地上缓缓划过，片刻说：“有。”

在穆骏喜悦的目光中，他问齐同秀：“你巴州是产井盐的地方，能找到善于打洞的人吗？”

城下的朝廷兵，驻扎了快一整个月，终于摆出了动真格的架势。

红山部首领马玛度嚼着刚出炉的焦香米饼，就了一口外城大水池打上的鲜鱼，吐着鱼刺，从石亭的柱子间下视江流中朝廷舰只的动向。

已经入暮，江面的水雾之中，连串的船灯穿梭不绝，一反这二十余天来只是少数船只巡游监控的做法，似乎认真结起舰阵。三面江中都有无数灯影在雾气里荧荧晃动，一派来势汹汹的气氛。

马玛度一下下嚼着吃食，手下的几位寨头都站在石亭中紧张地看着他。

探子的消息，这回朝廷的主帅是个皇子，还一直嚷嚷要从下游益州方向调来水军。马玛度数着越来越暗的江面上越聚越多的灯火，心想这真是水师到了？逆流而上，不做修整，刚一抵达就要攻城？

“大王，官军是要从南江那边往上攻啊，赶紧把大刀队从正面移防过去吧！”

“莫慌，莫慌。”马玛度又咬了一口饼，镇定地对他的副手扎兰克说。

“大王，小的派人数了，江上的船灯是前几天的六七倍啊，一多半都在南边。他们是瞅准了咱寨子的外墙在南小门那最矮，肯定要上岸往那边打，要是破了南小门，沿岗子上来，那块的内城也不是最陡啊大王。”

寨头们开始焦急喧闹，有的当下就要去调兵。马玛度嚼着饼，嘴里含混着说：“本大王怎么觉得不对劲呢。”

对这位足智多谋的首领，寨头们向来无比信服，马玛度一句话就将亭中的混乱止住。他咽下饼，抓过杯子干了酒，用空杯子往南侧山下一指，“两江相汇，那水里头都是乱流，船近岸都扎不稳，人能运着攻城梯，从船上泅到岸上来？那要能这么打，城寨能到今天？谁看不出来南墙矮啊。”

这么一想，副手扎兰克的心也定了不少。他不再往南侧山下频频张望，近了马玛度一步：“是，大王说的是。雨还这么滴答着，一直没全停过，南边那片红泥地上脚都拔不出来，他们上来了，也是黏在那当箭靶子吧。”

“泥地上梯子也竖不起来啊，”一个寨头说，“那说的皇子怕不是个傻子。”

放松了心情的寨头们一阵哄笑，马玛度在笑声中起身，悠悠道：“他可不是傻子，他是拿咱当傻子了。探子回来了没有？”

一个浑身湿透的探子快步跑到亭前，行礼禀报：“大王，小的看得真真的了，南边水里只有几艘真是大船，剩下都是竹筏子连起来，堆了草垛，竖了好多火把在上头，装成是船的样子。”

寨头们讶然发出惊呼，马玛度挥手让探子下去，对他们从容笑说：“明白了吧？汉人这个兵法叫‘声东击西’。今天这是‘声南击西’，咱们要是稀里糊涂把好兵都调到南边去，正好中了他们的奸计。巴州打了这么久，下游来过几艘战船？汉人的大船还能为了咱几个，逆江上来？”

寨头们纷纭应和，士气高涨。马玛度从石桌后转出来，指着西侧城下有力地下令：“晚上严防陆路正面，官军一定会从那边强攻！南边用火箭烧他竹筏就行，不要拖掉太多人手。”

扎兰克带头大声领命，马玛度将手中酒杯在地上摔碎：“过了今夜，咱也是胜过皇子的人了。上！”

“上——！”穆骏挥动战刀大喝传令。

官军将士脚蹬竹钉套鞋，手持木盾，呼喝着冲上云坪寨西侧的碎石坡。穆骏不在第一波攻势之中，但同样身在锋线，持盾向前压阵。

尽管练习了数日，第一次穿这小竹篮一样的套鞋进行实战，穆骏还是感到足底的不适。套鞋底部的竹钉深深扎入碎石与湿土之下，有效地遏制了负重的身体向坡下滑退，这种时候难受与不便无足轻重。穆骏奋力攀登，任由击在头顶木盾上的箭声如暴雨一般。

外城墙开始向下投石，石到之处人盾俱裂，朵朵血雾在暗夜中扑面如暖雨。官军全体伏低，将木盾如龟甲般覆住大半身体，艰难地匍匐上行。周遭不时传来的惨呼声里，穆骏计算着战损，长期的南征北讨使他渐渐习得了作为统帅的冷静和钝感，但他无法忽略血沫与汗湿在唇边混成的咸腥。

浓夜中,云坪寨的外城墙如玄铁铸就般俯临在上。先锋已经进抵墙脚,穆骏能听到前方传来梁芒的口令，知道用来掩护云梯的盾阵正在成形。三人一组背扛云梯的士兵提身加速，从低伏的穆骏身边越过，这时又一轮投石密集砸下，穆骏一跃而起，将盾牌高举遮蔽住一个运梯的士兵，与他一起快速上攀。

一只脚上的套鞋损坏了，竹刺扎破了穆骏的脚底，他没有弃掉鞋，仍然依靠剩余的几根竹钉扒住碎石坡面，每一步都是钻心的利痛。这样的身先士卒鼓舞了将士，紧跟穆骏的旗手身上，代表主帅位置的青旗在暗夜中依稀可辨，旗帜就是号令。一队又一队扛梯的士兵冒着石雨抵达外城墙脚下，在木盾围起的一个个临时防护棚下埋头竖起云梯，用石块和手脚奋力将梯腿深插入城下泥土。

直坠而下的一块大石突然重击在盾上，虽然远不及投石机抛出的冲力，穆骏撑盾的手臂还是一霎失掉了知觉。他向下一矮，然而顷刻之间，更多的木盾层层顶上，城头守军的影子只在穆骏眼前一晃又被挡住，防护棚的破口迅速被补起。

穆骏已经顾不上脚底的疼，也几乎听不到头顶的声音了，他看着眼前由盾牌构筑的顶棚，只在焦灼地计算着时间。

箭已按在弦上，攻吗？开始强攻西城墙吗？

柳遥之！

无数火箭兜头而下，如熊熊爆裂的流星，被引燃的竹筏接连烧起，火光映彻江面。柳遥之抱着一片一头翘起的木质浮板,从岸边的江水中冒出,顾不上抬手抹脸，急速地吸了几口气。

跟随他的五十名死士像浮潜的水鸟般接二连三地冒头出水，在他们的头顶，火箭划出刺目的红痕，亮光照透低压的云层。

“走。”确认过腰间的兵刃，柳遥之抱起浮板率先登岸。脚一踏上岸边泥地,他将浮板轻放在淤泥表面,平趴在板上手脚并用向岸滩的高处滑去。淤泥无比黏稠，但有了浮板的支撑，人向下陷得不深，虽然近似爬行的姿势非常费力，行动却不受阻碍，只有翘起的浮板前端分开泥浆时，不断有泥水甩在脸上。

柳遥之管不了糊满鼻子的泥汤，张着嘴喘气，像只挣命的四脚蛇一样奋力蹬爬，边爬边想自己戎马十余年，这是最狼狈的一场了。

不过要是成了，就成得漂亮。

身后有人被泥水呛得咳嗽，柳遥之回头一个遏止的手势。漫天明亮的箭雨对他们是惹人注目的掩护，但是火箭掠过头顶时，较低的箭支也可能将光亮投下这片河滩。如果有守军低头注意到滩上的痕迹，定会前功尽弃。

柳遥之拧身跪起，单脚点进泥地弓背往后蹬，两手握住上翘的板端，平衡着向前滑行。死士们就着微弱的天顶火光看见主帅突然提升了速度，顷刻间都仿效起这种姿势，浮板如同一叶叶破浪小舟，很快将河岸甩在身后。渐近山脚，柳遥之仔细辨认过方位，打出一声短促的呼哨，死士们寻声立即向高树掩蔽下的一处山体凹陷汇集。

柳遥之回头望了望，断后的两人已经在掩盖方才浮板留在泥地上的痕迹。身前就是地道的入口，突袭的第一步算完成了。

他从浮板上起身，将板子在树下藏好，侧身闪进地道口。几名勇士在他身后鱼贯而入，更多的在洞外树下无声集结。柳遥之命人点燃一支事先放在此地的小火把，交给洞内先遣小队的领头叶援，压低声音命令："第一组十个人随你，暗道内通风不畅，切记只能点一支火把。"

叶援领命，泥湿汗浸的脸上反着火把的光芒。柳遥之看向地洞深处："昨日我亲来确认过，暗道的那一头，剩了大概五尺没有打通。你们抵达尽头后，边挖边向前进，一旦洞口挖通，派一个人回来传信，余下先不要出洞。"

叶援的表情凝重坚定，他早已明白先遣小队即将面临的风险。

狭窄的暗道中，身侧的火把烤得一边脸颊非常难受，柳遥之偏头向他点了点，重重拍他的肩膀："雨水时歇时下，山土极湿，洞壁随时可能垮塌，出口那里更不知现在是什么情况。如果你们真给埋在了里面，"他指指洞口留下的前几日用来挖掘地道的工具，"我们留两把铲子，救得了就救，眼看救不了，会把这个洞口彻底凿塌掩上。不让叛贼发现这种战法，来日天晴就能再用一次，明白吗？"

柳遥之言毕，叶援向他一抱拳，没有留下一句话，提起铲子领头向地道深处钻去。

身后的火光幽幽向前映着，地道之中闷热异常。这条暗道，是十余天来由擅长泅水的士兵带领工匠，从巡河的小艇潜伏上岸，在夜间一点一点挖掘出来的。低矮的洞壁有竹条和木板做过简易的支撑,但小股渗水不绝,洞底的泥汤没过脚踝。

包括今夜在内，一切的布置，都是为了这条穿过云坪寨的南侧外城墙的暗道最终成形。叶援弯着背蹚水前进，大部分时间脊骨都摩擦着洞顶，到了后程几乎不能抬头。气闷的感觉越来越明显，他数着身侧经过的计量标志，知道暗道的尽头已经不远了。

下一刻他却一头撞进了烂泥里，叶援咳嗽了几下，费劲地扬起脖子，发现泥墙的位置比他上次来时推进了两丈有余。

暗道的出口端，垮塌过一次了。

一瞬之间头脑中划过无数最坏的可能，但叶援很快选择相信这是雨水所致的天然坍陷，因为如果叛贼发现了这条暗道，不大可能还留下那么长的一段不填。

“头儿？”见他一刻不动，身后有人低问。

挖吧，事已至此，五尺也好，两丈五尺也好，都必须往前挖！

“火把往后传，拿铲子的在我身后排起来。”叶援调了调姿势，半跪在坑道中，用力掀下了第一铲。

武陵王殿下，柳参军，再等一会儿……

……

蛮贼这是，拆了城墙往下扔吗？

穆骏顶着盾，扶着云梯脚想，云坪寨里怎么能有这么多石头呢？

第一波攻城的战士已经开始攀爬云梯，也有钩锁掷上城头。穆骏担心敌人对计策有所察觉，刚刚下达了正式的攻城命令。外城墙上密布火把，火光将他身前的地面映成橘色，云梯的影子抖动着，梁芒就在穆骏撑扶的这架云梯上。从梯子的震动，能感觉出他已经爬到了上方一半，两军即将白刃相交，攻城战最惨烈的部分正在开启。

铁器相撞声在城头响彻,喊杀声随之鼎沸。穆骏移开盾牌稍往上看,旗手立即贴近把盾牌扣回原位,他的视野再度被遮挡。不能纵观全局是坚持身在锋线的代价,但穆骏从没像此刻这样笃定自己的选择,他紧扶云梯的手臂太过用力而僵硬，直恨不得头顶的每一声砍击都是自己的佩刀迸发出的。

云梯忽然剧颤，穆骏好容易稳住梯脚，一阵疾风从上袭下，渣石地上接连跌落两人。

看见其中一个是梁芒，穆骏拽过旗手帮忙扶梯，自己顶着盾赶去，只见他的亲兵旅帅伤势不轻，半身带血，一时无法从地上起来。穆骏捏开梁芒的嘴看到没有内部出血，多少放心，他将自己的木盾覆在梁芒头身上，回身向云梯冲去。

梁芒一把扯住刀鞘尾："殿下……"

穆骏弯腰拍掉他的手："歇着吧！管你大帅我？"

活动过抓握太久不大灵活的手指，穆骏抬头看了一眼，像每一个士兵那样抽出佩刀叼住刀柄，踏梯上攀。

落石变得稀疏了，石块转小，但有更多的箭支从城头飞下，好在蛮族箭镞工艺有限，垂直下射时穿甲力不足，穆骏的肩窝处中了一箭，痛是很痛，还不算深。他感觉从背后射上城头的箭阵愈发密集，知道梁芒为自己组织起了更有效的掩护，趁着上方防御的一时回缩，他将口中刀柄持起，咬牙加速，连冲带撞地单手攀住城垛，终于一跃而上云坪寨城头。

没等听见属下的欢呼，穆骏头盔上直接挨了重重一劈，脑袋嗡的一下天旋地转。他起刀格挡，被几个方向的攻击逼得一退再退，整个后背抵上了城垛。

不断突破敌人防守的官军面临同样的局面，上城的第一时间就被数倍的敌人分隔包围。后军攀上的速度弥补不了前军的损失，穆骏仗着甲胄精良，拼死护住颈部和胸前，腿上又中一刀，跟着感到两个叛兵各搬他一条腿往上提，顷刻间就要被翻下城去。

这样落地一定会折断脖子，穆骏真慌了，后背死死蹭住城墙拼命往下坐，双腿乱踢。忽然他眼前那个叛兵的脑袋向左一歪，接着脑袋从脖子上掉下来直滚到他膝盖上，穆骏被喷了一脸的血，震得一瞬没敢动，眼睛从血水中睁开，看见面前一个泥人咧着白牙冲自己笑。

"柳遥之！你磨蹭什么呢！"

柳遥之抿嘴还在笑，反手一刀结果了正要逃开的另一个叛兵，伸手想拽穆骏起来。穆骏自己撑地起身，心有余悸靠在城垛上喘气，想不起来抹掉脸上的血。外城墙上的形势已经逆转，看到柳遥之身后不断加入战斗的士兵人数，穆骏知道自己人完全控制了南侧暗道的出口，甚至已经打开了外城墙的南小门，从河上而来的官军正在源源涌入云坪寨的外城。

"降者不杀！"他带着满脸的血大吼，"官军平叛，降者不杀！"

第三章

疑无路

建康依山傍水为城，街衢因地而设，兵部库散布在城中几处，其中最大的库场在前朝旧苑阳园，称为阳园库。

阳园库的库员们此日在库场门前列队，迎接他们的新上司。

这里平时乏人纠管，前几任库部司主事很少亲自到库里来公干，库员们难得早起，心烦懒困，不免有些闲话议论。

“这个陌承光，就是那个陌承光？”

“什么这个那个，哪个啊？”

“就悬瓠城传了大名的那个嘛。”

“怎么不是，姓陌的能有几个。”旁边一人说。

“真是啊，怎么混到这种地方来了？上个月朝里不还赏赐他来着，怎么又发配了呢？”

帐籍官之一的黄正泰向手下们嗤了一声：“胡家园子里的热闹，你们不知道？”

力役头子范鹏赶紧凑前说：“干苦力的，我们哪有大人的消息通啊，大人给告诉一个，怎么个热闹？”

“是啊，是啊大人。”力役们全都围过来等听。

“说是，头一回到清憩园跟部里大人们聚会，不懂规矩似的，去和人家婢女勾搭，当场说要买人。主人罚那婢子死了，这位陌大人，居然闯进内院跪祭，脱了公服要盖尸首呢。”黄正泰抬起眉毛，啧啧称奇。

力役们目瞪口呆，范鹏不信的样子：“他世家子弟，跪个死的婢子啊？”

“可不是，所以监察御史弹劾他了呀，‘恃功放浪’嘛。”

“失仪不止这一条。”另一位帐籍官宋角沉脸接上，“饮酒不节，呕吐狼藉，加上对上官无礼。说清憩园历来会宴，从没有过这种热闹。”

“这是出名，出过头了吧？”一个力役说。

另一边闷闷传出一句：“从战场刚下来，有时候是这样。”

众人都看这个叫汤贝的库吏，他又低补上一声：“出格、喝酒，全是后怕。”

想起他从前也是战场上下来的，众人没接上话。

“总之这回，部里大大折了面子，朝中传得是沸沸扬扬，好几个御史上书弹劾，是佟尚书硬保了他，没给降级，安排在库上了。”黄正泰正说着，远处似一声马嘶，他向那边望望，“好像来了，站好吧。”

众人站回队里，宋角看那马影还远，抬出自己库中头把交椅的地位说：“上头让他来管库场，明确是冷他的意思，话已经传下来了。你们都机灵着点儿，捧着他就罢了，实务别让他插进手，万一此人学不乖，咱们可不能生出事，他也没处去闹。”

库员们应着，有人哼哼：“这地方，白熬几年谁都乖了。”

陌承光骑马抵达，便看见库场前列队的下属们神情各异，其中自然没有多少真诚欢迎的笑脸。他翻身下马，通名问候过，在众人观望的目光中径直向库内去。后面的人散散跟上，两位帐籍官却跟得很紧，陌承光明白自己的境况已经被他们谈论过了，心里倒觉得省事。

他在场地中间停下，打量了周遭一刻，最先注意到的，是东北角处的高大席棚。

阳园库负责保管兵部采买的人马粮草、冬夏军衣的布料棉捆、各式常规兵器及养护材料，以及大型装备的测试样品。最后这一项，是陌承光从来经心的。

他向那席棚走去，没等下属动手，自己把席棚下覆盖的油布向一边掀开。跟来的力役们看了看宋角，宋角点头，力役们一拥而上，将覆布完全揭开，一些巨大的木质构件呈现在陌承光眼前。

冲楼，组装起来之后，这是攻城用的冲楼。前头的钉状铁桩可以用来冲开拒马或者撞门，竖起的楼身内部有木架用来攀高，相当于包覆了护甲的云梯。

陌承光第一次知道兵部配有这样的装备。

帐籍官黄正泰察言观色，这时说:“大人看着新奇吧？这是去年武备司新样设计的，只做了这么一台。”

陌承光看着那些构件点点头:“我在军中都没见过。”

黄正泰笑:“正是武备司欠考虑，做好之后发现有个要命的毛病，就搁在这儿了。”

陌承光看向他:“怕火？”

两字一出，库员们的神情变了。

云梯之外加上护甲的构思，对于需要攀墙攻城的士兵有益，但陌承光从战场归来，很容易看出既然需要稳固轻便，护甲就只能主用木质，那么万一冲楼被敌人引火燃烧，内部便会化为一座火井，将身在其中的士兵活活困死。

阳园库这里却从没见过对这些木头疙瘩感兴趣的上官，何况单凭眼看就能明白是什么，更将毛病一语道出的。黄正泰脸上的笑没了，看看宋角，两人心中都升起些此人恐怕不好糊弄的不安来。

陌承光仿佛没有注意周围人的神情，看着那些冲楼的构件深思。

防火的问题，要是能解决呢？

他伸手去试冲楼木质的干湿，发现横木竟已有些糟朽了。

宋角对这台冲楼的保存状况心里有数，见陌承光眉头动了动，赶快说:“大人，投石机和床弩都在那边。”

陌承光点头，没再对冲楼做什么评价，向他所指的方向走去。几个力役提前过去，将覆盖着整排床弩的油布揭开，陌承光走到一台前细看过，在弩手位上坐下。

黄正泰上前扶着陌承光的手臂:“大人，双手握此处，脚，”他又躬身扶住陌承光的靴子，“脚踏这里，像划船那样使劲。”

陌承光向他笑笑，起身让开了他的手。

这样的双弓床弩也是第一次见，是需要亲身试试它的威力，但不是现在。方才压了一下手柄，陌承光已经知道这些木器是崭新的，却很涩，机活处很久没有上过油了。

“我初次来，想各处看看，库场大，各位跟着我恐怕一日无法做事了，就容我随意走走，你们散去吧。”

“下官们岂敢啊。”听他语气不强，黄正泰回说，“大人难得来这一次，得为大人介绍仔细了，以后就不用多烦大人亲身来看。何况库里的东西堆堆叠叠，万一坍下来砸着，我们可担待不了。”

宋角也说：“库里的事，也就是盘点库存，加上按部里的调配出入走账而已。大人要看，下官们陪着。”

陌承光也就笑，随他们进入各间库房中四处走走看看，不再要求打开什么，也不搬东西，偶尔站在一处半天不动，像只想着自己的事。

一回生二回熟，他第二次到阳园库来时，各间库房巡看过一遍，指示对哪些器械上油除锈，清点哪些积压物品，然后在值房坐下，要看账本。

陌承光是主管的上司，看账本天经地义，但宋角和黄正泰已经知道他的聪明，未免心里有些忐忑。按此前定下的办法，他二人惶惶拿来提前准备的账本，陌承光便默默翻看了一个下午，临走时原样奉还，还夸赞了一句字迹清整，完全没有像宋角他们所担心的那样，指出添补的部分墨色有区别。

这就是心照不宣，相安无事的表示了。

经此一遭，宋角和黄正泰把心揣回了肚里，其后果然见新上司虽然常来巡库，但兴趣只在兵工器械上，一个人拆拆弄弄，对于军粮、布帛这些不闻不问。次次这样，宋角他两个也没有精神再去紧盯，只派几个力役远远地跟着陌承光，看他往往闲得在库里踱步，一天下来不发一语，有时站在空场里看麻雀啄食散漏的麦粒，就能看好半天，还不让扫掉。

在阳园库供职，没有凭勋绩迁转的可能，只是空熬年资。当官为吏混到这里，要么是在士人中吃不开，图点实利，要么是没别处能去。看新上司这心灰意冷的模样，想起他之前的荣光，库员们心中对自己现状不满的怨气反而平了些，又对陌承光冒出一点同病相怜。

管事的几个暗地里商量着，来日相处久了，不妨留一部分好处给他，大家绑在一起，就能彻底放心了。

这日陌承光从库里返家，路上带回几张酸浆炊饼，进院先在小厅檐下站了一刻，整理心情。看着两个窝的大燕子进进出出的轻盈身影时，他第一次发现今年新生的小燕子，毛茸茸的一堆从窝边冒出头，争着向大燕子张开嫩黄的嘴。

那些鲜明的颜色点亮了他的心，陌承光不觉微笑，往后面想去叫姐姐来看。后院中寻不见平日这个时候总在莳弄花草的姐姐，他找了一会儿，听见姐姐卧房里砰砰的开关箱柜的声音。

陌承光站在门外叩叩门框，陌闻音在里面喊："先别进来，正试衣服呢。"

陌承光想了想日子，疑惑姐姐今天怎么有了兴致，不早不晚的，怎么穿戴起来了。

"好看吗？"陌闻音一掀门帘立在他眼前，身上穿着几年前见过的水蓝配鹅黄的衫裙，裙子应该是刚翻出来，没有洗烫，皱巴巴地挂在身上。

"好看。"陌承光点头，把炊饼拎起来给她。

陌闻音叹了口气，扭身进屋了："我就知道，问你什么都说好看。"

姐姐生得美，半个建康城都知道，如今气色又比在悬瓠城时好得多了，在陌承光眼里自然是穿什么都好看。他很少应对这种局面，拎着炊饼跟进了屋，有点无措地站着。

陌闻音提着裙子在睡榻前翻拣，那边堆着三五套各色衫裙，一些零散首饰。陌承光想想问她："有聚会请你？"

"嗯。七夕节，玄武湖上要赛船，是宫里的人来下帖的，说让按品装束。"

陌承光明白了。如今士庶的风气中，交际联姻极重门第，即使是皇族贵戚，想娶高门女子为妻也不容易。近年宫中会趁七夕这样的大节，邀请京中士族的眷属携女儿一同欢庆，到时皇家和重臣的子弟们也会在场，有彼此相看的意思，若能凑成两心相许，议婚时容易成功。

陌氏虽然是家传悠久的士族，但与王谢那样的高门无从相比，陌承光想想也知道，让姐姐去玄武湖，是场合上需要陪衬和添头。按他自己的本心，不愿姐姐在大家小姐边上受慢待，但他看姐姐没说不去，也没有阻拦。

陌闻音将有限的几身衣服拼拼比比，一边问陌承光："你说，我按品装束，是按你的品级，还是按……他的？"

心仿佛被井绳提起来揪了一下，陌承光看着姐姐，想，这是自己太不争气了。

"按礼制说，都可以，但父亲的品级比我高，还是按父亲的吧。"

陌闻音没吭声，拈起一支细金钗插到头上，想走到镜子边上去照。她的头发黑而滑，钗子没待稳，脱落掉到地上撞出"铮"的一声。陌承光看见姐姐脸色一白，脚步一下停住了。

陌承光走近她，陌闻音没动。陌承光弯下腰，帮姐姐拾起那支钗。

他明白。在北虏刚退的那些日子，他也一样，听到铁器撞击般的声音就会心中一悚，一阵冷汗。

自母亲去后，姐姐怕过雷，怕过雨声，后来凭着心头的韧劲渐渐都好了。这铁器声，是新添的。

他不免神色沉黯下，又想起穆骏那“无忧无虑”的话来。陌闻音从他手中接了钗回去，抬手插着走开，声音里已经消散了紧张：“品级高又怎样，高的我也没有了，够不上。”

陌承光站在原地，看她头上仅有的这支金钗快要淹没在她丰盈的头发里。静了一刻，他说：“装束的品级我去细问，咱们还是按高的吧，姐姐穿戴上，好看。首饰没有可以打，衣裳可以新做，咱们陌家……祖上当年也出过贵妃和皇后，就算不去攀比，既然回来了，场合上也像样。”

陌闻音扭脸看他，一笑说：“那是当然，这个心气总要有。何况我弟弟升了官，有钱给我做新衣裳，给我买好吃的，我当然要。”

她从陌承光手上的草绳间抽出一枚炊饼，叼在嘴上挽起长袖子，咬了一口。陌承光发觉姐姐提着心气要去聚会，或许正有为自己彰示门面，宽解自己仕途不顺的用意。他并不愿多想这些，却不能不顾姐姐的心情，一时胸中又涩又暖，笑起来点点头，听姐姐嚼着饼说：“可是如今哪个颜色好，什么样子入时，我都不知道了。”

说着陌闻音扬起头，眼神一亮。

陌承光早就想去同一个地方，又笑着点头。

一路寻去，地方却不对了。

“怎么……”

姐弟俩策马向前，马走得越来越慢，天将擦黑，道路两旁不见了人家，偶有几间房屋也是歪倒残破，往前愈是荒凉一片。陌闻音不由想再看看怀中揣的地址，陌承光却望向前方说：“没错，是这边。”

“这好像是，乱葬岗啊。”

夏日的荒地里四下虫鸣，就着不大的月亮，隐隐能看见起伏的坟茔。陌承光明白姐姐不是怕这些，只是不清楚建康城里还有这样的坟场。

“前面是义庄，安葬没钱收埋的穷苦人的地方。”

“邬家弟弟留的地址，是这里？”

陌承光点点头，按住心中不祥的预感。

白天他两个去考工署供奉邬其庸府上拜访，行到门前时，却发现房子已经换了人家，问邬家去了哪里，新住户也语焉不详，只拿出一个地址说是邬家儿子留下的，要是有人追债让去这里找他。

地址在建康城极南，就是眼前这座义庄。

邬考工的职任是皇城营造，而邬夫人是京里有名的裁缝，陌承光的母亲在世时，与邬夫人在同一间医馆看诊，两家就此认识，陌闻音从小的衣裳多是邬夫人的精巧手工。但毕竟一家为士族，一家为匠人，门第相隔，两家男子之间很少走动。

然而十九岁时的那场大难，让陌承光心中深深欠下邬家一个情，自此年节时常去拜会，也因此向邬考工学到许多木工与营建的知识。虽然限于士人的身份不能拜师，但他心里，邬考工就是师傅。

回京多事，不暇应对，他着实后悔没有先去邬家看看。此刻天已全黑，月光下坟头越来越密，马在坟包间深一脚浅一脚地走着，姐弟俩怕崴了马，都下来牵马慢行。义庄是不太大的宅院，门口有座半塌的牌坊，陌承光在牌坊下拴住马，看看姐姐，陌闻音却已经起脚越过他，向那宅院的台阶而去。

“邬家弟弟？邬延龄？”

陌承光踏上台阶，听见姐姐在院门口向里喊。院内昏暗，看着是个回字结构，正中一座香堂，周围一圈界成一间间小屋。香堂外，窄窄的院落地上横七竖八躺着人。

陌承光头皮麻了一下，陌闻音低头看见，也不由自主往后退了半步。但他们很快发现那些不是死人，是乞丐一样衣衫褴褛的老者，在这暑热中铺着破席躺在院中入睡。听见陌闻音这年轻的女音，很多人抖抖索索地起身，蓬着荒草一样的白发向这边呆望过来。

陌闻音看看弟弟，陌承光一时也不知道该不该进去，这时从香堂后面绕出个小个子，愣愣望了他们片刻，犹豫叫：“陌大哥？姐姐？”

陌闻音向他跑去，一路行着礼，小心让开那些老人。陌承光也快步跟上，只见十七岁的孩子已经瘦脱了形，满面脏泥灰，要不是听声音，就算对面经过陌承光也认不出他。他们三个一时站着，全不知道怎么先说话，邬延龄看看陌闻音，又看看陌承光，终于哇一声大哭出来。

“慢慢说，”陌承光扶住他胳膊，“跟我们说。”

义庄院内没有能下脚的地方，三人最终在院外的牌坊下坐下。陌闻音拿手帕擦着邬家弟弟哭肿的眼睛，又擦他的手，轻声问：“你爹和娘呢？你家是怎么了？”

“娘是……去年病死了，爹是……”邬延龄哭得话都快说不出来，“爹是惹了官家，给打死了。”

“……打死？”陌闻音低声重复。

邬延龄哭着点头：“就是被这义庄累的。”

陌承光隐约猜出个影子，他靠近邬延龄，张开嘴发不了问。延龄哭了好久，断续说：“就是，去年冬天，就是这义庄，传起疫病了，死了几十个人。他们都说……是老鼠传的……把老鼠给杀绝了，就不会有了。这种破房子，到处都是洞……冬天外面冷，老鼠就是要进来跟人挤着，哪杀得完呢……就有个老太监，叫全宝的，在宫里认识过我爹，就来求我爹。”

这些话的含义陌承光不用听懂，一种类似蜂鸣的声音响在他耳中，他晃了下头：“请邬考工帮忙，修缮房屋？”

邬延龄擦着泪点头：“我不该让我爹来的，我后悔死了。这地方就是……就该是衙门拨钱给修，可钱永远也不到，物料永远也没有，我爹就答应了……他跟我说，娘死了，他想做点善事，想给娘在阴间积福，我就没拦着他了……我当时不知道给娘治病，家里已经一点钱都没了。”

陌承光低问：“邬考工是皇城营造，是不是……”

邬延龄抬起眼看他，两行热泪顷刻又淌下：“我爹没偷皇上的东西，真的！他就是拿了几回宫里剩的下脚料，平日里是一车一车拉出城埋掉的。”他哭得被眼泪呛住，咳嗽着说，“可我爹怕别人跟着担责任，他也没敢告诉谁，没人能给他作证，御史弹劾他，皇帝也不查问，也不让分辩……一顿痛杖打个半死，回家没几天……就……”

“不是……不是东西的事。”

眼泪从下颌滴到脏污的衣襟上，邬延龄一动不动地看着他垂下的头。

“是，皇家的东西，就算不用，就算埋掉，也不能给其他人用，否则叫，僭越之罪。皇家的工匠也，没有批准，不能从事其他工程，何况是……修义庄。”

"……怕晦气，是吗？"短暂的静默后，邬延龄问。

陌承光点头。

耳鸣声更大了，他有些不知身在何方的恍惚，至少这一瞬，想逃，不想理解自己心中的愤怒，也不想再接受面对着死亡的痛苦。

身前人忽然笑了，一边笑一边咳嗽："真有意思……我爹……可真是一条贱命呢，修了一辈子皇城，没修来点福气，修了一个义庄的晦气……就把他给，给晦气死了？"

一旁陌闻音下颌咬紧。

邬延龄笑得快喘不上气："真有意思，啊，皇上……不说是洪福齐天吗，他怕晦气？你们知道吗？中元节前，要放宫女，那些老太监都在说皇上是积福，他可积的什么福！满义庄，我看全是他的晦气，这些伺候了他一辈子的，等死的人，他连……连一块砖头瓦片的福都不积！"

痛从陌承光的心口一直蔓延到肩膀，在那痛之外，整个人的反应有些钝木。出宫人的事他知道，六宫三十五岁以下没有生养的宫人一概放出。他同样知道积福只是说辞，战乱过后户口衰减，让适龄女子更多婚配或许是考虑之一，更可能的是，国库已经支撑不起后宫的开销了。

看弟弟无声低着头，陌闻音问邬延龄："邬考工修义庄，延龄你说当时没让别人知道，那御史是怎么知道的，弹劾得这样准？"

这也是陌承光的问题，他抬眼看着邬家弟弟。

"是义庄里的人告的……想也猜到吧？"邬延龄把头扭到一边，说着让人心底生出寒意的话，语气里却听不出恨，"葬好我爹，我就来问，到底是谁良心给狗吃了。可这种地方，人来人走，一个月要死好几个，我问谁都问不出来……我就是不甘心，我就去打短工，什么也干，得了钱我就继续来修这房子，我就想总得有一两个有良心的，能念着我爹的好……后来，房子也修完了，当初来求我爹的那个老太监，病得要死，我又来给他送终，临死前，他就全都说了。"

"是他？"

邬延龄点头。

"总有个原因吧？"陌闻音不解急问。

"原因我知道，等他一说，我就知道了。我爹说过，全宝他出宫之前伺候的，是皇上的一个宠妃，妃子头回怀上孩子的时候，皇上要庆贺，就破格给她的寝殿施了椒漆，后来孩子没养下来。”

“……怀疑问题在漆？”

邬延龄转过来，对陌承光肯定地说:“我爹主管营造，反正就问到他头上，说怀疑漆里混有麝香什么的，被椒气给掩住了，当时就把我爹扣在宫里的监房，反复查了好久。”

陌承光脑中纷乱想，如果真是人为所致，让自己去查可能首先也会这么猜测，听起来太可行了。

“我爹后来说，好在工程记录是全的，配方这些都是定例，而且麝香这么贵重，就算他们非说我爹加了，也得说出个从哪来的。还有，宠妃落了孩子，可能有人疑心到郑贵妃，郑贵妃也出来说话，我爹就无事放出来了。”

“所以，那位老太监是一直放不下，替旧主报复？”陌闻音问。

“不是。”邬延龄撇嘴笑了下，“是那个妃子，从宫里传话跟他说，知道我娘死了，我爹老跟人说要积福，让他先求我爹去修义庄，再把事情告上去，说皇上一定得要了我爹的命。”

“你骂他了吗？打他了没有！”陌闻音一把抓住邬延龄的胳膊，“明知道邬家叔叔是好心，明知道是害人，他——”

“宫里怕不是有什么邪魔,能吃人心的。”像是觉得陌闻音的手烫那样，邬延龄缩回了胳膊，他顿了顿，身在乱坟场里，却像在说着更可怕的地方，“你说，他都给扔出来了，还听旧主子的，他还说，主子的意思不能违抗，说让我恨他。我恨他什么？他躺在那儿，身上都烂完了一半……”

没人再能说出话，三人都沉默下来，月亮下义庄围墙的影子薄薄地向他们脚下延伸。

“不可以告吗？”良久，陌闻音抬起头问。

陌承光看着邬延龄的脚边，那些石缝中生有细弱的杂草。

他清楚，御史的弹劾法理上无错，设计构害的证人也已亡故，事涉宫闱，如果告而不倒，可能更有加害会针对延龄。可他开不了口说不可以，报邬考工的血仇，试都不去一试吗?

“那全宝太监的话之外，还有什么证据？”

邬延龄想了想，轻摇头。

“那妃子的名位或者姓氏，你知道吗？”

“陌大哥，告不了的，我早就想透了。哪怕我有真凭实据，为了个皇帝下旨打死的匠人，还能告下他的宠妃吗？”

牌坊下又静了，夏虫四面鸣响。

邬延龄靠回牌坊的断柱上，说完这所有，像卸掉了什么绑缚在身上的东西，疲惫地松弛。陌闻音挨在自己弟弟的肩膀上，三个见过太多生死的人，静静守在一处。

水汽从后半夜的草面上泛起，笼罩着他们，仿佛白幔。此时此地隔绝开现世，陌承光忽然觉得，在这坟丛之中，建康城的泥土地上，他才终于找到些着落的感觉。

“墓在哪里？我们去给邬考工和夫人磕头。”

“远。等个好天，我带大哥和姐姐去。”

“往后，你怎么打算？”陌闻音向邬延龄问，“家里的房子，卖掉了是吗？”

“便宜卖了，亲戚我也不想靠。”延龄回说，“新住家，就是我一个表舅，卖给别人根本卖不掉，就这，还是说好再有讨债的让来找我，他家才肯拿房子。”邬延龄说着露出苦笑，“我都不知道爹到底借了多少债，讨债讨得太凶了，几拨人来了又来，好几回，把我关在柴房里，在家里翻箱倒柜，凡是能放东西的地方全砸开翻一遍，地上的花砖都给撬开，就差把院里的土筛筛看了。”

他说到这儿，忽然坐直身子：“对了，我怎么连这个都给忘了！我娘病沉的时候，给姐姐裁了好几件冬夏衣裳，她说她……她看不见姐姐出阁了。”出阁两个字他念得重，仿佛在牙齿间绊了一下，“说，要是姐姐不嫌她病人晦气，就当作姐姐的陪送。这些衣裳，还有她给我爹做的爹好喜欢的那几件，我东躲西藏都没扔下，就在义庄里头呢，可……”延龄声音低下去，“可不是晦气？更晦气了，哪有大喜的日子——”

“我兴许一辈子不出阁呢。”陌闻音笑起，“衣裳我却要穿，天天穿。我没了娘，邬家婶婶这么疼我，这是她在天上护着我呢。”

邬延龄拼命点头，从他们再次相见，他第一次直视了陌闻音的眼睛。

“跟我们去住吧。”陌闻音对他说，“承光我俩租了个院子，有地方，你别客气。先住下来，咱们慢慢想以后。”陌承光随她点头。

邬延龄笑着说：“不用了，谢谢你们了，姐姐，我得住在这儿。”

“延龄——”

“我净身了。”

陌闻音整个怔住。

好一刻，陌承光问：“……什么？”

“我净身了。”邬延龄垂下眼说，“走的老太监们以前的门路，秋天，我就进宫了。”

陌闻音微张开嘴，看着邬延龄说不出话。

“你是……”

“嗯。”邬延龄对着陌承光点头，“我不甘心，我就是要去看看，那个妃子是什么样人面蛇心的，要是逮着机会，我要替我爹报仇！”

“延龄，”陌承光急说，“宫里不是你想的那么简单，而且，而且如果事情传回去，你说不定反遭他们害啊。”

邬延龄摇头：“那个妃子害人的事，今天我是头一回说，本来罪人的儿子净身入宫的就不少，我又认了干爹，要改了姓氏进去，他们查不着什么的。”他向陌承光近了，双拳不觉握起，“宫里什么样，我知道，那些老太监出来之前有高有低，我照顾他们，他们什么都教给我了。我进去不会后悔，我不去才会后悔一辈子！”

“延龄，好，我不劝你，我敬佩你。”陌承光迎着他的眼睛，双手攥住他肩膀，“但你记得，在宫中真要动手，无论如何要先查实。你还知道什么都告诉我，我在外面，看有没有其他办法。”

“是，延龄，人命关天，你要报仇，可能……”陌闻音抓住邬延龄按在地上的手背，那手指已经抠入泥土，“你爹的命，那妃子的命，还有你的命，都贵重，知道吗？”

邬延龄怔怔扭头看她，手松开，挪去抓住她的衣摆：“我记着，我只知道那个妃子姓王，我会慎重的，我也一定能查实。我是最有福气的，进去之前还能见着姐姐和大哥。”

“进宫之后，你别操心，知道了墓的地方，清明中元，还有忌日这些，我给邬家叔叔婶婶去上香烧纸。”

“姐姐，这恩情我下辈子报答你了。”

陌闻音摇着头，邬延龄说：“姐姐你等等，我去把娘给你做的衣裳拿来，比起上香烧纸，这个更让我娘开心。”他撑地起身，咬牙又说，“我是……不孝了，我娘在天上，一定盼着，看姐姐来日有个好归宿，风风光光地……出阁。”

“这就是云坪寨中最大的水源？”穆骏策马在云坪寨的外城墙上绕城巡视，指着东面低洼地带一处石沿蓄水池问。

官军已经完全占领了云坪寨外城，困守在石峰顶上的叛军烧掉了从内城出来取水的栈道，放弃了这一地带。

云坪县的守将齐同秀回说：“正是。有降卒交代，山顶还有两个小水池，但加起来也不够这一个大。尤其这个池子深，里面养的有鱼，没了这个池子，顶上就没有新鲜肉食了。”

偷袭云坪寨和攻陷外城的过程中，齐同秀对物资的组织让穆骏满意，他点点头，又问：“十来天没下雨了，你们这里常见吗？”

“入夏之后雨水没有春天多,但十来天不下雨真不常见。”齐同秀笑说，“所以县里军民都在议论，殿下有天神相助啊。”

穆骏听着高兴，没往脸上露，抬头看了看天，阴的。

外城一战后，他下令扒开了西侧陆路的外城墙，在碎石基上垫土，铺设马道上山。穆骏将大营前移，就驻扎在云坪山下一处缓坡，如今整个云坪寨的外城已经成为官军的防线，围城不是问题，问题是要围多久。

十余天不雨，这个大水池已经干了一多半，内城顶上的那些水池还要供人吃水，估计就要见底了。但巴州的雨穆骏也见识过，一旦下起来，一两场急雨之后池水又能平沿。

他知道山顶上的叛贼一定也在频频看天，到了这一步，两边都在熬心力。云坪寨的内城太过险峻，真像建在云端的桌坪上，四面差不多都是直下的石壁，穆骏还下不定攻打的决心。何况也没有攻打的办法，哪来二十丈长的云梯，大兵根本送不上去。

他看看柳遥之，这位奇谋参军这几日也少了说笑，穷山恶水中持续的粮秣供应，加上对伤病员的处置，已经够让他焦心了。

目下也只有再等，穆骏忽而抬头看天，心想，老天爷，正好看看你是不是真心助我。

他正要说话，一个满头大汗的传讯兵跑到马前，单膝跪地高声禀报：“殿下，城上投书了！”

穆骏伸手抓过书信来赶紧打开看。柳遥之在他身后马上说："白旗。"

抬起头，穆骏只见云坪寨内城之上冲着官军大营的方向，一杆白旗孤零零竖起。

他笑着回头，身边将士都是满面欢悦。

赶快回到中军帐内，养伤中的亲兵旅帅梁芒也听到消息，这时赶到帐下，边跑进来边问："殿下，叛贼降了？"

"你慢点！"穆骏呵斥他，"慌什么，骨头不疼了？"

"不疼了！"梁芒干脆跳了两步，"属下养伤养得背上都要长草了，他们再不降，属下都要去凿山开路了！"

穆骏被他逗得乐，梁芒跑到他跟前："殿下，叛贼怎么个降法？队里做什么准备？"

穆骏干脆把信摊开在帐中条案上，让众人一起看。梁芒看了几行，眉头却拧起："哎？那个马玛度自己不下来，要咱们上城去受降？"

"开始铺设栈道了。"柳遥之望向云坪山顶说。

西南角处的内城门已经打开，几个衣衫褴褛的蛮兵怀抱器具出来，将横梁插入崖壁上凿有的栈道孔，又在其上铺设木板，栈道一点一点地向崖下延伸。

"守军开城之后，胜方入城受降是惯例，如此才能人城两得。"穆骏低说，"只是……"

只是云坪寨的地形太特殊了。

梁芒急道："殿下，这个马玛度太狂了，山穷水尽了还摆这种谱。万一咱们的人上到一半，他反悔把栈道一烧，咱们退都退不回来。"

"所以要上去，精兵得摆在最前面……迅速登顶，迅速控制局面。"穆骏思索着，一面看向柳遥之，但他的参军今日话出奇地少。

他索性点名："柳遥之，你看呢？"

被问到的人又感到了袖中那封来自七皇子的信沉沉的分量，但武陵王这边还没有收到官方关于北伐的消息。处在这一个变动的时期，柳遥之对自己的前路，包括朝廷的前路，都怀起一丝迷茫感。

形势一时看不清楚，他想，此地的战事尽快结束，对所有人都好。

"我去一趟吧。"

穆骏刚要点头，梁芒抢着说："我去！"

"梁旅帅身上——"

"参军身上没伤？我就是攻外城那天摔了一下，都养了快二十天了！"梁芒转对穆骏说，"真的殿下，属下背上长草是玩笑，但属下的刀一直挂着，刀鞘上都长毛了。"

穆骏又一乐，眉头却没完全展开："城上的情况，是凭俘虏的一面之词拼凑起来的，实情到底怎样咱们不清楚，万一叛贼真有后招……"

说到这他迟疑了，他本想说更信赖柳遥之能处变不惊，话到嘴边却藏了回去。这么多年一直跟在身边，穆骏了解梁芒的进取心一直很强，领兵的能力也不可谓不高，只是柳遥之过来以后，他被压过一筹。男儿不能没一点胜负心，但穆骏不想引得这两个最得力的属下之间较劲。

其实梁芒也看出主帅在犹豫什么，急得说："殿下，属下来这巴州一趟，连云坪寨的外城都没攻进去，爬了半个城墙就摔了，躺在殿下和柳大人的功劳上养了这么多天，属下愧死了。眼看战事要了结，属下再不立点功劳，还怎么作为殿下的副官在营里立足？求殿下给属下这次机会吧！"

穆骏又看柳遥之，那人望着已经向山峰侧面转去的栈道，眉峰微聚，神情平淡。

也对，危险不能总压在一个人身上，功劳也同样。

"好，你去。"穆骏发话，"城上大概还剩三四百人，你带六百人上去，千万警醒。"

梁芒得令，飞一样去整队，全副武装的队伍很快成形。等山上的栈道工事接近尾声，梁芒红袍束甲，挎刀立在队伍最前面，接过穆骏交付的帅旗。

六百人的官军一线长队，沿栈道盘旋上山，那些把栈道铺至山脚的蛮兵没有返回，立在山下呆望着他们。穆骏静不下心来等消息，带柳遥之乘马到附近一座利于眺望的岗上，一直看着梁芒那身醒目的红衣率先进入云坪寨的内城门。

然后更是等待，官军的身影一个接一个隐没进门后的城中。

柳遥之的心一直提着，他对一切没有完全把握的地域怀有习惯性的不安。他很清楚自己的作战风格和武陵王最合拍之处在于，与其运筹帷幄，他们都更喜欢亲身去决胜，将战局的瞬息变化第一时间把握在手里。但今时今地，袖中的那封信，还有心中莫名的直觉，微妙地拨动了天平，让他选择退一步观察。

天气热得像把山峦和谷地全蒸在锅里，时间仿佛被拉长，每一次呼吸都使人难耐。官军的队尾已经入城很久了，汗淌下来几次迷了穆骏的眼睛，他在马鞍上快坐不住，前后让马踮着步子，柳遥之那匹白马却始终静静站着。

穆骏偏过头看他，不由想，什么样的情况下，能看到这个人失态？

忽地，他看到柳遥之下颌一紧，整个人微震了一下。

穆骏一瞬回头顺他的目光往山顶望，起初没明白是怎么了，然后也是一抖，霎时拨马，往更能看清的方位奔去。

山头的白色降旗，没了。

不是眼花，西面这里方才降旗竖起的位置只剩光秃秃的石墙，石墙后面发生了什么完全看不见。穆骏的头皮是炸的，他回马对柳遥之说："带死士队上去，你去，快！"

柳遥之点了下头，拨马正要走，却被余光中漫下的火光定住。

山顶的栈道已经被点燃，火势如毒蛇吐出的信子一样顺山蹿下。柳遥之回头看穆骏，刚刚的命令已经没有了意义，而穆骏正在望着山顶，口中喃喃着："……八，什么……"

柳遥之转头上望，是旗语，是谁在用刚才倒下的叛军降旗挥动着官军的旗语。

"……有埋伏……八百人，"旗语断断续续，一时消失而又出现，柳遥之本能地为穆骏翻译，仿佛能从那无声的句子中读见挥出它的人正拼命挣扎，"……毒，毒气。"

他的声音停了，破碎的旗语不断重复着，直到白旗再次被砍落，永远沉默在城垛之后。

喊杀声，兵刃声，隐隐传下，或者穆骏觉得只是自己的臆想，他怔怔望着不再有任何动静的城头，只记得旗语的最后那混乱而强烈的一段。

……

别上来……不要上来……山的西侧，栈道的残骸仍在燃烧，火光灼烫穆骏的眼角。他的马动了，是柳遥之牵住缰绳，引他往岗后躲避可能的投石袭击。穆骏木然坐在马上，对周遭的一切已经无法反应。

直到柳遥之唤他一声"殿下"，他转过头，看了柳遥之一刻，才转向柳遥之看的方向。云坪寨的内城上，缓缓降下一根吊索，被拦腰系在索上的人体从中间折起，四肢软软垂落，失去了头盔的头上黑发斑杂着血块，乱发随绳索的下降在风中飘动。

他觉得那件红袍刺得眼睛太痛了，转头想在柳遥之眼中找到一个否定的答案，但那人没有回应他，看着山崖，抬手缓缓脱下了头盔。

“没这么便宜。”穆骏的喉咙几乎发不出声音，他不知道自己该看向哪里，不知道自己在对谁说，“没……没这么便宜的……”

向六月去，天气越来越热，郭乐成恹恹躺在他建康驻地的营房粮窖口，借着地下库里冒出的一点凉气午歇。几个亲近属下散坐在竹榻周围，一边摇着衣襟扇风擦汗，一边七嘴八舌地抱怨南边的湿闷。

副将徐白梨“嘘”了一声，压低嗓子说：“都注意着点，话多怕不惹事！”

众人都笑。竹榻上的热汗让郭乐成觉得自己像在锅上煎的烙饼，脑袋里转着要不要跟他们一块儿往地上躺，偏头看一眼，太热又懒得动，随他们去，没有搭腔。

一个传令的小兵跑来榻边报告：“大帅，有个兵部姓陌的来见，到营门了。”

“莫哪个啊？”郭乐成闭着眼睛不动。

“怕不是悬瓠城的陌司马吧？”徐白梨说。

郭乐成噌一下翻身起来，“可不是，陌司马也来建康了，赶紧的赶紧的。”他把衣裳整了整，擦头上的汗，往营门去迎，属下们全体起身跟他过去。

到门口一看，可不正是陌承光。郭乐成两步上前，猛拍着他背说：“可算想起俺了，陌司马啊！俺在京里就你一个相熟，可是憋闷死俺了。”

“不是司马了吧？”他一个属下提醒。

“对，对，”郭乐成上下看陌承光，见他与在悬瓠城时几乎没有变化，身上官服青绿，衬他倒是好看，但也表明官位不高。郭乐成挠头说：“唉，南边的官名儿怎么这么难记。”他问徐白梨，“俺叫啥来着？”

“伏威将军，督五郡军事，领司州刺史。”

“是、这个，那陌……”郭乐成顿了一下，“你叫啥？”

陌承光笑，施礼回说：“兵部库部司主事，拜见将军晚了。”

“不晚！”郭乐成拉着他往营里走，“前段不是听说陌兵部你让人给坑了？俺不懂你好不好见人，要不俺可早去找你了。”

“啥时候兄弟们吃饭喝酒上他胡家的产业，老郭说了，非砸了他的！”徐白梨接上说。

“胡家做大宗贸易，没有酒楼，园子也不对外。”陌承光还是笑，“这家商人往后我自有道理，今天来见是为另一件要紧的事，私事不用将军们为我劳心。”

“啥事？”还没等陌承光回答，郭乐成一口应下，“但凡俺们能办的，一定给陌兵部办好。”

说话间走到粮窖口的篷子下，营中在悬瓠城认得陌承光的听说他来了，争着跑来相见。陌承光忙着答礼，郭乐成请他竹榻上坐，伸手到一半，想起说：“不行，这上头都是俺的臭汗，陌兵部坐席上吧。”

陌承光被逗乐了，大家一起在席上盘腿坐下，似是还在草原上的模样。两边通了近况，北来将士话说得停不下嘴，郭乐成拦他们说：“先别忙，让陌兵部说正事。”说着问陌承光，“是啥要紧的事？”

陌承光看着郭乐成：“是我库里的事。”

郭乐成明白了意思，让徐白梨赶着闲杂散开，只留了亲信的几个，坐近陌承光问：“库里啥事？是听说了你去管库，那是武库？”

“是武库，也放军需。”陌承光看了下不远处粮窖的入口，“我这回就为粮草来的。”他凝眉对郭乐成问，“将军们回来京里，队中有没有发现过，马的草料出了什么问题？”

“马？”郭乐成眨了下眼，“……你别说，马啊，还真是有点儿不对劲。”他扭脸招呼属下，“快快，把俺那马，牵来给陌兵部看看。”

很快有人牵来郭乐成的坐骑，陌承光细看，认出是从北虏营中带回的一匹深红色北方草原马。马匹还是精神的，但冬膘已经完全消下去，肩处现出清晰的骨骼轮廓。

“这个马啊，是最好的马，金贵得很。”郭乐成过去抚摸自己良驹的背，“比不了丹王子给你的那匹，可拉它出去赛，也没输过，在北边不打仗的时候，俺都是亲手放它啊。来了这边，陌兵部你看，它这瘦得不对。”郭乐成说得发急了，热汗从新长出了二寸头发的脑袋顶往下淌，“俺还当是南边太热，它不能习惯，你说是，马料有问题？”

“可能是麦子少了，”陌承光也上前摸过马脊，顺向肋侧，“眼下我的猜测。”

“麦子？”

陌承光看向愕然的众人，点头：“南地夏季潮热，马匹在夏天的消耗比在冬天还大。按兵部的条例，夏料应该是每十分重的草料，配一分五的麦子，京中各营用的都是兵部库里配好，成批运来，将军这里的也是。不然咱们取些来，称称看吧？”

郭乐成立即叫属下从窖里拿出一包还没开封的马料，现找了筛子，就在这篷子外面把草筛去。麦粒落在大笸箩里，副将徐白梨过去将笸箩吹风一扬，草屑飘走，所有人围去看。

“这都不用称了，你们看这麦粒，大半瘪的。”徐白梨努了下嘴，只见簸箕中扬过的麦子里，瘪粒饱粒分层摊开，瘪粒竟然为多。

郭乐成怒圆了眼睛，简直要把簸箕掀翻了。陌承光拦住说：“还是草和麦子分别称一下，光用眼看说不清楚。”

于是秤拿来，把草料和筛出的麦子分别称量计算，陌承光还怕不准，自己又下到窖里随意挑出几包再称。每包下来，麦子都是只有一分多点，少数能到一分二三，绝对不够一分五。

郭乐成窖里窖外随他忙得一身大汗，又气又累坐回榻上，拳头捶榻边：“啥黑心事儿啊这是！牲口不会说话，不是俺这一匹马啊，上个月营里就死了两匹，俺们都当水土不服了，这是吃得不够，没扛住啊！”

“这就是欺负俺们北来的！”徐白梨扔下簸箕，属下们全涌进棚中，纷乱不平：“这事不能算完，马到战场上就是人命，在这儿能害死马，战场上就害死人哪。”“谁干的缺斤短两，查出来得按军法，让他偿命！”

“不是将军们这一营一地。”陌承光先稳下众人，对郭乐成说，“每次库里搬动存粮的时候，我数地上散落的麦粒，瘪粒总是能占上四五分。所以这不只是缺斤短两，是从麦子的源头，就以次充好。发给各营的马料估计都是这样，我可能也不是第一个察觉的，只是京里的防务重点在水军，其次步兵，骑兵向来不受重视，积弊日久，没人敢说。”

“俺去！俺敢说！”郭乐成站起身，“南边本来就不适合养马，再不让吃好，打起仗来不是送命？俺去兵部说！”

徐白梨脸上露出些难色，扯他胳膊："老郭，忘了前几天想问弟兄们的家户安置那事，咱俩往兵部里跑了多少趟？那些个人看着说话都文绉绉，可谁也不给咱真心办事，陌兵部都说了，人家全不出头，咱去？"他转跟陌承光说，"马料这事儿，我怕大帅说了也没用，反倒惹上什么来呀。"

"所以今天我是私下过来，在库里还没声张，想的就是弄清短漏的情况之后，摸出整个脉络，从根上拔起。请郭将军这边稍安，容我再去深查，绝不会姑息。"

郭乐成又坐下，拧眉从榻上抬头看他："陌兵部啊，俺怎么会不信你？可你怕俺们惹事上身，你自己，不还是个受人整的？俺这满营的弟兄，还能看着你自己个儿去捅个大蜂窝？"

周围人都在点头，徐白梨也不再说话。陌承光想叹气，心中掩住。他如何不懂，兵部舞弊的冰山一角已是难以撬动，眼下更不是自己有所作为的时机，但北边的战事主动权，始终在北虏手里，让随时可能上前线的战马饿肚子这回事，没有容忍的余地。

观望、等待，等到何时？

"多谢将军厚意。"陌承光想想说，"将军有意助我……那就请陪着唱一台戏，至少将军营里的马料，从此无忧。"

郭乐成起身拍腿："成！"

事不宜迟，次日下午，郭乐成便点好四五十个健壮人手，全员挎刀乘马来至阳园库前，不由分说连叫带骂，还嚷嚷着要一把火烧了库房。阳园库上下哪见过这样的阵势，一溜烟地去把巡库的陌承光请了来挡驾。

陌承光作势去劝阻，被郭乐成的人员下马围住，众将士抽刀扬鞭一片混乱，南北语汇交杂，全说的是战马饿死之事。库员们远远看着，眼见上司身为前线下来的武官，对这些北地出身的大兵都无从应付，一个个全不敢上前，主管粮草的帐籍官宋角更是满脸煞白。

好说歹说，熬了多半刻，似乎来找碴的那位大员终于松动了。宋角见陌主事从那边给了自己一个眼色，提着胆子随他行到库场一角。

"郭乐成将军，说他的坐骑昨天病死。"陌承光愁眉不看宋角，"兽医剖开肚腹，见里面没化尽的马料里，尽是瘪麦子，怀疑是久饿所致。"

宋角正瞄他的脸色，听见来人就是街巷传说中投诚过来的郭乐成，脸又白了一层，强撑着精神回说："郭将军？才到建康多久，他的宝马……怎么就是库里的粮草给饿死的呢？”

陌承光轻点了下头：“我说也是。只是，他死了一匹宝马，万一想要一匹更好的，难免向部里去要，到时说起瘪麦子来，不知道上头会不会查？”

他是请问的语气，宋角却整张脸僵住了，完全失掉了平日里库中第一元老的那种架势。陌承光抬头，对上他惶惧不安的眼，心中记下一笔，看来短漏马料之事，宋角的上面没有人会替他兜。

“好在，我和郭将军在悬瓠城时有些交道。”陌承光的口气松下些，“毕竟我主管库部司，还是新手，也不希望库里多事。我已与他打好了商量，往后发去他营里的马料，务必要上好的，让人再挑不出毛病，他也就愿将此事放过。你看如何？”

“正该如此。”宋角面色转红，小心缓着气说，“真有瘪麦子，也是力役们一个不留神给哪批料里混进了散碎，这也难免。属下从此必定紧盯着，再无下次。”

陌承光满意地点点头，看向存放大型器械的库位，又说：“粮草必定还得你留心，我是想专注在武备上，有什么我顾不到的，你直接提醒就是。咱们库里的事，就在库里解决最好，也是让上头省事。”

这差不多算他就任以来对差事最明确的一个态度了，宋角咂摸了下，听出这话里头的意思，是他不打算过问自己手头管的粮草，也希望自己不理会他倒腾装备。的确他一个库部司主事心思不在正业，越权操心武器，传出去更要遭人评判，宋角马上说：“库里岂不是大人的天下？大人喜欢干什么，属下去吩咐明白了，哪个敢往外多嘴？”

陌承光抿唇笑：“那今天正好，郭将军总说，南地的弩机厉害，我便带他们见识一下，哄他们开开心。”他拍了下宋角，向郭乐成那群人过去了。宋角看他背影，总觉得此人有种莫名的压迫感，惶惶之心又起，却只得忙不迭招呼着库中人员散去，为郭乐成他们试弩清开场地。

阳园库以北的试射场上，一支支弩箭深扎入围墙上的草靶，发出干脆的“嗖嗖”声。

“这就是，悬瓠城外面，武陵王的人使的那种弩机？”徐白梨低头看自己手中，“能射快半里地的那种？”

陌承光对他点头。

“这准头，我都没瞄啊。”徐白梨喜得望向远处靶心那密聚的箭丛。

“射程远，起速够快，在这种距离，没等偏开已经中靶了。”

郭乐成从徐白梨手里抓过弩机，翻来掉去地看。

“前线已经配置，往后想必将军们队伍中也会使用。”陌承光说着走向后方又半里地处摆好的双弓床弩，“其实今天，是想请各位试试这个，最新的，还没出过库。”

郭乐成他们好奇地围过去，陌承光请出两位看着最孔武有力的士兵，让他们一左一右坐在双弓床弩的弩手位上，教他们如何脚抵踏杆、双臂牵扳手，划船一般张满了两把巨弓合力牵引的硬弦。对准瞄向后，听他一声指令，士兵同时松开扳手，精铁打制的长箭穿空而出，声震耳骨。

一眨眼间，利箭钉入北围墙上悬挂的草靶，传出的却并非闷声，而是爆竹那样硬脆的尖响。

瞬间的安静后，郭乐成的将士哗一下议论开，“嚯，这力道！”“进墙了，这肯定进墙了！”“俺过去看看——”“起来，也让俺试试！”

不等他人去看，陌承光第一个起脚，快步奔去检验结果。

真的，进墙了。箭尖扎入草靶之后的前朝宫苑叠石墙足有二寸，石粉在箭杆周围溅开，陌承光用双手试拔，石缝中的箭尖纹丝不动。

或许……真的能行？

武陵王中计，致使亲兵旅帅陷死的战讯，才十来天已经被人从巴州传遍了京城，朝野议论纷然，这是陌承光眼下最挂心的事。床弩射出的铁箭真的能打进石墙，那，是不是能有个全新的攻城方法？

穆骏打的那座山寨，不知石壁究竟多高？仰角上射，铁箭的射程和力度都会折扣，还有，这台床弩现在张弦的难度，保证不了稳定连续的射击……北来的将士们全追过来，新奇着，比赛拔那进墙的铁箭，豪爽大笑。郭乐成冲陌承光说：“这要是中上一箭，不论人马，那跟挨了石砲一样的，都是粉碎啊，这还有准头。”他靠近陌承光，“陌兵部，实话跟你说，起初回来的时候，俺真不想再上战场对上北边，不是怕碰熟人啊，是怕在南边养久了，打起仗来吃亏啊。今天俺才真觉着回来对了，南边用好了这些机巧，还怕哪个？”

陌承光满脑子想着改进床弩和战法的事，不觉向他笑了笑，没有全听见。

建康南城墙在半山下的晨光中刚能清晰显现，邬延龄带着陌闻音姐弟下了小路，又在深草坡上上下下爬了一里多地，向着两棵新栽的小树过去，那里突出地表，有座半人高的石质飨堂。

陌家姐弟把带来的香烛在飨堂前的石刻小炉中插好，点上，几点微弱的亮红很快被清早的日光吞没，只余袅袅青烟升起又散去。

墓在建康城外偏僻的山坳中，路不好找，陌闻音磕好头，细细看过附近的标志地形，过去跪在飨堂口，用带来的手巾擦净狭窄的石门中摆放的两个牌位。

陌承光也磕头，邬延龄拦着他说："从此陌大哥别再来了吧，你是朝官，前程似锦的，跟我爹这获罪的死人别牵扯了。"

"以后也这样，趁天不亮出来，城里哪有人看见。"陌承光指指来路，"况且我不过来，姐姐自己怎么走。"

三个人同时想到了邬延龄很快就要进宫的事，各自片刻默然。

"邬夫人当时就葬在这儿吗？"陌承光岔开话问。

邬延龄明白他的意思，这地方太荒僻，看着像是因为爹的罪名得不到正经葬地。他走去蹲在陌闻音跟前说："姐姐，我说了你别害怕。"又回头看陌承光，"这个地方，是我爹选的，为的就是偏僻才方便。墓也是我爹造的，有个机关……能把这飨堂翻开，人能到墓室里去。"

陌闻音讶异地从上到下细看这飨堂，听邬延龄说："我娘刚走那会儿，我爹，总去，我当时觉得他都快疯了。也就是开始修义庄之后吧，他人才好起来点。"

陌闻音回头向他浅浅一笑："这我怎么会怕，我要有这样的爹，给我娘造这样的墓，我就不求别的了。"

陌承光抿了下唇。母亲是死在水里的，依照风俗，怕化成水鬼，用了火葬，灰是他姐弟亲手撒进了江里。

如今提起时，姐姐的口吻已经能云淡风轻，可那一天的所有陌承光从来不愿回想，只是在故人墓前对着眼前的人，不断涌进脑海中的情景他想甩也甩不出去。

大雨，像天漏了一样的大雨。那天他从雨下起来开始，就不知怎么的在太学馆里坐立不安，好像冥冥之中有什么东西压着他的心。到了傍晚，他实在忍不住，逃了晚课想回家看看，可倾盆的雨，大水漫街，披着蓑衣的整个人仍像浸在水里。那一天一切都在跟他过不去，乘的马在水里崴了腿，一瘸一拐好不容易走到秦淮河边，河水已经漫过桥面。城防堵在桥口，人马不能上桥，舟船不能下水，他就折返了，心里想着，也许雨停了就都好了。

那时他不知道，他的母亲跳进后院的井中，大雨灌进井口，井水翻着黄汤。

家里有人大哭，有人往井里扔桶绳，那黄水之下像无底深渊什么都看不清楚。

他不知道姐姐尖叫着扯着绳子要跳进水里打捞，他不知道被家人死命拦住后，姐姐夺门而出，在大雨中跑过四条街拍开邬家的大门，他也不知道邬考工和邬延龄扛着脚手架冒雨赶来，瘦小的邬延龄腰间绑绳子靠木架坠进井里，几番艰难从水中拖出了母亲。

已经是尸体的母亲。

他不知道在雨水的冲刷下，母亲泡得白胀的脸很干净。

等他终于回到家中时，母亲已经封棺，姐姐不再哭也不说话。几个月里只有邬家夫人来看她的时候，她能应出几声。那一天的所有，都是他后来从别人的口里，从邬家夫妇的讲述里，从姐姐熬夜困倦无心的呓语里一点一点拼凑起来的。他在送别母亲这件事上，做得甚至不如眼前的邬家弟弟。

而此刻邬家夫妇的坟墓在他们身边，他们在晨光中对面坐着，分担着共同的痛和共同的隐秘。

“陌大哥，姐姐，咱们没几次能见了。”邬延龄轻轻说，“我真心盼望着你们以后都好，还有什么能用着我的，进宫之后怕不好通消息，你们现在一并都说给我吧。”

陌闻音看向陌承光，陌承光垂下了眼，他确实有事必须延龄帮助，但此时心内愧疚，不仅什么都不能为他做，反而不断向他请求。

可是邬考工已经不在了，邬延龄是他最大的希望。

“是有一事。”陌承光说着，从袖中掏出几张图纸。

邬延龄凑过去看，马上笑了：“陌大哥这画图的笔法，真真是我爹教出来的。”

陌承光胸口一热。

“这是一种……弩机？”邬延龄翻动那些图纸，试着将不同角度的图样组合成整体，问他说。

“叫双弓床弩。靠两个士兵像划船这样张弓拉弦，发射铁箭。”陌承光在草地上坐下，指着图纸上的扳手和脚踏，用身体示出姿势。

邬延龄看明白了。陌闻音过来，拔掉他们身边一小块平地上的草，将图纸一张一张铺开。

邬延龄整体又看了一遍，问陌承光：“机子是有什么问题？”

“太硬。这是兵部武备司的设计，一开始以为把牵弦的弓做大，再做成两重弓，张满弦后，推箭的力道就会变大，铁箭就能射得更远。但我在库里，请北来的将士亲身试过，即使各处机活上都上足了油，两个最壮实的兵，张满这张床弩也非常费力，三四发之后就难以为继了。”

“这还是不打仗，慢慢儿来的时候。”

陌承光认真地点头：“而且铁箭很重，如果张弦不满，起初的箭速不够，箭会自己把自己给坠下去。”

“反而不如普通的弩机射得远。”

弟弟说得快，邬延龄应得也快，陌闻音兴趣不在这些，有些跟不上了。但她发现邬延龄完全能明白承光在说什么，心中怀起希望，转念又泛上丝丝酸楚。

“所以这些机活之间，有没有更省力的办法？我对木工实在只知皮毛，想请教你这位邬家真传。”

邬延龄笑了一下，满带着苦意：“我爹的本事，我怕只学了三四分。”

陌承光半跪着，手压在图纸上看着他。

“但这个弩机，我就……”邬延龄抬起眼，“我就这么一想啊，可能……是有办法的。”

陌闻音蹲近过来等他的下文。邬延龄看向她，有些脸红，又低下头指着图上床弩的扳手：“陌大哥，你们兵部的人，对武器必定比我在行得太多，可你们总摆弄这些弓啊弩啊，是不是被‘张弦’这回事给陷住了？”

陌承光没明白过来，凝神看着他。

“你们是不是总觉得，‘张弦’，就得有个人使手也好，或者使这个扳手也好，把弦往后拉？”

陌承光迟疑着，点了点头。

“可在我这个修房子的木匠眼里，这其实就是使力气拽个重的东西。我们要是在屋顶上往上拽泥灰、石板什么的，要是直接使手拽太费劲，我们就——”

“用绞盘。”

陌承光茅塞顿开，惊讶得微张开嘴，邬延龄看着他点头笑。

“能成是吗？”陌闻音问。

两个人同时转向她，使劲点头。

“还有，”得到这个点拨，陌承光感觉改进的方向豁然开朗，“配合着绞盘，床架上，可以安装几个不同档位的榫头，就像活钩子那样。张开的弦，先用榫头挂住，等发射的时候，用锤子把榫头敲下去，那就……”

“那就能调整力道了，而且同一档上，发射的起速总是一样的，就稳。”

你一言我一语，邬延龄和陌承光越说越觉得能成，看着彼此都笑了。

“那，能赶上给三殿下用吗？”

邬延龄闻言不解，疑惑看陌承光。

“巴州有个战役，围攻山寨，听说久攻不克。那座山说是红岩石壁，我想，这样的铁箭床弩如果能改好，可以派上用场。”

“巴州在哪儿？”

“长江上游，吐蕃边上。”

“是不是好远？那可得赶紧吧。”邬延龄想了想，“这个弩机是在兵部的库里？我这身份能去吗？要是能看见东西，我拼着夜里不睡，两三天也能赶出来一个试样子。”

“能去，能去，库就是我管，已经安排妥帖了。”陌承光兴奋地说，“太谢谢你了延龄。”

邬延龄正要辞谢，一旁陌闻音又问：“延龄拼命地赶好了，兵部能不能马上发去？要是拖延着，一直不能胜，那边恐怕难受吧。”

姐姐惦念着穆骏难受，但陌承光心里更明白，兵部的拖延还是小事，自己把最新式的武器发到巴州前线给他，或许是通过兵部的程序根本不可能办到的事。

甚至不能提。

“我有个办法，但得试。”陌承光看着姐姐说，“要是能成，一个月之内能送去。”

“那就试啊。”陌闻音的情绪扬起来，“事在人为，床弩的改进就麻烦延龄，承光你就专心运送的事，中间有什么要传递的，我帮你们跑腿儿。”

陌承光和邬延龄都笑了。陌承光说：“跑腿儿可不用，延龄改装备，手累，我管运送脚累，姐姐心细，就多帮我们累累心。”

听弟弟心情恢复到能说这种趣话了，陌闻音被他感染，笑说：“好，包我来。”

郭乐成一闹之后，阳园库很快恢复了素日的平静，一切照旧。只有新上司不知从哪里找来个小木匠，没日没夜对着那几张床弩锯锯敲敲，满地墨痕木屑。本来库员们久见他这样，就不上心，加之宋角有吩咐，全体乐得躲开远远，免与这上官招呼。

倒是他姐姐常送饭来，待人很平易。这位美人名不虚传，为了乘马常常男装束发，也不覆面，但对面看着，都看不出是否施了薄粉，只觉得净艳摄人。有谁没顾上回避真迎头碰上了，她往往从带的饭食里取出一两个团子、点心的递来，虽然一样话少。

点心都是街上买的常见东西，团子像是自己做的，味道寡淡得没法恭维。不过这朴素的手艺，与她的容貌形成一种鲜明反差，惹人觉得挺可爱。库员们自然盼她常来，对陌承光从心态上也更亲近些，不知不觉间，他在库里的行动多了自如。

改进的图纸定下的那天，小样试制的模型运作流畅，大样邬延龄已经在赶制，陌承光感觉到了时候。

“黄掌库，你来一下。”这日午食毕，他少见地命令下属。

帐籍官黄正泰胆子一颤，听这口气不是闲事。可他转念又想，虽然平级，宋角的资格更老，马料粮草还一直是他负责，就算上司忙完了事腾出手来整治，也不会先找到自己头上。他赔着小心，跟陌承光进了值房的里屋，给陌承光倒茶。

陌承光坐下问：“这个月没有衣料出入库，但我看库里冬衣的布堆被搬动了，怎么回事？”

黄正泰脑子里嗡地一下，可陌承光的神情很淡，只像随口一问。他定了定神，给出早就备下的答案：“天气热，布卷子严严实实堆成方块，里面不透气，看大人从前不知道吧，把布堆摊开晾晾气，再堆回去，布不容易坏。”

“也对。那为什么每座布堆只拆开了一面，余下三面不用晾吗？”

黄正泰瞠目呆住。

陌承光把没喝的茶碗放下：“冬衣的布匹有黑、灰、蓝三色，各地交上来的，蓝布染的深浅也不一样。从前我们在营里分发的时候不分颜色，这里也是混着堆放的。”

黄正泰一动不动，汗从鼻尖渗出。

“杂色的布卷子，层层交叠成方块，每一面呈现出来的图案都不一样，如果真是全部拆开再堆回去，不可能半分不差吧。”陌承光淡淡说，“现在看起来，我不来巡库的日子里，有人将每座布堆拆开了一面，因此只这一面的图案变动很多，做这功夫为的什么呢？”

他是……记得每座布堆四面的样子？黄正泰的心跳得快从嗓子眼里冒出来，此人之前在库中闲逛，看的都是这些？

陌承光自顾说：“为的是不是从布堆中间掏出些什么，再填进去些什么？不然咱们，打开看看？”

黄正泰扑通一声跪下，叩头说：“大人！下官再不敢蒙蔽大人，是……是下官……从里面取了些布……借出去了，下官立刻让他们还回来，原样不变的！”他又接连叩了几个头，“大人明鉴，下官这些年管军衣的账目，从没短少过，下官不敢耽误大人的差事啊。”

陌承光起身扶他：“我不过是问问。是借出去了，还是贷出去了？”

黄正泰膝盖又一软，被陌承光抻住。这位上司看着瘦，手上力气却大，攥得黄正泰胳膊发疼。

“下官……”黄正泰知道瞒不过去了，只是靠猜的，陌主事已经猜到七八分，本来以为他是撒手，可既然想抓起来了，那证据就在库里摆着，交代了说不定还能换个好点的印象。黄正泰支吾说：“每年入夏，补进了冬布，下官会……挑一些当本钱，往商铺放贷放出去，秋后，冬布出库前收回来……取个利息。”

薄怒从陌承光心头升起，原来在前线碰到过的冬衣迟发，真就是因为有人先把冬布贷给商贾，赶在季前上市，谋这些利益。他在胸中忍下愤懑，问：“里面的布卷抽走了，是用什么填在布堆里？”

“……包了一层布的草捆子。”

陌承光点点头，松开黄正泰回到案旁坐下:“这事，不算大，我无意为难于你。如今风气，清如水的反而无处立足，不为自己打算，旁人不仅笑你蠢，还要对你不放心呢。”

他像是抱怨自身境遇，也是说给黄正泰听。这话在点子上，黄正泰一下安心了不少，刚想着莫不是陌大人打算伸手要好处？听陌承光又说:“可我新到任上，总得做出些样子，我不能甘心一直在此，你能体谅吧。”

这是当然，以陌承光出身和年纪，黄正泰也没觉得他会愿意天长日久地干这管库的营生。他心里回过意思来，陌承光图的是政绩，他的第一反应，便是盘算怎么才能避免自己被陌承光当作往上爬的这块垫脚石。

“下官管这阳园库也有年头了，各人的情况下官都清楚，大事小事说出来也不少，大人有什么要知道的，只管问我。”

陌承光心中轻舒了一口气，口子打开了。

“前几天伏威将军郭乐成那事，你清楚内中原因吧？”

听见这句话，黄正泰心里总算石头落了地，原来绕一大圈，还是为了粮草的事，为了自己把宋角供出来。

“下官早想着有这一天！”黄正泰往前走近两步,“宋掌库那边的粮账，这些年走得是越来越不像样，他可不是贷，他就是贪墨！别说马料里，连给兵吃的，都有以次充好的时候。”黄正泰想想又说，“他手底下带的伍牛儿那几个，都有分的好处。今年不是江北旱么，粮食大贵，他卖了好的，拿这坏的一抵，两边差价，伸手得钱啊。他家，刚在秦淮河边买了一整个院子呢，可不就是这么来的。”

陌承光边听边点头，又问:“以次充好的事，你有凭据吗？”

黄正泰上前要给陌承光添茶，看见他杯子还是满的，停下手说:“大人哪，布卷子成堆放着，粮食也是一样，外面盖着几层新的，往里一掏，陈的、差的就出来了。”

陌承光赞许地向他笑了笑，复又问:“他家自己有粮商产业？”

“……那是没有，”黄正泰小心说，“查出来本人经商，可做不了这官了呀。”

“那，好粮食不是他自己卖，替换的坏粮食，他也需要从哪里大量得来，要有粮商替他经手吧？”陌承光抬眼看黄正泰，“还是，度支划拨的军粮根本没入库中，直接靠商人供来坏粮填补，宋角拿的，是截下好粮的商人给的回扣？”

“这……”黄正泰紧张，听得发迷糊，“其中究竟什么样，他精明得很，哪能让我知道啊。但……能在各部之间过手的商家，都得在朝廷有牌照的，多不过就是那几个人吧，大人不如……亲自问宋角？”

陌承光点点头：“本官谢你说得明白。冬布的事，你自己去处理好，库里不可再有草捆子，否则宋角回咬你的时候，本官为难。”

“一定，一定。”黄正泰连声答应。陌承光对他笑，又让他去叫宋角。

宋角进门，心觉上司刚才与黄正泰闭门说话这么久，又叫自己，绝非好事，行礼时已经微微冒汗。他偷眼打量陌承光，见他看着黄正泰离开的背影，脸上瞧不出什么。

房门已闭，陌承光转向他，招手让他近前，低声说：“郭将军那件事，又有变数，恐怕没完。”

宋角的脸色白了。

“那天他来，按说只要从此发去上好的马料，就没事。可我才听说，他们在北边有个习惯，每天喂马的东西必须剩下一点，本是为了攒起来度冬的，到了建康也没改。”陌承光慢慢说，“所以从他回来建康，到他闹，中间短漏了麦子的马料，他可一直拿着证据。”

宋角不知道北人有这种习惯，但见陌承光直视着自己，这几句话间的神情绝不是说谎。他的汗好像被吓回去了，身上起凉，愣着不动。陌承光又安抚地说：“别说你怕，郭将军新领了司州刺史，来日就任，就是封疆大员，连佟尚书也要让他几分。此事不能了，我始终也不能安心，哪天因为什么再翻出来，我得有个分寸，所以有些事难免要问你，也请你对我实言。”

他说话和气，听来是要一起想办法了结此事的态度，宋角在他座前跪下：“下官一时糊涂，本以为只是小打小闹，没想到给大人添了这么大的麻烦。大人对下官恩同再造，要问什么下官敢不实言？”

陌承光俯下些身，斟酌着说：“你是小打小闹，我想想也知道。京里现在到处都要使钱，单拿粮食什么也换不来，必定你得的只是小头，能把粮食换成钱的那些商人，才是得大头的。”

宋角眼圈快要红了，也知道黄正泰把自己卖了个七七八八，他扶着陌承光椅腿说：“可不就是大人这话，我哪有这些手段，转运、销路都把在那些商人手里，人家都是在朝廷挂了牌的，富得流油，后台说都说不清楚，我哪敢开罪？不过与他们行个方便，接点他们手里漏的钱渣罢了。”

这话说出来夸张到可怜，但陌承光知道也不全是虚词。宋角一个小小的帐籍官又能如何，舞弊，从上到下结成体系，他不行这个方便，转天就可能不在这位置上，换别人来做，未必可以与他不同。

陌承光半刻不语。

所以必须向上，向上深查。不能这样放过。

“大人，”宋角看他没回应，声音发哽，“属下的身家全靠库里，这些年也就攒下一所房子，给人吃的粮我从来尽量都用好的，没太亏过心啊大人，这都是实言啊。”

“前线的兵好糊弄吗？”陌承光垂着头一笑，“给人吃的掺假，还能藏到今天？”

这话音冷了点，宋角不知他的意思，喏喏住了口。陌承光抬起眼说：“既然有事，或早或晚难保有事发的一天。你只接点钱渣，还替他们担罪吗？”

“怕的不就是这个，”宋角汗又下来，“要是事发，下官是必死的，拿了大头的一样逍遥，下官哪敢往上面供出他们？只求大人开恩，在郭将军那儿千万保住下官啊。”

“你一直他们、他们，名字不能让我知道？”

宋角抬头，陌承光的脸色平静，眼神认真。

“你不敢往上供，我又不牵在里面，我不能说？”陌承光又问，“真事发了，你要替他们担下那大头的罪吗？你家人往后呢？”

看着对面这一双眼睛，宋角想，这人其实不擅长装假。

他已经觉出陌承光的目的，绝不是万一事发时帮自己减罪这么简单。可是有一个这样的堵在前头，那张自己都编在其内的网，好像也不再是那么可怕了。说的也是，事发被人推出去罪更大，不管天塌下来也好，有他先顶。

“大人，”宋角说，“下官……就把知道的说了。”

春秋楼上，商人胡珀看见来人，笑说：“果然是陌大人你呀。”

“应该在下来说，”陌承光拾阶向这阁楼而上，两手各提满满一口半人高的麻制粮袋，稳放在桌旁，“果然是胡郎君你。”

外面照进的天光刚刚发青，楼下传来越来越闹的人声。这间酒肆阁楼的窗外，正好斜对今日放宫女出宫的掖庭西门，此时宫门还未打开，金吾卫在门外拿拒马界出一个半圆的空场，楼下这条街也开始禁车马通行，大批宫女家人手拿家乡的里正开具的手实，层层拥在圈出的场外，像被闸坝拦住的洪水。

“看宋角吓得那屁滚尿流的模样，就知道碰上了真能不依不饶的，可不就大人一个？”晴日的晨光照在清憩园主人的脸上，他请陌承光对面坐，“陌大人，小人知道你不为求财吧，莫不是想求一个翻身？”胡珀浅色的瞳孔看起来诚恳，“才这么些工夫，就给大人抓到个把柄，小人心服，此前的事唯愿补救。若是求财好办，多少小人这里都有，哪怕大人想求翻身，挑一个位置，兵部里面，侍郎以下，小人都能运作下来。”

补救吗？那个叫凉露的女孩一条命，拿什么能补？陌承光只说：“先来看看麦子。”

他提起粮袋中的一口横放在桌上，袋缘处可见兵部制式的布封条，其上写有验收、入库的时间，办理人员的简略签名。缝紧袋口的麻线压过红色的库部司印鉴。

“这是上月刚入库的军粮用麦，还没来得及散开堆放。”陌承光说着取出袖刃，一下下挑断布封条上的麻线，使袋口敞开，里面的存物流出撒向桌面。

原木色的桌案上，细粒进一步被陌承光铺开，麦色与木色相近，融合在背景之中，其间赫然醒目的，是深色的碎砂石。

星星点点，如芒刺眼。

“一袋军粮，从外面无论看形制、称重量，都没有差错。近日粮贵，瘪掉的麦粒和麸子占比越发加大，压不了秤，就用砂石填上。”陌承光拾起其中两三颗较大的石粒，叮咚扔进胡珀面前空着的碗里，“这‘粮食’，郎君能吃？”

胡珀笑：“也不是上月新有的事，也不在小人一身。以大人的聪明，捅了出去什么结果，想必看得一清二楚吧。这边是兵部的高位，而且，大人通融了此事，也是通融了自己，从此在部里必然不是外人了。另一边，”他指向桌边还放着的那袋粮，“大人已做这搬粮看库的差事了，还能退去哪里，更又如何翻身？”

忽而鼓响。陌承光转头下望，三通过后，只见掖庭西门缓缓被推开，楼下场边的人群随之骚动起来。先走出的是两队缇色宫装的中官，手持静鞭，边行边挥出十响，接着一位红衣中官手捧诏书而出，立在场中高声宣谕皇帝仁德。

或许因为等得心急，或许是受气氛感染，人群中渐渐传出哭声。那中官的长篇宣谕混在哭声中听着模糊，陌承光有些心不在焉。

他转回头说："在下不通融怎样？此前、当下已经发去各营各地的军粮马料，还有现存兵部库中的那些掺假的米麦，郎君能全部抹消？证据不灭，治你足矣，郎君的退处，至少是牢狱，还是说兵部里哪个是你的靠山，会以官员之身为你一个商人往回兜？"

胡珀轻快又笑，半点不慌："大人怎知道没有呢，套小人的话却不必了。倒是大人你，靠山是哪个？东宫那位，自从你落到兵部库，没见伸出过手吧，本来那位哪怕动动手指，你就不会是今天的位置。还是说，大人指望着天边的武陵王？"

"在下的靠山，"陌承光起身，背转靠在窗边，指向楼下宫门外的人群，"是他们。"

仪式已经正式开始，随着五人一组、每组三遍的唱名，掖庭西门中走出一列列女子。她们年龄不一，穿着各色的绫缎夏服，手上提一两个布包裹，行出门来多是愣愣的表情，像对外面的一切又怕、又惊奇。家人们急急挥动带来的手实，拼命挤近给金吾卫看，然后从拒马越过，飞奔冲向场内，与自家女儿妹妹拥在一起，不一时场中哭声震天。

胡珀当他想说"民意"，脸上带起一丝讥讽。陌承光视若无睹，平淡说："就算郎君以为这不配叫作靠山，悬瓠百日其事不远，名望，于民众之中，在下是有的。"

最方便看到出宫女的这间酒肆阁楼，是陌承光重金提早订下，甚至动用了自己的名望，等的就是这个时间。

起先放出的几队里，家人接到的宫人渐渐散向场外，也有无人来接的自己走入人群，但还有不敢走的，站在渐空的场地中四下张望，有的矮下身掩面哭泣。下一批唱名已经开始，中官们催促这些剩下的退回宫内，不愿回的苦苦拉扯，有一个色衰干瘦的女子被中官向门内拽去，大声哭喊着："娘！我是春儿，娘你快来啊！"

听着那哭声，陌承光伸手抓起桌上的粮袋："倘若此时此地，在下向窗外倒出这一袋渣粮，高声宣布，在兵部库中惊见军粮舞弊，郎君觉得，这些接宫人的民众来自四面八方，会不会纷纷扬扬将案情传遍？"

胡珀一愣，陌承光又说："他们本来该会对陛下感恩，喜悦而归，从此传颂朝廷的佳政，却要换作传开有人侵吞军需、以次充好、从中渔利的消息，宫中，会怎么想？"他又提起那袋还没开封的粮食，"证据，在下不止存了一处，哪怕没人敢出面证言，哪怕惩治不了更上层，舞弊之事板上钉钉是真。舆论鼎沸，朝廷可以不加查办？"

胡珀脸上再没了那种从容，双手指尖搓住桌面，但架子不肯倒，咬牙笑说："宋角主管的军粮，度支拨出，兵部调入，管我一介商人何事？大人不如让宋角好好自保，你那证据上，怕也没写着我胡珀的名字。"

陌承光回手提起案上粮袋，望向楼下，那陈血一样深红的大门中，一队队宫女仍在川流行出。

两千五百多人，加上场外等候的，长长久久无法相见的亲人，总数近万。他不由分了些神想，皇帝，到底是个什么人，为什么为他一个，要用这重重宫门困住这么多人。

"在下说了，名望在我。"陌承光看着宫墙前明亮的光线，"不知在下把郎君的名字响亮喊出，听到的民众是会相信郎君的抵赖，还是信我？再者，"他回头看胡珀，"朝廷必须查办，既要解眼前好事变坏事的恼怒，又要平民愤，宋角恐怕不够，不知是会杀度支，杀兵部，还是先杀个富甲天下惹人眼红的粮商？"

"你非要如此？"胡珀撑案起身。

"时机岂不是刚好？北伐与否，宫中不决，反对的都说年上北虏入寇打得太过惨烈，主动出击更无胜算。可如果来自悬瓠城的在下说：'守城之艰难，到最后粮食难以为继，是因为其中有军粮掺假'，那么未败的悬瓠尚且如此，这一场军事上对北虏的无能，是不是责任可以顺势卸给黑心的粮商？"陌承光在胡珀对面重又坐下，缓说，"那么希望促成北伐的各方，正可杀郎君你祭旗。别忘了号召出兵的檄文，可是陛下亲笔御书的。"

胡珀面如土灰，看他神色良久，疑惧试探问："大人真做，便做了，这一通威胁又讲解，是想拿来换什么？"

陌承光淡看着他："所以郎君才是聪明，在下是可以不如此，要换的东西也简单，无须郎君多少运作。”

“什么？”

“郎君通汇天下的舟车运力。”陌承光语气安闲，“运送几件东西，到巴州，给武陵王。”

胡珀看向桌面，半晌不语。陌承光叩他眼前桌面一下，胡珀抬头说：“什么东西？”

“金丝竹席，卧具，锦帐篷，药品，还有，精米，板鸭熏鹅。”

听着像是关心武陵王在巴州的生活起居，胡珀细想了一遍这几样：“药，不行。锦……帐篷？蜀锦冠绝天下，从建康送锦帐篷到巴州？”

“巴州湿热，用白丝纹锦，白色能反日晒，锦厚且有纹，隔阴生凉。蜀锦富丽，怕是没有纯白。”陌承光一笑，“在下姐姐为武陵王用心想出来的主意，药品如果实在不行，帐篷必须送到。”

“……真就是，这点东西？”

“东西上了郎君家的船，郎君尽可查验。”陌承光将手掌压上桌面，“在下这里顾虑武陵王的身体，也知道郎君那边顾虑什么。武陵王的身份，我的身份，你的靠山绝不会喜欢。要是我有更好的办法把东西送去，也绝不会找你，所以不会让你为难。东西，就是这些，我也只会写一张清单，确保没有遗漏，别的多一个字都不传递，郎君又怕什么。”

胡珀反复想了想，确实东西上了船，仔细检查，但凡有可疑，都能反悔。他便说：“送完这几样东西，粮食的事就翻过？”

“郎君信不信我？”陌承光问，“更何况，你现在可以拒绝吗？”他抬手指向窗外，“中元节的正日，放出的宫女和家人们还会按仪程回来宫门前谢恩，为皇家祈福。如果到时，在下仍没有拿到武陵王照单接受的亲笔回执，方才所说的全部，就会在那时、此地，上演一遍。”陌承光凝视胡珀，“也就二十多天了。”

“……千里迢迢，托了商船，”身上的低热反复，穆骏久站觉得累，蹲下细看陌承光送来的这堆东西，“就为送这么几样？”

柳遥之立在他身后，心中也生疑惑。

实在是热，云坪寨的石壁上下一样在煎熬。穆骏听说陌承光长途发了东西来，还以为是什么帮自己制胜之物，亲自跑到营口指挥着全搬进寝帐来，兴冲冲看了一遍，犯起嘀咕了。

“铺的、盖的……他陌某人不是这种风格啊。”穆骏翻来覆去看陌承光列的清单，“再说，板鸭我也不爱吃啊。”他拨拉那几只硬邦邦的鸭子，“他知道的。”

“或许是陌小姐的考虑？”柳遥之顺猜了一句，“潮热多汗，怕没有胃口，让殿下吃些咸的。”

“不会。”穆骏扭回头看他，“闻音……小姐哪想得到这些，她姐弟俩一模一样，舌头都不管味道的。”

又扭回去，穆骏还是盯着那堆东西，一样样翻捡：“这里头，承光肯定藏着什么意思，在他的处境没法直说，你快也帮着想想。这些铁杆子，”穆骏拾起来一根，差不多两支羽箭那么长，前端略细，“是撑帐篷用的？这绳子……”抻着很硬，似没什么弹性，“还有这么多榫头……”

柳遥之也蹲身过来，跟他一同看那些配件，以及大叠的像是帐顶的白色丝织品。

“什么新鲜帐篷，纯白啊，学北虏？怕不晦气。”穆骏一刻没主意，有点气短。

“殿下，”柳遥之抓起那织物的一角，拉近眼前，“是纯白，但上面有纹路。”他用手指沿着这些非常难辨认的同色纹路摸去，“有些……好像不是织锦纹，是绣上的。”

“图？”穆骏看着他的手，蹦出一个字。

柳遥之回眼讶然看他，又细去摸锦面，不久缓缓点了下头。

“那染一染啊，沿着纹路染染看啊。”穆骏一下起身，也顾不上头晕了，“墨线笔拿来！”他又低头，想想笑，“闻音绣的？图？”

四天午后，赤日当头，一千余人的叛兵俘虏双手背缚双膝跪地，紧紧挤在被官军占领的云坪寨外城晒场。已经干至见底的大水池中，败草和死鱼被清了干净，池前端正摆着一方棺木。

长号响起，山谷震荡，穆骏踏上池边一块较高的山石，俯视降兵聚集的场地，直到号声的回音完全落下，场中鸦雀无声。

“水，干了。”穆骏使手中马鞭向身后一指，“两个月的酷旱，就是天意，要拿这池子盛血，祭奠孤王帐下良将。”

降兵全体僵僵跪着，仿佛不敢细听他说什么。

“就不知道放干你们的血，够不够盛满这池子了。”

一瞬的静止后，降兵们面无人色，在烈日下统统发抖，有胆大的带着哭腔喊：“降者不杀！假话吗！”

“是，降者不杀。”穆骏挥鞭指向他，又扫过全体，“你，还有你们，问心想想，你们真降了？”

无数双眼睛向上望着他，有瞪视，更多流泪。

“红山部、建水部、离水部……朝廷待你们不薄！给你们编在巴州户籍，却不用你们缴纳租税，也不出兵丁，无非让你们安居乐业，图个边疆无事，这苦心你们可有体会！”穆骏扭头问石下站着的守将齐同秀，“这是他们第几次反叛？”

“自末将前来巴州，已是第四次了。”

“六年四叛，闻所未闻！”穆骏暴怒，“前番招降，哪次不是给足你们赏赐，还授封土官！你们的贪望什么时候能填满？不服把册子拿过来翻查，对对名字，孤王敢说，这里面不止一个降过又叛的！”

降兵中有人瑟缩着低下头。

“你们那个贼首，叫马玛度的，还在山头上，你们是不是觉得有了指望？”穆骏冷笑，“他设毒计杀我爱将，以为恐吓得官军不敢上山，熬到孤王退兵，你们回去装几年老实，跟着他东山再起？想都别想！”他向身后的水池挥手，“从今往后，这水池，就改作贼血池！专盛你们这些带着朝廷的户籍，做着吐蕃的走狗，两面三刀的贼人的血！来人——”

“是马玛度领头的！是红山马玛度，我们建水被他烧了房子，不跟着造反会被杀啊！”

“红山死的人最多，你们跟着捡好处，还有脸说！”

“你们的寨头躲在内城，推我们在外城挡刀！”

“南城门死的都是红山的！”

“红山剩在外城的都是寨头的狗！”

到后头降兵们用方言越吵越大，穆骏也懒怠听翻译。场中拥挤混乱，场边四围的官军全体拔刀，出鞘声中降兵有人尖叫哭，有人以头抢地流血求饶，穆骏看了候着的柳遥之一眼，柳遥之举起手中的静鞭，当空重重甩下。

这声脆响使得场中一静，柳遥之趁机高起声音：“殿下，这些降卒既然有朝廷的户籍，就是殿下的子民，殿下千里镇抚而来，属下看，对叛者当镇，对降者应抚。王师西进，总以仁义为先。”

穆骏盯他片刻，转头望向场中，看到那无数双眼睛中升起的一丝丝希望。

“殿下，”齐同秀此时配合着说，“末将却亲眼所见，这些蛮人复降复叛，屡教不改，恐怕其人无心向善。不如尽杀之，以绝后患。”

穆骏神色不改，仿佛思索，炎炎烈日下有些降兵已经跪不住了，却被拥挤在身边的人顶着不能动弹，场中的抽泣声越来越大。

忽地穆骏淡淡一笑，说，“仁义，可以。对屡教不改的，却是不能这么便宜。名册核对好了吗？”

一名文官听问点头。

“先报出六个来。”

文官扬声报名字，穆骏厉喝：“叫到的出来！”

六个降兵张望一时，抖索着陆续起身，慢慢汇聚到穆骏面前。

“没有冤枉的吧？”

无人应声。

“放心，他们要孤王仁义，就不杀你们，派你们做做用场。”穆骏向场边扬手，“抬上来。”

“不杀”两个字引动了希望，降兵们纷纷跪直向场边望去，只见两队官军肩扛绳拽，接连抬上三台他们从来没见过的机械，在穆骏的脚下摆为横排。

“铁箭床弩，”穆骏双手摊开示意给他们，脸上露出笑意，“除了孤王这里，哪儿都没有的好家伙，孤王亲手装配的。”他转向那六个被挑出的降兵，“你们几个，真有大运，打头尝试。”

穆骏跳下山石，接过柳遥之已经备在手里的一支足足三尺的长箭。那箭支整体由精铁打造，箭头映日，耀出刺目光华。

“你们自然觉得，孤王围山这么多日，是无计可施，觉得云坪寨的内城凭人力绝对无法攻破。”穆骏走到一台床弩前，亲手将铁箭装设好，然后仰头望那绝壁之上的内城，“是啊，云梯够不着，钩锁掷不到，不插双翅，难道走天梯上去？”

他拍了拍身边床弩的弓架，笑说：“其实这些日子，孤王是在等它。今日便让你们开开眼，这台神机，就是用来搭天梯的。”

降兵们惊疑的目光中，短促的命令传下，又有兵队抬上三架云梯，在水池对面的岩壁下支好。果然最高处只能够到悬崖的一多半，距离崖顶还有近十丈。另一队士兵调设着床弩，用木标尺对好角度，然后两人一组，一左一右，开始转动弩机两侧像辘轳一样的绞盘。

那两重巨弓的粗重弓弦，居然就这样不费力般一点点地张满，挂上床架尾端的榫头。

击发的兵士手持着木槌站在弩后，等待主帅的命令。穆骏只轻轻点了个头，木槌立时落下，榫头被敲开，使弓弦电击一般回弹，将粗重的铁箭直直射向崖壁。

几乎如同一声爆响，赭红的崖壁上腾起硕大一朵粉尘。烟尘散去，只见那支精铁箭深深钉入崖壁，在云梯上方形成了一个奇险却牢靠的落脚点。

惊呼声延迟了一刻才零零落落地响起，穆骏扫视一眼大部分已经呆若木鸡的降兵，示意弩手继续。艳阳之下，那三架云梯的上方，不绝的粉尘中一杆杆大箭钉入岩壁，左右交替上升，渐渐连成三道铁质的手脚攀梯。

所有人安静看着这震撼的景象，官军也好降兵也好，谁都看得出来，云梯接续箭梯，虽然不说攻取内城已是轻而易举，但这是化不可能为可能的奇观。

这样的路径，勇士攀得上去。

“如何？”穆骏转回身，问他挑出的六名降兵。

这些人的脸上，汗珠滚滚而下。

“孤王这梯子好不好，这就送你们上去试试。”穆骏招呼属下押这些降兵往岩壁去，自己又跳上那块较高的山石，冲他们的背影大声喊：“带上孤王给马玛度的招安信！上得去，看那贼首给不给你们死，上不去，脚碰地面之时，就是你们的死期！”

每座云梯都安排了一名官军持利刃殿后，督促抵在前面的两个降兵向上攀爬。三座云梯上，六个降兵无一不在发抖，但云梯的部分很快爬完，爬得最快的那个伸出手，犹豫抓住了铁箭。

只见在绝壁中段，那个降兵用力压了压箭尾，深扎在岩体中的铁箭纹丝不动，他便颤巍巍在云梯顶端站直，两手分握高处两支箭，一只脚踏上最下方的铁箭，缓缓地，将全部体重压了上去。

空气仿佛凝滞了一瞬，崖壁上的人全体一动不动，而在下一刻，随着官军更为严厉的催促，每座云梯顶端的降兵都踏上了铁箭构成的梯子。穆骏提到嗓子眼的心略略放下一线，这梯子真能用，陌承光，你的主意真成了！

山顶上的云坪寨内城依然没有任何动静，穆骏知道此刻对手也在伺探，在等天梯的结果。

人靠手抓脚踩，从支支铁箭向上攀爬并不容易，在崖下观看的都没一个敢出大气。爬在最东侧顶上的降兵忽然像被吓崩了心弦，尖叫着开始往下退，很快撞在他身后的降兵脑袋上。被撞那个脚下一滑松脱，只靠手臂挂在箭杆上，尖叫乱蹬着再找不到踏点。爬在他下方的官军攀至近处侧身，果断挥刀一斩，两条断开的手臂伴随它们曾经的主人在岩壁上跌撞着滚下，落地只发出噗噗的声音。

官军继续上攀，方才后退的降兵张皇至极地喊叫着，脚滑了好几下，但拼命地又往上方爬去了。

十丈的距离，所剩越来越短，城上终于耐不住了。内城墙头有人影往来闪动，仿佛迎着当头的太阳仔细地瞄准过，一阵石雨抛下。

几块石头准确地砸中箭支，两支铁箭顷刻被砸脱。更多的落石撞上攀爬中的降兵身体，穆骏清楚地看见，一朵血花在天梯最上方的降兵头顶绽开，那降兵仰头后坠，头颅方才的位置上，红白的痕迹溅在崖壁。

画面几乎无声无息，那降兵在山岩上又撞了一下，也没发出多大动静，落地仍然是噗的一声。

在他之后，又两个降兵因为中石或慌乱跌落，噗、噗，落在人群寂然的目光中。

穆骏打了个响指，哨音随之响起，天梯上殿后的三名官军立刻停止上攀，开始谨慎往下撤。穆骏回身，向绑缚在场中的降兵高声说："都看见了？这几个手无寸铁，明看着孤王让他们是去试梯子、去传信的，那贼首为了毁孤王的天梯，连你们自己人都杀。"

降兵们的视线有的还在那崖壁上，更多的却垂落了头。但穆骏知道他们都在认真听，甚至可能是此生从未有过的认真。

"孤王的梯子，无所谓，弩机就在这儿，铁箭又不像栈道怕火，要多少有多少，打落下来的敲直了一样再用。他们能打下来多少，孤王就能射上去多少。”

云梯上的三名官军攀手已经退回地面，剩余的降兵也狼狈撤至了云梯，穆骏的声音在场中震响：“从今天起，这座山头的四面，孤王都将天梯搭好。且待将士们练好了攀爬的技艺，上去摘取马玛度的人头！”

在他的示意下，带刀的官军士兵再次围向降兵聚集的场边，蛮族降兵们大惊，整场开始骚乱，有人痛哭出声，有人挣扎着试图往外突围。

“至于你们，”穆骏再度开口，“孤王的梯子就放在这儿，想上去陪马玛度的，可以。上去劝了人下来的，有重赏！”场中乱势被他的话语止住，穆骏扬声：“全体释放，给他们松绑！”

第四章 / 逆行舟

七月初七这日天气大晴，寅时未半已有天光透窗，燕子叫得也特别早。陌闻音迷迷糊糊地起来，推门看见院子里弟弟已经在忙活着，帮她准备今日去赴玄武湖上的船会了。

这些日子，因为盼着穆骏那边的消息，陌闻音心中总不静，昨夜躺在床上，想自己才从悬瓠绝地回来没多久，居然像要把那些都抛在脑后，闷头去赴这天家盛会，一时觉得有幸，一时觉得无趣，快子夜才真正睡着。此时梦游一样，她温水洗了脸，拿粉扑的手都不太稳便。请的梳头师傅早早过来，连着夸她头发好，给她头顶梳起高髻，一左一右不知插了多少钗饰，其中大部分是陌承光托梳头师傅成套去打制的。

弟弟嘴上不说，但为了自己今天出场合，默默准备了这么多。陌闻音心中打起精神，要争一个不输人的心，想着今天在外面一定不给陌氏丢脸。陌承光从门口转回来，说肩舆到了，陌闻音站起身，脑袋顿时被头饰带得向后坠了一下。她习惯着头上的重量，袅袅行到榻边，将备在那里的一领纱縠小心穿在青绿的衣衫外，站到大镜子前整理。

薄纱笼罩下，染色浓郁的上衫变得仿佛春烟缭绕的山野，下裙湛蓝的裙摆似水波浮动。头上饰物多用垂珠金叶，颤颤如花木摇曳生姿。

今天得多笑，陌闻音看着妆后的脸提醒自己，不然盛装之下这么冷眉冷眼的，像个不近人情的木头菩萨。

她垂眼想想，看陌承光，抬手指窗外一下。那边紫薇衔露开得正好，陌承光快步去花下跟姐姐隔窗商量着，帮她折来最水灵的两枝。

陌闻音摸摸头上位置，将花插在右边髻侧，两丛粉紫从金钗间娟娟垂低，在华贵中掺进轻柔舒展，与她衣裙颜色也很相宜。

她最后抚平纱縠的前襟，检查腰带。陌承光站在姐姐身后看了好一刻，问：“这身衣裳是邬夫人留下的？”

陌闻音转过去点点头，两鬓步摇和花枝都随她的动作轻晃。

“邬夫人看到姐姐今天的样子，会高兴的。”陌承光走向妆成后让自己都觉得惊艳的姐姐，递上个小盒，“口脂。”

陌闻音在肩舆中一路端坐，随着天光渐渐亮起，向玄武湖而去的道路开始拥挤。庆典启始前，众女眷需要参拜宫中命妇，离水面还有很远时肩舆便被拦下，陌闻音由礼官引导着下来，沿新垫了黄土的林荫道向尽头一座高阁步行而去。

路上同行皆丽人，三三两两在树荫中缓步，清早的鸟鸣和着环佩声，树上浓绿与华服相映，整条道路似一张工笔长卷。这景象动人，陌闻音身处其间，心情向好起来，抬头望望前面的高阁，想起自己最初接到帖子时的一份期待。

那是历代皇帝阅水师的地方，没有今日的机缘，她身为女子绝不可能登上。

至阅兵楼前的空场上整队，日头已经高了，各家小姐都有保母或侍女撑着羽盖，少见陌闻音这样独自一人的。她是建康社交场合上的生面孔，妆服昳丽，相貌又惹眼，总有人回头打量她。陌闻音扬头展平肩膀，目不斜视，高挑的身形愈发拔群。眼前五色斑斓的羽盖如同大片祥云，遮住了她望向阅兵楼的视线，只能看见高起的檐角，听见檐角下的垂铃在风中的叮当声。

等候不多时，礼官出面清理场内闲杂人等，羽盖一时纷纷撤去。仕女们的满头金翠映在阳光之下，举目灿灿照眼。雅乐响起，阅兵楼的台阶顶上，一位贵人升座。

“拜郑贵妃——”女官高声唱礼。

陌闻音随众人三拜，起身后往阶上望去。她知道郑贵妃是当今二皇子的生母，太子的母亲病逝后，中宫空置，贵妃如今在很多场合代行皇后的权责。虽然在后排离得远，但郑贵妃的美貌仍然映进陌闻音眼中，尤其是那一双极大的眼睛秋水一样，配上精巧的鼻子，有几分胡姬的韵味，完全不像是有二十六岁儿子的妇人。

"今日吉庆，列位不必拘礼。"郑贵妃的声音端庄柔和，自阶上远远传来，"陛下遣本宫出来，是为了与大家欢聚，日头也热了，咱们别站在这儿说话，都随本宫到楼上去。一会儿赛船，就让小子们去闹，咱们在这儿居高临下的，也阅阅他们的兵。"

贵妃亲和风趣，众人听着都笑起来。阅兵楼本来就建在高台上，陌闻音排在队中，上到二层，只见三面门扇大敞，栏杆外的视野更加开阔，可以直望到玄武湖的对面。那里一棵棵树木这样看去，小得如同丛丛绒草，道路在绿野中延伸，水色天色一片澄碧。

楼中的地板乌黑锃亮，映人出影，其上没有安置陛阶，只有上下贯通的六根玄色大柱遮断视线。这样肃杀威武的所在，今日却花团锦簇，仕女们奢华的衣饰在黑色的反衬下愈发鲜妍，四处粉香飘逸，又有钗环声叮咚交响，仿佛随兴而起的音乐。

楼阁内空间有限，郑贵妃在主位落座，嘱咐众人不必拘束，拣喜欢的位置散坐就可。从王谢那些高门，以及皇族的亲眷起，渐渐有人坐下，要紧的当然都聚在郑贵妃周围，不时有夫人小姐到贵妃座前问礼。陌闻音挑到个偏角的位置，倚着门边坐下，楼外湖山一览无余，颇可远眺。

凉风卷过，她鬓边垂的一串金叶沙沙作响，像北风掠过城头铁棘上的声音。

心尖抖了一下。陌闻音不由自主地想去摸摸怀里短刀，手伸到一半，想起今日华服见贵妃，带不了兵器的。

楼外沙洲的码头上，六艘披红挂紫的赛船整装待发，鼓乐昂扬响起。郑贵妃这时也被簇拥着来至栏杆边观看，陌闻音回过神来，起身往旁边让开，听女官正介绍说，六艘船中有皇城禁卫的一艘，京城左右营各一艘，丹阳尹辖下的金吾卫一艘，太子的东宫卫一艘，还有一艘龙头缠金色锦带的，是皇室子弟们亲掌桨舵。

陌闻音想沉下心看比赛，却不知支持哪艘船好。她听见说七皇子穆鸾在皇室船上，心想反正不是他这艘，悬瓠城死守了一百天，都不见这个缩头王爷出兵……如果救兵能早一点，活下来的人，还有自己，或许就不会这么怕铁器的声音……她就想起旧塞上的赤青大旗，想起腾烟驾火而来的，她留在心上的人。

周遭的一切仿佛退去，她像脱身出来，在静处看幕后的皮影。一通鼓响，咚咚咚高亢入云，越过身前仕女的肩膀，陌闻音看见水面上六艘船使出码头，一行摆开，然后鸣锣三声，赛船箭一样齐射出去。

楼头的丽人们涌向栏杆边，顾着贵妃在场不敢太闹，但全都目不转睛地盯着水面，挥袖拍手，为各自挑选的赛船鼓劲。阅兵楼头彩衣争飞，一片片催起楼畔的鸟群。

这些小姐大多有兄弟叔伯在京城各处武备任职，陌闻音想到弟弟也做过太子舍人，心底支持东宫的那艘船。赛程过半，舰船在水面越划越远，窄窄的舟身后拖出长长六道白浪，像空中飞行的劲龙，将倒映在水面的云影划开。

前方终点处，隔水牵起一条红绳，绳下垂挂的五色彩带正随风飘摆，京城左营一马当先，东宫那艘船却远落在后头，比第五名还拉开了一大截。陌闻音的心思本来大半飘在巴州，第一、第二名接连撞线时周围的欢呼也没有多少入耳，她只是看着仍在竭力划行的东宫船，心里遗憾不服，又想，阅水师的楼台下面，赛赢了彩船又如何？

往郑贵妃那边看去，就有一段对话飘进耳朵，一位贵妇赔笑可惜地说："只差一点点，要是南平王来，皇家船一定就赢了。"

南平王便是郑贵妃所生的二皇子穆鲲，陌闻音看见郑贵妃笑了笑，精致的唇角现出梨涡，"南平王朝事多忙，哪有这种闲工夫。"

那贵妇的神色明显不自在起来。

陌闻音有点出神，没体会过来背后的意思，但见郑贵妃这时转过脸来，正与自己对上视线。

她欠身行礼，郑贵妃又瞥来一眼，转回了头。

心口怦怦跳着，陌闻音半天没有直起身，方才那一眼，贵妃的眼角弯弯，眼中却无一丝笑意。

赛船结束，楼下鼓乐重又喧腾，乐声里，宫人在阅兵楼内摆起桌案杯盘，逐座与宾客传菜。陌闻音还在一开始的位置，心情有些莫名的不安，虽然饭菜可口，也嚼蜡般下咽。郑贵妃叫她时她起初没听见，直到发现周围都在看向自己，才犹豫整衣起身。郑贵妃身边的女官向她招手，陌闻音小心走过去，行了大礼。

郑贵妃探身牵起她手，笑着说："你怎么一直藏在后头？来让本宫看看。"

郑贵妃坐着，自己如果站起会是俯视她，陌闻音想着便向贵妃膝行贴近了一点。郑贵妃似乎对她谦恭的态度满意，看看她的脸，又翻她的两手看，语气柔和地说：“你们陌家，是有个谶言来着？‘离之亡国，亲之……’”

那两句所谓谶言是陌家人最厌恶的话题，陌闻音低下头没应声。

郑贵妃又笑了笑：“还总出美人，传说故事一样。听说你这一辈，只你一个女儿，本宫一直说想见见。”

“叩谢娘娘抬爱。”

陌闻音想再拜下去，郑贵妃却托手让她抬起脸，抚着她的脸颊说，“今天一见，可真是漂亮模样，就是，偏瘦了点？不过，这么热的天气里粉面无汗，平日一定很懂得妆扮调养吧。”

并非如此，但这似乎也不是什么不好的话，陌闻音没有回话。

她一只手还执在郑贵妃手里，贵妃将那手牵高了点，看着她的手背说，“手上倒是不细嫩，这还有个小疤。听说你从小喜欢骑马射箭，悬瓠城上还杀过北人，是真的？”

陌闻音心中一凛，挨了一刻，贵妃还在等她回应，她慢慢点了点头。

四下果然响起低低的议论声。

穆骏说过“有你什么错”，但陌闻音此刻却觉得尖芒在背，她想转头看清是哪些人在议论自己，却对自己说，别听，她们说什么是她们的事，别往心里接着。

“女中英豪呀。”郑贵妃放下她的手，低些头看着陌闻音问，“你父亲和母亲好吗？”

身边的女官此时干咳一声：“娘娘。”

郑贵妃转头看去一眼，想起什么似的：“啊，怪本宫了，问得真不合适。是听说你母亲因为什么病……”

“我父亲，现下是太常卿。”陌闻音控制着声音，抬起头看着贵妃的眼睛说，“我母亲，是癔病，久病后一日大雨时体力不支……滑跌到井里。”

她和弟弟说过，他们多少次说过，母亲的病不是羞耻，母亲的死不是羞耻。她要说出来，她必须说出来。

周围的议论声更大了，陌闻音知道很快地，关于母亲的所有流言会传遍这些高阶的女眷，再由她们的家中传向朝廷、市井。父亲年轻时的姿仪，三次娶妻的韵事，舅舅的被杀，外公家的败灭，还有那个所说的外室，甚至父亲带回的那个孩子……都会成为话柄，供他们热热闹闹地再消遣一次，再品咂一次，再嚼成渣吐出来一次。

还有承光，她的弟弟，他的惨痛和胜利，到头来都只是旁人动动嘴皮的话题。

吵耳嘈杂中，陌闻音一眨不眨地盯着郑贵妃，心弦紧绷得几乎带起了颤抖，却强撑着不断。她看出今日已在郑贵妃的算计，但那双美目中的冰冷也让她骤然想通，这个站在顶点的女人，为什么要如此针对自己。

三殿下在巴州，看来进展得不错？

陌闻音就笑了，笑容明艳刺眼："家母不过下臣眷属，竟劳娘娘纡尊降贵，这般留神费心。回敬娘娘的心意，闻音代亡母，愿上天得见娘娘的善念，能保娘娘无灾少病，福寿永年。"

这显然反讽的语气，让众人停下口，楼中的气氛静而涩。郑贵妃也笑了笑，仿佛察觉不到陌闻音的用意，依然是和颜悦色："有心了。家里的事难说就不必说了，起来吧。难得你来，这些好东西，想必平时你家里也吃不到，快多吃点，一会儿跟上本宫，咱们去坐船。"

十来条画舫泊在码头，等待逐一起航，陌闻音没有跟上郑贵妃，上了最后那条。赛船归来的男宾已经在船舱中，女客们进去，各家小姐都跟在母亲或姑母身后低着头，眼睛却偷偷挑起观望，看这条船上来了哪几位公子王孙。陌闻音坐在舱中的窄榻上，面无表情看那些男男女女周旋着礼数，在相互试探中暖热气氛，听丝竹响，传美酒来。四面薄薄的舱壁简直屏蔽了乱世，在这里围起一片极乐天地。

没人过来与她搭话，她也盼望这样，心里的闷烦无从发泄，直挺着背坐了半场，起身出舱到船舷的栏杆边。玄武湖的水面开阔，从这一侧望去简直像海，陌闻音双肘撑在栏杆上探出身去，无心看着白浪层层被船头带起，仿佛舞姬活泼的裙边。

水沫扑面沁凉，心中静多了。她手腕压的地方是临走弟弟给带上的口脂，陌闻音想起掏出来，小小的一盒有暖暖的分量。打开指尖蘸起些，她重点了唇，余下的搓开拍拍脸颊，给自己鼓劲地，深舒一口气出来。

画舫的船尾，掌舵的是位年轻船娘，陌闻音一回头就望见了她，晒在大太阳下的脸和手臂，包头的白手巾，扶舵转弯时矫健的身姿，她被那专注忘我的身影吸引，慢慢心里的种种难受更平复些下去。

船到一片稳水，陌闻音走过去说："这位姐姐，我学过划桨和撑船，可没驾过这样的大船，你能教我掌舵吗？"

船娘很是意外，犹豫着，但看这位士族小姐是真心要学，眼睛里也透着高兴。陌闻音索性将身上那件纱縠小心脱下，叠好揣进怀里，袖袋取出，把头上太重的首饰统统拔下装好，系到腰间，裙摆兜起在膝上打了个结，广袖撸到肘上，左右袖幅相系垂到身后，然后张开两手对船娘说："姐姐你看，这样行吗？"

船娘讶然看着方才华服盛饰的小姐，顷刻之间两臂只剩窄袖单衣，水蓝的裙摆下露出半截柔绿单绔，还用一条手绢将头发包上，只余两枝小花微微露头。除了衣衫材质贵重些，她已经完全像是渔家打扮了。船娘便笑了，答应了陌闻音，招呼她跳上船尾，将舵杆交到她手里。

这样大的船，陌闻音想到舵会很重，上手才知道竟然这般沉。船娘在她身后帮忙扶着，她才勉强能把方向掌稳。但水的力量传过舵杆与手臂对抗，生平第一次，陌闻音有了乘风破浪的感觉，她好像第一次发现柔软的水有这样刚强的力量，那股力量仿佛沿着她的手臂，传进她的身体里。

之前发生过的她不去在意了，在天与水之间，她掌握着自己。

有位船工少年过来，仰头看她一刻，要跟她说话。陌闻音全神贯注地掌舵，一时没顾上听他说什么，那少年就也跳上船尾，要接闻音手中的舵杆。陌闻音以为船家叫人来换她了，松了手从船尾跳下来，想看那少年如何操作，不料眼见船娘一脸惶恐地跪地行礼。

这些画舫皇家经常征用，船家都有见识，看来这位少年不是船工，是个船工打扮的贵戚公子。陌闻音把裙子和袖子放下，行过屈膝礼，正待转身要走，那公子说："你是悬瓠城上的陌女侠吧？"

陌闻音回头，有些疑惑地看着他。

"我是穆鸢。"那公子笑了，露出洁白的牙齿，目光明亮。

原来是那个缩头王爷，陌闻音一瞬这么想着，转身还是要走。

大约她脸上露出了些心思，穆鸢将舵杆交回船娘手里，跳下船头跟过来说："那时候我没向悬瓠城出兵，是父皇严令我不许，对不住了。"

陌闻音看着他，脚步就慢了。她是听说过七皇子是今上最宠爱的儿子，如今一见也能明白，这样清朗的少年，在哪家都会是爱子。父亲怕宝贝儿子在战场上有个闪失，想也是人之常情。

不知道能应些什么，陌闻音点了点头，少年皇子马上又说："你的事，柳遥之信上跟我说了好多，说你能作战又会照顾伤者，遇事不避艰苦，我很佩服你的。"

柳遥之的名字，引动陌闻音又想到穆骏，想到千里外的巴州。紧邻着吐蕃的地方，是什么样子她完全不知道，每每一想，眼前就是崇山峻岭。还没捷报传回朝中，不知那边到底如何，在那凶险的地方，她所认识的，就只有一个柳遥之在他身边。

说着夸她的话，穆鸾不明白怎么刚才掌舵时神采奕奕的陌小姐反而整个人暗淡下去，闷闷地更不答话了。他眨了眨眼，想换个更开心的话题，就说："陌女侠不必忧烦前事，悬瓠城大仇一定能报了。父皇说了，最多养精蓄锐一年，一定挥师北伐，到时候让我统领西路大军呢。"

"真的？"这对陌闻音是崭新的消息，她不觉高了声音，大睁着眼看着穆鸾。

"当然真的了。"穆鸾笑说，"我打算就请父皇以柳遥之为西路先锋，现在我府里天天演习战略呢。"

陌闻音正想着怎么这样快就要北伐，又听见这句，顿时愣住了。

她一时想问，讨蛮回来，难道又要把柳遥之调走，三殿下即使打胜了也留不住人？却知道武将在皇子帐下的归属是不能多说的话题，何况柳遥之复来复去，更是敏感。七皇子对自己谈这些，是有心还是无意都不清楚，陌闻音只能偏开头，话压回嗓子。

见她面向湖水又不言语，没半点想与自己多交接的样子，穆鸾想起说："对了，柳遥之说过的，你不是北虏话学得特别好吗？这回为了北伐，我也开始学北虏话了，知己知彼，百战不殆，对吧。"他说着冒出一连串北虏打招呼的用语，又背了两句诗。

诗背到一半卡壳，看他眨眼冥思苦想，陌闻音不觉帮他续上，穆鸾一听就说："真是，比我那二道师傅强多了，有空你也来帮我练吧。"

陌闻音摇头，屈膝又行了个礼："殿下谬赞了，也就这些，多的不会了。"

穆鸾不信，缠着让她去，陌闻音只是浅笑摇头。

一直到湖上游完，他两个都倚在船尾栏杆处有一搭没一搭地谈天。航程渐至尽头，船舱中陆续有人出来，穆鸢背过人多的方向，低声跟陌闻音说：“幸好有你在这儿，不然肯定没意思透了，这些人说话都是看人下菜，你看我穿成这样，就没人理我了，特清静。”

陌闻音笑了。

辞别七皇子上岸，今日也就结束。这码头离进园的位置远，到了此时，女客们或坐自家来接的香车，或雇等候着的华丽肩舆，热热闹闹地纷纷归去了。可是今天凭着弟弟事事准备得齐整，陌闻音却偏偏忘记带散钱在身上，又舍不得拿首饰雇车轿，只好独自向园子的出口走。她想到了离湖远一点的地方，能找到一般的肩舆，到家再给钱便是了。

今天一天体力不累，心却疲乏，陌闻音穿着薄底的绢鞋，又要拎着裙子，走得相当辛苦。虽然日已偏西，暑热还未消退，那金红的太阳打在额头上直晃眼，驰过的车马又让她吃了不少路尘，简直有些灰头土脸。又一辆马车从身后驶来，她怕再吃土，停脚背向道路想挡一挡，不料那马车在她身后被勒停，马儿咴咴叫着，有个年轻女声唤她：“陌小姐？”

陌闻音扭回头，一个女孩从车窗中探出脸，跟她说：“我家车大，送你回去吧。”

陌闻音很意外，她不认识这女孩，笑起谢过了她，刚要说不必了，那女孩说：“咱们是同乡，我家姓王，你家也是临沂吧？”

琅琊王氏，陌闻音更惊讶了。在她心中洛阳是故乡，但七十多年前时局衰败，眼见洛阳朝廷朝不保夕，祖上这一支避祸迁至青州，如今说起来，郡望是琅琊临沂。那女孩见她不应，又说：“陌小姐你别客气，这马快，顺不顺路都一样的。”

对方是天下一等一的高门，这样照应自己，再要推辞好像就扭捏了，陌闻音于是行了礼，点点头。

那女孩的脸隐回窗内，一会儿有侍女从车内掀开车帘，招呼陌闻音上去。陌闻音登车在空位坐下，见车内果然宽敞，车顶和四壁覆着海棠红的暗纹锦，座下满铺着茵褥，两侧大开海棠花窗，垂下淡淡的黄色纱帘。

方才车窗后光线暗，女孩的相貌陌闻音只是一打眼觉得美，此时细看，她似乎比自己年纪小些，圆额雪腮，眉毛带点尾锋，挑在大大的杏眼上，嘴巴到下颌极其精致小巧，仿佛一捏就能碎掉。轻软的夏服顺着她身上流水一样披下来，纤腰一握，好像画出来的那种会随风飘去的天人。

陌闻音只顾看她，半天想起来自己一身浮土，不由想往离她远些的地方挪。刚动了动身子，跪坐在车门边的两个侍女便近前来，帮她将腰后的垫子调整得更舒服。女孩看她坐稳了，说："陌小姐，我叫王符，孙伯符的那个字。"然后头向旁边偏了下，示意陪着她的一位年轻妇人，"这是我的保母。"

那位妇人同样生得极美，陌闻音觉得自己简直像突然闯进了一座神仙洞府。她向女孩和那位保母都行了礼，女孩弯了下腰，保母也款款回了一个，姿态优雅。陌闻音不觉又看保母，心想王小姐怎么也是自己前来，高门的夫人不出来见人么？

王符好像看出她的心思，说："我母亲两年前就不在了。"

同病相怜，一句话拉近了心中的距离，陌闻音看着她清澈的眼睛，出声说："我母亲也……"

王符点头："刚才听见说了。姐姐你也节哀，那些闲话别听，谁家无病无灾呢。"

鼻子一酸，陌闻音一瞬之间几乎哭出来。她以为自己全不在意了，却没想到这个言辞间天然带着淡淡傲气的女孩，一句话能这样入心。忍了忍喉头的涩，陌闻音谢过她，说："我没多想，不在我眼前说就罢了，若在我眼前说，让他们再说不出来。"

王符认同地点头，好像也不是善于攀谈的个性，两个人就静下来。车已经离了水岸，那位保母问："陌小姐家住哪里？"

陌闻音说了地方，侍女传出去，马车便转向。车轮之外夜幕徐徐垂落，道路两旁的店家逐渐点亮灯串招幌，陌闻音发觉自己是第一次在这样的时刻、从这样的角度观察建康。昏黄的天光中掠过车窗的灯火显得熟悉又陌生，仿佛自己始终在这里，又仿佛自己从来没有属于过这座城。

马车在小院门前停下，王符掀开窗帘望了望，有些意外地问："你住客栈？"

"我和弟弟一起租的。"

"我是要找你，能来这儿吗？"

陌闻音很惊讶，转念又欣喜，王小姐的意思是从此愿意交往走动了，她笑起说："小姐什么时候想来，闻音扫净院子等着你。"

"我说了来，一定来的。"王符认真地说。

陌闻音谢过她下车，目送马车再次起行，转身看见弟弟已经迎出门来。

“今天怎样，开心吗？”已经惦记了一整天，陌承光第一句就问。

陌闻音想想，跟他说：“开心的时候多。”她回头望一路归来薄薄的夜，觉得纷纷然无从开口，只道：“七夕总算过完了，马上中元，咱们去江边，去祭母亲，也去给邬家叔叔婶婶再上一次坟吧。”

“今天山下的营里，又减了三个大帐，造饭的炊烟少了十三处。”副手扎兰克把眺望哨的消息小心翼翼汇报给首领马玛度。

马玛度嚼着干菜，一时没理他。

扎兰克不敢抬头，翻起眼睛偷看马玛度的神情。前两天想趁夜下山逃走的打算被底下人走漏了，虽然自己强辩了是诬陷，马玛度也杀了那人，但究竟首领对自己还有几分信任，扎兰克拿不准了。

“这就是，少了六十来人？”马玛度忽然问，“确认吗？”

“北边也望见了。”扎兰克赶紧回答，“小的自去看过，他们拿白布口袋装着尸首，都用船运到河对岸，埋了。”他殷勤笑着，指往河对岸的方向。

马玛度没抬头看：“这几天加起来，死了有三四百了吧？”

扎兰克连连点头：“真像大王料到的，疾疫起了！”

马玛度蹭开头上的汗，抓过酒杯喝了一口。这些天水池干涸，得拿存酒当水解渴，舌头尝味都不对了，发苦。

他抬眼，看见扎兰克在不自觉地舔着嘴唇。

扎兰克也注意到了首领的神色，赶紧又低下头：“还有件大事。”

“什么？”马玛度看了眼自己的酒杯，也快见底了。

“官军的主将，那个皇子，好像也病了。”

“哦？”马玛度一下站起身。

扎兰克弓着腰，引首领往石亭外的城垛边走，指山下的官军大营说：“中军大帐昨天，还有今天，都没见到旗手进出，说明那主将一直在帐子里没动，倒是白衣的医官跑得像蚂蚁一样勤。”

真的是，隔着闷闷的水汽，马玛度看到一名医者匆匆从官军的中军大帐跑出，不一会儿又带着一名医者跑回来。不久又有侍从抱出大叠的白布，小跑着往河边去，像是换洗寝单。

上吐下泻，痢症典型的症候。

暴热骤阴，一点小雨虽然解不了暑旱，却是疫病最好的催发剂。

想靠老天爷熬死我？马玛度笑了。能搭天梯，却迟迟没有胆子死攻，狗屁皇子，自己先被巴州的老天爷熬死了。

“那个高个子的将官呢？”

“那个人四天前就不见了，他们主将病成这样，这两天都没见那人在中军帐露面。”扎兰克龇着牙笑，“看是已经埋了吧？”

马玛度晃开步子，往北边城墙走去，看见官军大营的侧面，物品和军械堆放杂乱，愈发显出此时对手的疲弱。一口油黑的棺木赫然摆在营角，里面就是他下好痢症种子的那个红衣将官的尸首。

大官就得扶尸回乡？汉人的规矩真真蠢透。

北侧江流的对面，可以望见七八个口罩白布的官军正在泥地上挖掘一个个长条形的浅坑，挖好后撒上薄薄一层石灰。

“你说，送一个汉人皇子给吐蕃人，能得多少好处？”马玛度扭头，半真半假问扎兰克。

扎兰克的眼睛一闪。

马玛度将头扭了回去。

扎兰克在他身后说：“大王，那咱们可得赶快，人死了可就不值钱了。”

“今晚就去。”马玛度回头又说，“我自去。你，在寨子里看好家门。”

子夜过后，薄云罩月，云坪寨的内城北门悄然打开。

马玛度一身紧衣短打，背缚弯刀立于崖边。

困守近四个月，腰上都生出赘肉了，崖下江面吹来的风令他心中畅快。功在一战，过了今夜，汉人也罢，吐蕃人也罢，无人再敢轻视他红山部首领马玛度！

官军经过严重伤病减员，已经无人夜间看守铁箭天梯，按照白日勘察好的保存最完整的一条路线，马玛度派了个先锋轻身上箭，那先锋下攀了一段，向上打个呼哨。马玛度见他无恙，自己也踏箭上梯。

身子站上铁箭的一刻，马玛度不觉惊叹箭支钉入岩壁的牢固，马上又嘲讽地想，汉人真是太惜命，这梯子其实好用，如果官军不顾死伤来攻打，还真得恶战才能分个胜负。

畅行无碍，跟随马玛度的三十几个心腹在崖壁上迅速下攀，很快结束了天梯的部分。为了避免木头的扭转声引官军注意，他们没有走官军的云梯，而是将绳索缠在铁箭上溜绳下滑，一个接一个地无声落地。

马玛度的双脚在四个月后，重新踏上崖下的土地，他看了看自己身边最后的队伍，咧开一个笑。

不会让你们后悔忠心跟着我走到今天。

可能为了防热，官军的大营近来夜间很少点明火，马玛度带人一路贴地潜行，来至最接近中军帐的拒马墙外。向内望去，中军帐周围一片漆黑，医帐那边有光，白幕后透出医者勾背的身影。

“眼前就是一番大富贵。”马玛度轻声下令，几似自语，“上！”

突破拒马墙没有遇到有效抵抗，有几名卫兵赶过来阻拦，也多是下盘无力持刀不稳，轻易被打得后退。马玛度留人断后扫尾，自己长驱直入突进中军大帐，那帐幕中同样无灯，眼前漆黑，他勉强辨认出铺着白布的卧榻上有人影微微起伏，榻边似有几人被惊醒，刀光闪动而来。马玛度轻身将这些刀光留给手下，自己疾速突前，直扑卧榻而去。

一张网，不知何处落下，周遭大亮了。

卧榻上的人坐起身，下挂的眼角笑了笑，四面的帐幕突然同时掀开，持刀的官军战士一层层涌入，将网中的马玛度团团围定。

片刻，刀丛分开一个口子，一位年轻的统帅从其中行出，他身后两人押着扎兰克，搡倒在马玛度眼前的地上。

“你！”马玛度明白过来，咬牙怒吼，“叛徒！不得好死！！”

那年轻统帅一脚踹到他脸上，马玛度的大牙折断两颗，混着血从嘴里喷出。

“孤王在此，没有你说话的地方。”穆骏哪有一点病的样子，“不用这蛮贼过来邀功请赏，孤王设计等你多少天了。一个屡叛的贼首，还知道叛徒不得好死？先想想你自己是烹是炸怎么个死法吧！”

“王子，小的不要赏赐，王子，”地上扎兰克抢着说，“只求王子开赦小的，放小的一条活路啊！”

“你们袭营，共来了多少人？”穆骏回眼问他。

“……三十来个。”

穆骏看了眼帐边递补的亲兵旅帅，看见他在点头。

“那死得差不多了。内城里面还剩多少？”

“只有……二百多个伤残了。”

穆骏点了下头。“锅够。”他对身边的侍从官吩咐，“明天早上，火都架起来，贼首已然落网，你们上去招降纳叛，有敢不从的，一人一锅，炖他们下酒。”

“王子！殿下！”扎兰克大喊，“小的们要降的，是，是马玛度困着我们，还有，害死王子的大将，那事小的提前也不知道，我的人一块儿被毒死了好多啊王子！”

他爬向马玛度，搡着他喊：“快说降了，城上的别再白死啊！”

“城上的暗道，藏毒气的机关，你不知道？”穆骏问他。

“知，知道，但小的真不知道，真不知道马玛度要动用啊。”扎兰克涕泪横流地说。

“毒气的配方呢？”

扎兰克摇头，浑身发着抖：“小的真不知道，只有马玛度自己——”

“好。”穆骏点头，“你有心与官军为善，若能从此回乡安分守己，孤王便只罪其首。留下一只胳膊，你可以走。”

扎兰克砰砰叩了两个头，抓起地上掉落的马玛度的佩刀，手起刀落，眨眼间卸去自己的左臂。穆骏赞许地勾了下嘴角，示意官军将士让开，扎兰克扔下刀，右手攥住左肩，起身踉跄而去。

刀丛再次合拢，穆骏俯视着网中的马玛度：“你，就没这么便宜了。”他扬声，“找口大锅，把他的脏肠子烂肚子掏出来，淘干净了喂狗。肥肉熬油点灯，皮晒干了，带回京城蒙鼓……骨头呢？”穆骏想了一瞬，“给孤王做个溺壶，可好？”

无人应声，穆骏转向侍从官：“赶紧的，折腾了一夜都饿了。瘦肉熬汤，端到骨灰坛前，孤王和梁芒一人一半。”

“殿下，”柳遥之开口，他把头上用来冒充病人的白布扯下来，走到穆骏身旁，“马玛度是叛军贼首，生杀予夺，需要朝廷下旨，殿下不能擅自处置。”

“孤王就处置了，怎样？孤王就看不得他痛快地死！”

“殿下，”柳遥之背过马玛度压低声音，“殿下听属下一句，此时谨慎没有坏处。何况，将他拿回京城，下了大牢，那里面的痛快，殿下想不到的。”

穆骏微扬头盯住柳遥之的眼睛，不久说："好，听参军的。"

他望望帐外天色，又瞥了马玛度一眼："把这个东西，扒光了扔到河滩上，把孤王的铁刺鞭子拿来。"说着转对侍从官，"备一桶粪溺，等孤王打够了，给这个东西扔进去好生泡个澡。"

金黄的酒液浇入墓前泥土，扑鼻辛香。

陌闻音从弟弟手中接过酒壶，拾起两个酒杯一一斟满，把其中一杯递给邬延龄："来延龄，这酒好，承光喝不了，咱俩陪邬家叔叔婶婶喝上一杯！"

邬延龄接过酒杯，却不忙饮，淡笑看她说："听说三殿下在巴州端了叛匪的老巢，所以姐姐这样高兴啊？"

武陵王以铁箭天梯逼诱贼首下山的奇谋，传遍京城巷陌，陌闻音也不避忌，仰头干了杯中酒："我就爱看算人的不能得逞，不屈的翻盘取胜，何况这里头还有咱们的功劳，可不是要好好喝上几杯？"

"正是。"陌承光笑着过来拿回姐姐的空杯，"今天我也要喝，"他给自己斟满，"来延龄，我得敬你。"

邬延龄忙喝了酒，伸手挡他的杯子："陌大哥你怎么敬我呢，是我得敬你。"他笑里带上了苦意，"我废人一个了，到最后还能让家传的本事派上这用场，是我的造化。"

陌承光摇头，闷声饮尽杯中酒。

"凭这身本事，你在外头——"

邬延龄截住陌闻音："姐姐……你知道的，从小我就不爱跟我爹学本事，我也不爱我这姓，我就不想长大当个'黑木匠'。可我如今姓都要改了，我却知道后悔了……后悔，又干什么用？连我爹自己，一身通天的本事，还不是让那个……皇帝，让那混蛋御史几句话就葬送？匠人，我邬家不做了，就断在我这儿吧。"

陌闻音姐弟各自垂眼，再不说什么。

"我就，只有一件事放不下。"对上陌承光又抬起的眼睛，邬延龄说，"陌大哥，你记得咱们在兵部库里，你问我那冲楼防火的事吧？"

陌承光放落酒杯，胃里有些烧，看着他。

"咱们说了用水浸透木料，还有把冲楼后边全开口。剩下的，因为不把握，我那会儿没直说。”

陌承光听出他被床弩的成功激励，对冲楼也愿意一试，满怀着期待看他，眼睛一眨不眨。这眼神让邬延龄握住了自尊，他转头看看父母的坟墓，感到最后一点星火从心里冉冉烧起来，烧得脖颈都微微地发热。

“其实……以我邬家的手法，防火还有一种方式。”

邬延龄的身子坐直，声音也沉下，这是邬家代代相传的秘密，他要说得郑重。

“用涂料。”

陌承光霎时了悟。

“底层的砂浆、上面的色浆、粉刷用的大白浆、漆饰的各色颜料，它们涂在木头和土石上，怎么能够牢固，怎么能够持久，还有怎么能够减少气味、添香，这些主要都不在技法，而是在配方。”邬延龄的声音中有骄傲，“我邬家，有一个砂浆的秘方，含有白垩粉，我爹说过，如果厚涂在木头上，可以拒火。只是涂出来的样子粗糙难看，平常房子里很少用到。”

陌承光惊喜不已，问：“方子，你记不记得？”

邬延龄摇了头，神色转黯：“只记得个配料的大概，量多量少，记不清了……其实我家，靠的就是一整套秘方涂料的谱子起家，可我爹是，是横死的，他都没来得及交代给我。爹走了之后，我也翻箱倒柜地到处找了，哪儿都没这谱子的下落。”

他从没表露过这番沉痛，话听起来像有什么在心上碾：“……现如今，只能按我记得的先试试，进宫之前可能来不及了，管事不管事，要陌大哥之后慢慢试着再调了。”

有方向就有希望，陌承光不沮丧，只是忽然想起另一件事：“那些所谓来你家讨债的，你说翻箱倒柜，会是来找这秘方谱子的吗？”

邬延龄起先没听懂，一霎之后完全愣住了。

“三番五次，他们该知道你家已经没有值钱的东西了，何必掘地三尺？”

邬延龄想了片刻，低低出声：“怪不得……”

“什么？”

“当时我就觉得奇怪，我家真没钱，一个钱也没有，可是，我娘留下的布料，爹都不舍得卖，锦缎丝麻都有一些，都能值钱的……他们却不拿？”

陌闻音插言说：“他们来了又来，都那样找了，看来是没能得手。谱子必定没在你家里，延龄你再想想，会在哪儿？”

“我都找过呀。”邬延龄起了哭音，“但凡我爹可能藏东西的地方，连那义庄的墙缝、梁上我都找遍了，我——”

陌闻音转头，看着身后的飨堂。

而陌承光瞬间感到了姐姐的心思，替她说：“会是……跟邬考工心上最重的，放在一起了么？”

三人面面相觑，静了一时。

“我，我去看看。”

邬延龄站起身，飞快绕到飨堂的背后，站在那儿念叨了几句，咬咬牙，在什么机关上扳动两下，然后用力一推。

飨堂的下部发出像碾子在石槽中滚动的声音，整个飨堂箱子般被推移了位，又不知怎么地往前方滑动得矮了下去，如同箱盖稍稍翻开。邬延龄缩了身子进去，片刻地下传来他踏着石阶向下的声音。

墓室似乎不深，走动的声音很快停了，陌闻音重新正跪，向飨堂的石门中已经斜向她俯来的两个牌位再次叩头。

咚咚的脚步声，邬延龄钻了出来，手中高高举着一个册子。

陌闻音姐弟都喜得起身迎向他，邬延龄将那册子揽在怀里跑过来，大声笑着说：“姐姐，陌大哥，你们真是我的福气！”

“是托邬考工和夫人的福气！”陌承光也笑了，他见邬延龄打开册子翻找，怕日光伤了墨字，赶紧扯他蹲下，两个人头对头将册子放在身体的影子里。邬延龄很快找着了，手在地上一拍：“就是这个！”

陌承光将册子转向自己的正面，细看细记那配方。陌闻音也蹲下身，帮他们挡下更多日光。邬延龄起来又绕到飨堂的背面，陌闻音跟他说：“稍等等，不会久，承光的脑子一记住，就再放回去。”

邬延龄却扳动了机关，飨堂被他缓缓拖回原位。

隆隆的机关活动声中，他说：“从此这谱子就是陌大哥的了。从今往后，我再没什么惦念放不下的了。”

他看着陌闻音，忽然止住了话，片刻才说：“从今往后，我叫白延龄。”

数日后，清憩园内，清晨微雨没有散尽暑气，润湿的树叶软垂，蝉鸣初响。陌承光想起延龄天亮前在雨中辞别入宫的背影,心中一片坚定澄明。

奋不顾身，何人不可称勇。

清憩园主人睡眼惺忪从后面出来，看见方亭下端坐的陌承光，踏阶疾步:“大人何意？中元已过，约事也了了，还来纠缠？”

陌承光起身，低头反问:“请你外面相谈，既然胡郎君避而不见，你这园子供官员消遣，在下好歹是个兵部主事，不能来？”

“陌大人,”商人胡珀近他几步，声音压低，“你让我带去巴州的是烫手东西，上面已经起疑了，害我赔补多少出去打点，险些自身难保呀。大人既然计谋得逞，该满意了，从此两不相干如何？”

陌承光微勾起嘴角看他:“看来胡郎已经知道，武陵王攻城拔寨用的双弓床弩，就是你家商船送去的，‘帐篷’？”

胡珀恨恨垂目，不答话。

“郎君说是‘起疑了’，看来那边还没有确凿的凭证。”陌承光向方亭正面步去，“不知在下放出风声，趁武陵王大胜之际，将我这计谋的前后，往外说透如何？”

“做什么？”胡珀紧跟到他身侧，“大人自己说的，得武陵王回执，此事便翻过，不作数了？言而无信，还得寸进尺？”

“军粮掺假之事，可以翻过。”陌承光并不看他，眼望前方转过假山丘壑的小路,“胡郎君苦心避人耳目，为武陵王千里运送急需的制胜兵器，自然是出于辅佐襄助武陵王之意，别无前因么。”

胡珀薄须颤动，但久经商场的精到让他很快冷静下来，缓气笑说:“军粮之事，上面本来知道，小人何妨实话对上面解释，送东西是遭你胁迫蒙蔽。凭这一趟航船的诡计，大人恐怕捏不住我。”

陌承光偏头:“果然啊，胡郎自己都说，军粮掺假之事上面知道。”

胡珀面色一滞。

“我告此事,并非只有宫门撒粮这一种办法。朝中莫非没有御史？涉及高官贪渎，有人具名上告，御史莫非能不受理？到时拿了郎君下狱去问，恐怕连你的上面，都会要你速死，好把案情结在郎君的身上。”

胡珀一时没能开口，陌承光又说:“至于‘言而无信’，恰就在这间亭下，郎君曾对在下说，吃肉菜一口，便了结当日，可是，凉露姑娘其后仍被你杀害。郎君这样行事，有脸面与人言信？”

胡珀这才回想起，陌承光刚才一直望着的方向，那深处是侍女凉露当日身死的地方。

“你……要为那贱婢报仇？”胡珀匪夷所思，又一时激怒，“那贱婢是我家奴！生杀由我，天经地义的，别扯什么御史……天王老子也管不得！”

陌承光点头：“现世法理如此，但法理之外，更存天理。人死不能复生，在下何德何能为凉露姑娘报仇。”他望回那花木扶疏的小路尽处，“可是，让郎君园中余下数百侍女不再遭受那般毒手，总该一试吧。”

“……你究竟，要干什么？”陌承光的宁神静气，让胡珀完全摸不到他的意图，问话犹疑。

“千里襄助武陵王之事，你的上面已经疑心了你。如果再加上军粮事发，还有我指明你亲口供出上面知情的控告，你不想死在御史狱里，就只能检举减罪，由御史中丞请旨特赦吧。那么即使出得来，也会靠山全无。让你的上面亲手整治你，让你的敛财之路断绝，园池荒芜、家仆星散，就是在下想做的。”

胡珀的焦虑渐渐化为一个冷笑：“只怕大人看不到那时候。”

陌承光当然听出他话中杀机，也笑说：“在下名门士族之子，并非孑然于世。我要是身死，便会有人将我的控告文书递至御史台、甚至御前。以我的性命为担保，事情就更真更大了，郎君你，必死无疑。”

“……大人，”胡珀的口气软掉了，“陌大人，你，是抗虏的英雄啊……前程，是无可限量的，哪犯得上为这点事，跟我这商人小子拼什么性命家门啊？”他想想，连番重诺，“军粮，小人绝不再碰了，那个凉……露，小人厚厚地迁葬她，重金抚慰她家里就是了，大人更犯不上为她呀，悬瓠城里，死了多少人？大人的眼光……该放高远，珍惜自身，长久要向北虏报仇才是啊。”

形貌恳切，巧舌如簧，这番大义一出，连陌承光都觉得暂退似乎有理，在可笑中微起折服。但有一问在他心中已久，为了大义、长远，就能视而不见眼前的暗恶吗？

斜贯后背的那道长疤，似乎又疼了起来。

多少将士阵前死伤，甲不蔽体食不果腹，武陵王到现在还在西陲的锋线上……本该用来支持、供应他们的兵部库，却成了后方大员敛财的地方？

兵部潜藏如此巨蠹，谈什么北伐，谈什么胜利？

“悬瓠城之仇，在下必报。”陌承光转身面向胡珀，直视他说，“只一件件，一步步来。外修武备，内须肃国政，郎君不用自谦‘商人小子’，从你这里，便迈出第一步。”

胡珀听见“国政”二字，向后蹭开半步，神色不定。陌承光随他步出，又说：“有了替武陵王运送床弩这一桩事，郎君其实已和在下牢牢绑定，郎君的前程，不如听在下出个主意？疑心一旦产生，无法根除，纵使郎君如何打点，不被上面当成心虚，已经万幸。”

方亭中有日光照进，胡珀颤着眼皮不语。

“你的上面终不可靠，甚至会反噬于你。对郎君而言，最长久安妥的办法，就是让他们倒去。”

胡珀的脸色凝住，慢慢抬眼看住陌承光。

“郎君是商人，算得清往后利弊。兵部的贪渎，在下定要一揭到底，郎君是想列名在控告文书上，被上面拿来挡箭，还是改换门庭，全身而退？”

“……怎么能不列我名？”

胡珀眼中精明重现，陌承光看出他已经动心，跟上说：“便依那日所约的，今后如不再犯，军粮掺假就此翻过。”

胡珀不敢全信，眼神犹疑。陌承光更近他说：“军粮，本不是兵部贪渎的重头，估计只是放给底下一些油水，以开其他方便之门的手段。胡郎也好，我库中的小官小吏也好，为非作恶，源自附庸权势。法理之内既然允许揭发减罪，在下只求大贪一倒，重头刹住，上方人事改变后，积弊从此革清，细处可以不问。”

他看进胡珀眼里：“郎君如果合作，助我倒掉你的靠山，从此收束残虐行径，成一清净商人，在下以家声起誓，绝不提你半字，让你全身而退。”

这句，胡珀信了。

早就该知道，自己远不是此人的最终目标，现在后悔替人当枪惹到了他也是没意义，他这步步成算里，根本没给自己留下多少选择的余地。

此人要惹的事，本来天一样大。

扶住陌承光的手臂，胡珀引他在亭心的锦垫上对面坐下，凑近低说：“兵部的种种揭了出去，小人未必脱得了干系……”

这已经是共同商量的语气了。陌承光静了一刻，听着亭中流过的潺潺曲水，再次理过思路：“这就要看郎君努力了。贪渎的重头，手段隐秘，想必你的上面不会让你参与其内，只要抓住这重头一击而中，无论上面如何塌下，都砸不到胡郎你。”

“……大人说的，‘重头’，到底是什么？”

陌承光敛息，吐出一字：“铜。”

“铜？”胡珀不解，紧张问，“怎么，兵部库里的军用铜料也有掺假？”

这神色中没有掩饰，看来他果真不知库铜之事。

陌承光只说：“有待查证。需要郎君做的，是凭借你家的通商网络，获知事主如何销赃。”

升高的太阳将园中薄积的雨水蒸起，胡珀白腻的圆脸上细汗泛光。他两手互握在膝头，好一刻说：“铜这东西，粮食比不了，它本身就等于是钱啊。”他终于明白了陌承光为何称这叫“重头”，话越来越忐忑，“如今市面上的铜钱不够用，听说连朝廷铸钱的铜，都不充裕，新铸的那‘鹅眼钱’，我们商家都不肯用，手就能捏碎啊。大人一个‘铜’字说得轻，后面到底是多大的规模，千万告诉小人实话。”

陌承光没有顺话接：“郎君最好不知，数额巨大，经眼便可杀人。”

胡珀张着眼睛，近午的蝉声一阵高过一阵。

“铜料囤放着，并不等于是钱。”陌承光将话拉回主线，“犯下如此大贪，必然为了求财，那么事主就需要或者自己把铜料盗铸成钱，或者折价卖掉，换成真钱。请郎君留心调查，京里京外，是否有哪里涌出铜质优良的盗铸钱币，或者哪里有来路不明的大宗铜料出手。”

胡珀仍不说话，神情紧绷地捏着手。

陌承光静等他，直到他开口说：“京里，万不会有盗铸的事，朝廷三番四次下达‘私自铸钱者立斩’的旨意，丹阳尹府查盗铸，狠到见即流血呀，各处关防，连一个铜星儿都看得极严。真像大人所说，这大笔的铜，必须流出建康处理。”

“在下也是这样推测。这些库铜，可能会在政令松弛的地方用来盗铸，然后换为财货流转回建康，此处正需要郎君着力。”

他伸手按在胡珀膝前垫上：“你家的种种产业枝蔓全境，铜钱流动上，没有几人会比郎君消息灵通。从铜料流出兵部库起，京城范围我来取证，郎君只要提供各处的消息，前后联结，这样线条完整，才能避免报案之后不能彻查到底，致使大鱼脱漏。”

像被陌承光的长句触动到了什么神经，胡珀窝下肩膀后坐，无奈样一笑。“‘大鱼’。”他笑问，“这条‘大鱼’，究竟多大，大人想过吗？”

陌承光也坐稳回垫上，点头。

“你总说着上面、高官，这经眼就能杀人的事，大人想过‘高官’的上面，还可能有谁吗？”

按照宫中在兵部的势力派属，并不难猜。

看陌承光没有分毫动摇，胡珀真正冒出一个笑：“大人不怕死，自然也不会听我的劝告。此事我胡珀就应下，一定为大人全力以赴。”他探身向陌承光，眼中精光更盛，“助大人打到了上面的痛处，小人能想见的结果，最多大人伤敌一千，自损一千一。”他的语气如释重负，“上面反手一击，大人你凶多吉少，小人我尽到了力，没了你再绑着，也才安妥。”

穆骏在山坡上最后看了一眼自己驻扎了几个月的营场，他麾下的将士正在拆除最后几顶大帐，本地的兵丁配合着将辎重装车，还有不少蛮人在整理场地和清出道路，把带不走的拒马、薪柴分堆叠放。

熬到最后，胜利的是自己，穆骏心中畅快。

战前他万没想过，因为活捉了马玛度的威名传开，会有这么多不喜耕作的蛮族一批一批前来投效。穆骏只拣精壮的留下，手下的队伍也快速从原本的四千不足扩充至八千有余。

这些骁勇的蛮人如果善加训练，会是日后的大本钱。穆骏惦记着先让手下将他们整队带回自己的封国武陵，以部曲的身份安顿下来，开支就从自己的国俸里勒紧裤腰带出，先不动官家军饷。

想到这里，他不觉看了一眼身边牵马的柳遥之。

回京后他会怎么说？

“劳烦殿下了，就送到这儿吧。”柳遥之与他对上视线，谦恭说。

穆骏点点头，似笑似叹：“朝廷来的调令，留你也留不住，我送得再远，你一样得走，不费这个劲了。”

柳遥之也笑，穆骏又说：“那你就赶快去吧，一路顺利。愿朝廷北伐时，你能旗开得胜，更愿你，为朝廷建功立业，自己来日高升！”

柳遥之垂了下眼睑，又抬起眼来与穆骏对视，正色沉声：“殿下，能随殿下经年转战，连战连捷，是遥之一生幸事。无论来日如何，殿下的知遇之恩，遥之没齿不忘。”

穆骏摆摆手，笑得更开：“这么说话就不像你了，咱们合手作战，多少次，没有你我也赢不了，这没有什么恩不恩的。”他觉得自己硬要笑可能也有些假，还是叹了口气，“你在哪里……都是为朝廷效力，我就祝你，祝你日后合手的人，都像我这么本事，不拖你这名将的后腿。”

他说出这一句，自己先哈哈笑了：“对，就祝这个，实在。”

柳遥之垂着眼睛笑，点点头，没再多说什么，单膝跪地，抱拳对穆骏最后行了一个向主帅的军礼。

看着他上马而去，穆骏听见云坪县守将齐同秀对着驰去的白马喊：“柳大人走好啊，下官盼着有朝一日能和大人再相见！”

穆骏也生出些感慨来。

“你也是有本事的人。”他向齐同秀轻说，“好好干，那一天不难，孤王……”

话断了一下。笑了笑之后，穆骏改口说：“等孤王，找着机会，也往上举荐你。”

为人作嫁，挺难受的。

拔营正在八月末，暑热丝毫未退。收编的蛮族部曲由东路带走，穆骏的亲兵则向南行，借献俘之机，他终于可以浮江回京一次。

从巴州向长江的大港而去，水路与陆路皆可。穆骏与幕佐们商讨的结果，陆路虽然慢，但方便部队沿路征粮，并且能避免船舱中的闷热拥挤，防止目下军中疾疫的苗头加重。

三千余人的队伍沿陆路缓归，起先翻越几座山，人马走得疲累。进入萨郎高地后，地势豁然开朗，此处一改巴州的湿热，空气净透凉爽，微云的晴空是鲜嫩的蓝，碧草连天，草甸沿着丘陵和谷地起伏。难得一见的美景之中，将士们重新拾起了对于回京之后的盼望，全军洋溢着胜利的喜气，连马匹也变得活泼，不时停下脚啃食最细软的青草，队伍越拉越长。

引路的本地向导神色却越来越严峻。

新补上的亲兵旅帅薛见龙是松州人，对草甸熟悉，他驰过来对穆骏说：“殿下，这种草甸子看着好走，其实凶险得很，要是赶上了底下有积的雨水，会陷人陷马。属下看，应该重新整队，轻装探路的在前面慢慢走，辎重押在中间，骑兵跟着辎重，万一车陷住了，可以用马往外拖。”

“你说得好，就这么办。”穆骏回头看了看身后的队伍，“还有那个马玛度的囚车，一定看住了，要是死了他，咱们白忙一场了。”

薛见龙领命而去，队伍重编后，再度谨慎前行。由于每一场雨后草甸的情况变幻莫测，连本地向导也不敢乱走，斥候们出动的范围也收缩了，都在队伍行进的两侧高丘上警戒。

第一日平顺过去，第二日傍晚前，他们抵达一条拦路小河。

此地的河道同样容易随着雨水更改，穆骏让人去探了河的深浅，先锋小队很快顺利过去，看得出水流不急，也不太深，水对人刚到大腿的位置，对马没不到马腹。先锋向这边打来安全的手势，穆骏策马来至河边，却再三拿不定渡河的主意。

丘陵中的河道他清楚，一阵急雨后，水流可能瞬间化为洪峰，而此刻西边天角是泛阴的。

到这种时候，他就愈发怨起自己没了梁芒，少了柳遥之，连个能分担决策的都没有。

穆骏恨恨望向马玛度的囚车，那贼首一身的鞭伤浸过粪溺，全化脓溃烂，有些地方甚至生出蛆虫，但军医给他冲净了，上过两回药，他居然就这样时烧时退、时昏时醒地一直活着。

穆骏又看自己马前的褡裢，那里装着梁芒的骨灰坛。

谨慎为上。

他向薛见龙吩咐：“今日扎营，周围挖好拒马沟，等天彻底大晴了，再渡河。”

秦淮河水摇荡船影，桨声欸乃。

陌承光在朱雀桥头等到天都擦黑了，琅琊王氏守在巷口的迎门家丁仍没有回话返来。看来初回京时那场“恃功放浪”的弹劾，败坏了自己在世族中的名誉，帖子果然递不进去。

胡珀的网路已经有确切的消息发回，案情串起了脉络，与之前的猜测无差。但京中的进展陌承光自己不能满意，兵部库所用的各处军工作坊他都查访过，得到的结果也只是旁证，进展卡在了向城门关防的核对。现在的建康城门尹，恰恰是原悬瓠城太守唐墨，因为弃城的旧怨，非但他本人无法得见，从他的手下口中陌承光也问不到一个字。

职位所限，陌承光只能整理已知的线索，考虑正式上告，去凭借御史的权能。

……还是得向御史台行文书吗？

可是公文流转之间，案件泄露、致使证据灭失是一个担忧，即便能按规程进行，这样的大案普通御史未必敢接，调查可能会被无限期搁置拖延。但陌承光清楚，此案绝拖不得，胡珀目前是合作的态度，然而时间太长，一旦他心意改变，不是没有把情况卖给主谋去换回信任的可能，查案的主动权就会丧失。

思来想去，陌承光还是觉得，把案件一步递到直管的高阶御史手中最为可行。

河上船家渐次点灯，灯火暖眼，陌承光心里有声音说，有一个人你可以放心去找，他两朝三代为官，没有人能不接他的帖子。可陌承光又抵抗着这个声音，不愿意承认已经走出了这么远，到了关键时候，还是得寻求这个人的帮助。

终于在次日，他在纠结中叩开自家的大门。

老门房应门出来，看见陌承光，第一个神情是疑惑，接着满脸的褶子都笑开，惊喜地把门开着留给他，高声快步向内院去报信。

宅子中还是没有几个下人，陌承光在二门站了许久，直到老门房返来唤他进去。经过套院，他看见三哥陌承嗣在廊下等着，迎着他喜悦地笑起，看是想开口，却没说出什么。

按家里的规矩，陌承光必须先去正堂拜见，他来不及和三哥说话，先向三哥深深行了个礼，抬头看到哥哥的神色中泛起些酸楚。

“等着你呢。”陌承嗣说。

陌承光点点头，随着老门房低头进了正堂。堂内阴凉，座上的人一语不发，陌承光按久归子侄的礼数行了大礼，之后伏在地上不动。片刻那人说：“要老夫去搀你么？”

陌承光起身，唤道：“父亲。”

陌淳偏了下头：“坐。”陌承光便在下首坐下。

他始终没敢看父亲的眼睛。回京快五个月，这是他第一次踏进家门。

“有事？”

陌承光点头。

“老夫就知道，没事你也不会回来。”

室中飘着淡淡的酒气，现在还是白天，但父亲又喝酒了。

“你们现在住哪？”

“租了个院子，客栈的。”

陌承光看到父亲拧起眉。

从前父亲更年轻的时候，做太学教习，陌承光做学生，那时他经常被同窗说严肃起来的表情和父亲一模一样。

而如今父亲眉毛花白了，头发几近全白，背还直直地挺着，松弛的皮肤下脖子却有些前探。那张脸陌承光不能细看，一种陌生的痛楚袭来，原来在自己不在的时间里，他又老了这么多。

“你们不住回来就罢了，没出阁的姑娘能长住客栈吗？”

陌承光想了想说：“地方僻静，杂人不多，我们是独院。”

“客栈开在僻静的地方，能是什么正经生意？”陌淳的神情严厉，“你野在外面就罢了，你姐姐跟着你，你要考虑周全，不行就让她回来！”

这是对姐姐的关心，陌承光跟自己说，父亲不是一直如此么。

“钱我们够，有更合适的地方就搬。”

听了这回答，陌淳毫不满意，眉头动也不动，又问：“玄武湖上赛船，闻音去了？”

一个多月前的事了，陌承光想了一下，说：“……中官来下帖子请的。”

“以后这种事称病就是，少让她抛头露面。”

方才的歉疚感渐渐被消磨掉，陌承光发现横在他们之间的问题，不是经过三年的分离就能自动消除的。

“姐姐也不是爱张扬的性情，我们家世又是这样，她去无非是见见人，显不到她什么。”

“不爱张扬？”陌淳撇了下嘴角，“你知不知道，她在七夕的庆典上，衣衫不整替人摇船掌舵，还旁若无人与谯城王调笑，这种场合，大出这种风头？这是不爱张扬？”

陌承光不自知地咬牙，他知道姐姐与七皇子穆鸾说的什么，他也知道姐姐绝不是父亲口中的样子，一时没忍住，冲口说：“姐姐自己的嘴，与谁说话要别人先答应吗？别人的嘴，把姐姐说成什么样子，父亲都信吗？”

“你只会依着她，没有好处！”陌淳带着醉意的脸血色上涌，声音一下拔高，“你姐姐必定不告诉你，七夕饮宴，郑贵妃叫她到座前说话，将她上阵杀过人，将你们母亲的事，三言两语之间，全都公之于众了！”

陌承光整个呆住，想都不用想，姐姐当时的心境刹那划过他的心。他攥紧双拳站起，睁大眼睛看着父亲，本能地想向父亲走近，脚步却没有动。他不知道自己想寻求的，是父亲的解释，还是父亲的安慰。

“老夫是怎么知道的？”陌淳笑了一声，“老夫自然有老夫的途径，你该想想，老夫都能知道，还有什么人能不知道。”

“郑贵妃，为什么……”

“你自己惹出来的事，你不清楚？”

血中有碎冰碴似的尖刺着作痛，但头脑也因此冷静了下来。陌承光慢慢重新坐下。郑贵妃在那样的场合不顾身份为难姐姐，只可能是为了对她最重要的东西。

是因为……武陵王？

“想明白了？”仿佛还是当年在太学讲堂上，老师问学生的语气。

“姐姐和武陵王，并不是外面想的那样。”

陌淳笑了笑，似乎觉得陌承光的话是咄咄怪事。“没人需要知道实情，世人需要的，只是热闹。”

陌承光常常会分不清父亲是否醉了，因为他喝醉的时候总是更清醒。

“老夫当年就告诫你，不要依着闻音冒充你去太学听课，不要让她去见那些贵公子，你有一次听过？牵涉男女之事，谣言便生羽翼，如今外面都在传，武陵王抗命出兵去救悬瓠城，还派出柳遥之这样的人物亲自进城守卫，为的就是城中那个红颜知己！”

“武陵王为的是，悬瓠军民，是……”

陌承光说不下去了……他明白父亲是对的。实情是怎样没人需要知道，家国天下算什么，英雄救美，多好看的热闹。

“你长年在外面，你不识得轻重。”陌淳摇了摇头，不自觉地低下声音，“宫中储位之争，你知道已经到了何等地步？年初北虏兵临长江北岸时，你记得吧，陛下命太子殿下出建康西门，驻守石头城。战时，应当由太子监国，太子留守都城是自古以来的铁律，陛下的这个命令，到底是对太子殿下的试练，还是昭告天下，太子之位不稳了？”

陌承光的太阳穴发紧，有些跟不上父亲的话。他从惨烈的战场归来，在京里这几个月全在整顿军需、翻查舞弊，他的的确确没有想过太子之位的争夺已经彻底摆到了台前。

“东宫宿卫已经几番裁撤，理由不一，留下的总归都是老弱。你调回京城这大凶险地，这些事情就算没有经眼，也要留心啊。”

陌承光恍然想起在彭城时，穆骏问过自己的话。

“真到了不得不选的时候，你是不是选我？”

他那时满心想着不要卷入皇家的争斗，下位天子是谁该由陛下决定，自己恪守职臣的本分，一心为国就是。

可是在外人眼里，自己也好，甚至姐姐也好，本来就是……争斗的筹码。

“所以郑贵妃是想从姐姐身上，败坏武陵王的风评？”

陌淳深深叹了口气:“你还不是太糊涂。你要……”他停顿了一下，重重说，“你要一直放在心里，如果太子殿下真的失位，下一个，会是谁。”

陌承光空茫地想，陛下最宠爱七皇子穆鸢，但七殿下虽然母系门第崇高，年龄排行却小，本朝还没有过幼子为君的先例。郑贵妃所生的二皇子穆鲲，依排行和母亲在宫中位次，应该是顺理成章，可郑贵妃既然对武陵王动手，就说明……

在这最能接近皇帝的女人眼中，穆骏，可以一争？

陌承光抬眼，看进父亲的眼睛，父亲也正在深深看着他。

然而很快地，陌淳转开眼：“你的亲姐姐，如今被传成一个冒充男人冲锋陷阵、杀人不眨眼的悍女，小小年纪时就知道混入太学与皇子暗通款曲，还有一个疯子母亲……”

陌承光一点一点垂下头，牙咬得发酸，说不出话来。

“其中哪一件，都不是能嫁入皇家的女子可以有的。武陵王为了这样的女人抗命出兵，还陷麾下大将于孤城绝境，其有失体统之处，其不成大器之处，就是郑贵妃想让天下看到的热闹！”

说不清是痛还是怒，呼吸时胸口难受，但陌承光知道自己动摇了。把姐姐带去悬瓠城是错的，或许第一步，将姐姐带出家门就是错的，自己不仅护不住姐姐，甚至让她成了被人用来攻击武陵王的兵刃。

长久的沉默中，踢踏的一串脚步跑进堂内，陌承光回了回神，看见有个孩子正站在面前好奇地看着自己，听见父亲叫："毕儿，过来。"

孩子跑向主座，被父亲搂在怀里，大大的眼睛仍然看过来。

快五岁了吧。

"这是你哥哥。"陌淳对孩子说。

陌承光心头一酸。

他不知道该怎么称呼这个孩子，他从来没有叫过他。在母亲最后病重的那些日里，父亲突然带回这个孩子，当时还包在襁褓中。家人疑是外室子，父亲也不解释，母亲那时已经病得分不出有没有清醒的时候，也大哭大闹过。后来母亲，被邬家父子从井里打捞出来。

有人说是下雨滑跌进去的，有人说是那天她糊涂得特别厉害，自己跳进去的，也有人说她那天是清楚的，是负气。

姐姐从来不说，对那一天的详细，她永远沉默。

但陌承光后来看见她看着那井沿的眼神，就几乎都知道了。

孩子是可爱的孩子，没有开口叫他，却小小行了个礼。

"我们还要说话，你先出去玩，还要一会儿才吃饭。"陌淳低头对着孩子说，语气温和。

陌承光忽然不想再在这里坐下去了。

孩子听话地跑出堂外，陌淳看着孩子的背影，对陌承光说："今天的话，你不用对闻音藏着，你们母亲的情况，让老夫多少年不好管教她，她是被惯得不知收敛。"

陌承光动了动身子，想找个起身的借口，听父亲又说："你们都要记得，天家事，无底深渊。老夫也不必与你卖什么资历、见闻，你自会读书，你在史书上读过的改换天子的每一个字，无一不是蘸血书成。"

陌承光仍是沉默着，他的怨怼敌不过血写的真实。

陌淳慢下语速，几乎一字一顿："不知你今日来见老夫，所为何事。但老夫对你的话，从此只有一句，'大隐于朝'。此地不是边塞，此时，更绝非寻常。想想你舅父，想想你外祖家的事，想想你二哥还在岭南，教训还不够多吗？你要圆融警醒，遇事知退，方能立身长久！"

是，父亲当年岂不是疏直狂傲，在太学讲堂上褒贬政令言无避忌，后来岳丈家"叛国"，儿子"谋反"，自己太学博士贬去，太子少傅贬去，远赴越地经年为太守，回京又在文学闲职上迁延不能进。有了这些资历、见闻，他才学会逃到诗酒之中，成了眼前圆融警醒的人物。

自己呢？像他一样，逃？逃到哪里去？

“父亲今日的话，我会对姐姐说。我们如今住在外面，姐姐的事我会承担，绝不将是非招惹到父亲身上。”

“有些事你承担不了！”看他还不改口，陌淳手砸榻沿，高声说，“闻音如今泥足深陷，你就算不为家门考虑，也要为她考虑。”他说着动气，急喘了几下，“父母之命，拘不住她，你身为同胞弟弟，就该为她尽早，觅一门亲事。门第高低不用问，最好是低于我家，如此才能保她从这些是非中脱身，也算，算你弥补了这些年误她的过错！”

原来，这个人心中最好的办法，就是将姐姐草草嫁掉，如此所有人都能从是非中脱身。

陌承光从座位上站起：“我的过错，我会改过。姐姐的事，她自己能做主，不需父亲费心。”

陌淳还要说什么，陌承光一礼施毕，转身快步走出堂外。他三哥陌承嗣一直等在门边，这时一把拉住他说：“承光，父亲也是为闻音好啊，他很惦记你们，你好不容易回来一趟，有话慢慢说，别跟父亲怄气了。”

说不来的，父亲续娶了罪臣家女就是错，母亲得病是错，这样的母亲生了他姐弟二人更是错。自己不懂圆融是错，不知退让是错，姐姐求学是错，说话是错，见人是错，开心是错，姐姐的那颗自己从来不想伤害的心根本就是错。

陌承光舒了舒气，说：“三哥，我们住在外面很好，在文昌街的张家客栈，三哥和嫂嫂愿意去时，来看看我们吧。”

陌承嗣的母亲是陌淳发妻病逝后由侧室扶正的，陌淳没有给她请过封，因此陌承光这位兄长没有出仕的资格。陌承光一直觉得，父亲有意将三哥拘在身边，是要留个儿子照顾他和操持家业，在他们兄弟中，三哥是为陌家付出最多的，也是陌承光在这个家中最后一些留恋了。

陌承嗣满面愁色，拉着弟弟，却没再劝下去，只说：“你嫂子做好麦饭了，还去外面买了好羊肉，吃了你再走。”

“姐姐等我吃饭呢，”陌承光说，“我不回去她得饿着。”

陌承嗣垂下眼，扭头偷偷蹭了下眼角，陌承光讶异地发觉，三哥鬓上竟也已经生出白发了。

“让你嫂子把羊肉包上，带回去给闻音吃。”

陌承嗣拉着弟弟的胳膊，将他带到厨房。陌承光一路眼睛扫向经过的房间和庭院，那里是自己住过的卧房，那是和哥哥们一起读书的小厅，在那边的小假山上姐姐磕破过额角，那间大屋做过三哥和三嫂的新房。

那口井，是母亲跳下去的地方。

第五章 / 金山错

“结果，那天你瞒着我偷偷跑回家，说的就是这些事？”

陌承光点点头，父亲关于姐姐的话他其实已经藏掉了一些，可还是能让嘴里的芽菜变得没滋味。

“你去看三哥和嫂子不该瞒着我呀，他们好吗？”陌闻音像是完全不在乎父亲说了什么，只是问。

“嫂子，怀上孩子了。”陌承光抬头说。

“真的？”陌闻音一下坐直，惊喜，“他们盼了好几年了，你怎么不早说呀！”

陌承光有些过意不去，手上比画着：“肚子有，这么大了。”

“哎呀我还说什么时候我才能升一辈啊。”陌闻音笑说，“我终于能当姑姑了。”

姐姐平时话里，时常会流露出这种她自己不想出阁的态度，陌承光觉得话在嘴边又塞住了。他们是一胎双胞，叫着姐姐姐姐，这么多年，其实姐姐比自己只大了不到半刻。二十四岁的年纪，对于男子而言议婚还算不迟，对于她女子而言，按现今风俗，已经很晚了。

这么多年，自己一直心安理得受着姐姐的照顾，为姐姐考虑得真的太少了。

“你回去吧。”

“我买好东西，你给我捎回去吧。”陌闻音咬了下嘴唇，“对不住哥嫂了，但我真的，看不了那井。”

“……我是说，你搬回家吧。”

陌闻音疑惑停住，看他。

“眼前这个案子，太大，可能……通天。揭出去之后会怎么样，我现在难以预料，你回去，万一有什么风浪，家里能帮你挡。”

“怎么，有什么风浪，你一身承当？”陌闻音蓦地冷笑，“你知道我怎么看待你的，没了你，我就是个半身罢了，你呢？你怎么看待我？我就是你这么大个包袱，自己扛不住的时候，就把我往回扔吗？”

“不是……姐姐，我自己怎么样都敢，但我不能不顾你。”

“又要你顾我什么？我回去那个家，我好能好到哪？外面已经传我是那个样子了，我坏能坏到哪里？说我是杀人不眨眼的女魔头，我就是了，杀人不过头点地，我是没见过吗？我也是死里爬来的，怕的什么！”

陌承光的记忆里姐姐从没这样激烈地发过火，他愣愣看她因为怒火而闪亮的眼睛，忽地想起在悬瓠城上将去偷营的那一夜，这双眼睛中闪亮却不坠的泪，心就这么一点一点沉淀下去。

陌闻音也想到了同一个时刻，眸中闪闪，看着他慢慢说：“我的弟弟，是力抗北虏的大英雄，悬瓠城上死都不怕，别人说了你姐姐两句，就把你吓住了？”

“好。”陌承光说，“咱们不分开，这案子，我也要揭到底。”

“这才是。”陌闻音笑了，“只要你敢，我什么都不怕。”

陌承光点头，也笑了，想想说：“御史的事，我再想其他办法。柳遥之将军就要回京了，他交游很广，不然先去找他。”

陌闻音静了一瞬。

三殿下，也该回来了吧。

她把这个念头推出脑子：“回来也得好多天吧，你想找的，究竟是哪位御史？”

“琅琊王氏，有位嫡室子王攸纪是殿中侍御史，监察京畿不法在他的职分之内。”陌承光说出自己的判断，“御史之中他最清贵，以王家的身份地位，总能管些别人不敢管的案子。”

“王家？”陌闻音拍掌一笑，“好办呀，我认识他家小姐呀。”

陌承光一下想起七夕日，姐姐是坐王家小姐的马车回来。从女眷的通路走，他此前真没想到。

“王符小姐也是嫡室女，跟王御史的关系不会太远，最多是正房的两支。她还说要来看我呢，我可以去看她呀，正好感谢她送我。你陪我去，附上一张帖子，不就可以进门拜访她这位叔叔还是哥哥了吗？”

礼数上完全合适，陌承光欣喜。主意拿定，他二人马上开始筹备礼品、写拜帖，很快定下了行程。

琅琊王氏的正宅所在，天下皆知，陌闻音乘坐肩舆沿着秦淮河岸行进，身边白墙灰瓦的房舍连绵，陌承光乘马在其后慢慢跟随。过朱雀桥时，陌闻音请肩夫在桥上暂停一下，凝神看对面桥头处的重檐楼阙，那楼上两只铜雀轻盈高举，仿佛振翅欲飞。

她回头，跟陌承光说：“小时候来太学这边玩，没再往前去过了，总觉得那边巷子里都是穿黑衣服的大贵人，怪吓人的。”

陌承光笑了，点点头。

一进乌衣巷，气氛还是不同，河对岸熙熙攘攘的人声似乎被屏在了外面，巷中自有一分清凉幽静。肩夫自然而然放轻了脚步，陌承光也是第一次行到这样深处，不禁也有些许屏气敛息起来。

王家的正门乌漆垂环，此时开了一半，两个侍女在门前等候。见他二人过来，其中一个迎下台阶向陌闻音一礼：“陌小姐请随婢子这边来。”

陌闻音看看陌承光，给他个鼓劲的眼神，便请肩夫随那侍女向巷子深处行去了。

陌承光下马，向另一个侍女递去拜礼和名刺。

“公子在等着郎君。”侍女接过东西并不看，引陌承光进门。临河而建的宅子曲折幽深，陌承光依礼数低头快步，渐渐发现这是去向后园。

他心中泛起一丝担忧，怕主人是有意用风雅搪塞。

果然是雅集，好在客人并不多。这后园不大，寻常人家两三进院子的规模，但叠石异常精巧，树木葱茏，楼阁点缀其间，反而隐为次要。东墙外水声不绝，应该就是秦淮河，池水自河中引来，水面平岸，水光碧绿丰沛，微波粼粼而西。池中没有植荷花，只有浮萍几处，岸边菖蒲正开。

东侧的叠石假山几乎占去半个园子，一带青瓦长廊沿山势曳下，止在南边池脚。宾客的坐席安置在廊中，因那长廊在山石中蜿蜒，并不是每个位置都适合坐人，散布的席位上，客人们的衣冠在透空的石缝间隐现，如异域仙翁难以一窥全貌，自成佳景。

水岸有琴声，主人在临水的轩中抚弦。

陌承光上前见礼，主人王攸纪略一欠身还来，琴声未歇。陌承光便依下官礼数，正坐在一侧听琴静候。

王攸纪较陌承光年长，三十刚过，身材修短适中，一张微方白皙的端正面庞。

墙外长河，墙内池水，轩开三面，凉风习习。王攸纪今日穿便袍见客，陌承光是正装，与这园子有些格格不入。他二人在朝上见过，但陌承光不是常参官，彼此只是见面行礼的交道。快半个时辰过去，王攸纪一直没有要谈话的表示，陌承光留神看他抚琴的指法，内里却不断提醒自己耐性，心思要往公务上飘开去了。

忽听王攸纪问：“陌贤弟善琴？”

他这样称呼，陌承光感到些能交接的希望，躬身答：“曲不成调。”

“爱诗？”

陌承光想想，说：“未得家父之才，文辞无味。”

王攸纪笑了笑，似乎对他的回答满意，又问：“能书？”

“能。”

这一个字，让王攸纪露出意外的神情。在王右军本家嫡传面前自陈“能书”，这样的人他没见过几个。

王攸纪于是勾弦收尾，起身请陌承光一同到旁边长案前。

见主人要展示书法，廊下的宾客都聚入轩中。仆从将一面生宣铺好，把笔架移至纸边，砚盖打开。王攸纪揭过案首一张诗帖，对陌承光道：“方才园中联诗，尚未抄写，正好借贤弟妙手，书录今日雅题。”

陌承光没有推辞，接过诗帖摆正，取一支中锋羊毫着墨，提笔对王攸纪说：“王兄为右军真传，在下岂敢班门弄斧。不违兄命，便为今日嘉会献一幅山水，画成之后，恳请王兄题字。”

他说着落笔，纸上顷时朔气峥嵘。墨迹汇为山岳，飞白留为云峰，山间现出危石嵯峨，云下铺排薄霜萧瑟，是一派肃杀的北地冬景。

陌承光又换排笔，调淡墨，在山下扫出戈壁沙尘，最后取小狼毫，在两峰相夹处，用墨线勾出一座小小关塞。

在宾客们或惊叹或讶异的目光中，陌承光搁回画笔，取过一支中楷双手敬向王攸纪：“请王兄赐字。”

轩中安静。画为小技，陌承光献画，又请求王攸纪题字，是极谦恭的姿态。但他的画中蕴意宏远，在园林的安逸闲适之下如一记醒雷，又让人无从轻视。

王攸纪的神情终于认真起来，他接过陌承光手中的笔，重新掂量了今日这位新客人。

“好画、好景。”主人垂眼看着案上的山河图样，“仓促为诗就不合适了，待在下细细想来，书成装裱之后，再请列位共赏。”

陌承光暗自松了口气，想不到靠一点幼功和这几年学营造绘图的本事真混过去了。有了这一番“合作”，从此朝上朝下与王攸纪见面说话就容易得多，哪怕今日不能成事，下次必须谈到点上。

宾客们极口称赞，仆从小心将画作取走收好，又有新纸铺开，王攸纪于案前执笔，亲自抄写今日联句的诗文。宾客们的情绪高涨起来，王攸纪每写下一句，就是一片品评吟哦，诗成王氏手书的那位总要连连道谢，说自此词句可得流传了，也都要拿出或金或玉的小件作为润笔放下，案角已积了璀璨的一堆。

陌承光有些庆幸方才自己避了作诗，他现下身上绝没有适合放在那个金玉堆里的物件。

诗正抄到一半，有个家丁匆匆跑到轩外阶下，仰头说：“主人……黄公子到了。”

王攸纪猝然一惊，立刻离开案边，分开众人快步向园外迎去，一边吩咐：“怎么早没消息？快让闲人先散了。”

太湖石遮住的园门外传来位少年的声音：“哎，让陌承光别走啊。”

听到自己的名字，陌承光回头去看，见一个布衣书生打扮的十八九岁少年从太湖石后面转出，步子飞快。身边的宾客们已被家丁请的请催的催大部分清了出去，剩下的几个都开始行大礼，陌承光一瞬反应过来这位“黄公子”，原来是七皇子穆鸾，也深深一礼下去。

王小姐的闺房，简直像书房，陌闻音边打量着边想。

正堂是一个大通间，两厢都没有垂帘，雕花门框后面透出满架的书卷。

侍女上茶，茶味淡，却很香。

“我要去找你，我家里不让。”王符看了下旁边陪侍她的年轻保母，保母为她作证那般点点头。

陌闻音想起父亲跟弟弟说的话，想是不是自己那些传闻的缘故，那今天过来岂不会让王小姐为难。王符看见她的神情，很快说：“你来我很高兴，我按礼数去回拜你，家里也不能再说什么。”

“本来就该我先来拜见小姐，是闻音不知礼数了。”

王符摇摇头，一会儿没说话。陌闻音喝着茶望她那一架架的书，听王符问：“你也看书吗？”

“从前家里多，后来跟着我弟弟到处跑，书太重带不了。”

“你去过好多的地方？”

“也不算多，就是从悬瓠城，到周边的县、镇，还去过彭城，再有就是路过了。”

王符淡淡说：“我连建康都没出过。”

陌闻音想了想：“读万卷书，行万里路，是一样的。”

王符摇头：“不一样，可又怎么样呢。”她也看了看自己的藏书，跟陌闻音说，“姐姐有想看的，只管拿去看吧。”

陌闻音笑了，谢过她：“真有需要时，我不跟小姐客气。”她说着又笑，“我家倒是有个活书库，我弟弟看书看图，过目不忘的，问他什么，他都能整段整段背出来，比翻书还快。”

王符起了兴趣，眨眨眼说：“我家倒没这样的人，我那哥哥……”

她的话打住了。

屋中又静了一会儿，陌闻音发觉王小姐的心思似不在说话上，她的眼睛总向房门外面看。

“小姐在等人？”

王符回神，垂下眼睛摇摇头。

陌闻音想着再聊点什么，听见她说：“姐姐坐着闷吧，我家园子不错，咱们转转。”

王家宅邸很大，以高墙和楼台分界出的院子层层嵌套，转过小门总能别有天地，像精心构设的盆景。可陌闻音行过几圈后就发现，转来转去，她们一直在宅子的一角。

隔墙有乐声传来，还有隐隐的人声。

她好奇向墙那边望，回头发现王符虽然没有像她这样直看，可视线飘向那墙头时，表情总是淡的脸上流露出一些向往又落寞的神情来。

“那边是有聚会？”陌闻音问她。

“嗯，是花园，你弟弟应该就在。”

“也有王小姐想见的人在吗？”

王符怔了一下，没答话，转身想走开，但陌闻音看到她雪白的耳后渐渐透粉，直红到耳垂。

陌闻音又往那面墙望了望，跟上去在王符身侧轻声说：“咱们爬上去看看吧？”

王符转头看她，神情极惊讶，又去看那墙。

“从那儿。”陌闻音一指，那边有座叠石假山的余脉穿墙而过，陡陡地在两面墙的夹角处收尾，给这处小院也添上些山野趣味，“你看，从石头间爬上去，站在那顶上，肯定能看见那边园子里。”

王符没说话，陌闻音以为她是不肯，觉得自己是唐突了。这时那边墙后又一阵大热闹传来，像有人招呼众人行走，陌闻音不觉回头去望，王符在她身后轻说：“我得把她们几个支开。”

陌闻音回过头时，王符已经向她的保母和侍女们走去，扬起声音命令说：“有一部叫《琳琅集》的书，陌小姐想看。就在后屋的大架子上，你们去赶紧搬出来在院子里晾晾，等我们回去。”

侍女们匆忙起步，那位保母却站着不动，王符催她：“莲姑？”

“小姐去吧，我看着人。”莲姑说，“小姐要是掉下来了，我还得叫人去。”

王符扭回头，皱起鼻子冲陌闻音一笑。

这是陌闻音第一次在她脸上看到这样年纪的女孩该有的笑容。

陌闻音心里高兴，跑过去拉上王符往那假山脚下去，王符边走边问：“我没爬过山，怎么爬？”

“放心，我家的假山我闭着眼睛也爬得上去，这个还没有那么陡呢。不过你的丝鞋……”

王符低头看了看：“不要紧，刮坏了回去换。”

“太软了，容易扎脚呀。”陌闻音想了想说，“你要是不介意，我穿的是皮履，咱们俩换换，大小看着差不多。”

“好。”王符马上脱了鞋，雪白的袜子踏在地上。陌闻音把鞋给她，“你先上，我在后面托着你，我告诉你踩哪儿。你把裙子先系起来吧。”

王符起初有点怕，但很快发现陌闻音托着自己的手平稳有力，告诉自己脚落哪里的声音也很明确，按她所说的果真不难，两三下后将近到顶。陌闻音让她先停在那，自己也攀住石头往上，丝鞋底真是太软，陌闻音的表情龇牙咧嘴，王符低头看着她笑，又因为自己害她这样，有点不好意思。

陌闻音向她比了个“嘘”，自己往旁边踏开一步让过她，两手抓住最高处的岩角往上，脑袋慢慢露出墙头。

“看得见吗？”王符在下方问。

墙的对面也是假山，视野有遮挡，陌闻音转转头，从山石的夹角望穿过去，园内能看见一些。

“你来看，还可以，那边有几个人在说话，好像有我弟弟。”

“我早说想见你了。”谯城王穆鸢没有理会旁人，对陌承光简单答了一礼，拉着他胳膊往轩中走，“他们说你什么场合都不爱去，往府里叫你又不合适，今天听说你来，我才来的。”

陌承光想起谯城王的外祖母是王家女，看来他与王家日常走动，但不频繁。

穆鸢又说：“那天我看见你姐姐了。”他站开一点打量陌承光，“我当时还觉得你俩长得像，现在一看，她是跟你小时候像。”

这话惹起陌承光的回忆，早年他见穆鸢跟着三哥穆骏混到太学来玩时，穆鸢还是个圆滚滚的小包子，如今这位天家宠儿脸庞清隽，身形舒展，长睫毛的眼睛几乎能与自己平视。难得的旧时情景让陌承光的心中增添了愉快，对谯城王开朗的性情不觉生出好感。

“多谢殿下七夕那日关照家姐，姐姐回来也与臣说了很多。”

穆鸢摆摆手：“哪里是我关照她，没有陌女侠陪我说话，那是极闷的一天了。”他在轩内四下看了看，让陌承光同他两人隔一张矮几对面坐下。几上摆有棋枰，穆鸢将残子扫开，抓了一把黑子在空棋盘上围成个方框，边摆边说：“陌女侠那天说她上城上得晚，好多地方她说不细，你把悬瓠城的城防布置跟我说说。比如这就是悬瓠城墙，北虏是怎么个攻法，人手换防你都是怎么安排的？”

陌承光看着那棋子的“城墙”渐渐成形，心思一闪，对上穆鸢凝神的眼睛。

谯城王是坚定的对北主战派，因为年少，朝中很有将他暗比为赵括的风评。可能为了维护自己与爱子的面子，今上虽然给他加了不小的兵权，却从未让他亲临过战场。但陌承光一向认为，如今偏安的大风气下，一个在御前说得上话的皇子爱谈兵法绝不是坏事，尤其今日亲眼所见，他对实战是真肯用心。

园子的主人王攸纪被忽略在一边，陌承光感到他从稍远的地方看过来的目光。

那么何必等到下次？今日，就可往前再探一步。

“殿下的志向，恐怕不在守城？”

穆鸢看着陌承光，一笑。

“不如殿下与臣，仿效墨子与公输班，来一场臣守城、殿下攻城，如何？”

穆鸢眼睛一亮，“好！”他兴致勃勃说，“论守城你是第一了，可别手下留情啊。咱俩的人手，还有装备，怎么规定？”

“假设，城墙周围二十五里，高三丈五,四面开门。”陌承光将黑子挪成悬瓠城那样东西略宽、南北稍窄的形状，用白子点出城门的位置，“城上最多动员四千人，防具是惯常的火油、滚水、投石、箭弩还有悬索。殿下那边，步兵五万，骑兵两万，攻城用具有冲车、云梯、投石机。”

“‘十则围之’，你那边四千人不可能天天同时在城上吧，我围城七万人，条件对我太利了。”穆鸢不太满意陌承光的设定，摇摇头。

“殿下，骑兵贵重，通常北虏不用来攻城。”陌承光含笑说，“何况有高墙相阻，只要准备充分，在内有水源、外有援兵的情况下，攻城战，永远是守方有利。臣倒觉得，五万步兵对殿下未必足用。”他认真看着穆鸢的眼睛，“建议殿下考虑使用一些新式的攻城器械，比如，兵部库中有一种全新的冲楼，比云梯高效。”

穆鸢没听过“冲楼”这个词，十分好奇。陌承光细细对他说明，穆鸢听完笑说:“你那兵部库，我还当就是堆堆放放养着闲人的地方，原来还有这种好东西，居然干扔着？等有工夫了，我得亲去看看，这冲楼到底是个什么模样。”

陌承光立即接说:“臣在库中恭候殿下。其实兵部库里，一百五十四大类、一千三百二十七种物资，确实值得一看。”他转头往王攸纪看去一眼，

"仔细看过，能看出很多不为人知的门道来……"

"你看，那个就是我弟弟。"

从墙头上看去，陌承光坐在轩内是正脸，王符回了句"长得很好"，语气却散散的。陌闻音扭头看她，又顺她视线往回看，发现她看的，其实是坐在弟弟对面的那位白衣公子。

是她心上人吧。

爬在墙上才望见，又甜，又苦。"巴州"两个字一瞬落进陌闻音的心里，她有点发呆了。

不知道是怎样的地方，爬到多么高，望也望不见。

她的手不觉抚隔衣上怀里贴身的短刀，眼前的假山似乎成了重重关山。不知出神了好久，她听见身旁王符轻声说："他们在说什么呢？他现在跟人见面特别爱说北虏话，跟你那天就是。"

陌闻音愣了下，一时没反应过来，王符转过脸来，两个人在假山上站得挤，脸贴得很近，王符低低说："姐姐你别生气，我跟船娘买的消息，你们说的什么，都告诉我了。"

陌闻音静了一会儿，倒没觉得生气，只是发现谈话这样容易外传，对父亲说的那些第一次真往心里去了。她愣愣地想，莫非当天王小姐用车载自己回家，也有谯城王这一层干系在？

王符看出她犹疑，伸手从后面轻轻半搂着她说："你别多想，我家的车不随便给人坐的。"

她的眼睛映光透明着，一点没有装假，陌闻音笑了，说："我是真心想跟小姐交好，你这样说我就安心了。"

王符点点头："我也知道打探人家说话不好，我也不会跟别人说，说出去我也丢脸。我就是……总见不到他，总想知道他做了些什么，说了些什么。"

陌闻音回手牵着她："我懂。"

自己何尝没有过这些小儿女情态，就连如今，也只是一直想象不出自己和穆骏一世一双到底的样子，索性开头就不打算要，按着，压着，也就习惯了。

"你们不能多见吗？谯城王的母亲不是……"

“是我表姑母。小时候他是常来，现在他开始带兵了，过来了有时候也是找伯伯哥哥他们，不一定来看我。”站在山石上的姿势有点累，王符往陌闻音那侧靠了靠，想想又说，“不过我给他写信，他一定回的，今天就是我跟他说你和你弟弟要来，他就说也来。”

“一会儿说不定就过来了呢。”陌闻音往轩中又望了望，“等他们起身了，咱们就赶紧下去，你回房中拾掇。”

王符低头看看自己系起来的裙子，点头笑起来，高兴了很多。

陌闻音又想起来说：“他既然喜欢找人说北虏话，我来教你吧。”

王符抬头，眼睛闪亮。

陌闻音凑近她耳边，有些促狭：“实话告诉你，你的谯城王殿下学的呀，汉人听着是北虏话，北虏听着还当是汉话呢。你跟着我学，很快就能给他当师傅了。”

王符又笑。

“……所以你觉得，兵部库里流出的铜，是被私下运出了建康城？”穆鸢眉心蹙起，细问。

“铜用于兵器，通常是手柄的包覆，或者刀剑鞘的箍、吊环这些，再加上弩机的扣子、盔甲上的活叶，都是配件，铁质才是主体。”陌承光的手按在棋枰，“但是从库里做平了的账目上看，前年冬天至今，以抵抗北虏入侵、补充京防兵器为由，出库的材料里，铜锭和铁砂明显不成比例。铜，用得太多。”

“贤弟是说……”王攸纪也坐过小几边来，“有人将铜过量出库，从中截留？”

“正是。”陌承光转向他，想到调查还不彻底，不能在御史面前信口猜疑，谨慎说，“库里的物资调配，都是按照兵部的批文进行，批文上至少需要有侍郎级别的签章。所以此事，并非底下轻易能为。”

“按你所说，一共短漏了多少？”穆鸢又问。

陌承光回头，看进他的眼睛。

少年的眼神看起来单纯好奇，但陌承光很清楚，一旦谯城王有心过问，案件就不再仅仅是案件。这案中钓起的“鱼”越大，对谯城王的位置越是有利，这位皇子有动机获知根底，也会有动力追究结果。

而自己需要的，陌承光想，只是结果。

“大约，七万斤。”

穆鸢瞠目：“七……万斤？”王攸纪同样惊异不已。

陌承光回头，指向方才作画的大书案：“以那案台的长宽高度，如果是实心的方形，以纯铜打造，每台约二万多斤，七万斤铜大概，可打三台有余。”

轩中默然。半刻，王攸纪似问似叹一句：“那要是都铸成钱……”

无须应答。

“确切吗，数字？”穆鸢仍看那案台，又探身对陌承光有些不安地问，“怎么得出来的？”

“目前臣是估算。”陌承光想想，扫清棋面，抓出黑白棋子各一把又堆上棋枰，再将黑子那边拨散成一个个小堆。

“供应京畿的兵器作坊，共十四处，兵部库皆有备案。臣在下面一一查访过，按两年的期间计算，各处收到库里供去的铁砂加总，”他将黑子一推，重新聚拢，“和账面基本一致。”

接着他又在原来黑子分堆的位置点上一个一个白子，“然而铜料，虽然有些作坊对配件的消耗记录不明，但制成的兵器出货毕竟有数，把兵器用掉的铜量相加，”那些孤零零的白子再被他一个个重新拾起，掌心摊开，摆在剩余的那一大堆白子旁，“远远少于兵部出库的总量。”

王攸纪和穆鸢各自思索，都没有接话。陌承光看出他们对数字仍有疑虑，又说：“为了尽量得知确数，各处作坊、每种兵器的出货量，臣都记下，回去把相应的制式兵器各拆开一件。比如，刀首的铜环重量多少，凡铜制的零件全部称重。这样加总乘起来，和作坊承认收到的库铜出入不大，与实际出库的铜量相减，”陌承光翻手把掌中白子搁回棋篓，指着还堆在棋枰上的那些，“就是这大约七万斤。”

“你真是……好用心啊。”穆鸢眼睛还垂着，语带赞叹。

“微臣职责在此。铜是紧缺物资，度支、少府拨发给兵部的军用铜锭，入库前都是凭专门关票运输，一旦移交，旧关票就会销毁。”陌承光又对谯城王说，“这一步上，臣看几个部门联合作假的可能不大。”

穆鸢点点头，随口问王攸纪：“度支如今，就是文炎吉拿着吧？”

王攸纪肯定，穆鸢抬眼跟陌承光说：“文侍中，和你们兵部的佟红庭一向不对付，你这话对，是不大可能帮他……帮着作假。”

陌承光没有回应谯城王直说出的嫌疑，王攸纪也是不语。

“那，现在关键是，”见他两个都不说话，穆鸾自己又问，“从兵部出库之后，消失的铜去了什么地方？”

陌承光点点头：“京里查禁盗铸铜钱，极为严厉，举发的赏格也很诱人，来路不明的铜料藏匿起来风险很大，而且久放在家中，也没有实际价值。臣猜测，事主之所以敢大量盗铜，正因为预先备好了转移赃物的方法。”

“什么方法？”王攸纪抚颌，已似问案语气。

陌承光看向他，让过胡珀的名字：“方法眼下成谜，但转移的目的地已经有了眉目。淮南地带猖獗的伪币，正兴起在这一两年间，下官已有多条线索，指向几处豪强开设的暗炉所用铜料，来自建康。”

“从建康运出，到淮南盗铸……”穆鸾前后想想，抬起眉，“说得通啊。那边北虏时常劫掠，民间豪强结伙朝廷不去管的。”他看着陌承光，形状漂亮的长眉又结紧，“只是，依你说，这么多铜没有关票，怎么出的建康城关？”

“这正是微臣今日请见王御史所为。”终于说到疑案的核心，陌承光的语速反而慢下，他转向王攸纪，俯身郑重请求：“恳请御史大人接管此案，下官愿全力协助大人，彻查案情谜团。”

王攸纪还没开口，穆鸾扭头对他吩咐：“你就尽心，这案子赶紧去查，孤要拿结果的。”他近了陌承光，声音低下些，“北伐与否，真正到了关键时候，要是把赃物追回来，无论拿来发饷还是做军需，都好说了。哪怕只是揪出主谋，也是……一壮军威声势啊。”

“主谋”一词，让陌承光心情稍定，感到今日这一步踏得还稳。但北伐，他知道皇帝对谯城王许诺了一年之内，很想劝说应当缓行，然而犹豫一瞬，顾及今天刚见面不好多做枝延，只点点头。

“案子要是有难办的地方，你就直接来找我。”穆鸾明亮笑起，亲切跟他说。

陌承光行礼致谢，起身还是想听王御史自己的回复。王攸纪若有所思瞟他一眼，缓缓向谯城王拜低。

穆骏的营盘扎在萨郎高原，两夜无事，第三日起来，是个大晴天。

他终于安下心来，指挥全军渡河。

往小河的上游望去，清浅的水面在草甸上随地势蜿蜒，在天尽头处拐入丘陵的背面，河床较高的地方，水波映着晨光粼粼闪烁。

全军整队，步兵在前，骑兵押重装备其次，后勤与伤员俘虏最后。很快步兵踏上了对岸的矮丘，士兵们在晨风中跳着步，扯起裤腿让风吹干。辎重车紧紧连为一列，涉水也很顺利，河底的淤泥被不断搅动，在清澈的河流中出现了浑黄的一截，随着水波向下游而去。

渡河进展顺利，穆骏的心情几乎转为闲适了，想到明天就能走出这片风景优美的草甸，竟有些不舍。

闷雷声，如同暴雨之前的闷雷声。

穆骏愣了下，心里一紧，抬头看天，还是那样明朗的大晴。

他疑惑地看着蓝天想了想，一刹冷汗满背，磕马前冲，只来得及高喊："东西不要了，快上岸！上岸！"

推着辎重车过河的士兵们回头望向主帅，雷声迫近，那些眼睛顷刻被浊浪吞噬。

小河眨眼之间，化身恶龙伸出了利爪，几丈高的水头自上游滚滚袭来，河岸的松土被浪头拍塌，还没下河的押车骑兵随着沉重的辎重车成批地滑落。已经顾不得听从命令，所有人拔腿鞭马向远离河岸的方向拼命奔逃。

穆骏的马一样只能一退再退，河中的辎重车冲没了踪影，他知道重武器和补给损失肯定过半，但心中更痛的是被卷去的人马。他催马沿着河岸向下游急驰，想看有没有补救的可能，土岸突然在他的马蹄边又坍去一块，坐骑惊跳着前蹿，好歹没有随着跌落下去。

穆骏一瞬之间清醒过来，不能慌，已经没人能在自己慌神的时候过来支援了。

上游肯定有个堰塞湖，有人伺机扒开了水口，这是埋伏！

敌人趁乱的第二波攻势会是生死危机。穆骏回马，冲上昨日扎营的小丘。

"向我集结！"穆骏全力高喊，"武陵王在此，向我集结！"

洪峰过去，渐弱的水声中冒出另一阵闷雷，那是敌人的战马。

——吐蕃人。

"武陵王在此！向我集结！！"

主帅的声音在这一刻起到了中流砥柱的作用，原本已在溃散的官军骑兵和后勤人员纷纷应声折返，跑上穆骏所在的高丘。队正们恢复了指挥的冷静，将步卒收在阵内，把马队在穆骏的周围面向丘下摆开。而那丘下的背河侧，吐蕃人的马队已经近到可以看清马额上的彩穗。

……马玛度呢？！

穆骏骤惊转头，只见丘下不远处，看押的人手已经跑散，马玛度的囚车孤零零地停在草地上。

“五队！”穆骏指向囚车中马玛度，喝令身边最近的一批箭手，“全员齐射，射死他！”

余惊中箭手们引弓上弦，间不容发之际，穆骏从两排箭手之间突出，摘下背弓搭箭扣弦，箭锋自木栅间穿过，一箭正中马玛度额顶。

五队的箭雨随后而至，囚车中的红山贼首瞬间扎成刺猬般。穆骏回马迎敌，居高临下，正对上曾被他饶过一命的扎兰克的眼睛。

他冷冷扯出一个笑。

这座小丘上的汉军只一半乘马，而此时丘下的敌人尽是骑兵，人数却不占优势。

事已至此，那便一战！

河对岸的步兵暂时顾不上了，只愿吐蕃人的目标在这一边，不去围堵他们。穆骏背弓回背，抽出腰间的指挥长刀。

“箭手向内收缩，列好圆阵，连射压制。步兵刀手出阵，按盾牌的数量，每三人聚团，一旦有马近前，砍马腿马腹！”穆骏的声音稳定坚决，“他们所为的，或是马玛度，或是孤王我，马玛度已死，孤王他们必要活的，不会死攻。我们守住就有转机，敢不敢拼这一条生路？”

身边的官军将士齐声响应：“敢！”

这喊声未落，只见吐蕃人的马队突出百余骑，发起第一阵冲锋。

小丘的高度和利箭的打击阻碍了敌人骑速，突近前的吐蕃马被盾阵中的刀锋遏制，很快退了回去。数次试探性攻击后，吐蕃人的七八百骑高头大马在丘下围成一个半月圆，伴随着冲锋的呼哨，起速一线扑来。

急急鼓点一样的弓弦声响彻穆骏的周围，吐蕃人冲在最前面的几匹战马应声而倒，后马都收速回退。然而转眼之间，敌人被箭雨打散的阵线仿佛被谁轻松一抖便再次成形，无须指令，马背民族的战士提马呼喝着再次全线攻来。

又是一阵箭雨阻挡，在振弦声中，穆骏忽然懂了敌人的策略。辎重已丢，仓促之下自己这边箭支有限，他们是要耗尽汉军的远程攻击力，再上前近战搏击……

真要活捉我吗？

生平第一次，穆骏的身边没有梁芒，没有柳遥之，没有合兵，没有后备。生平第一次，他身陷重围，只能彻底凭借自己的意志临敌。

他的将士们也感到了吐蕃人的意图，出箭开始变得犹豫，箭雨转疏。望见远处吐蕃人的骑队再次整为阵线，穆骏忽然想，陌承光站在第一百天的悬瓠城头上时，是个什么感觉？

他低头看见马前结紧战阵的步卒，看见他们绷起的双肩，和因为过于专注防守而几乎像被定住了的头颅。他转眼，看见身侧的弓手扣弦时青筋暴起的前臂。

"步卒，全体退回马队之后。"穆骏将心中的命令清晰说出，"每名骑兵，各带一名步卒。你，上我马来！"指令过离自己最近的步兵，他又下令，"一队随我在最前，后队紧跟，马上的步卒持刀防护，弓手专心射击，保证向突围方向的连射！杀出包围后要立刻起速，拉开双方的弓箭射程。"

吐蕃人的半圆形马阵又一次潮水一样涌上，等待步卒上马的弓手们再放一轮箭雨，每个人的箭囊都已半空。吐蕃人的侧翼，是唯一可能的突围方向，因为在这高丘的背侧不远处，已经是溃塌得不成样子的河堤。

谈何容易，穆骏自己都清楚，一马双人，跑过吐蕃人的马。

但同阵临敌，舍谁求活？

多不过一死。

"我穆骏天家血脉，不可陷于敌手。今日流血，自我穆骏起，今日捐躯，亦自我穆骏起，存亡胜败，与列位共赴！"

回应他的是整齐的拍甲声，有序的蹄声也立时响起，骑队按照他的指令迅速重组。

察觉到已经被围住的汉军摆出了死战的阵势，吐蕃的马队又动了。穆骏不等敌人反应，带队由丘顶俯冲而下，顷刻与吐蕃第一排骑手错身。吐蕃人皮甲使弯刀，穆骏的长刀在突刺中占上风，他横下心以攻为守，省掉所有的防御式，将后背交给马上载着的步卒，自己寻找空当劈砍之外，只是催马向前、向前。

汉军密集的箭雨前，吐蕃人的骑阵分开，但穆骏的弓手大部分无法在高速骑行时稳定射击，箭雨一旦转疏，吐蕃人的防线立刻又会在前方合拢。穆骏马前的阵线仿佛没有尽头，一层一层一直延伸到地府，他的右臂已经红透，自己的血混合着敌人的血，刀柄开始滑手，他终于渐渐悟出吐蕃人为何平心静气打这消耗战，因为双方之间有一个致命的差距……

人与马，在这西陲高地上的体力。

他眼前已经发黑，呼吸的不畅引发头痛，马也明显地难以再被催动。而吐蕃人的军马被冲开后，可以从战阵两侧轻松兜回，在后方合拢重新挡在汉军之前。穆骏感到自己与战士们像老鼠被一群猫玩弄驱赶着，竭尽全力地向覆灭之地奔去。

还有……有……办法吗？地形……天气……能利用吗？穆骏昏昏沉沉地想，用尽最后的力气扬起头，他看见一个吐蕃人脸上的笑，还有那人手上像套马索一样的绳子，那绳子正向他甩来……

穆骏收刀回手，将刀刃压上自己颈侧。然后他看见前方的高岗上，一个天神般的大汉，映日举起一丈有余的斩马刀。

更多的刀光从高岗背后涌出，如一股耀目的洪流灌入吐蕃马队的阵后，血浪从那里翻起，一块块马尸人骸在浪中浮沉，像潮头裹挟的碎木。穆骏花费了好一刻才意识到发生了什么，吐蕃人的战马在他周围全体回转，然而立足未稳时就被一波接一波的血浪掀翻，一杆杆斩马大刀是破浪的银帆，起落之间又在浪谷中激起更加汹涌的腥风血雨。

那位明刀灿灿的天神冲到穆骏马前，声音震响他的耳膜："殿下！末将夏侯景晖，救驾来迟！"

穆骏点了点头，弯腰伏上马背喘息，马鬃毛上腻透的血打湿他的额头。

建康八月天气，既闷且热，空气发黏。郑贵妃午后坐在临池的轩中垂钓解暑，由八个宫女轮番打扇，她后背和额上还是冒出薄汗，心不能静，鱼儿总也不上钩。

正沉沉有些困意，听轩外唤来一声"母亲"，郑贵妃睡意顿扫，放下钓竿就起身相迎，张开双臂接到自己的儿子、二皇子穆鲲进至轩中来。

"今天怎么有空想起娘亲了？"

二皇子比母亲高出整一个头，一表人才，却孩子般低头讨好笑着说：“哪日不想着母亲，是母亲总叫我操心政务，我这不是忙嘛。”

郑贵妃点头笑应，要引他坐，穆鲲说：“儿子真想着你，母亲你看，我给你带什么来了？”

郑贵妃随他所示看去，只见穆鲲的两队美貌侍姬一左一右行进轩来，各用四人托盘抬着座座水晶雕刻，在穆鲲的指令中往轩中四处摆下。檀木镂窗的轩殿顷刻之间，仿佛东海龙宫一般，晶光满目闪烁。

郑贵妃看得欢喜又新奇，走近前去对着一座麻姑献寿的晶雕细看，却觉凉气扑面。她伸出手，轻轻抚上那麻姑手中的桃尖，触手透心凉意，原来不是水晶，竟是寒冰。

郑贵妃又去看余下七八座，已经无须一一试过，轩中只这一会儿，空气已被这些冰雕镇得完全凉爽下来，配上檐外浓枝翠叶，仿佛有清凉绿光映人脸上。郑贵妃后颈上的汗全消了，心中惬意，拉着儿子惊喜问：“哪来这样大块的冰，这样明澈，又得这样的巧雕？”

“当然不是容易得的。”穆鲲微微得意，向母亲邀功说，“咱们疆域在南，哪找这样冰去？这都是冬天边将从北境的河里采来，在窖里深藏，又大用了手段，车装被裹，千里运回来的。”

“边将？”郑贵妃神情一冷，又看冰雕一眼，走回榻边坐下，“耗的怕是军力，从此不必拿来了。”

穆鲲跟过去，依在母亲榻边：“儿子难道不这样说？可人家就是要孝敬，而且是只给我的，别的兄弟都没有。儿子要是不要，人家灰了心，再转投别人去，又怎么办？”

郑贵妃抿了下嘴，静一刻，问：“这个‘人家’，是谁？”

穆鲲凑向母亲：“五兵尚书，佟红庭。”

郑贵妃转开眼，又静一时。

见母亲的面色越来越不愉快，穆鲲掂量着说：“佟红庭这些年，对咱们真是一心一意。这些孝敬还是小事，我在府里训练人手，做筹备的时候——”

郑贵妃脸色微变，抬手止住他，不觉看了看殿内。

穆鲲也看周围，挥手让侍姬们下去，低下声又说：“但凡有要用的，皮的铁的，佟红庭二话不说，鞍前马后的都给张罗。我又不掌兵，监知四面军事，靠的是他的位置和能力，要是没了，可大不便了。”

“佟红庭是犯了什么事，要我儿过来说这一大套？”郑贵妃问。

看母亲明白了自己的意思，穆鲲赶快说：“事还没发，有些风声而已。他从兵部库里占过点东西，不过是些长期不用的废铜烂铁，如今兵部库换了个主事，正在库里穷搅，他怕事情翻出来，万一上面较真，不好交代，就先来问问我的意思，看能不能帮他兜些。”

郑贵妃知道儿子说话不爱实在，事情一定没这么小。她将穆鲲的话又想了一遍，问：“废铜烂铁？铁烂了是没用，铜废着，可不一定。”

穆鲲神色微微难堪。

“到底，占了多少？”

“说是……三万来斤。”

郑贵妃身子往后晃了下，秀眉紧锁闷闷不语。穆鲲知道数额折掉了一多半还是吓人，忙又说：“他说用的手段巧妙，绝难真查到他的，只是怕有的没的，凭人空口往他身上栽。已经这样了，儿子是想要能无事，不是大家都好？”

“这些财物，你拿过他的没有？”

“铜是没有……”穆鲲讷讷说，“可他这些年的孝敬，要说都是靠他的薪俸，也……”

“我说了你多少次！”郑贵妃突然扬声，“为娘苦心为你，你能不能多想想正事？你有封国，有禄米，还不够吗，还图他这些？”

她说着心中委屈，眼眶一刹红了：“三万来斤，你能兜住他？你父皇最恨的就是贪墨，三万多斤杀他十次也够了，趁早把拿过他的统统处理掉。这些冰雕，”郑贵妃向轩中一指，“现在就给我都扔到池子里去！”

宫女们要动，穆鲲拦着说：“话不是这么讲，如今朝廷哪个不贪？一人杀十次，朝堂都杀净了，谁来做事？父皇恨贪墨，那也就是口上说说，佟红庭在兵部都多少年了，跟侍中不和还能稳如泰山，就是因为父皇看他是真能做事的。”

郑贵妃扭过脸拧眉，穆鲲拽住母亲的袖子，“再者，怕他跟儿子牵扯，是在这点钱财上吗，钱算多大的事啊？他都来求过我了，万一咱们不兜他，他怀恨把那些皮的铁的咬出来，儿子可再见不了母亲了！”

郑贵妃的贴身宫女见穆鲲的声音高起，气势汹汹要吵架的样子，霎时全都退了出去。郑贵妃的眼泪涌出，绢帕擦拭，低头伤心说：“我怎么生了你这么个冤家，怎么这么不知轻重……早说让你安分，为娘与你父皇自有主张，你就是不肯听，还在外面落下这么大的把柄……”

穆鲲一下恼了，从榻前起身退出一步：“儿子就是太听母亲的，才落得这样！母亲就知道把控着我，也不让我就国，也不让我带兵，寸步不能离开你，事事都得听你的！父皇呢，听你的？你与父皇什么主张？人家老三、老七，手下成千上万的兵马，万一有事时杀回来，我在京城连个五兵尚书都不靠，我就坐这等死吧！”

郑贵妃哭说：“让你留在京城，是为了让你熟习政务，能掌握住朝堂，还为了让你多和你父皇亲近，能掌握住你父皇的心，你哪样做好了？”看儿子脸色难看，她话语软了，哽咽又劝，“出去打仗，你就能赢？你自己不也说么，北伐根本不能成事，国库里有多少家底可够折腾你清楚，为娘就只有你一个，敢让你带着衰兵败将上前线哪？”

“母亲要拴着我，也不用那么多借口，到头来嫌我不行？”穆鲲嗤笑，“我还没嫌呢，我怎么就没个姓王姓谢的母家，我娘怎么就不能掌握住父皇的心，但凡成了皇后，用得着我这些麻烦？”

郑贵妃低头痛泣，穆鲲索性要走，郑贵妃在他身后说：“为娘是没用，可这话你得听，如今最好就是牢牢占在京城……太子的身子总是这样，你父皇也……病得不好，他心思一动，你是顺位，什么都比不上安稳，比不上让你父皇喜欢来得重要。”

穆鲲扭回身笑：“父皇喜欢哪个，母亲别装不知道。不顾这么些反对硬是要北伐，是为了想让哪个建功上位，母亲也想想！实话跟你说吧，库铜这事，怕是老七已经知道了，要成他捅我的一把刀呢！”

“什么意思？”郑贵妃眼泪止住，惊问，“他有证据能牵连到你？”

穆鲲眉头跳了下，眼神闪开，回贵妃身边坐下：“应该，还没有。不过他那母家的王攸纪，不是殿中侍御史么，已经到城门关防去查验了，路子是对的呀。”

看母亲紧张得微咬起嘴唇，穆鲲又说：“幸亏，佟红庭那边对城门尹早有打点，关防推说记录不全，没让查着什么。可这事本来起得就蹊跷，那陌承光，不知怎么摸到的门道，咬得又准又狠，万一他还知道别的什么，咱们干等着，未必支应得过去。”

“陌承光？”这名字让郑贵妃一讶。

“可不是，那会儿怕他给老三涨势力，不是给他扔到兵部库去了吗？这回搅事的那个主事，就是他呀。”

库部司主事这种小官郑贵妃不放在心上，竟忘了是拿来安排陌承光了。她反复又想了想，问：“陌承光是你三弟那边的，怎么又和谯城王攀住了？这事，是他捅给老七的？”

“可不就是么。”穆鲲急着说，“陌承光去王家见过王攸纪，这也不是秘密事，王攸纪从中间一搭桥，他俩可不就攀住了嘛。母亲想想，这几年一直能让老三跟父皇隔绝，靠的就是兵部的一张张调令，陌承光哪怕为了老三，也得要倒掉兵部的顶头，他俩对上我，利益是一致的呀。”

郑贵妃擦着脸上泪，渐觉得儿子说的确实有理。这节骨眼上，这样两方，联手查起兵部的贪墨，不会只为了查个贪墨而已。前些日谯城王用陛下的直命，从天涯海角突然调回了柳遥之，看来北伐之功他是志在必得的，主和的兵部是他出兵的障碍，自己的儿子，是他上位的障碍……

郑贵妃已经不用问儿子牵进去多少了，眼圈还红着，她眼神却重新冷硬起来。思索一刻，郑贵妃说：“此事为娘管了，但要些时间筹划，你先不要再出面了。外头跳得再高，宫中压住，便没事。”

母亲应下的事从来能成，穆鲲遂心笑谢她，又忙着上来侍候。

含住儿子递来的蜜饯，郑贵妃心中渐有主意成形。她感觉身上有点凉，偏过头，才又看见轩中还摆着冰雕，麻姑也好仙翁也好，刚才还水晶一样的人儿已经融化得不成样子，一个个面目模糊的冰块，立在盘中积起的水膜间。

“吐蕃人什么意思？截下我，是为了会盟？”

益州刺史、镇西将军夏侯景晖坐在穆骏的下首，点头说：“末将擒住的那个指挥，不是他们这趟来的最大官，末将许他派了个人回去送信，人回来的时候，就带来这会盟的约书。”

老将军声如洪钟，仿佛幕天席地才刚刚能盛下他的气魄，那铸铁一般的身板与最勇猛的吐蕃壮士无异，完全不似年逾六十的长者。

“要是咱们答应，来的是谁？”穆骏问。

“说是吐蕃赞普的外甥，叫查旦隆。末将知道这人，他在吐蕃邻近巴州这边，有一大块领地，就像，咱们朝中的封王一样。”

穆骏垂眼看着眼前的草地，手不自知地揪起身边草叶，沉吟一时，问说：“依老将军看，吐蕃人原本要捉我去，是个什么企图？要真为了会盟，派个信使来就得了，我看他们是打不过老将军，就找个借口说是会盟，哄了咱们过去，后面可能另有奸计？”

夏侯景晖杂着白丝的眉毛蹙起：“殿下说得很是，但依末将看……不一定准啊，末将看吐蕃人起初是想擒住殿下，跟朝廷换东西。这下看擒不住殿下，就改成，跟殿下你换东西了。”

“跟我？换东西？”夏侯景晖久在西线，穆骏知道他对吐蕃人的了解大大超过朝廷其他方面，听他这个结论，认真问，“老将军何以见得？”

夏侯景晖动了动身子，往穆骏挪近了些，声音却没放低，有力地说：“末将这些年常在边地走动，发觉吐蕃人和北虏，打仗他不是一个套路。北虏要的是占地、掳掠人口，把他自己启族人的地盘扩大。而这些吐蕃人，代代生长在西边高原上，咱们的人上去难过活，他们下来也一样难受。他们打仗一不占地，二不掳人，也不太图财，金宝那些他们爱从高山南麓取。吐蕃人往咱东边打，多数时候是为了抢粮。”

“所以，老将军是觉得，他们原本想捉我，是想拿我跟朝廷换粮？”

“也不一定是粮。”夏侯景晖望向建康所在的东南方，眼中去国怀乡的情绪一闪，“反正最可能是，咱们产得多，他们需要吃用的东西。”

穆骏低眉又想了一会儿，膝前的草地被他自己拽秃了一片：“要是好好来商量，会个盟也不是不行，换东西么，有来有往，咱们不吃亏就成。但他们先来硬的，我就不想随他的意了，老将军你看，咱们就撕了这约书往前走，兵来将挡，如何？”

夏侯景晖不语，又抬眼望东南方。

穆骏忙说：“边事将军才是行家，我这是向将军请教，有话请直说无妨。”

“这其实……不算边事，是国事啊。”夏侯景晖遥望着国都方向，缓缓说，“换作平日，这样大事，殿下能有经手的机会吗？”

穆骏神情一肃，带着草泥的手轻轻抓住膝盖。

“这是天赐的良机啊。”夏侯将军转回看他，“谈得不好，大可以当时翻脸，回去就说是遭他埋伏胁迫，曲意应付他。要是谈得好了，把结果报上朝廷裁夺，如果陛下应允，这是天大的功劳一件哪。”

“天大……”穆骏眨了眨眼，“将军意思是说，联合吐蕃……以……以抗北虏？”

听穆骏顷刻领会到背后的意思，老将军欣赏他视野开阔，连连点头，花白的虬髯抖动：“这是末将多年所愿。吐蕃与我朝相犯，不过为些吃用，但他们与北虏在高原的北边，天山黑石关那里，是有长年摩擦的啊。要是能跟吐蕃联合，北虏想来犯我时，也得顾虑着腹背受敌。为了拉住吐蕃，末将看白给东西都值得，何况是换呢？”

“老将军这样的大战略，我竟然从不知道，真是孤陋寡闻了。”穆骏赞叹说，“要是早能知道，我来巴州之前一定多做打算，说不定先跟朝廷领了权限呢。”

夏侯景晖苦笑：“什么大战略，殿下知道，末将的主张在朝中连听的人都没有，哪还有人往外传讲呢？”

夏侯将军起身士伍，当年随先帝底定疆土，半生战功赫赫，但因为近年坚定地反对朝廷北伐，逐渐从军政中枢被排挤到西南边陲，只在年上北虏进犯时被紧急调回防守建康，却又因为拒绝参与这次北伐动员，被父皇下书严斥后赶回防区，这些前事穆骏都清楚。

他斟酌一瞬，找着一个能和老将军贴近心情的角度，顺话说：“也怪我离朝太久。将军知道，朝廷的大战略，我也是没法与闻的。”

夏侯老将军郁色看他，点了点头。

“其实，平时有些想法，我也没法跟谁说。小王总觉得，两军交战，说到底是国力相抗，我朝名将是有几位，比如老将军，再如我表舅枚伦，可是凭着三五个名将，一役之下，就能吞灭北虏吗？”

看见夏侯将军眼中有引自己为同道之意，穆骏暗暗兴奋，又说：“出兵到北虏境内，这种长线作战，眼下财政能不能撑持，后勤有没有保障？中原也好，关中也好，都是我朝旧地，但不在皇恩之下最少的也有七十多年，就算一时攻略下来，没个妥善的后续计划，不能抚境安民，我朝军队能站在那里多久？”

夏侯景晖叹气点头，眉心皱纹如刀砍一般。

“老将军知道，小王这种身份……实在是，话不敢多说。可我真心觉得，眼下要说北伐，太过仓促了，没有一番上上下下的长期准备，举国的元气没先恢复过来，靠几个庙堂中的文官脑袋一热，虚耗的是士卒的性命啊！”

“就是这话！”夏侯景晖向前一把按住穆骏膝上的手，“末将就知道看不错殿下！昨日殿下突围时不弃掉一个士卒，末将就知道，殿下真是个亲临锋线的良帅。”

他收回手撑在自己膝盖上，仍探身向穆骏说：“‘慈不掌兵’，这话坐在庙堂上，哪怕坐在大帐里说都容易，但却只有真是亲临锋线，才知道性命可贵，一兵一卒的血不能白流。”

穆骏心中激荡，诚意说：“小王这都是受教于将军。我小时候就听过，将军当年为先帝取颍川城时，连月冻雨，云梯湿滑得不能着脚，将军爱惜士卒，只让围而不攻。先帝等得心急，敕令将军不惜代价攻打，开战的那天，将军自己是全军第一个踏上云梯的。先帝听说了，就下书存问将军，诫将军作为主帅要顾惜自身，将军当时回书说——”

“‘末将自己不敢攀的梯子，绝不能逼着士卒上去’。”夏侯景晖低低念出自己当年的回话，无限感慨。

穆骏注视着多年景仰的老将军：“后来颍川城中也听说了将军的勇猛仁义，开城投诚。从那个时候小王就知道了，打仗靠的，不光是发号施令，要赢了对手，也不是只能流血。就像，眼下老将军看到的这个机会，纵使将军和我不去北伐，但要能策动了吐蕃与我朝联合，哪怕只是在后方拖住北虏的腿，这功劳，可能比硬去拼杀还要实在。”

夏侯景晖眉头舒展开，欣慰说：“要是没有殿下在此，末将也不过就是说说。殿下既然也赞同联合吐蕃，那末将这就安排，回书赴约，去听听他们说些什么，再报与殿下商议。”

“此事我要亲去。”穆骏双手搭在膝上，身子坐正，“我去了，就是咱们的诚意，也是表明咱们不怕他的。”

夏侯景晖犹豫了。他望望两人对坐的丘陵下犬牙啃过般的河岸，又转回对着穆骏：“殿下啊……吐蕃人虽然重信诺，盟约订好之后是少见违约，可史上也有过他们借会盟之机诱杀汉使的先例。末将看，还是我去妥当，殿下就在营中静候吧。”

“老将军刚还说了‘亲临锋线’，这怎么又让我往回缩呢？”穆骏蓦然又想起梁芒为自己冒险陷死，胸中像被烫了一下，赶在夏侯将军开口前又说，“既然这是国事，就得相机而行，也得当机立断，我不去，谁能做主啊？”

这话一下堵住了夏侯景晖的反对，老将军看着穆骏，神色赞赏，却未肯定。

他的斩马刀横在座前，像在主人身旁静息的猛兽。穆骏指指那刀，笑，“有将军带刀陪我同去，那些吐蕃人见了胆子都要发颤，怕他什么。”

钟山虎踞龙盘于建康城北，暮夏薄阴天气，城中略觉憋闷，人行在山道上却有沁凉云烟绕身。谯城王穆鸾乘坐肩舆，背影只见头上的金质轻冠垂下朱绦，随云气飘摇。仪驾的十面羽扇颤颤高举，仿若五色祥云排开薄雾，升向山巅。

殿中侍御史王攸纪由随从扶着踏阶登高，行到略平缓的一处，舒气时不忘感叹：“人言钟山云气红紫间之，实为王气，今日贤弟有幸得见了。”

虽然是向先帝陵寝而去，陌承光却感觉云烟只是青灰色，却也不免随着他的话望向山间。回首两峰相夹处，此刻恰露出建康城中一片，似一件天神的华服破云铺开。街衢与河道繁复交织，仿佛绣线，过河的桥梁点点像各式珠扣，到处白墙青瓦掩映于绿树之下，如妙手染成。皇城雄踞城中偏南，在这个方向看去，露出的殿宇楼阁几似工匠巧制的头饰，殿脊上贴饰的金箔无须辉映日色，一样明光点点。

陌承光望着人间少有的华美帝城，不禁想起自己常常站在城头俯瞰的悬瓠，心中一沉。

“城中街景，贤弟是建康出生，早不新鲜了吧？这钟山却是皇陵禁地，贤弟怕是不能常来，今日有殿下与我御史主理，还不趁机散散心？”见陌承光眉头凝起，王攸纪笑道。

陌承光看他，不由也弯了下嘴角，转头继续上行。

“不过贤弟你啊，还真是闲不下的秉性。”王攸纪攀爬台阶有些气喘，笑容稍稍变形，“为了已经上告的案子，这样操心的，我在御史台多年，确实少见。”他六七步需要一歇，陌承光陪他停停走走，听他说，“访查脚夫这种办法，并非难以想见，御史台本来正要动作，你居然自己先跑去问遍了京城内外的脚行？”他落笑一叹，“好在操心，总算是操在点上吧。”

这话中似有些不满意味，陌承光停步看向他。

“御史查案，原有章法。你没头没脑地将案情捅给下民，一回无事还好，万一二回有事，谁可担这责任呢？”王攸纪语态谆谆。

只是打听可有脚夫搬抬过什么异样的重物，陌承光知道谨慎，也正是通过那些问话，才有了眼前的重要线索。但他想及御史已经接手的案件，自己没有知会便去查访，确实欠妥，转身对王攸纪谦敬一礼，说:“大人见谅，查案下官全是外行，不过是库里的差事与脚行多有接触，方便问话而已。三五闲聊，从不涉及案情。”

“无论怎样问得的线索，终归是御史台的线索呀。”王攸纪笑笑，“贤弟不是我的属官，本也不用事事对我汇报，从此记得，案件经手在你，责任，却是在我啊。”

这话里的意思，陌承光约略听懂，他本也没有逾越法司的意思，更不能解释胡珀传来的各种消息里猜出的提示不便告知，又是一礼:“当然凭大人决断。”

王攸纪点头，不再有话，两人跟随谯城王的仪驾，一路行至先帝裕陵的正门。

山陵令徐挺带领属下在门前接驾，向谯城王行大礼后，将一行人等迎入陵园。陌承光是初次进来，抬头望去，只见十余丈宽的白石台阶向山顶铺展，上端渐渐收窄。其间分布两处平台，一处置飨殿，一处置寝殿。墓穴在山体之中，入口从这里无法看见。

他的目光停在第二层平台的寝殿之前，那便是他们此行的目的。

谯城王穆鸢在陵园门口已经下地步行，与众人先至飨殿，为先帝、先皇后和配享的诸臣灵位上香致祭，长跪大礼。祭表交与山陵令焚化后，穆鸢起身，容色不悦说:“孤王不常亲来，竟不知道你们这些陵寝官儿如此懒散，平日先帝的灵前，就这点寒酸祭物吗？”

陌承光也一样看见，红漆木盘、木酒器、木雕的鱼牲瓜果，漆画多已褪色。正面一个立式大铜香炉，铜带锈斑，浓烟滚滚飘出。

今上始兴帝多年不来亲祭裕陵，只以礼官代行，坊间早有传言，说是皇上因为得位不算正承，且没有给他之前继位的两位兄长依帝礼安葬，对先帝心虚加上怀怨……亲眼一见，或许不尽是无稽之谈。

仅仅一代之间，当年驰骋天下的先帝，伟业英名风流云散，身后竟现凄凉景象。陌承光说不出能如何评断，唯有稽首再一礼，默寄敬意。

那时先帝，曾经短暂收复过洛阳。

山陵令徐挺忙着对谯城王答话："这都是常例啊，臣可不敢胡来啊殿下！"他向那层层的牌位一扬手，"先帝说的让薄葬，皇上也说了，先帝是一生俭朴，祭礼尽心就成了，东西，是其次的嘛。"

他说话有些市井口吻，肢体到处比画的动作也不像受训过的礼官。陌承光起身正觉疑惑，王攸纪从旁对他低道："此人的家室，传闻是郑氏贵妃一个远亲堂侄女。"

陌承光轻点了下头。

穆鸢掸着袍摆，不再对这些木头祭品留意，却问起："说到祭物，听说上面寝殿的前头添了新的翁仲，有这回事？"

"有，有。"徐挺立刻答，"铜人像嘛，不是姓翁的。"他往穆鸢的跟前凑，表功一般说，"几个兵部官家里头捐献的，是些蛮族的酋首，纪念先帝征伐四夷，宾服……什么之大业。"

他说得乱七八糟，倒很痛快。穆鸢看陌承光一眼，回头又问："挺新鲜的，就这一二年的事吧？"

徐挺答是。

"走，带孤去看看。"

一行人从飨殿出来继续拾阶而上，到达寝殿平台时，云气愈发浓密，扑面潮湿。后山深树的环抱中，寝殿的门窗尽数紧闭，窗格有暗尘积起，内中可见重重旧帷。

殿前，只见二十余个铜色簇新的人像分为两组，左右对面立在平台上，都比常人高出一头。衣饰只有些简陋线条，看不出是什么异族形制，再去细察时，陌承光发现总共二十三个之间，面目也不见有何不同。

穆鸢背着手在铜人丛中绕圈打量，抬头观察片刻，又举手敲敲一个铜人身上，咚咚作空腔声。

"这都是空心的？"

"是啊，"山陵令跟上前去，"就一层铜壳子。"

穆鸢步子踱开，好奇般问："这些，都是什么酋首啊？"

"就是……山越，北虏，什么的吧？"徐挺答不上来详细，蹙起眉眼卖力地解释，"都是先帝当年的手下败将嘛，"他拿手比着刀，唰唰剁菜的样子，“给先帝砍了头的嘛。”

穆鸾看徐挺这模样，似乎有点想笑，偏了下头：“先帝的诞辰，也还不到整年份呢，这捐献是谁起的头，怎么想起来的？”他走到两组铜人的正中间，回身问。

徐挺眼睛眨了眨，没太迟疑，回说：“这一二年，不是给北虏欺负得狠了嘛，臣听他们兵部官一说啊……年头虏主都打江边上了，可不得供供先帝当年的武功，求先帝发了龙气，帮着朝廷重振雄威嘛。”

话说得很圆，由兵部官员组织起这样的捐献，也算是合情合理，而且既然是向先帝陵寝的供奉，城门关防不详留记录也可说得过去。以这样的手段瞒天过海，如果没有内情泄露，几乎无懈可击。

但陌承光想，如此劳心费力地捐献供物，为何供物本身，却如此粗糙？何况私人捐献，为了国家战事祈福，这是显荣积善之事，为何不向朝野宣扬？若说是怕今上忌讳，那起初便不必为之，若说是忠心为了先帝，又为何陵园荒疏至此，反而不顾？

他看谯城王，穆鸾也在看他，又回头看向身后寝殿那锁闭的大门。

“这些兵部官，倒是和孤王同心，矢志抗虏的啊。”穆鸾以赞许的口吻说，“先帝在天之灵必定宽慰。都是哪几个人，捐献名册有没有？”

“牵头的，是驾部司侍郎吴少关，总共四十来家呢。”徐挺马上吩咐属下去取名册来，又笑指着平台上这些铜人，“这都不是一回捐的，点滴凑出来，一个是一个，慢慢添上的，可费了大劲哪。”名册拿来，他捧给谯城王，“殿下你看。”

两三折的锦皮册，姓名写得密密麻麻，穆鸾粗略扫了下，走来递给陌承光。陌承光翻开细看，没有几眼，被王攸纪伸手取过。

他看王攸纪，王御史抬了下手，示意这是证物，收入了自己的袖中。徐挺犹豫想拿回，往王攸纪那儿看，但没敢过来张嘴。

穆鸾脚步在寝殿平台边缘停下，出神望向铺下半山的白石台阶。徐挺在旁边带笑陪着，觉得今日该了事了，正想怎么把这帮贵客尽快打发回去，忽听谯城王问：“这些铜人像，每个多重啊？”

徐挺顿了下，一口答出：“二百来斤。”

“这么轻的？”穆鸾扭头，看身侧一个铜人高高的头颅，“那这些总共就……差不多五千斤铜？”

“差不许多。”徐挺带上笑说，“铜……这年月不是太贵了嘛，都不是什么大富之家，不易哪，家底都掏出来，就够一层薄胎的。”

云气更浓，天色将雨，晦暗的光线中，跟穆鸾而来的人都没说话。双方心知肚明，五千斤铜，摊到四十余家，每家两年间平均捐出百斤左右，凭兵部普通官员的薪俸可以支持，再多，就可生疑了。

“雨眼看就下来，园里没地方让殿下歇脚，臣送殿下赶紧下山吧？”徐挺说着，殷勤想来搀扶谯城王。

穆鸾往旁边错开一步，问陌承光：“是不是有个规矩说，佛像要是空心的，里头得装藏五脏六腑才算完成呢？”

陌承光知他意思，点头。

“你说，这些蛮人的里头，装了什么心肝肺没有？”

陌承光顺话往下说：“佛像通常装填经书、五谷以代脏腑，酋首铜像的规矩，恕臣不知。”

“总得装上点什么，才算是个做成了的像吧。”穆鸾转对山陵令徐挺，轻描淡写般，“不然咱们打开看看？”

徐挺呆愣了下，但也彻底清楚了，谯城王到底是冲着铜像来的，真要看这二百来斤确不确实。他看了眼看御史服色的王攸纪，赔起的笑更加小心恭敬，“里头是全空，臣都亲眼看过的，没什么可看呀。”

“不会吧？”穆鸾袖起手，“诚心供奉先帝的，能用没做完的铜像糊弄？打开看看就知道了。”

“不是，不是不让殿下看哪，”徐挺起急了，“铜人的脚，不都铸在石头地上，这怎么打开啊殿下！”

“拿锯嘛。”穆鸾偏了下头，他的随侍出来两个，手持钢锯。

“先、先帝的供物，殿下哪怕是皇子，也不能乱来啊，哎呀！”徐挺往那两个随侍猛冲去，揪打着想夺下锯子，“谁动都得想想后头！臣的脑袋不能给你赔啊殿下！！”

本来不指望一两年间陆续添置的铜人里，还能留存什么证据，没想到徐挺这样阻拦，兴奋感在平台上蔓延开。穆鸾递给陌承光一个等着看的眼神，不以为然又说：“真人的头，不都被先帝砍了？孤就锯锯铜人的脚嘛。”他命令随从把徐挺推开，转身对着寝殿方向深深一礼，“皇祖！要真有人拿这些铜人愚弄了你老，就让孙子看见想见的吧。”

徐挺脸色难看，没法再有他话。雨已经下来，谯城王的冠发笼上一层细小的水珠，他却不理会随侍请他避雨，揣着手一动不动催促着动手。钢锯的吱咯声中，陌承光看他背影，心中感谢他出面坚持，否则事涉皇家陵寝，案件万难彻查下去。但他也清楚徐挺并不是空口恫吓，在先帝的灵前动刀锯，谯城王自身，也将面临被攻击不忠不孝的极大风险。

陌承光走去，在那铜人脚下低蹲挡开谯城王侍从的手，扶上钢锯抬头说："雨大了，臣一人便可，请殿下暂避吧。"

穆鸢透过湿漉漉的睫毛看他，很快向后退了些，但没行开太远，站在侍从撑起的伞盖下仍看着陌承光背影，目光灼灼。

陌承光一手撑地一手用锯，切割得异常顺利，铺开的袍摆在地上打得湿透。穆鸢叫侍从单撑把伞为他遮雨，却见陌承光用锯越来越慢，在铜人的第二条腿还剩一半时最终停下，扭身看向自己，轻摇了摇头。

穆鸢不甘心，上去猛推那铜人一把，扎耳的金属撕裂声里，铜人哐然倒地，无论是犬牙般的断面，还是陌承光切开的平滑处，都清楚可见铜胎不足半寸，内里望去，空空如也。

转眼看见山陵令的脸上现出得意，穆鸢方才明白此人装腔作势，就是要引得自己落下口实。他气得想跺脚，那边陌承光招呼着三个随侍一起，将倒地的铜像抬起又放下，又自将还站着的铜人一一敲过，叩击声全部相似。已经用不着一个一个锯开，每个的重量，不会有多少差别。

二百来斤，当真不错……

放倒的铜人躺在雨湿的石地，直下的雨水使那死板的面孔愈显得丑陋。果然铜像只是掩护，成功过关之后，库铜的大部分，早被移走了。

陌承光看王攸纪，王御史缓缓点了下头，步出随行的队伍，来到徐挺面前。

他一直有随从打伞，在众人中仪态最为清整，御史台的黑色官服实在特别，徐挺再次透出紧张。王攸纪笑说："本官不用自报家门了吧？"

徐挺行了个礼，点点头。

王攸纪并不还礼，伸脚踏了下地上的铜人，一声金属刮地的响动。"本官刚还想着，这么大个的铜像，怎么从山脚下折腾上来？原来三四个人就能轻易抬起。"

"可不就是。"徐挺垂着眼睛说。

“方才上来的时候，本官见一路台阶完好，”王攸纪揽袖抬手，向长阶下方指去，“只那一处，有大块的残损。”他笑看徐挺，“还以为是搬什么重物砸的，原来不是铜人？”

“不……是啊。”徐挺随他的指向抬头，又转头看他，发僵的脸上撑出一个笑，“不是。”

“可那断掉的石缝里，本官刚看见有东西闪眼。”王攸纪抬起脚，像要过去再看，“不是铜屑？”

“那是……”徐挺稳了下神，“那是下头，飨殿里的，大铜炉，有回搬动的时候，给，给砸的。”

“砸在飨殿的后面，往上的台阶？”王攸纪没给他留下任何空当，接连问，“当时铜炉是要抬去哪里，山顶上？”

“那个铜炉，本来是，是摆在……这，寝殿的前头。”徐挺的话顺了，“这不是给铜人腾地方嘛，挪了下去，太重了没给抬好，砸的。”

王攸纪点头笑笑，又问：“雪白的条石，可不好配上吧？铜炉是有多重，砸成这样？”

徐挺也笑：“足有，两千多斤，吧。”

像对徐挺的回应满意，王攸纪带笑踱开：“可本官怎么听说，第一回，抬裕陵的铜人上山，人像又高，重得还要死，拼命抬上来了四个，第五个抬到飨殿之后时，大木头的抬杠都压断了，石阶被砸出一个大缺，差点还伤了人。”他又指向那台阶残损处，“说的不是那里？难道和你口中的大铜炉，恰好摔在一个地方？”

徐挺咽了下喉头，正要张口，陌承光在旁说：“礼制上，寝殿是供逝者的魂灵在阳界暂栖之所，务须洁净安适。正如卧榻之前，是不会摆放祭祀用的铜炉的。”

徐挺塞口，王攸纪笑出声说：“正是。可见把铜炉从寝殿平台搬下去，是徐令的信口胡诌了？不过诌得也有道理啊。”他向徐挺走回一步，“徐令你也觉得，得要大铜炉那样三两千斤重的东西，才能把石阶给砸成这样吧？”

徐挺呼吸急促起来，快速说：“陵里搬搬抬抬常有的事……挪动个铜炉，御史也要怪罪不成？”

“挪动个铜炉无罪，但原本三两千斤重的铜人，挪进陵里摇身一变，竟成了眼下的二百来斤？”王攸纪双掌一合，“这里头，怕是有罪啊。”

“御史听什么野路子的话，三两千斤？”徐挺直腰扯开了嗓子，“铜人就是这二百来斤，不信你去问问哪！去问问！抬着上山的兵丁，哪回不都是轻松上来的？什么三两千斤哪，那才是胡诌的啊！”

“头一回，出了这种纰漏，后头几回当然学了聪明啊。”穆鸾插话，他已经坐在随侍支好的折椅上，头顶撑起的伞盖边缘雨线沥沥，“何必叫脚夫抬着三两千斤的铜人上山，在下头找个山窝里重新弄好了，再用兵丁往上抬嘛。”

他在雨里毕竟不舒服，双脚悬着，转对王攸纪的口气不善：“你就别跟他多说废话，赶紧再去细查！铜人的胎从厚变薄了，是切削是改铸，总需要匠人的吧，既然不是在陵园禁地里弄的，哪有不透风的墙。”穆鸾说着冷笑，瞥徐挺一眼，“太平天下，还能都叫他们给灭口了？”

“灭口”两个字让徐挺一颤，王攸纪趁势说：“徐令怕不是以为，灭掉了头一回抬铜人上山的脚行头领，余下都能封住口？一番折腾的大工程，脚行来了五十几人，里面总有不怕死的，更有想要报仇的。”他抬手指向陌承光，“这位大人，已按本官之意，尽数查访了清楚，愿意作证那三千斤铜人的脚夫，现就收在御史台。”

穆鸾眉头蹙了下，疑惑看陌承光，陌承光却只紧盯着徐挺的神情。

“如果证人与你对质，证实石阶确是被铜人砸损，”王攸纪缓步逼向徐挺，“那么至少第一回，一批五个铜人，从三千斤，变成二百斤，中间这快一万五千斤的铜哪里去了，徐令，要给个说法吧？”

徐挺肩膀佝偻下去，却不松口，反而抬眼狠瞪向王攸纪。

“徐令你莫不是以为，自己成什么正经皇亲了？”王攸纪回向他嗤笑，“指望日后谁来替你算账，本官都等着，我这里行不更名坐不改姓，旧家琅琊姓王。”

徐挺眼皮垂下，咯咯咬牙，又想发抖。

“你这个名字倒好，一个‘挺’。”王攸纪望向雨雾蒙蒙的山下建康所在，“本官便要看看，御史台大刑之下，你能挺住多久？”

“徐令，”陌承光走向他二人说，“只有脚夫作证，你也许觉得两方对质，可以咬住不认。但，淮南，”他加重念这两个字，“已经招供，三方的说法核对，前后能够接上，由不得你中间不认。你自己坦白，比被人供出为好。”他看王攸纪一眼，“述情从宽，或许还能于人于己，剩些余地？”

他口气并不严厉，但利害摊开得明白。徐挺往下一缩，呆坐在雨地里。

好半刻，才听他那里声如蚊蚋，说：“我，我这……都是——”

王攸纪抬手止住徐挺：“供词，要回御史台讲。”他转回身，向谯城王施一礼，抬头笑说，“殿下请看，今日全功而返了。”

清晨薄雾初散，会盟地的山丘上草叶残留着晶莹的露水，色彩斑斓的毡毯和旗帜界出双方对坐的区域，丘下两边各有武备，弓箭在背长刀在腰。

吐蕃的会盟使者查旦隆看着四十上下年纪，肤黑而精瘦，眼周有刻线般细密的皱纹。他华丽的袍服在坐下后，下摆铺于毡毯上，日光照耀得鲜艳夺目。

穆骏不能输了气势，明盔赤甲，正襟危坐。

双方一番寒暄答礼，查旦隆率先开口说：“那天河上，对不起王子，但大赞普有严令，一定要留王子商量大事，我们也是不得已而为。”

吐蕃翻译的汉话有些生涩，穆骏听他说完，冷笑了笑：“若为留我，手段过了吧？孤王今日不来，也不是你们留得住的。”

他凭着夏侯景晖大胜一场的底气说话，查旦隆赔着笑赞同，又解释：“当真只为了留住王子，我们才在车子过河的时候放水，不然冲了步骑，比现在的杀伤都要大，这番诚意王子体会。”

河上中了吐蕃人的埋伏，穆骏更多是责怪自己不够审慎，夏侯景晖的斩马刀队对吐蕃人的杀伤也甚大，双方各有损失，他不想再论，便说：“孤王既然来了，同样是带着诚意，得胜班师路上难以久留，要商量些什么，有话直说。”

查旦隆眯眼笑起：“商量的没有别的，就是和王子谈谈生意。”

穆骏看夏侯景晖，老将军果然猜对了。

“生意。”他重复念这两个字，“既然叫生意，得你所求，换我所需。成与不成，先看你求什么。”

查旦隆指向自己身前的毡毯，那里有侍从为他呈上的一碗稀乳酪似的东西，淡淡发黄。

“我们向王子要的，就是这奶中所添的，茶叶。”

穆骏心思电转，很快闲闲笑道:“原来如此啊，果然是为了这样金贵的东西，才这般留孤。”

查旦隆的面色些微变化。

“你可知道，茶，是如何产出？”穆骏问他。

“略知。”

穆骏摇摇头:“孤王看你只知皮毛。茶叶为木上生长，其树百年始成，至清至灵，只能长在终年云雾缭绕的高山绝顶。茶从吐芽，到成熟，人不能近，尽靠天时，就连采摘，也只能是年少貌美的处子徒手掐取，一旦沾染了污浊人气，便失掉清燥去滞的药性，尽成寻常木叶了。”

查旦隆听得专注，眼神中透出些担心，穆骏趁势又说:“能生长茶叶的山峰，想来你都知道，只在我朝腹地山水灵秀处，多不过三五十座。就连我朝的平民，日常也吃不到茶，哪有多余的输去外面？这生意，谈不成。”

他看向夏侯景晖，做出可以结束会谈的态度，正要起身，查旦隆拦他说:“王子，好说，慢慢商量。从前我们从北边买砖茶，可见他们那干秃秃的山上也能长出一些。我们不要上好的，只要大叶粗梗就行，是为了配奶解腻。王子为何不把你们看不上眼的卖给我们，只要价钱合适，我们不挑拣的。”

穆骏品出了他这话的背后与北虏的龃龉，轻蔑一笑:“北虏哪里产茶？他们从前卖给你的，恐怕是从我朝边境搜拣的陈年霉货吧，也只有坏到吃不成的茶，才会剩到边关去。如今我朝兵强，边境守备严密了，他们自然连这些陈的霉的也没得卖，不然会放过摆弄你们的机会？”他转向夏侯景晖说，“我看此事不必再论，孤王早些回去，今日还来得及拔营，天黑前就能出这草甸了。”

查旦隆还要再拦，夏侯景晖抬手请他稍安，对穆骏说:“殿下请听末将一言，吐蕃与我朝，自古接壤，素来很少相犯。末将知道的，高原上难以种谷，肉和奶吃得太多，要是没有茶汤解腻，人会肚胀难忍。查旦隆王既然是诚意而来，必然有他不得不来的难处，这就如同邻里之间，应以和睦相帮为上。”

穆骏做沉吟状，夏侯景晖又说:“茶叶这样金贵的东西，别人那里固然难办，可殿下是皇子啊，总有变通的余地，从哪里省出一点来，都能给吐蕃救个急了。这不也是两朝亲好的契机吗？”

“吐蕃屡屡鼓动我朝子民在巴州变乱，这也叫两朝亲好？”

查旦隆忙说：“红山部的事是大大的误会，我们是想靠他们中介买茶，结果马玛度拿了钱，就给了点他们自己山头的山茶叶子充数，还拿我们的钱扩兵，洗劫我们的商队。我们捉住马玛度一样杀的！”

“这话当真？”

查旦隆一边点头，一边挥手对下面招呼，不一会儿马玛度当时的副手扎兰克被押上山丘来。

查旦隆指示手下把扎兰克踢跪在穆骏面前：“王子你请问他，我们也被红山部骗惨的。”

穆骏还没开口，扎兰克蜷缩着跪地向他蹭过来，左边空着的袖子随着发抖颤颤晃动：“王子，小的带吐蕃人来……是……不是冲的王子大人，是吐蕃人说要亲手办了马玛度……要是……知道吐蕃人冲的是王子，小的，小的绝不来的……”

穆骏并不看他，淡着脸色对查旦隆说：“孤王在云坪寨下放过这人时，他答应要回乡安分守己。如今你我都被他骗过，要合作，就从他开始吧？”

翻译翻他的话过去，查旦隆心领神会，轻轻一挥手，一个吐蕃刀手上前，刀光只一闪，扎兰克的惨呼从他的喉管断开，还在濒死挣动的身体被两脚踢落丘下。

草地上的血腥尚未散去，穆骏笑起向查旦隆说：“既然夏侯将军发话了，孤王也是千里到此，算是赶上这个机缘，卖茶给你们，孤王可以回去安排。”

查旦隆面露喜色，穆骏却又说，“但说好是和睦相帮，在商言商，你们用来换茶的东西，只能我定。”

“王子要什么？”

“马。”穆骏稳稳道出答案，“你们吐蕃的，高原马。”

查旦隆没有立刻答应，穆骏气定神闲看他，直到查旦隆吐出口气，清楚答出一个“好”。

“还有，”穆骏笑，对着查旦隆又瞪大的眼睛，说，“马匹虽然是我朝所需，但并非只能得自吐蕃。我父皇素来爱惜天朝物产，对于边境通商没什么兴趣，不只此前与你们，南与交趾、大理，东与渤海国，都是关闭边贸的。”

查旦隆的神情渐又严肃起来。

“诸国之中，独独优待你吐蕃，孤王需要一个能说服父皇的理由。”

“理由是？”

“还是那四个字，‘和睦相帮’。吐蕃与中土之间，从此不起兵戈，此外，吐蕃要与北虏断绝交往。若在我朝攻伐北虏时，吐蕃能够出兵协同，则你我双方彼此承认各自得于北虏的土地。”

穆骏感到身边夏侯景晖的姿势起了变化，但他没有向老将军看。涉及领土，穆骏心知自己的话不仅越权，甚至有僭越之嫌，但他不想放弃眼前难得的机会。他也相信审断利弊之后，父皇能同意这样的条件。

可是一人做事一人当，不能留给老将军支持或反对的余地。

“王子说话，能不能作数？”查旦隆坐直了身体。

穆骏没有直言答他，反问：“你呢，一个外甥，说话能不能作数？”

查旦隆脸膛涨出紫色，大声说：“我是大赞普的全权代表！”

穆骏点头：“我是天朝皇帝的亲生儿子。”

查旦隆从毡毯上站起身，夏侯景晖顷刻撑刀立起，却见对方只是行至两边坐席的中线，正色说：“我们吐蕃人，刀边生，马上长，不起兵戈的誓言，只能对亲族立下。”

穆骏闻言皱眉：“和睦相帮，你不同意？”

“王子的提议很好，但是提议想要实现，我们双方要先结成亲族。”

穆骏一愣之下，明白了查旦隆马上要说出什么。

只见吐蕃会盟使双手搭肩向穆骏一礼：“我于此地，代表大赞普，为我大赞普求娶一位中土公主为妻。”

夏侯景晖持刀一步踏前：“和亲？好大口气，怎么不是吐蕃的公主嫁给我们的皇帝？”

“也可以，但你们必须也有公主嫁入吐蕃，这样才是我们吐蕃人的结亲。”

查旦隆言毕，和夏侯景晖一同看穆骏。

有何不可？

穆骏一瞬想，这些都是后话，先把与吐蕃稳住，总是有利于眼前。谈婚论嫁拖上两三年也行，何况朝中的和亲从来也不是用的真公主。最多父皇实在不愿意，说是自己擅权决断，对吐蕃回绝，自己受罚罢了。

“好。”穆骏也站起身，“那就该以吐蕃进击北虏的战果，做迎娶公主的第一道聘礼！”

双方终于合意，查旦隆随即命令牵过一匹青色骏马，要杀马与穆骏歃血。穆骏爱惜这神骏，拦下吐蕃刀手，指指地上扎兰克的残血，“以这生鲜人血，足够了。”

第六章 / 铁马迷

慈航禅院是皇家资助的尼寺，王攸纪此前从未踏访过，今日揣着袖中的信笺站在偏门，为这番艳遇心口怦怦跳起来。

他年轻高门，爱这些风流交道，在勾栏之中很有几位红粉知己，有些嫁作人妇后仍与他密约往来，袖中这封信，就是从其中一位高官妾室手中传递而来的。

却不是其本人之约，娟秀笔迹之下语气缱绻高雅，像是一位倾慕自己已久的贵室妇人。王攸纪初接到这信，虽然心动，却也不是没犹豫过后面怕有什么风波，但思来想去，约见地点是在佛寺，一次见面又能怎样，真有事时，说自己是来参拜撞见的，也就过去了。

入得寺中，古树森然，竹影幽绿。王攸纪先去大殿参拜，诚意叩了几个头，一个小尼过来问他:“琅琊王公子是吗？”见王攸纪点头，便带他向后去，一路穿廊过厦，至一间精舍。小尼推开门，行礼而去，王攸纪犹豫了片刻，迈过门槛进屋。

室内深而微暗，梵香隐隐，四面白壁无许多装饰，只有些竹木器家具摆放。左厢有个竹编的垂花门，下着纱帘，帘中影影绰绰有一位主人、两个婢女。那主人素服少钗饰，看不清面目，单手支在臂枕上的坐姿却优雅舒展，一望便觉气度不凡。

其实王攸纪刚一入室，已感到气氛不大对，这哪里是个佳人相约的场面，那位主人见到自己进来，也没有期待已久的表示。但他毕竟心奇，想看看主人真容，又想只三个女子，也不能对自己如何，便行上前在帘外有礼。

两个婢女还礼，主人也欠了个身，似乎笑了笑，开口说：“王御史，久仰大名，今日一见，果真俊才。”

她的声音听来有些年纪，却如山间流水般激荡明澈，听得王攸纪耳热。王攸纪又向前一步，探问道：“夫人过奖，敢问夫人名讳？”

主人又笑了笑：“姓郑，家住在贵懿宫。”

王攸纪愣了一瞬，惊得挺直了身子，第一时间想着如何退出房去。郑贵妃却笑说：“请王御史坐。”

两个丽色婢女从帘后出来，搬过一张竹椅放在王攸纪身后。王攸纪左右看她二人，慢慢坐下，两位美人都对他一笑。

身子坐下一半，王攸纪才想起要不要跪，士人对后妃的礼节在他脑中一片空白，他一面想这要真是郑贵妃，她势同皇后，应在尊位，一面又想自己是王氏嫡子，不能跪这低门第出身的皇家偏房。郑贵妃见他将坐不坐按着膝盖，笑说：“本宫只是来进香的，佛寺之中当跪佛祖菩萨，凡尘俗套咱们免了吧。”

王攸纪闻言坐定，郑贵妃又说：“王御史今日却为何来？莲儿知道了，怕不会高兴吧？”

肩头一动，王攸纪向帘后挑眼，贵妃的神情却看不分明。

“莲儿那孩子，对你真是痴心。”帘后贵妃的语气温柔，声音淡淡，“她爹娘送她入宫那会儿，为了护你这个堂侄，她不敢说已经跟你失了身子，到太医署查体之前，她差点吞金自杀呢。”仿佛回想起来依然惊魂未定，贵妃玉手抚了下心口，“好在太医们有本事，三两下让她吐出来了，带到本宫面前，她还一心求死。这些，王御史都知道吧？”

王攸纪垂下眼帘不语。听到这一番话，他才彻底信了眼前真是贵妃，咚咚心跳再起，不解又不安地猜测着：她引自己前来，究竟是要怎样？

郑贵妃手又搁回臂枕上，姿态轻松地说：“欺君加上乱伦，让她死，让她全家死，本宫就是动动指头的事。可本宫心软啊，看她可怜见的，没有吓她，就是劝哄着她，她什么也都说了。本宫能怎么样？她虽然是你家旁支中的旁支，本宫就放着天下看王家这么大的笑话吗？”

当年莲儿进宫时，王攸纪知道她宁死也会护住自己，没太担心过，只是后来惊讶她怎么一路过了查验，还得到皇帝宠幸，今日才知道原来是郑贵妃的手腕。贵妃当时保下莲儿，必然是为了有朝一日牵制王家，那现下是到了……她有求于自己的时候?

王攸纪抬起头说:“当年多谢娘娘体谅，娘娘今日如有教诲，臣洗耳恭听。”

郑贵妃身姿一动，帘后传出一声轻笑:“王御史不必惊慌。莲儿为陛下怀过龙子，孩子虽然最终滑胎，但严格说来她不算是‘未有生养’，上回出宫人，她在放与不放之间，本宫既然放了她出去，就没有捏着你们这点把柄的意思。不知你二人团圆了吗?有机会时，让她也回来看看本宫吧。”

郑贵妃从头到尾都是维护王家、与王家亲好的态度，放莲儿出宫更是决定性的一步。王攸纪虽然明白她说这些是在卖恩，但也彻底放下心来，怀起不妨对她投桃报李的心思。

他想着便说:“娘娘的美意，莲儿万死不能报答，臣亦感激。娘娘如有用臣之处，臣当尽力。”

“也没有别的事。”贵妃语调仍是淡淡的，“只是听说日前，王御史去过一趟先帝陵?”

王攸纪心中一醒，果然，是为这件事。

“娘娘……在先帝陵也有捐献?”

“这是什么话。”郑贵妃又笑了，“供奉先帝陵寝，本宫自然是和陛下一体，也是本宫做儿媳的本分。至于新添置的供物，听说不是那个兵部的吴少关家多事牵头?哪还有什么别人的捐献了。”

暗示很明确了，王攸纪思揣片刻，为难般说:“臣的本心，也不愿过于扩大影响。只是这件案子七殿下已经与闻，在哪里收手，不是臣可左右的。”

“七殿下忙着要北伐，心思会在这上面?本宫自有让他满意收手的办法。只是与闻在他，结案在你呀。”郑贵妃停了一瞬，声音更加柔和，“别人怎样都好，本宫到底是为了御史悬心，听说大名鼎鼎的那个陌承光，近来和谯城王走动得频繁，这件案子也是他一竿子捅到谯城王那里去的?”

王攸纪猜不出她下文，暂不言语。

“这件案子，御史你查得越辛苦，结果闹得越大，人家眼里首告的功劳越大，可御史你作为办案的司法官，担的怨恨却越大呢。”

这话精准。王攸纪咬了下嘴唇，出力不能讨好，确实是自己在这件案子上最大的感受，谯城王只知道嫌办案进展缓慢，而陌承光提点什么道听途说，都能得他嘉赏。血脉相系，自己而今与谯城王的关系，反不如三皇子那边改投来的陌承光，实在令人难以释怀。

“陌承光是聪明人，他既然打算好了靠上谯城王查案，何必有意先见御史？”郑贵妃的声音浅浅带笑，又似体恤，“怕不是他明知这案子可能惹起兵部生乱，想借御史的身份在前，要替他自己移了误国的祸呢。”

王攸纪抬眼看向帘后，仿佛能与贵妃对上视线。

这案子的凶险处，他此前没有这般想过，不觉心间忐忑。“误国”的大罪往下一拍，是非对错都成了小事，真正生起乱势的时候，上面为了息事宁人，哪怕是各打五十大板，也够自己疼一疼了。但他转念又想，好在案子怎么收结，分寸就是自己拿捏着，既然郑贵妃都亲自出面，执法官的身份，真到了有用的时候了。

王攸纪抬手一礼：“娘娘的意思，臣已明白，结案必不出娘娘的期望。娘娘为臣之心，臣亦不忘，今后也请娘娘多加关照。”

贵妃轻快的笑声传出，马上回应他要求回报的意思：“那是自然。其实，王御史，本宫的期望不在这件案子。你们琅琊王氏是天下第一家，本宫家里平民出身，一直心中仰慕。御史既然也有心相交，本宫替我那儿子说句，愿他与御史能结为友好。他如今尚未正式纳娶，来日若有造化，两家能再进一步，长久相扶于世间，才是本宫心中的期望。”

贵妃话说得不满，姿态又低，王攸纪听来受用。王家女儿的婚嫁是世人瞩目的大事，这一代适龄的嫡女王符又是绝色，从皇室往下，多少人盯在眼里，却都顾忌着被拒绝后怕惹天下耻笑，不敢贸然求娶。王攸纪清楚家中长辈对妹妹婚事仍在观望，看作奇货可居，眼见陛下命不长久，风云变幻之中，怎样的联姻对王家的未来最好，还没人看得透彻。

郑贵妃虽说是出身平民，三皇子穆骏的母亲陆氏却只是个籍没的宫女，至今位次仅在淑仪。太子多病且无子嗣，命与储位都像悬于一线，今上宾天之前如果东宫真有变动，新皇之争必在二、七两位皇子之间。

皇帝对谯城王的宠爱自不待言，但二皇子穆鲲始终不曾就国，也没有带兵出京过，政务颇多涉手，完全是太子镇都城般的待遇，看不出上头有舍长立幼的意图。

如果穆鸾上位，王家凭无可动摇的血亲关系自然能够再享殊遇，可如果不是，多出郑贵妃这条路，当然好。

王攸纪主意拿定，笑说："眼前的案子也好，来日再进一步也好，娘娘的期望，与臣的期望相当。"

郑贵妃立即谢他，命婢女把赏赐礼品送出帘外，没等婢女返来，听王攸纪又说："娘娘今天亲身前来，臣不胜感激，却有一个不情之请。"

帘后静了，贵妃的身影凝住不动。

"恳请娘娘撤帘，容臣一睹仙颜。"

王攸纪知道郑贵妃能明白这是一个交换条件。帘后的这张面容，就是此后自己为她办事时手中的把柄。

贵妃几不可察地点了下头，婢女走去缓缓卷起纱帘。王攸纪紧盯着那素面薄妆的脸孔痴看了许久，起身有礼道："娘娘倾国容色，今日得见，臣无憾了。"

库铜案，结案……了？

北伐即将誓师的消息突然自朝廷中枢公布，陌承光本已和众多下层官员一样感觉惊异无所措手，今日前往誓师大会草演的路上，偶然经过御史台门前，居然又在漆成朱红的公示墙上，看见了库铜一案的结案文告。

他怔在马背上，不敢信自己眼前扫过的结论，又下马来凑到近处，将那没头没尾的文书反复看了好几遍。

结论在去裕陵查证那日之后再无进展，只寥寥几句提及流失的库铜已经铸为伪币散布全国，一旦查得，将由度支追缴。到案的人犯也没有几名，最高就是兵部驾部司侍郎吴少关，甚至连山陵令徐挺都不在其中。

秋日天光下，愤懑和不解同时冲上陌承光的心，他不知道什么捆住了王御史的手脚，但清楚御史台的结案文书一旦公示而无异议，很难再审。顾不上多想，陌承光匆匆踏进御史台大门，因为事先没有通传，被守门的兵丁拦下。他示出腰牌打算硬闯，正巧王攸纪公服从台院中出来，两人门廊下相见，气氛一时僵持。

"贤弟无约到此，是为库铜一案？"

"正是，请问大人——"

王攸纪抬手旁边一指："这边说话。"

进入大门边待客房，王攸纪径自主位坐下，等着小吏上茶。陌承光不及坐，站在他面前问："下官今日路过，看见外面的结案文书，觉得结论与下官心中料想有差，不知是何缘故？”

王攸纪接了茶杯，低头吹水：“莫非御史台的结论，要等贤弟判断与你料想是否一致，再行公布？”

陌承光停一瞬说：“下官记得，当时通过裕陵使用的脚夫，查得第一回的五个铜人是两三千斤上山，而后面几次使用兵丁搬运，都是在山下改造。谯城王殿下嘱咐细查山下的改造地，追究铜料差额此后的去向，不知这条线索结果如何？”

王攸纪抿一口茶，似乎不合口味，啧一声说：“贤弟引着谯城王上山，大张旗鼓，供在先帝灵前的铜人都敢锯断了，山下但凡有参与过的匠人，早吓得跑了没影，还去哪里查访？”

“是查访了没有结果，还是推测匠人逃跑，没有去查访？”因为王攸纪明确表示过反对自己插手，陌承光恨自己没再问过案件，此时焦心于追缴库铜，急又说，“当天检查是在先帝陵寝内进行，方圆五里人不能近，如果涉事人员都有仔细收押看管，不会有消息外传。”

王攸纪挑眉，一笑：“御史台如何看管涉案人员，贤弟都要指点咯？岂止陵寝的人能传消息出去，那日谯城王的随从也十几号人呢。”

陌承光听出，这是要把没能深入调查的责任推向自己请来了谯城王，但他不愿放弃正当的司法程序，也坚信唯有如此才可能得到不枉不纵的结论。缓了缓气，陌承光向后退出几步，躬身一礼：“御史大人，即使不论山下的工匠，也有其他线索可以入手。下官看来吴少关很可能是主谋用以障眼的傀儡，恳请大人收回文告，重开调查。”

王攸纪啜了半口的茶水含住，又慢慢咽下：“傀儡？主谋？你这样说话，可要有凭据啊。”

陌承光直起身：“那日在先帝陵，下官见到所谓的捐献名册，回去和兵部的档案核对，发现这四十余家，散布在兵部各个职能，多数政务上与吴少关的过从很少，而且家世身份与吴家相隔也远，为何要冒险帮他——”

王攸纪打断他：“吴少关在狱中已有供述，铸造铜人时掺入库铜、过关后切削改薄，前后是他一人所为，余下各家是诚意捐献，都被他蒙蔽。”

“可是关于这四十余家的审理结论，为何文告中毫无记载？吴少关所言是否属实，可曾与这四十余家一一核对？”

王攸纪一声淡笑：“这些人家，本来是诚意供奉先帝，遭人利用已经很可怜了，你的意思，还要传来御史台横加盘问？还要将这些受害者的名姓公示天下？”

陌承光摇头：“不予公示，他们也该清楚遭人利用。”他想让气氛能有缓和，强压下语速，“御史是否注意过，这四十余家里的多数，有个共同点？”

王攸纪啜着茶，并不言语。

“这些人家，在兵部供职的家主往往年迈，不常到署，甚至病休，更有几人已经故去。”陌承光更走近他，“有没有可能，主谋只是为了拼凑出个四十人规模的名单，好让摊在每家头上的铜量看来不至于太多，才盗用这些人家的名号，伪装成个捐献的样子？他们本家或许并不知情，下官认为务必应当查问。”

听他说得这样详细，王攸纪才意识到那本名册陌承光当时不过匆匆几眼，居然整个记下，还能和档案逐一核对。惊异之下，他更添了小心，思量片刻，语气回软：“年迈之人，多少糊涂，还有死掉的，即便去查问，那点钱物之事而今说不清楚，也是有的。”

“又或者，正因为可以这样狡辩，主谋才会选择这些人家伪造进名单？”陌承光对王攸纪本身的质疑越来越强烈，站在他面前紧紧看他，“请问御史，如果下官自去查问，确证这些人家的确蒙在鼓里，能否重开调查？”

王攸纪放下茶杯说：“贤弟你真是无事忙啊，名单就算是伪造的也罢，那也是吴少关伪造，他本人已经到案伏法，还去纠缠那些人家做什么？本来无辜事外的人，倒被你吓个半死。”

“如果名单确是伪造，”陌承光慢慢行向王攸纪，“那么吴少关，既然精心伪造出一个捐献名单用来掩护，又何必将自家的名姓，实写在上面？”

茶杯磕出一声响，王攸纪身形不觉定住。

“一旦证实，那四十余家的名号的确是被盗用，下官有理由相信吴家同样是被人拿来障眼。何况吴少关是驾部司侍郎，涉及铜料运输，出库的批文多数由他签章本属自然，但他这样的位置，或许恰恰是主谋以他作为傀儡的起因？”

“有理，这猜测有理。”王攸纪放稳茶杯，敲着杯沿说，“可惜只是猜测啊。那本捐献的名册，当天被雨水打湿，字迹已经洇漫难辨，御史台因此才无从查问，否则这轻易的一步，贤弟以为我会漏过？”

陌承光眉心拧紧，无法置信他竟如此抵混：“……下官尽数记得！”

“口说无凭啊。”王攸纪笑向他抬眼。

“案情既然存在疑点，”陌承光沉下声调，“下官身为首告，将行文申请，要求列席，重审吴少关。”

“贤弟有所不知。”王攸纪语调平淡，不经心模样，“吴少关啊，昨夜听闻结案文告公示，畏惧刑责，已经在狱中自尽。”

杀人灭口，四个血腥的字眼刺进陌承光头脑，令他一瞬眉心剧痛。无法再多说一个字，陌承光扭身往房外走，王攸纪从后面叫他：“贤弟往哪里去！”

陌承光毫不理会，王攸纪一磕茶杯起身：“劝你莫把此事再烦谯城王，殿下已是北伐的西路统帅，正在殚精竭虑的时候，耽搁了北伐大计，你敢以什么担待？”

陌承光停步：“将士即将奔赴沙场，后方在忙于掩盖罪行？兵部的大贪不除，供应的隐患不能根绝，北伐失利的后果，无人可以担待！”

“陌大人，休争意气。”王攸纪跟向他去，“北伐是陛下一生宏愿，更是民心所向，陌大人轻言失利，恐怕不妥啊。”

这整套说辞，对方早已备好，最初的愤怒被错信于人的悔意压过，陌承光没有心绪再争口舌，起脚只向外走。王攸纪捉他手腕扯住：“去草演场上见谯城王？正好你我同去，便知道你的浑搅从此无用。”

陌承光不由分说出御史台，上马扬鞭疾行。向城西演武场去的车马正在汇聚，但纷纷因他的骑势让开。一路驰去，陌承光只见兵马渐密，旌甲鲜明，勤务和警戒的兵丁往来不息，尽是忙碌兴旺景象，似与他眼底所见的恶行没有半分重叠。

到关卡通名，草演场地还未对外开放，陌承光焦躁等了很久，目力可及的近处是数十亩平旷草场，略远有些山丘，整个模仿的是中原与华北大部的地形。场中有大概三千人的骑兵正在操练，一部分聚在山丘之下，像是演练坡地战法。离山丘不远处，有砖石搭建的几组高矮不同的模拟城墙，在那城墙之下，陌承光望见一台熟悉的装备。

“陌贤弟。”

陌承光听声回头，竟见是柳遥之。

故知相见的惊喜暂扫了他的心境，陌承光策马迎上去:“柳将军，几时回来的？”

柳遥之笑:“将将赶上誓师。”他往模拟城墙那边一努嘴，“看见了？你的冲楼。”

“是武备司的设计。”陌承光急切问，“能派用场吗？”

“好用。昨天演练了一把，用这个攻城，城上除了拿大型的投石机硬砸，没什么防御的办法。”

“防火实用怎样？”

“你那涂料哪来的？不浸在火油里烧，基本都能阻燃。我准备在冲楼里面配上湿毛毡，哪怕万一护壁沾上火油烧起来，人就裹上湿毡从后面的开口往外跑。”柳遥之又看陌承光笑，“总比云梯好用太多了，七殿下说了，真打下了函谷关，可得好好谢你出这个主意给他。”

函谷关三个字吸引了陌承光全部的注意，那是天下咽喉，关中锁钥，没有一个能战之人闻此不会血热。

“……三殿下，还好吗？”他不觉问出。

柳遥之回过马，带他往场中去，行出一段，才说:“殿下他不能回京的缘故，听说了？”

“说是，路上死了俘虏的匪首。”

“对。”柳遥之与陌承光并马，看了下周围，更低下声，“所以他又给按在外面了。殿下好像索性不回封国，暂时留在巴州了。”

是为了与夏侯景晖将军……

柳遥之已经归回谯城王麾下，陌承光知他两面作难，无法再往下多问。

“殿下身体怎样？”

“我离开的时候，还好。”柳遥之神色稍黯，“但之前为了诱那贼首下山，在潮湿的谷地扎营很久，殿下不习惯气候，有时低热。”

“胜利之后，病就会好。”

“对。”柳遥之笑起来看他，“你知道？”

“在太学的时候就是，大考之前他总发烧，过后就好。”陌承光也笑笑，眉心的愁色却还滞着。

“殿下……有种韧劲。”柳遥之仍是低声，“只要身体无恙，他压不折的。”

陌承光轻轻点了下头。

一时无话，两人又行出一段，柳遥之问："你今天请见，是为了那个库铜的案子？"

陌承光答是，听出七皇子告知他了。柳遥之说："时机不太好。"

陌承光制了下缰绳："谯城王殿下的意思？"

"不是。"柳遥之回头看他，"是我体会的，谯城王殿下的意思。"他又转过身，策马说，"北伐各方面需要运转，眼下，兵部是乱不得。"

"将军不觉得，眼下北伐太仓促了吗？"陌承光磕马，跟上他问。

"怎么不觉得。"柳遥之眼望前方，没有掩饰笑里的无奈，"可我就是个带兵听令的。上面的意思，深秋水浅，冬天北方封河，春天还有凌汛，如果不能赶在仲秋之前出兵，就没办法以水路向北运兵运粮，拖到明年夏天……"

他止住了话。

陌承光却听得清楚。拖到明年夏天，今上可能就看不到了。

所以为了"看"，而出兵吗？不为了赢？

"这样的仓促里，有没有只要起了兵，兵部就不能乱，案子就不会再查了，这种原因？"陌承光声音低下去，不知是问柳遥之，还是自问。

"起兵是陛下，还有谯城王的意愿。"柳遥之驻马，"等起兵回来，谯城王再管这案子，"他转头看来，"说不定更趁手呢？"

如果一战功成，谯城王的地位将会大进。陌承光知道柳遥之在说什么。

但是如果不成，谁来承受这一战的后果？

"办案的御史明显在掩饰真相，拖下去，更多的证据可能灭失，甚至证人都有可能被害。"陌承光策马靠近他，"御史台公示的主犯，据说昨晚在狱中自尽，很可能是杀人灭口。"

兵部要乱了，正好，他边说着想，或许正可勒住北伐这匹惊马的缰绳。

柳遥之意外微怔了下，转回头没再说什么，只抬手前指："谯城王殿下在那边。"

织锦大帐中，穆鸾正在由侍者穿戴整套的金红铠甲。陌承光进帐见礼，他点了点头，平伸着胳膊问："案子又怎么了？不说是御史台已经结案了？"

陌承光把方才在御史台说过的线索、推断又对谯城王细说，这时王攸纪也已赶到，喘气拭汗进入帐中。穆鸢像没看见他一样，一边被侍者抽紧的腹甲束带勒得皱眉，一边说："王攸纪一向是没用，怎么，主犯关在牢里还能死了？真该臭骂他一顿！"

"微臣推测吴少关并非主犯，其上更有主谋，甚至他只是遭人利用。"

"可是，死无对证了呀。"穆鸢动动肩膀，让侍者调整肩甲，看着陌承光。

感觉到王攸纪站在了身边，陌承光更已感觉到，谯城王对案件的态度，和之前不同了……

"吴少关在狱中横死，更加印证臣的猜测。臣将以首告的身份，向御史台和中书行文要求重审此案，特来禀告殿下。"

穆鸢张了张嘴，王攸纪接话说："陌大人无非是觉得，只查到一个侍郎，你费的辛苦不值，动静不够大吧？"他往前一步，站到穆鸢近处回身对着陌承光，"不如就直说了，你想让主犯是谁，你想要栽给哪个？"

"线索引出证据，证据经过查实，事实落在哪个身上，哪个便是主犯。"陌承光正色说，"吴少关是否屈死，主谋是否脱漏，御史也好我也好，都无从空口直断。但线索目前没有完全调查，证据不足，到案人却已身死，何况我兵部库的物资究竟如何收回，至今没有结论，下官绝不会任由案件就此终结。"

"兵部库的铜，不是流到淮南，铸成伪币了吗？"王攸纪振袖，"陌大人自己说的，什么那边已经招供？你倒是告诉我如何收回？"

当时那句，是为了诈出山陵令的供述，免他受刑。陌承光只说："调查线索，确证淮南的哪些暗炉得到了库铜之后，可以收缴。已成伪币流散出去的部分，是主谋获利，应从主谋家产中清扣。吴少关的家底砸穿，也赔不出库铜损失的一分，不查到主谋，请御史告诉下官如何收回？"

"你也，别太急躁了。"穆鸢已经穿好腿甲，前后走动，又轻跳了几下，"贪墨是要查，但证据，你不是说还不够么。"他站到陌承光面前，"办大事得讲究章法，普天之下现在都眼看着北伐，这当口，兵部的案子先结掉，人心不是稳嘛。"

"所以，殿下也觉得，案子不结掉，兵部里现在有人的心不稳？"

穆鸢皱眉往后退了一步，半刻说："这么大量的铜要是细究细查，不得再闹出几个死罪来？设身处地想想吧，就算没自己的事，上司、下属涉不涉事，谁知道呢？案子不结，整个兵部还不是人心惶惶？”

“北伐在即，大敌当前，整个兵部为了怕查贪墨人心惶惶？这样的兵部，真能支撑北伐？”

穆鸢又皱眉，没回出话。柳遥之从旁边说：“谯城王殿下彻查贪墨之心，贤弟无须存疑，实在是情势到此。既然商讨已久最终决定北伐，还是得靠这样的兵部支撑，眼下兵部安稳对北伐更好。”他看了下穆鸢，“出兵，总要回来的。”

总会回来的。总要回得来。陌承光不知道柳遥之在说哪个意思。但北伐如果真的无可更改，眼下最紧迫的，的确是全力协助被架上锋线的这些将军和战士们，还有眼前的柳遥之……让他们回得来。

陌承光慢慢对穆鸢行一礼，说：“微臣方才失仪，请殿下宽谅。”他起身，向王攸纪又说，“只是，现有的物证说字迹湮灭，最可能的知情人也说自尽，下官需要御史向殿下保证，北伐结束、调查重开之前，所有涉案人员，包括证人，性命不可有失。”

听他还说“调查重开”，王攸纪微露出一个笑，没有答语。穆鸢便对王攸纪说：“这是当然，不然拿你是问。证据也都好好放着，啊。”

“另外，下官还要请问王御史，山陵令徐挺当时在先帝陵园中，已经承认涉案，为何目前的结案文告里对他分毫未提？”陌承光转看穆鸢，“他不是兵部官员，微臣问问应该无碍。”

王攸纪仍没回话，只看谯城王。

“他啊……”穆鸢说，“里面有个缘故的，没法跟外头讲。”

他往陌承光近了些，铠甲压身，手提着腹甲的带子：“把铜胎从厚变薄，他知道，但是铜人里弄出来的铜，他自己没拿。”

“他能证明？”

“怎么说呢，第一回那五个铜人，算下来不是一万五千斤铜么，上了山就没下去，让徐挺拿来修补先帝的墓室石门所用的铜枢了。”

铜枢，灌铸在石门之内，永远无法取出核查。陌承光想，谁能证明？

“剩下的几回不是山下弄的吗，他就不知情了。”穆鸢又说。

陌承光想问殿下信吗？然而答案已然清楚。

穆鸢还说：“铜枢老旧了这回事，说白了吧，就是这些年给先帝陵拨的款不足。徐挺也是好意，事发之后，他就坦白了，但你想……这事没办法说，何况拿来修补的铜，是这么暗地里挪了军用过去的。我已经跟父皇说了，父皇也说就这样吧，徐挺不用问罪了。”

所以陛下知道这件案子。知道多少？

还是这七万斤铜，对陛下而言，没有一个稳字重要？

至于眼前的谯城王，陌承光已经明白了他这番看似精妙的解释从何而来，也明白了为什么案件会突然收结，北伐会突然开始。

有人与他做了交易，用支持北伐，换取解脱案件。

国库的财物，转来转去，只是他们利益交换的砝码。

陌承光垂目不再说话，脸上的神情也渐渐散去，穆鸢看了看他，让随从给自己最后扎上斗篷，笑对他说：“案子也说完了，时候也快到了，走，出去，我带你看个好东西。”

一匹深青色的骏马，体格不算很高大，但胸宽肩阔，筋肉遒实，紧凑的头颅上有一双大大的鼻孔。全副重甲的穆鸢骑在马上，马匹依然四蹄轻捷，远远一圈疾速兜返，几乎不见喘息。

穆鸢勒马扬蹄，稳停在陌承光身前，得意地跟他说：“你看，是不是神驹？”

陌承光的眼睛无法离开那马——的确是神驹，耐力非凡，最适合长途奔袭的战马，是能克制北虏的战马！

“……殿下这马，哪里得到的？”陌承光仰头问穆鸢。

“吐蕃的，高原马。”

“和吐蕃开了交易吗？”

“就不能是贡品吗？”穆鸢笑了下，“你还真是，和三哥一模一样的心思。”

陌承光疑惑看了眼身边的柳遥之，柳遥之垂着眼。穆鸢在马上说：“三哥跟吐蕃人谈下了以茶换马的交易，这是快船发回来的样品，父皇给我的。以后开了商道，马就能源源不断了。”

陌承光心头的阴霾一开，喜问：“这样的大好事，怎么朝中不知？”

“因为三哥，是越权谈下来的吧。”穆鸢淡淡说。

仿佛兜头一盆冷水，陌承光的神情又凉下去。柳遥之看见，在旁说：“像殿下刚才所说，办大事的章法，朝廷得有考量。”

陌承光知他在替自己转圜，但接不出话，听穆鸢又说：“对啊，怎么也得父皇重新派了使者过去谈一遍，再公之于外吧。”

所以武陵王的功绩，就全部被抹杀？

陌承光想笑，他也确实笑了。因为他看见远远一队仪仗呼啦啦驰来，黄尘中旌旗锦障围绕的那位皇子胯下，是他熟悉的另一匹马。

北虏的黑马。北虏王子在悬瓠城下送来，进献给朝廷之后，皇帝又赐给太子的那匹马。

穆鸾也见人来，立刻拨马迎了过去，叫道：“二哥，你来了？”

二皇子穆鲲与他会马，两人对面问礼，穆鲲说：“太子殿下病又起了些，让我代他来。太子说，祝七弟，”他往这边看过来，也对柳遥之欠了个身，“和柳将军西线连捷，克定函谷潼关，席卷中原直向长安，成父皇宏略，自取英名。”

柳遥之躬身对他行礼，旁边王攸纪也跟着拜下去，只陌承光站立不动。穆鲲看他一眼，也向他点了个头，便拨马与穆鸾一同向誓师大会草演的礼台上去了。

那两马并驰。高原的神驹，是穆骏冒着险自担责任，从吐蕃争取得来。北方的黑骏马，是穆骏助悬瓠城击退北虏，敌方示以尊重的礼品。

礼台上旌旗招展，提示臣下列队的鼓乐开始奏响。七皇子穆鸾接过侍者手中的兜鍪端正戴好，挺立的姿态已全然不见少年的生涩，盔头红缨猎猎飞舞。二皇子穆鲲服色深黄，站在更上首的位置，堂堂仪态，衣上绣线闪烁，同样醒目耀眼。

什么都是他们的，什么都不属于武陵王。

失望，难以言说的失望，像冬日枯井，凿开坚冰不见清水。陌承光立在秋日的艳阳下，只觉得心冷。

自从北伐出兵，弟弟几乎日日住在兵部库，一切的物资出入与检查、各种调配都自己经手处理，不在锋线，却像身在锋线一样紧张忙碌。陌闻音知道承光是太肯操心的个性，也不劝他，只在家中备好衣食，常去库里帮他替换。

这与当时在悬瓠城不同，战事在遥远的前方，公务她并帮不上手，弟弟不在家的日子里，陌闻音在院中桂花树下铺起白棉纸，接那坠落的小花泡茶、浸蜜，往往对花一日默坐。

白露过后，燕子也走了。总有前线的消息虚虚实实传回京来，引得街巷之中人心摇荡。陌闻音想王符小姐的心上人是北伐的西路主帅，明白她这段时日一定担心七皇子的安危，心绪比自己更难安定，就不时去探问，也为了让她分散精神，给她写出北虏话的课子、整理北地诗册，更加用心地教她学习。

后来两个姑娘几乎隔日一见，但多数在王宅，这天王符带着保母莲姑前来回拜，陌闻音正在洗头，湿淋淋地抓着头发好生狼狈地去门口迎接。王符当然不怪她失礼数，让莲姑过去给她冲洗，自己立在一边，看大木勺里的水淋在陌闻音漆黑的头发上，水流下去，长发像黑缎子的瀑布。

“你往井边站站呀，这淋得院子一地。”

陌闻音只向王符笑了笑。

“水是凉的。”莲姑忽说。

“不碍事的姐姐，这才秋天呢。”

“你得叫她姑姑。”王符走上前，“她是我远房的堂姑，家里没地方了，才过来陪我的。”

莲姑眼睛垂下，默默地帮陌闻音续水。

她纤细的手指揉在头发上的动作很温柔，冲好了水，又一丝一丝帮陌闻音分开打结的发尾。陌闻音很小起就得不到母亲的照顾了，对这样的接触又紧张，又不适应，又竟有些贪恋。

“两进院子不算小，没用几个下人？”

陌闻音擦着头发，笑说：“我家里就这样，从小惯了，也挺好。自己什么也能做，比遇事发愁强。”

王符想了想，没回应。

陌闻音发觉是不是话说得不合适了，莲姑这时拔下头上的一支银钗，帮陌闻音先将头发挽了个髻。

摸摸那支钗，一种温情从陌闻音心里泛起。她站了一会儿，想着迎她们进屋去吃桂花茶，听见院门口又有人喊：“妹妹？”

熟悉的女音，陌闻音请王符稍等，过去一看，果然是自己的三嫂。

只见嫂子穿着一身松松的青布刺花衣裙，怀里还抱着一个小小的襁褓。

“嫂嫂，这是我侄女吗？”陌闻音惊喜叫出来。

三嫂何氏面上飞红，点头说:“刚过了百天，你哥哥说，得让你和承光看看。”

“是我们，我们该去看她的。”陌闻音小心触碰孩子软软的脸蛋，愧疚说。

“没事儿，明白。”何氏看向小婴儿亮晶晶的眼睛，跟闻音说，“不在一块儿，咱们各自都好，就行了。”

“哥哥呢？”点了下头，陌闻音问。

“刚才看外面停着一辆大车，问了说有人家小姐在这儿，你三哥就先回去了。”

“是王家的小姐，嫂子快进来吧。”陌闻音忙着招呼。

何氏起脚又站住了:“那个王家吗？那我……”

“没事的，我跟王小姐很要好的。”陌闻音扶着嫂子往里走，“她家不是外面想的那样。”

何氏进了院子，见到王符和莲姑，恭谨行礼。陌闻音两边介绍，笑着说:“今天是我的什么喜日子？亲朋好友都聚齐了。”

王符过来看三嫂的孩子，又好奇，又不敢碰似的。何氏请她抱抱女儿，腼腆说:“借借王小姐的福气。”

王符将孩子小心抱过来，像捧着什么珠宝盒子一样，胳膊都不敢弯，赶紧又还了回去。何氏谢她，王符就说:“我哪有什么福气，祖上挣下的罢了，嫂嫂别客气。”

见王家的小姐这么平易亲人，何氏看陌闻音，眼神喜悦。三个人围着孩子逗了半天，陌闻音感到长久以来难得的畅快。

她想把人都让进屋里，转头却发现莲姑一直站在院子的角落没动，神情落寞。

陌闻音疑惑看了眼王符，王符转头看看，说:“莲姑，你去车上把我那别斗篷的金扣子拿来，身上没带着礼物，先用那个送给孩子吧。”

何氏和陌闻音忙拦着说不用，莲姑听命径自去了。她身影出了院门后，王符低声说:“你们别怪她扫兴，她身世很苦的，本来选进了宫，还有了孩子，没想到孩子滑胎了。上回出宫人，她就被赶了出来，家里也不收容她。她是看见这孩子，想起自己的那个了吧。”

“怎么滑掉的呢？”何氏这新母亲对莲姑涌起万分同情，忍不住问。

“说是为了庆贺她怀上身孕，陛下给她重新漆了一遍宫室，那个漆里面，可能有人混了麝香。”

一刹之间，陌闻音满背的汗毛竖了起来。

“……姐姐？”

听见王符唤她，陌闻音才知道自己是惊到失语的表情，她摇了下头，正好看见莲姑走回院中。

不由自主地，陌闻音往前迈，把嫂嫂和孩子挡在自己身后。

“姐姐，怎么了？”

陌闻音转头看王符，不知道该怎么表达出来，更不知道能不能说出来。莲姑看出她神情不对，走到她俩身边，陌闻音转对着她双肩都发起抖。

处心积虑害死了邬考工的人，原来就是身边相识，却是这么个温柔可亲的模样？

太可怕了，这人心太可怕了。

“陌小姐？”莲姑轻声探问。

“姑姑在宫里……落了孩子的时候，”陌闻音将声音稳住，问得清楚，“是不是有个叫邬其庸的皇城营造，被抓了问罪？”

莲姑的脸一刹惨白，向后退了一步，定定神说：“那是冤枉，对他不住了，可他没有问罪，是无事放了的。”

“姑姑知道他是冤枉？那为什么，后来又叫太监全宝去求他修义庄，再把他告给御史？”

“什么……什么太监？”莲姑又往后退了一步，“什么御史？邬其庸怎么了？”

“姑姑为什么要他的命？！”

“姐姐，”王符上前拦在她俩中间，“有话说个明白，你看莲姑吓的。要了谁的命啊？”

陌闻音绕开她，只向莲姑说：“姑姑知道邬其庸的夫人去世，他想要积福，就指使自己宫里放出去的老太监去求他修义庄，再用这个僭越的罪名，让陛下把他乱杖打死！这些姑姑全都不记得了吗？”

“……什么啊？”莲姑惨白着脸色，往王符看，“小姐，我真不知道说的都是什么，我没有啊！什么义庄，我都不知道……”她又靠近陌闻音，“这都是谁说的？为什么这样陷我？”

“这是——”想到邬延龄已经进宫，陌闻音顿了一下，“这是听那老太监全宝亲口说的。”

“什么老太监啊？”莲姑哭了起来，“你把他找来，邬其庸……我没想过害他啊……”

“证人已死，这些话到邬考工坟上说吧！”

王符扶住莲姑，蹙眉对陌闻音说：“姐姐，这事蹊跷，你也不能只听一面之词，莲姑的为人我清楚，里面一定有误会的。”

陌闻音的声音发涩：“疏不间亲，我也不求小姐信我，但邬家为此家破人亡，如果事情是真，小姐敢身边放着这么一个人吗？”她转向莲姑，“太监全宝已经故去，这事姑姑是可以抵死不认，但邬考工在天之灵就在看着，要真是姑姑所为，你去他坟上谢一次罪，道一次悔吧！”

莲姑从王符的手臂中滑脱，跪下身去，浑身发颤痛哭说：“我真没有……我，我为什么害他？那孩子……那孩子是我自己打掉的啊……”

院中静下去，何氏怀抱中孩子的哭声大了起来，何氏低头哄孩子，向院中一角避开。莲姑跪倒在地上，看着何氏的方向，流泪说：“那孩子……是我的罪过啊……关邬其庸什么事，我不会害他啊……”

陌闻音愣愣站着，王符扶起莲姑，说：“这边我看已经说明白了，今日我们就回去了。这件事，姐姐自己再想想吧。”

她带着莲姑往外走，陌闻音没反应过来，站着不动。何氏跟过去送出了几步，回来抱着小女儿看着妹妹。

“这个姑姑，我看着她说得不假。”半晌，何氏轻轻说，“那是自己害死了孩子的哭法。”

她的手上拍着孩子，孩子已经安静了，小嘴动一动，眼睛轻轻闭着。

那，邬考工之死，到底是怎么回事？

延龄没身进宫……就是个徒劳？

陌闻音脑子太乱，什么话都回不出来。

何氏扶住她胳膊说：“嫂子知道你和邬家人感情深，但毕竟是人家的事，邬家是不是已经没人了？你别自己着急坏了身子。”

陌闻音回牵住她手说：“对不住嫂嫂，你好不容易带着孩子过来，还闹了你这么一场。可妹妹现在实在有话要跟承光说，妹妹先送你回去，改日再去看你。”

何氏摇摇头:“你别送我了，我就在这等着，一会儿你哥哥来接我，给你掩上门。”

她单手抱孩子累，换了下胳膊，细看看妹妹，又说:“嫂子说了你别笑话，你哥哥是白身，可我家里有做官的，嫂子知道如今官场艰难，最难就是承光这样不上不下的官。你跟着他，两个人在外面不容易，刚才这事嫂子听不太懂，可听着好吓人。你三哥和我的意思，要是真遇到艰难了，这官咱们就不做了，回家里来，你哥哥那几间小生意，咱们再做针线，怎么也养得了一家。”

陌闻音的鼻子发酸，她探过身搂住嫂子，头抵在嫂子肩上，垂眼就看见安睡的孩子。好像找着了支撑，陌闻音低低说:“嫂子，有哥哥和你的心意，我的心底下就是安宁的。可承光我知道他，他要做事的，我得陪着他。”

何氏轻轻叹气，伸手拍拍妹妹的背:“你找承光就快去吧，啊。”

出来走在路上，陌闻音的头还蒙着，觉得脑袋里像江海在摇。她不想雇车，沿着路走出好远，才发觉平日僻静的街上今天怎么聚起了这么多人，仿佛每家每户都涌出了家门。

每个人的脸上，都露着喜色。

“这是怎么了？”她问路边一个婆婆。

“姑娘还不知道哪？”那婆婆笑着说，“七殿下的大军，真打下函谷关了，金吾卫今天要放夜，像上元节那样庆贺呢。”

陌闻音抬头，有飘飘的红签子在半空洒，她踮脚接住一张，上写:“函谷大胜，直下潼关”。

关楼上没有组织起有效的抵抗，零星的火箭下来，撞在冲楼的护壁上如同爆竹入雪，即使能听见响动，也不过炸开一个小坑，火苗随即与箭支一同掉落车前，又被迅速甩在滚滚的车轮之后。

城上抛下的投石也有砸中冲楼的时候，一台冲楼的前护壁被砸出大洞。然而潼关的形制所限，城墙上摆不开多几排投石机，推着冲楼前行的大批士兵吼叫着冲锋，迅速突破北虏投石的射程近限，一块块大石从冲楼的上方呼啸着掠过，徒劳地坠落在阵线背后。

压倒性的优势。

柳遥之在一侧山坡上驻马，看着座座冲楼接连撞至关城墙下，顶部冒出争先恐后的士兵，将短梯搭在城头与冲楼之间，先锋叶援抛出钩索钩住城垛，轻而易举地第一个跃上潼关城头。

“……潼关的后面，原来是这样啊将军。”

落日西斜，如同站在一道窄门的出口处，关中大地在他们眼前向远处铺展开，田野和山峦笼罩在泛金的暮光中，华山之巅的仙掌崖在澄清的半天遥遥可见。

柳遥之与叶援一样望着西方，心潮之下却隐藏着暗礁般的忧虑。

是否赢得太快了？

“早知道是这样，真该早点打来。”叶援眺望着华山方向说，“王师一到，虏军听风而逃，虏地的汉民肯定早盼着这一天了。”

柳遥之向他笑：“不是虏军听风而逃，是你们奋勇忘身，王师所向披靡。其实我祖籍河东，也早盼着有朝一日打回老家去，能看看家乡风物，会会父老。”

这次北伐中担任柳遥之副帅的韩明子将军在一旁说：“末将愿为将军为先锋，一鼓作气挺进关中！将军看何时拔队进兵？”

柳遥之带着笑，转回头看天际。

落日下沉得很快，上方的天色已转为苍蓝，太阳挡在被映出金边的低云之后。

“我们来时取速，单刀直入插进虏地的中心，但以我们的兵力，控制不了太大的地域。此时潼关以西、函谷关以东都是敌区，如果挥师西进，两座关城可能不保。”片刻，柳遥之慢慢说。

“是啊，韩将军，”叶援帮主帅说，“咱们得等东线的合兵过来，或者等谯城王殿下增派后援上来。”

韩明子是武人世家出身的宿将，四十余的年纪，性情直爽，他叹了口气说：“唉，东线哪能指望？东线统帅，是江夏王啊，末将在他手底下干过，那是个朝廷指哪一下，他往哪蹭一下的主子，半点不肯做主，几千里路，哪能来得及？下面王仁举、吴复这几个哪能打仗？就一个郭乐成是点意思，偏偏还是个降将，且不说咱们放不放心他，那边和他打配合的要是不放心他，他能成什么事？”

“韩将军的意思呢？”柳遥之问。

“依末将看，东线那帮人打到冀州就不错了，绝不能指望他们扫平了中原，过来给咱们当后盾。好不容易打到了潼关，往下面，咱们得自己打算。”

“不是还有七殿下在襄州的兵马吗？”叶援说。

韩明子摇了下头，看着柳遥之：“都是得七殿下知遇之人，末将就直说了。殿下年少，没经历过战场，他的用兵就是用人。既然殿下点我们为将，他指望着我们帮他，远胜过我们能指望他来帮我们。再说这次的出兵，朝里、兵部那些主和的，怎么突然都转了性，这里头有没有就想等着殿下用兵有个闪失，抬脚要踩的人？”

“韩将军，你是说……”叶援插话，“有些支持北伐出兵的，其实是盼着咱们败？”

“是啊！”韩明子一声叹气，“所以殿下谨慎，怕损失，这都难怪他，他不敢败啊。他一次只肯发来一点兵马，我们也不要指望着殿下，也不要催他，免得他那边急里更生乱。我看前方这里自作主张，也是方便，也是万一真有个闪失，殿下容易脱了责任哪。”

“韩将军考虑得周详。”柳遥之偏过身，高高的身影挡住了落日的光，神情在背光下不甚清晰，“所以将军觉得，往下该怎么走？”

“就留一部分人驻守关城，在这城上多树旗帜，多让兵马绕城转悠，唬住北虏。主力迅速西进，杀几个要紧的人，或是缴获些要紧的东西，舆图制书之类，这才算是战果。其实柳将军心里该清楚，占地，咱们可占不了，凭咱这几个，还能在北虏境内抠出一块地来长久占住？要是这一趟打来，只占了这两座关城，时候一长还得还了回去，那等于白打了啊。”

柳遥之沉吟不语，叶援说：“韩将军，像大帅刚才说的，两座关城，咱们守关就得分兵，再分一部分出关向西，人马哪边都多不了，要是北虏打了回来，万一把关城给丢了，咱们人就被堵在西边了，容易被他们收口袋吃掉。就算还能把关夺回来，那不是折腾吗？”

“潼关、函谷关，既然拿下了，就绝不能丢在我们手里。”柳遥之发话，转头重新看向天际。

太阳已经完全落下了，只在大河涌来的地平线上留下一道深青。

“无论能占住多久，得到朝廷回师的命令撤出去，是一回事，被北虏反击丢掉了是另一回事。我们占住这两座关城，就像两面大旗插在北虏腹地，全天下都在盯着，城丢了，等于旗倒，我们交代不了的。”

韩明子不再说话，虽然看不见柳遥之的神情，但他听懂了柳遥之话中的深意。这两座雄关的名号，远重于它们实际的价值。

“韩将军，潼关与函谷关，你我分别驻守。”柳遥之在夜色中转回身，“务必尽心，不可有失。”

韩明子领命。

“眼下当务之急，是站稳脚跟。无论东线怎样，援兵怎样，稳站在这里，我们，”柳遥之重重说，“才能立于不败之地。”

叶援终于意识到，主帅始终在考虑的，与其说是如何取胜，不如说是如何在这场注定无法完胜的北伐中全身而退。

他见主帅转向自己，听柳遥之说：“所以一个重任，我又要压在你的肩上了。”

“将军信赖，末将纵死不辞。”

柳遥之笑：“用不着‘纵死’，这回不是让你做先锋，是做后勤。”

“后勤？”叶援扬声，一下难以接受。

“韩将军说得对，后援不能指望，战线拉长，每处的兵力都有限，很容易被敌人从中间分割截断，供应将是最大的问题。咱们得自己打算，占在哪里，就从哪里征粮。”

“就近征粮？”

“对，不能抱着后方可以稳定发来粮草的希望，函谷关以东的陕州，潼关以西的商州，凡是我们的兵力能控制的地方，务必将粮征上来。”

叶援的神色中透出顾虑，虽然口号上他喊汉家父老心向故朝，但毕竟占在敌区，如果百姓不肯交粮，可能需要威逼，甚至明抢。

“我知道不会容易，所以需要你迎难而上的劲头。”城头上已经点起火把，叶援看到主帅的眼中完全没有了熟悉的笑意，“占住了这两座关城，我们的考验才刚刚开始。能不能靠我们自己支持住我们的人马，就是成败的关键。”柳遥之看向韩明子，韩明子也在点头。

韩明子拍拍叶援的肩膀：“小兄弟，战略定了，一块往下打吧。”

“有事再奏，无事退朝——”

战事方兴，大朝会由每月的初一一次增为初一、十五两次，始兴帝于前后宫之交的建极门下亲临听政。今日汇报完毕近期战况，兵部、礼部关于嘉奖谯城王西路军将士的提请亦得皇帝首肯，司礼中官照例扬声。

建极门阶下远处，兵部排末有人出列行礼：“臣有奏。”

心里正等着散朝的大小朝臣统统转身向那边角望去，又回头仰看建极门下天子的神情，一时满场窸窣衣声。只见始兴帝浮肿的眼睑缓缓翕动，点了下头，中官扬声道：“报上职名——”

“兵部库部司主事，陌承光。”

嗡嗡的议论声从朝臣队列中泛起。此人在悬瓠城的名头当然人人听过，返京以来在兵部的行事朝里也大有传闻，都知道他掀出库铜一案，在御史狱里死了一个兵部侍郎，今天更在大朝会上冒头上奏，不知倒霉的又将是谁。

官员们不免向兵部排首瞟去，那边却是安静得出奇。

始兴帝也在看五兵尚书，不久转向御座下站得最近的太子，吩咐：“朕累了，你听听他说什么，小事你自行处置吧。”

太子领命，皇帝便起身。看见这退朝的态势，低低的满场议论中掺起了更多疑问，朝臣虽然在礼官的唱仪之下都陆续行礼恭送，但起身时尽是观望甚至看戏的神情。

陌承光静着脸色，向建极门台阶上望，只见太子与近侍共同搀扶皇帝行入门后的内宫方向，又返回等待礼官抬来太子听政的座椅，摆在御座之下正中。

皇帝的态度莫测，却也明确。天子并不鼓励自己这样的小官在朝上言事，即使大朝会是中低级官员几乎唯一的面圣机会。天子也不认为自己所言有被他听闻的必要，不论是什么内容。

太子已经落座，与陌承光的视线遥遥接上。

陌承光甚至觉得，皇帝留下太子听自己奏事，表面看是委以朝政，实际同样是一种忽视，而朝臣们都懂。

中官唤：“陌承光近前说话——”

陌承光垂首一礼，快步穿过已经不再整齐的朝臣队列，将越来越嘈杂的说话声甩在身后，踏上建极门台阶，行至太子座前再度躬身。

“何事来奏？”

太子的声音总是柔缓，略略乏中气。陌承光抬起头，见他比自己初回京城去东宫谒见时脸色似乎红润些，肩膀仍像刀劈般消薄，坐姿端正而松弛。

从那姿态中，他感觉太子怀有和今日的自己相近的心境。听天命，但尽人事。

“启禀殿下，北伐前线粮草的供应紧张。”

阶下本来带上了烦倦的朝臣议论暂停一瞬，接着冒出一个新的高峰。未等太子有所回应，五兵尚书佟红庭出列抬头：“出兵以来，北伐粮草供应平稳，哪来的道听途说，敢来惑乱君前？”

陌承光没有看他，向太子又一礼：“微臣是算得。”

“算什么——”

太子对佟红庭抬了下手：“让他先说。”

“朝廷的军粮储备，集中在兵部几库，微臣职权之内，可以看到各处出入库的报表。约从半月前开始，各处粮草出库的速度均有放慢的迹象，而且趋势越来越明显。”

“趋势？”太子轻问。

“这说明，前方粮道堵塞，中转仓的容量有限，为了避免无法入仓、自行承担损失，中转仓不再向兵部库请调新粮。”陌承光语速平稳地向太子解释，“微臣不知道前线共有多少兵马、各处如何分布，但以十天前的出库总量测算，当日运向前方的粮草，只能支持二万余人，这个数字一定远小于实际的兵额。”

“所以呢？”佟红庭在他身后踏阶而上，质问。

“大兵远出，粮草主要靠后方以水路接续粮道支持。按照兵部条例，每名士兵应带五日存粮在身。”陌承光回头看佟红庭说，“所以，至少五天以来，前方有大量的士兵不是靠自己解决供给，就是饿着肚子。”

太子暂没说话，等待着佟红庭的反应。佟红庭更向上行近了些，往阶下群臣看去，笑笑说：“十天前就发觉，拖到大朝会上禀告？”在三五的附和声中，他也站至太子座前，“殿下，此人真要是为了前线的士兵考虑，为何当时不立即报告给上级职官？我部里一查便知他的臆测是假，岂能容他越级上报，在这朝堂重地，居心叵测哗众取宠？”

“下官向我的上司郎中、分管的侍郎，还有北伐的调度署都有报告，但不见任何改善。”陌承光平静对他说，“前日下官请见大人，所上书帖亦无回复，不得已，才敢在此时禀告御前。”

佟红庭断了下话，小官的请见帖如果不附拜礼，文书们早就知道不必拿来烦扰，他确实不知道陌承光曾经上书。但见太子还未表态，他抢先又说：“粮道艰难，是你的新知？东西两线出击，我朝大兵深入敌境，粮道必然是枝蔓铺开的状况，北虏的骑兵来去如风，一场奇袭，就能搅乱供给线路。几天的阻滞都属自然，前方中继已经在全力修复。”

他看了下太子，太子眉头平展，神色并无不悦。

“你这样的年轻人，本官见得太多。”赶在陌承光开口问前，佟红庭端出上官口气，“自己的职位没有摆正，凭一点假聪明，眼睛专挑上面的小错，指望着邀功表现，惹起是非来你能趁机一进？”他再对太子拱手，“殿下，此人仅凭纸上虚算，就敢罔顾事实动摇军心，更在御前妄语，兵部带回后必会重重处置！微臣管束属下不严，也请殿下降罪。”

太子看向陌承光，眼中阴郁渐起，但仍不发话。建极门广场中的议论慢慢落下，结果似已浮出水面。陌承光的视线中是太子座椅扶手上缠绕的金漆蟠龙，他在想，这样极尊极贵的造物，也不过做成被缚的摆设吗。

“微臣的职位所限，确实看不到北伐实情。”陌承光垂着眼说，“但纸上算得的数字清楚明白，即使只有万分之一的可能，真是前线的供应不足，微臣也不敢忽略，只因，微臣饿过。”

议论声骚然又掀一重，其中的嘲讽意味远多于同情，陌承光听得出，佟红庭也能。他咧嘴向陌承光一笑：“又是悬瓠城？不错，悬瓠百日，功绩好听，但你此后的功绩要凭在兵部任上的真才实干，就职以来，你又有什么功绩，值得一提再提？”

陌承光转眼看他不语。

军粮，冲楼，床弩，库铜。皆无可提。

“要提当年勇，”佟红庭再次回身看向阶下，“朝上众位贤能，除了你陌承光，没人上阵打过仗？本官当年在北疆沙场，不也吃糠咽菜！士兵送出去，是为国作战，还是为了供起来吃吃喝喝？”

百官的议论交谈随着佟红庭的话更加肆意，华丽的官服身影各处错动，建极门下一派纷纷攘攘。阶上一旁，二皇子穆鲲这时咳了一声，语音不算很高：“列位，太子殿下临朝听政，视同陛下在此，礼仪不可有失。”

嘈杂声霎时停息。

太子垂眼，眉心淡淡结起。

趁这一静，陌承光说:“大兵出境，北虏早有准备，必然一样会收纳粮食坚壁清野。”仿佛方才的一切与他无关，他努力维持着自己的节奏，“陛下的战略宏大，西线，已经如期攻克了函谷和潼关，那便需要后军，把住退回中原的通路，柳将军部才能无忧西进，直向关中长安。因此东线而来的合兵，对北伐的下一阶段至关重要，但据微臣所知，东线的先锋部队，已经濒临断粮了。”

“东线先锋？”太子抬头开口，“是谁？”

“直说就是郭乐成吗，”佟红庭瞥向陌承光一眼，笑对太子说，“还以为此人不敢说出实话，殿下，其实是那北虏的降将不经程序向兵部上报请求，反而对这陌主事私自泄露前方机宜，两人信上妄议朝廷战略，频繁称怨叫苦啊。”

“所以，大人知晓郭将军与我通信的内容？”陌承光转过，问他。

佟红庭遂意点头。

“所以前线将领发回给兵部职员的私人信件，大人都会拆查？”陌承光追问，“可曾得朝廷授权？”

佟红庭一顿，很快说:“他人自然不必，但郭乐成身份特殊，兵部不可不查！”

“又或者，正因为兵部始终是这般敌视的态度，甚至把郭将军向我粮草官询问本职事宜，都称为妄议战略、称怨叫苦，他才无法经由程序向兵部请求？”

佟红庭张了下嘴，陌承光又向太子说:“殿下，郭将军从前的身份确实特殊，但兵部始终不能将他一视同仁，也是实情。供应紧张的时候，他的队伍往往第一个被减少分配，因此缺粮格外严重。”他已经不再去掩饰话语中的迫切，“但郭将军部是东线的尖锋，他的战果，直接影响东西两线于中原合兵，微臣请求，对他部的粮草务必保障！”

“你和郭乐成有交情，说他务必保障，前方那么多的将军，谁认识一个都来对殿下叫嚣务必保障？”佟红庭向前一步，“殿下，前方粮道艰难虽属实情，但兵部已经在全力维持供给，请殿下试问此人，他的‘务必’如何保障？”

太子对他的逼近不适，微微后仰，看向陌承光。

“减少占据城池，避免将人马滞留在一个个局部。省出足够的机动兵力，各部配合，由后军向前军传递粮草。”陌承光的回答迅速，“这样，长线的粮道，就转变成一段一段由我军控制的接续路途，而不是从后方派人，千里迢迢穿过敌境送去最前线。”

见太子眉头似乎略有舒展，好像要点头肯定的意思，佟红庭声音急起：“尽是纸上谈兵！前方各部，是各自的将军率领，后军凭什么给你前军传递粮草？陛下北伐，是为了收复故土，不占城池，队伍开过去何用？给你的前军郭乐成专做搬运的吗？”

“有城无粮，等于困守。下官不是说一城不占，如果能攻克洛阳是另一回事。但没有补给能力的小城，下官认为不应持续占领，怕的是我们的守军反被敌人分割包围于城内，各个击破。”陌承光早不顾及上下级别，直言反问，“如果将领之间不知配合，不做通盘考虑，派出那么多路兵马远至境外是为了什么呢？”

“轮到你来教我五兵尚书战略？！你算什么东西！”佟红庭紫膛的虬髯大脸怒色积满，厉斥出口，“远派境外的将军竟是听你的？随机应变是将领的本分，柳遥之打下了两关那么大功劳，还不是全军动员本地征粮？也没像你的郭乐成这样叽叽哇哇地叫苦！”

“柳将军……本地征粮？”

太子闻声，也猛然抬眼。

“……汉家百姓心向旧朝，踊跃输捐哪。”佟红庭忙向太子解释。

“大人知道，知道潼关函谷关那里的地形吗？”陌承光不觉抢进他二人之间，脑海中的所有语句一时清空，磕绊着问佟红庭。

“什么意思？本官是——”

“北面王屋太行，南面是，秦岭余脉与崤山，窄窄的崤函谷地夹在当中，西面商州、东面陕州的大部，都是山区，即便平时，那里也绝不是产粮充足的地方。”陌承光被惊住了，语调不稳，“如果，我是北虏，如果朝廷的后援不济，我会发大兵……”他抬起两手，“堵住崤函谷地的东西两面，”用力向胸前括去，“截断商州陕州，以关山为城，将柳将军的队伍困死在这个区域里！”

佟红庭盯着他，脸上神色变化，很快扯出一个被逗乐般的笑：“真没看错你啊，与降将交连，替北虏谋算，轻车熟路啊。”

“大人不觉得……柳将军攻下函谷关与潼关，太快了吗？”陌承光充耳不闻他话中的诛心之论，只定定地问。

“什么意思？王师势如破竹，自有天助，你这是嫉妒友军的功劳了？”

“出兵才两个多月，就算快船快马，一路攻进，现在应该才抵达陕州不久。”陌承光转向太子，“两座关城，天下绝险，五日之内被接连攻克，这说明，北虏根本没有组织起有效的抵抗。殿下不觉得，柳将军部……有可能，是被蓄意放进去的吗？”

太子的表情越来越凝重，正要开口，却听佟红庭说：“危言耸听而已。潼关函谷关是什么地方，北虏能视为儿戏，能轻易放弃吗？！”

陌承光转身与他正对：“潼关以西的关中是敌区，函谷关以东的中原，如果东线不能合兵控住，一样是敌区。南北险阻，前后临敌，这是个完美的笼子！”他又看太子，已经不知道还怎么能向对方传递自己的焦灼，“殿下，佟大人，柳将军部的供给和后援必须、必须保障！否则就是我们，是我们将他们将士困入虎口啊！”

太子的脸庞好像上了一层浆，坚硬地板起，翻上眼盯着佟红庭。朝堂已经极静，佟红庭还想说话，但气氛容不得他。太子起身，说：“这个意见，必须要重视，待孤报与陛下，责成兵部，与北伐调度署和中书会商解决。”

陌承光急跟上：“还有郭将军部，他对合兵中原——”

“郭乐成也一样，”太子转眼看他，“你先回信安抚。”又命佟红庭，“同样责成你兵部处理。”

佟红庭行礼，脸色不平，但称领命。

陌承光仔细地看过面前的太子和上司，两边各一礼：“多谢殿下……多谢尚书大人。”

“你是为朝廷办事，”太子整衣向建极门内行去，“不必谢我。”经过佟红庭身前时，他又回首一句，“你也不必谢他。”

“大帅……大帅啊……这真是小老儿村里，最后的粮了。”弘农县平村的村老在柳遥之马下连叩了三个头。

“不敢。”柳遥之身上有甲不便下马，让他新任命的督粮官叶援搀扶村老起来。叶援扶起了人，却厉色对那村老说：“大前天来时你就是这话，今天再催还不是拿得出来？敷衍王师，就是为虏人助力，你可明白！”

“叶援。”柳遥之温声止住他。

叶援抬头看向主帅，眉头郁结。那老丈也尽力直起驼背，向马上的柳遥之说：“大帅啊，俺们是平头百姓，哪敢欺瞒大帅，今天俺们拿出来的，真是家里最后一点过冬的口粮啊。王师王师，总不能跟土匪一样，让俺们明天就揭不开锅啊。”

“少来胡言乱语！”叶援在旁疾声，“对着北虏你们也是这副嘴脸？”他噌地抽出鞘中钢刀一段，“别以为我们将军慈善，就忘了刀带在谁身上一样能杀人！”

那村老颤巍巍跪下，伏地接连又叩了几个头：“大帅饶命，饶命……”

柳遥之下马来，挥手让叶援退开，亲自搀起那村老。村老一边喘气，一边费力仰脸看他：“大帅亲眼看见了，俺们山村里穷，就这几分薄地，一年就收这一季。把俺们粮食拿走,那跟杀了俺们一样的。”他扭动脖子转向叶援，“大帅你来了这么多次，小老儿知道你不容易，大帅非要再拿，就杀了小老儿，尸首就麻烦大帅还给俺家人，做成肉脯熬过今冬吧。”

“你！”

柳遥之向那村老说：“老丈，王师与北虏不同，我们不是要老丈村里的粮食，只是暂借。我们奉皇命千里行军至此，还望老丈体谅，待后军将粮食送至，一定还来。”

那村老慢慢扭回来看他：“大帅啊，你说暂借，啥时候能还？你们在俺弘农、函谷这里进进出出，要两个月了吧？别说等你两个月，就算等两三天，俺们也要饿穿了肠肚啊大帅。”

柳遥之忍住叹气，连月以来，他知道叶援勤苦，踏遍了己方控制下的山区，宣传许诺、利诱威逼都用尽了，却再难征出粮食，他作为主帅只能亲自出面，却仍是如此。

情势不可透露在脸上，柳遥之笑说：“老丈，北伐一盘大棋，十余位将领多线攻略，进兵的节奏我不好向老丈透露，但我们暂驻在此，只为等待陛下全面总攻的命令。我是王师北伐的西路先锋，潼关函谷关一带的兵马由我统辖，我以声名向老丈作保，王师绝无搜刮百姓之意，此来只为收复故土，解北虏制下万民于困苦。望老丈与我们共度一段艰难，待胜利之后，定当报偿。”

那村老听完，苦着脸折下腰说：“看大帅是讲理的人，小老儿就直说了。你们总说，北虏，你们叫北虏的，什么什么样了，可对俺们崤函这一带的山里，他们启族人不征粮的。”

柳遥之看叶援一眼，叶援垂下眼点头。

“俺们虽说住在山里，外面的消息多少知道，听说弘农再往东，外面平地的地方，到处都是人家那边的队伍啊。实话说，大帅你们是不是自身难保了？”

叶援想要反驳，柳遥之止住他，自己说：“我们的目标是向西，东侧确实没有安排太多兵马，但重要的城池据点都在我们手中，北虏那边的不过是些散兵游勇。”

“小老儿世代长在这兵家必争之地，想大帅这是宽俺心的话吧。”

柳遥之的嘴角抿起。

“你们是占了几座关，几座城，可饭都吃不饱，光要石头屋子有啥用呢？西边没有人家的兵？往东往西一样都得打吧。”

叶援怒道：“王师的战法，不用你操心！”

“这不是小老儿要操心，明眼看着是啊。”村老回出叶援一句，像累极了，背弓得更低，“实话说，小老儿活到这把年纪，听俺爷爷讲过些本地曾在皇恩之下的旧事，可俺的后辈，既没听过，更没见过。他们北人不来征粮，大帅们来征，小老儿就算拼着自己饿死，把粮给了将军，再往下小老儿可真是征不动了。小老儿也不怕死地说了，大帅们占在俺们这，能占多久？你们一走，还是人家回来，俺们不一样得过活吗……”

归途骑在马上，柳遥之想着这些话，一路不语。

他自己祖籍河东，自幼父辈的教诲让他一直觉得，只要有一日王师北扫，北地的汉人便会揭竿而起襄助王师，共复衣冠。然而实际攻至北人腹地，起兵响应的多数是当地的强梁大族，所为无非趁乱瓜分势力，战事顺利时他们踊跃相助，时间一长战事困阻，这些“义兵”便如鸟兽散。以为对困难有过充分的估计，然而凭着一厢情愿，终是过于乐观了。

与先前预计的完全一样，后援和补给遥遥无期，谯城王从襄州三千五千地增发过一些兵马来，但都是进来容易，出去困难，反而导致粮草更加紧张。

柳遥之回头看了一眼跟在他马后的粮车，上面是今日从七个村子好不容易东挪西凑装了半车的杂样谷物。

“将军，今日起口粮折半吧。”叶援看见他回头，神色郁郁问道。

柳遥之没有答话。口粮折半，军心怕也要折半了。

得冒一次险。

“陕州东面的北虏部，最大一支屯在孟乡，离我驻地八十多里。”柳遥之向叶援说。

“属下知道，那支已经在那一带驻扎了十来天，我们督粮东进困难，主要受他的阻拦。”

“我欲选精兵一千，夜往劫营。”

叶援惊了一下：“将军？还不到——”

柳遥之截住他：“不能把自己逼到没有退路的时候。我们始终在宣扬西进，东面的防守会相对疏忽，如果能打开开口，对我粮草保障有利，何况要是能劫到他的屯粮，更解燃眉之急。”

“只带一千人，太少了吧？”叶援还在反对。

“趁夜偷袭，只能轻兵潜行，要是动静太大引得他们出营，野战就不是我们的长项了。”柳遥之语气坚决，“我的意思，你督粮这些日，对本地熟悉，夜间长距奔袭，路线最要紧，你去寻两个靠得住的向导，先勘测前路，最迟明晚必须出发。”

叶援领命，抬头又问：“那，口粮折半的事？”

“再等两天。”

次夜新月如钩，山路之上光线暗淡。由驻地向孟乡去，有大段路途不能骑马，一千人的队伍，马勒口人衔枚，鱼贯而行，行在后面的只能看见前面的马臀。天气已交十月，夜晚山间苦寒，行至山高处浓雾湿衣，月亮也只剩泪迹般昏昏的一抹。柳遥之又行过一个山坳，忽然停步拉住了马。

他后面的一线长队顷刻全部停下，柳遥之扭头向传令兵道：“去问那向导，为什么路走回头？”

前后的队伍无声骚动起来，有人开始焦虑地踮脚，柳遥之一扬鞭，那骚动瞬间如沙滩上潮水一样向两侧平复下去。向导很快被带到柳遥之面前，柳遥之看他神色，已知他心中有鬼，沉声问：“带我们兜圈子，是什么用意？”

那向导瞄了瞄他，像背书那般说：“禀将军，前路有塌方，小的走到这刚想起来，只能稍微绕一段了。”

“昨天勘路回来，没听说塌方的事。”

“是……昨天夜里塌的，小的也是早上才听说，这不就忘了嘛。”

不能再往前走了，柳遥之心说，愿意带路的只找到这一个，果然其中有诈。

“到孟乡还有多远？”

那向导马上说：“还有三十多里了。”

不对，虽然山路容易累人，但从出发走到这里的路程，绝对不止五十里。

柳遥之又仔细回忆了一遍来路，应该在重复绕圈，此人的目的似乎不在于将队伍带进某个埋伏里，而是在拖延时间。

一种可能是，他心向北虏，又不敢得罪王师，想转到天亮推说迷路，脱解他自己。

另一种可能是，他的目标不是眼下这支队伍……

柳遥之一惊，回头望向来路。

坏了！

他匆匆吩咐身边的士兵绑了那向导，火速传令全军回转。狭窄的山路上马队转身十分困难，这命令引起一番乱势，好在都是精兵，迅速调整稳定下来。柳遥之弃马让其他人牵，自己沿着崖边赶至队伍的最前方，凭借一路而来的记忆带队全速返回。

来路的谨慎不安转为返途的焦急，刚走出陡峭的山路，柳遥之就命全员上马疾驰回营，在那渐渐亮起的晨光中，他只觉得马蹄不够快，只求自己的直觉失准一次，敌人千万别是利用了自己喜欢亲赴奇袭的习惯。

驻地已经近了，函谷关方向的两山夹角处露出薄明的灰蓝色天空，而前路也传来一阵马蹄，那蹄声听起来像是奔命，又像是告急。

柳遥之闻声减速，在来马之前勒住了缰绳。

迎面而来的叶援看见他，马未完全止住就滚身下地，先砰砰砰重磕了三个头，抬起头来时已满额是血。

“将军，中计了，北虏趁将军远去，夜袭了关城，函谷关……失了。”

山河雪

第七章 / 吾往矣

这是……哪儿？

陌承光从昏沉中醒转，升出要抬头的念头，甫一发力，动都没能动，一阵刀剖一样的剧痛从脖根向脊椎传递而下，他几乎叫出声来，声音却消失在完全哑掉的喉咙中。

渴。连舔嘴唇这样最小的动作也能牵起疼痛，浑身凡是还有知觉的地方，就是痛。

而双臂像被切断了，两只手彻底没有知觉，仿佛已经消失，脱离了身体。

他撑开眼睛想看周围，却看不清，一支刺眼的火把燃在他面前极近的地方，周遭的暗处在他眼中是一片炫光。

那炫光让他想起被抓那夜点在兵部库书案上的油灯，和冲进来的兵部稽查队手中的提灯，继而他想起，这是御史台的狱内，他的双腕正吊在天顶的木架上，而这灌满全身的疼痛，来自靠无可靠、双膝挨不到地面的虚跪姿势，和脖颈上一副极重的刑枷。

第几天了？黏稠的困意和锐利的疼痛分割着陌承光的头脑，他极度想再睡过去，但每次眼前一黑，往下坠落的身体就会在手腕处拉扯出剧痛，逼他再次生生醒过来。

颈上的刑枷已经是他能感受到的一切，乌木上大概嵌了铁板，压在脖颈上坠得太久，后脖子像是有滚烫的刀刃持续往下切，整根脊椎骨都像过火一样辣痛。陌承光完全抬不起头，从头顶到后背弯成一个奇怪的弓形，才能勉强借膝盖的一点点力缓解手腕处的拉拽，可每次这样的姿势也坚持不了多久。

他从来没有尝过这种痛，伴随着越来越清醒的意识，疼痛越来越强烈，每时每刻都像椎骨要折断一样。

但这样的痛，他居然能忍受。比这更痛的时刻有过，这姿势，也多么熟悉……他在什么地方，多么痛地感受过？

冲车上，荒野里，悬瓠城下。双臂垂吊的，被俘的同袍。

陌承光彻底醒了。

有人从牢门外进来，一个水碗递到他嘴边，陌承光刚啜到两口，碗就被拿开。又一个人走近，在他眼前挡住了火把的光，他想抬头看，却动弹不了，眼前只有一双着官靴的脚。

来人为他将刑枷向上托起些，那一瞬的感觉就像濒临淹死的人胸中忽然被送进一口气，陌承光本能地想向上挣扎，后颈一下撞在被抬着的枷上，痛得他浑身一抖，双臂又被重重扯了一下，吊着他的铁链哗哗作响，在牢室的天顶引发回声。

“人先放下来吧。”来人托着刑枷说。

“小的们做不了这个主。”有人回他。

来人似乎叹了声气：“本官已经到了，请做主的来吧。”

陌承光认出了这个声音，是兵部的总稽察杨维纯。

“这个火把，挪远些，本官后背烤得难受。”杨维纯又说。

有人依言动作，又一双穿官靴的脚走近，招呼着：“杨大人，到得早啊。”

王攸纪。陌承光的后背绷紧了。

“这样恐怕问不了话，人先放下来吧。”杨维纯没有寒暄，直接说。

“兵部的人，当然听兵部大人的。”王攸纪的口气随意。

杨维纯慢慢放落刑枷退开，陌承光又弓下背，有人过来解开他的手腕，久悬的双臂脱力砸下来打在刑枷两侧，失去吊力的刑枷顿时坠得陌承光扑跪在地上。他想起身，但是没有将枷撑起来的力气，只能慢慢挪正身体，将那长长的枷板支在膝头。

“枷板也——”

“杨大人，此人之罪，最高能至死刑，没有束具是违规的。”王攸纪在远些的地方坐下说。

罪？……死刑？

这三个字的含义陌承光好像听不懂，他咽着仿佛含着碎铁片的嗓子，脑中一片空白，相比起愤怒或恨，能分辨出的感觉，更多的是茫然不解。

“不知在下……身犯何罪？”他不知道自己有没有说出声来。

杨维纯也坐下，两名主审片刻都没说话。

“不知在下身犯何罪？”陌承光又问了一遍。

“里通外敌，煽动叛乱。证据确凿，陌大人要装傻吗？”

刑枷禁锢着脖颈，陌承光只能垂着头：“王御史定案，原来会讲证据？”口舌上的烂疮牵出一阵刺痛，他忍着说，“既然费心造了证据，不如让在下开开眼界……里通的是哪个外敌，煽动的是何方叛乱？”

陌承光看不见王攸纪的神情，只听见纸页响，有御史台的书吏将几张信纸拿至他的眼前。

“今日是你受审，只有本官来问你来答的规矩。”王攸纪道，“先看看，这是谁给你的信？”

陌承光瞥去一眼。是被抓那日，自己放在书案上的来信。

“司州刺史、督五郡军事、北伐东线前锋郭乐成将军。”口中的一点水分再被耗尽，干得发苦，陌承光费力咳了一下，“怎么，王御史的意思，郭将军是‘外敌’？”

王攸纪声音冷冷：“郭乐成在前线作战，为何要私自将战况写信告知你？你与郭乐成暗地联络，又多次去兵部妄图越权搜集前线战报，所欲何为？”

“不正因为有王御史这样，捕风捉影处处猜忌的朝官，郭将军才不知道如何依程序向朝廷求援，只能跟我问问？”

王攸纪停了一下。

陌承光的脑子像被铁钎搅着那样疼，然而反应还跟得上：“郭将军的队伍，在冀州濒临断粮，他来信质问在下这个粮草官，难道不该？在下就算为了……解脱责任，去兵部询问到底粮道为什么断了，难道不可以？郭将军是陛下钦命的……北伐先锋，为朝廷披挂出阵，在东线屡传捷报，王御史还没有答我，因这一封信，郭将军怎么成了‘外敌’？”

“你与他之勾连，不是自这封信起吧？”王攸纪仍掌握着节奏，“阳园库的库员作证，郭乐成曾经不经过库部司，到库中要粮要物，而你不经上官批准，直接从库里拨付给他。”

“当时郭将军的队伍中，领得的马料缺斤短两，我与他商定暂不声张，是为了避免打草惊蛇，方便彻查积弊。后来果然查出大小几件案子，今日你们陷我于此，也是为了其中一二吧？”

王攸纪嗤笑一声：“你以库粮，向武将私售恩惠，还有番道理了？”

陌承光声音哑着，淡说：“库内账目有录，那些粮食用于营马草料，是查漏补缺，以公对公。”

“行，私相授受做得滴水不漏，也算奸巧。”王攸纪仿佛赞许，“可是另有数人做证，你曾让郭乐成与他的属下，把兵部库中的各式武器尽管试用，包括当时还没有装备军中的双弓床弩。”他说着问身边杨维纯，“杨大人，据本官所知，尚未正式装备的新型武器，若没有五兵尚书批准出库，不能示人，兵部可是这样规定？”

杨维纯回一个“是”。

“陌承光，这你做何解释？郭乐成当时是新降北人，你为何不经批准，将库中机密向他泄露？证人说郭乐成的原话，就是为这床弩才值得投回我朝，你二人是否早有预谋？郭乐成假意投回，是否正为打入我朝刺探情报？你是否他的同伙？”

陌承光的精神勉强支持着，接连遭受的质问让他想事情变得很慢，静了一刻，他告诉自己别让对方牵着走。

为了把库铜案的后续抹杀，构陷自己，这说得通。但为什么这场审问，话锋处处指向郭将军，为什么始终在质疑他的忠诚？

郭将军……怎么了？

“你不要以为闭嘴就能蒙混过去。”王攸纪见陌承光不语，施压道，“御史台的规矩里，你不否认，就是认了。”

“御史台找的哪个糊涂证人，黄正泰还是宋角？”陌承光看着自己膝前的石地上渗出的潮痕，仿佛出着神，慢慢说，“竟不记得帐籍册上明明白白，这几台双弓床弩，装备过军队试用，但因为太硬，难以操作，被退了回来。”他咽了咽喉头，疼得忍不住皱眉，“在下是掌理兵部库的主事，有权限检查、测试一切库存，我请郭将军的将士也好，请任何人也好，在库内帮助我检查、测试常规在库品，都不需要任何人批准。”

“可是这床弩经你改造，已经与装备军队时的不同了吧？不是听说，能用来攻城吗？”

“郭将军所见的……”

陌承光的话音停住了。

王攸纪再次逼问，陌承光却充耳不闻，只尽力挪动膝盖，前臂抵住刑枷的下缘咬牙向上抬起，一点点扬头看向杨维纯。

“杨大人，”他的目光直视着杨维纯，“敢问，佟尚书得太子殿下责成，亲口答应一定会保障郭将军的粮草供应，时至今日可有兑现？”

杨维纯看他不语。

陌承光知道杨稽察或许对自己有所同情，但今日坐在这里，此人只是五兵尚书佟红庭的传话筒。他已然明白了问题的答案，但还是咬牙问出：“郭将军……是不是已经因此被逼反？”

杨维纯面色一动，王攸纪接过话去：“这个‘逼’字简直可笑，郭乐成有无反心，你自己心中最清楚，郭乐成反，不正是你策动的吗？”

陌承光扭身看向他，一时无从反应，托着刑枷的手臂开始抽搐，王攸纪似乎因他的模样快意，笑说：“郭乐成来了一封信，你也回了一封吧，那信里说什么来着？”

“佟尚书对面告知，军粮还需一段时日，太子殿下命我回信安抚郭将军……”陌承光快要支撑不住，渐渐又往下弓身，“在下只能为郭将军暂出个权宜之计。”

“权宜之计？原来郭乐成叛来叛去，尽是权宜之计？”王攸纪的语气透出得意，“你在信里不是说，‘朝廷薄待将军如此，进退无路之时，不如一反北归’？”

陌承光脑子痛到像裂开了，双臂一下失力，滑落的刑枷砸在后颈，几乎让他趴在地上。他竭力稳住精神，弓着背厉声质问：“信在哪里，拿来对证！”

“看管不严，信使盗回信件逃走了。”王攸纪举起几页纸，哗哗抖动着说，“但文辞的抄本在此，你还想抵赖？”

书吏将纸页示给陌承光，陌承光眼前发花，强撑着看毕，发现自己写给郭乐成的话大部分都在，给他出的那个计策也还在，可信的前后竟然添加了大段劝郭乐成叛回北虏的内容。

他知道郭乐成派来的信使不大识字，也知道郭乐成不熟悉自己的笔迹。信使是被人有意放走的，而被盗回的，是一封篡改好的假信。

为的什么？在无法思考的境况中，困惑战胜了愤怒和惊惧。如果粮草真的无法供应上，需要负责任的人，难道不该尽力稳住郭将军？为什么反而用这封假信促他去反？

郭将军反了，谁能得到什么好处？

刚才喝下的一点点水渐渐化成冷汗，刺痛陌承光早被刑枷磨破的后颈。其实从一开始就不对，算上传信人从冀州回来的路途，为什么郭将军的军粮断得这样早？

王攸纪还在说着什么，但陌承光完全听不见，疼痛让他只顾得上想，既然战略上把郭将军摆在东线的最前端，既然东西线合兵如此重要，为什么在太子要求保障粮道的情况下，郭将军部还是持续断粮？

……换句话说，如果不信任郭将军这样的降将，为什么把他摆在这样的位置？既然把他摆在这样的位置，为什么只给他最差的保障？

陌承光仰头将后脑往枷板上撞去，强迫自己思索。

“犯人要自残，按住他！”王攸纪厉喝。

狱卒上前，陌承光托着刑枷想要站起来，可腿软无力，再次跪跌下去，他只能竭力高起声音，向着沉默中的杨维纯问：“敢问杨大人，郭将军部早早断粮，是否有人蓄意为之？”

听不到回应，陌承光忍着喉咙刀割一样的痛再将声音提高：“这些污损郭将军声名的谣言，是否有人蓄意播散？是否有人，处心积虑要激怒郭将军，逼他停军、回撤？是不是只要郭将军停军回撤，这些谣言就算成立，有人就可以说他不诚心作战，说他已反？”

他听见杨维纯的声音说：“陌大人无凭无据，莫要胡言乱语，自己身上的事还没择清，劝你莫将问题扩大。”

“还能再怎样扩大？北伐全局，够不够大？”陌承光喑哑的声音在牢室中回响，“敢问杨大人，是否从一开始，这全盘的设计，就是为了让郭将军……为北伐不力替罪？”

牢室中一静，陌承光只能听见自己的耳鸣。

“郭乐成确已反叛，非由人说，更非由人逼致。替罪之论，更属无稽之谈。”

“在下原本以为，情势急迫，朝廷来不及看清实力对比，原本以为北伐仓促出兵，真有什么策略准备。”陌承光顾不得再去维持体态，将枷板撑在地上，背随之更弯下去，几乎像在丧仪上行礼，“可在下已经懂了，无数将士，被人闭着眼睛送上锋线，是因为有人需要这场战争，来掩盖罪行，争功诿过，来打击异己。”他拼力说得极快，不容任何人打断，“是因为有人，不用考虑失败的后果，出兵的一刻，早就知道了注定失败，早就备好了要推上祭台的牺牲！”

“陌大人，话过了。”杨维纯明显被这推断撼动，声音变弱，只想让他停止。

好久没有过了，长久以来的郁结能被一股脑倒出来的感觉，陌承光反而更加快了语速：“敢问杨大人，除了这封假信，还有什么被发到前线？是不是让东线的其他队伍秘密向郭将军部包围的命令？”

沉默是最明确的回答。

喉咙干得满是血味，为了能发出声音，陌承光忍痛边咳边说：“是不是，只要郭将军部有不稳的迹象，这些磨刀霍霍的‘友军’，就会蜂拥扑上，把所谓叛军分拆吞噬？……则北伐的东线失利，全部可推由郭将军的所谓投敌，东线的其余将领却成功‘剿灭’了叛军，能揽下大功一件，皆大欢喜？”

杨维纯垂下眼。

陌承光的眼睛湿了，化在脸上却是个笑：“出兵至今，除了郭将军的队伍一路挺进，东线未闻一次胜绩。应该在他身后保障供给、肃清敌区的人都在做什么？都在等着郭将军受冤被逼，变成败将的饵食，变成贪官庸臣的借口？”

“够了！陌承光，”王攸纪不等杨维纯反应，起身走至陌承光身前，“慷慨激昂混淆视听，一向是你的手段，御史台这里可容不得你诡辩。郭乐成攻击他后方的王仁举部，是他先对友军用兵，这能叫被逼？他听说函谷关再度落入敌手，依你策动之言，已经复举北虏旗帜，全军向南去阻击函谷关处的柳遥之，这投敌叛国，哪有冤枉！”

“所以弄巧成拙，就是如此。”陌承光的声音轻了下去，“你们自然不会知道，冒我名字的那封假信，对郭将军反而……是最好的提醒。他看见那信上的内容，就会知道有人在使毒计对他，有个大阴谋在等着他，他就知道朝中已经回不来了……反叛的污名正要泼在他身上，除了先下手为强，他还能如何？”

"不愧是长年同党，"王攸纪冷笑一声，"果然心意相通啊。所以你是承认了，郭乐成因为得到你信中提醒反叛，他所谓先下手为强，正合你意吧。"

陌承光笑了笑："提醒郭将军的信，非我所写，只不知写信的人如何开释这结果？战局一塌糊涂，大将前线倒戈，莫非朝中无人需要负责？郭将军既然全身而去，谁来替罪，怎么邀功？一封蠢信，让本以为天衣无缝的阴谋全盘崩解，对正等着郭将军死讯的那些人，不知道造出这封信的人怎么交代？"

刑枷撑在地上，多日以来这是陌承光背上的疼痛唯一缓解的时刻，他顺畅地说出这些话，低伏的视线中看见王攸纪的裤脚开始微微发颤。

陌承光太困了，已经考虑不了其中的含义，过了好一刻，又像是只一瞬，他听见王攸纪在他头顶拔高声音说："死到临头还在幸灾乐祸，先交代你自己吧！"

"我无罪之身，枉陷御史狱中，獬豸既盲，我还管自己如何？"陌承光缓了一下，慢慢说，"只是，郭将军与我，相识于悬瓠绝地，郭将军投回的降书是我手接，悬瓠城解围之计是他所授。在下这条性命，正好可以用来担保，郭将军投回我朝之时，真心实意。"

"陌大人，郭乐成已是朝廷叛将，注意言辞，对你自己好。"杨维纯提醒。

陌承光在刑枷中轻轻摇头，他做不了更大的动作，思考不下去，话语却像自动淌出来："朝廷一员猛将得而复失，真的没有人需要对天下交代？当日跟随郭将军投回来的将士怎么办？还有柳将军，还在等着中原合兵，怎么办？郭将军武人豪气，如果有人诚心谢罪，他未必——"

"陌承光，亏得你自己承认，早在郭乐成投回我朝之前，你已经与他勾连啊。"王攸纪居高临下看着陌承光的头颈，"郭乐成假意投来，是你开城接纳，你二人里应外合步步为营，到今日破坏北伐大局的阴谋终于暴露，你还有什么余地抵赖？"

陌承光弓着背一动不动，他太困了，哪怕以这扭曲的姿势也想睡过去，仿佛精神脱离了身体，身上都像不痛了，像从高处看着这个囚室，看着建康城，看着疆域图上遥远的关山……

北伐，真到末路了吗？

再没一步路可以走了吗?

“奉劝你痛快认罪伏法,”王攸纪的声音持续响在他头顶,“少吃些苦头。”

“在下无罪可认,那封回信原件阙失,非我亲笔,倒是造信之人,来日追究,定当伏法。”

“本官与杨大人的意思,你能痛快认罪,就算心有悔意,可以给个轻判的机会。”王攸纪等了一刻,没有等到陌承光的回应,“既然死硬,怪不得本官了。”

“大人们没有定罪的实证,无非靠我口供。我不认罪,无非屈打。我若被大人们打死,没有画押,大人们恐怕也难交代。”陌承光的声音越来越低,“多言无益,如此而已,但构陷郭将军的道具,倒打郭将军的耙子,我绝不会做。”

“实证啊。”王攸纪忽地一笑,仿佛看见猎物走进自己领地的狼,“心存侥幸可要不得,真凭实据,人证物证,御史台这里都是齐全的。”

陌承光睁开眼,眼前只有冰冷的石地。

“人证,带上来。”

一双脚,薄底官靴,纤尘不染,停在陌承光眼前。衣着这样讲究的人,在陌承光头脑中浮出一个。

来人在他头顶说:“下官可以作证,早在陌承光在悬瓠城为右司马时,就与北虏暗通消息,是他泄露城中军机,才使北虏觊覦悬瓠城,久围不退。”

“哦?”王攸纪问话,“可是听说此人领兵守城,守了一百天啊。”

“此人好名,不愿被天下唾骂。他知道北虏围城有个百日期限,就想过了这一百天,北虏再攻,他再开城,就算是非常举措,世人不会苛责他了。”证人话音里有种夸张的腔调,“其实北虏围城的时候,他是假意抗敌,而且故意不当调配,迅速耗光了城内的存粮。刚刚守满了一百天,此人就要开城投降,幸亏当天武陵王殿下挥师来救,烧尽了北虏的粮草,他看形势逆转了,心知无法得逞,这才收敛歹意,以抗虏英雄自居。他欺世盗名蒙蔽圣听,竟至于今日。”

“背得挺熟啊,唐大人。”陌承光垂着头说,“可悬瓠城中的军民还在,你敢说出这些话,无非是仗着他们的声音传不上来,蒙蔽圣听的是谁?”

来人正是原悬瓠城太守唐墨,他撇撇嘴,大声说:“你要开城投降那晚，本官得知消息前去拦阻，你竟将我这个朝廷钦命的上官五花大绑押在牢里，恶行昭昭，居心何在！幸而次日武陵王殿下及时赶到，否则悬瓠城早已不保，到头来你竟仗着与殿下曾经同窗，胆敢欺瞒殿下，鼓动唇舌到处宣扬是我想开城，真是毫无心肝，贼喊抓贼！”

陌承光的背弓得更低，脖子几乎只靠刑枷撑着，唐墨当他要认罪，面露喜色，却听陌承光轻道：“欲加之罪，何患无辞。当日之事，你我之外，院中除唐大人的亲眷，只有左司马卢凭和家姐。家姐的证词你们一定不采，卢凭已经英勇战死，但愿唐大人信口雌黄玷污英魂名誉之后，夜晚返家能有好睡吧。”

他突然觉得极其疲累了，觉得卢凭的死，卢当的死，以及他在悬瓠城见到的所有的死亡都沉甸甸地压在他身上，而他开始怀疑到了最后，这些死亡究竟有没有价值。

然后他对自己说，不行，我是活下来的，别想，别这么想。

他真的要睡着了，关上了嘴，也关上了耳朵，决定不再理会这牢室中的任何一个。不管他们再做什么，沉默地扛着就是了，签字或手印，除非攥住自己尸体上的手指。

他好像真的睡着了，太久没有过这样的舒适，直到一张写着什么符号的纸放在他膝前。

“你姐姐的证词是不能信。”王攸纪的声音说，“那女人本来就是通敌同党。”

“姐姐”两个字让陌承光的意识像从冰层下浮起，他想抬头，脊椎上的烈痛又回到了身体，被那痛感侵蚀着，他只模糊地辨认出眼前是一封北虏文字的简信，信的笔迹让他觉得熟悉，熟悉得不正常。

“怎么，认不出了？”王攸纪说，“这可是你姐姐的亲笔。”

陌承光伸手想要抓起那信纸，手指落在石地上却没有一丝力气，王攸纪起脚将他的胳膊踢开，陌承光栽到一边，刑枷撑住了身子。

王攸纪将那张纸捡起，伸到他眼前：“看仔细了，你不是认得北虏文吗？这上面清清楚楚，你姐姐为你代笔致书虏营，约定明日午时开城投降。信是中楷毛笔所书，并非北虏惯用的木笔，能以北虏文字写信的汉人女子可不多见，你自己亲姐姐的笔迹，抵赖不了了吧？”

“你们捉了我姐姐？你们是逼她的还是骗她的？！”

陌承光顶着刑枷起身向王攸纪撞去，王攸纪没能躲开，被他带得一同摔倒砸翻了杨维纯的矮几。不知道后背撞到了哪里，陌承光痛得浑身都抽了起来，但仍翻向仰面没起身的王攸纪，两臂上举压住刑枷顶端，弓着背用那枷板下缘死死摁住王攸纪的脖子。

王攸纪的呼吸被扼住，像条被扔上案板的鱼一样剧烈扑腾，牢房中的其他人没想到一个被吊了快五天的囚犯还能瞬间爆发出这样的杀伤力，刹那间全吓傻了，呆看着不动，只有牢房外的狱卒反应过来，几个人冲进来，死命架开陌承光。

陌承光被拖起身，仍向王攸纪的面门踹去，红着眼睛吼："你们把我姐姐怎么样了？！是不是骗她说这样能开脱我！"

王攸纪双手按着自己的脖子向一旁滚开，剧烈咳嗽着，杨维纯起身走出牢室，唐墨还站着不动，陌承光挺起脖子看向他，他顷刻吓得后退了几步，转身快步出门。

大咳大喘着的王攸纪被人抬了出去，地上留下一摊气味难闻的水渍。陌承光的双腕重新被吊起，所有人匆匆退出，牢门再次关闭。

陌闻音在父亲的书房门前低头站了不知多久，抬手叩门框。

陌淳抬头，看见她之后面露惊讶，但很快又垂了眼去，对着案上的书。

父女两个都没说话，直到陌淳先开了口："承光被抓，你哥哥嫂子到处找你，怎么一直不回家来？"

"五天了，父亲有办法吗？"

陌淳不语，一刻说："你先进来。"

陌闻音走进书房，站在门的近处。

"你怎么回来的？"

"那天……我给承光送饭，库里的人说他忙去了，让我等。我就在他值房里等，可是越等越觉得不对劲……承光桌上该有张北虏的疆域地形图，他自己画的，北伐开始之后他每天都要看，他用的图、书不爱收起来。"陌闻音说着，像靠这不停的叙述缓解着不安，"怎么那天就没了，桌上收拾得一干二净，连张字纸也没有，跟被抄过一样。"

陌淳点点头，问女儿："有人为难你吗？"

"那些库员们就是很怪，总从门口经过，好像看我还在不在，要等着谁来似的。我就说出恭，趁天黑，绕到马厩拿了一匹马，正好有个库吏看见，他没叫嚷，反而偷偷打开一个场院的偏门，帮我快马冲了出去。我没敢直接回来，怕有人是要抓我，去了知道的义庄躲了几天。”

她往书案前走了走：“承光是怎么了？城里传的消息好乱，有说兵部抓了他，还有说是御史台，到底是什么事？是不是因为那件库铜的案子，有人要报复他？”

看着女儿发红的眼睛，陌淳有些恍惚，自从她母亲去世，他们父女没说过话，已经是第五年了。

“大战之中，朝里局势很乱，老夫也不全清楚。”

“承光现在人在哪儿？”

“在御史台狱，传出来的罪名是，‘里通外敌’。”

陌闻音舌头像冻住了，张口半刻才问出：“……里通外敌？谁这样陷他！”

“老夫的位置，不知详细。”陌淳的声音很低，“你弟弟得罪过的人，太多了。”

“是兵部的人？是……承光说过的那个，那个没查出来的高官？还是，像郑贵妃整治我的那回，是三殿下的对头？”

“都有可能，几方利益一致，联起手来也可能。”陌淳眼睛看着书册，“‘大隐于朝’，老夫分明劝过他，可是他回来京里，又是暗地为武陵王助力，又是对兵部的案子不肯罢休，他自以为行事谨慎，眼看已成众矢之的了。”

陌闻音眼眶发热，走到父亲跟前说：“做隐士，就该去山野，不吃谁的也不拿谁的，朝廷已经成了这样，都拿着俸禄不做事，就是对的了？承光帮武陵王，不是为了朝廷打胜仗？他查库铜不是为了追回国财？父亲是觉得承光做得不对，他是咎由自取？”

“他做的事，对。”陌淳抬起眼，陌闻音恍然发觉，父亲的眼中也有泪，“但在而今的情势下做，是不智。”

陌闻音笑了，一滴泪从眼中滑落：“承光的智，都用在对的事上，到头来他被人诬陷，却说他不智？都去做那智的，这情势怎么能改？情势错了，就连是非也错了么！”

“情势错了，你与我是第一个知道吗？”陌淳的声音高起，“可是只有你的弟弟，头破血流地往上撞！”

陌闻音掩面忍泪，听父亲的声音低了回去：“你既然也觉得他对，他求仁得仁，你又哭什么？”

陌闻音紧绷着喉咙说不出话，陌淳看着女儿低垂的发钗说：“案子的情况，老夫尽力打听，只知道事情牵在前线那个虏将身上。那个郭乐成，带队叛回了北边，说是查得……是承光劝他如此，有书信为证。朝廷奈何不了郭乐成，可能你的弟弟，要被，推去抵罪了。”

“郭乐成将军？不会！我和承光亲眼看着他投回来的，他要给死去的弟兄上祖坟的……”眼泪接连掉下，她哭泣的样子让陌淳觉得陌生又熟悉，“承光更不会劝他叛变啊，父亲……求你去跟他们说，一定是什么地方弄错了！”

“承光也是我的儿子。”陌淳将声音中的哽咽压住，“这案子，上面很高，老夫伸不上手……能做的，只有拼着去面见陛下，求陛下看在承光守卫悬瓠城的功绩，能据实明断。但陛下如今龙体不安，很少准见下臣，请见表我已经连上了四天……”

陌闻音看见有泪滴打在书册上，亮亮地鼓起。

“还是那句话，他求仁得仁，真到了那一步，你与我……少哭吧。”

她看着父亲低头垂泪，看着父亲的软弱，她不记得母亲死时，父亲是怎么哭的了，她好像第一次认识眼前的人。

蹭开脸上的水，陌闻音再次懂了眼泪无用：“不行，承光还没死呢，我哭什么。我得去给他想办法，他在牢里到底怎么样……受苦吗？”

“这案子，不许家人探看，可你弟弟明明白白的冤罪，想想他的性子，也知道别人要让他认，得上什么手段。”

陌闻音嗓子哑着，问：“管这案子的，是不是那个殿中侍御史，王攸纪？”

陌淳点头。

陌闻音转身要走，陌淳喊她：“做什么？”

“我去求王小姐，去求她劝动她哥哥，在牢里别对承光用刑。”

陌淳起身拦她：“他们本来有要抓你的心，你去岂不是自投罗网？哪也不许去，就在家好好藏着！”

“还能怎么办？父亲也说没办法，三殿下还在巴州，我写信也不知道能不能寄到他手。”陌闻音说着仍往外走，“还有谁能帮承光？我就算冒险，也不能再等着了。”

陌淳赶到门边拉住女儿的胳膊，“王攸纪是个什么人，你去求他何用？当初把库铜的案子告给他就是个大误！他是王家嫡子又怎样？他们王家自己都知道他纨绔不肖，正事从不委给他，你能跟他讲来什么道理？”

“那天承光回家来，就是要问父亲库铜的案子该怎么告。”陌闻音拨开陌淳的手，眼睛不看他，“却又是一场争吵，他没能问出口。他们现在，不只是害承光，还想要他身败名裂，这比杀了他还狠毒，总得有谁……为承光做点什么吧。”

父亲怔着，陌闻音从他身边挤出门，快步离开。

如今非常景况，陌闻音担忧王家的迎门先通告王攸纪，焦虑等到天色向晚，到女眷出入的偏门口叫出一个见过的侍女，可那侍女一看是她，却拒绝通传。

“小姐近日不见客。”

陌闻音心里一紧：“是不见客，还是不见我？”

侍女不吭声，陌闻音再求，侍女只摇着头闭门回去了。

陌闻音向乌衣巷的深处走，心慌起来，一时觉得是因为莲姑的事，王小姐怕再见面两边尴尬，一时又觉得是因为承光的事，王小姐刻意回避，想到后来，心直往下坠。可她不能死心，沿着王家的高墙，一直走到秦淮河边。

王家墙外的这段河水是条支脉，暮色中行船稀疏。陌闻音望向那高墙，墙下临河只有窄窄的一条石坂，她在脑中回忆着方位，想起墙的里面，似乎就是她在假山头上望过的那个花园。

她心下一横，解下自己的一条腰带，四下找了找，又捡起一块形状趁手的石头，然后向头上摸钗子，第一下摸到的，是那天莲姑帮她挽发的银钗。

手指动了动，她拔下自己的另一支钗，找到一个背人的角落暂且藏身，手起石落，敲打钗头的声音在仄迫的空间回响，每一声都能让她从椎骨开始浑身不可遏制地发抖。

其实她对铁器的声音本已好了很多，但那种恐惧今日又回到了她身上，比在悬瓠城时更甚。她从没想过，承光身在自己人的牢狱里，竟然比在悬瓠城头死战时还要让她害怕。

等到入夜，银钗敲成的钩子紧拴在腰带的末端，陌闻音将钩子掷上墙头，扯着带子借力，在那花石墙上踏了两下就翻了过去。花园中眼下没人，她沿着池子快步转到对面，从假山攀上去，迈过墙头，沿墙那边的假山余脉下地，往前拐过两个花门，一路回忆着路线，往王小姐的闺房快步走。

迎面听脚步声过来几个人，陌闻音想躲，可通路狭窄，她只能往下低头，想着趁天暗装作侍女混过去。来人像是几个小厮，陌闻音贴墙垂眼与他们擦肩，双方行了过去，她刚想缓口气，听身后人问："你哪个屋的？"

陌闻音心里咯噔一下，身后人往她这里走回来，语气不善："什么人？哪个屋的！"

陌闻音一咬牙，拔脚往王符的院中跑，身后几人愣了一下快步追她，她飞快跑近院子，院门却已关闭，陌闻音上前拍门便喊："小姐，王小姐，求小姐见我！"

追她的几个人也到了院前，却不敢太近了，一时院门打开，莲姑站在门内，看见陌闻音，神情惊讶。陌闻音没来得及解释，莲姑望了望后面那几个小厮，对那边说："小姐门前，你们几个混账东西，喧哗什么？"

其中一个忙答："姑姑，不敢惊扰小姐，就是不知道这个是谁，我们过道上碰见，看她眼生，还没规矩，见了我们就跑。"

莲姑看了陌闻音一眼，说："我们院里的，白天说了她两句，就负气逛去了。"她转对着陌闻音，"新来的就是没规矩，怎么这会儿才回来，小姐正问你呢，快进去吧。"

陌闻音低头迈进院门，莲姑冲外面说："小姐要歇了，你们赶紧走开，再要乱说乱嚷，等着挨打。"

几个小厮去了，莲姑让人闭门，陌闻音冲她深深行礼："感激姑姑帮我，也求姑姑宽赦，那天在我家的事，闻音跟你请罪，我不该只听人言就恶意疑心你，还害你为旧事伤心。求姑姑千万谅解，也求姑姑，再带我见一次小姐吧。"

莲姑疑惑问："陌小姐这是怎么说？我在宫里连累了郇其庸，我还要求人宽赦呢。"她扶起陌闻音，又向她回礼，"见小姐更是当然的呀，小姐听说了你家弟弟的事，白天还说该去看看你呢。”

“可……门前侍女说，小姐不见我。”陌闻音愧疚又不解，“我是，翻墙进来的。”

莲姑讶然，想了想，带着她往房中走，低声说：“我说怎么没人先来通传呢。这家里人多，可能是哪个管事的忌讳你家的事，真不是小姐的意思。”她说着挑起帘子让陌闻音进屋，王符正穿着居家的衣服倚在贵妃榻上，手边摊着几封信，看见陌闻音来，惊讶起身：“怎么了？什么急事吗？”

“王小姐，”陌闻音两步上前行礼，“我家弟弟受了冤枉，关进御史狱里，案子是小姐家的哥哥主理的，求小姐跟王御史说句话，在牢中别为难我弟弟吧。”

王符微抿起了嘴。

“小姐，”陌闻音攀住她的手，“我弟弟真的是冤枉，不是求王御史枉法开恩，只求他据实裁断，只求他在用刑上松松手，不要伤我弟弟啊。”

王符回牵住她手，将榻上的信往一边摆摆，拉她说：“姐姐先坐。”

陌闻音随她在贵妃榻上坐下，王符收拾着信，眼睛没有看她：“我们家，前面的事，我管不了的。”

“小姐，”陌闻音一下急得发抖，“我真没别的办法了，不然绝不会过来让你为难。我弟弟是彻头彻尾的冤罪，他和北虏作战不要命的，他真的不会里通外敌。王御史……”她顿了一下，找了个方法说，“王御史怕不是受了什么蒙蔽，就像，就像当时我怀疑莲姑那样。莲姑的事我告诉给弟弟，他还劝我说人命关天，没有实证，不能轻易疑人，现在他自己受冤，我才明白了被人冤枉多么苦。我跟莲姑怎么谢罪都行，只求小姐……求小姐说句话，也是帮王御史免了办下冤案吧。”

“我这个哥哥……”王符捏着手中的信纸，欲言又止，“我这个哥哥的事，我更管不了了。”

“小姐……”陌闻音往莲姑看，期望她能帮忙求告，但莲姑垂着眼睛没动，神色含愁。

“姐姐，”王符放下信，回手抓着陌闻音的手，“虽然没行拜师礼，但你教我北虏话，就是我的师傅，我能帮你一定帮的。可是一家有一家的难处，这件事我真的说不上话。”

陌闻音瞥到王符手边的信，想起她说过给谯城王写信对方一定会回，急又说：“那，能不能请小姐给七殿下写封信？殿下刚得了潼关大胜，承光跟他有交往，如果他能问问这案子，御史台用刑也会有顾忌。”

“这个可以呀。”王符马上说。

“……能寄到吗？”陌闻音惊喜。

“能呀，往襄州嘛，一般五六天，要是能跟着军报，三四天就到了。”

陌闻音急切看她，王符明白她心意，站起身说：“莲姑你磨墨吧，我这就写。姐姐你细跟我说说案子事。”

陌闻音说了已知的情况，王符拟出封简信，答应明天就寄。知道谯城王那里还能方便地传信，陌闻音心中升起些希望，反复谢过王符，也不能深夜再多打扰，行着礼辞了出去。

莲姑提灯送她，一路两人不语，走到正门之外，陌闻音谢过，想起头上的钗，拔下来要还给她。

莲姑看了看那钗，摇头说：“这是我从宫里带出来的唯一一件东西，原本是一对的，那一支已经……没了。我也不想留着它，也不想丢了它，看着旧，其实是老物，相传是前朝陌贵妃用过的，正好应该给你。”

陌闻音惊讶又酸楚，说不清心里是什么滋味。她慢慢把钗插回头上，想起家世曾经的尊荣和今天的困境，指间的钗子好像在微微地烫。

“一家有一家的难处，王家……”莲姑回头望望身后的大门和高墙，“也不尽是外面看到的那样，陌小姐多体谅小姐吧。”

陌闻音点头，正要说话，忽见王家大门中快步走出几个人，直冲她围过来。

骤惊之下陌闻音往后退，莲姑也惊得闪身，来人为首笑说：“正说该发张捕文抓你，倒来得巧，免了麻烦。”他对几个家丁吩咐，“捉住她！”

“你干什么！”莲姑冲前，挡在陌闻音与几人之间。

来人像是没看见她，全不理会，催促家丁马上抓住陌闻音。莲姑回身把闻音抱在怀里，回头向他斥道：“王攸纪，你干什么！你在朝里是御史，可陌小姐是王家的客人，临门捕客，有这样的家规吗？”

王攸纪攥住她肩头一把搡开，莲姑一下扑跌在地上，王攸纪看也不看她，口中说：“谁家客人不走门来？此女是里通外敌的同党，我在家门前抓贼，是尽我的本职。”

莲姑挣扎起来去推他，但她身形娇弱，完全使不出力气。几个家丁已经左右按住了陌闻音的胳膊，闻音凭借军中练出的本领反抗得很激烈，莲姑转身跑回门内去叫人。

王攸纪命令家丁赶快把陌闻音带走，到了这个时候，陌闻音也顾不得什么姿势身份，急往下坐，整个人压在地上死死抱住一个家丁的腿，上面的人拽她踢她都不松手。

大门处突然传来一个拔高的女声："都给我住手！"

家丁们一下被喝停了，全部犹犹豫豫退开。

"有你什么事？"王攸纪转头喝回去，"给我进去！"

王符走到她哥哥面前，细眉怒挑，仰头说："陌小姐是我请来的客人，必须好来好走。顶着琅琊王氏的名头活到这么大，我竟不知道自己的家丁是可以对人家小姐动粗的！"

"朝廷将下捕文，此女已是疑犯，我在为朝廷办事，你在家中少管！"

陌闻音已经直起身，靠在巷中墙上，王符过去扶住她："捕文未下，陌小姐就是自由之身。今晚陌小姐坐我的车走，看哪个敢拦着，咱们就叫上伯父、姑母，去宗庙里对太爷爷、爷爷的牌位说话。"

王攸纪怒目无语，王符向远处莲姑说："叫我车来。"

三个女子一时上车，甩下还站在门前的王攸纪快马而去。

王符气得脸发红，半天没说话，莲姑一直在帮陌闻音揉着背，陌闻音说："没事的姑姑，我仗也打过，这点儿不算什么。"

"我爹，故去得早。"王符在一旁忽然开口，"后来我娘也没了。我堂伯过继给我爷爷，袭了封，但王家正传的嫡室子，这代就我这哥哥一个。他是个什么样子，你也看到了，我是管不了他的。"

陌闻音想起王符对自己说过"谁家无病无灾"，今天又说"一家有一家的难处"，她此时才懂了。

陌闻音不知道能怎么回话。

"你回家怎么办？他说要下捕文了。"

"是啊陌小姐，"莲姑说，"不然寻个地方先藏起来吧。"

陌闻音问："小姐，姑姑，你们信我弟弟是清白的吗？"

莲姑点头，王符却说："我不知道前后，我也不能说信。"

对上陌闻音有些落寞的神情，王符又说："但我也不能说不信，因为你在最急难的时候来找我，你信我。”

像初见时那般，陌闻音鼻子一酸，点头谢她。王符说：“能帮你的我一定帮你，只愿姐姐你平安无事吧。你有能藏的地方吗？”

“有。”陌闻音收住了话。要赶在明天一早，捕文发出前出城。

这是白杨岭上的第七天。

函谷关重陷于敌手当日，柳遥之收束队伍逐渐向山地移动，最终占住了这片稀树高岭。

曾经统合在他手下的队伍因为函谷关的失陷，被分割成东西两部，东侧这边与此时还占在潼关的韩明子部已经断了联络。各自为战，是当下唯一的办法。

柳遥之绕岭慢慢巡视，不去多看函谷关的方向。

北伐的东线始终没有合兵过来，却传来郭乐成阵前叛变的消息，真假难辨。即使是真的，柳遥之也不觉得意外，连自己在函谷关都得不到朝廷的后援，郭乐成一个降将，士兵挨饿哗闹，来去也就一念之间。

他望着岭下出神，征粮的小队自山路返来，为首的督粮官叶援看见主帅立在山坡树间，双膝一跪遥遥就一个叩头，柳遥之便看见他背上空空的粮袋，仿佛他们所有人空空的肚皮。

出了乡民传消息给北虏、向导变节这件事，柳遥之明白叶援自责之深。这些天里叶援一心将功补罪，冒着被北虏堵截的风险四处征粮，但即使现下柳遥之已经不再查问征粮的手段，能征回来的东西却寥寥无几了。

叶援长跪不起，柳遥之往坡下去，到他身前安抚说：“我已经命令采集这岭上所有可食的野果和根茎，晾晒好之后掺入口粮分配，还设置了打猎的小组，征粮从此不用去了。”

叶援以头触地又重叩，直起腰看柳遥之一眼，顷时抽刀向自己颈边抹去。

柳遥之早察觉他那眼神不对，已经起势，瞬间以手刀劈上叶援的手腕。叶援手中的刀震掉落地，他还想去抓，柳遥之一脚踏上他肩头将他踢翻，喝道：“身在军中，生杀予夺归于主帅，自尽视同脱逃，明不明白！”

叶援歪在地上，压着声音泪流了一脸。

“带刀的战士，哭什么！”

“将军……我连这点用处都没有，就让我，为队里省这一口粮吧……”

周围的军官渐渐围来，还有些在山坡上向这边望。柳遥之心中叹气，对叶援说：“你觉得自己办事疏忽，害我军大败，要以死谢罪是吗？”

叶援跪正，垂落头，点了点。

“你可知道北虏大兵袭关那夜，我委任的函谷关守将张大成弃城而退，我为何不去罚他？”

周围的军官们彼此对视，叶援也扬起脸，神色愤懑不解。

“因为这样的处置方式，是我提前授权于他的。”

叶援惊讶张开嘴，这林木萧疏的山间空地上一片寂静。

柳遥之向周围扫视一眼，稳稳说出这几日来心中成形的解释：“空城坚守，徒增死伤。我军本已食尽，撤出函谷关只是早晚。如今我们进驻这岭上，山中可以打野物、挖根茎，口粮容易补充，眼看入冬，砍柴取暖也容易，而且方便牧马。”柳遥之与他的属下军官一一对视，声音沉定，“所以我们主动放弃关城，避免人马过分的损失，在此地修整之后，无论向哪里攻取，都可以全力以赴，再无守关的后顾之忧。”

军官们各自思索，柳遥之筹措言辞，又说：“此番北伐，我们孤军奋战，一路功绩，足可彪炳史册，与其他各路相较更是突出。即使朝廷只能给予一路封赏，也必然会是我们，此处望列位深思。”

这些随他转战的属下脸上逐渐流露出信服。

“所以北伐至此，成败与否，在于我们能不能顺利班师。而能不能顺利班师，其实是自今日始。”

等待中，许多将官点头回应，柳遥之向着仍跪在地上的叶援说：“所以你的疏忽错过，我必然要你弥补，但死是最没用处的办法。当下有一重任，只问你敢不敢担。”

叶援的双眼睁大，伏地重叩，高声道：“叶援肝脑涂地，万死不辞！”

柳遥之点头：“从今日起，你要肩负起组队穿越敌区，恢复我部与潼关韩将军部联络的责任。待朝廷班师之命到时，告诉韩明子，弃潼关西进，度秦岭南归。”

几名军官惊讶出声，叶援一样神色讶异，等这微微骚动略平息些，柳遥之问：“你们觉得，应该由我与韩将军两部东西夹击，再攻下函谷关一次是不是？”

军官们无声地肯定，柳遥之却轻轻吐出一口气:“可如今想想，自古成功取得关中的，没有几次是靠西出函谷。”

属下的神情起了变化，叶援直直跪着，紧盯着他的主帅。

“昔年，我在襄州为太守时，曾与……”柳遥之犹豫了一下，隐去穆骏的称谓，“曾与一用兵行家时常谈论，是否可以自襄州北出秦岭而入关中，恢复秦汉时的武关通道。函谷关失却前，我们最后得到韩将军的军报说，斥候探得关中的虏军大部有向西移动的迹象，可能是虏地西陲和吐蕃的冲突加剧。要是这情报得到确证，韩明子一员猛将既然已站在关中的入口，趁敌人守备空虚，正可果断西进。如果能攻略下秦岭外侧的一段，就能开通襄州至关中的路线，这远比再打出函谷关来、从原路回军对朝廷的意义更大。”

叶援的眼睛亮了起来。

“所以主动弃掉关城，并不是我开脱自己哄你们安心的话。”说出这些来，柳遥之自己也几乎信了，露出久已难见的笑容，“朝廷班师的命令应该不远了，到时韩将军度秦岭而南，我们从陕州直下荆州，没有一方再需要这两座关城。正确的战略，从今日始。”

王攸纪看见掀帘进屋的人，眼风一冷:“你来做什么？不想想你现在的身份。”

来人走到屋中的小桌前，在绣墩上无声坐下。

“被人看见了还要不要脸面，赶快出去！”王攸纪声音一高，嗓子又紧疼，咳了两声。

“我早没脸面了，”来人指指自己的倾城脸孔，“画皮一张戴久了罢了，只是竟不知道，公子也是要脸面的。”

“来人！”王攸纪见她今日神情不对，向门外高声。莲姑向他比个“噤声”的手势:“人都在前屋被小姐指派呢，你要真还要脸面，就小点声。”

她起身往王攸纪走过去，在王攸纪惊讶又费解的神情中，坐上了王攸纪的榻沿。

王攸纪这些日子居家“养病”，此时榻旁点着两盆炭火，腿上盖着夹被，只穿着中衣。莲姑低眉伸手拨弄他中衣的前襟，素手像要将衣服撩开，又像要掩上似的。盘桓片刻，王攸纪看她薄绢一样的鼻尖上被榻前炭火烤出细细的汗，觉得自己身上也发起热，忍了忍，头低下些，想嗅莲姑的头发。莲姑此时说：“我出宫那天，陛下流泪了呢。”

王攸纪一僵。

“想也不是为我一个人吧，但我看见他，站在紫宸殿的丹墀顶上，望着我，哭得需要人扶呢。”

王攸纪直起身，向后靠在引枕上：“舍不得你们，何必放出来。”

“谁说不是呢，”莲姑向前倾身凑近了些，明亮的眼睛上挑着看王攸纪，“就是种种不得已吧。其实陛下是重情的人，故皇后死了快二十年了，他每次到皇后灵前还要哭一回，何况是活生生的我们这些。我呢，却没心没肺，看见他我就扭过了脸，满心只想着，终于今生能出宫了，那个人一定还在等着我。”

王攸纪神色有些尴尬，偏开头。

“结果呢，他的正室夫人都死过一个了，妾室五房还是六房？花柳巷里的相好，又有多少？”

“你糊涂了吧，我得叫你一声姑姑。”王攸纪微哑着嗓子说，“你是指望着我能让你为妻做妾，还是空着房里一直等你？”他的手搭上莲姑腰间，“我放你在身边，已经是两处方便了。”

莲姑就势两手压在他肩上，眼波如水看着他说：“可我进宫前，也是在榻上，你不是这么对我说的。”

王攸纪的呼吸有些急起来，揽着莲姑的身子把她往怀中拉，莲姑由他用劲，口中说：“为了你这谎话，我可杀过人呢。”

王攸纪手上的力道停了，忍了一刻，将莲姑推开：“什么意思？”

莲姑嘴角带着一丝笑，拉过王攸纪的手放在自己小腹上：“这里面，曾经有个活生生的人，会翻身，还会踢我呢。为了你的谎话，被我亲手给杀了。”

王攸纪睁大了眼，不知是因为莲姑的神情还是因为她的话，表情有些惊恐。他往回缩手说：“必定是郑贵妃让你弄掉那个孩子，她拿着你的把柄，怕你生了龙子与她争位，跟我有什么相干！”

莲姑有些意外似的，脸又探到王攸纪眼前，眼睛盯着他说：“看来我入宫时，处子不处子的那段风波，你知道呀？那我为你苟活忍死，你怎么从来没有过一点表示？”

王攸纪抿嘴不语，莲姑又说："是郑贵妃让我打掉孩子的，又怎么样呢？她或许是为了怕我争位，可她当时说，如果我不生养孩子，来日出宫人时，就能把我放出来，就能与你团聚。"莲姑伸手指上王攸纪的心口，"郑贵妃可没有骗我，骗我的是你！"

王攸纪伸手抓住胸前她的手："我们这不是团聚了吗，我这样安排你，不就是这个用意？都在身边，又何必急于一时。"

"你这样安排我，是觉得我格外好用吧？"莲姑一笑，手按在王攸纪心口，"我这么脏的一个人，又听你的话，帮你做起脏事来，一定没顾忌，是这个用意吧？"

王攸纪往后躲她的手："又胡说些什么？"

莲姑向他逼过来："我也不敢说我不做脏事，毕竟宫里出来的，谁也难往干净里择自己。"她的另一只手又抚上自己的小腹，"可我已经对这孩子发了誓，今生今世，绝不再杀人。"

"我哪叫你杀过人！"

"杀人可不是只用刀呢，"莲姑笑着说，"有时候用笔比用刀狠得多。陌小姐给小姐出的那些北虏文的课子，还有默下的诗句，你讨了去，做什么了？"

一句出口，莲姑感到手掌下王攸纪的心急速跳了起来。

"我看见外面搜捕陌小姐的捕文了，说她助她弟弟往虏营传信，里通外敌？"莲姑抵近王攸纪，几乎与他鼻尖相触，"我也知道你这次'养病'，是在牢里头险些被陌承光弄死。他拼着命要在牢里杀你，是因为你骗他已经捉住了他姐姐，又给他看了他姐姐写给北虏的'亲笔信'吧。"

王攸纪的心跳得更快了，眼神仿佛在问"你怎么知道"。

"因为我知道你的本事呀。"莲姑慢慢说，"对身边亲近的人，你模仿笔迹，纤毫毕悉。对不熟识的人，只要你手中有人家写过的字，你也可以聚字为句，油纸摹写，双钩填墨呀。"

王攸纪不觉屏住了呼吸，视野中只有莲姑晶亮的眼睛，听她说："右军先祖要是知道你用他嫡传的书艺干这等勾当，怕不会托梦咒你？"

"你……癔病犯得厉害，无凭无据，血口喷人！"

"你做御史，无凭无据也能自己生造出来，又问我要什么凭据？"莲姑直起身离远王攸纪，眼神漠然看着他说，"你也不用急成这样，我并非要为陌家打抱不平。只是有了这封捏造的‘亲笔信’，他姐弟两个即便不认罪，恐怕也能定为死罪。既然这些北虏文的字纸是从我手里传递的，那就是我杀人的罪孽了。”

“你想怎样？”王攸纪硬起声音问。

“你怎样查案我不管，但你拿陌小姐的笔迹拼凑出来的假文书，不许拿来定案。”

王攸纪冷笑：“轮到你对我来说‘不许’？”

“杀头的罪，总要公榜吧？”莲姑说，“一旦来日公榜时，我看到了什么陌小姐的亲笔书信之类，我就会将前面对你说的话，先告诉小姐，再告诉老爷，然后用我的路子，往宫里，告诉陛下。”

王攸纪的神情一瞬紧张，莲姑又往他凑近了些，挑着眼睛问：“你说，同床共枕过，他是会信我呢，还是信你？”

说着，她伸出纤纤一只手，压住王攸纪正探向引枕后面的手：“我不愿杀人，你就要杀我？可小姐绝不是你这样的人，你们兄妹差得太远，小姐她，绝不会让我死得不明不白。到时候王家的嫡子和嫡女闹起来，天下人可有好热闹瞧呢。”

王攸纪瞠目看着她，莲姑将他的手攥在手心里，又说：“再说了，你不留着我，怎知道我来日还有没有用处呢？”

长沙郡的治所称为临湘城，面湘水而立。陌闻音同她的三哥陌承嗣下船来，在码头上找间小店吃过一餐饭，陌承嗣千叮万嘱过，又背起包袱，到江边寻船要回建康了。

陌闻音站在码头的石阶顶端，望着哥哥一步一步从那被水打得深黑的台阶小心爬下去，汇在衣衫褴褛慌张赶路的逃民潮中，眨一眨眼就再分辨不出了。

她有些无所适从，发觉有生以来，这是自己第一次真正孤身一人。

哥哥的身上担负着嫂子、刚落生的侄女，还有父亲，而自己，一直是被承光担负在身上的。

想到这儿，她的心境从摇摆中沉定下来。三殿下的封地武陵在临湘城的西北面，还有三百余里路途，建康已经无处容身，那里是她唯一想去的地方。

一路行去，陌闻音一直向流民打听西北边的情况，想问穆骏的队伍到底在哪里。但始终问不出来，流民多是翻山从北虏地面逃来的。她打算去武陵王府找国相，国相总该知道主公的所在，能帮忙传信。

沿江而行江风很冷，陌闻音不时摸摸身上的钱袋，总会摸到那把穆骏从前给她的短刀。紧靠护手的刀身上錾着一个“骏”字，可用作信物，又可防身。她的手指隔着衣服和剑鞘抚摸着那个位置，仿佛那个名字和江水的声音一样给她力量。

最初几日雇了行脚驴子，陌闻音做男子装扮，黄泥涂脸，行进得还顺利。大路上能见到越来越多的逃民，她拦住面善的打听，都说没听过什么武陵王，说他们是从关中经荆州过江来的。

“关中现在怎样？”陌闻音问一个肯停停的逃民妇人。

“苦哇。”那妇人搂着带来的孩子说，“启人不种地，俺老家是被白当成粮店了，打起仗来，麦子在地里等不到全熟就被他们割光咯，麸子都不给俺们留，他们的马吃的都比俺吃的强，俺村里，这一年饿死几十口了。”

“朝廷北伐打到那里了吗？”

“有队伍来，”妇人让身边带的孩子吃着陌闻音给她的干粮，边谢陌闻音边说，“没打到俺们那，听说在朝邑打了一场，把军粮库抢了，还带着本地的一块儿抢，俺们是没落上。”

一个路过的大伯听见这话停下脚，过来大声说：“俺就是朝邑的，俺去了！得有好几千人去，四个大仓都给他抢光净了，俺就是靠着这个粮食，翻过山来的。”

“你们都是跟着柳遥之将军的队伍过来的？”陌闻音问。

那大伯摇头：“不是姓柳的将军，姓韩的。”

陌闻音疑惑，那妇人说：“俺们，听说山下有汉兵占了地，山口查得没那么严了，俺爹娘，就让俺带这孩子逃过来。”她把身边的孩子往怀里搂过，“翻了山又没处落脚，跟着人只好再往南边来，没法子，俺当家的去年春上逃荒就没回来，俺们不走，也得饿死。俺就指望着当家的也逃过来了，啥时候能碰上就好了。”

那大伯听了说：“扔了媳妇和孩子跑的，你还想着他？你们妇人好说，找个人改嫁，能养活孩子。”他对陌闻音说，“俺们这样人，可真不知往哪落脚了。”他深叹了口气，“总是到了太平地面，比刀下死强吧。”

陌闻音算算前头的路程，把身上吃的尽量分给他们，辞别他们复又前行，心里为北伐的战果高兴，一时又为流民的归宿担忧，紧念着弟弟的案子，觉得天下纷纷万事，愁苦没有个止息的时候。她想等见着了三殿下，也得问问他的办法，湘州北面这边人口不密，要是能安置逃民，这些人就不必远走了。

越往前赶，天气越冷，陌闻音从建康逃出来得急，漏算了湘州西北这里已经是能下雪的天气，身上衣服有些不够穿了，她骑在驴背上一直发抖。走到益阳县，群山拦路，行脚夫见天气转恶，要陌闻音几倍加钱。陌闻音知他讹诈，但女扮男装中不想生事，就结过了到此为止的钱打发掉他，决定自己徒步翻山，想正好暖和身子。

她不缺体力，开头在山路上走得从容，不久果然身上缓过来，头巾下露出的额头上冒起热气。山头浓云越压越低，山路听说有四十里，陌闻音知道今天之内必须赶过山去，一刻不敢停留。然而转过一个山坳，山间忽然冷风大作，像山神顷刻间对她变了脸，陌闻音一时之间手足无着，想着找块大石头后先把风避过去，抬头看见前方长着几棵矮树的石坡上一阵白烟刮过。

她生长在江南，生平只见过悬瓠城那样平原旷野中的暴雪，没意识到发生了什么。那阵白烟向她卷来，仿佛千万只漂白的蜂子霎时绕满她的全身，视野中的天地全变了颜色，横飞乱窜的雪片填满这条山谷，像活物般招引着更多同伴涌来。

大如铜钱的雪片不断扑打在陌闻音的脸上，她先是觉得惊奇，然后才是冷。风吹得她几乎站不住，她奋力走出几步扶住一棵小树，怔怔看着雪片被风吹得在半空时聚时散，舞出白龙般的轨迹。

风太大，呼吸都开始变得困难，漫天的惨白色迷眼，真的太冷了。陌闻音明白如果陷在雪谷里会遇险，必须尽力往高处去，可是风像从四面八方狂飙而来，山峦的走向隐在雪幕后面，只观望了片刻时间，她已经冻僵得迈不开腿。陌闻音拼力往前面隐约的山峰走出了几步，脚绊在被雪盖住的山石上，整个人扑进雪地里。

太冷了，雪都像是暖的……

醒来的时候，周遭还是一片白色，陌闻音迷迷糊糊的，好像发着烧，觉得这是个挂满了白帐的屋子，要么是个白石壁的洞府。还是冷，周遭亮得不正常，她的牙咯咯相磕着发着抖，模糊看见有个素衣身影走到她面前。

“你是何人？因何到此？”那是个年轻女子的声音。

“信女是，洛阳陌氏闻音，找人到此。”陌闻音本能地觉得这是一位仙子，本能地答。

“情人吗？”那女声悠悠问。

陌闻音想了想“情人”这两个字，像有些凉凉的东西漫过全身，将烧压了下去，她答：“找他，救我弟弟。”

“那我就救你了。”仙子向她附身来，陌闻音看到她冷若雪野的面孔上有一双冰刚融破时春水一样的眼睛。

是司寒掌雪的姑射神人吧，陌闻音呆呆地看着，觉得她的面庞也像会发光一样，看不真切。不知不觉间仙子冰凉的指尖触了触她的嘴唇，又触她的手心。

“这是暖魂丹，给你吃一粒，留一粒。”

没觉得有什么味道，但心口升起一股抽丝一样的暖意，缠往血脉上，流向四肢百骸去。

“洛阳陌氏，有个谶言。”仙子行远了些，由她身上而来的寒意也被带开，“‘离之亡国，亲之亡家’。亡家亡国，你选哪边？”

像被扎了一下，陌闻音撑着坐起来些，仙子的背影立在远处。

她像隔着层纱听这些话，不知怎么作答。

“我却见，来日你有大贵，亦有大悲。”仙子向她转回身，人影却在光中更模糊了，“若今日随我而去，便可贵贱俱弃，悲欢同忘，游乎四海之外。”那声音越来越轻，最后几如叹息，“若今日离我而返，贵亦不可弃，悲亦不可忘。你选哪边？”

“我要……救我弟弟。”

仙人的声音消失了。

再醒来时，陌闻音发现自己身在一处猎人歇脚用的岩洞，身边一堆柴火燃至将熄。她感觉了一下，身上似乎没什么异样，就从草垫上起身，摸摸怀中短刀还在，手心中掉出一颗暗红的小石子。

洞外的天是大晴的，冬树萧疏干燥，像那场大雪从未到访过。

果然，是个梦吧。

陌闻音等了很久，不见有猎人返来，就从已经不多的钱里取出一些摆在火边的草垫上，拿起行李出洞。下山路途很顺，走到过午，武陵治所的城垣已经遥遥在望。

那是个完完全全属于三殿下的领域，陶潜笔下桃花源的所在。陌闻音曾无数次想象过会是怎样的地方，此时甚至有些近乡情怯似的，放慢了脚步。小城建在山陵地带的平缓处，周围的山坡上树已枯黄，只有些深草仍绿。城前一脉清流，有支队伍正在那里等待过河。

陌闻音愣了愣，看见那旗。

好像背上有风生出双翼，陌闻音回过神来时已经在全速借着山坡向那河边跑，她挥手大叫着，渡河的人群中有几个注意到了她，很快更多人转过头，她一直望着的那一骑忽然从队中突出，马儿四蹄激越扬起尘土向她奔来。

陌闻音先站住了脚，马也停了，马上的人什么也没说，翻身下来冲了两步，一把紧紧抱住她。

陌闻音的脸刹那被眼泪浸暖了，她犹犹豫豫伸出胳膊，牵住穆骏的袍边。

“殿下，你怎么才回来……”

夜幕落下函谷关，两山相夹的通关道上出现一支队伍。

队伍约有几千人，骑兵步卒俱备，且带着大量辎重。进抵关下后，明火高举，旌旗四立，云梯和投石机的部件被从车上运下开始装配，战垒也开始搭建，全军大张旗鼓地做起了攻城准备。

函谷关城上的北人守军有些傻眼，看这些旗帜和服色，这明明是自己这方的队伍啊。

只见为首的将领骑在马上，巡视了准备工程的进展一圈，来至城楼下高声叫喊。

“他说什么？”函谷关的守将问一个懂汉话的属下。

“他说……”那属下边听边翻译，“他叫大将郭乐成，已经由南夷投回咱们王廷，大王嘉奖了他……让他直接率部过来，夹击南夷在陕州的部队，他今日定要从……从柳遥之手中夺回函谷关……报答大王对他的恩德信赖。”

守将向城下又望了望，那位裘装铁甲、身材浑圆魁梧的将领前额剃短，毡帽上垂着长长的貂尾，完全是北人的打扮。而且此人的相貌一看便知是北地生长。

守将回忆了下，很快想起郭乐成的名号。听说这人本来是王廷一员大将，在悬瓠城下叛去南夷时引得大王震怒，大王攻略南地的计划也因此落空。如今他这是，又叛回来了？

守将向城下喊："来者可是郭乐成？"

郭乐成瞬间现出极疑惑的神色，让人持来更多火把往城上照，自己用北地话回道："是俺，你是哪个？怎么会说俺这边的话？"

"我是函谷关守将达拉剌，函谷关已经被收复，不在柳遥之手里了。"

郭乐成更惊讶了，瞪着眼张着嘴巴一会儿，又问："啥时候的事？"

"十五六天了。"

郭乐成回头看看自己的队伍，愣了愣，赶紧喊："都别忙了，别忙了，先不用打了。"

他的部下一时都停了手，搭了一半的云梯石砲横七竖八搁在关下。

郭乐成回头又向城上问："真不用打了？"

守将大声说："真的呀。"他让手下将一块铁制小牌掷下城头，郭乐成让人捡起递上马来看了看，是北人文字的函谷守备腰牌。

他指挥着手下，让把一张羊皮卷也射上城头，那守将细看了一遍，确认是嘉奖郭乐成迷途知返，授他为陕州攻略使的委任书。

看来大王直接让他过来进击南夷，是要他将功补罪，给他个考验。

函谷守将想着，见郭乐成骑着马在城下又转了一圈，挠头向他喊："达拉剌将军，俺还想着今天攻下关城呢，光带装备了，帐篷什么都没带来。这突然不打了，大冷天的，俺们可咋办？将军给个方便，让俺们进去歇着呗？"

达拉剌的心中猛然升起警惕，又看了看手中的委任书。

"……事出突然，我这关城小，容不下将军这么多人。"

郭乐成又回头看了看自己的人："将军怕不是疑俺吧？"他转回说，"也是，俺这去了又回的……可将军啊，你不必疑俺，俺过来这一路，吃了好几支南夷兵了，俺的真心大王可都知道。"他忽似想起什么，跟自己手下说，"对对，把那个王仁举，绑过来。"

一会儿一个双手背缚的人被押至郭乐成马前，郭乐成指指他，向城上说："这个是南夷的将军，叫王仁举，本来跟在俺屁股后头一起出兵的，俺把他的队伍也吃了，他的官印，"郭乐成说着从怀中掏出一物，"俺还收着呢。"

他在马上高高举起那枚印，铜质的印章映着火把反光。

达拉刺没打算把那印章取来查看，反正汉人的文字也看不太懂，但那个绑在郭乐成马前的中年矮个穿着几分破烂的汉人高阶官服，全身的姿势和脸上的表情一看便知郭乐成讲的全是实情。

函谷守将完全放下心来，听郭乐成还在说："俺就怕冻死了他，跟大王不好交代。这么高的汉官，要是汉人那边肯赎，能得不少钱献与大王呢。"

达拉刺忙说："并不是疑将军，确实是关城里地方有限。这样吧，我们这瓮城有多大，全给将军的人用吧，夜里挡挡山风也好，将军本人和大将们就进内城屋里休息？"

郭乐成皱皱眉说："哎呀，俺们这么些人，瓮城不够大啊。算了算了，知道你为难，俺几个也不用进内城了，就跟兄弟们在瓮城对付一夜得了。"

这样当然更好，达拉刺赶忙命人去开外城门，自己也走下城楼，准备在瓮城中略做迎接。郭乐成回马去组织自己的队伍，示意提前安排好的各支小队摆正那些装配完成的云梯。

"禀报将军，昨夜函谷关城内似乎发生了短暂骚乱。"

柳遥之坐在帐中烤火，斥候长的报告让他微微拧眉："士兵哗变吗？"

斥候长想了想，摇头："具体情况不明，属下这边探知的消息是，同为北虏的两方因为让不让进关的事打起来，但很快平息了。"

柳遥之望向帐外，如果站在那边的坡顶，就能隐约看到通向函谷关的一条关道。

北虏的队伍各自为政，信息交通不畅吗？是否有可乘之机？

"现在关上情形如何？"

"关上还是北虏的旗帜，关门紧闭，没什么动静。"

柳遥之思索着，正想让斥候再探，斥候长又说："另外，我们在岭下捉住一个可疑的胖子。"

"胖子？"

斥候长点头："疯言疯语的，他说他叫郭乐成。"

"快带上来！"

柳遥之一惊起身，大步往帐外去，回头又向还愣怔着的斥候长说："赶快，把郭将军请上来！"

一时所谓"胖子"被带到柳遥之面前，身上穿着农人的衣服，前襟几乎要崩开，满脸灰泥，一顶破草帽压在头上，柳遥之细看相貌，可不正是郭乐成。

他迎上前去抓住郭乐成的手，又惊又喜说："郭将军，你这是又回来了？"

"哎呀柳大人，"郭乐成顿时神色尴尬，抓下草帽挠了挠秃额头，"你真信俺叛了呀？"

"山头风冷，进去说话。"柳遥之笑着将他往帐中让，"东边的消息传来的真真假假，我将信将疑罢了，到底怎么回事？"他想起方才斥候的报告，声音不觉挑起，"昨夜函谷关上有事，可是郭将军你？"

"可不就是俺！"郭乐成看见帐中有个火堆，赶紧过去烤手，边跺着脚边说，"俺的汉话是说得不准了咋的？俺就是怕你们不信，才一个人来，在山下头跟你的人说了半天，函谷关让俺拿了，没一个人信俺，还绑俺。"

"将军的奇策，他们一下难以领会，我代属下跟你赔罪。"柳遥之向他行了个礼，郭乐成赶紧摆手，还没说出话，听柳遥之站在火堆对面急切说："我乍听之下，也只是猜个大概，请将军详细说说。"

"怎么说啊……"郭乐成搓着手，想了想，"就是，俺在冀州那边，被那个叫王仁举的欺负，那个黑心的，仗着他有些年资，上头有人，敢截俺的军粮！俺一时不忿，就脑袋一热啊，回军攻他，讨俺的粮去，谁成想这人这么没用，一交兵就逃跑，队伍稀里哗啦，他被俺底下的人给捉住了。"

柳遥之设身处地想了下，神色未动，目光凝起忧虑。

"等俺脑子冷下来，俺这就傻眼了，俺又不是叛变，可俺又交代不了了……好在，"郭乐成浅色的瞳仁被火光映得发红，眼睛眨眨，从怀中掏出一封信，"好在那时候，俺往京里送信的人回来了，俺本来是想求陌兵部帮俺催催军粮，结果陌兵部回信说一时恐怕急不上，给俺先出了个主意。"

“陌承光？”

“可不就是。”郭乐成绕过火堆，将信递给柳遥之，“俺不是要断粮了吗，陌兵部就出主意说，俺的手下好多是北地生人，不如干脆扮成北兵在本地征粮，要么浑水摸鱼，截他北兵的粮食。”

柳遥之会心一笑，想起陌承光那个用作为武器的床弩搭天梯的主意，这种物尽其用的思路，还真是他的风格。

“所以将军依计行事？”

“是想这么样来着，可这封信吧，不只说了这个。”郭乐成指指信纸，让柳遥之看。

柳遥之低头读信，脸上的笑意渐渐消失了，读到末尾处，神色冰冷。

“是吧，柳大人你看，怪是不怪？俺队伍里能看这种文话的不多，俺几个凑在一块儿看了好几遍，怎么都觉得陌兵部这是……劝俺们叛回北边的意思？”

柳遥之没说话。

“但陌兵部不能啊，”郭乐成凑近柳遥之，脸被火光烤得泛红，“就算陌兵部不信俺，俺也信他啊。俺就想吧，这里头陌兵部肯定是藏了意思，是不是怕人在路上截了信，所以说了反话？这么着一想，俺就觉得这个主意其实更好，反正有打王仁举的这个事情在，索性俺就假装叛回北边，军需，不就能从那边领了嘛。”

柳遥之缓缓点头。

“把旗子衣服一换，俺带着队伍就过来陕州，也没人防着俺了。俺走到这边，听说你们丢了函谷关，想着俺这忽南忽北的，总得干点什么，回去朝廷才有人信俺啊，就使了这么个计。那个守关的还挺贼，还不让俺进内城，结果他外城门一开，让他没防备，俺们扛着梯子就进去了，三两下把内城打下来，那里面可存着不少粮食呢。”

听到粮食，柳遥之笑了下，眉头却没解开，轻说：“这不是陌承光的字。”

“啊？”

柳遥之抬眼看郭乐成：“阴差阳错之下，将军的奇策令人惊服，但这信，不是陌承光的笔迹。”

郭乐成彻底愣了神，半天没出声。

柳遥之指着信的内容：“我跟他通过几封信，中间这些关于粮草的地方仿得比较像，可能是摹写的。开头结尾关于反叛的地方，这些运笔里面，有点故意想往陌氏的陌体拗的意思。但其实武陵王跟我提过一句，陌氏南来时好像有个家规，男子必须刀剑弓马，如果从文，不得习陌体。陌承光的行楷全学的是右军。”

关于书体郭乐成完全没听懂，可听明白了柳遥之是在说，这是封拼凑的信，是有人在陌承光写给自己的关于粮草的信上，加入了劝自己反叛的内容。

他一下想起送信的人说过，被不明身份的人在京城里制住过一次，换信，应该就是那个时候的事。

“谁啊！烂黑心了，这样整俺！要不是……要不是俺信陌兵部，俺两个都被他害死了！”郭乐成怒火中烧，一把扯过那信要撕，柳遥之慌忙拦阻，掐住他的双腕将他往后推退了几步，远离火堆。

“这信是要紧的证物！来日万一有事，要凭它力证你们的清白。”柳遥之神情严肃对郭乐成说，“千万谨慎对待，不可有失。”

“是、是，柳大人说得是。”郭乐成后怕，手里的信纸发颤，不知如何是好。

柳遥之看了看他，转念说：“将军要是信我，此信不如交与我保管。则自今日起，信之真伪，我与将军同证，北伐后程，我与将军共进退。”

“好！”郭乐成二话不说将信递给柳遥之，“你是北伐的大功臣，俺这两边都不是的，有了大人你这句话，俺可算是有了活路了！俺都听柳大人的，回去京里，你可千万得保俺啊。”

“回去的路，咱们要一块儿拼出来。”柳遥之收好信，领着郭乐成又往火堆站近了些，就着噼噼啪啪的柴爆声，低声说，“朝廷缓步撤军的命令已经到了，咱们得全盘计议，看怎么能昂首挺胸地回去。”

“撤军？”郭乐成张大了嘴，“俺这函谷关，白拿了？”

“绝不白拿，将军这一步太重要了。”条件俱备，柳遥之终于能完成心中盘桓已久的构想，声音沉下问，“此番就我观察，北虏的队伍多数是戍主自领，进退攻防都像是伺机决策的，虽然灵活多变，但队伍之间似乎不太注重通信配合？”

“是这么回事！俺们从前打仗，要是没有大王……大王就是虏主啊，要是没有虏主派他的左右来统领，基本就是上头给个方向，俺们照着意思打，争功还来不及，哪会通信啊。”

柳遥之转头望向帐外，欲坠的暮色之外就是函谷关的方向：“关上的情况暂时还没外泄，既然将军没有换回旗帜，咱们不如将计就计。夜晚将军开门，我带队暗出函谷关，速与韩明子合兵之后，将军可以伪作追兵，进占潼关，实际上是为我们断后。”

郭乐成没听明白：“要撤兵，怎么往西边走？俺堵在那儿保着你们后方是可以，但咱们这一大堆，不都给堵在关中了吗？”

“失过一次关城，我的队伍需要再一场胜绩。而将军，外面看来去而复回，也必得有一场彻底与北虏决裂的功业，回去朝廷里，才不会有人还有话说。”

“是，大人说得太对。”郭乐成已经暖和过来的脸上有汗珠发亮，“得是个啥功业？咱合一块儿，人是挺多了，可北人打仗，仗着马来无影去无踪的，想捉住哪一路狠打，可不容易。”

“所以，打个不会动的。”

“啥呀？”郭乐成瞪大眼问。

柳遥之笑：“北虏在华山，是不是有座祭天神庙？”

郭乐成一下明白了他的用意，想了想，慢慢点头。

“这就跟将军在悬瓠城时，建议去杀北虏萨满相似。但烧神庙这场火，这回得将军亲手来点。”柳遥之看着郭乐成，目光肃厉。

“是……”郭乐成犹豫了一刻，垂眼点头，“俺要是烧了神庙，连天神都犯了，就再也返不回去了。”

“郭将军？”注意到郭乐成的用词，柳遥之的语气加重。

“好！”郭乐成抬起头，颌下汗珠滚落，“都听柳大人的。那座庙烧了，北人真就没脸，俺上去过，就在半山上，能打。”

柳遥之笑起点头：“到时我与韩明子配合，装作败退的样子，在周边多引开一些守军。将军就先装作追赶，伺机奇袭华山。然后我们全军会合，大兵向南，打通秦岭至襄州的武关线。”

“从关中……直接往南边开路？”郭乐成想想那路线，匪夷所思，又仿佛顿悟。

柳遥之扶住他肩膀，双眼直视他说：“烧了那座庙，再握住这条路，我与将军的北伐，才能全功而返。”

武陵治所外，山坳平旷处的一大片空场已经被清理整洁，简易的木板房屋正在搭建。

穆骏从城中过来，在马背上四下用眼睛找了一会儿，发现陌闻音与一群人正在那边搬抬木料，又商量着什么，手上比画着下一处房舍的位置。她穿着青布的冬装，灰巾子包头，脸上也扎了块挡风的薄布，如果不是背后看身段显出纤细，从劳作的人群里一眼还分不出来。

穆骏下马跑着过去，兵丁们见主帅来，都向他行礼。穆骏挥着手说："你们歇会儿，去，让她也歇会儿。"大家嘻嘻哈哈地散开，陌闻音露在外面的眼睛笑了，拍着手上的土，跟穆骏一同在一叠木头上坐下。

"喝水吗？"穆骏摘自己的腰壶递给她。

陌闻音接过就喝，挡嘴的布摘下来，脸的上半截给灰土打得跟下半截不是一个颜色。

穆骏看她，陌闻音就抬袖子蹭脸，也回眼看他。

穆骏摇摇头："往京里去打听的人还没消息，不过，往北边去的人消息准了，说北虏的华山神庙，真是个姓郭的将军带兵烧的。"

"就是郭乐成将军？"陌闻音问得急，水呛了一下。

"不然还能是谁？"穆骏给她拍背，几下手又拘谨收回去，"郭乐成这回既然没叛变，承光就根本不可能是里通外敌，他一定就能没事了。"

陌闻音却捏紧了手里的腰壶，摇摇头说："我这两天反复想了，开头还敢高兴，越想越觉得……承光本来，根本就没事，可是……陷他的人既然无中生有地栽赃，一定假造了好多说法好多证据。郭将军没叛变，他们反倒要变本加厉地去害承光，才能解脱他们自己了。"

"你放心，等一摸清楚郭将军部的具体动向，我马上就给他去信。"穆骏缓声安慰她，"请郭将军否认承光跟他通信劝过他叛变，就证实承光的清白了。"

陌闻音还是摇头："那些人不会认的，御史台说有字证，郭将军要是说，没收到过承光劝他叛变的信，不等于就是说承光没有写过这种信。只能是，"她看穆骏，"请郭将军说信收到，却是假造的，不是承光所写。这是实情，也只有这样才能还承光清白。"

"对，对。"穆骏想想，但又说，"可是……"他犹豫着，转开眼，"郭乐成，毕竟是降将，这回的'叛变'又不清不楚的，他刚用华山大胜清白了自己，眼下要是让他说信是假造的，等于直说朝里有人谋害承光，他敢不敢为了承光，跟那些暗地的这么对上，我……尽力试试。”

陌闻音不语，眼睛看着前面刚刚用新土垫平的、安置板屋的地基。

“我都不知道，怎么跟你说……”穆骏的声音很低，在冷风里模糊着，“我虽然是皇子，是郡王，可这案子，我……”

他说不下去，对自己，对朝廷的恨意烧得头都疼。两人都没法看对方，陌闻音低低说：“我明白的。”

一路逃到武陵来，是在建康将被追捕时本能的反应，她也从来没有期望过见到穆骏之后，一切就都能好了。

“我，再给七弟写封信。”穆骏缓了缓情绪，又说，“他的西路军打得比预想要好，在朝里说话，这当口没人能不买他的账，有他过问，郭乐成就不用顾虑了。”

“七殿下怕是不能指望。”头巾里漏下的发丝沾上了风里的草灰，陌闻音往耳后掖了下头发，捋下的灰团就捏在指尖，“王小姐早给他写信说过案件，邮路也是通畅的，他但凡向王攸纪施压一次，也不会到了现在，连承光在狱里的情况都问不出来。”

她的指尖捏紧，断开了话，想自己不该在穆骏面前这样对他的兄弟怨语。其实心中的感觉，是因为那件库铜案的结法，七殿下和承光有了嫌隙，或许他根本觉得承光现在已是个麻烦，要不闻不问了。

“那时候战事焦灼着，他可能……分不出来心思……吧。”穆骏好话安慰，想想又说，“再说，北伐的结果明朗之前，有些人他也不好得罪，还指望着，后方支援呢。如今可不一样，武关道这一重开，柳遥之马上带兵就回来了，这算是胜利班师，七弟就是，胜利之师的统帅了。”

陌闻音听得出他话中有同样身为领兵亲王的不得志与不甘心，她仰脸看向穆骏，轻轻地点点头。

“如今七弟赫赫声威，天下无二了，二哥不得往下压着他？那他北伐又是为了什么，不得往上争吗？他和朝里二哥那些势力不可能再一路了，这案子要是那些人掺的手，七弟正好一用啊，我在信里暗示他这些，他一定会管的。”

从陌闻音的眼睛里，穆骏看出靠这些陌承光最讨厌的权术才能解脱她清白的弟弟，让她难受，但她点了下头。

“或者，能请殿下也给柳将军写信吗？”陌闻音说，“七殿下说是统帅，其实领兵得胜的是柳遥之将军。悬瓠城下他与承光一起劫了北虏大营，这是同袍之谊……大朝会上，承光也为他的队伍力争供给，这是偕作之心。我见过柳将军，我相信他会为承光不平，而且郭将军打入关中攻向华山又是跟他合兵，案件既然涉及郭将军，他能出面。”

是这道理。可是……柳遥之已归回七弟麾下，说指令他，早已不合时宜，可若说请求他……又多难受呢。

穆骏不想让陌闻音知道自己在想什么，很快说：“对，柳遥之还欠我一个大大的人情呢，可不是得让他出面。”

“什么人情？”风冷，陌闻音不觉往他那坐得更近了些，抬着眼睛问。

穆骏暗暗伸出胳膊，把自己的大氅拉开些在她身后挡风：“你知道我为什么在西边留了那么久？”

陌闻音摇头，想了下说：“是怕殿下一走，朝廷正式委派的使者还没到，吐蕃人反悔那茶马的协议？”

“是，也不全是。”穆骏笑起说，“我跟吐蕃那个封王，叫查旦隆，混得熟了，让他带我沿着西陲，去了趟天山！”

“天山？”陌闻音惊讶，在她心中的印象里，那可是跟西王母的昆仑山一样，是天上神仙的居所了，“是什么样？人能上去？”她接连问，“天上的山吗，琼楼玉宇？”

因为坐得近，她说话的热气能扑在脸上，穆骏又得意又有点不好意思：“倒也不是天上，不过，跟你说啊，天下可真是太大了，没见过的地方，连梦也梦不到。天山高高的雪峰啊，纯白，像插在云彩里一样，不对，像云彩铺下来，搭在那山顶上一样。你往哪儿一望，满眼不是蓝就是白，往山下看呢，都是毛茸茸的绿和黄，再好的画上都见不到那种颜色，染都染不出来，特别干净。”

陌闻音想象着，但真的想象不出，白云一样的山峰是什么模样。她有些许失落，也对自己窄窄的眼界升起怅然，听穆骏说：“想想前朝景安帝时，西域都护府就建在天山脚下，那是何等的功业啊，可现在……半属北虏，半属吐蕃了。”

景安帝。陌闻音的思绪飘得更开，景安时，宫中有位陌贵妃，是陌家先人，闻音头上现就戴着一支据说是她传下的攒丝银钗。想到族中如今，她心情更加郁郁，一味沉默了下去。

穆骏看她，虽不知道她想到了什么，但感觉这话题惹她伤感，马上把岔开的话拉回来：“天山那儿，有座黑石关，山口两侧吐蕃和北虏长年争夺。正好查旦隆不是带着兵马么，我就出主意让他去奇袭，还领兵替他打，在那关下硬往前进了七十里，关楼也帮他夺回来了，吐蕃人高兴得不知道怎么好。”

至于其间的艰辛和战损，他就隐下没说。

“所以，北虏必须分兵西救。”陌闻音抬起眼看他，“所以是殿下缓解了柳将军他们在关中的压力？”

“对啊，你说，这算不算个大人情？”

陌闻音连着点头，又问：“这么大的功绩，朝中知道吗？”

穆骏神色一黯：“反正我是上报了，可没听见一点回音，怕是，又让人按住了吧。”

他们对面相看，心里的难受撞在一起，生出丝丝暖。

“但柳遥之，我得让他知道，他得承我的情。”穆骏肯定地说，“别的都不要，就要他去问问承光的案子，这都不行？”

“一定行的。”陌闻音带着期望说，却也像个祈求。穆骏又难受起来，为她是委屈，为自己是气。明明是彻彻底底的一桩冤罪，可是连平反都只能求天求人，只能是空盼着。

他说不上来话，陌闻音动了动，腰壶递还给他，想起身回去又开始忙碌的工地。穆骏指望留她在身旁久点，赶紧找出一句：“这些房子，怎么盖得这么稀呢你说？密着盖点，省地方，冬天不也暖和？”

“不能密。”陌闻音把她挡脸的布从膝上拿起，抖着灰，“收容的流民远路过来，多少带着病，冬天，要是住得太密，容易起疫。得让冷风能从房子之间穿通，这样病气不容易积攒。”

“你这是，在悬瓠城的军营里学的？”

她把布蒙回去了，只露出眼睛，锐利上挑的眼角下被风吹得起了干皮。穆骏看她这样子，心里觉得真喜欢，总想把话拖长。陌闻音说：“在京里认识一个义庄，就是收容无家老人的地方，有时候过去照应，在那儿知道的。”她站了起来，“对了，得准备生石灰水，把这些房子里外都泼一遍，还得跟他们说注意着灭老鼠。”

穆骏抬着脸看她，明白她埋头扎进安置流民的事里，也是心好，也是逼着自己不去干等弟弟案子的结果，不去多想。可他也明白，闻音心里其实一分一秒也放不下，他配合着说："那我让他们再给这盖上一圈儿围墙，"他抬手往场边划，"密实着盖，老鼠就进不来了。"

"不能要围墙。冬天取暖的柴薪得防火，万一烧起来了，这么多人得好往外跑呀。"陌闻音驳回得很快，露在外面的眼睛神情严谨。

穆骏有点发愣了，又一次为她心里能装进的事触动，嘴上说："行……那就再备个灭火队，大缸装上水，这四面。"

"要是这么说，用流民自己的青壮人力就行，"陌闻音看了看他，有点担心再增加花费的样子，"能更负责，还能……让他们挣一份口食。总得到了春天，他们才能开荒下种呢。"

"好，"穆骏一口答应，"我安排。"

两人就静下来了，陌闻音还站着，穆骏坐在那堆木头上，公事之外，不知道说什么。

那天在城外的河边一个拥抱，那时候她咚咚的心跳，让穆骏觉得他两个的心意是相通的。可是这些天来，她忙着安抚流民，更焦心着承光那边，态度又回到之前那种淡淡的样子，穆骏又有些拿不准了。相聚的时候高兴，等真聚在一起，却有了酸，有了烦。

怎么才能久呢？

"你饿了没？"他说，"让他们弄点吃的过来？"

"有这个。"陌闻音想起，低头在腰间的褡裢小包里翻找，掏出一个小瓷罐。缠着封蜡纸的麻绳一解，一股甜香扑出来。

"我那天……本来是给承光送饭去的。"她把瓷罐放在穆骏身边的木头上，声音压着说，"给他带了这个，没来得及掏，一直在身上，你尝尝？"

穆骏手往衣摆上蹭，陌闻音又从褡裢里翻出块手帕给他。擦了手，穆骏拿食指从罐里沾起一点，含进嘴。

泡了桂花的蜂蜜，香味很浓，沁人心脾。

"你们姐弟俩还真是，不是为了喜欢这些花啊草啊，想不起来吃。"蜜已化开，穆骏的指尖压在牙齿上，一点疼，"我记得，承光还爱吃那苦不啦叽的青团，还说有……"

陌闻音蹲了下去，头伏进抱起的双臂。

穆骏这才想起青团是清明节的吃食，这话好不吉利，他慌得半跪到陌闻音身边，手抚上她背，却什么也劝不出，只能空空地发愿："没事，没事的，到明年吃青团的节候，承光一定跟咱们在一块儿的。"

陌闻音的肩膀微微地颤，并没有哭声。

急里生出主意，穆骏说："不然，我给文炎吉也送个话。"

"……文侍中？"陌闻音身子停住，额头还压在胳膊上。她知道文炎吉是如今御前第一权臣，甚至有传闻说朝堂大事经他而不经尚书台，但她从不知道，穆骏跟文侍中有什么说得上话的交道。

"对。"穆骏听她意外，慢慢解释，"你想啊，这回郭乐成说是叛变，结果其实没有，那就肯定不是和朝廷提前讲好的策略，不然朝里做做样子就行了，对承光兴什么大狱呢？"

陌闻音点了点头，抬起脸："所以郭将军先是受了逼迫，或者一样是被诬陷的？"

"对呀，那，郭乐成立了大功回来，北虏的祭天神庙啊，被他烧个一干二净，快赶上霍骠姚封狼居胥了，那究竟是谁逼他陷他，要他置于死地，他要不要朝里给个说法？"

陌闻音手抱着膝盖，看他说："哪怕他自己不去要，起先说他是'叛国'，大大伤了郭将军的名誉，如今再要论功行赏，前因后果，也得对军民……有个交代吧？"

穆骏感觉她想得更宽，赶快点头："所以眼下，那些看起来最有诬陷郭将军嫌疑的人，是不是得尽量撇清自己呀。"

"殿下是说……"陌闻音垂了下眼，"文侍中和他们郭家有杀父的血仇，这种时候，会想要证明郭将军受逼之事，与自己无关？"

"先别管他到底有没有关，这种时候，他得把自己往外择啊。"穆骏一只手撑在地上，贴闻音很近，"北伐全军回撤，真正留下的战绩，就是华山神庙这一役，父皇绝对要大力宣扬的。那万一有人把郭将军起先被逼，跟文炎吉联系上，即使倒不了他，也能让他脱一层皮。但如果，我用手书请他……请他向父皇呈奏承光的冤案，他正好可以对父皇说，实情得自于我。承光和郭乐成本是一案，他出面澄清了承光，也就表明他笃信郭乐成的忠诚，而且还没有欲盖弥彰的意味，对他有好处的，他该愿意。"

这些关于个人性情和微妙利益的盘算，陌闻音没太跟上，但想到身为皇子，却需要劳动他人之口，才能对自己的父亲述说实情，她心中有不适，也有怜惜。转念想起自己的父亲，其实不也一样，跟自己的心意相隔山海。

“殿下如果给文侍中去手书，应该先给陛下上书。”他们蹲得近，陌闻音轻声说，“陛下能不能看到是一回事，殿下你上不上书是另一回事。如果你请文侍中帮忙说的事，却没自己先跟陛下说，怕又要被人生出事来。”

穆骏心中一醒。确实，而且，父皇看不到才好，要是疑问起来为什么自己不先上书御前，往下一查，或许还能察觉到自己和他故意被阻隔的情况。

他看着陌闻音深深的眼睛，点了点头。

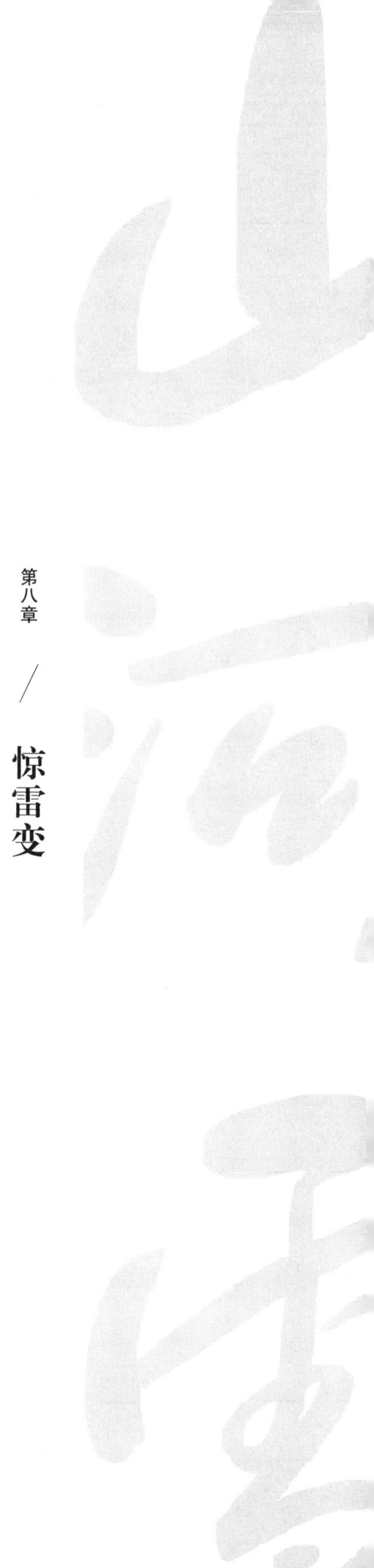

第八章

／

惊雷变

襄州治所襄阳城下，密鼓如雷，声彻天地。

柳遥之昂首立在运兵船头，远远便望见横跨汉水连接襄阳、樊城的铁锁桥上，每隔一臂即立一红衣甲士，袒肩双槌击鼓。整条铁锁大桥结彩扎花，与那红衣的队列相映，如一道赤虹穿空乍起。那隆隆鼓声逆水而来，更似龙掀惊涛，只为迎接他身后远归的师旅。

码头停船处，耀眼的锦绣满铺过长长栈桥，水湿后的流彩使两边江面呈色鲜艳。柳遥之下船跨马，从码头至城下，只见万头攒动，襄州守军与民众夹道，欢声不绝于耳。此时冬日，竟有一路繁花高举，像两条缤纷的引道簇拥着班师马队，细看皆是工匠以薄绢妙手染成。

在绢花海中缓缓行进，马匹时时低头嗅花，打着快乐又不解的响鼻。归来的将士们也是同样，陶醉又有些无措，不断有民众向他们的马鞍上、辔头上抛挂吃食的小包裹，或祈福的小串铜钱。队伍越走越慢，越来越花花绿绿的马匹伴着越来越浓厚的喜庆气氛，夹道的人群脸上，每个士兵的脸上，都是真切的胜利者的欢笑，柳遥之也笑，笑得从容。

襄阳北门大开，队首将至门前时，彩瀑般的绫缎忽从城头匹匹泻下，整面城墙顷刻华艳如织成。城头更有无数人鸣锣擂鼓，齐唱凯歌雄壮。香屑不知从何处纷纷扬扬飘下，沾衣扑面，一洗征尘。

柳遥之仰头嗅那香气，上方的天空冰蓝。

“遥之！”

听见马下唤，柳遥之缓神，垂首行礼便要下马。吉服加身的穆鸢一拽他坐骑的缰绳，“今天，孤王要为你这北伐的大英雄牵马入城！”

前后随员和周围民众的欢呼如潮起，鼓乐更激扬了曲调，穆鸢亲手将一段缀满金铸大钱的红绫挂上柳遥之的马颈，扯马便向城门中走去。柳遥之在鞍上略略躬身，以示礼敬。

城门的甬道深长，乐声和欢贺声在其中回环震动。柳遥之一直笑着，即使心中在想，功不压福，岂是吉庆。

入得穆鸢指挥西线所用的行府，更是盛宴，珍馐醇酒接席连院，供有功将士尽情欢饮。穆鸢独带柳遥之入座高堂上，连下人也撤去，要亲自为柳遥之把盏。柳遥之起身谦推，穆鸢执壶他便不肯坐，穆鸢知道他持礼谨慎，也不再多劝他酒，自己连杯喝得高兴，笑说："柳将军这次回去，怎么也要成个一州刺史，到时与小王平起平坐，再要为你把盏，小王可更没机会了。"

柳遥之约略停了一瞬，取过酒壶为穆鸢添酒，自己执起杯敬向他说："属下岂敢。全仗殿下指挥得当，更是有赖殿下信任栽培。"

听他仍用"属下"这个自称，穆鸢高兴说："也是你自己才堪大用啊。"他笑饮了柳遥之敬来的酒，又看向堂下都有醉意的满院将士，"你说，北伐这些人里，谁还可用？"

柳遥之没有太多犹豫，回说："韩明子将军深识大体，于战略上对我颇多助益。此外属下副将叶援，十分得力。"

穆鸢抚着空杯："嗯……郭乐成呢？"

他望着院中的将士，但眼神空阔。郭乐成并非同路回来，此时不在人群里，柳遥之心中忽而升起丝丝警悟，谯城王所说的"可用"，似不全是方才自己以为的意思。

"郭乐成与你合兵之后，胜势便不可挡，你与他，真是两员福将呢。你们如今交道怎么样，是说得了话的交情吗？"见柳遥之没有回话，穆鸢又问。

仍静了一瞬，柳遥之问："殿下向郭将军，有话说？"

穆鸢笑了，要去拿酒壶，被柳遥之先将壶取过，为他添上酒。

"了却了北伐，不还有一桩牵心的大事呢。"穆鸢看着柳遥之执壶的手。

那手很稳，细细的酒线倾注在杯中。

"三哥自己，是个极能打的。二哥那边的佟红庭，现在虽然痴肥，当年在两淮线上也是一员猛将，尤善防御。夏侯景晖盛名不衰，但从来自己的主意太硬，认定的事父皇都难左右，他自诩忠正，必然是辅佐大哥。我那枚伦表舅，最喜欢居功拿势的，态度摸不清楚，我们几个对他而言本也没什么亲疏之分……”穆鸢细细数过朝中的名将旧勋，“你说，剩下的，你这样的新锐，能不能属我？”

柳遥之的手从壶把上收回，放回自己膝头，捏紧。

北伐过后，要面对皇子势力愈加激烈的争斗，他当然想过，但没想到在班师仪式的当天，这局面就赤裸裸地摊开在眼前。看来京中情势急变，谯城王已经在策划依靠武力争夺，很可能是，皇帝的病情转危，而谯城王远在襄州，无法利用北伐之前寄望的更多优势。

对这样的话题，他不可能回应，也不可能不回应。堂下的欢宴正到了高潮，许多军士解衣袒背，在人群中拍腹作鼓，狂歌起舞，有人整坛对拼烈酒，也有人据地相抱痛哭。散乱的杯盘外，酒食的香味和着汗气，仿佛能驱走暮冬的寒意，柳遥之似被那喧哗暂时吸引，尽量拖延着时间，恍恍想起在武陵王帐下这般聚饮时，将士们早会擎着酒坛冲上堂来，摁住主帅猛灌了。

“我当然知道你的，没有前想三后想四，你不会开口。”静得太久，穆鸢主动带起笑说，“不过，今天往后，你也该知道我了。”他把案上的壶执起，坚持为柳遥之杯中斟上，“空言投效的，我都不在意，你这样审慎的我反而敬重。我心中真正愿意倚靠的，也只有遥之你。”他轻抬了下手，远处有侍者关闭了堂门，“你要是对我开了口，无论什么，我都可答应。”他深深盯着柳遥之，“眼前、日后，凡我所有，愿与将军共。”

堂外喧声依旧，这堂上却静如冰井。一刻，柳遥之双手捧起穆鸢斟满的酒杯，仰头饮尽，回看他说：“属下起自襄州流民之家，能至今日福报已过，从前此后，更无奢求。”

“但你身为我的‘属下’，眼看升迁转职，也是凭随我北伐的功绩，我有……不测之变时，你能脱出干系吗？”穆鸢轻问，“至此的福报，万一此后如电亦如露？”

“文臣武将，无论职在何处，皆属陛下。”柳遥之平淡回说，“殿下所有，也皆是陛下赐予的恩德。”

对上穆鸢失望且渐渐有怒急之意的眼睛，柳遥之又说：“却不知陛下龙体如何，殿下是否准备，请旨进宫侍疾？”

穆鸢微一怔。

“殿下手边之物，”柳遥之手指在桌面伸开，指向穆鸢的酒杯，又执起自己的空杯说，“何必远求？”

“你是说……外攻，不如内取？”

柳遥之放落酒杯，无回话。

穆鸾想想，不觉低了声音：“是叫我回京加封来着……父皇信上也说盼着见我。可是，兵部有明令，至多五十人仪仗随行。”他的手指抠上自己酒杯的錾花，“京城内外是一道铁槛啊，我只身进去，‘侍疾’不成，倒进了人家的囚笼，也未可知啊。”

“属下当年，久任小城太守。”柳遥之转头，仿佛想要荡开话题，“无事时，就常在这襄州山中看人行猎。所带细犬无须多，精干为上，便于隐匿声息，不至于过早惊开兽群。等到逐兽进入囚笼地势，箭在猎人手。”他看回穆鸾思索中的眼睛，声似平常，“殿下所有，皆是陛下赐予，殿下若喜行猎，囚笼亦属陛下，箭亦在陛下手。”

穆鸾完全听懂了他的意思，眼神又凝住，转瞬低下眉：“禁宫宿卫，是在父皇，但京城的武备……不好说啊。”

他当然知道宫变是历代夺权最迅速有效的方式，但心中隐隐有个怪异的感觉，柳遥之鼓动自己亲身去宫中借父皇的名义行事，或许是他自己想要置身事外，待到尘埃落定，坐取其成。

“在宫中关门打狗，是好。”穆鸾的声音轻如耳语，“但万一有个闪失，就是外面的大笼子套住里面的小笼子，反而把我自己关住。你们进京受赏，也是带不了队伍的吧，到时谁可来救？”

柳遥之的眉头轻轻结起，慢慢垂下眼，如同点了下头。

“何况，大哥再不得势，仍是太子，如果行猎不能一网打尽，是我冒死为他垫脚了。”

果然如此，柳遥之久已感觉，对于凭借皇帝的宠爱能够压过太子的地位，谯城王并没有他表现出来的有把握。

但对活着的皇帝不去争取支持，对失势的太子不去乘胜打击，蹉跎过去，等到太子成了新帝，一介藩王在外起兵夺取建康，与今日相较，岂不难于登天？

但柳遥之不能再说什么了。

“殿下既有成命，属下恭听。”他抬眼一句。

惊喜的笑意回到穆鸾的脸：“我想上书保举你，做江州刺史。”他马上说。

历来攻取建康必须依靠水路，而江州水军驻在彭泽湖，是荆州之外最大最成建制的州属水师。

柳遥之伸手执壶为穆鸢添酒，自己一样斟满："遥之无以言谢，敬请殿下满饮此杯。"

穆鸢痛快与他同饮，又说："还有郭乐成，从前他遥领司州，只是父皇嘉奖他投诚，给的空衔。这回朝廷该对他放了心，我也务必促成他一个实在的刺史。你二人都成了刺史，便各是一方之主，要有自己真正的兵马了。"穆鸢带着酒意笑叹，"我啊，只有封国采邑，我连刺史都不是呢，还不得托于你二人？"

亲王除了战事时凭旨意领兵，平时所属的只有亲兵，数量有限。而州刺史拥有一州之境的全部军户，甚至可以招募民役补充，单就自身武装力量而言，二者不可同日而语。柳遥之知道谯城王在说什么。

"五叔江夏王，人家是刺史，荆州啊，更羡慕不了。"穆鸢一直盯着他看，"你，还是五叔的女婿呢，你和泰山大人，平时联络多吗？"

"拙荆纯孝……与家中和睦。"柳遥之委婉说。

穆鸢笑得更深："只要五叔稳住不动便好，他的荆州自可如他一般，安如泰山。"

柳遥之淡淡一笑。

"不让带兵进京，我便要称病。"酒壶又回到穆鸢手上，他先给自己倒了一杯，"看看父皇到底有多想我。我看你也不回为好，就说有伤，舟车不便，辞了朝廷的仪式免得铺张，还显得你谦谨呢。你取新职无须进京，这点能力我有，朝廷的仪式也不会赶上我这个，只是五凤楼下受赏的虚名好听些，能赏什么，我都不会少给你的。"

柳遥之心知他怕自己离后生变，或者在京中被人左右，只说："臣回京里，非为受赏。"

"夫人在京？接来嘛。"

"郭乐成反叛，与……陌承光通敌的案件，御史台还没有了结。此事说不清楚，北伐之胜就有瑕疵，属下想过去参详。"

"三哥也给你写信了呀？"穆鸢明亮的眼睛睁大，看着他笑笑。

柳遥之没有否认，停一下问："殿下也得了信？殿下看如何处置？"

"乱成这样，还去顾这些不相干的？"穆鸢笑着转开眼，"陌承光他自己无事，自然无事了。"

“三殿下信上说，事为诬陷，郭乐成未叛出人意料，陌承光的处境或许反会更加危急。”柳遥之说出穆骏写来的内容，等于对眼前的谯城王剖白。

这和穆鸾收到的信件相符，他点点头：“三哥着急，他自己去救嘛。”他点点为柳遥之添酒，说，“陌承光这个人，太拧了，认理不认人，知恩不图报，我看不可用。”他抬眼，又盯住柳遥之，“你说呢？”

柳遥之与他对视片刻，慢说：“属下的考虑，是西出两关之前，我曾与郭乐成约定此后共同进退。他受御史台召唤进京说明始末，臣去参详案情，为他证名，便是与他的交道。”

“是，这是正经。”穆鸾现出领悟神情，他让柳遥之再喝酒，想想说，“带什么东西去？你知道他喜欢什么，都让他们赶紧去置办。韩明子，你给我留下，你也快去快回，有了定准的消息，让叶援先带回来。”

柳遥之双手捧着酒杯，点头。

冬日天光薄，御史台正堂的两边各点一座灯架，铜镜前的高烛放出暖黄光芒，照亮殿堂中央。

今日最高的人物却坐在一旁偏角，有架仙鹤衔枝的烛台单点在那里，光不很亮，使得那里神情莫测。

主审王攸纪与兵部总稽察杨维纯到堂，向那偏角处行礼，前来参协案情的柳遥之也起身随礼。侍中文炎吉受过礼，向他两边各一点头，声音不高：“本官奉陛下之命前来旁听审理，只带了耳朵来。几位大人无须顾及于我，按流程进行便是。”

王攸纪与杨维纯又是一礼，对视一眼，各自在堂桌后落座。柳遥之重在堂侧坐下，眼睛看着人将被带上来的堂口。

王攸纪暗自打量了这位新晋红人。打到北伐后半段，他本来丢掉了函谷关，眼看要有个灰溜溜的结尾，没想到经过郭乐成的一折腾，情势居然起死回生。他们两军配合，在华山烧惨了北虏的脸面，又重辟武关道风风光光地班师回来，经过襄州时柳遥之甚至得到七皇子亲自牵马入城的殊遇。天子也下诏封赏，不久将行仪式。王攸纪原本以为，柳遥之询问案件进展，又申请参详，是与武陵王上书的态度一致，要对御史台兴师问罪，但看他此时的气势并不高，似乎是旁观态度，心中反而更升起些警觉。

“带人犯——”

随着堂吏扬声，锁链声响，陌承光双脚戴铐被引上堂来。他感觉到堂中四面的目光，绝不想被看去狼狈样子，尽力挺直着背。烛光耀眼刺痛，渐渐适应了这明亮之后，他最先看见了柳遥之，见那人服色改换，已衣深红，陌承光眼中透出喜悦。柳遥之眉心一动，但将凝眉化作一个笑，向他点点头。

屋顶下只有铁锁拖动的声音，陌承光戴枷日久，虽然此时枷已卸去，但背痛难耐，每一步都需要从肩膀开始发力，慢慢拽动全身。他维持着仪态，一步一步，至堂桌前站定。

“文侍中代表陛下在此。”杨维纯对他示意那偏角处，“先行礼吧。”

陌承光挪了下身子，背上的疼痛让他皱眉，文炎吉的声音传出：“束具在身，不必了。”

王攸纪明白这是无须解去束具的意思，文侍中今日的态度清楚了。

他心中大松了口气，续传证人上堂。郭乐成从堂口进来，一看见陌承光就愣了，几步上前仔细看他，犹豫着要不要扶。陌承光跟他淡笑，摇了摇头。

“今日庭审，是为理清陌承光策动郭乐成将军反叛一事。”

郭乐成扭头要张嘴，王攸纪抬手制止他：“关键证据，是在郭将军派回京城的信使身上抄得的一封信件，署名正是陌承光。之后，信使盗回信件北返，郭将军随即确有看似反叛的行为，因而御史台当时认为证据确凿，对陌承光加以相应处置。”他说着语气和缓问郭乐成，“如今郭将军既已回归朝廷，对于这段去而复返，作何解释？”

“这个大人，你可不敢胡说啊。”郭乐成大声对上，“俺啥时候‘去’了？俺可一直是朝廷的人，兵不厌诈，你懂不懂啊！”

王攸纪点头，笑：“郭将军复取函谷关，焚烧北虏祭天神庙，功业赫赫，御史台这里当然没有再疑郭将军的意思。只是想请将军澄清，你起初，先攻击后侧与你配合的王仁举部，又改换旌旗服制向虏主纳贡效忠，是否受了这封策反信的影响？”

“有啊，咋没有。”郭乐成马上答，一脸坦然，“就是陌兵部这封信教俺干的嘛。”

王攸纪不由变色，陌承光讶然转头看向郭乐成，转瞬又费力扭身往柳遥之看去。柳遥之眼神深邃，面色不动与他对视，陌承光垂了下眼，沉默转回身。

王攸纪看着这几个人目光交流，心下一时慌了主意。

当日扣住那信使换信时，佟红庭安排的人没有暴露身份，王攸纪料想郭乐成既然声称是假意反叛，就一定会咬定信件是假造，那自己只要宣称必是北虏间谍在传信途中作梗、意图破坏北伐，就能勒令他将手中的原件作为间谍案的证据上交，原件一旦收取上来，笔迹便无对证，也就绝了后患。

没想到郭乐成竟一口承认信是真的？陌承光心照不宣也不吭声，御史台本来就是这样认定，此刻就没有理由再去推翻……情况完全落了在预想之外，王攸纪只能先稳住心神，顺话问："根据抄件的记录，陌承光这封信中，有大量劝诱郭将军叛向北虏的内容，语义十分明确。郭将军的意思是，陌承光劝你叛变，但你心向朝廷，只是从中反向受了启发？"

"不是啊，不是。"郭乐成摆手，想拍拍陌承光肩膀，手放到那瘦骨嶙峋的肩上，像是被扎了一下又缩回来，"哎……"他咂了下嘴，粗眉皱起，"陌兵部和俺，不是都知道吗，北伐路上坏人多，万一给哪个坏人截了信，计策漏了都不算啥，怕的是啊，给俺们来一个改头换面，"他向王攸纪挤挤眼，"那俺们，不是要倒大霉了吗？所以俺们早就讲好了，写信用暗语，说反话。大人你看这不是，连你们自己人都骗得过，敌人当然骗得过了！"

王攸纪已经渐渐想明白了对方的目的，恨得暗自咬牙。好一个改头换面，这是要把郭乐成的叛而复返，讲成陌承光一开始就定下的计策，如此他二人不仅能够彻底解脱罪嫌，还能将前线的一场乱局自始至终当成功劳揽下。而自己参与的精心谋划，神使鬼差，竟成就了他二人的英名。

如何甘心。

"话虽如此，不经兵部而向武将私授战略，不知陌承光意欲何为？"王攸纪冷脸问道，"北伐枢机署，与东线的统帅江夏王殿下，事先都不知这样的计策，陌大人是想越级擅权，还是想大功独揽？"

陌承光看着王攸纪，抿了下干裂的嘴唇，还未说话，坐在堂侧的柳遥之此时开口："将在外，君命尚且有所不受，陌大人这不过是为同僚出个救急的主意，出不出在他，用不用在郭将军与我。至于'越级擅权'，我看那信里说，是太子殿下命陌大人写信与郭将军暂做粮草之商议，既然得到太子殿下授权，不知这四字从何而来？"

王攸纪一怔："……柳将军也看过这封信？"

"郭将军接到这封信，觉得计策甚奇，传话与我商议，信的原件当时一并附着。"柳遥之一笑，"若非如此，粮尽之时，我怎么敢轻易放弃函谷关。”

柳遥之的眼神让王攸纪背上汗毛竖起，他突然意识到，陌承光在狱中不可能预设这些转圜，何况假戏真做不是他的风格，郭乐成也不会有这些弯弯绕的肠子，事态的发展，是柳遥之一手为之。

他将自己主动摆进这个局里，就连丢掉函谷关也能分说过去了。

“信的原件在哪里？”王攸纪骤然紧张，不禁问出口。

柳遥之又是一笑：“戎马倥偬，放在哪儿了呢？不过一封私人信件，也不要紧吧。”

他带笑与王攸纪对视，王攸纪顷时转开眼。

不能多说了。他明白柳遥之按住这封信，说明对信的原委心知肚明，无论自己将笔迹仿得如何，对方风头正劲，如果咬出来，自己绝对舒服不了。柳遥之这种手段，不只是要补全他的功绩，也是在对自己、对自己身后的各方卖出一个大人情，拿起一个大把柄。

王攸纪垂目，许久不语，杨维纯只好接过话说：“计策的前后既然已经说清，关于攻击友军之事，还望郭将军最后做个解释。”

陌承光也转头看着郭乐成，郭乐成挠挠头，笑跟他说：“陌兵部你知道俺，那时候从悬瓠城投回来，虏主气得要发疯，俺要不干出点实在的来，咋让他再信俺哪？”他又冲杨维纯有点不好意思似的笑笑，“大人，俺可不就是柿子拣软的捏嘛，俺知道王仁举打不了仗，一碰就得散了，两边伤损不是都小？俺可就捉了他一个，剩下都给放跑了，不信大人叫王仁举来问问，俺可没为难他啊。”

杨维纯点点头，像放下什么顾虑般，对王攸纪说：“王大人，案情已经没有疑问，是不是可以释放疑犯，请文侍中向陛下复命了？”

王攸纪点头，刚要说话，一直在沉默的陌承光开口，沙哑的声音刮耳：“在下策动郭将军谋反，与在下欲开悬瓠城门投降北虏，是两件案情。对另外那件，在下仍有疑问，烦请大人们为我澄清。”

杨维纯看他，又看看王攸纪，神色为难，王攸纪想了想，往侍中文炎吉看去。但文侍中坐在那鹤灯的光下，表情闲淡，似对案情的走向并不操心。

陌承光努力让能发出的声音更大些：“建康城门尹唐墨，曾为悬瓠城太守，战时他要弃城逃跑，被我绑缚看押。其后，我追查兵部库流失的库铜，他又拒绝提供铜人过城关的记录，对御史台声称重量记载不全。下官姑且推测，他此番诬告，源于挟私报复，或逃避罪责，烦请大人们加以彻查。”

“按陌大人所说，是该彻查。”文侍中的声音从偏角传来，“查清是非归属，本官才可对陛下复命。让唐墨上堂对质，有何不可？”

“回侍中，并无不可。”杨维纯马上回答，“唐墨就在堂下候着，这就传来。”

王攸纪看他一眼，扬声：“证人带上来。”

唐墨小步上堂，瑟缩打量了周围，看见鹤灯下的文侍中，脸色一瞬发青。

“关于陌承光在悬瓠城战时，欲开城门投降北虏一事，他反诉你诬告，你做何解释？”王攸纪不等他更多反应，问道。

“下官……”唐墨又向文炎吉看去，文炎吉神情淡漠。唐墨低垂下头，猛吸了几口气，直起脖子急速说：“下官绝非诬告！下官有确凿证据，陌承光姐姐写给北虏的书信，白纸黑字就在御史台啊！”

“对于北虏文字的鉴定，朝中无人专长。”王攸纪语气平板，“因此该信真伪存疑，御史台已经弃用。”

唐墨身上一颤，双眼泛红死死盯住王攸纪，王攸纪不为所动，唐墨仿佛头晕，闭了下眼，回身冲陌承光大喊：“信就是你姐姐写的，你自己都认了！”

陌承光没有看他，直视王攸纪说：“在下当时承受酷刑，神志不清。”

郭乐成瞬间怒目圆睁，王攸纪立即说：“你身戴枷板，尚能在狱中袭击主审，险些酿成大错，可见束具之必要，亦可见你身体并未大受影响，称为‘酷刑’，恐怕欠妥。”他向唐墨扫去一眼，“但当时狱中确实光线昏暗，陌承光分辨不清，情有可原。证据既然已经弃去，此事不必再论。”

唐墨的整张脸已被冷汗漫透了，却不肯改口：“信也不是……不是下官拿出来的，无论是真是假，陌承光当时绑住下官，真是为了开城投降！下官府中多少人，个个都能作证，他当时……就与这郭乐成联络的，所以后面，郭乐成才由他的路子投来！”

郭乐成挥拳上去要打，杨维纯在堂桌后起身喝止，值堂的兵丁霎时奔来拦阻，堂下一片混乱。唐墨趁势冲到文炎吉案旁，瑟瑟求告，“侍中，郭乐成父子两代，叛而复归归而复叛，这都是见风使舵之徒。他这回必定真叛了，眼见北伐胜势难以逆转，才胆寒又投回来，他这反骨不会悔改的。他父亲……更是，杀过我朝多员大将，与……与陛下不共戴天，下官是想为朝廷除此祸患，绝非诬告啊！”

文炎吉仍然神情冷淡，转对王攸纪说：“唐墨诉陌承光欲开城投降，陌承光诉唐墨欲弃城逃跑，双方的证人都是亲眷，等于两边空口。”他将手扶在案上，扫了一眼唐墨，又看陌承光，沉吟又说，“本官对陛下无论如何解释，都有偏袒之嫌，既然无从证实，多言无益，此事姑且放下，对他二人观其后效，如何？”

郭乐成的争闹停下，堂中所有人的目光聚向文炎吉与王攸纪。

“侍中此言甚是，御史台也是同样意见。”

杨维纯附议。

陌承光笑了一声，几如叹息。

文炎吉置若罔闻，对上唐墨如蒙大赦的脸，看进他眼中一瞬，对围在兵丁之内的郭乐成说：“郭将军，你父子两代，在我朝与北虏之间反复投叛，的确招惹物议。本官虽然信你忠心为国，却也在此代陛下告诫于你，事可再二，绝无再三，若你部再有异动，覆灭不远。”

郭乐成攥拳，脸上阴晴不定。文炎吉起身：“既无异议，本官这就回去向陛下复命。结案、释放种种，你们就根据查实的案情，自行处置吧。”

堂侧忽听有人叹气，众人转头，见是沉默已久的柳遥之站起。他向文炎吉施了一礼，抬头说：“悬瓠城中之事，侍中需要证据证实，末将想起，此处刚好有一个。”

文炎吉没有接话，伸手向上示意他继续。柳遥之起脚走向陌承光，迎着他的目光站到他身旁。

陌承光眼神疑惑，但对柳遥之的信任让他没有更多反应。柳遥之向他笑笑，轻道一声“得罪”。

他扶住陌承光的肩膀，微推他让他转身，把那褴褛的囚服从陌承光肩头分开，陌承光不自然地僵住，而柳遥之没有理会他的抗拒，将囚服一直褪至他腰间。

绷紧的后背整个袒露在烛光之下。

堂中静了。

这样的瘦，久不见光的苍白，后颈上是一道深红发溃的磨痕，背上皮肤贴附在骨骼上，使得每个骨节像寄生物那般刺目地突出。大大小小的伤疤之中最显眼的一道从右肩斜向左肋，几乎将椎骨砍开。

“当日陌大人原本打算独自带兵赴虏营劫杀萨满，因为这道伤重，被我分了功劳。”柳遥之攥着陌承光的手肘，一手指向那道长疤，“如果唐大人身上，有任何一道得自北虏的刀伤及得上这个，咱们再来论说是谁要弃城，谁要投降。”

无人接话。柳遥之虽然语气不重，但怒色上脸，神情严冷，言毕他为陌承光披好衣服，扶着他转回身，望向唐墨身后的侍中文炎吉。

文炎吉无所表示，柳遥之又说：“不知在侍中大人眼中，以悬瓠百日勒住北虏铁蹄的陌承光，是不是英雄？”

文炎吉点头。

柳遥之看向陌承光，见他嘴角紧绷拧着眉，长眉也随他结起：“以末将所知，在带刀上阵的士兵眼中，也是。在饱经北虏摧残的百姓眼中，也是。如果这样的英雄，凭所谓没有自证清白的证据就能入罪，如果诬陷之人得不到惩治，一旦战事再起，末将这样的寻常将领，再怎么去激励士兵死战，再怎么去鼓舞百姓信念？国人离心，其实远比外敌入寇可畏，朝廷的根基，终要扎在人心里。”

众人都已让开，文炎吉隔过烛光与柳遥之对视，明白这番话，他不仅在为陌承光说，也在为北伐中同样一枝独秀、大功加身的他自己说。

时势至此，不趁手的棋子，只能弃掉了。

文炎吉点点头，语带感慨：“看唐大人的样子，恐怕身上不仅没有一道刀伤及得上陌大人，根本连一道刀伤也无吧。”

“侍中……”唐墨惊恐变色。

“柳将军提出的证据，很是。”文炎吉声音仍淡，却起了气势，“悬瓠城苦战百日，听说战事后程，妇孺皆上城墙。如果一城太守竟没有一道得自北虏的伤疤，可见从未参战，懈怠国事至此，不曾谢罪请罚，为了掩盖罪行，反行诬陷，当真罪无可赦。”

“侍中！”唐墨双膝跪地接连叩头，顷时涕泪横流，“下官糊涂，但下官真是……全为了……为朝廷考虑……侍中宽宏雅量，下官不敢存着侥幸，放过那反复无常的一门小人啊！侍中……”

文炎吉垂眼看他：“你若真为朝廷考虑，即便你战死，朝廷不会亏待你的身后。但你若不知悔改，诡言狡辩，王法，必定无情了。”

唐墨呆住，定定看他，面如死灰。

文炎吉转对王攸纪说：“事情已经清楚，人可以带下去了。”他没有再向被拖往堂下的唐墨看去一眼，从案后行出向陌承光走近些，缓下语气，“陌大人，本官思之后怕，你实在应该早些将此人告发，留他欺世盗名至今，如今还意图欺君罔上，于朝于国，于陌大人自己，都是大害啊。”

陌承光的声音中已经听不到波澜：“在下领受教训，从此无论结局如何，逢恶必揭，天人共鉴。”

文炎吉笑了笑：“此番陌大人受了大苦了，回去休息几日，会有好的安排给你。”他又对柳遥之说，“柳将军，与郭将军，两日后五凤楼下论功行赏，陛下兴致很高，必定亲临，本官也在期待盛事。二位养足精神，做好准备吧。”

郭乐成走到柳遥之近处，看看柳遥之，又看陌承光。柳遥之嘴角勾起，陌承光目光沉郁。

文炎吉理了理官服：“今日到此，等听你们的喜信了。”

穆骏赶到安置流民的营场外时，正碰上那座座木屋之间好大一场热闹。人人击盆敲碗，洒过石灰水的地面上扫帚横飞，屋里但凡有根老鼠毛也被赶出了屋外，惊慌的野鼠满场逃窜。更有意思的是，四下的柴堆砖垛上，能站的地方全站满了人，个个拿着简易的弓箭，嗖嗖射那些老鼠，但凡有人中的，满场都是欢笑高呼，有兵丁喊：“一钱，记一钱啊，胡老汉两钱了。”

穆骏半明白不明白的，找到了陌闻音。她正两手罩着油布口袋，跟人一起把收来的死老鼠身上箭拔了，箭尖蘸石灰水，老鼠扔进火堆。按说是个有点恶心的活，但她蒙着口鼻的脸上神情宁静专注，穆骏知道她在悬瓠城时连死尸都处置过，这些对她不算什么。

他蹲过去，笑着凑趣说：“射死老鼠还能领钱呀？早知道我也带着弓来了。”

“殿下自己拨出的钱，自己还要赚回去？”陌闻音没抬头说。

“又你的主意？”穆骏开着玩笑假装害怕，“杀伤惨重啊，我武陵的老鼠要绝户了。”

陌闻音眼睛笑了下。她感觉拔出的一支箭不利，往旁边挪开点，在磨石上磨起箭尖：“在越州就任的时候……我父亲，就用过这种办法，那时候好像是，”箭尖噌噌擦出火花，“为了在新开的田里除蛇鼠。他还说……激励习射，可以强民，匪不敢犯。”

穆骏跟她着挪过去，把她手里的箭拿过来自己磨："我看他们闹得挺开心是真的，不然这老老小小无家可归的，一冬多难熬呢。"

陌闻音点点头。

穆骏举起磨好的箭来，习惯性地用手皮试箭锋。陌闻音急拦他，穆骏没反应过来，手背上浅浅一道小口子，冒红了。

"没事没事，"看陌闻音慌的，穆骏把口子含进嘴里，"这算什么。"一点血沫往外吐出来。

"得找药酒去。"陌闻音站起来脸色都变了，三两下扒掉手上的油布罩，"刚从老鼠身上拔出来的箭，谁知道上头有什么呢！"

穆骏还想拦她说没事，陌闻音已经往医务房快跑去，不一会儿药酒拿回来，给他手上的破口擦了又擦，还盯着他让他含酒漱嘴。

穆骏觉得她小题大做了，但被她照料着心里特别受用，脸上一直乐。嘴里的药味过去，他说："你平常可不提我的陌夫子啊，今天这是不是，想家了？"

陌闻音拿着药酒正要往回返，听见这话回身看他。

穆骏盘腿往地上坐好。"你们双生子，别真是有什么感应。"他手往怀里伸去，一掏，"看，我给你带什么好东西来了？"

陌闻音定了一瞬，两步过来把药酒的瓶子搡进他怀里，满把抓过他手里东西，"承光的信？！"

她直起身拆信，又是高兴又是急，脚上直跺。穆骏仰脸看着她笑，看她把信纸抖开，飞快读了一遍，又像没看懂似的，扯开脸上的罩布，从头一字字细认："……承光说，他出狱了！已经……回到家了，说他在狱里没受大苦……"陌闻音咬了下唇，"说，全给他正名平反了，柳将军和……文侍中都去了会审。"

她从信上抬起眼看穆骏，穆骏点点头。

"我明天就回去，回家去！"

"流民你不管啦？"穆骏挑起声音问，"这一冬，多难熬呢。"

陌闻音的神情静了点，犹豫了。

"我……我你不管啦？"穆骏低了眼睛，"亏我千里万里的，还给你带了好东西呢。"

"什么东西？"陌闻音蹲回他面前。

穆骏又把手伸进怀里，神神秘秘地："之前承光那边悬着，我也没心思拿，想着你也没心思看。这个东西，可是从你嘴里说的，天上的山里，我亲手摘的。"

他从怀中掏出来的手上，拿着一个小木盒子，放到腿上后，穆骏两只手宝贝一样轻轻地打开："你看，这是，雪莲花。"

盒子中白白的绒絮里面，有像用脱了色的薄叶脉扎成的饰物一样的东西。陌闻音仔细地去看，只见玲珑精致，一抖就要碎的样子。可看不出像雪，也看不出像莲。

穆骏给她让开一头的位置，自己低头也看，却叫出一声："哎呀。"

陌闻音看了他下，伸手想把那个饰物拈出来，穆骏把盒子往回搂："不是，原本是晶莹雪白的，像挂霜的绢一样，可好看了。他们说拿丝绵絮裹着能存住啊，怎么成这样了呢？"

"是存住了，这没坏，就是干了。"陌闻音用几根手指轻轻托住，一点一点地把那干透的雪莲从盒中拿到眼前。她想天女散的就是这种花吧，轻盈透亮的："多好看哪。"

看她真喜欢，穆骏高兴到有点莫名其妙的感动："吐蕃人说，这花是宝物，活血，能驱风湿寒气，是种神药。还代表，嗯……"

"谢谢你，殿下。"陌闻音一直看着雪莲花的眼睛抬起，那么漂亮，"我家在洛阳的花园里，肯定都没有这种花。"

他们对视，好像有许多话来到嘴边，但彼此都抓不着。静得有点久了，就有坏心眼的一阵冬风吹来，卷过陌闻音手心的雪莲，吹向半空去。

穆骏回神慌忙去抓，一下反把干花碰碎了，碎片风中四散。陌闻音起身追着最大的几片不放，又扑又捡，跑出去好远。猛然而来的落差和失错感让穆骏坐在地上没动，他看着陌闻音的背影愣愣想，这不是什么好预兆吧，对他们俩。

陌闻音已经往回走过来，手里小心捧着捡到的碎片。她在穆骏身前慢慢坐下，穆骏知道不会多剩下什么，不忍心往她手心里看，却见她低头轻轻吹开浮土，将手中的东西一把塞进嘴里。

"哎——"

"不说是药么。"陌闻音认真嚼，咽下说，"这就安稳了，再跑不掉了。"

穆骏惊讶地看着她，慢慢，脸有点要红。陌闻音反应过来，发觉自己话说得有点多了，偏开头，看见那药酒的瓶子还在穆骏身边摆着，就抓起来又要往医务房那边去。穆骏赶紧跟着她起来，在她身边走着说:“就是跑不掉了呀。”陌闻音好像没听见似的，他又说，“哎，抱都抱过了……你别躲我了。”

陌闻音立即恨道:“谁跟你抱过了？胡说什么呢！”

可她脸还没蒙上，双颊泛起红，藏不住。

“我手底下好几千人可都看见了。”穆骏跟她更近了，“你别以为当时穿着男装就不算数啊。”

陌闻音不吭声，穆骏又说:“我跟你说，真跑不掉了，你看嘛，我还有一样好东西没给你呢。”

他怀中像个百宝箱似的，从里面又掏出来一件，是有行章的书令。

陌闻音停步，接过去看，片刻又疑又喜，抬头问:“承光 ...... 是殿下的属官了？”

“对啊。所以你看，你根本不用回去，等他来就行了。”穆骏乐着说，“文炎吉这回是送佛送到西了，现在人事上的事，跟他说真比什么都管用。”

“他要殿下……承他什么情吗？”陌闻音犹豫问。

穆骏知道她坏事经得太多了，会前思后怕，想想说:“承他的情有什么不行？他要想让我这个靠边站的承他的情，说不定还是好事呢。”

陌闻音慢慢地点了点头。

“你就别愁眉苦脸的了呀，你看是不是？你们两个，可都跑不掉了。”穆骏笑着往他们周围的山川望去，“我这封国……虽然寒酸点，但是离京城远啊，没仗打的时候谁也不管我，自由自在的。承光的脑袋里怪主意多，就让他在这儿想干吗干吗。”他眼睛眨了眨，冲闻音一抬眉毛，“咱俩就闲了，专门去游山玩水，等开春了，我带你去找桃花源！”

陌闻音还垂着眼睛，脸上的喜色里，有一种穆骏没见过的愁色。

穆骏静下来想了想，向她再近了一步，低说:“等承光过来了之后，我马上，给父皇和母亲上书，也再找一次文炎吉……我的亲事反正没人操心，承光这回朝廷又欠他的，何况我这种地位，求娶……陌夫子的女儿算是高攀呢。”

陌闻音摇了下头。

“承光从此就在我的封国里，我跟他姐姐……那不是顺理成章？怎么想也没有非不让的道理吧。你放心，真的跑不掉了。”

陌闻音手里的药酒壶攥得紧紧的，她抬起眼睛看着穆骏，也没说好，也没说不好。

穆骏真急，盼她的准主意，心里猫抓一样："那反正……先，再抱一下吧。"

他张开手。

他们两个人在这边说话，周围的兵丁和流民们虽然都知道回避开，但早就从远处在瞧着了，这会儿看神情和姿势也知道大概在说什么，噼噼啪啪的拍手和欢呼起哄的声音到处响起。

陌闻音愣了下，往周围看看，脸上更红了，背却挺直了起来。穆骏期待地看着她，她好像轻叹了下气那样，往前迈了一步，笑着把额头抵上穆骏的肩膀。

欢贺声像温暖的水浪，四面满溢。

穆骏的手圈过去，隔着宽大的冬衣，松松环住了她。

回家报过平安，盘桓几日，陌承光搬回了租住的小院。

院中花草在寒冬中已经尽数枯萎，紫薇旧叶凋零，细枝伸向天空。桂树仍绿，没来得及收起的小小花穗散落满院，褪掉了金黄的颜色，也早已无香，陌承光却没有将它们扫开。在冷雨的日子，可以看见它们簇集着，浮在薄薄积水的表面，像褐色的舰船。

还有燕巢，跟他的心一样积尘半空着。陌承光想等到清明燕子回来，等到自己的气色养得像样些，再出发，去见穆骏和姐姐。

柳遥之和郭乐成各自受勋加封，领了新职出京，一往江州，一往豫州。故人分散，新春节庆的建康城对陌承光而言反而愈发冷清。对于冤屈的愤恨，和对于昭雪的解脱都很淡，似乎长久的关押使他的感觉迟钝了，连带他的身体。他每日拥被坐在床边，开窗看天，看雨，看着姐姐走后荒败的院中土地上点点冒出返青的新芽，活动磨伤及骨的手腕。左手好些，五指渐可捏取，右手被在悬瓠城时的肩伤牵累，眼下只能满把抓握，无论怎么想用力，都再持不起重物。

他甚至觉得惭愧。回京一场，来而复去，他在自己选择的路上败出了。

某日傍晚又有雨，忽见中官上门传旨。陌承光起来要穿官服，那中官却催得更紧，说不用接旨，入宫便知。来接的马匹额悬金绥，可以在朱雀街上疾驰，陌承光随着中官在越来越紧的风中骑马穿过外宫，又徒步小跑过内宫的道道宫门，跑得换不过气，一路无数昏黄的宫灯在风中摇摆。

皇帝寝宫竟然还烧着地龙，陌承光甫一进去，热浪扑面，与他心中缠绕的忧虑结在一起，更是闷堵胸口。中官将陌承光交与殿中内侍后退开，内侍带他直至皇帝榻边，弯腰轻说："陛下，陌大人到了。"

始兴帝睁开眼，视线飘忽了片刻，落在陌承光脸上。

他的起着干皮的嘴角浮起一个笑："是小的先到了啊。"

陌承光跪地叩首行大礼，始兴帝示意内侍让他起来，说："不用，今日是家事。"

陌承光心中惊疑骤起，思索了一下又觉得是不是该高兴，莫非是，关于穆骏和姐姐的亲事？

"让他坐。"

内侍搬来一个绣墩摆在皇帝榻前，陌承光又行了一礼，浅浅坐下。始兴帝让内侍扶着在引枕上靠高了些，审视了陌承光一刻。

陌承光也在看着皇帝。他已经快要记不清上一次见到皇帝的面貌了，大朝会上遥遥地启奏之外，最靠近的一次似乎是自己被官授太子舍人时在殿上拜谢，那时太子也在旁边。

始兴帝皱纹满额，眼睑松皮堆叠，青筋爬在手背上，比陌承光对他的印象苍老了很多。但他的精神还未衰败，目光是灼亮的。

"突然传你来，还在寝宫接见，你倒不慌，也不多话。"始兴帝轻说，"没有委屈要对朕说吗？"

陌承光没有答话。

"小孩子，你不信朕啊。"始兴帝缓缓吁气，"你父亲却不同，什么事都肯让朕知道。你们家里的事，朕都知道，你母亲因为外家获罪而发病，非朕所乐见，这话朕对你父亲说过，他能体会。"

听见皇帝因为外祖家的事在对自己解释，陌承光又感到了胸口缩紧，或许是房中太热，背上开始出汗。他已明白今日这番话，绝非寻常。

"你兄长那次，朕也留了余地的。因为你们陌家，朕要保全。"

看着陌承光的神情，始兴帝问："你是不是猜想，是因为那'离之亡国'的谶言？"

陌承光点了下头。

"不是。"始兴帝笑，嘴唇上的干纹展开，"朕还没有那么糊涂，亡国，向来是皇家自找，干别家何事。朕保全你家，是因为从当年看到现在，你陌氏与几代皇室渊源深厚，名士气骨却未断绝，只有你家，朕能信赖。”

“陛下……”陌承光看着老人的眼睛，听见血流过耳中的声音，“……有嘱托？”

“嗯。待你父亲到了再说。”

始兴帝似乎有些倦，仰头后靠。陌承光坐在他榻边静着，有种身在梦里的虚浮感，忽听皇帝又问：“你兄弟几个？”

“大哥延芳，早亡，二哥延佑，身在岭南，三哥承嗣是白身，还有家姐和臣。”

“朕想起来了。”始兴帝半闭着眼，“从前，朕还能与你父亲一起喝酒的时候，问过他，几个儿子哪个如他。他说，好像是……说老大得他了的文采，老二得了他的酒量，老三得了他的义气，最像他的，是你。”

耳中汩汩流动的血冲上头顶，陌承光的眼睛热了。

“这次你的案子，你父亲要见朕，朕没有许他，对他对你，这是最后的试炼了。爱子死罪在身，他都没有去对那些炙手可热的低头，只想以实情辩白，文辞之清正，一如当年。你凭空被陷，也不曾折节，直到最后还在为郭乐成说话。你父亲没有看错你，朕也没有。”

“陛下知道……臣是冤狱？”

“让你待得久了，受苦了吧。”

“陛下，臣一人事小。”陌承光险些从绣墩上站起，“可断案执法是天下公理之所系，陛下既然知道御史台的状况，为何不做整治？”

“在你眼里，朕恐怕不是明君吧。”始兴帝沉下目光问。

陌承光应该摇头，但没动。

“朕是，先帝第三子啊。”始兴帝的声音很低，带着感慨，“朕能走到今天，也有诸多身不由己。这个位置，”他拍了拍自己的床榻，淡笑说，“不好坐。半壁江山，权臣世族犬牙交错，皇室之内又没有可靠的膀臂，疏忽了哪一边，都有滔天浪起，朕不过是驾船行浪罢了。”

陌承光终于意识到，这个外表仍算矍铄的老人已经站在了生命的最后一程，他每句话中的无力和坦率，都在昭示着对于寂灭的忐忑与泰然。

“就连保全你家，朕也只能用些窝囊办法，让你父亲一迁再迁，远调至实权之外。他是消磨了，也可惜了，但如果他的才华抱负有伸张的机会，他的结局好不过你的现在。小孩子，你能明白吗？”

久久一刻，陌承光说：“……谢陛下周全。”

“不必，朕也是为了自家的事。”始兴帝缓了缓呼吸，提起些声音向略远处近侍问，“陌淳还没到吗？”

“回陛下，已在殿外候宣。”

“宣，快来。”

不一时陌承光的父亲陌淳官服严整入殿，至皇帝榻前行礼。陌承光已让开在一旁，到他父亲起身，父子二人才对上视线，陌淳一怔。

“陌卿怎么来得这样迟？”始兴帝在榻上完全坐起，问道。

陌淳躬身致歉，抬头说：“向晚陛下急宣，仪容未备，臣不敢仓促前来，引人猜疑宫中有变。万一被有心之人趁机生乱，臣难辞其咎。”

始兴帝点头赞许说：“还是你行止有法度，对朕很是个提醒。都坐吧。”

父子一同坐下，陌淳的神色已经不似初来时那样疑惑，陌承光看着父亲，觉得他在见到自己时，已猜出皇帝今日的用意了。

“儿子多了，心烦吧？”始兴帝对陌淳引起话头，仿佛闲谈家常。

一瞬的安静后，陌淳指下陌承光：“这最是个冤家。”

父亲的语气陌生又轻松，陌承光恍然间发觉，父亲和今上，或许同自己和穆骏那样，也是年少相交。

可是从小到大，从未听父亲提起过。

“你的儿子，都是成器的。我那些呢？”

皇帝的自称变了，陌承光看了下父亲，陌淳似乎并没在意，回说：“太子博学仁厚，天下之才。”

始兴帝笑了：“你看我这种时候叫你来，就明白了，是吗？这么多年朕问过的人里，你是唯一一个没对太子改过口的。”

“以嫡以长，以德以才，臣不知为何应对太子殿下改口。加之世情动荡，臣以为依天伦正选，更能稳定社稷。”

“都对，所以朕下不了换他的决心。朕都同意鸢儿带三千兵回京了，还是没让进城来，追了一道旨让他们先留驻石头城。”始兴帝垂首叹息，“朕多少次想，如果老大有鸢儿，哪怕鲲儿一半的体格，或有骏儿三分的勇武，朕这一生，就能闭眼圆满了。可他这身子……是朕这一脉无福吧。”

“太子殿下正当盛年，善加调理，焉知不能春秋长葆。何况，即便来日仍无子嗣，由兄传弟也是正传。”

始兴帝沉默了。

陌淳感到这沉默之中意味深长，肃色等待。

“太子的子嗣，朕的嫡孙，有。”始兴帝的声音轻而稳，像道出一个最珍视的秘密。

陌承光惊愕，陌淳却紧紧皱起了眉。始兴帝向陌淳笑了笑，仿佛寻常人家的祖父提起孙儿那样叙说：“三岁多了，养得很好的孩子，乖巧懂事，少病少灾。宫里的孩子不好养活，东宫更是，好几个都没成人。我总怕是不是有人暗害，但细查不出来，太子妃得的第一个男孩，我就让送出宫去养大了。”

“孩子现在……”

“这就是我今日叫你父子来的缘故。”

在地龙熏暖的殿宇中，陌承光感到周身发冷，北虏围城的景况下他都没有过这种感觉。皇帝的声音变得似乎隔了一层半透的纱，陌承光恍惚听着，脑海中反复都是父亲曾对自己说过的四个字，“蘸血书成”。

“孩子，养在一个我自己的地方，是故皇后家里私苑。故皇后逝去，那地方就从官私文档上都抹去了，现在外面看来就是农家。知道实情的，几个故皇后的老仆，还有太子妃，连太子我都没让他知道。我这一去，他未必护得了谁。”

陌淳已经不知道做什么反应，但他清楚皇帝的意思：“望陛下给臣一件文书或信物，来日也好——”

“不用，不用。”始兴帝截住陌淳，“朕今日并非要让你父子尽忠护主，而是以一个故人的身份，向你托孤。”

陌淳的眼眶湿润了，起身欲跪，皇帝又将他拦住：“我与故皇后，只有老大这一个孩子。故皇后生他落病，折腾了几年，死时凄苦。从故皇后去后，我有意无意之中，对这孩子忽略太多。直等到我这孙子出生，隔辈更亲吧，我抱上他，才想起当年在封国，我与故皇后带着老大，我们一家三口，用不上什么名贵东西，有时候对下面赏得多了，自己用度都成问题，但那是我这一生最好的日子，再也没有过了。”

在位三十余年的天子像每一个站在死亡面前的老人那样，回忆着一生的幸福，仿佛脸上笼罩着暖光。

“所以，这个孩子，我不需要有人再证明他的身份，没有人需要知道，他自己，也不需要知道。我知道，就够了，他是故皇后传下的唯一血脉，我只愿他远离宫闱，平安顺遂过此一生。”

“可他也是太子殿下唯一的孩子。”陌淳弓下肩，与始兴帝对面相看。

“怪我，要怪我。”皇帝的声音越来越低，仿似睡中喃喃，却清醒无比，“我下不了决断，我看不清楚来日。我看见的来日，无论这天下给谁，都是大乱的结果，一代两代，前朝我朝，就是这样经过的。”

陌淳慢慢直起身，无言以对。

陌承光看着皇帝的脸，生平第一次隐约看见从自己脚下延伸而去，与所有人汇集的永恒的穷途。

“如果老大真有福气，天下坐得稳了，他或许会再有孩子，或许平顺传给弟弟，他的这个嫡长子，不用再经历他经历过的，假使他知道，他会愿意。”始兴帝的嘴边像有一个笑，“更可能的情况，老大坐不到最后，这个孩子不能给他陪葬啊。陌卿，这是我最后的心事了。”

“陛下……”陌淳没有再跪拜，看着皇帝的眼睛说，“陛下有托，臣承此诺，倾我所有，定护皇孙成人。待他成人后，如果情势平稳，臣看还是应该让他知其所出，他要行的路该由他自己来选，也可告慰故皇后……与陛下。”

沉默了片刻，始兴帝点头，向陌承光说:“还是你父亲想得明白。你们要行的路，让你们选。”

陌承光心上颤了一下，看向父亲。

“你呢，小孩子？”始兴帝在问，“我们这些人总有老死的时候，你能为我这孙儿诺一个善始终吗？”

“为任何一个孩子，”陌承光转同看着皇帝，“臣都能。”

“好，好。”这是一个真正的笑。

陌淳接说:“有皇孙此事，臣明日便上表致仕，请陛下将孩子交托于臣，臣会尽心安置看护。”

“事不宜迟，最晚明天也要让你见到孩子。你也要，顾好你自己，你这一离朝，我恐怕先走了。”

托付一件生死大事，两人的语气都很平静，但陌承光看到他们皱纹汇聚的眼眶之内都有水光。

“从牢里出来了，你家这个小孩子去哪？”他听见皇帝问。

“回禀陛下，”陌承光接过话，“吏部转臣……去武陵王帐下为抚军主簿。”

皇帝果然不知道，殿中的气氛一瞬凝住了。

“朕已经被架空成这个样子了吗？”片刻，始兴帝笑叹。

“陛下，武陵王……”

始兴帝摇了摇头：“也罢，也好。朕说了，看不清来日，你在骏儿那，对这孩子或许反而好。”

陌承光起身一礼。

皇帝徐徐舒出一口气：“好了，或早或晚，我能闭眼了。”

“陛下，”殿门口的内侍见话已谈完，在满殿的沉默中为难地插言，“贵妃娘娘在外面好久了，奴们实在难拦，看是不是……”

始兴帝的神色中涌起一层倦意，点点头，对陌淳说：“你们先去吧，从后面走。”

陌承光与父亲一同致礼告辞，由内侍引着快步去向殿后。皇家宫室的深邃幽暗，使他又产生了梦中行走的感觉，对接连到来的一切来不及反应。

身后传来女子的哭声，还有皇帝的叹气和安慰，皇帝似乎在说：“哪有什么大臣来……朕都这样了，叫他叙叙旧……你安静些，你自己岂不好……”

陌承光看着父亲的背影，陌淳仿佛一无所闻。

出来内宫一同坐在车上，父子两人很久都没说话。快到家的时候，陌承光犹豫着今日要不要住下，听见父亲轻声说：“你得快走。”

陌承光愣了下。

“赶快出京，去武陵王那儿上任。”

“父亲致仕，家里总要有安排，还有，孩子的事。”

“都不用你，你不要管。孩子的事，一切在我，你永不要操心。”

“父亲，陛下也——”

陌淳断然驳下他：“我家里还有儿子。大乱已在咫尺，你和武陵王，从此拆不开了。你不能做首鼠两端之人，你要走你自己的路，明白吗？”

陌承光说不出话来，一种彻悟穿过他的身体，原来，这么多年，父亲一直在将自己往外推，就是为了这样的时刻。

“快走，明天就走，要来不及了。”

第九章 / 鳞爪扬

陌承光离开建康的第三天，始兴帝驾崩。

京城传出的消息有时滞，又有扭曲混杂，一路走至哪里都见人心惶乱。起初各地的关津还可正常通过，不久转说政令传下，过关要严查官员身份，渐有举国戒备之态。阻滞通行的流民大量拥堵在要道，陌承光不敢再取大路，翻山蹚水，隐姓埋名寄身私船，辗转二十多天，终于抵达武陵。

等待渡过拦城河时向城上眺望，他便在低矮的城头上望见姐姐的身影。

陌闻音也看见了他，转身就消失在城垛后，很快从城门洞中跑出来，一路往河滩跑。陌承光登船过河，脚一踏上岸，就被姐姐用条红巾子兜头罩住，巾子又拉下来掖在他腰上，姐姐的声音又欢欣又酸楚："承光，这就除了晦气了，从此咱们就好了。"

姐姐是笑着的，可寒风吹皴了她的脸。陌承光握住那巾角，看见姐姐明显地瘦了，脸上的皴红像春寒里的两片桃花，皮袍的领子夹着变得更尖了的下巴，但气色是好的，满身有种安定的气息。

他说不出来话，扯下腰里的巾子，左手抖开给姐姐围在领子上。

穆骏从城中骑马赶来，下了马有点气喘，快步越过陌闻音跟他说："你可算是到了……你姐姐呀，天天站在城头上等，你再不来，她得把我这城墙给望塌了。"

陌承光向他笑了，想想把吏部的调书取出，双手捧给穆骏，单膝跪下。

穆骏赶紧拉他。"别啊，"他拽陌承光起身，"你来了，就好了。"

三个人逆着风往城内走，穆骏的脚步快了些，在陌承光身边轻问："京里什么情况？”

陌承光看了看他：“陛下……宾天了。”

“知道，我国里已在丧期了。”穆骏回头看陌闻音，她下巴掩在那红巾里，落得不远，他又往陌承光近了些，“大哥承大统，是真的吗？”

这个问题有些歧义，陌承光犹豫了一瞬。

“你没听见什么流言吗？”

“臣出京的时候，先帝还健在，京中平稳。”

“就是去得太快了呀。”穆骏呼出一口气，此地入春尚冷，热气从他口鼻中升起，“先，回府再说吧。”

陌承光能感觉到他的紧张，紧张得不正常。

武陵城池不大，三人从城楼下乘马，很快便至穆骏的王府，却没有走正门。刚从偏门进了内院，穆骏就对陌闻音说：“承光路远，一定饿了，你去跟厨子交代，弄点他喜欢的吧。”

“殿下周到，我可不给你省了。”陌闻音掩了下那巾子，笑应着去了。

穆骏抓住陌承光的衣袖，一路将他引至一间不大的书房，亲自闭好门。

“我这儿有消息说，”他拉陌承光坐下，冲口就说，“父皇招七弟回京，是要改换太子？”两人坐得很近，几乎膝盖相抵，“太子那边于是先动了手，父皇，是，被太子害死的？”

陌承光按着膝头，没说话。

“还说，是二哥伙着太子一块儿干的，太子没孩子，二哥等着传他呢。”

“太子继位，是先帝所愿。”陌承光抬眼看着他的眼睛说。

穆骏直起些身：“……你怎么知道？”

陌承光抿了下嘴唇：“谯城王带兵到京，但没进城门，一直驻在石头城。”

“就是啊，所以太子才要急啊，等他进了城，不是都晚了吗？”

“殿下相信，”陌承光稳住心跳，慢慢问，“太子殿下弑父，弑君？”

“不是我……”穆骏张开嘴呼吸，想让声音别那么张皇，“不是我要信，都在传啊，是空穴来风吗？大哥或许不像吧，但二哥搅在里头，还有他那个娘亲，谁能知道呢？”

“殿下这些消息，哪里来？”

“我在宫里也有眼线的，只是位置不高，听个大概。”

陌承光想到了穆骏的母亲，淑仪陆氏。

一切来得太快，不能说始料未及，但心里真没做好准备一步就到这样的危局，已经没有一刻时间能浪费了。

陌承光垂下眼。

避不过去的吧，这一劫，这一遇。

见他低眉不说话，穆骏碰了碰他："你说，这个事让人能怎么想？父皇走得这么急，先头一点迹象都没有……说封棺的时候都没几个人在，后宫全不在场。消息一出来，京里京外就戒严了，登极仪式说办得特别草率，你看我们这些封王在外的都没让纳贡什么的。父皇才去了没几天，那边就这么匆匆忙忙地继位，好像怕着什么似的。"

"殿下举哀了吗？"陌承光忽问。

穆骏愣了下，然后身子往后靠，静了一时。

"刚听见的时候，哭了一场，闻音陪着我难过到半夜。"穆骏声音轻得仿佛耳语，"可回头想想，我到今天，大哥二哥在京城里，七弟在京城外，我在哪儿，哪有我什么事，说实话，我哭不出来了。"

陌承光的手挪到他膝头，犹豫了下说："陛下夸过你，'勇武'。"

穆骏垂着眼睛一笑："听你父亲说的？适合当马前卒就对了。"他抬起眼看陌承光，"承光，所以这回，我是真没主意了，你不知道我这些天等你等得……你看这是我一个机会吗？"

"殿下和臣一样明白，实情怎样，恐怕分辨不清了。"

"什么意思？"穆骏的心里同时升起了惧与喜，他其实听懂了陌承光的语气。

"陛下驾崩，太子登极，这是实情。可个中究竟怎样，这些流言是有根有本，还是有心之人编造，是真的有几分真，若是编的，有心之人是谁，又是什么立场，咱们身在这里，恐怕分辨不清了。"

"是，我这几天，想得没法睡觉。大哥草草登极，到处戒严……也可能是突变之下怕外面生乱，毕竟这几代换皇帝的历史都不好看，何况，七弟就在石头城。谋害这说法，也不是没可能……有谁想动摇新帝的位置，甚至是……贼喊捉贼。其实……"穆骏往陌承光更凑近了些，"新帝的宣谕使就在前面，到了好几天了，我一直推病。京里肯定等着看我的态度，称臣的贺表到底上不上，必须尽快有个决断。"

“京里要看的，不止是殿下一人的态度。天下间在反复思量这些流言的，也一定不止殿下一人。”

“二哥、七弟……包括五叔，我知道。”

“所以，殿下想相信这些流言是真是伪？”陌承光的声音平静，眼中却风云翻卷。

穆骏看着他沉默。

“殿下眼里看到的，机会，是为先帝报仇、惩奸举义，还是图谋造反、趁乱夺权，都取决于这些流言是真是伪。既然真伪无从分辨，如何取舍，要靠——”

“我的心。”

“是，”陌承光深看着他，“靠殿下自己的心。”

“对啊。是我想起兵，我想争，一生就这一回，我可能真的争得到手，我就愿意相信那些流言全是真的，我跟你找什么借口呢。”

“骨肉相残，殿下能接受吗？”

一瞬之后，穆骏点头。

“失败身死，千古的骂名，殿下能接受吗？”

“我……把闻音先送走。”

陌承光胸口热了一下，又问：“殿下的母亲在京城宫里，殿下一旦起兵，她可能被控为人质，甚至被害，殿下，能接受吗？”

穆骏的眼神凝住了。

半晌，他对视着陌承光说：“你呢？你父亲也在京里，夫子学究正统，一定会站……站新帝。你们父子不也两立，他不一样可能被害？你怎么选？”

离京之前，父亲在车里最后一面的脸浮现在眼前，陌承光的表情没有变化。

“臣在御史台狱里想了很多，出来又想。假如世道如黑水，所有人都浸在里面，我沉下去是我防备得不够吗？就算有人递给我一块木板让我浮了起来，我就能庆幸，能得意了吗？”

这是穆骏最熟悉的陌承光，看不出什么激烈的情绪，然而思辨后的笃定令他显得坚不可摧：“我不能浮在板子上等，盼着漂到哪个岛上去淹不到我。我想变变这世道，想让敌人再不敢围我的城，侵凌我的百姓，我想让天下再没有饿死的孩子，牢狱里再没有冤死的人，我想看看，能走到哪一步。”他重重顿了下，“和殿下一起。”

“你与我，共进退？”对面的人问，期盼、确认地。

“我与殿下，同取舍。”

“好，”穆骏一把抓住陌承光的手，“我就知道，你一来我的心就定了，咱们一起，准能成。”

陌承光反手松握住他：“殿下现在手里有什么？”

他切入正题这么快，穆骏想笑一下，却笑不出来：“将近四千的亲兵，封国里财政、人口……战马不到两千，水军……”他回手扳指头数着，“三十七八艘战船，还有，四千来个蛮兵。”

“蛮兵？”

“从巴州招降来的，我没往朝廷账上记。人都精壮勇猛，战法也教给了，就是没实际用过。”

陌承光看着穆骏，知他为了这一天，从来没有懈怠过。

“还有呢？”

“还有？”

“外面的，同盟？”

穆骏不说话了。

“殿下在巴州，与夏侯景晖将军相处得怎样？”

穆骏看着他，眉间愁云密集。

“怎么？”

“前面的宣谕使，就是夏侯景晖。”

“……嗯？”陌承光觉得自己听错了。

“朝廷的宣谕使，新帝派来等看我的态度的，就是夏侯景晖。”穆骏缓了一下，语气有些不稳，“北伐丢了函谷关之后，父皇招他往建康方面移动，他这段时间一直在采石矶，这回是带着圣旨和，和队伍来的。他到城下我都慌了，那会儿还没决定跟京里翻脸，许他带了五百人进城，但我这些天，一直没敢见他。你说，该怎么办？”

陌承光终于明白穆骏这样的紧张，不是源于即将到来的不可测的征伐，而是源于对眼前的夏侯景晖的敬畏。

“能争取吗？”

“……我不知道。老将军忠于两代先帝，如果认定新帝是顺承大统，是争取不过来的。”

“突袭？”

穆骏静了片刻：“你没见过的，老将军的斩马刀队砍杀吐蕃骑兵那样子，简直就是罗刹降世，他的五百人，抵得上有的人五千。而且，我不想两败俱伤，不想伤了老将军。”

“迷药。”陌承光说。

“是。只能做个局，假装接圣旨，把老将军灌倒，先控制起来再——”

小书房的门被撞开，只见夏侯景晖携带三四武士站在门口。

陌承光顿时起身按刀，但他的右腕恢复得很差，情急之下拔不出刀来，只能往穆骏身前挡，慌乱中将站起到一半的穆骏撞得向后跌了一下。隔在穆骏和夏侯景晖之间，陌承光死死盯着老将军，肉搏的招式纷纷卷过脑海，听见自己急促呼吸的声音。

夏侯景晖没有给他时间，起刀突前贴上他颈侧，穆骏大叫：“夏侯将军！”夏侯景晖充耳不闻，厉声问：“你什么人？！”

“在下，武陵王府新任抚军主簿陌承光。”

夏侯景晖狐疑地看向穆骏，穆骏挣起来把陌承光从刀边拉开，拉着他往后退，后背抵上了书架，手摸到陌承光的刀柄。

“殿下，”夏侯景晖向前近了一步，穆骏的手臂绷紧了。夏侯景晖看了看他，停下脚，“听说京城过来人了，身份不明，就是这陌家小子？”

穆骏点头。

夏侯景晖放下刀，但没有收刀回鞘：“殿下受惊了，末将听见消息，怕殿下身边生变，只得无礼闯来。”

“我身边，能生什么变。”穆骏惊魂未定，强笑了笑。

“殿下这几日为何不见末将？”

“我……身体欠佳。”

“不是对末将疑心？”

“夏侯将军，”陌承光向前一步接过话，“殿下与我正在商量接旨的仪式，还有仪式之后款待将军的宴席。本来殿下要去见将军，将军这就来了。”

“还要仪式做甚！”夏侯景晖从怀中掏出一张绢书抖开，“这旨意明明白白。”

陌承光回头看穆骏一眼，接过绢书往后与他同看。刚才一番乱势，他心里也慌得很，看了几行都像没明白意思，可他忽然感觉到，身边的穆骏在发抖。

他转头看穆骏的脸，看见他的眼睛紧紧盯着绢书上的某一行。

“将军务必见即杀之，传首回京。”

“这是……”其实看见绢书的一刻陌承光就明白了，只不肯相信。

“这是，大哥……新帝的亲笔。”

陌承光的双肩也开始颤，他抬头，面对夏侯景晖说：“老将军，我主公封国狭迫，地处偏僻，他手下兵丁不到五千，对……当今陛下根本构不成威胁。他正准备接旨的仪式，并无任何不臣之举，当今陛下却发出这样的手谕，可见是，做贼心虚，防患未然。老将军在先帝崩逝后从京城方面出来，一定也听见了先帝并非寿终正寝的传言，这张新帝手书，就是传言的铁证。将军为先帝尽忠数十年，难道要辅佐谋害先帝之人，继续为恶吗？”

夏侯景晖提刀决眦，目视他不语。

“我……还有些后事要交代。”穆骏抢话说，“求老将军，再容我一天。”

“夏侯将军！”陌承光又向前一步，挡在穆骏身前，“弑父之人，万古同唾，老将军一世英名，要为恶人赔送吗？”

“谁是恶人，可不一定啊。”老将军的刀柄越攥越紧。

“可是，”陌承光横心又拉过穆骏，把他带在夏侯将军眼前，“我主公远离京城，他是清白的，他一定是清白的！”

夏侯景晖不再理会陌承光，一手扯住穆骏攥着手谕的胳膊：“殿下，咱们还是拿圣旨说话吧……”

“三哥给……给夏侯景晖杀了？”

石头城上，谯城王穆鸢读完投上城门的文书，怔怔坐回座上。早春天气，城下滚滚的涛声突然清晰得闹人，仿似拍起血气。

陪在他身边的牙门将军韩明子谨慎低声说：“不知真伪，但朝廷已经把夏侯将军的复命文书广宣天下，说武陵王不肯纳表称臣，谋逆被诛。”

“头呢？！不说……传首吗？”穆鸢眼睛望着讲武堂外，视线中的江天空濛，“脑袋呢，谁见了？”

“宣示上说，在宫中漆封装函了……等阴干。”

仿佛被这三个字摁住肩膀，穆鸢的身子又往座中沉了沉。

韩明子垂头，从使者递上城头的文书中翻出报丧信，放在谯城王面前最上，“这是传进宫里给陆淑仪，被截下的，怕是不假。”

圆熟工丽的陌体，却笔锋不稳，看起来是仓促拟就，纸面上点点泪迹沾洇。陌家姐姐的亲笔，这信无人能仿。

“什么意思？他们把这东西递上城来，什么意思？”穆鸾抓起那信，攥拳砸案，“拿三哥的死吓唬我，也要孤的脑袋吗？！”

“建康城里，听说稳住了。”韩明子拧紧了眉，虚压他手臂，“五兵尚书领着城防，还有扬州的驻军，宣誓效忠了朝廷。殿下得速速有个决断啊。”

“什么决断？反便反了他！我才进驻这石头城几天？父皇等着召我的呀，父皇就……这摆明是他们先下手为强，是谋篡！柳遥之呢，到底有没有消息，让他协同起兵啊！”

“殿下，殿下且定定神。”韩明子手上加了力，把穆鸾已经捶红的手按住展平，那陌闻音的信一团皱着，更像张拭泪纸般被压在他手心。

穆鸾抬头，近对着躬着身的韩明子一双带血丝的眼：“到底派去的人回来了没有，他是没个决断，还是……”

“殿下，你真觉得柳将军有这样胆色？”

穆鸾没更多反应，眼底升起的疑问之中，有种更深层的预感被揭开般的神情。

“北伐时候，末将跟他配合，一路所见，柳遥之始终是把自身的得失摆在首位，他是有的放矢的人啊。他领江州刺史还没几个月，江州的主力是水师，他却是个北边出身的陆战将领。建康几代是国都，城坚墙高，历代取建康，从来都是靠舟船突破水门，如今看来，宫里当初同意给他置在江州，就是个防备，就是已经打定了这谋篡的主意。末将怕他眼下只是个空衔，根本还控制不了江州水师，看不到胜算的时候，他不会敢动的。”

“……没胜算，我？”

对着谯城王偏开头又望江天的侧脸，韩明子放缓劝说：“殿下命末将带队，咱们这四千人马进了石头城才知道，城中的长期储备被兵部提前撤去了，眼下是靠咱们自己携来的粮草维持。原指望不几日就能进建康，谁成想这急变……”

韩明子无声叹了个气，停顿片刻：“周边的扬州区域都已在朝廷手里，如果短期不能取胜，补给都成问题。末将实话说了，咱们现在的状态，差不多是被情势困在了这城上，如果离城攻建康，这石头城就可能不保，却又立时撕得开建康的口子吗？没有水师啊。可如果不离城，一旦与建康撕破脸，就是孤城坚守，被围打的状况。咱们现在，其实是等着后方的柳遥之来救，柳遥之心里清楚得很哪。可他的后方，荆州是他的老丈人江夏王，江夏王已经上了称臣表了，殿下。”

穆鸾仍没有回话，手下略不稳地不断在展平着陌闻音的报丧信，像要把那纸上的皱褶抹去。

是被人……先下手为强了。弑了父皇，杀了三哥……最能打的这一死，四方王侯心里的算盘全被拨动了，自己……不被看作真正的变数吗？

“都不知道柳遥之和江夏王会不会私下讲定，毕竟亲缘牵系着。即使柳遥之不随他老丈人，一旦他敢动水师，荆州那天下第一的水师就在他背后，与朝廷在扬州的水师前后夹堵着他，柳将军肯为殿下冒这样的险吗？”

“莫说，”穆鸾摇了下头，“莫说他了。你呢？”他转头盯住韩明子，“孤只问你，你有没有胆色随我？”

韩明子退后一步跪地，在穆鸾案前叩首：“只要殿下一声令下，末将跟随殿下，哪怕肝脑涂地！”言毕他却抬起了头，“可现而今，末将看不是和建康硬抗的时机。夏侯景晖杀了武陵王，这就是认定了新帝，柳遥之也不肯动，四方的称臣表，这几天也是接二连三地公布，只要拒绝称臣，就是给了朝廷围打你的理由啊殿下。”

“我称臣，便不打我？”穆鸾甩手笑了，丧信被他带下案头像纸钱飞扬起，“父皇属意于我，谁不知道呢？孤就在建康门口，不反也是死，反了，我看还有条活路，天意说不定在我呢！”

韩明子排开那纸页膝行近他一步：“末将绝不是说，让殿下束手等死。当务之急，是殿下取得自己的根据地啊。”

穆鸾眉心凝滞了一瞬，撑案起身更仔细地看他：“怎么讲？”

“石头城的位置再重要，终只是个要塞而已。殿下想想，江夏王为什么能历数代不倒，让朝廷奈何不得？因为他据有荆州！殿下该要的，是土地，人口，是长存久图之道。”

“……哪里的土地人口，怎么入手？”

“江北，徐州。”

谯城王没有认可的反应，韩明子很快又说：“朝廷的势力划分，只有徐州被豪强和流民帅占据，是个白地，可殿下知道，乱民用好了，最是强兵啊。末将我，就出生在江北的淮南地界，从前也是个流民帅，被朝廷招安的，要是能辅佐殿下回去经营，那不是隔江握起了一柄利剑？”

“你是说，让朝廷授我为徐州刺史……作为称臣的条件？”

“正是啊。徐州残破，淮水长年泛滥，北虏又趁乱打劫，多少年没人肯管，这要求朝廷不会看作威胁，反而眼下，传闻里先帝属意的殿下你要称臣，朝廷求之不得，定没有短时间翻脸的理由。只要殿下安然渡江，那就是猛虎入山飞鸟入林，在徐州站住了，后事可期啊。”

……渡……江？

滚滚长江之水，就在这石头城所处的山崖下，水声昼夜不休。穆鸢的封地也在江北，在兖州，可他从未真正就国，长居京中府邸。此时的话让他忽而发觉，耳边这条大江一向只被他当作屏障，无论对抗北虏时被父皇派出得再远，心底的意识始终是只要退回江南就可安全，心思，也始终在绕着建康打转。

他几乎是第一次注意到，江水其实也是樊篱，框住了看向天下的眼睛，而这或许恰是自己和……死去三哥的分别。

本朝皇祖说是前朝皇室的旁支末裔，其实起家的本钱，就是凭着淮南一带的流民组建的北府兵。看进韩明子滚圆的双眼，穆鸢明白这个自己没真正在意过的牙门将军，指出了一条真正能走的路。

真正能自己走的路。

“好。”他在书案后终于又能坐稳下，双手相叠，“先讲条件看。”

不允，反了不迟。

紫宸殿深处，御座侧后落下一面纱帐，内里艳光隐隐。御座本身却空着，一把雕花泥金的交椅摆在陛阶一半处，南平王穆鲲散腿坐于其上，在阶下近臣的争论声中，偏头看了眼稍后方的龙椅。

只剩这么点距离了。

“……穆鸢把人马缩在石头城上不敢伸脖子出来，正可趁此一举围杀。”新封侍中、越国公的佟红庭仍兼着五兵尚书，此时正说，“让他名正言顺去了徐州，那就是放虎归山，再想除掉可难了！”

“谯城王愿意称臣，是朝廷正统最好的证明，能息天下之口。”刚刚由侍中升为中书令的文炎吉看向南平王处，语态和缓说，“无端对他喊杀，可能破坏到此的局面。臣也愿殿下一劳永逸，但战事倘或有个拉扯，给人看到他些许希望，那些上了称臣表的，未必不会心头生些新打算。”

“息天下之口？有荆州皇叔的称臣表，足够了吧。穆骏见了阎王，再送去个穆鸾，余下还能闹腾出什么？”

先帝一死，文炎吉没了最大的靠山，投来的时机又晚，得到的封位却居然是百官之首的中书令，甚至反盖在佟红庭之上，这要佟红庭如何甘心。何况他眼见文炎吉不知餍足，还自己要了丹阳尹的实权，等于从佟红庭掌握的扬州兵力里，生挖下建康城防这块。旧怨加新恨，佟红庭的口气益发不善：“还是文大人你自己，第一个有了新打算？”

“三足，永远最稳。”文炎吉看他，平淡解释，“没了武陵王，再没了谯城王，荆州与建康两强相向，江夏王做皇叔的心思，也未必和如今一样。”他偏开眼仍向穆鲲，“大将皆在京外，朝廷新立，论兵，没有绝对的实力。建康门前鹬蚌相争，江夏王在荆州坐收渔利，也未可知啊。”

这是不动声色还回了一句，把佟红庭排在了“大将”之外，穆鲲瞥佟红庭，果见他怒紫了脸，恨向陛阶上自己抬声：“殿下起初要是这般畏首畏尾，也成不了今日大事！天赐的良机就在目前，这穷家破户的盘算听不得，殿下，命臣即刻兴兵攻石头城，十日内定奉穆鸾首级来见！”

寒门出身，文炎吉做侍中这种参谋职已嫌高，先帝在时就被清流目为阿谀之臣，而今被自己更进一步抬举到了中书令的尊位，穆鲲探听得清楚，臣僚们私底下颇多非议。但先帝的朝政，尤其财政实是掌在他手里，骤然更替，穆鲲也实是诸般手涩不便。

又要拉紧了这个财源，又要安抚佟红庭这个军头，他也只有全当没听见那破户儿字，荡开话说：“老七和五叔，孤还真不怕他们闹腾出什么。”

轻拍交椅的扶手，南平王姿态闲雅：“这种事，佟你说得对，开头畏首畏尾，就成不了大事。老七要什么给他好了，孤的隐忧么……仍在老三。”

佟红庭一愣复疑，顺着南平王的视线看文炎吉，文炎吉偏头目光落回他：“有人投建康城门报告，说武陵王其实未死。”

“……何人？”

穆鲲在陛阶上启唇笑：“夏侯景晖复命上说的什么，皇族血脉，他依制违旨给了全尸，让孤等他押棺进京？孤就猜到不对，只是老三的死讯有用，权且公布出去，嗣后自有说法。既然来人说消息确切，不妨就带上来问问。”他看阶下两个臣子，“你们也都细分辨，看是真是假。”

令传下去，不一时，一个三十过半的黝黑武士被带上紫宸殿来，只见相貌平平，身材略短。此人行大礼起来，佟红庭旁边打量着，觉得有点面熟。

来人也看见他，眼中光盛，穆鲲身边的内侍喝一声：“报名！”

那武士鞠躬又至地，半天起身：“末将是，武陵王穆骏的亲兵旅帅，名叫薛见龙。”

他转冲佟红庭，说着就亲热套上近乎：“佟大人，不记得小的了？从前大人守备淮南，寿春城上，小的是大人的勤务啊。”

佟红庭蹙目再审视他。似是有这么个人，勤务队里备料养马的，黑黝黝的小个子。薛见龙看他像想起来了，赶紧又说：“后来淮水防区不设了，队伍也给拆散了么，小的没个好地方去，东挪西改的，就给塞进了武陵王的亲兵里头。”

“你是亲兵旅帅？”穆鲲从陛阶上问。

“这是……南平王殿下？”薛见龙试探地尊了一声，见这位贵人没有反对，又深行了个礼，“回殿下，是我，他头一个旅帅不是死在巴州了吗，就提了我。”

这些往迹兵籍里可查，身份也在相关人员间核对过，且他带回来的不止一个，那么多人口径全编得一致也难。穆鲲看了下佟红庭，佟红庭暂没什么质疑的表示。

“是你说，穆骏没死？”南平王沉着脸色又问。

“没有！”薛见龙扬着脸肯定地回话，“夏侯将军，就，夏侯景晖啊，就不为了杀他来的！两个一拍即合，做了个局，是蒙骗京里。”

“他们说的什么，具体你可清楚？”文炎吉插言问。

薛见龙看他，不太晓得他的身份，赔上小心答：“当面说的什么，不清楚，那些都背人的。但，武陵王让我传给亲兵里说，说……”

他犹豫往穆鲲看，南平王不耐烦地皱眉。

“……说，”薛见龙垂眼低声，“太子谋害了陛下……不是，是今上，谋害了先帝，说是怕先帝传给七殿下嘛，还说是……二殿下促着下的手。”

殿里没有多的动静，只有南平王的脚在陛阶上嗒嗒点着的声音。薛见龙也不敢多往上看，揣摩片刻又说：“夏侯景晖带着兵来，说就是拥立他来的，准备显得仓促，外头先做做他死了的样子。让亲兵我们安心等着，到时候，跟他杀进建康，多少荣华富贵等着我们呢。”

“那你，怎么不等着？”穆鲲冷笑问。

“这能信啊？殿下，”薛见龙急抬头，“就武陵王的那点兵马，就那个破封国，还能打进建康坐了龙位？再，再者说，太子当皇帝，那不是天经地义，他要造反，脏的臭的啥都骂出来，骂了人就信哪？夏侯景晖说是拥立他，拢共就带去三千几个，我这投回建康还带回来小二百人呢，加上一路跟着跑散了的，里外这一减，他剩的六千个都没有！”

“二百？”穆鲲瞟了眼文炎吉。

文炎吉向南平王轻点头，示意城防检点过。

“我们这一跑……这一投诚啊，剩在武陵没跑的，心也得慌了，他后盘都不稳，成不了事。”薛见龙表功样急切说，“二殿下，末将带这批人冒着死投诚回来，就是怕朝廷给他骗了。”

此人从进殿起，就没说出什么新鲜的来，穆鲲盯着来人想，这要是老三做的局，放这姓薛的出来是什么目的？拖着京里，不去灭他？

“后盘？你的意思，穆骏现在人不在武陵。”他问出重点，“人在哪？”

“夏侯景晖的兵护送着，正水路，秘密往汨罗，往平江那边去，是昼伏夜出，伪成商船的。”从南平王脸上，薛见龙看出自己的消息真正引发了兴趣，回得更殷切，“仿前朝那什么……白衣渡江？该是要经由修水，偷渡过彭泽湖，运兵入江州！”

全新的情况，让穆鲲心中骤然一紧。

“末将这也是，半听半猜啊。”薛见龙看他神色，忙又说，“船出了洞庭界，就没消息往回返了，末将这，顾着带留守的快跑，后头……不知道了。”

武陵所在的湘州向建康，横渡彭泽湖，确实是最短的途径。穆鲲看佟红庭，佟红庭也虬髯扎起，迅速在推算。

“你们哗变逃跑的消息，穆骏最快多久能知道？”南平王直起身问。

薛见龙又犹豫，回：“出武陵城的时候，我带这些人说是到周围警戒，一路跑马到了建康。按说两边断开消息，他行踪对我这亲兵旅帅都瞒着，下头更不知道，他得报告也没那么快。可再怎么也十来天了，往下去就，不敢说。”

马比船快，如果那边确实只行夜路，不知这告发者究竟抢出了多少时间？但武陵的船最快也没出彭泽湖水域，否则对岸的江州已算朝廷腹地，没道理突然冒出几千人马，建康会毫无消息。

佟红庭想来问：“你说船，到底什么船，多少艘？”

“能运兵的，大船有四十来艘，后面有没有借民船，就……”

“殿下，”佟红庭对陛阶上说，“长江上有梁山洲隘口，彭泽湖上确实守备稀疏，以防万一，让江州水师出巡湖面，搜寻歼灭。”

穆鲲想想，心思不定往文炎吉看，文炎吉注视薛见龙一刻，转对佟红庭缓说：“放着不管如何？”

佟红庭瞠目，文炎吉似不见他神色：“彭泽湖水面浩瀚，江州水师六七百艘舰船怕也无法完全遮断，何况黄金水道，商贾往来，渔捕行船如织，且先不论贼匪是不是真取水路，大张旗鼓地前去搜寻，岂非对外宣布武陵王未死？”

佟红庭没能立刻驳回，文炎吉拂袖扫了下薛见龙，抬眼向穆鲲：“殿下，无论这消息是真是假，是诱敌，还是麻痹，殿下且安坐，才能把握主动。真有武陵王名号的反旗举起，即使夏侯景晖出面撑持，人也是他自己说杀掉了的，天子已然宣称得了武陵王首级，宫里再让其母陆淑仪到场，做一席安葬的法事，世上便再无其人。”

穆鲲的脚还在微微点着，手不自知地又拍上交椅扶手，目光思索移开。

文炎吉眼带薄笑说：“到时，夏侯景晖手里的，无非是他对朝廷的封赏‘贪厌不足’，自己造反立起的伪冒货色，再兴兵讨他时，出师之名尽归朝廷。这虚虚实实间，为穆骏站台面的乱了名声，还能转移掉不少……关于那些谣言的视线。”

文炎吉的态度一以贯之，除了务必让老三去“死”，他着意塑造名正言顺的姿态，避免对外界示以心虚，到目前为止，步步都稳在他的筹划。只是，总怕兴动兵戈，在穆鲲看来，是文臣的怯懦，这种时候还放着不管，不是姑息养疽？

看到南平王皱眉，佟红庭近了陛阶：“殿下，穆骏的死活还存着疑问，他中书令总理朝务，不说上心查证，如今有了准信没死，又让殿下坐着干等？穆鸾也是他说不打，又什么意思？臣看，这是身在曹营心在汉，他给自己留多少条后路吧！”

穆鲲挑眉看文炎吉，文炎吉不做无谓口舌争，指向怯愣着看他们一来一回的薛见龙：“此人从淮南调入，并非嫡系，却被提做亲兵旅帅，可说武陵王待他不薄，让他留守封国，更足见对他信任。为何武陵局面还未受挫，他却先行逃来？”

薛见龙张嘴要抢辩，文炎吉侧身提声：“不合常理之举，莫不是你替穆骏来蒙骗朝廷？”

“这话咋说的啊！”薛见龙有点脸上发臊的样子，但双眼直戳戳地梗着脖子回，“大人，这厚和薄……可看你咋说了，待人好得穿一条裤子，那要是条稀烂的裤子，就叫厚了？”

他说的理通气顺，质问之下神态尚在人情内，文炎吉激不出浅俗的下面还有什么。他余光探了探穆鲲脸色，决定不再试图动摇结果。

薛见龙反而像倒开了苦水的罐子：“我老家娘给扔在松州，这些年我当儿子的就混个旅帅，还是个递补的，念着死了的那个梁芒，上头对我根本不那么回事，啥叫留守？这叫立功的机会不给，要是败了，跟他白掉了脑袋！”

转对着佟红庭，此人连叫委屈：“大人不知道哇，给他当亲兵，一点好处落不下，别说伸手从外头拿了，连朝廷给的兵费，武陵王都克扣了去养流民，图他好名，不管我们碗里没肉没油啊！我就才抱怨了几回，落得先一边晾着，他真坐了龙位，还不知我咋样呢。佟大人，小的真是念着当年在大人手下，有吃有拿那种好日子，忘不了哇。”

佟红庭的神情略微尴尬，转又掩些得意，他抬手向穆鲲拱了拱，绕开了自己带回正题：“何必留恋前事，你有心知返，跟着殿下这里，尽忠报效，什么都少不了的。”

薛见龙连答“是，是”，抬头冲穆鲲拼命谄媚地笑。

南平王的视线却飘开，望着因为这些密谈而清空的煌煌殿宇，再次感到厌烦。

什么时候，这里才能站满两排不靠买来的朝臣，向自己心悦诚服地跪拜……

所以眼前，怎么处置这人？知道得太多，死是一定要他死的，弄死之前，信他多少，值不值得一用？

“你，和你带来的那些，对武陵舰船的样貌熟悉吗？”

听出南平王的意思，薛见龙很是积极地回：“都是些旧船，成天摆在拦城河里，打眼一看，就能认出来。”

“嗯。”穆鲲向佟红庭掂量吩咐，“别让江州水师闲着了，管他什么蛇鳖蝎鼠，窜下了水总得上岸吧，就沿着彭泽湖岸周巡，必要时上溯湘水。把这二百来人分散到各条船上，认出来捉住了穆骏，重重有赏！江州沿岸陆路，也要严加戒备，防患未然。”他收腿展身，依稀下旨般的姿态，“勿使癣疥之疾内侵，成孤腹心之扰。”

佟红庭配合地下叩领命，自信压过文炎吉一头，起来却见他在一旁摆着冷眼态度，想想前话，佟红庭补问：“出巡搜什么，要不要跟底下先编个名目？”

“江州嘛，跟柳遥之编个什么？底下，告诉他自行处置。你就明白让他知道，别当不站老七就没他事了，投名状总要一张。”南平王意味深长笑了笑，“北伐提职之前，他曾经一年左右做过穆骏的僚属，别想起什么旧恩，手下留情。既然此人还没子嗣，把他夫人召进京，先质下。”

文炎吉这时轻一句提醒：“殿下，柳遥之的夫人，是江夏王之女。”

穆鲲蹙眉，品了下这话的意思：“文卿是说，质下他夫人，可能引五叔不快？”

“江夏王质在京中的儿女合计二十余个，全部嫡生子都养在宫里，倒不多这一个。只是，江夏王刚刚上了称臣表，为天下宗室、刺史的表率，骤然又押一个他的女儿为质，怕是对他的忠心浇上冷水，且引世间多话。何况，开国以来，并无质人夫人的先例啊，或许，反往远处推了柳遥之。”

话对。穆鲲点头说：“既然如此，就随着军令，多派督军使者过去，紧随柳遥之左右。任何动向即刻回报，察觉如有异心，先斩后奏也可。派武功上好的。”

文炎吉欠身却无回话，佟红庭反应过来这是兵部的职责内，像接了文炎吉的差事般，领命时憋屈。薛见龙抓住这个静下的机会说：“殿……殿下啊，末将带回京里的人，来之前可许了他们好处的，让他们去捉武陵王，是不是先封官，要么赐点东西更妥啊？殿下你看我这，也不容易来的，再去彭泽湖上，是不是也得有个名位啊……”他渴求地提着脚跟，“有官印的可好？”

殿上人凝目看他，唇角渐渐浮起一丝嘲弄，释去了最后一点疑虑。

还是买来的妥，货真价实。

“好啊。”穆鲲偏头，示意佟红庭，“给他个大的。”

日日盛宴，自斟独饮，好些天了。

江夏王穆玄汝夹起一筷子半凉的菜肴，放嘴里品了品，眉头略一皱，马上有新进的侍女捧帕跪至他身边，将他吐出的渣子接在雪白的帕子上。

河豚正当时令，往日觉得鲜美，现下却觉得尝不出滋味。国丧之中，什么都不对劲了。

“鱼凉了，让下面给殿下新做一条吧。”侍女梅子柔声说。

“不用。”穆玄汝看她，“孤王心里烦，苦了你们跟着麻烦。”他指案上的饭菜，“这些都收了吧，你留下陪着孤就行。”

侍女会意一笑，叫人上来收拾，自己在穆玄汝身边坐下贴近。穆玄汝的手伸进她中衣里抚弄，等着近侍去闭殿门。

“殿下！”一名卫官赶在门闭前进来，高声奏报，“枚将军于城外求见。”

穆玄汝正出潮汗，骤然被打断，身上顿时极不爽快，怒容泛起：“谁？”

“襄州刺史、龙骧将军枚伦。”

听见这名号，穆玄汝不觉收回手坐直，侍女看他一眼，掩好衣服匆匆退下。穆玄汝在那卫官的眼神之下也想起理衣襟，边理边问：“为什么来的？之前没传信啊。”

那卫官摇头：“几千人的队伍到城外了，殿下看……”

……几千人？

穆玄汝又开始出汗了，这动荡时日，觉得背上好像小针在扎。可他想枚伦是故太后的侄子，自己的亲表兄，势力上看，没道理他来害自己性命，总不能放着不见，何况称臣表已经上了。

定了定神，穆玄汝还是不敢放人马进夏口城，传话说：“请枚将军先在城外安顿，孤王……这就出城迎接。来给孤王更衣……”

正值初春，夏口城外草色欲绿，总在向阳处稍浓一层。枚伦穿着斗篷在城外高堤上等候，见穆玄汝乘肩舆出来，远远就下堤迎前。穆玄汝下舆还没站稳，只见枚伦双膝一跪，向他行了个大礼。

穆玄汝吓一跳，不觉后退半步：“表哥，这是做什么？”

枚伦抬头却未起身："为定君臣之分。"

穆玄汝赶紧拉他，慌张向四周看："表哥，话可不能乱说。新帝已在建康继位，我荆州上下都在为先帝制丧，表哥莫陷我于不忠不义啊。"

"若论忠义，便该如此！"

枚伦说着手向怀中取物，穆玄汝慌忙按住他手说："咱们……回城说，回城说。将士们……这里摆酒先犒劳，表哥随我回城说。"

回到城中殿上，穆玄汝又叫新置酒菜，又叫美人侑酒，一直回避跟枚伦深谈。枚伦着急，相貌丑陋的脸孔冲侑酒的侍女一个凶相，吓得美人退了回去。穆玄汝忙说："表哥，别跟她们生气。国丧之下不能歌舞，一点薄酒，表哥先松快松快精神。"

"哪里还是松快的时候！"枚伦将怀里的东西掏出，"殿下先看这是什么。"

穆玄汝只好叫人呈上，大致读了读，是新帝招枚伦入朝为太尉的一封手书。

穆玄汝掂量了下，一边挥手让殿中旁人都下去，一边抬头笑说："恭喜表哥啊，枢机之职终于加身了。"

"殿下怕不是与臣装傻？"枚伦更急，"要是名正言顺的皇帝，封官晋爵应该经中书下诏，怎么能用手书？这一看就是京中有变，各派举棋不定，太子……新帝怕不能控制朝堂了。"

枚伦急火之下，面相近于狰狞，穆玄汝觉得有些怵，不敢直看他："那些传言，荆州这边也听见了，但毕竟无凭无据，宫里的事，谁也说不清楚。其实……陛下的手书孤也收到一封，表哥与我都是长辈，孤看这是陛下刚刚登极，以示谦和的做法。"

"他在信里许给殿下什么？"

"荆州刺史不变，另兼湘州刺史，一子封王。"

"殿下这就罢休了？"枚伦声音更大，"殿下知不知道，武陵王说是被夏侯景晖诛杀，其实没死，你别看朝廷忙着削他的地盘捧给殿下，指不定明天，他就要举兵起事了！"

"可不就是知道……"穆玄汝为难看了下他，"各种消息疯传，朝廷如临大敌，江州也没个准话，可再怎样他们也是儿子之间，先帝真有什么，也该是儿子们去打嘛。"

枚伦绝不肯放弃，瞪眼又劝说："这是殿下千载难逢的机会啊！臣给殿下算算，新帝，杀了老三也就罢了，老三没死，一定反咬他篡弑。说回老三，他母亲就是个淑仪，外家一介罪民，根都不剩，又谁能甘心给他驱使？两边狗咬狗，老七年幼，怕事闪到徐州去了，也不见得有什么本事利用。表哥要是不出来，臣看要便宜郑贵妃那家人了！"

穆玄汝的神情有些动摇，这倒的确是个问题。

北伐时，明明白白是兵部在京中拖着后腿，一问三不管，再问三不知。更可气是，要逼反郭乐成，事先竟没人与自己这个西线统帅通气，分明是不将自己放在眼里。若不是先帝突然崩逝，战事不力的责罚，恐怕没法绕过去。

穆玄汝当然明白，兵部这样搅事，主因不是他西线，是统领东线的老七穆鸢。利害一分析，兵部佟红庭后面是谁，一目了然。二皇子的外家仗着贵妃多年承宠，凡有利益处都要插进一脚，贪得无厌，这帮人还在幕后就敢损到自己头上，真要大权在握，自己这宗室中富贵居首的，一定会被外戚当成一嘴肥肉。

枚伦见他犹豫，期待看着他，穆玄汝回看，心中忽然想到，细论起来，枚伦不也是个外戚吗。

反倒是老三，母族光净没有，最好辖制。

"孤倒觉得，老三这回果真大难不死，说不定能成事。"穆玄汝慢慢说。

枚伦大睁双眼看他，牙齿龅出嘴，一脸的匪夷所思。

"往上一争这种话，表哥，你不是第一次劝我了。"穆玄汝缓着语气，"当年几位皇兄争起来的时候，表哥就要支持于我，我一直是感念在心的。"江夏王说着叹了口气，"可我当年对表哥的话，放在现下也一样，我非嫡非长，如今又是叔辈，天下落在我的手里能有几分把握？一旦有个闪失，身灭家破，那要血流成河啊。"

"当年的景况，怎么能和现在比？荆州如今稳握在殿下手里，兵强马壮，州中百姓只知道有殿下，不知道有天子，还有谁比殿下更好拿下建康？老三，无非仗一个夏侯景晖，那老东西长年反对北伐，多少年没打过实战了，肚子上的肥肉都该半尺厚了。"枚伦说着拍自己大腿，"臣虽不才，在襄州也多次胜过北虏，盱眙城下还打退过虏主本人！臣已经写信给殿下的女婿柳遥之，邀他共襄大事，殿下也该下书直命于他，有他有我，此事必成，殿下何必怕一个夏侯景晖？”

穆玄汝的语气更软：“不是怕他，孤也给表哥细论一论。我比先帝也差不了几岁，身体也就这个样子，享福也好受罪也好，还有几年？不过就想图个安稳哪。表哥你更是，故太后的外戚，又是资历深厚，战功赫赫，无论最后皇帝是哪个，你都是他们的舅父，只要你现在不与他们交恶，哪个上去不还是关照着你？”

枚伦瞪着眼睛不吭声，半刻说：“殿下称臣表都上了，这是不与老三交恶？”

穆玄汝只好又说：“形势压人，没凭没据的时候，服从朝廷有什么错处？我也不过是个叔父，指望的都是一样。现在最好是坐山观虎斗，等小子们打得明白了，咱们都捧着那要胜的，从龙之功就拿稳了。你我这般年纪……什么没见过？现在手里拿着的不丢，是上好的结果了。”

枚伦也回想起前代事，长叹一声：“只怕殿下来日后悔！”

穆玄汝同样叹气：“天下万万人，坐在那龙椅上的，只有一个。成败相较，不去争这一遭，更不容易后悔啊。”

枚伦闭眼摇头：“罢了，殿下心意如此，臣还说什么。队伍总之就在城外，足足五千精兵，殿下要是决心起事，只需一句话，臣生死相随。殿下要投去哪边……臣也，跟着就是。”

“好，好。”穆玄汝安抚他，好说歹说请他去了。

惊魂稍定，穆玄汝看着眼前几乎没动的菜肴，有些发呆。方才那侍女回来，跪在他身边帮他顺气。穆玄汝喜欢她乖巧，笑起对她说：“数你来得快，刚才等在旁边呢？都听见什么了？”

侍女回向他笑：“妾身长了耳朵，可没长嘴。”

“是孤问你，你还顾虑什么。说说，看这个枚伦怎样？”

“丑。”

穆玄汝噗一声笑了，跟她说：“枚伦啊，他姑姑是孤王的嫡母。当年家里，就是……还没住宫里的时候，孩子多，外家的这些孩子也都一块儿玩。他呀，长得又丑，个性又暴躁，谁也不爱搭理他，就是孤王跟他好些。”

“殿下心善，爱照应人，相貌又英俊，自然就不挑剔别人的长相了，连妾身这样蒲柳之姿的，都有福气入殿下的眼。”

穆玄汝受用，笑着揽过她：“相貌都是从前了。孤照应他，也是当日看他能有出息。你别看他长相粗陋，其实那个时候他就很爱读书，后来理政打仗都有一套，是外戚里面相当出息的一个了。”

侍女靠在穆玄汝身上，偏头看看他：“殿下，妾身问你，嗯，要是不合适，殿下就当妾身没说啊。”

穆玄汝点点头，那侍女贴近他耳语：“这个枚伦既然这么有本事，对殿下又这么忠心，殿下……是真不想做皇上吗？”

穆玄汝侧头啄她一口：“孤王做了皇上有你什么好处？想当皇后啊？”

梅子低头吃吃笑，穆玄汝说：“做皇上又怎样，孤是没见过做皇上的？多不过三宫六院，一群人还天天谋算着你，连亲儿子都随时随刻惦记着搞死你。孤王就在这儿守着你们不挺好？当年就是没跟他们去争斗，孤王才是弟兄里面现而今活得最好的。”

侍女点头，“殿下这才是大聪明呢。”

穆玄汝笑笑：“他枚伦，对孤王忠心，有他的所图。他是自负，看谁都不如他，太尉之职都不满足，想要个‘从龙首功’。孤王何必依着他去折腾？再往上也就挪那一步，值得豁出身家性命去拼吗？”

“那殿下，是要跟那个……老三了？”

穆玄汝抬起头看着他的殿顶，一刻说：“还不到时候，真死假死还没个结果，孤得先安抚着京里。几个孩子在京里做质子，最好是原样不变，一切平顺。但要是老三真能成事，也不枉孤王这些年一路照应他，孤也亏不太多吧。”他低头凑近梅子，“你就不用操心这些了，咱们忙咱们的事。”

侍女还是笑，穆玄汝将她往下压，一面挥手让人闭殿门。

彭泽湖春水碧绿，湖上春空清蓝，本是繁忙的时鱼季节，今年渔船之间却插入了无数官船。

“停船，停船！”悬着江州刺史令旗的一艘巡逻艇上，兵丁喊。

旁边一个说：“这船昨天查过了，我认得，用不着再查了吧？”

喊停船的那兵丁转头，往高处看了看水师都督顾琳，见顾帅那边没什么表示，他回跟旁边的说：“这船够大，能藏人，就是查过才要再查呀，当咱们查了就不再查，他们才有空子钻哪。”

江州水师都督看见那反对的兵丁没再说什么，被拦住的船主一脸晦气，却也不敢违逆官军，停了船悻悻看着兵丁们搭舢板上船，里外搜检一遍，才被放行往湖边泊岸。

可什么时候是个头……

武陵王那个投降的亲兵旅帅就在自己这艘主舰上，顾琳也没法抱怨出来，只能心怨刺史柳大人看指挥了自己这水师几次使应不灵，便声称尚未熟悉水战，索性推了干净。原想仗着长年在本地的威望挤挤这空降骤来的新上官，不料反被“全权负责”给架在这苦差上，连到底在搜什么，都没法跟下面说破，只得说清查藏匿的武陵余党，除了一艘艘船地检查舱内有无藏人藏兵刃，也没更好的办法。

他知道陆路封锁得更死，五人以上同过关卡就会被扣住盘查。湖上也捉到了几艘武陵的船，获人不过上百。传说中大几千人的武陵王军，特别是武陵王本人，竟像人间蒸发了一样。

望向茫茫的彭泽水面和其上点点渔帆，顾琳撇嘴……什么时候是个头呢。

大约他露出了叹气，那个已经挂上兵部侍郎衔的前旅帅凑上说：“顾大人莫急躁，他们指不定藏在哪个山沟水凹，等的就是咱们急躁的时候。”他为了查探，穿着兵丁服色，领巾挡脸，一双黑眼睛溜转，“稍有个疏忽不耐烦，不细细查了，别就被他们趁机钻了过去。”

话是这话，但顾琳实在对他背主的品性厌恶，不愿多附和什么，只说：“薛大人就瞪大眼睛查吧，认人这事，下官急不急也帮不上忙。”

日已向晚，渔民大多要收船回港，船只在这处开放的渔港外排队待检，临岸很一阵繁乱。夜巡会更累，兵丁们惦记着晚饭后还有差事，个个有些没精打采，在溶溶水面反上的夕照中拿刀鞘在甲板上、舱中随便敲几下捅几下，没大异状就放过去了。

顾琳看在眼里，本也无心情多管束手下，但他是不乏经验的水师都督，随着风止，渐察觉天象转变，入夜后湖上可能起大雾，正是容易蒙混的时机。他不由警觉起来，呵斥着传令起灯火，让死盯严查。

薛见龙听他这命令，更是甚于往日地真瞪大了眼，扶着船舷边，对远近待检的船只一一扫视。逆着欲沉的夕阳，忽地他停滞了一瞬，转头抬手，兴奋从那神态中喷发而来。

“那个，那个是武陵王的贴身旗手，穆骏必在那船上！”

随着他喊叫传远，一艘在那边逡巡游移的船只迅速转向，往水面全力逃离去。这反应更印证了薛见龙的判断，他跳着脚大喊："快追！那渔夫是武陵王的旗手扮的，穆骏和他形影不离，就是那船！"

突发之下顾琳尚未传令，周围几艘渔船样貌的中型船只却也转向，船舷上很快有兵刃冒尖，殿在那头船之后张开弧形阵，显见是护驾。机会已由不得放过，薛见龙的急催中，顾琳飞速命令周围水军集结追击，自己指挥主舰头一个冲出，顾不上部分随舰被渔船缠堵在水畔，带领手头一切力量死死追咬。

湖上无风，武陵船只楫桨拍水而逃，江州战船也排浪而追，双方同入开阔水域。顾琳越来越确信那些船上藏着甲兵，且绝对是满载，毕竟舍兵船用了民船，比不了真正的战舰快，渐合围来的江州水师已截住了阵尾的几艘武陵船，隔水羽箭相交。昏沉的暮夜中，顾琳不去多顾这些小鱼小虾，挥舰直进，武陵的船阵随之缩紧，多数减速转向，甚至迎来做缠斗，箭锋纷纷射上顾琳身边甲板。那艘头船却只一味飞逃，快要在升起的夜雾中隐去踪影。

"冲啊！别管护驾的，抓住武陵王有重赏！！"薛见龙在船头猛捶着栏杆喊。

顾琳也追红了眼，下令仗着船高撞阵，船舷全体兵丁持盾挡箭，甩掉武陵小船的纠缠直奔首要。穆骏船自不点灯，鬼影般在水雾中时隐时现，好在月亮渐高起，像一盏探灯融入雾色，薛见龙双手死抠在船头，眼睛转都不转盯着那船影，江州的主舰随他的引导直冲疾进。

黑幢幢一片影子在逃船的前方浮出水雾，顾琳发现残余的这些武陵船逃窜的方向，是一片湖上滩岛。

他脑中回忆了彭泽湖的水情图，怪不得，武陵王这些天都藏在这些没人烟的荒岛上，别说搭建帐篷，连生火烧饭怕他都不敢，水师只围着湖岸巡逻，怪不得寻他不到。

然而水师都督的指令却是减下船速，薛见龙不解回身看，顾琳走向他说："这片岛域太大，中间又是浅滩，上面全是芦草，别追了上去，被他们放火点了。"

"不就是顾大人这话吗！"薛见龙呛急说，"岛大合围不了，咱都追到这了，找不着他也就罢了，找着了竟没抓住，回去怎么交代啊？别再说咱纵了他。"

顾琳眉眼暗了暗，这话可担不下。

“四面放火，烧光了岛上，”他望向月下那些荒草丛生的岛滩，“就成了。”

“哎呀不行的，烧死了也认不出脸来，别再成了活不见人死不见尸，哪天从哪再冒出来一个穆骏，那死的可就是咱们了。”

这片滩岛的分布实在让顾琳重重忧虑，但薛见龙的话又实在有理，心中相持不下，他听薛见龙说：“这乌漆墨黑的，咱多迟疑一刻，穆骏就多一刻泅水再逃进湖里。富贵险中求啊大人，老天爷给到眼前，你都不敢拿吗？”

“……传令各舰，抵近岛岸，快船速速绕到对面看守。”越来越多的江州船赶到了这片水域，江州水师都督四周一望，决心下令，“拣选精锐，准备上岛搜人。”

薛见龙赶紧赞他，回身又抓紧了船头。

……殿下，属下这任务，眼看就能完成了，属下会带着他们往上冲，等火起了，就没我了。

殿下，可惜来不及叫你一声陛下了。

远处彭泽湖岸，披着朦胧月色，那日日晚归的渔女又停在巡查船前。

她明亮的脸向这边高船舷上抬起，操着乡音说：“军爷们还在呢，辛苦过奴家了。”

值役的兵丁们把惊望着湖中的眼光挪回，落在她脸上，其中一个笑起说：“娘子辛苦啊。你从那边过来的？”他下巴往湖上发红的那边指，“是咋了到底？”

“奴家也没近处去，听是打仗呢，虾岛烧起来了，雾里还烧着船，吓得我赶快跑呀。”她花容失色样子，“怎么好端端的又打上，近日里，唉，也怪不得军爷们，都是当差，可大船来回搅，鱼都不上来了呀。今天更倒霉的。”她掀开了船舱盖，里面不多的几尾鱼在舱水中扑腾着，“天都黑了就这几条毛毛，还碰上打仗。”她手往水里抓，“军爷们拿去烧烧吃吧，奴家也不值得卖。”

“别了，你也费劲捞的，赶紧回家去吧，仗打起来乱。”有兵丁怜香惜玉地说。

渔女千恩万谢了，盖回舱盖摇船靠岸。回看湖上时，不只水上天上一片红，风里也闻得见火烧的烟气了。

兵丁们都在船舷望火，没人注意这小船的船舱隔板后，接连钻出几个身影。

“四千五百七十一人。”检校过各路汇聚而来的人员，陌承光在彭泽湖水边找到穆骏，报上名册。

“怎么，还多出来了？”

“有亡失不知下落的，但也有身份暴露的小队，却说服了稽查的对方，还有实在无路前行，向乡民解释是去找武陵王投效的，乡民组织了子弟送道跟随来。”陌承光看穆骏的神色，“新人暂都收在了一个营，看表现再用。”

“他们听个名号便愿意来投我，我该感激不尽的。”穆骏的眼睛对着阴天中灰蒙蒙的水面，像连睫毛一并浸在雾中，“可惜我的薛见龙，还有诱敌战死的，没能出来。”

陌承光不语，水雾也让他眼睫生涩。

“你说，我是不是，克身边人啊。”穆骏喃喃低语，“我折了两个亲兵旅帅了。”

“殿下有这样的……”陌承光转而看他，“能力，让身边人愿为你死。”

穆骏睫毛颤了下。

“就像散出去的人马都一样，各自零星设法，千难万险的，也会在约定的时间前赶到殿下身边。”

没有大军的组织，拆成最多三五人的小队，或混在流民里，或寄在行商，或藏在民船，像武陵的血液涌进毛细枝末，渗过百里彭泽区域，又最终点滴回流，汇入唯一的心脏。

他们的王旗将立起的地方。

“夏侯将军的队伍也趁这两天湖上水战，驾船伪装成贩卒沿江下来，刚才得报，已在江州岸登陆，和守军互有攻防。殿下，是时候立起旗帜了，誓师讨逆，震醒天下，也为夏侯将军声援。”

陌承光的声音沉和，但穆骏听来血热，眼角开始突突跳动。他问自己：我真的做好准备了吗？“说起‘白衣渡江’这事，”他想想问，“要隐藏身份，咱们很多的人没带兵器过来，我知道工坊正日夜赶造，可兵服呢，更没人敢带上一件，就杂七杂八地誓师吗？”

“兵器已经够数，都分发下去了，工坊不停，随时补充。至于兵服，”陌承光看着他，“臣也解决了，殿下想想文辞，上台便知。殿下，”穆骏在他神情里同样也看见了被控制住的逞强和坚定，“他们在等你。”

一步一步地，穆骏向湖边稍远处简单搭起的誓师台走去，彭泽湖抛在他身后，江州在他眼前。每一步都似千钧重量，可越走，心头越轻了。跟在身后的那个脚步声就像一根牢牢的缆绳，风浪里把他牵在可以泊靠的港口。

“你别啊。”穆骏回头对陌承光说。

在陌承光问出什么之前，他又回身往那台上走，边说：“为我死什么的，答应我，你可别。”

没听到回应，剩最后几级时穆骏又回头。陌承光仰面看着他，那神情让穆骏也说不出什么了，停了下，转身登台而上。

他就在那一刻明白了，陌承光为什么不提前告诉他怎样解决了兵服。撞入眼中的阵列让他的眼眶霎时滚烫。

全军缟素，披麻结草头缠白布，皆尽为先帝重孝加身。

包括战旗，依然是武陵王的赤底青字，上系白幡。

穆骏愣怔着，直到陌承光从后方捧上了缠头布，穆骏慢慢地接过，慢慢抹去盔头。

“……今天，今天孤和你们千难万险地，齐聚在这里……在孤眼里，这不是为了誓师，是为了，”盔头被接去，穆骏双手把白布紧系额上，压稳喉头，“是为了先帝，为孤的父皇……发丧。”

旗头的白幡在风中舒卷，他的眼底有泪。

“宫中给先帝的丧仪，对付得仓促，不明不白，孤没法承认他们给出的说法。明明……北伐结束时候，孤从天山回来，还接到父皇的消息，召我……召我和七弟回京，说想念我们，要见我们，说他身体健朗。怎么还没起行，我就听这噩耗……”穆骏哽咽了下，“实情，你们必定都听说了，听说了也有不敢信的，连我都是，可我，看到这个的时候——”

他从怀中掏出那张新帝手书，展开颤颤举起。

“你们有不认字的，看这朱签吧，这叫‘天子敕’，这上面的字，我认得，我也不想认得……这是孤的大哥，现在就坐在建康龙椅的那个人，笔笔亲手写的。他让夏侯将军对我……‘见即杀之’，不问情由，让把我的脑袋传回京城去，涂上漆，装在盒子里当武库陈设。”

这句之后，穆骏停了许久，让自己的声音能再清楚发出来。

“我就想问问你们，世人不知我无所谓，你们难道不知么，我是犯了什么罪啊，我南征北战地平叛、讨蛮，我哪一点不忠于朝廷，大哥继位，我也在封国里安分守己，是他让夏侯将军拿这手书到我面前的啊！”

陌承光在台角静立着，穆骏的战盔捧在他手中，披起的麻布当风扫在他下颌。他看到台下丧服的将士全体愤懑激痛，被穆骏始终视作同袍的将士们与他感同身受，许多下泪。

“孤是亲王，是他的皇弟，天子即便杀我，也该下诏行玺，这又是什么？”穆骏抖着那张手书，“就这一张绢纸，就这么小个朱签，你们知道为什么吗？因为他根本就没有传国玺，父皇根本就没给他，他根本就不是天子！”

素色队列中的脸孔上层层现出惊讶和了悟，穆骏劈声吼起：“因为父皇是被他害死的！”

余音过后，吵耳的安静，像冬春之际的冻湖下压不住的噼啪冰裂声。

“所以这不是誓师，是发丧，是我做儿子的，为父亲真真正正地发丧。君要臣死……臣不得不死，如果建康坐的是真正天子，孤死无怨尤，可是杀父之仇不报，不配世上为人！伪帝，杀害了孤的父皇，他弑父，弑君！”穆骏塞回那手书，抖手按住刀柄，“南平王穆鲲，觊觎朝纲，是他作恶的帮凶！他二人僭越天子的名义，夏侯老将军知道如此，才千里来投效于我。我们并非不忠天子，而是忠于先帝，我必得对天下说个清楚，杀害了我父皇的人，会有怎样的下场！”

愤怒，上过阵的战士最熟悉的昂扬愤怒点燃了全场，穆骏领头抽刀之下，队队白麻之间明光森然，素服与雪刃的海洋将周遭的天地染白，而武陵王的旗帜是那白海中仅存的颜色，烈烈高擎。

“穆骏力薄，幸得列位助我随我。”武陵王扬手以刀割破食指，“既然孤得天道不死，在此立誓，为先帝在天之灵，誓报血仇，元凶不灭，穆骏誓不除服！”指上鲜血被他擦向额头缠布，一道欲滴惨红，“……起兵！”

第十章

棋逢对

“老师，你看这是何人笔体？”

陌淳向新帝行过礼，从他手中接过那张已经被磨得有些泛毛的檄书。

他摊开了黄绢，先没有去读，余光打量新帝所处的这间偏殿。不是皇族平日起居之所，从宫门行来路线曲折，殿中陈设古旧，气氛也很压抑，凭陌淳直觉而言，新帝已是半被软禁的状态了。

“这是……臣四子陌承光的笔体。”

“令郎做过太子舍人，朕对他的字熟悉，所以朕奇怪，这不是令郎的字。”已经入春，新帝仍穿小毛夹衣，面乏血色。

“字是……字不是他的，但文章，是他的。”陌淳的声音起初有些不稳，说到这里已经平静，“臣是他父亲，又在太学教过他，一看便知。”

“令郎这是铁了心要跟三弟啊，文辞没留一点体面给朕。”新帝低声叹息，“何至于如此，老师，你可有办法劝他回头？”

“儿子造反，老父留在京中，他事前都未告知我，陛下看，臣能有什么办法？”

新帝点头，似乎轻笑了下：“是啊，听不听话，只看顾不顾念，父子之间是如此。”

陌淳听出些他话后的意思，没有回话。

新帝又问：“老师信朕是顺承大统吗？”

陌淳坐在他对面略低的位置，抬头看着这个外表文雅瘦弱的曾经的学生。

“陛下知道先帝驾崩的……真相吗？”

新帝静看着他："朕没有参与。"

陌淳一僵，接着浑身一震："陛下为何不将真相公诸天下？为何不法办那弑君之人？元凶伏诛，陛下才是顺承大统啊！"

"老师学识渊博，一定熟知汉献帝与董承衣带诏的典故吧。"

陌淳明白了他要说什么，看他良久，双肩塌了些下去。

"今日朕……这称呼可笑。"新帝拢了下夹衣的衣襟，也随着陌淳佝起肩膀，这种疲倦的姿态是陌淳对他最熟知的印象，"今日我叫贴身的近侍灌醉了看管我的两个人，才能和老师最后说说话。可到了明天，他们酒醒，我那贴身近侍恐怕保不住了。"

陌淳垂下眼，他们之间身隔的小案上陈旧龟裂的木纹纵横。

"这种心，我狠不下来几回。"新帝的手在桌沿上抠紧，"倘若我今日请老师为董承，想老师必会应允，但老师又有何可为？不过白白害了你。我身边也一样，虽没有怀着孕的'董贵人'，总有'伏皇后'……"他的声音微微发颤，"我那正妃冯氏，我即便，注定看不到她做真皇后了，可命在人手，我也总不能促着她去死。"

"他们用后妃威胁陛下吗？"

"自从先帝驾崩，我被移居此殿，就没有见过她们了。"

"陛下手中现在还有多少权力？玉玺或兵符，是否在陛下手中？"

陌淳问出这两句，已经知道会是否定的答案，果然见新帝摇了摇头："先帝驾崩那夜，兵符就从宫中径直被郑贵妃收走了，玉玺下落不明。先帝崩逝之前，宫中传闻郑贵妃几次要求改立太子，先帝可能是怕贵妃趁他病重，偷拿玉玺矫诏，将玺藏起来了。"

"既然传位诏书未改，陛下就是天子，不如……出中旨号召天下英雄勤王，即便，即便事不能遂，总能保全陛下忠孝之名，对得起先帝在天之灵啊。"

对着陌淳泛泪的眼睛，新帝笑了下："老师啊，古来勤王，可有哪一次被勤的王有个好下场吗？最好不过是从一个强力者手里，转去另一个手里罢了。"

看得透，变不了，这种无力感无以言表。陌淳忽觉得，虽然先帝宠爱七皇子，纵容二皇子，可他自己也明白，最像他的，是眼前的新帝。

"我的名声，今生今世就是如此了。"新帝苦笑，"这几天找不到玉玺，他们就让我用手书下旨，其实我怎么会不明白，宫中那么多印玺，圣旨又不是非得用传国的那一枚。他们是想用我的手书，绝了我的后路，外人眼里那就是我谋乱的铁证，我抽不出身去了。来日事态稳下，罪行又可以全推在我的身上，他办了我，他去名正言顺继位。可……拼死一搏，我又不敢，哪怕多活一天呢。”

陌淳没有话能回他。世道大坏，上至天子，下至飞禽走兽，几个不是苟活，谁又有权力说谁应该去死。

“至于先帝在天之灵，我并无愧。”新帝改容说，“局势至此，实是先帝一手为之。他要么力保我，要么早早改立，实不该到了危急时刻再去摇摆，太欠考虑地召七弟引兵回来。我东宫原本有些武备，被他裁撤殆尽，郑贵妃母子在京中勾连兵部兴风作浪，他却视若无睹。他诏书未改又如何，留我一个空壳天子，任人宰割而已。”

陌淳一生所受教化不允许他认同这些批评君父的话，他沉默了一刻，直言问道：“陛下不令臣为董承，那今日冒险唤臣至此，所为何事？”

“听说先帝驾崩前不久，曾唤老师至榻前，可是有所托付？”

陌淳看着新帝，回：“并无此事，想是流言。”

新帝又一笑：“想也不是与我相关的事。”

陌淳嘴角微动，不答话。

“听说老师宿有述史之志？”

“……少时轻狂，陛下见笑。”陌淳应出这句，并且懂了。

新帝弯了些腰，更近地看着他：“我与先帝一样，只信老师。老师大才，合该述史，今日去后，请归隐著述吧，到时笔下为我正名。我无能软弱，致使天下动荡，可我不曾弑君，不曾弑父。”他向下一拜，行弟子礼，“拜托老师了。”

“逆贼果然没死，真敢扯旗造反，在彭泽东岸誓师了？！”

南平王穆鲲甩开誓师文告的抄本，重重回手砸向交椅背后的龙案：“还有那个豫州刺史郭乐成，第一个跳起来跟他？！什么柳遥之称名将，就那几艘破船还能埋伏了他？江州水师到底多大损失？！”

南平王不喘气地接连质问，佟红庭半天才能回上话：“殿下安心，损失不大，一夜半日的接战，烧船也就七十来艘，对江州水师而言，不及，不及一分。只是，陷死了他的水师都督，影响不大好听而已。”

芦滩火势初起不久，江州水师都督顾琳便陷阵身死，旗下舰队随即溃散，反而保得这“不及一分”的损失。群龙无首，又值大雾，逃心比战心更盛，数百条战舰，竟被武陵的那点民船追得鼠窜，次日至午雾散，点校时，有两起沉船居然是江州水师自相撞击所致。

这些佟红庭不会报，文炎吉也无添补的需要，垂目以口观心。

一切起因，都在正中了武陵王的诱敌之计，那个所谓的叛徒薛见龙，只怕就是个反间。然而人也死在火场里，没的对证，余下跟他投来建康的全体咬定是真叛，拷打下伤死了几个，南平王也就没有再多追究。

这样心态，文炎吉自能意会。明面上叫不扩大打击，以免吓退此后再来投诚的人士，暗中心思，估计是虽遭了反对，南平王还是坚持启用薛见龙，倘或揭清了薛见龙确是反间，便是自扫他的颜面，还不如一体认定都是被穆骏骗了的舒服。

文炎吉也就愈发不说什么，否则像是事后宣扬，讥刺上面察人不明了。

“是水师都督在临阵指挥？”龙案前穆鲲怒问，“柳遥之个江州刺史，干什么吃的？！”

“水师失利之责他绝推卸不掉，臣已从兵部下书严斥！”佟红庭激动抬声，“臣更令督军使者，加紧监控，眼下陆路上，这姓柳的倒肯用心，逆贼起兵的次日，前锋即被他伏击，歼敌近两千，向西绕湖打退了三十余里，使得叛贼大营寸步离不了湖岸。”

穆鲲脸色稍霁，佟红庭又说：“夏侯景晖所部，军报新到，称也被他指挥迎击，拦截在沿江的外围。叛贼二部至今未能合兵。”

手臂向后搭在龙案一角上，穆鲲想想点头：“本事倒挺大。可两面作战，他能撑住多久？不然从扬州分兵过去，支援江州，把叛贼赶尽杀绝了事。”

捕捉到佟红庭神色一丝变化，文炎吉开口：“殿下，柳遥之此人，重名爱惜羽毛，自尊心烈，他既然全力能支应，此时若让其他将领带兵切入他江州的地盘，可能惹他多心应付，反于战事不利。”

话有理，朝廷的将领之间也没见打好过什么配合，别进去搅乱了江州，再恼了柳遥之。

穆鲲看佟红庭，佟红庭作为五兵尚书领京畿扬州的军队，自然更不愿意自己的麾下去为柳遥之助阵添头，对此无话。

却听文炎吉又说:“便不如将增兵的指挥权暂且一并移交给他，也好通盘配合，取事半功倍之效。”

穆鲲觉得合适，增兵要是不由柳遥之指挥，意义不大。这话在佟红庭耳中，却分明是蓄意抬柳遥之损自己的势力，心头对文炎吉更添怨懑，喘气登时又重了。

“万事，当以建康为要，姓郭的那降将正从豫州南下，兵锋不可小视，穆鸾在徐州也未必豁出力气挡他。万一有运气进至江岸，趁建康周边空虚，他一个虏将搅动京师，可说不好后果了！”

警惕郭乐成，文炎吉念着父仇也不想反驳，见那边果然没回动静，佟红庭趁隙又说:“叛兵都到了江州啊，号令勤王，该往扬州增兵才是，怎么还能移兵往外？顾忌着柳遥之的面子，中书就不顾殿下的卧榻安危？你这掏空建康的主意，大可玩味啊。”

穆鲲听倦了佟红庭不顾大局，每每私怨与文炎吉对峙。脸色冷下，南平王语调也拔高了:“文卿是孤扶起的中书令，官位在你之上，佟，你要是不服，现就去扫平了穆骏叛匪，孤让你取而代之，如何？”

佟红庭行礼称不敢，起来仍无好脸色。文炎吉却是不愿再争的模样，并不移视线向他。

穆鲲收臂叩住自己扶手:“论正事！扬州不能分兵去，荆州总能吧？让五叔，运兵过江，前后围剿！”

文炎吉这倒看了佟红庭一眼，佟红庭也无回话。

“怎么？”穆鲲烦到了顶，厉起声。

“几十年的旧例，前代至今，朝廷不调荆州兵。”佟红庭草草答，不多解释。

穆鲲拧眉看他，五兵尚书又斟酌一句:“江夏王每回北镇，都是统合四方出兵，荆州向来不动的。”

穆鲲此前知道，但没深想过:“什么意思……是不调荆州兵，还是调不动啊？”

“优存荆州，取两相安好之利。”文炎吉这时帮回。

朝廷保存荆州的实力，几乎任其为一个独立王国，而荆州，也就承许不从上游威胁建康，这种两相安好……绥靖制衡？

南平王脸上五味杂陈，且渐显出些被意外忤逆的难堪，文炎吉续上说:

“不过，历代取建康，必赖水师，武陵系叛匪之中，只有夏侯景晖的益州军麾下有大舰艨艟，估计叛旗既举，不日益州舰队便会顺江移师东下。”

他看佟红庭，佟红庭由不得接说：“有些动向。”

“朝廷虽不调荆州兵，但荆州不得朝廷的文书，也从不允许其他州郡的军队过境，在上游，其实对建康形成防御。何况江夏王的驻所夏口，就在大江边上，眼下局势中，料他不会任由夏侯景晖的坚船从枕畔通过。如果双方江上交兵，荆州自然为朝廷所用了，不需纸上宣调。”

“又什么意思？”穆鲲盯住文炎吉问，“让孤提醒五叔，益州舰队在威胁他的地盘，挑动荆州挡在孤前面？”

文炎吉笑起致礼：“殿下圣明。”他不笑时候看着端肃，笑时带和煦爽朗之感，“朝廷水师不妨也逆流进击，把战事燃起在荆州水域，搅乱局势，逼江夏王入场。”

穆鲲合意，等听佟红庭的看法，却见他又被惹起了争心，强要批驳：“穆骏暗地里和江夏王讲和，放他船过去罢了，对荆州什么损失？中书你自己说的，建康门前相争，荆州得利，江夏王老于世故，会被这种小把戏算计？”

“必要时，可令江州水师一部，伪作益州的先锋，绕经上游，佯攻夏口，不由他两边不斗。”文炎吉向穆鲲从容说，“何况江夏王有质下的儿女在京中，只要穆骏成不了大气候，他没可能改弦更张背离朝廷。”

提到人质，穆鲲点头说：“对，趁五叔还没动摇立场，那几个先跳起来跟反贼的刺史，他们在京中的亲朋，还有，最可恨的，那个陌家，统统抓起来杀了！杀一儆百，给五叔看看！”

佟红庭刚要领命，文炎吉轻抿了下嘴：“若论亲朋，臣看先有个范围才好办理。朝臣之间联姻、交结，脉络繁杂，须避免杀了个叛贼的远亲，却死了个忠臣的密友，推人心向外了。”

仍是这一套拉拢人心，穆鲲犹豫不想再忍耐。文炎吉又说：“此外，陌家那个老爷子致仕前做过太子少傅，眼下毕竟那天子在位，如杀帝师，恐怕示天下以不义不仁，不利长远，且更教叛贼说嘴。臣窃以为欠妥。”

“那，老三的那个娘，上回让她给老三发丧，那贱婢竟敢在殿上嚷起她儿子没死？留在宫里也是碍事，不如索性就杀她干净！痛那贼首一痛——”

“鲲儿。”帝后突然开口。

穆鲲唬了一跳，忘了母亲还在身后似的，猛抬头往回看。

“你们兄弟之间的事，你们解决，不要向母亲这辈下手。”郑太妃语带威压。

“……妇人之仁！她个冷宫的妃子和母亲你什么情分？不日日咒你死就算好的了，如今更是叛贼的老娘，杀她解恨不得吗？”

“留她一条命在，穆骏还有个顾忌。退一万步讲，他真打到城下，把他的亲娘吊到城头上去，威胁要当面剐死，他敢怎样？他不是孝名立军吗，这才是瓦解他的用处。”

穆鲲回不过母亲的嘴，憋着转头。

下面两个臣子也半天不接话，穆鲲只能自己重起头说：“当务之急，还是密切督促柳遥之，把叛军给孤扼死在江州！荆州方面，孤让那天子下道严旨，命令五叔阻止益州水师过境，看他胆敢违抗！”

佟红庭和文炎吉一齐附议，穆鲲找回些主宰的感觉，捏着扶手又说：“江州，还是得增兵。”他看定佟红庭，不容再反对，“就把扬州现成的移些过去，战力交柳遥之总领。空虚下的地方，继续招兵，填补！”

佟红庭迟疑一瞬，在穆鲲的瞪视下说：“非臣不愿移兵，可再招兵的饷费……眼见支应不够了。”

穆鲲挑眉，疑嗔看他。

“新帝即位，中书一系怕人多嘴，推行的封官太滥，赏赐却可都是实在的。”佟红庭在文炎吉的目光中拣着话说，“国库耗见了底，不知内府——”

“你个掌兵的百万家财，怎不拿出来劳军哪？”穆鲲嗤笑。

佟红庭料到了南平王掌的内府打不上主意，试过不行立即低头。穆鲲见他识相，先按下气，寻思片刻：“不然，从越州，再抓几万越人来？不是酷训一下很能打的吗？”

“殿下，”文炎吉轻抬眉，“战火燃眉，求远不如就近。新帝登极，殿下执政，大推恩赏，正到了知恩者图报之际。”他向前一步执手行礼，“臣中书令，愿意捐出家产助军。有臣带头，全家为官的富室更应竭诚捐献，助朝廷渡此国难。朝廷上下同舟共济，保卫建康，也是保全各人身家，料无二话。”

佟红庭这一呼穷，被文炎吉趁势卖了个头彩，脸色翻倍地难看。

所说“全家为官的富室”，他心中清楚，不出那几个高门，自家姻亲也都绕在里面。几句漂亮话，等于文炎吉为这班人轻慢他的狠手反击，不过破出他那个穷家几点小财，被他盯上的世家大户要是不肯乖顺，可得割肉称血了。

但南平王没给任何人再反对的机会，立即点头赞许：“正是此理。多劳文卿，速去启动，你告诉他们明白，都为了日后，莫做眼前得失的计较。”穆鲲转向佟红庭，脸色稍沉下，“移兵、招兵，速去办了，捐出了军饷，别再旁生枝节。废话少说，孤要的，是赢！”

帐中正面的佛龛前供着先帝灵位，香火彻夜不熄。

穆骏热孝中素食，陌承光也不吃肉，三个人围在小台案边对着几盘清汤寡水，真像守灵般惨淡。穆骏看看陌闻音，感觉她又瘦回去了，心中怜而含愧。

“已经打成这样了，我让放心的人在南边找了个小山坳，说是风景不错的。”他有点小心翼翼，探陌闻音的口气，“你还是先过去住住？”

陌闻音放下筷子看他，穆骏就飘开眼神，陌闻音也没话。

陌承光慢慢吃菜，不知怎么去掺和。

“反正，你自己也能做饭，米粮什么都存好了，你先躲着，等成事了，”穆骏扯了下陌承光，让他也抬头，“我们去接你。”

“那要是不成事呢？”

穆骏又扯扯陌承光。

“你们俩都没了，我躲在山里是能成仙呀？到时候我可是谋反的余党。”陌闻音抚住腰间，那里悬着穆骏的短刀，“还不如跟着你们一块儿，看实在不成了，自己了断呢。”

“怎么现在说这些呢。”穆骏笑，脸上憋不住苦说，“你先躲着，我们心里不也定一些嘛，不就，更能成了？”

“没我，你们怎么成的？障眼用的报丧信，我写的，摇你们上岸，那么多天的渔女我装的，眼看这是没用了，就一脚踢到天边去？”

“姐姐说的是。”陌承光接上话，“开弓没有回头箭，姐姐也不是拖累我们，多少事不靠她也不会这般便利。其实姐姐在殿下身边，比躲在什么看不见的地方，我心里反而更定一些。”

穆骏瞪他，一副“你帮谁说话呢”的表情。

陌闻音笑向穆骏：“你看看，还是我弟弟明白事。”

穆骏无奈，心里却真觉得定了些，浮起些真正的笑意，嘴上轻出了口气：“好好，我一张嘴说不过你们姐弟两个。那，咱都拴在一块儿跳出来当反贼了。”他回头看看父皇的灵位，双手合了十，“打成这样了，商量吧，下步，往哪儿走？”

情况比预想中要差。

原本认定，以穆骏的身份和民望，为先帝报仇的号令足以立起王师，至少让世间听呼而有策应。不料时日过去，传檄如同微雨落入旱土，只二三个与朝廷远隔的州郡明确支持，其中还包括夏侯景晖自身的益州。夏侯将军携来的确是劲旅，但手边兵力毕竟有限，大半还压在益州本土，而要运兵下来，荆州的夏口就遏在江上。

这假死之计，虽然争取到了潜行的时间，大大缩短了前去建康的距离，却也同样给了京中整束的时间。江夏王的荆州在内，四方看似尘埃落定的局面再想掀起狂澜，他们都没想到会需要这样艰辛的努力。

不想给对方泄气，陌承光和穆骏也就相互不提。略可安慰处，穆骏自己心下想，在于果然惶惑到了那个最可能的对手，成功树起这独一无二的旗号。其后哪怕那个再想仿效，也夺不去首倡的名分和道义，跟风而已，何况自己还是兄长，主次立见。

他心思收回眼前的战况：“我和五叔，按说没仇怨，从前看来他还愿意顾我。”穆骏忍不住又看了眼先帝灵位，“京里那两个明摆着弑君，都是父皇的儿子，五叔也不是非得向着他们。既然没明说反对，咱们不妨就让益州水师顺江下来试试，为朝廷拼了老底也不是五叔的风格，要是能这么过去了，不是好事吗？”

陌闻音摇摇头：“我看侥幸不得。虽然亲份上，殿下和京里都叫江夏王一声五叔，可江夏王是向那伪朝廷上了称臣表的。殿下摸不清他的态度，他也拿不准殿下的态度，说不定他心里还没个真的态度出来呢。万不可让他觉得殿下无视于他，咱们队伍对他的荆州有威胁，那可是京里求之不得的了。”

穆骏犹豫蹙眉，陌承光也说：“臣看不仅不要试，如果得不到江夏王明确的同意，益州水师远远地在荆州界外停下才是，以示尊崇，这也是告诉江夏王，殿下无论如何会对他一样如故。他此时中立不动，就是顾殿下了，好过被人乘隙挑拨，致使荆州同殿下交手，我们就腹背受敌了。”

“绕了一圈，还是困在这儿啊。”穆骏手掐着额角撑在桌面上，“水师不能下来，就得陆路强突柳遥之，那边扬州来的增兵可是源源不断哪。咱们后勤，还在依赖从湘州远调，虽然湖上是败了他水师，烧了些船，可他残军还在，还有能力侵扰粮道。前头被他堵得难动弹，后头又担心他截咱的后路，不在江上拼着搏一下，进展很局促啊。”

水战失利后，江州军似乎还慑于余威，到目前为止，在彭泽湖上十分安静。然而陆战力量尽数于武陵王进兵方向集结，锋线上日日交战，先头部队严重受阻，近十天未能推进一里。穆骏所说的局促中，陌承光其实有种隐约辨不清的感觉，他看不见穆骏垂头暗着的眼睛，问:“殿下觉得，柳将军……柳刺史在留着余地吗？”

“打得我可疼呢，余地？”穆骏闷声说。

“换个人来打，会否疼更难医？”

夜很深了，兵器工坊那边叮当的敲凿声听得见，细脆混着水气。那声音里穆骏静了好久，看了眼陌闻音，跟陌承光说:“你还抱着幻想呢？柳遥之人就在江州，离咱们最近，檄书他该是第一个收到的，回应呢？不用假惺惺地留什么余地啊，是，我知道你的意思，他还没从后头断我粮道，可他要是倒戈跟了我，前头更不用打了，一起向建康啊。”

陌承光轻蹙起眉。

“他这个人吧，”看闻音更不了解，穆骏支起头对她说，“咱们这么说吧，柳遥之的出身，当今世上位置和他能比的，他是最低的。什么高门寒门都别论了，人家好歹是士族，他呀，说庶民都高了，他全家是北虏逃来的，就是流民，早年连身份都没有。从那种地方，一步一步爬到今天，他没有一步踏错过。”穆骏回头向陌承光，“如今在他眼里，我看来是不能成事的，留着我往回跑出他江州的后路，就是他对我的余地了。”

“但，但朝廷的州刺史之间壁垒森严，各州的武装力量归属刺史本人，听朝廷征调而已，连朝廷也要承认这割据的现状。柳将军能以一己之力把殿下拦在江州，其他人就插手不了他在‘平叛’中的指挥权，他就能通盘控制。对殿下，他就能攻守自便，甚至遮护……”对着穆骏脸上“你这是什么话”的神情，陌承光停一瞬说，“其实锋线上，殿下对他，也没有竭尽全力吧？”

穆骏呆了下，移开眼。

“所以这不是幻想，是一致的判断。谯城王依从了伪朝廷，去图一个州刺史的地盘，反应符合我们最初的判断。可能正因为柳将军的反应符合我们的判断，他才是这样的反应。那时候，柳将军也认为殿下已死，毕竟我们瞒了所有人，也包括他，他便选择了不将忠诚献给七殿下。而今，他即使想从伪朝廷回改，有疑虑也是人之常情，也要顾及风险。何况先不信他的，是我们，先烧他江州水师，先打疼了他的，也是我们，要争取他，檄书和去信之外，我看需要给他更大的诚意。”

“打住啊，”穆骏咧嘴，“我知道你想什么，你想去一趟嘛。我话在这儿了，不行。”

陌承光还想说什么，穆骏伸手拍他眼前的桌面：“你们这些聪明脑袋，想事的弯弯绕绕都是一样的，你这样想他，他说不定也这样想你。那他留这余地，卖这破相给你，万一就是猜到你会这么想，是诱敌呢？诱了你去，我可就坏了。”

“是啊承光，”陌闻音坐近了穆骏些，也说，“我也放不了这个心。起先说柳将军立身持正，殿下义旗一举，他看到声威和胜势自会投来，结果没有啊。你从他的角度想想，他选了跟京里，已算是背了七殿下，必定经过深思熟虑的。如今再让他背了京里，他过得去周遭的眼光，过得去自己的心坎儿么。他越是立身持正，越难接受自己做个反复之人吧？”

陌承光没从这个角度想过，一时思绪牵开。

的确，力屈而降是一回事，望风而倒是另一回事了。柳遥之的骄傲，是此前少虑到的……

穆骏张开手肘趴在了桌面上，闷头说：“总之不许你去，这是主君的命令。求人不如求己，盼他，不如迫他，还是再想办法。”

陌承光看姐姐，陌闻音正把手塞进穆骏的额下试，收回手来没什么表示，但陌承光知道，穆骏又起热了。

不想让他俩担心，穆骏反把头又撑起来，抓过陌闻音剩着的冷茶水咕咚咚喝下，压下嗓子里的烧灼感：“我倒有个主意，你们先听听看。”他跟陌承光说，“把从这儿到建康的城域图，大概给我画画。”

陌承光犹豫闪念，右手指尖沾了桌上菜汤，推开碗盘就画在台面上。

陌闻音挑亮了灯，水光闪闪。

“这是咱们隔江的后方，江夏王的驻地，荆州首府夏口。”陌承光一抹勾勒出大江走向，“江南沿线，这是黄石，柴桑，铜陵……这是，”点下一个水点，陌承光恍然抬眼看穆骏，“……宣城。”

“宣城如何？”穆骏探身问他，“古来膏腴地，琅琊王氏在那边多有田园产业，现在的宣城太守也是王家人，就是王攸纪的伯父，叫王素。”

听到某个名字，陌承光不自知地缩回右腕盖在左手下，又听穆骏说：“王家这种绵延数百年的高门，改朝换代在他们眼里都未必要紧，只要他家族的地位不被动摇，利益不被妨害。”

看弟弟没回话，出神样子，陌闻音接过问：“殿下是说，拿在宣城的利益威胁王家？”

“恩威并施嘛，要是宣城太守投降，许他王家的利益不变，要是顽抗，一路王家的农田桑田尽数剥夺充我军饷，没用的宅第产业全给他烧掉。”

穆骏想了想，哑嗓子又说：“宣城就点小湖山，不会比巴州那个山寨更难打吧？孤王我大破红山部的武勋，立刻就去界内大肆宣扬一番，吓破了王素的胆，能拿下宣城，就不用和柳遥之在外围扯皮了，咱们就有了补给修整地，他江州是丢了一座金城啊。流水的刺史，王家才是江州根本，要是王家肉疼倒向了我，我看他柳刺史怎么收场，倒不倒来。”

“会不会有反效果，京里的王家人也不少，怕殿下去了剥夺了他家的，更支持朝廷呢？”陌闻音问。

穆骏又找凉水喝，陌闻音起身给他倒，穆骏手指头紧摁着自己的喉咙说：“二哥他们稳住京里上上下下，靠的什么呀，空头的封官许愿，能有多大用处？肯定钱粮海水一样的赏啊。国库、内府，是什么情况，”他咽嗓子，“父皇那么念旧的人都出宫女了，猜也知道，钱从哪儿来？那帮人自己舍得往外掏？王家，算七弟的外家，天下第一大户，我看过不了多久，秋风就要朝那儿打了。”

当时随着薛见龙跑去建康的兵士里有人传消息回来，确实两边兵戈一起，伪朝廷对城防和各路守军的封赏愈发加码，听说已经在组织朝臣捐献。

“天下第一家的动向，对朝野士族的影响非同小可。”陌承光点了头，“并且宣城，算是江州的东门口，比江州的治所柴桑更靠近建康。”桌上的水迹快要干了，他又补了长江水道，然后指尖捏起一些汤水，在宣城的附近滴出小小的几摊，“宣城辖境的水域里也分驻着江州水师几部，如果殿下拿下宣城，决战或者请降，柳刺史只能选择一样了。”

“嗯。容不得他选，我先选决战！”穆骏声音高了，不由咳了几声，“前线，就竭尽一把全力，我分了他的精神，让夏侯将军假意按原路顺江边东下，”他接过陌闻音递了半天的杯子，忍着喉中异物感使劲咽水，“迅速切入内陆，进围宣城。不成功，便是成仁了，我顾不了的地方，”身上实在难受，穆骏又趴了下去，“承光，全凭你了。”

安顿穆骏在帐帘内睡下，陌闻音出来，走到陌承光用来处理文书的小案边。弟弟摊开着各种图报正默默测算，在一边的纸上简单画记些粗糙笔迹，陌闻音不觉在他对面坐低，双手握住了那手腕。

陌承光惊讶下抬眼，又马上垂了下去。陌闻音感到他腕中的筋脉在自己的手指下一点抽紧，也就只有一点，余下僵硬的臂肌里满是力不从心。

“那天，发往京里……宫里的檄书原件，你说让我写，说用陌体，吉利。其实不是，是你的手，在狱里……”

“没想瞒姐姐多久。或许渐渐就好了呢？”陌承光说，“起初筷子都拿不来的。”

“你吃饭也比从前慢了，只当是你没胃口……本来你这右肩上就有刀伤。”陌闻音交握住他手指，把弟弟的手捧到嘴边，“这怎么能不赢呢？没天理的，让你受了这大苦，还不赢。”

陌承光点头。

他从不曾认为穆骏会不能赢，是苦痛磨出的倔强的信心。直到——

在陌承光转看穆骏榻前的帐帘时，陌闻音去看先帝的灵位，低声说：“真的在天有灵？我怎么越来越不信了。还是说像圣人言，必得苦其心志劳其筋骨？他，你们，从前受了多少苦，都还不够吗？”

“姐姐忘了，殿下从前太学时候就这样，太过紧张就烧，顺遂起来就能好的。”

陌闻音捏紧了弟弟的手：“这回怕不一样，我……之前没敢跟你提，他从前我知道，是低热，可这回烧得烫人手。其实我在武陵的时候，他就高高低低地烧过几回了。”她抬起眼，声音轻得让陌承光以为是通过触碰才听见的，“他有回帮我磨箭尖，手被射过老鼠的箭划破，我越想越怕，怕是老鼠身上的什么疫病？”

陌承光愣了，断然摇头："不会，要真是疫病，朝夕相处，早传给姐姐和我了。"

"疫病不是传上的都会发病，我不发病你也就不会，咱俩是双生呀。"陌闻音抱起自己一边胳膊，好像冷，"这几天烧得越来越厉害，他从前低热时嗓子疼吗？"

陌承光说不了话，嗓子也被塞住似的。

"所以我早让把卫兵安排远些，贴身使役都先不用了，不是为了什么避嫌。真要是疫病，为了别传散开。"

"姐姐考虑得周全。"陌承光的耳骨嗡嗡响，仿佛最坏的预感正在成真，"那现在能吃什么药？"

"看着像的都在吃了，清热，凉血，补养的这些。"

"千万要督着医官，姐姐，殿下的病情绝不能外泄。"

"知道。就是这个进兵……"陌闻音看着弟弟，长长的眼睛里忧虑像水一样漾着。

"殿下责我全权，也只有为他一搏啊。"

"承光，"姐姐的眼睛直直在对面看着他，"你代殿下做主，外面那些不过按你的意思抄抄写写，这是多大的责任，你明白吗？"

陌承光又怔了怔，慢慢点头。

"你不明白，如果输了，这是多大的责任。如果赢了，这更是多大的责任。"陌闻音重新抓住弟弟的手，"我只要你审慎，殿下真的不能做主的时候，你才能做主，明白吗？"

乌衣巷内，中书阁差遣的一批度支司衙役，和王家的一批门子仆使，两边各据一头，棍棒相向。

王家大门内，保母莲姑扶着嫡女王符，也正与王攸纪对峙。

"他们过来募捐，也是朝廷的差事，哥哥何必闹成这样，再给他们些钱，打发了不行吗？"

"募捐募捐，那便愿捐就捐，不捐就算，捐多捐少也是各家自愿，早就给他们了几千钱，竟敢嫌少？执枪拿棒地过来，这什么朝廷差事，这不是土匪抢劫？"

"上回说少，他们过来，少爷也骂得太难听了些，恼了他们才有的这出。”莲姑帮着小姐说，“现在外头兵荒马乱，各家还不是求个平安？但有多少现钱，破个几万给他们就是了，再来就是他们没理，也好往上面去说呀。”

“你懂什么！”王攸纪吼她，“骂的还不对了？堂堂中书阁，换了个寒门的屁股坐，从头到脚，憋着小家子气来熏人。是，外头兵荒马乱，他首辅不想着怎么抵御，先从京里伸手捞钱？发的是国难之财！”说着又想开门到巷中去骂，“上下一群自坏栋梁的蠹虫，阴沟里见了天日，忘乎所以的蛆！”

王符往那边过去，背身堵在门上：“谢家说捐了几万，说虞氏更多，我们也是祖宗传下的门楣，几千是不是也真的太少？为这几个钱的事，闹得清净家门成了这样，你不丢脸我还丢脸，我但凡不是只有首饰，但凡我有现钱，我先捐了去。”

她转对莲姑说：“是不是，有种什么铺的，东西拿过去能换钱来？你拿我几支金钗去，换成钱给他们！”

“你也糊涂了，这是钱的事？！”王攸纪往前一逼，惊得妹妹低头，“跟他们论这几个钱我就丢脸！我琅琊王氏，家声立门，何时纠缠过这种俗务？朝廷真缺钱，向那些粮商盐商，大把流水地去征罢了，手伸到我王氏头上，你还不懂？这就是那寒家子，那姓文的小人得志，非要让人看见他欺我高门的威风。我捐多少，他都说少，做了冤大头去，给他往上面卖乖？”

哥哥做御史的，口舌甚利，王符说不过他，莲姑也过去和小姐并排挡门，巷子里的闹声越来越大了，王攸纪咽了下嗓子又说：“你们也不必怕什么丢脸，我对那寒门子俯首听命，才是给家声，给门楣丢脸！”

“少爷既然也知道，他就是要你听命，外头的都是粗人衙役，又知道什么？当你是抗命、抗旨，真打进门来，打砸了东西是小的，再伤了人，伤了小姐——”

“他敢？！”

“形势比人强啊少爷。”莲姑往前一步，“那个侍中做了中书，他要压高门，王家就是头一个高门，他不压服了你，怎么再压别人？我看这事扛不过去，但有多少钱，尽量给他，跟他交好是眼下正经，等局势平稳了，王家不还是王家？论起这募捐来，也是一桩功绩，他惹遍了高门，位置能坐多久？”

王攸纪一时止住了口，看着莲姑思索。

外面乒乒乓乓的，有衙役喊：“输捐报效，共渡国难，是朝廷特办的急务，王家胆敢挡街，阻止上门催捐，还鼓动亲族邻里联结抗命，有没有王法？再不让开，叫你们家主出来话事，休怪——”

王攸纪两边推开莲姑和王符，让随侍排门而出，立在门阶上大喝：“何为王法？！同我叫嚣？我殿中侍御史王攸纪就是王法！”

巷中众人都被他的气派镇住，扭头呆看。他还要再骂，王符跟出来劝他，王攸纪不让妹妹抛头露面，推了她又一起进门。王符在门扇边拉他袖子说：“真是他们无理，哥哥何不上殿跟陛下，跟二殿下去说？哥哥不是殿中侍御史嘛！”

这话能怎么说……陷害陌承光的一案自己办得不算漂亮，险些点火不成反烧了灶神，早恼了二殿下一派，新朝的封赏没半点加身，此时还能越过文炎吉去？姓文的也是料定了这个，才敢如此张狂。

王攸纪只有低声说：“你不想想，宫里坐的是抢了谁的位？往后还能照应我王家？”

思及穆鸾，王符抓着哥哥袖子的手一霎落下，愁色向莲姑转头。

“那还是拿钱消灾吧，少爷啊。”莲姑揽了王攸纪胳膊，再把他往门里拽拽，“你与小姐要顾王家颜面，我是个没脸的，只当我偷拿了钱出去捐上，平这事态。回头少爷打我一顿，宣扬开去，他们已得了钱，还有什么说的？”

“别呀莲姑，那怎么行！”王符连着摇头。

王攸纪没声，王符气急了，反手推她哥哥。王攸纪说：“也是真没钱。这样大族本家都是空架子，你不管钱你不知道，产业都在庄园上，江州有一大堆，扬州就一星半点，靠每季上来的供奉，那都是吃用、粮米，要另外周转的，哪来大把的现钱？”

“哥哥当御史的俸禄呢？都耗在了烟花巷里！”

眼看他兄妹两个吵得凶了，莲姑赶紧又去掩门，怕外头听见。她让门里的小厮在门后抵着，自己扭回身说：“没钱先向江州去要，大老爷管着产业，有果木农田，又是春渔季，手头总有盈余的。以整个王氏的名义一齐捐了，问问大老爷肯不肯出面，不就行了？”

所说的大老爷，是王符兄妹的父亲过世后，从旁支过继来当家的王素，二人称伯父。王攸纪平生最恨这个假爸爸来越俎代庖，断乎不许，王符急得要哭，怪她哥哥里外没用，门前已经棍棒相交，闹纷纷没个结果。

天已大亮，宣城城墙外营垒高筑，秩序井然，攻城器械三面摆开。夏侯景晖命副将登上一座冲楼顶端，向城上喊话：

"凶人欺天，黎民伏泣，九州板荡……当此存亡之际，先帝第三子武陵王兴师讨逆，夏侯建威将军同襄大举，勒精锐千里，兵锋直指建康……劝尔速开城门，迎纳义师，佑尔宣城族众拨云见日，重沐天恩……"

连喊数遍，檄书和劝降书也射上城头，城中却毫无反应。夏侯景晖望着那郁郁原野中的城池，不想多为杀伤，让一个声音洪亮的士官过来，亲自马背上向城中喊话。

"告宣城太守王素，你王氏一门累世勋贵，为天下士人表率，更受先帝多年恩遇，我夏侯景晖知道，你此刻，必定也在为先帝哀悼，切齿痛恨那弑君弑父的恶人！想你此前不知，武陵王殿下已经起兵，你看见檄书，一定是悲喜交加。"

士官的声音嗡嗡震响在宣城城墙，夏侯景晖策马更近城门："武陵王重视你王家百年声望，起兵之初先过宣城，命我对你宣义，只为防止你误入歧途，害你整个宗族成了恶人的弃子！殿下知道，你必然能够明辨天理是非，不会跟从那些畜行匪类，昨日殿下还特意下书嘱咐全军，在宣城辖境内要秋毫无犯，对小股劫掠还亲行申饬，足见诚意。"

仍无动静。夏侯景晖看天，虽是春上，午后阳光还是会晃眼，若真攻城，最好不再拖延下去。他缓缓吐出一口气，放声如雷："劝你速做决断！否则我军中将士为先帝报仇心切，一时约束不住，等他们攻破宣城，你悔之晚矣——"

墙体播散的语音还未落，一个令兵从围城的阵外飞骑来，至夏侯景晖马前滚鞍下地："将军！西南方向数千人马至，领军帅旗书'柳'字！"

夏侯景晖心中一震，事先并无消息。回望宣城，他明白攻城阵已布好，急转必乱，柳遥之智计良将，若真为城上解围而来，趁的就是这个时机。夏侯景晖心下一横，猛扯缰绳将马转向，吩咐道："围城休要松懈。大刀队随我一会柳将军，擎我斩马刀来！"

五百人的骑队直向东南，因为斩马刀重，骑速并不太快，一行人在新草初长的田间道路上驰过，很是新奇景象。路两边田地中，春耕忙碌的农人纷纷直起腰张望，脸上有惊慌，也有脚踏在泥土中的安实。夏侯景晖的视线与他们匆匆相交，蓦然感慨天子之位无论如何更迭，对百姓真正重要的，只是别打扰了秋收春种。

原该如此。老将军端稳手中的大刀，心想了结了这一场，自己也该觅一处田园了。

转过一片白杨，柳遥之的帅旗在望。夏侯景晖加速前驱，却见稍远处几骑疾驰而来，更远那边，一骑青马突出视野，将“柳”字帅旗下白马高个的将官一行截住。

“柳刺史。”来人勒马，抱拳一礼。

“陌大人……”

随着这声称呼，周围有人要提马前拦，但柳遥之抬了下手，另有人将他们止住。

“刺史匆匆离了前线，往宣城去吗？与夏侯将军合兵，还是为宣城解围？”

柳遥之露出似乎困惑的笑意，话却岔开：“单人匹马，陌大人果真觉得柳某不会奈你如何？还是说，”他下巴微向夏侯刀队的来处递去，“你仗那几百面大刀吗？”

骑阵与步卒在柳遥之的扈从队后绵延展开，如森森羽翼，昭示着他陆战不败的威严。陌承光便说：“即便两军交战，不伤来使，在下知道柳刺史这样的将军定然遵守古来义理，所以让下面去请夏侯将军稍安，待柳刺史听我一言。”

不等他更多说，令陌承光有些意外地，柳遥之向侧后给了个眼神，抖缰从扈从之间突出，偏头：“那就借一步。”

二人并骑，登上不远处一片高地。围绕着依山邻水那座城池的碧绿原野便在周遭铺展，城下可见素白的战阵扎眼。

披麻带甲的兵士远不止三千，柳遥之确认了此前斥候传来的报告。

大约他点检中的沉默明显，陌承光也望那城下说：“只要愿为先帝戴孝，便是武陵王同袍，夏侯将军部一路收纳，人员已经过万。虽是新兵草草，可据在下所知，扬州方面填充的兵员同样是新招的，却靠收买得来。”

他在说人心向背，战意与信念，柳遥之当然知道。

“我原以为，陌大人是最不愿看到无谓的纷争，天下的动荡的。”他仍没有顺接陌承光的话题，“那城下戴孝的，城头执刀的，虽不是同袍，却是同胞，都是社稷子民，建康的龙位上坐的是谁，孝不孝自己的父亲，与他们有什么相干？”他转头看陌承光，“你说对我，又有何不同？”

这句入耳，陌承光听清了今日只会有两个结局，赢下他的心意，或者死在这里。

“谎言，说多少遍，哪怕所有与之相干的人都心满意足帮着圆场，那些事外清醒的人也只是闭上嘴，不会当成真相。在柳将军眼里，真相，必定有个样子。或许而今身在江州，在这江南福地，所见尽是自足和富庶，可是想想前事，与龙位不相干的子民眼里，武陵王和现下坐在建康的，究竟是否不同，将军也必定清楚。”

宣城之下白麻的阵列不知因何起了些微骚动，肃杀的气氛被人涌造成的雪浪拍乱。柳遥之转回头不语。只见夏侯景晖的刀队迟疑一刻，回马又向宣城去了。

“而将军在他们眼里，也会因此不同。”

似乎有所触动，但柳遥之眼望着由“他们”组成的白色海潮说:“你所谓的‘真相’，不过一场宫闱内斗，代代有闻。南渡之前，末室的洛阳朝廷更是，你方唱罢我登场，斗不出个所以然来，倒丢了河山。先帝的位置也怎么坐上的，妥妥坐了三十多年，如今时移势换，真相就这么重要了吗？”

“我所说的真相，不只在宫闱内。譬如当时北伐，方方面面圆场造出的胜利，就是将军看到的真相吗？”

柳遥之拨马，整个人转对着他。

“是谁在漫无准备之际，推将军和战士们身赴烽火？又是什么让将军的队伍在函谷关上后继乏粮，进退不能？在那样不利的景况下，将军都能拼出一条血路，使战士们昂首阔步地归来，在下崇敬之心无以言表。无论有多少高门重戚，多少文臣武将投向了伪朝廷，在下唯一不愿，不愿武陵王与之为敌的，就是将军你。”

柳遥之的脸上没有表情，眼睛稳稳看着陌承光，好像对他会说什么，有万全把握。

“现坐在建康龙位上的，难道将军还想在朝廷需要夸饰武功时，被他们推上刀头去演戏？”意尽词穷，陌承光只余自己的心声，“难道对北虏，柳将军不想真真正正地赢上哪怕一场？”

“我其实……在等着你。”柳遥之垂眼复抬起，冲他笑了，“等你来说说，你为的是什么。”那笑里似有叹息的影子，“由你来将我交给武陵王，我也才能放开手，安下心。”对着陌承光因为押准了直觉而并不惊讶的双眼，他点了点头，“对北虏，你我此心同。”说着磕马向高地下，“走，去与夏侯将军合兵。”

没驰出多少，宣城的方向忽传来一阵响动，听是人群欢呼，声闻几里。

陌承光抬头望去，日光耀眼，他策马更往高地登些，柳遥之也回马跟上。两人一同驻马望向宣城上，片刻柳遥之转头向他笑道：“用不着去合兵了，该去恭贺三殿下，是白旗。”

御座侧后的垂帘内，郑太妃久久不语，看不清神情。

穆鲲想往母亲近处去些，陛阶底下佟红庭说：“娘娘，殿下，莫听那些谣言风传，逆贼哪来的三十多万兵马？夏侯景晖柳遥之，加上那个郭乐成，这些人手里都瞒不过我兵部去，哪怕凑上些乌合之众，翻个一倍，合不过十万。他是吹嘘壮胆，殿下不必怕了他。”

“孤又哪怕了他！”南平王回头怒喝，“可……原说，指着柳遥之，指着五叔拦他，柳遥之胆敢叛了！就仗着他光杆一户，连个反制的办法都没有！五叔，看他女婿一反，也想放了益州水师过去，船都顺流下来了！这叫什么？顺风倒众人推？！”他又往中书令文炎吉斥去，“你说的，搅动荆州跟益州军水战，战呢？！”

此前益州的水师非但从未接触荆州境，反而远在湘州的江边，就投锚停驻，没给任何可乘之机。再起锚时，就是顺江直下，眼见即将驶出荆州全境，明显已和江夏王打好了商量。

南平王暴怒之下，把五叔质在宫里的嫡长子砍了脑袋装函送回，又让剩下的十二个质子各写血书劝父王悬崖勒马，然而荆州方面至今无任何反应，安静得骇人。

柳遥之的倒戈，突如其来，几个督军使者眨眼间全成了刀下鬼。更早前武陵王亲临阵线，披挂浴血，两边倾力死斗的样子太不像假，这毫无先兆的举州一叛，晃得朝廷措手不及。

形势急转中，对手棋高一筹，文炎吉接连失掉判断，称罪不敢多语。

“可有退兵之策，啊？”穆鲲将陛阶跺得山响，“你两个不行，找更能的过来！！”

“鲲儿！临阵换将，非主君吉事，你且镇静，先听佟侍中怎么说。”

穆鲲越过御座走返几步，一屁股坐回他已经摆在龙案后的交椅上，盯住佟红庭。

“虽有小扰，局势并无大患啊，殿下。京城所在的扬州，和南面的越州才是朝廷的养兵之地，内外合计，步骑二十余万，水军十万，这二州在握，建康稳如泰山啊。”

穆鲲不信的神情，脸色越来越狠戾。

佟红庭移动硕大的身躯，步履却快，趋向陛阶：“攻取建康，唯有破水门，柳遥之陆战再强，水网地带是天然的战壕，只要严密布守，他豁出一切代价，也只得层层脱了皮，残兵能奈建康铁壁何？楼船巨舰，又都把在朝廷手里，各州的水师一向规制甚严。”想起前番话，他转顾文炎吉一眼，“夏侯景晖哪里有真正的坚船？只要把楼船并排，截住梁山洲的隘口，大江水道就能完全遮断，敌舰浮不至建康城下，溃败只是早晚啊。”

听着……不无道理？

语态也是满满的自信，穆鲲怀疑地往文炎吉看，但文炎吉垂着眼，神情似忧虑，却淡。

“文卿？”

文炎吉仍低眉：“佟侍中兵法老到，微臣不敢再加置喙。”

口气让穆鲲益发没底，他自己想想问：“连舰横江，不是只有被烧的结果吗？”

“殿下，巨舰成阵，一可断水路，二可结两岸，向来是水上防御最有效的办法！被烧的几回上了史书，记载的都是天时加人误呀。”

穆鲲回忆了下记得的战例，似乎确实，他又看中书令，想他文官记得更多。佟红庭见南平王犹豫不定，步步沉重堵向文炎吉：“殿下，战事当听武将，他这一双鸡爪似的手和胳膊捧过几本兵书？文中书连他自己中书阁上事，都管不个清楚，那些的明捐暗抢，已经闹得建康街里是乌烟瘴气，几分钱落到了我兵部手里？他没脸开口说话，殿下亦不必问他。”

提到募捐兵费，惹得朝野上下简直鸡飞狗跳，大失穆鲲所望。他虽不能自己打嘴，承认下达了弊政，却也觉出文炎吉的私心，对这寒门的主意已打过好几分折扣再听，此时更觉得佟红庭说的有理。

早听了他的，也不至于连给江州的增兵都赔了进去，建康西面门户洞开，好一阵焦头烂额。

他不免对文炎吉复生厌怠，心说找个理由，回头扒了他这高位，想来便问："若要连舰横江，侍中有避火之法？"

佟红庭听出南平王少有地对自己用了官称，喜说："殿下知道的吧，我兵部制成的巨型拍杆？"

"拍杆"两个字，被穆鲲从脑海中揪出来。

巨大石锤一样的装置，靠木柱和连杆，支在稳定重装的高船之上。百余名士兵牵绳，拉举石锤，放手时连杆将石锤远远甩出，重砸向水面。触锤的船只无不崩裂沉毁，是高船大舰阻止小船近身的无懈可击的防御。

穆鲲在玄武湖上看过一次演习，印象极深。合围的十余快艇，被楼船上绕舷的拍杆纷纷击碎的场面，至今历历在目，那种摧枯拉朽的暴力，想起时仍令他心生颤畏。

"拿楼船截住江道……把拍杆竖在船头？"南平王终于听明白了佟红庭的战法，脸色一亮。

"正是啊，殿下！不只在船头，那沙洲向江流中狭长突出，洲上、岸上都可以设置投石，做成个三面尖牙的口袋兜住，"佟红庭洋洋豪笑，"不等敌舰进到楼船跟前，已成瓮中之鳖，还想发烟点火？锤碎了，沉江煮汤就罢！"

官至五兵尚书之前，佟红庭就以擅长工事防御起家出名。穆鲲听到他胸有成竹，处处说得完满，心中也大松大快，刚想问佟红庭细节的部署，帘后母亲发话："文中书，佟侍中也是，朝廷事原该集思广益，胜败也是兵家常事。那募捐的兵费，本宫知道账目清楚，大额的每笔，中书还向本宫和殿下一一报备过。你二人都是以国事为重，中书且放下顾虑，这战法有无疏漏，只要有所添益，中书但说无妨。"

眼神扫去，穆鲲见文炎吉压抑着神情的脸色如遇赦般展开，深深行礼，起来口称感激："微臣文士，确实不谙战法。"他微抬头向那垂帘处，"只因殿下问的，是退敌之策，微臣忧虑，梁山洲隘口阻遏夏侯景晖的水师，和水网布防拦截柳遥之，都是固守。"他转看佟红庭，有些避怯般，"不知侍中，是否考虑出击？”

“水军出击？又想逆流战顺流？还是又想我把生鲜人马送出营垒，白给柳遥之添食？”佟红庭的恼怒之中，带着可笑和不屑。

“叛贼气焰正高，无论真有多少实力，声势造得震荡人心。”文炎吉愁眼看向穆鲲，“荆州江夏王为其所惑，对朝廷杀他世子的惩戒，都已然无动于衷。其余刺史见荆州如此，更是各怀心思，说勤王军已在路上的，实际全在按兵观望。”

手臂搭在身侧，扶住御座的龙头，穆鲲指尖摩挲。他自己也清楚的，以为是天下在握了，其实，是天下在看，全天下在骑墙围观。

“如果当前仅仅固守，不主动加以讨伐，朝廷必被视为还手乏力。一旦防御体系稍有疏漏，引发愚民恐慌，怕有更多人会盲目倒向叛军。”中书令凝重说，“以攻为守，彰示王师对叛匪之雷霆手段，才是上选。但……”他敛手行礼，“若佟侍中综析战力，并无进击取胜的全然把握，臣无他论。”

佟红庭不至于被这种激将冲昏了头脑，强压恶火，堂皇言道：“我五兵尚书，当然从建康出击，坐镇石头城，总控水陆局势。是攻是守，战机瞬息万变，自有我来把握！至于声势，”他也看穆鲲，“臣有一策，何不叫那天子御驾亲征？我军必然士气大振，那些草民杂兵见到天子临阵，也必然知道朝廷胜券在握，畏怯不敢强攻。只要一场大败，造反的乌合之众，便作鸟兽散了。”

殿中一静，这机会文炎吉岂肯放过：“放那空名的天子出去何益，南平王殿下坐镇建康，指挥若定，不足以提振士气？”

察觉南平王一刹神情黑下，佟红庭打住了口。那边穆鲲手在龙头上掐得青筋凸起，却转瞬搓开了指尖，说：“有何不可？”

文炎吉觑一眼帘后，低头欠身。

“一个摆来看的东西，还能有这点用处。”觉出了佟红庭的就中深意，穆鲲慢慢点头，“胜了，自然好，若败了……”南平王唇角渐勾起。

“不可。”郑太妃在帘后幽幽说，“那天子哪里打过仗，派他出去，将士们是听他还是不听他？他真登城一呼，嚷了什么出来，如何是好？”

“哎呀母亲，找个人看住他嘴不就得了？要不，灌他点什么，让他说不出话来！”

“打起仗来谁能说得准？万一他逃了，或是……死了，或是，被那边夺去，我们岂不是丢了筹码！”

穆鲲一手猛拍龙头，只恨御座不在身下：“他死了正好，我来继位！”

“他是你父亲指立的太子，他在，还有个压着叛军的名义，他一不在，外面个个都要称王称帝的。”郑太妃的语气软了，温声劝说，“你七弟，肯接下徐州刺史的任命撤离石头城，也是以他为顺承的天子，听见没了他，穆鸢就随时可能杀回来。你就算只当天子是你一面大旗，这面大旗，也得稳在京城不动。”

“母亲，单就你最爱瞻前顾后！”穆鲲按膝起身，拉开嗓子，“天子要是被叛军给杀了，穆骏他，就是弑兄弑君，他先倒了他自己的大旗！人夺了过去，更好，那才叫热闹，一个做哥哥的活天子摆在营里，看他穆骏怎么收场，拿什么嘴脸再称王称帝？那边什么大义忠孝，吹得头头是道，我这边正经有个天子，还不亲征鼓舞士气，是要抱着这张龙椅坐着等死吗？”

“佟侍中也说了，有坚船巨舰，有数十万的将士，还有侍中这样的宿将。若要鼓舞士气，募捐推行不下去，你把内府积余的钱放开便是，为何非得要天子亲征？”

“否则，留他作甚？”穆鲲提身往后，直站在母亲帘前，“当初我就该一并把他毒死，我就是天子，我去亲征！”

帘后静了一刹，似乎传出低低的啜泣，殿中本就焦躁的气氛，被这声音揉搓得更熬人。

“你父皇……你记得，是阳寿尽了。他从来没明说过，天下给你，太子要是和他同时暴亡，天下间会怎么想你？你即便继了位，能坐多稳？顺承的新帝，再禅让给你，才最是上选。”

“你就是畏首畏尾。”穆鲲像嚷累了，拂袖走下陛阶，“说一千道一万，故皇后临终对你有托，你发过毒誓，她的儿子你不敢杀吧？”走到佟红庭身边，他回头怒笑说，“死了二十多年的一个老鬼，骨头都烂成渣了，你还怕她！”

帘后没有反应，穆鲲拧回身子：“你再怎么留情，宠他比我还甚，人家也不是你的儿子！人家登了大位，奉的皇太后还是他妈！”他砰砰点着自己胸口，“你的亲生儿子，倒被你误成这样，早叫你杀了那老货，拿来传国玉玺，大印一盖，哪有这些麻烦？非拖得要我自己动手，还来说这些屁话！”

他一边扯着佟红庭往殿外走，一边说：“从今而后，安生当你的太妃，我的事不用你管，我也不需要你这么个妈！孤亲去兵部拟旨，无论死活，那个白板天子都给孤扔到阵前去，出城迎敌的事，佟，你全权负责。”

远远帘后似乎有低语传来：“……你又知道我发的什么誓？我又哪里需要……”

穆鲲怒目回头，一侧文炎吉出声打断：“殿下，臣窃以为，天子此时确实不宜出阵。京外几路来袭，接阵之初，叛贼锐气方盛，即便实力对比悬殊，战情难以逆料。天子留守京中，外面稍挫个一场，殿下挥师再战有余。可天子如果亲征而败，失的是殿下一身所系宗庙社稷的尊严，且虑朝廷军后继更无大招啊。”

宗庙和社稷……穆鲲还是在乎的，刻意与母亲叫板的怒火被半途扑了下去。他驻步定思一刻，看身边的佟红庭。

佟红庭自不担忧携天子出征会败，何况把人折在阵前一样有利可图，说不定更得南平王这新天子的嘉赏。但见郑太妃极力反对，他清楚虽每回大闹，南平王人前也对母亲怨语，却从来摆脱不了控制。毕竟那两个是母子，自己只是个外臣。

他没更多态度，文炎吉便又说：“至于激励士气，军费方面，微臣另外想起一桩出处。”

穆鲲赶快看他，佟红庭也转过了眼，文炎吉仰头，环视殿顶：“臣从前职任殿中监，知道这皇城中一些老旧的陈设，金、玉加镶的构件，不恤财力的时候，换下来也就堆在几间暗房里，未便往外面处置。开了房门，拆拣金宝下来发卖，别说是宫里的东西，几百万钱还是能有的，略可抵挡一阵。”

“不早说啊！”穆鲲且急且惊喜。

“整座皇城，早晚都是殿下的，这等于还是淘殿下的家底。”文炎吉露出愧色，“不到不得已，微臣没敢往此处去想。何况，臣一向觉得，以钱催兵，是无底洞，旧年淮水防线有赖佟侍中苦心经营，侍中在时，北虏从不曾越雷池半步，但也是因为朝廷财政难以撑持，最终饮恨全线弃守，并非佟侍中力有不逮啊。”

佟红庭对他突然开始示好心生不解，疑惑见文炎吉转向自己，一礼：“侍中既然决意全线坚守，尽我所知所能，全力协从。”

“将相和”的景象乍现眼前，穆鲲恍惚觉得，朝堂正轨终于在脚下铺开，心中新燃起一轮熊熊热望。一左一右拉住两位臣子，他回头对母亲的坐处自矜笑笑，问着堆金玉的暗房到底藏在哪里，快步去了。

夜已过半，交战双方都进入了一天之中最疲惫的时点。

柳遥之抬眼望向鸭巢河的河面，敌军战船上的灯火并没有变得稀疏，仍以压迫之势在整条河道上围堵，偶尔空出的水面上，长长的灯影在春风中随波摇荡。

前所未有的苦战，不断磨损着将士们的意志。

柳遥之先后跟从两位皇子，带领训练有素的亲王直属部队为多，江州军和扬州增兵的混编刚刚上手，实力弱于他的预期。而京里构结起的防御也不像期待中那样不堪一击，直到这个阶段，仍没有瓦解的迹象。

新帝、“天子”。两个词沉重的存在感，在这暗夜的水边战场上挥散不去，让柳遥之自己先要不时余光扫扫被风从盔下的脑后吹反、飘向建康方位的白布梢头，提醒自己不是反叛，是讨逆的复仇。

还有供应，粮草和箭矢从京中源源不断地运抵对岸的敌营，武器、舰船的修补也相当及时。敌人无法被消耗，带给己方强大的心理压力，柳遥之看着隔水对面的营垒中点点的火光，想如果陌承光知道，他在兵部库为北伐苦心筹备却没有发出的物资，都被用来抵挡武陵王的军队，会是个什么心情。

苦中作乐，柳遥之笑了一下。

“阴司马那一侧的结防工事薄了，你带一队去助他，趁这会儿敌人攻得松了点，把木栅墙补好。”他向副将叶援吩咐。

“将军身边只有不到五百人了，属下再带人去……”

“我这里只需要留下传令的人，司马那边是整个却月阵的边角，阵形的薄弱所在，务必守住，快去。”柳遥之说着，走向指挥进退的大型军鼓，“无伤的都随你去，我来击鼓。”

阵心传来一阵“暂时收束”的鼓令，江州州府司马阴智艺猛眨热汗迷住的眼，急命凸出阵外的士兵回退，一面呼喝工兵每两人一组，抬起木栅板堵向工事的缺口。

密集的箭矢从临岸的敌船上呼啸投至，第一排冲上去的工兵应声而倒，横七竖八的栅板滞在半途，阻遏了后排递进的去路。

“栅墙塌了全完，上！”阴智艺大喝。

“司马，我去！”

阴智艺转头，见是叶副将支援而来，心中一喜又是一紧。他明白柳刺史已经准备最后一搏，阵心不剩下多少人了。

叶援低伏身体,以“之”字路线向丢在最前方的一个木栅板快跑而去，抵达后歇息了一瞬，低伏身爬到板子之下，一手抠住木片的缝隙，竟用整个背将那巨大的木栅板单人扛了起来。

手脚并用，他匍匐往阵缘的缺口移动，箭雨仍在持续，但大部被巨盾一样的栅板阻挡。艰难的爬行之后，叶援感觉长长的前端终于抵达了缺口处，他双手上推，喘息着跪地直起腰，一点一点地扶着栅板站起，将那木栅板压在缺口上。

欢呼声自阵内响起，这个举动大大鼓舞了低落的士气，更多的士兵学着叶援的样子扛起木栅板爬行堵上缺口，又有人跟上，在栅板后垫土，加固阵形的工事四下展开。

阴智艺刚要松口气，一阵急报的梆子声从阵后传来，他大惊转头，见后方已起了乱势，令兵奔至他身前高声报:“一队人马自西北方向袭来，夜黑看不清人数，阵尾接敌！”

无论浮江还是渡鸭巢河而来,这是敌人绕开了却月阵,输送步骑上岸，要与河面的水军配合水陆夹击。自己所在的阵角必被视作了突破口。

州府司马阴智艺向令兵坚决命道:“告诉叶副将，带人继续巩固工事，死守正面。我部转向，迎战陆上来的敌军。成败荣辱在此一役，绝不可令武陵王大业破于我手！”

唯一一次来得及回头时，叶援看见阵后缓坡上突袭而下的敌骑火把飞降，喊杀声与兵器相撞声继之而来，那是刀盾兵出阵遏制敌骑的冲锋。

但已顾不了阵后太多，却月阵临河的正面，在箭雨的掩护之下，一艘艘登陆小艇冲上河滩,轻甲的敌人水兵持近战兵器踏滩上岸,如蚁群一样，密密麻麻向叶援防守的方向扑来。

工事的修补还没完成，叶援将弓箭手集中在缺口处抵御，然而即使利箭透甲,敌兵也一波一波接连不断地涌上。数月之前,双方还是友军同袍，甚至直到今天除了身上麻披的有无，甲饰都几乎相同，看着与自己别无二致的身影成片死在己方的箭下，叶援对敌人的信念和敌人获得的承诺升起了深深的迷惑，生平第一次在阵前感到了惊恐。

“弑父之人猪狗不如，你们是要为畜生效死吗！”

叶援大吼，那吼声掩蔽在鼎沸的杀阵声中。敌军的前锋已经极近了，如果短兵相接，破损的木栅墙难以形成有效的抵挡，一旦正面的防线被击溃，阴司马会两面受敌。

绝不能退，叶援命令弓手持续放箭，自己抽刀在手袒露上身，满背汗迹在火光中闪耀。他咬牙踏前一步，死死盯住那缺口。

刀手、矛手们在副将身边默契地结起队形，第一个敌兵的身影出现在缺口处，被持长矛的兵士一矛洞穿，接着是第二个、第三个，如人肉的砖石一样拍来。血点溅到了叶援的脸上，他忽然感到却月阵的阵心方向静得出奇，在那一刻，他领会了主帅的意图。

进兵鼓响，稳定从容，节奏丝毫没有比平日紧迫。

然后是一通“全员大进”的追加鼓令，催战的鼓点像破云的密雷声。沿着弯月形的阵线，突然亮起繁星般密集的火把，巨大的冲锋声响彻云霄，无数人在以兵器拍甲、以脚踏地，如同滚滚春潮，带出一浪又一浪持刀握盾的士兵从阵线各处跃出木栅，向河滩上正在突袭叶援部的大片敌军掩杀而去。有人同时在高叫着“夏侯景晖率后军到了”“武陵王大队人马杀来了”……

由于却月阵内凹的阵形，河滩上的敌军顷刻三面接战，侧翼死伤惨重。然而真正摧垮他们的是情势急转引起的慌乱，有人开始向登陆艇后撤，木栅后射出的远程引火箭追袭而来，衣服被点燃的敌兵们打滚挣扎，在过于密集的人群中引发更大规模的混乱。

退却的士兵与新登岸的相撞，加速回逃的士兵拉扯身前的挡路者，有人跌倒，大面积的踩踏发生了，而那些被刀手追击的士兵只能不顾倒伏的战友，从堆积的肢体上踏过，或者同样被绊倒。

鲜血的味道，在这河滩上腾起，春风已成腥咸的毒风，催命的鼓点却没有一刻停息，像冥府神灵冷眼立在那木栅墙的后方。刀兵相错，自河上的舰船倾泻的箭雨已经成为不分敌我的杀伤，敌军溃散的大势因而加剧，然而逃至水边的士兵们发现，登陆艇大部分已经被点燃，或推下河滩顺流漂走，他们只能被身后不断涌上的人潮挤落水中，再从仍然冰凉透骨的河水中浮起。

放出登陆艇的母船担忧引火烧身而纷纷向上游后撤，归于黑暗的鸭巢河水面上满布浮尸，挨挨碰碰漂向下游。

又一场苦胜，主将放下鼓槌，没有追望被他击溃的败军让出的前路，而是忍不住回头，在心中描摹了武陵王的大帐驻扎的地点。

中军决策到底出了什么问题，为何给出的战略意图越来越模糊……

柳遥之返过身，平静下令："拔木栅做舢板，速渡鸭巢河。"

第十一章 / 定风波

穆骏醒返时，帐中帘后一灯如豆。他迷迷糊糊，向不远处就着灯光伏在小案上的人唤了一声。那人回头，急起身过来："殿下，是我。"

穆骏虚弱地向她笑了笑："什么时辰了，承光呢？"

陌闻音把他的头垫高些，又端来水碗喂他："殿下……记不清了么，前方有些吃紧，殿下前天又让承光去督战了。"

这么一说，穆骏起了印象，他这几天发烧时高时低，严重时神志不清，日夜时辰在脑中一片混乱，很多记忆分不清是经历还是梦见。他慢慢咽了些水，问："我昏了多久，前方怎么样了？"

陌闻音放下碗，扶住他胳膊，穆骏注意到她眼圈发红，神情还算镇定，只是脸色极疲惫。她回说："昨天前天，殿下发热到晚上很高，叫不应人。"声音又喜又伤，"今日就好了，这会儿子时，殿下能醒过来，昨天的样子，我真……"

穆骏身上无力，但觉得不算难受，烧应该在退，他挪动手臂，握住陌闻音的手。

"辛苦你了。"

陌闻音摇头："不辛苦，是看你病得难受。你肚子饿吗？我留了点菜粥，点上火热一热就能喝。"

穆骏真饿了，点头让她去。陌闻音掀起帘子挂好，走到帐子一角通了通火炉的烟筒，熟练地打火点草引柴，将小锅架在上面。穆骏看着她被油灯光淡淡照亮的背影，有种从前不知在哪里见过这景象的错觉。

即使外面战火连天，即使身染重病差点看不到明天，现在这一刻也是安宁的。

“柳遥之，受阻了？”

陌闻音在炉前回过身：“跟几天前差不多，柳将军用步骑循大江南侧攻打。但是靠近建康，河道水网密集，又有秦淮河几条支脉拦路，推进不很顺利。我看军报，前锋不惜代价，已经抵达秦淮河干流附近，开始在西岸筑设营垒，准备后军抵达后，强攻渡河。”

“他那边不会好打……柳遥之擅长的是那种，平原、山地作战，水网应该是第一次面对，前锋打到秦淮河畔已经很快了。”穆骏声音弱，说说停停，“在岸上筑营巩固，他还是陆战的思路，敌军却从水陆都能攻击他，要死战了。”

陌闻音忧虑，但不想让他再谈话费神，没应声。听见炉上的粥沸了，她回身去盛，身后穆骏又问：“承光是去柳遥之那儿了吗？”

陌闻音盛好粥向他走回来，边吹着边说：“不是之前，殿下已让去过一回。这回是说夏侯将军的水师里有几艘大些的船，现在得江夏王容许，船已经过了荆州，他想和夏侯将军把船带往下游，看看在梁山洲那能不能有些办法，缓解下柳将军的压力。”

“这两天的军报，都是你在处理？”

陌闻音在穆骏身后又垫了一个枕头，吹凉一勺粥递到他嘴边：“就是读读概况，回复一个知道。前线自己都能处置，承光也在，他们之间相互通报。”

不知道穆骏的神色有没有变化，陌闻音挑眼看了下他，又说：“如今殿下康复，可就有了主心骨了，有殿下拿了主意，前线形势一定好转，一过秦淮河，建康就在眼前了。”

穆骏向她虚弱地一笑，吃进一口粥去，却一下恶心想吐。陌闻音慌忙帮他抚着背，再一勺中少盛些，劝他勉强又吃下几口。穆骏缓了缓力气，忍着胸腹的难受，问：“承光什么时候能回来？领水军，夏侯景晖自己就可以，咱们这儿缺不了他，万一给人看出来我病成这样，身边又只有你，可就糟了。”

陌闻音轻声说：“走的时候确实没想到这两天殿下的病会反复，承光是带着那些双弓床弩，还有殿下养的蛮兵精锐去的，说是安置好了之后，一定紧赶回来。不然我明早就去信叫他。”

“床弩？”穆骏回想了下，谈话的情形不是都记得了，“都带去了？”

“前后补充的那五十几台，带了多半。”

穆骏好像领会了陌承光打算干什么，嘴角浮起一个笑。敌舰高我舰低，可以复现用床弩搭天梯的办法，把铁箭射进楼船船体，方便蛮兵攀上去突袭。

“那先别叫他了，看看他的打法能不能成。”穆骏想对陌闻音讲讲攻取红山城寨的事，刚张了下嘴，胃中一抽，方才吃下的一点粥哗地一口全吐了出去，陌闻音抓过旁边的瓦盆来接，不停帮他拍背，穆骏接连呕吐，连傍晚喂进的汤药都吐翻了出来。

好容易稳下些，穆骏简直觉得像被抽了一回筋，四肢瘫软，整个人都虚掉。他恹恹躺着，眼前黑影白影乱冒，由着陌闻音大概收拾了弄脏的铺盖，将呕出来的东西倒进溺桶里提出去，又在火炉里投了两颗什么香粒。

香气飘过来，与呕吐物的残味混在一起，愈发古怪了。穆骏似醒非醒，知道自己又烧起来了，感觉陌闻音给自己擦了脸，又摸自己的额头，好像轻轻在抽鼻子。

他想，这个坎儿……真是过不去了吗？

忽而陌闻音离开了他，穆骏身上发冷，对那种暖意很贪恋，用力睁眼去找她。灯火在这个时候特别刺眼，他看见陌闻音隔着灯坐到小案之后，背对着帘外，身形不知怎么变高了一些。

她的神情是看不清楚的，但双肩直挺紧绷，穆骏恍恍惚惚觉察到，帐子里进来人了。他一下明白过来，后半夜这样没有通禀地闯进来，此人一定有刺探之意，闻音是想装成陌承光蒙混过去。

他急得要喊，可一动都不能动，一点声音都发不出来，高烧使他像魇住了一样，看着眼前的景象，做不出任何反应，他听见闻音压低嗓音说：“何人放肆？”

她从小擅长冒充陌承光说话，现下刚刚哭过，哑着的嗓子和陌承光从牢里出来没有恢复的声音更像了。

帘外来人估计是探知陌承光已经离营，此时听人仍在，果然被唬住般，犹豫问：“……陌主簿？”

“宋勤务何事？深夜闯帐，若无至急之事，明日要去督察处领你杖罚。”

听见这一句，穆骏的心忽然放下了些，身上软绵绵的像在泥里浮着。

这么长的一句话，声音几乎没有瑕疵，处置的方法也不过激，这种底气令人信服。

帘外的人声音起了几分怯意：“是……方才听说帐子里面倒了些馊物出来，小的管每日营中的清洁事，想着，主簿大人要不要帮手。”

陌闻音背对着他，男装的影子投在帘子上：“前线战事着紧，佟红……外来的消息又新至，殿下忙得没吃成饭，刚喝了半碗凉粥，胃里受不下，抠喉咙吐了。不是大事，明早再收拾。”

“那味儿熏着，殿下也睡不实沉。”来人迟疑了一下，竟然向帘子这边走来，“铺盖小的先拿去，这就换了新的来。”

陌闻音侧过身，脸映在灯光中，穆骏知道她紧张到了极点。来人胆敢如此冒犯，一定是凭着蛛丝马迹对病况有所把握，陌承光在不在对他不要紧，他要的是亲眼查证穆骏的状态。

这是个暗探，竟在营里藏到如今，穆骏已经顾不上愤怒或后悔，他看见陌闻音起手摸向她的短刀，却明白以她的身手，恐怕无法在此人面前护住自己这病人。

来不及喊了，也喊不出来，怕病情散布，卫兵都支得远。穆骏眼前一黑，转瞬发觉不是自己昏了过去，是陌闻音吹熄了灯盏，一阵轻风迎向他来，被子被掀开，温热的身体贴近他躺下。

他完全没明白发生了什么，帘外的脚步也因这突然降临的黑暗迟疑了，陌闻音自己的声音贴着穆骏的胸膛响起，“哎呀陌主簿，你顾着吹什么灯呀，快把这个烂泼皮打出去！”

穆骏的胳膊被她抓住，带过去搭在她斜卧的腰间，手心被塞进她的刀柄，然后她的手插进穆骏的肩膀后，将穆骏撑起来些。

帘子被掀开了，背着没有熄灭的炉子一点微弱的红光，那个黑影站在帘口向内看来。

“殿下，”陌闻音的声音娇嗔，但胸膛相贴，穆骏能感到她的心跳得像要蹦出来，“这人可得灭口，不然奴还怎么见人呀。”

在渐渐退薄了些的黑暗中，她的头发披散着，衣领扯至胸前盖在被子下方，堆雪一样的肩膀更贴近了，仿佛撒娇埋头，嘴在穆骏脸边低低仿出一句呼喝：“陌承光！”然后发遮脸半转回身与穆骏一起瞪向那来人。

来人后退，闪身飞速去了。

帘子还在微微摇动，穆骏恢复了一丝力气，想动胳膊，短刀从手中滑脱，掉在榻下咚的一声。

陌闻音的头伏在他肩上，后背黑发纷乱，几乎发不出声音："……他走了吧？"

"走了。"

闻音的身上发上有种淡香，肌肤相触，穆骏不可能没一点反应，但且病且惊，他起不了非分之想，只能尽力收紧胳膊，与她再贴近，不能更近，静静相拥着。

"你刚才说……佟红……什么？"真与幻之间，穆骏低问。

"怕他拼一死要害殿下，放个消息，让他有心留着命，回去告诉他主子。"

惊心荡魄的一瞬，她竟能顾得这些，穆骏搂她更紧了，却已顾不上眼下去想他的主子会是谁。

"殿下，"陌闻音说，"你身上好烫，我得叫医官过来，药再吃一服。"

"怕是不行了，要负了你们了。"

"这是胡话，别说。"她说着要起身，"药先——"

"我好怕……我，怕死……"

穆骏的身体缩起来，一瞬的寂静后，陌闻音伸手抚过他的头，又伏下身，轻柔抱住他。

"殿下，你记得吗，"她说，"你对我许诺过，要带我去洛阳看花？"

穆骏没有力气回话，也不想回她话。

"我一直记着，我不负你。你好了，咱们就打回洛阳去，咱们有承光，有柳将军，还有夏侯将军郭将军，有这么多名将，咱们一起打回洛阳去看花。"

穆骏想着那景象，仿佛能在眼前看见，又仿佛是临终前最美的幻觉。

"若你……好不了了，我也陪你，我会发丧了你，抱着你的牌位投江。我听说天下的水都是相连的，咱们就顺着江水，到洛水，手牵着手，飞到洛阳去看。"

这不是她一时冲动，穆骏明白，她说得这样平静。

"你何必，你这样好……我，唯愿你在世上长长久久，你走吧……去找承光，先别让他知道。我好了，就好了，我若好不了了，你们十天接不到信，就改投我七弟去，带上柳遥之……都是一样的。”

“我不去。承光怎么样就由着他，天高地广，没了我，他更自由。是我一直想着，要是有一天我自己了结，投水，是最好的办法了。你知道吗，我母亲越地老家的风俗说，死在水里的女子，魂魄就留在水里，会化成水精，水仙。我母亲就在水里，我要是去了那儿，就能见到她，我一点都不怕。”

她将穆骏搂得紧了：“所以殿下，无论好或不好，我都会陪着你，别怕。”

“柳将军稳住了营垒，与敌军隔秦淮干流对峙。”陌承光立在舱内看完军报，对夏侯景晖将军概述。

近岸停泊的船体随江波摇摆，夏侯景晖端坐暂无话。

“伪朝廷确信梁山洲隘口能挡住将军的水师，所以把大批兵力压在秦淮河畔，原有的两道桥梁也提前烧毁，柳将军部即使强渡，也须付出极大的牺牲。”

夏侯将军两手抚在膝上，点了点头。

“战事拖久于国不利，双方伤损都会加剧。”陌承光紧接上说，“郭乐成将军，带骑兵从徐州西侧穿插，已至长江北岸，伪朝廷一定会拨出水军，防备他过江，加上增派秦淮河上的，梁山洲处的舰船必会减少，晚辈看，眼前是个可乘之机。”

“梁山洲处舰船多少并不相干，要紧的是那七艘楼船，南四北三，遏在沙洲两侧的水道上。本来隘口两边的江岸上，就有绵延五里的堰城，沙洲上还有工事，楼船上又密布大拍杆，你在意过没有，这番设置，就是个水上瓮城，是一面开口的坛子等老夫去钻哪。”

益州水师东下的精锐至今尝试过两次强突，但舰艇如果不驶进这“水上瓮城”的坛腹之内，敌人的楼船便在引火箭的射程之外。即使把自身的舰只堆草点燃，冒死弃舰顺流冲下，也往往不至楼船近处，便被两翼的攻击损毁，偶有漂至楼船的高舷边的，顷刻又遭拍杆击沉。

火攻无着，亡船已然过百。

陌承光明白，夏侯老将军爱惜士伍，平生最恨消耗战，所以才下令退回江州岸驻锚修整，考虑改换主攻方向。然而如此一来，就使柳遥之部孤军凸出在最前方，完全失去了水上力量的配合。

两天以来第三次，他压住焦虑尝试问：“老将军觉得，晚辈拟的战法如何？”

夏侯景晖拧眉按膝，终于肯细论两句：“你那战法，听着玄乎，毕竟古未有之，靠机巧太甚。一战不成，倒叫敌人看出你走到这邪门歪道，在水上已经别无办法，一定会加强岸上的防备。老夫登岸潜取堰城的计划，也就落个泡影了。”

“其实，其实两不耽误。”陌承光站近老将军一步，急切说，“晚辈的战法，只需要十数艘能在中流下锚的大船，和些……佯攻骚扰的小艇，余下晚辈另有准备。”

对面的傲岸身姿纹丝不动，陌承光渐悟出老将军的慎重里，或许也带有不愿听任自己这毛头小子主导战事的心态，便又说：“此法的关键，是先声夺人，将军潜取堰城，水面上也需要佯攻，不妨请将晚辈的战法，作为佯攻的方式？成与不成，一样能配合将军取胜。”

夏侯景晖却没有被他的刻意委婉所干扰，神情泛起不悦：“老夫一生百战，只信以我之不可战胜，搏敌之必败。佯攻也有佯攻的协律章法，这种孤注一掷的奇事，老夫不为。”

陌承光神色郁虑，没有反驳，也没有回应，极力思考如何劝服。

“梁山洲当然是麻烦，但更麻烦的，是后面的石头城，你绝不能只做一役毕之的打算。”夏侯景晖又道，“你不要看佟红庭而今名声不佳，当年淮水阵上，他也有些本领，你那计策倘或不顺，即使侥幸突破了梁山洲，那点小船队，也会被他居高临下扼死在石头城下。奇袭一败，士气更与今日有别，你有多少运气拿来赌？”

“不是盲目去赌，将军可知道，殿下……殿下得自建康内部的消息？”

“说佟红庭与南平王之间，有隙可乘？”老将军并不看陌承光，嘴角起一个讽笑，“南平王的性情，老夫比你清楚，他邀拢人，靠利而不靠义，又猜疑少决，这话放在他哪个臣属身上都能合适。但他，还不至于蠢到兵临城下之时，与他唯一的大将反目。何况他背后的郑妃，亦非嚼舌能惑的寻常妇人。”

夏侯景晖动动身形，更坐正了些：“不知你与殿下私信里怎么巧言，但老夫的意见，稳扎稳打，先取梁山洲堰城，控制水道，待我水师大部通过，再图石头城。”老将军目光如炬注视而来，令站立着的陌承光有被俯视的错觉，“殿下迟迟未有决断，想必同样顾虑。要让老夫从你的战法，除非，殿下有正式的军令下达。”

“……将军，实不相瞒，殿下的军令，十余日以来，尽是晚辈所出。”陌承光终不得已，实情以告。

夏侯景晖先是瞪目一愣，紧接大惊，直从椅凳上站起：“什么？！什么意思？那这些日的军情处置……”

“亦是晚辈为之。”

“殿下他……”

“殿下染病不能事事……半个多月了。”

夏侯景晖身形摇了下，陌承光想去扶，老将军却自己向后慢坐回舱凳：“那从，从宣城受降起，一路打到现在，都是你代殿下出令？”

陌承光紧咬下唇点头。

“胡来！简直是胡来！”夏侯景晖大怒捶腿，“此等大事为何才说？！”

陌承光向他单膝跪下请罪：“老将军应该怪罪，但隐瞒病情是殿下的严令，至今柳将军依然不知，甚至，连我……”他将要决堤的慌乱死命堵回去，“晚辈受命来督战那日，殿下病情转安，但这几日该是恶化了……家姐在殿下身边照顾，她的性情我清楚，自我入老将军部伍中，那边再无私信来。如果殿下真有不测，她固然不会隐瞒，但殿下如果安妥，她也一定会写信来报平安，如今毫无消息，殿下必是……在反复危急中。”

“那还磨蹭什么！”夏侯景晖高声，“至、至少你得回去，真有急变，你得应对啊！”

“老将军，这样大事家姐不会替殿下做主，必是殿下命她对我保密。殿下要的是，阵前将士军心安定，勇往直前，我愿……”陌承光嗓子哽了，“我愿从殿下所愿。”

夏侯景晖仍在摇头，气急败坏加上灰心，弓背坐在凳上。陌承光双手抓住老将军厚茧遍布的一只手：“夏侯将军，昔年在太学时，殿下就有这热症，往往大试之前病情复发，皆是紧张忧虑所致。将军信我，前方决定性的胜利，会是殿下最好的药石，殿下起兵讨凶，赌的是天道在此，现在他等的也是天道一个安排。我们做好阵前的本分，就是不负殿下，就是对殿下最好的救扶。”

“什么安排，什么本分，你说啊？”夏侯景晖垂着头，在陌承光手中捏紧了拳头。

“只有快。攻城旷日持久，等不得了，殿下需要的，是我们直下建康，向前，再向前。”陌承光再跪下一条腿，拜低，“情势至此，家国安危，系于将军。”

“罢。”夏侯景晖甩手起身，“老夫一生不赌，今日唯有一赌。万一，真有变故，我们处在进势，也好过进退两难。小子，就依你计，速去准备，只要气象合适，尽快实行。”

下弦月隐在层云背后，大江之上，南四北三，七艘楼船遏住梁山沙洲南北两侧的水道。其下游不远，南北又各有三艘大舰排在水流渐宽处，形成双重防御。另有小舰在楼船附近游弋，沿着长长的沙洲，临水处有兵备堆积，营垒之后人员稀疏往来。楼船各层灯火通明，影影绰绰照下沙洲和水面，从这较矮的船只上远望去，如对天上楼阙。

陌承光所乘的船只驶得越近，他越能感到楼船带来的毋庸置疑的压迫感，仿佛那些灯火会随时倾倒向自己的头顶般。

远在沙洲水域船灯照亮的范围之外，夏侯景晖的主舰停船，麾下最大的几艘战舰也随之下锚，水师无声地在江面展开。

“会否太远？”夏侯景晖立在船头，问陌承光。

陌承光又用标尺估算了一次距离：“射程够了。”他看向夏侯将军。

急流的江水已将左右两弦与船后的锚索绷直，船被稳定地固在江面上。

夏侯景晖没有犹豫，高扬起手。这时有令兵贴前，报告武陵王中军有急信发至。

对看的两眼中，夏侯景晖和陌承光都没有给对方太多表情，几乎心跳静止地，同见佩戴中军令旗的信使从穿梭舟攀上甲板，向他们各递上一封信。

夏侯景晖剔开封口，粗大的手指摸出一张薄绢，上面的字迹潦草，一看便是费劲全力书写，他捧近眼前细读，真真是武陵王亲笔——

“旗开得胜”。

看见这四个字，陌承光又听见了江水声。他稳了稳心神，把自己那封信拆开，却没看到写着字的内容。个中只有一支笔，笔倒出来握进手里，就是寻常日用物，陌承光又去检视，信封剩了空。

“殿下这是，果然委你裁夺的全权了。”夏侯景晖在旁也看见，一叹说。

陌承光心中所忆起的，却是云龙湖上穆骏那句“你虽然刀拿得挺好，我还是想让你拿笔”……

这是穆骏愿自己远离刀兵，愿平安。

他把笔塞进胸前怀里，向夏侯景晖点了下头。

老将军再度起手发令，一声令鼓后，全军鼓声齐壮，震波而起。随着各艘大舰上木槌砸开机活的钝响，箭支破风的声音响彻江面。

那不是寻常的羽箭，铁质的箭杆下携带唧筒，箭速更疾，带着尖利的呼哨，如同碎雹，砸穿几里江雾，高高低低撞向楼船的舱壁，脆声盈耳。梁山洲工事上很快有了反应，开始有弩箭回射，但射程较差，箭至这边船前全逝去力道。

双弓床弩的攻击仍在持续，几番轮射，铁箭遍布楼船迎面各处，浓黑的液体在箭锋刺入舱壁处自唧筒流出。

江风飘出独特的脂香气味，楼船上的惊呼声渐渐高起，敌军僚舰逆流出击加速攻来，但被夏侯景晖提前布好的防御舰阵压制。

新一轮令出如电，老将军麾下各艘大船装载的床弩上，携带唧筒的铁箭霎时换作油草缠缚的铁箭，火把一触，如一片星子沿江撒开。床弩的击弦声转瞬将其化作火流星，江面映出烫眼的红迹，那道道流星火花四溅地遥遥撞碎在楼船表面，引燃由方才第一轮铁箭投掷于其上的石脂火油。

黏腻的石脂起火后难以扑灭，被梁山沙洲分隔的水道两边，处在最南侧的楼船船板都开始大片燃烧。为了防水，楼船舱壁涂有厚油脂，一旦引火成功，火势无法控制。江面之上仿佛燃起了两座硕大的烛山，火焰沿舱壁四窜，自下而上越烧越旺，最上端将云层化作熔融的琉璃，半天被映为明红。

床弩的攻击转向一旁的楼船，铁箭再度携带火油唧筒射出，然而已经无须更多的引火箭，风自东南，最先开始燃烧的楼船上高蹿的火苗被吹歪，在风中蔓延，旁船虽然已经起锚，但楼船体量巨大，无法迅速远避，在劫难逃。

不到两刻时间，第一排五艘楼船已然起火，火焰横江，如同地狱破水而出直竖在眼前。

见火攻之法大成，夏侯景晖心绪激昂看向陌承光，却见年轻人微翘的嘴角凝住不动，被火光映红的脸上是敬畏般的表情。

夏侯景晖这才发现，连他自己都在为他的成功惊异。

察觉到夏侯将军的目光，陌承光抱拳转身向他施礼："将军，晚辈去了。"

夏侯景晖缓缓点头："攻堰城有我，自己当心。"

陌承光又是一礼，走向船边绳梯攀爬而下，进入准备多时的艨艟。

"走！"他出令的声音轻稳。

这艘艨艟当先，又有二十余艘随上，每艘载有约五十名蛮族勇士。

燃烧的楼船上不断有构件坠落水中，或是蜡烛般烟焰熊熊的人体，燃木的爆裂声掩盖了所有哭嚎，或者只要不去听，就可以听不见。陌承光专注看着水情，看舵手向那红如铁水的江面驶去，避开漂浮的障碍顺流而下。敌军的双重防线在烈火中溃散，那些小舰失去了组织，只有零星几艘试图阻挡，但在艨艟的冲击和后方大船射来的箭雨之下无法近前，陌承光所乘的这艘艨艟顺利冲上了梁山洲头的沙滩。

不需要更多的指令，每一名勇士都清楚地掌握着计划，一段一段抛光的木轨被从舱内搬出，由洲头向沙洲的另一端延伸。这一艘艘特殊改造过的艨艟被拖上沙滩，船底加装的冰刀般的两棱，恰卡在木轨中，五十人牵绳发力，将这些纤长的船只快速拉向梁山洲的下游端。

沙洲两侧，楼船的燃烧仿佛永不会停息，那轨道如同穿越一道烈火巨门。

突然一声巨响，北侧离沙洲最近的楼船船舱爆裂，斜向天际喷出一条长焰，船体各层垮塌，顷刻矮去一截。陌承光头皮一炸，本就乏力的手险些脱了牵绳，好在垮掉的船板没有向沙洲这一侧倾倒，而是轰隆崩散着砸向旁边的楼船，无数交错缠结的部件被水流挤入了沙洲的边缘，接天烈焰将河道彻底堵死。

第二排大舰早已向下游逃开，在视野的边缘影影绰绰。艨艟又被加速拖动，将那滚滚热浪抛在身后。沙洲上原有的敌兵多数已经凫水逃亡，剩余的聚在沙洲尾端离大火最远处，呆呆地看着奇异的陆上行船从他们眼前又被拖进水中，轨道随之迅速被拆除，构件抛进江流，蛮族士兵们的目光也扫过他们，彼此都像是梦中看客。

艨艟重新入水，向秦淮河口插去。

速度，是一切的根本，陌承光从舷窗回望那水上的大火，对今夜至此生出一线不真实之感。即使对于策划者的他自己，这不可思议的胜利带来的感受也洞彻肺腑，他知道建康战场内外的所有人，都在注视着这片烧红的天幕，都在被震慑，所有人都需要时间反应。石头城上的佟红庭会连夜研判局势，秦淮河上的水师会被调向长江补防，柳遥之会伺机率部渡河，而他自己，是所有人中动作最快的一个。

他已经得到了这个时间差，下面要做的，是将这一切表象利用到极致。

秦淮河口的轮廓渐从黑暗中浮现，艨艟在转弯入河时速度放缓，贴近河的东岸，然而一刻不停，继续向河的上游航去，防守秦淮河的船只很快发现了它们，双方箭支相交，各自点起了火把。

而黑衣的身影自石头城下的河岸边一个个冒出，无声地从山岩暗影中上岸。陌承光遥望石头城上，他不知道自那高点看去，火焰照耀的梁山洲上铺设过的舟轨是否显眼，但佟红庭该预备大乱之下会有突袭，问题的关键是突袭的方向。

秦淮河下游的水战正在升级，柳遥之的队伍在那里。

陌承光也从岩岸攀上，看着他精健的勇士们没入暗夜中，心中在想，从你的大帐能看见这场火光吗？我即便所有的运气都要耗在今夜了，你能再等一等吗？

他满心充盈着一种预感，到天亮之前，这顺遂不会完结。

破晓之时，建康城中弥漫着危情气氛，仿若江流携来了梁山洲上的烟火气，晨雾格外灰蒙。可是普通百姓无法舍弃就活的日常，洗衣娘们一样早早结队，来至城中水流畔，却没了往日的闲聊说笑，压抑紧张的安静中，只有木杵击打衣物的砰砰声。

“啊”的一声惊叫，撕裂了所有人的情绪，木杵落水的声音二三处传来。这些洗衣娘瞠目结舌，僵硬地望着水面上忽然显现出一幅又一幅色彩鲜艳的图案，赤底青纹，是龙……

一条又一条的龙，仿佛什么天神菩萨指尖一点，没来由地在水面铺展开。好几个胆小的洗衣娘把衣服水盆都忘了，尖叫着往家跑。一个胆大的拿木杵去掷，只见木杵毫无阻隔地入水，图案虽破不沉，像无实体的幻影。

神迹般的龙图在迷离水气中浮向下游。

上游远处，占到最洁净水流的资深浆洗妇们隔着西水门边的城墙，听到城外有人呼喝："'孝义建极，青龙现世'！"

连喊好多声。城上叮叮当当，佩甲带刀的兵员赶来的声音，但没回应。

"开水城门哪？"城外还在喊，"'孝义建极，青龙现世'，开门哪！佟尚书给的口令啊！"

城上开始射箭放弦，一片攻攻防防的混乱。

"干吗啊？！"城外大喊，"你们自己的船啊，看看！佟尚书投了武陵王，水师合兵了！开城门哪！"

浆洗妇们相互抓着手，抖抖索索，又莫名有些盼望地，隔着水门的两道铁栅往外探看，开到水门前的这支舰队真是朝廷的官船，每艘能瞅见的船头，都漆着标志的赤牙猛兽。

"话没传到？别废事了，打吧打吧……"城外的吵嚷声加剧，"点起桐油火炬，烧穿他铁栅！"

"……你是说，"南平王穆鲲蹲踞在暗房一角，两手用力搓脸，"也可能是叛匪趁乱劫了水营，偷，偷来的这些船？"

文炎吉在他身前双膝而跪，点着头："佟侍中军报上是这么说。"

"那什么，'青龙'，那些妖术，怎么回事？"

"微臣去现场查看了，痕迹已无，听下民的描述，就是些水灯技法。颜料涂在极薄的宣纸上，外面用盐压成小片，顺水漂下，盐壳一化，宣纸就胀水铺展开。越地拿这些把戏画符祭水鬼，或许是，陌承光得自他母族。"

南平王心跳稳了不少，往后一坐，抱膝在暗房的地上："姓陌的装神弄鬼？所以，没佟红庭的事，什么'孝义建极'，不是他放过来的？"

"微臣……信他不是。"文炎吉的跪姿严正，递上佟红庭的急报，"这是侍中亲笔，内有解释，殿下请看。"

穆鲲抬指让文炎吉念，听到柳遥之所部趁江上大火，前锋已强渡秦淮干流，步骑兵绕城东至钟山脚下，穆鲲的面色再度灰沉，手抓过军报来，只觉眼前杂星乱冒，读不下去。

"石头城，遏在大江和秦淮河的夹角，按说是，江河联动，总控局势的！怎么，陌承光从江上，柳遥之从河上，都绕了过去，你还说不是佟红庭放过来的？”

文炎吉面露难色，俯身下叩：“微臣唯一的疑惑……是那放火的弩机，说本就是兵部的设计，微臣纵料不到，佟侍中怎么也料不到这火攻的办法……竟让水上失守。”

穆鲲静了静，想起当时自己也曾反对：“是啊！出去打听的太监回来说，城里都传疯了，说石头城降了，还有说石头城被攻破了，说梁山洲被烧得光净啊！你个丹阳尹，没有办法？把那些敢传流言的都抓起来杀了！”

“微臣属下已经在全力安抚民情，恐慌情绪并未蔓延。西水门处也严密防守，不为大患。微臣看来，现在抵达城下的，都是些侥幸脱漏的小股叛匪，大势仍在殿下手中。夏侯景晖袭取梁山洲堰城，是为了过他水师，可见大部还在江上……”

文炎吉一味只说，穆鲲伸手推他下，让他抬起头。

满堆杂物的暗房中，对看下，文炎吉的眼神宁定浓稠，像毫不动摇的忠诚，穆鲲想，怪不得父皇离不了这人，连自己都觉得，到了众叛亲离的时候，只有他会牢牢站在自己身边。

“柳遥之的后军，包括他本人，确切消息，还在秦淮河对岸。”文炎吉膝行近南平王又说，“石头城的价值未变，佟侍中请求立即进宫一次，亲身向殿下请罪和自清，也安民议。”他恳切看南平王，“不知殿下可否，再给他个机会？”

穆鲲整个人在地上弹了下：“开什么玩笑？！你说石头城还重要，他能擅离？被叛匪闯了空门去！再者……他跟穆骏，真有什么勾结，你敢让他进建康？他的资历，要是发动士兵哗变，由内而外城就破了，引狼入室嘛！”

“那，殿下之意？”

“严命！严命他，死守石头城，把河上江上通向建康的水道给孤扼死！他要自清，拿战果来自清，挡住了叛贼大部，万事好说，若再有失，提头来见！”

文炎吉俯身领命，南平王向前抓住他胳膊说：“孤现在，只有靠你，你的建康城防，千万守住。你说城下的小股贼匪，不成大患？”

对着那仿佛快溺死的人求稻草的神情，文炎吉郑重点头：“水门重地，微臣从来朝乾夕惕，不容有失。只是，殿下啊，激励士气，赏钱又见底，佟侍中……把军费也确实花得太快，且全攥在他一人手里。殿下掌的内府都慷慨充了国用，可石头城上粮秣充足，建康城防却还是费用支绌。”他往周遭看，“这些先帝生前特旨封存的故皇后遗物，请殿下示下，是否也违了先帝本意，拆散救急发卖？”

穆鲲才又想起文炎吉请他到暗房密谈是这个缘由，立刻说：“废什么话，她叫哪门子皇后？宗室里谁不知道，父，”说这称呼，穆鲲嘴里打了下绊，“父皇携我母亲搬进皇城，她为了养病住在乡下别苑里，两年就死了，皇后也是追封的。”他起身大手一挥，“这里面但凡值一个子儿的，统统卖掉赏掉，留着也晦气！”

文炎吉赶紧听命，要招呼人来，身后穆鲲忽问：“你说，会不会藏在这儿……传国玺？”

文炎吉回头看他，穆鲲四望这房中灰蒙蒙的大堆箱笼，上手就要去翻，文炎吉说：“殿下，没有，间间暗房，微臣早就细找过的。”

“你不是，原来殿中监吗？还有什么暗道、暗格的，你都知不知道，找过没有？！”穆鲲不死心地疾问，好像找着了传国玺，就找着了最后的国柄，抓在手里大印一盖，眼前的一切都能迎刃而解。

对这句，文炎吉没有回答，沉默地摇头。

“没找过？”穆鲲面露一丝喜色。

“微臣，不知道。”转瞬，文炎吉补上，“如果臣知道暗道……暗格，找得到传国玺，第一时间定会献给殿下了。”他感慨般低语，“后面许多，就不是这样子发生。”

穆鲲往后靠，身子沉沉压在层叠的旧箱笼上。

“殿下，那臣这就去发卖财物，补充城防。”文炎吉背光站在暗房口，施礼告辞，“殿下且安在皇城，微臣去了。”

穆鲲短暂地有奇怪的预感，自己会在这些旧物什里困到天荒地老，无人再向他行礼，无人再返来。

一批宫人弓腰趋步进来，将这房中的箱笼往外抬，灰尘呛人扬起。穆鲲靠着没动，眼中读到些墨迹都快湮灭的封条，金花步摇冠、璎珞种种，他想起自己好像也想过，到那时，是让自己正妃，还是哪个宠姬当皇后，想笑。

江上，河上，两日激战不息，背后的建康方面，西水门、东侧靠山门，叛贼骚扰不休，越国公加侍中、五兵尚书佟红庭焦惶坐在石头城讲武堂上，兵燹四围。

发往建康宫里的文书信报，无论是请示、解释、报吉还是报忧，连问询建康城内的情况，都得不到任何能参照的回复，只有道道严责、严斥……

平日累他气喘的体重，如今都像压不住他的身子，让佟红庭仿佛连着座椅在漂摆，像当年在淮水战船上，漂往心归建康的方向。

他怎么都想跟南平王当面剖白，免得文炎吉就像那道建康城防一样，将他屏蔽在外头。可请求得越急切，严命他不得擅离石头城的旨令就越坚决，石头城下便成这荒谬景象，外围利舰快船金戈铁马斗得火炽，内里建康城门防得顽强，各自为战，应该统筹的大将，却不知他在保卫的国都里守备部署究竟如何，只能一批批派去为城门解围的增兵，一批批被围点打援击退。

副将疾步上堂，呈来斥候最新回报："大人，西水门下的桐油火炬复熄复燃，烧了两天，内铁栅也穿了，报说熔出一个大洞！"

"多大？"

"好像还过不去船，听嚷，是一人团身可过的大小。"

佟红庭张嘴喘气，起身往讲武堂后门去，一路步至望台。从这高处看建康城，隔山是望不见西水门的，只有一柱黑烟向青天上擎起，显示着那里被建康城防几次扑灭，又被叛匪涉水再度补换点起的火炬。

"建康门外，现下到底多少叛贼？"

副将摇头："叛贼自称是……叫'孝军'，披上白麻就能投去，地里冒出来一样，人数越来越多，很多就是城外的百姓。他们绕着水门掘了几道土垒，外头钉耙锄头挡着援兵，里头烧火，城上射下来的箭捡起来就用，属下看，城防没根本的法子，门破不远哪。"

……要不要再增援兵？给西水门压去绝对优势的兵力？

但，秦淮干流上，当下是攻守力敌，绷紧的平衡。夏侯景晖的益州水师正大举通过梁山洲，很快又将在秦淮入江口和布防接战。从哪边撤回大批人马来，佟红庭都担心会震动本已不安的士气，引发误以为是退却的心态土崩。

那道黑烟，突兀地刷在明朗天地间，像有人在他背上点火，灼痛扭头也看不见火苗。佟红庭长出气想吹散脑海中的景象——白蚁般密层层的兵群，在建康城下叠土做巢，挖孔成道，等待着不朽的城墙溃于蚁穴。

“披上……白麻？选三百！不，选五百人，从石头城潜出，便装披麻，投那‘孝军’去！”五兵尚书旋身下令。

副将惊异中领会了主帅的意图：“大人是让他们，混进叛贼的队伍，从中攻其不备？”

佟红庭抚刀点头：“人拆散了，几批过去。务必毁坏土垒，杀他将领，瓦解西水门下叛匪。给城防抢出补门的时间，速去安排！”

昼夜相交时，建康西水门外，陌承光并未多顾身后门洞下双方的水中近战，桐油的烟气从那里扑出，像黑翼扇向苍穹。他只是扫视着河道两岸土垒结成的工事，看出人员不正常的移动，看出跟着佟尚书养尊处优终日饱食的士兵，与土中刨命、真正在搏一个新朝的从军百姓，眼神有什么不同。

在兵部库，他见过太多这样的眼睛。

果然来了。他悄对身边吩咐，蛮族健士们向那批伪装的敌兵渗透的方位潜行而去。

门洞下的火炬熄灭的间歇里，喘息的城防官兵看见城外工事上白衣乱窜，土垒的沟坎中人头人影起伏。扑腾的尘土平息后不久，一队“孝军”被另一队推推搡搡地带到门前水岸的高点。

“看看！看看哪！”城下的一名队长大喊，“佟尚书的合兵都派来了，咋还不信哪？”

他抓过推在前头的一个披麻的高个兵，把对方身上白麻的下摆往旁边一扯，露出腰间的官军制式兵器，队长拍着那人说：“别害臊啊，投武陵王这不叫降，叫举义！你跟他们说呀，佟尚书真举义了，这不派你们来了嘛！事先也不说清，白打一场。”

有匕首的寒锋暗抵在后腰，这个被捉住的佟红庭属兵怎不拼命点头。

“石头城咋样了？”那队长又问。

“……我们就是，石头城下来的，来……”腰后的锋刃似往前一紧，“来投武陵王！”

城上的建康守军听得如坠云里雾里，都看自己的城门司马。西水门的司马看得出来，这队新来的披麻兵，确实是朝廷的官军，兵备、气色和叛匪的泥腿子穷兵都不一样。但在带头之下，他们一个个全喊来投武陵王，生怕落在人后面。城门司马不禁对石头城上到底怎么了又涌起疑虑，要是真的，连石头城，连佟尚书都降了……自己带着弟兄们在这儿拼命，还有意义？

太阳快没在石头城方向的峰峦背后，昨夜里防备偷袭，叛贼休整不攻，此时亦是偃旗息鼓相，只一味叫嚷着让提起铁栅打开水门。城门司马不敢回复下面任何话，往城垣之内更退了退，吩咐先将情况报与兼着丹阳尹的中书令大人。

入夜石头城上，五兵尚书再不能把自己塞进那张座椅，软卫甲时隔多年又披挂上身。副将张皇拦他说："大人，大人万不可亲身出援哪，到建康就这点距离，没有奇袭的路径，叛贼必在中间埋伏啊！"

佟红庭往软甲外罩夜行的黑衣，亲手将束带结紧，置若罔闻。

"朝廷还有严命啊大人，去了是抗旨，是撞进文侍中……文中书的罗网啊。"

"你不晓得那奸人的罗网多密，本帅要是听旨不离石头城，放着西水门被破，放着谣言愈演愈烈，败战的黑锅，他全会扣到本帅头上。本帅在二殿下眼里，真是投敌叛国的罪人了！"

副将愣住，回不出话来。

"唯有亲身去救，本帅不知道遇伏，抗旨？"佟红庭抽出佩刀查看，刀锋依旧雪亮，"你跟着我也多少年了，百战为将，本帅死也战死，剩个忠名。"

好久没这样，频繁怀旧，佟红庭看着他的副将泛起悲泪的眼眶想，这几日是怎么了，真要到头了？

又怕他个什么！

"你替本帅守好了石头城，我带六成人马下山，趁夜袭取西水门敌垒。但得一胜，雪洗前冤。若是一败，回不来时，"佟红庭大步迈向堂外，仿佛昔年矫健不减，"你就当本帅仍在，照样出令就是！"

然而他没能记起，端坐庙堂高位太久，纵然心中还有多少豪情，夜行衣早已掩不住这标志性的身形。

淡月之夜，星子散天，衔枚裹蹄疾行的人马兜城往东南远绕，经过一处小峰间山坳时，左右坡上忽而军号冲霄，火把大盛，照彻赤旗漫卷如彤云。

带兵设伏的将领向坡前纵马半步，笑低头说："佟大人，终于出来了？"

随乘马匹被沿着山脊与星子相接的火光惊得躁动，向中央方向挤来，佟红庭的坐骑却在重压下缓速停稳，五兵尚书扯缰抬头："你？！"

"佟大人真以为，挡得住柳某过秦淮？"柳遥之居高临下，笑意不改，"只不过坚城难克，用不着让多少人再去拼命，捉了你一个，你下面的，就都'降了'。"

他抬手，收网般一挥。两侧骑兵提刀起速，俯冲下山坡。

没有悬念的战斗，血河里蹚到此地的马蹄自带腥气。

看着拢向佟红庭的包围圈越来越紧，还有那位高官大将竭尽浑身力都要撑不起胳膊的模样，柳遥之扭头向令兵："去告诉陌大人，大礼收到。柳某谢他……"

赠这投名状。

山坳中佟红庭滚鞍下地，柳遥之当他要束手就缚，却见他两手紧握佩刀，回腕向颈侧猛挥："我佟大将军，岂会被人生擒！"

鲜血伴着大笑从气管喷出。

确认过敌将死亡的信息，陌承光离开建康西水门，带队疾向西北。

石头城建在长江与秦淮河相夹的崖壁之上，城垣本身并不算高。蛮族勇士在背水一侧的攀缘没有引发城上任何警觉，健儿们衔刀翻入城墙之后，打斗声很快从城垣内传来。陌承光立在半山岩角，凭声音判断城里面的兵力对比如何，像行棋，一步步挨到官子，情绪绷得发木。突听内中有人连声高问："你们什么人？我们是谯城王属部！"

一瞬的凝滞后，松了下喉咙，陌承光尽力扬声："武陵王部陌承光在此！"

打斗声停歇了，有人制止住双方，片刻，有个身影冒出墙头，清亮的声音向下喊："陌承光？真是你吗？"

"……殿下，"陌承光抱拳仰头，"是臣。"

城上火把围来，照亮了金甲在身的穆鸾，他笑着说："你就来晚了一步，石头城已经被我拿了，佟红庭的副将刚被我杀了。"

陌承光望着他，遮掩着心中难言的紧张。

"三哥怎样了？我徐州的船，渡了郭乐成的骑兵过江，他正往北面包抄，柳遥之是不是有人在城东？等咱们合围了建康，三哥打算什么时候称帝？我看该快。”

“谢殿下相助，”陌承光慢慢说，“待大军渡过秦淮河，三殿下将设坛礼天祭地，顺承帝位。”

穆鸾向他笑：“好。孤王献石头城，与三哥为贺。”

佟红庭的首级置在一个朱漆木盆内，恰塞过建康西水门的内铁栅熔出的大洞，顺流漂下城中。盆后浮波拖着长长一条白幡布，上书死者生前官位，并十六个赤红大字——

“诈降复叛，作法自毙。诚心举义，既往不咎。”

临水的各家都紧闭门窗，岸上也无闲人看。但每扇窗后，都排着忐忑张望的眼，和紧张思量的心。

春日晴天，大殿之内却像积着浓云，穆鲲提着一把滴血的剑双眼发红站在殿心，宫人近侍大半逃了去，郑太妃身前的帘子已经形同虚设，新帝坐在那帘口，徒劳地将他母子隔开。

“你是发疯了？”郑太妃的声音不算慌乱，“杀人有用，能退了城外的敌兵，你就把我们都杀了。”

“什么能有用！啊？宫库私库我都赏空了，能封的官全封了一遍，这些人还在往外跑！连文炎吉都跑了，文炎吉都跑了！”他的剑尖指向新帝，“我得杀了这个假货天子，就说是他干的，他杀的父皇。母亲，你得给我作证，咱们去投了老三，就说是他干的！”

“杀了我，你就杀了两个天子了。”新帝坐在陛阶上，微垂目看着他，“三弟是要做天子的，他会怎么说？你正好，替他掩了反叛的罪名，他根本不用分辨，杀了你，替天子报仇就是了。”

穆鲲瞠目看着他。

“你不如留着我，我去替你承认，是我干的。一个活着的我，比死了的可信，对吧？”

“他敢扯旗造反，多杀一个两个他会在乎？！我是活不成了，黄泉路上有人作伴也不亏！”穆鲲高叫。

“你少杀吧，鲲儿。”郑太妃从帘后走出来，站在新帝的旁边，母亲那憔悴衰败的姿态穆鲲见所未见，“你手上的血孽越少，你就越有退路。他……”她看向新帝，“答应我了，自己为乱国负责，保住你。咱们开了城门，卸冠除履，等着吧。”

“没退路了！”穆鲲提剑近前，脚踏在陛阶上吼，“没了！五叔的那些个人质儿子都被我杀完了，陌承光那个老爹是致仕藏起来了，不然我也得干掉！老三那个娘，我这就去杀了她，他要当天子，我让他哭丧着当！”

郑太妃下陛阶拉扯他：“别去，留她一个善终，就是留你一个善终，你明白吗？”

“……母亲什么意思？都说到——”

“鲲儿！”

穆鲲已经很久没有听过母亲用这样冰冷的语气对自己说话，让他觉得无从反抗。

“为娘居后宫之首二十余载，从未谋害过一个宫人后妃，你知道是为什么吗？就因为知道，最后的那把刀，是在你们这些儿子手里。这么多年了，你不能毁了我的结果。”

穆鲲定了定神，甩手抖开母亲大步向外走，郑太妃赶他不及，踩空往下扑跌，穆鲲下意识回头去揽，看见母亲那仍葱郁却枯槁的眼眶中掉出泪来。

“你知道，你知道我发下的毒誓是什么？”郑贵妃在陛阶坐了下去，用整个身体的重量拖住儿子，“故皇后临死前，泣血保我，当皇后，陛下只念旧，没给我那玺绶……可也从没动摇过我的位置……我感激她，发誓答应了她，要是我害后妃，害皇子，就报应到我亲生孩子身上，不得好死！”

她紧紧抓着儿子提剑的手：“鲲儿，你若对我还有一点情分，别去后宫滥杀，这就是我最后的要求。”

“我，看，谁先不得好死！”

穆鲲抽出手回身，新帝也上来拦他，郑太妃的随侍们不敢上前，殿中一片混乱，没有人注意到一个矮矮的身影从殿角的帷幕后钻出，向后宫深处快跑而去。

“太妃，陆妃娘娘？”

已经在自己的寝宫内被幽禁多日的太妃陆氏听见窗外的呼唤声，挣着力气挪到窗边，问：“……谁？”

“娘娘，奴叫白延龄，是宫道上管扫洒修补的太监，娘娘见过我的。”

似乎是有这么个人，陆太妃起了些印象，清秀的小个子，和别的太监不一样，对自己很客气。

“娘娘，奴来不及多说了，外头已经大乱，奴听见二殿下拿剑过来要杀你，奴拿斧子劈开这门，你跟奴快走。”

陆太妃一时做不出反应：“……走去哪里？”

“往宫外去，奴知道个暗道，能出得去。”

敢不敢信他？陆太妃倚在窗台上心慌得七上八下。白延龄已经在劈门，三两下后门锁断开，他推门进来张望，快步来牵住陆太妃的袖子：“娘娘，奴死罪，但真要来不及了，娘娘快走，快走！”

看守照应的人不见踪影，陆太妃两天没吃过饭，身上头上都沉，脚下发软地被白延龄半搀半架着，七拐八绕拣冷僻的宫道往一个她从没到过的角落走。偶有宫人从他们身边跑过，但都满面失魂落魄，谁也不去管谁。这皇城似乎成了鬼域，秩序和威严全失去了，这是陆太妃住了一辈子的地方，她忽然觉得恐慌，脚步慢了下来。

“外头……到底怎样了？”

“五兵尚书，那个姓佟的，打死了，中书令都跑了。”白延龄边说，边尽力拽着她的步子，“武陵王的兵马说是已经把建康围得里外三层，朝官贵族能逃的都逃出城了，娘娘的儿子，马上就要打进城来当皇帝了。”

陆太妃笑了，力气仿佛回到了身上：“苍天有眼……真到这一天了。咱们快走，去找他。”

转过一处值房迈进小门，是两座跨院之间的夹墙，夹墙尽头有扇门虚掩着，进去又是个小院，四下荒草。见太妃神色有些怯怕，白延龄解释：“这是祭那些死在宫里的太监宫女的阴祠。”

“本宫听说过这样地方，就是不知道真有。”

“娘娘别怕，这儿没人来的。”白延龄引太妃进院，又将门虚掩上，拣草浅的地方下脚，进入破败的正堂。那厚积灰尘的神台与香案陆太妃不敢多看，只见白延龄轻车熟路地绕到神台的侧面，敲打了两下，搬开一块石板。

她跟过去，向那石板后的洞口看，里面有窄窄的台阶向下，再下面听着有水流声，像是暗渠。

“娘娘，走吧。”

陆太妃没动。

“这个暗道没问题，奴探过路了，出去之后离城门也不太远。那座承平门的外头是山，奴路也熟，城门说是有禁，但现在乱得厉害，给城防些钱就能出去，奴已经试过了。”

陆太妃扭头看着他：“你出去过了，连城门都出了，又回来，就为了救本宫？”

白延龄点头：“不是情势危急，不敢这样劳动娘娘，但现在真是刻不容缓，只能请娘娘冒些险。”

“你，到底是谁？”

“……延龄就是我名。”一瞬后白延龄说，“娘娘可知道三殿下有个最要好的臣下，叫陌承光的？”

陆太妃点头。

“奴家里，跟陌家有旧，奴愿助三殿下，愿助娘娘。”白延龄眼睛直视着她。

“你怎么知道，有这个暗道的？”

“奴……拜的师傅在宫里年头久了，托奴在这边祭人，奴看这处残败，本职所在就检查了下，偶尔找到的。”

半真半假吧，延龄也是个千百人用的俗名字，陆太妃看着这小中官想，但是假又怎样，如今的情势，出得去，还能比出不去更差吗？

她点点头，系起裙子一手搭住白延龄，先向那台阶迈去。暗道中很黑，白延龄关闭了入口，挪到陆太妃身前牵着她摸索着走完台阶，点燃阶下提早备好的火把，然后沿水流的方向在暗渠边前行，不知走了多久，终于看见出口处的光。

是太液池苑的外墙不远一处石桥的下面，白延龄推开挡板引着陆太妃钻出来，回手把火把扔进了水流。太液是禁苑，方圆范围日常就少行人，眼下更少，他们从河岸爬上，白延龄看了看太妃说：“娘娘的衣裳素，但是料子贵重，奴无礼了，要不娘娘给衣服上揉些河泥，奴这件宫装外袍也脱了，咱们不招人的眼目。”

陆太妃依他所说，两手取了泥，将衣服上华贵的暗纹遮掉，白延龄收拾好之后扶着她一路往城门去，本来想使钱雇辆车，但兵荒马乱之下人人自危，根本找不到闲着的车辆。太妃腹中饥饿，行走困难，至城门时天色已经发黑，果然看见门禁未除，但不断有人能出城，那些城防官兵逐人验身，在以纠察之名行盘剥之事。

白延龄说：“娘娘暂且远处等等，奴过去打点。”

陆太妃点头，听他又说：“万一要是出城不顺利，奴就给娘娘打个手势，娘娘先往回走，奴后面赶上你，咱们就先在城里躲藏吧。娘娘的身份非比寻常，咱们还是小心些，怕有心人察觉出什么扣下了娘娘，那可不得了。”

陆太妃又点头，白延龄就过去排队与城防交涉，没想到情况有变，他带的那些钱城防官已经看不上了，说如今出城必得要交上金宝，两个人出城就得更多。白延龄几乎把钱拿尽了，求了好多句无果，只好打算着先藏太妃去义庄，正要往后打手势，却见陆太妃不知何时已走至他身边，拔下头上的一支钗递过。

钗是金凤衔珠，为先帝戴孝缠着白丝，蛮大的一支，一看就知是妃嫔用物。白延龄当太妃是要以钗为贿，慌忙去拦，却听太妃说：“本宫陆氏，为武陵王穆骏生母，本宫出城去见儿子，莫拦阻。”

白延龄吓傻了，那些城防兵官也全都愣住，只是呆看。陆太妃神情镇静，目光扫过他们，起脚向城门外走，竟然真的无人敢拦。白延龄缓过神来慌忙随上，陆太妃把钗插回头上，由他扶着，眼睛看着前路说：“宫里让禁城，他们却放人出城，这些人怎么看待形势已经很明白了。即便扣下我，也只有把我好生送去骏儿手里，骏儿围城的大兵，就是本宫的保障。”

白延龄心中震撼，第一次仔细去观察陆太妃，见她上了些年纪，面上无妆，相貌说不上特出，比郑太妃更是远逊，但清癯身形下这几句之间的气度让白延龄懂了，她为什么会有武陵王这样的儿子。

走出城门没有二里，暮色已沉，白延龄在找地方歇脚还是趁夜赶路之间犹豫，忽然听见背后有几匹马追来，有人大声喊着：“太妃，太妃留步！”

陆太妃回身站下，来人驻马踏鞍下来，为首的整理仪容，向她一礼。

“敢问可是陆氏太妃？”

暮色之中白延龄认出那是“跑了”的中书令文炎吉，原来他没有出城，仍在盯着城防动向。白延龄心中非常紧张，陆太妃却直接点了头，她像是认得文炎吉的模样，情绪反而放松了些。

文炎吉上前行大礼，起身声音带着哽咽：“太妃真是吉人天相，臣听说了消息，又怕不是，暗暗泣求上苍啊。元凶穆鲲已经失心疯狂，在宫中带人滥杀，臣从宫里逃出时只惦记着太妃的安危，怎奈无计可施。如今见到太妃无恙，臣这才能安心出城了，请太妃与臣同路，共向新亭去见武陵王殿下。”

“是这位小公公送本宫出来的。”陆太妃看向白延龄。

文炎吉向白延龄一步：“公公于社稷大功，文某现下无以为谢，请公公也同路。”

白延龄在宫中所见的是文炎吉从容淡傲的样子，看这曾经一人之下万人之上的侍中、中书令这样抬举着自己，感到怪异，却并非不适。山间夜路行人稀疏，其实他已经在后怕了，是发了善念救太妃，可也是咬牙冒了大险，万一一步差池，就是万劫不复。文炎吉提出护送，他才真正觉得有了保障。

不久车来，他伴着陆太妃上车，太妃闭眼歇息精神，他坐在车帘边望着土路上的随山势转曲时隐时现的月亮，想着大约今晚就能见到陌大哥……和闻音姐姐，想着不知过了今晚，天下会变成什么样。

是日又大晴，攻打、投效、倒戈，共计十万孝军肃穆围城，益州、江州、荆州水师进抵建康各水门。

新亭江边以黄土垒起一座三层圆坛，旁又筑一两层方坛，敬天礼地后，穆骏登坛称帝。

仪式简短，场中只用战旗装饰，飒飒旌旗下，穆骏随身的队伍盔甲鲜明，追随的武将们列队在土坛东面，从京中和各地前来投奔的文臣在西。江夏王穆玄汝已与枚伦带队前来，作为长辈独有一台座，却也站立成礼。谯城王穆鸾因献石头城大功，此时在武将的队首，金甲熠熠。

陌承光的位置特殊，跟在穆骏身边做提醒的督礼，但穆骏病愈后对仪式的重视使他并不需要做什么，安静地立在台顶，听礼官连串高声念出对众人的一一封赏，那些官职和勋位的改变他想要记住，却集中不起精神。

他看见夏侯老将军的情绪很激动，穆鸾一直高兴笑着，柳遥之两天前刚打下新亭地面，像还有些疲惫，只与人对上视线时，也会起一笑。

建康城墙已经回首可望，台下的江边田土上菜花漫野，燕子翩跹往来，陌承光觉得这是好兆头，愿这新生的王朝能扎根在土里，也能高飞。

陌闻音的身份尴尬，没法去参加仪式，白延龄陪着她在一片小树林里远望那边。其实延龄的心思只在陌闻音身上，觉得她瘦多了，脸颊都凹下去，美貌却显得更锋利了，能刺进人心里。

昨晚上什么都慌乱，他们匆匆一面光顾着又笑又哭了，陌闻音此时才来得及将莲姑否认害死延龄父亲的事详细告诉了他。改换了姓氏，进宫又出宫这一遭，经历了这许多事，白延龄对于宫中的真真假假更不敢轻易定论，只是问："你信她吗？"

土坛那边以军乐代替的礼乐响起，陌闻音说："我信的。"

白延龄点了点头，垂下眼睛说："慢慢，再看看吧。"

陌闻音听出他的意思，忙问："你还要回去宫里？过些日子等殿下的位子平稳了，跟他说解明白，他该能除了你爹的罪名，谋害的事让法司去查不好吗？你不用再回去了呀。"

白延龄笑，没抬头："我都是这样了，不回去能干什么？法司我也不信，我爹本来不就是御史告的。那妃子是出宫了，可就算不为了我爹，为了姐……"他突然不知道该怎么称呼陌闻音了，"为了你，我也得回去。"

礼乐声越来越大，陌闻音怔住了，那边还传来士兵踏地而歌的声音。她发觉这些日子里自己始终没想起来，或者始终回避去想，攻进了建康城，三殿下的位子平稳了，然后呢。

山中遇雪时梦见的仙人，那些话，忽然回响在她脑海："……你有大贵，亦有大悲……"

"你会做皇后吧？"白延龄在问。

会吗？

然后呢？

"陆太后是我救她出来的，回去了宫里，我该比现在强些吧。她……"白延龄想了想，"不一定好相与，你也绝不是会恃宠争强的，你看，你最要紧的人在那儿称皇帝呢，你还想着我家的事。"

台上之人已衣衮冕，天子服色。

望着穆骏裹在那堂皇又陌生的衣饰里，陌闻音心中涌起莫名的茫然。仿佛江上一场传奇的火攻耗去了他身上的烧热，穆骏在那一夜之后渐渐康复了，前来投效的文臣武将越来越多，他越来越忙，陌闻音已经好几天没有近处看过他了，那身形她很熟悉，但此刻他的脸是看不清楚的。

白延龄还在说："何况将来，三宫六院总会有的。我不是让你难受，泼冷水，但宫里的险恶我是真看见了，连皇帝都能死得不明不白，我……这样去救陆太后，其实都是想着……”

“想着我，我知道的延龄。”陌闻音转头向他，眉头轻蹙着，却努力笑了，“我不说谢你了。我是好运气的，同你们能走到今天，往后我不想多想。”她指向土坛那边，“你看他们现在多高兴啊，这是个喜日子，咱们就高兴着过吧。”

一瞬后，白延龄也笑了：“姐姐，”他还是这样叫了出来，“是得这样的心劲儿，往后你就挺着胸膛走，就行了。”

建康城防已经全面崩坏，城中无人肯守，抓壮丁凑成的队伍被赶出城作战后，一触即溃，主帅阵前逃亡。

城门失去了意义，四面洞开，穆骏的军队无论从哪个门入城，得到的都是建康居民夹道执香的迎接。无须更多的动员与宣传，百姓自动选择了胜利的天子。

皇城的大门依然紧闭，受命攻城的枚伦驻马城下，望向高高的阙楼檐角。与他联军的柳遥之策马到旁，施礼说：“枚将军，皇城要地，须赖将军把握，恳请将军率部为先锋，末将协从。”

枚伦明白他的意思，攻了进去，不知会看见什么听见什么，毕竟自己是皇室亲眷，更好临事处置，而他可以避嫌。枚伦跟着江夏王，是在梁山洲大胜之后才掺入大军，讨凶全程没有太多参与，也确实需要一个切实的功绩，日后才好说话。这提议对他双方都有益处，枚伦便点了头，整理部队，下达总攻的指令。

皇城仿佛死了，城墙上几乎没有抵抗，唯一阻碍了他们的只是那城墙本身。城墙背后有几支埋伏起的禁宫卫队冲出乱砍，但大兵一围而上，散开后原地只剩尸块和血泊。城门很快被打开，枚伦跃马而入，风中的血腥味很浓，他忽然想不起来在很久很久之前，跟随着先帝和姑母第一次以主人的身份进入这座皇城时，是怎样的景象了。

正殿之上只有一人，枚伦按剑独自进去，见他已脱了皇袍，只穿着中衣，却还坐在龙椅上。两人相看，是他先说了话：“舅舅来了。”

枚伦的姑母，他该叫祖母，两人是表舅与外甥。枚伦良久没有回应，不知道他们之间再用怎样的称呼合适，最后唤了一声：“麒儿。”

穆麒一笑，问：“陛下在哪里？”

枚伦明白，他已经接受这个结果了。

“陛下就在皇城外，你随我出降吧。”

“不知会怎么处置我？有流放，或是圈禁的可能吗？”

“这是天子决断。从宫里逃出去的人，说什么的都有，实情你自己去对陛下说吧。”

“我要对陛下说的，就是这个了。”随他一指，枚伦看见龙案上放着一封信，“倒是既然舅舅来了……你还记得我小的时候，你带着我玩吗？”

记得，但是不想记得了。枚伦忽然有点鼻酸，他很少这样。

“还有二弟，那个时候，就我们两个孩子吧。三弟出生，那是住进宫里以后的事了。”

枚伦不知道他要说什么，看着他不作声。

“我的母亲死了，那时郑娘娘养着我，你们，都对我很好。”他看着枚伦，目光很深，似乎还留有天子的尊严，“实情就是，我要认了，求舅舅说情，把二弟留下来吧。流放或圈禁，给他一条生路。”

“麒儿，如果你真的没有参与——”

“如果我弑君弑父，我不能不死。如果我没有弑君弑父，我不死，谁是天子？”他垂了下眼睛，“到头了，只有一条死路给我了，反正要死我一个，做母亲的为儿子求我，我就应了她，舅舅也就成全了我吧。”

“我做不了主！”枚伦踏上陛阶要去拉他，一种不祥的预感压来，“快随我去见陛下。”

“来不及了。”穆麒又笑，“毒酒我已经喝了，我走不去五凤楼外。”

“你……你何必……”

“我一死，不管舅舅知道的实情是什么，都不会告诉陛下了吧？因为所有人都懂，这样最好，最少麻烦。”他向龙案倚过去，“我自己了结，省了三弟多少麻烦，他该满意的。他该，能放过我身边人了……我的正妃，几个妾，还有近侍们，我都在这信上写了，舅舅就算保不了二弟，这一段，一定让三弟看吧……”

他的声音低下去，他死得很平淡。

山河雪

第十二章 / 和璧归

五凤楼以北就是皇城地界，那高高楼阙之下的阴凉里铺着从宫中搬出的茵褥，穆骏坐在上面，喝茶。

茵褥之后不远处，一口架起的大铜盆中燃着烈火，从宫中搬出的称臣奏表、庆功文书、恭贺胜绩的辞赋种种，一批批连着各色封套被投进火中焚烧，无人拆看。

陌承光始终直身站着，像还没有习惯胜利者的身份。

郑太妃的头上罩着一块绢，完全遮住了她的容貌，她跪着，衣衫还算齐整，也没有在哭。全副武装的将士环绕着这片茵褥，她是场中唯一的女人。

“伪帝留下的自陈信，朕看过了。”穆骏放下茶碗，向稍远处跪着的穆鲲问，“他说谋害先帝，是他长久策划，得逞之后，你见四海无主，只好跟从于他，可是真的？”

“是，是！”穆鲲膝行向前，“他是太子啊，兵都听他的，我能怎么办？只好，跟他了，如今三……陛下你来就好了，也是救了我啊。”

“可是有风闻说，你才是主谋啊，甚至对先帝的杀手，就是你下的。”

“不是！是……”穆鲲慌张地往四周看，看见了在旁的文炎吉，他显然怕文炎吉说过什么，“……是佟红庭！是佟红庭鼓动着太子，说七弟都到石头城了，再不下手就晚了，他是……五兵尚书，他能用上京里京外的兵力，太子就听了他的。”

“太子住在东宫，佟红庭是外臣，他二人入宫禁制森严。先帝深夜在后宫突然崩逝，他们是怎么做到的，你能解释吗？”

“是我。”郑太妃这时出声，声音有些抖，“是太子答应我，他做了皇帝，日后会将位子传给鲲儿，我就在宫中帮他下手了。”

“是！”穆鲲赶紧说，往前又跪行几步，“就是啊！我不知情啊，可我母亲都跟了太子了，我能怎么办，我只好跟着了！”

穆骏转头看了陌承光一眼，陌承光垂着眼睛。

“郑娘娘。”穆骏伏了些腰，他坐在茵褥上，与跪着的郑太妃高度相差不大，除了覆在郑太妃脸上的绢，几乎是对面相谈。他想了想，伸手，把那绢布揭下来。

围在茵褥边的人群发出低低的惊叹声。郑太妃没有低头，直视着穆骏，他们彼此明白，郑太妃的美貌，验明了她的正身。

“你既然认罪，朕只能处罚。念你护过我的母亲，鸩酒给你全尸，后妃之礼下葬，可以吗？”

“……鲲儿真的，与先帝之死无涉……求陛下放过他，留我儿一命……”

“关于先帝之死，朕不再追究他了。”

郑太妃双肩一颤，向下拜低，深深行一个致谢之礼。

穆骏挥了下手，四个禁卫上前将郑太妃押起，带向五凤楼阴影的更深处，太妃平静地走去，不久一个禁卫返回，向穆骏施礼复命。

穆骏沉默了一刻。

穆鲲期待地看着他，想起身，却不敢。

“你母亲死了，你不伤心？”穆骏看着他问。

“她是罪有应得啊！”穆鲲慌着说，“这是……给先帝报仇啊！”

“罪有应得。”穆骏点点头，“那来论论你的罪，该得什么。”

穆鲲僵住了，直挺挺地跪着，瞠目张开嘴：“……我跟，我跟先帝的死……”

“朕说了，先帝之死不再追究你。但你我的皇叔江夏王留在宫中的五个儿子，四个女儿，都是你杀的吧？”

穆鲲的舌头好像不听使唤了。

他又往周围看，每个人注视他的脸上都像没有一丝活气。

全死了，再没人能来挡罪了。

“是……”他的视线撞上文炎吉。文炎吉立时说：“殿下，臣劝过你的。”

“你骗人！”穆鲲回头对穆骏大吼，“要死的人你都骗！你骗我母亲去死！！”

“她是罪有应得啊。”穆骏的语气很淡，“但她死的时候，觉得自己的儿子能无恙，这不是她最幸福的死法了吗？这是朕的，仁慈。”

他说着向一旁唤去：“五叔，你是长辈，这是你的仇敌，怎么处置，你亲手来吧。”

穆鲲挣身想往远处跑，被禁卫顷刻按住。江夏王穆玄汝提剑上前，没有半分犹豫，挥剑斩下穆鲲的头颅。

血喷在茵褥上，穆骏收了收脚，没向那滚落的脑袋看一眼，只往周围旁观的大小臣僚扫视：“元凶伏法，罪有应得。余下被情势裹挟，不得已从恶，而今幡然悔悟，诚心举义者，朕可观其后效，既往不咎。”

那盆烈火在他身后方向燃烧，有纸灰飘来，像无价值的送葬纸钱，落向只两个尸身的五凤楼广场。穆骏抹了下眉毛，把碍眼的灰挡开，起身看火：“这里面烧掉的，没人读过了。”他回头，“可能你们有些人不熟悉朕，朕说的话，从来作数。愿列位与朕更始，共立家国。”

“这清凉殿好吗？宫里我最喜欢这一间了。”

陌承光抬头看了看，他对宫内没有概念，殿宇在他眼里都差不多，这间似乎是精巧些。

“闻音你好好送回去了吧？”穆骏夹了口菜又问。

“送到家了。家父病着，臣看他们之间好多了，她说想多陪陪。”

“先生受苦了。”穆骏嚼菜停下，“听说东躲西藏来着？”

陌承光点头。

“你知道吗？穆鲲对先生也起了杀心的。”穆骏把嘴里的东西咽下，“是文炎吉说先生做过太子少傅，就是天子师，如果杀害，天下士人会寒心，这么拦了一下，又派人给先生传信，先生才平安度过的。”

陌承光没回话。

“你不吃吗？”穆骏问他。

陌承光坐在他对面，双手放在膝上，始终没有动筷子。

“臣不能和陛下这样吃饭。”

听到他重读的两字，穆骏怔了下，又吃了一口，也把筷子放下了。

他长长出一口气，连日积攒的疲倦感好像更强烈了："行，那说正事。你拟的迁动办法，我看完了，大部分人都跟我想的一样。不过这回不像那天站在土坛上，那是许愿，这回是要实行了，对要紧的几个，咱们还是得再琢磨琢磨。"

"陛下是觉得，文……"称什么官职都别扭，"文炎吉太低？"

穆骏挑眉笑了："是。这话咱们外头不能说，论功，你第一，他差不多第二。要是没有他出的离间老二和佟红庭的主意，没有他在京里行事，老二不一定这么兵败如山倒，久拖下去，我说不定病死在哪个山沟行营里了。"

穆骏病到濒死，鬼门关前回来，看帮到过他的一切都带着欢喜眼。陌承光深明白他，自己岂不也是，这些天在皇城内外，看见谁的笑脸，都微妙地心存感激。但对文炎吉……

"夏侯将军也说过，穆鲲性情猜疑，'有隙可乘'的话，放在他哪个臣属身上可能都合适。至于梁山洲设防，现在是也证实了，是文氏送来的敌军打算固守不出的消息，但这和'有隙可乘'一样，说的都只是事实，没有内里的细节，没有破解之法，战术，还是我们自己考虑。"

"我知道，你不是和人争功的人。"穆骏有点讨好似的对他笑，"但文炎吉的作用，你想想看，他支了佟红庭出建康，就能从建康两头挑拨，他拿了建康城防，就能不和石头城配合，佟红庭能那么快从石头城被逼出来，他功不可没呀。"

"佟红庭是敌方唯一的领兵大将，出建康迎击本属自然。建康城防，也没有哪座门，是臣等带兵到城下时，由文炎吉打开的，臣烧熔水门时一样折了兵士。"

从穆骏眼里，陌承光察觉自己可能语气太重，想喝水缓一下，但手边依君臣礼数只有一双陪餐的空筷子，无酒无茶。

他顿了下说："柳将军推兵一路过秦淮，是靠宿战之谋勇，夏侯将军与臣，烧梁山洲，取堰城，劫敌船偷西水门……大半靠了一试的运气，其实都是险胜。假如胜的不是我们，只要送消息的身份不露，文炎吉支持迎击，确保建康，说出来可以是另一番功劳啊。陛下不觉得，左右逢源，顺水推舟的不作为，就是他的行事方法吗？"

"话呢，是可以这么说。"穆骏把自己的杯子摆到了陌承光跟前，虽然是个瓷杯，陌承光当然也不能拿，听他说，"但是，文炎吉本来在伪帝的中枢，人都有自保的心，有些事他当然得顺着那边。但他也弃暗投了明，不管心里是不是曾经想左右逢源，实质就是对社稷有功，我们不用他，总得有个理由吧？‘诚心举义，既往不咎’，你自己拟的宣传词嘛，诚不诚心，还不是要看举动，难道把心剖出来看看吗？”

陌承光想想，摇摇头。

“而且，先跟了伪帝再投来的，又不是只他一个，朝堂九成九都是，当时除了你，谁信我能当天子啊？”

陌承光有点想笑，勾了下嘴角，视野里穆骏的背后是灯火映着十分巧雕的花窗，他总算有了点赢了的感觉。

“他在先帝时就是侍中，伪帝又升他做中书令，就是丞相了，最高的朝官。伪帝的考虑很清楚，外头说他篡弑，承先帝的基业，想稳定，他就用先帝的人，一个文炎吉放在那儿当标尺，下面的人就都不慌了。”穆骏是商量的语气，“咱们是打仗来的，还推翻了一个九成九的朝官都站过的朝廷，稳定，也是咱们的问题。万事都有个开始，说了既往不咎，要是举义首功的文炎吉都没个好的结果，下面会怎么想，还能信我？”

举义首功，陌承光不想认同是文炎吉，心里念到柳遥之。

穆骏马上看出他心思，又说：“你们带兵能打仗的，愿意战阵相见，光明正大，可别忘了，那还有个兵不厌诈呢。文炎吉暗地里使的功夫，起的效果未必比战阵上小。你那么愿意信柳遥之，那可是个与我战阵相见的，我都不嫌，你对文炎吉，也别有门户之见。”

“陛下，我没有……”陌承光摇了下头，“陛下想给他什么位置？”

穆骏笑：“尚书令，你看呢？”

尚书令……相比中书令，位次是往下绌了。但在一个正常运转的朝堂里，中书阁是决策，尚书台是执行，算上参谋的侍中省，现实的政务，其实逐条都是尚书台操持办理。若说实权，没有比尚书台更实的官署了，因此也被朝野叫作“凤凰池”。先帝时，文炎吉就是因为以侍中的身份夺了尚书台的实权，才被私论颇多诟病。

看到陌承光犹豫，穆骏把杯子拿回来喝茶，旁边有近侍要过来帮倒，他挡了一下。陌承光看那近侍，他两个其实都不习惯有宦者伺候，尤其这些是穆骏进宫后淘汰了高阶的旧人、从最底下选出来的，不是老到行动都有点困难的，就是年纪很小，看着格外可怜些。

"文炎吉在先帝朝，是被说弄权。"穆骏自己添上茶喝，"可也正说明他掌着朝政，不是没有能力。朝政对我，实话是一摸黑，我就是个朝都没上过几回的小藩王啊，先让他管管，咱们看着学呗？"

"他在先帝朝掌着朝政，管得好吗？"

穆骏被问住，杯子停在嘴边。

"别的不多说，北伐，有战略而不能实行，出大兵而不能供给，将士在境外自生自灭，要员在京里掣肘攻讦。先帝当时病沉，掌握朝廷实权的人，不用负责吗？"

"原来，怨气是在这儿呢？"穆骏真笑了，放下杯子，"文炎吉毕竟是个臣子，你觉得他在先帝时，就掌住整个朝堂了？"

不知为何，陌承光心中唤起先帝那句"亡国从来由天家自取"，他慢慢摇了摇头。

"所以臣子的能力，看我，看朕怎么用了。何况功过也能相抵啊，你知道文炎吉对朕最大的功绩是什么？"

他问得这么认真，陌承光又摇头。

"是把你全头全脚地从御史狱里接出来，还批文书，送到了朕的手上。"

陌承光看着现在须称陛下的自己的主君、更早时的同窗，不知道能说什么。

对这个半开玩笑得到的反应很满意，穆骏拿起杯子，喝得笑呛住："……正经的，大乱之下，他在京中保了多少人啊，办法，布局，都是一流的，你我都得承他的情。光是把太后送出城，我就得想怎么回报他了，多少家还认他做恩人呢，让他执政，我看新政容易推行。"

文炎吉掌了建康城防，确实有这样的便利，情要承的，他做的是好事，这没错。

陌承光起身，施一礼："陛下思虑周全，凭陛下定夺。"

穆骏仰脸看着他，心中为劝服了他高兴，但茶水滋润着口舌，皇帝也为需要花这么多口舌才劝服他，感到微微地别扭。虽然时日不长，他已经明显地发现，指令就好，没什么人需要自己这样做了，如果不是承光，他已经不很适应。

他把那口茶咽下："而且你放心，尚书台那种地方，说叫凤凰池，我看叫斗鸡窝，哪代不听说正副长官掐呀。"穆骏让陌承光坐下，身子往前倾，

“给他弄个难服他的副官，两个争起来，我看谁的对，就按谁的办。这叫居中制衡，文炎吉独揽不了大权，跳不高的。”

比武陵的殿堂和军帐中明亮得多的灯火里，皇帝的眼睛是特别明亮的所在，陌承光看着那眼睛想，用文炎吉，和自己，是否也……

他不能想下去了，问：“副官陛下用谁？”

“王素，王攸纪的那个伯父。”

献了宣城的人。陌承光领会地点点头。

“王家人，世家高门，又有立功，该是服不了文炎吉的。而且听说他在王家当家管着产业，那么庞杂的一族能管妥帖，管行政应该也不坏。”

陌承光点头：“那空出来的中书令？”

“我想给五叔。”穆骏更往前趴了些。

陌承光意外愣了下，很快明白过来：“仿前朝例，加丞相职，留镇夏口？”

穆骏觉得跟他说话真是省事，连点头：“这样，江夏王不仅是朕的叔父，也是朕的朝廷里最大的朝官了，没有比这更大的抬举，也没有比这更紧的联结了。并且也不动他在荆州的位置，惹不到他最大的利益，可万一真有大事时……召他入京，就有个理由。”

陌承光眼中的讶然更深了，随着穆骏的话语，又流露出佩服。

“我做天子还像个样子吧？”穆骏笑问。

陌承光的回应也是笑。

“跟对人了啊，记得，回去跟闻音也夸夸我。”穆骏玩笑着得意，又说，“然后，就是夏侯景晖，他的将军勋位已经封到顶了，做刺史，可以让他改领兖州，离京城比益州近，离北虏边境也近，方便拱卫。他自己封国公，挑两个儿子封侯，这些你都顾到了。再加上，录尚书事。”

中枢没有丞相职的情况下，用夏侯将军的忠心，进一步制衡尚书台的权力。陌承光默默记深了一遍以上诸条，领命点头。

“郭乐成，他做豫州刺史合适的，不动他了。他们北边武人看重钱粮，就把他的勋位格外加高些，隶属的兵户增一点。豫州是个穷地方，河漫滩也就能放放马，收入上，从中央优待他。枚伦……调作江州刺史吧。”

“陛下不放心枚将军在襄州？”陌承光直问。

“是。”穆骏果然笑，“当时咱们发檄书举义，他先跑去见五叔，是个什么意思？”皇帝想想摇头，“他在襄州，太远，那边山地里凑凑合合还能养战马，不行。江州不是挺好的，流油的富庶，给他再加到郡公，应该说不出什么了。”

“那襄州的刺史，让柳将军换防过去？”陌承光惦记着边境，“襄州是和北虏接战的中线，与淮南成掎角之势，防务是第一要义。柳将军本来就是襄州的太守出身，秦岭入襄州的武关道又是他重新开辟的，没有人比他更能稳镇襄州。”

“可文炎吉说得也有理啊。”穆骏停了一下，慢慢六个字，“‘爪牙不宜远出’。柳遥之是最要紧的战将，我必须放在身边。”

陛下不……问题升到嘴边，陌承光吞住。

“朕想给他，封县公，加个常侍职，就是随时能叫进宫的那种，然后，就任中领军。”穆骏自顾说。

中领军。是皇家戍卫部队的长官，负责皇城防务。

陌承光霎时松了心神，也就懂了意图……皇帝在下注，用这绝对的信任，置换柳遥之绝对的忠诚。

他相信眼前的人会稳赢。

“还有谁？”

“谯城王。”

“对、对。”穆骏沉吟，像要叹气，“……石头城要是在你手上拿的就好了。”

陌承光不说话，听对面说：“不过，朕也不能把所有的……”

皇帝停下抬眼看他，陌承光接话：“谯城王想回徐州。”

“你说呢？”

“最好，不要。”

穆骏点头：“五叔在上游荆州，枚伦与他隔江在江州，再放七弟去建康对岸的徐州，怎么觉得朕和伪帝要一个景况了呢。”

新朝甫建，天子的话让陌承光想皱眉。穆骏抬手使劲搓自己脸：“宗室、大将各领一州的做法，根本上我就觉得不对。天下就这么大，你看咱们刚才说的那些，就跟分家划地盘似的，可无论怎么分，最后都是一群领兵的把建康包在中间，说好听叫拱卫，说不好听，可不就是威胁吗？”

“制度须改。”

"但是难啊。咱们在太学的时候不就论过吗，秦代不分封，汉代分封，前朝重宗室，再前朝抑宗室，长长短短都是覆灭的结果。定制度的时候，谁不想着要千秋万代呢？最后都是积重难返。"穆骏一口气还是叹出来，"时间长了，你想变，多少人不想变，你一变，原来占着好处的一定咬牙切齿地来反你。"他对陌承光笑笑，"我这才做了多久的天子啊，已经觉出做天子的难了，心里面特别累。"

他口中说着"天子"，态度还是平等相交，陌承光很难说清从穆骏称帝到现在，自己的心态。是喜悦的，也被他的相托感动，但是真正掌握了权力之后，通过穆骏掌握了权力之后，他又觉得不安。

他很清楚君臣之间是世上最可畏的距离，共历的一场烽烟太仓促，到现在即便身处禁宫华殿之内，陌承光都觉得自己不应该这样坐在这里。但他想，眼前这个人，他可以，他总会不一样吧。

撞上穆骏的眼睛，陌承光说："所以臣的考虑，如果仍留谯城王的刺史职，扬州如何？"

建康所在州，治所就在京口，只比建康稍向东北，不必过江。

"那就，把扬州的治所并进建康，和京师共治。"穆骏很快说，"七弟喜欢徐州，就把他的王位改封到徐州，广陵吧。"他笑了笑，"不必就国嘛，反正他从前也是常住在京里，就在建康城好好当他的扬州刺史。再因功抬举一下，也加录尚书事。"

帝榻之侧，方便监控，两人心照不宣，结束了这个话题。

"臣按照以上，去将办法改拟，明天交礼司。"

"还少了一个人啊。"

陌承光迟疑看皇帝。

穆骏笑："你自己啊。"

看见陌承光有些尴尬的神情，穆骏连笑说："冒险的时候往前冲，获利的时候往后躲，你这是病啊。我早说你被悬瓠城的光景陷得太深了，该你吃的时候，多吃一点嘛。"

陌承光愣愣地看着他……悬瓠城的光景，好像已经是很久很久之前的事了。

却清晰得刺眼。

"你给自己要的那个青州刺史，朕是不答应的。"

“青州是——”

“朕知道，青州是咱们唯一凸向北虏境内的地面，在疆域里最适合训练骑兵，我知道你惦记什么。但那边抛荒多少年了，流民是哪边给钱叛向哪边，根本养不熟的，地方的官制也早散了，你过去一个光杆司令，能干什么呢？”

陌承光在座位上往前挪了下：“备战不是一时之力，从建设堡垒，安定流民，恢复产业起，还要养马、训兵、组织装备……没人去做，永远不会开始啊。”

“不到那个时候，朕也不会让你去做，你要给朕做丹阳尹！”

就是，战时文炎吉身兼的职务，和前朝京兆尹相当，京城建康的总长官。

“……臣领命。”

“还有，兼吏部选曹，为我选官。”

“这臣，恐怕——”

“你别推辞，不然我干吗费劲跟你说这么一大通？我累得都头疼。”穆骏搓脸揉眉毛，“京城的防务，朝里的官员，没有更要紧的了，我信不了别人。咱们就商量着来啊，以你的聪明，还有什么学不会的呢，你得帮朕分忧啊。”

他脸色确实疲乏，眼睛下面都浮着暗色，陌承光怕他病又起来，忙说：“臣领命。陛下快休息，臣告退了。”

“不行，还有一件事，必须今天解决。”穆骏的手还按在眉毛上，“我先再吃点东西，你，”他命令近侍上杯子，“喝点茶。”

夜已很深，穆骏头疼躺了一会儿重新起来，让陌承光随他往禁宫的更深处去。迈过咸宁门，里面就是后宫的范围，陌承光的脚下放慢了。他知道穆骏现在没有后妃，但是此地有太妃居住，还有，伪帝留下的女眷。

当今天子走在他半个身前，步伐没有变化，两列禁卫远处跟着，甬道很长，不知尽头通向哪里。似乎察觉到他的心绪，穆骏问他：“那天，第一眼看见伪帝停尸在大殿，你是什么感觉？”

没有听见回答，穆骏回头看着他：“说实话嘛，就那第一眼，什么感觉？”

“谢他。”陌承光轻说。

穆骏笑了。“我就知道。”他转回头，“要是他不死，你明知道先帝之死不能实查，真查实了没他的事，没办法收场了，可你心里过不去吧？你劝我的事，你自己其实是想不通的。”

“……他为陛下考虑得周到，他身后眷属——”

“自然让他们无事啊，这就是交换条件嘛。”穆骏顿了一下，“但有一个人，他信上没写。”

针刺一样的惊痛感从陌承光的脊背爬上，他感到自己的牙齿要开始发抖，就咬住了嘴唇。穆骏没回过头，还在往前走：“是他自己也不知道？还是他觉得隐匿下来，才更能保护？”

陌承光需要提醒自己呼吸，他看不见穆骏的脸，完全判断不出他此番用意。

说的是皇孙吗？可是先帝托付给父亲之后，孩子是被好好安置，藏起来了，连自己这次回家都没再见过，家人一概不知。是宫里走漏了消息？大乱之下什么都有可能，但是如果孩子被发现了，父亲那边没一点风声吗？

甬道里隔一段才有火把照明，穆骏的背影明明暗暗。陌承光强迫自己镇静，想，不是孩子，不会是那个孩子在这儿。那他是听说了什么，要看自己的反应吗？

“……故皇后的遗族？”

穆骏闻言一笑，回过头：“这么说也对。是啊，谁想得到呢，到他死的那天都没漏出来。”

甬道已至尽头，转弯后是座独立宫院，穆骏径直走入正殿，陌承光站在院门下，感觉了一下自己的表情，随他进去。

殿中很空，珍玩器具差不多被搬光了，只有些壁障和垂帘留着，烛光昏暗。陌承光起初以为殿中没有别人，直到听见抽噎声。他发现一个素服的女子站在殿角，身上雪色的衣裙被灯光染黄了，几乎融入背后的幔帐中。再然后，他看见她的广袖下掩着一个孩子。

三四岁身高的男孩，抱着她的腿，脸埋在她身上。

到陌承光的手心被自己的指甲抠痛了，他才发觉穆骏正在看着自己。他也看向穆骏，眼中的惊恐已经掩盖不住，他知道穆骏想做什么。

那不是皇孙，他知道，身高更矮。他看出这是先帝的另一招棋，这孩子是个替身，而这女子，该是伪帝的正妃，她在配合，要送这孩子做替死鬼。

陌承光知道，现在最合适的做法，是由着穆骏做他想做的，那么一桩天大的麻烦就会消失，皇孙就安全了，父亲和自己也就安全了。自己还有一份浸着血的忠心摆在穆骏面前，穆骏要看的那种忠心。

但是他不行。

“殿……陛下！孩子，孩子是无罪的，即便伪帝是罪当万死，孩子是无罪的，陛下仁慈，要留他身后眷属，孩子也是其一啊！”

“他没在信上写啊。”穆骏说，“谁知道这孩子是真是假呢。”

陌承光不觉向孩子的方向移过去，想把他挡在自己的影子里：“若是……假的，陛下不可滥杀啊！”

“若是假的更该杀，有一个假的就能有无数个，伪帝的子子孙孙都冒出来，天下不就乱了吗。”

“若真是他的孩子，就是陛下的亲侄，先帝和故皇后的孙子，是陛下家的血脉——”

穆骏近了两步，看着陌承光的眼睛说：“是你问过我的，‘骨肉相残，能接受吗？’”

“……孩子是无罪的，”陌承光抓住穆骏的胳膊，“他才这么大，陛下放过他，放过他吧。”

“你说，如果败的是我，要是我有儿子，他们会放过吗？”穆骏是背光的，他的神色隐在那些光晕里，“你说，史书上多少旧例，宣帝不就是戾太子的孙子，卷土重来犹未晚，我坐天下，我敢放过吗？”

陌承光说不出话，他松开手向后靠，能听见那女子发着抖簌簌的衣纹声。孩子被这番吵嚷吓哭了，叫着妈妈，女子也在啜泣。他回头看那女子，那女子红着眼睛也看着他，眼里满是乞求，求他别再管了的乞求。

他闭了下眼，他不行。

陌承光走过去，从女子的衣袖下把孩子揽过来，蹲下身搂进自己怀里。后面已经是墙壁，他不能再退了。孩子离开了女子的身边，害怕地挣动着，哭叫着“妈妈”“要妈妈”，女子跪跌在地上，双袖掩面痛哭。

穆骏没有动，盯着陌承光。陌承光站起身，把孩子挡在自己和墙壁之间，回视着他。陌承光明白了，究竟什么叫自己被悬瓠城的光景陷得太深，他不恐惧面前的天子，也不恐惧后果，他恐惧看着一个孩子死。

他不知道还能怎么办，穆骏许他剑履上殿，但他的手腕久伤，为了休养已经不再携带兵器。

穆骏垂下眼，目光落在陌承光的手上，那手按在空着的腰间。

“我就知道是这个结果。”一瞬，穆骏叹了声气，“本来我是要命令你亲手杀他的，不过想起来，你提不了刀了。你不会永远这么好运气的。”

他挥了下手，两列禁卫走进殿中。

趁一个禁卫靠近，陌承光微微挪开脚，疾步使擒拿去夺刀，后颈马上挨了另一个的刀背。他往下一矮，扭身双手攥住那持刀的手臂，蹬地挺身重踹，那人被他踹出两步，刀脱手落地，陌承光循声扑向刀去抓，还未触到，身后四五只脚踢上他后背，他被踹跌了出去，手肘撑地时不知多少人四面压来，他被死死摁在地上。

孩子被扯走，陌承光的脸压在殿宇冰冷的金砖地上，在他看不到的地方，孩子的哭声更大了，然后是一声尖啸，然后是死寂。他看到那女子跪着的腿和撑在地面发着抖的双手。

血腥味。

穆骏走到他身侧，蹲下身，让声音在他头顶响起：“伪帝自己去死了，你感谢他。朕设下局面看郑太妃为伪帝证言，你在旁边煎熬。如今是我让你沾了这血，不是你的罪，但你身上已经脏了，接受吧。”

什么东西剧痛地梗在胸口，那是梁山洲决战之夜前，穆骏送来的笔。

看到地上的人皱眉，皇帝挥开两个禁卫，又捏着陌承光的肩膀将他半翻过来，看着他说：“你我同取舍，你做不了圣人的。接受吧，你就没这么难受了。”

陌承光终于长长地病了，病到除了梦，就是梦。他梦见许多血，从饥饿的士兵和百姓脸上喷溅出来，梦见火，焚烧着尸山，梦见赤红色的大江大河，梦见母亲的手，轻轻拂过他的脸，抚过他的头。

他睁开眼，看见姐姐。

眼泪打在他脸上，他想，从什么时候起，自己没见姐姐哭过了？

“没事，”他喉咙里还能发出些声音，“就是累的。”

陌闻音扶他起来喂水，陌承光躺得太久，靠在姐姐身上头昏眼花。有什么东西刺他的眼，他偏头躲开，陌闻音动了一下，帮他挡住那些闪光，片刻说："是陛下的赏赐。"

陌承光仔细看了一眼，炫光中是金宝锦缎在窗下，大堆的。

"赏了一座前朝王府，你病了挪动不了，新赏的家具全给搬到家里来了，院子堆满了。"陌闻音的手习惯性地轻抚着弟弟的背，"叫我到宫里去了一次。你们……是怎么了？"

"你去后宫了吗？"

陌闻音摇头："清凉殿。"

你想去后宫吗？陌承光想问。

静了片刻，他说："我不是王，住不了王府，想想怎么辞掉吧。"

"是赏给我的。"陌闻音说，"封我做汝阳郡主了。"

陌承光的头愈垂了些下去。

"收下吧，给的不收，外面更要想怎么了。"

"婚事，提了吗？"陌承光问。

"咱们都得准备了。"陌闻音说，声音中有种不常见的轻快，"你要去登极大典，大典之后，我要去拜太后了。"

典礼当天，陌承光动身时，四更天又湿又凉，厨房却有灯火。他去望了望，见姐姐裹着外衣从里面迎出来，端着一个碗说："喝碗面汤吧。"

陌承光摇头，解释："得站一整天呢，不喝了。"

陌闻音回过意思来，回身到灶头掀开锅："那烧饼吃一个吧，昨天买的，热过了。"

烧饼有糖馅，怕糖液流下来把朝服沾了，陌闻音将围裙取过来，踮脚给陌承光系在脖子上罩住身前，一面说："还是得吃点。我打听了，朝会上说赐宴，就给一块冷点心，吃完了喝好几遍酒，现在不吃点，可站不了一天。"

姐弟俩此时相对，双生子之间都回避着对方的视线，姐姐要送弟弟终于踏上高位，弟弟要送姐姐见来日婆母，应该是欣喜的，但都觉得不想面对，都怕对方即将踏上的或许是险途。

陌闻音第一次看弟弟穿大朝服，打量他全身，一刻说："里面这件锦袍毕竟不合身，有些短了，下面只露出一小片，靴子露出一大截。"

陌承光低头看看："就穿邬考工这件吧，新赏赐的锦绣太华贵，我站在前排，不大好。”

陌闻音点点头。

仲春的后半夜，天气暖不过来，马鼻子里喷出的热气让人觉得金贵。连阴了好几天，此时空气中有细针般的水，不知是雾还是雨丝。陌承光的马鞍上伸出的杆子挑着马灯，摇晃着明暗不定。

路湿不能打马，行了快半个时辰，皇城正门的五凤阙楼显出与夜空相接的轮廓。行路的人多了起来，有轿有车有马，自建康城的四面汇集，越近阙楼车马越多，渐渐拥堵。车夫彼此争路，在大典之前的暗夜中传起些人间烟火声。

阙楼后的宫墙上，四盆大火燃起，火光映天，微微照亮压低的云层边缘。风向火的方向吹去，风中的雨意似乎更浓了。陌承光有丝担心，如果雨大，典礼能否顺利进行。

阙楼前的下马处设置得比平常远很多，牵马的小黄门告知他进了宫门不能再着蓑衣，他就把蓑衣搭在马背上，合在人流中向宫内走。天上真的飘下细雨了，从皇城朱雀门至外宫长庆门，长长的甬道两侧，每隔三丈点起一对架在高大铁架上的火盆，带刀宿卫十步相隔、两两对面伫立。越来越密的雨丝从每盆火光中斜飞而过，沾上卫士的纱帽与绣衣。

雨打后无数官靴来踏，甬道已十分湿滑，前来朝觐的臣子与使者们小心翼翼提着斑斓锦绣的袍摆走至长庆门，都停在门洞中整理衣装。陌承光轻轻跺着脚，将头上和肩上的水珠拍掉。时辰还早，从门洞望过去，太极门前的空场上只有火把在燃，整套御用的黄麾仪仗陈列在那里，礼仪官尚未就位。

门洞中越来越挤，今日即便是朱紫公卿，若没有圣谕的特别安排，一样要跟着礼仪官排队，身着各色朝服的官员摩肩接踵，间或夹杂着衣饰新鲜的外族人。陌承光往边上让，几乎贴到墙上去，左右转了转头，看见一个熟识。

柳遥之个高，也早看见了他，向他一笑便挤过来。陌承光赶忙问礼，柳遥之笑说：“大人，你现在是我的上官。”

“……将军是我兄长。”

柳遥之讶然而笑，仔细看过他，攀住他手臂将他往宫内方向拉走：“陛下说你肯定挤在这儿，让我过来把你带进去，免得叫近侍过来优待你，你又推辞着麻烦。”他回头说，“其实你我都有散骑常侍衔，你可以从侧门直接进宫的。”

陌承光不语跟着他，走了一段，甬道前后无人，陌承光看着柳遥之背影，想到今后会与他许多次这样相处，谢罪般轻说：“起兵之时，柳将军在江州，是我建议陛下用计先袭江州水师，取一胜，折将军心意。”

“看到檄书时，我就决定投效陛下了。”柳遥之回了下头，“还是那天的话，只在等你。我不敢与陛下为敌的，何况再加上一个你。”

静鞭声，从太极殿前一重一重响过来，接着有人声在太极门内高声道：“礼官出！”

走进太极殿广场时，场中火把已经熄灭，柳遥之带陌承光立在廊下，看近千人的文臣武将由礼官按序带入，在广场上静穆列队。只有太极殿那登云天梯般的三台御阶上，每层的枝形灯架仍点燃着，大殿自殿檐垂下宝珠帘般的大串灯笼，火光灯光交相辉映，安置在御阶顶端的龙座与羽扇屏风流光溢彩，远望如海市蜃楼。

越来越紧的雨线飞降而下，檐下灯架烛火的暖光隔着雨幕散入薄夜，似仙雾迷离。

广场两侧的长廊之下，九韶之乐早按仪制陈列妥当。雨不曾停，但随着天光渐亮，雨丝转为细密柔和，场中由一排排禁卫高擎的锦绣旌旗渐渐显露出原本的颜色，因被雨打湿，愈发浓艳。

“走吧。”

柳遥之引陌承光站到了队伍最前，千人不闻一声的队列，在安静地等一场大热闹。

这宫殿之辉煌巍峨，仪式之庄严盛大，陈设之典丽堂皇，天子之至尊无上，像洪流，亦像酒，兜身而下，令场中所有人沉浸其内，感到一种近乎自豪的臣服的愉悦。

就连陌承光，都闻到了这皇权烈酒般的香气。

遑论即将坐在那光芒中央龙座上的人呢？他想。

撞钟的声音此刻响起，御辇已出，新帝即将升座。

人群因而无声骚动起来，每个人都绷直了身子，唱旨的中官开始一遍遍逐级传下皇帝今日的第一道谕令：

“适逢大典，天降喜雨。天子感之，特命朝者三拜为礼，免跪。”

陌承光低头，看看自己借用的锦袍的边缘，又看脚下雨湿的地面。

所以他到底变了多少？知道心疼东西，也还知道心疼人。

大典之后，大宴功臣。

清凉殿的花园不大，北侧殿宇三面花窗卸去后，成了一座临水的轩，向水面探出一处平台，皇帝的主座摆在轩中，轩外是王公贵戚的坐席，高官的座位散布在围绕池水的白玉折桥上。

春日无荷花，池上搭起的台子将水面几乎完全遮蔽。为了方便四面观看，台无正背之分，只在四角展有丝绣彩旗，台沿以一道矮矮的金丝锦障四面围定。

陌承光坐下，看见柳遥之在他临案，旁陪郭乐成。陌承光如今两官相叠，勋位也高，周围的台案摆得稀疏，上首不远处是尚书令文炎吉，陪坐文炎吉的就是琅琊王氏的长辈、现官尚书仆射的王素。

陌承光的陪座还空着，他看了眼那位置，正身端坐。对面的池塘边有一座六角小亭，亭子的每一面都下了纱帘，台基较高，看着是为太后看戏准备的位置。想是怕过于遮挡，纱不算厚，雨后转晴，天光通透，亭中宫人行动起坐如在水波中。

陌承光看着那些帘子微微飘动，心里惦记着姐姐今天去拜太后的情况，不知是在这宴前还是宴后，这时有几人行至他案旁，陌承光抬头，见是外族。

他起身行礼，引人前来的礼部郎介绍说，这是吐蕃赞普派来恭贺登极的特使，吐蕃王公查旦隆。

陌承光熟悉这名字，在翻译的辅助下对特使致意，查旦隆双手搭肩向他回礼，坐下后说："原来这就是陌承光大人，你们的皇帝年轻，你也很年轻，我刚才在人群里看见你，不知道就是。"

陌承光谦逊笑，回说："特使千里而来，一路风尘辛苦，我代陛下诚挚感谢。"

查旦隆摇摇头："是不容易，不过能过来办好大赞普的大事，不怕辛苦。"

陌承光正要问他是何大事，雅乐奏响，皇帝升座。清凉殿花园中全体宾客起身行礼，陌承光低垂下头，距离不太远，他知道方才自己可以和皇帝对上视线，但他没有往那里看。

在他的视野余光中出现华丽的宫装裙摆，为首的衣色较深，步态柔缓，应是太后。其后紫翠交织，金粉驳杂，像一片移动的锦绣花园，其中一幅红裙鲜明夺目，似一丛流动的火焰围在彩霞之间。那些裙幅一一扫过小亭的台阶，纱帘重新飘落，片刻礼官高声：“坐——”

宾客归座，每人案上摆有点心和干鲜果品，以及醴酪、肉脯，宫人在折桥中往复行走，为各座添茶。查旦隆一直打量那些宫人，但女子的明眸扫过来时，往往冲着陌承光一笑。

“你们的皇帝，所说的三宫六院，一共多少人？”陌承光听见查旦隆问。

陌承光想想，答：“现在还没有。”

“能有多少人？”

“三五也可……千百，也可。”

查旦隆笑起说：“我们大赞普，就是三五个。”

陌承光没有接话，听见查旦隆又补上一句：“死了再纳的。”

礼官在轩中拍手，满园一静。皇帝起身，众人随之再起，皇帝已换上便礼服，走至轩口说：“先帝的三个月热孝刚过不久，今日大典，稍不拘仪，但宫中不宜太闹。列位都是朕的故友亲朋，就是小聚一番，看些文雅歌戏，吃点清淡饮食，一切随意，尽心为上。”

满园向皇帝致谢，皇帝摆摆手请众人坐，自己也回轩中坐下。杂戏开场，打头是传统的壮舞，战斗场面结合杂耍，舞者真刀真枪两两厮杀，腾挪劈砍时，刀光往往擦着对手的头皮划过，惊得那六角亭中传出几声娇呼。仙山楼台隔海雾，亭中隐约的倩影们此时此刻比台上的舞者更引人瞩目。

接着是一段祈求风调雨顺的吉庆杂耍，台上出现四条舞动的银龙，穿梭翻卷不息，灵动的姿态使人忘却是由伎人舞来的。随之有烟雾火彩自台边喷撒，银龙翔舞其中，愈加酷似真龙见世。

拍手欢声四面响起，几名彩衣小儿忽然变戏法似的从台底下冒出，将五谷抛洒向台面，与银龙互作引逗嬉戏之态，引得看客阵阵欢笑。

皇帝露出了笑容。

陌承光看着他这样轻松的神色，心中反而更重了些，转开眼睛看向日色渐暗的天。园角一栋画楼的最高层上，有扇侧向的窗子开着，一位男装少女双臂撑在窗台上，将半个身子完全探出窗外。陌承光被这景象惊了一跳，怕她跌落，差点喊出声来，再看一瞬，那女孩没有再往外倾的意思，只是撑在那里，高扬着头看着天上的一个点。

陌承光随她视线望去。那是只鹰。

“陌大人。”

陌承光转回头。

“演的这是什么？”查旦隆向台上指。

陌承光随他看去，很快看出是《和氏璧》。

“这是常演的正剧，改自史上之事。戏分两折，第一折‘荆人献玉’，第二折‘完璧归赵’。”

陌承光大致讲了故事，查旦隆听得很有趣味，台上戏也逐渐演至精彩处。天色暗到需要点灯了，浑圆的皮纸灯笼在园中树木上亮起，其上珍禽瑞兽的图案晶莹可爱，满园仿佛撒落了无数大颗的星子。

每位宾客的案上也摆起宫人传来的小灯台，可天光未尽时，刚点起的灯总显得光力不足，只能弱弱地渗进晦暗中些许。

只有太后坐的那间亭子中，垂枝大灯架的光芒隔着纱帘荧荧耀出，将亭子仿佛变幻成了一只六角大灯笼，其中灯影美人或坐或立，钗饰闪烁，衣色愈发鲜明，尤其锦绣红衣的那位，望如洛水神仙。

起先向四面看上灯的观者已经没有几个记得回头看戏了，都向那亭子痴望。

亭中的女官很快明白过来，吹熄了亭内的灯，只在太后身边留下一盏，将灯架搬至亭前左右。灯再点起时，因亭前明亮，亭中情形一点也看不见了。

众臣不敢怎样，外邦使者们发出可惜的声音，查旦隆叹得最大声。

陌承光觉得有些好笑，也极惊讶，看着那暗下的亭子没有错开眼。身边查旦隆连声问他：“那个红衣的是谁？”

“那是，汝阳郡主。”

我的姐姐。

没了美人看，只好看戏，查旦隆看得恹恹的，到蔺相如要持璧击柱，他随口问：“这个璧回到赵国之后，后来呢？”

陌承光怔了一下。

“后来，秦并六国，和氏璧终归于秦，被始皇帝制为……传国玉玺。”

原来，这一场大戏，是为这四个字准备的。主角不是台上的伎人，是穆骏自己。

戏演至结尾，蔺相如捧璧归献赵王，赵王携璧朗笑而下。

皇帝拊掌赞赏，命将今日参演的伎人尽数请回台上，由少府赏赐铜钱和杂彩。班主下台谢恩，穆骏让他起来，笑说："今日最后这出戏，应景得很。朕恰有一件东西，与你的戏文相关。"

查旦隆询问地看向陌承光，却见陌承光不转眼地盯着穆骏的方向。

穆骏向身边的桌案伸出手，一名缁衣中官走上前去，自那里捧起一只朱漆盘，揭去上覆的黄绫。

"是什么？"四下惊声中，查旦隆问。

"丢失的玉玺。"陌承光缓缓答。

穆骏起身走下御座，行至轩殿的平台边缘。

"列位或许已经听闻，日前，王卿为朕献归此物。"

王素立即起身致礼："玉玺亡失有日，却于陛下登极之前重现尘寰，诚可见陛下正继皇统，顺应天意。臣家族众偶然获知至宝隐于黑市，虽然起初不明真假，但顾虑即使是假，放任其流传于世，也有动摇天下的隐患，便倾尽所能，辗转购回，幸得是真。上苍垂青圣主，至宝完璧而归，臣家感激涕零，阖族焚香祝祷七日，祈求陛下帝脉福祚永绵。"

皇帝点头嘉许，却说："是真是假，还要看看。"他示意中官托出朱漆盘，将玉玺轮流于王公贵戚传看，又让走下轩殿，示与众位高阶朝官。

漆盘至陌承光面前经过，他此前没有见过传国玺，并未取看，倒是查旦隆好奇拿起，看了看那文字，又不解放下。

这玉玺是真是假，不重要，陌承光明白，它是琅琊王氏找到并奉献的，已经足够了。

穆骏在轩上问："尚书，你久在枢机，看此物如何？"

文炎吉起身答道："玉质莹洁如凝脂照雪，映光透亮，仿佛自蕴幽火，'命'字一侧有一石体天生的微瑕，确为先帝所用传国之宝无疑。"

满园再度惊叹，这一日的欢悦激扬到了极点，全体宾客纷纷起立向皇帝为贺，亭中的女眷们影影绰绰也在行礼。穆骏笑意舒畅，待人群稍静，扬声说："传酒！今日大喜，玉玺得归，众卿，不醉不归——"

皇帝是醉了，劝过公卿一轮酒来至陌承光这边时，陌承光只一眼就知他醉了，自己便端起还没碰过的酒杯，连喝两杯。穆骏在柳遥之那边灌了一阵，拉着他走到陌承光案边，柳遥之脚下已经打晃了，两个人摇摇坐下，陌承光怕脸上没有酒意，不等穆骏劝，执杯又要再喝。穆骏却按住他的手，说：“你病刚好，你少喝。”然后指着查旦隆说，“你远来，你多喝。”

查旦隆笑说：“陛下你们的酒太淡，喝不醉的。”

穆骏也笑，执杯对他：“来，来！”

陌承光看看柳遥之，那执掌皇城兵事的将军手撑着头，看着皇帝和吐蕃特使欢饮，这是个太平景象了。

陌承光执杯敬他，柳遥之挑眉满饮，回手执壶再敬回来，陌承光又饮一杯。

此后两人便闲坐，另一边拼酒不知道多少轮，连查旦隆都醉得满脸红，织金外袍脱下一半斜披在肩上，倚案散腿，谈笑越来越大声。有人在穆骏身边坐下，灯台光中亮亮的眼睛盯着陌承光，陌承光细看一眼，发现是方才所见画楼上那个看鹰的女孩。

漂亮，是陌承光对她的第一印象，此时这印象更强烈了，虽然着男装，但她的容貌如烛光照眼，胜过了案上的灯台，使陌承光一时没转开眼睛。

她的眼睛直盯过来，说：“陌承光，咱俩成亲吧。”

陌承光愣了一下，觉得是酒上头听错了，心中大起尴尬。旁边穆骏闻声歪过头，胳膊支在柳遥之身上跟她摆手：“不，不成，你得他自己乐意，他拧着呢。”

这案上醉得轻的就属柳遥之了，陌承光又看他，柳遥之笑对女孩说：“郡主，陛下说的是，这事人家得乐意。”

那女孩转冲着穆骏说：“指个婚吧。”

看见陌承光目瞪口呆的神情，穆骏直乐，摆着手说，“不成，你强迫不了他，朕，都强迫不了他。”

那女孩又撒了娇求，穆骏又笑推，两边都看不出是认真还是玩笑。柳遥之偏过身跟陌承光轻声解释：“是长平郡主，先帝的养女，拙荆的十九妹。”

陌承光脑子整个是蒙的，大概想起先帝的女儿少，是将江夏王的几个女儿养在宫里。他看见吐蕃翻译也是一脸的不明所以，嘴上打着磕绊，查旦隆听了半天，哈哈大笑起来。

“原来直说就行？那我也直说！”他赶在穆骏和郡主两句话间插进去，

手搭向穆骏的胳膊，被柳遥之不动声色挡住。查旦隆的手划向桌面，身子仍向穆骏探去：“皇帝陛下，刚才亭子里，那个红衣服的郡主，只要没结亲，我为大赞普求娶，一定要她！”

陌承光僵住了，脸上什么表情都做不出来。穆骏看看他，略沉了一下，向前趴到案上，手肘压在查旦隆手上凑近他，用力摇头：“她，不成。告诉你们，你们赞普，她是朕的，心上人。”

那天深夜，陌承光坐在新赐的空荡荡的大宅里，看着姐姐拆下头上簪饰，收拾叠放那套太后赏赐的红色华服，心中想的就是这几个字：“她是朕的心上人。”他终于觉得世间万事或许都自有其安排，此前种种多少没有被辜负。

“承光，”陌闻音把东西都理好，坐在榻上对他说，“今天下雨，脚下肯定打泥，你穿的那件邬考工的锦袍也拿来。锦面不能洗，我拿清水擦擦，里布我就拆洗了。”

陌承光知道姐姐没睡意，想干活缓缓，就把衣服拿过来。他自己也是，虽然身上累得很，但只想坐着，不想躺下闭上眼，还不想去明天。

陌闻音把那件绿锦袍摊在榻上，使小剪刀一点点挑开锦面与里子之间的缝线。陌承光静着看，希望这时间能再拉长。忽然他见姐姐眉头一动，手伸进锦袍的里子中摸了摸，掏出薄薄一叠像是手帕的东西。

陌闻音将那帕子打开看了一眼，抬头说：“承光你过来，看这是什么？”

<上部完>

FONGHONG
凤凰联动出品

暮云深 2 山河雪

下册

戎葵 著

江苏凤凰文艺出版社
JIANGSU PHOENIX LITERATURE AND ART PUBLISHING

第十三章

山水缠

陌承光从来没在一个家里见过这么多人。

皇帝以他病体未复、政事勤苦为由，让他在家中开府，坐堂理政，于是丹阳尹和吏部选曹两套公务的僚属都置在这所新赐府邸的前院。虽然陌承光百计辞减，最后还是留下五十余人，加上扫洒、仆从、马夫，阖家近百人，而主人只有他和姐姐两个，管理家务都成了头疼事。

正巧柳遥之的夫人随夫婿转职，移住京中，她与陌闻音有过彭城之交，拜访时看见家中忙乱，就经常过来帮忙操持。柳夫人是江夏王府的小姐出身，对经营大家大室极有经验，陌承光有时从旁看着，心中总会感叹从前听闻柳夫人贤能，今日得见当真不虚。

不出一个月，府中事务便井井有条，而柳夫人再来时又带来了自己的妹妹，长平郡主穆宁云。

大约柳夫人起初过来就有此意，宁云郡主那日仍着男装，随她姐姐上堂见礼时，陌闻音就在旁边冲弟弟挤眼睛。穆氏姐妹俩长得不像，柳夫人恰如她夫君的姓氏，是杨柳当风之态，温静娴雅，而宁云郡主却是明艳、扎人的漂亮。

陌承光其实喜欢郡主这般长相，因为近似自己的姐姐，但姐姐更偏于冷艳，郡主年纪小，明眸皓齿鲜亮浓烈，两个对面而坐，如同红莲较之红牡丹。

再往下，他就觉不出什么了。几个女子窃窃的小心思他明白，但跟不上。

礼数上的寒暄说尽，陌承光便起身辞说：“柳夫人，郡主，在下失礼了，前堂还有政务，在下这就过去，不扰你们姐妹三个说话。”

宁云看她姐姐，柳夫人倒没露出失望的神色，马上笑说：“我和汝阳郡主说话，宁云随你去吧。她缠着陛下指婚不成，又来缠我，大人你不理她就是了，我们这儿也清静点。”

陌承光无奈地往自己姐姐那看，陌闻音垂眼淡笑不吭声，他只好施过礼起脚走，由着宁云郡主后面跟来。

到了前头书堂，既然郡主跟进来，陌承光只好先让书吏都出去。

他本心实在不愿与皇室多生纠葛，柳夫人说了不理，他就当真不理，自己看军政书报，核校京城开支，审阅官员考课，又看各地上报的贤士资料，遇到需要批复或记录的，先在废纸上写草稿。这么过了约两个时辰，他觉得有些饿，抬头看了下门外日色，才发现郡主仍站在案边。陌承光微微吓了一跳，一下站起身。

“你坐都不让我坐呀？”宁云与他对上眼睛，立刻说。

声音是嗔怪的，但没有恼怒。陌承光忘了她半天，深觉失礼，歉疚着忙请她坐。宁云到旁边的凳子上咚一声坐下，大大叹着气活动肩膀，又揉自己的脖子，“天呐，我自打生下来就没罚站过这么久。”

陌承光深施一礼，“微臣……入神了，郡主恕罪。”

宁云摇摇头，两脚在地上轻轻磕着解乏，“你认真做事的样子真好看，我没看错。”

陌承光尴尬，耳朵周围发热，但自觉还没红了脸。他心中轻叹一声，说：“时候不早了，郡主若不嫌弃，微臣去传吃食，请郡主到后堂用膳吧。”

“你跟我一起吃吗？”

“微臣……还有些事务没完。”

“那我等着你。”

陌承光实在不知道该怎么应付眼前的局面，可是既然说了还有事，只好又在书案前坐下。宁云却又站起来走到书案旁，仍然轻轻磕着脚尖，凝眉看着他写草稿。

“是这纸不好吗？”她伸手捏了捏粗糙的纸边，“你写字都这样吗？”

“微臣手上有伤。”陌承光回。

“啊，我说呢。我来给你写吧。”

陌承光抬头，诧异看她一眼。

“你口说，我来给你写吧。”宁云认真地说，“自从先帝病了以后，好多口诏都是他说我写的，让旁人不是不放心嘛。我笔下可快了，字也好看。”

陌承光起身谦辞，“岂敢劳动郡主。”

“反正，我什么都不干也是耗在这儿。”宁云仰头盯着他，“我从此每天都来的，你总不至于赶我出去吧？文吏呢，你又不让进来，你这样写多耽误你的事儿啊，索性就让我写嘛，这些东西这么无聊，哪天我写烦了，就不来了。”

陌承光接连摇头，宁云也不管，用胳膊挤他。陌承光赶紧往旁边躲开，宁云就在书案前他的位子上坐下，拈起他的笔，揭过一张素白纸放在面前。

“反正这也是手稿嘛，行文书还有书吏正式誊抄的，你怕什么？陛下可说了，我要嫁你他管不了，让我自行其是，我可是奉着圣谕来的，你要是不识抬举可就是抗旨了啊。”

陌承光无言以对，拧着眉头。宁云又说：“还是你觉得我是女人，不愿我过手你的政务啊？一呢，我只是动手写，绝不动嘴的。二呢，圣旨我都过手多少次，配不上你这些吗？”

“微臣绝无此意。”

“那就行了。说吧。”宁云悬笔在纸上，看着他。

陌承光简直想找个什么东西撞头，但郡主说的他实在回绝不了，心中叹气再叹气，只好安慰自己，郡主说的也是，养尊处优的小女孩心性，真做起这些枯燥的文吏事务，她坚持不了几天的。

于是陌承光干脆纯以对文吏之法对她，不只口说让她书写，也让她誊抄、整理非关机要的文档，排布各类事项等。不只这日如此，日日皆是如此。宁云郡主却当真接连来了快一个月，每日早至晚归，连陌闻音在的后堂也不多去，一个人差不多做掉原本这书堂里两个人的差事。

陌承光一边心服她干练，一边又盼着她什么时候厌烦。见她好像对政务真有兴趣，只好又少派她事，多闲着她。其后她果然接连几天没有再来，陌承光正要松神，郡主却又翩然而至，衣裳仍是男装，颜色却更鲜亮了，做事的劲头比此前尤甚。

没有事情给她时，她最多站在门口望望院子，大部分时间就搬着凳子坐在陌承光案边，目不转睛地看他，一副无欲无求的泰然模样。

纵是陌承光这样迟钝的，时日长了也受不住这种视线，心中窘迫之下，混合着惭愧和感动，不时会记得去看她一眼。

虽然已经习惯了那美貌，视线一触上，宁云眼神里近于荒唐的执着仍能敲得他胸口闷闷作响。

好在只是如此，陌承光想，因为那闷响的声音之内，他总能回想起清憩园里的凉露，甚至那深夜殿中孩子的眼睛。

一日外勤，陌承光向建康街市例行巡查，访看民情。他自己乘马，随行跟的不多，也摆出官命不许长平郡主跟着。连月以来，身边少了这么个人时，他总会觉得心轻了点，也空了点，有股子说不清道不明的微微烦躁。陌承光终归觉得对公务是干扰了，外面的流言，也没办法当成听不见了。

心里掂量着，怎么能了结此事，对郡主说个清楚，讲成抗旨也罢，好过不明不白地浪费了女孩的心思。

一路巡到西市，正好是中午闭市之前，最后一波买卖赶着成交。这片市场在内河比较宽的一段岸上天然形成,后被官府划定管理。水面贴着岸，并排停泊很多细窄小舟，堆放着各类水产货物。藕正当季，卖的人不少，莲蓬介于老嫩之间，深深浅浅的暗绿，锭子一样船头堆着。卖剩下的鱼在渔船的仓中跳跃，也有货船趸来更远地的瓜果、日用，像是蜀中的细织巾帔和衫子等，被专卖的店家挂起，旗帆那样，展示在高擎的格子架上，向午日光下，色彩斑斓。

岸上水上货品充足，买家卖家人头攒动，仿佛那场皇帝换位的战争从未发生过一样，半年以来，民生秩序迅速恢复。

日常巡查，陌承光省了仪仗。最初几次因他年轻的外表和服色反差，还有人围看，次数多了，街里都知道这个就是骑马出巡的新丹阳尹，也没架子，也不用前开道后恭送，最多是打上照面了，市民会尊重地拱拱手，陌承光就欠身还礼。

今日无异状，他想着收队回去了，又想到回府仍要面对宁云，转马时犹豫，人流也拥挤，这时，河面上的那丛小舟不知怎的起了骚动。

陌承光驻马望去，见两个渔民模样的拖着另外一人，踩过条条小舟跨越水面往岸上猛挤，乍惊的商贩不知状况，有些船舷相碰歪斜，人货直接掉进水里。

水声人声，乱势越来越大，那两个起事的渔民却如两柄擦过水面的剑，决死般的气魄，把沿途一切剖开。

陌承光清楚察觉那气魄直刺自己而来，他做出的反应是下马更向近处疾行，避免有民众隔在自己和水岸之间。知道长官不能提刀的扈从没全赶上之际，那两个渔民先在最近的小舟上停身，岸头水上，与陌承光对望。

陌承光问出第一个字前，年纪较小的渔民猛按倒了他们一直拖着的那人，较大的揪住那人头发，掏刀抹向那喉管。

喷射的血沫，在赤日下幻出虹彩。

尖叫和恐慌迟了好一瞬爆发，人群从水上岸上拼命逃离事发地点，骤然加剧的拥挤眼看要引发踩踏。什么都来不及想，陌承光厉声命令扈从上船捉住两人，自己回身奔向坐骑，踏镫翻上，静鞭当空抽下——

"原地止步！丹阳尹令，原地止步！！"

太混乱了，无人顾得听他的声音，临界的这一刻，好在西市的皂衣市吏从各个角落涌出，人墙挽手加棍棒，粗暴地分开纠缠的人团。爬上一辆菜车高声指挥的市丞是陌承光旧识，与他有过许多瓜葛的那个前粮商。

胡珀在西市税局中清出一间值房，供陌承光紧急审问行凶的两个渔民。两人自从在闹市中杀了携来的那人后，便在舟上束手就擒，此时跪地回话也顺从，死者身份很快问明，竟是扬州大族庾氏的外管家庾崇礼。

市丞胡珀认得此人，在陌承光身旁确认说："下官去看了尸首，就是叫庾崇礼的没错。他管着庾家园子的产出向外趸卖，是个很肥的缺，姓也是本姓，在庾家不是个小人物。"

兵部库军粮掺假的风波之后，胡珀起了从官商中抽身之意，没多久，就按包税法，捐下了西市市丞的位置。也就是每年向官府承包缴纳多少榷税，若从西市收税不够，自己添补，若税有盈余，自己收纳。虽然是个专门给富商做的不入流的小官，毕竟在建康的行政系统之内，因此如今他对陌承光能自称下官。

陌承光稍点了下头，站着问那个看起来年长主事的渔民："你们和庾崇礼，什么过节，为何掳他至此，当众杀害？"

"过节就是，杀父杀母杀兄的过节！"

那中年仰起头吼，一双眼睛血丝满布，陌承光认得这种眼睛，是灭绝了全部希望，也没有了全部牵挂的眼睛。

"杀父，杀母，杀兄？你的……父母兄长？"

“是！看见那堆卖藕的吗？去年这时候，我哥和我还一起卖呢，现在，人死了，埋在土里，骨头还不如藕了！”

他情绪激动，开始胡言乱骂，陌承光让差役先押他下去，转问那个年纪更小，看来文气些的青年，“你与方才这位，”他指下那个中年刚跪的位置，“什么关系？”

“……是我爹。”

“杀父杀母杀兄，说的是你的祖父母……和……伯父？”

青年点头。

“你们的籍贯姓名，报来。”

断断续续地，青年在询问下说清了案情。

他名金双，家住扬州吴县，世代打鱼为生，每到莲藕季节，还会和父亲与大伯一起挖藕出卖，填补家用。去年冬初藕季，他们到从前挖过的一处野塘围堰放水时，庾家的护庄家丁赶到，说野塘是庾家产业，不只不许挖藕，还说放水干死了鱼虾，破坏庾家的财产，定要扣下他们赔钱。

信不过庾家的说法，何况也真没钱。金双念过半年私塾，忍不住争了句几十年的野塘，怎么就成了庾家产业，可有地契，没有不算。庾家的家丁恼起，十来个人追打他家三个。吃不了眼前亏，他们只有慌着逃，可他大伯天生是跛脚，在放了水的烂泥塘里摔跌，几个家丁扑上去狠打，再起身时，大伯已经在淤泥里呛死。

庾家人一哄而散，他和爹抬尸回家，求告无门。告到吴县县衙，定为误伤，还说擅闯庾家产业在先，庾家连下葬钱都分文不给。到京口上告扬州府，庾家和吴县令早就打点，府门都不让进去。几个月间，先是久病的祖父失了大恸，又想省钱告状，不肯饮食，哀竭而逝。接着祖母丧子丧夫，精神压垮，自悬了房梁。半年之内，家中破院三次停尸，房后荒坡上三个新坟并排。

“爹和我，早想要报仇，可皇上就打起仗来了……庾家人全当缩头龟，院门都不出。好容易天下太平了，才逮到这个庾崇礼……爹说，得让他死个好看，让人都知道我家的冤屈！”

金双边说边哭了起来，气急得噎着。

只一方的说法，但陌承光感觉，他们把人杀死在自己眼前，就是在行凶的同时自首，既然有这样的决绝之心，对实情不会有太多扭曲。

“庾崇礼是，那日围打你伯父的其中一个？”

“不是。”金双抹泪，答得干脆。

“为什么寻他报仇？”这是陌承光目前为止最大的疑问。

“因为，庾家看园子，看山看水的家丁，都是他管，圈了山水，钱也是他挣。爹说了，我家要绝了户，仇也不白报，庾家害的，也不是我一家。”

从丹阳尹的眼神中，金双能看到，这个官，和之前让自家碰了多少次壁的不一样，他又有了倾诉的念头，有了想求个说法的寄盼，“他们庾家仗着势大，随处跑马圈片野山，就说是他家产业，柴也不许砍，笋子野菜也不许挖，我们渔民，世代江湖里打上来的鱼，啥时候有过主啊？他家，几里十几里圈山，圈进去的水面全成了他家的？

“光我们镇上，说捞了他家水里的鱼，被讹钱的就不知多少，给不了钱的，打残废的就七八个，我大伯不是第一个挨打！”金双说得喘不上气，“砍柴，我跑出十几里去捡树枝子，起早摸黑，生怕给他家巡山的看见，看见一样是打。没脚力的，买吧，总不能屋里头没火，不许打他家的鱼，还得买他家的柴，哪来的现钱……”

听着他止不住的讲述，陌承光按着心里不断涌起的同情，也提醒自己，跪在面前的是杀人现行犯，作为建康的治安官，要中立处置。

“我就想问个凭啥啊？庾家有没有地契，挣的还是买的，凭啥占上了就成了他家的？我们没地的渔民，就得穷死？野山野水，都不配给我们活着？”

“究竟与庾崇礼何干？”陌承光紧截在他后面问。

“那些个家丁就是喽啰！”见这个大人还不明事，金双怨气逼得爆发，“大罪，是圈山的庾家，那个庾崇礼就是庾家的恶霸！我家死完了，杀了他一个，让那些欺压渔民的知道住手，知道恶有恶报！他们不敢再封了山，放开了水面，让我们村里能打上口吃食，我和我爹就是两条好汉，死了不亏！”

“你家，除了你父子，没有人了？”陌承光慢问。

“我娘……早死了，”金双身子坐了些下去，在地面上看起来年纪更小了，“我大伯，就没娶上亲，媳妇本儿都给了我爹了，他跛脚，说不坑人女子，这才有的我……我大伯，人多好，对我和我爹多好，他活一世，就这么死的……”

金双又哭了，超过年龄的硬撑压得他崩溃，陌承光暂没什么需要问了，但也不想离开，站在金双的身前沉默。

旁边市丞胡珀过来一句，“大人，下官可以问他吗？”

是西市上发生的案件，陌承光点头。

“本官来问你啊，”许久不见，胡珀已从一个商人转成了官员的架势，“你们在哪里掳得的这个庾崇礼，在你们吴县？”

金双仰脸看他，点头。

“那为什么不惜这样折腾，非得带到陌大人面前来呀？”胡珀弯腰对着金双，“要在你们本地，即便闹市上杀他，预先藏住，很可能一个人就够了。这么远的摇船带他来建康，还拖他靠岸，就得两个，不是多折了你这个独子吗？”

陌承光看了胡珀一眼，心里还没这样想到，他预先认定是为了轰动的效果。

“要在我们本地杀人……那还是吴县令捉我们去，我家冤屈伸张不了，再给我们安上别的罪名，那才白死。”金双泪眼看向陌承光，“这个陌大人，我们村镇里都知道，早跟了当今皇上的，名声也好，悬瓠城打跑了北虏，你谁的脸都不用给，你不用包庇着庾家。只图你把我家的事，原原本本地写了，给皇上知道，给朝廷都知道，让他庾家再不敢这样！我爹和我就是一双好汉……大人……我们死了也谢你。”

“正是正是，下官就猜到是如此啊。”

听见胡珀的感叹，陌承光知道他在借金双恭维自己，但金双的回答听在耳里，对陌承光而言近乎讽刺。

当下，他答应不了这个决然蹈死的青年任何东西。

“本官会依律审断，暂将你二人收押，目前得知的状况，需要向扬州府和吴县本地复核。”

看到金双的神色，陌承光解释，“我丹阳尹府会派刑案的专员，问询由他们独立进行，不受当地官宦干扰。你父亲的口供我也要再录，多方核对。但，致死庾崇礼的故杀命案，本官亲眼所见，证据确凿。”他俯身贴近了金双的眼睛，“这与你伯父被殴致死的案件，是两案处理，你能明白吗？”

金双似懂非懂的眼底流露出驳杂的失望，陌承光对胡珀和差役吩咐了两句，回身出门。

吴县庾氏，是江左本地的世家大族，和王谢这样南渡而来的高门不同。庾氏如今并无人在朝中做到极高的官位，但对地方的影响力不容小视，且祖上有数个勋位传递而下。被害者是庾氏的命案，惯例可能要御史台协理……

陌承光自顾想着与御史台打什么交道、定罪轻重怎么把握，走到廊下，听身后唤："陌承光。"

不用回头，这样连名带姓叫他的女子只有长平郡主一个，竟然一直跟到了西市税局这里？想来这不是她头回暗随外勤。陌承光第一回对郡主真起了气，半分不停只往外走，宁云在后面小跑追着，"我说进来，外面也没拦我呀。难道我不能上街，不能逛西市？"

仗着身份罢了。陌承光也不理，大步往外，宁云也难追上他，喊了一句，"哎，这个案子你真接呀？"

陌承光停步回头。他认真盯视时眼神甚利，宁云像被那眼神撞到一样停步，脸色发怯。

陌承光垂了眼，转身还想走，又在意郡主被吓着了，身转一半，冲着廊外的方向脚步这么卡着。女孩子赶紧跑过来，"不是我要听的，我就是自己在那儿等你出来，谁知道他们这儿的房子这么不隔声啊。"

烦躁，想怪又怪不出来，一团猫毛堵在嗓子里的感觉。陌承光摇了下头，彻底转过了身，起脚之前宁云快跑两步绕到他前头，"这个案子，别是谁挖了个窟窿，等你去捅呢。"

陌承光疑惑看她，女孩更近了，仰头轻声说："我要是你，就去好好地审审他家那个爹爹，怎么就起的主意，非把事情闹到你这儿来，还用了这么个法子，逼得你非管，别是，被谁煽动的呢。本来吴县乡民之间的事，往大里说归扬州，建康和扬州可是独立行政的，他不这样，跟你丹阳尹什么相干呀？"

"郡主，你知道他父子说的，到底是什么事？"陌承光往后退了半步，"'封山占水'，郡主在先帝的文书上可见过这词？是朝廷痼疾，世家大族不付任何代价，连片圈占山林湖泽，和地方的官吏勾结一气，从下民口中夺食。无论金家父子是不是受什么煽动，只要他一家的境遇属实，莫非臣应该不管？"

"就是知道你必管才这么来的，"宁云说，"有这个开头，个个都绑了人到你面前杀，你怎么办？”

陌承光愣住了。

“你管了，我看这就成个告状的好法子，让你多看我一眼，我都想这么办呢。”陌承光又要拧眉，宁云不开玩笑了，认真说，“不管那个庾什么的该不该死，往后有人学了金家，再死人呢？”

陌承光看着她因为凝视而好像更大了的瞳仁，感觉对这件……这两件案子，郡主其实比自己看到了更深处。

朝廷的律法严禁私自报仇，仇杀不论前情，与故杀等同处置。立法本意就是要制止源源不断一报还一报的私斗，维护地方治安。而民间争产，是私斗的主要起因。他以为她要提醒自己别试图挑战庾氏，去改变封山占水的现状，实际她是在提醒自己，别用特殊的地位凌驾朝廷的法制，即使在庸官污吏的手中，它无效。

宁云看出他明白了，又说：“他们越要这样告，你越不能管嘛，这种法子，不能成了解决他们难题的手段。”她扳起指头像孩子，话却像一个娴熟的法司从事，“你都说得挺清楚了，两案处理。金家大伯的案，反正扬州刺史换了七哥去做，重审呗。这个杀人案，死的是庾家人，给他本地审也可，交御史台，也可呀。你嘛，”宁云抬着大眼睛看陌承光，“是目击证人涉案，正好不管。”

陌承光来不及去消化郡主时时能给他的惊奇感，可心头按不下的疑问是，那么解决他们的难题，他们还能用什么手段？

“谢郡主提点，此事，臣回去细想。该不是‘不管’两字这么简单。”

“你现在就回去呀？”宁云一下就抛掉了案子，看他施了个辞礼又要走，碎步跑在他身边，“那我也回去，你骑慢点嘛，我的车跟着你的马。”

建康承平门外，三四百名扯旗打幡的民众被城防拦下，堵在城墙边高喊。

“凭啥不让进哪？吴县来的，凭啥不让进！”

“城门还开呢，凭啥不让进哪？”

“那边还在进呢，那车还进呢！走，都拿着籍册的，城防没道理拦，咱们冲进去！”

“赶紧，就差咱们了，冲进去！”

老老少少推推挤挤，城防也不敢强拦，只横举棍棒结人墙往外挡，争执越来越激烈。

皇城五凤楼外，隔过朱雀大街的一片坊巷里也聚集了五六百先入城的吴县民，紧结在禁地的边缘高喊，指望声音被皇城内听见。

“金家父子是义士，不能杀！”

“金家父子为民请命，庾崇礼死得活该！”

“杀庾家！不能杀金家！”

“我也是杀庾家的，”有人捶自己的瘸腿，“这腿就是庾崇礼带人打的，我儿子被他当头铁棒打傻了啊！庾崇礼死得好！”

轰一下众声响应，又有人喊，“我也是杀庾家的，把我也抓进去，给金家赔命！”

又是怒涛般的吵嚷，多人数次往前冲挤，要让皇城禁卫抓了自己。陌承光骑马赶到，在禁卫的人墙后一勒缰绳，划鞭指地，“丹阳尹在此，越此界者死！”

乱势被他断然的一喝镇住，民众手里还举着幡旗，扭曲混乱的人墙后，一双双试探的眼睛看着他严霜般的面孔。

“列位来此，为了要求什么？”在有人发出声音前，陌承光斥问。

“金家，金家的人不能死！”领头的犹豫一喊后，群情沸腾。

“金家父子也知道，杀人偿命！只为了杀庾崇礼，”陌承光更提起声音，“若只为了杀庾崇礼，为何要杀在本官面前？！”

人群一静中，他顾不及清咳嗓子，声音发哑，“为了你们！”

“为了你们，他们不需要陪死，为了你们好活着，他们才是义士！这里，皇城禁地，”陌承光鞭指马下，“你们再往前踏一步，本官不得不让你们死。”

战场上练就的魄力超越了他的官职，把人群的注意力牢牢摄住，“本官明白你们要求的，是金家父子为你们要求的东西，在大家的家乡山水上，捕鱼，樵采，恢复往日生活的权利！本官确信合理，也确信，陛下会依理，依律，回应你们的要求。”

他停了下，回想自己的说法是否妥当，但还是说：“陛下举义，征召孝军，底定建康，扬州民众多有助力。这里面，有当时从孝军的吗？”

人群中有数个点头，陌承光说：“当时列位信服跟从了陛下，而今也请同样，信陛下决断，不会，定不会辜负列位。”他将马往前带了些，“列位先请回去，也告诉家人邻里，暂且安待，定有结果。”

五凤楼上，皇帝听完报告，望见陌承光带金吾卫把吴县民众驱离了皇城界，疏导着慢慢散去，让柳遥之叫他上来。

攀五凤楼台阶时，柳遥之回头低一句，“谢了。”

陌承光看他，柳遥之在一级之上，像合伙捣蛋那样地勾起背笑，“陌大人鞭子划的界限，比实际的皇城界往后退了一丈。不然我这个中领军，还真不知道让不让那些人死。”

上去五凤阙楼，见皇帝背着身倚在楼边的栏杆上，陌承光过去大礼请罪，“陛下恕罪，臣领城防缺乏经验，致此乱势，惊扰圣驾了。”

“你起来，”穆骏没转过身，仍看着阙楼下，“我至于被这点事吓着？不过还真是，没经验。”他下巴往出递了下，“要在武陵的时候，我是在那儿，”皇帝眼望皇城的界线外，“听他们说话的。”

陌承光视线里见他脚尖踢那栏杆，“就这一道墙，真差得远了。”

五凤楼是整座建康的至高处，已到仲秋，陌承光听令起来，觉得在这高处，风格外凉。

“能听到他们说话就好，陛下。”

穆骏回头笑看他，“不过你给朕戴的帽子，也太高了吧？民众跟从，朕定不辜负？”

皇帝头上是顶日常的珠冠，冠缨在风中飘摆，陌承光看那冠缨说:“陛下戴上十二旒的冠冕，为的什么呢？”

穆骏又笑了下，转回头去，身子趴在了栏杆上，“朕，不是因循的人，也不是图地方的势力，不想动庾氏。但封山占水，不是庾氏一门的事，世家大族多少都有，也不只在扬州，江州、越州，连我在武陵时，知道湘州那种地方都有，不过京畿是严重些。我为封山占水办了庾氏，余下都得一样办理，刚戴了半年不到这十二旒的冕，就去一竿子打向全体世族吗？朕得天下，治天下，究竟靠谁？”

知道案子拖着是这个原因，陌承光不语。

“这是一。再一个，你审清楚了没有，那个金家的爹到底怎么起的意，告到你丹阳尹眼前来？”

“人已移交御史台，臣看供状，说有前扬州府的差役对他们说，京口已经不是府治，新任扬州刺史，身在建康，让他们往建康上告。他们想既然来建康，就向臣告，不知道谯城王……广陵王是什么性情。”

“就是啊，有人告诉他们，京口已经不是扬州府治，要闹到建康来。”

皇帝不是简单地重复，陌承光往旁边站了些，以便看到他的神情。

“包括今天这些，城里城外上千人了吧，没人组织起，能同时从吴县过来？”穆骏偏头看他，“往后扬州的事，都由人这么闹吗？”

“陛下是说……”

“我看这才是要吓着朕的事，谁就那么不愿意，让扬州和建康并治啊？”

皇帝的意思，那个谁，是不想困在建康的广陵王。

“也确实，不便。”陌承光斟酌回说，“荆州之外，扬州是第一大州，如果所有事务都在建康办理，免不了有许多县乡民众要上京的事。”

“所以啊，朕还没想好，怎么让扬州府去重审那个庾氏打死金家大伯的案子。他扬州刺史，要说朕的差使，不兴动民众上京，他出去实地问案，朕也没什么明的道理拦他。开了这个先河，就关不住，圈管他也就形同虚设了。”

“或许并治，本就不太恰当？臣的确没想到会引发这些问题。”

“那不然朕把老七往哪儿摆呢？兄弟里，像模样的就剩他一个，起兵跟我，他比五叔还早，郭乐成的骑兵一进徐州，他就开城迎纳了。我少不得有个兄友弟恭的样子。”穆骏叹气，拍那栏杆，“若为了不让他出建康，硬改他的职务，单做个侍中也行，可出尔反尔，我天子的脸面又往哪儿摆？”

“陛下还是觉得，起兵时往营里安插了探子的……是广陵王？”看着皇帝的侧脸，陌承光再一次问。

“你告诉朕的嘛，在石头城上见你的头几句，他问，‘三哥怎样了？’”

陌承光点头。

太阳向西斜去，但仍高悬在五凤楼的上头，皇帝眯起眼，“这是问安否的话吧。那个时候，朕的卫士都不知道，除了那个潜进朕帐里，被闻音用计退去的探子，谁知道朕病啊。”他手肘撑在栏杆上，托腮往陌承光家的方向看，“要不是闻音啊，朕要么当时就遇刺了，要么病危的消息传回去，你说七弟会怎么选？闻音，你姐姐，真是上天赐给朕的。”

陌承光知道，姐姐当时情急之下用佟红庭的名字诱导了那个探子，后来广陵王能掐准时机占领石头城，或许正因为密切注意着佟红庭的动向？甚至可能，那不是他插进的唯一一个探子，对孝军的整个走势，他一直在揣摩。

却没有证据。孝军本身也在皇帝登极后，为了节省开支计和安定民心，给赏遣散了大半的中途投效者，没有彻查的条件。“兄友弟恭”的景象下，一切都只剩下猜测。

如果广陵王知道穆骏病危，会怎么选？陌承光给不出这答案。但广陵王格外谦恭的态度，也因此在陌承光眼中显得格外此地无银。

但谦恭，并非坏事。陌承光想，猜测之外的现实中，广陵王选择了跟从，与那些穆骏说以观后效的臣子都一样，所有都要交给时间。

“建康离京口并不远，且更接近扬州的中心，如果陛下不怕地方民众上京，并治就不是问题。”陌承光转回了案件的处理，“问题在于，臣丹阳尹府，需要和扬州府彼此协调政务的边界，最好是民众向哪个衙门申告都可，接案后官署之间移交。民众不会茫然失措，秩序就能保障。”

陌承光是深入具体的个性，皇帝边听边点头。

“对民情也是，臣觉得拦阻比不上疏导。上千的县民上京，也确实因为臣等处置不力，案子许久没个说法，加上金家父子在他们心中是行侠仗义，结果又和他们的生计息息相关。臣觉得，这是特殊的状况，如果有办法妥善处置，其后不会复发。”

“都说了，是朕在拖延。”皇帝半边胳膊支在栏杆上，向他扭过身，“你说‘如果有办法’，那就是有了，什么办法？”

“臣只是觉得，挡他们出去，”陌承光的手也抚五凤楼的栏杆，“不如请他们进来？万事就要一个清楚，案子该怎么处置，可否搭个台子，听听公论？”

“公论？”皇帝在犹豫，“谁来论？朕想起来了，你想学汉昭帝时的‘盐铁论’？”见陌承光点头，穆骏说，“但那时候桑弘羊他们论的，顶多算是政务，这回是刑案啊。刑案是法司专责，朝廷明有律条的，朕看不适合公论。”

“但这次的两件刑案，根本上都是因庾氏封山占水而起，民众最关注的，也是封山占水能否解决。”陌承光回得很快，“关于朝廷如何措置封山占水，是否可以公论？”

偏西的日光打在他眉眼上，因为瞳色深，看起来显出些琥珀红。皇帝知道他想干什么了。

他想干的从来没的回转，只用这“公论”去堵世家大族的嘴，也替自己这天子分散向世族施压的反推力。

毕竟，顺应的是民意。

会这么容易吗?

“那咱们就得好好想想，”穆骏两手撑住五凤楼阙的栏杆，望向已经属于他的建康，“究竟谁来论，怎么论。这是朕的第一项新政，要干，只能成。”

五凤楼广场上，一座木架结构的方台搭起。

皇帝坐在丹凤门之上城楼的檐下，觉得那方正质朴的台子，和自己当时在彭泽湖边誓师的那个很像，妥妥的陌承光风格。

甚至还要强点，上面铺了张宫中抬出的花毯，比台子小了，露出原木色的边缘。

台边围坐近千人，都是各自席地。相关各僚属的主要职员、京中的贵戚、富室等自带一些坐靠，在侧面靠前。台子搭得离门楼很近，楼下的正面没有安放坐席的位置了，而与皇帝隔台相对的背面，是大片民众的坐区。

居首坐着从建康周边各县请来的士绅、乡老，以及部分参过孝军的乡民代表。半月前曾为金家上京请愿的，和庾氏等大族的家人都有，由金吾卫居中列队，块块分开。

都在皇城的范围之内，却在宫墙之外。人群抬头便能看见高官的座位左右簇拥下，楼头皇帝居高临下的身影被午前的阳光照亮，面孔却隐在冕旒的深深阴影中，维持着似远似近的距离。

陌承光作为选曹主理仪式，位次高不到能在这样的场合坐。他在御座侧后的立位上点了下头，吏部的值司从广场看到，便手捧黄卷诏书，上台高声：

“新朝伊始，天子下诏普选贤良，论才授官。经三月遴选，今自庶人、寒士中得贤才一百五十八名，考校后，吏部粗评三甲，陛下命以公论。在此咸集各方，旁听策问，以答策条分缕析，词通意畅，应时合理者为佳。但验辩才，无论对错。现，宣准三甲上台——”

台子不算高，这开场简洁，台下人群仰起头，便见三个身量衣装各不同，但都三四十岁、外表整练的选人依次上台，由吏部值司报名。

“……兵部库部司吏，曾于兖州应战从军为队正，汤贝。”

听见报到第三个，皇帝向后侧了下头，“这就是那个，你亲手挑出来的汤贝？看着……”

是从过军的样子，兵架子还在，略有发福，体格不小，气场却平平，甚至还有点缩肩怯场，实在没什么特殊处。

陌承光站近了回话：“臣在兵部库时，暗自检校过上至账籍掌库，下至力役的全体职员，只他一个，由来经手无一分私利，实属难得。且在当时那样地方，他独善其身，需要对抗极强的孤立，心思清明与坚韧处也宝贵。臣愿用他的廉与直。”

穆骏点头无话。陌承光按仪程向皇帝请题，再将题目传与台上值司。值司接题，向楼头行礼，回身宣布：“陛下命题。时务要害之首，是为民生，伪帝横征暴敛，滥赏空耗，致使国库日虚，百姓日疲。朕承天讨逆，以孝义、武功，光复天下，唯不自安于民间苦征伐，立意与民休息……”

场中很静，织起这个阵仗，在座的包括普通民众在内，都知道朝廷要论的是封山占水，全不转眼地望着台上。

“然则连日以来，朕闻建康周边各州县内，有圈山围湖之事，违制者阻人出入，更以山货、鱼果、水磨为利，致使柴薪水产腾贵，百姓怨声载道。本欲一体禁绝，然翻查旧档，知先帝朝曾数论此事，皆以为事出有因，禁之难绝，终不了了之。朕虽三年无改于先帝之道，却奉先帝之仁德，愿以民生为正道，故此重论，策问曰：‘封山占水，理应禁绝否？’”

民众的坐席间先泛起了疑惑的低声，有人甚至要起来说话，被金吾卫劝住。下民眼中，禁绝封山占水，凭的是千百年来的天理，哪需要论什么否。此时穆骏从楼头打眼一看，便约莫出哪些臣僚家里现就有封山占水，这些人的神情比开场时松快了。

对啊，皇帝要真想干，还论什么“理应”，扯什么先帝啊。

“三位选人静思一炷清香后，各自持论，相互辩难。点香——”

值司退至平台一角，从台下接过一支袅袅青烟的计时香。三名选人在台心都面向楼头皇帝而站，薄明天色，悄然起风云。

香还没烧近值司的手指，江州芜湖的陆鸿，一个大约三十出头，眼神扎实的微胖文士向前迈出一步，“陛下，列位大人，父老众乡亲。小民浅见，陛下所问，理应禁绝！”

他身后民众的坐区响起几下叫好，旁边被晚辈抢先持论的会稽乡士黄仲月微露出烦色。“理应禁绝”当然是在场多数人爱听的，芜湖陆鸿脸上更显自信，“天下山林湖泽，依照古法，皆归天子所有。但历代天子都会开放公用，以资百姓。然而正因为公用林泽无须买收，致使世家豪门仅凭权势，肆意侵占，竟如皇家禁苑一般阻人出入，往小里说是与民争利，往大里说，是僭越天子之产。”

这个角度挺新鲜的，穆骏心头有点好笑地看见“僭越”两个字一抛出，门楼延翅上坐的尚书仆射王素神情呆了呆。

“因此陛下所问，仅以‘物归原主’之理，便应。”

他说得通畅明白，民众都听得懂，台后噼里啪啦地鼓掌。

“陆生之见，在小民眼中，是书生语。”

扬州会稽的黄仲月一步上前道，此人四十过半，干瘦得有丝仙风道骨，“所谓的林泽古法归天子，本朝并无明令。若真如皇家禁苑一般归属于陛下，相信无人胆敢强占。正因为皇家禁苑明有界线，余下的林泽便是法无禁止，应与田地、房产同样，允许新辟和流通。世家开辟无主的林泽，小民看来，与开垦荒田同样。朝廷的律法既然规定，荒田属于开垦者，连垦三年还可授予地契，为何开辟林泽理应禁止呢？”

占山的各家都觉有理，纷然点头。乡士黄仲月自觉说的是朝廷的潜台词，端起青衫衣袖，神情笃定。芜湖陆鸿还在思索，旁边的兵部吏汤贝开口：“区别，不就是在‘垦’上吗？”

他没往前站，身子斜着不看门楼上，也不看对手，自顾说：“开荒田，那得要劳作，是野地上从无到有。圈山么，本来有的东西，就白占上了。”

“正是！”陆鸿马上接他说，“若论开辟，野山、野水、树，不是世家所种，鱼，也非世家所养。若论开辟，早先在彼樵采、捕鱼的民户才是开辟者，算算世代，是不是早该发给地契啊？”

台后轰一声叫好，大片民众乘势哄喊地契、地契，拍手跺脚如雷。陆鸿又说：“更早开辟的民户都曾不授予地契，可见朝廷并不认可这开辟与开垦同样。世家也无地契，”他转身向台后，扬起两手高声，“凭什么强占？”

民众的欢呼又应着他爆发，局势一面倒去。但会稽黄乡士身姿站得很定，缓了两口气，等人声稍歇，提嗓，“若论开辟，若论，开垦！既然采野山、捕野鱼的不算，世家的山水园中，种植果木、药草，开挖沟渠，架设水磨水舂，围池撒饵，育藕养鱼，许多家还种稻种菜，是否算劳作？是否是从无到有的产业？是否与早先野采野捕的民户不同，应当授予开垦的地契？”

台下残留的人声静了，百姓们短时听不全懂，却也发觉道理被绕了进去。台上的陆鸿更是愣了，与台下面面相觑。一片无声中，富室和豪族的坐席开始有人拍手，官员们不敢太多得意，也有人垂首抿笑。这时，半天没张嘴的兵部吏汤贝又出声，“律法上写的是，荒田属于开垦者。”

拖长的停顿里，台上台下，楼头场内，都看他，有的以为他想说林泽不算荒田。汤贝往前进了一步，这才跟陆鸿和黄仲月平齐，一字字问：“世家的山水园子，是世家开垦的吗？”

“……如何，如何不是？”黄仲月转对他。

“世家的园子，一圈几座山峰，连绵十几、几十里，里头开垦劳作的，全是世家自己的人吗？”

“家丁、仆使、奴婢，都算在门户之中，一家一族之内，如何不是？”

汤贝看着黄仲月说：“家丁、仆使、奴婢，那都是伺候主人，宅院里驱使的，或者是雇佣，自有户籍，或者是入主人家奴籍。要是圈山的园子里没有别的人开垦劳作，晚辈我就不这么问了。”

像有一个无色无形的罩子扣进了五凤楼广场，台下静得出奇。

皇帝偏开头，余光落向侧后的陌承光，那人轻抿着嘴。

门楼底下，汤贝转向御座行礼，高壮的身子有些可掬憨态，“陛下，小民觉得，封山占水应不应禁，需得先去各家山水园子详查，如果园中的劳作者，按官档籍册，都在世家门户中，才能算世家的人，园子整个，才能算是世家开垦的，否则就是强占，强占就该腾退。园子不是世家开垦的部分，即便要授地契，也该授予那些……开垦者。”

皇帝回头，向下笑说：“这是要朕……去查籍啊？”

汤贝又往低弯腰。台后坐的民众到此全听明白了，层层的议论声涌起，带着惊奇和兴奋，还有点幸灾乐祸。

世家匿籍，或说藏匿人口，这是当世公开的秘密了。

高门大族之所以能整面拦湖，连峰占山，正因为把大量的依附人口置在这些地域，类似朝廷管理治民一样，按地亩产出取租，挣这地租与国家田税之间的差价收益。而这些人口按人头的口赋,却分毫不用缴纳给朝廷，因为在官册上无籍，朝廷也无从征收。

封山占水虽然法无明令，但严禁匿籍国有重典，却是屡禁不止。一是因史上，当年洛阳陷落，跟随前朝皇室南渡的，不止衣冠士人，还有无数的农工商贾，兵丁庶民，北地的田园、家业尽数弃去后，他们流落到江东，只得依附有能力在南边重新置产的少数大族，沿革至于当下。二是私家定的地租，往往略低于朝廷的田税加上口赋，何况有高门荫蔽，好过独户难支，所以即使能够开垦荒田自己为生，许多流民也会主动选择没身私门，逃避朝廷登录户口。

匿籍，当然是世家从朝廷偷赋税，是财政之大害，但世家之所以敢于匿籍，也有历代朝廷宽纵的结果。所谓“皇室与世家共治天下”，这种南渡以来默认的格局，不只是说高门有多少人当朝为官，也是在说，高门与皇室共据同分天下之利。

但这个新天子……

民众的议论渐趋平息，台两侧的官贵座区还是那么静，谁都怕当出头鸟，不敢先有反应。这个新天子，打仗上来的小藩王，本来就在偏乡僻野和村夫混在一起，登极之后，虽然大部分的朝官没动，可实权第一的尚书令明着给了个寒门做，中领军还是个流民庶人出身。御座后面立的那个陌承光，更摸不着路数，明明自己是个世家子弟，这回拣选贤才，拔起的也大都是寒族、庶人。

这整套班子，对高门的态度还是不是和往代同样，丹凤门楼上下，世家大族出身的官员们几个月来的忐忑升到了顶点。

皇帝四下看了看，脸上的笑意更深了，往高官坐席那边问：“尚书令，你说呢？”

被点到的文炎吉起身回话：“陛下，策问试辩才，原无对错之分。依微臣之见，陆选人的‘物归原主’，合情；黄选人的‘开辟林泽比照开垦荒田’，合理；汤选人的‘视籍册为准’，合法。”

穆骏不会让他逃掉，又问：“也就是，要合法地占山水，就得有所开垦，开垦之人须隶属在本家的籍册，才算本家开垦喽？”

文炎吉欠身答是。

“嗯，合情合理。”皇帝又向稍远问，“仆射，你说呢？”

尚书仆射王素，琅琊王氏的掌门户，可说是天下高门之长。此问一出，在座的世家中人无一道目光不扎向王素，全屏气看他表态。

要真查籍，匿籍过千值一个死罪的律法且先不说，剥离了匿籍人口，等于剥离了族中的第一大财源，无异于心头割肉。王素是从江州的太守职一跃而升至中枢的仆射，本来就还不太会在御前说话，此时支支吾吾的，更是什么都答不出来。

皇帝让他坐下，又左右看了一刻，自己探身往门楼下的台上说：“朕看呢，当然啊，策问无对错之分……”

都不用中官扬声了，他的话音清晰，场中这么静。

“朕看啊，也不用闯门破户地，去查什么籍，又扰民，又不好看。”台边官贵们憋着一口长气不敢舒出来的神情精彩各异。穆骏愈高了声，扬过台子冲台后的民众们问：“乡亲，朕打听个，山上的什么果木、药草园子啊、种菜的地啊，这要是一个人单管，自己劳作啊，最多能管多少亩啊？”

皇帝这般直接跟自己问话，虽然穆骏的形象一直亲民，乡民们也有点怕，在金吾卫的鼓励催促下，半天才有人来答。大家商量议论着，有说二十亩的，有说十五亩的。

回话被传上门楼，皇帝点点头，“那这样，折个中，十七亩。”他又对平台上的选人们说，“朕看啊，只需去查查官档各家的籍册，看隶属在门户中的到底多少人，哪怕把这些，”皇帝的手向臣僚中一扫，“当官做宰不劳作的全算上，拿这个十七亩一乘，不就是每家最多能开垦的亩数了吗？园子的规模大于这个亩数的，那剩下的肯定是野山地，家里也没有人力开垦啊，那白占着干吗？腾退放开了，大家共用嘛。”

在场官贵们红红白白的脸色泛起了活气。天子的语气轻松随意，话已经很明白了，籍可以不查，封山占水要退，但每家按在籍的人数，还能保留下一部分。

比刚才最坏的打算，已经强多了。

“你们看如何？”皇帝还在问台上的三名选人。

选人们争相赞同，会稽黄仲月称颂的声音最高。

穆骏重转回问王素：“仆射，你现在看呢？”

皇帝让了一大步，被架在这个场面上，王素还能说什么，口中高呼

“陛下圣明！”心想，人保住了就好，来日政令松下去的时候，地不妨再往远处去寻。

“都觉得合理，这场策问就没白问。”皇帝回身坐正，日光把冕旒的影子投在他带笑的脸上，“既然有了公论，回去朝上也议一议，拿这个拟个办法，看行不行。”在场民众们听明白真要开始禁封山占水了，纷纭起立呼万岁，穆骏摆手让他们坐下，又对台上的三名选人亲切地说：“你们今天，都论得挺好，回去朕和选曹，”他偏头看了眼陌承光，“商量，给你们各有安排。”

三人一齐谢恩。起来后，芜湖的陆鸿还有话说：“陛下，小民尚有一问，封山占水，不只是山地，还有水面。山地说开垦，算起来容易，但湖泽这些都是天然形成的，不能说往里面撒饵喂鱼，就算开垦吧？小民看，还该论一论，水面怎么算？”

这个陆鸿，刚才鼓动民众慷慨陈词，看来也不全是出风头的书生意气，心思是真在替渔户考虑。穆骏点点头，往四下看，“论论，谁有什么主意？无对错之分的嘛。”

无人回话。穆骏想不然回去详细朝上再说吧，身后陌承光脚步动了，走到御座之侧，“陛下，臣有一论。”

“嗯，你说。”

“开垦的水面，要和天然形成的水面区别。臣以为，如果能将其中的存水全部放空，原有野生的鱼虾捞出干净，重新再养的，才能算作开垦的水面。凡有野生的鱼虾仍在水中的，捕起的鱼也看不出来吃没吃过投饵，无法计成开垦的产出，故而不能算作开垦。”

他说得一本正经，但那眼神看在穆骏眼里是大剌剌的耍诈，穆骏听着极想笑，绷脸忍着。这不就等于说，小池小塘，你能挖道沟把水排干了的，可以让你占，大湖大塘，但凡见不了底的，你就别想圈了。

“有理，朕看有理。”皇帝马上肯定，转去对尚书令，“你尚书台与……”

广陵王穆鸾和皇帝对上视线，听御座那里说，“与封山占水民怨最大的扬州府一同，先拟一个腾退的办法，朝上详议。扬州刺史，有劳你了。”

穆鸾起身领命，抬起头说：“陛下，臣平时家宅里的事不太操心，眼下臣不敢说京城的府邸和徐州的封地无一寸多占的山水园子，臣在此先行谢罪。回去清查，如有封山占水的情况，臣愿一概腾退。”

皇帝点头，笑说：“七弟这个‘一概’，很好。也是，朕都忙得忘了，你也是个没纳娶的，家宅里谁来操心？回头出了咱们做儿子的孝期，朕给你觅一门好亲事，让你有贤妻主母操持，先帝在天之灵一定快慰。”

广陵王穆鸢低头笑了笑，又说：“另外，臣还有些亲王身份附赐的猎苑和园囿，臣也愿全部开放，任民众出入樵采渔捕，以资百姓。”

皇帝的笑更深了，冕旒后看着他的眼神也深了。

“很是，广陵王很是提醒了朕，这个表率，天家得先做。”天子直接对尚书令吩咐，“尚书台去下达，自今日起，皇室、官署所属的一切园林、湖泽，包括禁苑，除非朕当时正在使用，否则对全体百姓开放。如有私自禁人出入的，免官。”

文炎吉行礼领旨。

“余下各家腾退封山占水，务须清楚，山林湖泽归属于天子，无论是否古理，无论是否法无明令，”皇帝的声音向下沉了些，“普天之下，莫非王土，山泽给谁在用，终究，都是朕的。”

秋深天凉，建康潮湿，欲雨的天气里陌承光肩上、腕上的旧伤会发酸疼，他让点了一个小炭笼在书案旁，不误公事。

长平郡主也贪那暖，紧缩在炭笼边倚案坐，复核那些需要下达批复的公文定稿。陌承光已经练出了全当不多这个女孩的本事，但今天有点不一样，她身上的粉香总随炭笼的熏气飘过来，让人有点分神。

陌承光抬了抬头，往书架那边过去，抽了书卷就坐在梯凳上看。那边宁云一张张地对文书，说：“听宫里人传，我还当这个叫黄仲月的那天策问对得不好呢，结果他去法司啊？倒是三个人里最好的缺了。”

这不算个问题，陌承光就没反应，静了半天，他抬眼看，宁云在案边眼睛直看着自己，还等着回答。

“……他那天对策，也是陛下授意，有人让他往那边说的。陛下说他对法条的解读娴熟精微，去法司能用他所长。”

“他那天不就照本宣科嘛，”宁云对皇帝的决断不以为然，耳坠摇得叮叮响，“我看那个汤贝才是能解法条之真义，怎么他去度支啊？”

“汤贝，廉洁。”

“这个陆鸿，还长得挺讨喜呢，”宁云低头看手上的文书册，对陌承光肯接她话高兴的样子，紧拖着聊天，“换他去做吴县令呀？那，打死金家大伯的案子，就是他来开重审了？”

陌承光怀疑她不是听宫里人传了，估计当时就混在坐席什么地方，对她这种莫名其妙的执着心，再一次开始头疼。

宁云抬头，又一眨不眨地看他。

“……嗯。”陌承光攒着手里的书卷，“有陛下的钦命，庾氏的封山占水，还有横行乡里，在他手上该能遏制。”

“那吴县过一阵儿可热闹了，你会去吗？”宁云巧笑，“你带我，也去看看呗？”

不理低头，陌承光听郡主又问：“那，金家爹爹和儿子杀人的案子，也该结案了？”

心头愈笼上一层阴影，似这惨淡天气，陌承光轻点头，“结在御史台。”

两相默默，又过好久，陌承光想起再展开书卷的时候，宁云那边说：“陌承光，你真喜欢做这些吗？”

疑问抬眼，他见郡主把那些文书册子啪啪合上，好像没耐烦地堆成一叠，“又要体察着上意，又得安抚着下民，为了三哥方便使用，平地拔起了一大群没根基的新官，世家怨你不说，被你拔擢的也不一定念着是你的好，还以为寒门做了尚书令之后，改了朝廷的风向呢。”

她是江夏王的嫡女，私下会按大排行三哥、七哥地称呼穆骏兄弟。陌承光想了想，回说：“选贤任能，就是选曹的职责么。从前选官多依门第，世家子凡有些才能的都有官位，汰旧选新，当然是寒门以下居多，也不是臣刻意拔擢的。”

“我是问你，你自己喜欢做这些吗？你都不知道，背地里都叫你‘白煞神’呢，”宁云胳膊肘趴在书案上冲他笑，对这个名号超中意似的，“大笔一画，一个世家子的官位就没了，多少小毒箭瞄着你射呢，你也不是会应付这些的人呀。”

陌承光眉心蹙起，“会不会，和喜不喜欢，是两码事。喜不喜欢和做不做，更没相关。”

“但做你喜欢的事，你不是更开心吗？”宁云学他的表情，却是鼻子皱了起来，“不然这儿啊，”她指自己眉心的花钿，“就刀刻一样了，等咱们成亲的时候，你骑马来迎我，就没这么好看了呀。”

陌承光举起书卷挡住自己的脸，真不知道跟她说什么，脸上要窘起来的颜色也就挡住了。

宁云可不放过他，跑过去从他手里把书卷抽出来，陌承光要恼了看她，宁云点着那书上说："我知道的，你喜欢这个。"

陌承光瞥了一眼，大半天了，自己真还没看进去，是记载上古战法的兵书。

"你干吗老看这一卷呀？那天我也看了一遍，都是些三皇五帝，要么殷周春秋的打仗，对现今有用吗？"

宁云说着就挤到梯凳上往陌承光身边坐下，陌承光向一边挪，宁云身材娇小，倒也不会紧挨着，他就没站起来。

她问到了点子上，其实总这样，陌承光知道关心自己，郡主也不是做做样子。

他没忍住开口，"三皇五帝，殷周春秋时候，不是大多都围着洛阳那片地方打仗么。"

宁云露出恍然大悟的神情，"啊！你是想找找，嗯，往洛阳那边打仗，有什么……万变不离其宗的道理？"

"嗯。战车。"陌承光对着那书卷说。

"战车？"

"我现在，想的是战车。"陌承光抬头看窗外，天色昏蒙蒙地欲雨，"那边除了洛阳的四围，黄河南岸大部分是平野，上古打仗，战蚩尤部，还有，像战犬戎这些异族，多用战车，总有道理吧？那时，异族往往驱驰异兽进攻，还有犀、象这些，虽然听着像神话，但是不是就类似于现在乘马，重装乘马？"

他转头问，就看见宁云的大眼睛极近地看着自己，于是又转了回去。

"你是说，用战车，说不定能对付北虏的……马？"宁云惊讶问。

陌承光不觉又转对着她，手上比画，"对啊，车板做厚，这不就相当于，把防守用的墙在战场上带着走。我朝最擅守城，要是能带着城墙走，北虏的骑兵不就奈何不了了吗？"

宁云崇拜的眼神看着他，陌承光不好意思，说："这也不是臣的新鲜想法，我朝太祖皇帝践位之前，不是短时间收复过洛阳吗？"

对这些近史，宁云了解得其实尚不如古史，她模模糊糊地点头。

“那个时候，传说就用过战车。你想啊，太祖皇帝应该是水路北上的，然后沿黄河向西，一路平野，方便战车行动，因为能遏制敌人的骑兵，所以所向披靡，这都说得通啊。”

郡主的反应有点慢，眼睛里的笑还有点儿坏，陌承光也琢磨了一下，发觉自己刚才好像管她叫了个“你”，也不知道是该谢罪还是怎样，头又转了回去低下。

“那你干吗不直接看先帝……太祖皇帝的材料呀？”

陌承光指尖在书卷上轻划。

宁云明白过来自己多问了，现在叫先帝的那个，当朝天子的父皇始兴帝，和他自己的父皇太祖皇帝，还有他几个皇兄之间那么多事说不清，材料早销毁得七七八八了，太祖皇帝的事迹到现在简直和三皇五帝一样，像个神话。

“我有办法帮你。”一瞬的思索后，宁云很肯定地说。

陌承光转回来盯着她看，宁云说：“要是帮成了，你可得答应我一件事哟。”

“……除了成亲之外。”

长平郡主撇嘴，但还是说：“你肯定去史官石室那儿查过了对吧，找不着关于先帝的什么东西？”

陌承光点头。

“宗庙去过了吗？皇室的。”

陌承光意外地摇头。

宁云得意笑了，“重要的书信表章，特别是告捷的那些，祭祀的时候都会烧一份给先祖。那个时候太祖皇帝，嗯，还不是皇帝呢，但宗庙是宗庙呀，宗庙祭祀，烧的都是丹书青卷，现由孝子贤孙抄写的，抄完的墨本就装进一个石匣子里，后面摆着。我见过好多呢，层层叠叠的几架子，落满了灰，都没人看。不至于连那里面的都掏出来毁了吧？”

不至于……但愿不至于吧？

“郡主是说，告捷的书表上，一定会提战法。”

“对啊，那个时候太祖皇帝不还没践祚吗，要是我，上章表一定会大书武功。”宁云用心帮他分析着，“说不定比史官写的那些还详细呢？”

第一手资料，这对陌承光太有吸引力了，他从梯凳上站了起来，

“那，宗庙……”

宁云也一下子跟他起身，“择日不如撞日，咱俩一双同去！”

陌承光故意没听她这句带点玩笑的话，“臣可以进去查看吗？是不是要向哪里先申告？”

“我是宗室女呀。”长平郡主点自己的鼻子，“我老去的，不祭祀的时候哪有人管。你不是禁宫行走有令牌的吗，那还不算多么禁的宫呢，就是皇城里边，靠东墙那儿。”

陌承光还犹豫，郡主说：“哎呀没事，皇城就是我家，我就住在那儿。走吧走吧，今天天气差，你事少，明天又是百姓登堂日，事积起来，丹阳尹大人哪顾得上呀。”

一来二去的，陌承光真就跟她进了宫，对着越来越黑压下来的天色和前头宁云步履欢快披着锦面斗篷的身影，自己都有点莫名其妙。

皇家宗庙的位置他知道，从宫内穿插过去更近，但郡主带他走的却是一条贴着内侧宫墙绕远的路。他想大约两人都屏了随从，她不想太过招摇，自己也担心落雨淋到她，便主动走到她面前，引她加速。要转过角门时，却见她落出了一截，停步仰头望着那黑黑的云层。

陌承光也抬头，片刻发现了她在看什么。他想起，第一眼看见她的时候，她也是在看鸟。

“陌承光，这是什么鸟？”远远地，郡主在那里问，没往这边看。

“……郡主没见过燕子？”

“这就是燕子呀？”宁云抬着头仔细看，雨前的燕子们匆匆忙忙地从内侧宫墙上来回飞越，尾巴绕过殿角便不见了，“从前宫里没有。这是陆太妃当了太后以后，她信佛不让伤生灵，才有了的。”

燕子需要在檐下筑巢，从前皇城中必定是看见就打掉的。

陌承光忘了催她走，说：“今年快要飞走了，明年还来的。”

宁云有点愣愣地转过头来，手抓着斗篷的边问他：“燕子不是春天飞去北，秋天飞向南吗？现在是秋天，它们在咱们这儿，怎么还往哪儿去呢？”

陌承光有些被问住，默默想了一刻，回答说：“这个说法，该是天下一统的时候出来的。那个时候不是像现在这样分开南北，说是向南，说的是向天下的南边，大约暹罗、交趾那里。”

“哦。”宁云长长的一声。

两个人又静了，燕子在宫墙上穿梭。

雨不知道落下来没有，空气湿漉漉的，郡主的睫毛好像也湿漉漉的，可能离得太远了，看错。

“走吧。”

宗庙的值役看到长平郡主，什么都没问就打开了大门。宁云带着他轻车熟路地从一间间殿堂穿过去，长廊一侧紧闭门扉的飨堂里，每一道幽暗的门后都摆着更幽暗的灵位，在这样的天光之外，甚至显得阴森。

这实在不像是她这样年纪的女孩子没事会常来的所在。

注意到陌承光总在看自己，宁云看出他疑惑，“宫里好玩儿的地方没多少的，至少这儿很清净呀，玩什么都没人搅我。”

……她一出生，就被关在像这样的地方了。可能靠着奉旨的“自行其是”，她才能容易地出宫吧。所以出去了，就不想回来了。

陌承光想着，听郡主指着前面说：“就那儿。”

库门上有锁，但是虚挂着，宁云拨拉了一下，一推就开了。也没有她说的那样灰尘满积，一室阴阴的潮气。没等郡主多说，陌承光就着急进去，宁云跟在后面叫：“每排架子的这旁边，贴的有锦签，那上头有年份。”

太祖皇帝克复洛阳的年份……

陌承光忙着去找，一个个古朴的石匣，在他眼里像是宝盒，小心翼翼地打开，里头早已泛黄的纸卷好像会发光。

一卷，两卷，像碰到了以为不会实现的梦一样。

“真有！真的有，这是……”陌承光捧着卷子往近门更亮的地方走，“这是太祖皇帝任城大捷之后的上表。”

他扭头看宁云，宁云推开了一扇气窗，手拂两下，背转身撑胳膊坐在了窗台上。她说：“你慢慢看。”

雨好像下来了，在她背后的微光里淅淅沥沥的。陌承光看着她，然后低头看书卷。

好像有什么会发生，但也就这样过去了。

第十四章

/

瑶台怨

此日建康初雪，薄薄铺了一层。

今年甚冷，才刚交立冬，已经穿不住丝绵衣。尚书令文炎吉坐在王氏后园轩中的贵宾正位，披着主人待客的紫貂裘，膝边一炉香炭，身周三面绣屏，暖酒在手，观雪籽撒盐一样，落入轩下凝起冰膜的水面。

想起曾经跟个叫唐墨的表弟谈论过，王家的园子，不去也罢，省得赔十分小心，还要成人笑柄。而今，被王家的掌门户上座接待，专享这一园清景，让文炎吉心下略有感慨。那个表弟，结果怎么样了来着……

见尚书令久不语，脸上似起追思神情，王素从自己坐席上起身，执酒敬进，“文大人，素席薄酒，不成敬意，此一杯，答谢大人剧变之下施以援手。若无大人那一桩重礼相授，何来王家今日燕居之乐。”

“仆射过谦了。”文炎吉饮尽杯中酒，暖意从喉中流下肚腹，淡笑说，“王家今日，源自仆射深明大义，献宣城于陛下，功标社稷。在下不过当时城防上听得些消息，觉得自己无福经受，愿王大人锦上添花而已。”

他请王素案边就座，自己向旁撤了席，成平位相对，“就譬如这紫貂，”文炎吉拢了下貂裘的衣襟，手拍衣袖，“没有相当身份，硬披起，也不成样。王家最终能有幸寻回，也是倾门户之力，在下岂敢以援手自居。”

尚书台的长官、自己的正职，话说得极谦和客气，可听在王素耳中，又觉得带丝丝疏远，像对自己的殷勤款待敬谢不敏的样子。

其实王素心里怎不清楚，伪帝当朝时，面前这位搞出来的募捐兵费，把高门给得罪了个干净，等到新帝大兵围城，他缓和示好于王家，无非留他个在新朝的后路。

不料换代以来，文炎吉的地位非但无损，对太后还有过救助之恩，于宫中的影响更添了一筹，在皇帝身边说话的分量仅次于那陌承光。王素自己和家中的那些只知吟风弄月的公子哥不同，既然担着门户的责任，就得为王家长远考虑，眼下少不得放落高门的架子，去就这寒门手上的权力。

“文尚书这才是过谦，”屏开下人，王素亲手从炉上执壶，为文炎吉添酒，“都说圣人无相，衣裳要看谁穿，披在圣贤的身上，寒衣也赛貂裘，”他向文炎吉身前展手，“何况尚书大人稳居尊位呢。”

打量对方神色，见尚书令对这“寒”字轻微一哂，王素知道恭维在了点上，又说：“门第原也一样，要看门中何人，若无人才，空有其表也是头疼。”

文炎吉执杯呷酒，品了下这话，“王氏一门中，既有仆射这朝廷中流砥柱，如何说是空有其表啊？子侄里面，不也有殿中侍御史王攸纪大人，名士风流，少壮有为，怎么，仆射还嫌小辈的人才不足吗？”

“唉，我家那正支嫡子啊，”王素一声叹息，“对着尚书大人，下官也不怕家丑外扬，实在是从小受宠太过，惯得没个横竖规矩。听说国难当头时候，他还与大人的差役在乌衣巷中斗嘴，说了许多不成器的话出来，下官还没向大人赔罪哪。”

文炎吉一笑置之。

“下官也实在是，旁支过继而来，不是人家什么正经的伯父，张不开口管啊。”王素试试手中壶温，又为文炎吉添上一杯，“正想着为他求娶一位贤妻，闺中枕畔，时时相劝，或可约束一二，导他上了正途。”

文炎吉伸去酒杯的手停住，落向紫貂裘的袍摆。王素抬眼细看，确认这是他第一次在尚书令的脸上见到真实的惊讶。

“听闻大人家中，有女待嫁。”见对方已然心领神会，王素无须再顾虑，两手捧起杯子递向文炎吉，“下官仰慕大人贤才，对文氏家风清谨早有听闻，虽然攸纪，已是断弦再续，唯恐辱没了尚书小姐，但觅于群芳，更无上选。故此诚惶诚恐延请大人前来，私心也是想请大人先看看我王家宅第，不知是否合宜文小姐于归安住？”

文炎吉仍无表示，不接那酒，手在紫貂毛上压紧。

他脸上的表情隐去了，王素想想前话，不知他还在犹豫什么。自己代表琅琊王氏，拉下脸面来求亲，是他文氏提升门第千载难逢的机会，若非当今天子方方面面倚重寒士，绝无再次。难道他不该受宠若惊，一口应允？王攸纪可是王家的独苗嫡子，难道他文家的女儿还配嫌弃不是头婚？

“下官的愚侄若得与小姐珠联璧合，”王素说着，把举了半刻的酒杯向下落，“想来对文大人与我二族，皆是家门幸事吧！”

即将置回案上的酒杯，被文炎吉伸手接过。那酒送至嘴边，尚书令一口饮尽，“多谢仆射美意，文氏……感激不尽。”

深沉的语调，像一颗定心丸，王素拊掌，赞叹一双佳偶得成，听文炎吉执着空杯便问：“小女是寒族高配，不知婚俗仪礼上，王氏有何行动规矩？家中回去先行调教。又不知，仆射这里对在下，可有要求？”

投桃报李，兑换得明白。王素接过那空着的酒杯，笑着放回案上，也就直言：“下官岂敢。只想向大人打听些个，对于匿籍，陛下内中，究竟是什么态度？”

此一问说大很大，说小也小，不会是王家的最终目的。文炎吉看席暂不语。

“上回丹凤门前策问，陛下啊，问了下官个不知所措，下官不仅无一句谏策，更没为同僚们争回半点。”王素摇头，羞惭模样，“这次地方上，执行愈演愈烈。陛下的政令虽严，总有个边界，何况君命难违，各家自无怨言。但那些地方的小官吏，为图拥护新政的好名，竟敢在政令之上又变本加厉。陛下明明亲口说了，不必查籍，可一旦山水园子划界的时候，哪怕有个一尺半尺的争论，这些捧着鸡毛当令箭的东西就敢闯进来搜检，抓住个人就说无籍，摆明了胁迫！”

真要是有籍，哪会被胁迫。文炎吉点头含笑听着。

“害得各家园子，是鸡犬不宁。人，到处东躲西藏，地，让退多少就退多少，界线划过之处，毁屋扒房亦有，分寸不敢挪移啊。南渡以来，我等世家，何曾经历过如此斯文扫地？大人，”王素两手撑案，“想想策问之时，陌承光身为选曹，一早就授意那几个选人先拿匿籍说事，本以为了结了封山占水，各让一步便罢，而今看来，陛下是否会遭他煽惑，步步进逼？这腾退封山占水，会否就是查籍的前站哪！”

文炎吉拍他的手臂安抚。定下了儿女亲家，看世族交霉运的心态自与此前不同，“上回策问，陌承光的那些手段，就以这‘毁屋扒房’比喻，是想在房上开道新窗，先说要扒房梁，吓得屋主不得不各让一步许了他。”

尚书令淡定说，“可窗子，既然已经如愿给他开了，当今陛下是英明之主，与伪帝一系截然不同，又岂会自坏王家这样的国之栋梁啊。”

听出他在把强捐之事归责给伪帝，但时至今日，也不重要了，王素摇头说：“不瞒尚书大人，族中联姻的几家，谢、郗、庾……我等聚在一起论过，”他不觉压低了声音，炉上咕咕的酒沸声因之高起，“庾家的话恐怕有理，陛下对高门可以不留什么情面，是因为从来与高门也没什么关系啊。”

……宫婢之子，这个意思吗？

文炎吉算是想透王家为什么攀上自己了。果然哪，陌承光从世家身份上离高门更近，但这种事，可是经不得陌家的。

婚与宦，编成密网屏障，联姻共荣辱、族亲相提携，世家间千古不易的技法。而今文氏，终于也要编在其中了。

几代过后，亦称高门。

为了压下得色，文炎吉收回手，抚摩自己犀杯旁的案面，“在下都懂了。只不知商量出的人选，是谁家，哪位淑媛？”

见对方瞬时了悟，王素欣喜之余势在必得，“既行出这一步，要的必是那万人之上的位置嘛。下官家中，不也有女待嫁吗？”

他看到尚书令脸上再度现出了些微惊讶，转瞬之后，感叹般点了头。

“还望大人向太后身边多多建言，多多致力啊。”王素连说。

“嗯。”久坐半日，文炎吉这时觉出冷来，转头看锦屏外轩边的水面，发现细雪不知不觉间已经停了，“在下看来，各偿所愿，不会甚难，这才叫，珠联璧合。只是啊，”他掩住貂裘向王素，“仆射莫怪唐突，在下似听坊间浪传，尊家小姐与七殿下之间有些……兄妹交往，不知仆射在七殿下那里可有安排？”

像问着了考虑之外，对面王素停了停说：“尚书提醒得对。不过，就是浪语讹传而已，七殿下那里亦不甚难，下官先去安排就是。”

文炎吉点点头。雪停之后，景象就不同了。

“殿下，近日来得勤了。”

广陵王穆鸾从高堂下的观音像前抬头，向慈航禅寺住持本愿师太合掌致礼。

“可是心有挂碍？”

“大师，你知道这尊观音像和小王的渊源吗？”穆鸢答非所问。

本愿师太点点头，也在他身边缓慢跪低，合十向菩萨参拜，“这尊楠木观音菩萨像，供在敝寺百有余年了。贫尼还是个寺门小知客的时候，那是……五十多年前？见过琅琊王氏带来参拜的一位姑娘，可能不是正支吧，安静静地跟在后头。可一进了敝寺的门，她就成了众星里的月亮，比丘尼们争着看她，因为她长得啊，太像这尊观音了。”

穆鸢抬头看着菩萨的脸。

在那上面，他也能找到另一个琅琊王氏姑娘的容颜。

“从此，这位姑娘是大吉之相的传说，就越散越广，当时啊，改朝换代的仗还没打完，天下间想要称王称霸的，争着求娶，最后她嫁给了……一个将军？”

“一个没能称王称霸的将军。”

“诸行无常，命理有数，”本愿师太看向穆鸢，慈祥笑说，“这都是缘定之事。再后来，太祖皇帝为先帝纳了这位姑娘的女儿，就是殿下的母亲。”

师太用了“纳”字，可穆鸢知道，其实就是战利品。再后来，哀伤而逝的战利品。

他看着观音的脸，想，菩萨一样的大吉之相，也逃不开命运吗？

这命运，是否还在传递？自己又是从哪一步开始的呢？步步退，步步错……

“小王心里是有件事，想请大师开解，也与大师商量。”

本愿师太挪转了膝盖，面向穆鸢稽首，“殿下请讲。”

穆鸢站起身，也将师太搀扶起来，“日后皇家……会有一桩吉事，可对小王自身，许是……哀事。小王想，提前做些善事，冲冲这哀气，望能逢凶化吉。”

他说得隐晦，但皇家禅院的住持如何不明白，本愿师太点了点头，抚着念珠想想说：“殿下既然问到贫尼，是想做些佛门善事，让……朝廷看到殿下的忠心诚意？”

“正是。”穆鸢仰头望着菩萨，“小王想，这四丈多高的菩萨像，是件瑰宝，在信众心中的地位崇高，可是一百多年了，金漆龟裂，有些地方已经看见木色了。”他目光又落向高高的堂顶，“还有这座观音堂，也陈旧了，到处风剥灰漫的，彩绘也都失了本色。小王想牵头，向建康城内发起个募捐，集款给菩萨重泥金身，把这观音堂也彻底修缮一下，因由就是说，为江山、为陛下祈福。大师觉得呢？”

“陛下对佛法亲近吗？贫尼从未听闻。”本愿师太迟疑。

穆鸢听出师太的意思，是怕皇帝对所谓祈福不以为然，自己刻意因由牵上他，反而弄巧成拙，一时间也犹豫了。

本愿师太又说：“殿下不必迷惘，贫尼这里有一提议。刚刚经历陛下入主的战火，建康城内虽然还算安好，但敝寺在这钟山之上，见城外四面，兵燹过处，生民惨伤。其实不为敝寺自身，贫尼也愿殿下成此善事，各家的涓滴之资凝于菩萨金身，佛缘永结，对逝者是祈福，对生者，是安抚。”

“那……”

“敝寺也愿同期举行超度法会，以安亡魂。因由不如就用……代陛下平复战殇，告慰天下，如何？”

这样的因由，不经批准，穆鸢绝不敢擅用。但如果拿去批准，毕竟战殇的多半源自皇帝起兵，他实在捏不准皇帝是否高兴。

本愿师太觉出他为难，也看出告慰亡魂不合他本意，思忆片刻，又说：“或者……听闻陆氏太后娘娘，是笃信佛法的，为江山祈福，为太后娘娘添寿的因由如何？”

这样好。陆太后隔年……似是五十岁整寿？今年启动，募捐加修缮，后年圣寿之前正可完工。营造出不歇的动静，可保两三年的平安。

穆鸢抬头，合十复深敬礼，“多谢大师，小王心香以供，与贵寺结此善缘。”

皇帝的宣召叫得很急，赶在宫门落锁之前。毕竟是夜间，陌闻音着了男装，束发包头一顶纱冠，借了弟弟禁宫行走的令牌挂在腰间。他两个都猜不出什么要事，来传召的中官也说不出个所以然，想着穆骏莫非又起热了，或是头痛，需要姐姐安慰照顾，陌承光送姐姐出府门上车时，寒冬天慌得满手心汗。

陌闻音坐在皇家的漆壁安车里，不觉想起上次登极大典时自己进宫的场景。多半年了，因为要为先帝守一年的丧，皇帝是戴孝子，避讳很多，这期间他们两个没见过面了。

皇城就在建康之内，行走往来时，总能看见宫墙楼阙的影子，此前陌闻音从未觉得那是个多么远的地方。

一道门，就能隔开两个世界。马车之前皇宫的边门为她徐徐打开时，陌闻音并不知道，自己的心情和她当朝为官的弟弟每次值宿进出这道门时近似，因着穆骏未知的景况，和四面合围的氛围，微微地恐慌。

殿叫清凉殿，就是登极大典那天看杂戏的花园所在，陌闻音听弟弟说过，是穆骏日常喜欢的起居之所。她三步并作两步地从正面殿门进去，觉得宫灯明亮，情绪纾解了些，因为穆骏头痛的时候，是不喜欢点大灯的。

宫人都站在殿角，背转身冲着里面，给她回避让路的模样。陌闻音也想不起什么礼数，一间间地从殿隔找过去，看见靠水一侧的一片幔帐之间，雕花窗都闭紧了，后园里的宫灯透进硬琉璃的窗格子来，昏昏的像随她脚步的月亮。穆骏蹲坐在一个烧得红彤彤的小炉旁，冲她抬头扬起脸。

他没起热，陌闻音一眼就看到了，精神还可以说是很好。这个被穆骏布置得像是军帐的温暖小空间里，对着她很熟悉很熟悉、没改变的笑脸，陌闻音忽然却步了。她感觉腰间那个鎏金的令牌骤停后在腿上拍了下，随着袍摆坠下去。穆骏看她的眼神，有点不一样了。

现在是她起热了，脸像被那炉火暖着。

“是不是好像偷情啊？”穆骏拿口型问她。

陌闻音几步过去在火炉边坐下，却赌气或说害臊似的，扭过身不看他。

“吓着你了呀？”

“承光也被吓得够呛！”

“哎，我这不是想起件事儿，急着想见你嘛。”穆骏卖好地说。

陌闻音转回来看他，他眼睛里映着两丛炉火，也红红暖暖的。

“你这么穿真好看，”穆骏也忘了要说什么事，只想挪过来碰碰她的纱冠，“比我天天看底下站的那些官老爷可强多了。”

头上的是弟弟穿官服的便冠，闻音戴大了，前沿儿快盖到眉毛上，她有点不爱听这话，冠帽一解，“干吗拿我跟男人比相貌啊？”

“是不能比，”穆骏还往她这儿凑，“你就算当官，也比他们可强多了。”

陌闻音笑了，但往后头挪了点。其实她很想迎过去，让穆骏紧紧抱着，让穆骏说有多喜欢她，多想她，让穆骏把她这几个月里所有的不安、所有等待中的焦虑洗掉。

“我穿裙衫就不好看？”她就还想听穆骏夸自己，嗔笑问，“太后娘娘赐给我的那身，可好看呢。”

“是，是，人见人爱，所以就别老穿嘛。”穆骏没再往前挪了，毕竟他为人子还在一年的孝期，宫里不好明目张胆，“我又看不见，便宜了他们。等你嫁进宫来，再多穿，啊。”

两人绕着炉子转了小半个圈，隔着半尺，都不说话了。陌闻音看着他，鼻子有点酸，把眼睫压下。

穆骏的手移过去，叠在她手背上，“我今天，就是想起这么个事儿。”他手的力道往下紧了紧，起身又蹲回到炉子的对面，“你母亲不在了，你和陌夫子也不太亲近，家里又没有姐妹，嫁……嫁妆的事，是不是得你自己操心啊？”

陌闻音的脸颊又热了，鼻子里的酸气倒流回心里，非常暖。她要嫁的这个人，竟替她在操心着嫁妆。

“回家的时候，我三嫂问过，但你还在孝中呢，我说先等等。”

“嗯，现在是不好先置办，但钱可以先备着嘛。”穆骏神秘兮兮地笑，让陌闻音想起还在武陵时候，他接连从怀里掏东西给自己的那天。自己答应了他的那天。

“……你给我备着钱呢？”她回过神问，“我父亲，受皇帝陛下的恩典，封了县公啊，我弟弟，可是选曹加丹阳尹，”陌闻音笑了，“我家还缺你这点钱呀？”

“我不知道你家？”穆骏往炉后坐下，“陌夫子县公才封了半年，采邑的钱还没结上来一回呢，平时有多少俸禄、年金的，都去贴补他那些越州的旧乡民了吧。你弟弟，更是个散财童子，登堂日跑去跟他告状的，他但凡看一时解决不了，看人家可怜的，私底下就肯借钱吧？说是借，后头有几个会还哪？”

家里的事他知道得这么细，陌闻音不惊讶，只是起初那种真似偷情般的兴奋，隐微地冷却下来。她让自己别多想，他是天子啊，虽然是自己能开着玩笑的天子，但天下事他想知道的，他都会知道的。

“承光什么脑筋，还能分不清楚谁可怜？”男装方便，陌闻音也盘腿坐下，生自己的气似的，猛一掸袍襟，“你也别把人看扁了，雪中送炭的钱，能还的都会还，不然，几个丹阳尹的俸禄够借啊？”

“那你，想通拿朕的钱办嫁妆了？”穆骏低头摆弄着炉子后的东西说。

陌闻音蹙眉，不解。

“你弟弟这个么，朕听懂了，食君之禄，他是把朕给他的钱，挪给许多下民用，朕也不怪罪，反正钱在哪儿，都是朕的子民用，哪个人用，也都是朕的子民。”穆骏嘴上说着绕口令一样的话，手上拿火钳子，拨了拨炉上烧着的那个陌闻音一直在意的、铁砂汤锅一样的东西，“天下间什么不是朕的呀？你弟弟的钱，你父亲的钱，本来都是朕的。就连你，也都是朕的。”

陌闻音抬眼怔了下，有点想恼，又高兴，听穆骏说：“你的嫁妆啊，本来就是拿朕的钱置办的，还多这一点儿吗？”

“那不能一点儿，既说了，就多多的给呀。从我家门口，到这皇城的门口，我得置办几里长的嫁妆给你看！”陌闻音玩笑着严肃看他，“富有天下的，你给我多少呀？”

那种神秘兮兮的笑意又浮上穆骏的脸，他从镶毛常服的衣襟里面摸了摸，还是倏一下地拽出金澄澄的一大片。

宫灯照在上面耀得人眼花，陌闻音眯眼看，那上面有字。

“这个叫‘金版’，封我做武陵王时候用的，册封的诰辞錾在这上头。”穆骏举着那厚厚叠着的大块金子，手费力似的，却不递给她，“正儿八经的，我武陵封国里最值钱的一样东西了。”

“……这个给我？”

穆骏摇头，“那可不行，这也花不掉啊。”

陌闻音疑惑地眨眼。

“但这个东西吧，反正也不需要了，熔了它，铸成金锭子不就能花了？”

穆骏说着，咚一声把那整块金版丢进了炉上的锅里，陌闻音这才反应过来，那是个熔金子的坩埚。

“哎呀，”丢进去一下就很烫了，穆骏拦她，她也拿不了，“留个纪念也好呀！”

接触锅底的那个版角已经软了，被灼得明炽，金红暖眼。穆骏说：“不需要了嘛，我再也不是武陵王了。”

他用火钳子夹起一个个点心模子似的东西，在炉子的边沿排了一排。陌闻音去看，都是篆体的吉字，铸出金锭子来，一定很可爱。

“我就是想跟你说……”

她抬头，看到穆骏隔着越来越红的融融的坩埚，像那时候在武陵刚搭了一半的流民安置所里一样地，忽然羞涩起来，看她又不看她，眼神柔暖着。

“想跟你说，”那块金版在一点点熔化，等待着被灌注入新的模具，“……‘武陵王’，是你的，脱胎换骨之后，还是你的。”

次日陌承光在论政的西堂见到穆骏时，比朝会的陛阶上下离得近，眼神就死盯过来。穆骏被他瞪得不自在，做了个告罪的表情，双手抬起轻往远一推，意思是把他姐姐好好地送回去了。

早朝出门时姐姐刚刚到家，陌承光憋着恼火，对穆骏没事夜里把姐姐招之即来挥之即去心中厌烦。这些私事，他也不想干扰政务，但想到眼前御座上的这个朝服加身的皇帝，即将正式成为自己的“姐夫”，二者混同的别扭之感仿若困境，将他圈着。

腾退封山占水趋近尾声，民生安定，今日便论事件之肇始、金家父子西市杀人命案的量刑。殿中侍御史王攸纪已在一旁干站了半天，本来应该被皇帝主要问询，却没人搭理，只觉出御阶上下，气氛越来越硬。

他清了下嗓子，“陛下，此案当日上百人目睹，案情清楚，证据确凿，臣以为御史台的定刑无错，二人同谋杀害勋门亲眷，合该齐斩，不知丹阳尹何以要求再辩？”

“朕还不知呢，”皇帝转眼看他，语调噼啪带上了火气，让王攸纪一惊，“御史台没人了吗，这案子怎么的，非得你管？”

“臣……殿中侍御史，京城涉高官案件，本就是臣的——”

“朕可记得呢，京城涉高官案件是吧，他，”皇帝指陌承光，“从前告过一个库铜的案子，是告给的你吧？什么结论啊？查着一个驾部司的什么小官，还在狱里头死了？你办的是什么高官案，这里头，朝廷流失的钱呢？”

王攸纪像背上生毛般，汗爬起了半身，不知皇帝换代的时候都没动自己的官位，为何此时突然翻旧账发难。但那个驾部司侍郎，死也这么久了，翻也翻不出来，何况又不是自己下的手，他定了定神，说：“凶人穆鲲、恶帅佟红庭彼时一手遮天，臣无能为力，兼之线索不足。幸而，如今陛下澄清寰宇，罪首皆已伏法，从他们家中抄检出的钱财，无一分不是朝廷流失啊。”

"哎哟，朕是得好好谢谢你，帮朕在他们家里攒着钱呢？"

王攸纪含混过去，撑着仪态，汗不曾抹。他眼中的新皇帝是武夫翻身上了高位，最是有理难说的，不值强辩。

那边陌承光多一刻也不想跟他共处，开口说："论金家的案子，两人同谋，是有齐斩的量刑，但，他们犯案同时即行自首，律条明令，向法司出首可以减刑。在下京城执政长官，有本地刑案的权限，他们自首于我，且从获捉开始，供认不讳，毫无隐瞒顽抗，完全符合律条的规定。如果不予减刑，依然齐斩，这与朝廷的法令相违。"

说到法令，王攸纪自信是资深本职，不肯被陌承光压过，"陌大人是京城长官不错，这案中杀人与被杀的，都是扬州民，往大里说，都是朝廷治民，施用法令，不应有所偏袒吧。因为一富一穷，觉得那穷户可怜，就不问青红皂白，偏袒那穷的，是法司大忌。"他找回了论点，身姿更直起，"就在下所知，陌大人京城执政，此一点尚不过关啊。"

皇帝皱眉，想想要张嘴，陌承光先说："便请问御史，自首减刑的律条之下，凭何法令再加刑至齐斩，不是偏袒豪门庾氏？"

略停一刻，王攸纪挑眉看回他，"就凭滋扰街市，惊怖人心。闹市杀人，陌大人你称出首，在下看来，叫作示威！当场致使百姓震恐，官员无措，秦淮岸边，险些酿成落水踩踏，即以祸乱治安之罪，便可加刑！"

当场，陌承光便是那无措的官员，这句驳不回他，拧眉思索中，王攸纪见他没反论，得志向御座说："陛下，除此而外，被杀的庾崇礼虽然本人无勋位，却是士族高门中人，金家父子两个庶民，此案是典型的庶犯士、下犯上。我朝刑律惯例，礼重士、勋，以下犯上，不敬士人，罪可加等。"他抖袖抬手，"臣以为御史台量刑妥切，金家父子齐斩是律条应刑，不曾多加，也无从再减。"

"以下犯上罪可加等，御史称为'惯例'，即是法无明文、酌情适用。"陌承光回说，"既如此，金家父子亦有饱受侵凌，沉沦至此的前因，亦可酌情，两相折抵——"

"一案归一案，陌大人原也认同。再者，金家大伯呛死在藕塘里，属于误杀致死，这个庾崇礼，本来也不在当时的打人者中，就算说到冤有头债有主，为何庾崇礼的一条人命案，要为金家的旧事酌情？"

这是陌承光绕不过去的道理，人心逆了法义。无力感堆在肩上，他想

暮云深2

山河雪

神京尺近，山河寥阔。

我今归去，以待来者。

起最后一条能走的路，抬头看皇帝，冀望着请求赦免的可能，哪怕是……

但皇帝的目光不在他身上，不知何时穆骏站了起来。

“你还知道冤有头债有主？你还知道礼重士勋，啊？知道刑不上大夫？朕要是他啊，”皇帝指着陌承光，手在抖，“朕要是他，手要还能提刀，朕先劈了你！再跟你论什么旧事前情！”

突然的爆发把王攸纪震懵了，只见皇帝抄起龙案的一方砚台狠砸下陛阶，王攸纪扑通一声跪下，险从头顶擦了过去，石砚撞在殿门旁的柱础上，粉崩沫碎。

连陌承光，见过穆骏杀伐决断，也没见过他这样发火，半刻只呆看。

“就你王御史会办案啊！啊？你办的好案，吊废了他的手！”皇帝的声音越激越高，“知道你王攸纪律条谙熟，结案挑不到你的错处，朕是要天子的面子，翻不得先帝朝的旧案，朕是给你脸了？！”

王攸纪跪伏在地上，仰脸还想分辩。皇帝怒不可遏跨下陛阶，两旁禁卫上前，左右架起王攸纪胳膊，将他摁至头又触地，砰然作响。

“行啊，琅琊王氏的嫡子，有胆气，天不怕地不怕啊。”穆骏被那个声响逗得冷笑，停在陛阶一半处呼气，“你不还有个伯父吗，唯恐朕杀不了你？独苗一死，朕优容王家，抬王素出身的一脉做正支如何？王素，从此会对朕感恩戴德，朕从此留个听话的高门！”

陌承光看着他，在四目相接前垂眼，明白了天子这番盛怒的目的。怒气是真的，但勃然作色，不是穆骏的个性，他真想杀谁时，他会很温和。

他不会杀王攸纪，和他提拔起王素都一样。天子不需要血腥的手段，只替王家竖好两面旗子，让他们彼此分立，内争而内耗。

王攸纪当然也听懂皇帝的意思……自己的身份，是随时可以找到替代品的东西。

他不敢再有异议，更不敢再动，全身重量抵在额头上，听到皇帝踏阶返回了龙案之后，甩袍落座。

“王攸纪，听说你曾叫嚣，你殿中侍御史王攸纪就是王法？”冰凉的笑音仍然在皇帝的语调里，“朕今日明白告诉你应该怎么说，以后就记住了，朕即王法！”

声落后极静的西堂中，穆骏又指着陌承光，“他的意思，也是朕的意思。杀人偿命天经地义，但此案民间自有公道在，庾崇礼那样的东西，一命偿他一命足够。朕的王法，也要顾民意。金家两人同斩不可，没人跟你再费唇舌，想清楚了，量刑拟好了再来，给朕滚——”

皇帝顿了下，嘴角现半个坏笑，“不，给朕爬出去。”

王攸纪愣怔着，完全不反应。

摁着他的禁卫松了手，拎着他官服的后领子将他拧转了个身。他感觉什么东西在屁股上猛撞一下，不知是靴底还是刀背，但他依然是动不了，脸上的羞恨带起四肢的抖，与其说不会爬，不如说从没想过今生今世会这样受辱。禁卫催他“快着！抗旨杀头！”，他听见刀弹出鞘的声音，骇得横七竖八张着胳膊腿往前匍，被官服缠绊成像头犁地的病牛原地哼哧。

西堂中无人发笑声。禁卫嫌他姿势难看，踹了他腿窝两下让他把膝盖抬起。高高撅着屁股，被禁卫持刀从后面赶着，王攸纪支起四肢总算爬对了架势，一寸寸捯向西堂口，翻过带刀侍立的中领军柳遥之脚边的门槛，爬出。

柳遥之抬起的视线与陌承光相交，他本来就是下挂的笑眼，此时眼底带着安慰。陌承光也笑了下，转回头，没觉出一丝快意。

“陛下真想为臣出气，”西堂中已无其他臣子，陌承光低说，“应该将王攸纪清出法司。”

“你从选曹上的那个本子，朕看过了。朕心里有道理，等时候到了，我跟你说。”

陌承光不回话。

“这个案子，定一个绞刑，另一个发配充兵籍。朕会熬熬王攸纪，熬到他猜准了，按朕这个意思写上来为止。”皇帝说着叹了个气，“至于谁充军，谁绞刑，朕托你……让金家的父子自己选吧。你也替朕，”他点头垂目，“替朕的朝廷，去谢谢他们。”

“陌承光，你一脸晦气，这干什么去呀？”

被长平郡主在官署的堂前堵住，陌承光没有玩笑的心情，行了个礼要走。

“是去御史台吗？见金家人吗，他们要死了吗？”

陌承光看她，长平郡主说：“哎呀，宫里多少长舌头的，西堂里面怎么了就算不知道，那天王攸纪是爬着出来的，可是人都看见的，那还能为什么呀。”

“那郡主就让臣速去吧。”

“我跟你一起去吧。”

陌承光摇头，直接起脚，“狱里不是合适郡主去的地方。”

宁云在后面叫他：“哎，陌承光！你是不是也在那里头关过？”

前后近五个月。

陌承光并不愿回想，也不想再回到那种地方。他的脚步略迟滞，宁云说：“我就想去看看里头什么样，嗯……我陪着你去。”

有这个明亮的女孩在旁边，陌承光知道会好很多，但他想，就开始依赖她了吗……

“狱里面，很多男犯衣不蔽体，阴湿，恶臭，且有疫病可能传播，郡主不能去。”

“我蒙上脸，就像医官那样。”宁云走近他说，“我就盯着自己的脚走，除了看你，我谁也不看。”陌承光不能同意，郡主又说：“我可带你去过宗庙呢，你就带我去这一回，就算还给我。以后我再也不强跟着你，也再不强让你带我去什么地方了。”

但，当她真的跟在陌承光的后面，往御史台的地牢里下的时候，宁云其实有点后悔。

腐臭味，或者说，带着死气的酸味，医官的面罩根本挡不住。还有气若游丝的呻吟声，像鬼蜮才能发出的那种动静，仿佛化成实体，和气味一道，直往浑身上下毛孔里钻。

她真的只能盯着自己的脚走，一点点地踏着黢黑的石阶往下。身前那一双官靴的步伐平稳，但觉察到她的不安，陌承光停步回身，然后退返了两阶，站近宁云，“你紧跟着我吧。”

也不到……害怕的地步，但宁云得了这机会，就胆小似的，伸手抓住陌承光的官袍腰带，又觉得这个姿势怪怪的，手顺下去，牵住他袍摆。

陌承光看了她松捏着的手一眼，转身继续下行，慢由郡主跟着。宁云禁不住想，他关在这里面的时候，什么样？是不是咬紧牙关，怎么也不漏出一声地硬撑，还是受不住的时候，也会这样低声呻吟？但自己见过的所有时候的他，都是这么安静。

一路行至金家父子关押的牢房，陌承光示出文书让狱吏开门，黑洞洞的牢房门口吊起扈从携带的马灯。他与郡主一同进去，适应了暗光后，看见金双和他爹都坐在唯一的窄缝天窗下，光板床上，馊布似的一摊破被盖着腿，畏光眯眼，也在向他望来。

对方挪动身子要行礼之前，陌承光先过去在板床边蹲下，与他们面对。

“丹阳尹陌承光，受陛下差遣而来。”

久关的人迟钝的反应，他能感同身受，陌承光回头让狱吏上水，端与金家父子喝。他们的情况，比自己那时在狱里多少好些，看来有皇帝关注着案子，御史台没有太敢为难。

“先说你们家大伯的案子吧，”他们喝着水，陌承光缓说，“你们吴县换了新的陆县令，案件定罪为蓄意殴伤后，失手致死。”

金父手中的水碗跌翻在腿上，又滚落床板下。陌承光手按住他打湿的膝盖，慢声说:“当时是多人混打，很难认定哪个人，必有把你大哥摁杀在泥里的故意。但，当天的主犯身上另有命案，是欺凌民女后，逼人致死，你们的……”他有官员的立场，没说出“义举”两个字，“使得庾家万民声讨，女家才敢于出告，全县告庾崇礼及其手下的伤害案子合计八十余件，那主犯定要死了。”

这时候陌承光感觉郡主向前近了几步，衣角快要扫到他背。而身前金父两手合在脸上，呜呜哑声哭出。

“你们为乡亲们所告的，庾家圈山的事，陛下下了明旨，不止庾家，普天下的豪门都得按格式腾退多占的山林湖泽。你们吴县，庾家在内，共退出山地一万四千余亩，大湖两个。你们的乡亲，准备给你们金家建祠堂的。”

金双把水碗搁开，身子滑下要跪，陌承光一手撑他起来，也坐到他身边的床板上，“陛下还说——”

“大人！我全家成了鬼，几世也谢你的恩德！”那边金父跪了下去，对陌承光深叩。

陌承光即也对面跪坐他身前，把住他胳膊，“谢不得我。陛下说，让我代朝廷来谢你们。”他抬头看金双，“谢你们拼将一死为民请命，也谢你们……”他说了自己的话，也体会着穆骏的意思，“勇于告知地方上的实情，使朝廷有整治的开端。”

金双一样在哭，他根本没想过的，能走到这么好的结局，像在这死人牢里办一桩喜事似的。

“但是……”

眼泪尽情流过之后，金双想到陌大人该说但是了。

但是陌承光只说出了这两个字，就沉默下去，忽地觉得，让他们父子自己选择谁死而谁活下来，是种恩典吗?

“行了，大人甭说了，死也瞑目！就这回事！”金父反握住他的胳膊，“死了也谢你！”

“你二人中的一个,可以不死，”陌承光对视不得他们任何一个的眼睛，“陛下亲口许的。”

“谁？阿双能活？”

对面哑了下口，金父抢着说：“死一个就行是吧？我死！我活够本儿了，阿双还小啊大人！”

“爹！”金双也跪下，三人紧挤在一处，“我是儿子，肯定我死，爹，儿子就为你尽孝了。”

“不行！你活着，你得传金家的香火啊，大人肯定好容易给咱要下来的！大人你跟他说啊。”

“爹，我是儿子，我怎么能让你死啊，爹啊……”

“一人充兵籍，另一人绞刑，陛下钦定。”陌承光硬了心打断他们不停的争抢，对死的争抢，“请二位，想了清楚，我明日再来……听结果。”

金家父子都看着他，凝重的静压入这牢室，陌承光在跪姿下欠过身告辞，起身出去，不再回看。

走出几丈，他停下，等长平郡主跟上。但宁云随到他身边时说：“我还有三句话，我回去给他们说一下。”

陌承光转过身拦她，宁云说：“就三句话，对他们好，你也会谢我的。”不等陌承光再说什么，她推开陌承光的手就跑了回去，陌承光跟到牢门前，见她抱膝在还呆跪着的金家父子面前蹲下，低低地对他们快速说了些什么。

回去路上，没等陌承光开口问的时候，宁云跟他同坐在官署的油壁车里，跟他说：“就三句。第一句，‘我是长平郡主，算陛下的妹妹。’第二句，‘你家儿子死，更合适，本朝重孝道，子替父死，我能劝陛下恩赏你家的孝义，给你家爹免除了兵籍。’第三句，‘看你家爹的年纪，还能再娶妻生子的，要是剩下你家儿子，入了兵籍，以后你家子孙都是兵籍，那比为奴还惨。’”

“……你可以替他们选？”

“总得选的。”宁云把罩帽除了，宝髻上唯一一支步摇钗随着车行颤颤摇摆，“你觉得，这种时候，活下来的就是占了便宜吗？”

车厢里的光线中，她的眼珠不像活物，像琉璃。陌承光不知道以她的身份和年纪，她为什么能说出这样的话，但他知道自己的心跳得很快，知道不能再这样下去了。

“再说了，”宁云说，“我是替你选的。”

那天傍晚，郡主在她的大毛外袍里揣着手，站在陌承光的书堂口看院子。这件男装大了，从背后看，她整个人像锦包裘裹的孩子。她仰着头一直望屋檐，没回头说：“宫里的燕子走了。”

“明年春天，会再回来的。”

陌承光应得很快，让宁云有点意外，她回头看了眼，又转回去抬头问：“你这个堂上，你说明年也会住燕子吗？”

新装的府邸，今年并没燕子来。陌承光回说：“俗话，‘燕子不住愁人家。’”

“你是个‘愁人’？”宁云又回头。

“郡主觉得呢？”

“你是呀。”宁云笑了，“你自找的嘛。”

在陌承光能说出什么之前，她回身往堂外又迈出一步，“你想，燕子多好，天下的南边、北边，都能去。”宁云看着这方书堂前丹阳尹府正堂顶上的晚晴天，“看过了天高地阔，回来还有落脚的地方，多好。”

陌承光喜欢这话，但这话能借到话，他犹豫了一瞬，起身到长平郡主身边，还是问出：“郡主落脚的地方，敢问，何必是微臣？”

宁云转头看他，神色一冷，然而转瞬又笑了，“你还是问我了呀。”

“郡主与臣素昧平生，必定是因为什么原因将臣刻意挑选出来的。可以问吗？”

宁云向后靠，倚在了门边上，“我十三姐就说了，聪明人大多寡淡且谨慎，在一起会很累的。还真是。”

“臣实无趣，难配郡主。”陌承光真诚地说。

“你嫌我不是公主？嫌我是江夏王的女儿，怕我在你家里进进出出，给我父王传什么机密？”

陌承光摇头，“机密从来，臣也不会带到这家里。”

“……那你嫌我什么？嫌我长得不好看？难道嫌我性情不好？我也能乖乖的呀。”

嫌她……什么？嫌她没有一点自己不喜欢的地方。所以，不能再往下去了。

“微臣当时同意郡主在此，是看郡主文书干练，有助于政务。而今朝堂运转已经全开，案头事务越来越多，早不是郡主一人能应付的数量。但有郡主在，其他文吏不便上堂，长此以往，我丹阳尹府就成文书流转的一个滞结。恳请郡主从即日起，不必再来了。”

“说了半天，你就想要个文吏是吗？”宁云伤着了自尊，嗤一声摇摇头，发髻擦在门框上，“那我也告诉你，我想要的，就是个英雄罢了！”

陌承光看她站直身子，将堂口的折门愈向两旁推开些，闪身到两折门扇的夹角缝隙中，抱膝蹲下。

不解地跟着转过去，陌承光见郡主蹲在落日黄光被门扇挡下的阴影中，身子紧紧蜷着，娇小的身材更像个孩子了。宁云偏头看向他，在这个角度上眼睛大得有些怕人，声音很清晰地问：“这么躲着，容易发现吗？”

陌承光似乎听懂她要说什么了。他抬头看了看堂内，轻点点头。

“那天没发现我。”宁云更紧地蜷起来，头低回去，“抓了我们兄弟姐妹都去，趁乱我就躲在这样地方，在麟德殿。哥哥们看见我了，他们就往远处跑，侍卫堵着前后门，他们一个一个都被杀了，还有姐姐。穆鲲没数清人，他出去的时候，我隔着门缝都感觉他身上喷的血……热。”

陌承光低下身，在她面前半跪下。

“后来我就说，那天我不在。连十三姐都不知道，父王都不知道。”女孩双手按上额头，手肘撑着膝盖，像在叙说着旁人的事，但陌承光能看见那手臂后露出的眼中的恐惧，“我就当我不在，不然我看着哥哥姐姐一个一个死，我还若无其事地活着，我成什么东西了。”

“你不在。”陌承光双膝触地靠近她说，“那是别人给你的噩梦，就是噩梦，没你的一点关系！忘掉它。”

“……可以吗？”

陌承光点头，“忘掉。到了最后，活下来都要忘掉的。”

宁云静了好久好久，松开身子，往后坐在地上。折起的门扇被她碰到，砰砰轻响。在雕花隔扇漏下的摇动光斑中，她说："但是有噩梦的时候就会想起来的。"

"臣不能为郡主分担。"陌承光看着她的眼睛说，"但是害怕的时候，可以告诉我。"

"我就想嫁个大英雄，陪我睡，我就不怕了。"宁云一动不动地盯着他，"就像十三姐嫁给柳将军。我问过姐夫了，他说当世年轻的英雄就数你，我就要你。"

"婚姻该是两情相悦，"陌承光说，"郡主该嫁心仪之人，而不是拼命让自己喜欢上的人。"

"我已经喜欢你了！"宁云一下蹲起身凑近他，"你也会喜欢我的，我可以等你。"

"臣鲁莽执妄，好赌行险，臣护不了任何人！"

"不用你护我呀，天要大乱谁护得了谁呢？我就想要个什么都不怕的，有一日是一日，陪着我就行了。"

"臣怕，臣什么都怕。所以臣愿一意孤行，不想顾及身后。"

宁云沉默了。

他们在暗影中对视，隔扇漏下的光迹中沉浮着细细微尘。

"……谁都不行是吗？"宁云问。

"是臣不可以。"陌承光加重说，"臣愿郡主能得真心合意之人。"

宁云慢慢地站起身，久蹲腿麻，手在门扇上扶了一下。她俯视着陌承光说："即便你没有家室，总有亲族，多我一个又怎么样呢？"

陌承光也随她站起，"臣与家父分家多年，姐姐也将出嫁。少一个人，就少一份让人伤心的可能，求郡主体谅。"

宁云更笑了，"你姐姐要嫁的是谁？她做妃子你做朝官，你能不顾身后？"她说着逼向陌承光，"还有你知不知道，你二哥要从岭南被招回来了，到时候你们同朝为官，你能撇得清他？"

……妃子？二哥？

看到陌承光惊诧的神色，宁云伸手牵住他衣袖，语气又软下来，"不是什么新闻了，你现在位高权重，谁也不想开罪你，谁也不想从自己嘴里让你知道坏消息。宫里不准备让你姐姐做皇后的，陛下可能觉得负了你家吧，就要把你二哥招回来了。”

陌承光抓住身边的门扇，袖子从宁云手心滑脱。

“所以你看，两情相悦真心合意，算什么东西？你我这样人，能有个顺眼可心的人在一起就够了，前路谁能管得了吗？还是我不够好吗？”

“我……”

“我知道，逼不了你。”宁云仰头看着他，眼睛没映着光，“反正我也没什么真心合意的人，我就等着你了。”

陌承光摇头。

宁云对他笑，“我等着你。你要是真找到真心合意的了，再告诉我不行。”

“你又只吃这么点，”陌闻音坐在小桌对面，蹙眉问弟弟，“是朝务太忙了吧？承光，你现在瘦得吓人，等到我不住这儿了，你可——”

陌承光放下筷子，直看着姐姐。

“怎么了？”陌闻音停下给他夹菜的手。

“我看过你准备的嫁妆了。”陌承光停了一下，“姐姐，品级，你知道吧？”

陌闻音咬了下嘴，垂眼。

“为什么不告诉我？”陌承光的声音哽涩住。

姐姐起身到他旁边，扶他肩说:“也不是什么大事，你忙得连院门都跨不过，等旨意下来，你自然就知道了么。”

“你不怨吗？”陌承光憋着心里的愤恨,快要说不出完整的话来,“……这么多风波，你跟他一起渡的，他病榻前你照顾的，他还说，你是他心上人。结果进了宫，别人做皇后，你是……你是侧室？本来那三宫六院，我都不想让你去受，结果你……你去做妃子……”

“承光，”陌闻音在他凳边坐下，姐弟俩紧挨在一起，“我可不就是怕你这样，才不跟你说的嘛。那天他是亲口跟我说的，他的神情就跟你现在一样，你知道吗？”

“他不是从前了，他想让你听话，他演得出来！”陌承光的声音高起，“你不怨吗？你要是难受你就哭啊，我为的什么……我为的什么忍那些，连我的姐姐——”

“他也是我的心上人。”陌闻音近处看着他，“你是我的弟弟，这么多风波你才是跟他一起渡的，我不想看你们俩这样。”

“你不怨吗？”陌承光仍问。

“可我更不想看，我陌家做了皇后的外戚，来日替皇帝扬威耀武，成了他切削宗室的剃刀！”

陌承光无声看着她。

“不对吗？宗室、外戚，哪代天子不是两手分捏着，拿一拨人治另一拨？太后的族中毫无势力，他……陛下想要个门第极高的皇后，为的什么呢？”

“他跟你说的？”

“我自己不会读史？远的不说，前朝贾氏，再早些的卫氏、霍氏，哪家不是凭着做了皇后外戚炽赫一时，权倾天下？可皇帝总会换代，皇后总会换姓，当时越是炽赫，树敌结仇越多，倾家覆灭也是眨眼之间的事。”

陌承光的手捏得越来越用力，肩膀开始微微发抖，陌闻音揉捏着弟弟带伤痕的手腕，让他将掌松开。

“我陌家，从前也出过皇后。但在那之前，先祖受景安帝重责，家世衰微，反而让后代记得教训，男子连陌体都不许书习，不矜不盈，细水长流至今。可这一代，家里有个你呀，你有满腔的抱负，也有才能，更有了机会和位置，姐姐怎么甘心让你为了给家里避祸，韬光养晦地消磨？我就想让你清净做个干臣，可我……就是喜欢他呀，我就是想嫁给他，那怎么办呢？我就清净做个妃子不好吗？”

陌承光明白姐姐的意思，他甚至明白姐姐是对的。不矜不盈，如果有姐姐母仪天下的地位，再加上自己志望想要做的事情，太满了。他想点头，可是动不了，根本动不了。

“你怨的，是我没有得到皇后那个位置吗？”

一瞬之后，陌承光轻轻摇头。

“对啊，你是觉得他负了我，可我知道他没有，所以我不怨。倒是那个皇后，要嫁的人心上另有别人，她才该怨呢。”

陌承光深看着姐姐的眼睛，看见她还带着血痂的难受，也看见她没有说谎。

陌闻音慢慢地说：“这么多天，我是想通了。你就顺着我吧，别让我帮你再想通一遍呀。”

“我就是……想让你好，你真的愿意，我就，”陌承光咬牙止了下，点头，“好，姐姐，好。”

王符低头看自己的丝鞋。划破了，流了血。

她想起那时陌闻音教她爬假山，给她换上自己的皮履。

一点想哭的感觉，被王符按住了。

她平生从没有过独自一个人站在街边，花了好一阵分辨方向，才按莲姑教她的，小心走到街口，拿出钱雇了正经大车。车夫疑惑怎么一个贵家小姐单独行路，但她摆出高门女子的架势，车夫也没多问。坐车行过半个建康城，离莲姑所说的还有一段，车就不往前走了，车夫说王府重地周边不能走马，王符只好下来，拖着伤脚在午后的太阳下，一步一步挪到那府门前。

大门处车水马龙，不见一点需要歇午的样子，王符心里放下些，如果人不在，她真不知道再到哪里去找，或者怎么回家。

王符跟着两个拜谒的人，慢慢踏上府门前的台阶，果然门房拦住她了，她就掏出一封府主人的亲笔信来。有小厮迎她进二门，王符坐在一处偏屋里等了很久，这座新的府邸她没来过，隐隐地，听各处有喧声乐声传来，这间小屋子就显得更冷清，连下人都不过来一个。

她知道，是为避嫌。一直等到天都擦黑了，穆鸾终于进来，王符一下站起，伤脚痛得麻了，脚下一歪，穆鸾就上来一步扶住了她。

王符的眼泪就这么刷一下落下来。

穆鸾扶着她坐回去，自己也在她不远坐下。王符擦过眼睛，怔怔看着他，穆鸾轻轻叹气，问：“你自己来的吗？”

“家里不让我出来，莲姑帮我翻墙出来的。”

“脚破了是吗？”

王符点点头。

“我去叫人给你上药。”

“别，”王符伸手拉他，“你别走。你可有办法吗？”

穆鸾坐回去，“圣旨啊，我有什么办法？”

“不是还没下旨吗？你快提亲吧。”

“都知道要下旨了，我赶着提亲吗？”

王符又哭，穆鸾说：“这是不得不低头的事，我的荣辱性命，如今也是拿在人家手里的。你就怪我没能成事，负了你吧。”

王符摇头，“你们是亲兄弟，殿下，你当面去求求他行吗？你还让他得了江山，他不念情分吗？你就求他这一样，他能不让你吗？”

“就是让不了啊。”穆鸾看着她说，“你是琅琊王氏的女儿，我从他手里抢你，和抢江山看着也差不多了。”

“他不是也有心上人吗？”王符起身向穆鸾过去，脚痛站不了，就跪低在他膝前，“天下间都知道他和陌小姐，让陌小姐做了皇后不是两全其美吗？”

“天下都知道陌小姐是他的嬖宠，他们陌家出皇后也是百多年前的事了。你呢，琅琊王氏的嫡女，你生在这个年月这个岁数，你生下来就是要做皇后的。”

王符伏在他膝头，压着哭声，问：“那殿下为什么还对我好？为什么我写信你一定回？为什么我要的东西你一定给我？你索性从来就不要理我，让我去做那个皇后！”

“我又……”穆鸾俯身向她，声音极低，“我又知道我做不了皇帝吗？”

“我不管你做什么，我只想跟你一起。”王符抬头看他，哭说，“殿下，嫁给别人我真的会死的，我活不下去。”

“你嫁给我，咱们两个都会死。”穆鸾盯着她说，那表情王符从没在他脸上看到过，“你家伯父，献了宣城首胜，又献了玉玺，你们王家现在就像是他的天命，他能撒手吗？而且你想想，你家为什么不让你出来，为什么逼你嫁给他？为的是你家和我有血亲，但是和他没有。你伯父做了尚书仆射又怎么样？如果不用这姻亲绑牢了他，他会忌惮，你们王家百年望族这一世的富贵可能就保不稳了，懂吗？”

“……我是别人的富贵？”王符伏下头，眼泪打湿穆鸾膝上袍服。

“不是别人，就是你自己家啊。天下第一家的嫡女，只有你一个，从小走出去，你在哪都高人一头，你不想理人只要闭上嘴，人家都夸你的仪态，不会说你无礼，我都羡慕你啊。你愿意喜欢我，我都……我都高看我自己一头。”穆鸾终是把手放在她肩上，“但是，到了如今，你也好我也好，都得按身份活着，你去做皇后有什么不好呢？你家里人也高兴，我也替你高兴啊。”

“殿下是——从来没有喜欢过我吧。”王符的哭声止住了，手紧紧抓着穆鸾的袍摆，“或者小时候喜欢过，后来不喜欢了。后来殿下喜欢的，就是我的身份。”

“不是不喜欢你。”穆鸾更低地俯下身，额头触到王符的发髻，“你可能不爱听，但是，听说你要给他做皇后，我心里是不服，不是嫉妒。我自己都觉得挺奇怪，然后就是为你安心，替你高兴，真的。”他伸手想抚她头发，抬起来手又放回她肩上，“人生一世，多少不如意，至少你能活得好些。”

“叫好吗？去做那皇后就叫好吗？”王符的声音闷在穆鸾膝上。

“我现在也是如履薄冰自身难保，别说刺史的兵权，我连建康城都出不去，这些丝竹管乐，这帮闲宾客你都看见了，我没有一天敢闭着府门不见人，就怕被当成密谋着什么勾当。今天烦了一日，全是给太后祝寿捐佛堂的事。我也想过沉溺酒色，装个自暴自弃的样子，可是想到你……想着我也是你喜欢过的人，我又自贬不了身价，乱不了心性。我活得多不容易，何必再累上你呢？”

“行了，这就行了，”王符点点头，蹭在他膝上，“你能想着我，我就活得下去了。”

她又哭了一会儿，向后退开，从穆鸾身前站起。穆鸾伸手扶她，王符说：“你也别说负我。从头到尾，你都对我好。我就这么活着吧，做王家的女儿，天下的皇后，就这么——活着吧……”

仲春将至，天子大婚原配皇后，本朝开国以来未有之事。

京城放夜七日。第一日观皇家下最后聘礼，金装玉辇绵延数里。第二日礼司请吉期，全城五十以上老者赐米，三尺以下孩童赐布。

第三日迎纳，皇帝黄麾仪仗出五凤楼，绕行建康主街后至朱雀桥外。皇后安车过朱雀桥，桥面铜钱铺路，车驾朱漆宝钿、锦障绣幕，四角金铃当风振响。其后黄麾在前，皇后朱漆仪仗跟随，礼官五十人、皇城禁卫三百人马队开道，千余宫人与中官手捧肩抬各色妆奁、赐物绕车步行，宽阔的街区许百姓夹道近看。

此后三日，沿街彩楼不撤，许民家张灯夸饰，京城富户各展其能，灯楼明瓦遍布街巷，入夜耀采生辉。陌承光任丹阳尹，京城治安为分内之责，数日的路线布设、人流疏导、换岗安排、防火防盗等熬尽了他的心力，凌晨归家时总见姐姐已经熄灯闭门，阖府岑寂。

他往往一夜难睡，睁眼望着窗格后透出的天空，在满城不夜的灯火映照下是暗暗的黄蓝色。

第七日礼成，颁赐群臣，大赦天下，琅琊王氏亲族女眷入宫探看皇后、参拜太后。向晚皇帝于五凤楼前赏乐舞、赐杂戏，登楼与民同乐。建康居民几十年来没有见过这样的热闹，万人空巷涌向五凤楼前广场。陌承光布置人手挽臂结成人墙，将空场界为几区，各区之间闲人不得走动移位，自己骑高头马立于五凤楼下警戒线上，静鞭缠臂，一旦发现乱势苗头，挥鞭喝令带刀金吾卫士压伏。

横眉冷目，他马蹄之下无形的界线，无人敢越。

皇帝在城楼之上栏杆后现身，将庆典推向最高潮，全场山呼万岁。此刻之前，陌承光已经要求场中治安人手反复向人群强调免跪拜，今见秩序安稳，分出神来也望那楼上。皇帝着大吉服，冠带鲜明，顶着檐下灯火的光芒，遥遥也正在向他望来。

第十五章

/

犬虎谋

清凉殿的花窗入夏后又拆了去，陌承光到时，穆骏临水坐在小圆桌旁，撑腮看着水。

走近了些，他发觉皇帝的视线不在水面，而是越过那曲池，落在池畔的六角小亭上。

他们有两个多月不曾单独说过话了，陌承光没问礼，穆骏也没回头，半天说："你坐这儿。"

陌承光一躬身后，坐到穆骏对面。

池上的荷叶疯长，映日是暖碧色。红莲花开得像无人看管的野火，偶有莲蓬冒出在叶面之上，往往都垂着头。

"朕不找你，你就不来。没话跟朕私聊？"

"不应有。"陌承光答。

"嘴上不饶人，就嘴上说。"穆骏转回视线，"你有那个工夫长篇大论地写上来，见面两三句说透了，朕不也省事？"

"陛下的中旨已到御史台，王攸纪已经新官上任，臣再说什么？书面抗辩，是表明臣身兼选曹的意见，以免余下的待选士人心中不平。"

"朕无视程序，偏私外戚，你秉公执政，不肯与朕沆瀣一气，是这个意思？"穆骏抬高声音。

陌承光一欠身，"陛下明鉴。"

穆骏被噎了一下，但气到胸口发不出来。自己忍了半天，他抬手对远处内侍说："先上酒，添个杯子。"

"臣不能——"

穆骏拧眉回头，“朕，命你与朕一起喝口酒。”

近侍摆盘，传送酒的菜上来。陌承光拿起杯子。

“朕娶了场亲，交杯之后，再没碰过这个了。”穆骏自己也捏着杯子猛灌，“一整个憋气。”

陌承光不想听，又觉得这些话已然无谓，左手自斟自饮，入喉灼得不知胃痛胸痛。

“你还给我怄气？咱俩之间不能有这点默契吗，我娶个王家的皇后是为什么，我不用王家人，我娶来干什么？”

“陛下用王家人干什么？装点门面，给个闲职就够了，让枉法之人长在法司，不仅不加贬抑，还设了新职高升，臣实不知陛下想干什么。”

“你也是气晕了头了。”皇帝酒杯一放，“朕知道，王攸纪在狱里对你用刑，这事朕自个也永远放不下。但朕让他去做监察御史，这叫高升吗？监察御史是干什么的？”

陌承光停下话，向后靠身子，眼神深了。

“琅琊王氏的嫡子，现在是皇后的哥哥，朕是用他特殊的地位，也用他那个脾性！监察御史，代朕巡查四方啊，说白了，给地方挑刺儿去的。各个州刺史，都是拥兵自重，那都是刀尖上滚出来的精明人物，朕一路起兵，那些人的表现你也全看见了，哪个不是紧抱着自己的实力听着风向？朕不想来日成了第二个伪帝，要不要真正管束到他们，拿什么管束？”

皇帝直命王攸纪担任新设的监察御史，不止陌承光，朝中都能感觉出，是要监摄地方，特别是大州刺史的实权。陌承光犹豫着点了点头，“臣并非觉得设立监察御史不妥。但王攸纪本人这次的迁动未经考选，臣对他能力有所怀疑。监察御史，代表陛下的名义检校四方，如果从中上下其手，市恩徇私，或是嫁怨寻仇，其影响之恶劣，与寻常的官员渎职不可同日而语。”

“但寻常的官员，干得了这活计吗？别的不说，你知道这第一趟巡查，朕打算让王攸纪去哪儿？”

一瞬的思索，“江州？”新任的江州刺史就职以来不依朝廷的财政制度、架空国库的迹象，陌承光在内的京中已然有所觉知。

“对啊，枚伦啊，朕的舅舅，太祖、先帝、朕，三朝的大将。父皇晚年疲弱，枚伦最是个肆无忌惮任意妄为的，可如今是朕的江山，朕不想由着他。话说回来，那几个大州刺史论资排辈，哪个又不如他？而且巡查，是要入人家的地盘，被人家的兵锋围着，你派谁去，谁真敢下手去查？除了他王攸纪啊！那是个跟朕都敢叫板的，现在全家又和朕绑牢成一体了，枚伦买不通他，也吓不退他，更不能拿他琅琊王氏怎样，不然你告诉朕，该派谁去？天下那么多事，朕还能都用你吗？”

“陛下……”陌承光被穆骏的滔滔不竭堵住了嘴。关于王攸纪可能参与了枉法陷害自己的旧事，出于某个原因，他没对穆骏提过，也不准备再提。

“王攸纪个性是讨人厌些，朕也烦他，”穆骏还说，“但他又有深于法家之术、行事锱铢必较这么个适合做监察的长处。反正都要发着俸禄，给闲职不如用他在刀刃上，朕的朝堂，不能只用朕喜欢的人啊。”

“陛下多方的考虑，总和起来臣能理解。”陌承光终于说，“只是希望陛下对这监察御史之职，无论谁做，亦加……”他本想说亦加监察，又思及一层一层这样加下去，百官之间遍布耳目、彼此揭举，也很可怖，改口说，“善加约束，避免手握特殊权限之人，以执法之身违法。”

“这是当然哪，”穆骏手肘撑在桌上，皱眉看着他，“监察御史是替朕办事，尺度拿在朕的手里，你是不信朕能捏住王攸纪吗？”

以外戚做切削宗室的剃刀。陌承光想起姐姐的话。

他不知道是转述的皇帝原话，还是姐姐自己的体悟，但皇帝已准备好这样做了。枚伦任意妄为，固然有性情的因素，但他久能肆无忌惮，一是凭着皇亲国戚的地位，二便是长期与宗室第一的江夏王互为表里。

当初把枚伦放在江州，陌承光知道，是穆骏登极伊始，平衡安排势力的结果，也是希望用富庶的江州怀柔枚伦，甚至本就有让江州的王家与他相互制衡的意思。可江州的对岸，正是江夏王的荆州……如果枚伦确有不臣于当今朝廷之意，早做处置为上，也是敲山震虎，也是避免更难化解的无穷后患。

“这江山，陛下能取之，定能安之。陛下说过的，哪怕朝中只有一人相信，那也是我。”

这话让穆骏动容，怔了刹那，他拿起放了半天的酒杯要喝，却发现杯子是空的。

皇帝就把杯子翻过扣在桌上。不需要酒了，从定下迎娶王家的皇后起……或者说，从登极大典前沾血的一夜起，隐隐的担忧，无从释怀的憋闷都消释了。

只要这个人还能说，信着自己。

“但枚刺史毕竟是陛下的长辈，为两代先帝立下过汗马功劳，如果只因风闻，无缘无故派遣监察御史首至他江州，特别是，如果朝廷处置他没有明确的罪状，可能会引发各方不安，尤其给了他本身发难的理由。”陌承光也有感怀，垂头躲开了皇帝的眼神。

“这个……朕当然知道，罪状有的。江州有人告他私开仓廪赈济，原本要是急灾呢，可以不用管他，但总算是个由头。明面上朕会说，江州王家的产业多，让监察御史先去自查他们王家腾退封山占水的情况，顺便核实这个开仓赈济。等到了当地，查找更多枚伦不法的证据，就是他王攸纪的本职了。”

陌承光的眉头没有松开，也没能说得更多。

“另外，关于你说的这个，执法者违法，朕其实有这么个主意。”穆骏在乎着他的反应，慢说，“设立监察御史呢，我就是有这种打算，想把御史的监察权，跟案子的审断权分开。御史台的官只管查有没有，至于断案、判罚，交由别的机构，不就能两相监督了吗？”

御史台的职能庞杂，且独立于行政台阁之外，上无督管，其间的浓稠黑暗陌承光曾有领教，一直整理不出头绪。他闻此，不禁对穆骏油然生钦服，感觉自己近来为家事私事分心得太多，真的头脑昏沉了。剥离出分立的权责，不恰是快刀斩乱麻最好的办法？

“什么别的机构？”

“廷尉。朕想恢复古法，重设廷尉。”

“廷尉？”确认的反问，远不及皇帝的回答迅速。

“对。”穆骏笑着说，“直接向朕负责的——廷尉。”

面对那笑容，陌承光很快又垂下头，遏住即将升出的质疑。

早在以江夏王为中书令留镇荆州，从而不在京中设置丞相位的时候，他就依稀察觉到了，穆骏有专权于帝座的倾向。而今要把涉官案件的审断权，收归直属于皇帝的廷尉，更加印证了这感受。

可是他刚刚还在认为，这是最好的办法。何况是穆骏，他的天子，他可以不信他吗？

皇帝自然而然把他的回应视为了认同，笑说：“廷尉里的职官，朕就从你拣选的人才里，挑最好的来。”

尚书令文炎吉此日喜气洋洋，与夫人同上女儿的画楼。

“绣心，快来看看，王家的纳吉帖来了，八字极合洽。这还附着一张男方的小像，你来看看品貌。”

文绣心恹恹起身向父母行了礼，坐回说：“原来女儿这贱名姓，竟也合得上王家的八字呢。”

文夫人拧眉要说她，文炎吉拦着，“这什么话，我的宝贝女儿，明珠一样，配他王家那是下嫁。再说了，爹爹给你的姓，怎么贱了嘛。”

父亲脸上的笑容一点也没感染到文绣心，她把脸转回去，望着画楼外隔墙的秦淮河水，“既这样，干吗上赶着送女儿做他王家的续弦呢？”

“哪里我们上赶着了？”文炎吉坐到女儿对面的绣墩上，“是他王家求聘的呀，王家的掌门户亲口下的定，”文炎吉拉起女儿的手拍着，“说除了我的宝贝绣心更无上选哪。”

“王素求聘的，不知是爹爹的宝贝女儿，还是爹爹的宝贝权位啊？”

“绣心！”夫人忍不住了，过来到丈夫身边训女儿，“以后王大人就是你的婆家伯父，哪有这样称名道姓的教养！你在家里是被你爹爹惯成这样，去婆家还不懂得规矩，有你苦头吃尽的，还给我们文家丢脸！”

“阿娘在家里还不是被爹爹惯着？倒叫我嫁到婆家去懂规矩了？”

文夫人气得要跺脚，文炎吉拉过夫人来自己起身，把她按在绣墩坐下，又对女儿说：“爹爹少时，你爷爷只做到个管勤务的参将，在前方督运粮草，整队被叛去北虏的郭姓降将截杀了。凭你爷爷战死的一条命啊，爹爹才得了个考工司采办的位置，位微人卑，从来不敢拿扣半点，那时的窘迫，绣心啊，那时的家徒四壁无以立身，爹爹从没对你多说过。”

确实没有，在文绣心幼年的记忆里，爹爹已经是个风度从容、受人奉承的官了，家里没有半点窘迫的感觉。

“幸而有你外公家，”文炎吉的手抚在夫人肩上，“行商巨富，采买之间相识，并不嫌我，肯将你阿娘嫁给我这一抹漆黑看不到明日的穷小子，爹爹怎能对你娘不好啊。有了你阿娘带来的陪嫁，又有你外公家不停的贴补，爹爹才走出了最早往上的几步，能到了今天，绣心啊，这就是婚姻的益处啊。”

“正是呢，外公和阿娘不嫌爹爹是个穷小子，是看出了爹爹的才能，看出爹爹能有今日。嫁人取才，这才是好的婚姻呢！”

“你是装傻呀，是不知道你爹爹在说什么？”文夫人的手搭在肩头丈夫的手上，“你爹爹是有才能，可起初没有我家里的钱，他能有今日？联姻的‘联’字不就这个意思吗？要么强强相联，要么互通有无，跟你外公的生意那都是一个道理。”

她指尖往下扣紧了，“只恨你阿娘我是个商人女，嫁给你爹爹这个士族，折了他的门第，让他出去受人耻笑，阿娘亏了你爹爹这一世。现今你爹爹有了权位，琅琊王氏啊，他图你爹爹的权势，我们图他家的门第，有什么不行？阿娘也明白告诉你，你再怎么闹，寻死觅活、不吃饭，都好，王家的儿子你嫁定了的！”文夫人扭头对丈夫，“明天就回复，让他们下聘订盟！”

文绣心扭脸无声垂泪，文炎吉拍拍夫人的手，劝着：“也不是只为了门第么。”他把纳吉帖里王攸纪的小像拿过，递给女儿，“你先看看哪，绣心，这个品貌可以的。”

“貌也不必看，品也看不出来。”女儿的脸没从窗边转回，“这个品啊，我可是听说过的，大名鼎鼎的一位么，为心疼几个钱财，持枪弄棒的在他自家门口，跟朝廷的胥吏对打，办糟了案子，被皇上骂得从西堂里爬着出来，建康城里谁不知道？你们逼我嫁的就是个笑话！”

文炎吉从旁边又拖过个绣墩，也在女儿身边坐下，“这是表象，你听爹爹跟你细说嘛。皇帝，也要求娶他王家的女儿，又怕被他王家轻看，面子上挂不住，故而先辱他王家的儿子，灭了王家的气焰，以免婚后被王家拿住。这都一样，是不管喜不喜欢，图他家的门第呀。”

“可不就是么，”文夫人接上，“连皇帝都要图他王家的门第，又怎么委屈你了？再说了，皇上就真不喜欢王攸纪？这不刚听说么，为了他单添了个什么监察御史，拿着尚方宝剑的，最红最有权力的官呀。”

“门第门第，我竟是嫁给门第去的！你们真不知道？”文绣心说着红脸，又怒又臊，“那王家嫡子的风流事都是编成段子唱的，被人家主夫打上门的也有，还说他有花柳病呢！”

“那不会有，那不会有……”文炎吉连说。

文夫人气得也掉泪，“但凡阿娘肚子争点气，生出一半个男丁，能兴家世，我还逼你嫁谁！熬到快要四十，滑胎了几多次，就生出你这么个丫头！”她攀住丈夫的手哭，“老爷，早说让你纳妾，多生些儿女，你要宝贝这个丫头，到头被她这么不懂事地拿治！”

文炎吉又把绣墩拖过去，揽住夫人的背，“你也是气急了，我这不是宝贝你么，你当年仙女儿一样的掉进我怀里，又为我吃过了那么多的苦，我能对你忘恩负义呀？”

看着父母这样恩爱，文绣心抹泪，“就是啊，我就想嫁个爹爹这样的人，结个阿娘这样的婚姻。爹爹都已经位极人臣，是朝堂之首，把家世兴到顶了，我一个女儿，嫁到人家生了孩子也是随人姓，我又没有兄弟，我能添补什么？有缘分寻到了好人我就嫁，寻不到好人我在家里侍奉你们就罢了，何必多此一举啊！”

“话不是这样讲啊绣心，爹爹我有兄弟，你有叔伯兄弟啊。他王家也不是单传一系，那是枝枝叶叶呀。兴家世，做的是宗亲的考虑，为的是我文氏一族的子孙后代呀，”文炎吉讲得口干，谆谆说，“和他王氏联姻，就是被王家等而视之，能抬了我全族，你明白吗？”

“爹爹真觉得，女儿过去会被他王家等而视之？别说是去做人家续弦了，他王攸纪的几个妾室正出庶出不论，论门第都有高过我的吧？王家就是拿那门第施舍过来，女儿我就是盛那施舍的碗，还有谁会高看那碗一眼的吗！”

文炎吉的话停住了，看着女儿的泪眼，一瞬为将女儿养得这么聪明欣慰，一瞬又辛酸。他难道能糊弄得过自己，嫁给王攸纪对绣心自身而言，会是个好婚姻？可……

“绣心哪，是爹爹愧对你，没给你一个好的出身，让你要去给人续弦，又怕过去给人看低。可人活一世，为的不就是子孙？爹爹为的就是你，也为我文家的子孙哪。你想想看，你嫁了过去，你的孩子、孙子，生下来就是高门，你受的这些委屈他们再不用受了呀，就靠这一场婚姻，跨过了这个铁槛。”

文夫人也帮说：“你爹爹都跟阿娘说了，想着你要新婚，先没跟你提的。你嫁过去真要是不顺心，生两个儿子之后，跟他合离也可以，回家来还是爹娘的宝贝，门第一样抬起来了呀。”

“合着我就不是个人，没有心的，就是个装你们高门子孙的碗！”文绣心痛怒起身，踏上绣墩就要往窗外扑，吓得文炎吉一把拦腰抱住女儿，父女俩跌翻在地。文夫人也吓傻了，听女儿呜呜哭得声惨，才想起关窗，颤着腿往窗前的小案坐上去，把发抖的后背抵在窗上挡住。

女儿闹婚，也绝食也嚷过上吊割脉，可没真寻过死，文炎吉半天说不出话来，狼狈不堪坐在地上。

那边文绣心倚着案脚，断续哭说："高门的子孙，有什么好？'平流进取，坐至公卿'，个个不学无术，偏偏还自命不凡，比着纨绔轻狂，为非作歹的……王攸纪在里头还成个像样的了……那都是什么好子孙？我不想要！我有叔伯兄弟，爹爹不说了么，纵然不成器，远房的就没有能成的么……现在都说，陌承光选人授官不论门第的，和从前不一样了，让他们去上进呀，兴家世啊，要是阖家阖族全没有一个成器的，我嫁了王家又怎么样，抬了门第又有什么用呢……"

提到陌承光，文炎吉有话了。

"你不想想，为什么他陌承光能不论门第选官，人还都夸他公允大度？因为他自己是高门！虽不及王家，也远高过爹爹我！要是我做选曹，选官不论门第，大批启用寒士，世人会怎么说我？必定说我偏私，授恩结党，说我弄权！爹爹我自从做了侍中……不，自从从考工司出来到了殿中监，哪怕曾坐上中书令的高位，朝中背后议论我都只有两个字，谀臣，谀臣！爹爹我是……"

文炎吉抬头看还坐在案上的夫人，文夫人的眼泪干在脸上。

"是没有才能吗，"文炎吉回头，"还是爹爹不够勤谨？这么多年啊，为何我就是谀臣？为何我想从宗族里再扶起一个就这么难，还不是因为寒门！他陌承光年纪轻轻，父亲县公，姐姐郡主，自己位比侯爵，奏无不可，丹阳尹、选曹，层层紧要大权加身，谁又说他什么了？这就是门第的差别啊。"

文绣心极少见到爹爹这么激动，她还抽噎着，可不再说话了，向爹爹的方向挪动了些。

"等他姐姐嫁入皇家，几代以后，他陌氏又成一等一的高门。你不要看爹爹现在是尚书令，总有一天，他的权位轻易就能翻在我之上，"文炎吉一根手指指天，"可我跟他的那一道坎儿，永远也翻不过去啊！"

"爹爹……别说了，我嫁。"

骤喜之下，文炎吉愣怔，很快说："好啊，爹爹明日就回复王家，啊。王攸纪，陛下才派了他个江州的差事，等他回来，"他也跟夫人说，"王家就该下聘了啊。"

关上窗后闷热的闺阁中，文绣心说："可不是为了什么宗亲、宗族，为了爹爹，我嫁。"

江州的天气比建康略微凉爽，毕竟盛夏，王攸纪盘坐在同族来接的高大羽盖车上，纵然四下轩敞，依旧身上酸软不适。午困才缓过不久，愈加情绪厌怠，他蹙眉闭目养神，一路只不语。

昏沉沉摇摇欲倚时，身下车马勒停，王攸纪眯眼前视，只见前方不远，另一套车驾从绿树相夹的大道对面而来，路虽甚宽，不可能同时从正中通过，两边顶头停住。

柴桑这里的户主王亮达见堂兄睁了眼，忙从车夫旁的陪驾座位使劲扭身，殷勤说："惊了哥哥的好歇，那是江州府的车马，看是公务，哥哥稳坐，我叫把车边上避避。"

王攸纪渐清过了神来，抬手止他，"怎么？我王家的车马，在江州几时有的避道规矩？枚伦在那上头吗？"

车前没有刺史的旌帜，看是不在。王亮达回说："从前是没有，哪怕江州刺史本人迎面，也都是客客气气的。但自从这个枚刺史新来，规矩全变了，人称他什么国舅公，不就是他的姑姑，是太祖皇帝草莽时候的发妻，后来追封了皇后。他本家是贩卒，还替咱们王家祖上买过牛驴马匹呢，受过咱们养活的。这事就被他当成了痛脚，走到哪里，都要和高门生事，尤其对咱们家的不依不饶。"

说着话间，两边打头的车夫彼此不让，嚷嚷了起来。王攸纪嗤说："不过是怀着嫉恨的心，寻衅抬他自己身价罢了。慢说他江州刺史不在车上，就是枚伦当面，也得避我这钦命的监察御史。告诉他们，不让，对面的再不避开，叫车夫挥鞭子撞过去！"

"哎……"王攸纪是初到江州，王亮达对这位堂兄不多熟识，不知道怎么劝好。

他回头看了下车夫，没能下令，又向王攸纪为难说："这会儿是弟弟带族中各户款待哥哥去，咱们是私事，对面到底是公事。再者江州府的手下，尽是一帮操枚伦本业的，什么贩夫氓流的出身，无理也要搅它三分，怕这些俗人搅了哥哥雅兴。这路宽，就往旁边一抖鞭子的事，还是我引哥哥先行驰过去吧？”

王攸纪这会儿心性上来，也不觉得热了，拉起一截袖子笑看他，“听这意思，你是吃过他眼前亏呀？”

王亮达赔笑，坐车夫边晒着淌汗，绸衫都透了，“可不就是。倒不是弟弟我，是贱内同妻妹由管家护车，之前回去娘家的路上，不知怎的和江州府的粮车争了两句，管家被府吏的鞭子险些打瞎了一边眼呢。这不是哥哥尊驾在此，怕出事端么。”他停下又补上，“连贱内她们当时在车厢中，都差点受辱啊。”

“有这等事？！”王攸纪也不用细问始末了，腾一下旺火升起，“便忍了？还有没有我王氏的尊重！”他知道王亮达的夫人出自谢氏，摆明这就是冲着高门，王攸纪直命车夫，“甩鞭子冲过去，看江州谁敢挡我！”

他的轩车这一动，后面的陪车里也都是受新刺史气的王家人，噼里啪啦一通鞭响，真就整车队撞了过去。

那边江州府的属官属吏全是枚伦军中出身的武夫，哪里手软，二话不说横车挡路，跳下车来连抽带拽，但凡不像官老爷的全扔在地上猛打，半点还手的机会不留，剩一地王家的仆役们路两边抱头抱脚地哀号，看着江州府的车列扬长而去。

也就短短片刻，东倒西歪，满道狼藉，王攸纪还困在羽盖轩车上，脸上红红白白。他断不能咽下这口气，刚过来江州巡查，就在族人面前这样地丧颜面。衔恨掀开衣摆，露出御史的腰牌，王攸纪猛拍其上，“反了他了？！都给本官起来！本官现地征召你们，”他理好衣摆坐正，“随本官突袭江州府，查验不法！回去拿上兵械，捧我官服来。”

王亮达和江州的王家怎么能再拦，且也有仗着他撑腰的大把心思，各自招呼自家丁役，就近去取了护庄的兵器来，浩浩荡荡一群，簇拥着王攸纪的轩车，原路折返回柴桑治所，直驱江州府门。

下车披起官服，王攸纪高擎御史腰牌，排开守备，从那朱漆大门入院，提声厉喝：“御史巡查，闲人退避，唤江州刺史出拜！”

有值官赶上来，看那腰牌行礼，“御史大人，枚刺史到县里看民情，现下不在府中啊。”

听见枚伦不在，王攸纪更粗了胆气，把他的腰牌向袖中一收拢，“不在无干，查的是物证。”

他回头向族中人等下令，“把这院子围好。凡有仓廪、财费、税赋的账册，属官迁转的考课，赏罚、俸禄的簿子等，一切要紧带字的材料，全部封起收缴，装车运回，待本官细验。”

周围江州府的值官们露出震惊的恼怒色，王攸纪捏紧腰牌又拿出，“还要再看吗？有阻监察御史办案者，视同谋反！”

监察御史是个新官职，都知道皇帝直命了皇后的亲哥哥来做，江州官员弄不清其间的门道，有哪个敢拦，眼睁睁看着王攸纪指挥自家的杂色丁役，在州府各间堂屋中掀桌翻柜，让开哪道门能不打开。一捆捆的文书账簿被搬出装车，足乱了一个多时辰，王家的车队扬眉吐气，满载而归。

回到今天备下的款待处，王攸纪在茵褥上扬襟坐下，王亮达忙不迭旁边打扇，又让下人奉来解暑的茶汤。王攸纪慢啜，听下首的十几位江州王家主事争相恭维，比着赞他霹雳手段，替一州大户拨乱了反正，荡清了天日。

“江州府里那些人服服帖帖的样子，看着真解恨哪！”

“也只有哥哥来，才能折了他的气焰，从前枚伦在州里，竟要当自己是个封王了。”

“可不是吗，官吏但凡和咱们家交好的，他也是不等朝廷行旨，二话不说就免掉，换成他那些杂七杂八的交道。”

“从前缴赋的惯例也是他不认的，我看追缴的那些，他也未必放进国库里……”

山边风爽，这茵褥上，王攸纪的坐席两侧散摆着许多消闲的珍玩，他挑出一整枝珊瑚的如意把在手里，笑说：“枚伦有多少事，本官都会细查，陛下钦命，职责在此。你们协助了公务，本官代陛下谢过啊。”

主事们又一轮争说不敢，还有叩头谢恩的。王亮达领着头致意说：“哥哥代陛下办的是公务，可是咱们私门受益啊。前一段腾退山泽，江州这边多山，我们那是大大一番折腾啊，想着族里出了皇后娘娘，还有伯父王素大人做着仆射，怎么反而不如往日，莫非真是变了天了？这不是哥哥来了，才知道天意不变，我们才又有了梁柱。”

王攸纪想来，四望问：“你这产业，不用腾退？”

此时近晚，这缓坡上古树灿盛，坡下一脉清流蜿蜒向天际。初季稻已经收割，晚稻刚插种，排排疏朗嫩绿。远处江边有些低山起伏，薄云点染，颇具画意。

“有地契的，”王亮达忙回，“不然哪里留得下。伯父大人严命，让族里照着格式，把地契说不清的退干净，加上江州府又死盯着，我们也只有寸寸都退了，要不然款待哥哥，哪能在这农庄啊。”

“这话，只有我说，伯父啊，没当过高官，也太认真了些。”王攸纪在手心中敲着如意，新仇旧恨难平，“这一轮所谓的新政，腾退什么封山占水，又撤换地方官员，都是那姓陌的脑袋发热，被下民吹了几句，自诩为下民的天爷了。尚书台，眼见朝廷都要被他越了过去，陛下不会容他折腾太久的。”

“那陌家子，不也有家世吗？”旁边一人借话打听，“折腾我们又何苦啊。”

“投陛下新君上台之所好，并不奇怪呀。”王攸纪看了眼问话的那人，“他那个家世，老头子多年太常卿，一个哥哥是流放过的，反正他家底空空，正好拿来换个清名，陌家人别的不要，最要脸嘛。”他望向山坡之下，远处隐隐一面江水，“只是跳得太高，想凭与陛下的故交情垫着，恐怕天真了。”

“是这道理，小人得志，不会长久。”王亮达又敬王攸纪茶，“这天下的规范，尺子把在哥哥手里啊。”

心觉这句说得妙，王攸纪点头，“正是。他忙着成仙成圣，他哥哥未必，他姐姐一介妖姬艳宠，更未必。在朝为官，在宫为妃，没有被本官和皇后量度的时候？”

提到皇后娘娘，王亮达更捧他说：“真正是哥哥这话，家世和家世就是不一样，我王家代代有女居中宫，哪怕天子换了姓氏，皇后还是姓王，这才真叫作家门呢。”

这句王攸纪却不大爱听，他把茶碗放低，教导般说：“此处怎可相比，靠女人邀宠得势，那不就是陌家眼下的伎俩？一时的荣耀，梦幻泡影。”说着他又往江边望去，语气任重道远，“坐拥我王氏这样家门，每代须出材人，代代方能不衰。你们也都要各自清醒，各自努力，方向不可有失，否则一个领头的昏聩，你们也盲从跟随，说不定百年基业，没于你我这一代啊。”

马上有人会心和上，“大人岂不就是方向。”

“跟着哥哥就是，哥哥岂不为我们。”王亮达也接话，看向下首的同族们，众人纷纷相应。

王攸纪笑了笑，不掩自得。

王亮达捧起他放落的茶杯，请他再用些茶点，王攸纪拣了几样精致的入口，看斜日为这庄园添上闲情暮意。王亮达见他像松乏了，对吃喝兴趣欠欠，便往下吩咐：“佐酒的歌乐，传上来。”

王攸纪闻声抬眼，见几个清秀家伎行上坡来，在稍远一些散坐下，弄筝调弦。旁边辈分远的陪客开始辞下去了，留下场地幽静。不一时俚曲乡音随晚风袅袅，青丝翠袖素净可人，添入山野情趣。

王攸纪心情舒散，不打算着急，换了黄酒边听边饮，数草叶飘过美人头顶，酒意渐渐上来，倚着三两个锦垫半坐半躺，真有些山中高人之心境了。

夕阳下照，迷梦之间，忽闻坡下一片骚乱，他蒙蒙睁眼，没明白过状况，只见一张凶神恶煞的面孔越来越近，旁边王亮达已经起身，迎前怒叫：“枚刺史，你这是干什么！”

那边家伎们已被赶起了来，由兵丁押着瑟缩在一处，乐器全都扔在草地上。江州刺史枚伦咧嘴一笑，“本官得人报告，你家产业之中藏匿大量人口，特来清查。”他走向那几个家伎，作势打量，“这几个细皮嫩肉的妹妹，名字可落了户籍吗？一个一个给本官报来。”

他相貌凶丑，那些家伎不敢抬头，向一起挤得更紧了。

“这是我王家私园，有地契明买的产业，你带兵进来欺人太甚！”王亮达高声说，“监察王御史代表陛下在此，你是要谋乱——谋反吗？”

“谋反啊？”枚伦步向茵褥，“是听人嘴说阻这御史办案视同谋反，但本官也是江州刺史啊，江州的安定本官得要负责。你家藏下成千上万个来头不明的人等，刚才冲击江州刺史府时，刀枪棍棒齐活啊，扯起支队伍，定能造反成事了。”

“你！”王亮达说话间，不觉往茵褥旁王攸纪的方向退了一步，“少在这血口喷人！”

“血口喷人？”枚伦瞥王攸纪一眼，“这本事你们王御史在行，本官可学不来，本官只讲凭据。”他挥了下手，一个兵丁上前，递上几本册子。

“长丰园，这字念什么？虞朋，虞素素……平桥织坊……”枚伦翻着册页，“黄村别业，啊，就是此地。”他把册页翻得更响了，哗哗向后，“此地就有大好几百人吧，这些名字都落户籍了吗？本官心惊啊。”

“你……”王亮达的脸色越来越白，“没有官命，你敢去抄我的家？！”

“官命？”枚伦把那名册往身后兵丁手里一扔，“这御史去抄我江州刺史府，凭的是谁的命？圣旨诏书有就拿来！本官堂堂朝廷刺史，本官的命令，就是江州的官命。藏匿无籍人口过千，死罪啊，本官能不来查？”

“枚刺史，陛下差遣本官前来，是为自查我王家腾退封山占水的结果，顺便——稽核你江州府不得圣旨诏书、私开仓廪放赈的事实。”王攸纪坐在茵褥上慢说，“此事可大可小，各退一步，本官查扣你江州府的文书资料，就在本官随车上，尽数奉还，王家的册子便也还来，两处安好，如何？”

枚伦盘腿落座，直冲他笑说：“事情大小可不一样，御史。放赈那点事，是为百姓救灾，陛下能怎么责我，值得上你王家儿子的一条命吗？”

坡下的田园中，数队官兵正在把耕种作业的人口聚集，赶向山边的一处，在那里点数，登记姓名，与户籍册核对。枚伦气定神闲对面而坐，王攸纪明白，这是他全盘策划的反报，远近每一处的王家产业中，一定都有兵丁正在做相同的事。

王亮达冷汗满脸，双眼像要崩出来那样盯着枚伦，又求看王攸纪。王攸纪软下点口气，“枚刺史，想要怎样了事，尽管开口。”他向旁边看去，“这几个女孩子，要还入得了刺史的眼，刺史现在就带走，余下的慢说不迟。”

“是不急，抄我江州府，哪能还回来了事？”枚伦笑，外凸的牙齿在这种时候格外气势，“本官立正行端，文书资料就放在御史这儿，尽够你查吧，王家的匿籍册子，你也甭想拿回去。你告我也告，正好一起。”他扭身仰脸看王亮达，“你家哥哥拿你的东西送人挺大气的么，可本官这低人，睡不了你们高人睡的女人，赶紧，自己留着多用用，等罪判下来，两眼一闭，”江州刺史拖出长腔，“什么就都没了。”

王亮达要站不住，晃着腿眼瞅着王攸纪。

王攸纪却只看着枚伦，清楚皇帝派自己前来，就是针对眼前这人，心中自问，天子眼里，刺史擅权，高门匿籍，哪个要紧？

何况是王家。

他嗤地一笑，“好端端的大路，既然枚刺史不肯轻松过去，那便一起呈报上京，等看陛下的评断啊。”

“哥哥……”王亮达哭腔低声。

“无妨，无妨。”对面枚伦笑而不应，王攸纪挑眼对王亮达说，“等看。”

休日一早有人急请见，尚书令文炎吉问明了是谁，洗漱穿戴却刻意慢下。

他从前没在自己府邸接待过几个世家中人，因为娶的夫人是商人女，家宅格局装潢都有限制，略自愧于寒酸，有扳回架子之心。等到出来，尚书仆射王素已在厅上候了许久，慌烦得脚下直踮。

文炎吉与他宾主见礼，王素不多寒暄，落座就说：“尚书大人，听闻江州的事了吗？”

“略有耳闻哪。”

“陛下……什么反应？”王素探问。

文炎吉捻手，等着下人上茶，“传闻以来，还未见到陛下。仆射为何如此惊慌啊？”

“大人有所不知，刺史枚伦绑了我家在江州两千多人去，个个点数，做成了铁证，说控告匿籍的帖子已经发上京来了，大人还没见着吗？”

先没接这帖子的话，文炎吉问：“监察王御史那边也有控告枚伦的帖子吧？不知除了开仓的事，还告出他什么？”

王素面露难色，关于王攸纪含糊一时，说：“实不相瞒大人，愚侄和下官正闹到不可开交处，问他不回。”

“哦？”文炎吉听着不对，“……怎个闹法？”

“这不是……与大人家结亲之事，”王素低了声气说，“原是我们长辈定下了，他在外面不知。”不只声低，他头也越来越低，“这将要下聘礼了，信使过去告诉他一声，他回信只说……只说不可，旁的一字不再提。”

不用说得更多了。

这种被蔑看的羞愤文炎吉非常熟悉了，但这一次，是今生极点的强烈，以至于王素抬眼瞄了他刹那，生怵得缩回头去。

然而文炎吉狠把自己控住，他知道王素不傻，没可能在求得着自己的时候平白告知这些，不先拖着消息，后面必定还有话。

在他硬到能刮出声音的沉默中，王素又说："愚侄这样地不知轻重，不识得大体，是他一贯狂妄，并不只为的大人家与小姐。他在江州，行事公私不分，带着仆役搅翻了刺史府，招来校伦带兵抄家呀，丧尽了我王氏祖宗的尊严。下官看，此子总有一天要给我家惹出大祸来，他无家室还好，有了家室，那是要跟他受罪遭殃啊。下官深悔莽撞，已和家中商定，联姻之事，大人看是否可以这样——"

文炎吉不动盯着他，细纹的眼角中目光寒彻。

"——聘礼呢，王家照样仪程毕备，厚送至贵府上。请尚书大人就以江州的事为由，当场退回，为小姐拒婚。"王素恳切说，"以免我家这不肖子，误了文小姐一生啊。"

冰化了，春风一样的笑意丝丝掠上文炎吉的脸。

这不只是被高门之首等而视之，这是王家弯下腰来，主动邀请文氏，踩上去一头啊。

比起和王家联姻，更能抬升文氏在门阀间地位的，岂不唯有王家纳征送聘至门前，而文氏昂然拒婚？

起身行至王素座前，文炎吉执起尚书台副职的手拍抚，谢道："仆射有心。"

他的心愉悦而放轻，感谢得相当真诚。受王攸纪之辱，姑且抛后，真的，不用误了女儿一生。传到世间，这定是一桩播散久远的美谈，从此绣心再议婚时，身价将百倍，那些欲与王家一竞门第位次的，必然争而求娶，由着她去挑拣。

而自己同王家的关系，外面看来，也就正好撇了干净……

"在下无以为谢。"文炎吉走回主位坐下，"请问仆射今日来，是探讨江州之事如何化解吗？"

"正是啊，尚书大人。"脸皮都要磨得光净了，必得争回个结果，王素赶紧说，"那不肖子先就不论，我家柴桑的户主，是个很好的孩子，下官在宣城时很清楚他的，是老成守业之人，这回纯是被那不肖子拖累。万一定了他匿籍的死罪，是柴桑一户上下，是我王氏难承的大痛啊。"

"此事不难啊，皇后的族亲，本就有八议减罪之法可用，南渡以来，也没几个人真因匿籍定过死刑。仆射不如与皇后娘娘通通气，枕边吹风，不比什么好用？"

“气是通过的，可我家这个女孩啊……”王素又叹，“叫下官怎么说好呢，拿个玉花瓶比吧，放在那儿端庄好看，急用时拿起来倒水，口细它倒不出来呀。她长这么大，就从没求过人，跟陛下又……少年夫妻，免不了害羞别扭嘛。人家说了，亮达的死罪她找着时机了会求情，可匿籍这事，要我们干干净净地交付了，把藏的人都到官家上了户籍，从此别做这违法事，免得再被人揪住，她也好对陛下张嘴。大人，你听听这……”

文炎吉按膝点点头，哪有这般轻易，不靠匿籍人口产出的财富和经营的田土，王家高门的排场，怎可能代代延续。

“而且，世家在此事上，俱是一体呀，我王家要是把人交付了，其他世家交是不交？下官又怎可犯了众怒啊。”

说千道万，那个王亮达的性命都不是至关重要了，王素要保的，还是他王家的匿籍。文炎吉想来说：“那便犯了众怒如何？在下看，不妨你我就从尚书台发端，建议陛下因此事起，普查天下户籍。”

“这……”王素没料想到费了如此大劲，竟起反效，张口结舌。

“法不责众嘛。”文炎吉轻笑，“陛下岂会与全体世家交恶？朝堂里面，各种姻亲门生，层层叠叠，陌承光一个个去换，也只能换些地方官员，中枢高位仍是世家居多。普天下的税赋，大半也是从世家的田地上出来，你们要是不配合朝廷，政令下不去，连税都收不上来，朝廷两手空空，能做什么？”

王素有些起急，“尚书是让……让我几家跟朝廷硬抗？别说在江州对上枚伦的结果，陛下的刀兵又岂是吃素的，一怒之下要是兴兵清扫，我等怎经受得起啊。所以，指望着和尚书大人商量，怎么劝动陛下，怎么使力，让陛下放过江州这回匿籍的事啊。”

“此事，陛下怕不会放过。目标本是枚伦，陛下此次放过了你家，如何对枚伦施治？这不就称了枚伦去你家抄家之意吗？”

抬抬手，按下王素要开口的急躁，文炎吉又说：“所以叫尚书台动议，普查天下户籍，把所有人都牵进此事去。就像仆射所说的，办了王家，就得同办了其他世家，但步骤快慢，把握在咱们尚书台呀。仆射回去，调教各家拖延、呼苦，再有，”文炎吉转念一想，“组织起无籍户来，吓唬着他们，让他们只管叫嚷脱离了世家便没活路。那都是活生生的子民，陛下最顾民意的，到头来，只能是不了了之。”

好一番折腾。王素还在思揣，听文炎吉又说："秉持天下，要义在于就中均衡，往一边倒得太多，免于折断，只有反弹，说不定还要矫枉过正，扩大原先的局面。"他见讲得深奥了，换话说，"所以普查推行不下，不了了之之后，等于朝廷又一次正式默认了匿籍。仆射等各高门，非但不必对此再提心吊胆，即使规模益有扩大，得了这番教训，朝廷也无从多管。陛下年富力强，至少政策可以稳保陛下这一朝嘛。"

王素越听越觉得信服，点头只问："那要是陛下还按上回的套路，定个格式，各退一步，只容许每家留下多少人呢？"

所以高门是一点血都不想出啊……

文炎吉指尖敲着膝盖，沉思片刻说："亦不难，那么牵进的人里，就要先牵了陛下绝不愿惹，陌承光也惹不起的人来。"

王素等他说是谁，只见尚书令还在思索，边想边微微点头。

伏夏连下过几天雨，天气微转凉，穆骏进入中宫寝殿时，皇后王符正在读书，坐在榻上侧倚着引枕就向灯火，腿上搭着一条薄锦。听见脚步，她抬头见是皇帝，一下站起身，孔雀绿的锦布滑落在榻前。

陪侍莲姑上前收拾，穆骏走过去，王符带殿内众人行了礼，看皇帝在榻上坐下。

宫女上茶，莲姑端过来帮帝后摆好，记得皇帝晚上饭后爱酸甜，银夹子夹了一枚蜜酿梅子添进他茶碗里，把皇后的书卷起来先放到榻旁去。

皇帝一直看她，想起来看了眼皇后，"你也坐。"

王符隔着榻桌，在一边坐下。

穆骏端碗喝茶。味道好。

"陛下今晚歇在这吗？"皇后在对面问。

她总这样，过来先问这个。穆骏心里知道从初夜到现在，她一直怕着和自己同睡，但往往因此升起些征服的心，听这一问，反而不想走了。

"是过来歇的。"

王符头低了些。

"你宫里闷吗？晚上总看书，眼睛不花？"

"不闷。"王符看看他，停了一下，"家里的时候，也这样。"

话头断掉。穆骏再喝茶。

其实皇后相貌清灵，身材苗条轻袅，做女人看是好的。但对着女人念头里能有的戏谑调笑，穆骏对着她做不出来，难免就觉得……无聊。

“天凉，早歇吧。”他说。

宫女过来宽衣，灯火一重重暗下去，王符背转过身，到妆台那里由莲姑拆去假髻，散发，香兰水漱过口后又脱了中衣，低头到大榻边，掀开被角跪低等着。穆骏敞怀趿鞋过去，从后面揽她一下。

歇得太早，事后没睡意。中宫这间殿宇高，从最上方的漏窗一角能看见雨洗后的月亮，穆骏半搂着皇后，手腕搭在她纤腰上看那月色，脑子里茫茫地想事。一会儿，听见王符轻说：“妾身……有个族兄在江州，和枚刺史闹了些不愉快。他已经知道悔过了，上了谢罪表来，求陛下多少宽赦些他吧。”

穆骏就等她说这个。他收了收胳膊，把她拉过来一点，碰到她垂在身后的手腕，觉得细得有意思，用两根手指搓着说：“本来也是你那亲哥哥没办好的事。”

“陛下任用哥哥做监察御史，他这回是，尽心尽力想为陛下办好事……是枚刺史滥支仓廪，随意任免官员，哥哥既然知道了，不能放过，必得去查的。”

“你哥哥啊，不说尽不尽力，办事的心么，”穆骏捏起王符的手腕，举起映着云月看，冰冰凉凉的白玉色，指尖像要透明似的，“全是私心。不过原是朕想使他这种劲头儿，枚伦确实狂放，也不能只怪了他。但是啊，他要能多上点心，别那么张扬，先摸清了罪证回来等朕下处置，也不会把朕夹在这难处。”

“枚刺史与高门有怨，不是一两天了，哪怕哥哥去一趟江州，什么都不查，也未必不会惹怒他，何况要查呢……妾身看这次错不在哥哥，是枚刺史，不服监察御史的权威……这便是不服陛下。”

穆骏放落她的手，“可一事归一事啊，枚伦有罪，朕会办他，但是他实打实地查出你这个堂兄家里两千多个匿籍呀。他是明表上奏，比王攸纪告他的帖子还先到了朝廷，他有过大功的人，旧部故吏，朝中上上下下多少人为他说话，说的都是你哥哥寻衅诬告，挟私报复啊。”

“……陛下知道哥哥不是。”

“朕是知道，是朕先让他去查枚伦的，可朕说不是，就完了吗？朕让人去对过律条了，匿籍过千，怎么都是个死罪，他江州刺史在他江州地面上查着上告了，朕不好自己枉自己的王法吧？”

王符眼睛闪动着，里面有泪。

穆骏叹了口气，语气放轻了些，“高门本来民怨就大，你王家又最招眼，放过了你家人，朕怎么好再去治枚伦的罪？法条之下，都是外戚，还分个前代本代，亲疏松紧吗？”

王符头往下低，半天没声音，穆骏等得有些烦，索性闭上眼，静下来想睡着，却感到被子在微微地颤，是皇后在轻轻地哭。

他撑着不理，可一会儿想起她初进宫时多少傲气，脸像冰雕雪染的，而今只折成这些眼泪，心就软了。

也不是非得让她难受。

穆骏睁眼，揽过她一点，伸手把她的脸抬起来。

王符眼睛还垂着，哽咽着轻说：“妾身不知道怎么说……才让陛下高兴，但妾身的族兄要是死罪，妾身……怎么……怎么交代，求陛下，可怜妾身……饶过他吧……”

穆骏用手抹她的脸，给她擦眼泪，“你要跟谁交代？”

王符哽住了，抽泣着说：“跟……家里，他们……”

“你说，”穆骏的语气更温和了，“你是朕的皇后，你不跟他们交代，他们能怎么样你？”

王符抬眼，满眼是泪地看他。

穆骏笑起跟她说：“对吧？”

王符愣着，泪珠挂在脸上。

“这样，”穆骏动了动身子，挪远了些方便看清她，“朕出个主意。这回呢，看在你，朕就动用八议之法，放过你这族兄了。”

王符意外得没了反应，只是眨眼。

“枚伦的事也就只能松松手，朕打算召他上京，申饬一番吧，不请君命就免官、开仓，也不能罚得过轻……”

穆骏思索着垂眼，声音低下。王符当他要睡了，却见皇帝又抬起眼帘，眼睛在月影的夜里一样灼亮，“你们王家这回的态度么，朕还算满意。那个王亮达表上说，不论枚伦查到没查到的，愿交付柴桑户下所有的匿籍。朕看既然有这诚意，那就扩大一下，你得跟你家里说明白了，不能让枚伦再有个下回，王家在江州产业下的匿籍，一个不剩地给朕清掉，全部交付官府登记。”

刚才感到的一点点温情又在皇后心中凉了下去，她反应过来，这才是皇帝今夜要说的——交换条件。

从前她全不懂匿籍这些，这回出了族兄的事，从伯父那里才清楚家里藏匿人口是个什么规模，清掉了整个江州，王符明白，会是巨大的损失。虽然她也觉得最好不要违法，可也因为皇帝表面宽容，实际在拿族兄的性命做威胁而不适。

她觉得天子不该是这样行事，可又想到自己这皇后，还不是背地求情在为族兄脱罪，谁与谁比什么光明正大。

王符点了下头。穆骏笑起又说：“你伯父呢，也知道从尚书台副署文炎吉，请求彻查天下户籍。其实，知错、听话，就好了，朕也不想这么折腾。只是啊，有枚伦开了先河，其他的州刺史犯错也想轻罚时，未尝不会学他，朕也不能一个一个地赦免匿籍的死罪啊。再说了，也不是哪个高门，都和朕沾亲带故的。”皇帝的手指圈上皇后的手腕，“朕看啊，怕死罪，按州算，就把人数压到法令的死罪线以下，你家和朕一体，该比别家更自觉些，你家带了好头，别的高门也能学着。”

他在暗示，有一无二，已足够宽容了一次，自此任何一个告状，都可以成为他下杀手的理由。

皇后便更听懂了，皇帝想用这种要求“自觉”的平稳方式，各留着余地，达成他控制匿籍人口的目的。

每家每州，千人，对于扬州、越州这些近畿而言是大大地缩减了，何况还有自家要在江州全部交清。但王符想，又怎么样呢，这是皇帝的意思……至少交代得过去了。

她点了头，听皇帝问：“这个叫王亮达的，在你家好像还正经算个人物？”

“……嗯。”

“你知道吗，这回赦了他的死罪，朕本心来说，纯属是为你，不然拿他杀一儆百，你们高门会更乖。朕是想着，你讨回了他的死罪，天大的事，就对得起你家里了，你就不用再夹在朕和你家之间难受了。”

又有眼泪不由自主地从王符眼里流出来，穆骏就又帮她擦，他用体贴的语气说："从此你就别管跟他们交代了，专心做朕的皇后嘛，不好吗？"

片刻，王符在他手心里点头。

穆骏笑，把她愈向自己揽过来。

一个多月后，江州水岸，席上一侧是皇祖母的侄子，自己须称舅舅的江州刺史，另一侧是外祖母的侄孙，论辈能叫一声表哥，广陵王穆鸾目不斜视看着自己亲王仪仗表演的壮舞，心内起烦。

尤其稍远的陪坐处，是把自己拖进这桩事里的丹阳尹陌承光，穆鸾更不想把视线落在他身上。原本若说来江州调停，也算是一年多出建康透透气的唯一机会，反正枚伦和王攸纪虽和自己都属亲眷，哪个也不是好相与的，调停不出结果，有给太后的募捐垫着底，皇帝也不该把自己怎样，正好藏拙混过，多迁延些时日，顶多再被召回京去。

但启程之前穆鸾才知道，同行还有陌承光，更听说皇帝本只派了他，自己是被他说服皇帝添加上的。他未免对陌承光的意图起疑，同时也就明白了，对枚伦抗召不肯上京、坚持要朝廷先处置王家匿籍的事，皇帝根本不打算各打五十大板轻易过去，放出陌承光这尊煞神，煞气逼人是向着枚伦。

然而陌承光到柴桑后，并未锋芒毕露去深查什么，甚至不要求与江州府人员会见，除了在行馆中翻看王攸纪当时查扣的书证，就是到街巷中探探民情，似乎打算冷淡处理，唯一真做的，就是以皇帝赐宴为由，张罗出了眼前这个齐会的酒席。

亭中四下燃着熏炉，亭外崖下江流滚滚，蒙蒙雨丝如雾，江风渗出秋意，使远景像幅洇开的水墨，又像穆鸾此刻的心境。枚伦在熏炉边半敞着外袍，按刀箕坐，对面王攸纪衣冠整肃，神情倨傲，两边气氛剑拔弩张。

"今日宴饮是陛下亲赐，当与宫中殿上无异。"趁舞乐暂歇，穆鸾说，"刺史，御史，各自收敛些如何？"

枚伦看他一眼，慢慢收腿坐正。王攸纪一扣臂枕，笑说："私开国仓，随意任免，擅闯民宅，掠人奴仆，这桩桩件件，的确有人需要收敛。"

穆鸾眉头一皱，"王攸纪，话分两说，枚将军是本州刺史，查他辖境中的匿籍人口是行使职权，你家族弟犯事被纠，轮到你义正词严？"

枚伦是百战宿将，又是长辈，穆鸾心态上更倾向于先安抚住他，对王攸纪用上了惯常的训斥口吻。王攸纪却只一笑，“所谓匿籍，是陛下，”他向东面建康方向抬手行礼，“明有口谕，容许世家收容流民。我却不知，枚伦闯入私家产业里搜检人口，又是奉的哪条旨意？”

出京前皇兄的意思，是要敦促王家把在江州的匿籍清理干净，好堵住枚伦的嘴，可王攸纪当面这样强横，再想到王家一直拖拉的态度，穆鸾犹豫，是不是他有把握通过皇后让皇帝转意？还是自己离京后，皇帝的心意已经起了变化？

他看陌承光，陌承光垂眼一瞬，接说：“清查户籍，是根据朝廷禁止匿籍的律法。所谓陛下容许匿籍的口谕，朝中并未闻知，御史当作旨意下传，可有依据？”

“律法？”王攸纪拔高音调，“那么枚伦不得诏书批准，滥支仓廪，事后亦不曾上书报告，又是否符合朝廷的律法？这等无视朝廷律法的庸官恶臣，凭的什么拿律法管人？”

“枚某开仓赈灾，合情合法！”枚伦调门更高，拍案吼向他。

王攸纪冷冷转对着枚伦，“朝廷的律法，除非大水决堤，或大火漫城这等急灾，否则得陛下诏书，方可开仓赈济。本官查验当时的记录，枚刺史开仓只因‘淫雨不绝’，不知作何解释？”

“你王家高门大户，藏得下几千匿籍，自然不当‘淫雨不绝’是个灾情。”枚伦对他的质问嗤之以鼻，“只要大水不淹到脖子，你家只管闭门高睡，着急门外的死活？”

王攸纪嗤笑回去，端坐着说：“地方常有夸饰灾情，骗取朝廷救灾粮款的伎俩，本官职权之下不可不察。不知这‘淫雨’，可曾致河堤决口？可曾使城中内涝？可曾毁屋伤人？损失一无记录，就凭你空口喊灾？”

他二人你来我往吵嚷不休，穆鸾仿佛听狂犬互咬，心中嫌恶。亭外的雨线织密了，江对岸已经完全隐没在铅灰的雨幕之后，让他只想让铅幕也能遮住自己的耳朵。然而雨声只是让席间更加混杂，穆鸾甩了甩头，提醒自己枚伦的不轨，才是皇兄真正关注的。

“枚舅舅，”他开口打断持续的争执，“孤王出京之前，陛下嘱咐细问开仓救灾之事，请舅舅做一说明，孤王好去替舅舅向陛下解释。”

他的语气和缓，枚伦与他对视一刻，直身说：“今年春夏之交，江州连雨二十多天，雨势比今天这还大，臣当时就报了灾情。只没有料到前任疏忽，州里的国库仓廪年久失修，漏得一塌糊涂，雨不停，就没法翻晒粮食，日久肯定全部发霉。”

穆鸾正点头，王攸纪插话：“殿下如今已非皇子，刺史不可对面称臣，应称‘下官’。”

枚伦瞬间变色，穆鸾蓦然一怒之后又是一慌。他感到王攸纪虽然目视枚伦，但余光却分明瞄着自己，不由又看了看陌承光。都说这监察御史就是设来监管宗室重臣的，想到自己岂不正是最被紧盯的宗室，穆鸾满腔滋味堵回心头。

“无心之失，枚刺史请继续。”看见穆鸾神色不安，陌承光说。

枚伦看他一眼，往下坐稳，“下官小时候种过地，知道春天雨水太大，稻秆容易倒塌，又耽误抽穗。看今年这季候，秋天的收成肯定好不了了，臣……下官就下令，把仓里没法晒干的粮食，提前赈济给州民充口粮，免得全烂掉没得补救，这也是提前防备秋天的饥馑。”

穆鸾有些分神，陌承光没再说话，他半天才问：“分给州民，就不霉烂？”

“每家每户铁锅一炒，轻易就干了。”

穆鸾点了点头，“孤王看……事出有因，是个办法。眼下听说秋粮确有歉收的迹象，当时防患于未然，孤王以为不算恶过。”他试着想让王攸纪先了事，问：“御史看呢？”

“请旨方可开仓，是为了表示陛下出国财恩抚百姓，此为至尊之礼！”王攸纪又向建康方向拱手，“枚伦此举，不只僭越至尊，更有将天恩揽为私恩，买断江州人心的嫌疑啊。”

“开仓赈济，叫作‘买断人心’？”枚伦一个咧嘴，配上那奇异的相貌，快要看不出是恐吓还是个笑，“也对啊，你王家眼里什么不是买卖，卖了妹妹，才买得回这官位啊。”

王攸纪脸色一僵，半起身说：“王氏女自有天子求娶，倒是你家祖上不卖女儿，马夫之子，怎么可与我琅琊王氏对坐？”

“都给孤王住嘴！”

席间一静。

穆鸾吼出这一句，满脸涨红。枚伦的话扯上了王符，王攸纪的话又涉及皇室血统，对他是两面刺心。王攸纪撇头冷脸，枚伦反应过来，倒露出一个哂笑，更令穆鸾难受。

不想让这种难堪继续下去，他强压着火，先对枚伦说：“舅舅，你虽说是为了百姓考虑，但连雨，确实算不了急灾，要是定一个藐视朝廷，陛下也难宽容。且先认错悔过，随我上京请罪，有个像样的态度！我好替舅舅去向陛下求情。”

“求情不用。”枚伦睨向王攸纪，“藐视朝廷？我这马夫之子可不敢。不过紧急处置仓粮没有事先请旨，确实疏忽，殿下自可对陛下有一说一，有何惩处下官领受。只是，清查匿籍我并无错，查得的结果，也劳殿下奏请陛下，休得宽纵，下官在江州等着，一并惩治！”

吵了一大圈回到原点，枚伦总之不肯上京受斥，穆鸾烦躁已极，却觉无可奈何。他给王攸纪眼色，想让王攸纪先放个软话，不想王攸纪视若无睹。他又看陌承光，陌承光这时说：“惩治，要到罪责清楚之后，在下这里还有几件事，想请问枚刺史。”

所有人都看向他，陌承光坐在最下首，语气也很谦敬，但这一句后，却仿佛他的位置才是主座。

“罪责？”枚伦一瞬又咧开嘴，“我就说，放狗出来咬人，你才是那替人牵狗绳的。枚某武夫，敬你当年在悬瓠城上有过几分战绩，可你要是无事生非，青天白日下污我的清誉，休怪我把你同狗一样看待了！”

“在下也敬将军当年盱眙城上，叫阵虏主元湟的强悍英勇。可将军的强悍只对外敌，才是天下幸事，也才是将军自己的幸事。”

陌承光的平静语调有种力量，让人找不到反击的落脚点，枚伦看着他攥紧了刀柄，没再说出什么。

“先请问刺史，可曾越权任用官员？”陌承光清晰问。

枚伦嗤一声笑，“朝廷的法令，州刺史的属官是刺史自决。不就撤换了几个舔他们王家屁股的庸才，陌大人这是替狗心疼？”

“你——”

陌承光挡下王攸纪说话，“即使刺史自决，事后也当请旨，由朝廷任免，此为地方礼敬中枢的形式。但关于那几名官员本身，在下以为刺史撤换得不错。”他仿似没有注意王攸纪转向自己的怒眼，又说，“在下问的是另一件事。州刺史的属官，按制，都在四品以下，可我细查江州刺史府的度支账目，发现这里不同，枚刺史的一名主簿，两名司马，是依三级官品的数额支领薪俸的。”

枚伦像是被按住了嘴，神情一顿。穆鸢看他这样，问陌承光："什么意思？"

"殿下，"陌承光抬头向他，"意思就是，官名虽然没变，待遇却超格。等于枚刺史在江州府，私自增设了三个三品的官位。"

惊讶之余，穆鸢心中微微发起慌来，听这意思，枚伦犯事的严重程度不是请不请旨这些礼仪形式的问题。这该是陌承光到江州之后查出来的，但今天之前他并没跟自己通过气，穆鸢不知道短时间内，他有没有将情况上报，又有没有收到皇帝的指示，更不知道皇帝会下什么处置。

但是身在枚伦的地面，他绝不想让事态无限扩大，便说："官名没变，这不能叫增设吧。薪俸上……枚舅舅的情况孤王知道，他的属官爱用底层下民出身的，家境常常不好，他在薪俸上关照些，也叫——养廉吧。"

"可是，江州府共有三名主簿，"陌承光回说，"只有这个多拿了薪俸的，掌管着江州国库仓廪的出入。"

看到枚伦的神色愈发狞狠且紧张，穆鸢不敢再多作主张，没有接话。

"枚刺史治下的江州国库，入库，只有按月的记账，不记具体日期，不记项目来源。出库记录也是寥寥，尤其最大的那笔支出，无从核查。"

"最大的那笔，正是开仓放粮，"枚伦顶来一句，"怎叫无从核查！"

陌承光转向他说："但州民告诉在下，当时开仓放粮，是江州府打开国库的仓门，任凭民众自取。究竟有多少人来，究竟每人拿走了多少，如今没有留下任何记录，只在账面记载各仓搬空。也就是，江州国库账上最大的那笔支出，其实只是个估计的虚数。"

枚伦的领口已经浸湿一线，他像天太热扯领子那样在颈边扇着风，笑开问："实数多少？凭你口说？"

陌承光转对穆鸢，"已经过去了几个月，领到库粮的民众各家有消耗，加上当时领到的重量带水，实数多少不得而知。"

穆鸢看枚伦，枚伦把领子掷回，笑意真了。

"但是，"陌承光又说，"管理库房，曾是在下任兵部主事时的本职，那时看过的账簿不计其数，其中没有细目的，往往都是伪账，因为细目最难伪出。"他停下观察枚伦的神情，接说："根据目前查知的情形，在下只能斗胆做个推测。江州国库账面极简，根源在于库存不实。枚刺史担心，有朝一日朝廷会得知实情，便通过开仓放粮，清空了仓库，掩盖曾经有过的空虚短漏。那么不请圣旨也就有了解释，因为请旨开仓，朝廷就会派使者来监理放粮，一切就会暴露。”

“无凭无据，别胡说八道！”枚伦暴怒。

“在下的确没有凭据，但这没有凭据，是否枚刺史蓄意为之？”陌承光问过枚伦，起身走到穆鸢座下，“所以请不请旨还在其次，有关江州国库的贪墨，下官以为才是案情重点。实情，恐怕那位管账的主簿清楚，所以在枚刺史眼中他值得三品的薪俸。请殿下传他到场询问，下官但愿自己的猜测不实，如果污了枚刺史清誉，下官甘受责罚。”

话到此处，穆鸢似乎明白了陌承光在做什么。

按他的猜测，枚伦的手段其实巧妙。开仓放粮，无论如何是顺应民心之举，如果朝廷以这猜测严办枚伦，就需要凭据，陌承光是想用这突然的局面，避免枚伦与证人串供，甚或杀人灭口？

所以他连同来的自己都不信吗？

可是穆鸢知道，枚伦无论在哪里都紧护着自己的一班职属，那主簿很可能咬死不卖他，所说的国库贪墨便会化为乌有，看似造出了一个冤案，反而是枚伦会获得更多下民的同情。

果然枚伦撑案起身，“别说一个主簿，哪怕我江州刺史府的任何人等，殿下尽管传来！”他也看出陌承光要讲凭据，口气开始理直气壮，“要是问出无事，下官不再多说，殿下还不信我，尽可奏请陛下抄家来验，看我枚伦的身家之中，有没有多拿过朝廷的！”

“枚刺史自用俭朴，仗义疏财大名在外，自不必抄家来验。”陌承光转回身对着他，“只是，在下这几日行走江州街巷，一直好奇，传闻中枚刺史大笔大笔仗义疏散的财物，从何而来？市井的豪民，游方的异士，又是否真的需要接济？而刺史对他们的接济，是以朝廷官员的名义，还是以自身？”

“以朝廷官员如何，以我自身如何？”枚伦丝毫不见退缩，“枚某花用自己的，爱接济谁就接济谁！”

“此事细查不难，那些豪民异士江湖习气，受过枚刺史接济后往往夸耀，既然知道名姓，寻人查问，将每人说出的数字相加，如果远远超过枚刺史任职江州以来的赏赐和俸禄——”

“我拿从前的家底不行吗？！”

“可他们夸耀的数字，大多以‘石’为计，即是粮食。”与枚伦的急火不同，陌承光稳稳说，“这本不奇怪，烽烟相继，粮食是最宝贵的东西。但是枚刺史从襄州千里移调，难道是成囤成库，大批搬运着粮食到江州来的吗？”

“我……就搬来怎么了！”枚伦瞠目。

“粮食不同于细软，大量运输，各处关津一定会留下记录。如果刺史坚持，请说出运输的路线，在下可以去核对。”

“你是说……”王攸纪这时出声，“枚伦亏空江州国库的粮食，用来收买民间豪强，又通过开仓放粮掩盖此事？”他的声音兴奋，又像有些吓到，“……这当真是图谋不轨，包藏祸心啊！”王攸纪想想又抬头，像要提醒陌承光，“不是两个司马也多拿了薪俸？枚伦这——又是拿他们派什么用场？”

穆鸾的心跳像打鼓一样，几乎搅乱了耳中的声音。他听见陌承光说：“一切至此，还都只是猜测。枚刺史，未到不可挽回之时，劝你随广陵王殿下进京，亲身向陛下解释，争取陛下的宽宏。”

这就是陌承光的意图，穆鸾终于清楚了。他布出这个局面，让御史在场，宗室王在座，是想在还没有大动干戈地查办之前，在朝廷还没有和枚伦撕破脸之前，促使枚伦主动进京，使江州潜在的风波消弭于无形。

但他却没与自己先通消息，就是要把这一切突然摆到自己面前，逼出最真实的态度。枚伦的背后，或许有五叔江夏王，陌承光是要试看，面对着宗室之长与朝廷分裂的可能，自己是不是坚定地站在朝廷一边。

他在赌，赌自己的立场。

穆鸾的头脑像在冰水里浸了一下，彻底地清醒了，心跳也渐渐平复下来。他想起了那个石头城的黑夜，也是这个人，带着蛮兵从城下突袭，而自己已经站在了城上。那一刻，和这一刻，都是选择。

“不知枚某向陛下该解释什么？”枚伦在冷笑，“国库仓廪，是因为放粮用尽了，那几个主簿、司马，七殿下方才说了，是枚某怜悯他们家境贫寒，对他们补贴些个。谁要觉得不合适，我用薪俸向国库补足就是，余下种种，”他直指陌承光，“尽是你这仗势的走狗捕风捉影！”

“舅舅视朝廷派来的官员为走狗，那孤王也是其中一个！”穆鸾断喝。

那一刻他可以据石头城反击，城下取陌承光性命，动摇三哥和孝军的军心，或许就能保住战略要地，向外防御，向内夺取摇摇欲下的建康。而这一刻，他已经身在京外，可以联合反意难平的枚伦，策动五叔，拘扣陌承光和王氏嫡子为质，或许就能再次翻覆天地。

王符流泪的眼睛在脑海中一闪而过，但，这是他的选择。

陌承光凝视穆鸾一眼，回身站在穆鸾的案边。

“刺史，劝你迷途知返。”他对枚伦说，“陛下登极以来存抚海内，旧臣拥戴，宗室各安其位，你对陛下如有异心，是与天下人为敌！”陌承光伸手示出穆鸾，“广陵王殿下代表朝廷在此，江州国库之事必须有一个解释，朝廷多次召你进京谢罪，望你遵从。”

穆鸾也说：“枚舅舅，孤王仍叫你一声舅舅，朝廷已经给足了你退路，你随孤王进京，咱们万事好说。江州安稳，才是你身为刺史对百姓的福德，别等到陛下雷霆震怒，怕你没法招架。”

枚伦咧嘴又笑了，前牙突出如同斗兽，“殿下能替谁讲‘万事好说’？”他指着陌承光，“在我江州地面，这条走狗都捕风捉影给我罗织罪名，我要是进京，殿下是能替我作保？保我枚伦不死？”

这句话一下堵住了穆鸾，他当然没法做这种保证，他甚至担心在皇兄面前多说句话都有引火烧身的可能。这时陌承光说：“我能。如果刺史束手进京，凭将军你盱眙城上勇抗虏主的战功，在下可保你不死。”

“你？”枚伦回眼看他，大笑，“你算什么狗屁东西！敢代主子说话，当自己是个玩意儿了，知道‘狡兔死走狗烹’吗？以为你来日什么下场！”

“刺史不肯主动进京，便要先看你的下场了。”陌承光淡淡回说。

枚伦一把拔出佩刀，“说得是，等什么来日，枚某何用勾结豪强异士，我江州现成的兵马，不够将你剁成血泥？”

“枚伦！”王攸纪起身疾声，“你是摆明了造反？！”

“枚某不反，是尔等逼我如此，”枚伦提刀大步向王攸纪去，“你这王家的贵重颈子，正好砍来祭旗！”

王攸纪一瞬脸已煞白，陌承光越前直插枚伦去路，“这崖上江亭凸出水面，纵有万千兵马，也在半山之下！”枚伦一顿，陌承光抽出袖刃格挡他刀锋，“而亭中四面，皆是殿下的仪仗卫兵。刺史！悔之未晚！”

他的腕有旧伤，只要枚伦再一发力，袖刃就要震落脱手。然而枚伦不知他伤情，一滞之下，穆鸾起身扬手，他的全体卫兵霎时刀剑出鞘，广陵王指向枚伦，大喝：“拿住他！”

第十六章 ／ 岐路会

“说说吧，怎么处置枚伦？”

皇帝话音落后，西堂中静默。

“监察御史？”穆骏点着人叫。

返京后心有余悸的王攸纪向前行礼，“陛下，此次江州，几番事发，臣亲眼所见，枚伦言行举止处处反心昭彰，将臣等，皆称作朝廷派去害他的走狗，竟将陛下比为放狗的主子。”

皇帝脸色一暗，王攸纪又说：“臣听他亲口嚷出……”他往堂边陌承光看过一眼，“要将陌大人剁成血泥！更亲手对臣刀锋相向，若非陌大人及时阻挡，臣无命来见陛下，已然身首异处了……”

王攸纪说着声带哽咽，“陛下，枚伦意图谋反，天日可证，纵然他身为皇亲，不必族诛，其本人的死罪，罪不容赦啊！”

穆骏点头却沉吟，看陌承光问：“王御史的救命恩人，你说呢？”

陌承光出列向皇帝一礼，称不敢，并没有多看王攸纪，“陛下，收受过枚伦赠予财物的江州豪民、异士、游侠等类，现已查明的，合计二百零六人，人数预计还会增加。这些人中，许多手下保有地痞组织，总数粗估，逾三千人。”

皇帝的脸色彻底浓云翻起，“就这一年多……还嫌他不是亲王，枚伦这是要自己买出一支亲兵？！”联想起自己当时藏在武陵那四千蛮兵，穆骏愈发震惊震怒，“他一个州刺史，他原就有州里的兵户！”

满堂近臣躬身请息怒。待穆骏平镇稍许，陌承光续说：“根据从建康移往的金吾卫核对的口供，以及运输记录，目前已得确证的，由枚伦处转移至江州豪侠的财物，单计粮食，已经远超他任职江州以来的钱、粮俸禄。”

讲细节，注重证据，陌承光见事的习惯，穆骏气急觉得此案已然不必，但仍忍性听着。

“且襄州亦有人证，证明离襄赴任前，枚伦曾开家库，向当地的游侠倾囊赠粮，而他到江州后，又没有多少购入粮食的实据。虽然管理江州仓廪的主簿拒不招认，但臣以为，就已知的情况而言，枚伦赠授的大量粮产来源不明，其贪墨国库、交结豪强，可以定案。”

皇帝点头，开口断罪前，陌承光又说：“但反叛，毕竟未见实际举动，念及枚伦身为将领追随两代先帝，且于盱眙护国有过大功，臣请陛下饶其不死。臣建议，削他一切封爵，贬为庶人，圈禁思过。”

“干什么？必要时还放出来领兵，使功不如使过？”

陌承光欠了下身。

穆骏撇开嘴角，“你犯不上替朕谋划这些，盱眙城坚池利，粮秣充足，当时你的悬瓠在他前头都能守住，他能称什么大功？将领夸功之前，先得论个忠，朕还敢给他兵权？除了他枚伦，朕朝中没有赢过北虏的人了？”皇帝往殿门边的带刀值侍位看，“柳将军还在这儿呢。柳遥之，你说，枚伦是不是该死？！”

柳遥之欠身也行一礼，浅笑而过，并无答话。

身为掌握皇城卫戍的中领军，除了直接相关于军事的话题，西堂论政时他从不参与。穆骏也不追问，目光扫到广陵王穆鸢，转问：“七弟，你是当时在场，你说。”

他任扬州刺史加侍中，但皇帝此时选择了这个亲近的称呼，穆鸢听后反而犹豫一瞬，恭谨回说：“臣附议丹阳尹大人。”

“道理呢？”

“……枚伦，悖乱已极，可毕竟是皇兄与臣弟的长辈，固然是枚伦他该死，然幸而，反叛还未实行，臣不愿皇兄的孝义英名因这无用的族亲毁伤。”

皇帝脸色微霁，看他又问：“可你我的枚舅舅才刚五十，硬挺得很哪，圈禁他？圈到何时去，不成后患吗？”

“臣明白的，陛下想杀他，也是想以严作教，警示后来，是为亲族长久保全，为天下安宁的苦心。”穆鸢视线对着皇帝，焦点却不敢相触，“所以臣弟觉得，既然是警示，留着他，但随时能让他死，比真正杀了他，有时候……更能存抚这些忠心的，威慑那些蠢动的。”

是他的切身体会？穆骏想来，压住了嘴角要勾起的笑。

他定然是不想让枚伦死的，唇亡齿寒么，不然下个轮到谁了。

“可是留着他不死，那些蠢动的，说不定当朕仁慈可欺，更起什么指望呢？”

穆鸾想了下，垂眼说：“臣闻得五叔正从荆州来京，想为枚舅舅求情。他两人在宗亲中一向感情最厚，五叔此时不避嫌疑，可见……忠心。臣弟也担心，如果处置枚伦不顾五叔……五叔一片的忠心，会否反致隔阂？”

这话却合上了穆骏的心。大州刺史们，除非有极端的必要，是不会主动进京的，不会把身家性命交到京城这四面墙内。枚伦被查出了反迹，江夏王却仍敢此时进京，虽是为交情求饶，但反而让穆骏信了他没有牵连。那么是把枚伦的性命卖给五叔做人情，还是无端添上这个隔阂好呢？

他还是担忧后患，更担忧卖了这个人情，是加重了枚伦对五叔的忠心。见皇帝良久不语，一直没机会说话的尚书令文炎吉向前行礼开口：“陛下，说起江夏王殿下，臣这里一个想法，请陛下参酌。”

穆骏对他点点头，文炎吉说：“无论枚伦是杀是留，江州刺史的位置都将空出，是否可以，先由江夏王代理？”

穆骏愣了下，马上明白了他的意思，如此说来……

果然文炎吉又说：“如此，留着枚伦不死，更为上选。江夏王求情起效，又得江州，会对陛下加倍感恩。而不妨把枚伦的刺史位悬而不撤，观其思过态度，再议复用，以示陛下宏德大量之余，有没有隔阂，也只在或正或代两位江州刺史之间了。”

他的意思，既然枚伦现在不方便杀，不如抛出他的江州作饵钓江夏王。两人亲厚，枚伦思过中，由江夏王代理江州顺理成章，然而由奢入俭难，这么一大块地盘吞进口中后，再要吐出来，谁都不会舍得。时日长了，五叔会是最不希望枚伦复用的人，甚或乐见他死。

适时，再把枚伦放回去，这对老哥俩自己就拆伙了，再杀也容易。好过这时候为了杀个枚伦，和荆州弄僵起来。

穆骏心理上已十分倾向于文炎吉的方案，陌承光看出他神色，说：“这是明显的利益搬弄，陛下，江夏王和枚伦果真亲厚，可能适得其反。”

皇帝摇摇头，冲他笑，“不是人人都像你呀。利益关头，看得透，想不通，才是世上常态，脑袋和心可不一回事啊。”

陌承光蹙眉停住，片刻又问：“江夏王已有荆州，再代理江州，就全有了前朝的荆州大江南北各郡，太祖皇帝把荆州隔江一分为二、限制刺史势力的意义就不复存在。纵使……固然江夏王殿下忠心，此处无忧，但名为代理，代到几时？等朝廷收回这代理权时，是否又将与他产生更大的隔阂？”

穆骏也拧眉，西堂外的天色已经完全黑了，不知不觉间宫人掌起了灯，陌承光看着他的眼睛也黑，他又产生了那种自己被围在天地正中，怎么都不行的感觉。

但堂中的其他臣子也全都看着他，穆骏把叹息转为一个缓缓的舒气，笑起说：“江州水军同朕接战，让朕彭泽湖上烧惨了之后，几番裁撤，已经不成建制了。陆军的精锐也被柳遥之带到建康大半，”他有意避谈这一路的战损，“不然枚伦不会急着收买豪民地痞，补充他江州的人马。反正此案之后，那些豪民组织清除散尽，江州能给五叔的，顶多就是多些钱财岁入，朕能独与之，即可独夺之，君臣上下，有何不妥？”

在陌承光的目光中，他其实说得没那么底气。皇帝抬头往外又看天，“今天就论到这吧，朕再细想想，回头等五叔到了，看他表态再说。”

他示意起驾前，陌承光又近前一步，“陛下请稍留步，还有一事当论。”

他们彼此都清楚，穆骏其实一直在躲他接下来的话题，但皇帝推说累了之前，陌承光已经径自继续，“朝廷是依法惩办枚伦，但他素习买通人心，又长年贴近下民，在治民之中立有口碑。他告匿籍一案，至今没有明旨下达处置，臣在江州时已听得颇多物议，”他回身看不远处王攸纪一眼，“皆以为陛下偏袒，或为枚伦抱屈。”

难色又上了皇帝的脸，陌承光坚持说：“依臣之见，法应使民知，执法，更应使民知，才能达致公允。靠私下处理，过程、结果一概模糊，是损害朝廷法度，并且损害民众对朝廷法度的信任。臣请陛下将王氏匿籍，以及各高门的匿籍事，明旨彻查，依律公开惩处，以息悠悠之口，这也是，”他知道财政的困窘程度，选择了最严峻的用词，“挽救朝廷度支的当务之急。”

穆骏手压在龙案上，低眉不应。他也想过和陌承光说透，免得他一而再再而三地要求公开查籍，但治平权术，尤其关于王家的事，他知道很难让陌承光接受，不想费唇舌争论到两边不快。他等着王攸纪说话，听没动静，便看文炎吉。

尚书令领会了皇帝的意思，转身向陌承光说："陌大人，先让在下自清，我尚书台向陛下动议过的，普查天下户籍。"

他是朝中少数不需对陌承光自称下官的，陌承光向他施礼，点头说知道。

"但陛下不予准奏的考虑，虽未明言，在下看来，与其说是偏袒高门，不如说是慈惠那些真正的底层，那些无籍的人口啊。"

尚书令说着，回向御座行了礼，又转对陌承光，"从前，不是没查过籍，就比如先帝初年，陌大人，你那时还未出生吧，在下却是记忆犹新。出动兵丁挨家稽查，逼迫甚严，惹得民怨沸腾，一片江山险些因之变色啊。"文炎吉苦口模样，"恳请大人想想，那都是手无寸铁的流民，为何不惜与朝廷刀兵相抗，也要维持匿身他人门户之下的现状？这才是，匿籍禁之不绝的根源哪。"

"因为流民们没有土地，"陌承光点头说，"大户要有收益，定的地租本就高于朝廷的田税，脱离了大户，流民们还是租地来种，既要向地主交租，又要向国家交口赋，负担会进一步加剧，不如逃籍免赋。"

文炎吉深点头，陌承光却又说："但也恳请尚书大人从头想想，为何他们没有土地？南渡之时，江南已历几朝富庶，近畿腹地能开的新田所剩无几，高门凭财势的购置，加上朝廷给这些代代为官的家族不断的赐地，等流民到时，地从哪里来？他们不得已，才寄身在大户之下求活，如果朝廷不予抚恤和疏导，不在荒地充足的四境安置他们，流民们怎可能有地？"

"荒地充足的——四境啊……北边，随时面临北虏的威胁，西边南边，与蛮族杂居，瘴林野岭，迁人去后如何安置？恐怕名为疏导，实要强迫吧。"

"陛下承统前的封地，就在西面湘州武陵，且陛下当时就在那里安置流民，是否曾经强迫？"陌承光反问他，"下官以为陛下可去，人尽可去，尚书大人以为呢？"

文炎吉抬眼望向龙案后，看见皇帝听见这句话似笑非笑，说："朕自己当时，也难说是自愿啊。"

陌承光转头看他，有种意外的神情，很快问："中原沦丧，我朝疆域只剩江淮以南，如今更要缩到建康周边，不等北虏来攻，主动弃掉四境的国土了吗？”

尾音在西堂中震响，不闻有答。

“土有民，民有土，方为立国。如今有土无民，有民无籍，朝廷该考虑的，难道不是拣选良守治理，派遣兵马保护，将无籍之民，安置在有土之地，轻徭薄赋劝课农桑，使各地荒田真正化为领土，使国强而民富？”他的声音持续着，“难道是如何保障世家豪门继续掏空了国库，还要答谢他们替朝廷庇护了弃民？”

皇帝仍是无奈地对他笑，但眼神也带着引以为傲，心里想，什么叫一往无前，这人要向北虏报仇的心，认真到快魔怔了。

感觉皇帝向自己转头，柳遥之抬起眼，听御座说：“柳将军别怪，讲流民，你最有立场说话，在四境安置无籍的流民，你怎么看？”

上至天子，下到属官，都对自己的流民出身小心翼翼，却又都从不忘怀。柳遥之心底起个讽笑，大半自嘲。

他往殿心走出几步，思索片刻回说：“无籍的流民，大多父祖或者自身是北边逃来，以臣自身的想法而言，如果向北境安置，臣会愿意，毕竟风物相近，故土难离么。只是良守、良将，当地的安定，都是必须，否则并非是不愿回，而是不敢。”

他看见注视着自己的陌承光，又说：“不过在边地安置流民，军事上，确实有好处。尤其北境，如果田原荒芜，诸城空虚，诚如陌大人所说，我们的防线等于后缩了。要是那边人口能兴旺起来，为了保护自己的私产，即使将农户组织勤加训练，也是不可小看的力量，好过北虏来犯的时候，再急着远派军队。”

“钱啊，钱……”穆骏左右看他的两位同声气的将臣，笑，“疏导，迁往，安置，选官治理，组建武装保护，桩桩件件，都需要钱哪。”

西堂内被皇帝的声音压静。

“没外人，朕可就直说了，伪帝那时候，穆鲲为了跟朕打仗，国库、内府……连故皇后的遗物都发了个精光啊。朕的登极、大婚，用的是什么钱？全是佟红庭这些人罚没的家产！今年春上，江州连雨，眼看收成不行了，扬州、越州都一样，淮南还报了旱灾，是不是全得落在现有的税赋上？朕又不想加赋，口赋已经不低了，朕得保着民生啊，”他用陌承光很熟悉的姿势起手揉眉头，“谁能想到天下最愁钱的，竟是朕这个天子，一个钱得掰成两半花。”

永远不会开始。不革新，改善永远不会开始，捉襟见肘的艰难，陌承光不愿意御座上的人到了现在还要忍受。

“匿籍，听其自觉，利益关头，陛下信不信三五年后，旧貌复现，愈演愈烈？”他知道自己渐渐学会了一种让皇帝听进去话的方法，“到时候，陛下而今竭力也省不出的钱，藏在谁家金库里？普天之下的王土，租税交于陛下几分？率土之滨的王臣，隶于陛下籍册的子民几许？陛下的辛劳，成就的是谁家的基业？陛下的天下，供养的是谁家的富贵？”

皇帝不说话了，眼神向着他深深凝起。

“安置流民的钱，臣知道从何处而来。匿籍既然法有死罪，交付藏人也只是依法履行，并非是处罚，陛下的宽赦，就只一笔勾销而已吗？是否可以让犯者，以罚金赎罪？罚金以匿籍数量为计，高门罚出的钱财，正可用来安置这些无籍人口？”

入夜的西堂在他的声音里，凛凛似生凉意。

皇帝还无表示，下首王攸纪出声：“陌大人，劝你休得如此，我等高门不是陛下的敌人，倒是你，与太多人为敌，没你好下场的。”

陌承光回首要对他说话，旁边的尚书令文炎吉先说：“查匿籍，若像说的这般容易，臣想陛下不会犹豫再三。”他停顿了下，暂时想不到真按陌承光所说，除了高门会激烈反对之外，还有什么更不容易。但文炎吉不想把皇帝的敌对情绪进一步引向高门，转说：“长远上，财政困窘还是要靠清理匿籍解决，但查籍既然一时难以实行，臣想到一个居中的办法。”

皇帝没什么表情，只向他抬了个下巴。

“陛下的子民，臣看来，不只有编在户籍的这一种啊。”

奇怪地，穆骏对着尚书令清爽的笑意怔住了，然后猛向陌承光看去，在对方眼中看到和自己一样的醍醐灌顶。

“……兵籍？”他听见陌承光轻问。

文炎吉点点头，慢道：“我朝兵民分治，一人入兵籍，子孙永隶兵籍，青壮男子上阵作战，妇孺老弱屯田耕作、运输服役，产出皆归营中。兵籍的军队，按理不需要军饷，自产自食，所以屯田的产出从来不入国库，但因为营中生杀予夺尽从主帅，人也好粮也好，实际都成了主帅的私属。”

“对外作战的时候，却还需要兵部的供应。”陌承光接上。

文炎吉对他笑笑，“正是。”话又停了下，尚书令看参加论政的王攸纪、柳遥之，和广陵王穆鸾，“这里没有陛下的外人，臣才姑妄一提。如果——把部分没有战力的士兵，转化为百姓，除掉兵籍，编入户籍；田地，还是那些本就由他们耕种的屯田，不妨就授予他们。如此简单的一步，屯田的士兵，就成了有地的百姓，产出的税赋，就应归国库了。”

不和高门夺匿籍……而与诸州刺史夺兵户？

陌承光听见自己的心跳得越来越快，他知道文炎吉想回避开什么，也知道这可能会引发什么，但他反驳不出来，并且根本不想去反驳。

正如他能从穆骏的眼神里一样能看见的，他们一起能看见的，最好的那结果，诱惑——太大了……

“兵户减少？战事起时？”柳遥之从殿门边问。

“柳将军自己也知道的，那些兵户，真打起仗来，有多少用处啊？像陛下讨逆取天下的孝军，主要靠征召。”文炎吉想想，“像柳将军方才所说的，类似于组织农户结防，征召之外，还可以靠招募嘛。”

“招募？钱从何来？”穆鸾出声问。

文炎吉转对广陵王，“没有战力的士兵化为了百姓，税赋增加，用余钱去招募健勇，一进一出之间，朝廷不会吃亏啊。”

御座之上，皇帝忽而深叹，“朕今日方知，这才是——这才是宰相才！”

尚书令即刻大礼谦辞，“臣愧不敢当。”皇帝让他起身，文炎吉又说：“臣也清楚，这一个念头传至外面，可能招致臣杀身之祸，只是实不忍见陛下忧烦，请陛下全当成妄语，博陛下解颐一笑也好。”

“嗯。此非寻常事，牵涉……立朝根本，朕……想清楚之前，”穆骏看陌承光，陌承光在点头，“除兵籍相关的任何内容，不可外泄一个字。世间如有听闻，在场的你们，朕也未必保得住。”

他尤其看了看王攸纪，王家的御史和皇帝对视，好像搞不清楚状况似的，疑惑着为何这帮领过兵的君臣骤然间如此严肃。

“查匿籍也是，罚金之类的考虑先不要漏出去。但陌卿说得对，”皇帝分神稍顿，朕又几曾说过一句他不对……“两头比着都翘，朕不能只压一头。”皇帝向文炎吉又说，“尚书台的动议，朕准了，普查户籍，你们拟好办法，即日开始。”

“陛下……”王攸纪和文炎吉先后说。

穆骏笑，“先查着么，底数，朕总得知道。宽赦多少，就看朕的尺度了。”

且打且拉，恩威并加，高门益发会服帖向心。

他说完看陌承光，在满堂臣子逐渐的下拜领命中，那人是最后一个。

晚风越来越凉，夏尽天黑得早，百姓归家早。百姓登堂日里，丹阳尹府能闭门的时间跟着也早了些。陌承光见今日无事了，难得晚饭时间到后院去陪姐姐同吃，姐弟俩闲话，一顿饭吃得很长。

陌闻音趁此间向他嘱咐，安排自己离家之后要府里注意的各个事项，陌承光慢慢嚼菜，觉得即将出嫁的姐姐越来越像母亲，让他在微微的陌生别扭之外，越来越眷恋。

如果隔在他们俩之间的，不是个皇帝就好了，他不止一次这么想。

听见姐姐打趣说，“哎，我费劲说这么多，你心思也不在，干脆找个主母进家来，替我管你吧。”陌承光知道姐姐想起了宁云，垂头笑笑不应。

正说着，前面的门子忽来报，说有个伤者被扔在了府门外，看是伤得不轻，只呻吟不能说话了。

陌承光起身，急命将人先抬进来，想可能是治安斗殴，对方怕出人命，送到丹阳尹府来善后。

他匆匆辞过姐姐，到前面安置人的值房时，人已抬进来放下，就灯一看，是个高壮的男子，四肢像都有伤，躺卧的姿势僵硬，喉中丝丝痛喘。

再向前细看相貌时……竟是汤贝？他从兵部库拣选出来，拔擢至度支为官的汤贝。

陌承光自府吏手中接过水碗，拍汤贝的肩唤他名字，汤贝答应不了，且身上烧热，伤口像感染了。陌承光在板床上坐下，支起他头捏开嘴点点喂水，让快叫医官来。

忙着上药包扎，擦拭更衣，直乱了半夜，汤贝才渐渐醒转，张开眼，在一室人中看见了陌承光，呆滞的眼神聚了点，动着喉咙，艰难要开口。

“先歇着，我就在这儿，等好些了慢慢说。”陌承光安慰止下他。

汤贝动下巴，是摇头，“大人……事情大，打我的是……是徐国公，夏侯景晖的……人。”

陌承光讶异，他知道眼下度支正派官吏在各州查籍，莫非汤贝是被派去了兖州？

“你在哪里被打的？确认是徐国公的人？”

“……就在……夏侯公的庄园上，几天……见的，他的部曲……拦着小的，不让我们进去……进去查籍。”

“那你是怎么回来建康的？”

“领头的，叫邹杵，同个车夫……拉我……回来的，说是要给……给大人看……”

陌承光回头看刚才报信的门子，门子说：“汤大人是从一驾平板马车上给扔下来的，驾车的停都没停就跑了。”

“他一路从兖州这么……拉着伤成这样的你回来？”愤怒袭上陌承光心头。

“大人，他是……故意，到建康前，一路，谁问，他都说是查籍的官，遭人打了，鼓动得周围，都喊打得痛快……外头都知道，查籍是你的倡议，也知道小的是你选出来的，他是……要吓得其他的度支官，都不敢查了。”

从兖州马车回来，至少要十来天……

还没告诉汤贝，但陌承光知道，他两膝两肘被蓄意打断，都是粉碎的开放伤，又感染过久，很可能再也无法恢复，从此手脚俱废。这对陌承光不啻废去手脚，直似剜心，他扭身向丹阳尹府属下命令：“此时城门已关，着金吾卫立即全城搜查平板马车，捉拿这个邹杵！”他回头问汤贝，“你知道——”

“大人，捉不得，捉不得……”汤贝挣扎说，“小的听说，他战场上，救过夏侯公的命，什么事都敢惹，大人你捉不得他……”他手动不了，头蹭过来贴住陌承光的腿，“小的一路想，就怕大人你，急，这事，只能从夏侯公解决，别让夏侯公，又成了——一个枚伦了……”

汤贝还像在兵部库时那样，对陌承光自称“小的”，这让陌承光心痛不已，但也因他的话冷静了下来。

确实，谁人不知，夏侯将军最是回护手下的部曲。如果因为查籍事，与国之柱石的老将军起了严重的冲突，无论是哪边的对错，对于朝廷控制匿籍的努力，以至对于国朝的安定本身，都是难以挽回的损害。

他想按汤贝的手臂，怕他痛，手轻落在他肩头，“明白了，你先休息，别再劳神。此事……是那个邹杵恶意抗法，他既然还在建康，我丹阳尹不可能放过。稳妥起见，我先进宫讨陛下的示下。”他看丹阳尹府的属下，“你们先下去，暂且待命，让他静躺。”

属下们领命出去。陌闻音听说是汤贝，因在兵部库被他救助过，已从后院过来就在门外，这时进来接过陌承光手上的碗，“你快去吧，我同医官照看着。”

姐姐在军营时很擅长照顾伤者，陌承光点头谢过她，看她夜深带着倦意的眼睛，好像又回到了悬瓠城的那些风雪夜。他把人交给姐姐，带好宫禁腰牌骑马去了。

不久药力发作，加上疲累，汤贝张着四肢浅浅睡去。陌闻音把灯火拿远，也请医官去眯一会儿，自己桌边坐下，撑头看护。子夜过后的朦朦胧胧中，她看见心里念着的人灯下向她走了过来，以为是梦，惦记着汤贝的情况，让自己强醒了醒，眼前的身影却没离开，当真是……穆骏。

陌闻音一下站了起来，脚下困到发飘，穆骏伸手揽住了她。好多话都在眼睛里，两个人对看都发蒙，但现在没法讲。穆骏把身上斗篷解下来给她披上，加力搂了一下她。陌承光已经在叫汤贝醒来，跟他说："别起来了，我替你行礼。问什么，你讲就是，以后别说今晚见过。”

汤贝迷迷糊糊地转眼，定定神看见了皇帝，吓得要挪动。穆骏摆手，“别什么礼不礼了，朕就细问问，”他拉着陌闻音走近，“下面人打伤你的事，夏侯景晖本人知不知道？事情的起因，究竟是公事还是私怨？”

“陛下，回陛下，纯是，公事，尚书台启动查籍……度支派臣，到兖州之前，夏侯公底下的，臣一个也不认得。从第一天……查到夏侯公名下的产业，就不让进，臣说是尚书台，是度支的公事，文书都带全的，也不行。兖州刺史府外面，都是这些部曲，公家差役也借不出来，臣带着度支吏……跟他们讲了几天的理，没办法了，想硬闯，就被打……三个度支吏还散在兖州，也伤了，吓坏了。”

汤贝做事，有一板一眼的韧性，陌承光欣赏他这点，却不料对公务的执着，致他伤到如此地步。心中且怒且痛，又说不出地悔，他接皇帝问："夏侯将军本人……”

“没见着，一直求见，也没消息返出来，小的不知道……夏侯公知不知道。”

陌承光看皇帝，穆骏点点头，又问：“夏侯景晖家里，是匿籍很严重吗？为什么不让查，闹成这样？”

“……臣听当地的人说，跟着夏侯公从益州来的，好多他的部曲，是靠夏侯公养活着，足有上千，来到兖州也不种地，也不是兵户。臣去办差之前，看过度支的官档，夏侯公门户里在籍的，也就五十几人。”

穆骏皱眉，叹气手指揉上眉心。陌承光也拧眉看着他，他就递了个眼色，两人出去屋外。

秋月很亮，院中地上一层霜白色。陌承光看着地面说：“有些常随的部曲，不想入兵籍，武将就会放在家里，不然单落了户籍，迁动换州的时候没法带着走。”

“我知道。但他这——也没入他夏侯家奴籍，上千啊，还是‘足有’？”穆骏烦躁得在院中踱步，“这不就是匿籍人口过千？这让我……”

陌承光垂着头，看见月亮地上皇帝的影子。

“是臣疏漏了，会隐匿人口的，不只是高门。”穆骏登极以来，陌承光感觉这是自己推新政的最大失误，语调沉滞，“有些武将，会匿战俘。臣还听过，有的将领不忍心自己得力的手下在兵籍，会假报战死，改名换姓留在身边，夏侯将军的，可能就是——”

“行了。”穆骏停步，深叹气，“朕也没想到过，就说先查一下，闹出这种……”他还是站不住，又走，“你说，你说朕怎么办？这个邹什么，朕办不办他？不办他，这查籍就成了个笑话，彻底拉倒，以后还想再提？谁都得拎出这个来说事！朕要是办了他，老将军说不知道还好……”

他摇摇头，近处停下对陌承光低语：“老将军就算说不知道，也不可能不护着他那上千的部曲，你说让朕怎么查？查出来，那些个高门都得弹冠相庆了，连朕起兵时第一个跟朕的……最忠心的夏侯将军都匿籍，你说朕管不管？朕还能去惩处老将军，按人数罚金？朕要是不管，还怎么去管别人！”

“夏侯将军深明大义，从前朝廷是……虽有法令，实则不禁匿籍，而今陛下如果决心要禁，夏侯将军未必会不遵法令，未必坚持原状。罚金之事……由夏侯将军先罚出，陛下以贺寿或节庆之名赐还也可。”陌承光仔细想想，抗法伤人容不得放过，“以臣与夏侯将军的交道，老将军绝非飞扬跋扈之人，这邹杵的所作所为，老将军必定不知，陛下严惩于他，也是为老将军脱罪啊。”

“你不知道，”穆骏摇头，月下更近了他，“就算邹杵干这事儿的时候夏侯公不知道，昨天有信报，老将军只带了几个随从，已经离开他兖州境进入徐州了，看是没有请示就要上京啊。他要愿意惩处这个邹什么，怎么可能急成这样，上表请罪，让朕严办就行了，怎么会不请旨就离州，又添一错，这摆明了是冲过来求情啊。”

“昨天信报，已到徐州？”

“是啊，算算脚程，两三天，就该到京上殿了。”

陌承光低头还在想，穆骏说：“所以我着急跟你过来，问问情况，也是想看看闻音。这个邹杵，你别想着抓他了，抓住了闹得更大，就说畏罪潜逃了，也就了事，不然你让我和老将军怎么办？”

陌承光不语。

穆骏拨他胳膊一下，“你别拧啊，我跟你说，等夏侯景晖到了，殿上说话你别自作主张，你一生气，话快了别人回不过嘴，朕想还都还不回来。到时候听朕的！”

“汤贝伤得这样……”

“你护犊子，朕知道，但夏侯景晖更护啊。”穆骏扯他，“这样——你这个汤贝，到时候只要能挪动，你给他搬到殿上去，让夏侯景晖自己看看。邹杵算潜逃了嘛，那就怎么也得，以此为由罚出来点儿，清掉一些，朕对老将军和外面，都能交代了。”他又扯陌承光，“你的人朕不会亏待他的。”

“汤贝是朝廷命官，是陛下的，并非臣的人。”但在皇帝难办的目光中，陌承光垂下眼，只轻点了点头。

“行我知道了。那我看看闻音，就回去了，早上还有朝会。”

陌承光又点点头，进屋换了姐姐出来。陌闻音还披着穆骏的斗篷，走到他面前就解下，给穆骏搭了回去，“看你，最爱病的就是你了，后半夜院子里站半天。我怕你们的话不能我听，我又不能过来。”

穆骏就把系带在领子上系好，向她张开手。

陌闻音就过去，慢慢，头抵上他肩膀。穆骏把斗篷两手圈开，给她围住。

只有月亮看见。

“封妃的名册，我让内侍监呈给母后了。”穆骏在她耳边说。

"嗯。我等着你呢。"

"嗯，等着我吧。"

陌闻音抬头往后倒了点，仰脸看着他。穆骏又产生了那种感觉，好像很久之前见过这景象，中间经过的一切都会忘了，还记得这眼神。

他猛把陌闻音揽回在怀里，低头亲她戴着月光的头发。

"我得……去了，明早……今早朝会。"

"嗯。"陌闻音就牵起他胳膊，拉他往府门走。她做事一向果决，没让穆骏见过多少儿女情长，但此时看她背影，穆骏知道她多舍不得，廊下停步又把她扯回来，斗篷里面，背后紧紧抱住一刻。

"等着我啊。"

他带贴身禁卫乘马来的，又乘马回去。月亮斜向了西天，夜空薄薄透蓝，陌闻音看着月亮听他的马蹄，知道他走得越来越远了。

就是她的感觉，他走得越来越远了。

隔日，太极殿上，夏侯景晖入觐，竟一同提来了那犯事人。

披发跣足，双手背缚，被夏侯景晖提臂一路牵颈绳从建极门下走来。穆骏在殿上遥遥看着那渐近的两条身影，眉心越来越紧。

柳遥之提前踏阶上来，在殿口向皇帝以眼神请罪加请示。穆骏暂没多的表示，挥了下手叫他让开。也是，夏侯公这气势，自己看了心底都发怵，他既有录尚书事的权限，可以携一随侍入觐，人已绑成这样，禁卫怎么好拦。

明明已经差人向老将军暗示过，可以当成潜逃。穆骏瞥一眼殿边站立的陌承光，皇帝心中飞速从头考量，要不要赦这邹忤，各依什么说法，怎么能换得老将军肯清掉几分匿籍的部曲。还没确切的主意，夏侯景晖已带人上阶至殿心跪倒，重叩三拜行大礼，穆骏口称平身，心内懊恼。

还不如那天人先抓了，主动权捏在手里。

"陛下，"夏侯景晖没有听君命起身，朗声再叩，"臣年老昏聩，治下不严，致这狂徒殴伤朝廷查籍官吏，臣罪无可赦，愿领陛下一切责罚！"

听出了点口风，穆骏结眉沉气片刻，回问："夏侯公，老将军啊，朕先问你，这狂徒与你家门户究竟是何关系？"

"他是——末将部曲。"

“武将部曲，该在兵籍啊，他在吗？”

夏侯景晖抬起头，“回陛下，他在臣家奴籍。”

皇帝疑惑看了眼陌承光，陌承光摇头。

“在吗？”皇帝又问，“陌卿可去查过官档册的。”

“回陛下，新在。”夏侯景晖下叩，从袖中掏出一张字纸，双手捧起示向御座。

皇帝让陌承光去看，“是什么？”

其实展开那张纸前，陌承光明白了会读到什么，也明白了接下来将面对的景况，“……卖身契，陛下。邹杵自愿，绝卖于夏侯家为奴，是昨天的日期。”

穆骏还未完全想懂，但因为全然信赖的老将军跟自己耍弄这种手段，感到不可思议的愤怒。

“夏侯将军，”陌承光将那张卖身契还回，对夏侯景晖行礼说，“恕晚辈不敬，邹杵犯法时，还不是将军家奴婢，将军无由以主人之身为他担下。”

对……奴婢视同财产，生杀予夺在于主人，奴婢犯罪，是主人受罚。穆骏想来，严肃提声：“夏侯将军——”

“陛下！”夏侯景晖扬头抢声说，“老臣没想要对陛下扯谎，才将日期实写昨天，若想要欺瞒陛下，写成上月，官档籍册两三年才补登一回，朝廷不也无从核查？”

穆骏一滞中，夏侯景晖挺直腰板，向他膝行两步，“老臣也并非不忠心于陛下，刻意违法。但臣的部曲，大多都身有战伤，手脚残疾，他们自己的命就是战场上捡回来的，臣还忍心让他们再归兵籍，代代被无能的败将推去送死？”老将军话音发涩，“要是落了户籍，他们也难种地养活自己，臣来养活，还要替他们出口赋，实话讲……这么多人，臣也负担不起。”

他身边跪的邹杵，一个彪形大汉，至此垂头饮泣，双手缚在背后擦不得泪，耸肩扭头蹭在垂散的乱发上。

振振有词加上理直气壮，还觉得是自己委屈，穆骏虽然心中敬畏老将军，但居于天子位，不可能不生出不快。

硬藏住心头火，皇帝起身下陛阶，走到殿心在跪的二人面前，“老将军，你替朝廷负担了这些战场上活下来的英雄猛士，朕绝不是要责怪你，甚至可以赏你。但一码归一码，朕查籍，冲的也不是你家这样的情况，有话好说，可你家的这个东西，”他点向抽噎不停的邹杵，“把朕的朝廷命官给打得……又怎么说！”

皇帝扭身向殿角，“人抬上来，让他自己看。”

四肢俱折的汤贝，被架在一顶竹躺椅上，由四个内侍应声抬至近前，放落。

他神志还清醒着，没等陌承光顾他，自己挣扎着撑坐起，向皇帝躬了下背算行叩礼，对地上的两人嘶哑开口。

“夏侯公，话，不是你老这样讲的，身残疾疫，个人的口赋，可以请求朝廷减免，田税也是，丰年多交，欠年少交。”他边说需要捯气，“以下官，去兖州所见，你老门下的，哪有几个真正缺胳膊少腿的？堂堂男儿，行动就算不便，只要能走能动，难道就没有自种自吃的骨气？”

他确实伤重，感染浮肿，上下眼皮挤成一线，嘴唇干青。夏侯景晖见多伤兵，看汤贝在竹椅上挪身的样子，知他手脚都不能动了，又听他说“缺胳膊少腿”，心中生惭愧，面色转赧然。

穆骏见气氛和缓些下来，自己气也顺了点，回身往陛阶上走，等听夏侯景晖表态。

身后汤贝又说：“下官也不是说，被他打得怎样，就报复。但下官，也是战场上下来的，从前也是，淮南的兵部队正。眼前死人见太多，伤重颓唐，这都是伤兵常有的，但将军你越放纵他们，他们越不成器，这回是陛下宽容，下回，怕给将军惹出大祸来了。”

皇帝有些惊讶地回头，看了下这个本就外貌平常、眼下更不成样子的新选官，从那天丹凤门下策问起，第一次认可陌承光选他出来的察人之准。这些话，自己这天子不能说，陌承光也不好说，他这个受害者，倒先替皇帝说了宽容，给双方铺好台阶了。

可那个邹杵却不懂得就阶下来，似乎觉得汤贝对他主公不敬，挺着脖子吼回：“你这狗官莫胡说！打你，俺敢作敢当，跟夏侯公没的关系！”

夏侯景晖要拦他，他也不管，拧身大叫：“你狗官知道俺们底下咋样？有胳膊有腿的，欠年景，光口赋就交不起！你狗官就管胡说，自种自吃过没？你别说叫朝廷减赋，你种地养活了自己，再说俺们没的骨气！”

好像豫州北边的口音，穆骏听不全懂，可“减赋”二字清楚入耳，和上这叫骂，激翻了皇帝的怒意。穆骏拂袖又往上，两步后忍不住回身，厉叱："说得是，朕也宽纵你们太过！登极以来，朕哪一分对不住下民？财政到这般境地，朕都没想过加赋！朕自苦自限，底下匿籍就罢了，抗法还敢叫嚣是朕的赋重？来人——"

禁卫还没动，夏侯景晖捣头下叩，砰砰震地，几下额上见血。陌承光疾步过去扯住老将军，穆骏也惊到了，站在陛阶上木着脸色看他。旁边邹杵这时知道了请罪，学他主公样子拼命叩头，不停触地的声响，一时无人顾得听见。

"……陛下，实是末将驭下不严，但他已是末将家奴，一切责罚，由末将来领受。"

老将军由陌承光扶着胳膊，那边按住邹杵的肩膀，让他别磕了，老眼含泪，对陛阶上恳切说："……先帝初年，陛下，北虏越豫州河泛区南侵，我部被围断粮，困饿之下，末将本当以身殉国，尸山血海，是他背我突围出来，饿死关头，他割臂上肉喂臣，自己去……去吃死尸，那时他才十五岁啊。" 陌承光这才注意到，邹杵背缚的手臂上，有一处麻绳勒下的位置深得不正常。"自从那时候起，臣知道他脑筋受了刺激，极易冲动，"夏侯景晖老眼含泪，"臣也知道了，像这位汤大人说的，战场对有些人，是能毁了一生啊。"

皇帝动了动眼睫，往后退返，在御座上坐下，不想说话。

混乱，理不清斩不断的感受，什么财费、战场，什么都往他身上压，左右看不到条能走通的路，他没明白，自己的国朝，自己的施政，怎么成了这一团混乱的样子。

"夏侯将军，"悬瓠城的回忆让陌承光感同身受，左拳微微握起，"朝廷查籍，增添户口，正是为了充实国库。富国，才能强兵，我朝将士被北虏围杀、尸山血海的战场，才不会复现啊。何况，将军固然是庇护着部曲，天下多少的藏匿人口，连自己的身份都无，受了欺辱连衙门都不能去，大户的私刑有也得忍着，给他们上了户籍，给他们土地，这对个人是善政，朝廷收到的财赋总额也能增加，更是两利的善政啊。"

夏侯景晖不以为然，不愿理会，但念他战功，扭头驳回："既是善政，自会长脚走进人心里，百姓自听，朝廷何必逼从？"他一手抚在邹杵背上，"我看这孩子真骂得不错，你上官高位，行事想当然尔，哪知道底下如何？"

从陌承光手中抽回胳膊，老将军扬手抖开方才那张字纸，“你可知，启动查籍以来，有无数这样的卖身契匆促造就？不愿脱离门户的人，只能赶着签下身契，连卖身的资费都肯不要。”夏侯将军把那纸抵在陌承光眼前，向他痛斥，“小子，你鼓吹着朝廷查籍，这是逼人为奴啊！”

仿佛一记闷雷击在眉心，陌承光张口说不出话来。

“陛下！”夏侯将军加力按下邹杵，让他对汤贝叩头，“我家这孩子打朝廷命官不对，老臣对这位汤大人，愿做任何补偿。”他也向汤贝叩下头去，惊得汤贝在竹椅上挪身，见老将军又抬起头来，“但老臣请陛下责罚于臣，不只为了给我家孩子担罪，因臣也敢作敢当，臣也以为，他阻拦查籍无错！”

夏侯景晖如今渐已习惯不再自称末将，但武将的气势无改，声调铿然。

他根本不打算放开他哪怕半个部曲，穆骏恼恨想，只想一身承当，即使非要去查，估计也会全体写了身契，全体收入他夏侯家奴籍。

他看陌承光，那人垂目深锁着眉，全无反应，就听夏侯景晖说：“臣之部曲，还有，不论谁家，藏下的那些人，本来没有卖身的契约，属于是双方自愿。既然是自愿，他们随时能走，就像这陌家小子所说，他们冤屈无告，宁忍私刑也不走，总有不得不如此的理由。强迁他们去充实边地，这不能说是善政啊！”

陌承光怔了下，抬眼看皇帝。穆骏也说：“朕……朝廷什么时候说过，要强迁他们去边地啊？”

“朝廷不往外说，怎么，底下就不知道了？”老将军高了声音，“除了边关四境，迁人落户，哪里还有白地？都传得是沸沸扬扬了！”

“朕本是说……”穆骏回忆那天西堂论政的情形，暗骂王攸纪一声杀才，“朕本是说，先查着，朕知道个底数。哪怕真是要迁，”他又看陌承光，“匿籍既然犯法，从大户罚金，用来安置他们，朝廷怎么会不管他们，怎么会强迁呢？”

夏侯景晖停顿了一瞬，抬头回说：“朝廷会怎么样，陛下，下民从哪里得知？却是那些大户，越怕处罚，越要把查籍的结果说得骇人，唬得他们签下卖身契，又能了匿籍的事，又白得了奴婢啊。”

陌承光彻彻底底懂了。

逼人为奴……

自己……满心只看见理应的目标，忘了错综的路径，和路径上的每一步疏忽，自己在这高位会带来多少牺牲。可是，没有人理应为高位的目标牺牲，自己又怎能忘了，清憩园中那个因自己而死的凉露姑娘，她的为奴之身……惨白在血泊里。

穆骏看见了他的神情，脸色白得像冰住，眼眶却发红。皇帝想，原来这个人打败的时候，是这个样子。

“朕欠百姓一个说明，”想为他缓解，穆骏不由自主说，“也能补救，从查籍启动至今，所有新立的、绝卖为奴的身契，朕下诏，官档不予登录，自动作废。”

“陛下……不可，”陌承光往前踏出一步，挫败、悔恨，双腕抽紧在抖，“像夏侯将军说的，日期无从核查，万一导致大户更激烈的反应，奴籍生杀归主，主家恐慌，灭口了事，甚或是杀人，报复朝廷……再无以挽救，朝廷也欠法理可以责罚。”

“是啊，陛下。”夏侯景晖的手扶定在邹杵背上，“朝廷骤出新令，下面，多是恐慌。莫说是大户中匿的人，他们本就和朝廷躲躲藏藏的，他们能从哪里得知情况？就连我家的这些部曲，有我护着，我都不知道朝廷会怎样。臣说了，收这孩子做养子，入我门户下，他不愿意和别的兄弟不同，臣又能收下多少个养子？听查籍官一到兖州，他们都怕离了我，争抢着要和我夏侯家签身契，臣不愿哪，躲了起来，正想怎么上书求问陛下，这孩子是吓得想阻截此事，怕他的兄弟们成了奴身哪。”

邹杵算年龄，也有四十多岁了，但老将军仍称他为“孩子”，可知真的视他如子。陌承光与汤贝视线相接，在他急着谅解的目光下愧悔难抑，自己又曾真正为人考虑过多少？盲目的政令，给他，给低官下民，又带来了多少痛楚。

他看皇帝，可皇帝的眼中没有责备的神情，反而像当年在太学，一起犯错被抓住的时候，是难兄难弟般的低落。这让他感激，然而没能好一点，最难受的是，无从补救，无从补救……

在陌承光的手边，夏侯将军的腰板跪得塌下了，“老臣一世，功业无多，早想着退隐田园，唯愿保全这一班跟我出生入死的部曲。即使假意给他们入了奴籍，臣自信，也能好生看待他们，可臣的子孙后代呢，他们的子孙后代呢？”老将军沉重看着皇帝，“外头的那些，被查籍惊得卖了奴身的人呢？他们的主家，又哪会个个顾念他们？人和物件，从此这就代代两区别了。”

老将军说着俯首下叩，邹杵也跟着拜低，“陛下，朝廷的查籍，臣求陛下快——”

“停了，速速停止。”登极以来，最大的败笔，压得穆骏声音提不起来，“传令尚书台，召回各地所有的查籍官吏。再，追道诏书，朕要明告天下，开垦边地任人自愿，朕从无强迁之意。”

夏侯将军深拜谢恩，慷慨说：“老臣实是佩服陛下，如此年纪，能懂得有则改过，从谏如流。仁君德政，处处若真为下民百姓考虑，臣信，百姓必将自愿从陛下之所愿。”

穆骏向夏侯景晖笑说：“朕亦信，老将军，受教了。带着你家部曲，安心，回兖州去吧。”

夏侯景晖再拜再谢。皇帝苦笑的眼睛转向陌承光，听其自觉，任人自愿……你说朕之所愿，又置于何地呢？

桂花初开了，新蕊香气清甜。

陌闻音仿佛又回到了先帝时北伐的那段日子。弟弟被查籍引发的恶果打击得很深，愈发拼力投入日常政务中排解，治安巡视、百姓听讼更加频繁。而自己，在比那时更大的宅院里，往往一日闲坐。

但情绪相比那时的忧烦，更愁闷，她有时看着建康难得的湛蓝天，眼睛就发热，知道如果自己不是早就习惯了不哭，可能就流泪了。

穆骏给她的“吉”字小金锭，除了摆在妆奁里的，她挂了一个在那把錾骏字的短刀上，无聊时总不觉把玩。她也清楚，原配皇后也才娶了不算久，又要表现勤政，又要消除查籍的不良影响，皇帝纳妃，怎么也必须隔一段。有时候她也问自己，真就急着去吗？那不又是一个更大的，把自己装在里面，无聊的院子么。

眼睛就更热了。

穆骏说，让她等着他。她难道不是一直都在等着他吗。

陌闻音给自己找事情做，像从前那样，白布铺在桂花树下接起落蕊，洗净晾干，装瓶泡蜜。蜜熟的那天，她全部带上，想感谢柳夫人帮忙自己整理嫁妆，去柳遥之府上拜访。

正门停了很大的一面仪仗，陌闻音想起，该是江夏王到京了。她知道江夏王是来为枚伦求情，但因出了夏侯将军家和急停查籍的事，枚伦还关着，皇帝暂没顾上，看来今日得空，江夏王过来看女儿女婿。

她便叫车夫转去女眷出入的侧门请见，但如今她封位是汝阳郡主，柳遥之闻讯马上出来，还是恭请入正门。过二门，经柳府正堂前，江夏王堂上在坐，陌闻音依晚辈的礼数过去，立在堂外院中遥行礼。

打算就往后面去了，却见江夏王起了身，步出堂外亲自还礼。陌闻音也不知道说什么，垂着头，听江夏王说："……真是委屈你了。"

陌闻音愣了下，蓦然眉宇间有点发酸，抬起眼，看见这位皇叔脸上喟叹又欣赏的神情。她匆匆再行了个礼，合手后退，辞别转身。

来到柳夫人闺中，她还有些恍惚，脑袋里总有事要想一样。长平郡主穆宁云也在，姐妹俩尝着她带来的桂花蜜，赞不绝口，宁云指尖刮着，直吃了小半瓶。

她姐姐柳夫人笑话她，"你就这么贪嘴吧，你看看你，个子本就小，再吃成个盘子脸了。你看看人家汝阳郡主，清瘦高挑，人家姐弟俩一样，你还指望陌大人看上你呀？"

"我腰细呀。"宁云把手指舔干净，赶紧站起来叉腰，"看看，这儿还有呢，"她端着胸脯跳，"你就知道他看不看我？他怎么看不上我呀！"

柳夫人被她笑红了脸，指她，跟陌闻音说："这孩子要嫁郡主家的弟弟，我看是要疯了，人家能几个月不理她，她还念兹在兹的。"她想想别让陌闻音觉得是在逼婚，转对妹妹说，"正好父王在这儿，我看啊，姐姐这就去求父王，给你从荆州的属下里挑个顶顶俊俏的后生，打发嫁了得了，大家消停。"

宁云过去捶她姐姐，"你敢，你敢！那我就去跟姐夫说，是你自己原想嫁给父王手下那个俊俏后生的，偏不巧父王认识了他，那后生，就便宜我了。"

柳夫人瞥着眼瞪她，又笑又无奈。陌闻音被宁云逗着，一样笑得要顺气，看柳夫人削肩膀的薄身子被她妹妹的软拳头搡得摇摆，她把穆宁云抓过来，箍着腰，按在自己膝上坐。

"不急呀，郡主。你不知道，承光真的现在多忙，他开府开在家里，我都一天见不了他几眼，他哪有心思成家呀。"

宁云的纤腰真是双掌能围，整个人像只温热的小动物似的在陌闻音怀里窝着，让她不禁想，若这缘分能成，多大的福气呢。

“且等等，总会有的。”

“正是汝阳郡主这话。”柳夫人在花桌对面看看陌闻音，又看自己妹妹说，“你知道，姐姐我过了二十八岁才嫁的。从前我都不知道老天爷让我等着谁，就是等啊等啊，看比我大的姐姐，连比我小的几个妹妹都嫁了，还以为老天爷，还以为父王把我给忘了。结果原来，我是等着柳将军呢。”

她往窗外看，那里有建康秋爽的蓝天，柳夫人脸上的笑轻暖，“所以冥冥之中，姻缘自有天数的，你们信吗？”

“我姐夫对我十三姐姐可好了，”宁云偏过头，跟陌闻音悄悄话似的说，“他要是进来这屋，那咱俩就都成影儿了，他眼睛只看得见我姐姐。他不是高嘛，”她站起来跨到桌边去，忙着给陌闻音学，“跟她讲话还轻声细语的，就得这么弯着腰，像个虾米头子似的。”

陌闻音抬手掩笑，柳夫人又笑得脸上飞红，但也没反对，看着她俩一会儿，说：“就是啊，所以说，你们现在都知道在等着谁，知道是他，心里现在就是蜜似甜的，比我那个时候强得太多了。”她特别地注视着陌闻音，眼神温柔，“所以老天爷早就都安排好了，你们一定，会有比我更好的结果。”

“那是，”宁云坐回了陌闻音腿上，一手也揽紧她，“陌承光比我姐夫还好，我可不怕等。”

陌闻音与柳夫人对视，自己也点点头，感激她的善解人意，越过宁云肩上，向她释然笑了。

节近中秋，是万家团圆之时。又值秋收季，解禁封山占水之后，渔贩林商日趋活跃，各样的山货水产，醇香的野蘑，肥美的毛脚蟹……目不暇接，兴盛售卖于建康街市，惹人嘴馋眼馋。

街上行人倍于平时，忙碌中多带喜气，建康城的长官却未曾被他治下的氛围感染。分家太久，碍于父亲的脾气，年节也只是携礼拜望，陌家并无真正的阖家欢会，当下，他更因汤贝的伤情不见起色，困闷难安。

汤家只一位老母，母子相依为命，尽管有皇帝的赐物和夏侯家的赔偿，生活还是诸般不便。因手脚都残了，汤贝只能领抚恤金解了官职，陌承光除了请人照料、延医问药，也不知再可帮到什么。隔两三日去他家中时，常常反而受他母子乐观的安慰。

去与不去，他都心苦，终日郁郁。直到有天，汤贝跟他说："小的而今也得了些钱，到死吃穿不愁，也打过仗，也当过官，皇上面前还躺着说过话呢，一辈子也值了。就只不想这么白养着，瘫到老死，要是能找个我这样的也能干的活计，能干到老死，那小的和常人也一样了。"

陌承光知道他振作，也是为了想让自己振作，只有安抚他说："等你先养好，好了什么活计不能干呢？"

汤贝就笑。他是两膝、双肘关节被打碎，恢复至今，架双拐勉强能站，可胳膊也就上臂能动，用来夹拐。小臂往下没有知觉，他自己移动时，前臂连肘塞进他娘亲缝在拐木上的布口袋里，以做固定。

陌承光见到他这样笑，也知道自己的宽慰苍白，却听汤贝说："干什么活计，小的都想好了。"

双拐就在他床头立着，坐在床边，汤贝上臂带动胳膊，熟练地套进布套里去。靠拐的支撑，他高壮的身子轻巧地往床尾方向挪了挪，腾出的空间里面，汤贝肩膀挥动，大臂带着双拐，高高平举起。

"大人你看，这么的，坐着干活，我胳膊还有力气啊。"那两根拐木在陌承光眼里，像是战旗一样，被他擎得更高，左右摇摆着展示，"要是我把这个，换成驾杆，大人，你说小的是不是能赶马车？"

好一刻后，陌承光才点头，越来越用力，"能，我去做，我设计一套特制的驾杆给你。"

汤贝又对着他笑，陌承光感怀起身，过来用手先丈量他手臂的长短粗细，想着回去请木工打个样子。汤贝抬头跟他说："小的就是想，咱们在兵部库那时候，大人就喜欢这些器械，机巧啊，一问你准成。那时候……小的见大人多少不容易，也都过来了，等我和常人一样了，大人，小的驾着车，咱们还往前走。"

驾杆试制成的那天，陌承光带来了丹阳尹府自己的座驾马车，自将汤贝扶上控车位。汤贝特地穿了身鲜挺的衣服，好像要干的不是车夫，而是作战获胜，登台受奖那样。他的老母亲送到家门外，抹着泪看他，眼里也有欣慰。

仿他双拐的结构，陌承光给驾杆的臂托安装了布套，内衬有防磨的皮革。他捧着汤贝的手臂帮他穿进去,外面扎好绑带。汤贝把上臂试着抬起，崭新奇异的感受，不需要太大的动作，力量就被几段连杆和轴枢顺畅地传导，驾车的独马感觉到勒口受牵拉，甩头打了个响鼻。

汤贝、陌承光，还有车旁围看的一众，都笑了。在车拭上撑手登车，陌承光到车厢中汤贝的身后端正坐下，“先练一匹马的，往后两匹四匹，我还给你做。来，慢慢地，咱们往前走。”

起初是很困难的，有人步行在马旁帮着调整，驶出巷口也花费了好大工夫。路宽之后，汤贝开始上了手，筋骨忆起了熟习的技巧，加之全神贯注，渐能驱马碎步小跑。

陌承光一直看着他套在臂托中的手肘，看布套被紧张奋力的汗水从内里湿透，前臂仍像连杆的木头般毫无生气，上臂绷起的肌肉却没有一霎松懈，整个身心都在向前。

他也低头看自己的手腕，一点点手捏起，尽力握紧。

百折不挠，心念里是这四个字，循环往复。

怎么能就认输。

十名扈从骑着马，夹道相随，屏开路人以免意外。汤贝驱驰直道已有把握，车行越来越稳，但转弯时，连杆要扭转，他还不太习惯，连错过了两个路口。

随着街势，路两边转窄，行人也见多起来，陌承光左手帮他勒马先停车，下车自牵马，正想从前方一个岔路拐回，却见怕什么来什么，窄街那头，另有一组车驾对头过来，没等他赶及变道，那组车驾已挡了岔口，双方相互堵住。

身居如今这样的位置，除了宗室和尚书令等高官，城中顶头相逢时，对面都会远避自己的车马，这是陌承光第一次遇到眼下情况。

他在建康和扬州地面有声誉，受百姓喜爱，街边的居民见他们年轻的父母官停马下车，纷纷都出来看，道路越发拥挤。陌承光急想，不然过去致个歉，请对面稍退，这边先拐进弯去，这时听马上扈从说:“大人，前面那好像是……”

抬头望去，只见从那边车中缓缓出来扶住车轼的，是自己的父亲。

陌淳受封县侯后，陌承光没见过父亲的车驾，此时意外，便要上前行礼。却听那边父亲扬起声音:“这位陌大人，眼高于顶，排场阔大，浩浩荡荡，竟拦住老夫的车马了。”

旁边有明白了状况的市民开始议论，阵阵的声音传散开去。

陌承光站定，起手行了一礼。

“也罢，”几声轻咳后，他听见父亲说，“老夫生平最不喜见贵人盛势，想不到自己养出这样一个，真是家门不幸。”

陌承光抬起头，父亲只留给了他一个甩手回车的背影，“大人你大路朝天，老夫自行回避吧。”

对面的车驾由家丁推车拽马，缓缓向后退行了一些，往那岔路转去，陌承光一直站在自己车前没动。

很多人声在周围嘈杂，他不想听他们在说什么了。

他明白，父亲这些话是分割，是向外人的剖白，是为了那个藏住的孩子，坚持要与自己切断瓜葛。但心里不可能不难受。

回过身，汤贝和扈从们都看着他，陌承光又静了静，听见旁边有一人唤他，“陌大人，下官这边路熟，下官牵马，导大人出去吧？”

他转头看，是西市市丞胡珀，想起这边的确靠近西市，往前人会更多，便点头，谢过上车。汤贝把胳膊从臂托中拽出来，陌承光帮他揉搓放松，胡珀看见，感叹着说：“大人都做到朝堂首脑了，还跟从前一样，这么体恤下人哪。”

陌承光知道他也想起了谁，但对着从前的清憩园主人，不想多应，也不解释。

胡珀看他脸色，知道没恭维在点上，转又说：“刚好见到大人，下官有一事想请丹阳尹示下。”他牵马慢走，转过路口，“方才那条街再往前去，跟河道平齐，隔一排门面房子，就是临河西市的范围了。日常就堵，节庆更是堵得不成样，下官久怕出事，这不今天就堵住大人了么。”

是公务，陌承光细听胡珀说：“下官想着，能不能变它一变，这条街从今往后，只准一个方向通行啊？”

陌承光想了下，头脑里勾勒出这附近的街巷图，“西市有三个出口也在这条街前面，里头出来的人，也不许走返吗？”

胡珀牵着马扭回身看他，“正是啊，下官正想着，西市里面，人流最好也只许单向通行，和刚那条街一个方向。这头进去，出来都往那头走，这就不会拥堵啊，像上回杀人出事，那种踩踏的险情，就能避免很多呀。”

想起金家父子，陌承光知道他们最终按宁云建议的，子为父死，金父也确实得免没入兵籍，长流至南越为苦力。这又是一桩伤情事，但当时的骚乱控制，包括后来皇帝大婚，全城人车疏导，陌承光都从胡珀处学到过经验，愿意听他细说这些。跳下车随他步行，陌承光问："那就得……附近再找一条平齐的街巷，只许逆方向通行？"

"是是，大人你看，那条就行。"胡珀手往街边的路口指，"虽不宽，但单向通车马，也够了。"他套着近乎说，"这就像啊——刚才尊家陌老夫子所说，大路朝天，各走一边嘛。"

"……限制了方向，对百姓和商贾来说，会不会增添不便？"陌承光又想街巷图，西市的范围不短，单向绕行，要两三里地。

"商贾嘛，下官可是知道，从前为了靠近市集两头的铺面，那要争破头的呀。往后人流要是只能往一个方向了，多数的买家每个商铺都会经过，商贾还不高兴？"

陌承光走着点头，胡珀又说："买东西的百姓么，下官这么想的，人，不必强迫，但西市的里面，从此不许买家的车马通行，别管多大的官，多高的门第之家，采买东西，车都只准停在西市单向的最远出口那儿。买了大件，商家使车送过去罢了。"

"再不然，入口处可以备些官家的推车，供人借用。"

胡珀紧着点头，听出陌承光完全明白了自己的意思，"这么一来，大户人家的来人都得入口下车，乖乖往那单向走了，百姓心平，看有钱人都如此，更好疏导，不会有受强迫之感。这就像……"胡珀想到个比喻，自己先笑，"在指定的地点先栽好树，百姓自己过去乘凉。"

……先栽好树……百姓自己，过去乘凉？

陌承光心中记起的，还有夏侯将军那句，"既是善政，自会长脚走进人心里，百姓自听……"

何必逼从？

大路朝天，各走一边……

他步子不觉停下，落了胡珀几尺，片刻，躬身向胡珀拜谢："在下受教了。"

没明白过状况，胡珀愣着看他起来对旁边的扈从说："马给我。"又转对车上的汤贝，"想起几句急话进宫跟陛下讲，让他们送你先回去。"

没等众人辞别，陌承光翻身上了扈从的马，带着豁然开朗的神色，向皇城方位驰去了。

一个半月后，西市外街，单向通行的入口不远，大幅的皇榜告示在新立的广传板上高高贴起，丹阳尹府特派的宣讲官榜下鸣锣，招呼路人百姓过来听讲。

有官吏帮读皇榜，这可是新鲜事，不一会儿里外三层的人紧围了过来。市丞胡珀提前受命，带西市的皂衣市吏过来组织，看秩序井然，自己得空寻了个高处清人让位，也竖起耳朵听榜上说了什么。

“天子诏，朕自践祚以来……”开头的公式文书被宣讲官匆匆读过，看人群静了，他扬声说，“朝廷派本官来，就是要把这上面写的，对你们讲个明白。本官就不转文辞了，大白话，先给你们讲一遍，还有不明白的地方，你们随时出个声，啊。”

底下的民众没人出声，都好奇地专心看着他，远处更多人正在赶来。

“明年，是咱们圣母太后娘娘的五十整寿，太后娘娘啊，最信佛积德的。这不是广陵王殿下在京城内外募捐，为娘娘祝寿，修缮观音堂吗？各界都踊跃捐献，娘娘说了，她老人家想要回谢，福德，该与天下人共享。”

慈航寺募捐的事，建康人都知道，信佛的百姓多，不少喜色点头，有念佛号的。

“咱们皇帝陛下至诚至孝啊，就说了，得遂圣母娘娘的愿啊，那怎么能与天下人共享呢？少了一个人，也不叫天下人吧，得慈惠均沾啊。听好了啊，”关子卖得足够，那宣讲官愈发抬高了声音，“听清，这皇榜上的圣旨就说了，自张榜之日，就是今天起，”他手往上指，让大家都能看见圣旨上的那一行字，“叫作‘有朕一朝，永免口赋’！”

安静又持续了一瞬，整场像泼水进热油那样，人声炸沸开。

“永免？”“是说，永免吗？”“陛下这一朝全免了！”“口赋，全免了？！”“明年，再，再也不用缴了？”“……”

所有人都在跟周围确认自己的耳朵，见宣讲官不断地向各处点头，这些声音渐渐汇为山呼万岁，有人高喊：“那愿陛下可得长命百岁啊！”四面应他，“陛下万岁！！”

胡珀站在稍远处，心中与其说和人群一样受益惊喜，不如说是大大的惊讶。他是巨商出身，算盘账顷刻打得清楚——

免掉按人头对每个人征收的口赋，表面上是朝廷的岁入吃亏减少。实际上，这是比查籍还要有效的，或说，真正能够奏效的，减少匿籍的办法？

无籍人口，大多无地，从高门大户租种土地，大户既然要赚钱，地租就绝对定得比他按地亩向朝廷缴纳的田税高。

田税，再加上口赋，曾让无籍人口没有动力往外落户。但而今，全免了口赋，向国家就只缴田税，必定比向大户缴地租的钱少。去开辟属于自己的土地、三年得地契的优势，相比租地来种，也就显而易见，而匿籍的根本原因，就此消弭于无形。

舍掉了口赋，皇帝将得到的，将是无数自愿落下的户口。是这些户籍中的人们曾经被隐匿的劳力和产出，化为新辟土地的田税，源源流入国库。

胡珀心头深感慨，终于明白了那天陌承光和自己一谈，寥寥数句间他是想到了什么。却又自问……百姓自己愿过去乘凉了，那么，谁人种树？

那边榜下，宣讲官等人声往下落了，又抬手把四面压静，“圣旨还没讲完哪，刚说了，福德要天下人共享，少一个人，也不叫天下人吧。”宣讲官让小吏鸣锣，把人群的注意力进一步集中，他自己扬手又向皇榜，“这上面，还有要紧的一条，都听好了啊，听好！”

民众的目光都落他手上，那指尖指着又一行圣旨，“‘除朕为天子之外，人皆为人。自张榜之日起，人，不可以人为奴！’”

久久，榜下全静着。

宣讲官看着那些或不信或不解的眼睛，“这就是说呀，自今日起，天下任何人等，都不得买卖人口为奴，不得蓄养奴婢，否则就是抗旨！这其中，包括家人卖、自卖，也包括战俘、掳掠的。”

很安静的人群中，响起几个抽泣声。

“奴籍，听好了，包含隶在奴籍的门客，从此，全体废除！以后，大家都是齐民百姓，再有用‘生杀归主’做借口，伤人杀人者，按朝廷律法的故伤、故杀，一概同罪论处！”

胡珀闻此言，呆住了，转瞬，劫后余生似的冷汗从周身冒出。

他头一次这么庆幸，当初受陌承光胁迫之后，听话清减了产业，慢慢全部脱手，捐下了这个市丞，走上一条官商之间的正路。这个陌大人……太记仇了。

原来，那个自己杀在宴上的婢子从未被忘记，尽废天下奴客……这不就是他为那女子——最大的报复？

杂论声渐从百姓人群中溢出，宣讲官又说："对，你们里面，有些心善的，想事多的，该替那些脱奴籍的人担心了，该问了吧？人家原来，挨打挨杀，总有个地方住，有口饭吃，这要是脱了籍，往哪儿去，可怎么过活？"

宣讲官笑起了扬声，"可咱们的陛下，是难遇的圣主啊，你们想到的，陛下还能想不到吗？如果是双方自愿，记得，原主家，和脱籍的人，都自愿，卖身契可以转为长雇契。但是，一期契约，最多雇十年，期满要重订。这个卖身转长雇，也得脱籍的人自己到场，在官府自愿登记过才行。"

榜下的百姓大多思索，往周围议论着，眼看能脱奴籍，会不会有人愿意白改成长雇，一订十年。这时小吏又敲锣，宣讲官拍起手说："下面这个更要紧了啊，听清听清……若不自愿，不愿留在原主家的，还是到官府登记。朝廷会分批地，组织护送他们，送到有白地好土的地方，安顿他们开荒，帮助他们设村打井，直到他们能自食其力！"

是让这些人去"种树"啊。

胡珀恍然大悟，边地再苦，也好过不被当人，估计很多脱了奴籍的会情愿去。等那边兴复了，村镇、水利成形，免了口赋的大量无籍人口怕好土被占光，一定很快会离开大户跟上。"各走一边"，在崭新的田野上汇集。

越来越多的民众点头，有人从人群中往外挤，赶着去给谁报喜信，也有的满面是泪，几人相互抱着且笑且哭。宣讲官在榜前说："这道圣旨啊，免口赋、废奴客，往后十天，巳时申时各讲一遍，城里几个集市，还有寺观，各衙门和城门口都有宣讲，没听懂的可以再来。你们回去，也多叫人来听，多播，多传，福德与天下人共享嘛，得让每个人都知道。朝廷也体恤大户家里人多，晚点也会去各家上门宣讲。"

下面有人笑，有人拍手。

等人群慢慢散去后，胡珀近前一遍遍细看那张圣旨皇榜，逐条逐句，指向的都是增民户、辟田土。这是用眼下暂时的投入，暂时的财费紧缩，换取国朝长远的利益。

他虽是重利的商人习气，却也想起陌承光面对自己说过的一句，"悬瓠城之仇，在下必报"。

胡珀心中道，大人，下官一直等着。

第十七章

天河配

穆骏迈入太后居住的常乐宫时，小戏台上正演着一出杂戏，箫管清越。陆太后并没在看戏，坐在她正殿的暖间中做女红，在小绷子上绣着华虫图样，那戏声只是解闷的伴唱。

穆骏想起母亲作为罪臣女眷没入宫时还是稚童，后来在掖庭做过很多年织绣，他心里有些涩，就陪在旁边看了一刻。母亲的手完全不是宫廷贵妇的模样，而是粗糙苍老的，比她的脸老出很多，有茧和斑点。

"我儿怎么有空来了，朝事今天不忙吗？"陆太后边行针边问。

"挑好了部分新官，带上那些脱了奴籍的都出发了。头几批，先去儿子从前在的湘州西边，往后可能再送点去淮南，修起陂田，那边种地容易。"穆骏多年东征西讨，与母亲分隔的时间久，对面常常起不了话头，怎么相处还在适应，话很恭谨拘束，"这都是托母亲的福德，外面都称颂母亲圣慈圣贤，是活菩萨，各地百姓争相到庙宇烧香，给母亲祈福添寿呢。"

陆太后笑笑，"这都是我儿孝顺，不过借了为娘个名儿，倒给为娘添了这么多福寿。前天皇后来时也说呢，她也想为为娘去慈航寺上香，我看她很得体。"

"她得体。"穆骏随着说。

"你们新婚还没多久，你多顾她，要是朝事忙，不必多顾我，知道吗？"

"都顾的。"穆骏笑。

又看着母亲绣了一会儿，穆骏开口说："大婚，说没多久，其实也有多半年了，封妃的事情……"

陆太后从绣花绷上抬眼看了下他，"知道你急，内侍监呈上的名册为娘准过了不是。”

“闻音……汝阳郡主的名字没在上面，母亲是有什么特别安排吗？”

“就是这个。她不是郡主吗，相当于皇室的女儿，”陆太后刺下一针向穆骏笑了下，“怎么能做妃子呢？”

穆骏的眼睛一瞬瞪大，忍了忍，不可思议地叫一声：“母亲！”

陆太后手上一抖，拈起手指来看，没有刺破。她搓着指尖说：“可不就是嘛，不能乱伦啊。”

封陌闻音为汝阳郡主，就是陆太后的提议，穆骏当时只当是母亲对她的宠遇，当时还高兴。他实在不相信母亲这是蓄意阻挠，匪夷所思的心情堵在胸口一下转不过来，定了定神，说：“皇室的甥女，也能封郡主，就是我的表妹，不是也能成亲？何况闻音和我没一点血缘的。”

“可是吐蕃来的和亲特使，点名要过她不是吗？”

“母亲！”穆骏站起身，“母亲说的什么？闻音是我的，什么和亲！”

“你许下的和亲啊。”陆太后将针刺在那华虫的头上，绷子搁下看着他，“吐蕃特使那一团人好吃好住地养在建康，这都一年多了，锦绣乡里他们当然不急，朝廷的财费不急吗，还拖到什么时候去？你许亲的时候是擅权，可如今你是天子，还能反悔吗？”

“……不是要反悔，和亲，封个公主去就是了。”

“公主，就是你的亲姐妹，你为了不让自己看上的女人去和亲，送你的姐妹去和亲？要么是挑个宗室的女儿，可是吐蕃人挑了谁，已经明白讲了，你却驳回这个来，送人家的女儿去，传扬出去，普天之下会怎么想你？”

“……母亲当时，当时典礼那天，带着闻音坐在亭子里，给她赐最漂亮的衣服，还向晚点灯，就是给吐蕃人看的，引吐蕃人挑她是吗？”

“你怎么这么想为娘？”陆太后的眼圈一霎红了，“那是宫女犯错，我剁她们的手了，为娘这张老脸也在宾客前全露了，我恨不能当时撞死，随先帝去了。”

“母亲，母亲，”穆骏使劲理着完全乱掉的脑子，“谁去和亲都可以，皇室女子的婚配太后都能做主，母亲挑一个就可以。但是闻音不行，我是天子，我说闻音不行。”

“我是太后，她是皇室女子，她的婚事我做主了。”陆太后不再看已经满面涨紫的穆骏，又拾起她的绷子，“懿旨已经下了。”

“什么？！”

“准过封妃名册那天就下了，已经要到吐蕃特使手里了吧。他们得偿所愿，从此必定两国亲好，共筑我儿宏图，”陆太后绣着花说，“汝阳郡主功在千秋，利在万民啊。”

“母亲，”穆骏一把按住那绷子，陆太后没来得及收手，一针刺在他手背上。太后惊了一下，执起儿子的手将渗出的血珠噙在自己嘴里，然后轻轻吹着。穆骏由她拿着手，软下声音说：“母亲对闻音有什么成见吗？她是天底下最好的，母亲不要听那些传言，那都是当时郑太妃为了毁我的声誉故意往外说的。”

“可是都说出去了，声誉是毁了呀，如今还纳她进宫，不是自己承认了吗？”陆太后看那伤口不出血了，攥住儿子的手指轻轻捏着，“还有，她母亲是癔病，疯了好多年的，这可是真的。纳她进宫，她要是生出个疯皇子、疯公主呢，那还得了？”

“她母亲是……娘家全家被杀，惊痛发病的。”穆骏抽回手，在母亲榻前扑通跪下，“她父亲，不用说了，太子少傅都做过，大才子。她弟弟，儿子生平见过最聪明的，品性也好。她不会有事，我好好地待她，她一点事都不会有的。”

“他们陌家，可是有个谶言啊，‘离之亡国，亲之亡家’。”陆太后垂眼看着他说，“皇帝不记得了？”

“这都是因为前朝事，闲人编派出来开消的。再说这两句话本来也不通啊。”穆骏急得声音都变了。

“怎么不通呢？正应在她这一代啊，双胞的姐弟，你留着弟弟做朝官，就是不离了，这个姐姐不能亲啊，怎么还能做后妃娶进来呢？”

穆骏觉得母亲这是迷信魔怔了，他撑地站起身，控住语调说：“儿子起兵途上病重，鬼门关前几次来回，闻音的命都要给我了，我是要定她的。我一个天子，自己的女人都要不到，我起兵打来干什么？母亲不必说了，不管你怎么看她，闻音做不了皇后也得是贵妃，其他妃子我一个也不用要了，我倒要看看，我跟她生下皇子公主来，是不是疯子。”

“你起兵打来的时候，为娘在哪？”陆太后淡淡看着他说，“为娘被锁在宫里做人质，穆鲲滴着血的剑都到为娘门口了，你管过我吗？你的女人你要定了？你的亲娘你都能不要！”

"母亲……"穆骏双膝弯去，又在陆太后身前跪下，死命接连叩了两个头，"儿子对不起你，儿子怎么报偿都行。但是，儿子什么都能不要，但是闻音不行，母亲，求你把懿旨收回来，哪怕……先让她住在别苑里，哪怕先不封她——"

"我不把懿旨收回来，你不是能用圣旨驳下吗？天下你也要，女人你也要，娘问你，你什么能不要？我吗？"

穆骏一时回不出嘴，陆太后将针细细拈在手里，丝弦绕在她指间，"你坐天下，皇权正统到你手里，靠的就是一个孝字。你满口说你哥哥们不孝，我看你还不如穆鲲，穆鲲到死也没忤逆过他母亲，死都和他母亲死在一起。"

"儿子不是要忤逆母亲……"穆骏重重叩头，"这不是一回事，此事儿子断不能随你！"

"我不许汝阳郡主入宫，为的是你这天子的声誉。为娘问你，那个陌闻音，是不是你大婚前她偷偷进过宫，跟你在寝殿厮缠一夜？"

"我们……"穆骏想起了说的是哪天，"我们——没……"

"那时候，你这为人子的，还在你父皇的一年孝内。万一啊，有人将这宫闱丑事传了出去，你这做天子的，还什么子为父死，感于孝心可以减刑？还什么要各地上报名单，赏赐全境孝行杰出的贤德？结果你自己啊，孝期宣淫。"太后唇角冷笑，"也就罢了，你到底是个男人，外面又谁敢骂你。她陌闻音，一个女子，妇德妇行，荒唐无礼成这样，一世名节也就毁了，为娘再怎么顾念你，也不可能容许这种人进宫。"

"母亲是要——威胁？"穆骏起身头昏，低着头天旋地转，"威胁你的亲生儿子？！"

"这是什么话，她生的是真美啊，那些个宫人还能看错吗，谁不能往外漏个一半句的？"陆太后似乎疲乏，长长呼出一口气，"为娘定她去和亲，已经是极顾念她的脸面，护着她的路了。你这以孝得国的皇帝，是要为一个嬖妾，用圣旨驳下你生母太后的第一道懿旨吗？"

好久好久，穆骏才站立着问出："……母亲，绝不收回是吗？"

"是。"陆太后理顺针线，低头继续绣那华虫的尾羽，"要么驳下，要么你废我。"

添了为新辟地选官的事务，陌承光诸事繁忙，每日歇得很晚。如有急事至戌时仍可通传，但亥时已过，听人急叩大门还是第一遭，他还没脱官服，抓过解在一边的腰带，正扣带钩，来人一路小跑到他案前，绕过桌案直接抓住了他的胳膊。

陌承光见是白延龄，惊得连问："怎么了？"

"大人……"白延龄一时失语，急喘了几下，"陌大哥，陛下……陛下让我来的。"

"陛下怎么了？"

陌承光急往案上去摸进宫的腰牌，还没来得及系在腰上，听见白延龄说，"不是陛下，是闻音姐姐，姐姐要被送去和亲了。"

陌承光瞠目看他，手中的腰牌滑落到地上。

"是懿旨，太后下的懿旨，陛下驳不下。他说，不然先让闻音姐姐假死，就说是暴病，把姐姐藏起来，往后再慢慢打算。"

"他为什么不能白天自己对我说？"

陌承光结冰般的语气吓到了白延龄，他仔细看了看陌承光的神色，小心说："陛下的意思，太后久有预谋，是势在必得的。他怕和亲一事不成，太后再生一事，万一害到闻音姐姐的性命怎么办？所以只能私下处置，先把姐姐藏起来，发丧送殡都做足了，来日慢慢再找机会转圜。"

"什么转圜？'陌闻音'已死，起死回生吗？"陌承光低头找那腰牌的位置，手抓了好几下都滑脱，"拖到——拖到现在是这个结果？我陌家女儿怎么了，我姐姐怎么了？像个死囚逃犯一样，身份名字都抹掉，在什么不见天日的地方等他开恩大赦，等他得空临幸，做他的暗娼吗！"

他弯腰抓紧腰牌，就往外走，白延龄赶到陌承光身前拦他，"大人！我是奴才我不会说话，但我劝大人在屋檐下得低头。大人想想我爹是怎么死的，你想想我爹是怎么死的！……就一道旨意，皇帝就开一次口，拉出去乱棒打死啊大人！"他使劲拽着陌承光的胳膊，"姐姐就算嫁进宫里做妃子了，她是太后，她一道懿旨当场就能杀啊，陛下也不可能分分秒秒护着姐姐啊。"

"不嫁他罢了，谁也不嫁，不就隐姓埋名吗？这官我也不做了，我带姐姐到山里去，我种地养活她。"陌承光抖着手要把身上的官服甩脱掉，腰牌干脆扔了，白延龄紧紧抓住他衣襟，"抗旨也是死罪啊，大人！"

陌承光用力地喘气，白延龄紧抓着他说：“你不知道陆太后，她不合意的宫人就砍手砍脚，说什么信佛不伤人性命，触了她霉头的，有些不明不白就没了。陛下求她容过姐姐，给她磕头都磕破了，她都不改口，她真的什么都做得出来。我真后悔，当时真不该救她，放她死在宫里就没有今天这些了……”

“延龄，”陌承光拽下他的手攥住他手腕，“不是你的错，你救人没错。是……”他说不出是谁的错，也吐不出这恨，松开了白延龄，他四下去找扔落的腰牌，边拣边说：“我进宫去，和陛下商量，这事得商量，看怎么对姐姐最好。”

白延龄还想拦他，陌承光安抚他说：“我加散骑常侍，禁宫行走的，我不会声张，我……得当面跟陛下说。”

白延龄跟他往外走了几步，陌承光回头又说：“咱们刚才这样吵，姐姐穿好衣服估计会过来看，你就说……北边有些战况，急宣我入宫，我可能要值宿……不知道什么时候能回来，我让你送她先回家里去。你把她送到——你去见我父亲……跟我父亲说实话，有什么处置，请他先安排。”

白延龄点点头，陌承光头也不回地跨出大门。

他从没体验过这样的愤怒，浑身的血都像在沸。扯过门边马厩的马，陌承光在深夜的建康街巷一路疾驰，入皇城角门，直抵清凉殿的侧门下马。丹阳尹的身份，禁宫走马的权限，让他可以这样横行肆意畅通无阻，那夜风扑在脸上，简直像入骨的讽刺。

至此已经不需要腰牌，看见他的宫人和近侍都不拦阻，陌承光踏步进殿，穆骏在陛阶上的案后抬头，两人对视，殿中空气一凝。

穆骏扬了下手，随后是侍从退去的脚步声，陌承光向他走近，出声问：“太后预国政，陛下无辖制之法？”

“郡主婚配，太后分内事。”

“太后专刑滥罚，威虐宫闱，陛下不予禁绝？”

“后宫赏罚，权在太后，朕力不能及。”

陌承光已经踏上陛阶，“太后垂范万民，若行动失度，德不配位，陛下不可抗御只能盲从？”

“卿家父子不睦事小，天家母子失和事大，朕以孝治天下，岂能身为人子，反抗母命？”

“陛下口中的都是道理，陛下的心呢？我姐姐遭遇如此，陛下的心呢？”陌承光绕过龙案站在穆骏面前，“你不反抗，她就该忍受吗！”

“你让我如何反抗？”穆骏向后靠了些，仰头看着他，“朕怎么坐上这龙位的，你让我用圣旨驳懿旨？你让我叱骂我母亲，威逼恐吓她，让她收回成命？让这些宫闱纷争传得风言风语，让所有要反我的人拿来当成口实？”

“太后这一道懿旨是让姐姐和亲，下一道是要姐姐的命呢？你反不反抗？太后下旨要杀尽后宫，要杀皇后，你反不反抗？”

“胡搅蛮缠！”穆骏撑案站起身，“和亲是朕许下的，于国有利，太后让谁去和亲都挑不出错处你明白吗？朕能反抗的理由只有一个，她是闻音，而太后让她去就因为她是闻音！”

“所以没办法了是吗？因为她是闻音，她不去和亲，就不能存在这世上了是吗？”陌承光逼近穆骏，让穆骏不觉后退了半步，“她心上是一个天子，这个天子的天下里面就没有她容身的地方了是吗！”

盛怒的陌承光对穆骏而言完全是陌生的，他又往后退了半步，才忆起自己的身份。自己就是那天子。

“你疯了？”他一步迈了回去，“你在跟谁咆哮？跪下请罪！”

陌承光咬住嘴唇，一霎后，双膝触地向下叩拜。

穆骏垂眼看着他头顶，“目无君上，你是也想试试朕这位置？你最聪明，你告诉朕你坐这个位置，你现在怎么办？”

“我首先要问我的心，首先要做个人。”陌承光低伏着，声音重而稳，“我要驳下懿旨，再行文向天下申明，我与汝阳郡主情深义重，我与太后久隔，太后不知实情因而生错。我要规诫太后，应慈行善念，不可于后宫专权，不可妄涉朝政。我要与吐蕃使者恳谈，两国亲好可以有诸般途径方法，女子不该是——”

“够了，你还真敢答？”穆骏重在御座上坐下，“朕这个位置，看来坐得不如你？”

陌承光抬头不语。

“只凭僭越二字，朕此刻就可杀你。你该庆幸朕知你无此野心，因为那些想坐上这个位置的，心里绝不是这个答案。”

“陛下坐上这个位置，为的是重复一遍别人的答案吗？”

“够了！”穆骏握拳捶案，“谁纵你到这样？！朕登极……朕起兵起，你哪个建议，哪个要求朕不听从？尽废奴客，你知道朕顶了多大压力！你还敢放肆如此，就是仗着你姐姐，仗着说的是你姐姐的事，拿你姐姐的情意挟持朕，她还没有入宫为妃你就这样，她真得朕的宠幸，你要何等猖狂？朕还真不能给她位份了，你这样的外戚，朕不可要！”

话音未落，陌承光拧身起来直扑向他，顷刻将穆骏压翻在御座上。方才被柳遥之止着的禁卫接到中领军“速上”的手势指令，霎时刀剑出鞘四面围来，穆骏厉喝“都别过来！”，一个扫腿将陌承光踢开一半，反身压他坠下御座。

陌承光后脑重敲了一下，禁卫不敢疏忽仍在围紧，穆骏又喊“别过来！”，半跪跨腿，一脚踩上陌承光一侧手腕。陌承光另一只手使擒拿式攀住他肩膀，膝盖上顶猛撞他小腹，穆骏痛得一抖，陌承光趁机抽手，环锁他肩颈要再翻身。然而龙案与御座之间空隙狭窄，穆骏的后背撞上御座没有翻动，他借那回冲力两膝分开压地，整骑在陌承光胸腹，一手摁紧他喉下，一手手肘回折撞向他下颌。陌承光生挨了一下，两手攥住他双臂想格开，但伤腕握力不足，穆骏轻易甩脱他，攥拳狠击向方才那一肘的瘀伤。

牙床撞上脸颊，刹那满嘴鲜血，陌承光咳了一口，伸手卡住穆骏喉咙向上推他，可是五指无法收紧。有水点掉进眼睛里迷住，陌承光眯了下眼，才意识到穆骏在哭，那些眼泪接二连三打在他脸上。

他不记得曾见穆骏哭过，穆骏的眼泪在他的记忆中一片空白，他还保持着捏着他喉咙的姿势，而穆骏向他低下头，将额头压在他肩窝上。

哭声被压抑得很低，但是眼泪很热，顺着陌承光的肩膀流进他领子里。

一刻之后他才想起把手从穆骏喉咙上拿开，又停了一刻，顺着发冠的充耳摸到他头发，将他的头更紧地压过来。

陌家的男人都聚在陌淳书房中，只敢点一盏油灯，彻夜未睡。陌承光进屋时，父亲低头看着案上，二哥三哥都向他望来。

“皇上怎么说？”他三哥陌承嗣问。

陌淳也抬起头看着儿子。

陌承光摇了摇头。

“皇上都没法子吗？真要送闻音去和亲？”

陌承光走过去坐下，低头一刻说:“他不能驳懿旨。太后还威胁，否则让人污蔑他和姐姐在孝期间……宣淫。想想怎么藏住姐姐吧。”

“你的嘴，怎么了？”油灯光暗，静了片刻，三哥探近些。

陌承光往后避了一下，转向父亲问:“还有能……还有能藏人的办法吗？”

陌淳抬眼看着他，摇了摇头。

“不是——”

“一个大人，又是美人，目标太显眼了。地方有限，万一出事，两边都兜不住。”

陌承光看着父亲的眼睛，明白话不能再往下说了，“……山里呢？我带姐姐到山里去。”

“山里她一个人怎么过活？要是家里有人同她去，太后还会信她死了吗？”

“是啊承光，我看假死不是个办法。”三哥陌承嗣说，“闻音是年轻女孩儿家，还能东躲西藏一辈子吗？这个太后是不是也才四十多岁，等她归天了，那时候再让闻音出来，闻音得是个什么景况了？一直不能见人，过着也太难受啊。还有这个皇上，长期不在一处，还能对闻音长情吗？将来要是嫌她了呢？”

陌承光点头，“哥哥说得是，我也不愿意姐姐被从世上抹掉，不愿她受这些。可是现在能怎么办？他……陛下的意思，太后就是嫌恶姐姐，断不让她入宫，有太后在，姐姐即便入宫，还不如不入。”

“你这么想就对了。”他二哥陌延佑开口，“别把眼光放在入宫上，这事说不定能解决。”

陌承光转头看他。

二哥贬去岭南多年，肤色深多了，人也瘦了，但眼睛里的光没变，“什么时候闻音就非得是皇帝的人了？闻音要是别有婚约，媒妁已定，他们皇家这么要名声，太后还能毁婚夺人，让她和亲吗？”

陌承光讶然张开嘴，“别有婚约？哪里来？谁敢……”

“我们刚才商量出个主意，你先听听吧。”二哥看向父亲。

陌淳默默将一直放在案上的几张信纸一页一页铺开，摆在陌承光面前。

陌承光就着油灯光细读过，然后抬眼看着他。

陌淳点点头，“一共六封信。江夏王自从在彭城见过闻音，一直来信向我求娶闻音做他的续弦。”

“父亲没有回绝过？”

“老夫对你说过，闻音的亲事，是她脱身的办法，老夫怎么会断她的后路。”

二哥陌延佑在旁边说：“要说这种时候敢接下婚约的，江夏王可能是唯一一个了。他举荆州投陛下，对陛下得国至关重要，他还是中书令，理论上朝堂的头把交椅，现在跟太后要一个女人，太后不可能不卖他的面子，何况太后要的就是不让闻音进宫，闻音嫁了，她不就满意了吗？”

“要是……江夏王不敢呢？”

“他是要美人不要江山的，正好他为枚伦的事还在京里，就得一试啊。”陌延佑说。

“要是姐姐不愿意呢？”

屋中沉默了。

“就得，”陌延佑说，“就得一试啊。”

“老夫去对闻音说。”陌淳呼出一口气，起身，“承光不要跟去，你心软，说不下她的。”

陌承光一直坐在姐姐房门对面的连廊里，坐到天将亮。浓云涌了上来，这是个阴恻的天气，像老天一种于事无补的陪哭。他听不见父亲对姐姐说了什么，也听不见姐姐的回应，那门后非常静。

生平第一次，他有了这种心情，想要强迫姐姐同意的心情。他已经不愧疚了，他的愧疚总会带来更多愧疚。

嘴里的伤始终在疼，血腥味一直没有散尽。他又想起穆骏的眼泪，想起父亲说自己心软，想起眼泪和心有什么意义。

他昏昏沉沉地靠在廊柱上睡了过去，直到飘进廊下的雨线打湿他的衣服。他睁眼觉得院子真静，仿佛熬了一夜，谁也没能缓过来。姐姐的房门仍关着，一瞬之后，陌承光的直觉告诉他那门后没有人。

他起身滑了一下，在雨湿的石路上跌跌撞撞地向后院疾跑，假山石拦路，秃枝的树丛疯长，一切都在跟他过不去，一重重的院门，永无尽头。终于到那小院的门口，他脚下急绊上门槛往前扑，一只手伸过来一把扯住了他，将他拉至院门边的墙旁。

他看见自己的二哥，二哥对他摇了摇头。

院内有声音，陌承光慢慢转回头去，看见姐姐跪在雨中井边，身子伏在井台上，下着雨，他不知道她脸上的是不是眼泪，只听她向那井中喊着："母亲，你在哪儿啊……我好委屈，我好委屈……"

陌承光尝到嘴上的咸，才知道自己是在哭。

姐姐的天地里已经没有别人，她喊得很大声，"……母亲……我就想嫁个心上人，怎么就不行啊……怎么就不行啊……"

"臣之续弦事，在心头已久，只是总无称心之人。那日在彭城得见陌小姐之后，臣魂牵梦萦，只求与佳人携手，度此余生。但一来与北虏战事频繁，二来先帝病体不安，臣以国事为先，私事只好一拖再拖，幸而得陌太常体谅，未将爱女许与他人。如今天下大定，陛下也已册封了皇后，内外安稳，臣正商量与陌太常一同将此事奏与陛下，惊知太后有遣陌小姐和亲之意？"

江夏王穆玄汝转向帘后的陆太后，"和亲，是为国为民之事，臣本当割爱。只是臣多年戎马，如今老病，如若错失这份姻缘，不知身边能否再得可慰平生之人。求太后与陛下念在臣微功少过，成全臣这一点妄念吧。"

皇帝毫无反应，只看着陌承光。

陆太后在帘后说："皇叔说得这般情真，本宫怎敢不许啊。皇叔能得称心之人，本宫为皇叔高兴，和亲之事，是本宫不知皇叔与陌家有约在先，闹出笑话了，本宫还得给皇叔赔罪呢。"

"不敢不敢，"穆玄汝忙说，"多谢太后成全。"

他看向皇帝，穆骏的脸上没有一丝表情。

"皇帝，"陆太后出口唤，"本宫今日就收回懿旨，吐蕃特使那边先让礼司去做个解释，皇帝你看如何？"

穆骏看着陌承光说："你们商定的事，还需要问朕么。"

陌承光沉目看着他。

"那就——"

"汝阳郡主本人的意思呢？"穆骏突然截断太后，问。

"郡主愿嫁。"陌承光回答，"郡主愿嫁珍她重她之人。"

“好。”皇帝笑了，“江夏王妃，荆州的女主，称她。”

穆玄汝喜形于色，皇帝也笑对他说：“皇叔既然有安养之意，朕又岂会不体恤五叔老病。趁这喜事，”他看陌承光，停了半晌，“趁这喜事，朕还要送皇叔一份大礼。朕的堂弟，五叔留在京中的世子，朕想任命他，继任荆州刺史。让他与皇叔一同回去，也为五叔解政务之劳，也为五叔膝下尽孝。”皇帝看着江夏王，语气坚硬，笑意未改，“五叔，你看如何？”

江夏王一时无回应。

这是……要趁此事，解除自己荆州刺史的实职？但也——保障了荆州的权力向自己下一代的过渡，能化解年至老迈后自己最大的隐忧。而且送还质子，真如裂荆州之土相授了。

穆玄汝一时算不清楚，皇帝这是在拿条件交换，还是担心自己夺了他的女人心怀疑惧，拿真正的大礼笼络安抚？

他看陌承光，陌承光也在看他，眼里同样没有答案。

皇帝又说：“当然，五叔仍加中书令，朝廷离不了你这定海针、主心骨啊。”

……高位不变，那就是……后者了。自己这个新立的世子，穆玄汝知道没什么能力，儿子做了刺史，荆州一样由自己掌握。主意想定，江夏王让自己以感激之态深拜：“臣从君命，谢主隆恩！”

皇帝点点头，转对太后那边说：“既然如此，就依母亲的意思。不过吐蕃那边总得交代，汝阳郡主这样的绝色是他们自己挑的，吐蕃人最忌讳反悔，许了再说不给，恐怕不能了结，除非另换个绝色的去。”

“自然要再选好的，先承诺了他们，宗室之内，仔细寻觅吧。”

“不必寻觅啊，现成不就有一个么。”皇帝又看向穆玄汝，说，“五叔的女儿多，二三十个吧？里面头一个漂亮的，朕看比汝阳郡主也不差多少，年纪还轻。长平郡主，如何？”

陌承光浑身一震，不可置信地看着穆骏。皇帝并不看他，只追问穆玄汝：“边交事大，皇叔可愿为国割爱？”

“……臣，”穆玄汝看了看太后的方向，那帘后没有动静，穆玄汝垂眼说，“臣女若能为国分忧，是臣……荣耀。”

皇帝点头笑，江夏王抬头抢说：“只是，长平……宁云，宁云是臣次任王妃的嫡女，年幼时臣和她母亲当成掌上明珠的，她的母亲亡故了，先帝也疼她，叫送进宫中和……和陛下兄弟们一起养育。”穆玄汝看皇帝的脸色，慌得越说越没有把握，“臣确实，女儿二三十个，只宁云她一个，求陛下念在先帝和臣，和她亡母留下她，让她奉宗庙也好啊。”

“陛下，”陌承光扬声，“长平郡主与臣已有婚约在先。”

穆玄汝和一直静立沉默的陌淳都转向他，神情讶然，皇帝笑起说：“是吗？朕怎么听说宁云缠你，你不乐意啊。现编个婚约出来，这可是推诿国事，加上欺君大罪啊。”

穆玄汝变了神色。陌承光语气肯定：“长平郡主曾接连数月，至臣府上协理文书，臣感心郡主才貌双全，对臣痴情一片，已与郡主私定婚约，”他向下一拜，“求陛下成全。”

“真有此事？不像你啊，陌卿讲起假话来也——”

“未必是假，”陆太后在帘后发声，“不如叫宁云来问问，若愿嫁他，也是喜事，宁拆十座庙，不破一桩婚嘛。”太后心觉没必要由着皇帝为了置气，白白抵触到江夏王，“皇叔也说了女儿多着，并非是不愿为国分忧，再寻好的么。”

皇帝向中官点了下头，中官依命而去，殿中气氛沉滞。一时宁云郡主传到，她疑惑地看了看殿中情景，向皇帝和太后行礼，又拜了自己的父王。不等她起身站定，陌承光上前单膝跪在她面前，急速说：“请郡主履婚约，近日与臣成亲。”

宁云傻住了，然后，莹白的脸从脖颈开始一点一点红了。

她看了看陛阶上的皇帝，又看了看自己的父亲和陌承光的父亲。

“是为了和亲的事吧？”她盈盈的眼睛看回陌承光，轻声问。

“请郡主履行婚约，与臣成亲。”

宁云轻轻摇头，“我去吧。”她转头向皇帝说，“我去，我去和亲。”

陌承光顾不了礼仪了，隔着袖子一把抓住她的手，“郡主，请与臣成亲，臣话说得晚了，但臣真心的！”

云宁的脸又红起一层，旁边江夏王出声：“宁云，你快……”

她对父王笑了下，摇了摇头，回头，指尖隔着柔滑的绢袖刮过陌承光手心，轻轻蹭着他掌际，“我不去，就是我的姐妹去吧。我的姐妹不去，也要有别人去的。”她另一只手指了下皇帝的方向，“你们男人的安定天下，总要有个女人去换的。”

陌承光攥紧了她。

宁云弯腰凑近，低声说:“只你知道，我是怎么活的，我活了，说不定就是为了今天呢？我这一去了，我就可以忘掉那些一个一个死的了。”

“……臣真心的。”

“你不用……”宁云也半跪了下去，他们的手还牵着，一起按在大殿的地上，宁云的下颌几乎点在他肩膀，声音非常轻，“你不用放在心里这么多。我真心想去看看，远处天高地阔的样子，我也真心愿你能一意孤行。”

她起身向后，对陌承光笑，容颜亮起，“我走的时候，你去送送我吧。”

两位郡主同日出京成亲，又一场大热闹。

吐蕃万里之遥，特使请求即日动身，以便历冬经春，至高原时恰好入夏。起行当日，皇帝于太极殿颁赐玉牒金册，晋封长平郡主为长乐公主，吐蕃特使献风物礼聘，御前亲身起舞，拜谢圣恩。

吐蕃的风俗，妇人出室无须遮面，公主乘十六人抬帘轿，四面珠帘高卷，着满绣洒金艳红婚服，宝冠压鬓金玉满头，明妆露笑，接受建康臣民沿路朝觐欢送。初冬少鲜花，但建康女儿们找来各样花布彩纸，剪裁成朵，多数都是深浅艳红，团团成簇，像从传说中的洛阳借来了所有的牡丹。

公主频频向道路两侧流睇点头，引动一浪一浪惊叹和欢呼。许多不再匿籍、不再为奴的人们今生这是第一次，抬头走上街道，参加欢庆的盛典，夹道人群的激动和喜悦胜于皇帝大婚，好像圣天子的盛世如这喜车一样正在滚滚走来，每个人都是亲历者。

吐蕃特使查旦隆盛装乘马跟随，不断有建康女子将红纸花瓣掷在他身上马上，特使满脸称心和骄傲。

丹阳尹陌承光随行警戒，骑行于帘轿一旁，在靠前的位置上，为绵延的仪队缓缓开道。每次他稍偏头，就能看到宁云的目光随之转来，与他四目相接。

她一直在笑。那笑，是只对他一个人在笑。

陌承光看见自己搭在马身上的官服袍摆，深红色。

他就像是一个新郎官，在迎娶自己新娘的路上骑马伴轿那样，缓缓与她同行。

但是如果他们能有一场婚礼，绝不会是这样盛大的庆典。他美貌聪慧的新娘，绝不会得到这么多欢呼，这么多祝福。

借来的一刻，珍惜吧。

陌承光想，她高兴，她高兴就好。

汝阳郡主的婚车却是完全封闭的，连车帘都没有打开，车行很快，辚辚轧过建康长街。亲王娶续弦，仪式并不隆重，围观的居民觉得少了意思，没等队伍完全出城已经开始散去。陌承光的马下都是方才送公主的仪式留下的香花残迹，许多马蹄踩过，红纸失了本色，像他记忆深处什么不吉利的东西。陌承光制止自己多想，姐姐乘坐的车辆离他并不远，但他始终没赶上去。

江夏王也是乘马，燕尔新婚，女儿远嫁，在他脸上混成了一种似悲似喜的表情，陌承光第一次觉得，传闻中他年少时的俊美或许不假。

愿他珍惜她。愿他珍惜她。

在那天深夜，等到灯都熄了，整个院子静了，陌承光起身出了府邸，就这样一路出了城北角门。他需要一个特别安静的地方,需要土地和坟墓，来平复。直到将额头贴上邬考工夫妇墓上飨堂的石壁，他才终于觉得心中的愤怒或悲伤一点一点凉了。

他直坐到天色发青，寒夜地上特有的潮气从身下不断泛起，陌承光掩了下袍襟，想起一直揣在怀里的东西。

飨堂里存着香蜡，他掏出一支白蜡来插进土中点燃，小小的暖色火苗照亮了小小的区域。然后他把怀中的东西取出，摊开，用袍摆垫着，一张两张摆好。

“邬考工，”他对飨堂中的牌位说，“邬师傅，这是你的吗？”

烛火微微照亮的,是两块施过浆的绢帛。其上用墨笔极精致地绘制的，合在一起，是禁宫皇城的城防全图。

千百间的宫室殿宇，各处大小关防，明门暗门，城墙的高矮质地，岗哨位置，兵器的存放处，水沟水渠，还有，暗道暗河，其中的一些，可以越过城墙，穿梭宫禁。

“一定是你的。皇城营造，这是你这些年的累积吧。”

烛光摇动，他当然听不到回答。

陌承光轻轻地呼吸，像怕惊动那烛火，“我知道你为什么会死了。”

“你把这……天下最要命的东西画出来，是要交给谁？你起初是被威逼的，还是为了钱财？但你最终，不愿意交出去吧，可是花了这么多心力的东西，你又舍不得毁。他们也不敢强迫你，万一鱼死网破，这是倾家灭族的罪。”

陌承光看着那图样，精致，准确，复杂而明晰，没有一个工匠中人会不震撼于其中的大智大美。

“所以他们用阴谋杀了你，再慢慢寻找这件东西。那些所谓讨债的人，到你家中翻箱倒柜，掘地三尺，为的就是这个？他们当时放过了延龄，是知道他毫不知情，还是，以为他总会露出什么来？是，谁能想到呢，这样的图样，你能绘在绢帛上，谁能想到大国手的邬考工，机关暗道信手拈来，却将这最大的秘密，藏在夫人手制的旧衣服里。”

天光越来越亮了，那两张绢帛图越来越清楚，深印在陌承光的眼睛。

“延龄，入宫了，改了姓，还和太后有了接触。他带着太后逃出宫，走的就是暗道，是不是你告诉过他几条？”陌承光咽了下喉头，“如今，只愿他永远永远不要露出原来的身份，他就是……中官白延龄。冒籍入宫，替报父仇，还有邬师傅你这件没有了结的事，他不能回头了。”

两张绢帛袒现在晨光之中，陌承光轻轻捏着其中一角，“师傅恕我，我也是诸般经历之后，才懂了什么叫天家无情。我保不下延龄，我护不了他，他要好好活着，只能不为你尽孝了。”

蜡烛还燃着，小小的火苗有小小的热度，陌承光又沉默了很久。

“这图的事，我会告诉他知道，他需要知道，才能防备。但这图，不能存在世上了，对他才好。”

陌承光跪正，向那瓮堂中的牌位深深顿首，然后将白蜡拔起，用火苗舔上绢帛，点燃一张，再点燃一张。

火线漫开，两张奇丽工巧的图样在他眼前渐渐燃为灰烬。

他吹熄了蜡，又跪了一刻，撑着已经寒透的腿起身。转身之前，他注意到瓮堂的石头檐角指向旁边小树的角度，与他上次见延龄把瓮堂暗道合上时的记忆有些微的不同。

陌承光愣了一下，政务忙起来之后，每次拜祭他都是带姐姐趁早晚过来，匆匆赶回，没在白天细看过。迈步时膝盖麻，他扶着那瓮堂顶慢慢转过背面去，发现瓮堂底部的机关槽有被凿松的痕迹，这间瓮堂好像曾经被撬起过，机关已经损坏，上盖只是齐整地虚压着。

隔天休日，陌承光少见地接到进宫的宣召，公服车马出行。前来传旨的正是白延龄，趁着在车上，陌承光把发现他父母的墓室机关被毁坏的事细对他说了，也便说了从郄考工的旧衣里找到的皇城详图，直说了图已烧去。

接二连三的冲击让白延龄失掉了反应，他坐在陌承光对面，只是看着车厢的地板发呆。

陌承光低声对他说："我那天……情绪恍惚，到早上才发觉有异，建康多雨，之前的痕迹已经不好查了，但感觉不是近期的事。因为我和姐姐随着……随陛下回来之后，第一次去给他们上香的时候，周围的草木已经没什么异状，不像是能抬起飨堂再安放回去的大批人踩过的。"

白延龄没有回话，一动不动。

"我怕墓里进雨水，想进去看，但是一个人抬不动。我就没说身份，在周围山里雇了老乡帮忙，他们说陛下围建康的时候，城外兵荒马乱，那边山里有贼人四处盗人坟墓，修墓的不止我这一家。"

陌承光碰了碰白延龄，想让他聚起精神，"可能真是贼人盗墓，也可能，有人趁机以贼人做掩护，进墓室就是为了找那张图。但是棺木没有损坏，仍是钉死的，墓室里积水排掉后，除了瓦器不剩什么了。当时还陪葬了哪些？有东西盗失了吗？"

白延龄仍不说话。

陌承光不知道再能说什么，安慰他，"墓里面已经整理好，飨堂下用泥灰封死了，以后不能再容易地打开，但墓室安稳了。我从此会经常去看，你不必担心。"

听见墓里的情况，白延龄的神情松开些，他摇摇头，说："大人你从此不要再去了，那张图是吃人命的，我懂，弄不好是要株连九族的。大人，就当没有过那张图吧。"

"你自己在宫里千万要小心，我是丹阳尹，我来想办法查清盗墓的事，你从此就做白延龄，好吗？"

"那张图是你亲手烧的，大人，你别再去我爹娘坟上了，也别再顾我了，我替闻音姐姐求你。"

"总要防备，"陌承光说，"那些人未必死心，不去查，怕更被动。"

"我知道墓里丢了什么，"白延龄通红的眼睛抬起，"这事查不得。"

陌承光看着他，白延龄却停了口。陌承光感觉到他的恐慌，车子转弯，他犹豫着要不要再继续问，听见白延龄的声音极轻，像呓语一样响起在两人之间：

“我带太后走暗道出宫之前，探过一回路，那时候，在暗道里面，黑灯瞎火的，我踢到个东西。我捡起来，摸着里头是玉，我想着万一急要钱的时候，可能有用，就揣在怀里了，等平安出了城，想起来打开看，是个印章。”

“……玉石印章？”

白延龄点着头，“这么大，白玉的。”他比画着，“我不认识上头那些字，可也知道印章是要紧东西，我还得回宫接太后，不敢随身带，脑袋一急，就放进我爹娘的墓里去了。”

陌承光已经猜到那是什么了，他感觉手臂上的汗毛竖了起来。

“后来再出城，被文尚书接到，慌慌乱乱地，一直没机会再去把它拿出来。后来回宫，想着姐姐能做皇后，什么都好说，却又……我什么都不敢提了。也是刚最近，圣上把我调到身边使唤，我才又见着了那个印，就是行天子诏书的时候才能用的那个。”

“传国玺。”陌承光看着他说。

白延龄很用力地点头，“我是匠人家子，我不认识那字，可是亲手摸过，工艺活儿我认不错，就是我在暗道里捡的那个。后来打听说，是圣上登极那天，尚书仆射王素大人奉献回宫的，说是流转到外面黑市上，王家买回来的。”

“所以，你是想说，盗邬考工坟墓的，可能是王家人？”

到这儿，陌承光猛然想起皇后的陪侍，那位莲姑，不正是王家人？莫非关于邬考工的事，她那时说不知情，是对姐姐说了谎？

“查不清了呀！查清也可以不认，就说是贼人盗的……”白延龄也想到了同个人，“就像那王家妃子，她说不知道，哭一场就没事了……回头还是能跟着皇后娘娘……”他的嗓子哽住了，“……没人说别的，我都谢天谢地，墓碑上有名有姓，他们害死了我爹，要是再栽赃，说玉玺……是我爹从宫里偷出来的呢？”

“不会，传国玺丢失的时间，在先帝驾崩前不久，很可能是先帝为了防备郑贵妃，有意藏在那暗道的。当时邬考工已经亡故，也没人知道邬家儿子在宫里。”陌承光说着忽然一顿。

他一时没再出声，白延龄抬起头，见他不自知地咬着下唇。

“不对，不用怕。”陌承光一下靠近了白延龄，“如今形势，对你反而有利了。”

白延龄愣愣看着他。

“真是盗墓黑市上买来的便罢，这种东西，除了王家没几个人敢入手，消息到了他家……也不算极奇怪。但要真是王家人开墓盗得的，你想，玉玺从宫里消失的时间他们清楚，他们就该知道那个时候，郇家仍与宫中有关联。那么，既然选择将玉玺奉献回宫，他们只能咬定不知前情，只能咬定是黑市买的，否则引得郇家人告出来，为什么去开郇考工的墓，他们没法解释，再牵出那张图来，就算是王家，也受不住。”

白延龄静静听着，眨着眼睛思索。

“所以眼下，不是他们放过了牵扯你郇家的机会，是他们怕郇家会牵扯上他们了。有了玉玺连在中间，他们脱不开身的。”

“我怕他们威胁到我，其实他们更怕……怕我会威胁到他们？”

“对。”车下轮声辚辚，说话声混在其中，陌承光愈向白延龄近了些，半蹲在他身前仰面看着他，“所以现在最好的办法，是把你捡到玉玺的事，从头到尾对陛下实说，包括，你是郇考工的儿子，走投无路才没身进宫的，也说。”

白延龄惊异地看他，连连摇头。

陌承光缓声跟他解释，“你的位置越来越高，身份永远是隐患，不如你自己实说，自己解去这个威胁。你想……表面上郇考工的死，是因为修义庄的善事，惹上了僭越之罪，这种情形现在的陛下能宽赦。何况你还救了太后，玉玺是在救太后的途中捡到的，就说，是天意吧。”

他按住白延龄的膝头，让他冷静，“如今你被陛下看中拔擢，又见到了玉玺，才知道你父母的墓被盗了……才冒险，跟陛下说明身份，只求陛下查办盗墓的贼人。那，我正可彻查山间的盗墓贼，一切就顺连起来了。”

白延龄慢慢随着他思考，“王家看到了，就会以为我根本没怀疑到他们，我……没想整治他们，以为我什么内情都不知道……”

陌承光点头，“或者即使你知道，你放过了，你表示给他们，关于皇城图你选择了不说。”他全神看着白延龄，“这样你就安全了，你在陛下身边，反客为主，就没人再敢逼紧你，你以后都安全了。”

“我就能……做回邬延龄了。”延龄笑了。

陌承光却咬住了牙，是好事，可个中辛酸难吞。

膝上的手收回，白延龄才发觉不合尊卑，慌着从车位上起来，扶陌承光请他坐。陌承光让他也坐，却见白延龄在车厢中跪下，咚咚两个叩头。

“大人……陌大哥，我全明白了。得陛下的空闲，我马上就跟陛下说这些。”他又重叩，三拜为礼，“你真是为我费尽心了，延龄不知道怎么谢你。”

陌承光扯起他来，“没什么可谢。既然那张图，邬考工没给出去，既然已经烧了，就永不再提，他的仇，只能放开了，好吗？”

白延龄流泪点头，“我懂，就算我不怕死，我不能害亲戚，更不能害你。我就记得，是天意，往后我就做我自己的事，我自己就好好地，往下活。”

陌承光点了点头，两人对面坐下，车中静下来。陌承光茫茫地看着延龄，思绪牵回，如果真是王家要拿这张图，这个总是送女儿进宫做皇后、做贵妃的世家，原本是想做什么……

姐姐不在那宫里，他不想去想了。

“延龄，这个还给你。”从怀中，他掏出一本油纸包裹的册子，递向车厢对面。

白延龄又一次愣住了。手颤抖着抬起，双手捧回，不用打开看，他知道这是什么。

“捡起来吧，这技艺。你是邬家的儿子，”陌承光指着那邬家的涂料秘方谱，说，“别说自己不孝，这才是邬家传家的东西。”

见到皇帝时，穆骏坐在清凉殿的深处，花窗闭着。陌承光知道外面是池水，和这样季节里枯掉的，皇帝没让拔的荷叶荷梗。

他把那一池萧索关在外面，花窗之内下了重重纱帘，像行军幕帐那样合围。一个小炉旁边点着，穆骏却坐得远，抱腿的姿势像是冷，又或者，这样才让他自己感觉安全。

陌承光公式化地行礼，在那幕帐外面。

“本来我的意思是，逼你一下，你和宁云就成了。”

还有什么意义吗。

陌承光没说话。

“我喝酒，总醉不了，想叫你陪着看我喝几杯。你进来坐。”

帐幕里面漫出的酒气很重，他不知道躲在这儿几天了。陌承光掀帘进去，盘腿与他对面坐下。

穆骏从旁边拽过一张小几，叮叮咚咚的，上面玉杯盘相碰的声音。他发现陌承光在打量这套新用的羊脂白玉莲瓣碟，就拈起一个空的布菜小碟递过去，“你看，挺漂亮吧？没一点瑕，透光的。”

“陛下该知道纣王象箸之忧的典故。”陌承光没接，一动不动说。

穆骏放回碟子，双手掩面，叹，“不来我难受，来了，我真想堵住耳朵不听你说话。”

对面又静着，他说：“是穆鲲家里抄出来的东西，朕留着，原本想是花瓣样子，闻音会喜欢，可……”

还有什么意义吗。

“可如今想着，最后用一次。让他们找了路子，七七八八的东西，不几天就送出去吧，就说抄家抄剩下的。谁承想呢，朕如今也得干穆鲲的勾当了。”

“……财政……？”

“唉，”皇帝苦笑抬头，酒气袭来，“财政靠这个么，能把送亲典礼的费用补回来不错了。要是这皇城的金瓦能卖，我都想拆去卖了。四境新辟的田，不是头年免田税、次年减半吗，中间的财费，你说靠什么撑过去呢？”

是，还有什么工夫，在这尽情伤怀。

皇帝落回的视线与陌承光相接，深看着他许久，“所以下面的话，朕不想听你说什么。”

他是没醉，眼神坚定。从穆骏语气里，陌承光听得出他想做件多么大的事。他终于看到他在决定这样大的事之前，没有犹疑退缩，没有避忌摇摆，像他曾以为的天子那般。

但他而今，已经不这么以为了。

陌承光只是执起小几上玉壶，为穆骏杯中斟满。

皇帝举杯，一饮而尽，“你还记得有次西堂论政，文炎吉说过的话吗？”

怎么可能忘。

“朕意已决，除兵籍，分屯田，税入国库。”

“陛下，这是虎口夺食。”

“朕不想——”

“臣不反对。”陌承光摇了摇头，“只问陛下，放回江夏王的世子，但按下了枚伦，是为了万不得已，万不得已时，换回姐姐吗？”

“你那个时候就知道……”

“臣不知道早晚。但除兵籍，难道可以不做？”

穆骏看着他，眼底泛起水汽，自己觉得，是酒的作用吧。到万不得已时，他们可能……要舍的，真的等价了。

“哪有那么多万不得已，”皇帝说，“朕已经给了五叔那么多，他就不能像他自己说的，做个养老的闲王吗？”

所以，另一种“和亲”……对么。

陌承光没有掩盖自己眼中对彼此的嘲讽，穆骏也看得见，就说：“我也不是想要夺她回来，我愿她好。可我也不用骗自己，如果五叔真的敢反，真有夺天下意，我更高兴。他最堪用的大将在我手里，我就能用枚伦，把闻音换回来怎么了。比那个新世子还有用，原来的那个被穆鲲杀了，五叔不都没怎么样么？”

新立的江夏王世子不像是个人物，陌承光知道放他回去继任荆州刺史，皇帝是想从内部分化荆州，架空江夏王的权力，这就是穆骏的第一步防备。但他想，世间的哪对父子都不和吗？唯愿利益当头。

他还能怎么想。

“姐姐在荆州，必定愿见，愿促成荆州和朝廷的和平。”

“会么？”穆骏垂眼说，“是我……和你，弃了她啊。”

陌承光一抖。

他一直拼命想，拼命不去想，父亲说服姐姐接受江夏王，究竟说了什么？身为双生子，但他此刻发觉更了解姐姐的原来是穆骏，不管父亲说了什么，自己的不在场，对她已经足够了。

皇帝抬起眼，在笑，“可如果江夏王真有二心，闻音和他一心，那不是更安全么。”

笑意惨淡。

“哪怕换不回来，”他又抬头看这间自己困坐的殿宇，“‘象箸之忧’

啊……朕也忧，可是才两年，朕和将士，锐气还在，废奴客的兵源、民心还在，朕打不过叛军，赢不回来她吗？”

陌承光也骗不了自己，这才是自己内心深处不敢认的愿望。

“记得，陛下与臣论过，为什么我朝野战不如北虏？”他需要告诉对面的人，他为什么不反对，“臣当时觉得关键在于‘器’。但那天西堂论政，受文尚书点悟，这个‘器’字不仅仅是器械，而是天下之器，是制度。”

穆骏当然记得，云龙湖上，一个立功却被贬抑的小藩王，和一个胜利却自恨罪过的城防司马，就论过这个字。他知道不管身在什么位置，这个人心中的志向从没变过。

“文炎吉提到，我朝兵民分治，兵籍子孙，永隶兵籍。更进一步说，男子不得外娶，女儿和孀妇由营里配婚，生杀尽在主帅，他们其实——就是军中的奴隶。”

穆骏也这样想过，缓缓地点头。

“夏侯将军说，不忍心让战场上捡命回来的部曲再归兵籍，代代被无能的将领推去送死。就连……”他念不出那名字，一个没结的疤，“也说过，入兵籍比为奴更惨。怎么不是呢，守城时候，身后有亲族，有同胞，他们愿意死战，而野战时，逃散或许还能活命，否则即使打赢了，日子也不会有任何长进，下一场仗，还是他们，或者父兄子弟上阵去赌命。”

陌承光想了想，换一个更直接的说法，“他们和战马都没分别，战马需要买，比他们更金贵，他们的妻室、女儿是用来生产更多他们这样的工具。如果臣是兵籍，陛下，强敌当面，臣一样会逃。”

“怪不了他们，趋利避害，人之常情。”穆骏放落酒杯也说。

无论眼前是怎样一个天子，陌承光确信自己会永远铭记，看他亲笔在圣旨上写下那四个字时的感觉——“人皆为人”。

“臣曾与郭乐成将军讨论过北虏的战力。敌人的士兵，地位高于平民，凭借战功，可以受勋，封侯，做将军。而我朝的士兵，是贱籍。所以臣钦服文尚书眼界之高明，化兵为民，添户口、增国用，再以增添的国用，从民户中拣选建勇，招募精兵。他们需要知道为何而战，他们的流血牺牲，应该得到报偿。”

“陌承光，你知道咱们在干什么吧？”军帐般的帘幕中，远处的小炉是唯一的光源，皇帝的半边脸幽幽映红，在问。

陌承光没有犹豫地点头。

“这不是虎口夺食，不是只为了钱财就急的事。文炎吉说的，是转化部分老弱残兵，可你想的和朕一样，你想用除兵籍这一步，解除天下的将军、刺史手中私属的——所有的兵。”穆骏脸上浮起一个古怪的笑，“朕说实话，如果不是过程之中，指望得回闻音，朕还真下不了决心。”

“未必一蹴而就。”炉光也投在陌承光的侧脸，像他在冷静外表下滚热的血，“但募兵，是由朝廷出资招募，将帅由朝廷指定，可以随时更换，不需要时，人员可以随时遣散归农。臣是想要通过制度的改换，让天下的将帅手中，再无私隶的兵马。如此，再不是四方大将各携一州虎视中央的局面，可以从根源上遏制百年以来代代内乱相争，使这半壁河山趋于安定，合力向北。”

皇帝推开他们之间的小几，玉器轻碰声后，两手分按他膝上，“所以你想做的，朕都想做。朕也想国富民强，朕还想厉兵秣马，打回洛阳。”

这是他们少时共同的志愿，也是他曾经对一个人的许诺。

“我想让她看看，我能做到。也想让你看看，你当初没选错。”穆骏收回手，慢慢按紧在自己膝头，“咱们就一步步来。明天，西堂再开一论，预拟个步骤，看能不能今后凡年满五十者，先除兵籍。”

山河雪

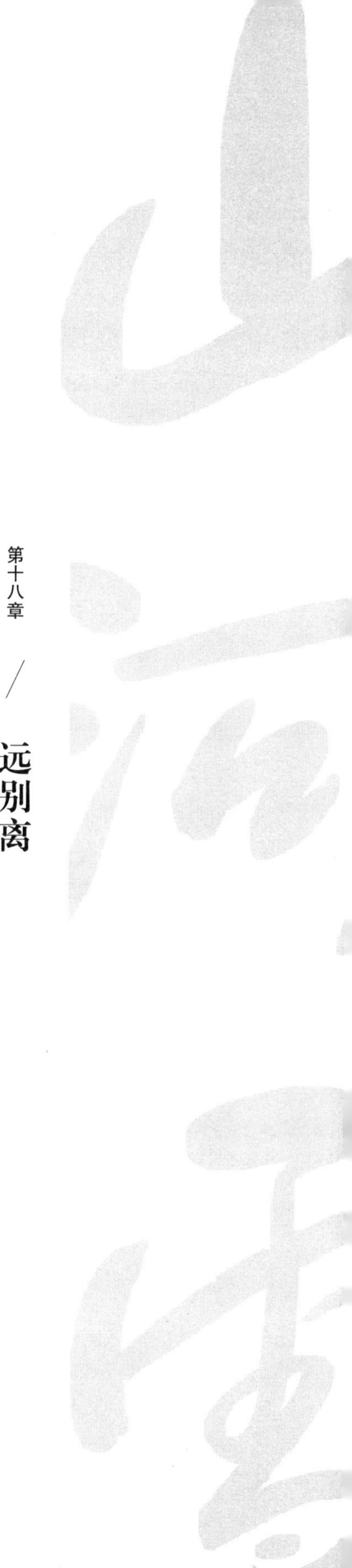

第十八章 / 远别离

夏口冬春之交似比建康暖得慢，陌闻音立在江夏王府别苑的高阁上，披一件翠色锦夹衣，不时合掩衣襟，临窗对着岸外的滚滚江水。

流向建康的长江之水。

“夫人畏寒，别总在窗边站着，习字几时习不得。”江夏王穆玄汝已在侧旁定定看了她许久，此时过来，帮她把夹衣的两袖穿上，亲手结带，又回头对伺候的侍女梅子说，“说了叫人把夫人的书案从窗边搬开，往屋里挪挪呀。”

梅子还没回话，陌闻音擒住江夏王帮她系衣带的手，依进穆玄汝怀中，两手拉夫君的手臂圈住自己腰身，“这便不冷了。妾身不让他们搬的，不对着这片清景，临不出这些诗中意境呀。”

穆玄汝低头看她习字临了什么，“……‘移舟逢远客，对语月当头’，”读来惊喜，“这不是……”

陌闻音身更向他臂弯倒，扭头笑看他，有点羞涩说：“少时听我父亲几回念起的，并不知道是谁的诗句，只觉得通明净澈，直透心头，从此竟忘不掉了。那天在这别苑的书架翻到一册，原来是殿下集里的句子。”

“这本集子没印过几册，”穆玄汝一边搂她回来，脸贴着她发髻，看那雪浪纸上一行行端丽的陌体楷字，书写得精致虔诚，几似抄经，“竟能得陌夫子这大才青眼，”她书案手边并无那本诗集，“又得夫人整篇默背，小王愧不敢当啊。”

“我父亲论诗，从不论那些虚名的，”陌闻音转了个身，靠在案上眼睛认真地看着江夏王，“他常念起的，必定是好的。”

此时逆光，她锦袍的翠色在薄阴天光中晕出华彩，衬得脸颊肤色更白，像湿润的秘林山顶的残雪。穆玄汝看得痴了，只听她说，“妾身想着，要是殿下不嫌弃我陌家的这笔字体，妾身想，整体清抄一遍，送去雕版刊刻，把集子再多印些，散到天下去，给和我一样爱诗又找不着的，都有造化读到才好。”

江夏王喜得还没点头，陌闻音在夫君的臂圈里转回，翻动书案上的雪纸，“殿下你看，妾身写了这些了，”说着，她手一顿，从中抽出一张团起，“呀，这张写得不好，殿下你别看，我得重写。”

穆玄汝笑拦她，“都好，都好，小王多是游戏之作，夫人也不用太过费心劳神了。”

“那不行，妾身的字，要配得上殿下的诗，刊刻散了出去，这叫夫妻集呀。”陌闻音还在翻挑，又抽出一张弃掉，娇嗔玩笑说，“妾身都厚起脸皮，想沾殿下诗才的光了，殿下不说指导我，还拖我后腿，这是非要妾身把脸皮丢得薄回去呢！”

“夫人的脸皮哪里厚呀，”穆玄汝揽她，也把她的注意揽回到自己身上，往她颊上轻啜一口，“我看柔嫩得很哪。”陌闻音睨他笑，江夏王不让她身子转开，嘬她耳垂低语，“这多少年的深心，小王我只有……晚上回去好好地报偿了。”

陌闻音把起热的脸贴在江夏王脖颈上，“这不叫深心，这叫——姻缘前定吧……”

夫妇两个在阁上用膳，又同看江上落日，时时谈笑。侍女梅子看天将黑了，在外头不断的催促下，忍不住说：“殿下，世子和郎官们又等大半天，不好再叫人家回去吧？”

好一刻，江夏王才回头，“什么郎官，阴智艺吗？”

“还有典签谢大人。”

陌闻音在江夏王身边轻说：“殿下出去见吧，不然明天还不是要烦？又得说妾身总缠着殿下，耽搁殿下的正事了。”

“哪个敢！”穆玄汝张目做生气的神情，却也起身说，“那小王就出去见见，是什么急事，要夫人少等。”他嘱咐梅子，“你好好顾着王妃，凉了知道添衣。”梅子领会地点点头，江夏王扶阶去了。

下得层楼来，穆玄汝看见自己的世子，如今是荆州刺史的穆重泽，以及荆州都督阴智艺，和自己王府的典签，三个人都在门边，正被射进几面轩窗的夕阳照着，全是烦闷焦虑脸色。

穆玄汝走到主位交椅落座，几人匆匆过来行礼，江夏王问："还是兵籍那件事？"

"出了个大变数，父王，"世子穆重泽上前，急说，"这给老兵除籍，原说是朝廷处罚枚伦的，要减他江州的兵户。没想到，江州动完之后，说什么除籍的老兵和家眷给皇上联上了一道……万民谢恩表？把这个，除籍之后的好日子，说得是天花乱坠，陛下前几日颁行于世，让各州效法。"

"……效法？"穆玄汝抚起颌下薄须，"可有诏书吗？"

王府的典签谢荃回话："禀殿下，非是诏书，是那表上的朱批，随表一同颁行发下。"

江夏王一时沉吟。

减枚伦兵户时，他并未多想，既然留下了枚伦性命，也未明撤他刺史之职，只是拘在京里，一道道让他上表谢罪，那么了事之后，放他回去之前，一定会给些实质性的处罚，减兵户就是朝廷常用的处罚之一，何况只减老兵。

但要求各州效法……还是用这种暧昧不明的形式？

穆玄汝不禁心中大起警觉。他从头捋顺了一遍皇帝登极以来，各项的新政，从清退封山占水起，之后查籍不成，又免口赋，废奴客。自己这个三侄子，与他武人上位的表象不同，哪一项，都没使用过什么激烈手段，反而是步步试探着，进退妥协着，最终却又都……平缓而无可更改地达成了目的。

这是……手又伸向兵籍了吗？

见江夏王久久不语，典签谢荃又说："殿下，臣看夏侯景晖将军素恨兵籍，他兖州定会领头效法，他原来所在的益州、巴州，估计很快也会跟上。江州已除，现今形势下，荆州刚刚受朝廷大恩，如若落在人后，恐怕……"

"大恩啊。"穆玄汝笑叹，心头却一冷，似乎终于明白，皇帝为什么肯送上这美人大礼了。

见江夏王仍不表态，荆州都督阴智艺上前，他是柳遥之调离江州后，从江州州府司马提拔转任荆州的，与江夏王的旧班底差上一层，因此斟酌说："属下觉着，五十以上的老兵本也没什么战力，如谢典签所说，尽管不是诏书，可陛下或许更在意各州此时反应的态度，为了留着老兵，逆陛下之意，不太划算吧。”

“你光带兵懂得什么，”世子穆重泽接进话说，“这光是兵的事吗？老兵除了籍，就要落民户，他们屯种的那些田地，虽说算是国田，可产出是州里的呀，要是落了户，不就得交田税给朝廷了吗？”

穆重泽而今虽然继任了荆州刺史的职位，但荆州的上上下下，江夏王从未撒手，阴智艺也不想与这夹板上司多语，只向穆玄汝又说：“屯田的情况属下清楚，属下历任的几州情况都差不多，那些兵籍的，都知道田产多了也不归自己，一向是懒耕懒种，图个糊口而已，州里其实收不上什么。老兵除了籍，州里没多少损失。”

“你又知道荆州什么。”穆重泽往自己父王跟前挤近，“父王啊，儿子进京为质之前，不是管着州里的几个工程么，要用老兵的地方多的是，筑路啊，修补河堤啊，还有，孝敬您和新母亲想盖的那宜澜殿，今年入冬前要完工，那就得抓紧着了。”

穆玄汝看了他下。这个儿子在自家里行三，不是嫡生，从前没管过什么政务，这些杂事倒很上心，办得一直不错。继了位，还知道用他自己所长孝敬，让穆玄汝对他加些正眼。

旁边典签谢荃出于代朝廷牵制亲王行为的职责，却随着都督阴智艺劝说：“工程可以依靠征发民夫，不会耽误殿下和王妃过冬。”

“工程的事你也不懂啊，谢典签。”穆重泽转对着他，“州里百姓每年出一次免役钱，那钱可不少啊，开春刚交过，怎么也得转过年去，才有道理征发民夫。没交过钱的，还是这些兵籍，可一旦解为了平民百姓，就不好使了，能鞭能打吗？催不了工期呀。”

谢荃为难看江夏王，穆玄汝笑说：“谢典签，孤王老迈，风湿频繁发作，陛下都体恤我这五叔，许我解职荣养了，等今冬宜澜殿的工程完工，再给役使的老兵除籍，陛下又怎会不许。也请谢典签容我一时。”

江夏王这样谦和客气说话，谢荃怎能不听，马上躬身行礼，“正是不急，凭殿下方便而定。”却说，“既如此，属下回去拟一封奏疏，将情况对京中禀明，想陛下必定体恤殿下，不会叫朝廷催促。待等到尽善尽美完工，属下看，是不是明年开春，怎样也够了？”

这是要一个具体的时间，好对上面交代。穆玄汝笑说确实，谢荃难再说什么，便领命辞去。都督阴智艺想与他同辞，却被江夏王抬手先留住。

穆玄汝看着谢荃的背影走远，对他荆州的领兵都督说："阴贤弟，孤王就这样叫你了，你来我荆州也将两年了，孤王想问问你，还当孤是外人吗？"

这话意外，阴智艺愣了下，双膝跪地深拜，"属下怎会。殿下比属下还操心属下的家里，好车好船几百里地的，接来属下娘亲和贱内，还为了给我娘治病，只管大夫说有用，多贵多珍稀的药材，多少都赐给属下，属下全家都念殿下的恩德，只恐没得报答。"

穆玄汝摇头，请他起来，"你们这些做都督武将的，与我们这些刺史不一样，常常转职，家人难带在身边。你又清廉得紧，从不侵吞底下兵户什么便宜，知道你家这些难处，孤王想贴补钱给你，料你也不会收下，这不过是成全你的孝心，权表薄意。"

阴智艺又谢，江夏王说："孤王也就不当你是外人了，只想问你一句。除掉了江州兵籍，再除各州，除掉了今年五十以上的，明年满五十的，还要不要再除，往下一步，还可除什么……都督，你想过没有？"

荆州都督再度愣住，似乎听懂了意思，但脑袋完全没法往那边去想，整个在他的概念之外。

"父王是说……"世子穆重泽接话，"把兵籍……全除了？"

阴智艺讶异地看向他，没明白怎么可能有这样的事，没了兵籍，谁来当兵作战，要是跟北虏打起仗来……

他觉得自己的后背麻麻地要冒汗，唯一想清的是，要是没了兵籍，没了手下管理的兵户，自己这都督之职，岂不等于乌有？

他在最后一点昏暗的天光中看着主公，穆玄汝点了点头，脸上神情不甚分明，"五十以上，只是试探的第一步，这步走得顺畅，后面步步都会随上。有朝一日除尽了兵籍，孤王也好你也好，失掉的可就不止几个干活的老兵了，阴贤弟。"

想通了天下全除兵籍之后的局面，特别是，那过程中可能燃起的纷飞战火，阴智艺岂止冷汗，简直遍体生寒。穆玄汝细细看他，说："所以孤王略作拖延，想找找办法，指望能像上回查籍一样，让陛下见到众意不在此，能够及时停止。请都督下去，也多向老兵们解说除籍的不利之处，比如……"

穆玄汝停下想想，世子穆重泽说：“比如没打算把屯田分给他们，朝廷要像对那些脱奴籍的一样，强迁他们，驻到北方边境上去，当肉盾、人墙。”

“这……”阴智艺犹豫说，“可朝廷颁行那张除籍的谢恩表，派了使者来的，使者还说，要属下安排，到营里去宣讲。”

“都督莫慌，这是颁表，并不是下诏，并非让都督抗旨。”穆玄汝感觉儿子的主意不错，安抚阴智艺说，“使者那里，孤会好加款待，在驻馆多迁延他几天。请都督先将消息散去营里，先入为主么，表上说什么，这就无大碍了。”

“殿下，荆州兵这么多年不调，最怕上北境前线了，万一引起骚乱，属下怕不好收拾。”

“越乱越好呀，”穆重泽截进说，“你还得给他们说，父王已经为了他们，尽力拖延了，他们也得知道自救呀，不能干等着，要闹，闹大！”

江夏王点头，“这是以小乱，求大定。贤弟，兵籍为军，是祖宗之制，国本所系。当兵的全成了平民百姓，北虏打来时，是会提前告知吗？谁来抵御？说不准一举亡国啊。孤王越想，越觉得此事不可行，请都督同心，与孤王配合，尽量拦阻。”

“殿下思虑周详，属下明白了。属下这就回去营里，按世子……刺史说的，告诉他们清楚。”

待阴智艺辞去后，江夏王又在交椅上坐了片刻，静默不语。穆重泽在旁边陪立，等着父王示下。穆玄汝心觉对这个从前不多经眼的儿子，今日有了些新认识，临大事时，脑筋算快，应对也算准。

“方才那些都是表面，对你，不用为父多说了吧？”

这好像是世子第一次听父王当面自称“为父”，从前都是称“孤王”的，穆重泽赶快点头。

“你那堂哥老三的脾气，不是拖、闹就能拦住的。查籍最终成了免口赋，他身边的智囊很有办法，这回动到兵籍，怕也是那些人策划。”

“儿子也是这么想，什么万民谢恩表，枚舅舅又不在江州，朝廷派人过去组织授意，不就有了。”

“所以除兵籍啊，本质是朝廷要逐步收去我各州的兵权哪，此事不从根源截断，终有一日，我们会和那些免口赋之后的世家大族一样，欲哭无泪啊。”夕阳已沉入江流的来处，这楼阁底层也未上灯，穆玄汝在晦暗中说，“兵籍都成了民户，没了兵权，你刺史就是个治民的父母官而已，要撤，要杀，你堂哥都不用顾忌，皇帝上下嘴皮碰碰的事。”

“儿子都明白。怎么截断，请父王示下。”

“谁提出来的事，就让事出在谁身上。不是怀疑我等的忠心，想收兵权么，要是提出之人别有用心，皇帝还会再听他？”穆玄汝示意世子弯腰凑近，在耳边轻说，“此事切莫让王妃知道，你告诉京里的人，陌家藏着鬼的孩子，叫他们，盯紧陌家。”

豫州在北，与北虏领域接境，但历代大河泛滥后遗留的淤沙滩涂不适耕种，因而人口稀疏，土地大片抛荒，又难走马，并非北虏劫掠骚扰的主攻方向。

刺史郭乐成镇日无事，又不能像从前在北地时那样肆意游猎，常常发愁于无聊。好在朝廷隶给他的兵户倒是不少，放牧些牛羊，往内地换米麦，加上赏赐，钱粮不是问题，想解闷时，中军大帐之内酒气便不绝。

这日仍是闷酒，三五个小菜，越嚼越没滋味，郭乐成扔下酒杯，向陪喝的副将徐白梨问出几天挂心的事：“这个除兵籍，朝廷到底咋个意思？老徐你今年，不五十一了？老胡老马他们，都五十好几，你们是都要除啊？”

徐白梨嘬了一口酒，点点头，“听使者说那样子，只要是没有职官衔的，过了五十最好都除。”

“职官衔？”

“像老郭你这个刺史，是朝廷的官，俺们这些人就是兵，一开始入的就是兵籍。”

“那可不能这么算啊，”郭乐成端着肚子在毡毯上往他挪了挪，“咱刚南来的时候，稀里糊涂，也不懂得啥叫兵籍，以为跟北边的军册一个意思，当兵的列个名儿，也没人跟咱解释。想说入就入了，反正定的是豫州，是不用屯田的边关兵，还有军赏。可你们要是，把这个兵籍啥的给除了，还有赏钱吗，咋过日子？”

“你别说俺几个，底下那些听了使者说的，不都怕的是这个。”徐白梨叹了口气，杯中酒一股脑倒进嘴里，“听上使说那意思，除掉了兵籍，就得入成个户籍，找个地方落户，自种自吃。可俺们生到这么大，北边马上长起的，哪会种地啊，再说了，豫州这地方，哪有地种。”

“那意思，你们要落户，就得离了豫州，离了俺？”

徐白梨一拍大腿，叹气不响。

“这不就是个……让咱照着样儿学样儿的东西吗？也不是非得这么样，俺看那上头没盖皇帝大印啊。”

“哎呀老郭呀，”徐白梨又闷一口酒，“朝廷让咱学样儿，咱是怎个身份，还能不学？人人都不学，咱都得头一个学。”

他也给郭乐成添上酒，“俺这也就是发发牢骚。俺几个，都商量过了，你看准的这个皇上虽是当了皇上，可跟你家有仇的那个姓文的，当了丞相啊。兵籍往上，是兵部，再往上，就是他那个尚书台。俺们得听话，底下才会跟着听话，不能带累了你呀。”

提到文炎吉，郭乐成想起自己和陌承光的那一案，腾一下火起，“窝到这鸟不生蛋的地方了还理他个熊样？不给当兵，落户就落户，就落俺豫州，俺养活着你们！”

“俺几个大老爷们，有家有口的，让你养活啊？”徐白梨笑了拍他，“有你老郭这句话，就够。俺几个讲好了，问问上使，看能不能给俺们落去青州，那边说是能牧马，离你这儿还近。再不行，锄头镰刀，学着拿呗，打仗都不怕，种地还能累死？”

郭乐成还是摇头，“咱自打投过南边来，受了多少的窝囊气？原说是跟准了这个皇上，可也没给咱换个好地儿，凑凑合合，就这么个落脚的地盘，不让你们待住哪行？再说了，就俺一个是那什么，叫……”

“职官。”

“对，就俺一个是职官，你们离了俺哪行？在北的时候，你们可都是裨将、伍长啥的，回来这个身份，是让当时的兵部给坑了！再跟北边打起仗来，俺离了你们又哪行？”

徐白梨还想劝，郭乐成按着他在毡毯上坐稳，也给他倒酒，“俺看先都别急，且等吴全全往南边打听回来，看看其他个州，是啥情况。你们都给俺憋住了，对那朝廷使者，啥先都别说。”

你来我往，闲聊就酒，到半晌午时候，郭乐成有点上头，想歇去了，大帐外头却不知怎的渐渐起了一阵吵嚷，越嚷越高。

徐白梨先出去看，郭乐成也晃晃起身跟上。和着酒意，那吵闹声让他心里的烦闷奇怪地纾解了，甚至有点兴奋，郭乐成心想，乱着也比憋着强。

“干啥啊，你们这是？”

随着徐白梨一喊，郭乐成看见大批自己的兵户在帐前的坡下聚集，更多人还在赶来，有些携家带口，男女老少掺杂在一起。

“装什么相啊！”有人大吼。

“就是！当谁还不知道咋的！”一片声浪袭来。

“咋了？到底咋了？”郭乐成在徐白梨身边站稳，往坡下嚷着。

见主帅来了，人群的声音低了些去。有个高个儿的老兵向两旁看了看，对着郭乐成大声问：“全全回来了，大帅，可别再瞒了，南边儿说的都是真的啊？”

“吴全全，在哪儿呢？”郭乐成急着问。

瘦小机灵的信使吴全全被人们推到前头来，“大帅……”

郭乐成瞅他这模样，酒后风吹头晕，自己扶着额头，“得了，就当着大伙直说吧，你到南边，到底听回来啥了？”

“那可不是俺听来的，大帅，”吴全全亮起嗓子说，“荆州、徐州……都传遍了，俺这一路，亲眼见到好几拨的老兵闹事，人都说了，宁可抹脖子死了也不除籍，说兵籍不如马，除籍不如牛！”

“啥意思？”徐白梨问一句。

“说是除掉了兵籍，得按朝廷指定的地方迁移，不去也得去，这叫拿人填边境，当人肉墙的。就跟——上次废奴婢一样，别说看是奴籍没了，哪有那好事，迁了过去，是给朝廷为奴，种出来的全都上交国库，每天吃多少再给你发个定数……人还不能跑，另有兵丁看着你，打仗的时候先赶着你上，就跟——官用的牲口似的。”

草场上的人群大哗，家眷中甚至传出哭声。徐白梨先把乱势往下压，高着声音，“脱了奴籍的啥样，谁看见了？不说都先送去了西边，还有南越，还打什么仗，他荆州的哪知道？你又亲眼看见了？”

“这还用亲眼看见？”吴全全争辩说，“都传得是清清楚楚，官话俺都记下了，叫……‘迁民填四境，开荒增田土’，是陌承光，陌大人的主意！”

“陌大人？”郭乐成听见，往坡下迈了一步，“那不能，陌大人不是那坑人的，绝不至于拿着人命填边境去，这传得有鼻子有眼的，俺看是有意瞎说。”

都知道主帅跟那鼎鼎大名的陌大人相熟得很，下面的兵户听见，人声平了不少。

郭乐成回头又站在坡顶上，“都别慌！俺老郭今天放话，你们里头，从悬瓠城跟着俺回来的，还有，到了豫州朝廷配给俺的，都一样！都是俺的兄弟，俺绝不会弃了你们！”

人声更低了，可哭声更大了，所有人都看着他。

“俺绝不会让你们一把年纪了，去当牛做马，要是除了籍对你们不好，咱豫州的兵籍，就不除！”

徐白梨在旁边扯他，“老郭啊，这种把柄，你不能给……不能留啊！”

风将这句话传远，连哭声也轻了，整片草场安静了下去。徐白梨往前一步，扬起声：“兄弟们，还有各家属，都先听俺一句。”

坡下的人群往前聚紧。

“咱就先说北边回来的，在北的时候，咱代代被人欺压，上战场，咱在前头挡箭，围城的时候没粮了，咱就是那储备粮，都还记得吗？”

人群中的眼神告诉他，记得，怎么可能会忘。

“老郭他，凭着家传，凭着本事，人家本来就是大帅，人不跑回来，一样能高升。他为的什么回来？为的咱们！”

风中四处在点头，有着那些眼神的人们，像从一开始就生长在这片草场上。

“还有南边兄弟，咱现在都是兄弟了，大帅怎么对俺们，就怎么对你们，俺知道的少，可俺知道，这普天之下，不是个个大帅都能这样！”

“老徐，别说了！”有人喊，“都明白了。”

“咱得知足啊！”徐白梨看着坡下说，“咱不能没骨气，一辈子想着靠人。咱都自己兄弟，实话说，老郭本来就爱被猜疑，上回北伐，这就全忘了？荆州闹，咱就闹，咱跟荆州能比？荆州那是皇上的五叔！咱还能让老郭夹在中间，被人说个抗旨？”

“老徐，你这话说的——”

“俺说的实话！”徐白梨转回向着郭乐成，“老郭，你当俺们是兄弟，俺们当你更是，你就不信你的兄弟？你就撒手吧，俺们到哪都能行。”

南北出身的兵户都有在点头的，像风吹草低后露出的羊背，认同越来越多。但后头也有人喊：“说到哪，到底是到哪啊？要是给押到大南边去开荒，遍地毒虫毒蛇的，没法活了！”

好几个人跟着喊：“热也受不了啊！”“建康都热得受不了，再往南去可咋办？”

对南地气候的恐慌又惹起一阵骚动，郭乐成高起声音：“都别慌！俺给你们去问问上使……一定给你们安排个好结果！”

“要不，问问陌大人去？”

郭乐成低头，看出声的吴全全，“对啊！问他呀，他如今是朝里头一个说得上话的，”郭乐成带着酒气笑起，一拍肚子，“有他在还怕个啥！”

老兵们也都松了神，随他笑着。郭乐成赶紧招呼，“快快，叫那几个会写字儿的来，咱把意思都归拢归拢，老徐，你们愿意去青州是吧？”

徐白梨点头。坡下的老兵也都往上爬，围着郭乐成，郭乐成说：“写封信，咱再让吴全全带回去。一个个说，都记上，谁愿意去哪。”

值房夜深，渐有寒浸之意。陌承光披衣对灯涂涂画画，听见窗上有人轻扣。

他起身开窗，见是柳遥之来，施礼正要去给他开门，柳遥之隔窗打量了几下屋内桌上，说：“看这儿还有灯，陌大人这是睡不着吗？陪末将巡夜如何？”

陌承光笑了，点头披起外袍，掩门出去。

走动起来，反而不觉得夜色太凉。清凉殿四周的几重宫门已经落锁，柳遥之带卫队在外围巡视一圈，与陌承光两人闲聊点朝廷琐事，检点过各个值岗，他发觉陌承光常望向皇城的高墙。

“上去坐坐？能看见钟山，不过山上寺庙这会儿没灯了。”

“我好像，没上去过。”陌承光对他说。

“那走。”柳遥之利落地对属下吩咐了几句，带陌承光往最近的登城点去，“今夜这月色正好清透，”他回头，“有酒更好，可惜当值不能喝。”

“酒壶装水，有个意思也挺好。”陌承光回说。

柳遥之看他，一下笑了，摸出外袍中腰间的酒壶，拔开盖子一路把酒洒在车马道上，到了登城点的岗哨，他递过空壶去说：“装水。”

两人沿着宽而密的长阶往城头攀爬，柳遥之走在前面，一边看着脚下一边说：“还以为陌大人惦记着明天的朝会怎么和各州来人吵架，原来没把联名弹劾放在心上。”

“……是家父的病。”陌承光片刻说。

柳遥之停下，回身看他，“白天我看御医又去了一次，情况怎样？”

陌承光仍向上走，行至与他并排，“详情我其实不知，家父让……我专心政务，不许我回家看望。”

知道他家里的情况复杂，柳遥之没再多问，又往上走了几步，“父母在时，说多少不许，也该回去的。”

这像句规劝，又像只是感慨，陌承光脚下慢了一步，“将军的父母——”

“早不在了。”柳遥之笑看他，“我是堂叔家带过来养大的，在襄州的村里，小时候天天被人追着叫‘北崽子’。”他们已经登临城头，柳遥之望向宫灯未熄的内宫甬道和大片殿宇，“那个年月，哪想得到如今。”

如今是好是坏，在他的语气中半掺着。

陌承光不能接话，转过头，却望向皇城外的建康。

“坐那边吧。”柳遥之近了他些，抬起酒壶指向马面墙的一处墙垛。两人过去，每人翻上一个墙垛豁口垂腿坐下，酒壶搁在之间的墙砖上。

陌承光低头，高高的城墙下，墙脚已近隐没在夜色中。

这城，如果不从内部瓦解，要如何攻取呢？他禁不住想。邬考工的皇城城防图刹那在脑海中展开。

“大人刚才，在屋里画什么呢？”柳遥之踢着脚后的砖墙，“江北的地形图？”

陌承光看向他，点头。

“在忧虑荆州？”

陌承光转回望着月下的建康街衢，民居连绵的灰瓦被明亮月光镀上了一层霜气，只有偶尔几家门旁还挑着马灯，像寥落的星子。远处河道上有些夜归船，船舱点点幽火。

“这次的流言动荡，看来可能源自荆州。”陌承光慢慢说。

“从传播的路径和范围看，是。”柳遥之仍看着他，“可是说到‘迁民填四境，开荒增田土’这么具体，虽然意思有些歪曲，但很明显是论政时大人你的原话。动匿籍的时候，就有人拿强迁造流言，如今又扯上这个说事，矛头直指向你，都是一样的套路，不会是同一拨人？”

陌承光想了想，“将军的意思，中枢也有高官，在反对这新政？”

“我的意思，中枢也有人在反对你。”柳遥之笑，拿起酒壶，递到一半又说，“也不一定……就是反对，说不准是，怕对新政的怒火倾倒向自己，推你出去转移矛盾呢。”

陌承光听出他在暗示谁，也想起了，穆骏曾对眼前这位名将做过“没有一步踏错”的评价，为他的敏锐心服。

柳遥之把酒壶在陌承光身旁的砖上敲了敲，让他回神。陌承光接过酒壶，仰头一口水，放下壶说：“总有人得做这‘晁错’，在下当仁不让了。”

柳遥之拿回酒壶，笑着喝水。

“豫州老兵的事，是闹到你这儿了？”不久他问。

陌承光把看城墙的视线转回，点头，“从悬瓠城跟着郭将军投回来的，有一百二十多人，很多是和他自小结伙作战的兄弟，年过五十的将近一半。他们所在边远，风俗、文字上，和朝廷腹地交流起来有点障碍，对除籍的担忧很大，也确实是此前少虑到他们了。”

“陛下今天和我提了一句，”柳遥之说，“他们此前是边关兵的待遇，怕落户种地，大多想去青州牧马？”

“嗯。”

“陛下的意思，怕是不行。”

陌承光疑问看他。

“青州，离北虏太近了。”见陌承光听清意思，急在城垛上动了下，略失去平衡，柳遥之伸手帮他一撑，“经营青州的战略，陛下一直放在心上，所以会担心楔进北虏的地面，反成了北虏楔进来的钉子。”

“……担心郭将军的旧部，成了北虏的钉子？”陌承光撑着墙垛起来，“他们随郭将军，是冒着死从悬瓠城回来的。”他扭身往宫内看，“我去见……”

“别去了，”柳遥之拉住他，“陛下与我，和文尚书，单独谈论，就是免你争执的。”

“文——文尚书也在？”

柳遥之明白他顾忌什么，手上用力，让他重新坐稳，“兵籍的事，陛下近来都是直接同尚书令谈，毕竟行政在他尚书台嘛。这也是，让你解脱省力之意吧。”

陌承光清楚，是为了姐姐，怕自己两处为难。不语中，他听柳遥之说：“今天来寻大人，说的就是这个，陛下有意，让柳某招募禁军，我想——”

“招募？禁军？”两个词连起来，又是头回入耳。

“只是先有个想法，看可不可行。”柳遥之又把酒壶递他，“不是想往募兵制改么，陛下打算先拿我的，拿他的禁军试试。”

“把皇城卫戍，改成禁军？”

“对，陛下从武陵带出来的亲兵才多少，皇城卫戍部队，”柳遥之偏头，隔过墙垛往陌承光这里靠，“实话说，多是从前兵部用废了才挪过来的，不趁手。”

陌承光转头看向皇城墙外的建康，视野中两条波光粼粼的河道，像他刚才在值房中惦记的淮水和长江，“人，从哪里招募？将军是否考虑过，淮南？”

“淮南……”柳遥之也望去他看的方向。

陌承光伸手指那两河相夹处，“淮南，是建康与边境上北虏侵扰地区的缓冲带，历来北虏一旦入寇，有图建康之意，淮南受到的战祸最深。先帝时那一场，到今天元气未复。如果能招募淮南子弟，成为陛下的禁军，就能显示朝廷绝不会弃掉这片土地，对淮南的安定，还有边境上的抗争，各有益处。”

“从前太祖皇帝的北府强兵，就是出自那里。”柳遥之看着那两道莹莹闪动的月波之间说。

“而且，控稳了淮南——”

“就能防备荆州从陆路进兵，隔江直对建康。”

陌承光深点头。

“我会考虑。”思索片刻，柳遥之说，“不过说到招募，我正想把郭乐成的那些旧部，除籍之后招进禁军，让他们在建康周边，为禁军驯马养马。”

陌承光的手压回城砖上，短短静了下，明白柳将军在帮自己解决这个难题。他致谢之前，柳遥之又说：“入禁军，是最高的信任和抬举了，建康这边条件又好，禁军的供应又好，想必那边不会有什么怨言。”

“将军与陛下讲过了？”

“陛下不会拒绝吧，”柳遥之回头，眼望城下，“把不大放心的摆在身边，本来就是陛下的习惯嘛。”

陌承光的眼神凝住。柳遥之又笑，“这话跟别人说不得。从前种种，陛下有没有疑过我，大人比我更清楚。但我既然做禁军统领，对陛下自是唯命是从，别无二心。”

陌承光不明白为何他要在此时剖白，但说：“所谓二心，在下从未疑过将军。”

“我知道，我还承过你一个大情。”月亮已落至与城墙几近等高的位置，柳遥之看着那月亮说，“陛下好像觉得……大人那些政论，是王攸纪漏出去的，前两天骂了他个狗血淋头。不过和那回让他爬出西堂时一样，说的都是他在狱里对你用刑，对于你当时入狱，就是他参与陷害的事，陛下看来，一无所知。”

静了一会儿，陌承光说：“当时可能的知情人，佟红庭、唐墨，都死了，事情已经无法看清全貌。王攸纪一个人，我相信策划不出涉及北伐全局的阴谋，他也是被人一用。没有旁证，想让他认罪，只有用刑讯逼他的口供，我不希望陛下的朝廷司法有此先端。”

“没有旁证吗？”柳遥之转头向他，“是为了我吗？为了不让陛下，不让天下知道，柳某关于丢而复取函谷关，关于联合郭将军整个的西进策略，当时说了谎，还扣下了证据。为了不让天下知道，柳某在北伐中就只是个投机者，不让陛下知道，我当时卖了人情给他的政敌。为了全我的声名，免我的猜忌？”

他所说的，是北伐时扣下的，陷害自己与郭乐成的信件。陌承光又静了一刻，看着柳遥之说：“后事谁也难料，当时自有原因，将军那样判断，使郭将军与我得以无碍，那封信就当烧了吧。”

隔过放着酒壶的墙垛，对面人也看着他，仿佛能读他的心，“我知道你心无旁骛，是为了什么，听到陛下决心除兵籍的时候，就全懂了。但你的善意，是弱点，你知道吗？”

陌承光点头，“不碍大事，我不打算改。”

柳遥之的嘴角绷起，没有掩饰近似怜惜的钦佩，“所以我今天也是来寻你相助。”

夜已到了向昼退却的时点，陌承光拿起酒壶递给他，等他往下说。

“大人肯做‘晁错’，但我的出身、位置，都不容许我无所顾虑。眼下京城里也有一桩流言，正推我在一难处。”

陌承光略加思索，“是关于……广陵王殿下的募捐？”

“丹阳尹果然听说了？”壶口碰嘴冰凉，柳遥之喝过水便拿着壶，没往回放，“春上太后的五十寿辰眼看到了，捐献的款额还没公布，工程已经停了，菩萨像只等开光披露。近日城中有传，菩萨像只是重贴了金身，加上观音阁的彩绘，阁楼也未重修，捐款其实剩余了大半，是朝廷想要吞没。”

“衙司报给我了，但我调慈航寺的账目查看过，捐献的入账和支出清明规整，剩余虽多，并无吞没之处。这是有些大户对朝廷新政不满，捐出的钱又拿不回去，泄些私愤罢了。到截期时，只要广陵王殿下出面澄清，将来慈航寺对款项的花用都行公示，想必流言不攻自破。”

“但陛下，似乎因这流言起意，昨夜对面下旨，让我设法就用这笔余款，作为第一年的饷费，招募部分禁军。”

陌承光睁大了眼睛。

“而且，既然是广陵王发起的募捐，要由广陵王出面宣布。”

“要柳将军，去与广陵王殿下促成？”

“并且要做出朝廷本不知情，是我两人商量，广陵王主动效忠的模样。”柳遥之点头，放落酒壶。

陌承光思索中取来喝了一口，凉水似在胸口凝固成一团。

这是一箭双雕的构设，禁军拿到了钱财救急，而由广陵王来担负欺侮佛门、诓骗信众的恶名。

甚至是一箭三雕，视广陵王的反应态度，以试广陵王的忠诚。

北伐中功盖天下的战将静静注视而来，陌承光知道这眼前人同样明彻事态，但他能阻止吗？

不可能。凭与广陵王曾经的旧恩就不可能。

就像现在的广陵王，不可能。

“朝廷的财政你我都清楚，除兵籍也刚开始，国库缓解要个过程，禁军眼下确实需要这笔钱。”柳遥之很快又说，“我的担心，一者是我北地生人，脑袋里佛法空空，着实不知道能与广陵王商量些什么，让捐献的信者从心情上接受，且不至于冒渎了慈航寺的菩萨和大师们。二者，由我同广陵王去说，无论说动说不动他，我都怕……陛下多想。”

就着薄薄亮起的天光，陌承光看柳遥之的眼睛。涉及他忧虑与皇帝之间的嫌隙，陌承光决定说出来，“其实，陛下会对广陵王多想，不是没有起因。将军知道，陛下起兵途中，曾经重病到不能起床的情况吗？”

缓缓地，柳遥之点了下头，“我并不知，但从当时的军报往来，感觉得出来。”

“后来，将军强渡秦淮河那夜，我带蛮兵突袭石头城，广陵王殿下在佟红庭离城后抢先占领，从城上向我招呼，问我，‘三哥怎样了？’”

柳遥之眼神一闪。

陌承光点点头，“看不到我方军报，他是如何得知？而且，陛下最严重的那几天，曾经遭人潜入军帐刺探病情，险些遇刺。”

柳遥之惊讶看他，想说点什么，找不到开口的方式。

“放在谁的身上，都难免不去联想。但是，”陌承光看着黎明时分有灯火重新点起的建康城，“枚伦亏空仓廪那件事里，江州酒席上，我恐吓枚伦说他的兵马都在半山之下，而广陵王的仪仗卫队就在席间，多少是虚张声势。就算当场擒住枚伦，他的属兵如果攻打过来解救，他拼个鱼死网破，我们也一样会被围死在那山崖上。而在枚伦的万千江州兵锋环绕下，那危急局面，广陵王挺身捍卫朝廷威严，也是拿命在搏的。”

陌承光回头看柳遥之，“到此我已不再疑他，也几次笃定告诉陛下，不必再疑他。只是，毕竟是陛下亲身遭遇了生死危局，完全解开疑虑，需要时间。”

“我明白。”柳遥之说，“所以这次，能按陛下的要求办好，对广陵王，和朝廷，都是好事吧。”

有个叹息升起，又被陌承光咽回去，“我会细想，怎么做一番道理，对信众和寺里解释过去。”

柳遥之抱拳为谢，又说：“见广陵王说明此事，可否也请大人与我同去？”

做证人。做他们没有因此在言辞之间怨怼朝廷，做他没有安慰广陵王、追悔往事、约结来日的证人。

陌承光沉默着点头。

天气渐暖，穆骏在清凉殿的小书房中半趴压着胳膊，翻看各地的呈报，内侍监过来请问皇帝今晚要不要向哪位宫妃处休息。

白延龄看皇帝只顾一行行看字，轻唤一声：“陛下？”

穆骏没抬头，“何充容。”

“月事不便。”内侍监回说。

“那徐昭仪。”

白延龄看了内侍监一眼。

“……徐昭仪，告病。”

穆骏抬起头看他，白延龄趁这时间说：“陛下，许久没去皇后娘娘那儿了。”

皇帝又看白延龄一眼，没什么多的表示，摆手让内侍监下去。白延龄看皇帝的脸色，也就没跟去安排。

“你倒心眼儿挺平，”穆骏自己翻动着呈报册子，似闲闲一句，“倒是不帮……”他停下来想了想现在能怎么称呼，“不帮她拦着。”

“陛下说的是陌家娘娘？”白延龄笑着回说，“皇后娘娘是中宫，陌家娘娘最知礼懂事的，就算她在宫里，她也不会拦着的。”

“是。”皇帝就应了这一个字，合上册子，坐了一刻。

“白……”

听见叫他，白延龄抬眼，见皇帝皱了下眉说：“你这个姓还是别往回改了，这么着好听，朕也叫惯了。”

“奴不改。”白延龄说，“陛下怎么叫，奴就怎么是。”

穆骏觉得他满乖巧，“刚才朕看见上报，你那陌大人挺有抓贼的本事，一通查办，两年前趁乱盗墓的揪出来三十几个，京北的县令上了个为民谢恩表。你父母坟墓被毁坏的仇，算是报了，你爹的罪呢，朕也就忘过去了，省得宫里多事，朕也不再往下面去说了，你就叫你的白延龄，安心做事吧。”

白延龄叩头谢恩，起来说：“奴安心，奴得了福分能伺候陛下，奴怎么不安心？可不敢说是奴的陌大人，是陛下和朝廷，还有，还有百姓的陌大人。”

皇帝笑，心情舒缓了些许，把手头的奏表和报告一一折好，往案边叠起，视线落在那里还没有启封的一件密报上，整个胸腔却一寒。

这是他今晚想去后宫的原因，因他觉得自己还没有积攒起心中的准备，去把它拆开。

伪帝的儿子，真的没死吗？

难以言喻的感受，像末梢的经络上生出刺，延伸密长着，从脚底和手心扎向腿和胳膊。说不清是疼，是怒，还是……恐惧。

穆骏抓过那件密报，紧捏了捏，揣进最深的怀中衣袋里。

“皇后睡了吗？”

“奴不知，不过陛下这里和中宫的甬道不落锁的，几时都能去呀。”

皇帝站起身，执灯的近侍过来引路，走甬道再经夹墙，一行人进中宫院时，四下已全黑了。

皇后没有点灯起身相迎，穆骏心底些许不快，想着扭头回去算了，这时莲姑裹着件生色丝夹衣小跑出来，一路到他身前行了礼，接过近侍手中的提灯。

“陛下恕罪，皇后娘娘晚上吃得不好，胃痛发热，刚歇稳了。才知道陛下过来，奴婢斗胆想着，没叫她起来迎驾，”她怯怯抬头看着穆骏，“喝了冷风更难好。”

神情是这样，语气却像是做主了的样子。又有几个宫女赶着出来立在她身后行礼，宫灯光中都是半夜没睡的疲倦脸色。穆骏看了看她们，注意到莲姑的外衣穿得急，领子斜着，微散的鬓发顺脸颊划下来，弯在那一片颈子上。

“是朕过来急了，让她歇吧。”穆骏看了看莲姑，想着要走，却听见她说：“天像要落雨似的，陛下别凉着回去了。东边暖室是收拾好的，陛下在这边歇吧。”

穆骏抿了下嘴，莲姑已经打着灯往那边去了，行了几步回头看他。

穆骏缓缓跟上。

白延龄站了一瞬，和周围的近侍们打了个眼色随过去，但没进内屋，试了试屋里凉热正好，便在门边站下了。

暖室里，莲姑给皇帝除下外袍，备热水来擦脸浸手。她那领子一直没正，低头时能看见一小片胸脯，凝腻饱满的，和皇后与……感觉都不太一样。

穆骏由她伺候着，脱了靴子躺下闭眼。莲姑把锦被给他盖上，手伸进被里要宽中衣，被穆骏捉住手腕，轻轻地拿开。

莲姑便去熄了灯，知道皇帝嫌气闷不爱下床帐，把熏香的小炉稍往床边摆了些。然后自己在陪榻上坐下，倚着引枕守夜。

穆骏知道她没走，心里翻腾着一点兴致，但是累，也就罢了。意外地，有她守着，困意来得比平时快，穆骏已经很久没有这样容易地入睡了。

他的身边，出现了另一个身子。穆骏有些不屑，不打算动。可他觉得那身子好凉，冷得像冰似的，他挪胳膊去试，自己的胳膊也硬得像冻住。他怎么浑身都没法动，周围黑漆漆的，好窄，他踢腾，又碰到了那个身子。直不起腰，有什么压着他，像盖子，他只能侧过脸，去看那身子的脸。

那是他的大哥，在棺木中的脸，死青色。

听见皇帝的惨呼，莲姑从假寐中惊起。榻上又没了动静，方才那一声不高，她不知道是不是自己梦到的，不敢就这么过去问。犹豫了一瞬，莲姑摸过一个夜灯点起，秉着火慢慢走到皇帝床边。

是他在做梦，噩梦。他的肩膀在抖，眉心挤起的纹路像刀砍的。莲姑知道不能叫醒魇住的人，就这么呆看着。皇帝，该是个她很熟悉的符号，可眼前这个人作为皇帝，异样地年轻，又在此刻显得异样地苍老。

她还是忍不住放下灯，去推他的肩膀，穆骏整个人弹了一下，睁眼看到她，眼神发空。莲姑轻唤："陛下，是梦……陛下。"

穆骏伸手抓上他自己的肩膀，翻身背向她。

他鬓上的冷汗在夜灯中发亮，莲姑不再考虑他会怎么反应，掏出绢帕为他沾拭。许久，穆骏低问："我说什么梦话了吗？"

"就听见吓怕的那么一声叫，没说话。"

穆骏蜷着的身体放松了点，但肩膀还勾着。从那姿势中，莲姑感觉他的头在疼。

她伸手按上他没有压在枕上的那侧太阳穴，然后边揉着，转去额角，到眉际，将他的眉心揉开。穆骏翻正了过来，莲姑双手沿着他的眉毛，一边舒展，一边按揉。

"你家主人让你来的？"皇帝闭着眼睛问。

"皇后娘娘不敢让陛下空着。"莲姑说。

"王素，还是王攸纪？"

莲姑手上停了。

前几天找毛病治了一回王攸纪，又叫王素在权力空白期遥领江州事务，抬了他这掌门户一下，穆骏原想着，从皇后娘家挪借出些现钱，把禁军先装备起来，不料却被王素以族中配合新政甚多、家用紧张为由推拒。这是送上个美人，就想把关系找补回来么。

"王素吧？知道朕愿意看你几眼，又觉得皇后不听他话了。"穆骏睁开眼看着她，“王攸纪虽狂，却傲，不是这种靠女人的脾性。”

莲姑不说话，身子低了些，又开始帮他揉着眉头。

“一样是姓王嘛，皇后的陪侍，生了孩子，皇后抱去养育天经地义。”穆骏笑起说，“时日深了，就能充作朕的嫡子了。”

“陛下不肯要我，我便走了。皇后娘娘是不知道这些事的。”

“朕有多少妃子了，你又是先帝的宫人，”穆骏伸手点着她的下巴让她低头，四目相对，“哪怕是天姿国色，朕何必多你一个？你既然敢来，有道理说给朕吗？”

“……荆州。”莲姑说。

穆骏收回手，直看着她。

“……想与荆州相安，陛下是……让人觉得还惦记着她好呢，还是让人觉得已经迷上了别的女人，把她抛在脑后了好呢？”

“谁教你说的？”穆骏冷眼笑。

莲姑也笑了，“王素，哪怕是王攸纪，能想出这些吗？这是我一个女人的心思。陛下循规蹈矩，清清静静的，又与皇后娘娘情薄，娶后纳妃一年了，也没听说哪个后妃有孕，外头会怎么想呢？我也姓王，陛下宠幸了我，可见不是因为那姓陌的娘娘嫌怨了王家，只是差在人上。我还是先帝的宫人，又放出宫过，陛下都全不在乎，可见是真情了。”

“先帝的宫人，不是只你一个，不必伤皇后的心。”片刻穆骏说，翻身回去。

“奴婢是想，让皇后娘娘……喘口气吧。”莲姑在他身后说，“有了我，她身上束着的，就能松开点。要是我得了陛下的福气，有了孩子，就是皇后娘娘的孩子……陛下的孩子。”

穆骏很久没有声音，暖室窗外的花棚上响起了雨点的洒落声。

莲姑吹熄了夜灯，低头打算起身了，听见穆骏问：“你叫莲什么？”

“雪莲。”

“雪莲啊。”记得好像在天山上采过一朵雪莲，后来送给了谁呢？不用记得了。

“都说，不衬我长相，没人这么叫我了。”

“雪莲挺好。”穆骏往榻的里侧挪了挪，“上来。”

截期已至，慈航禅寺观音堂的修缮宣布完工。

为菩萨开光，为太后娘娘庆寿，典礼当天，建康城无一个礼佛之家不是阖家出游，前往观瞻朝拜，由城内至钟山，各街各门车马联翩。

慈航寺早在钟山脚下布好了礼台，另有为富室女眷准备的扎帐区域，在稍远处坡地。连日的暖晴天气催得林野嫩绿，今日薄阴，银灰色天幕的衬托下，茂盛的林树如丝缎铺展，簇拥着半山的大殿与观音阁，使那阁上青瓦也仿佛笼上了一层翠色。

出于民众的秩序安全起见，今日平民不得登山。无数人簇拥着礼台，由台上的比丘尼引导着，一同持香抬头，向观音菩萨处诵经，与寺中的开光仪式配合进行。

陌承光一样遥望着观音阁，心中默默祝祷，念到一半，却又放下。刀兵血孽之人，到了父亲病中想起菩萨，岂不可憎。

仪式具足，钟山上下，响彻梵钟佛号，信众人人喜悦满眼，虔诚留恋，都不愿散去。算好时间，陌承光整理衣襟，登上高台，建康城民见父母官来，拥挤的场面一静。

对台上的比丘尼致礼后，陌承光向前扬起声："列位乡亲父老，安好。本官这里还有一事，当此告与列位知晓。广陵王殿下委托丹阳尹府，审计本次募捐，昨日计得账目结果。为观世音菩萨重泥金身，加上更换、添置菩萨像前诸色宝相供物，以及为观音阁重施彩绘、贴金花后，仍结余募款——"

他留下一个较长的停顿，环视台下期待着一个大金额来添喜的人群："二百六十三万二千余钱，米粮，二百二十一万石，金银首饰，两千五百五十三件，其中三百件镶宝头面，是太后娘娘从宫中捐出。"

百姓中涌起赞叹声。

"为了方便核算，均以米价折合，钱、粮、物共计，超过精米一千万石。"

惊呼声自四面如春潮起，台下气氛热烈昂扬。

"账款两清，现移交慈航禅寺，以供诸佛菩萨香火，及供养僧宝之功德。"

陌承光回身，示意文吏，请下山而来的慈航寺住持本愿师太上台，奉上誊清的账册。本愿师太接过册子交于弟子，向陌承光合十稽首道："敝寺敬谢建康全城同心向佛，礼赞广陵王殿下与丹阳尹大人布施善举。"

陌承光含笑回说："本是广陵王殿下和建康百姓的善举，在下只是有幸略沾福德。不过，既然到此，今日借这机缘，在下心中存有两个疑问，想请大师开释解惑。"

这并非既定的程序，本愿师太心中意外，但很快手揽袈裟伸向他，"大人请讲，共证真义。"

都想听大德说法，台下渐渐又静了，陌承光略停片刻，声音利如金石——

"一问请教大师，佛家行善，最善者何？"

"救人一命，胜造七级浮屠。"本愿师太应声而答。

"二问请教大师，佛家布施，至高者何？"

本愿师太微微敛目，"解人急难，脱人困厄，使人身心安稳，远离恐怖惊惧。乃，无畏布施。"

陌承光向她稽首，"弟子此问，非为自身，是为世间命悬一线、陷于急难困厄之人。今有淮南八县，春季苦旱伤稼，稻苗无法抽起，至秋，预计颗粒无收。当地在先帝朝时，曾遭北虏铁蹄蹂躏，官仓空虚，无以赈济，弟子偶然对广陵王殿下提及灾景，殿下因他的封地毗邻淮南，心中惨伤，特有一番提议，不知……可否让殿下亲自做一说明？"

本愿师太忙道："恭请，恭请殿下。"

陌承光看向台侧，那里是山上开光仪式结束后，随师太一同步行下来的广陵王穆鸢。穆鸢着通身淡黄绫的袍子，快步行上台来，天潢贵胄，年少俊逸，在软金丝般的袍服衬托下，整个人明神如玉。

然而他唇色很淡，似乎气血欠佳，又有种惹人怜爱之感。

虽然募捐是由他发起，但台下的建康城民，多数没有亲眼见过这位传说中北伐的英雄统帅，加宗室第一的美男子，一时间，人群的秩序更静了，却有隐隐的兴奋不断高涨。

何况陌承光在稍后方与他并立，朱红的官服在这样天光中，格外鲜妍醒目，身形清劲，使场面越发好看。多少建康女儿倚在家人身边，痴痴望着台上。

穆鸢对台下略一点头，转对本愿师太行了一礼。师太上前还礼，穆鸢笑起对她说："这是小王近日才起的意，提前没知会大师，大师先听听看，不行也可。"

“殿下见教，贫尼洗耳恭听。”

穆鸾回望向台下肃静的人群，对视了无数双好奇或倾慕的眼睛。

“正像丹阳尹大人说的，淮南今年春旱严重，秋季收成估计全损，连明年春播的种子都凑不出来。小王的广陵，在大江之北，恰介于建康与淮南之间，其实也受了旱情波及，再往北去，更加困难，怕今年之内，就将发生严重的饥荒。”

他言语柔和，微蹙的眉头带着年轻人特有的可亲，台下的民众随他所说渐渐露出愁色。

本愿师太低呼佛号，“阿弥陀佛。”

“所以大师，”穆鸾转回向她，“想与贵寺打个商量。”他看了眼陌承光，“本来和丹阳尹说时，他说恐怕不妥，可小王觉得，既然行善，最善是救人的性命，小王愿出面担保，向师太借取此次募捐剩余的粮款，输向淮南，以救灾急。不知师太意下如何？”

本愿师太眉头舒展开，合十道：“方才听陌大人述说灾情，贫尼心中已生此意，只是……”她略作犹豫，看向台下，“善众捐赠，是为佛事，何况其中还有为太后娘娘祈福之意，如若挪用，不知……”

台下马上有人响应，“同意”“可以”，声音四起，但也很多人不作声。穆鸾笑说：“太后娘娘处，自有小王向宫中解释。娘娘慈心善念，想必乐见于此，这救人命胜造七级浮屠的福德，正可积给娘娘。”

本愿师太看着他，神情欣慰。穆鸾又说：“而且……并不是挪用，是小王暂借，此后凭我广陵的国俸，”他指了下师太身后弟子捧着的账册，“按这账上所记，用了多少归还多少。”

前几日商讨时，原说是等国库的紧张缓解之后，建议皇帝拨款还给寺里。听穆鸾起意要用自己的国俸还账，陌承光第一时间觉出，这或许会被看作趁机收买民意，拦他说：“殿下，既然行善，发诸心，无须论借论还。”

穆鸾看他，旁边本愿师太说：“此言甚是。赈济灾民，乃实行善举，就算菩萨本尊在此，也必然喜见善款救人饥馑苦厄，不惜香火金身。贫尼方才多语了，在此愿代信众为菩萨发心，将捐赠粮款剩余多少，悉数用于淮南赈灾，使胜造七级浮屠之福德，传灯天下。”

师太说着取过弟子手中的账册，深施一礼敬向穆鸾。

穆鸾大喜，还没来得及说话，台下呼佛号的声浪排山而来，一片片信众跪下随大师而拜。穆鸾接过册子望去，久违的热意自胸中升起。

但陌承光的脸色仍静着，对诚心向佛的僧众不可打诳语，还有后一半的目的需要解说。

待跪拜颂佛的人群渐渐起身，他向台前行了些，“本愿大师深明大义，在下代灾民不胜感激。”

本愿师太笑说：“亦是敝寺与众施主的圆满。”

“只是，在下心中仍有顾虑。以往教训，北虏铁蹄突入边境后，往往两三日就可切豫州东侧进入淮南，在下担心，这大笔的粮款运去，会否存留不住，反而资敌？”

穆鸾从难得的欣快中回了下神，接话说：“你是说，赈济的钱粮，再被北虏抢去？”

陌承光配合点头，“其实淮南沃土千里，适于耕种，但常年饥馑，一方面迫于天灾，一方面也是由于北虏大大小小的入境劫掠，民户家中的存粮难以保护，生产难以延续。只靠输送赈济，下官觉得并非长久之计。”

穆鸾顺话跟本愿师太说：“这样说来，小王从前就有个主意，请大师再听听看？”

本愿师太施礼，请他细讲。

“小王一直希望，能效法太祖皇帝故事，从淮南子弟中拣选成军。起了这支队伍，一来，可以保卫淮南本土，二来可以屏障建康。只要淮南安定，无惧北虏的威胁了，百姓就可以复业耕种，大型的水利也可以修建起来，对天灾的防御力就能增强，淮南的沃土，就会变成粮仓呀。”

见本愿师太深思，穆鸾放慢了语速，“所以，这回的钱粮输送给淮南，赈济孤残老弱之外，对于余下还健全的民户，小王觉得，是否可以将其中的精壮男子招募为兵？让当地健勇能有一业为继，是出力者得食，好过坐而白食，而且，鼓舞他们守土继业，自力更生，这一千万石精米，才用得扎实。”

“正是。”陌承光跟上说，“复兴当地，才是长久之计。”

本愿师太看他二人，疑虑问：“善款既然用于赈济，如何用法，是朝廷的政务，殿下与大人所说合情合理，不知为何要问到贫尼？”

“因为，这样使用善款，理应对大师，和全体捐献的信众说明。”穆鸾态度尊敬地向师太解释，“人言兵者凶器，但小王看来，守家卫土之兵，并非凶器，实是大善的利器。”

“善哉，善哉。”本愿师太笑了，连连点头，“原来，陌大人方才的第二问，留在这里。确是如此，抗击北虏，保卫家国安定，是对淮南，乃至对天下之大无畏布施。敝寺得以经手如此善举，阿弥陀佛，幸甚至哉。”

随着大师道出“无畏布施”几个字,台下的民众渐渐听懂了他们所说，议论传散开，越来越多的笑容显露出来。此时恰巧云层绽破，竟有数道金光穿云而下，首先目睹这样奇景的坡上的富室家眷纷纷涌向帐口，合掌口诵经典。四处喃喃的诵经声不断汇聚，飘扬于林表，而洒落下会场的金光，正如飞降的花雨。

虽未布道，已近弘法。

穆鸢满意地笑看向陌承光，陌承光却没有回应。他望着那几道金光凝眉，又因为心中越来越紧的不祥之感低回头，注意到了欢庆的人群中，有个身影在费力地向这边挣来。

慌乱地跳下礼坛，他口中说着“得罪”分开人向那边挤过去，三哥在人群中一把攥住他的手，“承光，快，快回家，父亲……”

天上积雨云卷起的时候，屋里骤然暗了，父亲终于又动了动，慢慢睁开眼。

陌承光木然地坐着，在三个儿子中离父亲最近的地方。他觉得肩膀很沉，悲和痛，化为了实体，重压在上面，眼眶很热，但眼泪流不出来。即使与父亲对上了视线，他也呆了一瞬，才凑近过去。

他不知道有没有唤出“父亲”这两个字，却终于察觉，自己心中存着侥幸，以为只要家里不来叫自己，父亲就不会病得太重，会像从前多少次那样，在自己看不到的时候，好起来。可是落照在眼前的金光，像上天的话。太迟了，他心里的支柱，畏的爱的，不能更重要的，要被带走了。

“别哭……”陌淳的声音，低而哑。

“父亲，喝口水。”二哥陌延佑把父亲的头撑起来些，三哥听指挥去拿水碗，陌延佑接过，自己尝了下水温，递到父亲嘴边。

“不用哭，”陌淳没去喝水，仍说，“老夫七十有二……死便喜丧。”

陌承光遮面侧开身，蹭过眼睛抬起头。

“……你来……做甚？”陌淳在问他。

“父亲，”三哥的声音也哑着，在一边说，“这时候……还能不让承光回来吗？”

“不然外面更要奇怪了。”陌延佑放下水碗，低低一句。

“……你姐姐呢？”陌淳问。

“姐姐……在……”陌承光看着父亲，续不下去。

“闻音在路上呢，江夏王那里派人正送她往回赶呢。”二哥陌延佑说。

陌淳点了头，身子仿佛软去些，“她没怪我……好……赶不上了，你们让她，不用哭……别哭吧……”

三哥的低泣声哽住了，他起身到离床榻远一些的地方背过身，他的妻子何氏抱着快三岁的女儿站在那里，小姑娘很安静。

陌淳闭了下眼，房中的气氛陡然绷了起来。但不久，他眼睛渐渐睁开，又问：“……毕儿呢？”

“儿子把小弟好好地，送回他外婆家了。”陌承嗣从那边答来。

陌承光看向三哥，陌承嗣也看着他，眼里有话，但此时来不及说。

“……另……另一个呢？”

陌承光心中一抖，回头看着父亲。

“也好好地，安顿了。”身后三哥的声音说。

像谜语。陌承光看二哥，陌延佑紧抿着嘴唇，面无表情。不能问，父亲从来不许他问。

“……承光。”

父亲的声音扎了他一下，陌承光回头半跪起身，凑到父亲眼前。

“你不要管，记得，你永不要管……你有你的事……你要，做，完……”

父亲的脸在水光背后变得斑驳，陌承光用力地擦过眼睛，用力地点头。

“老夫，听说了……除兵籍，知道，你要做什么……结民为盾，砺军……为矛，好，是我的儿子。”

“父亲……我会做完。”

不能哭，眼泪没有用。好像是生平第一次，他们的心意毫无障碍地相通了。父亲的眼睛，那不是濒死之人的眼睛，那里面含着希冀，是他官仕两姓君主，浮沉四代，最初和最后的希冀。

“延佑，”陌淳叫自己的二儿子，愈发沉重地倚靠在他身上，“你问过我……还有什么心愿未了。”

三哥陌承嗣也快步走回来，三个儿子围在父亲身边。

“……你们的，太奶奶，和爷爷……奶奶的坟墓，都在越州吴平，我从前，为官的地方……老夫，答应过，你们的奶奶，要把他们……葬回故乡。”

陌延佑落下泪来，几不可闻的哭声漏出喉咙。

“……洛阳，没指望，至少迁坟到青州，可……老夫一世，没攒够这笔钱，靠儿女，封了县公……自己又倒了……”

“父亲，儿子明白了，一定替你了却这桩心愿。”二哥陌延佑说，“太奶奶和爷奶的坟墓，能动土时，我们一定迁回青州。儿子这就告假，去青州选址。”

“还有我的……我的坟……”陌淳动手指，凑向儿子们的手，陌承光双手攥住他，而三哥的手叠在陌承光手上，他们听着父亲说，“你们，把我的史稿，一起，给我葬在……青州，尽量……靠近洛阳……”

下雨了。不同于几天前的歇歇停停，是淫雨，连绵不绝。

陌承光是当今重臣，二哥陌延佑也领了兵部武职，陌家的丧事，成了这几日建康城中首要的大事。从早晨，府门打开，至深夜关闭，前来拜祭的大小官员络绎不绝，门前那条窄街早在雨中被踏成了泥滩。有路政官不需吩咐，不断拉来土方垫道，然而较大的车驾拐不进街巷，无数公卿还是要踏着泥水蹒跚行至门前。

满院泥泞的靴痕，让陌承光能想见外面的样子，想见那些车马如何拥塞在主街上，想见那些脏污的官袍和湿透的靴裤。但他不想管。灵堂是干净的，父亲的棺木静静停在中间，即使哭祭的声音从未停止过，他也觉得静。大香炉的烟气和纸灰从敞开的堂口飘出去，与那些雨线混成灰灰的一团，像雪。

他坐在哥哥们身边，披着白麻重孝，心好像随那烟气飘升了，集不起任何精力去应对眼前的一切。只在父亲的门生，或感念他从前政绩的治民远来拜祭时，他能放任自己陪哭出眼泪。

他一直想，姐姐在哭么，还是忍着。如果在一起，会不会好一点。

二哥叫他起身的时候，外面已经全黑了，陌承光撑了下地，腿麻又歪了回去。陌延佑在他面前蹲下，说：“最后一天了，了事了。明天我就启程去青州安排墓地，你和承嗣找个寺庙把棺木先寄存。”他着拍陌承光的肩膀催他起来，“打起精神来，去吃点东西。”

在那一刻，陌承光知道二哥接过了陌氏家族的责任，他心中感激。

慢慢地站起身，陌承光走到父亲的棺木旁，看着白绫搭下的油亮棺盖，然后摸上去。明天，更久以后，他就会和父亲越来越远，真正地离开。

身后响起湿嗒嗒的脚步声，陌承光和陌延佑同时转回头去。三哥陌承嗣进灵堂来，陌承光等他说什么，看到了他的神情，然后看到了他身后的人。

二哥在自己身边先跪了下去，陌承光怔了怔，也跪低行礼。

“起来吧，朕拜拜夫子。”穆骏说。

他穿着便装，头上是软金冠。在陌承光他们起身的时候，三哥陌承嗣从案边取过香，躬身递给了皇帝。

他们站在一旁，看皇帝谦恭下拜，对父亲行师徒之礼。

皇帝把香插进香炉的时候，二哥陌延佑说:“陛下微服亲来，臣代阖家感激不尽。”

“得来看看。”穆骏从灵前行开，指了下陌承光，“也来看看他。”

说不出的鼻间一酸，陌承光低眉致谢。

“家里还有什么人？”皇帝打量着灵堂，“朕过来了，都见见吧。”他对陌延佑说。

陌延佑看自己的三弟，陌承嗣点头，去叫娘子来。近侍抬过一张高背交椅，皇帝在堂侧坐下，陌承光的三嫂何氏怀抱女儿上前行礼，要跪的时候，穆骏伸手摇了一下。

何氏看看夫君，便站下了，屈膝说:“陛下万安。”

她不太局促，语态大方。陌承光之前就发现，当嫂嫂抱着她的孩子的时候，总是很安然。

“是个囡囡呀？”穆骏就着她的手，伸手点点孩子的鼻尖，“好乖，给你闹醒了也不哭啊。”

孩子新醒，还有点发困地呆呆看着这个陌生人。

“有名字了吗？”穆骏问何氏。

“就叫着囡囡呢。”何氏疼爱看着孩子答。

“请陛下，请陛下给取一个吧。”陌承嗣在旁边说。

“那哪行。”穆骏看他说，“在夫子这儿，给他孙女取名，不是班门弄斧？”

“你看，就说父亲让你自己做主，”陌承嗣跟娘子说，“你就做主了吧。”

何氏点点头，看着女儿淡淡笑了，带着丧中的悲伤。

“你家，不还有个小弟吗？”穆骏问向陌承光。

陌承光心头莫名一紧，正要开口，三哥陌承嗣接过说：“毕儿啊……他太小，父亲的丧事他不懂，家里又乱的这么多人，给他先送回外婆家了。”

“哦。”穆骏说，“那丧事完了，明天，夫子得挪棺了吧，儿子还能不在？朕把他送回来了。”

此言一出，陌家所有人都怔住了。何氏虽没明白，但那气氛骇得她抱着孩子往后退了退，到自己夫君身边半侧过身。陌承嗣伸出一边手臂，揽住她。

陌承光看三哥，三哥的脸上有种决然的平静。二哥陌延佑迎向堂口，把被近侍带进来的毕儿搂进怀里。

八岁的孩子吓坏了，脸一触到陌延佑的衣服就大哭起来，陌延佑拿衣袖给他擦泪，蹲下把他转过些，让他看父亲的棺木，“毕儿你看，父亲在那里面，别怕，你去给父亲磕个头。”

毕儿转过头看，这才看见是灵堂，孩子的脸上浮现出迷惑又懂得的表情。陌延佑拉着他过去，陪他跪下，轻轻拍着他，让他磕了头。

“所以，这确实是你家的孩子？”皇帝问。

无人答他。

“有名字吗？”穆骏对起了身的毕儿笑着问，“你叫陌什么？”

“——不是。”

所有面孔都转向陌承嗣，他又说：“不是。”

一瞬之下，陌承光害怕三哥想用毕儿为太子之子替死，他不觉往前迈，挡在三哥和穆骏之间，然而陌承嗣拨开他说：“他是越人的孩子。是家父藏下的……吴平县小荡山越人首领的孩子。”

陌承光惊异地看他，陌延佑也在棺前站起身。

陌承嗣越过弟弟，走到皇帝面前，“家父年轻的时候，多年做吴平县令，带着那里的汉民与越人和好，政令一视同仁，越人，至今惦念他。先帝的晚年，那时候为了征兵抽税，强迁越人出山……大批地，把他们给没进兵籍、奴籍，小荡山的首领就带着部族反抗，全族……都给杀了。只有他的老母亲，冒死抱着刚生的孙儿逃来建康，求着我父亲收容，但那不久之后老太太病逝，留下的孩子，就是毕儿。”

陌承嗣回头，对二哥和弟弟说：“你们都不知道……父亲只在病重之后，对我说过。”

陌承光头晕，可能是灵堂跪久了，但三哥的这些话，让他从十九岁的那日到今天，终于真正地平静了下来。二哥陌延佑在那边，把毕儿更紧地搂在怀里，靠在香案旁。

陌承嗣在交椅前跪下，抬头看着皇帝，“家父知道自己不久了，对草民说，当初答应尽力护这孩子，如今力已不能及，他的母系是阳山越族，让我送毕儿回去。父亲说，陛下如今对越族宽和，废奴客时候，还发过听其归山的旨意……说陛下仁慈，毕儿回去会无事，就能认祖归宗，陛下……是在阳山找到毕儿的吧？”

孩子的啜泣声响在身后，陌承光知道即使毕儿小小的年纪，也听懂了些。他紧紧盯着穆骏，想看清皇帝脸上的每一个表情变化。

那不是他的弟弟，但那就是他的弟弟。他死也不会放手。

他的视线里，皇帝缓缓出了口气，抬起眼睛看过来，“看来，夫子帮人藏孩子，是个习惯。”

余光中，三哥的身影微颤了一下，陌承光告诉自己不能动摇，坚硬地与穆骏对视。

“朕还找着别几个孩子。”穆骏向堂口处的近侍偏了下头，“都带上来吧。”

六个男孩，七八岁的身高，挨挨挤挤地被几个禁卫推进了灵堂。孩子们手上都拿着些吃食，有几个还在嚼，一眼望去，大大的眼睛，一片安静。

陌承光挪开了视线。他知道先太子之子在里面，他不能多看，不能让皇帝注意到自己目光的焦点。

“有认识的吗？”穆骏问他。

陌承光摇头。

“这些，是朕在普济育婴堂找到的，说是纸店的伙计送去养的，花用都是照月给的现钱。要是深查下去，那间所谓纸店，陌家三公子会是东家之一，”他低头问陌承嗣，“对吗？”

陌承嗣看向那些孩子，“……一个个都是孤儿，生意有余钱，做点善事。”

三哥不算镇静，但也不很紧张。陌承光的心慢慢沉定下去，好像这灵堂中有种特殊的力量，父亲的棺木，像砥柱。

穆骏的视线转回向他，“跟朕说个实话，陌承光。把孩子藏在孩子堆里，是个办法，可你知道，朕不需要分辨的。”

六个孩子的命，对上一个孩子的命，他的意思。陌承光咽了下喉头。

他做着疑问的样子，“分辨什么？”

穆骏笑，“那朕先问你，先帝被弑之前，曾召夫子与你到过病床前一次，说了什么？”

出入宫的记录是没办法不认的，陌承光回说：“当时臣刚刚出御史狱，即将转为陛下你府中的主簿，先帝说你，勇武，勉励我为陛下效忠。”

“那，”穆骏垂了下眼，“对夫子说了什么？”

“说……太子，虽不成器，愿家父好好扶持……因为家父，养出了好儿子。”

“陛下，”陌承嗣此时站起身，走到那些孩子们的旁边，“不知道陛下在找什么人，这些孩子，都是我从街上捡的流民啊。”

“不用装傻。”皇帝仍看着陌承光，淡淡说，“这堂上没人傻。朕在找伪帝的余孽，先帝在床前托付给夫子的——那个孩子。”

“伪帝的，余孽？”陌承光有些像在笑，“伪帝的余孽在哪里，陛下你不知道吗？”

穆骏神色一变，陌承光逼近他数步，“伪帝的余孽，陛下送他去见他父亲了。那血，陛下让臣沾了。如今陛下看谁都像伪帝的余孽，天下的孩子，陛下是要杀尽吗？”

那一晚上，眼前人不惜御前夺刀与禁卫对抗，也想护住孩子的身影，浮现在穆骏眼前，叠着他往自己走来的步伐。那不像装假。

那不会是装假。可是，穆骏想，为任何一个孩子，他都会那么做。

“不要逼朕。”穆骏看着近在眼前的人说，“你能无所顾忌，是因为朕对你的信任，可朕不能像你。朕现在许诺给你，只要把孩子指认出来，朕对你，对你全家，”他向灵堂中抬手一扫，“一如故往！”

“陛下是不是要臣做‘晁错’？”陌承光双手扶住穆骏座椅的枕臂，倾身直视他，“陛下是不是想替你的敌人‘清君侧’？！”

穆骏愣住了，在极近的地方看着他的眼睛。

“伪帝的余孽，已经死了，在天下人眼中，本就不存在那个孩子，可往后吹起任何一点空穴来风，都能让陛下坐立不安吗？”陌承光迫使自己将心中的恐慌化为愤怒，“陛下这样如临大敌，传散出去，世人又会怎么想？！”

穆骏垂下眼，往后靠想远离他，但被椅背挡住。

“除兵籍，正如火如荼，这当口上……是谁能知道伪帝留下过孩子，还把这消息平白牵到臣的身上？”陌承光直起身，点着自己的心口，“臣在先帝朝时，因为查库铜，被诬陷里通外敌，差点死在御史狱里，如今……陛下登极，是要被人利用……因为这新政再亲手陷臣一回吗？”

无法反驳，穆骏知道陌承光是对的，这消息的时机，和可能的来源，静下来一想都明显指向宗室贵戚对新政的反对。歉疚的感觉从穆骏心底升起，还有被愚弄的恼怒。

他抬头看向灵堂内，陌家人都静看着他。陌承嗣还守着六个孩子，孩子们看起来很害怕，但紧紧挤着，都没有哭闹。陌延佑胸前搂着毕儿，站在他弟妹的身旁，何氏背对着这里，低声哄着她怀抱中的孩子，小女孩有一下没一下地在哭着。

满室的孩子。穆骏张了张嘴，没说出什么。在更远处的方向，是陌家父亲的棺木，那漆黑的颜色像震耳的沉默。

皇帝看着那棺木想，可是时机刻意，消息，就一定是假的吗？

站起身，穆骏没有再看陌承光的眼睛，绕过他向那六个孩子走去。陌承光紧跟他，穆骏回头说：“承光，我信你，你知道我的。可我也想能踏踏实实地睡着一回，可能有些夫子知道的东西，你不知道，这是最后一次了，你让我解了这个心结，对咱俩都好。”

陌承光拉住他，禁卫霎时围近，穆骏没有甩开陌承光的手，对棺木那边的方向唤：“陌家嫂嫂？”

一瞬后，何氏回头，慢慢转过身来。

“最后一次机会了。”穆骏对她说，“你知道吗，是哪个？朕也不想更多杀人。”

何氏抱紧了女儿，摇头。

穆骏转过脸，对禁卫点了一下头。

陌承光像被魇住了，头脑中想猛拽皇帝的胳膊，借势把他的脖颈卡进肘弯，可夺刀那一晚的回忆压倒了他，一次又一次，如果这真能是个终结呢？

但身体的反应更快，听到拔刀声，他起手按住了身侧禁卫的手腕，顺那拔刀的力量将刀尖挑起。刀的方向还在对抗，他听见身后响起三哥的哭喊："——陛下！求你放过这个吧！就放过这一个吧……陛下！"

他像噩梦中那样回头，看见三哥怀中的孩子，就是……

他看见三哥双膝跪倒，却不是向着皇帝的方向，是对着自己的三嫂，砰砰叩了两个头。

"桂枝……事到如今，我就实说了，这是，这是我在外头跟人生的孩子……"

何氏整个人呆住了，堂中所有人也全都定住。陌承嗣紧紧抱着那孩子，用身子护住他，抬头跟娘子哭说："你的肚子不争气，这么多年了，我能怎么办……二哥不娶，承光还小，我叫这承嗣的名字……我能怎么办，你也就刚生了个闺女出来……"

他仰起头，膝行对皇帝说："陛下，我是糊涂啊……孩子他那个娘，死了，我不敢带他回家里，就寄在育婴堂，也是我要面子……怕那边的人奇怪，捡了别几个孩子，一起送去，我是真没想过会惹这么大事……"他搂着孩子扶住穆骏的靴子，"陛下……求求你，放过这孩子，哪怕杀了我，我得为陌家留这个后啊陛下……"

穆骏看陌承光，陌承光也落下泪，松开禁卫，双膝跪在穆骏脚前。

"你说，这是你的孩子，有什么凭据？"皇帝低头，问陌承嗣。

陌承嗣泪眼看他，目光茫然，好一刻，突然像想起了什么，身子向后一坐，开始脱自己右脚的鞋袜。皇帝皱眉往后退开两步，陌承嗣浑然不觉，手忙脚乱地扒光了脚板，将脚底高高伸起指给皇帝看。

"胎记，这个记，陛下，我儿有一样的！我儿子，有一样的！！"

他指着的脚心处有块红斑。

陌承嗣狠命连连说着，又去扯身边孩子右脚的袜子。穆骏给了个眼色，一个禁卫上去推开他，抓住孩子的脚腕褪了鞋袜，孩子抗拒着但挣不开，哇的一声哭了。

近侍扯起孩子的腿，与陌承嗣大小两只光脚平摆在一起。陌承嗣兜头把孩子揽回去，孩子的哭声噎在他怀里。

那白白的小脚心上，也有一个红斑，形状不完全一样，但位置相当，同样是陈血的颜色。

何氏委屈绝望的哭声渐渐高起，她把女儿竖起抱到肩上，掩面快步走出灵堂。

似曾相识的惶乱惊痛了陌承光，他不知道自己已经起身追向嫂嫂，直到二哥在堂口按住了他的肩膀。陌延佑对他示意皇帝的方向，自己往那边简单行了个礼，跑起随何氏而去。

皇帝看着他们的背影，又回过头，看着地上的大人和孩子。

哭声很吵，所有的孩子都在哭，尤其离开了陌延佑怀抱的毕儿哭得特别大声。

“既然，是自己的孩子，还是在家里养吧。”停了一刻，穆骏说。

他回头看向棺木，又说：“余下这几个，你家也想养着，花用不够的地方，让承光跟朕说。”

陌承嗣挂着满脸的泪，看向他，一瞬后俯身，几乎五体投地。皇帝又停了一会儿，拔脚往外走，禁卫们在他身边排成列鱼贯而出。经过陌承光身边时穆骏没有转头，陌承光用了极大的力气，让自己抬起腿，送他往大门去。

快到门前时，穆骏在院子中站下，陌承光便在他身后停下。皇帝回身说：“对不住了。”

陌承光垂着眼睛，摇头。

“我是急慌神了，没——”

“今天的事，臣全家绝不会向外透露。这些孩子，都小，都先养在臣家，等他们慢慢忘了，臣也会编故事告诉他们，盖过去。外面但凡传出半个字，陛下拿臣是问。”

“行。你……”见陌承光肩头湿了，穆骏才注意到雨又开始下了，他想把自己的斗篷解下来给他披上，又觉得尴尬，“……你周全。”

他还想说点什么，雨大了。

直到皇帝的马队踏过泥水的声音再听不见了，大门、内门都亲手紧紧关上，陌承光蹲了下去。不知道是因为竭力控制着发抖，还是因为太久没吃过东西，他喉咙底下有强烈的恶心。他不希望呕吐的狼狈再次降临自己，挣着起来，想找一个安妥的地方，可母亲的井边，父亲的灵前，两处将他困住在中间。

三哥走了过来。隔着雨，映着丧中的白色廊灯，他的眼睛肿着，像只胡乱地擦过脸。陌承光起手向他深拜下去，陌承嗣紧赶两步，扶住了弟弟的胳膊。

“你……去吃点儿东西吧。”陌承嗣说。

陌承光答应了一声，但是没动，过了一会儿说：“毕儿是故人所托，父亲他，从来没有……”

“对，父亲他从来没有负过你母亲。”

“我想写信，告诉姐姐。”

“这个，能说吧。”陌承嗣说，“咱自家的事。”

陌承光点点头，问：“那个……记，是？”

三哥拉着他，往房内去，回到了屋里，才轻声说：“我这个，你嫂子知道。孩子那个，是我烫的。他特别懂事，那么小的时候，就哭了两声。”三哥的声音还有些颤，“本来想着，送走了毕儿，等清净了，给他接进来，三两年，替了毕儿的身份，做咱陌家的小儿子。还好多留了一手。”

“……你会告诉嫂子吗？”

陌承嗣看着他，酸楚地笑了，摇了摇头。

“那对嫂子——”

“那对谁都好。”陌承嗣拍了拍弟弟的胳膊，“去吧，去吃点儿。承光，你该歇歇了。”

“舅舅。”

听见这一声唤，枚伦扯下口鼻的罩布，对江夏王世子做了个“噤声”的眼色，带他愈向粪水行的深处行去。

周围一辆辆装着肮脏木桶的板车臭气熏天，地上也淋淋点点说不清的臭泥烂土，走到院子角落，江夏王世子穆重泽几乎要呕出来。可他看枚伦面色如常，全是满不在乎的神情，想着自己如今身份位置，得学学这种气度，硬把恶心压了下去。

几个倒扣的小桶堆在那边，枚伦拣出一个坐下，让他也坐。穆重泽犹豫了下，想起正穿着仆役的烂袄，便坐了。

“陌家的事，知道详细吗？”枚伦问。

穆重泽摇头，低着声音说：“外甥我也就是代父王和新王妃回来拜祭的身份，算是亲眷吧，可陌家极谨慎，内宅连我也不让进去。侍卫来了，还清场，我跟下人从周边盯着，见皇……老三，进去出来，时间挺久，出来的时候，脸色平静，陌承光还送到了门外，朋友送别似的礼数，不像是在里头办了谁的样子。”

“育婴堂的那几个孩子，不是都抓去了吗？一个没办？”

“看着不像。对了，”穆重泽补上，“孩子进去的时候，是拉了一架厢车，侍卫拿斗篷蒙头裹着，个个从车里抱进去的，出来的时候，一个没抱回。”

“全死在里头了？”

“不像，”穆重泽想想出门时的情况，还是摇头，“不像，这是要命的，陌承光还跟没事儿人一样？”

“真没有太子的孩子……？”枚伦自语。

“舅舅，先太子是在你眼前死的，他那时候说什么了吗？”

枚伦猛一抬眼，惊了穆重泽一下。看他那不明就里的样子，枚伦叹出口气，“太子没说过什么。可那时候殿上，只有他和我，你父王这一番太子还留有子嗣的消息放出去，我更遭忌。”

“这……这也是父王听老辈人说的，真不真假不假的，想着都放出去，为了挡下兵籍的事么。”穆重泽解释着，动了动位置，想离身后的粪车远些，“正赶上陌家老头病重，他家的三哥还顾着挪来挪去那几个孩子，查着了，觉得奇怪嘛，本来想着，能离间他们些个也是好的。”

听穆重泽维护他父王，枚伦心中恼怒的情绪高起，怨愤江夏王得了个美人，就昏头回荆州，从此不管不问，让自己被抹了江州刺史，长陷在京里，而今又拖累自己前排挡箭。

“以老三的个性，他信了陌承光，就必然会怀疑这消息所出，即使他查不清来源，用推断也知，是贵戚要反陌承光和新政。我们，尤其是我，只会被逼得更紧！”

“事到如今，舅舅还指望跟朝廷缓和吗？”穆重泽顾不上蹙鼻子了，急说，“谢罪了一遍遍，舅舅有什么结果了？如今被看在行馆里，得装成拉粪的才出来走动，要是，不截住朝廷这除兵籍，来日即使回了江州，手里一个兵没有，随便给舅舅块地盘，那就是圈禁啊。”

“枚某当然不会指望。”枚伦傲然说，“但要的是时机。最好的时机，早被你父王错过，你可知道，老三还没起兵时，我就劝你父王自立，要是当时听了我的，你现在，就是太子殿下，我又哪落到如今！”

穆重泽愣住了。他是几个嫡生的兄弟在宫乱中被穆鲲所杀之后，改封的江夏王世子，从小没有受过什么重视。世子、荆州刺史之位对他而言，已像是天上掉下来的奇迹，他更是从没……绝没想过，曾有一日，天下那么的近，与他擦身而过……

枚伦审视着对面的神色，心中忽起意。

是个姓穆的就行。这个，不是更好听话？

“你莫以为，老三给你个荆州刺史的甜头，就是你得了大便宜，什么好事了。”枚伦低下语调，娓娓说，“舅舅倒很欣慰，见你知道恭顺，同你父王相安。你要是和你父王相背相离，荆州，就会削弱，变成老三嘴里头的肥肉。”

穆重泽认真地点头，“外甥知道啊。”

“但等来日，到你父王不在了，还是一样，你信也不信，你父王入土之日，就是老三将你的荆州抹掉之时。”

穆重泽不傻，自从当上刺史，他就像怀里揣了个捡的宝贝，千珍万重，战战兢兢，什么情况都想，怎会没这么想过。心怯又不平，他定定看枚伦，枚伦愈低了腔调，神秘说：“你听过太子之子的传言，可听过宗室里传的，另一个吗？”

“另一个什么啊，舅舅？”

“太祖皇帝，曾得过一个谶词，叫作——‘继三代，三子为王’。”

穆重泽没听太清，微张着嘴。

“那时候，太祖已经当上皇帝了，”枚伦幽幽对他说，“后来传位给他的老大，老二闹政变，干掉了哥哥，重臣不满老二，又迎出藩在外的老三回京，干掉了老二。这个老三，就是先帝，为了瞒事，那些重臣又被他杀了。他头两个哥哥，最后都没皇帝名分，按庶人葬的。”

这些前代密辛，先帝特别忌讳，即使在宗室里也没人敢多传，小辈们都只模糊知道个影儿。穆重泽第一次听得这么详细，反应都做不出来。

“先帝后，登极的就是现在的老三，伪帝，先太子不算，这是‘继二代’

了。”枚伦紧瞧着这个亲缘已经不算太近的外甥，“下个‘三子’，是谁？”

他看见，眼前的世子从听懂了开始，整个人像被贴上封，再解了印，从僵硬开始微抖。

“我，我就是……”

“你就是老三哪。”枚伦跟上说，“不是你那些哥哥弟弟全没了命，哪轮得到你？这不就是老天爷都帮你清路吗？”

“舅舅是说，我命里，能……”穆重泽一点点地抬头，仰看向天顶，在这粪水行的满院臭气中，不知对天该问什么，心里该想什么。

“命，是天定，也是人自挣的。你父王啊，就不爱当这皇帝，舅舅我也不只劝过他一回。”枚伦按按江夏王世子的膝盖，让他看回自己，“他这脾气，说叫谨慎，长袖什么善舞，我多年看下来，就是唯求苟安，就是优柔。这回除兵籍，也是，就想着截断，怎么叫个截断？哪怕你灭了陌家的满门，朝廷除兵籍，是图着废我各州的武功，对老三大有利，老三他自己不会干？”

“是啊，舅舅。”穆重泽还是想为父王说话，“其实我父王也说了，此事靠闹、靠拖，没的尽头，必须连根拔起。”

“如何才能连根拔起？”枚伦反问他，“这根，到底是哪个？”

穆重泽又定住，不敢答。

“一个宫婢之子，自己的屁股还没坐热，调过头来，就整治我们这些抬他上台的亲族贵戚？这不就是先帝的旧事重演！”枚伦攥拳捶腿，身下的木桶连带咚响，“枚某无罪，又无罪证，浑说什么财产来源不明？这就叫嫉贤害能，鸟尽弓藏！我还是他的长辈，他回回的诏书，责成、申饬，从无一丝恭敬可言，给我的封赐，还不如那个软骨头夏侯景晖，那老东西封了国公，我算个什么东西？！”

听着枚舅舅不住地发泄对皇帝的怨念，穆重泽只有不住地点头。

枚伦看他神色，又说：“也不是只来逼我，他不只害我一个。免口赋，这就是他图个圣天子的虚名，亏空他自个的国库！倒来怪罪我亏空！废奴婢，把这帮不是人的玩意儿放出来，跟最底下的一层人争食争地，又叫什么善政？连我们辛辛苦苦，提着脑袋，战场上捉来俘奴都让放，他要是真正名正言顺继的位，心虚什么，”枚伦盯着江夏王世子，提示的口气，“不停地，削我们的势力作甚？怕谁反了他不成？”

“舅舅你是说，他……不是？”

枚伦冷冷一笑，“你不问我么，先太子死在我眼前时候，说了什么？”

穆重泽往前倾身，屏息看着他。

“说，先太子他根本没参与，没参与过什么弑杀先帝，还说，说先帝根本就是，寿终正寝的，他是被泼脏水污上了恶名，就像枚某如今一样。老三，根本才是反叛，是篡位弑兄！”

穆重泽隐约有丝疑惑，枚伦是跟着父王主动投了当今皇帝，当时听了这些，他也没变化啊。

“形势比人强。那时候老三已经进了建康，围了皇城，我若说出去，还能活到今天？”枚伦看出他想什么，起身，在脏臭的院中来回踱步，“可也因此，他猜忌我，步步逼我，有朝一日，定要我死的。你父王，宗室里头一个，一样逃不过！任由他除尽了兵籍，失掉兵源财源，失掉了凭依的，又岂止我枚伦一个？”

“正是舅舅这话。”穆重泽随他起身，脑袋像秋千一样左右摆动跟着步伐看他，“如今各州刺史们，人人自危，谁还能看不出来，这‘五十以上’只是尽除兵籍的第一步？谁又能愿意束手待毙？只要一点儿火星，那就是燎原之势，就看点火的是谁。这不就是，舅舅在等的时机？”

见他孺子可教，枚伦停步舒气，笑起来点头，“可眼下，毕竟我行动受限。你父王更是，被老三用美眷妖姬怀柔，心意未决。为了你自己，为了这千载难逢的机会，你要催促的是他！”

穆重泽被那谶言迷住，绝不容许父王当此不向龙位去争。他抚住鼻子想想，“父王现在虽是被那妖姬蛊惑，心却其实没离过政务。我回去，一定多多想办法，总有父王在意到不能放手的东西，能压过老三的怀柔，激他在点子上。”

枚伦回身坐下，手拍上膝盖说：“正是。朝廷那东一个西一个的新政，你荆州刺史，也不要太多顺从。你父王的脾气，你清楚，不让朝廷逼得他撕破了脸，他不会动的。”

穆重泽连点头，“外甥牢记，一定尽心竭力，也劝父王早日营救舅舅回去，共图大事。”

“这可不是为了我啊。”枚伦咧嘴笑，顺而说，“我这里，世子不必操心，枚某自有办法。你父王那边么，若果真还是不敢……你不妨，就对他说，不是反叛，是替皇室祖宗规诫这个祸国殃民的不肖子孙。得天下之后，便是不登极，你父王也能监国摄政，名声与权力两全。”

穆重泽喜不自胜，这话，是更好对父王说了，且这样一来，自己不就中间再没了阻隔，顺顺当当继位，就是那第三代的第三子？

他也坐回枚伦对面，木桶猛被坐歪了一下，穆重泽找回平衡，有些忐忑地怀着希望问：“舅舅你看有多少把握？万全起见，还需要我去安排什么？”

枚伦思索片刻，拍着膝头，“出师之名，方才我跟你说的足矣。人马舟船，你荆州虽然多年没打过硬仗了，并不缺少，尤其不缺钱粮，但是要筹备、检修、整训。还有，朝廷的规制下，各州无大船，要造，秘密督造。”

江夏王世子一一点头记下。

“我江州，无碍，枚某需要时，扯起队伍不靠官名。至于其他……”枚伦的声音强硬而稳，于这肮脏处，却像身在兵阵之中，让穆重泽心中升起无限钦佩，“能争取的力量，都要争取，潜结密约。事虽急，心要定，稳稳构筑起充足的准备，才能从容起事。”

“外甥明白，一定小心再加小心。”穆重泽思揣片刻，又问，“见舅舅一次不易，再请教个，看能争取的势力，舅舅看郭乐成如何？”

枚伦暂没回话，嘴中磨动着牙齿。

“听说这回给老兵除籍，他那边聚众闹得很大。”

“这种敏感人物，又是北地人，摸不准路数，是双刃剑。何况，他和陌承光走得近哪。”

“陌承光这一死了老爹，不是得离职守孝吗？就算他自己恋栈不离，各州的吐沫星子也得把他冲走。”

这倒真提醒了枚伦，他又看看世子，成事之心更盛，“那你就——多盯住郭乐成的人。那帮北人，粗野不驯，很容易寻岔子的。”

对面的头点了点，再点了点。

梅雨时节结束的那天，清晨，赫赫一队仪仗抵达陌家本宅门前。

中领军柳遥之下得马来，叩门拜访，与闻讯出来迎接的陌家兄弟寒暄见过礼，单对陌承光说：“无他事，陛下口谕，命我来接你上朝。”

陌承光望向家门外那皇城禁卫前簇后拥的车马，又看他。

“陛下说，你三个月热孝过了，政务不能抛下不管。”

“按制官员丁忧，三个月热孝之后，还应弃官守孝两年。他是天子，不能弃位，尚为先帝守制一年不娶不纳，何必迫我。”

“陛下说，你那些陈情请去的表文，他看都没看，直接扔了。无论你说什么，他都要夺情起复，命我今日务必带你上朝。”

“选曹、丹阳尹的政务，我都仔细交接过了，体系已成，并非缺了哪个人就不能运作。我要居家守孝的原因，陛下其实清楚，眼下不过是，为我不从命置气而已。但天伦、人情，在我心里不是君命能拗过去，无论陛下说什么，恕我不能从命。”

三哥陌承嗣在旁边碰碰他，“承光啊，陛下也是好意，你去上个朝，当面商量嘛。再说了，也别让这位将军为难哪。”

柳遥之笑，“在下不为难。”他看陌承光，“大人，你不想穿朝服，素服去也可以，陛下说了，你自己不肯去，就叫下官把你扛去。”

他整了下戎服袖口的扎带，用身高优势垂着眼看陌承光，带点玩笑，“君命难违啊，大人要么自己走，要么下官动手？”

见到穆骏的时候，皇帝已经下了朝，在紫宸殿。陌承光察觉到，因为某个原因，他越来越不再使用清凉殿了。

素服见礼，抬起头来，皇帝说：“不说废话了，你怎么才肯恢复上朝？朕的朝廷需要你啊，我都已经说过软话了，还要怎么样，让朕下道罪己诏？说冤枉了你陌承光？”

“当前朝务第一，是除兵籍。显见荆州在拖延对抗，日后冲突可能加剧。正有这机会，我从朝廷离开，他们没了攻击的对象，积怨虽在我身上，也没理由倾倒出来了，对姐姐现在的景况也好。”

穆骏张了张口，陌承光又说：“否则指责我弄权贪位，不忠不孝，嘴仗无休止打起来，对朝廷新政的关注重点就会转移，也不利于新政的推行。”

“……多久？”看见陌承光的神情，穆骏马上又说，“不许说两年。”

“至少……一年。”

“多少事情等着我和你呢，”穆骏的声调扬高了，“你都说了，荆州冲突可能加剧，你就甩手了？除兵籍下一步怎么办哪？”

“老兵除籍，中间虽然有稍许波折，但各个重要州郡里面，真正没动的，只剩下荆州。等到江夏王承诺的明年春天，荆州若动了，天下见此，会更趋于一致，朝廷便可开始除籍的第二步。倘若，荆州违约依然不动，朝廷便有充分的立场加以惩戒，以儆效尤的同时，一样可以开始除籍的第二步。”

钝刀割肉，边拉边打，避免激起极端的反抗，他们一开始就商量好的。

穆骏还是放不下话，“我怎么惩戒？打起来了我要靠你啊。”

“首先不用靠打。荆州得力的干将，转职调离。荆州的地域，四边行政划开，拨进其他刺史的地盘。”陌承光答得毫无停顿，“且到那时，老兵除籍的成效已经初显，剩下的兵户看见别人除籍后的日子，未必还肯追随他们的刺史对抗朝廷。”

御座上静着，穆骏不甘心地想，他已经想得很清楚了。

“且……”陌承光还是向前迈了一步，在那雪白的麻服中躬身行礼，“真打起来时，‘金革之事不避’，臣得召即回。”

“朕没别的选择是吗？”穆骏问他，“把你留在朝廷？”

陌承光摇了摇头。

“不行，你不想留在建康，那就去近处地方，找个什么地方官做着。”

陌承光抬起头，“我家二哥已在青州找好了墓园，我家先世和家父的棺木即将起运，臣要扶灵北上，安葬之后，结庐守墓。”

“那就青州。”穆骏说，“朕授你青州刺史，你不是一直想要这位置吗？你接不接？”

陌承光看着他，说不出拒绝，许久后，说：“刺史是实职，臣接不得。”

皇帝笑了下，“那朕授你……青州安抚使。”他略加思索，“你家不是迁坟么，明日，朕下一道诏令，凡愿将祖坟北迁回故地的，由朝廷出资补贴，并，派卫队护送至当地。愿意迁去青州的，就由你，统筹组织，到了地方之后，朕命你负责抚恤、安置，什么结庐守墓的人，还有本地的治民流民，都由你来管理。一年之后，给朕看你青州的结果。”

墓地，所有家族的心理寄托，血脉沿袭的象征。这一道鼓励迁坟的政令，会将恢复故土的意志昭告天下，又将深深烫贴在人心里，成为北向最洪亮的号角。

其实到了这一刻，陌承光才察觉自己终能安下心来，终觉得自己真的可以走了。

紫宸殿的御座上，已经是位成熟的君主。他比自己更能看到全局，又始终懂得如何通过呼应人情，来达成长远的目的。

陌承光深看他，又深向下拜去，大礼领命，兼做辞别。

第十九章

/

浪淘沙

宜澜殿花园的海棠开了，四季往复，园外又是一脉春江。

去冬新移栽的花，大抵伤到了根气，开得疏疏落落，别有怜人态。

陌闻音坐在园角的回廊下，背后粉墙上一排透景雕窗，隔过外面山坳便是江边，向晚山野岑寂，遥闻水声绵绵。

她看着花，一叠一叠地向脚边的炭盆里掷着雪白的纸钱，身侧廊椅上小香炉中，三支清香快烧到一半。

侍女梅子立在旁边陪着，看着她的脸。

“你不看花，看我干吗？”陌闻音偏过头，问她。

“娘娘比花可好看。”纸钱闷住火了，梅子蹲下，拿火钳把碳块夹上来，火苗就冒起，烟小了些。

她一边说着：“娘娘还是孝心，说不回去，结果天天烧纸。婢子还以为要烧七七四十九天，结果一百零八天都早过了，眼看四月天都热了，娘娘还要熏这炭火。”

“四月啊。”陌闻音说，“眼看我母亲的忌日要到了，就父母合一块儿吧。”

“却不哭吗？”梅子仰头瞅着她，“娘娘一直不哭，憋这么久了可不好。”

“哭个什么，人都死了，哭有什么用。”

梅子低头拨火，有海棠花瓣掉进那盆里，倏忽就烧没了。她听见王妃说：“你一会儿，帮我去把这些纸灰倒进江里。”

“能流到建康去吗？”梅子抬头问，又说，“不对，娘娘家的坟，不是说都迁到青州去了吗？”

“不管去哪儿吧。”陌闻音看着盆里的火将纸钱慢慢舔亮，转瞬又灭成了飞灰，“我母亲在水里，我父母他们，现在总该在一块儿了。”

“娘娘，你能说说家里的事吗，你为什么不回去？”梅子看见陌闻音的神色起了些变化，又说，“说出来，是不是能好点儿？”

“你呢？你不也很奇怪，我还没问你。”陌闻音垂眼看着她，“我来之前，你本是殿下身边最得宠的，我来之后你转而伺候我，不仅无怨，还对我一直这样在意，这是人之常情吗？”

“我们下人，和正妃娘娘争什么。有个容身处，有口饭吃，怎么着不行。”梅子低回头拨炭。

“你无怨，说明对殿下无情。既然无情，就没必要这样在意我。像个……探子。”

梅子拨火的手没停，火苗从纸钱压覆的灰堆里翻上来，更旺了，风把烟气向一侧吹。

“你是他的人吧。在彭城时进来的，对吗？”

“娘娘，”梅子挑起眼睛，“你就当我是你的人吧。”

陌闻音轻勾唇角，像个笑，“我在孝期，你正可多靠近殿下，何必守在我这里？”

“娘娘是为他的事着想，还是，不想让他探听你现今的情况？”

陌闻音没回答，看着盆中的纸钱烧尽。

“谢典签述职回来，说的那些，你都信吗？”梅子也看火，又问。

“……你是在意他啊。”

梅子抬眼，对上陌闻音的眼睛。

她又把眼睛低下去，拿火钳拨拉着盆边的纸灰，尽量把余灰扫进盆里。

“我说的什么，你都会传回去给他吗？”

梅子不声不响。

“那你就传给他吧。谢典签说的什么，京中风闻，他在宫中淫乱？说他对先帝临幸过的宫人染指，甚至一夜封妃，独宠专房？我管他呢。”

火钳架在盆边，梅子左手抱起右边手肘。

“从前我也觉得过，我把满腔掏给他都不够，可怎么样呢？他自不必多我一个，我也早不必有他。”陌闻音双手撑在廊椅上，支起身子看这花园，看前面的正殿，那高飞的檐角如凤凰展翼，“我的夫君，不够好吗？”

梅子抬头看她，目光透彻。

陌闻音真的在笑，“至于我让你靠近殿下，是因我在孝期，不便多行房事，殿下这左一个右一个的新人，与其让哪个黏得殿下紧了，代掉了我的宠爱去，不如用一个知道根底的旧人。你要是对我不利，我动动嘴皮，就能除掉。”

梅子的眼睛闪了闪，手上敲敲火钳，将最后一点纸灰抖进盆中。

“你要是与我相安，不碍着我和夫君相好，我管你传回去什么，对你的事不也有利？”

梅子点点头，起了身，“娘娘，婢子知道了，这就去把纸灰倒进江里。”

那炭盆还烫，她要去找块厚巾子来，往寝殿刚走回到一半，只见那边疾跑过来一个侍女，对她匆匆行了个礼，又往王妃那廊下跑去。梅子回头，听见那边说：“娘娘，娘娘快来吧，殿下发火，掀了桌案了！”

江夏王的脾气说大不大，没见过这样的发火法，梅子惊讶地站住了。一会儿她见王妃挽着裙摆转过花木，快步往寝殿回去，没再对她说什么。梅子便也跟了上去，却被卫士挡在寝殿外面。

进到寝殿的外厅，陌闻音只见珍玩书画砸了一地，平时放这些玩物的长案整个翻着扣在步榻下面，江夏王颓然斜坐在榻沿上，她小跑了两步上前，在他身前跪坐下。

“殿下，这是怎么了？”陌闻音抚住江夏王的鬓发，“是气着了还是伤着心了？”

“王妃……”见她来，江夏王低唤出一句，眼圈红了。

隐隐的不安被陌闻音放开，她想想，双手搂住江夏王的脖颈，柔声说：“殿下到底是怎么了？能让妾身分忧吗？”

穆玄汝还低着头，身子从榻边滑下，与她坐在一起。他拣过一封信搁在她腿上，“你自己看吧。”

陌闻音见那封套的样子，知道是荆州探子从建康发来的密报翻本。她又思揣一瞬，想这态度，不会是有人编派了自己和穆骏什么，便一手扶着夫君肩膀，一手抖出信纸在膝头摆正，行行速读。上面说——

陌闻音的身形慢慢凝住了。

穆玄汝把头压到她颈边，不住长叹，“王妃啊，小王，这一世的老脸啊……”

“不可能的，”陌闻音说，“哪会有这种事。”

“……可不可能，都传开了。”穆玄汝在她肩上的额头更沉了，“你从前，没听到过什么吗？”

陌闻音想了想，说：“从他进了宫，妾身见他，也就只登极时那一回。”

“是……你哪能知道，”江夏王的眼眶又湿了，手压在陌闻音手上攥住，“这等丑事，他哪会告诉你……”

“可是，殿下，”陌闻音拨开了信纸，另一只手也抓住穆玄汝的手，“宁云……长乐公主对我弟弟有情，她真被……欺侮了，不会不告诉他呀，我弟弟也不知道，可见是——”

“怎么会告诉他？”穆玄汝抬头，“宁云想要嫁他的！”

陌闻音让自己镇静点，想要不要再为皇帝辩解，又怕惹江夏王多想反而坏事。听他又说：“你这真是提醒了我……当初我就奇怪，宁云愿嫁你弟弟，却又自己要求去和亲，简直像要逃什么似的，早知道是这苦处，我绝不能……”

“不会的。这话从前也没有，怎么突然就传出来了？怕不是，谁知道殿下疼爱公主，有心……有心搬弄是非，故意让殿下生气的。”

“你的意思，孤王是受人挑拨了，不该对皇帝起疑？”穆玄汝扬手排开她胳膊，陌闻音的手肘磕在了榻沿上，他又心疼，拉回来揉着，“这皇帝，是什么样人，什么样事干不出来，连给先帝怀过孩子的他都弄上床了！”

陌闻音心中在笑，冷笑。将手臂轻抽回来，她攀上江夏王膝头，“殿下，妾身和殿下是夫妻，公主也是我的女儿，妾身不是不疼她。只是，事关公主的声誉，妾身怎么能轻信，不然……往吐蕃给公主写信，咱们存问女儿，也把事情问个清楚。”

“你让我问女儿什么？问她有没有被那狗皇帝凌辱过？”穆玄汝惨笑，“再让吐蕃人看见信，孤王的脸，直丢到海外去了！”

陌闻音又捧起夫君的脸，“殿下，妾身求你，别都往自己心里揽，你爱惜身体呀。”她说着下泪，“你气苦，气伤了又能怎样，殿下说了，他什么不能干出来，他是皇帝啊。”

“他是……”穆玄汝的脸色在她合掌中一静，“皇帝。”

“殿下要是不隐忍，妾身怕，更有祸事要来啊。”

“忍？”穆玄汝身子坐直，脱离了她的手心往后靠，“还能怎么忍？祸事已经上门了……你可知道，孤王这荆州，要被一刀一刀地割开了！”

陌闻音手按地面急向他，“什么意思？怎么叫割开？”

“西边，要分出一个郢州去，北边要割一块地并进襄州，说什么，增厚武关道守备。东边还要割出一块，并进徐州，说补充徐州的连年灾馑。”穆玄汝拉过陌闻音搂着，像要搂回属于自己的土地和人口，摇晃说，“新州的刺史都有人选了，孤王我，不过就晚了几日给老兵除籍，竟落得这般境地，荆州能剩给我的，还有无一半啊……”

“他，他怎能如此？”陌闻音跪直，撑起了身子，“谁不知道他的天下是殿下你捧给他的，没有殿下哪有他的今日？殿下连荆州刺史都按他的意思不做了，他，还不放过，连个退养之处，连个栖身之地都不给殿下留吗？”

穆玄汝又笑了，笑中带泪，“从先帝派我出镇荆州，孤王至今封疆，十余年。且不说我一手抬举那狗皇帝上台，抗虏、北伐，哪次没有过功劳，他竟然恩将仇报，让我成了全天下的笑柄……”

陌闻音扶住他胳膊，陪着垂泪，江夏王伸手抚摸她的头发，看着她眼睛说：“他倒是，给我留了个容身之地，下诏召我上京，仍以中书令之位安排。夫人，不然，我就带你建康去吧？”

陌闻音在他的注视下咬住嘴唇一瞬，扑向前抱住穆玄汝，脸颊贴在他耳边哭说：“殿下，你去哪我就去哪，你去庙堂，我就随你去庙堂，你退隐林泉，我就随你退隐，织布浇园地侍奉你。可你别为了我，想要回建康，把性命交在他人手里啊。”

她松手低头，从怀里也掏出一封信来递向穆玄汝，“你看，这是我收到的，最后一封家里信。我家哥哥说，给先世，还有我父亲，迁墓葬去青州，说全家的大事，皇帝下诏勉慰，还赐钱赐地，叫我回去参加仪典。我那时都没回去，我离不了殿下，他们也怨我了，从此不顾我了，我也不用回去。”

穆玄汝没有接信，讶然看她。他背地里其实看过这封信，陌闻音的每封来信、去信他都会检查。当时发生过先太子之子的事，穆玄汝怕她回家闻知，本已准备好了装病拦下她，却见她这样大事都主动不回，以为她是不听家里对那个私生子的解释，与家中心结未解。结果原来，几个月间她竟一直贴身揣着这封信，可见对家中是深怀挂念的。那她不肯回建康，当真因为不舍得离开自己。

一股暖流从穆玄汝心底泛起，成亲以来第一次，他真真切切地相信了这个女人对自己的爱意。

试探通过了，他彻底放下心来。

抓起陌闻音的手攥住，穆玄汝叹说："夫人，得你此心，孤但行无悔。他辱我女儿，步步逼我，起兵时候，许诺我一切如故，而今却失信疯魔，是可忍，孰不可忍。我穆玄汝，再不会坐视不理，王妃且看我如何掀了他建康！"

陌闻音的手也攥紧，揪住膝上裙摆，"殿下，他起兵时候，我跟在弟弟身边，是亲眼见过的，他很能打的。"她抽手搂住穆玄汝的胳膊，"不然，殿下，咱们就归隐吧，咱们就不做这王啊、相啊，我陪着你，咱们清净去，就不是他的威胁了，他总不至于还不放过。咱们夫妻一处，又图什么，要是反叛了，我也愿你赢他，可我更怕你有危险啊。"

"你懂不懂，傻丫头，"穆玄汝深看着她，"孤王要是连荆州都守不住，什么都没了，哪还能守得住你啊。"

陌闻音垂头啜泣，脸埋在江夏王胸口。

江夏王抱住她的头，揉上她发髻，"孤王这不叫反叛，这叫……"想到她弟弟的身份，穆玄汝改口没说清君侧，忆起世子日日对自己念叨的那些，"是那狗皇帝悖德荒淫，祸乱祖宗留下的成制，这是要败光了江山基业啊。孤王这叫——替祖宗行法度，废了这不肖子孙，另立明君！"

"另立？立谁？"陌闻音疑问声在他怀里。

片刻之后，江夏王微微一笑。他往殿门给个眼神，贴身的近卫将这内宅之中越发清空，闭上了寝殿的大门。

"立老七啊，广陵王。"

陌闻音抬起脸看他，不作声。

"怎么了？"穆玄汝笑看她，"夫人是不是觉得，我给他都掀了，怎不自己当皇帝，让你当皇后啊？"

陌闻音点点头。

穆玄汝笑着揽回她，"傻丫头，先开始不能这么说。推了穆鸢出去，就说，先帝亲口对我讲过，要是先太子病体难撑，穆鸢，就是继任天子。就说，太子是先帝正传，眼下龙位上的那个，才是污蔑亲兄弑父、篡位夺权的畜生，孤王我，要正本归元。让他两个在建康，先去窝里斗，要是老三治死了老七，他那罪名更实在。等咱们慢慢打去，掌稳了权柄之后，干什么不行？”

陌闻音崇拜地仰脸看他，搂住他的腰说：“殿下，你就算安安我的心吧，你到底会不会有危险？是不是定能赢的？”

“定能，定能。”穆玄汝急想安慰她，“盼望掀了那狗皇帝的，岂是我穆玄汝一个？自然要，将那方方面面的，都联络聚合起来。咱们的世子也极有心，早在筹备了，大船，已经开始督建。王妃莫怕，也莫慌张，孤王目下是引而不发，待到时机成熟，建康的后位，定是你的。”

陌闻音向江夏王倾过身去，双手抱住夫君的背，“妾身所求的不是这个。无论殿下怎样，妾身都同你一起就是了，但有我能助力的，妾身纵死不辞。”

穆玄汝点点头，紧紧搂了她。

节至端阳，徐白梨等一百余家从豫州迁至建康西郊，已经近一年了。他们中的大部分男丁编在禁军，负责在皇家禁苑改成的山地园区中饲育马匹，完成与吐蕃交易的军马在江南的熟化。日常他们和其他军中使役之家杂居，在百姓村镇的边缘形成一个相对独立的住地。

这日徐白梨从马苑归来，见娘子韩氏赶集已返，菜篮搁在门边地上，正在把一束绿草往门框上挂。徐白梨几步赶过去夺下那草扔在地上，怒说：“干什么呢！”

韩氏是他抛下家里逃到南边后，在豫州新娶的娘子，年纪比徐白梨小不少，乍被这样一凶，眼圈吓红了。徐白梨当然心疼她，赶紧说：“这是干什么呢，怎么拿草往门上挂啊。”

韩氏委屈看他，“不是端阳节嘛，镇上杨大娘给的，这是艾草，辟邪的。”

“辟什么邪！”徐白梨火又上来，“北边家里死人，门上才挂草呢！”

“你现在是南边还是北边？”韩氏仰脸质问他。

徐白梨支吾了下，韩氏觉得他心里还放不下北边，更不饶了，声音尖起来，“到了南边就按南边风俗，豫州也有挂的，就是艾草不好找。别个家家都挂，就你不挂，没个节庆样子，人家才觉得你家死人了呢！”

“哎呀，谁说家家都挂啊，老胡、老马他们家，肯定不挂。”

“他们不挂你就不挂，他们是你的谁呀？”韩氏弯腰一把捡起地上的艾草，“咱家现在迁回了建康，你是皇上的禁军了，有粮饷拿，还有队正的头衔，多想想皇上的差事。别再跟你们这些人日日搅和在一起，生怕人家记不得你是北边叛回来的呀！”

“你！”徐白梨扬手又要扯那草，韩氏以为是要打她，吓得往后跳出一步，满脸都涨红了，“就说了你两句，是要跟我动手？你不爱南边起初就别回来，更别娶我！天天喝醉了梦里叫着六娘六娘的，别当我不知道六娘是谁！”

六娘是徐白梨在北边的娘子，当初趁打仗的时候从悬瓠城跑回来，徐白梨没办法带着她和孩子，后来有些兄弟的家眷找路子逃来相聚，可六娘他们一直没消息，真不知怎么样了。郭乐成张罗着给他再娶，徐白梨也是想着没办法的事，既然做了，就忘了北边吧，心里可能好过点。可到如今，还是一团乱麻。

他心上闷住，低着头慢慢走去，拿韩氏手中的艾草，“行，挂。俺挂……俺一会儿，往后面去拜拜除晦气，你就别再说俺。”

韩氏不松手，“拜什么？又是你那些奇形怪状的木头小人儿？我跟你说，镇上有传了，说那叫淫祀！你要拜，正经去镇上大庙里拜，佛祖、菩萨，什么晦气不能除？”

“那叫木主！是天神！”徐白梨怒急吼她，“你又去外头胡说什么了？”

“用我胡说？”韩氏的眼泪出来，“你们这些人住着营里的房子，出来进去就这么几间，是藏着掖着了？还有聚在一块儿拜的，当谁不知道呢？”

“俺们……俺们拜天神怎么了？”徐白梨的头垂下去，叹着气，“你们信你们的，俺们信俺们的。俺都不管你拜菩萨，一样跟你成亲了，你也别管俺了。”

“在豫州的时候我是不管你。”看徐白梨态度软了，韩氏忍不住抓上他的胳膊，“可咱们回建康了，建康人人信佛的，对这些特别忌讳。别说你还是个禁军的队正了，我说你多少次，多少人求不来的咱都有了，这些你就放了吧，别再想着北边的物事了。”

提到这个，徐白梨说：“天神管什么南和北，一样应验的。你哪知道？现在的皇上能当上皇上，老郭那时候，就是在北边求木主验算出来的，所以才带我们投的他，你说这灵——”

韩氏吓得脸都青了，艾草掉在地上，抬手捂他嘴，狠命扯他往门里头走，嘘声说：“你又哪知道！在南边，最忌讳把皇上和这些通神弄鬼的扯上，这是要杀头的罪！”

徐白梨也吓怕了，不吭声了好久，他知道韩氏有理，也是为他好。可是心里头信的，哪有办法说不信就不信呢。

“行，俺先不拜了。”徐白梨说，“咱先挂上，挂上这草吧。”

韩氏满意了，把艾草捡起给他，“你挂！”

檐下有个挂干鱼的钩子，徐白梨把干鱼拿下来，钩子搭在门框上，艾草挂了上去。韩氏接鱼过去，“正好今天吃这个，过个节。”她提起篮子松松快快进屋去了。

在北地的时候，从来也是不吃这个的。徐白梨还在门边站着，他也不想进去，也不想往别处走。憋闷了好一会儿，他渐听见老胡家那边方向上也有吵嚷，徐白梨心想着，这节过得都不顺啊。

乒乒乓乓的，吵嚷的声音大了，渐渐在那片房子连了起来。徐白梨反应过来这不是夫妻吵架，回身要往那边去看看，却只见一队兵丁带刀持棒沿土路跑近，径直向他家门前而来。

徐白梨心惊迎上，看看这些兵丁服色，问那领头的：“兄弟哪支队伍的？这是做什么？”

“丹阳尹治下，例行检查！”那领头兵一把推开他，后面的兵丁接连闯进他家门。

徐白梨又惊又怒，血性上来要去墙上摘刀，忽想起丹阳尹治下应是陌承光带的兵，疑惑得发起慌来。这一个犹豫之间，兵丁们已经进入内室，韩氏正在厨房烧火，愣愣地起身，手里还拿着一根干柴，一个兵丁上去就掀开锅，推翻了米缸，不多的米在厨房中泼洒了出去。

“干吗啊！”韩氏高叫。

徐白梨怕她吃亏，赶紧过去把她挡在身后，夫妻俩反应不了，立在墙角看这些兵丁在家里翻箱倒柜，不大的屋子顷时一片狼藉。韩氏想动，徐白梨死命攥着她胳膊，自己想上去看这些人在翻什么，又不敢离了韩氏。不知道煎熬了多久，听见屋后一声喊：“有了，在这儿！”

那领头的马上循声过去，很快将几个小木俑抓在手里走回来，掂掂手里东西冲徐白梨说：“脏证找到了，画个押吧。”

他们真是找木主……惊慌压过了愤怒，徐白梨不知道所谓“淫祀”是个多大罪名，可他想陌大人的兵，总不至于怎么为难自己这些人。

他往前一步，“军爷，小的知道建康忌讳这些，小的都知道错了，正想着把它们藏起来，再不拜了。”

“真的，”韩氏跟过来说，“他刚说再不拜了的。”

“少废话！让你画押！”那领头的一偏头，有兵丁拿着字纸和印泥过来，另一个拽住徐白梨的手往印泥上染。

徐白梨挣动着，想看那字纸上写的是什么，慌着看不懂的时候，忽然听见韩氏说：“这不是我家东西……军爷，这不是我家东西！”

徐白梨低头细看，真的，那不是自己供的木主，是什么别的小木人，上面好像还有……

“军爷！”韩氏扑上去抓那领头手里的东西，“你看这上头有字，这不是我家东西！看写的是——”

她被推开了，倒在地上，一把钢刀不由分说向她劈去。

血溅到徐白梨的脸上。他愣了下，才惨叫出来。已经顾不上什么陌承光，什么南北天神，徐白梨撞开那领头的向墙上拔出朴刀，狂乱挥砍开。

入夏，锻铁炉边很热，陌承光袒一边袖子从席棚下出来，到井旁提出新水，浇下满身汗去。铁匠在炉边做箭簇最后的打磨，陌承光没等身上水干，去检查了围栏边的草把，请乡民将绑在上面的北虏骑兵样式铁护甲固定紧。

远处二哥陌延佑坐在墓庐的棚子下，正跟路过的盐商说话，见这边要试弓箭了，就辞别走了过来。

铁匠拿磨利的锥形箭簇割皮子试过，只见如快刀入油脂，断面齐整，便将箭簇安紧在硬木的粗长箭杆上，又检查了骨胶贴好的箭尾。那边陌承光取过自己的套腕戴在右手上，左手与牙配合扎起绑带，这是他从汤贝的驾杆得来的灵感，可以将不能灵活使力的右腕连同手指，用垫了内衬的木模具固定在控弦的姿势。

此前揉好的长弓取来，弓尾触地时另一端高过他肩头，差不多与耳平齐。陌承光左手提弓，往后退至距靶超过两百步处，旁边几家守墓的民众争着翻过他家墓园的栅栏，跑过来围观，从陌承光站处，至那绑着铁甲的草靶，像一条等待着助威的赛道。

铁匠送来一把新鲜出炉的硬木长箭，陌承光根根插入脚前的草地，挑出看着最齐整顺眼的一支，上弓搭弦。青草茂盛的平野中有微微风，在看的人皆屏息，这片依各家墓园而形成的，又像集市，又像工棚的聚落，仿佛在这一刻才显露出坟墓本来的样子，连一些古老的灵魂都在风里好奇地观看。

牵动背与大臂的力量，用固定住的手指扯弦向后，陌承光上身后仰，箭尖并不冲靶，张开了那把因为弧度极长，拉弦距离不需太远的弓。二哥陌延佑帮着让草靶附近的人散远了些，但陌承光在抬高的视线与日头接触时，感到分明的笃定。

无数次的测算，无数次尝试和失败换来的这一刻，向上扬手放弦，箭被高高抛上天空，越过顶峰后，又在自身重量的拉拽下飞速疾坠，以一个倾斜的角度由上而下，贯向那北虏式铁护甲的肩胸。

噼的一声，脆硬。

比报靶声更早响起的，是草靶附近人们的欢呼。放下弓，陌承光忘了起步，那一霎喜悦得无可比拟，他听见他们围在靶旁喊："穿了，穿了！铁甲穿了！！"

陌承光弯腰摆好他的长弓，像对恋人那样抚过它光滑的背脊，拔腿向草靶跑过去。人都给他让路，他亲手把那支长箭从靶中拔了出来，箭尖完好无损，又看铁甲的破处，断口厚度均一，不是工艺有残。

他执着那箭，拿套腕还没解开的手一把攀住二哥，"穿甲……穿甲箭！"

"成了！真成了！"陌延佑猛拍他。

旁边铁匠也赶过来看，高兴地说，"这要是个壮汉开弓，对面又骑着马冲过来，这就是个对穿哪。"

陌承光直点头，跟他说："只要多练，是算好角度的问题，练熟了都能办到。"

"从前是没法子，这有了法子，年轻力壮的怎么练不行？"远处有个当过兵的老汉大声说。

人全要看，箭在个个手中传递，起点处也有人聚着看弓，都学陌承光的样子，轮番仰身试拉。陌延佑把弟弟往人群远处扯了扯，低问他："这回，怎么成的？”

“是木头，木头换了。”陌承光更行开去几步答他，“要把箭抛出这种又高又远的弧线，弓得够长，弹力还得够大，制弓的木料，就要又硬又韧，这两个特质冲突，试过多少种木料都不行。这回不是三哥又去越人那儿了么，送过来几块新找到的木料让我试试，叫紫衫，只长在越州湿热的大山里，北地、中土都没有，一试就行了。”

陌延佑笑说：“承嗣为了毕儿，这一趟趟越地真没白去啊。”他转念又说，“朝廷南渡，看来也不是白费，开疆拓土，总有用处。”

“还有箭。”陌承光点头说，“箭杆用的木头也是南地产，叫铁木，硬且轻。我叫三哥先去问问能找到多少储量，要是量足，还能考虑用来改进长枪杆。”

“远靠箭，近靠枪。”二哥感慨，“安抚使大人，哥哥我这一年守墓，真叫守墓，你啊，没白干。”

……一年，是快到了。陌承光想起穆骏说，等看青州的结果。

他向身边望去。

从陌家将墓迁回青州起，皇帝诏令之下，一时间，数百南渡之家动土迁坟，尤其青州最北，琅琊又是大姓所出，宜葬的平陵地带共迁来三百余家，陆续还在增加。又因为结庐守墓的习俗，人烟渐起，本地的流民也开始参与对这些南来子弟的供应，村寨和联防在荒野上恢复，久已消散的凝聚力不断合拢。

信使吴全全到时，眼前就是这样一番景象，他远远望向那群满怀着希望的人们，一眼就看见了身披孝服的那个人。发足飞跑过去，吴全全跳过栅栏拨拉开旁人，直冲到陌承光身边，他那风尘仆仆的模样让周围人静了，腾开一片空地都看向这里。

陌承光听到脚步声回头，认了一瞬，“吴小哥？你怎么——”

“来找大人！”吴全全一步跨到他面前，“求求大人快回京城，禁军马苑里跟着郭将军南来的人全被抓了，徐哥……徐白梨……死了！”

将近一年未见，皇帝脸上的疲色更明显了，又或者，是西堂后半夜的灯光幽暗。

陌承光带着怒意急赶而回，却发现自己的散骑常侍权限被中止，等待皇帝召见又耗费了整整十天。

情绪本已在宣泄的边缘，但此时面对，他却又禁不住地担心穆骏的身体状况，又想起在自己守孝离朝之前，他就习惯在深夜召近臣议事，那么过度劳累就不是一两天。

怒气不觉冷了，陌承光行礼起身，皇帝暂没说话。尚书令文炎吉像尊铜雕塑立在陛阶下枝灯的旁边，只有禁军统领柳遥之在对面向他点头致意。

“等你回来，为朝廷办事，结果为的是郭乐成？”皇帝开口说。

“是为郭将军的旧部在京城所受的指控。”陌承光回说。

他看皇帝的情绪同样很差，解释：“起初到他们的聚居处搜检，是以丹阳尹府公务的名义，臣的权责由尚书台择人代理，但仍是名义上的丹阳尹，此事臣不能不管。”

“案件已经移交御史台，陌大人，”尚书令文炎吉说，“不再是你丹阳尹的权责了。”

“下官正想请问大人，”陌承光转向他，“下官查看案卷，是邻人举报几户北归之家行‘不当淫祀’，这应是寻常的治安案件，不知尚书台为何让御史将案件接管？”

“普通人行淫祀，是治安案件。但这些人是禁军官兵，案情重大，御史当然应该接管。”文炎吉神情淡薄，“何况他们的行径，远非‘不当’二字可以囊括。”

“是何行径？”陌承光向他迈出一步，“至于徐白梨夫妇不经审理当场惨死？！”

“陌大人案卷如何看的，那徐姓一家人赃并获，户主居然抽刀反抗执法，致丹阳尹府四名人员重伤，如不当场毙之，后果不堪设想。”文炎吉敛袖的身形一动不动，“陌大人身为丹阳尹，为违法的郭乐成部众说话，就不惜自己的手下吗？”

“按制，入户例行检查，只可带棍，至多队长一人带刀。下官在任上对治安队执法之权严行约束，属下无一人不知。可那案卷上，清楚写着四名刀手受伤，姓名却未载明，不知是否真为下官属下？还是有人借丹阳尹府之名，麻痹这些北来之家？”

“陌大人不在任上，操心不少，手还是伸着啊。”文炎吉淡笑，“只是一年期间，权责既然由尚书台接管，有些规则、人事的变动并不需你与闻。

北来之家、禁军官兵，个个身负武艺，这徐姓人持刀抗法既成事实，提前防范是错吗？”

“他夫人韩氏一个平民女子，是否身负武艺？又为何殒命在执法刀下？！”看文炎吉无回应，陌承光直视他说，“下官不得不推测，当时派去的刀队是先攻击韩氏，蓄意激怒徐白梨，诱致他抗法之罪。”他抬头向御座，“陛下，你的两名子民不明丧生，请陛下彻查，验明当时在场人员，对质出实情！”

他即使回朝，作为丹阳尹，也没有权限核查上级尚书台做出的指令，迫切需要皇帝的支持。穆骏却不语，文炎吉也向龙座说：“实情臣有所听闻。当时刚检得关键物证，这女子畏惧大罪，拼命上手抢夺，想投至灶火中销毁证据。那徐姓者亦畏罪狂乱，这女子又欲夺刀相助，事出突然，被反手一刀击中要害，实为防卫误杀。”

“案卷上没有记载的内容，为何如今能凭尚书大人口说？”陌承光坚持，“请陛下验明在场人员，逐一对质！”

“你顾着这二人的死，就不顾他们究竟是何罪名吗？”皇帝发话。

“……‘不当淫祀’，却是死罪？”陌承光反问。

穆骏瞥向文炎吉，文炎吉道：“巫咒天子呢？”

陌承光一愣，他看皇帝，又看对面的柳遥之。禁军统领轻皱着眉头，没有其他反应。

“北方神教……拜祭要用人俑，”陌承光匆匆分析着情势，很快说，“臣与……”他又看柳遥之，改口，“以臣入虏营袭杀萨满时所见可知，这必是北来之家仍信奉着故有的神教，绝非巫咒天子。”

“但在他们家中检得的木俑上，陛下的生辰八字赫然在目，亦有‘北兴天子死’的字样。证据已经封存在御史台，陌大人还能为他们说话吗？”

陌承光转向文炎吉，定定看着他。熟悉的不安感顺着脊椎爬上了肩膊，还有一种不堪回首的痛楚——

“陛下的生辰八字？我亦不知。即便朝中，恐怕只有尚书令、钦天监等几位掌理祭天享祀的高官知道。”他向文炎吉迈去，“那么这些八字木俑，当真，是在北来之家查得的吗？”

对于构陷的猜测已经很明显了，文炎吉微微变色。他在灯下静了片刻，说：“陛下的圣寿月日却非秘闻，或有民间高人术士，凭陛下大运之命相，推算而得。”

“起初的举报是‘淫祀’，是聚众拜祭的举动。这些北来之家，既然仍按北俗向人俑拜祭，他们真要巫咒，会使用南俗的八字吗？他们的传统中哪有八字这样东西？”

“他们，虽然北来，大多是汉人……还有汉人的家眷，那韩氏不就正是？”文炎吉抬头看向陛阶之上，“何况陛下是汉人，是汉人之主，他们巫咒陛下，使用八字有何奇怪？”

“文尚书记得他们是汉人？”陌承光走到文炎吉的面前，“哪怕他们曾是虏人，冒死前来诚意投效，更应赤诚相待，才能为朝廷怀柔招远，此为宰辅理国之大事。”

文炎吉要笑，陌承光又说：“从‘淫祀’到‘巫咒’，罪名转变，恕下官无法放下怀疑，只因史上多少冤狱，是由诬陷蛊咒而起。”

他看向御座，“恳请陛下，责令尚书台彻查此案经过，哪怕是，”陌承光又看文炎吉一眼，“为了破除臣的无端猜疑，还尚书大人以清白。”

“又与我何干？”文炎吉笑，“北伐之中，郭乐成叛而复归，与朝廷有过些误会，或许他的旧部心中怨气暗结，为他报复也未可知。”

“此事又与郭将军何干！”陌承光压抑的怒火爆发，“当时御史台庭审，文大人你代先帝到场，‘事情已然清楚’是你亲口说的。难道郭将军被陷之事，在当今朝廷还要重演？如果尚书大人攀扯郭将军，下官无法不怀疑这一切都是出于私怨了。”

文炎吉将笑容收起，“这是陌大人在攀扯本官。我父，为国战死，是全族的光荣，即便陌大人称为私怨，与国政大事相比，亦不值一提。”他看皇帝，又说：“陛下，所谓的罪名转变，是从一桩普通的治安举报，竟牵出此等惊天大案，此乃天佑社稷。这些低级官兵没有巫咒陛下的动因，恐怕陌大人也认同，那么他们侥幸身入禁军后，由旧主授意，趁机行事，岂不是合理的怀疑？”

柳遥之一直没说话，陌承光明白，将这些北来之人招入禁军是他的提议，他的立场只能趋严，才可免责。陌承光只有直向御座说：“陛下，案情存在诸多疑点，郭将军牵涉此事更无一丝的实证，请陛下明察！从他带兵南来，北伐中战功赫赫，陛下起兵时，他也毫不犹豫在江北响应，如果他被人构陷，致使陛下猜忌忠臣良将，当今形势下，那构陷之人等于资敌！”

皇帝还未回应，文炎吉接过话说："陌大人在暗示，郭乐成心藏反意，哪怕朝廷只查一查他，他便会倒向敌方？"

这话陌承光无法接，只说："不知尚书要查郭将军什么？"

"巫咒之事，禁军马苑中涉案多人已经认罪画押，不应向上追查？"

陌承光的手在愤怒之下轻轻发抖，他将外袍袖口内的窄袖松开，两把推至手肘之上，双腕示于文炎吉说："大人不知何谓屈打成招？"

那腕上磨痕历历，是当时在御史狱中刑具造成的伤疤。

"陌大人怎知——"

"这些人身上的，本也不是大事。"皇帝打断文炎吉，"在木头人儿上写朕八字，又如何了？古往今来，没听过哪个皇帝是被咒死的，真要有这等邪术，朕先弄一个，写上元湟的名字。"

陌承光听穆骏的语气，是对北来之家可以轻饶，但却不愿意彻查栽赃事。他刚要张口，穆骏又说："但这案件，也不是全无收获，你知道吗，他们在御史狱中供出了什么？"

陌承光紧看着他，皇帝看文炎吉，文炎吉说："此事尚密。这些禁军马苑的北来之人中，不止一个供述，北伐时，郭乐成袭取华山上的北虏祭天神庙，非但未将其中充当祭主的金质人俑销毁，反而在不曾禀报朝廷的情况下，将其据为己有。"

陌承光惊疑看向柳遥之，柳遥之是肯定的神色。

"不仅仅如此，他还将这所谓祭主秘密供在营中，不时参拜，其留恋北地之思，居心叵测之意，昭然若揭。"文炎吉的双肩挺直，"由此看来，所谓北伐时郭乐成的叛而复归，事实并不清楚，恐怕是他鉴于彼时战况的无奈潜缩之举，甚至，是为了日后更加险恶的图谋。"

"所谓供述，属实？"陌承光只问穆骏。

文炎吉代答："各人单独审问，所言皆如此，怎会不实？"

陌承光不死心，仍向穆骏说："或许内有隐情，请陛下容许臣入御史狱中，详问涉案之人。"

"隐情就是，郭乐成烧掉华山的神庙称功，却护下了其中的祭主。他从没叛过他的天，他的神。"皇帝手撑在龙案上向前，"他的旧部，同样从没放下过北地，即使已经成了朕的禁军。"

"信仰，"陌承光急促说，"信仰之事殊难更改，请陛下给他们时间。"

“信仰之事非比寻常，最能移心动性。心性不移，非我族类！”皇帝的声音高起，“朕对将，对臣，要的是心底的忠诚，真正的驯从！”

“臣能以身担保郭将军的忠诚！”陌承光疾步至陛阶下，与皇帝只隔三级台阶仰视。

“担保？你能担保多少人？”穆骏冷笑，“你那亲姐夫，朕招他进京仍为相，仁至义尽了，他推病不肯。荆州的动作没有停过，那就是个随时会炸的油桶！”他拍案起身，“朕得练兵、集钱，忧心着胜算，日日夜夜寝食不能安，哪些人会坐山观虎斗，甚至哪些会倒戈，你替朕考虑过没有？！”

陌承光张口，不知道从哪里开始辩驳。他终于发现自己犯了个巨大的错误，在太子遗子的风波过后，他想避开与穆骏持续的冲突稍微退远，给双方修复和冰释的机会，却没想过时间的空白造成了更大的隔阂，甚至……

他的余光中，文炎吉在那里，每个议事的夜晚都在那里。

……甚至成了被人离间的破绽。

穆骏的怒火还在倾泻，“除兵籍的烂摊子，是朕在收拾！朕看哪个不顺眼你替哪个出头，你考虑过朕没有！忠奸善恶你是标准？朕是没有你的贤明，哪个有没有反意，朕看不出来？！”

“陛下，臣知错，恳请陛下责罚。”深重的无力感下，陌承光躬身请罪，又因对面的毫无反应，慢慢跪下。他的膝盖抵在最下一级的台阶边，那是他们之间已经无法逾越的距离。

“但请陛下……以国事为重。”殿内的沉默中，他还是说，“郭将军本是敌方大将，他对北虏的兵制、作战指挥，乃至虏军将领的性格、运兵习惯，种种的了解无人可比。当时正是靠他献奇策，击溃了虏主的心理，悬瓠城最终得以解围……这样的将领投来我朝，才是天佑社稷，来日陛下北进，他更是无可替代的人才。”

皇帝的神色起了些变化，陌承光仰着头，在这角度下吃力地看他，“郭将军他，并无实际举动反对陛下和朝廷，如果将他向外推，陛下真正的敌人就会欢庆。臣求陛下，彻查所谓巫咒之事，还郭将军旧部以清白，成为……把他和朝廷牢固联结的拉力。”

他被迫承认了郭乐成有不稳的可能，只求以大局为重，强烈的愧疚继之而来。穆骏坐稳回御座，看他一刻，说：“这还算是替朕的考虑。朕要不是同样的考虑，你以为能容得郭乐成的信使见你？”

这背后的意思，令陌承光生寒。他在宣告，即使不在朝中，自己的行动依然尽在他掌握。

皇帝看他神情，笑，“郭乐成既然信你靠你，你替朕去对他说。巫咒之事，朕可以不再追究，释放他的旧部。前提是，他解兵入京，将华山神庙金人的始末对朕坦白，朕可以留他不死，让他做个戴罪的参谋。”

陌承光到此明白了，为何皇帝不肯查清巫咒之事，因为穆骏同样察觉事有蹊跷，但这蹊跷的结果，对他有利。北来之家的罪名越重，越能成为挟制郭乐成的筹码，越有可能促使他眼中的隐患平稳清除。

他对于“真相”的理解，早与自己不同。

“臣领旨。”

陌承光知道，哪怕是为了郭将军与朝廷的今后，自己别无选择。

出京渡江，赶路至淮南时，陌承光又接到一道圣旨，六百里加急追来，严令他原地待命。又九日，第二道圣旨，传旨的中官白延龄先下马拜了他，然后从马搭中取出那个黄封卷，双手递上。

陌承光不想去拿，他当然已经听到了风传，天下间，沸沸扬扬。

可他还是习惯地跪拜，习惯地叩头，习惯地双手捧接。起身拆开黄封时，心中异常的平静，最坏的情况已经发生，他似乎反而能够接受了。

——郭乐成举旗反叛，传檄天下。五天之前。

“大人，这是檄书的抄本。”白延龄又递过来一张帛书。

陌承光伸手接，看着他，想脱出身边的一切，有些自嘲地想，延龄，皇帝让你带给我的，都不是好消息啊。

檄书的文字一个个跳进脑子，那上面提到了徐白梨的死，提到北来之家的冤罪，提到几次三番遭受的诬陷猜疑。御史台公布了郭乐成的旧部在禁军中“巫咒天子”和他自身“窝藏北虏祭天金人不报”的罪状，要求他自枷进京，这成为他起兵的最终原因。

“……这些罪名，陛下不是让我亲口去对郭将军说吗？”陌承光低问，“为什么提前刺激他？”

“大人出京那天，陛下就给御史台追了道旨意，让把罪状先用文书公布，原因奴也不清楚。”

陌承光其实清楚原因，开口问时就清楚的。这是穆骏开始担心，如果郭乐成从自己口中得知罪状，却决意反叛，自己无法劝服，就会变成被扣下的人质，甚至被杀死。

在兵不血刃的更大机会，和自己的安全之间，皇帝选择了后者。

感动，像是过于强烈的阳光给地表造成的浮影，明明在那里却又虚无。陌承光没办法决定现在的自己，该是怎样的心情。

他的视线停在檄书的最后几行——“使广陵王递补天子，江夏王递补监国，枚伦将军递补丞相，郭某递补天下兵马元帅”。

郭乐成风格的用词，质朴直接，堂堂正正地说出了那些与他联结的，还没有挑明的力量。

广陵王……？

“荆州方面，有动作了吗？”陌承光看着那几行字问，带着最后一丝侥幸。

“枚伦，不知道用什么法子从驻馆里逃了，建康眼下正在全城搜查，但恐怕是——找不到了。”

驿站的阳光真的太刺眼了，让陌承光抬头时依然眼花。

抬手按住眼睛，眼底留下雪色绢面上白光的残影，那些影子晃动着全部凝成姐姐的模样。荆州方面宣称被郭乐成陷害的可能性业已断绝……同样化为泡影的，还有用枚伦换回姐姐的可能。

“陌大人，陛下还说——”

陌承光摆了下手，让延龄不用说下去了。他抬起头，重将圣旨向两侧展开，果然在最后一节读到，皇帝命自己就地收束淮南地区的禁军募兵，与兖州刺史夏侯景晖配合，全力镇压郭乐成部叛军。

无须分心其余。

他视作穆骏的体恤。

西堂陛阶之下，皇帝脚下铺展着大幅的疆域全图。划袜踏在其上，穆骏有种想用脚跟将荆州碾破的冲动，但想到这精测细绘不易，是陌承光会喜欢的东西，莫名怒气就硬吞下了，退出绕图焦躁踱步。

“夏天，江水这么大，驾船逆流迎战，根本没可能。从夏口乘水势下来，到梁山洲，也就一两日夜，连点战略纵深都没有！荆州水师眼下什么动作，斥候的消息回来了没有？”

“陛下，如果是荆州决意反叛，檄书不应由郭乐成先发布，而且内容，主要关于他自身。”

穆骏停步看他的禁军统领，“什么意思？枚伦跑了啊，没荆州的事，枚伦他跑什么！那檄书里头……弑君戮兄，荒淫无道，残害宗室清剿忠良，什么掘社稷基、废祖宗法，这些话郭乐成自己说得出来？必是从谁给他的信上抄的！”

“陛下，臣的意思是，给他写信的人看起来也不知道，他会突然叛在此时。”柳遥之慢说。

对……否则为什么是郭乐成，远在豫州独个先跳反？这不却成了警报，给了朝廷反应的时间？

“怎么回事？”王府寝殿上，主位的步榻前纱帐掀开一角，江夏王的脸露出来，“约定的明明是秋天起事，我荆州发动，各方响应，齐向建康，郭乐成怎么现在闹成这样？”

那纱帐里头，王妃倚枕斜卧的身影隐隐，穆重泽不好多看。他知道新王妃称暑热不适、低烧不断，拖着父王寸步不能离开，世子低下头，不免暗怨父王事前甩手，事后又怪。

“郭乐成那边，一直没个大的突破，这回逮到他的旧部行北地淫祀，朝廷抓人的时候还弄死了一对夫妇，儿子想，是万难再造的时机，所以才请父王给他写的那几封约结信。可，儿子也没想到，后头会牵出他什么华山金人的事来，老三治罪，直接治到了郭乐成他自个头上，他登时就爆了。”

“什么？这意思，他旧部的事是你使人告的？”穆玄汝披帐，整身露出来。

世子穆重泽点点头。

江夏王一声长叹，“说了多少次，你不要自作主张，朝中的分寸你拿捏不了。朝中有人，跟郭乐成有仇，你这是让人家逮到了时机啊！”

听见纱帐中传来王妃请父王息怒的低声，穆重泽对这女人搅事更恨，咬唇听父王还在训：“你既然捅了郭乐成出去，有没有想过善后？他的身边，还有，朝廷的关键位置上，你有没有人手？但凡与我商量些个，本王也提前安排啊！”

穆重泽闷闷不吭，心说，这就是事后诸葛罢了。约结的事全靠自己在操持，光起事的时间，父王就从夏拖到秋，单等着大船建好，又怕朝廷察觉，只许深夜在崖洞船坞里赶工。若不是自己编出皇上和十九妹的丑事，逼了一下，可能他连以江夏王名义的约结信都不肯写，没个豁得出去的彻悟。

郭乐成这一反，恰在夏季盛水期，世子倒觉得是天意所决，正如大江之水奔流向东无有回还，只能乘势往前冲了。

却没想到纱帐里面王妃也说："殿下，事已至此，重泽检讨也来不及了，还是请殿下赶快示下，集兵应对吧。"

"夫人有所不知，兵，尤其水师，我荆州又没有除籍，都可使用。但船，"江夏王对里面焦灼说，"大船还没有造好啊。"

"父王，船的事，儿子都想好了。"穆重泽从外面接话，"大战船的配件都已齐全，只是船体没来得及打造完。可以征召大型的商船，有些的大小不亚于朝廷的楼船啊，把战船的铁甲撞板、拍杆等等，装上去就是。"

穆玄汝讶然回头看他，"商船，你能征到多少？"

"能改成战舰的大船，荆州全境不下百艘，除却通商在外的，一概征用。船在什么地方，儿子都叫人有记录的，不出二十日就能改好。"

一只素白的手伸出纱帐，搭在江夏王腿上，穆重泽听里面温声说："殿下，你看咱们世子多会操心，有儿如此，殿下不用慌的。"

听这声音，奇怪地，穆重泽觉得心里也定了些，好像在滔天的战浪面前，这女人都分毫不怕，反而带着种必胜的兴奋。他虽怀疑这表面示好，背地里不定挑唆过什么，却也恼恨不起来了。

榻边，江夏王缓缓点头说："好，好。"

穆骏的心情，在得知校伦可能藏身运粪车成功逃掉了以来，终于趋于冷静了。他看着自己的禁军统领点了点头，默念，校伦算什么，有柳遥之啊。

"你是说，他们没商量好，没打起配合来？"

"或者商量的时间没到。"柳遥之回，"斥候还探不到荆州水师大部的动向，说明敌方也是仓促间应对。"

皇帝轻轻呼出一口气，隔着舆图，看了眼对面的尚书令，心道这回整治郭乐成，他哪怕动机出于私仇，也真是防微杜渐，起了大效了。

“梁山洲的工事，现在到什么情况？”皇帝在图边沿着长江的方向迈回一步，蹲下身，指着他起兵时决定性的一役发生的位置。

“大江南北两岸的堰城，在陛下登极之后不断加长、加高，各延伸了五里。”

“也就是，两岸各有十里长的堰城，整个沙洲的长度都能包住？”

柳遥之点头，“环绕沙洲本身，也起了一圈叠石工事，与岸上总共布设投石机五百余台，床弩三百余张，皆能引火。”

“水道里面呢？”穆骏抬头问他。

“为了保通航，没有设置过阻挡。”

尚书令文炎吉渐听出两个领兵的君臣在谈论的战法，从旁提醒说：“陛下，固守梁山洲，伪帝那时曾经用过。”

穆骏当然明白他在说什么，摇摇头，“事在人为。”他盘腿在舆图边坐下，夏日里因为怒意和紧张出的满背汗这时慢慢凉下了。他想，不是没准备，从烧红梁山洲的那一夜起，我已经做了这么多……朕不可能输。

“枚伦，有消息了吗？”江夏王府寝殿上，穆玄汝回头又问，“逃回到江州了没有？”

“具体的行踪还没传来。但父王放心，枚舅舅在底下人里，自有路子的，儿子也一直没跟他断过联络。”穆重泽忙回。

“怕的就是他自己的主意太正，路子太多！”穆玄汝拧眉，抓紧了膝上王妃的手。

一生习惯稳妥万全的宗室之首，唯一冲动过的就是从皇帝那里得来这个女人，眼下短时间内挥散不去惊变中的惶促愠怒，“且不说你那枚舅舅当时在江州买兵，就没让孤王先有个数。这回他既然从京里随时能跑，听风乱跑，又断送了孤与朝廷斡旋拖延，争取整兵时间的机会啊。如此再二，绝不可再三。你跟他联络，不能只等他的消息，对他，要有把控，此后每步行动，要得孤王许可才是。”

穆重泽心中却想，若非枚舅舅果决，说不定父王还妄想和朝廷再打着马虎眼，浪费了郭乐成这一怒兴兵，老三须得两边应付的天赐良机，自己的“继三代三子为王”，岂不远无期日。

纱帐里王妃又劝说：“殿下也急糊涂了，枚伦那天不服地不管的性子，不是连监察御史都奈何他不得？咱们世子，毕竟是他晚辈，又离他这么远，单靠消息联络着，怎么可能让枚伦听话，事事先请示后汇报？怪不得咱们重泽的。”

父王气顺了些，穆重泽心中一点感念，但对这年轻的女人把自己当成儿子回护，又有些别扭难咽，他想想找补说：“不然，儿子这就自去江州找枚舅舅，在他身边，亲手替父王把控，逐事请父王的许可示下。”

江夏王转过脸来，神色却又有不悦。穆重泽没回过意思，见纱帐中王妃微微支起身，教导般说：“世子，殿下身先士卒，披挂出征之际，世子不可远离，当留镇夏口呀。”

“夏口离建康，太近了，且他是上游，盛水期我们与他拼不了水战。”西堂中，皇帝似在对尚书令解释，其实也在理顺他自己的思路，“朝廷的楼船被陌承光烧过一回后，朕没让再建，也是缺钱，那玩意对防守反正也没用。柳将军的陆战朕无忧，但，不说这回之后怎样，此前他水战没什么用兵的机会，与其让他驾船去迎战，不如——”

他抬头看柳遥之，柳遥之接话：“把敌方的舰船当成骑兵，梁山洲两边的水道当成谷地，以步兵利用狭窄地形伏击骑兵的方法，埋伏他的水军。”

连肯定都不用，穆骏直接把手拍上舆图中的荆州，“周围的情况呢？”

“襄州刺史张文定，得朝廷划拨荆州土地的政令后，一直没有实质接管。郭乐成传檄后，他襄州的骑兵有向西移动的迹象，所以不是去封堵郭乐成，而像是，要替荆州掩护巴蜀方向的后方。”

“他继的枚伦的任，钱粮上一样不清不楚，估计是五叔厚利买动的。徐州呢？”

“徐州刺史王仁举，北伐时和郭乐成旧怨，但第一时间也没有阻挡郭部的反应，豫州骑兵已近徐州境。陌大人担忧，江夏王对他，和对襄州刺史的手段类似，今早回报，先带收束的部分淮南禁军潜行控制徐州府，见到王仁举本人后再行应对。”

“追一道旨，加陌承光徐州都督权责。战情如火，别管那个占位子的王仁举了，给他架起来了事。”

“兖州夏侯将军，复命说兖州兵不宜轻动向南，须防备北虏趁内乱侵扰。陌大人也是这个意见。”

是，这确实。皇帝点点头，此处是自己疏忽了，但江北有陌承光在，他底气能定，手从荆州拉下，“江南岸呢？”

“枚伦如果侥幸，真能潜逃回去，他当时收买的江州豪民虽经遣散，多数没有处以死罪，或许还能招拢到一些。但水师，江州的整建制已经拆解，除去兵籍的步骤也最早，兵户而今大半为民。”柳遥之继续说，“道理上讲，枚伦招兵从陆路东进，与荆州水师呼应协同，比较可能。”

穆骏的手从舆图上江州的方位，划向建康，这也是柳遥之在自己起兵当时的进军方向。才三年多时间，旧事重演，皇帝低叱一声，“乌合之众，杀得太晚！”

“江州背面的湘州，安置了许多脱籍的前奴婢，户口增加，州中能和朝廷多分田税，料想刺史杨愈不会思叛。越州越人武装愿从陛下，即使刺史反叛，不为大患。其他边远州郡尚无明确反馈到达。至于，扬州……”

柳遥之停住了。片刻他见皇帝抬起头，扭身看去自己回避着的堂侧方向。

扬州刺史、广陵王穆鸾，一直跪在那里。

江夏王府寝殿上，穆玄汝感慨王妃知自己心意，出长气捏捏她的手。事到如今，他已然察觉起兵之事脱离了自己的掌握，世子贴枚伦贴得太近，自己岂止是被架空，简直是和荆州一起，被他两个架在了火上。

陌闻音帮他隔着纱帐向世子说：“重泽，按官职，你才是荆州刺史，怎可离了荆州，去给江州上传下达？按身份，你更是江夏王的世子，这回起兵是讨伐昏君，战事的性质非同一般，殿下倘或有……个万一……”她倚在江夏王背上，声音颤了颤，“你作为殿下的储位，更应当留在夏口，才是孝心，也才是安定军心的正理。”

她又是压来大义，又是心疼父王，穆重泽总要辩解些，就说：“兵戈之事，父王，自然是儿子去身先士卒，请父王，还有王妃，留守在夏口城中，儿子在外面才安心对敌啊。”

“可是，”王妃似乎说话太累了，声音绵软传出，“你父王才是统帅，身为将领，永远是和自己的部队在一起最安全，世子，这你难道不懂吗？”

穆重泽愣了愣，总算意识到，话都是自己的话，可被这女人引着说出来，全落在父王不爱听的点上。父王曾多次北镇，想是不怕带兵出征的，怕的却是……已被自己取代了荆州刺史之位，这最最敏感的军权，再被自己拿走？

他张张嘴，担心又被绕进去，没敢再说什么。

感到王妃压在自己背上愈软了，穆玄汝回身一边安顿她重躺下，一边扭头对世子说："此地是水城，舰队远出，夏口才容易遭到突袭，这就是让你留镇的必要。你就先给孤整顿好舰队，然后好好地，守着夏口。孤给你分兵两万，加上夏口城防，要你操心在点上，若孤出兵在外，你在后方失了孤的大本营，你我父子都无葬身之地。"

穆重泽唯有诺诺领命。

纱帐内陌闻音说："正是，殿下，妾身知道你是当世英豪，这两天犹豫出不出战，只是顾念妾身。但我从前，和我弟弟远去悬瓠城，几年都不病的，这是殿下太宠爱我，给我享的福太多了，我才这样。只求殿下带我同去，让我出城散散走走，舟车一颠，病自然就好了。"

"你又说这胡话了，这样子，你叫我如何放心？孤王是去打仗，我去建康掀了那狗皇帝不肖子，你就在夏口安养等我，啊。"

"可是，夏口不也险吗，殿下就放心？"陌闻音躺在引枕上拖住江夏王的手，"你让我留在夏口，我又怎么放你的心？妾身知道你两难，这么多年，荆州凭殿下你，才长治久安，底下的兵将都是报效你的恩德，非你不能催动，枚伦善战，又非你亲身不能把控，你还得顾我。可你不用多顾我的，殿下就勇往直前，让妾身在你身后，看着你胜利，妾身就什么都不求了……"

穆玄汝俯身揽住她，终于又说一个好。

建康西堂上，皇帝终于走向殿边。广陵王穆鸾在皇兄的脚步抵近前，躬身重叩，久跪的腰杆僵硬酸涩，额头触地有声。

"陛下，反贼檄书所言之事，臣难自安，可臣——"

"别说了，你那请罪表，朕看都没看。朕忙着呢，根本不信。"

广陵王双肩发抖，泫然欲泣。

"朕根本不信你会叛我。"

一点点地，穆鸾抬起头。

下一刻他被三哥架住两边的胳膊，抻了起来，穆骏拍他肩让他站好，自己走到龙案边，取了个什么东西过来。穆鸢又一点点低头，看见递进他手里的，玉石的……

“朕就以这传国玉玺作赌。”他听见皇帝在说，“赌你无反心，是被他们攀名利用。若朕赌输了，这传国玺，随你拿去。”

穆鸢颤手回推，又想跪下。穆骏单手抻不住他，直接往前一捞，将他按在了怀里，“七弟，”他这样叫，“他们越想叫咱俩反目，这种时候咱们越得一心，朕都没多想，你别想多了，振作点，哥哥还有事要靠你呢。”

穆鸢真的哭了出来，重新活过来一样，伸手搂住了记忆中已寻不到，儿时玩闹有没有搂过的，三哥的背。

“朕正愁……愁着荆州回不来，谁敢反，朕都敢赢，咱们不怕他的。”皇帝抚着他背说，“他们越说你反了，越说要立你代我，你越得出去给他们看看，让天下都看见，你才是跟我一心。”

穆鸢流着泪点头，听哥哥的声音这么近，“三哥想让你，用你的声名，在你扬州招募义军，替朕抵御咱们那个反贼舅舅，让他知道谁才是宗室正支，穆家血脉。”

广陵王又开始发抖了，这次却不是因为惧怕，是血脉偾张。他后退拜下，皇帝可能误解了他的反应，又说：“朕的禁军、你的义军都交由柳遥之总领，他的重点在梁山洲，你在陆上防御哪里，听他指挥决断就是。唯要坚守。”

“臣，愿赴国急难，为陛下守江山太平，马革裹尸方还。”穆鸢朗声。

“别，你得好好回来，朕和家国还需要你。”穆骏回头看柳遥之，“柳将军，朕的七弟，就交给你了。”

柳遥之深看皇帝一眼，一一向穆骏和穆鸢抱拳。

“夫君回来了。”

看夫人今日迎到了府门口，柳遥之赶紧上去抬起一边袖子，借身高替她遮挡夏天傍晚毒辣的西晒。柳夫人穆兰云低眉，斜照的夕阳透过柳遥之夏服的袖子红彤彤映到她额上，把含愁的眉眼强添些喜色。

柳遥之当然知道这几日她在愁什么，与她往内室去的路上，没等她问，便说：“陛下大的战略已经定了，我暂不会和荆州方面主动交兵，夫人安心吧。”

“夫君不出兵攻夏口吗？”穆兰云问。

柳遥之笑了笑。

不对家眷透露用兵细节是他长年的习惯，柳夫人也不再问，笑起说：“夫君去打仗我哪有不安心的，你是常胜将军呀。”

柳遥之知道夫人从来喜欢自己作为武将的成就，但眼前的情势下，这话让他在骄傲中听出了苦涩。毕竟此次的敌人是江夏王，兰云的父亲。

两人在小花厅中落座吃晚饭，夕阳透窗照入，惹人心烦。看夫人被光晃得皱眉，柳遥之起身去闭了全部窗格，回来看到夫人为他盛了满碗的汤，还斟出两杯酒，一杯给她自己。

柳遥之慢慢地走回去，不想把话题往自己的预感上引，没接酒，什么都没说。

“除了新婚交杯，我是不是没和夫君喝过酒？”穆兰云看着他，视线却像是透明的，没落在他脸上。

“也有。只是夫人沾唇就醉，后面么……”柳遥之刻意加重了调笑的语气，“什么好模样，就只我记得了。”

柳夫人笑，脸上微微一赧，但温情的神色像赤日下的薄雪，很快消逝。她说：“那我今天，说完再喝。”

“先吃饭吧。”柳遥之拿起筷子给她夹菜。

“我把休书写好了，夫君只要写个名字就行。”

“先吃饭，一会儿我去撕了。”柳遥之夹起一块不知道是什么的放进她布菜碟里。

“你听我说吧。”穆兰云的筷子头夹住他的筷子，“我早想过这一天的，休书，也不是今天写的。”

柳遥之抽回筷子放下，抬手像要掐额头，但又不知道往哪里放那样停在脸前。他重新摸起筷子，给自己夹菜，只是吃。

“你让我回去吧。”穆兰云又按住他的手，“你是我的夫君，可那是我的娘家，我在这里，你也为难，我也为难。”

柳遥之嚼菜，摇头，把筷子松开，手指攀上她的手，扣住。

“陛下这次不让你直接进兵荆州，就是这种顾虑吧？因为我的身份。”

“不是，你别多想，”柳遥之用力地咽下饭菜，“真不是。”

“可是你能一直不和父王交兵吗？你是禁军的统帅，如果……父王攻击建康，或是，父王落败，朝廷追击到夏口？”穆兰云看着他的眼睛，漏过窗格的夕阳打在她瞳孔上，那里像明亮的琥珀。

柳遥之动了动位置，帮她挡住那渐渐落下的光，“你是出嫁女，无论朝廷和江夏王怎样，你都不会有事。”对面变暗的眼睛里，越发看不清情绪，柳遥之急说，“朝廷必胜，可你是出嫁女，你家满门抄斩你都不会有事的！”

“夫君着急生气的时候，是这个样子啊。”穆兰云伸手，越过半边小桌抚上柳遥之的脸，不久又变做双手捧着，“我一直想看看呢。”

柳遥之说不出话。他忽而发觉成亲至今，自己可能从来没有了解过这个爱着自己的女人。

“夫君你对我太好了，天下传名的将军，北伐时候啊，天神一样的英雄，却总是对我轻声轻气的。从不对我着急，也从没惹我生过气，我恨不能把大门打开，让所有人都进来看，我的夫君多好。”穆兰云捧着他的脸，淡淡向他笑，“可你能一直这样，是因为你从没忘了我的身份吧，我是宗室王女，你这样，我也忘不了的。”

柳遥之迷惑地看着她，她的手不凉也不烫，温温的就在他脸边，像她一直以来那样。他不想去思考这些话究竟对不对，只说:“我不管你是谁的女儿，遥之我颠沛半世，有了你才有个家，你就是我的夫人，你哪儿也不能去！”

“我是你的夫人，我愿我的夫君，是不败的将军，我也知道这次无论多难，你一样会胜利，我盼着那日。”眼睛对着眼睛，穆兰云深深地看着他，“可你胜了，我的父王和母亲就会死，我的兄弟们，侄子侄女，我的小妹妹们，从小见的乳母和侍女们，一切都会烟消云散。我家真的满门抄斩了，我怎么面对你呢？”

柳遥之也想捧住她的脸，可是手举到她面前，没法再动，让她怎么面对这双握刀的手呢？

他起身揽过兰云，弯腰把娇小的她整个拢在怀里。

“别走……算是为了我，行吗？”

“你不能留情，我知道的。”穆兰云的发顶像小猫那样轻轻蹭着他的下巴，“你没余地对我家留情，我也不想你那样，不想你被皇帝多想。那我能怎么样呢？我想回去，好的坏的跟他们一起，这样我的心才安了。”

“不行！”

柳遥之的嗓子吼得发哑，穆兰云胳膊环住他的腰，手掌轻轻拍他的背，“你不在家的时候，其实我可以走的。可是既然要走，还是有封休书好，你能说得清楚，我也更容易过城关。”她低头，脸更深地埋在柳遥之的衣褶中，“……在我心里，你永远都是我的夫君……可是有了这张纸，你只要写个名字，你和我就都解脱了。”

她把他更拉下来一点，仰起脸看着他，“你尽忠，我尽孝，咱们就成全彼此吧。好吗？”

第二十章 / 归去来

太热了，夏季的淮南林间像蒸笼一样。

从豫州出来，郭乐成带领的六千骑兵几乎没遇到像样的抵抗。他当然不会去攻打任何一个连虏主都没能攻克过的城池，只选择最适宜骑驰的路线快速挺进，眼看大江在望了，没想到却被死死滞在了这淮南腹地。

到此他才发觉，经过徐州大部时，刺史王仁举部的后撤说不定不是因为北伐时被自己吓破了胆，而是与陌承光的指示配合，有计划地退至淮南。在这里利用丘陵地形，陌承光结起的弩阵仿佛罗网，任何一个制高点都有官军射手在营垒后昼夜值守，郭乐成起初也尝试攻占过几个，然而那些小小的营垒既不够补充粮草，又做不了歇脚的根据地，一个个拔除实在是得不偿失。

如同被芒草扎了一背的刺，每根都不太疼，可合起来太痒。将近一个月中，郭乐成几次尝试通过骑兵冲锋突破这段丘陵地带，然而最终无果，进进退退之间，反倒在箭雨下折损了七百余骑。南军的战力，好像突然变得和他印象中不一样了，郭乐成总禁不住琢磨，如果当年就是这样防御，大王……元湟的大军，还能一路打到长江边上？

“撒出去的探子，有啥消息回来了吗？”他提醒自己先顾眼下，拈起缠在脖子上的手巾一角，抹了下眼睛上的汗。退到这小岘山上扎营，也就是个权宜，夏天麦子没熟，带出来的粮草马上见底了，饿着肚子，绝打不了胜仗。

“小马刚刚回来。”改做传令官的信使吴全全答，招呼着让人赶快到这树下来。

探子小马还在咕咚咚地灌水，急得直呛，放下那水罐抹了把嘴，“大帅，路找着一条。”

“真的？”郭乐成从树干上直起背，“咋走？”

“从这个小岘山，往前头大岘山去，是往那些个营垒上送粮的粮道，路没挖断，我看能走马。咱要是从那儿突出去，绕远是绕远了，但能拐到平地上去，往前奔一日，说是有个叫历阳的镇子，说不定咱能抢着粮。”

郭乐成皱了眉头，吴全全跟着说：“俺咋觉得不对呢，堵了咱这么些天，这会儿还能有条路？”

郭乐成撩起肚子上的军服扇风，点头说：“别是有意放了消息，等着咱过去给咱个埋伏。这个历阳啥的，俺看去不得。”

“可是大帅啊，这方圆多少里，能走马的地方全让老百姓横七竖八挖上了坑，”探子小马说，“不走这个粮道，咱就还得往前过那些个弩阵营垒，时间长了……咋整啊。”

“能走田地吗？他们田地不要了，都挖了？”吴全全问。

“水田，水塘，加上好些沟渠，都隔得一块一块的，也跑不起来，也容易陷马。”

郭乐成往后靠回树干上，“这淮南地，看着不是当年咱过来时候那模样了。”

他三个一阵子都没说话。晌午的大太阳穿过树叶子往下照，草面的水汽往上冒，三张脸汗如雨下。

“别的还有啥消息？”郭乐成把自己的一点感想晃了过去，问。

“还有就是……”小马掏出一张印字的粗纸，递给他。

郭乐成瞅了一眼，“这写的啥？”

“官军在到处散传单，说，咱要是降在淮南，陌大人可保大帅……还有俺爹他们不死。”

吴全全疾声，“你啥意思，到现在还信他啊？”

“俺是想着……”小马抱头，慢慢蹲了下去，“咱这造反，真怕俺爹他们被……被千刀万剐了，能换回个全尸也……”

吴全全蹲下推搡他，“那个姓陌的，你还叫他大人？你不想想，当初他满口答应咱，说帮着你爹他们去青州，结果给弄到建康去，又说得千好万好，他自己一去青州撒手不管了，他原来丹阳尹府的人抓的你爹！”

小马抹脸，抽着鼻子。

“俺跑断了腿跑到青州找他求情，他也是当面答应，结果一回京里，连大帅的罪都要治！你还信他？”

郭乐成伸手扯了下吴全全，“别说了。”他把自己的手巾扔到小马肩上让他擦汗，“马儿，你要降，你就下山，俺不拦你。”

小马抹泪，把手巾恭敬叠好给郭乐成递回去，摇头。

“俺这回反了，是对不起还关在狱里头的你爹他们，可俺要是不反，俺对不起剩下所有的兄弟！”郭乐成接回手巾，紧攥着说。

“可不就是大帅这话，”吴全全把手搭上小马的肩膀，“京里白白冤屈你爹他们，为的不就猜疑咱们，就是要整死大帅？还是你觉着只要你爹活了，大帅咋样没所谓？”

“那不是，那不是。”小马起身，“道理俺都懂，大帅不反，早晚咱全都是个死。俺是老找不着好路出去，急了。”他跟郭乐成说，“大帅，咱哪一个都是生死跟你的。”

热，郭乐成觉得自己蒸得像张没馅儿的饼，鼻子也被蒸得有点发酸了。他心说不能叫这破天气搅和了自己的心气儿，再耽误了士气。

他拍拍自己这段瘦了不少的肚子，也起身，“俺看你这是饿的，吃饱了饭，啥都不急了。”

小马抽了下鼻子，可怜巴巴地点头笑了。

“历阳不去，粮咱得抢。”郭乐成说，“你找着粮道了，找着王仁举供应陌承光屯粮的地方没？”

“这两天没敢走太远，俺这就往前摸。”

郭乐成一手搭他，一手搭着站起身的吴全全，“探子多往外头撒，把粮道一定探个清楚。你们跟下头都说，没得吃，俺也一样不吃，咱裤带紧紧，一鼓劲打到了建康，吃那皇帝老子的山珍海味去。到那时，就拿那皇帝的狗头下酒，抢不回老马他们，也给他们报了血仇！”

小马眼圈红了，吴全全跟着狠狠点头。

“咱不能跟陌承光在这儿耗着，他是太能耗了，忘了悬瓠城那时候了？”郭乐成揽过他们说，“探仔细了，王仁举到底把粮屯在哪儿，防卫咋布置的，”他向前利索地一挥手，“赶着个对的时候，咱拣他这个软柿子捏！”

节节败退。穆鸢知道皇兄收到的军报上一定会有这四个字。

想用芜湖的水网地带截住枚伦乱军的计划已近破灭，四条小河的争夺皆以官军的后撤告终。枚伦从市井亡命徒中拉起的队伍狂势难阻，每条河道中，都抛下了无数义兵的尸体。

“后方三十里就是梁山洲地界了，殿下。”一直追随他出征的牙门将军韩明子提醒着广陵王。

穆鸢凝目望向枚伦要追来的方向，沉默着。

“我方撤至梁山洲，用江南岸的堰城防御吧？”韩明子又问。

穆鸢摇了摇头，“不可退，不可再退。”

他在马上抬头四望，仍然是平地水网，能够依仗防御的，只有一条丈余宽的水渠。

“挖土，把那渠岸加高，在岸后结阵。”穆鸢抬马鞭指向那处，“渠水看着不算浅，渠壁也很陡，跟前几条河不一样的。”

“殿下，要是这条水渠再被突破了，我们仓促撤至梁山洲，怕追兵到时，未必赶得及组织好防守啊。要是进堰城的时候被赶上，那更……”

正午的赤日下，穆鸢眉头结紧，咽了下不及喝水的干渴喉咙。

“柳遥之那边有回音了吗？”

“刚得柳帅的答复，说水路要结防梁山洲，陆路在新亭压阵，禁军无法分兵，让我们……务必坚守南岸。”

那一瞬，穆鸢忍不住去想，在做出让自己出兵的命令时，皇帝有没有料到这局面？他是不是顺水推舟地，等着看自己在枚伦的兵锋下溅血？还是等着自己的失败作为惩罚的由头？

不会的，他尽力劝服自己，皇兄没道理拿传国玺去赌自己失败，打不过，那是自己做得不好。

“不能再退了。”穆鸢转头对韩明子说，“如果退到梁山洲，跟禁军合兵防御，我们这一支等于彻底败了。”

韩明子动了动嘴，没有再劝。

只要一场胜利，所有这些纷乱的担忧、猜测、惶惧就都会烟消云散，穆鸢想。他对身边的义军下令说:“传孤指令，全体收束，渡渠后，在渠水东岸垫土筑垒，垒后结阵。”说着翻身下马，“给孤，拿把铁锹来。”

自正午至日暮，抢出了两个时辰，沿着水渠东岸，一道十里长的土垒成形。齐胸的土垒后是一排盾手，接着三排弩手两排刀手，除了乘马游离的亲兵，全部兵力压在了这一条线上。

穆鸾同样亲持锋刃，在测得河渠水最浅处的垒后监阵。

不能再退了。

那便来。

交兵是日暮时分，渠水深处可没过人肩，阻下了叛兵的速攻。土垒后发射的箭雨之下，枚伦的队伍呼喝着号子，将沿途搜罗的破船小艇填土推入渠中，在防线下，搭起了五六处用来强渡的漫水桥。穆鸾身前的这一处水面刚能过脚踝，成为敌军进攻的重点，一阵嘈杂的催兵鼓响，叛兵蜂拥踏水冲来。

是日大晴，向晚夕照酷烈，水面金光反射刺目，穆鸾无法止住自己眯眼，只觉持刀冲锋的枚伦军如驾光腾空而至。他拼力睁大双眼，挥刀高喝："扛住！太阳就要落山了，扛住！！"

喷溅的血被夕阳耀成橘色，第一浪攻势退潮，高堤下的桥面，横七竖八趴伏着叛军尸首。落了盔头的乱发如水草，随水流漫开，和着水中血痕。然而穆鸾还没来得及询问己方战损，第二浪攻势又至，战死者的尸体被踹下深渠，那数道漫水桥几如跨过地府忘川的裂缝，其中涌出层层恶鬼，血色的太阳在他们背后落下，对岸幢幢黑影继之而起，密密麻麻。

"上长枪，起火把！"担忧箭支的消耗，穆鸾叫改换战法。

数量有限的枪手插入了盾阵的缝隙，长枪将抵近的敌人洞穿。在攻势渐缓的这一刻，火把星星点点沿着官军土垒燃起，照亮了垒下幽暗的渠道。

那渠水的对面，沿岸同样点燃的火把光中，有督兵队斩杀后退者的刀光在闪耀，仿佛催命的阴符。叛军的吼叫声因而再次冲高一个尖峰，更多的土石被抛下漫水桥，覆盖了死伤者的身体，那带血的桥基高起，敌兵跨过沟渠的速度明显加快了。

一侧营垒上土石崩落，随着双方嘶吼争夺，凹口渐渐扩大。穆鸾从身边负伤的弩兵手里取过弩机，一把扯下他腰间箭袋，奔至那破口处督促防御。每一次放弦，都能看到一个敌人倒下，然而攻防已经成为最纯粹的消耗战，虎口在上弦时被弩弦崩破，滴滴答答的血水让穆鸾无法再细数打退的是第几轮进攻，可他的箭袋中摸不到几支弩箭了。

他看向自己佩刀，又看长垒上豁齿一般的大小几个凹缺，"敢退者死"

的命令到了嘴边。穆鸢能感到临时征召的士兵们在白刃相接时的怯意，却对这些响应自己聚集而来的义士说不出只可战死的要求。

心被决断压住，他恍惚看见营垒的土石上结着霜气，可温热的夏风仍扑在脸上，一霎才清醒，那不是秋霜，是月光。

穆鸢抬头，月上中天。明亮的月色中他听见垒下的敌人爆出又一阵尖叫："破了！破了冲啊！！"

他看见营垒坍下的尘烟，也忆起这其实是自己有生以来第一次这样地接近敌人，这样地站在阵前。

大雨夜，雨落如瓢泼。

五百人的骑队兵分作两批，潜下小岘山。

马蹄将泥水高高溅起，打透了蓑衣下的靴和裤，雨声是蹄声的掩护，已经探明的路径上，重重雨幕将全力奔驰的马匹安庇在其中，唯有不断劈开云层的电闪将周遭短短照亮。路程不近，要赶在破晓前抵达，只有最精湛的骑手能保持雨中足够的速度，但这样的豪雨下，弓弦打湿不能张，点火烽烟不能起，已经不用担心被那些丘顶的营垒发觉，只要快，快！带路的探子小马是迅捷的骑者，接连转过几个急弯，擦着山丘的边缘掠过，穿越林地，径直劈开庄稼，插过大片旱田。至后半夜，远处一块高地上，若隐若现几点灯火光浮起，大致勾出仿佛悬在几尺空中的营寨影子。

郭乐成略减下马速，小马回缰向他驰近，张嘴时大雨灌进口中："大帅，到了！"

"拒马沟在什么方向？"不让雨声盖住话音，郭乐成大声问。

"往西绕一点是过车的粮道，那个方向上拒马沟有个木吊桥。"小马大声回。

亲眼看见这座屯粮的营盘，郭乐成的心中起了些顾虑。他抹下脸上的雨，驰到更近的位置细看，这是丘陵之间的一块狭长区域，大致看见的多是田地，雨夜无星月，更多的地貌看不清楚，有条小河，水声吵耳透雨传来，郭乐成知道营下的拒马沟中水也不会少。

"确定他们没防备？"他问小马。

"俺几个看了这些天，出来进去运粮的年纪都不小了，结防的也懒散，就是王仁举的兵那模样。"小马咽了口雨水，肯定说。

但这拒马沟围绕的营防，万一有个埋伏，骑兵陷在里面可不好出来啊。

郭乐成前后颠着马，雨水兜头而下，他难免也喝进几口水去，空荡荡的肚子凉得绞着。

天赐来的雨，不再有这机会了。他的刀鞘也进了水，马刀沉沉坠在腰间，他想敌手不能张弦就是捡便宜，拼白刃谁还怕谁？

“吴全全！”郭乐成勒马，叫最精干的这个过来。

一阵水花溅过，吴全全在他鞍前停马，“大帅。”

“你带五十个，游水过沟夺了那吊桥，把桥放下给俺呼哨。”

吴全全领命疾去，一片马影电光中随他驰远。

郭乐成把队伍沿着庄稼地谨慎往前带，雨势不见减小，他心里头渐渐安定了。营盘的影子越来越高，除了马灯在雨帘后摇晃，里面仍没有任何动静，四角似乎有望楼，但看不清楚状况，郭乐成想从那里也同样看不清这边。

呼哨响了一声，郭乐成抽刀扬起雨水，大声下令：“前锋速进，占了营盘只管杀尽，俺带后队保着粮草，上！”

三百骑从田中起速激水，破浪般席卷而去，后队一百多随郭乐成压阵向前，抵达拒马沟上放落的吊桥。

骑兵最畏惧的弓弦声始终没能响起，砍杀声裹在雨声里也减了凄厉，远处天光隐隐透出灰蓝，像太阳挣扎着要从那里破云出生。熟悉的呼哨声不久又接二连三，还有他们在北方的母语传下：“粮！有粮了！”

郭乐成一抖缰绳，留下五十骑守住吊桥出口，马踏桥面直上冲进营门。当年身在北军时仗马抢掠的记忆在他身体中苏醒，他高叫着迎上两个正往门边逃去的官军士兵，弯腰一左一右削下脑袋，喷出的血砸在雨下，气味格外醒神。

“粮袋捆好驮上马背，不用久待，够数了快撤！”吴全全在粮囤间跃马奔走，传递着大帅的指令。

雨似乎见小，天色越来越透出薄亮，一袋袋粮食堆上马背，粮囤特有的湿草香混着四下的血气，闻起来发着甜腻。郭乐成已经不觉得饿了，哪怕是现成的烤羊端到眼前，都比不上这一刻的酣畅。

他忽听见军号声，也一样湿嗒嗒似的，不解的神情一刻才从周围兄弟的脸上显现，郭乐成也回了下神，吴全全急驰过来向他报告：“大帅，官军往营底下围来了！”

郭乐成一惊，“谁的兵？”

“旗子是王仁举的。”

埋伏？真有埋伏？

郭乐成提马向营门边往下查看，果然看见环绕拒马沟一周，雨幕后钻出的官军正在冲前结阵，在木吊桥的方向上已经和自己留下的骑手接兵。是枪盾结组的防御法，自己那五十骑个个像被蚁群堆住的蚱蜢，森森枪丛刺向马腹。

郭乐成回看周遭马背上带血的粮袋，知道小岘山剩下的三千余骑兵会设法趁雨赶往前方接应，如果拂晓时不见会合，就会回援。一时的围困不成问题，粮到手，雨还在下，闯过了这片丘陵，大江就在几日疾驰的前方。

“王仁举的兵一群面蛋，莫慌！”郭乐成回马高声，“这是赶着来救的，趁阵没结紧，咱们就突了出去！”

骑手们跃马响应，自发列队，不见一丝畏惧。郭乐成又往高地下看，吊桥的方向涌来的敌兵太厚，他带队绕营一圈，见南侧薄弱，侧过马头两边挥手，“分两队，俺带前队先冲，出了这吊桥，前队向南，后队跟着吴全全往东南，先突出去的就跟大队去会合。保着粮食，千万别丢。”

吴全全策马，两队相互兜圈短短鼓了个劲，马蹄又溅泥水，两道飙风般呼啸冲下高地。

从那五十个己方留守的骑兵之间，撞至官军的枪盾阵前，为郭乐成开路的几骑有马受伤，倒下的马匹砸开了缺口，郭乐成几刀劈砍轻易突围。

他转头望见东南方向也已有马往外突出来，欣喜提起马速，疾驰一段，却感觉身后的蹄声少得不对劲。扭身回看，他惊见跟上自己的只有百来骑，大半的队伍竟被官军滞在了拒马沟外的围阵中。

郭乐成不觉停马，要看到底什么情形。转小的雨势使水湿的地面升起薄雾，那营下阵中雾气里起伏着带钩的矛枪，纷纷钩住马匹绑缚的粮袋，连马带人一齐拽倒。混乱中也有粮袋被钩破，伴随着粮食洒落的突然失重，马匹同样歪斜滑摔。正式的黎明已经到来，一切忽然翻转了模样，新的旗帜一杆杆在官军上方举起，那上头的字郭乐成认得，是“陌”。

他回马要去抢人，跟着吴全全突围出的数十骑已经驰回他身边，吴全全大叫：“救不得了！快撤，快找队伍去！”

郭乐成双眼通红，踢马攥紧刀柄，起速还是要杀回，却听又一阵马蹄卷来，一杆寒枪直向他眼前。

多年征战让他本能地后仰转马，来者正是陌承光！

郭乐成大吼着兜转过马身，运刀劈向他手中枪杆，被陌承光抖枪避过。两马位置转换，陌承光趁此沉声："穷途叛寇，下马伏诛！"

郭乐成顾不上与他多话，陌承光带来的官军骑队在数量上压过了自己残留的队伍，马刀对战长枪，北人的勇猛一时施展不出。可郭乐成猜得出这些都是从淮南就地训练的新兵，不会有太深的枪术，他更知道陌承光腕有旧伤，右手顶多是个架枪的摆设。

斜纵马撞向陌承光的马腰，郭乐成一边俯身去砍马腿，一边拿北语大喊："新兵蛋子没的耐劲，见血，给他们见血！"陌承光左手起枪尾挑挡开他刀势，郭乐成又喊："吓软蛋了就撤，宰了算赚的！"

他料陌承光不可能拼太久蛮力，不再近砍马匹，只大开大合一次次劈向陌承光要害，逼他不断调马后撤。混战中拉不开马距，长枪的优势更不显，果然四五合错马后，郭乐成感到陌承光挑向刀刃的力度明显在衰减，兵锋对撞时飞溅的水滴后露出皱眉的表情。

又一个直剁以推山之力砸下，陌承光躲闪不及，低头用枪杆背上扛住刀锋。白刃斩入铁木枪杆中半寸，他带马一抢枪身，郭乐成的马刀被挂住力道，险些脱手。

郭乐成纵马紧随他动作，从枪杆缝中拔回刀来，陌承光趁这一下跃马丈余，回马又喝："速速降来！徐白梨那一营反贼的墓地，还能匀你一块！"

郭乐成大怒，拍马用刀尖挑断捆粮的绳索，两袋粮食坠地，他夹紧马腹，马只轻微晃了下，速度大起。不再顾忌陌承光全失力道的枪法，郭乐成踏镫在鞍上半立，纵马对陌承光当头猛劈。

陌承光不能直挡，递枪扎向郭乐成咽喉，郭乐成一扯缰绳两马擦身，陌承光险险将刀锋从肩头让了过去，他急磕马腹就势提速，背枪便撤出战团。

郭乐成哪里容得他逃走，刀背连番拍马紧追。见主帅撤走，余下未曾伤损的官军骑手同样弃战回撤，北来骑兵转瞬追击，蒙蒙烟雨中，粮道上渐形成了两个首尾交错的马群。郭乐成的骑兵毕竟半夜疾驰，几场交战，马匹都显现疲态，陌承光就在他两个马身之前，距离却在拉远。

郭乐成别刀回腰，扯下马鞭劲抽，坐骑嘶叫一声爆出了全速，他在雨雾中高喊：“抓了陌承光，跟那狗皇帝换人！”

北来骑兵的烈性全数激起，马鞭声似一阵急雨，撤退中的官军也同时被逼得提速，粮道这时转窄，兵刃相击的声音再次响彻，追赶与逃撤的马匹接连翻扯挂倒，骑阵中段乱作旋涡。

已经到了临近村庄的坑洼地段，陌承光领头策马跃下粮道，马蹄披开薄雾奔入田地。

油绿的庄稼阻碍了他的马速，陌承光奋力提马，两三大跳后已近对面田边。郭乐成紧紧追赶，冲马踏进绿苗间陌承光荡开的通路，才追到田地中央，不知怎的，余光两边忽然冒出披草的官军，郭乐成偏头一瞥，只见那百十人如拔河一样拽动手中什么绳索，他没来得及想清，马前蹄已被泥水中骤起的马索绊住，接着马下的田地也似掀板那样裂开，马腿一跪，他连人带马摔进淤泥中。

昏天黑地，郭乐成挣扎摸刀，小腿被田泥吸住无法起身，手心同样满是稀泥。翻倒的马在咴咴叫着踢弹，不止他这一匹，追随最紧的骑兵全部陷在了这一片田中。

郭乐成弓背撑起身，抹开了眼睛，看见田边回马站定的陌承光。最后一点薄雾中，那人面无表情，举手一挥，田边的官军赤脚涌进田泥，三个新兵扑在最前，将横刀南北的一代猛将摁回泥水，紧紧缚定。

水田，这根本就是藏下了掀板机关的水田！郭乐成在田泥中吼叫，被涌进口鼻的泥浆呛到剧咳，他彻底明白了对方的每一步都在分割他的战力，陌承光在等同样的天时，一步一步，把自己拖进早已备好的陷阱。

“俺不服！不服啊！！”他顶起肩背对着陌承光的方向，“有本事相杀，来啊！”

“这里没有一个定能在马战赢下郭将军，所以有此下策。”陌承光的声音平涩，“将军，我现在需要你的性命。”

“拿自己人做饵，知道俺在粮营里头砍死多少？你就是恶鬼，你的魂掉在地上让千万人踩！”郭乐成一挺身，又被按回田泥，叫骂不绝。

“那些是死士，或叫死囚。”陌承光下马，把枪插回马袋，起手深深一拜，“将军，陌某亏负于你，此日取你性命，来世愿偿。”

雨彻底停了，暑热复起的边缘，风中还有水汽的凉爽。马还在嘶鸣，这句话后田地中人声很静。四面田边都有立马持枪的官军骑手，半数面向外周结防，只有陌承光身边的坐骑低头刨着马蹄。

郭乐成的战马已经不动了，汩汩的血从它被割破的颈项中流出，温热了郭乐成的脚面。郭乐成听见远处吴全全的声音，喊着“大帅，大帅！”，他知道南来北往，这就是尽头了。

晃开摁在肩头的手，郭乐成盘腿在田泥中坐起。他的头脸被泥水覆满，像还没施彩的半截泥塑，展开的笑脸便格外鲜活：“啥？啥叫来世？俺都重投过一回胎了，扒皮换骨一样，可哪个信俺投成了个人？”嘴边的泥水流进他牙缝，他舔了下啐出一口，“在北俺是汉人，在南，俺们是北人。这样的，图啥来世。”他想向天空举手，胳膊被缚不能动，就抬起头，“俺的魂会升到天上，去跟天神做伴。”

“华山神庙的祭天金人，在哪？”陌承光哑声问，“将军交出来，或许能，换你一些属下不死。”

郭乐成只是笑，“狗皇帝让你怎么杀俺？”

“陛下钦命，把郭将军枭首，首级漆封，传至梁山洲前线。”

“就是把俺的脑袋砍了，上漆拿去吓人，”郭乐成一顿，“这意思？”

陌承光咽了下喉咙，点头。

“你要偿俺，别等来世。”郭乐成正起坐姿，脏泥围绕的眼睛定定看他，“头身分开了，魂就散碎，飞不到天上去。给俺个全尸，架火烧成烟，咱就扯平。”

清楚这是北地信仰中的葬法，陌承光摇头，“将军既已反叛，陌某而今无力左右。你的首级，是向叛贼攻心的利器。”

“那俺——留几句话！”郭乐成在泥中撑起一条腿，一滑又半跪回去。陌承光抬手阻止旁边待命的官军，容许郭乐成从水田中慢慢站起。

环视周围，郭乐成看见一个个熟悉的脸庞沾泥染水，或跪或坐被尖刀抵着脖颈，狼藉的田地中眼睛像草场上的寒星闪亮。越来越多放下武器的士兵被押解到田边跪下，他看见吴全全、小马……他们来跟自己同死生。

“不是他负俺，”郭乐成高声对他们说，“这姓陌的不是负俺，俺实心话。他指定要为他的皇帝，那狗皇帝负俺，能做的他啥都做了，俺这么信。”

陌承光绷紧了嘴角，直身不动，静看着他。

顶着朝阳，郭乐成看回陌承光，问：“你那单子上头说，降在淮南，就能不死，可真？”

“陛下已允诺。”

“你们，愿意降的都降，都降吧。”郭乐成扭回头一一对着留在自己身边的兄弟，“造反俺老郭一个承当，你们都是听令的。战场上败不怨人，你们，跟远处的也说，都别怨了。”

“死就死，谁没个脑袋！”回喊声混着男儿的泣声。

“你们就跟着他，”郭乐成又向陌承光一抬下巴，“他说了保你们，你们就让他保。他真要负你们，你们再宰他。”郭乐成说着昂首，蹚泥向陌承光拔起几步，“路走到头是俺自找，脑袋你取去。你要保了俺的兄弟，不只扯平，俺还谢你。”

陌承光垂落头，手腕僵涩，筋骨在隐隐作痛，与郭乐成对战的力道还残留着。他不再去感觉了，无论悲痛或悔恨，只是空茫地想，原本并肩的，是在哪一步，终究错了。

“将军深义，陌某不可再负。”抬眼，陌承光一字字说，“上缴北虏祭天金人，陌某依将军所愿，全尸，火葬送你。”

郭乐成张嘴又笑了，便对他耸了下自己麻绳下的肚子，“俺这怀里头就有一个，剩下的让吴全全带着你找，都揣在人身上，总数十二个。”郭乐成踉跄又往前拔出一步，“烧俺的时候，你给这神主摆上，这就是……”他紧紧看着陌承光的眼睛，“就是最后一回。降了你，他们都是南边人，再也用不着了。”

他的将士们挣起一片骚动，被严防中的官军瞬间压伏。

陌承光点点头，“绞索，好吗？”

“就拿你那枪，”郭乐成往陌承光的坐骑看，那长枪悬在马侧，“痛快。”

阳光照在他覆泥的笑脸上，金色。

“这么快……郭乐成就被——杀了？”芜湖江南岸中军帐中，江夏王穆玄汝惊疑失声。

注意到他中间跳过去个名字，枚伦皱了皱眉，“殿下莫慌，别管他真死假死，那厮就是个添头，能分走陌承光江北的兵力，用处足了。殿下水师都与我劲旅合了兵，江南已然确保，殿下且做足备攻梁山洲的样子，待我出兵直向新亭，端掉柳遥之手里的禁军大营，一举定乾坤！”

穆玄汝却看了眼自己麾下的荆州都督，阴智艺领会，替主公说："穆鸢几场溃退，是否败得太快了？柳遥之不是寻常将领，会不会拿他做疑兵诱敌，专在新亭等着枚将军呢？"

"老七？是被先帝宠坏了，别听他什么北伐里的威风，那都是拿底下人的战功往自己脸上贴金，其实就公子哥儿一个。"天气闷热，这军帐四面起帘，却无一丝风入，散不开河渠里惨战残留的淡淡尸臭，枚伦撇嘴一笑，"堆人命他倒擅长，这叫败得快吗？"

江夏王仍不放心，亲自说："你想从陆路越过梁山洲，就带这点杂兵？要是老七再从堰城出来，跟你后头掩杀，你的孤军不是被他和柳遥之前后夹住？"

"出其不意攻其不备，就是此理。"枚伦拍膝在席上坐近了江夏王，自己使手扇风，"殿下我给你……"

他感到穆玄汝的背后方向却有一丝凉风袭来，往那边看了一眼，只见白纸屏风的里面，似有人打扇。枚伦寻思了一下，眼睛霎时怒圆，"殿下，军帐重地，怎么还放着这个妇人！"

"孤为天下出生入死，不能带着孤的王妃？"穆玄汝挑眉厉色。

江夏王很少有这种脾气，枚伦被他一堵，定了定气，想着没必要在这种关键时候闹个不可开交，却放不下江夏王为这个女人原就坏过自己的事，忍不住又说："这些机密军情，万一被她——"

"王妃寸步不离孤王，精心照料于我，我看她比你来得可靠！"

情绪完全败坏了下去，枚伦简直想掀席走人，但荆州的舰队……取建康不能不靠，他只有咬牙闷声接回前话："我给，给殿下算算。去年春上才开始招募的禁军，老三那穷酸朝廷，连捐给尼姑寺的钱都算计着花了，吹是精兵十万，其实哪有？淮南还占着大半，柳遥之手里能用的，最多三四万人，否则不会叫老七现招那瓦片儿似的义军。完守梁山洲地界，这江南江北加上沙洲，至少需要两万多人，柳遥之能留在新亭的，还剩多少？"

算得合理，自己也是如此揣摩，所以对胜局存有信心。穆玄汝听来不语。

枚伦看他听了进去，又说："殿下也莫叫什么杂兵，我手里带起来的，才是真正嗜血的精锐，足足三万。兵贵神速，趁江北的禁军还没南渡，杀至新亭，我就是绝对的优势兵力，端掉了这建康门户，天下震动！老三称帝就在那地界，他当时攻取建康，也是一样奇袭的路子，我那边胜势一现，四方就会顺风而倒，他当时自己造下的业障，要他自己原模样儿还来。”

“还给你吗？”穆玄汝冷冷一问。

枚伦顿了下，感觉自己冒头太多，可能使江夏王觉得是想越权争功，改口说：“自然是恭迎殿下你去称帝呀。”

气氛有片刻凝滞，江夏王拔起声音，“孤王不是造反谋篡，是代先祖惩治这弑兄夺位的逆子，给我牢牢记得！”

彻底再压不住心头火，枚伦按膝起身，“都到了今日了，还扯张遮羞布干什么？！谁的江山不是抢来的，老三他娘的不是？殿下早甩手去抢，早没今日的麻烦！檄书里还在说立老七立老七，那就是个大大的昏招！别说反被老三利用，放了他出来咬我，就算没这事咱们真的赢了，你是立他不立他？又多一道——”

“不然立你吗！”江夏王拍案疾声，“还是你不服孤王，要越过孤王立我世子？！”

枚伦闻言僵住，龅牙憋嘴。一时两边都不说话。纸屏风后传出女声低劝江夏王息怒，又向枚伦说：“枚将军，你就听我这妇人一句劝。”枚伦想恼，她又跟着江夏王的身份叫了声“表哥！”，顶了回去。

“表哥，你起兵，离了殿下，什么都不是。”那女声如水般，隔着薄纸屏，却叫枚伦因话意感到微微压迫，“殿下堂堂正正起兵，要师出有名，拥推广陵王，为的是名分正道。这和你拥推殿下，一样。”

堵了嘴，也让枚伦醒了过来，眼下跟江夏王能闹出个什么，能得什么结果。他的火气被洗得凉了，收腿又慢慢坐下。

“那昏君，是败坏祖宗的基业，去收买民心，里头千疮百孔，表面看着光鲜。”陌闻音又说，“可底下人，只能看见表面呀，这表面，就叫名分。咱们知道他是昏君，可底下人，受他好处，还以为他是明君呢。殿下既然说，因那昏君弑君戮兄、篡权夺位，要替先帝和祖宗惩治，想让底下人跟从，就不能说是自己要抢先帝儿子的皇位，这苦心，表哥都不能体会吗？”

纸屏风前，江夏王叹气点头。枚伦也尴尬住了，“我，这并非是……”

“再说方才你与殿下争的这奇袭之事，也叫巧了，那昏君取建康时，派去奇袭敢死的，就是我家弟弟。所以我清楚呀，要说原模样儿，那昏君也是先袭的梁山洲，突破水道抵近建康，才接应柳遥之，陆路殿后协从。怎么到了表哥这儿，要叫殿下的大舰队为你在梁山洲做疑兵，协从你由陆路直进独取呢？”

这话诛心，枚伦又起了恼意想咧嘴，却也知道，这恰是江夏王犯疑的症结。果然听江夏王说：“正是。你也不用对我咧嘴龇牙，水路取建康，才是千古不变之理，史上有哪回不是？你纵然侥幸拿了新亭又如何，孤的舰队还滞在梁山洲外头，建康的城墙，能靠你这牙咬开？”

枚伦憋恼紫了脸，回口辩驳：“柳遥之就是禁军的主心骨啊，只要打掉了他，剩下的不足为虑，梁山洲的水道自然就松开了！”

“你又知道柳遥之就在新亭？你又知道他在新亭，不是等着埋伏你？柳遥之在北伐之中，函谷关几进几出，北虏大军都能被他玩弄于股掌，你不稳扎稳打，指望和他斗什么奇兵？”

“奇兵奇兵，就是要以小博大，险中求胜啊，殿下信我，袭取新亭大营的天赐良机再拖不得，情势瞬息万变，你是不信我斗得过柳遥之？”

“你，总之是不肯为孤保驾护航，单要借孤成全你的威名吗？”

江夏王这重重一句后，枚伦断了声音，纸屏风后也没再说话。

仗还在打，都督阴智艺想要化解场面，从枚伦对面劝说：“将军，我荆州的舰队陆续都到了芜湖了，集结在这也成个水营。将军你想远绕去袭禁军的大营，可舰队在这里久驻不动，也有被敌人劫营的可能。何况死了郭乐成，江北的禁军一定会回防，等向梁山洲移兵完成，我们更难攻取，得花更大的代价才能通过。只剩这一步之遥，何不速战速决，干吗舍近求远哪？”

道理，是个道理，可此人的身份枚伦不能服气，拧着脸沉坐不语。

“何况这两日，西南风渐紧，属下看，这才叫是个天赐良机。”阴智艺又向江夏王说，“梁山洲方面的工事，朝廷……建康也下了死力气的，不趁着好风之便，先夺了梁山洲，确保舰队通过，天都不会再许了啊。”

“此事无须再论。枚伦，”江夏王以不容置疑的语气说，“你与阴都督配合，水陆两面，双管齐下，为孤夺取梁山沙洲，可是不可？”

枚伦抱拳起身，“殿下既已决断，我还论它个什么。枚某起兵，本就全为了殿下，便为殿下去取梁山洲！”

穆玄汝审视地看他，枚伦转向荆州都督阴智艺，“等风，但等西风大起。”

见秋风起，思吴地菰菜羹、鲈鱼脍……

张季鹰昔年思乡名句。思乡，思何处？当柳遥之想起故乡，襄州贫瘠的山边小村在头脑中一闪而过。

秋意之风，他从没觉得这么令人讨厌过。

荆州全境的大型商船被征用改造，合计一千余艘大小舰只，连舸百里出夏口。为等顺风，暂在江州的长江水口芜湖集结，就地与枚伦拉起的乱兵合流。

虽然称作南岸、北岸，梁山洲处的长江水道其实斜向东北，才将立秋，今年的西南风竟起得这样早。

“荆州水师的头船已至上游五十里处下锚，后船正在陆续结阵。”领任禁军水师都督的副将叶援向主帅报告。

柳遥之一刻不语，轻拍着身前北岸工事的叠石。

垒下江水滚滚而东，上游船只若乘西南风，如虎添翼。而采用常规的火攻战法阻遏，火势同样会被吹向下游，难以漫延杀伤。

“这两天风渐强的，敌人在等。”叶援也是同样的忧虑。

柳遥之点点头，“总会来，来便击之。”

主帅声音淡而稳，像从前每次那样。叶援的紧张完全打消了，他笑起说：“是！正好给他们一锅烩在这现成的灶上。”

“嗯。”柳遥之极目望向大江对岸，又一段沉默。对于江夏王方面绕过梁山洲直向建康的顾虑，他已经完全放下，广陵王携义军退入南岸堰城已七日，如果枚伦取陆路突袭，早该攻到新亭了。

看来隐瞒自己的位置发挥了效果，确实引得对方当成是疑兵之计，然而原本的计划也被这急起的风势打乱，夏口暂去不得，水师一旦交兵，自己不可不在梁山洲前线。

他把夫人的名字在心中低念了一遍，兰云，再等等我。

“你传话给广陵王，”柳遥之望向江心的沙洲说，“他在岸上的防御十分英勇，陛下多次在军报中赞许。眼下敌人正在收缩蓄力，不可因此松懈。如果对方水陆齐攻，他带的义兵仍然负责全力防守南岸枚伦方向，禁军负责防守江面，协同配合，他不可两处分心。”

叶援看他说：“前几日枚伦部攻势激烈，曾经打上过沙洲两次，都被广陵王的义军击退，但义军也有伤损。广陵王希望禁军能分兵支援，之前将军没带大部抵达，人手不够给他，眼下是不是能挪个两千人过去？”

柳遥之的眉头微微蹙起，把部分禁军，交由广陵王指挥？不是好收场的事。

今日尚无战斗，梁山洲上，穆鸢带领的队伍正在有序地转运物资、修补工事，隔过蒙蒙江雾，人影忙碌穿梭。柳遥之掂量那队伍疲态不明显，开口："沙洲上本有禁军在守备上游方向，到万不得已时，可以转而给广陵王部提供支援，但不是眼下。我带的人另有用场，只等战局变化。你告诉广陵王，物资充足，营垒牢固，战场上无贵贱之分，本帅命他务必坚守，阵在人在，否则军法从事。"

叶援领命，抬头也向那沙洲上望去，渐觉得劲风吹眼，他心头一沉，只见洲头高起的望楼上，鲜红的信号旗在烈烈招摇。

“敌人起锚了！”

柳遥之按刀回身，“舰船解缆，于水道待命。传令工事各守备，风必有停时，长程攻击为要，务在准确杀伤，拿敌人的沉船阻挡后续舰只。非我亲命，暂不引火。走！”

绵绵战舰，接天而来。浩荡风势下，江上晴空是醒目的艳蓝，无尽白帆代替了飞散的云朵，以轻盈之态逐浪奔流，远看仿佛未动，眨眼已至目前。

梁山洲洲头的工事后，四排投石机轮番掷出石弹，落石在江中激起大浪，冲乱了敌人的头排舰船。然而船仗风势，最大的几艘战舰船体稳定，迎头突入投石机的攻击范围。紧迫的调整后，石弹密集落向大船的航线，其中一艘甲板中弹，进势却无迟滞，船舷顺风射下的箭支已经钉在洲头沙滩。

协攻的小舰这时趁防御被大船引开，顺水涌上压向洲头。

见敌人的意图在于夺取沙洲，更精准的床弩高射向小艇的舷窗和甲板，全力压制。但风势太大，担心点火反烧回沙洲，洲头登陆点架起的油柴防线没有使用，官军弩手踏垒上弦瞄准着那里，严阵以待敌人抢滩。

一阵巨大的欢呼忽然震动了洲上，敌人头舰向沙洲南侧水道转向时，暴露的侧翼被两发石弹正中船腹，风吹帆斜，江水灌入，那大舰的航线顿时偏向，被洲头激荡的水流推着，以歪倒渐沉的船态漂向枚伦占据的南岸营垒。

穆鸢告诉自己，不能多看，枚伦军从沙洲对岸派出的小艇像鱼群一样在江流中穿梭，虽然已有了十余日防守阵前的经验，可今时不同以往，他不仅要防备对岸，还高度紧张地戒备着在枚伦的干扰下，会有敌方战舰突破南侧水道，从他面前通过。

官军的水师也动了，卷过天地的秋风中，桨手的号子响彻江面，膂力对抗着激流。艘艘斗舰突出刚被敌人的头船扫开的空白水域，霎时与接近洲头的敌舰穿插。这些战船无暇顾及水道中枚伦部的登陆艇，但义军向水道的打击却因避让友军而稍停，见缝插针的小艇再一次冲上梁山洲南面沙岸。

“生死一搏！”穆鸢抽刀高喝，“得柳将军严命，我部专对枚伦，不可让出沙洲一寸！”

江天辽阔，无数个声音同时响在他耳周，那一刻他在想，这大好河山，曾用多少血来祭奠。

不可输！

洲旁江流狭窄，冲前的敌军大舰在洲头来向的攻击下，数艘伤沉，残舰开始拥堵南水道入口。敌军的斗舰加速前抢，领头的几艘趁乱窜入尚有余地的洲北水道口。

柳遥之急命洲后结阵的舰只向前拦截。双方斗舰在水道中段爆发激烈缠斗，各有跨索纷纷掷上对方船舷，几船勾连着在急流中打转颠簸，船侧不断相碰，白刃相接的战士一同落水，禁军从船上如雨而下的弩箭也再难分敌我。

洲头方向，眼见大船一时无法再进入水道，荆州军加剧了抢滩的攻势，被石弹击伤的船只全部满张风帆，不加控制地撞向滩头沙地。

一大一小两艘敌船成功在沉没前搁浅。迎头的风给弩的射程带来了严重的影响，伤船中涌出的敌兵在百步之外没有受到有效阻碍，第一排中箭倒下时距离已经太近，换箭稍有间隔，敌人先锋骤然提速，肉身引开一阵箭雨，后排再冒死猛冲，反复数次突至垒前。

两面受敌，梁山沙洲已成陆上的战场。穆鸢再不听洲头方向的喊杀声，也再不将后退二字摆在心上。败了这一场，再没有能退的地方。

禁军的增援，终于到了，源源不断的精健战士从他背后方向涌来，自动填补上营垒防守的空缺。穆鸢知道这是柳遥之在从北岸运兵上沙洲，看来北侧水道的战况得到了控制。在他喘息之间，这些有生力量听从各小队长的指挥，把握了防守的节奏，枚伦军新一轮的攻势退潮。

太阳在向下落，暖色的阳光又一次落在穆鸢的眼皮上，他撑着营垒的墙头看垒下倒伏的敌兵尸体，鲜血斑斑染在拔尽了杂草的沙地。

空气似有短暂的凝滞，静得异常，穆鸢抬头，隔过水道的南岸上夏树秋草仍在舞动，风未止，这片刻静定，来自敌人进攻的停顿。

歇战了吗？

他回身往主帅柳遥之的方向遥望，发现向沙洲的增兵仍在继续，一队队奔向营垒各处和物资堆放点的禁军手中，携带的多是水桶和沙铲。

烟火味钻鼻惊心，穆鸢同时也听见噼啪的柴爆声在洲头响起。视线中，传令兵在向他飞跑来，急报敌人用火箭点燃了搁浅在沙洲上的两艘伤船。从穆鸢的方向还看不见火，只有烟，飘向仍然澄蓝的东天，天顶橙与蓝微妙的渐变引他向西望去，江上落日磅礴，那些被夕阳淡淡着色的风帆依然望不见尽头。

“柳将军命！敌人因风纵火，欲烧沙洲，我军早已有备，勿要惊虑。但管防备敌舰趁火突出水道，洲上火情由消火兵队专司。”裹在越来越大的烟气中，传令兵竭声竭力说。

浓烟一样的慌恐从心头滚过，带起胸腔中的咳嗽，被穆鸢狠狠压死，他定气扬声，对自己的麾下下令：“弩手收束，石弹重填，紧盯水面！”

天欲破晓，将明未明。

穆骏站在太极殿的台阶顶端，这是他在宫内能踏足的最高的位置，他想将脸转向风来的方向，可是四面高墙之内，风只是乱流。

白延龄的身影出现在阶下晦暗中，仰脸向他摇了摇头。

每隔半个时辰送来一次的详情军报，这次时间过点得太多了。以穆骏对柳遥之的了解，要么是倾覆的大败，要么是需要静息的惨胜，总之战斗必然已经结束了。

宫墙的外面，是他的天下，然而穆骏今夜再一次，又一次觉得，这些为了保护他而设置的重重关防其实困住了他，否则是他该在阵前，何必经历这样的等待。他多少次以为过，正在经历的是他此生中最艰难的一天，可他在这一夜的风中悟到，身在这个位置，每一天都更艰难，这是得到这个位置的交换条件。

“再去。”

只有这两个字，穆骏看着白延龄施礼后又向传递军机的宫门行远。几个宫人在昏昏的殿影中与他错身，为首的没答白延龄的礼，快步行上殿阶，轻盈的步态陌生，到她的脸在微熹中被看清，穆骏才认出来者是他的皇后。

他愣了下，不等她到前，急问：“雪莲怎样了？”

“生出来了，都平安。”皇后王符在殿阶上停步，神情疲惫仰头看着他，不见太多喜悦，“男孩儿，是男孩儿，陛下的长子。”

穆骏心口蓦地一酸，接着头晕，他扶住眉头在阶顶慢慢地坐下。这消息，对他是莫大的安慰，可又因为在此时得来，增添了莫大的重压。如果最终是倾覆的结果，这盼来的皇嗣是吉事？还是只让世间多了个献祭的孩子。

“前线怎样了？”皇后在问，“听说敌人火攻，梁山洲吃紧，广陵王……”

她的话停了，穆骏抬了头，看着王符，在殿阶的上下，他们的视线几乎相平。她不该问的，难道她不懂？穆骏想，总归是，关心则乱，加上互不喜欢。

“广陵王，被火灼到，受了轻伤，半个时辰前的军报，说已经派船转送到后方休养。”穆骏平淡回说。

天要亮了，所以他能看见王符的眼圈微微泛起红。

“会胜利的，陛下。”他的皇后直直看着他，“上天让这个孩子早来了，专赶在这个时候，难道为了让陛下和臣妾抱着他哭吗？”

生生不息。这个念头让穆骏心里有了苏生的支柱。他点点头，撑着殿阶站起身，在继续等待军报，或去看看孩子之间略有彷徨。王符行到他身边，说：“等到胜利，陛下的天下便归于一统，陛下就能拿回荆州，还有你心上的……”

穆骏看向她，他听见了阶下白延龄奔来的脚步，但是抬手示意那里先不要说。王符上抬的眼睛被晨光照着，里面有种维持着尊严的倔强，“陌家的姐姐如果回来，臣妾作为中宫，什么都不会说。臣妾还会阻拦着太后，从太后那里，在宫中保住她。”

“条件是？”穆骏问。他忽然对自己，对王符，感到莫可名状的悲哀，在这个或许能够携手相扶的唯一的时点上，都选择了错过。

“把莲姑这个长子过继给臣妾，以嫡子的身份，册封为太子。”

“好。”穆骏一口答应，“朕若胜了，这孩子生在此时，就是天兆的太子。”他看着王筠露出惊讶的眼睛，“朕若败了，给他一个太子又何妨，上天去当吧。”

他转头看向阶下白延龄，白延龄高声报说：“陛下，敌人火攻没能奏效，荆州水师退了！”

穆骏点了下头，“军报拿来。”

“攻了……五回了。水陆齐攻都用上了……”芜湖大营军帐中，江夏王穆玄汝手持军报，愁眉不解。

帐中无他人，陌闻音在身边亲手为他打扇，“妾身心里也觉得奇怪，前两次……没敢多说，只怕平白惹殿下心烦。可是，枚伦从江州打出来时，对广陵王的义兵，一路砍瓜切菜一样，怎么都打到梁山洲南岸了，还是他攻对家守，他队伍还是那支队伍，对手还是那个对手，怎么就死活攻克不下了呢？”

“夫人是说，”穆玄汝放下军报，看她，“枚伦是故意不进？”

陌闻音摇摇头，手上摇的扇子也慢了，“这妾身可不敢乱说。未必就是故意，许是没尽全力吧。”

“他还是……对先取梁山洲的战略不服啊。”穆玄汝一叹。

“妾身怕的是，过了这时节，风会不会没了。”陌闻音近了江夏王些，抬着眼问他，“殿下，妾身也不懂，水上打仗，是不是全得靠风呀？”

“唉，怎么不是呢，不说全靠，也七八成。”穆玄汝抚住她那只没有摇扇的手，“赤壁之战，你不是总爱听孤讲嘛。”

“那，这拖下去，我听说，北虏的什么金人，都摆到梁山洲上去了，这不就是挑衅咱们必拿不下沙洲，不就是江北的禁军打完了郭乐成增援来了？底下兵将都在传，是不是也都这么想？枚伦又不肯上心，这不合了禁军拖着咱们攻打沙洲的意了？往后不是，越来越难打了？”

江夏王眼睛落回军报，唯锁眉无话。

陌闻音清楚他在犹豫什么，把扇子举高，帮他散热，“就算是，咱们拿下了沙洲，两万多个人守卫，得靠枚伦步兵去占据那些工事吧，殿下的水师，不就受他节制了吗？”

穆玄汝从军报上抬起头，一瞬明白了她的意思。真拿下了梁山洲，水师什么时候通过，怎么通过，控制力就到了枚伦的手里，以他的秉性，未必不会反报凌驾于自己。

陌闻音在江夏王面前跪起坐正，声音轻柔，“就让枚伦自去攻他的岸上，为殿下分兵、策应。殿下有千万艘的舰队，不用干等着他全拿下沙洲两岸呀，趁风大时，”她手上扇子一振，好风扑面，“乘风顺水，风驰电掣，拣工事毁坏防守稀疏的一侧，不就闯关冲过去了吗？”

王妃的目光，像夏秋的江水一样明丽而深，穆玄汝看着里面，看见他的夫人眼中在真实地企盼着一场胜利。

江山美人，让人血热。

太阳渐渐落下了中天，西南风又紧。

柳遥之一把折椅坐在帐口，不用多看堤头那面指示风势的旗子，营垒上每个守备士兵的肩膀姿态，都让他读出风势一般巨大的紧迫。

“前天那样一场，沙洲上再受不了一回了。”副将叶援站在他身边说，“即便死挺住，荆州最多再损失二三分的船。可他们船实在太多，剩下的，又再来一回，差不多就是闯空门了。”

他没有直说，朝廷舰船再战可能全部伤损。柳遥之沉默着。

皇帝没有像江夏王那样下令强征商船和民间水手，柳遥之其实能体会他的心理，毕竟江夏王是在从别人手里抢天下，但对皇帝而言，天下的子民，是他自己的。

“昨天商讨的那个战法，属下看，必须实行。”叶援说。

柳遥之仍没有回应，他看着那面被西南风卷动的长旗在想，为这样的君主，值得死战。

“将军？”

柳遥之点头，“你有勇，他得来。”

像从前很多次，他起身又想拍拍叶援的肩膀，但觉得手臂沉。从定下战法，柳遥之一直想，赤壁之战时那些最先过江放火的小船，上面的战士，最终怎样了？漫天大火，黑夜的大江，他们真能游水返回？

叶援完全明白，自己将面临着什么，像从前每一次那样，他的眼眶微红着，但是眼神兴奋而坚定，其中满是对胜利的渴望。

柳遥之笑起对他说:“祝你旗开得胜,祝你安然返来。”

阴智艺,现在的荆州都督,曾于柳遥之任江州刺史时短暂在他手下从事。建议皇帝将此人转职至荆州,以及在皇帝开始调离荆州能臣时,建议将此人留下,都是柳遥之的前手。

能战,敢斗,锐却莽。他的心性,就有些像叶援,让柳遥之觉得熟悉,也让柳遥之觉得,可有一赌。

梁山洲上的防御,较前日弱化,统领荆州水师的阴智艺得到前方近报。

日暮时分接战起,舰船的战损也比之前有明显下降。看来开战前的预判不错,无论人力还是心力,禁军都经不起短时间内再一场猛仗了。

阴智艺立在主舰船头,远望沙洲方向。

太阳落去身后,从东方天际漫开的暮色渐渐侵袭,大小舰只点燃船灯,像星河铺在暗蓝的江面。梁山洲的营垒上也有火把,围出了洲头的形状,两侧分开的水流像两条手臂,从前是阻挡,今夜却似在迎纳。

报恩效死,阴智艺已经不再去考虑,自己跟从江夏王,究竟是不是反叛,只信这一江盛水会把他无敌的舰队导向建康,导向最终胜利的地方。

风从耳边浩荡而东,荆州都督重申命令:“趁风速进,避免和朝廷舰船缠斗,小伤不必停船检查,今夜务必使主力舰只突过梁山洲水道!”

沉船的残骸被江流卷裹,已不见踪迹。更大的风势中,荆州水师不再执着于抢滩登洲,而是在大舰向岸上攻击的掩护下,斗舰从沙洲南侧全速冲越水面防区。

沙洲上前日经火,几乎烧成赤地,除了秃黑的叠石垒,洲上放置的军械明显减少,只有洲头方向投石和弩箭密集,向洲尾去,防守渐疏。禁军水师逆流而上拦截,但荆州斗舰只是顺风乘浪,以惊马般难阻之势前闯,甚至不惜迎头对撞,使两舰双双倾覆,只为后方大船冲开前路。

黑暗的天空被舰船和地面的灯火映得薄亮,像梁山洲上方撕开空洞,苍穹的风尽数灌向这里,卷动天地间的一切,同往此夜注定的结局。

荆州水师的第一艘船冲出南侧水道,越过了梁山洲的洲尾。

三支火箭,接连从那船头直向高空腾起,像天神割开战局的三道刀光。阴智艺的主舰上,江面所有的舰船甲板上下,荆州军沸腾了!乘胜不可迟疑,阴智艺急命舰队全体扬帆加速,按既定队列穿通南水道,压垮朝廷军最后的心理防线。

越来越多的舰只越过了梁山洲，洲后不断升起的火箭落时仿佛星雨。南水道满布争先恐后冲过的荆州舰船，如同在水面结起了极速移动的城寨，官军从沙洲上的攻击仍在持续，却显得那样无力，即使击沉几艘战舰，在那城寨边缘敲出一两个缺口，也无法阻遏随水而推的整个舰队涌去建康方向。

禁军残余的小艇在徒劳地逆流穿插，试图向阴智艺的主舰发起近战，但那些不能扬帆的人力艇轻易被大船随水推开，在激流中搏浪挣扎，不复有人在意。

南侧水道的入口近了，阴智艺知道，近半的荆州舰正在其中通航，甚至有一二分已经航出向下游，今夜一鼓作气，便至秦淮河口。他期待看到更多的火箭升起，扬头，果见洲尾方向火丛大盛，刺穿黑夜，却不是向着天空，而是全体飞向河道。

这一刹，他不清楚发生了什么，阴智艺看不见在沙洲上的石垒背后，被沙土覆盖的幔布掀开，坑中露出众多掩蔽下的投火机和床弩，以及引火的油桶、草把，他只看见道道飞跨的火光远不是火箭那样纤细，是火蛇与火龙，毒牙啃噬上水道中的舰艇。

沙洲之南，抛掷的火种连贯成弧形的火幕，如同渡人向万劫不复的拱桥。水上城寨一般的舰船四处开始燃烧，风大船密，梁山洲南水道顿成火河。大风将火焰卷向下游，刚刚冲出水道的多艘舰只同样起火，它们向更广阔的江面漂去，仿佛在追咬着先它们一步侥幸脱出的同伴。

“落帆，快快！落帆，快！”激流的江心无法停船，阴智艺再顾不上其余，在冲面烧来的火光中大喊，“桨手下舱，回退！！”

尚有一半的荆州舰在自己身后，朝廷的船混在这大火中也会烧毁，收束剩余战力，不怕卷土重来！！

快要被烈火吸入的重压之下，主舰的桨手遏止了船速，向枚伦控制的江南岸转向。然而阴智艺刚感到一丝江风凉意吹在半边脸上，又察觉余光中映现火光，他向那侧转头，发现火势竟从上游的江面也在向他烧来。

那些小艇，那些漏网的官军小艇在遥遥天际点燃了舱中的油草，像一只只红鲫在幽暗的水中往来，用钩索挂上大船，引燃船壁同归于尽。

西边江天交际处，陆续烧起一道火线，不曾停歇的西南风吹卷火势，逼迫没有起火的荆州战船加速逃向下游。可梁山洲水道依然是熊熊火海，江南岸没有拔除的秋草也被星火吹燃，几点火光渐在岸上连成一片，烧向漆黑的南天。

到处是火，这火将烧彻天地，无人幸免。灼热已经是次等的感觉，让阴智艺绝望的是烟，被风从上游携来，将他的整艘主舰裹住的浓烟。

痛感到来之前，一切业已暗灭。

“殿下，再不逃来不及了。”江夏王岸上的军帐中，陌闻音急说。

东天已烧成赤红，穆玄汝手把着帐口望江水去向，他不肯相信只一把火，自己经营十余年的荆州水师就会全军覆灭。

还有存余，一定还有存余，加上芜湖军港里的后备，自己登船一呼，就能再次结阵。趁火势熄灭敌兵疲惫的战机，烧尽了的梁山洲再不是阻碍，荆州的舰船将遍布建康的秦淮河道……待枚伦返回，还有成建制的步兵……

陌闻音在身后扯住他的袖子，“殿下惜身啊，退回夏口，城坚仓富，才能从长计议。趁这一胜，柳遥之未必不会进击夏口，要是不能赶在他前面进城，咱们连回去的地方都没了呀。”

穆玄汝回头看她，不由心中一片芜杂，斥候全被散出去探看最新的战况，江上的局面实在不明，只觉火光摧心，甚至将向东的帐幕映透发红。他抓过陌闻音的手，咬牙等待枚伦的消息，决心即使逃往夏口，也得带上这员猛将随行。

侍女梅子这时从帐外跌跌撞撞进来，眼睛通红哭说：“殿下啊，岸上也烧起来了，那边一大片火，眼看往这边烧过来了，咱们赶快跑吧。”

穆玄汝闻言惊慌出帐，由扈从近卫扶着登上高堤东望，果然看见岸上火情不断漫开，渐渐烧过远处江水湾，虽然风向东吹，但火舌的边缘一点点舔过湾头芦苇，留在此地，迟早必定遭火无疑。

堤下水边有动静，挣扎爬上一个浑身湿透的兵丁，穆玄汝就着火光，认出他腰间绑的己方令旗，大声问：“阴智艺呢？！”

那传令兵咳嗽着，“……看势不好，阴都督叫小的们小艇逃回，给殿下报告，艇在前头也翻了，小的游……回来……阴都督说……”

“说啊！”

“说殿下，说请殿下不如整兵，趁乱东进，按……枚将军之前的计策，袭了新亭去，等火烧完，梁山洲的水道就开了，殿下的舰船还有，从新亭传旗招呼，就向建康了。”

这与江夏王心中暗合，他想想，定神问：“枚伦呢，你可有消息？”

那传令兵摇头，“到处是火，小的水上漂着，看岸上队伍都逃散了，还有，趁火抢掠的，枚将军，实在不知。”

陌闻音在江夏王身边说：“江州拉起的兵源是一群乌合之众，一旦败倒了，等闲哄散，妾身看枚伦眼下指望不上，别是他自身难保，先逃了。”

茫茫夜色中，穆玄汝焦心更甚，转脸向她，只见她素白的脸颊在兜帽后带着泪，“殿下，快船妾身已备好了，咱们向夏口回去吧，等到天明，水路都未必安全了。”

“打成这样，柳遥之必不在新亭大营，那里可能，只剩些勤务保障兵。孤还有队伍，孤的亲兵营还在，夫人，咱们去新亭，夺他装备粮饷，然后收兵向建康，这叫围魏救赵。新亭建康近在咫尺，柳遥之不可能不回救，咱们以逸待劳，路上截击他。”

“阴智艺都没了，”陌闻音惨哭，拉他手说，“殿下是要自去，自去冲锋陷阵吗？要是柳遥之就冲着夏口不回呢？要是夏口丢了，府里多少姐妹们没妾身这样福气被殿下带出来，还有女儿们，该如何是好？”

“夏口城池坚牢，年年经营修缮的，绝没那么容易攻破。”穆玄汝更硬起了心，“顾不了身后了，这是咱们翻盘的机会啊！”

“留守的世子还年轻，没经过事啊殿下。再说夏口是坚牢，那建康城岂不是更难攻破？要是柳遥之打这个时间差，他先破了夏口，咱们大本营都没了，谈什么翻盘啊殿下？”

穆玄汝被王妃哭得迟疑，这时候营侧的堤下，侍女梅子仰头冲他大喊：“殿下！殿下！有乱兵冲进营里来了，说是枚伦的败兵，失控了，整个都崩了，乘马的都在跑！”

江夏王不甘地下望，向东，他其实看不见梁山洲的火焰，只有光，起伏的山岸后的红光。他渴望更多消息，可是没有传令兵再返来了，穆玄汝恍惚间意识到，自己的队伍也已经开始散逃。

梅子爬上了堤头，从旁扶住江夏王的手臂。陌闻音以王妃的身份对近卫令道：“快船可容十五人，快，送殿下速走！”

穆玄汝扭头看着东天，在近卫和梅子的扶携之下，仓皇赶向停船的码头。

陌承光的马冲进江夏王的中军帐时，火光已烧到近处堤岸。千里奔袭终是太晚，叫喊着枚伦乱兵涌来了，营盘防御就轻易瓦解，这告诉他敌首已经逃走，可他跃马撞开那大帐时还是徒然地叫着“姐姐！”，被卷过的烟气几乎呛出眼泪。

随他而来的百名骑兵停马，然而主帅的慌乱无措只持续了一瞬，马匹劈开帐幕，陌承光缠臂提缰从一处缓坡纵上堤坝，望向堤下江水。渐白的天光中，江心有荆州舰队残败的船只在逆水回逃，向天边而去大大小小零落的舟船中，早不知江夏王所在。

但那堤下不远处，伸向江水的码头停着几艘大船，其中一艘尤其精雕夸饰，看形制，必是被弃下的江夏王宝船座驾。

短暂地思索后，陌承光扭头对自己的骑兵说：“寻引火物来，火油最好，尽多拿来。”

营中的剩兵在骑手们的马蹄前逃散，没有抵抗，很快点燃的火把、草束和几桶灯油被带上堤坝。陌承光下马自提了一桶灯油，奔下江岸沙地，登上那精雕大船向甲板上泼洒。无须太多命令，属下们很快领会了他的意图，有人解缆起锚，更多的火油和草束铺满层层船舱。

准备已毕，陌承光只留两个会水的骑手还在船上，带人下船，左手接过一个点燃的火把。大船被船杆缓缓撑离水岸，江流卷住船身，陌承光一个点头，在那两个骑手跳入水中时火把出手，准确掷在船舷之内，宝船顿时起火，带着满船明明烈焰漂向下游。

逃离梁山洲的舰船与它逆向交错，甲板上的身影都在呆立张望。陌承光回头令道：“播散消息下去，江夏王在宝船上战死，座驾烧焚。”

天光大亮的时候，枚伦躲藏的水塘中，他眼前的荷叶上跳上一只青蛙。

入秋的蛙，也不叫，与另一片荷叶下的他两相看着。

像是个对自己的隐喻，枚伦动了下，衔在嘴里的芦管没了水，冒出几串气泡，那蛙就跳走了。

大火烧上南岸是没料到的情况，同样没料到的，还有广陵王佯装烧成重伤向后方转移，暗地带部从下游登岸，取陆路绕回的截袭。

前火后敌，市井之徒的劣性在这时全体暴露，眼看得不到好处，无一个再肯效忠，几万人的队伍鸟兽四散。乱军中枚伦只身乘马逃往江夏王军营，却见大营起火，守军同样外逃。破晓时分的慌烟乱火中，他的马受惊奔蹿，折蹄摔翻，扭到了一条腿的枚伦只能脱下将军袍服，树枝拄地挣扎着前逃。他知道自己长相特殊，白天太难隐蔽，眼看周围的农家有了活动迹象，不得已蹲身入水，躲进了这水塘。

阳光照下，仍绿的荷叶被秋风微微掀起，这像个极平常的秋日。枚伦脑海里滚过自己的一生，他知道这差不多是死兆了，只没想过，到死还是在脏泥臭水里。

江夏王负我。

这几个字混着水里鱼腥气，停在他心头最上。

明明要靠水师强攻，还把自己的步兵同时压滞在这战场。柳遥之既来补防梁山洲，当时真引兵直向新亭，现今自己早在建康城下，死也甘心。

日头升高，水面光线晃眼，枚伦不知自己已在这里躲了多久，浑身皮肤泡得发痒。然而这长久的安静让他意志里升起最后一丝希望，荆州尚且完全，江夏王，到底怎样了？要是安然逃回，裂土自保也能割据天下，再图后事……

他隐隐听见塘岸上有人说："那是有个人吗？"

"可不是，我看着半天了，刚才一个人不敢动他。"

"会是军爷他们要找的那个……什么王吗？"又一个问。

"江夏王？烧死了，船都沉到江里头了。"

"真的？"几口同声。

"多少人岸上看见的，我家大舅子早上去看家里渔船，船给兵火烧了，回来恨得说亲眼看见江夏王死得好呢。"

枚伦从心头忍不住发抖，带得荷叶直动。

"哎哎，他动了！"塘岸上的一个说。

"赶紧，鱼叉拿来！"另一个叫着，"要是那个姓枚的，才值大钱，"铁器相碰声里人声兴致勃勃，"说广陵王赏他的脑袋，一百金。"

枚伦试图向水塘的另一侧逃，塘底的淤泥被他搅动，几杆鱼叉接连刺入水中，浑浊的水面浮起浓重的血腥。

江夏王的死讯传到荆州时，湘州刺史杨愈启动了渡江对夏口城的攻打，益州刺史同期突破襄州西面防线提兵南下，夏口内外大乱。柳遥之引禁军赶至的当天，夏口城门豁然洞开，先是东南方向的一座，紧接着是东北方。

城门其实已经没有了意义，从湘州军在水门处掘开的破口，无数官军想要冲入城中争功，而无数城民惧怕城破后的劫掠，想要出城逃命。两个方向的巨大人流拥挤推搡着，叱骂尖叫着，堵在那狭小的塌陷开口，踩踏无可避免，而士兵还在纷纷以钢刀开路，被土石填塞的内河中不久尸身枕藉。

“城门破了，别挤水门了，走城门！”有人大喊，但那声音像激流中的草叶，倏忽便没了痕迹。

军容秩序开始乱了，柳遥之选择了不加约束。资犒赏于敌，是皇帝明确的指令，他知道在这道指令之下，任何维护夏口城的决定都可能被解释为宽忽容情。

策马入东北门，柳遥之带着随身的三百人卫队快马向江夏王宅邸而去。城防已经由官军控制，那一道城门隔断的，是满耳的哭喊嘶嚎，以及火与焦烟。他不用多看，满街士兵在抢劫平民，乱民在抢劫更弱的平民，妇孺耆老在拼命地躲藏，然而毁家破户之下躲无可躲，哭声是唯一的反应。他不想多看。

马至江夏王府门前，只见大门烧得焦黑，尚有余火，攻城先头部队的队正赶至柳遥之马前，报说：“将军！江夏王没回王府，末将到的时候，里头的人都逃散了，就剩点老妈子。”

柳遥之让他低声，自己鞭马直入府门，从各个院落中对穿而过，果然见到多数房间门户大开，全是被抢掠过一番的景象。只剩几个受伤的侍女歪在角落哭泣，柳遥之拣出一个年长伤轻的，马鞭指住她问：“见到江夏王了吗？”

“……不是……死了？”

江夏王没死是不能直说的消息，柳遥之又问：“主人还有谁在？”

“……全跑了，都跑了……乱贼就破了门了……全抢光了，全跑了……”那老侍女哭到说不清话，这院中剩下的侍女都在痛哭。

“你家的十三小姐呢？”柳遥之问她们，“谁知道？有赏！”

侍女们看着他，方才那个满脸是泪反问：“……十三小姐？”

“叫兰云的！”

那侍女摇头，迷惑的神情。

柳遥之知道这府里女眷太多，眼下也着实不是时候。他回头对跟在马后的队正说：“留你的人看好府门，任何人等不得进出。”又向自己的亲随命令，“派一百人传散下去……”他皱眉，想了想怎么能悬赏江夏王却不明说，“传散下去，有查得是江夏王府人员的，一概严密监管，不得伤害，俘获高位者的，按身份各有赏钱。”

“还有，”柳遥之重重一顿，“江夏王虽死，王妃尚且在逃，务必保证她无恙，此为要事！把江夏王妃安然送至我处的，赏百金，提供切实线索的赏十金。那是个高挑的绝色女子，在人群中行动会很惹眼，一定要注意覆面或者涂泥的，速速去找！”

兵队得令散去，柳遥之回望浩大的江夏王府一眼，鞭马出后门，向城墙而去。

“……谢典签，外头，是什么情形了？”穆玄汝躲在谢家的柴房里，向推门而入的谢荃问。

“城破了。”谢荃在江夏王身前蹲下，“……六个城门，都破了，世子不知怎么样了，街上现在满是官军。”

“这么快……”酸楚悲痛一时向穆玄汝袭来。

谢荃深叹，又说：“属下见王府那边起火了。”

穆玄汝想抬头望过去，又不知王府在哪个方向，“正是，乱民先打进了府里，我们才没能回去。”他只能问谢荃，“这儿……你这儿安全吗？”

“殿下……”谢荃又是一叹，“这些年做殿下的典签，虽然是职责在身，不得不向着朝廷，可属下也一直念着你的恩惠。殿下起兵时，属下以为必死的，殿下却也放过了我……如今这危难时刻，殿下来找我，我不能负你。”

当时留的这一手真的在这种时候派上了用场，穆玄汝赶快说：“感激不尽。孤王知道要是全城搜查起来，你未必留得住我，先让我们在这儿藏着，你去想想办法，看能不能让我们出城，啊？”

“殿下，城门肯定被看管死了，柳遥之的兵，糊弄不过去。”谢荃单膝触地向他说，“水门那里塌了个口，属下去看过了，填着好多尸首，兵少。属下家里还有四匹马，殿下你们快马过去，趁这会儿还在乱，冲了口子出去吧。”

“……能行吗？”穆玄汝慌乱看谢荃，又看自己一直抓着的王妃陌闻音。

“殿下，官军发现咱们不在府里，一定会挨家搜查，时间越长越没法出去。”

“王妃说得是啊。”谢荃也催促说，“殿下在我典签家里他们不一定马上想得到，但时间长了，他们搜上门来我也护不住啊。”

“走……”穆玄汝撑地，胳膊发颤，但还是用力支起身子，“走！”

陌闻音扶他，穆玄汝拽她起来，又在贴身近卫里点了两个，“王妃一匹马我一匹马，加上你们俩，快走。”

躲在一旁的侍女梅子这时扑过来，一把拽住了陌闻音的袖子，“娘娘带上我！”

陌闻音拨下她的手，“与我们分开了，你就是个平常人，就说是外面流民，谁能要你如何？离了我们你更安全，等平定了随便你去哪儿。”

梅子换手仍扯住她，两手一起攀上她胳膊，“娘娘，我家人全是乱兵杀的，真的，我怕，我怕这城里……你带上我走吧……”

陌闻音用没被江夏王攥着的那只手一把拽起她，拉着她往门外走，穆玄汝不让，“干什么，没有她的马！”

见他上手要推开梅子，陌闻音反把梅子更往身边拉，“我俩一匹。府里的人一个都不顾了，连兰云和她娘亲都没带上，这回不带她，我不走了。”

“唉，那，那快！”穆玄汝扯着陌闻音，几个人拉拉扯扯跟谢荃去找马。穆玄汝自己骑上一匹，看身上平民的衣服还算齐整，回头见陌闻音和梅子也上了马，陌闻音一手控缰，另一手正在把马槽旁抹来的脏泥涂到脸上。

四匹马分成两组，一前一后在渐落的暮色中小跑。四处火光将天色映成灰红，有被火惊扰的战马在街上乱窜，胜利者们挥动战利品，呼哨着掠过街道。穆玄汝庆幸自己在船上记得割了胡子，战事起后又急得瘦了不少，而陌闻音的个高，穿着男装骑马的姿态舒展，后面还载着个姑娘，乍一看像是护送心上人转移的青年。那两个近卫跟得稍远，马挑人多混乱处行走，不算招眼。

辗转到了水门附近，就着最后一点天光，果然看到尸体快将那破口塞满了，内河水已近不流，漫在出水口周围形成个浅塘。那尸山本身，成了一道威慑人心的防线，水中又不能久站，只有一些士兵远处围着。

陌闻音勒马，在一间民居的残墙后稍微隐蔽，江夏王也随她停马。陌闻音低声向他说:“趁他们不备，殿下先闯。要是我的马被挡住，殿下不必回头顾我们。”

“王妃你先闯，让侍卫护着你。你要是出不去，我又何必出去，生死与你一起就是了！”

他想隔过马去握陌闻音的手，陌闻音看后面侍卫近了，咬了咬牙，一振缰绳从残墙后冲出去，直向那水门出口发速疾驰。

马蹄踏进浅水的时候周围的兵丁就有了动作，纷纷蹚水来拦，可是起初围得松散，前面的几个轻易被马撞开。马蹄激起越来越大的水花，离那破口近了，层叠的尸体在前，陌闻音唯有迎头鞭马而上，用力一下下拍着马肩让马高抬起前腿。梅子也帮她使劲拍打着马臀，迫使马加速往上。新死的尸体僵硬着，对马蹄没有太多干碍，马匹只稍微滑歪了一下，就被陌闻音提缰催出了水门口，从尸堆一跃而下。

不需要更多交流，梅子回望一眼，看见侍卫一前一后护着江夏王也闯出了城，她扳住陌闻音的胳膊调整了缰绳的方向，然后用最大的力气猛地一掐马臀，马匹长嘶，绝尘而去。

“……娘娘，这是往京里联络，我们用的一个中转的屋子。”夏口城西四十多里处，梅子推开了山坳中一所土房的门，“趁他们没追上来，咱们歇歇。”

“马也牵进来吧？免得看见。”

“后头有个三面墙的马棚，勒上口。”

陌闻音便过去拴马，回来看见梅子在灶边掏着，从暗格的地方翻了些东西出来。

“这儿有米，我给娘娘先弄点吃的。”

“先歇着吧。”陌闻音走过去推了她肩膀一下，两个人都直接坐翻在灶前的地上。

心惊加喘气，她们静了好久，都看着那积灰的土地。梅子说:“你马骑得真好。”

"你也会骑吧？"陌闻音还低着头，除了坐着，什么都不想管了。

"嗯。一会儿我骑马回去。"

陌闻音抬眼，"干吗？"

"娘娘你知道吗，我家从前在襄州，就是贩马的。我们镇子上好几家，都是偷着跟北边做生意，我爹，还有我哥哥，从前就是帮人行脚，还帮人从北边买马。"

陌闻音点头，她愿意听这些，听着心里静些。

"后来官军说我们，叫偷越关禁，还说……里通外敌，来我们镇子上抓人……"

陌闻音抬起头。她说，怕乱兵，果然是真的么。

"那也不叫抓人，就是抢，抢钱抢东西，抢人。把我们镇子给围了，放火，烧光了就没人知道他们抢了多少，人死了，就说是抗法，说我们自己点的火，烧死了。我全家都这么没的，就因为贩马挣了点小钱。"

梅子的手在地上无意识地划拉着，陌闻音伸出手去，手指跟她碰在一起。

"我长得还行，值钱，给卖到窑子里，后头也都是那些兵去……"

陌闻音的嗓子像什么东西塞住，梅子的手不动了，陌闻音牵住她。

"再后头，就是三殿下，三殿下去了襄州，把边禁开了，让两边能卖东西。一开始都没人敢卖，他就复查这案子，没留什么活口的，他费了好大劲找着我的。我做证，他就把那些犯事的兵都抄家了，把领头的都杀了，给我家人报了仇。"

"那你怎么没跟着他呢？"陌闻音问。

"我是想跟着呀，他喜欢你。我跟你说，他那个时候就喜欢你，没说名字，就说是同窗的姐姐，不就是你吗？他说跟你成亲之前，不想要侍妾。"梅子的眼睛一直看着自己的手，那手在陌闻音手里。

陌闻音抿了下嘴，也低眉。

"我就还是做本行，自己开业，跟着他的队伍走，我还挺红的，他也知道。后来到了彭城，他就说江夏王好色，问我愿不愿意帮他潜到江夏王身边，以后万一有事能照应。我就说愿意呀。"

"从今往后呢？"陌闻音问，"没有江夏王的事了，你去哪儿都行，干吗骑马回去呢？"

"他们几匹马离得不远，这会儿是天黑了，他们没赶上来。江夏王不会不找你的，我得回去，得让他落到官军的手里，你就真安全了。”

“我已经安全了，夏口城都破了，他再也不是什么江夏王了，他找着我又怎么样？”

“就别说那俩近卫了，江夏王，他揣了一把淬毒的怀刀你不知道吗？”梅子问她，带着种狠意，“你知道的吧，所以你一直配合他，你知道他想走投无路了要带着你死，你不想死！”

“我是不想死，可我也犯不着让你回去。”陌闻音疾声，“好不容易都脱出来了，别管什么江夏王了。”

“你是不想让我回去害他吧？留什么情啊，一日夫妻百日恩？”

陌闻音嗤一个冷笑，“从他要害我家的时候起，就没什么恩情了。”

“你怎么知……”梅子愣了下，“我没告诉过你，怕你跟他起闹，危险。”

“这用谁告诉吗？”陌闻音坐在地上，还是笑，“我弟弟最后一封信上说，父亲去世我都没回去，迁坟大事再不回去，就跟家里恩断义绝吧。这是他的心性吗？我就没回去，他也就知道，我在江夏王身边，不是寻常夫妻那种自由，果然他除了文书问安，再没写过家信来。这不就等于告诉我，从我父亲去世，到迁坟这段时间之内，发生了什么事，让他觉得我还是和家里‘恩断义绝’的好。我跟家里有什么可恩断义绝的？除了我在江夏王身边。这不就是江夏王要害我家，而且非一般的害法，我弟弟跟你想的一样，怕我跟他起危险，索性在他眼里，让我还是跟家里割开的好。”

梅子惊讶地一直看她，陌闻音起身拨拉她，“行了，别傻着，有什么现成的赶快吃一口，没有就快走。”

“不行，我得回去，我得回去跟江夏王说，你被乱兵杀了，要么是怎么死了，他就不会再追着找你了。”

“就怕他找着我是吧？找着了，我也能把他引进官军手里，刚才是那些官军没用没拦住他。”陌闻音拽她起来，“用不着让人替我冒险。”

“我不能让你冒险！”梅子叫了起来，起身瞪着她，“江夏王死一定要带上你死的，你就算不当我是个什么东西，我为三殿下的心是真的！”

“我——”

“我这不叫冒险，我引他才不会有事，他死干吗要带上我呢？”梅子一丝苦涩地笑了，“我就是个玩意儿，他想不起来杀我的，引他们见着官军了，我就喊这是江夏王，然后我就跑。”

“没那么简单。”

陌闻音的身高对梅子有压势，但梅子直直盯着她也不退缩，“反正我要去，你非得跟我一起吗？不为你，我也得回去找他，不多你一个。”

觉出了梅子为什么有这种争胜一样决死的心，陌闻音硬扯她往门口去。梅子由她拉着，步子却不动，“你鼓动着江夏王起兵，我也没办法，世子比他父王心细，准备的时候，我们在荆州的钉子差不多被他挖光了，我消息都不知道传出去没。后来我也想明白了，江夏王要不起兵，怎么倒掉，他要不倒掉，你怎么回去跟三殿下？亡国的妃子，一样能入那胜了的宫廷，戏里不都这么唱？”

陌闻音脸向着门不语。梅子慢慢地抽回自己的手腕，“打起仗来，要不是你搅着，江夏王也不会跟枚伦闹成那样，奇袭也不许，战机也不等，把水军稀里哗啦一把都撒出去，更不会大败了一场就跑，后头全不管了。我苦心苦力的，这么多年，为了三殿下，这么多年，到头来总不如一个你！”

梅子像要哭了，陌闻音回头说：“我想让江夏王倒掉不是为了见他，说了是为我家里，他也不会见我了，我就回家闭门待着。快走吧。”

“他干吗不见你？你说他什么，我也没传给过他。”

陌闻音转回身，意外地看她。

“你反正要和江夏王装样，你就那么对我说，你是不是怕他还想着你？想让他断了念，要打江夏王的时候不用顾虑你？”

陌闻音静了一瞬，笑，“他不知道那些啊？那他也没顾虑我啊，你看。”

换作梅子愣了。

“所以你也别在意我了，从今天起，你不就是你自己了。”陌闻音又拨拉一下她的手臂，“是继续躲在这儿，还是继续走，你拿个主意。”

“……那你拿自己的主意吧，娘娘。”梅子从陌闻音身边经过，要去开门，“我就自己走了。”

陌闻音还想拉她。

梅子背对她说，“我的主意就是，我要去找江夏王。你不是想拦着我吗，为我好吗，你还不如回去了，帮我跟三殿下，跟陛下说，是我护住了他那时候喜欢的人，我还帮他抓住了大敌。我就要他一直记得，记住我贺梅子。”

“……这是婢子带的最后一块饼了，殿下，你省着点吃。”

江夏王坐在草窠中抹了下脸，又咬了一口。

夜晚山坳中蚊虫很多，咬得人浑身燥痒，穆玄汝尝着了手上的腥气，可能是拍蚊子的血。

“真没想到，最后陪在孤王身边的女人，是你。”他嚼着饼，嗓子里有哽咽。

“娘娘不知道殿下还在找来，以为永不能会面了，就在前头一点……不想受辱，投水……”梅子陪哭的样子。

“她怎么不等我……”

“王妃说，留我有命遇见，要好好伺候殿下。”梅子拿袖子帮江夏王擦泪，又抓出潮湿草根处的泥，抹到穆玄汝脸和脖子上给他挡蚊子，“殿下，我看咱们躲在这外头不是办法，咱们还是回城去吧。”

“怎么能回去，城都被敌兵占了。”穆玄汝不敢高声，气音急了。

“那些守水门的，哪怕不敢马上说跑了人，城里头找了半天一夜，没找着殿下，明天怎么都会出城来搜了。这马也饿了一整天，咱们跑也跑不远，与其等着他们找着，不如回城去，再到谢典签家藏着，他们反而想不到。”

这话有理，穆玄汝咽下饼，没有干净水喝，忍着喉咙痛说：“怎么回去呢？还闯水门？”

“夏口的水门不止那一个，有出脏水的水道婢子知道，烧杀了一天，这会儿是人最疲累的时候，防得不会太严。咱们赶紧凫水回去，婢子带着殿下。”

“水道，你怎么知道的？”旁边侍卫问。

梅子只对着江夏王，“战前婢子就留了心，怕战况不好，打听过的。”

希望，让穆玄汝的力气一下又回到了身上，他点点头，在梅子肩上撑了一下就站起身来，回身说：“走吧，牵上马。”

夏口城越来越近了，在薄薄的天光下，渐能看见城中仍有黑烟升起。他们兜着圈子停停走走，在远远的晨雾里面，有一群兵队模样的人出现。两个侍卫先看见了，小声提醒着转向，梅子瞥了一眼与她并马的江夏王，心道以他的老眼现在还看不清，她把马稍稍贴近，心一横猛地夺过穆玄汝的缰绳，两缰同振，催动两马一起向那边冲去。

侍卫在后方没敢大喊穷追，越来越近了，前面真的是兵队！

梅子用了最大的力量叫："这是江夏王！江夏王在这！！"

穆玄汝反应过来夺回缰绳要逃，那些士兵已经疾跑围了过来，抽刀砍向马颈。混乱中梅子的马也惊了，她重摔到地上，还是在喊："这是江夏王！抓住他！！"

喊声戛然而止，穆玄汝的怀刀刺进了她的后背。

毒力比疼痛先发作，她觉得后心木木的，那感觉从背往四肢蔓延。她的精神还是清楚的，能听见说话，听见说"江夏王？不是死了吗？""我看看，让开，哎真是！""对，就他……誓师的时候我见过……这老东西不给咱们除兵籍，还逼咱们送死！""弄死他！""哎，活的值钱。"

是荆州的残兵啊，她想。

"……死活都一样，没说江夏王要活的。""那弄死他！"

都一样，那就行了。梅子闭上眼。

城里和城外三十里范围已经搜检尽了，天已透亮，柳遥之撑不住疲累，返回设在夏口东南门的中军营休息。几日前的火攻中叶援烧伤了脸和手臂，缠着绷带给他递上刚到的急报，柳遥之边拆边问："夫人……江夏王的十三女，有消息吗？"

叶援包在绷带里，垂目摇头。

柳遥之抬手按额角，对急报看了两眼，手停住了。

"……有人把两具尸首抬至北城门前，声称是江夏王与……王妃。"

叶援绷带后的眼睛又惊又慌地看着他。

柳遥之头昏昏地起来，重新去牵马。从东南门到北门的这一段路，在逐渐亮起的残损街道上，他感到经历了有生以来最难以压制的恐慌。柳遥之完全没有办法预计，如果陌闻音就这样死了，皇帝会对自己怎么样。

北门停尸的地方已经围上了人，但人群很静，全都没有表情。柳遥之的马分开通道进去，那两具尸首旁等着一些军服残破的荆州兵，见他来，全部跪下，打头的说："大帅！我们抓着江夏王了，他反抗要逃，被我们杀了，求大帅饶恕我们，我们心向朝廷的！"余下的叫着附和他。

"嗯。有赏。"江夏王的尸首没有遮盖，柳遥之已经看见了他的脸。他的肚腹被剖开了，但肠子已经塞了回去，衣服被血浸满。

旁边的那具尸首盖着张草席，还有最后一点女子的体面。

柳遥之下马走过去，缓着呼吸，揭开了那席。

不是。

一口气舒出去，柳遥之差点晃了下，他向那打头的残兵问："这女子是……"

"她把江夏王引来的，被江夏王给捅杀了，不是王妃？"

柳遥之摇摇头，没再理会他，把那草席仔细盖了回去。

"王妃应该没事。"柳遥之上马，对亲卫队长说，"这女子可能是江夏王妃的替身，最后想投诚了。王妃估计是被藏在什么安全的地方……"他想了想，"或许从一开始，就没出王府？你派人，再到江夏王府仔细去查。"

消息送回是午后，柳遥之正计算着收编荆州残兵的后续，一边撑头假寐，外面报说江夏王府中的暗室里发现了两个吊死的女子，其中之一年龄与王妃相符。

柳遥之的第一个念头，是陌闻音不像是会寻死的人，更不会为江夏王寻死。他站起来，头晕着去牵马，在烈日下赶往江夏王府，那种光线晃眼的感觉似曾相识，骑到烧残的王府大门前，柳遥之已经浑身僵着，毛骨悚然。

他的直觉，从没有出过错，只是这次来得太晚。

他知道自己错了，听到陌闻音的死讯绝不是他一生恐慌的顶点，连现在这刻都不是，而是此后余生的每一时，每一刻。

那暗室的地上已经被放落的尸首中，年轻的那具是他的夫人。

进入清凉殿的时候，白延龄在门边对他行礼招呼，没有出声。

陌承光点了下头，迈步进去，殿上只有皇帝一个人。

临着花园水池那一面，轩窗全部大开着，但起居器具的摆放已经是寻常殿宇模样，只在穆骏的背后保留了垂帐，有秋风淡淡吹过。同样这水边殿里，他们谈论过什么来着，念头一闪而逝，除兵籍，抑宗室，收天下权柄，陌承光只没想过，一切能实现得这么快。

眼前的人，已经是他的疆域毋庸置疑的主人，再无裂土之忧的天子。

陌承光想起来行礼时，皇帝问："没往荆州去？"

"开始是，担心我带兵前去，江夏王穷途末路会以姐姐威胁。"陌承光想想说，"后来是，听到姐姐无事的消息，想先来问陛下。"

"朕最近得了个礼物，想给你看看。"穆骏岔开了话。

陌承光看着他，穆骏没有多余的表情，从坐榻上起身，偏头让他随自己出连廊，向殿后的卧房去。陌承光步步跟随，在穆骏轻松的步伐之后，觉得双腿沉重，直到他看见那卧房暖间的绣墩上坐着位宫人姆妈，怀中抱着个小小的襁褓。

陌承光停下脚，没有掩饰地愣着。穆骏回头看见他的神情，笑问："你以为是什么来着？"

"……漆封传首的，江夏王的头。"

穆骏脸上的笑容淡了，他跟那姆妈指了下陌承光，让她抱孩子过去，一边说："你想起来了，关于郭乐成的头，你是抗旨啊。"

陌承光应该跪低请罪，但孩子已经抱到他面前，他想看，就没有动。还没出满月的孩子，皮肤皱皱的，像覆了一层胭脂粉，闭着的眼皮薄薄得透明，能看见蓝色的细小血管。

陌承光的直感中想，这是他的好友得了珍视的第一个孩子，急着想让他看看。可他的理智告诉着自己，这是君主在向他展示皇嗣，谋求他的怀恩思慕，以及传承的效忠。

甚至在示意，即使姐姐回到宫里，也因这孩子的存在，不会得到太高的位置。

但孩子是可爱的孩子，这样柔嫩脆弱，惹人心软。但愿从此，这个人，真的能放过每一个孩子。

"因郭将军葬事抗旨之罪，臣一力承担。"陌承光把视线从孩子的睡脸上抬起，"也请陛下践诺，对于在淮南归降的郭将军旧部，从此全体开赦。"

"第几回了？先违抗朕，再说承担。"穆骏走过来，也就着姆妈的手看着孩子，像看什么稀奇的宝物，没有伸手去动碰，"知道朕不会责罚你而已，总得有个限度，朕也不会日日这么高兴。"

陌承光施礼下拜，没有说谢恩。

"答应你的事朕不会食言，没了主使，这些北来人也就是寻常匪类，你愿意担着，就好好管。"

"谢陛下宽宏。那所谓巫咒案中下狱的禁军马苑北来将士，是否能够一并开赦？"

"得寸进尺啊？"穆骏挑眼看他笑，又低头看着皇嗣说，"等荆州缓过气来，朕册封这孩子为太子，到时候大赦天下，何必不赦他们。"

果然，陌承光想。他问:“等姐姐回来，陛下给她备了什么位置？还是陛下能开恩，让我们带她回家去？”

“她进宫，肯定是籍没，罪臣女眷么，位置在掖庭。”不等陌承光有反应，穆骏答得非常快，“一年半载，封她也不能太高，至多淑仪，不然招眼。当然，”穆骏抬眼看陌承光，“这是朕的意思，朕不会强迫她，也不会强迫你。”

陌承光看他，掩住一个想嘲讽的笑，“姐姐的事，都是她自己做主的。”

穆骏点头，让姆妈抱着孩子行开，听陌承光又说:“如果姐姐入宫没位置，臣想求一个位置。”

穆骏回眼看他，有些意外，片刻也笑，“对啊，要成外戚了么，没个像样的位置，怎么跟王家争。”他往主殿走回去，想想说，“复职丹阳尹，改兼扬州刺史够不够？这回七弟为朕平叛尽心尽力，朕打算从他的愿，放他去徐州了，空出来的扬州刺史就给你，正好也查查他，任上出过什么漏子没有。”

“臣想要青州刺史，”在穆骏停步回头的薄怒眼光中，陌承光又说，“给臣的二哥。”

穆骏的脸色缓和了，陌承光跟过他去，“臣不再远离陛下，愿在朝中为陛下分忧。但青州，战略要地，需要长久的保育，这次北虏趁我朝内乱，多股入境劫掠，臣的二哥延佑在青州组织民众，从敌人背后南下袭破虏军，与夏侯将军配合得当，臣认为他当得起这个刺史。”

“会为家世谋划了。”穆骏看着他笑，那种放松的感觉更明显了，“本来朕也是这个意思，一块飞地，要能建成个向北地的桥头堡，朕何乐而不为？但你家二哥的资历，够不上刺史，朕会找个空头遥领的，让陌延佑做青州都督，戍边么，这是实职。”

“扬州刺史也能给臣么，也加侍中？”陌承光紧接着问。

“想平对文炎吉？”

陌承光点头。

“你为郭乐成记仇，朕就头疼了。哪能一下给你家这么多啊。”穆骏跟他并肩，带他一起从廊下往回走，“朝内朝外同时给高官，别说文炎吉，王家的嘴朕都堵不住，到时候闻音在宫里更难。扬州刺史留着，侍中算了，朕先给你个别的。”

陌承光随着他的步子，眼睛转向秋阳媚人的花园，听他说：“朕的妹妹少，也有不错的。或者，这回荆州收回来的五叔的女儿里头，挑个顶好的封公主。朕皇嗣都有了，你这个同窗——”

“臣和……陛下五叔的一个女儿，有过婚约。”陌承光站下。

“你还认真的啊？”穆骏回身，退着走了一步。

“臣不曾欺君。”陌承光看着他眼睛说。

“还在怨朕？”

“臣不曾怨陛下。”

穆骏细看他眼神，点了头，笑从袖中掏出一样东西递过，像是书信。

“你要是答应当驸马了，这个，朕就没想给你了。”他努了下嘴，“长平……长乐公主，随着吐蕃的国书一并送来，给你的。”

封套上写着“陌承光亲启”，简洁秀丽，穆宁云的字迹。陌承光拆开了封缄，掏出来的雪色信纸上无一字，只在折痕处压着一枚黑色的鸟羽。

他拈起那羽毛，又往封套中确认过没有其他东西了，不觉将信封捏紧。指间的羽毛是纯黑色，陌承光起初以为是燕子的尾羽，但是更长，更坚韧，像柄黑色的小刀。应该是来自某种大鸟，鹤类。

“这什么意思？”皇帝看着笑问，“太谨慎了吧，你俩打的什么哑谜？”

“她是说，”陌承光轻轻搓着那羽茎，看羽丝在阳光下泛出金属般的光泽，“她已经变成了……不用飞回来的鸟。在那高原上很好，很适合。”

也是愿我能远飞吧。陌承光没有讲。

穆骏笑笑走开，手撑到长廊栏杆上望池水，“适合就好。宁云有本事，吐蕃与我们相好多了，国书比往年来得勤，茶马协议也痛快续签，还跟北虏在黑石关又干上了。朕得回书奖她。你要是有回信，让礼部一并带回去。”

没有回话，陌承光一直低着头。

“一句都没有？”穆骏扭身笑着问他。

“……亦，”他只能想起一句诗，多的说什么，“‘亦余心之所善兮，虽九死其犹未悔’。”

“嗯。”

然后皇帝沉默看他很久，陌承光对这封来信看了很久，仿佛那枚羽毛上有千言万语。上面折射的秋阳，不仅暖了他的眼睛，也暖进他的心，将久已在的冰壳融化了些许，从冰水上浮出再向前的力气。

他把那羽毛小心地折回信纸，放好收进怀里，抬头说:“臣去荆州，接姐姐回来。”

“你是得去。”穆骏背倚着栏杆，在流连的轻松末尾撑手直立起，“不止闻音，还有柳遥之。他遇了些事，眼下很不好，你去，把你的姐姐，和朕的将军接回来。”

“酒吗……那是？”

江夏王府空空的大殿里，很久后，柳遥之有了反应，他在那金銮椅上瘫坐，长身长腿像没地方安放，搁在前面案上，堆满的酒坛、酒壶要把他埋葬在那里，还有残留的酒液，和可能呕吐出来的东西，像死场，陌承光能想起的，悬瓠城外堆尸的地方。

他眼睛还活着，动了动，盯着陌承光手里。

“是水。”陌承光慢慢地走近他，“将军已经七天，不食不水，喝的酒都化泪流出来，太过伤身了。”

“不带酒，你来干吗？”他身子不动，只有眼睛追着他，“你不……知道吗？现在我，最不想看见的……的人，就是，你。”

陌承光在靠近他手边的位置拨开一个空隙，把水壶放在那里。

“我去找，怕是你姐姐的尸首，我奔去找的时候，你知道吗……我夫人的尸首，就挂在曾跟我近在咫尺的地方。我一头，一满头想着你姐姐的安危，皇帝的女人……你知道吗，我的女人，天那么热，我找到她的时候，她都……不是我，不是我记得的样子了。”

陌承光从金銮椅的平台退回，在他能看见的地方跪坐下，俯身拜。

“……请罪？你什么罪啊？”柳遥之的一只手在身边摸，碰到似乎还有点酒液的小坛，猛拿起来，张嘴倒出几滴，空坛从手心落下，“除兵籍，为了什么……”他想不起来词，“天下的好事么，你姐姐送去，稳着，稳着江夏王么，皇帝要抢他的女人回来，跟你什么关系，是吧？”

陌承光不说话，头触地伏着，企望柳遥之能有一个宣泄的出口，把他对他自己的恨，从这个出口倒出去。

“你父亲死了，死了……你就能躲了去，没你的事了么，你就不用去打江夏王，你的姐夫，我就去打我的……我的丈人，我女人的父亲么……你就不用逼死你姐姐，我就逼死我夫人了么……”

把袖里东西掏出来，顶在头前，双手往前推。陌承光让柳遥之看见，他从京里带来的东西，然后解一把腰刀，摆在旁边。

“陛下赐予将军的，免死金牌。”陌承光将刀横过，以刀鞘使金牌更向前推，引颈受戮的姿势，“拿着它，将军可以做任何事报复，包括杀了我。”

短短的安静后，柳遥之笑了，以他现在的状态，最可能大声地哈哈笑，噼里啪啦的酒罐子被他抖动的身体震下来，“对对，对……天下的罪，都是你的罪，错都是你的错……我，我们这种人，哪配？”

陌承光看到打翻在地上的水迹，在酒臭气弥漫的空间里，淡至无痕，像眼泪。

自己哪配在这种时候流泪。

“我跟你说，这个罪，你比不了我。我和兰云，成亲……五年，起初我顾着往上爬，怕被人做质，没让她，怀上胎要孩子，后来可能她年纪……我都不知道，她喜不喜欢孩子，着不着急，我都不知道……她母亲，只是个管书房的扫洒婢，她们母女，在王府里，根本没身份，江夏王跑的时候，根本不会想起她们……”

柳遥之在哭，没有眼泪，他的身体里面，已经没有水了。

“我那时候，还觉得自己，娶了宗室女了，我啊，我连她叫什么，连她长什么样子都，都不知道的时候……我就给我长什么样子都不知道的爹娘烧香，我说啊，爹，娘，儿子我，要娶宗室女了……”

陌承光硬咬住嘴唇，眼泪倒着流在额头。

“这么多年，我后悔啊，我后悔啊……我当她，就只是宗室女吗？我对她的什么……我都不知道，我都不知道，她母亲那么烈性，为了个身份不给的江夏王，我都不知道她……和她母亲一样，那么烈性，我都不知道她那么烈性……暴民破门……我害的，我的兵害的，我都不知道什么贞洁，对我的忠诚，她写的那些……我都不在乎的东西，对她就那么重要，我休书都写给她了……”

他哭出来了，没有眼泪，真正地。

皇帝的判断是对的。这种时候，自己这样有心无口的人，看起来坚强无比的人，可以做他的出口。

陌承光低伏在地上，只要藏住自己的眼泪，不增加他的软弱。

他就会像每一次在绝境之前那样，用他所有爬到如今的意志，挺过来。

到哭声和酒坛罐摔落的杂声都没有了，他听见柳遥之说："金牌，拿走。对我没用，我们这种人，不会死。"

陌承光抬起头，看他，而他也抬着头，在看殿顶，好像穿透殿顶，看他们头上共同的苍天，"……我才不会让它看见，我输了。"

掖庭永巷，明明秋月朗照在这处皇城中最阴暗的所在，上背苍天，永不见日。

天日今夜却入怀，陌闻音紧紧搂着他，肢体交缠是原初的语言，爱或仇，都在他给她的痛或欢愉里。他像一把匕首刺进她，像一喉暖水润进她，让她的心在一次次撞击下胀开，内中鲜血充盈。

筋疲力尽的间隙，穆骏伏在她身上，她的呼吸和他相叠，胸口起起落落。他才能分心注意到，那里红线吊着个坠子，金的，"吉"字。

他往下退了点，低头亲那被贴热了的金属，和旁边的肌肤。

陌闻音在微微的战栗里面，听他哑着嗓音问："你和……的时候，也戴着这个吗？"

这会是他久久以来，听自己说的第一句话。

"这是'武陵王'的骸骨。"

笑音喷在她胸口，穆骏又往下退，蜷缩起来，侧脸枕在她小腹。

"那把怀刀呢？"他的手在她腰际摩挲，仿佛她应该这样一丝不挂地，将刀悬在那里。

"在井里。"

穆骏手停了下，"井，那个井吗？"

"嗯。"陌闻音平躺着，月亮照着她的脸，潮热褪去后，像从井中捞出来那样白，"我弟弟让我嫁给江夏王的那天，我扔进去的。"

"你怨恨他吗？怨恨我？"穆骏的手拨拉那个坠子。

"我嫉妒他。"

穆骏抬起了一点头，能看见她的眼，月光使她成为一个实体，不再是他思念中幻想出来的样子。他便躺了回去，勾住她的手。

"我和他同日同时，一胞双胎出生的。"陌闻音的声音嗡嗡地，从她的躯干传进他耳朵，"为什么他就可以为所欲为，尽情做他想做的事，文韬武略也好，不婚不娶也好，都是对的，都是传名天下，叫人钦佩的。为什么我就得在他的影子里，依附着他，忙时被忽略，用时被赠送，被抛弃，连想要嫁给谁，都成了丑事。”

穆骏的手指扣紧了。他在这个位置，已经习惯了几多张面孔戴在脸上，每张嘴说各自的话，可她总能让他说不出话来。

“我就在那个井边上，想通了，就差个身子，男儿身。可能我从生下来明白事起，一直就在嫉妒他，所以装模作样地，一直想装成他的样子，可老天根本就不许。那又怎么样呢，”陌闻音拉起穆骏的手，顺自己腰际滑下，“我女人的身子，有我女人的办法。我就去了。荆州有心与朝廷安好，我就做昭君，巩固这安好。荆州无心与朝廷安好，我就做西施，亡了这藩国。我有我的办法，给你赢回你要的东西。”

我要的无非是你。

穆骏想这么说，却没有开口。骗得过她么，也骗不过自己。

“江……穆玄汝反叛，查抄到的那些约结信，有些是你帮他执笔的，里面凡是关于具体的起事时间，都尽量模糊略掉，包括给郭乐成的几封。”穆骏的手被她按着，停留在她腰臀交际隆起的地方，原本滑腻的肌肤有动情之后还没消去的细细颗粒，“没跟荆州先打招呼，郭乐成突然叛在夏天，给了朕和穆玄汝一样的反应机会，他们没配合上，你有大功的，朕的——女将军。”

“女将军”吃吃笑了，小腹在穆骏脸颊下轻起伏。

“还有什么我不知道的？”

陌闻音把笑出的泪放在眼眶里干，想，何必让这个男人觉得欠自己太多呢。

“没那么简单。我周旋自保，留着命，回来见你，已经很难了。”

穆骏点点头，以他们现在的姿势，成了蹭的动作。他听陌闻音微喘说：“若说……有功，陛下，你还记得贺梅子吗？你派去的姑娘，她的功最大，她为你死了。”

穆骏顾着心里烧起的新的欲念，翻身囫囵说：“为我死的人，太多了。”

“你都能记住他们吗？”

“能忘掉，就好了。”

他愈往下去，啃噬陌闻音，陌闻音的手指插入他头发。

第二十一章／起宏图

大江之水无时不东，转眼荆州之叛已过三年，四境归一，天下少事。

建康又值春好，旧燕穿柳，新花竞艳。朝廷而今府库充盈，百花节宫中最肯热闹庆祝，今年更适逢喜事。西苑海棠林下，茵褥覆地，开至极盛的花朵在春光中红粉焰火一似，空盈又饱满，整树明花仿佛沉甸甸地下坠，又仿佛暖风一吹，就会云朵般轻轻飞远。

皇后王符朝服明妆，携宫中命妇和贵戚女眷，在最绮丽的一棵高大花树下席地而坐，共贺春归。暖阳照下花枝，斑驳花影中，众佳丽身上各色绫罗光色灿然，没等众人安稳落座，皇后先往昭仪王氏那边招呼，带笑拍拍自己身边的位置，“莲姑，你来这儿。”

王昭仪在宫人的搀扶下起身行礼，回说：“娘娘，妾身岂敢。”

春衣薄，满座都往她那里瞧，已能见她小腹微微隆起。不用刻意宣布，近日传遍内外的消息得到确证了。

“你来。”皇后仍笑着叫她，又看了看座间各人的神情，“陛下昨天刚问本宫，”她语气是少见的轻松欣快，“说想晋封你为贤妃了。”她又拍身边的茵褥，“这里的位置，早晚是你的。”

公主郡主和高门夫人们陪着皇后笑，彼此交换的目光中，都有相庆之意。后妃们更是妒忌的滋味里带点快意解恨。那个荆州回来的陌淑仪自从入宫得位，两年多宠擅专房，可笑是肚子一直不能争气。王昭仪这再度受孕，就是宠移的标志，陌家一门急窜起来的权势，终于要往下坡走去了。

莲姑还在推辞，中宫的掌宫女官茹盼儿过来半扶半拉，嬉闹间将她按在皇后身边坐下。皇后王符一手拉住她，一手拾起身前案上的金杯，先向席间祝酒，满座陪皇后共饮。花树下一片莺声笑语，同样的对手弥平了彼此的罅隙，后宫宴上，久不见这样和谐舒畅的景象。

“皇长子眼见四岁，王昭仪又得龙儿，福惠连绵，上天真是眷顾王家啊。”说话的是尚书令之女文绣心。当年文家拒婚王攸纪之后，她成功嫁入庾氏，如今在高门女眷的交际圈中很有位置，又为了缓和旧事的影响，常常主动寻机向皇后示好，今日在外命妇的座次中也离皇后最近。

皇后笑着点头，但没更多开口。莲姑知道皇帝迟迟没能兑现许诺，将继在皇后膝下的长子册封为太子，皇后无一刻不挂怀，便接过话说：“谢夫人吉言。陛下所赐，正是天赐，有陛下的福惠泽被王家，这是天注定的龙脉绵延。”

话合适。王符看莲姑，点头，莲姑柔声转对皇后：“娘娘，席已开了。妾身眼下害喜得厉害，今年斗不了草了，也别为妾身一个，耽误了节庆，请娘娘点一个代我吧。”

往常皇后参加的宫宴，都有莲姑前后张罗，斗草行令这些玩乐她最擅长，王符一时没什么人选，神色也有点出离，女官茹盼儿自告奋勇：“娘娘，斗草我来。”

皇后笑起应允，让她代表宫中出战。茹盼儿领过命，扭头就往文绣心那里看，挑战的样子。文绣心便起身说：“好，为了娘娘高兴，妾代宫外献丑了。”

她俩年纪相仿，花下茵褥中央对坐，柔嫩的衫裙色泽更添一份春意盎然。小宫女们攒头在茹盼儿身边摆弄提前收集到的花草，皇后王符坐姿散开了些，带笑看着，又想起让宫人给莲姑搬来一个环住身体的靠腰，自己却往另一边移身，倚在臂枕上面。

风过，一阵落英如雨，皇后淡去了平日的木然拘谨，任由花瓣在铺展的袖裾上堆起半面，脸上也少了恹恹的憔悴，鬓边宫花冶艳，映出气色。莲姑更是，虽然带些谦敬的神情，周身的安然满足却像能放出光来，一只手似不经意搭在身前，引得席间人总要越过斗草的热闹，去看这一双回过元气的王家璧人。

“我有‘夏枯草’。”女官茹盼儿拣出长长一根紫穗的草枝，摆在膝前茵褥上，扬脸看对面。

文绣心往身边备下的花草堆里看一眼，分出一根草藤，捏起垂落，“我有‘忍冬藤’。”

“夏枯”对“忍冬”，这就对上了。茹盼儿笑着点头，文绣心又挑出一片龟背纹理内凹的绿叶，说：“我有‘虎耳草’。”

茹盼儿也不犹豫，捻起一朵铃铛般的紫花放下，“我有‘龙胆花’。”

都是熟对，历年斗草，各方皆会准备的。一来一回，唱花念草之间，林下气氛轻快，好春光里游戏只是助兴。又轮到女官茹盼儿，她挑起一丛红喇叭般热闹的小花捏在手里，递到文绣心眼前，“我有‘使君子’。”

这就生些了，随意说笑的丽人们注意渐转回这边。文绣心作难的神情，翻了自己的花草半天，也捻出一朵紫花，白毛黄蕊，“我有‘白头翁’！”

不算很工整。茹盼儿回头看看皇后，皇后笑点了头。

文绣心一拍手，乘胜抓起一簇果荚大声：“我有‘相思子’！”

茹盼儿从皇后那边转回头来，与文绣心一碰视线，应对慢下了。只见那褐色的果荚里，豆大的红果颗颗露头，十分可爱。文绣心口气志在必得，惹得周围佳丽们很多直起身来看，都觉得拿秋天的果物来百花节上斗草，狡黠又新鲜。茹盼儿扭回皇后的方向，有点不服似的求救说：“娘娘，这是果子呀……”

“你就试试，斗输了本宫也不怪你。”王符笑着，手支着腮撑在臂枕上，好兴致地鼓励她。

茹盼儿回身，在自己那堆花草中左右拨拉，忽地拾出一枝，“‘一见喜’，”她把那草叶高高举起，“我有‘一见喜’！”

没等众人看清她手里是什么，对面文绣心不认了，连摇头，“不行不行我赢了，‘一见喜’对‘相思子’，对不上的。”

“相思既久，一见则喜，怎么对不上？”茹盼儿扭回头，眼睛看莲姑，又娇声问皇后，“是吧娘娘？”

莲姑听见这话，羞涩地低下了头。皇后当然也听出里面的意思，很高兴地点头说：“正是，本宫看是极佳对。”

茹盼儿得意地转回头看着文绣心，文绣心也在笑。

座中已看出，这是她俩提早安排的关子，正好博上皇后和王昭仪的彩头，都争着夸赞，又纷纷祝贺皇后和王家大喜，气氛一下扬起到了高潮。皇后再命传酒，又让诸多赏赐文绣心和茹盼儿，这时，只听不远处一个声音响起：“‘一见喜’？”

从那声音起处，席间逐片静下，如水漫过。声音的主人步步走近，“妾身也识得些医方草药，这不是——‘穿心莲’吗？”

语调平缓，但淡含着气度，让抬眼看她的后妃心中丝缕升起畏惧感。只见陌淑仪宽衣广袖，拂草分花而来，下裙嫩鹅黄色，上衫更是淡到发白，在这鲜花佳丽之间素到刺眼，衬她肌肤洁如冰雪。

今日的宴会专为皇后家庆贺，上下心照不宣，没人去知会那边宫里，更不曾传帖邀她。本以为按她往日孤高的做派，这种时候不可能上赶着自讨没趣，没想到她虽然仍是一张冷情的脸孔，至皇后座前，行礼问安却合仪度，对品级在她之上的王昭仪也礼数周足。但围绕花下一圈，坐席已密，她打量过没有再需要行礼的对象，竟不等皇后多有吩咐，径自在突出众人一个身位的地方，茵褥上坐下。

皇后脸色有些难看，席间气氛也僵。陌闻音仿佛无知无觉，指着茹盼儿的手中的草叶接上方才的话：“这草，用俗名牵强，对法倒刚好。相思穿心，如莲芯般苦，”她眼睛似不经意瞥向莲姑，“‘相思子’对‘穿心莲’，正是佳对。”

莲姑与她对视片刻，不语垂下眼。

看到两人眼神交锋，王符不觉恼怒生于心头，正起坐姿对陌闻音说：“本宫还没有赐你坐。佳节欢会，淑仪蓄意来迟不曾请罪，反而出言不逊，是要本宫治你大不敬吗？”

“妾身并非欢会的客人，赏花路过此地，觉得向娘娘致礼，不应有早晚之分，所以过来。”陌闻音回说，她又往茹盼儿处看去一眼，“见娘娘身边无品的宫女亦可坐，妾身又不坐在席位上，以为无碍，没料想惹娘娘发火。”

茹盼儿是女官，并非没有品轶，这“无品”二字听着就像夹带着骂人了。本来精心安排的场面被搅黄了她就生气，从前也没少因为陌闻音的不假辞色而积怨，新恨旧恨叠在一起，茹盼儿嗤一声轻笑，“眼下哪个相思，就是哪个穿心吧？”

她扭回身对皇后说：“娘娘，有人非说是来赏花，其实眼里根本看不见花，只看见别人的好事，一路过来找自己的难看。”

“单相思天长地久的，偶一见，自然喜到忘乎所以、鸡犬升天。”陌闻音在她身后，声音稳稳，“日见夜见的，小别半日也苦，”她对狠转回头的茹盼儿轻点头，说，“是我穿心。”

语气自认自贬，意思虽讽刺，却让人一下驳不回什么。皇后脸上的怒色更盛，手在裙角捏紧。莲姑抬眼说：“娘娘，时值百花佳节，陌淑仪面拜皇后，中宫娘娘尚且簪宫花着朝服，她素衣薄面，头上连枝草花也无，甚为失礼。娘娘可以，以妇容有亏责罚。”

这番话一出，在场心服。陌淑仪长年是这样寡淡的打扮，今日更素到口脂都未点，所居宫室却豪奢，占去嫔妃大半用度。在宫中人眼里她不重衣妆，并不是俭朴之心，恰恰是仗着白皙高挑，不愿脂粉污颜色的傲慢。

皇后看见席上到处有人在点头，心中决断将下未下，忽而注意到，往常在外面寸步不离陌闻音的黄门令白延龄今天不在。

白延龄是皇帝近年最重用的中官，这风向十分明显了，王符心中更升起底气，抬起下颌要开口，却听陌闻音回说：“佳节是天数，孝道是人伦。妾身父母双亡，父亲故去也才没几年，虽然侍奉陛下，不敢素服，但也不忍艳妆，让内外讥笑宫妃有亏妇德。”

王符一样是父母双亡，隐隐觉得话里带着讽刺，但本朝以孝治国，实在堵不回去。她自往下按气，陌闻音又说：“何况，我陌氏，百花节上一向这样装扮，为的是怀念洛阳旧京，永志神州沦丧。倘若我家的洛阳花园尚在，哪还轮到这江南一隅的凡花俗草，”她向四座扫眼一望，“斗得不可开交。”

自矜悠久的世家身份，她也将满座骂了进去，四下霎时一片纷然。

见吵嚷声大起，场面要难看了，莲姑向皇后耳边低语几句。王符抬起手，只对茹盼儿说：“陌淑仪瞧不上斗草，你们就继续。没道理有人不想高兴，全场嘉客就要陪她。”

茹盼儿看看莲姑，莲姑点了下头，她便转回身重在斗草席上坐好，眼神示意文绣心。文绣心还在刚才的位置上，她也往莲姑看去一眼，犹犹豫豫伸出手，拾过一穗长叶小花，定气缓声：“我有‘益母草’。”

“我有啊，”茹盼儿立即又举起一枚果荚，声调干脆，“‘王不留行’！”

三字对四字，众人在意都一静，转瞬，谑笑哄堂，全反应过来这是恭维王昭仪为母，嘲讽陌闻音不孕。

皇后也没忍住笑，哧一下掩口，看莲姑，又往陌闻音那边瞥，却见那边人端坐着，面无表情。

“我有‘远志’。”又轮到文绣心，她声音稳了不少，摆下一枝蓝紫小花的嫩草。

“我有‘当归’。”茹盼儿马上对，手中是人参样的根须。

“这，不行吧？”文绣心停下，话中有种让人注意的腔调，“当归用根，也能斗草？”

后妃和女眷们听知，后面一定还有话，都屏息等着。茹盼儿说：“托以远志，说为国为民，封疆守土，到头却是巧立名目，中饱私囊。还不当归？”

这句话后，众人的反应更慢，疏疏落落地听懂是在狠刺陌闻音的二哥。陌延佑做青州都督三年，考期将近，近来朝中很有些说他利用盐务上下其手、大肆贪墨的传言，甚至说已有多封弹劾的奏疏被皇帝压下。

见陌闻音的神色果然有变，皇后不觉又看莲姑。她知道这种话，凭茹盼儿自己绝说不出来，今天的宴会，看来还是莲姑一起策划，提前备好了陌闻音可能闯来的这种情况。

察觉皇后的目光，莲姑转头向她轻轻一笑，为彼此撑劲的样子。王符低眉，没勾嘴角。

“我有‘知母’。”那边斗草还在继续，茹盼儿再扬起几根细叶。

“我有……”文绣心低头，捻起备好的心形草叶，“‘防己’。”

“这，可又怎么讲？”茹盼儿垂下手，引话的语气。

“知母有病，能不防己？”

嘈嘈的话声顿了一下，猛又一阵大起，四处散碎带笑。

陌闻音的母亲因癔病落水淹死，是她们私底下最爱的话题，所有转来的目光里都带着戳戳指指。陌闻音的神情却已经凝定，身形像雕塑般一动不动。

到此，王符有些不自在了，以她一贯的家风教养，怎么敌对，嘲弄到人家亡母身上也过分。她看看莲姑轻摇头，莲姑手搭在小腹上没有回应，抿着嘴角。

“那要这样说啊，”场中的反应，叫茹盼儿十分自得，“还有个对子，更胜‘防己’。”她手边并无此物，空手扬声，“‘知母’不能入土为安，不忍艳妆，竟忍‘独活’？”

“盼儿！”皇后扭头开口，“好了。”

正要爆出的更多戏笑，被皇后的话截住，“今日斗草，到此。”主座上沉落语气，王符看看周围，“你们，再——”

“娘娘，”陌闻音这时从座下抬头，“茹女史机敏，妙对不绝，惹得妾身技痒。”她神情淡，声音却还和缓，“妾身本也备了些花草想来助兴的，可否请娘娘容许妾身一试？”

她自然是想找回赢面，但态度算是恭敬，甚至有些楚楚的样子了。刚才这边理亏，王符不好太多回护，看一眼茹盼儿，心觉得有备该能应付，犹豫点了下头。

陌闻音便起身行出，等着文绣心让开，在茹女官对面坐下。

茹盼儿知道她想报复，抢着要先出对，陌闻音却甩袖盖住她那些花草，从袖口抽出一只小木盒，直接在她面前打开。

茹盼儿愠色垂眼去看，见那盒中的丝绵絮上，摆着一支浅金色、薄绢首饰一样的花枝，看着不像真花，她不认得。

“我有此花。”

听不出陌闻音平平声音里是什么意图，茹盼儿不能输阵，抬头笑问：“‘此花’，什么东西？”

“此花，‘雪莲’。”陌闻音瞥向莲姑一眼。

有人知道雪莲是王昭仪本名，周围一片低声传开。

茹盼儿猛一尴尬，陌闻音又说：“是什么东西也罢，来路曲折，本不能长久，有运气镀上一层金粉，竟成稀罕物了。”

茹盼儿立刻想到怎么回嘴，但天家私事不敢说得太深，一瞬迟疑。

王符也听到她故意引向莲姑本是先帝妃、出宫又入宫的前事，心生烦躁，以中宫姿态正色：“都是有幸得到陛下的恩典，淑仪的来路也未必好讲，不用嘲人吧。”

“妾身，和太后娘娘一样，是罪臣女眷籍没入宫，来路名正言顺。”陌闻音抬头笑向皇后说，“还是娘娘觉得陛下将妾身释出永巷的恩典，有何不妥？”

当朝陆太后一样是籍没宫女出身，且陌闻音如今的封位淑仪也与太后那时相同。王符发觉被她步步引得说错了话，垂眼脸色发沉，再不讲什么。旁边莲姑接过话，对茹盼儿说：“斗草便斗草，雪莲既然稀罕，对不上，你认输就是了。”

她为自己找回了一句，但茹盼儿哪肯认输，见陌闻音冷眼又盯过来，茹女官指那盒中赌气说：“淑仪说这是雪莲？雪莲，可是传说中的仙草，”她指陌闻音又指自己，“淑仪与我俱是凡人，在座，又哪个见过？”

四面都点头，话挺恰当的，皇后在主座抬起眼。

“找枝什么来刷上金粉，就能攀名扯姓地编派人吗？”

陌闻音好像正等着茹盼儿这种话，笑起回：“是不是雪莲，那得问问陛下。”她把那只木盒举起，微倾着向周围一圈展示，“这花，是陛下派人，从天山上采来，封金保存，万里急传，昨天，刚亲手送我的。”

夸耀殊宠的姿态昭昭，满座讶然。这不是她往日风格，宫妃们正将信将疑，一名中官忽从林后小跑过来这边，迅速分开众人到她身旁，“娘娘，怎么在这儿呀！陛下找你不见，都急坏了！”

陌闻音抬头跟他笑，手上盒子收起盖好。

正是黄门令白延龄。他往皇后主座行了礼，四面也略招呼了一下，就去扶陌闻音起身，一边疾声训斥跟着陌闻音的几个宫人，“怎么敢让娘娘坐在地上？凉着了胎气，要你们的脑袋！”

皇后身边，莲姑颤了一下，可场中绝大多数都被惊得没一点动静。陌闻音款款起来，白延龄扶着她向皇后又行了个礼，“娘娘，陛下问得急，奴这就得请淑仪回去了。”

王符没反应。

陌闻音向皇后屈膝辞过，带白延龄离开。

她的衣裙，还是平常那样宽大又偏挺，前身后背一点都看不出来。

能怎么反应。王符在花下怔着。

以为繁华复来，年年再不更改，最大的危局，竟到眼前了……

远处小坡上，绿杨荫里一处亭台，穆骏听近侍回来细报那席上所见，不时一笑，或一皱眉。

陌闻音已经走到坡下，两人上下看见，穆骏抬手让她别爬石阶，自己快步下去接她。陌闻音就站住不动，等皇帝过来扶住腰后，听他玩笑似的一句，“跟她们，你淘什么气啊。”

“过节都不叫我，从前我忍得多了。”陌闻音往皇帝肩上靠过去，“如今，”她手也撑住腰，“可不敢再忍了。”

“是啊陛下。”白延龄陪在后面说，“从前陛下看不着的时候，背地里，娘娘忍过多少气啊。不愿宫里多事，她不止自己忍着，还叫奴们都忍着，别跟陛下告状。如今可不能一样了。”他往皇帝凑近，脸上喜忧参半，“这不是娘娘一个人的事了呀。哪怕娘娘还想忍，奴们哪敢再不让陛下知道？今天闯宴这主意，不怕陛下怪罪，就是奴出的。”

“知道了，”穆骏随口夸他一句，“你有心。”

他扶陌闻音往回宫的方向慢走，“朕是没想到宫里竟成了这样，还以为到处注意了，她自己还能推辞掉多少。结果什么，‘入土’‘独活’……这都咒得出来？”

天子的语气没什么特别，甚至有点玩笑似的，但陌闻音熟谙内里的杀机，转过脸说，“下头也都是为了主人，陛下莫多怪茹女史了。”

“娘娘是好心，”白延龄在半步后头接话，“可对她们有多好，也换不回她们一分心哪。娘娘到处忍让，唯独只是陛下宠爱，还招出这许多来。如今得了龙脉，后头还会招出她们什么，奴真不敢想啊。”他快步绕到皇帝身旁，紧着说，“奴求求陛下，从此可得好好护着娘娘啊。”

穆骏偏头瞟他，皱眉笑，“还用你说？”

“有陛下在身边，妾身什么都不怕。”陌闻音手往后伸，揽住穆骏的腰，“只是，妾身与陛下日夜相见，还要靠陛下留神护着才能没事，我哥哥他，远在边关，总不能一件事不办，一个步子不迈，哪一步走得不好了，有人以为陛下见不着实情，更要找话来瞎说了。”

“这句等着我呢？”穆骏转回眼，调笑拍拍她手说，“朕就知道，为你自己，你闹不出这一大套来。”

陌闻音停步，瞪起眼看他。

穆骏觉得她憋住的样子可爱又好笑，搂好她，又往前走，“你哥哥的事，朕心里有数。他在青州行了不少新办法，是会有深一脚浅一脚的时候。”皇帝另一只手抚上陌闻音的小腹，“再等等，等这里安稳些之后，朕对青州，有打算的。”

陌闻音当然想问什么打算，但她对过问政务从来谨慎，隐隐觉得快碰到皇帝的底线了，收住无话。

“不过啊，”行出一段，穆骏又回到了玩笑的口气，“朕万里迢迢，着急给你弄回来的花，还以为你念起旧事来了呢，结果是拿来斗气啊？”他有点求告撒娇那样地说，“下回可别这样，朕可寒心了。”

陌闻音仰头冲他笑，也听出皇帝叫自己少再争斗的意思。绿杨荫中，两人又走出几步，陌闻音说："不一样。现在的陛下只要一句话，知道累不着你我才要的。可我念起的花，"她握住身前的皇帝的手，"是那个时候的陛下，亲手从天山上摘的，可怜兮兮地万里走马带回来，还碎了。"他们两手轻叠，贴在陌闻音腹上，"它在这里面呢，跑不掉，也不用着代替。"

"嗯。"穆骏轻轻叹气而笑，搂紧了她。

父亲故去，五年有余。

密草覆盖了坟冢，除了墓前祭拜用的空地，陌延佑没有让人多加修剪，在陌承光眼中，父亲仿佛和青州的大地融为了一体。

他酹三杯烈酒，叩头上香。

起身时二哥说："侍中你难得来这一趟，跟父亲多说两句呀。"

春末，青州的北风还有些刺脸，陌承光再次适应过哥哥对自己这样称呼，看着坟上返青的草叶在风中摆动，俯身轻语："父亲见谅，我自己来的。三哥三嫂他们带着囡囡很好，三哥收养的孩子也更多了，二哥和我，如今官职都高，三哥的生意不方便再做，他专心顾着家里，这回就没能来，让我跟父亲告个罪。"

草叶晃动着，像父亲心情好的样子，在点头。

"姐姐她，害喜过去了，眼下特别能吃。"一个浅笑浮上陌承光的脸，"没见她吃东西那么香过。"他用两手比在颊边，"脸都有点鼓鼓的了。陛下说，以前不知道她胖点更好看，以后也不许她再瘦回去。"话在这里断了一下，陌承光想想说，"陛下对姐姐……真的好，父亲放心。"

"自然是好的，闻音一直有信来，父亲都知道的。说你自己啊。"

陌承光看了下二哥，垂头再对父亲的坟茔低声："儿子，还是丹阳尹兼扬州刺史的常务，选曹的职任除去后，去年，又兼起了新设的度支尚书，归总仓廪、兵库部、民户、国库的金司这些，总之是个，管朝廷财费的官，还加了侍中。"报出这一长串，他却想叹气，"政务虽多，久没长进，也是……对着父亲惭愧。说起来叫位极人臣，但朝里的人事，各地的量入为出，多少的平衡处。"他剩余的一点笑意转苦，"儿子日渐觉得，'侍中'二字听着刮耳，自己和父亲当年厌恶的文侍中，可能越来越像了。"

"像文炎吉？有什么不好啊。"这里是私家墓地，二哥陌延佑笑冲他说，

“当得了丞相的人，那才是位极人臣。”

陌承光没抬头，勾了下嘴角。

二哥拿起墓前的酒壶，斟满两个酒樽，一个递给他，一个自己举起，“父亲，就看看你老人家，儿子这官位多到记不住，女儿更有一桩喜事等着呢。”他看陌承光，又等不及弟弟开口，自己先说，“送承光的时候，陛下可亲口说了，等孩子生下来，无论男女，都晋封闻音为贵妃！”陌延佑笑意洋洋把樽中酒倒在墓土，一边念叨，“父亲保佑着啊，陌贵妃，一定给你老人家添个外孙，我们陌氏，就超越了祖上光辉了。”

陌承光攥着酒樽，看哥哥倾下的酒液一点点渗入泥土，风里酒香混入草香。

抬头时举目四望，这片曾因墓地结起的聚落早被清理，成了规整的陵园。远处有兴旺的坞堡村落，寨墙之外，连绵新麦，一群小羊从田垄上蹦跳走过，牧人在后面慢摇着鞭绳。眼中所见的景象，已和四年前迁墓来时大不相同。

“祖上的光辉，哥哥想超越吗？还是辜负？”

陌延佑看向他，一瞬反问：“你呢？”

不敢说没辜负。

所以总自问，父祖的埋骨之地，就是可以止步的地方吗？

“侍中这回，不单是为了报喜，”二哥的眼睛与他对视，“果然也是为了，对下官我的弹劾来的吧？”

“陛下的差遣。”陌承光点点头，弯腰，把仍满着的酒樽轻放回墓前。

“你呢？你信哥哥我吗？”

手在酒樽上方停住。

“到了弹劾的文书雪片一样的时候，哪怕侍中是我的亲弟弟，”陌延佑又问，“难道对我，就没有过一丝一毫的怀疑？”

陌承光慢慢直起身，他明白哥哥在说什么。

早就明白了。

“有怀疑，就去澄清。陛下用我，也是此意。”

听到他清楚的双关，陌延佑笑里带上欣慰，“那明天就去澄清，定让侍中释怀。”

次日，两人同车，去往青州濠郡盐场，一路见到晴日原野景象。座座村镇坞堡的寨门外，总有新栽的小树围绕空地，晒场同时也是靶场。男女老少趁闲暇时引弓搭箭，相互比试着，笑声扬起在摊着干菜的地面。家家养马，小儿游玩也是骑马前往，三五成群地嬉闹着，从他们的车旁越过跑远。

“听说今年，黄河水浅，”陌承光看着外面，忽一句，“济水怎样？”

陌延佑想看他的神色，然而弟弟面向车窗，意指不太明显。

“济水，从南往北流的，南边的水源不旱。”陌延佑想想，说，“不过青州北边这里，春天到现在，确实雨少，”他抬手往外指，“侍中看嘛，麦苗生得稀疏。前几年的积攒倒足，一年的口粮不是问题，只是……”

陌承光转过头，“西北旱，所以黄河浅，等到秋冬地净，北虏那边缺草少粮，会大举进犯。历来如此。”

“嗯。”

车中静了一时。

“要是，要是啊，侍中手里度支有富余，能往青州调来点钱粮，最好。充作备用的募军饷。”

“为什么不上书请求？”陌承光明知故问。

陌延佑笑笑，看向车窗外，“知道朝里反对的多，好端端地，怎么提备战？不是不想让你为难吗？”

陌承光也转回了头，这片原野上有令他着迷的平和。

“陛下如今，对北边……是什么态度？”他听二哥打听。

陌承光没回答。他不觉得自己真的清楚。

“所以州民在操练备战？”陌承光指着即将路过的村寨外。

“不全是备战，平常，就这样。”陌延佑随他望过去，“起坞堡，本来就为了自卫吗，州里每年还举行射箭、骑马的比赛，我刺史府掏钱，奖金可不少给呢。”他说着“哎”一声，“就是这个村里嘛，去年，全州射准的头名，大号杨神箭的。”

“全州的武魁？”陌承光起意回头，“我去会会？”

他突然要改目的地，陌延佑意外，但很快点头，吩咐了外面转向，车队取道而去。

到杨村前下车时，一村的里正、村老得讯，都已迎出坞堡之外。陌承光在车上就脱了官服外袍，一身日常的窄袖下来，但他处高位日久，神貌自有威严冷质，村民们迎接时都不敢近前。还是陌承光先认出一位守墓当年认识的老者，上去致礼问候。

老人眯眼看他，不久也认出他来，抚臂唤他陌家小郎。听他与老人寒暄，更多人称他官职，慢慢也围上。陌承光四面招呼，再被亲切的北地乡音答话，有种近似游子归家的感触。

“杨神箭”此前却没见过，竟是位四十来岁的妇人。她被村里人叫来靶场，只见油黑的头发上扎着斗胜的“神”字巾，身上还是劳作装束，裤脚麻绳绑紧。陌承光行礼说：“夫人神射，在下从京中来，想一睹风采。”

杨氏大致知道面前是个官，但不懂“侍中”究竟多大，州里最大的官陌都督都是随随便便的性情，她也根本不怯场，上下打量过陌承光，说：“郎君，光说不练不成，要看俺箭法，跟姐比试比试。”

说着她摘下背上的弓和箭袋，一把塞进陌承光手里。

靶场边围满了村民，这时都笑。陌承光二话不说背起箭袋，站到场边常备的草靶七十步远。手里是张马背能用的速射短弓，他把弓弦套在左臂上，先掏出套腕右手戴好，引弓搭箭，弦声一震，羽箭正入靶心。

场边响起的叫好声带着点惊讶，杨氏也意外地又看了看文士模样的他，过来拿回陌承光手上的弓，直接从他背上抽箭，抬手同样一箭中红。

两人交替赛射，几箭分不出胜负，场上比试的气氛大盛，善射的个个摩拳擦掌。陌延佑这个身为武官的都督，倒是带笑袖手只在场边看，知道他的弟弟大人在做什么。

“位极”的人臣，却从未放下过弓马，如今的青州人身上，有他寄望已久的锋芒。

杨氏这一轮往后退出二十多步，离靶子将近百步了。弓弦张满，她瞄定了半刻，突地一声命中，满场喝彩。这是她在州里比试的真水平了，杨氏把弓高举起递向陌承光，陌承光过来笑接，在同样的位置扣弦。出箭的力度稍欠，准头却仍在，箭尖扎在杨氏一箭的下方。

杨氏抓回弓，又退后十步，场边噼里啪啦全是鼓劲的掌声，又渐渐随着她引弓的动作静下。

满满张弓，杨氏结实的肩背绷紧，放弦时声如霹雳，箭尖直刺入红色靶心的边缘。

虽未正中，周围村民全体跳起来欢呼，陌承光折服中向她有礼，“在下认输，再远要落靶了。”

杨氏看得出他腕上有伤损，笑说：“郎君是读书人，不错了，啊？”村民都随着她的话拍手，杨氏又说，“郎君骑马行不？我家有个侄子很会，都来比比吧。”她满场叫，“大满，大满呢？”

一个少年乘匹枣红马从人群后出来，勒马停在陌承光面前说：“在呢。来！”

陌承光取自己的坐骑，是在建康驯化的赤金色吐蕃马。缰绳缠臂，他骑术不俗，盘马腾挪辗转，黏在马背上一样。大满要落了下风，上来追他绊他马腿，彼此躲闪着，引发场边一阵阵惊呼大笑。

两马相错，大满喘吁吁说：“不行，你这马好，比得不公平。”

陌承光扯缰勒马，“再比什么，你赢了我，这马给你。”

大满张大了眼，想想立即说：“马俺不要，俺知道你，你有大名的，要是俺赢了你，让俺跟着你做大事去。”

“好！”陌承光应得干脆，“比什么？”

“俺能骑射，左右开弓，你行不行？”

这个确实不行，陌承光摇头笑。

“那——”

这时陌承光身后又驰来一骑，“我代大人出赛！”

陌承光回头，见是郭乐成死后一直跟在自己身边的吴全全，听他迎面对那少年说：“赢了我，我的位置直接给你！”

村民再度欢喝起来，纷纷直起脖子看比试，大满也不计较，说：“谁比都行，赢了不能变卦，走！”

两匹马靶前八字川行，左右引弓疾射，通过靶位的骑速也较着劲，越来越快。吴全全北地马背生长，又是曾经战阵，马匹起速后准头稳稳压过大满。杨村人不服气，更多男女老少驾着自己的马匹跃入试场。

陌承光稍将坐骑向场边带开，只觉浑身筋骨舒张，像伸展中草木的根扎入泥土。看着生机勃勃的赛场内，他知道今天有什么会被他带走，也注定有什么会留下来。

马下有随从唤他：“大人，那边几个盐商一直在闹，坚请大人过去，大人看……”

陌承光垂头，思索一瞬，转过马看了眼不远处的二哥，对随从吩咐：

“我过去。你找个单独与他们说话的清净地方，请陌都督在外面少待。”

见面的地点是杨村中宗庙，小院里只一间正堂，神龛周围前后通透。这种坞堡村落，陌承光第一次真正进来，余光中满是寨墙一角高高望楼的存在感。其上有村民的岗哨，日夜防备贼虏突袭，将寨墙内的村落化为自卫的堡垒。

正等着的商人们见他进来，大概十三四位全体拥上，叫屈的声音一声赛一声高起——

“大人做主！”“侍中大人做主！！”“都说你是好官哪，大人给小民们做主！”

陌承光先自一礼，“各位是本地的盐商？”

为首的一个大礼至地，起身来说：“是啊，小人叫徐九皋，这些都是，跟小人一路贩盐的。听说侍中大人亲自来看盐务，我们在盐场等大人好久不见，问了才知道大人在这里。小人们的冤情，只能来求大人做主啊。”

陌承光点头，看这院中也没有太多能坐的地方，垂手说：“请讲详细。”

“大人，知道青州刚办的‘土石换盐’吗？”徐九皋回话极快。

二哥在青州最突出的政绩，陌承光当然知道。但他想听实际与纸面有何差别，便说：“不很清楚。”

“就是，”徐九皋赶忙比画着解释，“青州海边的盐田，还有濠郡盐池，不是都收归官营了吗？去年冬天，尊兄陌都督说，要安稳边境上的河道，修堤坝嘛，行了这个办法。在济水边定出十三个地点，只要我们盐商雇人把土石运到，运去多少，按四折一，就能拿到多重的批盐配额，这叫‘土石换盐’。”

官府免征劳工，盐商效力便能占据配额，是两利之法。陌承光点头，“土石齐备之后，其实不是修堤，五个日夜间，济水河边赶筑出十三座边防据点？”

“就是啊！”徐九皋说，“本来为筑堤，我们就很踊跃了，后来知道是陌都督妙计筑塞，当时无不欢腾啊。可那十三座城塞，早就启用了，我们手里的批额，到如今却换不出盐来！”

盐商们都着急，七嘴八舌地争着说，很多从怀里掏出白花花的批盐单子给陌承光看，“三四个月了，没的周转，我家伙计都跑光了！”“我家差了八万多斤哪！”

陌承光听完每人诉说，问:“是否产量有限，需要长期来兑现？有没有按各家批得的总数，以比例兑给？”

“起初是这样，说产量，这小人们都能理解。”徐九皋回说，“可后来，慢慢就变成给钱的先领盐，多给的先多领……到了眼下，已经成了只要不肯给钱的，捏着空头的批额，一斤也拿不着啊！”

盐商们大声抢说怨苦，又一阵喧嚷，陌承光压下他们声音，“什么钱？给谁？”

徐九皋扳起指头数，“检验批票的真伪要给钱，排期要给钱，说配额占了盐场的库房，这费用又要给钱……大人你说，盐，都没到小人们手里，凭啥为了占库给钱？这都是，让盐场抬手放盐的好处费呀。”

“给他就给他了，”又一个盐商争过话头，“官家的事，有个准例，都一样也行。现在是，我们给官家运土石，工钱也出了，人力也出了，结果领盐的时候，不认票，只认了钱！出了工钱，再给好处，我们这个盐价可怎么算？人家有不出工的卖得便宜，我们挣不挣钱？”

“是啊大人，以后官家再让出工，谁还干哪！”盐商们都喊。

“所以各位是说，”陌承光一一看过他们，“有人，只要给了好处费，没有为城塞出工，甚至不用支付成本的盐价，就能在‘土石换盐’的名目下，从盐场领出盐？”

盐商们一片静下，肯定的神色，但相互对看的眼神里含着不敢再说的犹豫。陌承光又问:“这所说的‘有人’，你们可知道名姓？本官去查，消息如何证实？”

“大人……”徐九皋更近了他些，低声，“名姓是谁我们也不好讲，但官盐所得，是供军费的，青州的盐场，里外里就是陌都督主持啊，谁能领盐，最后还不是陌都督点头？”

陌承光眉心一寒，看他。

徐九皋微有怯相，但话不停，“大人不如问问……尊家哥哥？”

盐商们见状，往陌承光身边聚紧，其中一个看看陌承光的脸色，说:“侍中大人，‘千里当官只为财’，小人们不是说，求大人整管你自家哥哥，我们哪有那么不懂事理啊。”

盐商们全部点头，那人又说:“是求大人，跟尊家哥哥说句话，抬手放放盐吧，多少匀给我们点。”他往这宗庙外某个方向指，“配额，那是我们在济水边上苦干来的，也给陌都督挣了大脸的！小人们不想生事，只想要盐，等着盐做生意啊，不然行里都要垮了呀。”

“有钱大家赚嘛！”还有盐商嚷，全体跟着恳求。

陌承光点头，垂落眼说：“此事，本官接下，请各位耐心等几日。核查清楚之后，必对各位有交代。”

盐商们哪肯这样走，一定要陌承光许诺个结果。陌承光看他们说：“本官兼理朝廷财费，军费在此之列，如果查清，边防工程的支付，青州都督府确有拖欠，哪怕本官亲手开盐库，也会兑给你们。”

他语气里少起伏，但有令人信服的肯定，盐商们这才反复道着谢，由徐九皋组织着去了。陌承光欠身送他们出宗庙院门，自己后退几步，慢慢在堂阶上坐下。

望楼的日影有一个尖角投在阶前地上，陌承光看着那个影子慢慢移动，过了快两刻光景。

抬手搓自己眉角，陌承光深深地吐气，扬脸唤门边的随从，“去请陌都督来。让那边望楼上的人，暂且下来。”

陌延佑进到宗庙时，就见弟弟在那堂前台阶上坐着。重新穿起的浓紫官服像个口袋套在他始终这么瘦硬的肩上，腰里玉带束紧，躬着的胸腹处衣料鼓起一块。陌承光看见他，就直起身往中间挪了挪，在台阶边给他留下一人的位置。

陌延佑走过去，坐下。

两人都没说话，望楼的影子铺在他们眼前。

“哥哥你是什么时候发觉，‘土石换盐’的名义之下，可以套取钱财的？”半天陌承光开口，偏过来头，“从一开始就这么打算，还是进行到中间以后？”

“徐九皋那帮人，都跟你说什么了？”陌延佑笑。

“空开票，真领盐，散货出手。这也是迷惑敌人的手段？”陌承光似乎连自己的话都分不清真伪，“还是说，就像修河堤是筑城塞的伪装，这全部的‘土石换盐’的办法，就是哥哥盗卖官盐的伪装？”

“盐场每年出货多少，都是官定的，我这不是怕一下流进市头太多，影响四海盐价嘛，都是分批兑给的。盐商要得太急，我也解释过多次，商人重利，也别说什么你都信啊。”

陌承光抿了下唇，“所以，对其他盐商限量，哥哥就更能独占商路？套取出的官盐，总要去销售，是否徐九皋就是经手之一？”

陌延佑转头，惊讶地看他。

“从盐场找到村上，见我便侃侃而谈，层次条理通畅。我毕竟高官侍中，京中大商见我，也未必有几个能如此。可见，”陌承光慢慢吸气，“那位徐九皋，对我的应对有底。而那些盐商们也一样，从前应对我一无所知，只凭‘好官’的名声，就敢拦道喊冤，向我这亲弟弟告你？”

陌延佑转回看望楼的影子，不答话。

“这不符合人之常情吧，除非有人打过包票，说我一定不会对他们怎样，后续，也不会因此造成他们任何损失。而能让这样的包票可信的，只有作为当事人，和我亲哥哥的，你。”陌承光盯着二哥的侧脸，“也不用你亲口去说，有一两个‘徐九皋’从中牵两头，煽风引导即可。”

陌延佑眨了眨眼，摇头叹气，又像赞叹般。

“独家拿到盐，与哥哥共分利益，还配合默契，做出受害的样子，”陌承光又问，“不然我去审一审徐九皋？”

陌延佑垂着眼笑，“那侍中还问我干什么呢？”

“问‘千里当官’，哥哥是为财吗？”

“就这点俸禄，谁不是这样？我妹妹都送进宫去了，我全家还得鞠躬尽瘁死而后已？一点好处不能到手？”

陌承光觉得这些年自己唯一长进的，只是对谎言的直觉。

“哥哥问过我吧，信不信你？那些弹劾书上说的，我其实不会细看，只知道，不可能无中生有。姐姐有孕后，陛下屡加赏赐，朝中对哥哥的弹劾却愈演愈烈，如果尽是捏造，被反报的风险就太大了。蛛丝马迹，应该轻易就能查出，但哥哥能不能自己告诉我？”

陌承光的视线中，二哥的下颌咬紧。

“可是我信你，哥哥。我信你不是为财。”

陌延佑的眼睛慢慢闭上，又轻张开。

“我们陌氏……是不是也该建个宗祠？”许久，二哥仰头看上方的堂檐说。

杨氏宗祠的匾额悬在他们头顶，陌承光在近午的日色中眯起眼。

“你啊，生性里有执念，为达目的奋不顾身。也是靠了你这样，陌氏今日才能复兴如此。但你可以不顾自身，我要顾家氏，更要顾你。”

谁对自己说过类似的话，穆骏？……还是皇帝？

谁又对自己说过，愿你能一意孤行……

呼呼啦啦的时间，最后都砸进这样的祠庙，成为灰尘里痕迹模糊的名字。

“所以哥哥要避祸、自污，也要污我。做局逼我的态度，众声凿凿，让我无从回避，对这场沸沸扬扬的案情，要在青州先有决断。”

陌延佑的声音里起了一丝笑，“谁不是这样？到我的位置上，一州实权在手，弟弟高官侍中，妹妹宫中盛宠，谁都会这样。我不这样，我就是个异类，看着居心叵测，别有所图。”他的语气不再是兄长，而是从父亲那里继承下来的，宗族家主，“陌氏有你一个异类已经够了，最好从此你也不是。”

“哥哥想让我怎么决断？”

“亲亲相隐，圣人之义啊。”

陌承光摇头，“案件私下里调查，带回京中交法司处理，以八议之法从轻，这是陛下让我来青州的初衷，也是我作为弟弟的亲亲相隐。但现在，案子实告到我度支尚书的面前，职权之内，我不正式接下，不让人看到我在查案，不公布我对你处置，甚至，如果处置不够严厉，世人只会看作官官相护。”

“很难吗，对你？”陌延佑问，“你的名声这么重要？哪怕做做样子？”

“哥哥费尽心思，要我给陛下看的样子，”陌承光沉目看他说，“就是我竭尽全力，不想成为的样子？”

陌延佑笑了，“对啊，为了给陛下看哪。”他声音轻，肩膀侧向陌承光，“八议之法从轻，是律例上写着的，你让陛下以此赦我，名正言顺。和你不顾世人的口碑，在自己的职权之内回护我，能一样吗？你觉得，陛下想看哪个？”

陌承光转回头，不去回答。望楼变短的影子爬上他们对面的墙头。

“想想吧，人臣能有的，我陌氏如今还差什么？”陌延佑仍在说，“我，在外领兵，你，掌中枢财权，而且属地就在建康近畔。闻音再一有孕，如果真是个男孩儿，以陛下的个性，心里会怎么想？”

“所以要自引污名，做把柄，交在陛下手里，让陛下对我陌氏放心？”

他问得无动于衷。失望，早撼动不了他，他早知道为什么他以为会看到的天下，终还是成了这样。

“你总这样，执着过度，”二哥看着他凝定的眼睛，“让人看着可怕。这种人如果总是正确，就更可怕了，尤其从上面看来。”望楼的影子已经翻过墙头，这院中充斥着强烈直接的日光，“你得给他破绽，让他看到你有可击的地方，他才能对你放心。对你放了心，就是对我陌氏放了心。”

陌承光想张口，二哥却又先说：“闻音不算，闻音也是他的破绽。”

“逼不到我。”陌承光起身，在阶前的日光中垂下视线看他，“你不为财，也没有大笔花销的地方，钱应该还在，尽数退赔，可以减罪。不够的，我倾尽所有，多少都为你补上。再不够，我停俸、辞官代罚。”

“你知道我倒腾盐额，究竟赚了多少？”陌延佑又笑了，“也不只是赚的，还有讨好我这个国舅的供奉，更有讨好我身后陌家的意思，尤其是你啊。那可不是三五万，你也别说什么交与法司，什么八议，只要你敢查清，只要你敢公布数额结果，必然朝野沸腾，从不从轻，到时凭陛下一心也说了不算。不然你到我府上密库看看，值不值我的脑袋？”

“哪怕死刑，袭了父亲爵嗣的是你，你是继家门的嫡子，我依前例为你替死！看我能不能按律法保你！”

“青州的形势呢？你的砺军为矛，北向故土呢？”

陌承光像听不懂这句话那样，蹙眉怔着。

“我不死，也得免官，来青州接手的，能成全你的意志？陛下不会叫你替死，可你没了如今的位置，你能北向故土？”

哥哥他，从一开始就知道，自己不可能拒绝。

头顶日光太亮，堂檐下二哥所处的位置显得晦暗，但陌承光清楚，他们之间无界无别。

“拖欠的盐额，怎么了事？”

二哥笑了，拍拍台阶，让陌承光坐回自己身边，“那些商人无非是要盐，有多少，紧着兑给他们就是了，有徐九皋托着底，不会闹大。京里法司也不用理，你押我回去请罪，先见陛下，有闻音一起，必定没事。”

陌承光坐低不语。

“说来，你想过没有，为什么对我贪渎的嫌疑，陛下那么长时间不表态，放着弹劾愈演愈烈？”

“因为他要看谁会弹劾，有谁会反对。”

“对啊。所以这一场弹劾，对陛下和我们都是好事。”陌延佑在弟弟身边低语，“陛下如愿看到了，陌氏在朝中被多少人攻击，被满朝孤立，知道我们难有二心，只能紧附于他，他会高兴。”

陌承光慢慢地点头。

“而我们，既然紧附于他，那些毫不顾及陛下，拼命攻击我们的，看起来才是陛下的敌人。至于那些没跟着攻击的，至少会引我们为同类，我们陌氏，再也不是唯一扎眼的士族。”

“盐额兑现，我去着手。哥哥的政务做好安排，尽快启程，随我进京。”陌承光看着这所宗庙小院闭紧的大门说。

陌延佑点点头，“看到你弯下腰去求，陛下一定会更高兴。”

“是你啊。”

陌闻音浅浅笑，在宫人的搀扶下向陆太后行了个屈膝礼。

她已有四个多月的身孕，很显怀了。纵然当初诸多嫌怨，陆太后也早明白，如今折不下她的气焰，略一点头，让宫女安顿陌闻音坐。

陌闻音闲闲落座，打量这间从未踏入过的太后寝宫。陆太后不想先搭理她，叫那班小戏继续开唱，把精神转去听戏，那边陌闻音说：“换上这明瓦的窗户，娘娘做针线活时眼睛舒服多了吧？”

陆太后没话，又听了两句唱，回瞥她一眼，“你的主意？我说这不年不节的，皇帝怎么想起给本宫修补屋子了。”

“玉烛殿用了明瓦窗，妾身看着敞亮，便想起娘娘这里。太后没用上的东西，妾身怎敢擅用呢。”陌闻音往这殿中的三面窗上指，“这都是，从进贡的明瓦里千挑万选，最大最通透的，颜色也齐整，没有一片泛黄。怕凑不齐娘娘这满宫的窗户，连已经铺上玉烛殿顶的，妾身都叫他们一片片再挑了，上好的先拆出来供着娘娘宫里。妾身那屋顶上，现在还有没瓦的地方呢。”

她温柔说笑的语气，陆太后也勾了下嘴角，“话说得好听，怪不得再嫁还能受宠。不过如今，四方外头已经没什么忧愁，皇帝也不必为宫里顾面子，我老婆子他自己都抛去脑后了，你更犯不上来献这种殷勤，在人眼前招这些讨厌。”

陌闻音仍是笑，“妾身的母亲早丧，怎么和太后娘娘相处，确实曾经不懂。也怕有举动不合适的地方，从前不敢来看娘娘，就是怕招娘娘讨厌。”她的手抚上隆起的肚子，轻轻说，“只是如今，要为人母了，才能从娘娘的心情体会。哪个母亲，不想和自己的孩子亲近？妾身要是与娘娘一直僵着，就是把陛下夹在中间了，陛下即使想来看娘娘，还当妾身心中有多少埋怨，看我这身子，他便不肯来。”

陆太后冷冷笑了笑，“皇帝来看本宫，倒要你来准许了？你不从中挑唆，本宫就要谢你！”

陌闻音如同没听见似的，又说：“母子天伦，娘娘开心，陛下也开心，妾身就开心。为此招娘娘些讨厌，妾身也愿意。”

她说得平心静气，没有一点反话的样子，陆太后难挑出毛病，听戏不言语。

“再者，当年事，是妾身自己不够好，家里、脾性，都不能让娘娘满意。”陌闻音咬了咬下唇，“说没怨过娘娘，那是假话，但如今天命轮转，妾身又回到陛下身边，那些都是前尘，都已经淡了。最近妾身更又想通，怎能怨太后娘娘，哪个母亲，不想让自己的孩子得到最好的？”

太后转眼，目光落向她抚在肚子上的手。

“这还没生呢，”陆太后唇边浮起一个冷笑，“男女都不知道，淑仪，太心急了吧？”她扬手让停了戏，指下门口，“你自己出去好看点。戏文里唱得对，‘无事不登三宝殿’，没有肚子里揣的这个孩子，你也不会三年多了想起本宫吧，从此更不必再来。”

“肚子里不揣着孩子，妾身刚踏进娘娘宫里，怕就要被娘娘打出去了。”陌闻音却坐着不动，声音仍是柔缓，甚至带一些赔笑，“妾身不是想和娘娘多说几句嘛。”

“劝你省省。”陆太后重重磕下茶碗，做出送客的姿态叫宫人过来，“皇后有嫡子，别管谁生出来的，礼法上没有挑处。何况人家王昭仪，又有孕了，她是宜生宜养的命相，即使嫡长子有个差错，她的孩子还能继上。轮到你的？痴心妄想。”

“娘娘这些年向着王家，妾身斗胆一猜，”陌闻音不等宫人请，自己站起身，“是不是觉得从前自己出身低微，累得陛下当年吃了太多苦，想让孙儿有高门的母亲，心上找补回来？”

陆太后眼中泛起怒色，低喝一声："放肆！"

"可王家，回报太后什么了？皇后除了按礼数早晚请安，体贴过娘娘什么？王家的权势满布天下，又照应过娘娘什么？"

陆太后冷笑却不言语。皇后一门根本看不起自己的出身，这也不是陌闻音说出来她才清楚的。

"出身低微又怎么样，娘娘一样生出陛下这英明圣武的皇帝。可到了王家那里，不久前还无视娘娘从前的苦楚，夹枪带棒地指摘永巷出身的呢。"

"你也不用来本宫这儿搬弄是非。"陆太后脸上又起的愠怒还未消去，却淡淡一声，"王家骂的是你，别扯上本宫。本宫一个老太婆身后空空，家里早死光了，有饱食暖殿足矣，管不了你们这些心机闲事，也用不着什么高门低门来体贴照应。"

"妾身空口说，娘娘肯定以为妾身是仗着这点明瓦，过来损人自夸呢。"陌闻音向太后缓缓走近，旁边的宫人忙扶住她，"可妾身是不是真心体贴太后，这儿有一位，妾身为太后请来的人，娘娘问问她，就明白妾身的心了。"

她转头对着殿门边等候的宫女点了下，陆太后心中不知为何，通通跳了起来。只见那宫女带进来一个年老的妇人，身着华服，却局促畏缩着，满脸枯皱，形似农家。

陆太后愣着，有些若有若无的感觉，不解，又不敢信地看陌闻音。陌闻音走过去，亲切拉那老妇上前："婆婆，你看看，这是不是你说的绢儿？"

好像有惊雷在耳边炸响，陆太后一震。

那老妇慢慢抬起头，眯着眼，往座上看。陌闻音又带她往前走了两步，老妇的嘴唇忽然也开始发抖，呐呐了半天，没叫出来。

"……五嫂？"陆太后先起了身，朝她迈过去，差点跌了脚，"魁哥家的五嫂？"

"……真是……绢儿？"

哭声起了，陆太后与那老妇抱头痛哭。

"怎么这些年找你们不见……怎么才来找我啊……"哪怕是太后的宫人们也没见太后这样哭过，哭得快失了声音。

"……哪知道你在宫里头啊……哪知道太后是谁……要能早早儿的……你五哥，就……"

陌闻音让宫女扶着，两边帮她们擦泪，又柔声劝解，太后和她五嫂只是哭得不止。陌闻音吩咐太后的宫人搀二老先坐下，自己站在榻旁又劝："这都难怪，娘娘的名讳外头又不知道，传到偏远处，连太后姓陆都不知道的。"

五嫂点着头，袖子蹭泪，哽咽不停。

"当年娘娘家，未婚女子没进掖庭，男子带家口没进兵籍，这几十年了，地方的兵籍档案朝廷都不掌握，又太多迁动，查也无从查起。所以娘娘从前问陛下时，陛下也没办法。"

陆太后看陌闻音，拭泪点头，陌闻音又温言解释："这是除尽兵籍之后，改籍的过程中朝廷有了汇总的簿子，妾身让弟弟到兵部，把但凡和姓陆的沾亲带故、籍没的年份又大概合得上的，全筛出来，请人一个一个去查，总共问了两千余家呢。"她各牵住两老的手叠在一起，"这真是天赐的福气，竟真找着了。"

陆太后带泪看她，隐约觉得，是不是帮忙找着了自己的家人，她才终于放心怀上龙胎。但又有什么关系呢，没有什么，比眼前的至亲重要。

"我儿，费心了。"陆太后紧攥着陌闻音的手。

陌闻音摇头，"有了这个主意，没敢先告诉太后，是怕太后起了希望，结果却失望伤心。这回是真找着了，妾身才敢来，从前失礼处，娘娘莫怪我吧。"

陆太后摇头，连连拍她的手。

"这个娘娘家里人对我家特别好，一路照应着，连房子都要在京里给新买了。"五嫂感激地说。

"这不叫娘娘，这是我儿媳妇。"陆太后笑起对她说，"就是五嫂你的，外甥媳妇。"

"哦，哦，"五嫂看陌闻音，高兴说，"好，好。"

"快跟太后娘娘说说，咱们家里，还有什么人？"陌闻音提醒她。

"对，快，说说。"陆太后急切跟着问。

"你五哥啊……"五嫂泪又下来，"没了，四年多了……剩了你两个侄子……"

"侄子？"陆太后挂着泪笑，开心又酸楚，"我有，两个侄子？"

"叫陆定，陆和。"五嫂擦泪，"老二长得，可像你五哥了……"

“带进来看看，啊？”陆太后抬头对陌闻音问。

“外男进宫，需要陛下的手诏。”陌闻音站得久了，有些累，手扶着腰后说，“娘娘，妾身去跟陛下说，一定行的。”

归返京城，次日陌承光便得宣召，带二哥同往宫中觐见。陌延佑不能禁宫走马，兄弟两个一起在五凤楼前下来，经由长长的甬道步行去向内宫。长庆门过后，不用走出多远，便能看见两重斜飞的檐角露出于高大的太极殿东北。

陌延佑的注意完全被那所新建的殿宇吸引去，只见殿脊的饰物一水湛碧琉璃，初春草色一样新鲜，殿瓦却非琉璃瓦，乍看盈透如绢上雪，但随着步行中观看角度的变幻，映光如流霞彩火，是他从没见过的材质。

“那就是陛下给闻音造的，玉烛殿？”陌延佑欣喜问。

陌承光点头。

“真像传闻里讲的，‘望如玉烛照穹宇’，从前我都不信啊。”露出的那一角要被渐近的建极门挡去了，陌延佑快步往前想再去看，一边好奇问，“那殿瓦，是拿什么做的？”

“叫明瓦，一种磨薄的海贝，产于南海。”

“满殿都铺这么大个儿的，不易得吧？”

陌承光又点头。有些话到了嘴边，没说出来。

“陛下对闻音这真是……眼见为实。”二哥轻声感叹，“是不是有，和那时候的江夏王比试的意思吧？荆州那什么宜澜殿，不是听说檀木烧碳吗？哪比得过这海里的东西，可见陛下，对前事并不忘怀，又满不在乎啊。”

陌承光也是这样想。所以对穆骏为姐姐大兴土木，他从未说过什么。

走到建极门下，遇上一名华服高官正从内宫出来，两边错眼，那人便站下，抬袖挡住陌承光去路。

陌承光先对他行礼：“王中丞。”

王攸纪现官御史中丞，是清贵言官的顶点，但在朝廷恢复了廷尉、剥离去御史审断实权的如今，也就是个闲职。他看了眼在陌承光身边的陌延佑，只一点头，敛袖说：“两位陌大人同时进宫，今天看来是家事啊？”

“陛下召唤。”陌承光回说，便带哥哥要离开，王攸纪又说：“光景难得，有几句谏言，就得请二位务必转给陛下了。”

陌延佑回头看他。

王攸纪从朝服中露出手，指向那青天一角，“二位必有所闻，陛下动意，还要扩建玉烛殿工程，虽然因事暂停，但已派了宫官到皇城外面，圈出整整两坊大小，竟打算毁去民居，再切割太液园林一部，大肆营建配殿的花园。”他的语态庄严堂皇，“民间叫苦之声不绝于耳，中外议论鼎沸，皆言陛下从前自奉俭朴，而今因何，劳民伤财如是？”

所谓因事暂停，就是因姐姐的身孕。在陌承光的沉默中，陌延佑笑问：“与我等何干？”

王攸纪也笑揣回了手，“陌侍中自诩忠臣，这位陌都督，也号说是良将，难道自己的姐妹蛊惑君王，诱使陛下行这登极以来前所未有之荒唐举措，你陌家的忠与良，就成贴金的样子货了吗？”

“陛下英明之主，岂会受人蛊惑。”陌承光淡然说，“再者邻近皇城的两坊，没有多少民居，大多是王中丞这样的贵室之家所有。陛下还许下了几倍的土地田庄，作为补偿，不知中丞为何仍然叫苦？”

王攸纪袖手转向他，“本官身为御史中丞，劝谏、规诫陛下，是分内之责。用来补偿的土地田庄，一样是国财啊，工程营建又要耗去国库多少？陛下再怎么爱民怎么抚恤，玉烛殿奢汰伤财，是无改的事实。侍中巧言令色也罢，说我在指摘陛下也罢，但本官顾念的，是陛下的清誉。”

“真是顾念陛下啊，”陌延佑接上话，“土地田庄，你王家可以带头不要嘛，陛下又能开心又能省钱，多好。”

王攸纪拧眉向他，陌延佑又说：“刚才那一问，还没请中丞答我，陛下要扩建玉烛殿，与我等何干？普天之下，莫非王土，尤其内宫是陛下的私宅吧。陛下给自己盖房子，要是过于奢华了，劝谏该由殿中监与你们御史大人，约束该由太后，和一宫之主的皇后娘娘。中丞想要劝谏，正好可以自去，与我两个外官说什么？”

王攸纪毫不示弱，“只拘限于本官是皇后的哥哥，对此进谏得太多，有些小人要嚼舌是家妹生妒授意了，累皇后的贤名。只好指望你们变着法子去邀宠求荣的时候，自己记得些礼义廉耻了。”

“中丞这话更是莫名啊。”陌延佑往建极门里挪了一步，回头说，“陛下给自己盖房子，让陌淑仪住了，那是陛下他愿意和心爱之人共同起居。要是陛下召的皇后娘娘去，那就是皇后娘娘住了嘛，难道为了贤名，皇后娘娘会嫌奢汰，拒绝不去？”

王攸纪没回出话，说是或不是，陌延佑都能后头等着。

果然听见说：“要是贤名的皇后娘娘都不嫌奢汰，陛下召陌淑仪陪着住住，有何不可？那要是皇后娘娘自己不愿意住，反正陛下的宫殿都盖好了，让陌淑仪陪着住住，又有何不可嘛。”

王攸纪瞪他沉气，陌延佑笑而拂袖，不等他再说什么，拉着陌承光径自离去。

走出一大段，二哥舒气，扭头低声：“你在朝中不易啊，这都还挺能说。”

陌承光一笑。

行到玉烛殿前，黄门令白延龄早在殿阶上等着，看见他们过来，快步下殿笑迎：“二位大人让娘娘好等啊，问了两回了。”

陌承光他们致礼，白延龄回礼说：“陛下也在，待咱先进去传禀一声。”

殿前等待中，从近处观看，玉烛殿之奢华奇丽，更使周围原本端庄凝重的宫殿群黯然失色。陌延佑抬头往上望，觉得这所殿宇像是巨灵神从什么仙山上采折下来，安放在这里的，甚至与俗世都有些格格不入。

很快白延龄返回，引他们进入殿门，扑鼻是清淡自然的香气。兄弟两个层层穿过鲛绡般的幔帐，掀开最后一重时，淡妆的陌闻音从榻边抬眼看来，竟让陌延佑一瞬之间觉得妹妹美丽得有些陌生，如见龙女在水晶宫。

他看向弟弟，惊叹的一眼。

陌承光却习以为常，很快看见皇帝在棋案边坐着，他带陌延佑上前，一同行礼。

起身开口之前，陌闻音从她的坐榻那边伸出手，叫：“承光。”

皇帝看他点点头，陌承光便过去，由姐姐牵住，拉到她身边坐下。陌闻音指自己肚子，“你快看，正踢我呢。”

突地一下，姐姐绢衣下覆着的肚子居然鼓出来一小块。

陌承光惊着了，陌闻音看他的样子直笑，她抓过弟弟的手放在那个鼓包上，陌承光小心翼翼地摸，想象里面有只好小、好精巧的脚丫。

小脚丫一下就缩回去了。陌承光说不出来这种感受，惊讶还没散，心跳得有点酸疼，高兴的那种酸疼。

他转过头，皇帝和二哥都在看着这边，都在笑。

又去细看姐姐的脸，和自己离京之前没什么大的变化，只是在玉烛殿的琉璃和明瓦为她笼上的光烟之外，越来越添了一种丰润的神采，更像自己记忆中她少女时的样子。

陌闻音轻拍拍自己的肚子，低头像哄孩子那样说：“你的两个舅舅来了呀，二舅舅还没见过呢。”她又抬头，“二哥，过来呀。”

陌延佑对皇帝再行了个礼，走到妹妹的坐榻前看她，问候她身体。

皇帝从棋案那边说：“她害喜的时候也不大吐的，就是吃不好。眼下的饭量啊，还挑嘴得很，要不是嫁进宫里来，朕看你家得被吃穷。”

不知有意是无意，皇帝提到了家财。殿中静一瞬。陌闻音说：“陛下瞎说，臣妾吃什么山珍海味了。”她转对着陌承光，“这话我就得告状了，不害喜了之后啊，陛下就没那么心疼我了，刚才让我窝在那儿跟他下棋，孩子还在肚里踢腾，他还不让我，给我连输了好几局呢。承光你去，替我煞煞他的威风！”

“别啊，”皇帝笑了，“有胜有负，才有意思嘛，平常朕也没让过你啊。今天你这是，心里有事。”

陌闻音看他不说话，皇帝目光投向陌承光，“派这个高人出战，那就没得比了，你们家承光，朕就没真赢过他。”

陌承光与皇帝对视，决定起身。这时二哥说：“陛下要是不嫌弃，可否……由微臣替淑仪请教？”

三人都转而看他，又静了一瞬，皇帝点了下头，“来。”

陌延佑过去行礼谢恩，在棋案对面坐下，对着残局，执起陌闻音方才用的黑子。

玉石的棋盘，落子声很脆。皇帝边下，边闲聊一样对陌延佑问话，说起青州的军政，就提了济水边的十三座据点，“办法挺巧妙，但有人上书，说这些小土堡建起来，徒耗民力，却是空置，当真？”

弹劾，今天是绕不开的。在陌承光身边，姐姐的肩膀绷紧了些。但二哥拈子看着棋盘，仿佛大半精神还在算棋路，安泰回说：“禀陛下，不是空置，是守军不多。青州得朝廷特批，不是和北虏不禁通商么，边境反正不封锁的，用不着那么多的人。”他落下一枚黑子，“特别是叫饶城塞的一个，旁边有通过济水的浮桥，主要拿来收关津税，配置的大多是税吏。”

“不禁通商？”棋案在窗边，皇帝是与陌承光斜对的方向，他看过来一眼，“几时的事？朕倒忘了。”

“前年。考虑允许市盐贩马，买些良种的老病马匹回来，在青州配种繁育。当时度支上书，陛下准奏的。”

“已小有成效，陛下。”陌延佑接话说。

皇帝想起来了，点头，“马有用，”他敲白子，“但青州这个口子开着，要是北虏的奸细，扮作商人混过来？”

“青州这边，也能扮作商人混过去。”

皇帝停了手，抬眼看陌延佑。

陌延佑谦卑笑。

“市盐，贩马，取关津税？总共收了多少？”皇帝落下白子，问。

“禀陛下，从盐场恢复，到上月盘点，共六百七十三万九千四百钱。”陌延佑很快回答。

“算成军费，够多久的？”皇帝又习惯问向陌承光。

“几年间大熟，眼下是钱贵米贱，要是以粮付饷……”陌承光心算，“青州常备军可供近一年。如果战时招募，粮饷要翻倍，大约二千五百名精兵，可供五个月。”

“这些不算田税？”

“不算田税。”陌延佑回。

皇帝看着他一枚黑子落下，“那先这样，边贸不必关。”

看着二哥领命，陌承光感到姐姐随这些流畅的对答，一点点放松下来，微向他这边动了下。

“不过，另有说，靠这个五日成塞的妙计，你陌都督声名远播，可北虏每回犯境抢掠的时候，守军只会龟缩于塞内，不仅这道河边的防线形同虚设，”皇帝落白子，“甚至青州都督你，为了虚名，是在养寇自重啊。”

“微臣怕的，正是什么声名远播啊陛下。”陌延佑落子的速度慢了，战战兢兢的神态，“陛下知道啊，青州多少年来，没有边防线的，就靠济水做个屏障，失失得得才存了下来。一下子建起个防线，臣害怕边防还没巩固，反而惹得北虏大举兴兵。那倒不如，让他觉得是个挣名声的货色罢了，时间一长，对青州一点再一点地布置，慢慢也就无视了。”

“以臣在青州所见，”陌承光接上话，“村村寨寨起坞堡，竖望楼，勤习弓马，小股的劫掠不为祸患。即使被抢去些财物，望楼预警，人退到坞堡中便可无恙，更能适时反击。募兵制下，陌都督此举并非养寇，实是养兵。”

“微臣正是觉得，厉兵秣马，提振一州之民风，难以立就啊。没有必胜的实力，那还不如先缩在不败之地，厚积广储，以备不时之需。”陌延佑谢罪那般恳切说。

“厚积广储，陌都督储了多少？”

“回禀陛下，微臣就任以来，青州三年的田税——”

“朕是问，陌都督你，储了多少？”

陌承光一瞬站起，“陛下……”

皇帝抬手，“让他自己说。”

陌延佑取黑子的手收回，眼睛躲着皇帝的方向，“……金玉，杂项未计……铜钱，五百二十四万六千余。”他缓慢说。

“钱物总计，超过青州守军一年的军饷？”

“……远超。”

“陛下，”陌承光快步到棋案前，跪下抬头，“家兄惜财，但毫不奢靡，这些财物都在他府里分文未动，能全数退赔。臣也愿以家产抵罚金，停俸，或者降职辞官，只求陛下宽恕家兄。”

“宽恕？”皇帝笑，意外，却又饶有兴味地看他，“宽恕是说，朕点头了事，不付法司？你陌承光，也会枉法啊？”

陌承光下拜，“只求陛下——”

“陛下……”陌延佑还坐在棋案的对面，他将棋盘上自己的三枚黑子拿起，一一换成皇帝的白子，“陛下请看，臣棋输了。”

穆骏垂眼去看，盘面已然反转。

“想让哥哥替我赢一局的，怎么，还是输啊。”陌闻音在她坐榻上说。

“输与赢，还不都是陛下的。”陌延佑回身看她，又转回谦卑躬身对着皇帝，“陛下，臣输了，青州府里的全部身家，都输给陛下了。”

付法司，查没的家产将充国库。而这样奉献，可入内府，成为皇帝的私财。

陌承光直起身。

皇帝看他冷而定的神情，又看陌延佑。那边陌闻音说：“正好为了盖这玉烛殿，钱的事，让陛下生了多少闲气。这下好用陛下自己的钱了，看他们再说什么。”

皇帝看回陌承光，看到他眼里那种越来越深的晦暗，一点点勾起了嘴角，说：“有心。”

陌承光下拜。皇帝偏头手撑在身后散开腿，视线落往后面的陌闻音，“反正花在你们陌家外甥身上，你家总归不亏啊。”

陌闻音与皇帝相视而笑，“陛下就知道是个男孩儿吗？”

“这回不是，下回总有。”皇帝起身走向她，坐在陌承光方才的位置上牵住她手，“朕的好东西，总都是他的。”

“陛下，”陌承光仍跪着，声音轻而硬，“对臣家外甥而言，臣看钱财、广厦，算不上什么好东西，一富贵地主家便可有之。”

陌延佑使劲转头看他，拿眼神示意弟弟别再往下说了。

“陛下真愿意给他，最好的，臣有一个办法。”陌承光移膝，在棋案那方正跪，直面皇帝。

皇帝长长地呼气，松松紧紧捏着陌闻音的手，再发话用了很久。他看见陌延佑全身都僵着，表情已经忘了这是在驾前的殿上，死盯着身边的弟弟，而手心里陌闻音的手，是暖的，软的。

“说。”

“今春，西北严旱，牲畜减产。入夏同样少雨，牧草低矮。以过往的教训而论，北虏寇边，会是大年。”

皇帝看着他点头。虽然还没提上朝堂讨论，兵部的判断也是如此。

“虏主元湟，暴虐心性近年加重，时常无故斩杀大臣，虏苑沟渠之中也常见横死的男女侍从尸首，顺水抛出，月可十数。虏王子元丹不能自安，入拜虏主所居的宫苑，半年也不见一次。其所属的兵员，从前大将可以任意往返虏都平城，但这几月间，他出行时的仪仗人数明显减少，且不见资深的武将随扈。”

这些情况，与朝廷通过各方掌握的一致，但细节更为明确，应有青州间谍之力。皇帝看了陌延佑一眼，发现他正无比紧张地看着自己，可见信息确实是他告诉陌承光的，但陌承光说这些话之前，并没有和他商议。

“当下虏朝内外，人心思变，凉州西戎的姑如氏叛情如火，加之地旱，民困，动荡只在须臾间，正是我朝可乘之机。”

“只在须臾间？”皇帝问，陌承光这样咄咄逼人推着他往前的感觉，他有丝丝怀念，但并不喜欢，“那何不等到虏朝真正大乱了，我朝再趁时机？”

“虏人如今是暴君当朝，民有离叛之心，攻而易克。而且虏地西边正乱，军事难以兼顾两面。”陌承光速答，“万一等到时日过去，元湟身死，虏人再立少壮君主，或者等凉州之叛平息，虏军全力向东，形势便会大改，到时悔不当初也晚。”

穆骏不语。陌承光也感觉自己语气太强，放缓说：“陛下从前常说，趁敌之机，其实在我。不能等着敌人自兴自灭，寄望于天。”

“看看，”皇帝叹气，瞥了陌延佑一眼，又偏头对陌闻音说，“你们这个弟弟啊。”

陌闻音没回应，挺着双肩。

“跪下求了朕一次，后头有多少来等着朕。”

“陛下……”听出皇帝薄怒的语气，陌延佑在弟弟身边跪低接话，“侍中所言，虽属……悖乱，但其情不虚啊。臣，臣在青州听到，州民乡老也，也大有议论，”他像是终于定下了什么决心，话越来越流畅，“今年黄河水浅，冬上北虏肯定要大兵来犯，都加紧着备战，要保卫乡土呢。但，照此说来，与其等着敌人来犯，那还不如进击，以攻为守，让战火，烧在他北虏的土地啊。”

“那不是北虏的土地。”陌闻音这时说，“是我朝的故土。黄河两岸，是我朝故土，洛邑神京，是我朝故都。”

穆骏转头看她。殿中安静着，上方明瓦透下的光线晶莹柔和。

许久，陌承光开口：“恢复故土，未必毕其功于一役，但从青州，东出黄河以南，并无险阻，太祖皇帝取洛阳时，主力的路线大致也在这个方向。如果得以光复黄河以南一部，”他镇下语调，说出最重要的一句，“陛下青史之名，就可超迈先帝，超越陛下的父皇。”

皇帝平静看着他，“一部？你的洛阳呢？”陌闻音的手还在他手里，“朕对闻音许下的，朕的洛阳呢？”

“洛阳坚城，是北虏的东都，难以速克。太祖皇帝兵入洛阳，是因为一路连胜，所向披靡，加上黄河两岸的汉民起义配合，洛阳守将畏惧出逃。如今，北虏虽然偏重防御函谷关以内，中原空虚已久，但臣认为不能寄予侥幸。洛阳可攻与否，要等出兵之后，相机而断。”

他已经想得这么清楚了，穆骏想。不是看到机会的冲动，甚至感觉不出一丝热血，而是冷冷地，稳稳地，往他要去的地方。

“但，臣认为，北虏控制河南之地，是靠相互呼应的一系列军镇，尤其黄河沿线的几座，渡河联结南北，顺水沟通东西，位置非常重要。只要连续拿下其中几座，河南之地便与北虏的实际控制脱开，洛阳，亦成一座孤城。”

“用你曾经上密表，说过的那些，仿效太祖皇帝的战法？”

“是。”陌承光跪着，身姿却严整挺直，“所需装备设计都齐全，加紧赶制，技法也成熟，配置下去亦不困难。”

“是你的老本行了，”皇帝笑笑，“‘兵部库部司主事’，这个朕不担心。”

陌承光的神色微有改变，眼神里多了些东西。穆骏看着想，这些话，从前时候，他们会坐在一起零散说完，讲到透彻，而不是像现在这样，一君一臣，一坐一跪，在唯一可以的时刻高论长篇。

何时开始的呢，从谁开始的？

“你确定，现在是最好的时机？”他问得有些分神。

“兵源，长江以北，青、兖、徐、豫四州，户籍男丁合计二百六十余万，按照既往征调的情形测算，招募时大致能够五十取一，即得精兵五万有余。动员加上厚饷，可以更多，假如荆州、襄州也一同招兵，预计总数可近十万。从夏初，至麦收秋后，训练得当，行军、列阵可成。”

陌延佑接话：“以微臣在地方的……的经验来说呀，”他观望下皇帝的脸色，慢又笃定说，“愿意应募的，日常就是劲卒，只要军令严明，至少对我青州的兵，训练不会用半年这么久，五十取一的比例，可能也估得偏低了。”他看身侧的弟弟，“徐州，特别淮南那边，历来不是受虏害最苦么，下官所知啊，淮兵报仇之心更切，广陵王殿下也一向重视民防，跟青州的情况差不太远的。”

广陵王……在江北林林总总的举措，尤其抚民强兵，大兴水利，其实是皇帝驾前非常敏感的话题。

陌承光垂着眼睛不看穆骏神色，马上改换方向说：“淮兵论骑射远不如青州兵，进攻不能指望。倒是水路上运送粮草，或者配合着搭载辎重，确实需要徐州的河道和……”他抬眼，“船。”

皇帝一瞬便懂了他的意思。

徐州、广陵，本是与扬州、建康隔水相望的江北残破之地，这几年却被穆鸢整得像样，政声斐然。多少个不担心里，唯一就是徐州兵为人蛊惑，渡江向建康的哪怕一丝可能，像喉中难咽的刺。收去了徐州的坚船，就真的不担心了。

皇帝合意，“真是需要的时候，可以征发徐州所有堪用的舟船。”

但说出这句时，穆骏不知道，陌承光知不知道，这种凭着对他的了解，三两句话间利用他的心态影响他判断的能力，其实更让他难咽。

“粮饷，”陌承光继续说，“臣兼度支尚书，清点过陛下登极以来，扬、荆、江三州税赋，积于国库的，可以供给步兵十万、骑兵三万，包括随军支持的民夫，超过一年。”

“一年？”穆骏知道财政转好，但仅仅三州，税赋多得让天子都意外。

陌承光肯定地点头。

“徐、青、兖出兵，扬、荆、江出钱……嗯。”

见穆骏态度渐渐明朗，但没个最终的决定，陌闻音在他旁边说：“陛下，臣妾看这玉烛殿的工程，或者也可停了，省下的财物拿去充军饷多好呢。”

皇帝转头，并不惊讶地问：“你愿意呀？”

“从内府出钱，那是陛下的恩赏，对阵前效死的将士来说，意义不一样的。”陌闻音向皇帝身上更倚去些重量，仰着脸说，“如果将士们知道陛下宁可停建宫室，也要支持出兵，士气必然大振。”她手上拍拍身下的坐榻，“臣妾与孩子，眼下有张床榻躺其实就够了，这是为了往后呀。”

穆骏从腰后揽住她，拍拍她那只手，看回陌承光，嘴角起一丝轻笑，像有些无奈的样子，又似感慨。

“夏侯老将军曾对臣教诲，‘以我之不可战胜，致敌之必败’。”陌承光的语气又略微硬起，“然而柳将军也曾对臣讲，‘谋无万全，应机制变’。陛下问是否最好的时机，臣以为，时机，转瞬即逝，只论可乘与否，因往者不可追，来者难料。但，”他更扬起头，“陛下……和臣家的‘最好’，臣看就在眼下。”

皇帝指尖敲打着陌闻音的手背，神情莫测地不言不语。陌闻音反手紧攥住他的手。

“陛下治理的天下，步步革新，与我朝开国以来，两代先帝治下的鼎盛相比，也毫不逊色。但毕竟在外，仍有北虏觊觎，在内仍有世家结党，陛下欲行之事，处处为其掣肘。”陌承光直视着皇帝，眼神静稳，“臣家至幸，得与陛下结以血脉，窃愿输功于明君，立勋于圣朝。则陛下威权之盛，可以达于海内。而陛下所爱之人……也可以遂陛下之所愿，继陛下之所有。”

皇帝慢慢笑起，问:“你就知道，朕之所愿，是让你家外甥继朕之所有？”

“陛下难道定要个王家的太子吗？”陌闻音在他身侧轻说。

陌承光看着皇帝,心中笃定得令自己觉得不可思议。皇帝也在看着他。

他们太熟悉彼此了，陌承光知道穆骏看得出，自己这一番论调中有多少粉饰,用收复故土、稳固政权的大义粉饰为家族谋利的目的,或者反之。但没关系，已经很娴熟了，把自己的目的，粉饰成皇帝需要的目的。

“将领，你有人选吗？”皇帝问。

果然的。他不可能拒绝。

在陌承光开口前，皇帝又说:“柳遥之不行。不是朕不放他，是现在的柳遥之，不行。”

夏侯景晖年老退隐，枚伦、郭乐成皆已身死，唯一的人选出现在他们彼此心中，但各自重重疑虑，不想出口。

“陛下，”陌延佑膝盖向前挪动了些，“陛下要是不嫌弃，可否……将青州的募兵，让臣试领？”

穆骏转过眼看他，又看回陌承光，缓缓地，点了点头。

“加你龙骧将军，”皇帝起身对陌延佑说，并向他们走近，“暂且仍以青州都督之职，率领你本州募兵。上头那个遥领的刺史，寄禄而已，你不用管他，职权也正式划归你所用。”

陌延佑伏低，激动又紧张地领命。

“全军的统帅……”穆骏低头，对上一眨不眨向他抬着的陌承光的眼睛，“由朕亲任。朕以你为，河南、河北安抚使，为朕前线督军，整束各州的领兵都督，如朕亲临。”

授予他前线指挥的位置，但，没有加给他任何实质意义上的军权。

二哥陌延佑有些讶异地抬起头，看见皇帝和弟弟彼此心照不宣的眼神。

一瞬后，陌承光俯身低叩:“臣定不辱使命。”

皇帝点点头，回身看了看陌闻音。陌闻音已经在榻前站起，慢慢向他走过来。皇帝说:“先这样，朕累了，”他开玩笑似的回手一指，“跟这人说话头疼。”

陌闻音站到弟弟身边笑，穆骏说:“具体的布置，朝上再说吧。朕今天去清凉殿歇，你们自家人方便说话。”

三人恭送毕，又一同从玉烛殿外进来。穿过重重帷幔时陌承光扶着姐姐的手被她抓得紧紧。

带弟弟回到自己的坐榻，陌闻音牵着他都坐下来。那边陌延佑像散了全身力气，在棋案旁一歪。

听二哥揉着额角苦笑骂，姐弟俩各自从思绪中回神。

“……我说商量跟陛下求情的时候，这小子怎么那么听话啊？早打算好了全套！”

“承光这样挺好的。”陌闻音低头说，她觉得刚才弟弟跪在地上说话太久，一直揉着他膝盖，“哥哥信上也常教我么，在宫里不要躲事，当争则争。于国于家更是，进取才是长存之道。我陌家，我，也退过，也让过，”她仰头看着玉烛殿华美的殿顶，“不争的时候，得什么好结果了？”

“富贵逼人，以退为进未必不是个策略呀。”陌延佑叹气笑说，“不过哥哥我的进退，全仗娘娘和侍中，你们一致决断，我全力以赴就是了。”

其实也都知道，如逆水行舟，不进则退。

陌承光一直沉默着，有计划达成的些微畅意，也有某种空洞的疲乏。算得太多，考虑得太多，他此时集中不起心思，只听姐姐说：“哥哥，承光，陛下这里我在，你们放心去吧。”姐姐的手抚着他膝盖，声音里有骄傲、忧虑，甚至一丝决绝，“愿你们攻无不克战无不胜。盼着你们无论能打到哪里，都能平安，凯歌而还。”

“南夷在巨野泽中挖取塘泥，用于修筑陂田？”

都城平城宫室内，王子元丹从密报上抬起眼，问麾下平南兵马使贺浑。

“正是，殿下。”贺浑恭谨回，“虽然南夷那个徐州刺史广陵王，平常是喜欢挖河造田，但从没动过这么远的土。奴才怕后面另有歹意，特将这条消息拣出来，禀告殿下。”

元丹点点头，赞许的态度说：“讲了多次，不管朝里那些大员怎么对父王叫嚷，你做孤的僚属，对孤称臣就是了，不必自称奴才。”

贺浑感激领命，听王子又问：“巨野泽，具体在什么位置？对南北水路，很重要吗？”

身为国主元湟的第四子，元丹不仅在继承人中较为年长，且母系高贵，对朝中的决策举足轻重，又曾多次代表国主统领大军，地位几近汉人朝廷的太子。但他表现出的个性，与通常的启族贵族很不相同，喜怒不多露在脸上，跟他对面，贺浑格外需要察言观色。

在王子的首肯下，贺浑往元丹迈近几步，又听命在毡毯上落座，却不敢像北人那样散开腿，而是正跪回话："殿下慧眼如炬，臣担心的，恰恰就是南北水路。巨野泽在南夷的兖州和徐州之间，北面接济水，向南通入泗水，而泗水往南是汇入淮河的。巨野泽淤塞的水道一旦疏通了，南夷的船只，就可以自淮河北上，直入济水啊。"

济水，是南夷的青州与函谷关外河南之地的天然分界。船入济水，向东可以辅援青州，向西，便可以威胁黄河以南的中原。

元丹沉吟，问："你的意思，或许南夷又想北伐？"

贺浑往下一叩为答。

"南夷叫嚣北伐，每次无非两个缘故。要么他朝中哪个权臣想揽大功，要么他皇帝的位置坐得难受，借对外兴兵去管控他国内。怎么，"元丹眼神里起一丝笑，"穆骏的龙椅，坐得烫屁股了？"

贺浑跟着笑，想想只回："陌家那个入宫的女儿，确切的消息，有身孕了。"

元丹神色一动，"陌家？"

贺浑知道南边那些世家间的纠葛不用自己更多解释，又说："因此臣看，想揽大功的权臣，和穆骏的皇位，眼下可能是结为一体的。"

元丹盯着身下毡毯的花纹，那个陌姓的名字，又一次翻上他心头。从悬瓠城上刺痛他起，从不会忘记，"一体？……那个陌承光吗？"

王子的神情微妙，话尾是反问似的自言自语。贺浑听不清背后的深意，没有接话。

"挖河之外，南夷有没有招兵的动向？"元丹接着问。

"探子回报说，荆州和徐州等地，都在大规模组织团练，虽然往年也有，但今年的阵仗远超过历次。兵源备足了，招不招兵，臣看也就是一张旨意的事。"见王子在点头，贺浑又说，"不过近处的青州，倒是安静，似乎一切如常。"

元丹抬眼看他，复又垂落视线，"如今的青州兵，也不用刻意团练吧。"

贺浑躬身称是，这才道出自己的推测："殿下明鉴，臣对敌情的分析有幸与殿下一样。青州安静，很可能是障眼，或许西出济水，才是南夷计划的主攻方向。”

“并非‘北伐’，而是‘西伐’……”元丹对照着记忆中的中土各州舆图，很快说，“从后方水路支持粮草，以青州兵为主力，近处突袭？”

“殿下圣明！”贺浑拜低。

元丹对他的赞颂没有任何反应，仍看着毡毯上的花纹。但南夷狡诈，有没有计中套计的可能？

贺浑试探问：“殿下，河南之地，主要是喀荣的部卒分布，人马毕竟有限。眼下的情况，是否考虑从关中移出一部分骑兵到中原？”元丹看他，贺浑又补上，“南夷无论北伐还是西伐，洛阳城首当其冲，务须确保啊。”

汉人恋土，元丹十分清楚，即使像贺浑这样已经做到朝中显赫的位置，中土的旧都在他心中的重要性，自觉不自觉间，还是高于国主御驾所在的平城。

但元丹有自己的考虑，片刻说：“姑如氏还在西边乱着，吐蕃近来又大有染指的意思，移兵出关，不现实吧？且父王一向以关中为本，南夷攻中原，王命往往弃关外无用之地，等南军站不稳脚再行反攻，眼下，也不是孤能对父王说清南夷朝中的变化，劝父王改换战法的时候。”

他对着自己的僚属，没去回避与国主的隔阂，但贺浑既然是个汉人，元丹也不想细谈启族内部的问题。

当初命喀荣部卒驻防中原，至今喀荣仍有诸多抱怨，视为排挤远迁。没有哪个启族将领喜欢中原的气候，战时从更凉爽的上党和冀州奔袭，是他们接受的极限了。说南夷可能打来，便要移防，元丹知道现在的自己缺少这样的影响力。

其实贺浑能猜出王子疑虑所在，一个建议于公于私，揣在他心中许久，此时终于决定掏出：“要是一时难以移兵，殿下，是否考虑……亲出函谷关，移驾洛阳？”

元丹像没听见，伸手无心般挪动毡毯上金质锡质的酒食器。

在这默许的姿态下，贺浑继续说：“既然有前般推测，殿下预先移驾洛阳，南夷一旦兴兵，哪怕不凭军功，殿下料事之神，也能凸显哪。到时凭坚城，内外配合，比单靠喀荣那一万五的骑兵更有把握，等到敌人败出中原，殿下的功勋和智略，更加无可置疑。”

元丹不声不响，把金器和锡器各摆成一堆，听着。

“二来，洛阳远离平城，殿下提出前往洛阳，是自退一步，在大王，该没有拒绝的理由，在殿下，拿汉人的话说，叫作韬光养晦。”

“孤原就因为重视汉地，被朝里那些老秃头看成异数。说是自退，却是退去洛阳？不是更有话柄被他们拿着，招父王的不快么。”

王子愿意开口直言，虽然话是反对，贺浑却觉得大进了一步，赶快说：“但殿下这些年重用汉臣，研习汉风，也从不曾怕他们话柄啊。不仅臣这样的，感恩殿下知遇，中土汉民对殿下的亲附，还有，企盼，甚至……甚至远超过对朝廷和大王啊。”贺浑大着胆子，不再去打量元丹的反应，全盘押上了自己的命与运，“既然朝中这种局势，殿下与其困在平城被看成异数，何不……将中原，作为根据之地？”

元丹盯着眼前的毡毯，不应。

“雄鹰摆脱了猎人的眼套，才见天下辽阔。是被架在臂上等那有一餐没一餐的肉，怕那不知何时会落下的铁爪，还是远飞呀，殿下？”

元丹抬头，真正与他对视。眼神冷，却隐隐发烫。

用着启族最熟悉的比喻，但眼前这个汉人的打算里，自有摆脱启族大员的压制、归于汉地经营势力的企图，元丹非常清楚。但也只有这样的汉臣，才能做得出荡开启族故步自封的格局，指向天下的这种打算。远大的利益一致时，余下都是细枝末节。

贺浑迎着元丹的眼睛凑近王子，惧怕交杂着冀望，“万一真有大变，殿下凭关河之险，割据中原也非难事，好过听天由命吧。”

“孤手下隶名的五万人，未必都能带出关去。”元丹平淡一句。

“但殿下居于平城宫中，一个狱吏手持王命，就能将殿下收治啊，五万人何用？远走高飞之后，中原人物尽在殿下掌握，南夷可以招兵，殿下有何不可？”见王子仍不决断，贺浑心急补上，“南夷那个广陵王，穆鸾，当初千方百计想要外放做徐州刺史，不是一样的道理吗？虚名的尊荣，不如自己做主的一块地盘牢靠啊。”

一切的前提，是南夷真的会出兵中原，如此才有立功的机会，有招兵的借口，否则行出这一步，等于自找的流放……

然而当元丹想起悬瓠城头，头盔摘下后那双鹰隼一样的眼睛，他确信陌承光会与自己看到同样的，最佳选择。

“向父王请示移驻的说法，你为孤拟好，尽量多将人马带去洛阳。”元丹没有说得更多，直接吩咐，“另外告诉喀荣，济水边境要更上心，青州的动向，先去摸个清楚，切记谨慎。”

青州济水东岸，茅头塞据点外，团练使华宝迎到了都督陌延佑的官船。

他从岸边往那大船上望，急着有话要向都督报告，却见陌延佑背手停在船头，望着北向不息的水流，像对官船只能停在这里可惜，直要望到黄河的入口。

华宝干脆乘舢板登船，到上司身后行礼。陌延佑回身看见他，没等先招呼，就拍着大腿遗憾一句：“这回对不住啊，本官没升，连带你们都摁着。”

华宝愣了下，反应过来他说的是回京考期的结果，小心问：“降了吗？”

“倒是也没降，刺史的职权也归本官用了。”陌延佑笑起，“等会儿有旨意你们听。”

华宝大喜：“这就行了！怕的是都督走啊，这全头全尾地回来了，咱们在青州还多图啥？何况，这不是升了嘛！”

“那，原来都督的职权，往后可就得多委给你了。”陌延佑在河风里眨眨眼，对上华宝喜悦又有点不敢信的神情，高深样貌说，“也不会让你空名白干，俸禄也照都督的补你。从今往后，更会有给你们立功的时候，个个都能真升的。”

华宝又愣了下，飞快问：“京里，是有啥旨意了？真要和北虏——”

陌延佑夸张地做了个“嘘”的样子，往船下北虏一侧的河岸张望。虽然知道河那边不会听见这大船上在说什么，华宝还是随他望去。此地水面方便横渡，茅头塞两岸形成了天然的集市，虽然今天不是赶场日，但也有民间的渡船零星往来，两侧河滩都有行人驻马，好奇地望向这官旗的大船。

身边都督的身形矮下，华宝低头，见陌延佑盘腿直接坐在了船甲板上，也在招呼自己坐。华宝坐低，两人都被船舷遮住，陌延佑凑近，拍着身下的甲板，神神秘秘地说：“这万斛的大船，你从前在济水上见过？”

还真……没有。华宝其实是淮南人，兵户出身，八年前逃籍到青州谋活路，靠骁勇，组织起坞堡自任坞主。天下尽除兵籍后他没有了顾虑，被陌延佑代表朝廷收编。

要说在淮河上，二万斛的大船也不算啥，可在青州济水，真是从没见过这么大的船，难怪岸上的商人民众，尤其北虏那边是这样的表情。

“这是试航，本官乘的是五十年来，第一回啊。”陌延佑很有些得意说，“州里还不知道吧，巨野泽的水道，南北全贯通了，从此过来的粮船，”他把甲板敲得咚咚响，“都不亚于这个。”

“朝廷……是要，从南边发粮，给咱青州？”华宝的心情莫名像是多年被弃的孩子骤然听见被母亲记挂的消息，心也跳得像鼓响，说不来地兴奋。

“正是呀！所谓备战救荒，陛下和侍中大人亲口许诺，一定作数的。”陌延佑却是赢钱装进荷包的那种开心，“咱们州库里，得赶紧腾出地方来，”他往船舷外东边一指，“我看里头现存的粮食，就先挪到这些城塞，充边防用吧。”

“都督，刚好这么件事跟你禀报。”华宝一下顾上想起他来时要说的，“边防上，最近觉出点动作，看着是，北虏要搞鬼啊。”

“什么动作？”陌延佑急问，脸上的表情不像惊讶，倒像惊喜似的。

华宝见上司这样，知道他又有什么主意了，仔细回：“北虏那边最近过来贩马的队伍，多得……怪。从饶城、兰水，那几个城塞过关的，合计上千匹马了。马价还高，都轻易不出手，按说今年天旱，麦收前就卖马，该是急等粮食吃，那就不该抬价啊。”

“你是说……北虏把骑兵，混成商队过来？”陌延佑赶快问，“马队现在在哪？”

“多数都往饶城大马市那儿过去了，属下派人暗跟着呢。”华宝粗直的眉毛紧蹙起，“怕他们是，想趁都督不在州里，夺咱们的饶城浮桥？要么，是知道都督水路回来，想等在浮桥头下船的时候，截杀你？”

“所以水路还有这么远，你就带人过来拦我的船哪？”

华宝点头。

陌延佑谢他得力，也感心青州上上下下的精干，即使自己不在州里，想他们也能先行应对。承光口中的时机，当真是到了。

“都督可算回来了，这些马队怎么处置，等着都督示下。”

陌延佑却在华宝着急的视线中转开头，半跪起身子望出船舷，“是得处置，两边河岸都得安定，不然船不好走啊……”

“都督？”

陌延佑回过头，“不过上千匹马，也不一定全是虏兵吧？要是有客商在其中，误伤可就不好了。”

华宝也是这种顾虑，所以迟迟没自己下个决断，他犹豫说:“但不好分辨哪，马价都差不多，也不能老去问价打探，怕惊动了虏人。”看都督点头，华宝又说，“不然先都围起来，抓到牢里去查？”

“不好，不好。”陌延佑紧摇头，“陛下刚在京里跟本官有旨，嘱咐商路务必开通呢。一股脑地都抓进去，吓着了真的客商不说，没事没情地，说抓的是虏兵，外头也未必信，传出去都怕被当奸细，客商也再不敢来了。”

为了保通商，青州边防一向是宽进宽出，陌延佑说的这番道理下面都懂，华宝也不愿多年的积累一朝破坏，他想想说：“那属下再去探，盯他们的动向。可往城塞里腾粮食的事，是不是就先放放？别被北虏趁机截了粮，损失可就大了。”

陌延佑盘着腿，手还在身边的船甲板上摩挲，“这个，本官得先想想，先想想……”

青州人从州库搬运粮食填充城塞的行动，开始了。

至此，喀荣确认自己的队伍没有暴露。

日出，至过午，通往饶城塞的大道上，运粮的板车绵延。喀荣在接到消息后泅过济水抵达，眼下须发已干，顶头的太阳暖和晒着，正是一天之中人最容易困乏的时刻。

周围马市里，商人多数回自己的厢车歇午，四下可见绑腿的脚伸出车门搭在车辕上，小马也在母马短短的影子里躺倒酣睡。热闹的集市归于止息，只有大路上辚辚的车声和黄尘，是原野上不多的动静。

那些运粮的民夫其实也疲态尽出，车走得慢又稀松，有的甚至车停在路边，人不见了踪影。在喀荣眼前不远，小兵丁拖着已经发沉的腿走过，从一架大车下拽出车底下躲阳的车夫，劝着，声音从热热的空气里传来。

“加把劲啊，老乡，加把劲……刺史大人有严令，赶天黑之前，粮食都得运进塞里啊，就这一两天辛苦，加把劲……别赶上北虏渡水来劫粮的，咱担待不了啊……”

喀荣身边的马群却秩序井然，济河之水被倒进饮马槽，咕咚咕咚的，马匹安静喝水的声音。

喀荣向副将看去一眼。

副将到他身边低回，“各部分都到位了。”

"南北几个城塞，什么情况？"

"都在运粮入塞，说总共八九万石，最多两天，全部要运完。"

按粮车计数的结果，运进饶城塞的，差不多五千石了。喀荣往浮桥桥头那边望去，从这里只能看见反射着白花花日光的一脉济水，浮桥是压在水面微微起伏的一道黄褐色线条。

南夷对这座浮桥，从来重兵把守，但今天运粮事务更急，兵力被分散到各条路线上催促和防卫。那条跨越过济水的唯一的桥，从没有看上去这么的伸手可得。

青州都督提前下了官船，让截杀的计划失效。但很快又送上的时机正就摆在眼前，曾让喀荣觉得这么的诱人，又这么的可疑。但此刻，自己的队伍已经汇集，平野上也藏不住任何埋伏，能够阻止自己的机会，的的确确被陌延佑漏过了。

元丹王子传话来的"谨慎"在心头一晃，被喀荣嘲笑着掷开。宫苑里的小主子，只会学汉人慢条斯理地嘴上打仗，既不明白这中原地带，又不明白青州，更不明白青州的这个软蛋都督。

随着胡须下的嘴角翘起，喀荣扬手。短促的呼哨接连传远，四五百人的骑阵霎时自马市中成形，杂色衣装的骑手叼刀在口，飞速向额上扎起红巾。而集市的另一头，同样有数百骑尘卷过，两队合流扑向大道。

惊觉的商人们在短暂的呆滞后，纷纷聚拢自家商队，把厢车围起来，像在这边地行商每次遇到劫匪时那样，躲在车阵背后举起自卫武器，紧张地望着这突然冒出的近千骑兵高卷黄尘，漫过官军的粮队。

运粮的民夫们毫不抵抗，跟遇袭时青州人永远的选择一样，弃下财物便四处奔散。但在喀荣明确的指令下，北人骑兵不顾道上的粮车，只向饶城塞方向速进。

情势突变下，察觉的饶城塞急闭城门，然而几辆粮车堵在入口处，门只落到一半竟被卡住，守军奋力吊门往外推车，奔至门前的骑兵想要冲入，场面一片混乱。

"后队围住！先锋，去抢桥头！"

虏人迅速分兵，四百骑兵拆为两组，反复冲击饶城塞正门，另五十骑向角门围堵而去。饶城塞守军无奈点燃卡住城门的粮车，熊熊火焰一时惊退了战马，但城上已经无暇他顾，任由五百余虏骑冲下济水河滩。

防守浮桥的青州兵本来全部面水向西，听到城塞的作战声才急忙掉转，长兵器像风中的林木摇摆相碰，阵脚先乱。北人烈马冲进阵型时，第一排的长戟没有起到任何阻挡作用，拒马栅更是列在背后的水岸，反而成了青州兵后退避开马蹄的障碍。

青州兵纷纷回过武器，翻越拒马栅，与每次作战不利时同样，一批批后撤，跳入桥畔的济水之中。他们霎时被水流卷裹着冲向下游，拼了命地逃离身后死伤的战场和济水浮桥。

喀荣跃马，率先把马蹄踏上青州一侧的桥头，水波中微微摇荡的桥面，恰似他飘飘自喜的心境，一切顺利地不可思议。

脚下湍急的水流已然提马就能越过。那些农人的坞堡也好，这道济水防线也好，果然都只是保命的龟壳，只等着铁蹄来踏碎。

“起烟！”

狼粪在河滩点燃，青烟直上。河对岸，西边天际，大片骑尘随即黄云般腾起，久候的七千虏骑像饥饿的蝗虫，蔽日而来。

喀荣回缰稍稍后退，立马面向他引以为傲的骑阵。济水桥的历史上，第一次自西承受这样密集的马蹄，桥面被深深压向水流，连锁紧绷到再不剩一丝弧度，重骑兵们簇拥撞门车通过时，最低处河水甚至漫过桥面。

可那些承载着浮桥的船只，仍然仿佛双臂高擎的力士，挣扎着将所有重荷推高、举起，坚稳如磐石。

南夷的船啊……

喀荣想，压制着头脑中抢夺的快感。看到最后几架长梯排开拥挤的马队，也安然渡桥，他想不仅仅是船，南夷的所有，全部，都在这马蹄之下，都在前面！

“——报！北虏大兵过桥，八百骑兵猛攻兰水塞！”

“报！西河塞受敌！”

“报！虏军大部向东阳城来！！”

青州东阳城治所内，团练使华宝速命：“闭好城门，严守城墙！”

都督陌延佑追上一句：“骑兵攻城只一波冲劲，打到天黑便罢。”

未等话音落下，堂外又一个信兵高喊：“报！饶城塞，陷落了……”

这下连陌延佑都再沉不住气，急起身出去拉住这个信兵，“里面守军呢？”

“好像是，走地道，逃出了。”

陌延佑点了下头，“里面粮食呢？”

“……北虏，在抢。”

陌延佑又点了下头，神色稳了。

华宝跟出堂来，看了眼日色，急说：“都督，浮桥已经被敌人拿下，饶城塞这又不保，不能等了，反击吧！”

陌延佑手里捧着头盔一直没戴，青州都督当了三年，他其实很少穿甲，这会儿像拿头盔不知该怎么好那样掂着，“再等等，等等，该退的退，该撤的撤进墙后。”

“就不说塞里的粮食，外头大路上还扔着多少！”华宝本以为上司韬光养晦多年，这回定要搏个一鸣惊人，不想情势到此，得到的命令还是撤退。焦急叠上失望，他止不住大吼：“朝廷千里运粮来，咱们辛苦攒下的粮食却白扔给北虏？被他们搬过河去半点，别说对朝廷，对州民都没法交代啊都督！”

“够，够。”陌延佑抚着头盔，站在堂口也看日头偏西的天空，不知究竟要看什么，“攒粮千日，用粮一时。再等，再等等……”

饶城塞城头，副将向喀荣禀报：“大帅，东阳城防守严密，突袭不成，一时拿不下来。”

西边天泛起琉璃红，喀荣望着来时的方向。

“反正浮桥和饶城塞都到手了，兄弟们的意见，是不是先把粮食带回去？往后进退自如，随时可以整队再来啊。”

喀荣仍没说话，因他发觉麾下的骑兵暴露出了难以抑制的弱点。

一次次越境劫掠时的彪悍，在此刻转化为贪婪。对先锋“不顾粮食，直取据点”的约束已经失效，大部的后队更是无视军命，城下交织的条条道路上，每辆弃置的板车旁都有一场争抢，荒时金子一样的粮食，沉沉压到每一匹北马的背上，每一个带刀北人的肩上。

几股小队甚至占了整辆粮车，满载着粮袋推向浮桥渡河。而浮桥对面，更多的散勇闻讯赶来，急于催马去捡到漏下的一点粮渣。

主帅摧毁济水防线的意图、重创州治东阳的目标，全部丧失了意义，战士的荣誉在钱粮面前也没什么价值，马背上得利之外，他们就不知道为什么去战斗。

宽阔的济水浮桥上又现拥堵，奔来抢粮的和运粮返回的北人两面对马。西天已经橙红，太阳正在落下。

到了该走的时候了。

趁南夷……还没反应过来。

“传令，浮桥、饶城塞留守之外，全体回撤。”喀荣的后背有一点点发凉，“济水桥上只许向西，秩序过河！”

饶城塞城门的火焰已经扑灭，灰黑的残烟正升向深蓝色转浓的天顶。南北两侧，西河、兰水几塞，守军把塞中的粮食整袋抛下城头，引发攻城骑兵的哄抢，阻滞了北军回撤的进程。陌延佑在治所听着信兵接连的汇报，戴起了他的头盔。

天黑得差不多了。

“赶他们下河！”

都督的命令火速传开，济水沿线保存的城塞和坞堡中，勇士全员跨鞍上马，近万人的骑兵无中生有般涌上原野。

目标只有一个，浮桥畔负重聚结的北军。

那些骤雨一样袭来的蹄声让喀荣在西边桥头勒马，回望背后隔水的青州。但蹄声不是最让他最心惊的东西，只见蒙蒙夜色中，河上突然多出无数光点，顺流直下，不加控制地飞速冲来，在眼底拖出道道骇人的亮线。

他不知道济水的上下游，沿岸城塞正在放出艘艘快船，浮桥上的虏军同样被这光景震惊，起初的反应只是呆望。

最先割开河面的火光所乘，竟是一艘艘前端削尖的大木筏，硬木仿佛根根巨刺，被水势震耳欲聋地捅进浮桥下的船体。马匹又被筏上的火把惊吓，在剧烈震荡的桥面上，一锅粥似的挤向下游一半，人马落水的嘶喊如同河水沸腾。

进水的船体开始侧翻，浮桥桥面被撕裂，从火光中发出狰狞的响动，是吞噬生命的利齿摩擦声。济水这条曾经宁静的河流，摆设一般的边界，转瞬间化作夜底的冥川。

青州人不要他们的桥了……

喀荣的马一退再退，他忘记了拉紧缰绳，也忘记了磕马。总共过来了多少人他不再清楚，但他清楚大半还在对岸，短短四十丈，水流划开的距离，已变作生死两线。

马，马能泅水啊，渡河啊，渡河！

逃向原野，却是马的本能，挤在青州一侧桥头的北兵全往远离河滩的方向奔散。可青州兵的箭雨扑面压来，这片土地上憋屈多年的愤怒一夕彻底倾泻，人与马组成的铜墙铁壁之间，只齐心回荡着一种声音——

“赶他们下河！赶他们下河！！”

济水东岸，被驱赶着不断落水的北人北马带伤折脚，扑通扑通的水声在青州兵耳中像一场欢庆，像佳节时灶头的声音。而幽暗冰凉的河水只是北兵噩梦的开始，各城塞放出的船只早已布满水域，火把照彻下，两舷的长枪长戟不停刺向水浪中浮沉的敌人。

河面在火光中尽赤，一定也是血的颜色。

西岸的喀荣，像他在今天早些第一次立马桥心时那样，又有了乘船样晃动的感觉。鼻子被火里的烟油味堵住，眼底充斥的也是自己心头的血红，他拨马回转，什么也不再闻什么也不再看了，退往属于他的西北方。

“……帅旗在饶城塞上，但留守的俘虏说，喀荣带着亲随，第一批就过河了。据目前搜检的结果，确实。”

陌延佑听着信兵的回报，一脸遗憾。

“喀荣家底折个大半，死伤在咱河里的四五千骑，带回去的有二百没有？”团练使华宝在旁宽慰，掩不住声线中的振奋，“他不恨得抹脖子，上头也轻饶不了他。”

“赔了咱那么多的本钱，没挣出这个最贵的来……”青州都督似乎想的和华宝不是一回事，十分肉疼的语气，“你说，河里头捞回来的粮袋，晒干了还能吃吗？”

周围将士全体失笑，华宝想想说：“反正头一波那千匹马通关的时候，他说是贩马，咱们收了关税的，不亏。”

“也对，也对。”陌延佑回头也笑了，“本官得把这条写在报功的文书上，虏人可是自己花了大钱，让咱打的。”

将士们哄然又笑，陌延佑说：“喀荣，跑远了嘛，河对岸咱们就得乘虚而入，赶快筑城塞控住。”计较钱粮的神情还在他脸上，青州都督极认真口气说，“把稳了河道，通舟楫之利，赔掉的粮食，就让朝廷多多给咱们补回来。”

柳遥之进入陌承光府上的书堂时，那人披着件旧氅在案前读信，舆图和各样报表铺满了身前长案，没有摆灯的地方，用一座立式灯架在身边下照。

抬头看见柳遥之在门里，陌承光怔了下，但好像还沉浸在刚才的思考里，没回过神来起身迎接。

“外面落雨了，冷。”柳遥之先说，拍了下自己腰间皇命的令牌，“让他们别通传了。”

陌承光站起向他行礼，走近说：“辛苦将军来。陛下召我？急事？”

“不是。”柳遥之转开眼，看他案上的文书。近灯处拆放的信封，来自他哥哥陌延佑，而那字卷散布的长案一角，突兀端正摆着一叠旧手稿，秀丽的字迹很难不让人注意，却像是很久没有翻动过了。

他感觉陌承光察觉到了自己在看那叠手稿，但对方没有解释，也没有任何反应掩饰。

柳遥之看回陌承光，想，哪个不是伤心人。

“你要是没急事，陛下是睡不着。”

雨还没停，淅淅沥沥地不大不小。柳遥之披着蓑衣自己驾车，也不让陌承光乘马。这些年过去，陌承光高升，柳遥之却一直留在中领军的位置上，可两人独对时从来不用多说，陌承光总像后辈般依顺。

他挑帘坐在车门边，在柳遥之侧后，车檐飘下的雨线会扑在脸上。后半夜的京城道上空寂无人，蹄声轮声听来湿滑。柳遥之牵缰控着马匹，回了下头，“侍中坐稳吧。下官送你这一程，到出兵誓师的时候，我要紧随陛下，就酒也不能敬，话也不能说了。”

陌承光领他心意，在身后深向他一礼。

“本来愿与将军一同誓师。”片刻陌承光低说。

柳遥之很久没回话，但陌承光感觉他脸上，浮起个仿佛从前那样的笑。

“侍中觉得下官如今，胜得过北虏么。”

不是个问句。

他蓑衣后腰位置鼓着，里面是他夜晚不再离身的酒壶，陌承光看着那处说：“先帝时北伐诸多不利，将军都能胜过。记得，在宣城之下，将军对我说，对北虏，你我此心同。我会一直等着，等到你觉得再能胜过的时候。”

“宣城之下啊，那时候，我说不定是在演戏。”柳遥之话中的笑意淡去，“就连先帝时北伐，也是一场大戏。我演得认真罢了。”

陌承光看他，看不到表情。他蓑衣的兜帽被雨打湿，显得沉甸甸的。

更上方车檐下，宫灯在雨幕中照出昏黄的一段，陌承光看那亮处，不再说话。

他有珍视痛苦的权利，没有比等待更好的体恤。

“不过，说起北伐，谢你当年为我的补给吵上大朝会啊。”

陌承光的嘴角一丝抿起。当年，多么年轻气盛的自己，但想笑的感觉很快被秋雨飘散，他想那时自己面对的，不可一世的五兵尚书，还有，尊贵清和的储君，一个个名字，都已死去多年。

“如今你要带兵远征，补给，依然会是你最大的问题。”

陌承光的视线落回蓑衣的背上，他明白，这是眼前不败的将军今夜真正要对自己说的话，讶然的惊喜刺穿了带给他孤绝之感的寒夜，心尖一点血回暖。

“请将军赐教。”他看着那雨湿晶莹的背影说。

“过誉了，教不了你。”柳遥之语气里又带上笑，“兵制，你推行改的，财政你收拢的，一步一步，你自己筹措到这里的。只是，当年我引兵北伐时，未必将士就不用命，粮食就不够吃，补给断绝，你比任何人都清楚，是因为有人根本不想让粮草顺利运抵前线。”

后方掣肘，正是陌承光紧迫面临的问题，一路变革树敌太多，除了皇帝本身，他在朝中没有可以依靠的后援。

他清楚听见柳遥之的善意，又一次，他会挺身站在自己一边。但他也清楚以柳遥之现在的位置，和远离开朝务的状态，他不可能亲身帮来什么。车声很稳，陌承光听他往下。

“粮饷，你有充足的储备，运输的路径、方法陛下也让我看过策划，详尽妥善。”柳遥之抖着缰绳，车灯一片片破开雨夜，“你现在只需要有谁，在后方为你看住，确保计划的一切能够顺畅运行。这个人，与其是你的朋友，”柳遥之回了下头，“不如是你的对手。”

“……文炎吉？”

陌承光从没这样想过，如同雨点打在额头正中，醍醐灌顶。

兜帽下的眼睛转了回去，“陛下是名义的主帅，你侍中做前线安抚使，他尚书令，做粮草转运使，不刚好么。”皇城已近，是黑暗中压来的更黑的影子，车速慢下，“便把他绑在这同驾马车上了。”

压去转运粮草的责任，就堵住了尚书台一派借由补给为难前线的隐患。甚至为了避免一旦作战失利被推给粮草供应，自身脱不了干系，文炎吉会被逼得分外上心。

陌承光向后挪出，拜下，“多谢将军。”

“如果他推辞，我也会一同劝说陛下，务必促成。”柳遥之在宫门前勒停了马，他的声音告诉陌承光，他也带着遗憾，“不用谢。这就是我为你出兵，能做的最多了。”

送陌承光至内宫一道边门的入口，柳遥之辞去，转由近侍引路。雨停了，长长甬道两侧对向的灯火在积水上拖出扭曲蜿蜒的亮迹，让陌承光恍惚间觉得熟悉到可怕，一点一点的，背上汗毛竖起。

多少次走过这条甬道，在惊醒前的梦里。

梦里只能看见背影的人，此刻在那殿心坐着。殿内仍是空空的陈设，灯烛点在边角，他曾见过的，一个女子哭泣，一个孩子死去的帷幕边，地面干净，像什么都没发生过。

行礼已经是不需要思考的流程，很多种可能性经过他的脑海。暗示伪帝之子的事，还没有了结，威慑自己在前方不得妄动？或是提醒，在父亲灵前是如何松开手放过了此事，要求自己感激地效忠？陌承光不想再猜了，起身平静看着对方。

深夜无法入睡的皇帝看上去容色疲惫，但眼睛很亮。他的眼睛其实一直是亮的，陌承光忽然觉得，越来越看不清，是因为他坐的位置越来越难有光。

“陛下睡不着吗？”他还是先开了口。

“看青州的军报，看过困的时候了。”穆骏微仰着头，“你呢？不像被叫起来的样子，看你二哥的家信呢？”

陌承光点头。

“北虏的反应够快的，陌延佑晚回去两天，说不准就出大乱子了。”皇帝的手指交替敲着座椅的扶手，“那个元丹听说出了平城，看是去洛阳总领防御，我们要打，就不能再拖。比预想得早，你准备好了吗？”

不是责令，仿佛暗夜引人怀旧，那是陌承光曾经会感动的掺杂着担忧的关怀。但他心中的第一反应，竟然是警惕地迷惑。

怎么定义眼前这个人呢？君主，姐姐现在的丈夫，但陌承光可以不想，却不可以忘记，在那个替死的孩子喉管断开的时点，沾了血的那个晚上，挚友，加上了“曾经的”。

“是早。但陛下准备好了，臣就准备好了。”陌承光说。

穆骏的眼睛垂下，一只手空握拳支起额角，困倦或头疼的神情，“你哥哥这回功劳大，净空青州的边境，使朕西出无忧。你说，怎么赏赐好？”

“将功赎罪而已。”

皇帝笑了，轻摇了摇头，“你家已经封到顶了，他又袭了你父亲的爵，职务眼下也不好变。朕的意思，你二哥既然没孩子，朕可以指你三哥那个……外面生的男孩，继在你二哥膝下，将来承你家爵位。年纪还小，就先封个县侯。”

陌承光一动不动，穆骏抬起眼看他，“好吗？”

不可能有任何误会，在这间殿宇里，陌承光确信自己听得懂他在说什么。

不由自主地，旧伤的手腕在颤，然后是嘴唇。这种找不到语言的感觉很久很久没有降临过了，任何时候，陌承光都会逼自己反应，但此刻没有办法反应，也不需要了。他向穆骏走过去，听他问：“那孩子叫什么？‘陌’——什么？”

“源。”

“‘缘分’……的缘？”

“‘源头’的，源。”

“……陌源。”穆骏一瞬点了点头，带笑近处看着他，“你说得对，无论那些每年去赐物的老太监怎么对朕说，那孩子长得，越来越像朕的大哥，只要朕认为他姓陌，他就永远姓陌。”

没有比这更重的赠别了。穆骏他终于相信了坐在这位置上的他自己，陌承光也终于相信了，带着他的旗帜，定能战无不胜，所向披靡。

从对视中回神，陌承光躬身要行大礼为谢，穆骏却攥住他的胳膊止下他。他的手指紧抠在陌承光手肘，眼睛灼灼看他说：“去吧，拿回你要的军镇，拿回朕的洛阳。”

第二十二章 / 故垒赋

玉烛殿的扩建工程休止后，为了配合出兵的动员宣传，陌闻音搬出玉烛殿，随皇帝至清凉殿起卧。但她仍喜欢玉烛殿旁只扩了一半的花园，时常回来漫步。

今日只有白延龄一人随侍，他小心扶着已七个月身孕的淑仪，从花砖铺砌的小径向她最爱的那棵桂树去。不用走到近前，密叶间开满的丹红花簇就逃不开人的眼，何况炽香扑鼻，如同一树盛祭的火苗燃向天上。

清晨新雨，树下打落了片片深红碎花，着水更浓艳。

白延龄知道淑仪喜欢当令盛放的花，也爱落花，在心里把要对扫洒人发作的念头放过。果然陌淑仪不顾积水，自己提着裙子停停走走，看丹桂浮在水层上映着云影的样子，倒是她弟弟离京以后难得见到的轻快神情。

陌承光出京十分隐秘，没有饯别誓师的仪式。入秋后，京中、宫中，都是暗潮涌动的冷清。

忽听见大声的鸟叫，陌闻音回望刚才经过的小假山后透出的廊下，“是我那只鹦鹉吗？不是跑了，怎么在这儿？”

白延龄往那五色斑斓的大鸟看了一眼，笑回：“两天前又飞回来，给小黄门捉住了。陛下说它出去外面指不定吃喝了什么，让先在这儿养着，看没事了再给娘娘送到清凉殿去。”

陌闻音重新起步，慢慢走着说：“远来的鸟也是可怜，不在它本来的地方，拼命跑了出去，也活不了，还是得回来。”声音好像带些感慨。

白延龄想想说：“它不是凡鸟呀，命里正该在这儿的，得而复失，还能失而复得。”

陌闻音在木槿花树下停步，看他一瞬说："延龄，你说你这么聪明，怎么还做傻事呢？"

白延龄的睫毛抖了下，退开半步躬身，"哪件事做得不对，听娘娘教训。"

"你要是知道我说的哪件事，就自己打。"陌闻音往地下指。

白延龄嘴唇也开始发白，他垂着眼睛看见，淑仪手指处是根枯枝，却自己向更远处拾起一根风雨折断的桂条，跪下卷高袖子，"奴在陛下身边伺候，得留着脸，娘娘恕我这样打了。"说着手攥住有叶的一头，将桂木枝狠狠抽向自己左臂，顷刻一道红痕。

陌闻音知道这细韧的东西抽身是极痛的，眉毛轻轻蹙起。延龄还在一下一下狠命地接连打，挨了桂鞭的手臂红肿连成一片。陌闻音毕竟不忍，开口说："先停着。别怪我拿你当奴才打，人要是自己不当自己是奴才，在什么身份下都不是奴才。可要是自己不当人，就成真正的奴才了。你明白我说的吧？"

白延龄的眼泪出来，伤手撑着膝盖弯腰流泪。

"所以，往王昭仪的药里下东西，真是你的意思？"陌闻音问。

"不是什么毒物啊，娘娘……是人参粉。"白延龄哭着说，"奴是听说，王昭仪是燥体，人参是大热的，只想给她对冲上……让她发热疹，难受些，是想出了她引诱陛下的这口气，不是要害人的……"

"再打。"陌闻音的语气冷了。

白延龄抬手又抽，桂条落在新伤上，痛得他手抖。他强忍着不停，陌闻音伴着那鞭声说："那药是安稳胎气的，你让往里下人参粉？我在营里照顾过伤患，知道人参是大活血物，磨成粉，药效更强。莲姑已经是第三回生产，先帝时头个孩子滑胎，上回生皇长子时，她就出血不止，救了一夜才过来。如今孕期里吃人参粉？她哪天血山崩了，就是两条人命！"

"娘娘，奴真不懂这些啊！"白延龄扔下桂条鞭痛哭。

"你不懂？太医令必定懂，你敢这样强命他，是仗着我的名义吧？"

哭声一止，白延龄噎住不语。

"你却不知道，我就是讨厌有人仗我的名义，鼓捣宫里这些龌龊，早对太医令说清过，凡是后宫的药方，有人说我让改的，只要不是听我亲口，就必须告诉我。只是再没想到，捉住的是你！"

白延龄换手捡起地上的桂条，又向右臂猛抽，一边哽咽，“奴是为了娘娘，昏了头了，没想过败坏娘娘名声……想着要是，再来一个王家的皇子，年纪还差了没两个月，娘娘的孩子要被他和皇长子前后挤对着啊，奴是想要防着……”

“你是为了我吗？”陌闻音想要弯下腰看他，吓得白延龄一下半跪起来撑住她胳膊。陌闻音直起身俯视他，“你真是为了我，会当我是争宠杀女人孩子的人？”她凄然一笑，“陛下对我的宠爱，看着就这么虚薄，至于你要用这种手段？实话是，莲姑和你爹邬考工的死无关，你从来就没信过，对吧？”

白延龄愣着看她，慢慢在石径上俯下身。

“你和承光说定过，永远放下此事，是假话？”

“娘娘……”白延龄抬头，脸上泪迹已半干，他向着陌闻音膝行一步，压低声说，“奴从没想过要害陌大人和娘娘，可是我爹，那样冤死……奴有命走到今天，不能不为他报这血仇啊……”

“你要报仇，冤有头债有主，我听莲姑亲口说过她不知情，我信她，她肚里的孩子更是无辜的！”

“娘娘莫动气啊！”白延龄攀住她胳膊，请罪什么都顾不上了。在他视野里，陌闻音的头顶是花树遮蔽的天空，簇簇朱红迷眼，他的眼泪又出来，斑驳了这绝艳的一切。

“娘娘知道，王家献回宫里的传国玺，是，是从我爹墓里拿出来的吗？”

什么都不会属于自己，只有复仇，只有复仇是真的。

“又如何了，不说是盗墓贼卖进黑市的吗？”

膝下碾碎的湿花有丝丝甜糜的气味，说不上香还是难闻，白延龄说：“总是经了王家的手。真就是盗墓贼，也可以是王家雇的。”

“这算证据？”陌闻音问。

白延龄摇头，撑着地，一只肿手向怀中去掏，抖索着，将一件东西拿出来，高举向陌闻音。

“……这是？”看清之后，陌闻音心惊，马上回手往自己发间摸去。不是掉了，她摸到了同样的东西。

陌闻音拔下自己那根不离身的银钗，递去与白延龄手中的比在一起。没错，一模一样的，一对。

“这是……”她看白延龄，又问。

“老太监全宝，娘娘还记得吗？奴说过……用修缮义庄陷害我爹的那个？这是，他临死前给我的，王昭仪那时候对他下令用的信物！”

陌闻音微微张开嘴，不可置信地，没有更多的反应。

“奴原先想着，不是什么名贵物，这种东西宫里有千万件，奴当证据拿去告，她轻易抵赖，奴只是白死，就谁也没告诉过。只是，怀里收着，让它时时刻刻提醒我，别忘了爹的血仇。”

他想把陌闻音的那支也拿过，陌闻音收回了手，白延龄又说：“后来，近处伺候了娘娘，娘娘你知道，看见你这支钗，我有多惊诧吗？像雷劈我。你说就是那王莲姑给的，还说是前朝陌贵妃的旧物，本是一对。我问过造办，她这是实话，这种银工南渡之后已经失传了，宫里再没见过。”

陌闻音捻着她的钗，脸上神情渐渐淡去。白延龄看她这样，急得跪直身子，“这一对钗子，不就是铁证吗？王莲姑给的信物，让全宝害死的我爹！娘娘，我是想过永远放下的，可神使鬼差，让我看见了你这支钗，这不就是我爹在天上说，让我一定为他报仇吗！”

“不是莲姑。”陌闻音把钗插回头上，抓住白延龄紧攥着另一支钗的手腕。

“娘娘！”

“莲姑给我这支钗的时候，确实不知道我跟你邬家有关，不知道我清楚邬考工的冤死。可她从我嘴里知道了以后，有过一次机会，我主动要还给她，她那时能不动声色把这支钗收回去的，她却留给了我，还跟我讲出本来是一对的典故。”陌闻音回忆着，说得越来越顺畅，“如果她用这一对钗里的另一支，做了害死邬考工的信物，她为何要如此？”

白延龄细细想，明白了她的意思，不由愣住。

“没道理，没道理的。她用这钗害死了人，又误露了证据给知情者，却不补救，反而往外倒吗？”陌闻音扯白延龄让他起身，“钗是真的，但拿它做信物害死你爹的，不会是莲姑。前后联系起来，这钗，反而是她最好的剖白。”

白延龄彻底信了和莲姑无关，迷茫地，急问陌闻音：“那关于这两支钗，她当时还说过什么？”

陌闻音静下来回想，风吹碎花落在她发髻上，“她说……我头上这支钗，是她从宫里带出的唯一一样东西，本是一对……另一支，已经没了？她也不想留着这一支，也不想丢了它。”

“没了？……定情物吗？”白延龄呐呐问。

“听着，像是。”陌闻音轻声。

“给先帝的？”

“那时先帝还在世，有人敢偷拿这支钗去谋害人？”陌闻音的眉心又蹙起，“而如果先帝要除邬考工，兜这么大圈子？”

是，爹的死，是因那皇城城防图，被人灭口。如果是先帝要爹死，谋反之罪即可，根本不用暗地下手。

“旧情人。”白延龄说，“进宫之后还有联络的，旧情人。”

陌闻音没再说话。

白延龄往后退了一步，向她行礼，“娘娘，你给奴指了明路，奴死也报答不了。奴如今是黄门令，宫里的事奴总会查到，冤有头债有主，奴总会知道那正主！”

“那绢帛，是承光烧的。”陌闻音声音极低。

白延龄猛抬起头。

衬着桂花树，陌闻音缓缓说：“你爹的仇，我不能拦你知道正主，但我也劝你，放下。我劝你，以承光待你之心待他，不要害他。”

“奴怎么会——”

“你和尚书令的人走得近，声气相通，时时彼此打听内宫外朝。你掌宫中营造，在玉烛殿的工程之内克扣，套出的大笔钱财，拿去交接高官贵室。这些我都知道，陛下必然也知道。陛下不管你，我不管你，是因为你早与我家有了连接，伤你，会伤我在宫中的地位。但你不可过分，”陌闻音垂着眼看他，像尊遥远又寡情的天神，“一旦让我看出危险的端倪，我弃了你时，你的一切都会化为齑粉。”

白延龄双膝在地，俯身额头抵上她脚前落花，“娘娘，奴绝不会，绝不会害你和陌大人。”

九曲黄河，携万里风沙，莽莽而东。

黄河之上，五十年来又见官船。

楼船主舰高处，桅杆悬挂彰示皇权的赤地青龙旗，河南河北安抚使陌承光朝服立于其下，貂蝉冠以朱缨系紧，襟袖清整端严。

后续大小舰只千余，水师总合四万，自徐州巢湖开拔处起，绵延二百里，分段接续。先锋七艘赤牙楼船，由辅翼舰队开道巡护，船阵共计三百二十艘，有序速进，于十月初的秋日晴天，由济水河口挺进黄河。

对于江水，陌承光从小是熟知的，后来在梁山洲的战船上，在秦淮河的石头城下，甚至梦里，也曾无数次接触那万古不歇的水流。但当他第一次看到黄河的时候，才觉得只有这样的水，能流进自己的血液，将一切的渺小微弱冲散开，同奔向海，被壮阔包吞。

他统帅的楼船逆流搏浪，巨木制成的船桨有力地排击黄水。面对陌生却切近的天长水阔，每个将士脸上，同样是昂扬舒展的底色。南船，无论来自哪一片江湖，本就该畅行于自己的河海，这片水与土的颜色，就是他们本来的模样。

“黄河，黄河啊！真到了，真快！”从青州带上的少年大满兴奋得在船舷边直跳，“村里还说是麦收之后出兵呢，这么稀里哗啦地，真就冲来了！”

“啥叫稀里哗啦？”吴全全呼了他肩膀一下，“兵贵神速，靠运气的吗？大人让你上了这先头船，就好好收心打算着怎么对敌，别咋咋呼呼的，有个兵的样子。”

“俺要对付北虏，哪个用俺对付啊？”大满不服，往黄河北岸一指，“那边的干瞪眼，”又指南岸，“这边的干着急。”

黄河下游水面宽广，从这船上望去，北岸只有些丘树在浪涛激起的水沫后蒙蒙可见。怎样的长程武器从那岸上，都无法对河心偏南构成威胁，而驾船出水对虏军又是短板，因此舰队的水北侧完全不需要防御。

至于贴近的南岸，此刻正有斥候的白烟升起，岸上的青州步骑兵团立即停止了前进。陌承光同样扬手，示意舰队控制船速，等待岸边作战的结果。

楼船高大，从河上眺望战场，一览无余。

只见青州步兵每八人手推的厢车第一时间紧结，形成两重车阵，三个“品”字形分布的圆环阵营像木结构的堡垒般，迅速在岸上成形。

第一重厢车外装有铁板甲，车板背后，武士伸出密集的长戟，利刃森森如獠牙交错。第二重厢车后，三排长弓手仰天齐射，而厢车内各有四名短弓手，跪姿张弦，穿甲重箭、速射短箭轮番劲出，虏骑不等近阵，已被大片杀伤。辎重和勤务车围在阵内安如磐石，指挥的令旗稳在中央。

和此前数次接战一样，掠阵的虏骑总数约五千，但轮番冲击下，这带轮子、能组合的木堡垒却丝毫不伤元气，哪怕敌人拼死撞至阵前，战马必然在长戟锋刃下溅血。马上的轻兵器攻不破厢车的铁甲，车阵却能随着令旗灵活调整，三个环形阵营配合转动，虏骑一旦冲击过快陷入“品”字之间，便似落网的禽鸟，被近射的羽箭一一戳翻。

“……陌延佑，个乌龟！”

刚猛的虏兵忍伤弃马，分批强攀上厢车的外板，但不用长戟回缩防御，伏于车厢内的刀手起身一剁，敌人的惊呼和热血一同扬向故国土地。

伤损之下，北虏骑兵们不再冲阵，用刚学会的简单汉话疾声骂战，庞杂的吼声从南岸直传上水面。

“陌延佑！乌龟！！”“缩头王八，出来！”“青州乌龟兵，脱壳上马战！”

船上的将士偷偷看龙旗下的安抚使，脸上的神情都带着气忍笑。陌承光按刀望着车阵令旗的位置，神色很淡。

靠近水岸的那个圆阵中心处，指挥车上陌延佑露头，对车下的传令兵大声喊：“吼回去给他们，本帅这就叫作——乌龟战法，有本事来把我壳子咬碎，来啊！”

“有本事来把我壳子咬碎，来啊！！”

岸上将士的整齐高声中，楼船上看见连陌侍中的嘴角都动了动。

天色已向晚，中军传令驻营，近岸下锚的大船向虏敌又压去一波床弩的远距打击。水上而来的掩护之下，车阵内干脆开始掘灶，像打算就地造饭，有些格外靠近厢车的死马甚至从车阵打开的小口被拖进阵环中，当场开膛，剥皮割肉。

愤怒的虏兵发起新一轮冲锋，只陷落更多的人马尸体。

“起灯火，让两岸好好地看见，官军到此。”

河上岸上，结营如堵。

将坠的斜阳下，济水败后勉强集结起的北虏骑兵再次退去，留下仓乱的剪影。而官军车阵正在此时打开，饱蓄精神的骑手们策马出阵，等候追击的命令。

“乘机震敌肝胆，”安抚使出令的声音始终平稳，“务在有效歼灭。”

天生马上的战士不需要更多叮嘱，青州骑兵娴熟地起速，冲向天光幽微的旷野。

洛阳行营设在前朝的残宫旧苑，拆去了四面墙的殿宇像一座瓦顶的帐篷，金砖上铺开毡毯，元丹对着矮桌盘腿而坐。

中原说是秋季，但还觉不出一丝凉意，殿柱间吹进的风对元丹而言仍是燥的，他要自己心静，挥手让传来军报的小臣下去。

一直侍候着的平南兵马使贺浑等了许久，才见王子从沉思中睁眼:“南夷的消息也说，青州麦收后来犯，怎么陌承光进得这么快？喀荣虽战败，连抢带毁，也让青州粮储出现大的空洞，不先填补，南夷怎么保证供应？”

“水路进犯，早有预谋，南夷的楼船大舰，竟然是在兖州的海边船坞打造的，一直伪装说成是海运的商船。”贺浑紧张地回话，“中小船，多数是从徐州征发，水师大多也是徐州兵，北上的路程少了一半。南夷皇帝连誓师仪式都没举行，舰队突然开拔，我们……有些措手不及。”

他小心看看王子脸上隐约的怒色，愈加收紧膝盖，躬身说:“至于……粮储，现在看来，有大量船舶在南夷的水路中分段往返，淮船不入泗水，泗船不入巨野泽，巨野泽船……总之是，运兖州粮向北填青州，徐州粮向北填兖州，各段同时运作，总体时程缩短。”

表面，是陌承光出乎意料地取水路突入黄河，实际是穆骏，发动了整个国家的机制支持。南夷皇帝当下对疆域各方的控制力，不由让元丹暗惊。

但他脸上依然如水，安抚说:“乘江河之利，是敌人所长，这次南夷的打法确实始料未及，孤不打算怪谁。”看贺浑的脸色依然不安，元丹又说，“要制胜南地，必须先建水师，孤也曾进谏过父王多次，既然次次有老派的阻我，拿河上的大船没有办法，也怪不了孤。”

见王子这是将责任自揽，贺浑感激之中才敢续说:“但，只乘江河之利，也恰恰是陌承光的命门。他入河二百余里，盛张旗帜，为了夸耀武力而已，实际他岸上的兵团只能沿河行进，寸步不敢离开他的舰队，进攻的途径反被河道锁死啊。”

元丹垂眼，认同的神情。矮桌上平城带来的奶子酒有些微酸气，他岔开神想，既来这中土腹地，该试试新鲜口味了。

被他的神色鼓励，贺浑说得更加笃定，“陌承光此人，惯使诡计，但从前例看来，他对兵力的运用十分吝惜，又畏惧伤损，强攻非他所长。我朝至今一城未失，一地未陷，南夷却耗费了大批粮草。殿下且安心，眼下敌军在河上嚣张，是陌承光演戏给他的政敌看，不为大患。”

元丹看着那些热天里让他没了胃口的吃食，沉目说：“可你的话换个说法吧，陌承光长于用最小的代价，取得战场上最大的利益，攻城略地，不符合他眼下的利益。他也不是谨慎怕死的人，多次用兵行险，忘了我们的萨满国师怎么死的了？”

仿佛那夜的雪气重来，贺浑双肩一凛。

“他是，喜欢谋定而后动，”元丹似也耸了下肩膀，“你何不从他的位置想想，他做这全套，在图谋什么？”

“军镇碻磝。”贺浑立刻回答，“岸上的车兵护卫着舰队，舰船从水上对车兵补给，他才能完全放弃陆上的攻占，全军靠河道向西。但眼看碻磝，就遏在他前方，不容他的步骑车兵绕过去，何况那里是黄河的大渡口，水流平缓，即使我朝没有水师，征召民船与碻磝城上配合，也能狠咬他一口。陌承光真的要打，一定会死攻碻磝。”

“是，但不一定吧。”元丹仍垂着眼，在这间汉人皇帝的旧殿中，他还没有觉得自己坐得像个主人，“孤的担心反而在，他不攻碻磝。立镇百余年，那城上有井，碻磝从没在粮尽之前被攻陷过，要真能把陌承光久拖在碻磝城下，孤得给守将塔儿古记第一功了。”

“哪怕舰队能单从水上突过，他不取碻磝，退路就被截住了，河上的粮草通道等于被卡了脖子。臣看陌承光再敢冒险，也不可能赌他的先锋水师上万人的命。”

元丹慢慢地点头，“碻磝，是要着力防御。但他真带着船队越军镇速进，就一定要靠河上的粮草吗？”

贺浑愣了下。

“南夷的荆襄一线正在攻向武关，淮南一线也有兵马集结，看起来是牵制我方防御，但穆骏有没有后手？河南之地再往南，是他豫州地面，从豫州往洛阳方向供粮，与陌承光的船队对接，有没有可能？”

豫州是从前的河泛区，边境几成无人荒野，毫无兵力布置。贺浑没有预计，一时慌张，听王子又说：“而且麦子将熟，这回没去坚壁清野，本打算放任南夷就地夺粮，激起地方的抵抗，不想陌承光老老实实地，一路都在吃他自己水运来的粮食，人马连河岸都不离开。你说是‘一地未陷’，百姓眼里，这叫秋毫无犯吧。”

贺浑想找话来回，元丹却先盯住他眼睛，又说：“中原这些附民的情况，即使父王和孤在京里不细知道，你是汉人，你不清楚？南夷的楼船行在黄河上，两岸民众见所未见，并且见我没有办法能阻止，我无往而不利的骑兵，却在不停地战败。陌承光是在演戏呀，演给中原百姓看，他的全套，都在瓦解人的心性。到他真进至洛阳城下，没有百姓会为他输粮？”

“整个关东之地，百年间，寸寸并入我朝版图，民心早附啊。”贺浑出于身份出于立场，只可能立刻回说，“殿下多虑了，中原人，三代已是我朝子民，区区一个陌承光又能如何？即使南夷的皇帝亲征，也不可能动摇！”

“汉人有句话叫，‘非我族类，其心必异’，你信吗？”元丹没有被他的情绪扰动，平平问。

“不信啊，殿下。”贺浑在矮桌对面跪低，毡毯上向元丹俯首，“正如臣，臣与殿下一心。”

“孤也不信。”元丹看着他头冠上的触地的雕羽，“不过慕强向好，人同此心。就像你在南边不得志的时候，携家带口来投奔我朝，也是冲着高官厚禄，这并无错。”

贺浑没有话能答出来。

“百姓同样。青州的边境，这些年一直敞开着，如今看来，南夷是在刻意经营。黄河南北与青州，既然可以通商，也就可以通婚，乡间连成一体，青州的情况，汉民清楚，连那些被迁来填关东的柔然人、漠北人也都清楚。”

元丹的声音没有懊丧，只冷淡地陈述事实，“我朝偏废函谷关东已久，荒年和战时那些我们自己都会弃掉的城池，穆骏不需要攻取，只要等我们积累了足够多的失败，就会不攻自破，不攻自附。我们，”他从毡毯上起脚，皮靴轻松踹翻了身前的矮桌，“不能再败了。”

“臣……奴才，奴才万死……”泼向全身的杯盘和酒食中，贺浑动都不能动，“奴才马上，去重兵布防，碻磝，还有虎牢、金镛……道道关卡给他剔肉刮骨，断不会——”

“陌承光要攻哪里，你就在哪里布防，这是被动挨打。他楼船车阵，等于自己搬着要塞行进，南兵最善防御，你有退敌的办法？”元丹不听贺浑更多解释，“即使拆穿了陌承光的伎俩，应对也只是‘策’，‘略’呢？你该这么想想，孤用你，是用在什么地方？”

贺浑一点点抬起头，似乎终于懂了主子的意思。

“何必让他牵着鼻子，绞尽脑汁跟他斗这些兵法。北人豪直，不擅长谋略情有可原，可你南地生长，就该用你南夷的眼去探查，用你南夷的心去算计，对准南夷的弱点，靠南夷的办法去解决。否则孤不需要用你，懂吗？”

不知不觉间，贺浑又伏拜下去，“奴才……懂了，即刻着手，让插在南夷各处的钉子更快地动起来，背面智取。”

贺浑感到丹王子探身，手搭住自己的肩膀，“这才对。南夷的舟船车马不足为虑，可虑的，是这样层出不穷的新办法，和想出这样办法的脑袋。正面打退陌承光一次，靠着这些办法，他还能再来。”王子的手在肩上拍着，“你们汉人自己的史书，你当然记得的吧，多少个说起来好像无敌的名字，李牧、白起、韩信，都是怎么死的，哪一个，是靠战场解决？”

贺浑真的懂了，完全地。

元丹的手移到他头顶，像为他摩顶授智那般，又像是指示实物的威胁，“去吧，孤要陌承光的脑袋。”

内外宫交界处的值房中，尚书令之女文绣心满脸羞气而红，但碍不过父亲严命，跪于地上向个太监请罪。

黄门令白延龄坐着听她断续别扭说完，才笑起身也请文家小姐起来，自又坐回去，执起茶碗说:“庾夫人，不必如此。百花节那日宴上，你虽气得淑仪娘娘不轻，但陛下回去好些安慰，娘娘转头也就忘了。连那生骂娘娘‘母不入土怎忍独活’的茹盼儿，眼下都没事，夫人当时也不知道淑仪娘娘怀有龙胎，无心之失嘛，用担心什么日后呢。”

话是这话，可意思分明就是里头还没消气，文绣心不免看自己的父亲。

尚书令文炎吉上前赔笑，“白公公，小女骄纵，在下难辞其咎啊，之前这些女眷中事，在下实是不知，闻知之后，寝食难安哪。她也实在是不知轻重，这也不是龙……”文炎吉又笑近了白延龄些，“淑仪娘娘怀上龙胎，普天同庆的事，但即使龙胎来得再晚些，娘娘在陛下心中的地位，那又是谁人能替的吗？小女也是经历的事少，看……看王昭仪，先有的孕，还听什么要封贤妃，被那边花言巧语唬成这样……人见势想攀，也是常情，求公公体谅，向淑仪娘娘好言一二啊。”

“正是呢，见势谁不想攀，这是又攀回来了。”白延龄带笑啜茶，长长一个停顿后，说，“就怕龙胎啊，分个皇子公主，见势一改，又攀回去了。”

文绣心憋得脸上难看，文炎吉摆摆手让她先出去，自对白延龄说：“公公说笑了，现在哪知道皇子公主。何况，有了公主，来日就能有皇子，淑仪娘娘大福之相，不像我那……”

他话断了，白延龄抬头看他，见文炎吉脸上尬难之色，想起他夫人到头只给他生出文绣心这么一个女儿，映射到淑仪身上，让白延龄心中生恼。

但想起今天借此机会想问他的事，白延龄顺话说：“可不。怕的只是啊，那边连生两个皇子，势不好扳回了。这前后脚的，眼下啊，”他抬眼盯着文炎吉，“可真得看人想攀哪边了。”

“这还有什么可想的呢，公公。”文炎吉虽然官居尚书令，但在白延龄这个宫官黄门令面前，是站着笑回，“明眼人谁不知呢，连皇后的势，都是当年淑仪娘娘让出来的。王昭仪这个，更是借了娘娘在孕的势，只因她好生养，轻易就怀上了。”往前又凑近白延龄些，文炎吉低声说，“咱们一样是宫里当过官的，在下也不打马虎眼了，先帝时候，王家这个就滑过胎，这都知道的事，公公在宫里，没个手法？”

莲姑那时滑胎，后来被人利用，终致父亲冤死，白延龄今日正图报仇，闻言强忍下诸般滋味，只说：“淑仪娘娘心善，伤不得龙胎。正好想问问文大人，”他又盯着看文炎吉，“那时候大人做殿中监，听过什么传闻没有，比如……王家的那回滑胎，是因为她在宫外有个旧情人，图着放出宫去，自己把孩子打掉的？”

文炎吉大大地惊讶，“这……还真没听过呀。”他垂眼细想，“在下那时候，殿中监么，只在外宫，就是修修补补、烧烧填填这些，后宫里怎样，在下还真……”文炎吉抬起眼，探问，“怎么？白公公的意思，是想查出那旧情人的事来，让陛下对王家的冷了心？”

白延龄随便先点了个头。

“在下看，未必可行啊，先帝那一层，陛下都不嫌，这都十多年前的旧事了。”

“咱不过是打听些个，有备无患嘛，”看路走不通，白延龄只有想那时宫里有地位的老人儿还能找到哪个，便说，“大人若不清楚——”

文炎吉却像忽然想起了什么，吸了口气说：“王家的，旧情人啊……说起来，公公知道吗，小女嫁入庾氏之前，曾经与王家的嫡子王攸纪议过婚？”

议定又拒，门前退聘，此事当时传得极热闹，白延龄自然知道，点了下头。

“明面上，说的是我文氏嫌他在江州办砸了差事，丧他王家祖宗的颜面。实际上啊，是小女嫌他王攸纪本人。”文炎吉旁边看看，挑了个近位，坐下慢说，“这王家子，不是常流连花柳之地，风评不大好嘛。当时我家也叫冰人从中打听过，说他少时并不如此，是初恋上的一个，有违人伦，被硬拆散，送进宫里去了，自此受了打击，才自暴自弃，且心里其实一直念着人家，正室死了都不再娶。小女不愿跟个没影儿的女人争夫婿，这才不乐意的。”

……有违人伦？送进……宫里？

莲姑，正是王攸纪和皇后的姑辈，并且同姓，这不就是有违人伦？并且莲姑放出宫后，没回自己家中，反而进了王氏正宅……是王家女做了皇后，才又入宫照应，看眼下情况，是因容色倾国，又被送进宫了一次。

他伯父，还献回了传国玺……王家嫡子，王攸纪？直到听见文炎吉低声唤自己，白延龄才意识到脸上完全失了神态，他起身缓缓，匆忙说：“多谢大人，这消息……回去，请淑仪娘娘定夺。”

文炎吉也随他起来，却面露顾虑，“也不一定就是，都是风闻哪。公公，这旧情人什么的，要是在宫里闹出来，扳倒王昭仪的用意是不是太明显了？是给淑仪娘娘惹事啊。”

“自不会，自不会在宫里。”王昭仪本也不是目标，“咱……自有分寸。”

其实白延龄的脑子全乱着，要时间理顺，也怕对文炎吉漏出什么来，他连辞礼都不顾上周足，碎步出门，一眼撞上的就是内宫的高墙，红得像血。

舰队驻扎在碻磝下游七里滩处，整整已二十天。

机动的小船逼近碻磝城下，将辎重构件不断从舰队搬运上岸，在车兵的掩护下就地组装。水师运来的将士抢滩围城，不分早晚，持续发动攻击。

却收效甚微。

这座碻磝军镇，依靠崖岸上的叠石而起，控遏着大范围的河滩和河面，无法快速移动的楼船为了避免被城上的投石投火击伤，始终不曾逆流接近碻磝水域。失去了水面战力支持，攻城队无数次自河滩将床弩的铁箭击上崖基，但此地石质坚硬无匹，绝非巴州云坪寨那样脆裂的红山，往往只见火星崩碎，箭尖都没不进崖体。

使用冲楼进攻，顶部以上，还需接续云梯或钩索，守军应对有力，逐一化解，战况火炽，但对城上城下都是艰难的消耗，其实僵持。

“大人，你就放俺去攻城吧！”初临战阵的少年大满日日对着这胶着的战况，急得在楼船旗舰上一刻也待不定，小猴儿似的打转，又一次说，“岸上那些打仗的太面！有一个不怕死的，早冲上去了！”

“你不怕死啊？”吴全全做陌承光的随扈，在帅旗底下眼睛随着他转，挑唇笑一声。

“俺不怕！”大满跑近陌承光，“大人，就放俺去吧，俺死也给你死在碻磝城上！”

陌承光在船舷边，远眺碻磝城下的河滩，目光被他的话拉回，“少安勿躁。带上你历练，是为了你将来能做大事。不是死人才叫打仗，更不用死你这样的小孩子。”

他方才望着的地方，残损的器械辎重横七竖八笼盖在河滩，其下正在发生的，才是他一直在计算，一直在等待的。

“……陌承光他想干什么？”

洛阳行营内，元丹又一次收到二十天来战况重复的军报，放落飞鸽的信卷沉吟。

“看来正如殿下的预计，碻磝成功让他顿兵坚城了。”

元丹缓缓摇了摇头，“他把整个先锋兵团，滞在碻磝二十天，但并没有死攻。碻磝不告急，我们也不会发兵去解围，他既不能打援，也分散不了其他各路的压力，拖下去，究竟在等什么？”

“白天黑夜不停地冲击城墙，无一日不战，臣看，以南夷惜命的性情，这就是陌承光的死攻了。”

短暂的沉默后，元丹又摇头，“战报说南夷攻城从不脱离护具，冲车冲楼之外，河滩上也有大量厢车掩蔽，二十天的交战，他未必人命伤损了多少。何况，根本上陌承光是会死攻的人么……”

贺浑看着陷入思索的王子，等了许久，听元丹抬眼说：“告诉塔儿古，城下的争夺很可能是敌军佯攻。让他仔细想想，以他守将的了解，从上到下彻头彻尾地想，除了明处突破城墙，还有什么暗处办法，可以拿下碻磝的吗？”

碻磝城中，地听室内，喀荣又一次感到了自己在济水边饶城塞上的那种，莫名其妙的忐忑。甚至更强烈。这间挖向地下的砖石斗室中，面河一侧传来的通通闷声十分清晰，像暴雨之前远方云层中滚动的雷。

矮小精干的碻磝守将在不断被石室放大的撞击声中，仰着头对他说：“大帅，丹王子殿下真有天神加持的智慧，经殿下提醒，刚造出这个地听室，大帅请听，南夷挖掘地道的声音已经很近了。”

通，通，通，不停震响在整个空间。喀荣拧眉，“这不是城下铁箭击城基的声音？”

“这个明的声音是，所以才叫佯攻啊。”守将塔儿古在石室的墙边跟他招手，“大帅请来仔细听啊。”

喀荣迟疑，学着他的样子，过去把脸贴上墙面冰凉粗糙的石板，铁箭的撞击声更大了，震得他头痛。他强忍着想骂的烦躁，在两声撞击的间隙使劲竖着耳朵，真的，约莫听见了另一种声音，窸窸窣窣的，像什么东西在挖挠。

他大睁眼看向塔儿古，塔儿古说：“南夷从河滩上日夜攻得热闹，其实暗地里，背河处，他那两个结营的底下，有地道正往城中挖来，听声音，已经接近城基了。”

“两条地道？”喀荣惊问。

“可能不止两条，反正开口被他围在营里，咱们从城上也看不着。”

乌龟不当，陌延佑改当耗子了？

喀荣压下了心中的燥气，但忐忑又起。济水一战输得太惨，其后更又接连在车阵前损兵折将，他被全削了官爵，单以出身戴罪，收束残兵，补防碻磝，直到现在仍有些摸不着头脑的心悸。南夷的奸巧，没这么简单吧……

他看了看镇定的守将塔儿古，谨慎问：“你怎么打算？”

“当然不能等着敌人得逞，请大帅带骑兵出击，捣掉那两营。”

比疑虑更早冒头的是怒意，喀荣的双眼一瞬瞪大，骑奴出身的军功裨将，敢对我贵族下令了？

“说得容易，他营盘已稳，不如你的牙口去试试汉人的龟壳？”

塔儿古脸上浮起一个恭敬的笑，口上话却是：“大帅不会是怕了陌延佑吧？”

喀荣听得出来，自己兵强马壮的时候，没把这个控制军镇的骑奴放在眼里，如今落入他的手下，几年的积怨他要挟私报复。喀荣也咧了下嘴，“我是怕你啊，怕本帅的骑兵出了城，你这城上空虚，南夷也用不着钻什么地道，爬过城墙可就进来了。”

“还真不怕他钻地道进来。”塔儿古依然是心里有底的模样，“有这下头的石崖，才有的碻磝军镇，底下铜墙铁壁一样。就算南夷真啃穿了石头地基进来，声音也藏不住了，位置确凿，等在出口一刀一个就行。”

“那——”

“可挖掘地道，未必就是想钻进来呀，底下都是石头，南夷的眼睛也看得见。”这间石室中还有监听声音的兵卒，塔儿古玄秘兮兮要拉喀荣的手臂，喀荣抽回胳膊，但还是随他往地面走出去，听他在没点灯的遮房里低声：“镇里这口井，才是命根子呀。”

“什么意思？”喀荣在出口处站下脚，“你是说，南夷想把井挖漏？”

“井嘛，百来年了，地动都没事，哪容易挖漏。但……”塔儿古仰脸向他，“南夷的水道工程精绝，要是有哪条地道接触了水脉，敌人往里头下毒呢？”

喀荣今早刚喝过井水，第一反应是体会了下自己的肚子，觉得不可思议，又极有道理。这真是……是陌延佑那只乌龟干得出来的事。

“猜测嘛，我飞鸽向洛阳的殿下禀报过了，”塔儿古说，“殿下也回复说，南夷史上是有过这种战例。”

“那还不赶紧封了井！”喀荣急说，“不是有河水的储备吗？先喝河水啊。”

“城里守军，加上大帅带来的人和马，河水储备，撑得了多久？”塔儿古赔笑里面是反对，他指自己袖中，示意那里有丹王子的密信，“殿下已有指示，陌承光大兵远出，久拖就是我军的胜利。猜测还没证实，人心别先慌了，将官和我启族兵可以动用河水，但分配要保密，汉人兵和那些杂族兵，不妨先喝着井水，密切观察就是。”

他见喀荣的眼睛睁得越来越大，解释：“南夷也不一定得手，先省水为上呀。哪怕万一真出了中毒的迹象，正可大加宣扬，他陌承光这一路‘仁义之师’的模样，就碎得一干二净了。”

“……放着自己的兵中毒？”

“当然还得靠大帅带兵去捣破那两个地道入口的营盘，最好是连窝端掉，才根底上——”

“一定是那贺浑的主意……那个汉人狗贼！”喀荣猛爆出一句。

塔儿古一愣，喀荣推搡开他，“天神生我启族，是要顶天立地，这些汉人的臭气污到了王子身上，竟生出这种，放着自己的兵中毒的烂事？”他唰地抽出腰间佩刀，“我的兵有一个不能喝河水，毒死我也跟他们一样！死也不是我们先死，那些围在元丹身边的汉臣，个个都该先杀！”

塔儿古急扣他手腕，“闹什么？传扬了出去，城里可能争抢储备水，不等南夷下毒就要内讧了！大帅你这是不听军命出击，要在城里先跟我打吗？”

喀荣回手钢刀劈落，塔儿古惊骇中抱头缩身，挨的却不是刀锋，而是像从前无数次被奴主毒打那样，刀背和靴子昏天昏地落在脑袋和身上。刻在骨髓里的疼痛和屈辱让塔儿古呆住了，从未自奴隶身份脱出的恐惧压得他一时忘了反抗，听头上喀荣怒吼：“出击也是本帅要去，没了官爵，也轮不到你一个骑奴管我！”

塔儿古缩在原地，看喀荣在夜色中大步走向马营，高叫着：“骑兵集合，随本帅出城！”

楼船旗舰上，陌承光得报，碻磝出骑兵突围，趁夜袭击背河营地，己方力战保住了营盘。但敌人的突袭队没有尝试返回碻磝，而是向西南方向离去。

“都督说，我们围城不算紧，一直是网开一面的，这情况看来，是碻磝内部不稳，或是担心供应，喀荣骑兵这一派有离心。”

陌承光静思片刻，对传讯的青州团练使华宝回说：“喀荣即使想走，也不会胆敢抛下碻磝，他怕是想回去扩充人手，通过外部袭扰解救城中，对敌人而言反倒是正确的判断……”

他想想，走向船舷边，扶栏眺望火光散布的碻磝城下河滩，“请回去告诉都督，背河的营盘，务必确保，地道要持续挖掘，施与城中压力。面河一侧……可以部分撤下人手，补充背面兵力。”

他的目光沉沉落向的所在，碻磝石崖下的夜间攻城还在继续，与紧张升级的战事相比，散堆着损弃辎重的河滩，安静得像被遗忘了。

南夷的地道叮叮当当的凿石声，不需要用地听室，在攻城休止的静夜里耳朵贴在城墙上，都能听得见了。

喀荣的骑兵一出不返，虽然五六天来，带着看是新抓的兵蛋子回来冲了几次城外的南人营，南兵却守得死硬，纹丝不动。明知道地道的入口就在那营里，可是干急没有办法，抱着兵器在城垛后守夜的碻磝兵士总忍不住悄悄冒头，去望那背河处灯火不熄的营盘。

“听说了吗，南夷好像是要挖穿了水脉，往里头下毒啊。”一个兵卒对他身边的战友耳语。

“别瞎说呀。”那战友吓得几乎都没发出声来，“昨天有人这么传，今天人就不见了。”他凑过去嘴贴到对方耳朵上，“队长跟队副有话的，这是南夷的奸细攻心。挖了二十好几天了，能下毒早下了，谁敢瞎传谁死。”

“他攻不下城，不得想别的办法？俺看不是瞎传，咱也不能干等着他挖呀。”

“话不就是这个话？他攻不下城，没的办法，就在地底下敲敲打打，就把咱吓成这样？”他战友宽慰他，也是自宽，“本来咱守城守得好好的，他大船都不敢过来，咱有吃有水，外头还有后援，喀荣不行，丹王子还能不增兵来？怎么被他一吓，成了咱被围困了似的？”

也还真是，大不了突出去跑啊……

在城上各处嘀嘀咕咕中，没有人注意到停驻在黄河下游的南军舰队，今夜有一艘楼船没有点灯。

夜将尽，撤去兵力的河边滩地上，人工造成的塌陷并没引发太多的响动，埋在泥沙下的坑道支架不断被抽出时，只发出串串大鱼吐泡般的声音。

泥沙仿佛突然被一张大口吸走，河滩像空软的口袋般往下坍缩，破晓前困倦的碻磝守军在城头下照的微明火光中，匪夷所思地看见，一道宽沟乍现在岸上，从河的方向直通到崖底。

在所有人不及反应的这个时刻，巨涛声起。

隔挡宽沟和河面的土堤被掘开，黄河水汹涌灌入沟中，携裹着早就起锚等候的那一艘楼船，以狂飙之势冲上岸头，将巨船正正搁浅在碻磝城下。

黄水拍过城垣，兜头浇透守军的衣甲，兵卒的双眼被沙水迷住，只听见涛声震耳欲聋。

在他们能够睁开眼时，巨大的船舷就抵在碻磝城垣的马面之外，几乎与城头平齐。那狰狞的船头上，高竖着三架投石机样的东西，齐整的口号中南军士兵放开引绳，大木制成的连杆倒下，杆头的巨石重砸在城垣。

砖石飞溅。连杆带动的巨石，接二连三轮番拍下，像暴怒的巨人手抡的大锤。

噩梦也梦不到的景象里，无可抗拒的力量慑住了整个军镇，城上的北军除了木然呆立，只剩抱头窜逃，没人还剩下心智举起武器。横梯架起在船舷与城墙之间，楼船上的将士们在巨石举起的空当，敏捷踏梯，鱼跃登城。

天光大亮时，碻磝军镇迎到了它新的主人。

面河一侧的城垣已整体垮塌，坍出的庞大缺口之外，撞损的楼船上，船头巨兽依然二目圆睁。破开的船板投下断木的日影，代替了描绘出的赤红獠牙，仿佛一张巨口咬透了城墙，景象气势逼人。

那船头竖起的赤地青龙旗，在河风中猎猎飘扬。

陌承光乘马入城，停在聚集的北兵俘虏背后，也看那景象，自己都觉得恍如神迹。

他暗暗吐气，接过二哥递来的一根木管。

“守将塔儿古，城墙倒的时候被砸晕了，这是他袖子里搜出来的。”陌延佑在马下说。

陌承光下马拆看，点点凝起眉头。

陌延佑不懂北虏文，等着见弟弟将那张密信递给了跟在他身边的吴全全，讨论着上面的内容，然后做了些吩咐。

吴全全有点惊讶地看他。

陌承光看了眼二哥，轻笑说：“元丹送来的礼，不用好怎么行，也没改他几个字，兵不厌诈么。”

被整批俘虏的碻磝守军在摧心折胆的等待中，终于看见了南军的主将。他踏上城垣破口前那个临时搭起的砖石台，南边皇帝的龙旗就在他背后上方，像把投射的日色都映成了红赤光焰。

但这位主将本人，却跟传说中一样，显得斯文温和，甚至没有穿铠甲。

“本官，河南河北安抚使陌承光，奉皇命，代表陛下而来。”

有翻译在砖石台下同时传话，但主将的声音清晰沉定，即使听不懂含义，也有种让人安心的力量感。

“陛下赐予这官名与我，不用多说了，我们此来，不是为了讨伐，而是为了安抚。你们也不是罪人，不必跪，都请起来。”

听得懂的俘虏先开始犹豫，慢慢地，才有人起身。而那些非汉人的俘虏听了翻译，更不敢动，犹疑地看那些已经起来的汉兵。陌承光坚持地向他们抬手，用目光承诺和鼓励，直到每一个俘虏都站起来。

“其实，如果你们不这样自己表露出来，我看不出谁是汉人，谁不是汉人。”对着俘虏们因为族群的区别又露出不同程度惊慌的眼睛，陌承光说得慢而肯定，“都是一样的人，一个鼻子一双眼睛。就像我是汉人，但在汉人之外，我一样是北人。”

随着翻译，俘虏群中浮起低低的疑惑声。

“没说错。”陌承光淡淡笑，“我老家洛阳，我是北人，只是在南地生活。你们也一样，聚在这里的，有塞外出身的，当年跟着奴主迁来的启族吧？还有家园被外族攻掠的汉人，可能也有漠北人，或者柔然人，国破之后，被赶来填中原的。”

俘虏们变得安静，所有的眼睛都在看着他。

“随我来的士兵里，也有很多是远自南地出身，但更多的是我这样的北人。南地，大江两岸，是我们生活的土地。我们也不认为这里不是你们的土地。”

台下的陌延佑听着有点不对，转身抬头紧盯弟弟，不知道他这一层一层地，又要说出什么自作主张的吓人的话来。

“其实南也好，北也好，本来不需要有这些区别的，我们本来可以在自己的土地上，自由地生活。祖上当初，是被武力征服，离乡背井，并非我们所愿，但我们也在南地复建了繁荣兴盛的家国。尤其当朝天子，圣质神武，宽仁明德，所以天佑他的旗帜回到了这里。”

陌承光扬手向身后当风招展的龙旗，“我们既然回到了这里，就是要告诉你们，你们也可以像我们一样地生活。在这里，我们曾经的土地上，任何人都不再是奴隶，也不是战俘，只要留下来，这就是我们共同的土地。而如果想要回去，你们也可以自由地，回到你们曾经的土地上。”

翻译陆续地翻完，还有许多陌承光认可过的解释加在其中，所有的俘虏，包括自己先听懂了的汉兵，都露出了信又不敢信的神情。

陌承光便说：“就从回家开始。一会儿核对过搜检出的兵册，你们姓名清楚以后，碻磝就会打开城门，你们都可以自由地出去，回你们家中去。”

“大人，全体释放吗？”陌延佑稳了嗓子，在台下配合着说，“这些都是训练有素的敌兵，上头把他们抓回去，他们转头回来又打我们哪！”

“本官不认为他们还会为虏人贵族卖命了。”陌承光看向台下等候着的吴全全说，“全全，那封密信，你念一下吧。”

吴全全听命上台，站在陌承光刚才的位置上。底下的俘虏们看着他的眼神，期冀、忧虑、恐慌……无数种情绪交织着，让他开始紧张，他清了下嗓子，尽量大声说：“我……我先说说我自己的事吧。”

他想想，换成了北语，“我是，平城生人，希望，希望你们听说过吧……以前北边有个大将，汉人，叫郭乐成，九年前的冬天，他回南边去了。我几家就是他家的家奴，到了南边，有人入了兵籍，有人跟了他，叫部曲，后来南边废奴客、除兵籍么，”这两个词他用汉文说的，“人也去了几拨，但我是一直跟着他，传令啊，送信啊。后来，四年前，”吴全全指了下陌承光，“他被这个陌大人亲手杀了。”

随着他的叙述本来渐渐平静下去的俘虏群中，乍浮起疑问的声音，人们反复看陌承光，又看吴全全。

陌承光紧抿着唇，吴全全说：“缘故，三言两语说不清楚。但郭将军临死前跟我们……跟我们这些部曲说，这个陌大人，许诺了保我们，就让他保，他真要负我们，我们再杀他。”他拼力地想控制着，但话里的哽咽压不住了，垂头不看任何人，“我很恨他的，那时候我恨他恨得要死，可郭将军说的话，我必须听……”

陌承光也垂了眼，他没想到吴全全会在念密信之前说这些，但还是让他不被打扰地说完。

“后来，我就一直跟在这个陌大人的身边，多数时候，都是想杀了他……随时可以动手的距离，他也不防备我。但我，越来越不想杀他了。他……是愿意让人都好的人，没什么念头顾着他自己，他许诺的，可以信。”吴全全打开手上的纸卷，“我的事，就这些，我念这个信吧。”

他把信纸的反面展向俘虏们，给他们看上面的花押，“这是那个王子元丹，从洛阳传给那个塔儿古的。”

“……得知水源中可能下毒，会使将士无心固守，甚或考虑外逃。猜测并未证实，人心不可先慌，将官，可以动用河水，但分配要保密，士兵不妨先喝着井水，密切观察就是……”

惊骇和愤怒声，一层层从俘虏中涌出，吴全全更抬起声音念：“南夷也不一定得手，省水为上，久拖就是我军的胜利……真出了中毒的迹象，正好大加宣扬，南夷军一路‘仁义之师’的形象，便碎个一干二净。”

“我军是不是仁义之师，无须自夸。”陌承光这时在砖石台下说，“但我军从没有使用过下毒这种龌龊的手段，”他指那城墙缺口外的楼船，三架巨型拍杆依然挺立在船头甲板，“也不需要。是你们从前的将帅，自惊自吓，自取其辱了。”

任有过多少种猜测，也再没想到过，南军会以这种方式击破城墙。当俘虏们又回忆起那超越一切经验之外的景象，超越恐惧之外的，是折服。

“本官不认为听了这些，你们还会再为那些贵族将官卖命。但没关系，如果放你们回去之后，你们又打回来，胜利的，还会是我们，用我们的方法胜利。”

“俺不回去，俺跟你的队伍！”俘虏中有人用汉话喊。

这一声既出，接二连三地，大批的俘虏要求留下，还有人喊：“俺们汉人，本就和你们一心的，跟着你们杀回去！”众声热烈应他。

陌承光向吴全全轻点了下头，换回自己登上那砖石台，沉声向下面说：“还是那句话，我看不出谁是汉人，谁不是汉人。”

他从容的力量能让人安定下来，台下又静下去，掉针都能听见。

“留下来，生活在这里，这就是我们共同的土地。你们之中没有谁是罪人，你们，和我们共同的敌人，该是那些奴主、将官，那些平城和洛阳的贵族，那些不断发动武力，侵凌我们和你们的人。”

他看见了，台下的每一双眼睛里，一样的眼神。

“回去吧，好好地想想，见见家人。你们中的任何一个，等真的想好了，如果还是要跟我们的队伍，欢迎你们扛上兵器，带着粮食，回来。”

已经开始修补面河一侧城垣的碻磝军镇，城门敞开，内外骑兵列阵之下，安抚使陌承光目送原本的碻磝守军一个个离开。暂时不设防的军镇只扣下了北虏的高阶将官，陌承光让把他们绑缚在门边背面坐着，听着他们曾经的手下队伍不断离去的脚步声。

陌延佑从城外营中处置了一些事务回来，笑嘻嘻向陌承光递上一封信。

陌承光低头见是姐姐来的，惊喜看二哥。

陌延佑点着头，笑着，“我还没拆，”他捏捏陌承光手上薄薄的信封，“不过算日子，该了。”

兄弟两个凑着头，小心又着急地把信封拆开。陌承光伸手掏了一下没捏住，就一抖，一张叠着的宣纸滑了出来。

打开，上面是一对墨迹的小小脚丫。

皇帝醉了。

白延龄几乎记不得，上一次见皇帝真正喝醉是什么时候了。好像还是……他登极大宴的那天。

陌贵妃诞下皇子，前线攻克重镇碻磝，两重大庆，宫宴整体都满溢着迷醉的气氛。皇帝今晚任性地没叫他不喜欢看见的人来，天子的威严也痛快地脱掉，自己拿着酒壶在殿中席间转悠，拣着顺眼的就挨个灌酒。

中领军柳遥之紧随着他，帮他挡酒他还不乐意，叉着朝服的袖子拌嘴：“……你个酒闷子，你酒葫芦不离身的，你，还管我……你还，还管朕？”

满殿醉鬼都笑，不怕事的还有拍着大腿起哄的，酒气混着灯烛蜡香，熏得晚秋的殿宇暖意饱胀，像门窗都会膨起来，轻飘飘地飞到半空中似的。

听前方军报的描述，加上自己的想象，白延龄造出的那个“楼船拍击碻磝城垣”的模型在宴会开头是全场的焦点，皇帝大加赞赏，此刻却很冷清地被搬到殿角，只有陆家的那两个侯爷孤零零待在那里。

白延龄走了过去。

“君侯安康。”他恭敬地对两人行礼。

见是炙手可热的黄门令主动过来招呼，陆太后的这两个侄子都有受宠若惊的模样，赶着还礼。

白延龄看得出，他两人不是真对这个模型感兴趣，只是没人搭理又不会说话，坐在宴上尴尬。他先温言笑说:“二位侯爷吃饱了吗？刚又上了一道乳鸽，还热呢，过去席上再吃些吧？”

“饱了饱了。”老大陆定赶紧接上话，他哥俩都往席上看，羡慕，又不想再回去的样子。

白延龄也回过头，皇帝周围高朋满座，两下相衬，这两个新封的侯爵穿着华丽到有些夸张的礼服，却显得分外灰头土脸。

他俩兵户家子出身，长到二三十岁都是贱籍贫民，一朝腾达，全因为被查到了与陆太后的亲戚关系。贵室圈子里没他们半脚位置，高门更是当他们土坷垃暴发户，半点不能入眼。这已经不是白延龄第一次看到他们在皇家聚宴上，被有意无意晾着的狼狈了。

“今天赶上陛下这么高兴，能来的可都是亲近人呢，二位君侯福分不浅哪，回去够说好久的了。”白延龄用安慰的口吻说。

“是，是。”陆定赔着笑，眉头却往一块儿聚。他弟弟陆和粗粗叹了下气，没跟着说话。

“这种场合，二位毕竟来得少，其实到了哪儿，都是势利的人多。陛下醉得又不顾上，委屈二位君侯了，”白延龄有点难办的感觉又说，“时日长了，交际开了……就好了吧。”

“时日也不短了呀，”壮头壮脑，看着像个兵员的陆和接话，“我哥俩也封侯拜官的，这都半年了，我家房子也买在乌衣巷那块儿呀，咋就还让人看不起呀？”

陆定扯他，白延龄说:“世间陋俗如此，不讲身份，讲究门第的。”他回看饮宴酣然的殿心，身子却向后贴，在两个陆姓小侯之间轻说，“真正高门的，其实也看不起围着陛下打转的这些人，这些也就是自己混在一起的时候，看着像人物，倒来挤对君侯们了，奴看着可笑呢。”

陆家兄弟听着解气，尤其陆和，绷着的肩膀松快多了。

“君侯请看，”白延龄转过头向他，“人家皇后家，当年太后都紧着给皇上求娶的琅琊王氏，人家就不来呀。”

琅琊王氏，天下间哪个没听说过。但他家的人还真是很少在宫宴上碰见，旁边陆定问："就是乌衣巷里住的那个王家？"

"还能有哪个王家？那才是真正的高门呢。"白延龄转回身面对他俩，手放在自己那个模型上点着，"要让奴说呀，君侯跟王家都做了邻居，哪还用理今天这些人呢，等成了王家的座上客，该是君侯们看不起他们了。"

陆姓兄弟俩寻思着，当哥哥的陆定还有点拿不准的样子。白延龄看他说："御史中丞王攸纪大人，那是皇后娘娘的亲哥哥，王家的嫡传子，神仙一样的人物。二位君侯也是太后娘娘的亲侄子呀，不然去拜会拜会他？"

第二十三章 / 望神京

“许昌？请降？”旗舰上的指挥所中，陌承光从军报上抬起眼。

“侍中大人，怎么是这个表情？”陌延佑靠在舷窗边看着弟弟，笑说，“许昌啊，许昌要献城投降啊。中原大城除了洛阳，就数它了，怎么像许昌要欠大人钱似的？”

舷窗外，颜色较浅的新筑砖石补起了碻磝城垣，像填充疮疤的饱满筋肉，城头已换作赤地青龙旗。陌承光捏着军报，目光无心落向那旗，反问：“淮兵出击只是佯攻施压，离中原还远，许昌为什么请降？”

“被你安抚使招降的呀。”陌延佑点着随报送来的许昌太守降书，“不是说，收到了塔儿古发往四方的劝降信，震动于大人的军威和仁德吗？”

陌承光转回头，双手十指相交放在案上，看着哥哥。

陌延佑笑，“是，没听说过许昌太守和他朝廷有什么矛盾，响应得这么快，诈我们吧？可是点着名让大人去受降呢。”

“真降也不能去。沿河西进，是既定战略，没有兵力分去占领那么大的许昌。”

“所以敌人的计策，阴的就在此一节呀。是你陌承光，让把劝降信发了遍地，现在许昌都降了，说要献城给你，你去不去？你不去，那些真想降的，哪个还敢再降？”

“献城也不该给我，陛下才是主帅。”陌承光交叉的手指轻轻搓着，“可以提请陛下派一特使，提足够兵力前往，他真敢开城，将计就计能拿下许昌更好。做过陪都的大城，要稳控住……”他抬眼看二哥，“三万人吧。”

他明白哥哥的意思了。

“所以这三万人，何出？”陌延佑走到他对面问，河风从舷窗吹进，哗啦哗啦地翻动小案上的文书，“荆襄的兵，在出秦岭的武关道迂回，牵制的是虏人关内的主力。淮兵要护我们的侧后，还有水上的粮道，人马已经被抻得很散很长了。青州能打的都提了出来，现在是兖州兵在补防青州，加上这几个州的秋粮抢收，从哪里，再提出这三万人？”

此次出兵，整体的确比原计划仓促，兵力，是最限制陌承光的问题。

明明己方处在顺势，如果补充招兵，可能会被拿来大做文章，反而摇荡士气，何况短期战力不能立成。而如果放着许昌的请降不去接管，确实像哥哥说的，将要倒过来的人心，或许又会被推了回去。

一路到此，包括攻心都打得不出计划所料，陌承光发觉自己疏忽了，不该过早地向北虏关外之地全境劝降，反被利用自己的宣传策动将了一军。元丹这一步棋，走得极准。

“真要说啊，只有咱们退一部分兵力向南对许昌，或者让淮兵抽出一部分补入中原这两个选择啊，”陌延佑说，“现实上。”

或是进击被拖延，或是粮道生隐患。

陌承光沉默了很久，二哥又说:“我看此事，不是你能定夺的，必须发回建康请陛下的主意。你什么建议都不要有，陛下定了，出事才能免你的责呀。”

“……容我，先想想。”

高竖着龙旗的楼船，这些天一直在碻磝水域周巡，配舰甚至向上游接近能遥望虎牢关的位置，宣示着天子之师重返的统御。陌承光在船头看水，短暂地让自己放空。

急躁不得。

南地的山与水，再雄奇瑰丽处也是清软的，暖的。而北方的山河，只是铺展，粗粝与坦荡自在天地间。陌承光不禁想象，到了最深的寒冬，不可思议地，这样浩荡无际的河也会整体冰封的景象。但他知道冰下仍会有水，向着必去的方向。

“大人在打算许昌的事吗？”吴全全到他身后问。

陌承光回头，“你听说了，许昌？”

吴全全绕到他身边，“来投奔咱们的好多都在说，许昌太守是个汉人，好像要献城投降，不，叫投诚是吧？当真的吗？”

应该是蓄意散布的，让官军不能不有所回应。甚至那些扛枪带粮投回来的释放俘虏，和被他们感召同来的乡亲里，也可能混入敌人的奸细在传消息。但是因噎废食不必，待慢慢细查。

“还说北虏要围兵过去打他，咱们是不是得赶快去救啊？”

“也可能是敌人使个诈计，诱我们的兵力过去许昌，埋伏打援？”陌承光只说了一种可能。

“……就，放着不管吗？”吴全全难以接受。

没人能接受。尤其北虏要是假戏真做，真在官军置之不理的情况下围了许昌……

不能不管。

“我会上书和陛下商讨。但咱们这里是最前方的锋线，不可向南回退去救。”

“是不是兵力不够啊，大人？”

陌承光点头。

“我倒有个主意，大人你看成不成，”吴全全眼神炯炯看着他，“那些投回来的俘虏加上乡民，千把人了呢。我这几天都跟他们在一块儿，听他们说再去动员，能招得更多，本地尤其是汉人，早等着这一天了。不然咱们就招一支乡兵，去接管许昌吧，粮饷都不用咱多花，拿下了许昌，里面还能没有？”

“乡兵，要招。”陌承光回身靠在船舷上，“愿意投来的，咱们都接收。但是不去许昌，”陌承光心中的主张渐渐成形，“我有更适合的任务给他们，和你。”

随着他向上凝视的目光，吴全全不解地抬头，发现楼船的更高处，将士们都望着河的北岸方向，脸上神情轻快。

吴全全在意地回身去看，发现北边渡口不远，少树的土丘上，这些天常有停了船的艄公或好奇的牧人聚在那里，隔河眺望碻磝的战况，今日人也聚了不少。其中有人高扬着手，向这边挥动着。

陌承光也回头在看，温暖而振奋的感觉，像在青州乡间感受过的那样。

安抚使起步，从甲板上登高一层，整理好朝服的衣襟，向那土丘方位一礼致意。

抬起头时，更多的手臂正在挥来，还有更多人影赶着攀上土丘加入，船上的将士们也把不握兵器的手用力挥动回去，仿佛水面不再是阻隔，跨越过苦难和企盼，手和手，可以交握相连。

“你带乡兵去北岸，渡黄河。”甲板上，吴全全听见安抚使从上层低头，对自己下令。

渡黄河……

他讶异地看陌承光，觉得脖颈那里鼓胀得发烫，热血奔涌。

“我会选人配合你整兵，你专责招抚。”陌承光抬眼又望向那土丘，和北岸广阔的原野，“不用想着攻城占地，发动所有可能的力量，争取北岸沿线的民众。越向上游去，水情会越复杂，而且越靠近北虏在上党的军团。请乡兵和民众为我们协防示警，骚扰阻敌。”

重重地，吴全全点头。

陌承光回身看自己身后延续的舰队，“而我们要，向前。”

广陵城上，征调的民夫正热火朝天忙碌劳作，修整四面城墙，加高加固工事。

广陵王穆鸢披甲城上巡视，检校工程，督促进度，勉慰劳力。他身为刺史执掌徐州数年，民望颇高，经过民夫们身边时，总能听到大声的问好。

穆鸢含笑点头不断回礼，在他身后随行的徐州都督韩明子却面有忧色，常望城外隔江的方向，闷闷不语。

回到刺史府中，两人皆不解甲，都督韩明子在堂心抱拳单膝而跪，对主位行辞礼：“殿下，属下今便去了。”

“万事小心。”

韩明子欲言又止，片刻双膝跪落，俯身说：“属下去了，殿下这里才是，万事小心哪。”

穆鸢点点头，过去拉他起来，叹息用笑压过，“我明白，你提兵去后，粮道上倘若出事，可能有人会趁机整治我。但皇命如此，何况国家大事，你我徐州责无旁贷。”

他眼神坚稳，早已不是上次，或上上次经历兵戈时，韩明子印象中的样子。

徐州都督却未稳下心来，立起身说：“殿下能用的兵力，已经被、被提走得越来越多了，倘若……倘若虏敌切淮南而进，殿下广陵这里，也要当心哪。”

“所以大修城墙。北虏不善攻城，见我们有备，料敌不会。”

韩明子仍有顾虑，却不知再如何开口，想想只能问：“陌大人那里，和殿下？”

“有过商量的。”穆鸾确定地点头，把臂宽韩明子的心，“是陌承光身在锋线，对战局的判断，我们就信他吧。”

韩明子两手也把住广陵王的手臂，用力说：“属下信的，是殿下！”

“我亦信你。”穆鸾的手掌同样紧握，“许昌，盼你一行顺利，完璧收回。”广陵王笑意转浅，“但行当行之事，别想太多吧。”

“这都是，陌承光急功近利，只顾向前所致的恶果啊。”

太极殿旁的西堂，皇帝脸色阴沉，御座下只有尚书令文炎吉浸着惶乱的声音，中领军柳遥之一言不发。

乡兵北渡，陌承光率主力舰队攻向沿河下一座军镇滑台，抽调淮兵进围许昌交涉。但特使韩明子尚未带兵抵达许昌城下，转调之际，防守出现漏洞的粮道上，竟被敌人稳准狠地百里奔袭，夜劫了巨野仓。

“臣身为粮草转运使，不能料敌之先，致使敌人偷袭得手，中转仓蒙受重大损失，同样难辞其咎。”

穆骏抬手按住额角，用力揉搓。今早接到六百里急报时，巨野仓的火情可能还未完全熄灭……

“究竟损失多少，算过了没有？”他压下语调中的情绪问。

“兵部刚报上的测算，如果完烧，损失高达……八百余万石，”文炎吉又叩首，“……臣九死何偿……”

巨野仓，是粮船入巨野泽前的中转，前方清淤扩出的水道行船缓慢，说是大量粮草压在仓中待运。

完烧啊。

“管你是不是粮草转运使，”皇帝放下手，睁眼，“现在怎么应对，是你尚书令该想的！”

文炎吉马上抬头回话：“从江南各库急征，七八百万石，勉力凑得出来。但征调……和运输，请陛下给臣时间，巨野泽更是运速的瓶颈，一时半刻……是否确保碻磝，先做退兵的准备？”

“退兵”二字让穆骏想骂，但忍得下来。粮道真的中断，五天缺食士兵就无力为战，饿个十天半月，队伍就要垮了，不退奈何。

“你怎么看？”他直接问柳遥之。

“提空巨野泽之前的中转仓，陆路急运，由韩明子整合起的人马带往许昌方向，陌侍中的队伍，回退一部分，向南往许昌方向就粮。”

“憋在宫里太久，你也开始纸上谈兵了啊，柳将军。”皇帝看他说，“让人饿着肚子，跑个大几百里去找饭，还在北虏的地面上？”

柳遥之垂眼。

“还有韩明子有没有这个本事，别等你提空了中转仓，转头他一败又给送进北虏手里。”皇帝声音里涌起了怒意，“话说回来，你的本事如今能用，朕还能为了一个假降的许昌被折腾成这样！”

柳遥之的神情没有变化。长久以来，他无论何事经眼何事过耳，都是这样的神情。

穆骏心中叹了口气，又揉额角，“也算有了理由先放过许昌这一折……让韩明子回军，全力恢复粮道。告诉陌承光，不可回退！他要向前，朕就让他向前。继续攻打滑台，那个军镇所在有名的富裕地方，攻下就有粮了！看他的手段。”

文炎吉只有领命，打量过皇帝的神色，小心问：“陛下，那……巨野泽之失，臣看需要追责，以安前线战心。”

要入夜了，军情连日，太疲耗精神，皇帝本已在看白延龄示意回后宫，听见这话，转回头又看尚书令。

“你觉得该怎么追责？”穆骏坐直问。

“巨野泽中转仓，在徐州地界，这整段粮道，按说都是徐州都督负责布防的。既然都督韩明子被陛下调为特使，徐州刺史就该接过职守，身为上官，更有监管之责。如今酿此大错，臣请与徐州刺史同罚。”

穆骏看着极认真行礼请罪的文炎吉，和旁边像与一切屏蔽了的柳遥之，心想这些臣子都一样，说或不说，都以为是自己这天子想听或不想听的。

“行了，你这个粮草转运使怎么个来路，朕心里有数。”他又看了眼柳遥之，“废话少点，你想让朕把穆鸢怎么样啊？”

柳遥之的眼睫终于抖了下。

“徐州现时的情况，臣尚书台辖下，其实都不很清楚，几年间，从地方得不到详报的。”

在皇帝的示意下，文炎吉起身，走近龙座，“徐州的官员回京述职，禀报的情况也常常有挑选。就像几年间大兴水利，徐州究竟造了多少新船，是这次为了出兵去盘点，朝廷才得知确数的。徐州刺史其实早该回京向陛下面报，但自从过江上任，那位殿下再没有离过广陵城。”

皇帝看着他不说话，没有允许他继续的表示，也没有让他停止。

“朝廷早该召他回京问询，但……”文炎吉轻蹙眉，“广陵王在徐州深得民心，怕引起什么不必要的误会，致江北动荡，臣一直未向陛下提请。可如今徐州地面上出此大错，朝廷正可召广陵王回京申饬，至少让他请罪反省啊。”

“拿这个召七弟回来，他是没有不回来的借口。但按你的话，”皇帝往龙椅后靠，“他在徐州不是深得民心么，说出了大错召他回来，江北不是更容易动荡？”

文炎吉犹豫了下，看着皇帝。

“朕不是不想召穆鸢回来啊，最好就找间王府把他圈在建康，老老实实。”对着陌承光可能还换个拐弯的说法，对着文炎吉和哑巴一样的柳遥之，他现在实在不想累心，“不过当初放他去徐州，是他自己平定江夏王之乱的军功挣的。没了五叔，宗室里总得再立个标杆给人看，才不显得我皇族凋零，你当初也说只好如此吧。”

文炎吉垂首点头，穆骏挑眉看他，“觉得徐州残破，才扔给他，如今治理得好了，也算他的本事。陌承光他们还在前线，要是徐州不稳了，退都退不回来。他老实着，你就不要有心多事了。”

文炎吉往后退出一步拜下，“臣谨记陛下教训。”

穆骏挥手让他告退。柳遥之这时开口：“陛下，臣请独对。”

皇帝涨得发疼的脑袋里寻思了下，这好像是柳遥之头一次要求御前独对，但很快想起他大概要说什么。累，和烦，让穆骏不想再听这种小事，但事件的性质，又让他不能不在意，不能不让自己继续坐在御座上。

挥手叫文炎吉赶快下去，皇帝往下沉了些身，“快点说。”

“冲撞宫门的那件案子，查出一些新情况，需要禀报陛下。”

“那不是几个泼皮信了什么符谶，拥着一个疯和尚胡闹吗？你和廷尉商量着办就行了，定族诛，还有什么问题吗？”

“廷尉黄大人在查，那和尚怎么疯到这个地步，那几个泼皮怎么就信了他……能顺天承命，带着短刀和棍棒就敢冲撞宫门。”

是。穆骏也有过这种疑惑，但没顾上问，“结果呢？”

柳遥之向书堂门口做了个手势，“臣取来一件证物，请陛下过目。”

不久，有禁卫手捧铜盘进来，罩布揭开，其下是一套衣服。

……冕服。

玄衣朱裳，日月星辰十二纹章。天子大礼所服。

禁卫将整套展开，柳遥之示意他们走近御座所在处的灯火。穆骏却一把挥开，让人都下去。用不着细看，他从直感上就知道这不是什么疯子做出来的伪品，和自己登极那天所穿的极为相似，簇新的。

他看柳遥之，疑问的怒火在眼底燃烧。

“因那个疯和尚有这套冕服，才有泼皮信他。冕服的来历，陛下要提来证人亲问吗？”

“费什么事，说！”

“和尚说，衣裳是从宫里传下的，说他是……伪帝的后人。”在皇帝又开口前柳遥之抢先继续，“但查得的实情是，他找到了一个宫里造办的弟弟，以前做过冕服的。”

伪帝真正的后人没这么大年纪，穆骏需要把烦躁从心头压下，不理，不理就是，但，“宫里造办的，弟弟？怎么能做过冕服？”

“他说从前，宫乱前后，”柳遥之看着他，回得很慢，“他给广陵王做过。”

……所以，对面这人才挑在这种时候来独对，在自己明确表示了不猜疑穆鸾之后。

皇帝的神色越来越冷，又想起柳遥之刚才只凭手势吩咐，就能现拿来这件证物，像这样与手下禁卫的种种默契，要不是他谨小慎微到这种程度，还真可怕。

“造办的弟弟，给广陵王，做过冕服？”穆骏让注意力回到案情上，“为什么不是造办本人给广陵王做过冕服？”

“这个所说的弟弟供词，称当时广陵王在石头城，可能准备着，登极称帝，有人找到他家里让他哥哥做冕服，他哥哥不敢。他也知道纹样形制，都是裁缝，他就偷偷做好了，他哥哥诱于厚利，也就卖给广陵王的人了。”

太复杂了，听着不真。“那他哥哥呢，那个造办，他怎么说？”

“人已经死了，说是六年前街上被马车冲撞横死，所以这个和尚只找到了他。廷尉核实过，他说的时间地点，确实有过那么一场事故，至于是不是真的他哥哥……”

“还有什么？先说完。”

柳遥之又停顿了片刻，“那些泼皮，之所以敢去冲撞宫门……其实不是宫门，是宫墙。是因为，那个和尚还有一张所谓密图，说那个位置有一条能通进宫里的暗道。”

一种熟悉感隐隐滑过穆骏的脑海，但他没抓着，觉得是想起陌承光打碻磝的密道攻心计了，皇帝轻甩了下头。

“实际荒诞不经，完全是张假图。”柳遥之从袖袋里掏出那张图，装在廷尉签封的黑匣中，这件证物他一直带在身上，“那个位置就只是宫墙，他们试探了没一会儿，就被禁卫发现，接着被抓获了。”

穆骏拆开证物匣看图，皇城的格局画得像模像样，有各层宫墙和主要的殿宇，暗道标得很明显，不止这一条。

“你都核对过了？”穆骏点着暗道的位置问。

柳遥之点头，“全部不实。”

“这个皇城……”皇帝的手拍在图上，“画得准么？”

停顿一瞬，柳遥之点了下头。

穆骏深皱眉，还是觉得有什么东西没被自己抓住，听柳遥之又说：“不过经历了数代，皇城也有过城破的时候，建筑格局，并不是外面完全不能知道。”

穆骏明白他想强调的意思，“所以这图怎么来的，那个和尚什么说法？”

“他说，他有个信者，从前是广陵王的家人。会做冕服的人，和这张图，都是那个信者供奉给他的。后来又得了符谶，所以起事。”

“广陵王的，家人？随从的意思？”

头疼，脑子像被木栓钉进去那样塞住，穆骏揉额角的动作改成用指尖掐，“名姓有吗，到没到案？”

“那和尚不说，嘴很紧，再用刑，怕就……”

这才是关键。

皇帝抬眼看着柳遥之，两个人都半刻没再说话。

“你怎么看？”穆骏放下手问。

“臣唯陛下之命是从。”柳遥之平稳答。

“你，怎么看？”

柳遥之注视着皇帝的眼睛，“时点，微妙。”

……穆骏点了下头。

“这些人并没有复杂的计划，又只是凭口供，在攀扯广陵王，联系到前方正在交战的时点，有敌人离间计的可能，为了乱陛下后方。”

“嗯。”穆骏笑了笑，“要这种把戏，也太小瞧了朕，等前方给他们颜色看看。”

见柳遥之眼里流露出了关切，皇帝说：“粮的事你不用担心，陌承光会有他自己的办法。这件冲撞宫门的案子，往离间计的方向，再查。”他想想补上，“一切口供都要核实……除廷尉和你之外，不要让任何人知道。”

下朝回到清凉殿的时候，陌闻音不在，连孩子都不在，宫人说抱去了太后宫里没回来。

早过了太后该歇的点，穆骏一整日累得难受，却也没法不过去那边看看。进了太后宫门，没两步，就听见里面母亲哭得惨，断续诉说着什么，穆骏大叹了一口气，拧眉无奈地看身边陪得最近的白延龄。白延龄只能当没看见，帮皇帝打起帘。

见儿子进来，暖阁榻上的陆太后一时间哽咽得更说不出来话。陌闻音在边上坐陪着，孩子在她怀里。穆骏过去给母亲问礼，先往闻音怀里看自己的儿子，曜儿闭着眼睛在那半睡半醒呢，小嘴儿动动，刚满月不久，粉嘟嘟的。

他招呼乳母，让把孩子先抱开，对太后说：“母亲这又是怎么了，你的宝贝孙子也不让睡，一大家子在这耗着呀？”

“哄好了曜儿才说起来的，”陌闻音接上话，“这是又饿了，要醒。”她跟乳母说，“你先喂喂他去。”挥手让乳母退去隔屋。

“怎么了又？”穆骏回手拖过个绣墩坐母亲面前，又看陌闻音。

陌闻音低头，不好说的样子。陆太后拭泪恨道：“我老太婆真没颜面在这世上了！不为看我这孙子长大，现时就撞死！”

太后早年受的委屈多，老了在宫里是有各种脾气爱闹，但还是头一回说到死上。穆骏不敢不重视了，往前凑了一下，“母亲，为什么呀？”

“为什么？为我这个贱家的女儿，配不上太后的位置！”

“哎呀……”穆骏又看陌闻音。旁边太后的宫女说：“奴替娘娘说吧，这事儿全怪不得娘娘气得这样，奴都替娘娘气得心疼。陆家两位侯爷，昨天去王家拜会王中丞，中丞让人等了大半个上午，自己说要出门，连见客服都不穿，在门上碰见了，还说，这哪里来的俗物，如今怎么连兵家子，都能踏他王家的门槛儿了。”

穆骏反应了下才想起“陆家两位侯爷”指的是谁，觉得这话里可能有夸张，但还真是王攸纪干得出来的事。他拧眉想想，对太后劝解加抱怨，“谁让他俩没头没脑地上赶着去踏王家的门槛儿啊，这不是自找的没趣？”

太后一下又哭，抓了陌闻音的手，陌闻音帮太后不平地看皇帝，“话也不是陛下这么说的，宅第都挨着，拜会邻居，这不是人之常情吗？”

穆骏看她又看太后，“也别是被谁撺掇的吧，嫌朕的事还不够乱？”

陌闻音惊讶地看他，又委屈看太后。太后捏紧她手，冲皇帝急了声，“跟我这好孩子没关系。你别管什么撺掇不撺掇，我陆家的儿子，踏他王家的门槛儿怎么了？！”陆太后的怒意渐盛起，“说定儿他俩，等了半日，就坐了坐他王家门子歇脚的榻，坐榻啊，都被他王攸纪扔出门去烧！五嫂哭成那样……什么兵家贱籍，那也是除籍之后陛下抬举的君侯，那也是我堂堂太后的侄子！”

确实闹得过分了，先一句话惹闻音难受，穆骏也后悔，却只能叹气说：“琅琊王氏啊，他敢这么大折腾，是知道天下会看成他王攸纪的名士做派，这怎么去跟他计较？已经被他拿来练过一回名声了，再计较，朕那两个表哥更难看。”

“这倒……这倒是啊，娘娘。”陌闻音也转过头说，“天下有些人就这么无聊，他敢狂也是赌他的名声，陛下跟他计较，他名声更盛了。”穆骏跟着点头，陌闻音说，“咱们不如大度，也是风流洒脱，换个方法传扬出去，能成一桩美谈吧。”

陆太后狠狠摇头，松开她的手，拳砸在小案上，“辱我家门都不计较，还成什么美谈？！看来天底下就没有我老太婆该坐的位置，有他王家就不该有我！”

陌闻音垂头没法再多语，陆太后抬手指着皇帝，“话就说清，你是我的儿子，辱我家门就是辱你。我老太婆从此和他王攸纪不共戴天，你看着办！”

皇帝冷脸起身，觉得母亲又拿后宫事搅和朝局，一头乱事理都不想再理。白延龄这时在旁边劝说：“娘娘，前方正打仗呢，陛下怎么会不心疼娘娘家里，实在是事多呀。娘娘息息怒，来日方长，还能没有个整治王攸纪的时候？”

陆太后的火气被他这句话劝了下去，呼着口气，看着他含恨点了点头。

穆骏见母亲真的息了怒，有点奇怪地看白延龄一眼，很快想起他从前救过太后的命，说出话来还挺管用。

被纷纷念头牵着，穆骏随便行了个辞礼，带白延龄往外走，转过宫墙，又想起些什么，回头问：“撺掇陆家那两个儿子的，不会是你吧？”

白延龄扑通一跪，砰砰叩头，尴尬抬起脸笑：“奴想着陛下要问，也瞒不过陛下。真和贵妃娘娘没关系，这不是，王昭仪……要生了么。”

穆骏起脚当胸给他踹翻，白延龄咳嗽着趴好，抢赶着说：“但王攸纪也是他自己造的孽！他飞扬跋扈藐视皇家，这是头一回吗？要是头一回，奴撺掇两位侯爷能成事吗？陛下，奴该死，可王家的真面目，奴得让太后娘娘——”

穆骏又一脚踹翻了他，觉得这种烂争斗不值得脏靴子，跺了两下脚。回头行出几步，慢慢地，他在红墙边站下。

宫墙……暗道……密图……

……死了的造办？弟弟……

皇帝扭回头。白延龄还瑟缩着伏在原地。

时点……

不共戴天……穆鸢的……家人？

正在日与夜交界的时分，最后一点薄薄的初冬夕阳投在宫墙上，穆骏对着那日影站了一刻，返身向白延龄走回，吩咐身边跟的近侍说：“叫柳遥之来。”

白延龄抬起了头，弓着背看走回的皇帝。那双眼睛里有疑惑，有不正常的决绝，恐惧太少。

柳遥之很快来到，皇帝站在白延龄身前对中领军说：“听说宫里的热闹了吗柳将军？黄门令觉得王中丞飞扬跋扈藐视皇家，想让太后娘娘看看他的真面目。王攸纪也确实不负众望，闹得太后要跟他不共戴天呢。”

柳遥之看了看地上跪的白延龄，没回说什么。

“不正好有件冲撞宫门的案子吗？”穆骏也看着白延龄，对柳遥之吩咐的口气很随便，“把王攸纪塞进去，说他是同谋。”

“陛下，这……”连柳遥之都没办法理解，流露出疑惑。

皇帝盯着白延龄看，“冤枉不了他，照着查嘛。没他的事，让他到廷尉受趟罪，太后也解恨，贵妃也高兴么。”

那双眼睛里的决绝更盛了，几乎转为企盼似的狂热。他知道那件案子的性质。

穆骏看回柳遥之，中领军没有做出领命的表示，但穆骏知道他会忠实地执行。

“这个黄门令，”皇帝只偏了下眼，“挑动宫中多事，先关起来，让他反省。”

产房里听不见声音了，没有孩子的哭声，也没有产妇的呻吟声。

女官茹盼儿死死拦在门前，怒目对着陌闻音。

“娘娘还来看什么？看昭仪有多惨，看你个开心？”

“你的皇后娘娘躲事不来，本宫也不来，万一王昭仪有个好歹，谁来做个主啊？”

茹盼儿眼圈红了，又恨又痛地哽了一下，“不用贵妃来做主，昭仪是好生养的命相……也不用贵妃来……”

“让开！”

陌闻音的宫女排开茹盼儿，陌闻音抬脚入室。

血腥气。

浓得让人汗毛竖起。产妇被白布吊起的双腿下，被单浸透了猩红，血线沿着一角滴滴答答在床帮，不断地流下。

陌闻音一个多月前刚刚生产，迈向床边的脚步发虚。

“怎么了？换干净的啊。”她没做好准备看莲姑的脸，对床旁僵着手的产婆和女医说。

女医第一个跪下，血也在她罩裙上，“要血山崩了……不敢动。”

“孩子呢？？”

“孩子是反位，就是，头冲上出来，还卡呢……”

陌闻音什么也顾不得了，去看孩子的状况，又看莲姑，被她惨白的脸吓得胸口一滞。

“怎么办哪？这生得出来吗？啊？”她回头连问产婆和女医。

“娘娘，”产婆过来扶她，陌闻音才发觉自己也歪在了莲姑床前，一腿沾的血，听产婆说，“这只有硬生啊，早生出来孩子还有救……”

陌闻音回头抓住莲姑的手，摇晃着，“哎，哎！莲姑，加把劲，莲姑！孩子出来了，我都看到腿了，莲姑！”

产妇的眉心一点点凝起，但没有其他一丝回应。

门口有哭声，茹盼儿捂着嘴。

“我，我去廷尉，去问了，他没事，”陌闻音凑近莲姑耳边，“他没怎么受刑，王攸纪，他没事。是陛下要解太后的气，吓他的，莲姑，他过几天就出来了。”

莲姑的眼睛动了动，好像努力在要睁开。

陌闻音看有希望，挥手让产婆赶紧帮忙，自己又凑过去编话说：“他还……他看是宫里去人问，他还问你呢，说王昭仪快到产期了，安不安泰，还问你呢，莲姑！”

产婆对陌闻音点头，陌闻音紧攥住莲姑的手，“加把劲莲姑，孩子又动了，马上出来了！出来了，啊，都安泰了，加把劲……”

回握的那只手越来越有力，最后捏得她发疼。

随着产婆响亮的一声巴掌，终于，听到孩子细弱的啼哭声。

陌闻音不知道自己在干什么，脸上莫名其妙的湿热混着鼻子里的腥气。她松开莲姑的手，筋疲力尽地歪着，知道是个女孩，不用问，她刚才看见了。她看见莲姑的眼睛睁开着，空洞洞地，望着脸上方的床顶。

血还在流，滴滴答答地，从床帮下来。

“恭喜娘娘，”产婆抱着擦干裹好的孩子近前，声音里余悸未消，“是个好漂亮的小公主呀。”

莲姑闭了下眼，没有更多的动作。

“陛下的第一个公主。”陌闻音接过孩子抱到她身边，视线停在她脸上，“多好，女孩，不用去争斗了。”

莲姑慢慢地转过头来看。在她脸上陌闻音看到了熟悉的影子，死亡笼罩下来的那种影子。

她往后退，把孩子交给乳母。女医们来扶起莲姑喂药，药汁一点点喂进她青白的嘴唇，陌闻音听她吐出一声："……苦啊。"

"我去请陛下赶快来，"陌闻音想想要转身，"……听喜。"

莲姑眼睛转向她，仰头从药勺边躲开，"别叫人来……谁都别叫，我就想躺着。"

陌闻音停步，动了下嘴唇，莲姑说："就这样，没力气说话了。"她往后倒，被女医放回床上。身下新换的白布又濡湿了，血红的。

宫人们看陌闻音，陌闻音点了下头，让她们多数下去，留茹盼儿和女医伺候。没人能做什么，床边的每个女子都面色枯寂。

莲姑静静地一呼一吸，她身体里流出的血像股溪流，把她浸在里面。陌闻音觉得自己也浸在里面，还有那个初生的女孩，每一个女孩，一样的血。

"……皇后……皇后娘娘呢？"莲姑闭着眼睛，幽幽问。

"病着。"茹盼儿没反应，陌闻音答得很快，"她哥哥的事，吓坏了。"

莲姑嘴角微微翘起，很久再没动静，像睡着了。

陌闻音很想退到屋外去，想让人把皇帝叫来。无论眼见过多少死亡，濒死的景象都让她恐慌，切近却陌生的人，一点一点地，要变成物件一样。

她走回去床边，握住莲姑的手，莲姑眼睫动了一下，手指钩住她。她问："好一点吗，这样？"

"你……去问他干什么呀……"

陌闻音停顿了一瞬，"问了告诉你，不好吗？"

"还是，比他早死……不甘心啊。"

在陌闻音接上下一句之前，莲姑的声音大了些，"嗯，不甘心……到地府还要等他……"

有一瞬间，陌闻音想要坦白，白延龄也查知了她和王攸纪的关系，很可能是怀疑王攸纪与他父亲的死有关，借太后的手蓄意报复。而自己担心戳穿会牵连出承光，没有阻止。

但王攸纪在廷尉里没怎么受刑，这是真的，还有从前御史台里他折磨承光的那笔账，陌闻音忍住了就没说。

“你有话要跟他说吗？”她问莲姑。

莲姑摇摇头，仿佛在恢复力气，“没有。我为了他，杀过一个孩子，早知道有今天……我早该，为，一个孩子死了。”

“为这个孩子活也好呀。”陌闻音俯身向她。

“托给你了，行吗？这个女孩……”莲姑空洞的眼神凝住，与陌闻音对视，“反正生下来也不是我的……”

陌闻音想起来回头，“快去，去把皇长子叫来！”

“还，还没到……”茹盼儿眼圈通红，脚下犹豫着。

“见着了没事不是更好，快去！”

茹盼儿扭身奔出门，陌闻音感到手背上莲姑的指尖力度加大了，她低头看，莲姑说：“别费事，让他小孩子看这血呼啦的，干什么呢……早，知道了，生不好孩子，我就是孤零零地死……就没想过……身边多个你。”

陌闻音说不出来话，她都不知道自己在这里干什么。

“托给你了，啊，贵妃娘娘……”

“好。是我的小公主。”

莲姑在点头，却只有力气眨了眨眼。她呼吸的间隔变得深长，陌闻音感觉她在等着门口的声音，等着皇长子，等她的儿子来。陌闻音也迫切地往门口望，但茹盼儿去了没能返来。

“……那支钗，你不戴了？”她听莲姑问。

陌闻音转回头，手摸向那支钗曾经一直戴着的鬓边。

她没想出来怎么解释。莲姑闭上眼睛，说：“不戴了好……是一对……我那时候，不全是好心……”

讶然慌乱地，陌闻音贴向她愈来愈近，莲姑的声音愈来愈低，“另一支，放在我死了的，小孩子，小棺材里了……想他留个念想，又怕……他恨，来纠缠我，又不能，扔了，怕他孤零零的……那是，是从前陌贵妃的，就给了你……别怨，别怨我……孩子……”

“那不是——”

莲姑的呼吸停止了。

被陌闻音握着的松松的手掌，变得沉如一块铁。苍白浮肿的，曾经雪莲一样的人，再不会回答。

不知是为莲姑还是为自己哭泣的泪眼里，答案对陌闻音不再重要了。

……那不是给王攸纪的定情物？……拿那支钗去害邬考工的，不是王攸纪？

不是，更好，王攸纪和皇城密图无关，不怕他受刑乱讲更好。单纯的报复，为承光也为莲姑，更好。

但对身前宁静闭着眼的人，不再重要了。与她无关的一切，再不用她回答。

又退一程，伤损过百。

行军控阵，后撤比进攻更难，何况追兵一直尾随，不停骚扰。

日暮后结营处，陌承光对着舆图计算路程，眉头深锁。

“再两日就到豫州边境了。”穿着主将服色的青州团练使华宝在他对面，一样忧心前路。

行色仓皇，营盘也扎得简陋，辎重全留在滑台城下，这帐中连张桌案都没带来，两人像北人那样盘腿坐在毡布上。

“后面的追兵，增多了？”

华宝点点头，朱缨的甲胄让他看起来深沉稳重了些似的，“等咱们进入河泛区，都是淤沙泥沼，追击的骑兵就不好动作了，这两天之内，末将看敌军肯定要大举攻来。”

“嗯。今夜……”

“大人放心，都吩咐好了，来也不会给他便宜。”

陌承光低头想想，又问：“给滑台城下‘陌承光’的信，发出了吗？”

“发了。让都督那边围定滑台以待后援，无论我部如何，都不要分兵来救。”

滑台城下，陌延佑以陌承光的名义，留下了三万官军和乡兵的混编，开始依靠本地征粮支持，继续围困军镇。而水上的粮道至今没能全面恢复，水师大部舍船登岸，退守碻磝的之外，余下编进陌承光实际带领的厢车阵，急行军向豫州方向就粮。近四万人且战且退，已至第九天。

豫州河泛区的边界像一道极限，己方，敌方，所有人每刻每分都望着那里。

“增加的追兵，来自哪里？”毡布上只一盏油灯，映在陌承光深色的虹膜上，映透其中锐利的紧张。

“碻磝被我军控制，滑台围死，除喀荣残部以外，”华宝的眼里也同时闪着焦灼和亢奋，“如大人所料，追兵更多来自虎牢关方向。”

“嗯。”

此夜后半，果然有北虏追兵袭来，缺少辎重的营盘难以抵御，短暂的相抗后，中军下令全体烧营后撤，带给敌人有限的烧伤战损外，也放弃了最后一点结营固守的可能。

一日有余的路程，仍在前面。渐近河泛区，地形起伏不定，从前河水冲刷遗留的沟壑和丘坡间，接连奔退的官军掩不住疲劳，士兵把厢车推得越来越慢，阵形越拉越散。

陌承光命令为首的停步，等待队伍收缩。沙土茫茫的四野上，入冬只有枯黄的芦秆，像裸露的干皮上稀疏的毛发，头顶的日色灰白，小小的一枚。

他回头远望来路，没有北虏的影子，荒原是虚假的平和。

团练使华宝的坐骑扬起沙尘，但抵近的马速不快，这样的地形已经限制骑行了，“敌有信来！”

陌承光回马向他，拆信时暗祷别不是自己期望的内容，看毕沉默许久，抬头四望在向他聚集的车阵。

同样限制车兵。

“我不在滑台城下，元丹已知。他进至三十里外，要约我会面一谈。”

华宝大惊张开嘴，很快说：“不可啊大人，这是敌人要诱你离军！”

“我如果今日与他会面，”陌承光将手上的信递回给华宝，“他说保证两日不再进攻，放我部安然越过边界。”

“情势不到这个程度啊大人！中军不可离帅，再者，这是自投罗网啊，敌人要把你……”

陌承光在马上转开头，他并不知道元丹此刻所在的位置，但空冥中，仿佛能对望悬瓠城下见过的那双眼睛。

那双眼睛曾笑着，手指点向自己，像说，你等着。

“情势的确不到这个程度。”陌承光垂眼低语，“但元丹信上说，向天神起誓，会面一谈而已，保我人身无虞。”他偏头看华宝，“我去会一会，向豫州的进程，更稳妥。”

华宝绝对不能同意，“那也是他口说——”

陌承光压下他的意见，“叫敌使来，我定时间地点。”他深看华宝，“你们按既定向前，我相信你们。”

土丘上，并无景致可言，垂落的薄帐像个突兀的白瘤子置在灰蒙的天地之间，帐幕也挡住了陌承光望向远处的视线。唯一打开的一面外，低垂的日色愈发凄迷，风中的黄尘将天地笼罩，像上天的沉闷怒气，茫茫然不可捉摸。

黄河故道水流的遗迹蜿蜒过坡下，只有从这样的高度下看，脑海中才能清晰地勾勒出当年此处是河。沧海桑田，荒烟人迹，当真一瞬间。

元丹迟迟不到，等得越久，陌承光心中反而越平静了。

直到看见坡下被武士簇拥着下马的人，他也没有更多动作，目光直视着对方一步步向上踩至身前，坐姿始终端正面南。

“南边对尊者是这种礼数？”元丹垂眼睥睨。

陌承光等翻译说完，回说：“本官河南河北安抚使，代表天子权威而来，较你为尊。王子对尊者的礼数呢？”

元丹在他对面盘腿坐下，盯着他看，又看他身边仅带的两个护卫，“懒得争这些虚套了，孤让人按着你的头往下叩，你又能怎么样？”

“本官应约前来，莫说只带来了两个人，就是带来百千人，又能怎样？但他两个在此，以我的血洗耻，对天子陛下交代，总是够了。”

与陌承光一起，两个英武的护卫眼神扎实地瞪视元丹，手稳稳按在刀柄。元丹嘴角的蔑笑消去，点头说：“你敢来，就是勇者，我启族尊重勇者，你配与孤对坐说话。”

“本官敢来，是因为王子对你的天神起誓，保我们人身无虞，安然返境啊。”陌承光也看向元丹的大批亲兵，“愿王子也配得上本官的尊重。”

元丹摇头笑笑，似对这辞锋无奈，换开话问：“你的脑袋，猜得出来孤约你相见，要说什么吗？”

陌承光静了一瞬，“超不出交换条件的范围。王子想拿什么换我军从滑台撤围？或是还念着我军手上的碻磝？”

“拿你这四万奔命的饿鬼不够吗？”元丹向偏南方一指，“孤放不放过他们，也真是一念间的事。”

感觉到身边的护卫燃起的怒意，陌承光神色不动，“我军车阵有序推进，陷马的河泛滩地已近在咫尺，你要毁约，不怕再败，可以试。”

元丹又笑了，“那四万饿鬼，离了你，根本没什么紧要。碻磝、滑台，是些城池罢了，有了你，也没什么紧要。孤今天来，是想把你留下。”

陌承光眼神一动，元丹说：“不是扣下，是留住。”

用汉话。

陌承光听得懂北语，但也只到听得懂的程度，他此前不知道元丹可以这样清晰准确地讲汉话，不免流露出些惊讶。

“孤学习汉文，了解你们的风俗，典章，制度，史书，一定远远超过你们朝中的任何一个人了解我朝，”他抬手指陌承光，彼此坐得近，几乎点到陌承光胸口，“包括你。”

陌承光无法否认，但很快说：“王子从善如流，但更望持之以恒，切莫只知浅表。圣人言见贤思齐，见不贤而内自省也，我朝自省，无须宣扬比较。”

翻译有些困惑，但元丹显然听清了他话里反讽，冷笑说：“除兵籍，青州、兖州骑射为本，不是你朝思与我朝齐吗？哪个为贤？”

“我朝尽废奴客，一视天下之民。而本官此行在故土上，所闻所见，却是你朝战俘和掳掠人口被贵族视为私产，绳牵鞭打，终年劳苦得不到一丝回报，子女被牲畜一样贩卖。哪个为贤？你朝可曾思齐？”

“朝中或许不曾，孤有。”

陌承光不语，疑问看着元丹。

“你的话其实很对，孤学习汉文汉风，正是想将你朝的贤处，移用于我朝。”元丹向前倾身，浅色的眼睛与陌承光相对，“只是我启族的旧俗与汉俗天差地别，孤心有余，力有不足之处。”他眼睛的颜色奇异，透明的黄褐上有丝丝蓝纹，“你想解救北地的人口，与其带着这些南边饿鬼拼命地搏死，最有效的办法，难道不是与孤协力，在我朝中，自上而下地变革吗？”

换作陌承光笑了，抬起下颌匪夷所思地看着他。

“孤从洛阳五百里赶来，不是要和你说笑。”元丹的神情严肃而诚恳，“孤对投效的汉臣一向信赖尊崇，孤帐下最倚重的兵马使贺浑，就是汉人。”

“那个在悬瓠城下，吊起我的战友卢当，千刀万剐的汉人？”

元丹神色一变，陌承光又说：“你读我朝的史书，应该明白这样长久记载自己历史的民族，最不忘事。我朝自会解救北地的民众，但绝不寄望于敌人之手。”

“敌人？”元丹的眼睛更仔细地看着陌承光，“因为孤不是汉人，就是你的敌人吗？想想看，如果你与孤不做敌人，天下间可以免多少战事，达成一样的结果？”

“王子是不是汉人，在我眼中没有区别。”陌承光的瞳色却深，即使在本族里也黑得特别，“真心倾慕汉风，便可成我族类。王子如果真心，大可不必与天子陛下为敌，何不举洛阳投效我朝？一样可以免多少战事。”

元丹勾起嘴角，“你说解救北地的民众，我给你真正可行的办法，用我的位置、你的手段完成。不止河南之地，还有黄河以北，函谷关内，我朝整个辖境一体解决，你，却在回避。”讥讽又回到他的眼中，“其实打向洛阳，你要的还是土地物产，记的还是前朝旧仇，民众，在你和你的皇帝眼里，只是北地的物产之一吧？”

陌承光用了半刻，开口说：“我朝各州，曾经由各刺史分而治之，中枢政令不行于州县，州县赋税不上达中枢。按说刺史为一境之主，所辖的产出足以自给吧？”

他像在转移话题，元丹没有直接回应，陌承光很快又说：“可是无论占据的土地多大，物产毕竟有边界，而人心无厌。刺史之间，争夺地盘和人口，或者与中枢争权夺利，代代不休。直到当朝天子除兵籍、收权柄，一统四方之后，百姓才彻底脱离动乱，得以安居乐业，朝廷才得以积富强兵，”他指回元丹，“无惧外敌威慑。”

元丹的脸上复起怒意，陌承光没有等翻译说话，也像元丹刚才那样回手指往偏南方，“我们，才得以回到这里，回到我朝故有的土地上。我的车兵正在抵近的位置，本来没有南北的边界，我们也并非要争夺什么本不属于我们的东西。”他毫不闪避地正视元丹的双眼，“但边界既已存在，就会诱使人心越界，争夺有限的物产，以致战祸绵延。为百年百代计，普天之下的王土，我愿我天子陛下一统！”

“不说，丹王子约上陌承光见面，两天休战吗？”

北人骑兵用鹿角栅围起的行营中，喀荣把调兵的令牌掷回兵马使贺浑，差点砸在他脸上。

贺浑弯腰拾起令牌，神情不悦，又将令牌伸手举在喀荣眼前，逼得喀荣往后仰头，“令牌不真吗？大帅是要违王子之命？”

“奸人！”喀荣被他的态度激火，“又使这种背约的脏污手段，碻磝井里毒不毒的事还没跟你算账呢，自己当是妙计，正撞别人算计上！”

在碻磝命令分别饮水的事，被南夷军到处嚷嚷，还故意隐掉了启族和异族的分别，只强调将官才能安全饮用，挑动得连启族下级兵都去投叛，确实是开战以来贺浑一大失误。他结了下舌头，没顶回去。

“我看一样是汉人，你的脑筋就算不过那个陌承光，别让他又绕进什么坑里。趁早安生着等王子回来，有什么军命，让元丹跟我说。”

喀荣挥挥手，叫手下把贺浑轰出帐去，贺浑把令牌掷在他脚下，提起声音:“大帅你在碻磝城外奈何不了陌延佑的营盘，敌人的声东击西才没被拆破吧？否则往地下去想，根本是对的！怎么，如今陌延佑顶替名义在滑台，送饥兵返境的陌承光又被王子调走，两个主帅全都不在，这千载难逢的机会，大帅还不敢抓？”

这话入了喀荣的心，他的火气不觉散了。

对，陌承光不在……陌延佑都不在啊。

贺浑急于抓紧机会翻盘，甩开喀荣的手下，走近他又催促，“四万饿兵推着车，纵然有骑兵保护，马也是久饿的。他们的主帅把自己质进殿下手里，换两天休战，可见是走投无路了，到边境的再一日路程被陌承光当成鬼门关哪，怎么，敌军自己送死，咱们都不敢收吗？”

“前面可是古河道，沟沟坎坎的土坡，不太……”喀荣已经起身在整甲，但还有最后的犹豫，“不方便打，万一，敌人再有什么布置？”

“大帅是输得太多，连敌将的影了都怕了吗？”贺浑急迫得顾不上嘲笑他，“陌承光没有分身术，他就在丹王子的对面！敌军现在就像南飞的雁群离了头雁，哪怕是野狼群，离了头狼的组织，战力都会大减，何况是人，何况是饥兵？”

是，形势已经不可能更利于己方了，喀荣自己都觉得，还不出击，难道自己要承认输到怕了，拿名声就能吓住？

“丹王子殿下的命令，清清楚楚，时机稍纵即逝啊。”贺浑重拾起地上的令牌，“那些土丘沟壑，不也限制车兵吗？敌军走得正慢，再往前去可就是沙漫地，驰不得马他们却能结阵，那就是放虎归山哪。”他攀住喀荣按在刀上的手臂，“输到现在，大帅，就不想真正赢一场吗？”

甩开他的手，喀荣向帐外走去，“点兵！”

风更大了，从前洪水渍过的碱地上衰草扒不牢沙土，烟一样的细尘从地表浮上半空，与吹来的浓重云层相接，极目尽是灰黄。

土丘间刀劈斧开一般的断层下，厢车只能一线行进，随行的骑兵也被压在谷地两侧缓行。虽然土丘错落，每段低谷距离都不长，但队形不能分散，实际的活动范围非常有限。青州团练使华宝压阵骑行在最后，望着前方更支离破碎的地形，和仿佛不断在走进沙土堆砌的迷宫的队伍，手心的汗捏得越来越紧。

“报！！后方敌人骑兵追来！”副将抬着头，念近处高丘上警戒斥候的旗语，“总数……过万！”

华宝回转马身，“传令车兵，莫回头，按既定路线向前！骑兵后队，随我迎敌！！”

从谷地中回退的一部分骑兵引起了队列短暂的扰动，但华宝没有让自己回头，厢车辚辚的轮声在他背后，敌人滚滚的蹄声在他面前。

“接战如不敌，听我号令，按既定路线后撤！”这句后华宝猛一磕马，跃先出阵。

他同时听见，狂飙而来的北虏骑兵在大喊……“装什么孙子！你们主帅都跑了，这个是谁啊！”

“别理，别理啊！”少年大满在车阵中，一边拼力往前推车，一边同样要喊破嗓子，“主帅就在迎敌，咱们往前！”

阵形开始分解了，前方许多辆厢车往谷地的诸多分岔拐去，甚至在岔谷里弃车，车兵徒步逃散……

“一统……”元丹怒意涌起的眼底，也流露出某种欣赏，他向后坐稳，不觉间严整了体态，“你的皇帝，活不到你为他打算的百年百代，更不是什么英明的圣主。你想实现的，已经实现的，与其说是你为了他，不如说是他靠着你吧？那你为孤实现，又有什么不同？”

“道不同，不相为谋。”

元丹摇头，“这是最省事的说法，但不是有道理的答案。你推他坐上天子位，难道不能助孤掌握整个北方？你以倾国之力北伐，到现在粮草断绝，仓皇逃撤，难道不是以我北境雄兵南取更加容易？还有水师你自己攥在手上啊。一统，孤自北向南也可以，坐到天子位上，孤或你的皇帝有何不同？”

陌承光心中最先浮起的不是“皇帝”的形象，而是穆骏略带疲惫的眼睛，在深夜的殿上，问自己“那孩子叫什么？”的那个时刻。

他看着元丹笑起，“王子当真不记旧事。悬瓠城下临别时，你让那个贺浑转述，说我朝物产虽好，但凭钢刀和骏马，终有一日尽归你朝？”

元丹未忘此事，却不像陌承光这样字字记得，他犹豫的瞬间，陌承光说：“对于不肯宾服者，王子无论再怎么用倾慕汉风遮掩，最终想依靠的，还是骏马和钢刀。但我朝天子是爱人之人，”陌承光的笑意渐淡，目光却越发从容沉静，“王子不愿意承认他的英明也罢，我代悬瓠城中的饿殍，和那时被他解救活下来的人告诉你，仅他的宽仁，你就远远不及。”

“天子的……宽仁？”元丹没有为自己辩解，反而用唇角的讥笑承认了陌承光的判定，“在孤的位置，孤可以准确地告诉你，坐上天子位的人，不会再有宽仁。谁坐在那个位置上都一样，你所见的宽仁，是因为他还不需要暴虐，到了需要的时候，他为什么不呢？又没什么能阻拦。”

隐隐地，陌承光感到元丹触及了本质，自己多少次面对，又不能去面对的本质。可他已经笃信的，唯一能让自己坚信的是，穆骏不同，穆骏可以不同。

“夏虫不可以语冰。连天子的宽仁，王子都不能置信，恐怕你北地之主也难做稳，凭什么敢觊觎僭越天子之位？”

“孤的父王稳做北地之主已久，靠宽仁吗？”元丹反问。

“王子如果觉得你国主的做法可靠，又来与我费什么唇舌呢？”

陌承光还没有离开的表示，但已做出了结束谈话的态度。元丹笑笑，以让步的口气说：“是扯远了。你不信孤，既然寄望于你的皇帝，是信这个人而已。那孤也只谈这个人，如果你的皇帝，不符合你的期望，你有办法阻止他吗？”

这个问题，陌承光确实没有答案。

他也在分神，帐外天色越来越暗了，太阳已沉到与他视线平齐的位置。遥远的偏南处在他的视野之外安静着，安静地悬着他的心。

“‘武死战，文死谏’？不算办法吧，你以死相谏，就能阻止天子行权柄吗？”元丹也注意到了他的关注所在，接连发问，“唯一的办法，是不是只有把他推下那个位置？可你又不会那么做，因为你有史书上学到的‘忠诚’。”元丹移动了下身形，将陌承光望向帐外的视线拉回，“孤只希望，到他不值得你的忠诚的时候，你可以想起除死之外的另一条路，想起孤的北地。”

陌承光转回眼时的神情带笑，像对这离间之拙劣错愕，“天子陛下携我至今时今地，不值得我一死吗？”

“话不必说早。唯一真正能阻止他的，只有一个办法，他也清楚，只要你不放弃能阻止他的念头，总有他想让你死的时候。你就记得，到时承接你的期望的，也可以是我。”

“不妨拿王子的话反问，又有什么不同？”陌承光的余光中，薄帐遮住的偏南方在透亮。

“当然不同。你在南地，已经走到头了，”元丹的眼神是会面以来前所未有的自信，“孤甚至可以说，今时今地，就是你的顶点，此后只有下坡，你不信吗？”

陌承光转头盯住南侧的帐幕，然后猛站起几步掀帐出去，在土坡顶定定远眺那亮光的来处。

火，持续延伸的火光像精准的缝线，在那遥遥天际的丘坡间蜿蜒，代替了河道遗迹中虚空的水，如同醒来的赤金龙一点点延伸它的指爪。

元丹跟在他身后走出，“如何？丧师四万，主帅却在敌营里坐而论道，你回去，还有往上走的路吗？”

听不到喊杀声，也还闻不到烟火气，恍若幻梦。

“北伐的军功是你最后一搏了吧？否则你永远压在文炎吉下面，你的君主看来不打算设中书令了，文炎吉尚书令就是丞相，你永远得不到勉强和君权抗衡的相权，那是你今后想走的路吗？”听不到回答，元丹踌躇满志地说，“不如留下吧，你要洛阳，孤就给你洛阳，我启族没有那么多猜忌，你来投效，孤让你做整个汉人故地之王。助孤南取，你甚至可以分封在建康。”

陌承光转回身，盛燃起的火光将他身后的黄昏天色映成灰红，“……‘保证两日不再进攻，放你部安然越过边界’？”

元丹看着他笑。

“刚才还忘了，另一个你远远不及我天子陛下之处。”陌承光也笑起，

“他出口之事，一定践诺。他许诺过夺回洛阳，痛赏春花，王子且等看。”

他的镇静，让元丹心头疑惑顿生，越过陌承光的肩头又向火起处望去。几个信兵在飞快地从土坡下奔来，但元丹好像不需要听他们报告什么了，最早败逃出战场的身影已在薄夜中撞进他的视野，那是己方的衣甲，己方的残旗。

旗带烧痕，豁缺漏下夜色。

“王子连我的投效都妄想寻求，可见在你的朝中别无助力吧？”陌承光走向他，“与其念念不忘南取，还不如好好打算怎么坐稳你旧地之主。让你出关远赴洛阳，不知是哪个的主意？王子不是熟读史书吗，始皇帝的长子扶苏什么死法？千里迢迢，一张矫诏啊。”

元丹面色发紧，向后错出半步，但不想后退。陌承光停在他近处，略微需要仰头，“接战以来未尝一胜，王子不火速赶回平城控制局势，”他手向下后方指，败兵的潮头正从天际涌来，“也要马上去收整残军吧，就此别过如何？”

“未尝一胜？巨野仓……”

“不调开淮兵向许昌，放松粮道上的守备，王子的人怎么敢去劫烧粮草？巨野泽是水路咽喉所在，谁看不出来？”

“……烧……烧弃掉百万石粮草？”

不对。席卷风烟，从火光中冲来的追兵在败军之后掩杀，接天呼喊，骑兵的怒射狠准，步兵奔突迅猛，刀锋嗜血。他们看起来毫不饥饿。

陌承光不再回应什么，带领他的护卫往土坡下走。身后元丹喝住他：“站下！孤回平城带上你，俘获了南军主帅，正可平息局势！”

他的亲兵在坡下四面围来，陌承光停步，“我军的主帅，是我天子陛下。”他扭回头看元丹，“王子带回平城的，顶多是我一具尸首罢了。”

“不能为孤所用，你是尸首最好。”元丹冷笑挥手，“损兵数万赚你一死，值了。”

丛丛锋刃叠着火把逼近，陌承光的两个护卫左右夹紧他，怒目抽刀在手。陌承光却伸手，从背后拍他们的肩膀，让他们把腰间软甲内的包袱解下。

金属坠地相碰声。

陌承光弯腰各拎起那两个包袱的一角，向上抽开。看见包袱中抖落的东西，元丹的眼神凝住，不止是他，所有进围的北人都停下，呼吸都放轻了。

黄土地上映着刀光和火光闪耀，散落十二个金人。

陌承光平稳蹲下身，将它们一一立起，摆成一排，然后抬头问元丹：“华山神庙的祭天金人，你们的至高神主，无错吧？”

元丹沉默，但他看着那些金人的眼里有什么东西在退却，在怯懦。

“王子来信说，对你的天神起誓，只是见面一谈，保我们人身无虞。”陌承光站起身，那一排金人在他脚前，反而像是他某种庄严的护卫，“我把华山神庙的祭天金人带回来还你，对着他们，”陌承光看向周围敬畏交加的北人亲兵，不知在指金人还是他们，“你真的要违约吗？”

元丹不动，也没有回话。陌承光转身分开亲兵的刀丛，继续向坡下走去。他听见身后元丹的声音传来，用汉话说:“孤的许诺不变，记得，你最大的敌人不是我。到你在南边不想死的时候，记得孤的北地。”

陌承光的脚步没有丝毫停顿，不值一哂。

情势急转时,失去主将控制的北军兵败如山倒,星罗棋布的沙土丘顶端,火引如陨星下泻,每一匹马的护甲都在起烟燃烧,逃窜的路径却被预先推入谷地的厢车塞住，除了拼死返头穿越火场，从来路溃回之外，别无选择。

埋伏在既定地点的兖州骑兵以雷霆之势出击,精锐夜以继日地尾随啃咬，不断将沙口火场逃出的北兵残部赶往虎牢关方向。而虎牢关下，败兵要求进城的声浪压过了远处黄河在冬雨中的低吼，城上城下一起在震动。

“开城！本官平南兵马使贺浑，要求开城，让我们进去！”关下终于有高阶将官出面叩门，高吼着。

“一天两夜了，给口温水啊！”有败兵向他聚紧，找到主心骨的样子，纷纷喊，“开城！一块儿守啊！”“俺就是虎牢关出来的，蒙果，开城放俺进去！”

虎牢关守将蒙果谨慎地望向城下曾经的同袍们，败兵成匪的前例他非常清楚，放这些饥渴的穷徒进关城，物资分配一旦引发不满，可能补充不了兵源，反成动乱。何况他们大多带着烧伤，面目油烟模糊，仓促包扎的绷带都是衣服残角，脏得五颜六色，简直像一群地狱爬回的小鬼，夜间根本无从核实身份。

蒙果的回应是不回应,命令严闭关门,披着油毡衣在城墙上观望拖延。

“蒙果！爷爷看见你了，就那儿！”关下有人认出了他，大骂着往城上砸石头，“你娘的穿油毡，爷爷我挨淋受冻啊！”

噼里啪啦的石头打在关墙上，败兵随之掀起一大阵骚动，竟然有残余的箭支射上城头。蒙果心惊之下反复没有主意，冻雨确实越来越大了，他听到有的败兵居然商量着砍树搭梯攀城。

“贺大人，贺大人说话呀！”一群败兵又将城下的贺浑推前，有人喊，“贺大人是丹王子的人，听他的！”

蒙果往下看，那个平南兵马使贺浑中等个头，瘦瘦弱弱的汉人长相。他往前一站，败兵大都静了，看来身份不假。

“本官命你立刻开城，”蒙果听他在城下喊，“再饿下去，这雨底下有些伤员撑不住了，你见死不救吗？”

搀扶伤员的败兵们尤其跟着他怒吼，蒙果往下面说：“夜暗人杂，你们暂时等等，明早一定放伤员进城。”

“哪个不是伤员啊，俺腿疼得要烂穿了！”人堆中一声尖吼。

“烧伤最沾不得水啊，将军。”贺浑往关墙近了几步，也掀开自己脸上的绷带，其下一个骇人的烧疮，“后头还有追兵，南夷杀到关下，我们等着被人砍瓜切菜啊！”

“打进去！”“对，不开城就投了南夷打进去！！”

贺浑回头劝阻，这下情势连他都弹压不住了，他被冲得连连后退更近关城，仰头：“这都是死里逃生的勇士！所剩无几的骑兵啊，在虎牢关下被逼反了，将军和我怎么去向丹王子交代？！”

话是这话，可是北兵不断地惨败，是蒙果从军以来三十多年里从没遇过的景况，他抓不着眼前该怎么判断形势了，只觉得正向虎牢关扑来的南夷追兵像雨夜中莫测的枭鬼。

他不敢答应贺浑，也不敢否定。

“这样，这样吧，啊，”贺浑又回过头，尽力招呼那些越来越乱的败兵，“排成两列，快，兵器都放下，咱们自己的关，安生着，一个个进城，啊！”

这是眼下可行的法子，败兵们渐渐形成组织，逃命中没有被弃下的兵器一件件扔下在身边，队伍延伸在雨夜蜿蜒的关道上。

贺浑仰脸迫切地望着蒙果，终于见蒙果在城上点了下头。

关门缓缓地打开，再没了约束的败兵们蜂拥而上，冲进虎牢关城。

“……混于败兵中冲入虎牢关，死士直取主将蒙果，慑服内外，于次日凌晨接应兖州兵团入城……虎牢守军，全体投诚……”

陌闻音伸手要，又等不及念军报的近侍走过来，自己起身去拿过绢纸，急着往下看，忘了穆骏在听，光顾自言自语地兴奋：“……就只用了三百死士，就拿下了虎牢关！”

穆骏看她直踮脚跳，笑着说她：“刚出百天的产妇，你别蹦啊。”

陌闻音快步走过来，眼睛还在军报上，“……滑台震恐，也被围城的官军迫降了？二哥好厉害！”她一手提着的裙子在穆骏眼里像战旗那样飘，“碻磝、滑台、虎牢……往前再取了金镛，离洛阳就只剩一步了！”

坐回穆骏身边，陌闻音笑容满溢，嗓子却像一下发不出声音。穆骏知道有些哽咽在被她忍住，他自己一时也觉得鼻酸，说不出是为什么。

父母并肩静着，曜儿的摇篮摆在他俩的榻边，小婴孩不懂这些山河热血，小手自己抓着玩。

“……所以，把败兵赶向虎牢关，就是为了这连环计？”陌闻音转过脸问，目光剔透，“分兵南退，根本就是为了这场伏击，根本就是冲着虎牢关的？”

“嗯。承光最担心的，是敌人不追着他打，元丹想诱他离开，正合他意了。”穆骏的手习惯地去搂过身边人，她腰身已经和有孕之前差不多了，还有点软软的，他在那里抚着。

“那个唬着虎牢关开城的‘贺浑’，到底是谁呀？”

“你二哥养的一个间谍，说之前常以盐商身份活动的，姓徐吗还是什么……”

皇帝回忆中微皱起的眉心里掩着些深意，但陌闻音此刻顾不上细看，又问：“真的贺浑呢？”

“败军里面抓住了，正往京中送来，投廷尉。”“廷尉”两个字被穆骏念出些幸灾乐祸的意味，“你还记得这个人？”

“怎么不记得？悬瓠城下的仇敌！”

穆骏笑，“从前不知道你姐弟俩这么记仇啊。承光军报上还专门备注，此人不需要慎刑。”

“真做到了……”陌闻音低低一句。

“什么？”

“……报悬瓠城之仇，承光，真做到了。”

穆骏看着她，又静了一刻，笑叹开口，“不过，他啊，也太敢冒险了，局摆得又复杂，好多不敢提前让你知道，怕你跟着提心吊胆的。朕这些天啊……真被他折腾惨了，头都要熬秃了。”

陌闻音扭过身给他揉额角，又搓他的脸，笑说：“知道的，陛下最辛苦，陛下最厉害，没你调兵遣将，哪来承光的局呀。”

穆骏睨向她，笑她恭维得敷衍，但也受用。

“不过其实，不用陛下告诉，我就知道啊，从劫烧巨野仓起，北虏就给套进局里了，我才没提心吊胆呢。”闻音捧着穆骏的脸，偏过头逗摇篮里的儿子说，“是吧，娘跟曜儿才不担心呢，娘早跟曜儿说了呀，肯定给他们悄悄吃的冷干粮，你舅舅才不会让他的兵挨饿呢。”

穆骏笑着垂眼，也看懵懵懂懂的小婴儿，孩子因为听见母亲逗着说话的声音，高兴地两脚踢腾着。

“巨野仓烧掉的不是粮草吧？那么大量，现转移来不及吧，是不是根本没放在那儿？”陌闻音回头又问。

穆骏有些讶然于她的敏锐，在她两手之间点了点头。

“那建个巨野仓来中转，从一开始就是摆设？”陌闻音真有些意外了，手放下问，“你们想得这么远呀？”

穆骏垂着眼笑笑，没往下接话，一刻，拿叫委屈的口气说：“哪能事事预料到，最后真给朕支绌得够呛。沙口边境上埋伏的那些掩体，没办法是调了民夫，追击用的骑兵，最后从兖州翻口袋掏出来的，好多是夏侯景晖的私家部曲，朕从前承诺过老将军再不动他的，也是他忠义啊。这幸亏是成事了，要是不成，朕得输个底掉，这样大赌，再不能有二回了。”

陌闻音离他远些，探身用手指点上曜儿的小肚子，诱孩子来抓，皱着鼻子说：“哪像你父皇说得那么吓人，你舅舅带的兵都好好儿的呢，”她的手在孩子身上两个指头跑步，孩子的小软手追着乱抓，“对吧，没有兖州兵，你舅舅的骑兵就掉个头，自、己、追了！”

孩子被逗得抖着笑，陌闻音跟孩子玩得入神，穆骏看着这一母一子欢闹，欣慰和疲惫都有。好像盼望过的一切，都实现了，甚至超过了预期，心里的空洞却不知怎的，越来越明显。

且不知道，再能拿什么来填。

陌闻音忽然疑惑了一声，从孩子的锦被褶子间拾起一个东西。

白玉的。

看清楚了之后，她脸上的神情似惊似惧似喜，扭头怔怔看了穆骏半天，问：“……陛下你放的吗？”

穆骏把东西拿过在手里，还像刚才那样塞进孩子的手边。小婴儿觉得凉，手躲开，放下去，又躲开。

传国玺。莹润光洁的玉印，大过婴儿的两个拳头。

“你看，他还拿不住呢。”穆骏低头说。

陌闻音往后坐，眼神闪动，没回说什么。

“不好拿，是吧？挺重的。”穆骏拨拉着玉玺逗孩子，可是小婴儿没什么兴趣了，手塞进小嘴巴里。

暖阁外面隐约传来另个婴儿的哭声，陌闻音起身说：“小公主该喂了，那孩子总吐奶，我去看看。”

她走出两步，听穆骏在身后问：“哎，你还记得，这玉玺是怎么丢了又找回宫的吗？”

陌闻音站下，短暂停顿后回头，“不是说……先帝藏在了什么地道里，延龄救太后出宫的时候，捡着了，又怎么的，从他爹娘的墓里盗出来，黑市流到王家……”她想想往穆骏走回，“王素献回来的吧，记得？”

“你信吗？”穆骏视线还在孩子身上，听起来像单纯的好奇。

“陛下，你不信吗？”陌闻音坐回他身边，挑起眉问。

“信过。不过最近觉得，太曲折离奇的事，未必真。有这么巧吗……就流到王家手里？”穆骏回看她。

“嗯。”陌闻音认同的口气，“不然再问问延龄？”

“是得问问，看他和王家有没什么更直接的关联。”穆骏从曜儿的摇篮里把传国玺拈出来，手上团着，“没从他爹娘墓里走那一遭才好，不然用着还觉得有点晦气呢不是。”

陌闻音点点头，起身再想往小公主的房间去，穆骏又问：“说起来，延龄关了这么久了，你不为他求求情啊？朕说不定松松手呢。”

“与我什么相干？”陌闻音再回头时冷冷带气。

穆骏疑问看她，陌闻音说：“最讨厌在宫里搅事的还要拖上我，早说过他的，以前认识，就当是我什么心腹了吗？还不知道改，给他个教训正好。”

“那，朕问他，可就不留情了啊。”

陌闻音只转回身，往屋外走去。

御史狱里的样子，这么多年，王攸纪应该很熟悉了。但他今日第一次知道，改成了廷尉牢后，真正的深处，是这个样子。

说不清浸泡过什么的污水，在初冬天气，剜髓刺骨地冷。此时泡在其中的，是王攸纪的下肢，很快冷感转化为了痛觉，而痛觉又慢慢被冷钝化，最终腰部以下感觉麻木了。他吊着的上肢却依然很痛，又因为对冷的反应，上身不断发着抖，带得锁链细碎地哗啦哗啦。

念头里是，好像也在这个地方，他用类似的姿势，对付过什么人来着。

有人在跟他说话，姓黄的，廷尉，半路出身的老乡士，靠贴高官的屁股混上这法司位，不配跟他说话。

“王大人，咱们都是同行，跟大人你，在下就不用兜圈子了吧？”抖纸页的声音，“这供状上，你若痛快签了字，即使是个死，也叫你死得极痛快。若还这么扛着，多扛一刻，那就是生不如死的一刻呀。”

呸。谁跟你是同行。

或许那个气音发了出来，黄廷尉笑了，“大人堂堂王家嫡子，以为在下不能将你怎样？时移势改，陌贵妃生的，可是皇子啊，你们王家新落生的却是个丫头，王昭仪还血山崩，死了。”

两臂上方的铁锁绷直了，王攸纪拼出浑身全部力量，抬起头来。

“死……莲……莲儿——”

“死了，都没追封啊。”黄廷尉更笑，“皇长子的太子位，在下看也飞没了。皇后闭宫门不出，这都快一个月了，不被废，最后也是愁闷而亡的结局吧。大人你还指望什么呢？图个痛快不好吗？”

“小人……得志。”王攸纪撑不住力气又挂下去，脸上却笑了，“嘁，以为……倒得了，我王家？”

“是呢。唉，”黄廷尉叹了个气。他坐在水牢中唯一突出水面，可以摆座案的地方，“大人全家被那小人苦害如此，还替那小人扛个什么？他都已经垫背拖上了你，你回嘴咬他，那不是合该着的？不过就画个押签个名字嘛，大人动动手，在下便动动手，移大人去暖和干净见光的地方，好吃好喝养着，等陛下示下。说不定你为陛下除了大害，陛下就宽赦了你呢？”

“我说的小人，就这儿，坐着。”王攸纪垂头带笑，往廷尉的方向努下嘴，“可不是，你嘴里头的……那个。他垫背，拖上我？”笑的气音喷出，“他可护过我的，不止，一命。”王家的嫡子不放弃他的骄傲，“实话，就告诉你了，我想害谁……我的事。逼我，拖人垫背？没，没门儿。”

黄廷尉仍是叹气，不疾不徐，“王大人，可别当我廷尉狱里，还是你御史狱里那点手段哪。鸭子嘴硬，吃亏的可是肉身，”他看着王攸纪脱力低垂的头颈，扔了个什么往台下，咚一个落水声，“水牢盖成这样，可不单单是泡澡用的。你王家子嘛，打烂了，尸首抬出去太不好看，可要是，从哪条石头缝儿里，一没留神钻进几条水蛇来，那就是纰漏的事故，怪不得我啦。”

王攸纪没反应，不动无声。

“这天气，水里头多凉啊，水蛇觉着热劲儿，那可专冲人裤裆里钻哪。”黄廷尉在说，“哎哟，疼得嘞……”

王攸纪在想，血山崩……疼吗？

惨叫声，隔过重重石墙，也能传来邬延龄的牢室。

那是濒死之人才发得出的。已经不像人的声音。

这样的声音，邬延龄在被乱杖打断全身筋骨的爹亲喉咙里，也听过。

他问自己，觉得畅快吗？复仇的快感？没有，只是平静。

见得了爹娘，对得起这个，爹娘给的身子了。

他听说过，阉人葬的时候，得把那个东西拿回来，合在一块儿。可他想，爹娘的墓都被王家盗开过，还纠结这个干什么。

唯一，唯一放不下的……

邬延龄躺在牢室的地上，舌头撞开藏在牙沟中的银扣机关，等待毒力发作。

姐姐，让我最后这么叫你一回吧。

我没不听你的话，我没把事，牵回在我爹身上。王攸纪的死，是他自找死。我没，我不会害陌大人。

我也就，去了。

没了我，更没人知道那张图和陌大人……陌大哥，有过什么相干了。谁都不会知道，我和图，一起化成灰了。

来世上一趟，姐姐，见着了你，我就不亏。

我就是，有点儿可惜。陌大哥说，让我别放下技艺。要是我……也能打一对钗，一支送给你，多好呢。

第二十四章 / 山河雪

从虎牢关的至高处，可以望见北面黄河的一段缓弯，河水即将冰封。而南面山势急起，像平原在这里挺出了脊背。山河相夹的隘口，终于对官军门户大开。

陌承光站在关头高处，仍看不见三百里开外的洛阳，但却觉得已经很近很近了，近到相信扑面而来的风就是自洛阳吹来，带着从未想象过的故园土香。

间谍测绘的金镛城地形舆图又在他头脑中过了一遍，三种方案在等待皇帝发回选准。那是洛阳的武库和屯兵所在，近似建康周边的石头城，只待拿下金镛……

“陌大人。”

熟悉的声音让他从思考中回头，发现竟是三哥站在身后。

亲人相见的喜悦前，先升起的不解事态的惊疑感，三哥没等他问，迎着他眼睛说：“大人，家里有些私事，我过来说话。”

陌承光又愣了下，抬手支开随侍，首先的判断是家里的孩子又出了什么极紧急的事？可三哥为什么不安排，自己过来传话？

他急带三哥往关中指挥所去，闭门后，看到哥哥风尘仆仆赶过路的样子，但顾不上让他喝水休息，抓着他先问：“三哥怎么来了？家里出什么事了？”

“不是，不是。”陌承嗣移到门边，仔细看过这里确实能说话，回来向他低语，“是娘娘……贵妃娘娘的口信。”

“说什么？”

“切莫返京。”

陌承光不解看着他，“……返京？”

他在三哥眼里看见了从未有过的紧迫，连那时皇帝在父亲灵前查问伪帝之子时，哥哥都不是这样神情。陌承嗣一时解释不出太多，只是深深重复，“切莫，返京。”

“怎么了，到底？”

“延龄，那个黄门令被抓了。”

“为什么——”

“闻音说，听陛下的口气，要往什么暗道、什么玉玺上查。她说……我不用知道太多，只要告诉这些给你，你就清楚了，让我快来告诉你，赶快来。”

一张图，绢帛上绘制的图，纤毫毕现地浮出陌承光的脑海。他感觉自己往后退了一步。

“闻音还说，再怎么样，她信延龄不会扯上你，但不清楚陛下还知道什么。是不是他先知道了什么，才往延龄身上查的……总之，让你，如果陛下急宣你回京，切莫回去。”

哥哥的话一点一点挤进陌承光的头脑，好像生吞活剥，需要一些时间才能尝出含义。陌承光往后靠在室墙上，“主疑臣则诛”“飞鸟尽良弓藏”这种句子像飞鸟的乱翅在他意识中扇动。

他晃了下头。

与穆骏，不到这种地步……吧？

东边洛阳的位置像一颗磁石，牵引着陌承光的心智。他停不下来问自己，他不需要我了吗？

惶惶然正要开口，门外有急急的拍门声。

二哥的声音。陌承光去开门，兄弟三人相见，都更惊诧，面面相看不知谁先开口。

“老三怎么……”

“姐姐让三哥来传口信。”陌承光反手关上门。

“什么口信？京里怎么了？”陌延佑从袖中掏一件公文递给他，“陛下怎么也召你回去……”

陌承光看着那黄签封的公文卷，没伸手接，“先发去二哥滑台那里的？”

“啊。说让我暂代你职权，你轻装速回。”陌延佑看三弟，“到底怎么回事？”

陌承嗣看弟弟，又看二哥，一样是困惑愁色。

“宫里可能查出些旧事，陛下需要我回去解释。”

“宫里？跟你什么相干哪？”陌延佑近他，紧张问。

陌承光摇摇头，又说:“跟姐姐更没相干，经眼的旧事而已。那，交接一下事务，我即刻动身。虎牢关这边哥哥过来移防，滑台那里——”

“不行！”陌承嗣急说，“你没看见闻音那样子，她说告诉你切勿返京啊，她肯定是感觉出来什么不对了，你就说战事紧，推辞了，不能回去啊。”

“这什么糊涂话？”陌延佑讶异转向他，“承光在前线带着兵，陛下召他他不回去，这等同谋反懂吗？”他拨了下陌承光的胳膊，“到底怎么回事？闻音怎么吓得这样？”

两个哥哥一齐盯着他，陌承光又想了一遍前后，始终不觉得到了今天，那件事还有那么严重，难道穆骏会怀疑自己反他，反这个，已经跟姐姐有了龙子的他？

“黄门令白延龄，生父叫邬其庸，从前是考工司从事，主管皇城营造的。”

“就是，鸿兴巷的那个邬家？”陌延佑中间离家久，渐渐想起旧事。

“他生父死后家破了，他认了干爹净身入宫。邬考工……从前私自绘制过一张皇城全图，包括各处城防关卡……和密道。”

陌延佑大惊，“你怎么知道的？图呢？”

“……我烧掉了。”

陌延佑张开嘴，半天看他说不出话。

“什么时候的事啊？”三哥陌承嗣在问。

“姐姐成亲，那之后。”

“你怎么！”陌延佑两手握拳，像是从来不认识弟弟那样地张目看他，“……你怎么这么糊涂啊？”

“当时延龄已经入宫，如果把这张图举发出去，他一定会被视作图谋不轨，那时候的我，保不住他的性命。”

“现在就行？啊？一个太监，你保他干吗啊？”陌延佑察觉自己声音大了，一手扯过一个弟弟凑头说，“现在怎么办，这种事哪敢往身上揽？这累到自己累到全家了，你赶快回去，跟陛下求饶解释，跟那个邬延龄撇个清楚。”

“图，承光烧的，这怎么撇清？”陌承嗣终于明白了事态，低说，“承光要是不想帮着瞒，烧它干吗，这撇不清的……”

陌延佑不说话了，使劲想帮弟弟找出个解释。

“我回去，实话实说，听从陛下发落吧。这种时候，实话是最好的解释，陛下……陛下知道我的。”陌承光点了点头，像对自己说，“得赶快回去，还得开释延龄。”

陌延佑要张嘴，三哥陌承嗣抢先说:“别回，不能回啊，闻音比你知道陛下！”

陌承光怔了下看他，很快抓过二哥手上的黄签公文，“我是陛下派出的使臣，陛下召返我，我怎能不回？”

“是啊，”陌延佑也对三弟说，“有这一张公文他就不能待在军中了，不回京能干吗？”

“去洛阳。”

室中空气好像结成了固体，隆隆塌陷下去，无法传声。

“去……？”

“去洛阳。闻音说，如果陛下铁定要你回去，你带上能带的一切，投去洛阳。”

陌承光怀疑自己的耳朵。他看看陌延佑，二哥的脸上什么表情都没有了，僵硬得像石块。

“所以，姐姐让哥哥来，说这些不能写下来的话？”他问陌承嗣。

“嗯。也是让我出来。家里和孩子们都遣散了，先躲去南边，再去海上。”

“什么意思？”陌延佑拉他，让三弟转到自己的方向，“承光犯什么天条了，至于要到抗旨投敌的地步？闻音是贵妃啊，刚生了皇子，我们这一路连胜都打下虎牢关了，洛阳在望啊……”

“二哥，”陌承嗣被他斜扯着，看着他，“你不觉得，这种时候，是承光最危险的时候吗？”

陌延佑松开他，像顿悟了机宜那样沉默下去。

“闻音说，咱们都出来了，兵也在你们手里，她说不出为什么，可总觉得如果战事结束也罢了，输了也罢了，要是这时候，陛下召承光回去，那就不简单，那就别回去了。”

“……什么胡话？咱们出来了，她怎么办？她和孩子在宫里啊。”陌延佑回过神说。

“闻音说了，虎毒不食子，而且……陛下欠过她的，要是这点留情都没有，那她认了。”

“认什么？”陌承光往后退，“姐姐不用认，我都不认。一样的情形再来一遍，我还是做一样的事，那时候是出于恐惧处罚，现在恐惧还必要吗？时间不是自证了一切？延龄在陛下身边多少年，他想要怎样，他还等到现在？我逃什么，我逃是害了他害了姐姐。”

“是啊老三，我看闻音刚生产，又在宫里待久了，难免有点疑神疑鬼的吧。这事严重，陛下是该生气，但什么密道图邬其庸画得出来，现在的皇城营造也能吧？又不是什么开天辟地的秘辛，承光是烧了，也没给谁，陛下真疑他，该叫廷尉来绑他，让他自己回去什么呢？”

他转向陌承光，“你就别多管那个邬延龄什么，少呛话只求饶，最多贬为庶人吧，来日陛下需要的时候还会启用你。”他又对陌承嗣说，“眼下不连累闻音才是正经，那才是根底！”

陌承嗣不说话了，也没有点头认同。

两个哥哥都看向陌承光，情形让陌承光恍惚。上次这样的时候，好像在讨论姐姐和亲，在姐姐初嫁江夏王之前。

那个晚上，他也失去了他唯一动过心的人。

如果抛下了那么多，跋涉到今天，与那时相比仍没有改变，那他认了。

“三哥先歇息，二哥随我去军务交接，我即刻动身。”

一路疾驰，过豫州与荆州边界时，遇荆襄大兵移向广陵。

陌承光拦下主将询问，只说是接皇命从武关后撤，往淮南、广陵周边守备，其后详情不知。陌承光心中最不愿接受的担忧，越来越露出它无法掩盖的轮廓。他终于知道姐姐让他去洛阳，是在说什么。

入夜的清凉殿很静，听不到婴孩的啼哭和宫人的走动，姐姐和孩子不知被安置在了哪里。皇帝坐在没有合上花窗的轩殿上，面水，身边一盆炭火。几千里返回京城，陌承光才发觉今年建康的冬天这样冷。

他隔着火盆在皇帝膝边跪下，恳求皇帝的原谅。

“听闻黄门令白延龄被投入廷尉，陛下召臣回来是为此事吗？延龄日日夜夜侍奉陛下，更于宫乱中救下过太后，他对陛下是否忠心，陛下比臣更清楚，恳请陛下宽赦他。”

“看来你姐姐给你送去消息了？”

陌承光伏身点头。

“白延龄怎么样，一个阉人奴的事，朕根本没放在心上。你自己没什么话要对朕说吗？”

“陛下知道，延龄的生父，是考工司从事郚其庸，臣少时向他学过营造。机缘巧合下，曾得他一件遗物旧锦袍。袍子拆洗的时候，里面发现两张绘制绢帛，拼合起来是皇城城防全图。”陌承光选择和盘说出实话，“郚其庸未将此图交与他人，甚至可能，是因为藏匿此图不肯交出，才被人设计害死。当时问于延龄，他对此图毫不知情，但他已经没身进宫，近侍陛下，臣怕脱不清他的干系，加上郚考工身死事了，所以没有举发，”他往下重叩，“求陛下宽赦。”

“身死事了？”皇帝看着水面，“郚其庸是死了，此事了了吗？谁想要这张图，不才是事情的关键！”听不到回应，穆骏扭头看着跪在地上的人，觉得这是第一次看他如此低伏，“谁？”

“……臣不知。”

“你不知？”

“臣实不知。”

“白延龄怀疑设计害死他父亲的是王家人，蓄意伺机向王攸纪报复，你不知？”

陌承光抬起头，“设计之事，没有证据。”

“不查，怎么会有证据？你顾着白延龄的死活，不顾有人想图谋宫禁，不顾朕的死活吗？！”

陌承光又叩，“图已被臣烧尽，没有第三个人拿到过。”

“他们能拿住郚其庸，不听话的时候能杀掉，拿不住现在的皇城营造？拿不住宫里这些猫猫狗狗？连人是谁都不知道，你让朕日日夜夜待在这心怀不轨之下，为了脱白延龄出去，让朕瞎了眼待在这罗网！”

陌承光无法反驳，伏地不起，恐惧和额头极近处的炭火一起炙烤着他，面对着皇帝时本已淡忘了的恐惧……不由分说的生杀予夺，只因猜疑的流血，加在自己罪孽之上的无可挽回的死亡……

“白延龄见图之后所作所为尽是听臣教唆，他不去自首生父不轨，他向陛下说出身世，都是臣教他如此。延龄实无辜，是臣狂心妄为，臣不顾陛下安危，一切责罚臣愿领受。”

“朕说了，一个阉人奴，容不容情犯不上让朕过心。但他在廷尉狱中自尽，不是怕事情败露后更多牵扯？他想要保谁，你真不知道？”

陌承光伏地不再动，像被这句话钉住。皇帝搬转交椅，靴底抵住盆沿将炭盆踢开，刺耳的刮铜声和飞溅的火星中陌承光仍不动，皇帝回脚，踩熄了他袍摆上冒起的一个火苗。

“他想要……保我。”

而我不曾保过他，放他在这深宫听天由命。

“你有什么事，需要他豁出性命保你。只是烧了一张图？”

还有那时的姐姐，宁云……那个替死的孩子……那个叫凉露的女子……徐白梨夫妇，郭乐成将军……我从来不曾保住过任何人。

“最终烧掉那张图，是在姐姐嫁去荆州的那晚，对，也是公主嫁去吐蕃的那晚。那张图在臣手中许久，犹豫是否举发再三，但那个晚上，臣恨陛下，为了保延龄，不让陛下得知阴谋我没有愧疚，没有负担。”

但他还是死了。

皇帝长久的沉默化为一个冷笑，“不止那个晚上，你对朕，不是从来无愧吗？你做什么，从来不会想及朕，只问自己的心，不对吗？”

陌承光直起身，注视着皇帝。不对吗？

“臣心，和陛下所想，不一样吗？”

“什么叫‘臣心’？臣心当是，以朕心为你心，你不用有己心，更不可有二心！”

辩驳是本能，陌承光甚至不知道自己在辩驳什么，“臣对陛下——”

“你烧皇城图，是在恨起了朕之后，但只为了保一个白延龄？不是为了保你知道的，要拿这张图的人？”

陌承光的眼睛里，这是他的皇帝，是他对着元丹引以为傲的天子。但他听不懂了，听不懂他的皇帝在说什么。

像在悬瓠城，最饿的时候，头脑会强迫自己忘了胃，他的心在强迫自己忘了耳朵。

穆骏闪开与他对看的视线，“朕先问你，巨野中转仓既然从设立之初存放的就是假粮包，真实的粮草存在哪里？”

“……周边几处官私租库，民船商路运输。”

“散在徐州地界？”

“是。”

“为何朕的尚书台以下一概不知？”

“陛下知道。”

“朕只是，知道。”皇帝提起了声调，“而究竟存在哪里，如何运输，你靠穆鸢一手操办！”

一个薄得近似叹息的声音从陌承光唇间漏出，他不想感觉这种失望，但没有停止回答，“粮至徐州，巨野泽口是咽喉所系，广陵王是徐州刺史，臣以使职调遣他就近制宜行事，省去与中枢详报往来，避免北虏间谍乘隙。”

“间谍？乘隙？你眼里谁是间谍？你不相信朕的朝廷体制，不相信你自己点的粮草转运使，却把全境千难万苦筹措的粮草，在咽喉之处统统交到穆鸢手里？”

“……臣从不觉得，广陵王的徐州不是朝廷的一部分。”

冷笑回到穆骏的脸上，“此事由你来‘觉得’？穆鸢没有经朕批准之下，大肆补修广陵城池，在城内招兵买马，这是将自己视作朝廷的一部分？”

“修补州治城墙，属于本州财政，陛下，”陌承光向穆骏挪动膝盖，尝试在心中翻出一点点夺下虎牢关的喜悦来支撑，他不知道仅仅二十几日时间，情势为何转成这样，“修城墙，州刺史可以自决，所谓招兵买马，是不是征召修墙的民夫之类？请陛下明察。徐州能战的大船和淮兵健卒，都被臣带往前线，广陵王怎可能此时与朝廷为敌？”

驳不回这道理，穆骏的气势被这一句截住，陌承光又说：“巨野泽前后，是粮道重中之重，大半都在徐州地界。北虏元丹扰动粮道的方法，是令许昌诈降，但是不是还有一个更直接的方法？就是出奇兵袭广陵，州治如果危殆，徐州兵力必定回救，则粮道自坏。广陵王修城池是示敌以强，绝北虏之念，有这样的藩屏，臣为陛下欣慰。”

他想说，广陵是陛下自己的城池，陛下为何要从攻打它的角度去考虑，认为修补城墙是忤逆？但他不敢说得更多了，曾几何时，他在皇帝最大的愤怒中也能竭力说穿道理，知道只要道理通畅穆骏就会接受，第一次，他感觉不到把握。

"你不这样说，朕险些忘了，"看着他许久，皇帝说，"默契有加，你们是头一回吗？朕起兵伐罪时，你带蛮兵舍石头城不取，攻建康水门引佟红庭回救，与这所谓担忧的北虏袭广陵是一个路数吧？那时为何好巧不巧的，空出的石头城落进穆鸢手里？"

炭盆的火仍在烧，陌承光与皇帝之间没有阻隔的空气却是冰凉的，他不想问皇帝为什么这样怀疑，唯一卡在喉咙中的话，是你怎能这样怀疑？"臣攻建康，究竟为了什么？是臣投效了陛下，是臣选了陛下！"

"那时朕……重病在身，生死未卜啊。"穆骏缓缓说，"想想看，他献出石头城归顺，也是交接给你。建康门户大开，他在石头城上，我全部兵马舰船委你出令，如果不是及时确知我的消息，你们可以不需要我。"

"陛下是说，那时臣以广陵王为后路？"无由的诛心之论，陌承光不用辩解了，"无论陛下看不看得到臣心，广陵王献石头城归顺，在朝中助陛下收服枚伦，平息江夏王之乱，出镇徐州后抚境安民，为陛下北伐不遗余力，时至今日，陛下为何还要怀疑广陵王之心？"

"为朕北伐吗？那不是你的北伐？"穆骏一笑说。

这笑容陌承光其实熟知过，在很远的从前，他还是个被忘在边角的皇子时，每个无力的时刻。

"……臣为陛下北伐……是有实现抱负的私心，但岂不为陛下的山河社稷？广陵王倾徐州之力以赴，岂不为陛下的山河社稷？"陌承光缓气，控制自己的语速，"交战正酣，我军势如破竹，臣不知道……不知道是什么引起陛下怀疑广陵王，但朝中有无间谍，此处实在可疑。无论如何，都已经走到这里了，陛下不想看看臣等为陛下，能走到多远吗？"

"三镇尽收，邺城、偃师片片望风而降，陌承光，你如果当真再拿下洛阳，朕恐怕要让你封疆裂土，才配得这奇勋伟业吧。你掌中的河南河北，再加上一个与你不清不楚蠢蠢欲动的徐州，朕能吗，朕敢吗？"

"陛下究竟……疑臣和徐州什么？"陌承光不再正跪，所有疲劳压下他的肩膀，"臣与徐州广陵王，近得过臣与陛下？……近得过臣与姐姐，与姐姐的孩子？臣——”

“可是没人近得过你与你自己啊。”穆骏也低下些身，盯着陌承光说。

曾有过哪怕一瞬，我想过，觊觎过你这位置吗？陌承光看着穆骏。没有，确定没有。看着现在的穆骏时，他从不曾觉得这个位置有什么吸引，更不想被它吞噬。

“朕不是说，你要做这皇帝。”穆骏拍着身下的交椅，看着他笑，“只要这个皇帝对你而言好用，对你的抱负好用，你乐得做个傀儡师。你选了朕，是，朕走到今天，可以上史书的一切，大半都能归在你的名下，看来好用。到你觉得朕不好用的时候,你的后路是谁？一个年轻有闯劲的宗室，还是一个襁褓中有血缘的孩子？”

陌承光无话可说。他甚至觉得穆骏看穿了他，他问自己，却不知道这样的穆骏再往前走，再往前走，到让他失望得无法自拔的时候，他会如何。

但谁不是傀儡呢？这样只能寄望于一个无上至尊的自己，一样是皇权的傀儡。他们是彼此的傀儡罢了。

“以你的个性，朕看还是年轻的宗室好用？你的抱负吞天吞地啊，两个人做事总比一个人高效，不停地保全穆鸾，就是这种私心吧？朕几次可以收管他的机会，募捐用款，江州出使，还有，打完五叔他离开扬州的时候，你都为他托底。明明是你自己告诉朕，那时闯进朕帐中的间谍可能来自他，你明知道他归顺朕是迫于形势！”

“整个天下，归顺陛下都可称作‘迫于形势’，因为陛下孝服伐罪，是最终的胜利者。”

陌承光想起二哥的话，“少呛话只求饶”，但做不到。他好像知道了，他最终也不能放弃穆骏，不会死心。

“无论广陵王当时怎样，归顺陛下以来，他的忠诚和才干无可置疑。”陌承光又向前去，他的手扶上穆骏的交椅，就在穆骏手边，“恳求陛下想想，如果他不是陛下的弟弟，不是宗室，陛下还会猜疑他吗？”

穆骏垂眼看着他，面无表情。

“如果不会，如果只是因为他的身份，陛下，你已经是天子了，”他掌心搓住穆骏垂落的袍袖，“这一切是你赢得的，你不用猜疑自己。”

穆骏微晃了下，拿起了自己的手。淡淡的水汽在再开口时从他唇间凝出，“没有那些铁一样的证据，你说出这句，我又会信了。”

“什么……”

“朕先问你，从穆鸢手中接收石头城的时候，有没有见过什么僭越的东西，比如，冕服？”

如果他为自己准备过天子冠冕，这与简单的归顺不是一个性质的问题。陌承光断然摇头。

“没有吗？不是像那张皇城城防图一样，被你销毁了？”

“……陛下认为，要那张城防图的，是广陵王？”陌承光终于问出这句话。

“朕认为吗？这是王攸纪的亲笔供述！”

“王攸纪？”匆促返京,陌承光一时理不清城防图怎么牵扯到王攸纪身上，但觉得难以理喻，“王攸纪和广陵王不睦已久，那时宫乱前他就倒向二皇子穆鲲势力的，臣看这供述未必真，恳请陛下提王攸纪来当面问询。”

“误死在廷尉里了，问个什么？”

呼吸凝滞。曾经的枉法者，许是灭口……的结局……冷，无可逃避的冷。

“屈打成招，或是，笔迹模仿，有没有可能？司法衙门里，这样的事——”

“你怎么才能承认，啊？承认穆鸢的嫌疑，承认朕的判断！”穆骏愤而起身，在水边前后踱步，“王攸纪供状上说，他以王莲姑曾经寄情给他的银钗为凭，命义庄中的老太监构害邬其庸，后续与延龄对朕说过的他生父的案子严丝合缝，这可能不真吗？所以白延龄才处心积虑，要借太后之手杀他，这可能不真吗！”

“……银钗？”

“是，你要说了，什么银钗，拿什么为凭？那支钗廷尉也到处搜检，最后你猜在哪里？验他尸身的时候，就挽发插在他头上，钗股相拧打成了一根簪。他到死都把这杀父之仇的证据戴在头上，这可能不真吗？”

“王攸纪供状上说，他让邬考工绘制皇城图……为了给广陵王？”

“对。”穆骏停步，“他还说，那时邬延龄已经长大，根本知情。邬延龄知情，你护他至此，你会不知情？你不知情，他自尽为了保谁？难道单单，”穆骏顿了下，转身面水，“难道单单烧一张皇城图，朕就至于让你如何吗？”

死无对证的供词。闭合的扣环。

“陛下，”陌承光对他站立的背影说，“延龄苦心，不愿一丝一毫牵连到我，所以哪怕不至于如何，也行出这一步。臣真的不知道烧掉的这张图郛考工本要给谁，延龄也真的不知道，王攸纪供状的内容，真假相掺，可能是有人精心捏造的。”

“你让朕怀疑朕的廷尉？在朕怀疑你之前？……就凭你两个字，‘真的’？陌承光，”穆骏蹲下身，好像在许久之前，他们也曾这样对视，“你为了你要保的人，对朕说过的谎，还少吗？”

无可辩驳。无可辩驳。

“……我对你……够宽容，够仁慈了。陌承光，我相信不得你的话了。”

陌承光不能再对视这双眼睛了，但不能闭上眼，那会看起来更像说谎，“无论真假，此事，都是陛下登极之前的事，这张图要反的，都不是陛下所在的宫廷。除了臣之外，没人真正得到过这张图。两个证人，都死在狱里了，陛下从臣这里也要不出口供，如果现在的广陵王……他的‘反意’得不到任何佐证，外敌未除，为了安定四海之心，维护陛下的德声，能否将广陵王召回京中管制，不要伤他性命？”

“朕召了。”穆骏在笑，“可他不回啊。召他的文书比召你的还先发出，你都从洛阳前线回来了，他在广陵不动。”

这案子的消息，也有人传给他吧……“所以陛下移荆襄军进围广陵？”

“枚伦之后朝廷立的规矩啊，受召不回，等同谋反。做贼心虚吧，朕还需要什么佐证？”

或是不甘受屈，舍命一搏。死结。

“可否求请陛下许诺，不伤广陵王性命？”陌承光移动冰冷的膝盖向他，“臣求陛下，选人往广陵一试，能否劝广陵王返京，消弭兵祸。”

“选人？所以最终还是要靠你啊？”穆骏感觉陌承光前所未有的卑伏声调让他不适，直身站起，“话说回来，什么叫‘除你之外，没有人真正得到过那张图’？你得到过，还不够吗？说烧掉了，又如何，什么叫‘反的不是朕所在的宫廷’？你的脑子，不是随时可以把它交给任何人吗？”

陌承光跪伏下去，额头触地冰凉，他不知道自己在发抖，因为冷，愤怒，哀怜——和再无话可说。

“行，那就一试吧，聊胜于无。”皇帝说，他的脚步声走远，“朕可以许他不死，等朕现在拟旨，由你去广陵宣读。”

快马，渡江，快马，一夜急至。破晓的广陵城下，陌承光见四面兵锋已合围，其中城西的主力，竟是兖州旗帜。率队的夏侯景晖将军迎前与他相见，陌承光拱手急问：“老将军为何到此？”

“朝廷致书各州刺史，宣布广陵王反叛，敕令勤王，大人不是为此而回？我兖州切近，但精兵都发去前线了，只腾挪出部分，实在惭愧。”

以时间论，敕令与召回自己的文书不会差多少前后，甚至在先。皇帝没有打算给广陵王留下任何余地。

那为何还让我来……

“陛下可有明旨？”老将军在问，“各州陆续到了二万余人了，打是不打？”

城墙的影子叠在他们身上，陌承光觉得袖袋中的黄卷有千钧重量，“陛下亲书旨意，封与在下当场宣读，详细不知。但，陛下许诺，如果广陵王开城出降，可以免死。”

夏侯景晖点头，却说：“只怕陛下宽忍无用，里面阵仗，老夫看不是会降的意思。”

将军相信广陵王反叛吗？这个问题出口前就消散，在绝对的忠诚面前，它没有意义。

这就是穆骏所看到的差别。

“……在下先去宣旨。”

“陌承光”的名号，将穆鸾在围城的三天内第一次叫上城头。他明盔金甲，扶城垛望向马上的人。曾有一日，也是黎明，这个人也是这样，大兵在后，想要叫开自己的城池。那个时候，没有开城就好了，岂至今日。

“殿下，请听下官一言。”陌承光在城下高高仰着头，“陛下亲许——”

“陌大人，不必了。事已至此，孤对三哥仁至义尽，他许诺什么，他诬枉我什么，都无所谓了。孤可以告诉你，孤的叛心是真，叛行也是真，只恨没有早叛，只恨我诚心助朝廷北伐，把舟船兵马都献于三哥让你带去，而今寸步出不了广陵城！”

箭一样锐利的彻悟贯穿陌承光的身体。穆骏他，真的想要洛阳吗？

最终使他决意北伐的，是否只是自己那以为聪明的一句，徐州的船，是否只是他等待中的眼下的这一刻？皇城图的案件，王攸纪的供述，无论真假，都会被他的心导向这一刻，这一刻才是他无法释怀的，真正渴求的目的。

泼天大谎。

陌承光回首，勤王的人马持续在晨光中四面赶来，汇入围城的阵营。

一呼而天下应。他企望过的，穆骏凭皇位凝集起的权力，在这大谎面前，像对他泼天的嘲讽。

生平第一次，陌承光的心有了想要认输的震动。

"……广陵孤城，殿下能撑到何时？"他仰头向城上说，"昔江夏王举荆州江州反叛，连船百里，一样身死城灭。陛下已许你不死，恳求殿下主动出降，一身承当，免广陵全城兵祸。"

穆鸾望着他笑了，"孤对全城万民有令，愿随孤的请留，不愿随孤的任走，可以结绳坠城出去，城中不得阻拦。"

他向身侧看去，那里是他的王妃，徐州本地武人家女子，同样披甲。看向他的火一样目光中，不是在等待他的救赎，而是甘愿与他并肩抗争。

和他记忆中的，某个残留的影子，截然不同。

晨曦罩在广陵王金甲上，穆鸾回头向下，像尊骄傲的天神，"至今竟无一人弃孤，孤死亦得其所。"

陌承光难再睇望那甲光，垂落头颅。

夏侯景晖出前与他并马，"围城这三天，我等劝降不是一回。大人，讲不通的，速宣旨意吧。"

陌承光点了头，下马取出黄卷，松开深掐的指尖破封，在城墙影中双手展开。

"天子令：广陵王穆鸾怙恶难驯，祸心久藏，然则念于手足亲情，朕不忍即行诛灭，若其自缚出降，朕可保全其残生。若其……执迷不悟，广陵臣民绑其献降者，一族免罪……传谕城外官兵，若自宣旨计起，一时辰内未见罪首穆鸾出城，即行攻打，城破后——"

声音从他嘴边消失，他死死盯住那黄卷上的字迹。

"城破之后怎样？"夏侯景晖在一旁问。

陌承光将那黄绢轴飞快从头卷起，两手紧攥在掌心。

"城破之后怎样？"夏侯将军见他神色不对，连问，想要伸手取旨来看。

陌承光不松手，双方加力间，后面赶上一人挡住老将军，陌承光失神中转头，见是自己的二哥，竟然……

“前线已令各镇固守，下官代青州刺史职权，得敕携五百兵队前来勤王。”陌延佑抢先说，他转对夏侯景晖，“这是陛下手书吧？连陌侍中都认不清的字迹，下官看应该谨慎，毕竟干系重大。不如请侍中回去向陛下确认后，再行宣布吧？一天半天的事嘛，老将军。”

夏侯景晖疑虑看他，但心觉有理，松开了手。

陌延佑回头看着陌承光，没有再说什么。在二哥眼里，陌承光读出了两句话，“陌氏有你一个已经够了”，和“陌氏还有我”。

他攥着圣旨的卷子抬起头，广陵王的身影已经隐没在城垛之后。

陌承光回步至坐骑翻身跨上，缠缰掉马而去。

马过长江渡船的时候，冷雨已经夹冰籽。入建康北门，夜雪侵城。

陌承光的坐骑直切长短街道，马身破开迎面的飞雪，那景象让他恍惚。曾几何时，他也在一个磅礴的雪夜这样策马疾驰过，从悬瓠至虏营，从虏营至悬瓠，没有什么可以阻挡这样的马蹄。

柳遥之见他双靴湿泞，剑履上紫宸殿，犹豫刹那没有阻拦。他的权限仍在，柳遥之也知他手腕旧伤早不能持近战长兵刃，佩剑于他只是礼器。

一步一步将雪水的脚印留在身后，陌承光站至皇帝的御座前。

“一时辰内未见罪首穆鸢出城，即行攻打，城破后……男子无论老幼，一律斩杀？”

他袖中掏出黄卷，放在龙案上。

“如何？”皇帝眉头分毫不动，像在等这一刻那样地看他，“这是圣旨。朕让你去传旨，也是圣旨。你不宣而返，两重抗旨，是来领罪的吗？”

“陛下还记得吗？悬瓠城被北虏围困百日，被天下弃置的时候，城中的男女老幼忍饥待死，是你，只有你，几百里出兵远救，陛下，你还记得那时候的自己吗？”

“你呢？你还记得那时候的你自己吗？”穆骏似乎无数次想问这个问题，反问毫不迟疑地抛出，“你还敬重我吗？还仰赖我吗？还会为我的拯救感激涕零？你的决定就毋庸置疑，不合你意的时候，”穆骏拍案震动那张黄卷，“圣旨都要驳回？！”

“广陵城人无辜啊……陛下，”陌承光想要跪求，但龙案会挡住穆骏的眼睛，他绕过案台伏在穆骏脚下，“他们是陛下的子民，城破之后，他们仍是陛下的子民！臣求陛下想想曾见过多少人死在虏敌手下，想想陛下那时的心情，放过他们吧，放过他们吧……”

“无辜吗？”穆骏连身子都没有转过，斜睨着他，“朕的旨意给他们机会了，限时城中不交出穆鸾，全城皆是反叛的同党！别以为朕不知道，围城到现在，那城中要与穆鸾同生共死呢，无辜吗？”

“……臣民信广陵王……怜广陵王无辜，才甘愿与他同生共死。纵使是被迷惑所致，也是舍身的义行，陛下要对义行举刀，痛失天下人心吗？”

“心不在我，朕留之无用。”皇帝嗤一笑，“广陵人是朕子民？穆鸾反旗一举，全城倒戈？杀净了他们，以警后来，才是得天下人之心！”

“陛下自己的心呢？”陌承光直起身，已经不需要顾虑什么，他抬手按上穆骏胸口，“还在吗，啊？陛下你……还，还信你自己吗？人们拜你的时候，不仅仅在拜这个位置，你相信吗？你不仅仅是这个位置，你自己不值得天下人心吗？”

又一次，穆骏感觉自己准确地被陌承光慑服了。他希望这是最后一次了。

“什么信不信的？看不见摸不着的，这些东西。你的道理总是最好听，可朕连你都不能信，还信什么？宗室朕不能信，世家不能信，后宫里朕的女人都不能信，一个个明着争朕的宠爱，实际要的是家中权势地位，连你的姐姐都是。”

陌承光的手垂落下，尽力捏紧。

“朕舍不得闻音怎样，你用不着担心。可你自己一路叫嚷着抑权臣，反高门，你陌家如今不就是高门，你陌承光，不就是当世第一权臣！”

穆骏俯下身，对着陌承光岑寂的眼睛，“朕的位置，都要靠你坐得才稳啊，从什么时候开始的？是不是起兵时候朕在病中，让你擅权上瘾？你当着朕的面，哀怜伪帝一门，三番四次包庇郭乐成部众，把青州做你私家的根据，对朕的后继，指手画脚，连点避忌的样子都不做吗？如今又让朕知道你，跟穆鸾勾连不断，替他窝藏回护，你的心成什么模样了？你自己的话你还信吗？！”

“陛下，臣万死难恕臣罪，乞陛下赐刑。”陌承光没有再拜下，看进穆骏的眼睛，“臣乞……以死平息陛下之怒，求陛下放过广陵城人。”

“你陌承光当然不怕死啊，”穆骏没有动容，手肘压在膝上看着他，“你的生死从来由你，由不得别人掌握嘛。可惜啊，朕的成命，没收回过，你不宣旨又怎么样，一样的内容，朕晚些已经发给夏侯景晖，现在广陵城下，早就开打了吧？”

没有绝望，即使这样，陌承光的眼里也没有绝望，有愤怒和惊骇，还有怜悯，这让穆骏失望，恼恨，和隐约顾不上去压抑的羞惭。

他最讨厌的感觉。

陌承光拜下去，他的额头抵在穆骏脚面，不能再卑微的仪态，“乞求陛下……臣为……陛下求，臣不愿你余生后悔啊，陛下……”

“……朕会后悔吗？”穆骏的脚不动，隔着那层锦靴，他想陌承光的脑袋怎么冰得跟个死人似的，“该后悔的是你，这满城的血，就是你不臣服于我的代价！”

他抽脚起身，像怕脏那样往后退出，在龙椅外高声令禁卫:“除去此人高官服色，打入廷尉，广陵城破后发落！”

四名禁卫接令速上，拖起陌承光先扒去他特权的上殿靴履，又褪他官袍，摘他佩剑时，陌承光夺臂回腕拧身，左手以一个诡谲的姿势拔剑而出，隔过龙座递上穆骏喉头。

所有人都凝滞的一刻，他回手将那佩剑拍下，重拍在御案的黄卷上，然后甩开木然的禁卫大步走向殿门。

“站下！”

皇帝的暴喝没收到任何回应，陌承光步幅不停，殿中只有濡湿的跣足踏在硬木的吱咯声。

“站下！”

穆骏被彻底激怒了，被他的轻蔑。

殿口柳遥之抬起手臂，拦住陌承光去路。

风这样大，陌承光这时才发觉，雪片映着檐下的宫灯被风卷进殿内，扑簌簌打在他脸上。

“这个陌大人啊，真当朕拿他没办法。”皇帝声音中所有的情绪退去。

他回到龙椅落座，片刻说，“去，给他备墨缸，大毫笔，就这身衣服。他最爱舆图，最念江山的嘛，让他到五凤楼广场上去画，天地铺来好白纸，他想要什么江山，江南江北，河南河北啊，什么洛阳函谷，什么长安啊，平城啊，凡想得着的，都让他画上。朕明早，去赏看。”

没有人有反应。

“去！”

有近侍从殿中匆匆退去。陌承光闭了下眼。

身后有奔跑的轻声，陌承光回头就看见姐姐，她从殿后奔出来，在方才留下的雪水印上滑了一下，陌承光迎上去扶她，姐姐开始解自己的宫装外袍，要给他披在身上。

“放肆！拖她下去！”

近侍靠过来，姐姐一眼都没有看向皇帝，她把手紧紧塞进陌承光手里，满脸是泪，一点哭声都没有。陌承光跟她抵着额头说：“姐姐，我去了，你……”

陌闻音点点头，被近侍拖起来，看着陌承光又点点头。

柳遥之走至陌承光身边说：“下官押送大人过去。”

从紫宸殿，到五凤楼前，小半皇城的距离。风雪迷眼，伞是摆设，被柳遥之扔在路上。往建极门门洞出去时，他拉陌承光停下，弯腰褪自己的靴子。

陌承光摇了摇头。

“陛下没有说——”

“将军的酒，给我喝两口吧。”

柳遥之弯腰的身形停住，他按着腰间的酒壶慢慢直起身，“自你在荆州劝我，这壶里装的，一直是水。”

“……那就好。”

那是个笑吗？柳遥之看着他的眼睛想。他见陌承光向自己拜别：“将军保重，不必送了。”

那人只身向五凤楼广场走去。

天地浑茫，十分好。

沉重的宫墙，楼阙，都隐没在飞雪之后，只有那些高处点燃的夜灯融融放出一团微弱暖光，琉璃色。

铺来好白纸。墨缸结起冰膜，大毫笔戳碎，他想画。长江是这样由东到西，济水是这样由南到北，青州这里出海，巴州这里，连着那个明亮的女孩身在的吐蕃。她有一封信还在怀里揣着，鹤的尾羽，还有姐姐寄来的，曜儿初生的小小脚丫。还有一支笔。

他终是给了自己一支笔。

笔端，脚下，新雪没过踝骨。起初是锥心刺骨的冷，然后火烧般的灼热痛感，最后完全麻木了。脚和大地接触的地方丧失了知觉，他仿佛飘浮，僵冷地被风吹摆。画下的墨迹，准确地从他脑海中复写出的舆图，很快又被雪片扑消，一次又一次，他双手执笔，再去蘸墨，重复落笔，做一场和自己的战役。

怕死吗？

手指再也抓不住笔杆的时候，他仰面躺倒。不怕吗？那为什么发抖呢？

雪好像变得暖了，让他沉进一个想睡去的怀抱。他抱住了肩膀蜷缩起来，多好，休息吧。

服输吗？

不……不甘心啊……

陌承光从雪地上爬起，拼力呵着手，挣扎着又一次抓起笔，他爬不出太远，大致觉得靠近刚才点下的洛阳，跪伏着，左手握住右手腕。可笔上墨已冻硬，他勉强在嘴中含化，落墨不几字又冻结，索性扔下笔，左手以指画雪，书陌体。

“……神京尺近，山河寥廓……我今归去……以待来者。”

他知道的，这样的雪，明早，什么都不会留下。

完成了吧，所有能做的。

雪落进他张向天空的眼瞳里，慢慢化成水流下，没有温度，否则就像眼角的泪。……上次流泪是什么时候啊？

真的，想看看洛阳的花。

等不到明年燕子来了……

大雪之后的晴天总是特别蓝。蓝天下雪地洁白，净得迷人眼。

什么都没有留下。

躺在雪地中央的人，尸身也覆了一层白雪，莹白装点过的轮廓显露出穆骏久已不去在意的英俊。眉与眼睫茸茸的。

冻死的人样子比较好看。穆骏站在雪地里想，没有自己身后这串脚印就更好了，干净地像把珍稀的名器……收进宗庙祭坛的角落，再不示人，再不会失却。

他感到前所未有的安宁。

转回身，他沿着走来的那串脚印走去。

建极门下，陌闻音怀抱孩子与他迎面行来，穆骏停步看她，但她眼望前方与他擦身过去。

“做什么去？”穆骏扭头喝住她。

“收我弟弟尸体。”陌闻音站下了，转身面向他。

“早做什么去了？求求朕，求求朕不会吗？”穆骏冷笑，他感觉到了内心的恶意，好像那恶意能将心中的空洞填饱，好像将错转嫁到闻音身上，他就能原谅一部分自己。

“陛下让承光下廷尉的时候，未必想让他死吧？……这个结局，不是承光自己要出来的吗？”

穆骏晃了下。

陌闻音抱着孩子往他走回两步，“所有人，总在说，承光不会行事，早晚自己找死，要他改。我就不想要他改，我就想，要他做他想做的事，哪怕是，自己找死。”

风从五凤楼广场的方向灌进来，有许多雪的气味在里面。穆骏觉得自己站不住，他找了个位置，背身一手扶在门洞的墙上。

又被算准了么……

“陛下觉得自己好聪明吧？看破了承光的反心？他勾结穆鸢，他同情伪帝？”陌闻音近乎恶毒地说，“你才是天下最大的傻瓜！”

睡中的孩子被惊得一声啼，陌闻音踱步轻轻拍着襁褓，“我都问明白了，延龄要害王攸纪？对。他怀疑王攸纪害他爹？都对。王攸纪拿莲姑的一支寄情钗做凭据，命令那个老太监？”

她一手向髻后摸，走近穆骏，拔下头钗递到穆骏眼前，“是这一样的钗吗，攒丝工？这钗是一对，没错。可莲姑没拿它寄过情，她临死前亲口告诉我，另一支，放在她先帝时滑掉的孩子棺木里了。”

穆骏听不懂，脑子被丝缠住一样，慢慢地摇头。

“是谁编了这么个天衣无缝的故事啊？陛下不总说吗，巧合太多，不像真的吗？”

“哪有什么巧合？……环环相扣的，哪有什么巧合！”穆骏撑墙起来，在陌闻音身边夺到一个出口似的，茫然地，继续向宫内走。

“谁去挖的延龄父母的墓，盗出来的玉玺故意传给王家？谁早知道莲姑和王攸纪有旧，拿这钗往王攸纪身上引啊？”陌闻音在他身后大声说，“王攸纪根本没什么寄情钗，怎么把这故事写进他供状里的？他又是怎么死的啊？”

“……有人一直，把皇城图的事栽给王家？”穆骏停步，觉得自己在梦话。

“王家，听起来可信吧？不是广陵王的外戚吗？广陵王那时候和二皇子争位，不该有宫变的打算吗？什么疯和尚撞宫门的案子，什么冕服，暗道图，都想提醒陛下想起这些旧茬吧？陛下真是，陛下你真是听话呢，一点就破，”陌闻音的声音从身后抵近他，“不然他们还得想别的法子诱你，那疯和尚还不知道要说出什么来呢。”

“你不早说？！啊？”

天子讨厌这种感觉，在他知道自己错了，以为掩埋得很好时，那错从心里被剖出来，血淋淋地掷在他面前。

“还有必要吗？”陌闻音抱着孩子远离了他些，对他的痛苦无动于衷，“你不信承光，是因为王攸纪供状上说了什么吗？你连真假都不在乎吧。陛下，你到现在还不知道，承光为什么会死吗？”

头痛，风吹来像针扎一样。或许方才盯视那片雪地太久，穆骏产生了近似雪盲的感觉，陌闻音身上红衣沉淀在他眼底，变为布满白麻点的黑色。他需要低下头，回避她身后方向的那片雪地，他已经看见阳光照在那里。穆骏讨厌这种雪后的晴天，雪被晒化之后，下面露出的特别丑陋狰狞。

“知道你让承光去宣旨的时候，我以为，能有转圜，像郭乐成那回一样，他自己动手解决了穆鸢还不行吗？我都提前跟他说过，实在不行的时候，不如走，走去洛阳吧。”

穆骏抬起了头，瞠目看着她。

陌闻音点头，“可当我知道……你旨意上写了什么的时候，我就知道他会回来，我也什么都不用说了。我的弟弟，不可能活在自己的君主……要屠自己城池的世上了。”

“……报复吗？你是报复我吗？”穆骏大步逼近她，“……用你弟弟的死？！”

“报复你，我就不该告诉你。”在婴儿的啼哭声中，陌闻音往后退返，来回踱步说，“莲姑放在小棺材里的钗，怎么没按宫规烧埋掉？流掉的孩子，我知道就在外宫处理，谁敢拆了皇子的装殓拿出来，是不是当时的殿中监啊？殿中监，揉捏郛考工这个皇城营造，不是轻车熟路？他没灭延龄的口，是始终舍不得图吧？反正他有替死鬼嘛。”

“……当时的殿中监……文炎吉？”真相永是这个样子，劈下来的时候像刀。

“后来延龄进宫，他更不好得手了，找图都找到延龄爹娘的墓里去，发现玉玺他当然要塞给王家，生怕延龄忘了他栽给王家的一码事呀。不然陛下去查查，玉玺的消息，王家当时到底怎么得来的？”

恐慌，穆骏已经感觉不到愤怒了，只是恐慌，天摇地陷的恐慌，穆骏感觉身边最近的人，全部都在飞样地远离他。

“多深沉的心思呢，是不是？”陌闻音根本不打算放过他任何一点痛苦，怀抱孩子的姿态，仿佛那是她凌驾于天子的权柄，“没有莲姑临死前这一句，谁知道呢。来日事发，他栽给了王攸纪，哪怕王攸纪说没有这钗的事莲姑也说没有，要不是提早告诉了我，我这个争宠的对手，谁会信她呢？你说，要皇城图干什么呀？他都这么高位了，想换皇帝吗，还是必要的时候可以刺杀？”

穆骏撇开她，要往宫里走回去，文炎吉成了他的恶意泄去的对象，一个新的支点。

“这回捅出来，扯承光进去又为什么呀？我猜猜行吗。”陌闻音紧跟他，快步挡在他路上，她眼里复仇的烈焰熠熠生辉，容光像株燃烧的花树，“什么王攸纪的供状上，一定说，承光拿了图藏下，他不会说烧了，务必要承光死吧？他是想除掉承光，当朝中唯一的大权在握？还是借陛下的手，当北虏的刀啊？”

“……不早说……你不早说！！”

“真的，我要是真想报复你，就不该说。我的弟弟死了，说这些有什么意义？”穆骏的肩膀弯下去，陌闻音一手攥着他臂上衣服，想拉他转身，两个人跌跌撞撞地快要摔倒，“我的弟弟死了，就在……那儿。”

她的手臂擦过穆骏肩膀，穆骏不回头。

“陛下，我就想问你，你哀痛吗？你冤杀了承光，你现在后悔吗？”

穆骏不说话，孩子的哭声很吵，他看着宫内的方向，不往五凤楼回头。

他看见柳遥之站在那，好像已经等了一时，远远从那边开口说："陛下，军报到，广陵北门已冲破，夏侯将军正在增兵，争取扩大战果。"

"……陛下，你要是真的后悔，就放过广陵城的人吧？好吗……承光，承光就不会怨你了，好吗？我是他的双生子，我知道他的……"

套扣在这里抽紧。

这就是他以死想换的……

穆骏跪下去，脱力。

"陛下……好吗……？"陌闻音把孩子竖抱揽在怀里，跪低一手轻抚着他，"放过广陵城的人吧？还来得及……陛下……"

穆骏的视野中只有雪，他们的膝盖蹭化了的甬道上的积雪。

"陛下，我代承光求你，陛下……"陌闻音还在摇晃他，"放过广陵的人吧……放过吧，哪怕，哪怕只是孩子呢……"

穆骏昏昏然抬起头，看向柳遥之。柳遥之像得令那般迅速转身，步向宫内枢机方向。

穆骏不去在乎他会传出什么样的旨意了，他抱肩缩在甬道上，觉得冷。

时间模糊过去，一件锦绣华服披到他身上，是陌闻音的宫装外袍。

"陛下，我带承光走了。"

穆骏抬起头看，她里面的衣服是素白的，她正在把头上首饰一件件拆下，扔在身边的雪地里。

"……做什么去？"

"往洛阳去。能走到哪，就走到哪。"

"做什么去啊？"穆骏站起身，肩头绣衣委在地上。

"陛下，你留不住我了，让我走吧。"陌闻音凝视他说，"你的儿子，我给你留下。小公主……"她看臂弯襁褓中的孩子，"莲姑既然托给了我，让我带走吧。"

穆骏低头看。她一直抱着的都是这个女孩，她都想好了。

"……带她，做什么去啊？"

陌闻音起步，绕过他走进建极门下，向五凤楼的方向走去，"我梦里，遇见过一位仙人。我要让她，贵贱俱弃，悲欢同忘，游乎四海之外……"她的声音徐徐在门洞中震响，"陛下，我走了。"

孝建七年冬十二月，史载陌氏贵妃暴薨，丧仪逾宗室王之制。孝建帝哀极伤体，复二年崩。贵妃兄长陌延佑、徐国公夏侯景晖、中领军柳遥之共受托孤，扶贵妃子曜承大统。

那夜广陵城破，隔江战火燃天，建康宵禁，无人见一轻车匹马载棺木，北出承平门。

<全文完>

FONGHONG
凤凰联动出品